第十三届《文选》学国际学术研讨会论文集

百年選學：回顧與展望（上）

傅剛 主編

北京大學出版社
PEKING UNIVERSITY PRESS

图书在版编目(CIP)数据

百年选学：回顾与展望：第十三届《文选》学国际学术研讨会论文集：上下册/ 傅刚主编．—北京：北京大学出版社，2022.6
　ISBN 978-7-301-32851-4

Ⅰ.①百… Ⅱ.①傅… Ⅲ.①《文选》－古典文学研究－国际学术会议－文集 Ⅳ.①I206.2-53

中国版本图书馆CIP数据核字（2022）第015294号

书　　　名	百年选学：回顾与展望——第十三届《文选》学国际学术研讨会论文集（上下册） BAINIAN XUANXUE：HUIGU YU ZHANWANG——DI-SHISANJIE《WENXUAN》XUE GUOJI XUESHU YANTAOHUI LUNWENJI（SHANGXIA CE）
著作责任者	傅　刚　主编
责任编辑	吴冰妮　王　应
标准书号	ISBN 978-7-301-32851-4
出版发行	北京大学出版社
地　　　址	北京市海淀区成府路205号　100871
网　　　址	http://www.pup.cn　　新浪微博：@北京大学出版社
电子信箱	dianjiwenhua@126.com
电　　　话	邮购部010-62752015　发行部010-62750672　编辑部010-62756449
印 刷 者	北京宏伟双华印刷有限公司
经 销 者	新华书店
	730mm×1020mm　16开本　83.25印张　1274千字 2022年6月第1版　2022年6月第1次印刷
定　　　价	290.00元（上下册）

未经许可，不得以任何方式复制或抄袭本书之部分或全部内容。
版权所有，侵权必究
举报电话：010-62752024　电子信箱：fd@pup.pku.edu.cn
图书如有印装质量问题，请与出版部联系，电话：010-62756370

百年《文选》学研究回顾与展望(代序)

傅　刚

　　《文选》学自唐初建立以来,至今已经一千多年了,自唐代以来,《文选》便是中国文人必读之书,而研究和学习《文选》之学,也构成了中国古代学术的重要内容,并且成为优秀的学术传统。正是因为《文选》在中国古代社会中的地位和影响,1917年至1919年酝酿的新文化运动才确定以《文选》作为向封建社会古典文学展开攻击的目标。1917年在胡适、陈独秀等高倡新文学时,《新青年》第2卷第6号刊载了钱玄同致陈独秀的一封信,公开提出"选学妖孽,桐城谬种"口号,自此,这个口号成为近代新文化运动的中心内容。1917年的新文学革命有其独有的历史使命,新文学革命的先驱们认为旧时代文体不适合近代中国文化发展,并认为是阻碍中国新民主主义运动的绊脚石,所以他们不遗余力地要批判,并与之划清界限。一百年过去了,中国社会发生了根本性的变化,文化和学术的任务和目标也都发生了根本性的变化,《文选》作为被新文化运动利用而附加的"妖孽"标签,应该要撕掉而重新审视了。实际上自二十世纪八十年代末以来,作为中国古代文学经典的《文选》,其学术价值重新得到了评价和挖掘。学术界本着实事求是的历史唯物主义精神,对《文选》的经典价值进行了深入讨论,将《文选》学还原于学术,在学术区域内开展《文选》研究,是中国古代文学研究者的共识。当前的中国正开展一场民族文化复兴的大业,如何看待传统文化,如何发扬和坚守中华文化传统,是要通过具体的中国古代典籍的学习和研究来落实的。

"五四"的影响深远,近一百年来的知识分子基本上都受到新文化运动的洗礼,因此,大多数读书人对《文选》已经还有先入之见,真是以"妖孽"视之,这也导致长期以来读书人不再读《文选》,甚至不知《文选》为何物。虽然如此,一百年来,仍然有一些笃实的学者对《文选》开展了研究。关于这一点,我曾写过《20世纪的〈文选〉学研究》①一文,对二十世纪研究《文选》的代表性成果作了详细的介绍,主要以黄侃、高步瀛、周贞亮、骆鸿凯等为主,比如黄侃以平点为名,对《文选》字词声韵辞章等都有圈点及评说,其成果今分别在海峡两岸出版,并深为学术界所援引使用②。高步瀛的成果是《文选李注义疏》③,重点是对李善注作清理,力图恢复李善注原貌,应该说还是传统《选》学的内容。但他能够利用各种新出写抄本,在前代《选》学研究成果基础上将这一门专学更深入地向前推进。曹道衡、沈玉成先生《文选李注义疏点校前言》评其成绩说:"凡涉及古代典章制度的问题,他都能标举众说,择善而从。对于一些有不同说法,而限于史料尚难判定是非的问题,他也源源本本,加以辨析。尤其难得的是,李注所引的许多古书,往往仅举书名,而《义疏》则对现存的典籍都一一覆核,说明见某书某篇或某卷。凡已佚的古书,也多能从类书或其他典籍中征引佚文加以印证或考定源委。凡李注引文与今本或类书所引文字有所出入,也一一作了校勘,并加按断。"④这是非常切实的评价。周贞亮和骆鸿凯都是二十世纪新《文选》学的开创者,骆氏《文选学》1936年由中华书局出版,影响很大,其实周贞亮的《文选学》在1931年以前就由武汉大学铅印行世了,当然,这个时候骆鸿凯也单篇发表了有关《文选》学的论文,二人应该是同一时期开始以新方法研究《文选》的人。这一时期还有不少学者从事《文选》的研究和教学,比如武汉大学图书馆所藏刘永济先生批点《文选》,满批,可见用功之深。又比如河北女子师范学院的寿普暄教授,前后三次批点《文选》,卓识卓见随处可见。寿普暄先生学问精深,曾见他批点范文澜先生《文心雕龙注》,无论校勘还是材料考辨,都非常见功力。其《文选》批注,下力尤多,足够代表民国

---

① 《上海师范大学学报(哲学社会科学版)》2014年第5期,后收入《汉魏六朝文学与文献论稿》,商务印书馆,2016年。
② 参见《文选平点》,上海古籍出版社,1985年;《文选黄氏学》,台北文史哲出版社,1977年。
③ 北平直隶书局,1935年印刷,1985年中华书局点校排印出版。
④ 参见曹道衡、沈玉成《文选李注义疏点校前言》,中华书局,1985年,第2页。

学者的学术水平。类似这些学者，民国时期应该还有很多，这些都还有待进一步调查。

二十世纪上半段尽管受到"五四"的影响，但《文选》学研究仍然在艰难的困境中取得了很好的成绩，特别是周贞亮、骆鸿凯教授更是将这一门传统学问从理论上进行了总结①。由于周著是讲义，影响没有骆鸿凯大，但二人都从《文选》学的理论化着眼，对《文选》学的基本问题作了理论阐发。比如周贞亮《文选学》，全书分上下两编，上编十章，首列《导言》，以下依次是《文选学起源》《文选之意义》《文选之封域》《文选之篇体》《文选之纂次》《文选作者之时代与地域》《文选学之成立》《自隋迄明研究文选学者之成就》《清代文选学者对于文选之贡献》《文选之刊刻及评骘》；下编三章，依次是《读文选之豫备》《文选之观察法》《文选之读法》。对《文选》学编纂、《文选》学史等都作了深入讨论。尤其是对《文选》的版本专门设章节讨论，这在现代《文选》学史上是先于日本的斯波六郎的。骆鸿凯《文选学》一书，分纂集、义例、源流、体式、撰人、撰人事迹生卒著述考、征故、评骘、读选导言、余论等十个专题，及"文选分体研究举例""文选专家研究举例"等附录，就《文选》学所涉及的理论问题，进行了系统的研究探讨。所以学术界评价其为"第一次从整体上对《文选》加以系统、全面的评介，作者不仅对《文选》自身的纂集、义例、源流、体式有独到的见解，还对如何研读《文选》指出了门径"，因此认为它是"新选学"的开山之作。② 周贞亮、骆鸿凯二书的出版大致在同一时期，二人在现代《文选》学史上都应该具有同等的地位，具体论述和比较，可以参考王立群《现代〈文选〉学史》。应该说不仅是周贞亮、骆鸿凯这两部专著，事实上，二十世纪学人自觉以专题论文形式展开的《文选》学研究，都开辟了"新选学"局面。比如关于《文选》的体例、编者等属于后来所称"新选学"内容的探讨，也有所进行。较有影响的如1946年朱自清在《国学季刊》6卷4期发表的《〈文选序〉"事出于沈思义归乎翰藻"说》，分析"沈思"和"翰藻"的含义和当时使用的情况，指出它作为《文选》收录标准的实际内容。另外一篇值得注意的文章是何融的《〈文选〉编撰

---

① 周贞亮的《文选》学研究，王立群教授最先发现，参见王氏《现代〈文选〉学史》，中国社会科学出版社，2003年。
② 见许逸民《再谈"选学"研究的新课题》，载《文选学论集》，时代文艺出版社，1992年。

时期及编者考略》,发表于1949年《国文月刊》76期。在这篇文章中,首先,作者提出《文选》并非萧统一人编纂,而是在东宫学士的帮助下完成的;其次,作者还对《文选》的编纂时期作了大致的推定,认为当在普通三年(522)至普通七年之间。这些观点都是十分有价值的,它直接开启了"新选学"的研究课题。

二十世纪《文选》学研究还在版本研究上开创了新局面,主要是当时新发现的《文选》写抄本如敦煌写本中的《文选》残卷,其中最为著名的如唐永隆年间弘济寺僧抄写的《西京赋》和《文选注》《文选音》等。《西京赋》残卷是李善注本,1917年罗振玉将其影印在《鸣沙石室古籍丛残》中,所以很被学术界关注并利用。《文选音》发现后立刻被音韵学界视为珍贵材料,周祖谟先生对其作了比较精深的研究,它的价值也为学者们所认识。这批写抄本的发现,对研究萧统《文选》原貌以及《文选》写抄本与刻本间的关系具有重要价值。同时,也是因为写抄本的出现,为中国学术界认识早期文献的文体特征和流传中的变异,提供了新材料,并由此开辟了新的研究领域。除了敦煌发现的写抄本外,日本所藏《文选》早期写抄本,更是给新《文选》学研究的深入开展,提供了重要的文献来源。日本所藏写抄本,重要的如《文选集注》、古钞白文残二十一卷本、观智院藏卷第二十六以及九条家本、三条家本等。《文选集注》藏日本金泽称名寺,清末董康首先发现,并报告日本政府,而被列为国宝。自发现之后,《文选集注》引起了中、日两国学者的注意,并开始研究和使用。如罗振玉先于1918年影写了十六卷①,题为《唐钞文选集注残本》,罗氏影印本并不完全,而且所印各卷也多有脱漏;1935年,日本京都大学文学部又以《影旧钞本》名义印了二十四卷,1942年完成,是比较完全的印本,但也仍然有遗漏,如现存于中国境内的几种残卷就没有影印进去(现藏国家图书馆的曹子建《求自试表》二十二行、藏天津图书馆的卷四十八残卷)等。总体来说,二十世纪上半期中日学者主要对《文选集注》作了整理和影印,还没有来得及开展研究。不过对《文选集注》的文献价值的认识,中日学者都给予高度评价,日本学者斯波六

---

① 罗振玉影本首二卷(卷第四八和卷第五九)据其所藏照相影印,其余因非其所藏,故是影写。

郎,中国学者黄侃、高步瀛、傅增湘等都利用以校勘《文选》,①成绩卓著。

　　《文选》学全面进入新兴时期是在二十世纪八十年代末,由长春师范学院昭明文选研究所发起召开了首届《文选》学研究国际研讨会,从那以后,中国大陆的《文选》学呈现了欣欣向荣的局面。对这个新局面,学术界提出了"新选学"概念,以来与传统《选》学作区分。新选学本来是日本学者神田喜一郎博士在《新的文选学》中所提,以后由于清水凯夫教授的有意识研究,使得这一概念形成了有风格、有方法的研究派别,并逐渐在当代《文选》学研究中取得了越来越多的认同。清水凯夫教授的研究成果及"新文选学"的主要内容,中国学者许逸民先生曾归纳为六个方面,即(1)《文选》的编者;(2)《文选》的选录标准;(3)《文选》与《文心雕龙》及《诗品》的关系;(4)沈约声律论;(5)简文帝萧纲《与湘东王书》;(6)对《文选》的评价。② 不过,对这一概括,清水凯夫并不完全同意,他重申他的"新文选学"有四大课题:第一课题,无论如何也是传统"选学"完全缺乏的《文选》真相的探明。这一大课题,仅个别地澄清各个问题,是终究不能解决的。只有在以下诸课题分别澄清后,才能有机地综合分析考察的方法求得其结果。第二个课题,是弄清如下先行理论对《文选》的影响关系,这一课题自然也应该与第一课题联系起来考察的。第三个重大课题是弄清各个时代对《文选》接受、评价的变迁。换言之,即扩充和充实历来所说的"文选学史"。第四个课题,是使传统"选学"已进行的工作变得更加充实,那就是彻底地探讨版本、训诂学的历史,补上欠缺的部分。从清水凯夫本人阐述的"新选学"内容看,比较许逸民的总结又扩大了许多。这个差别主要是因为许氏根据清水凯夫已经做过的工作而言,而清水凯夫的重新认定,则包括了许多未来的计划。从清水凯夫第四个课题的认定看,他已经将传统"选学"的版本、训诂等内容也引入了"新选学"。

　　清水凯夫教授四个课题的认定,已明显与神田喜一郎博士当初所提出的"新选学"有了区别。在神田博士那里,"新文选学"既不包括各种译注本,也

---

① 参见斯波六郎《文选诸本之研究》,载《文选索引》,日本京都大学人文科学研究所,1959 年;黄侃《文选平点》;高步瀛《文选李注义疏》,北平直隶书局,1935 年,又经曹道衡、沈玉成点校本,中华书局,1985 年;傅增湘校本《文选》,国家图书馆藏。
② 见《再谈"选学"研究的新课题》,载《文选学论集》。

不包括斯波六郎博士的版本研究。如果按照清水教授的认定，那么"新文选学"在日本实际上并非从二十世纪六十年代才开始，而应该从斯波六郎博士的研究工作开始算起了（斯波六郎博士的研究成果发表于五十年代，但其研究却早在三十年代初期就开始了）。但这样一来，就带来了新的问题，如果斯波六郎博士的研究也属于"新选学"内容的话，那么传统"选学"的版本研究（如胡克家等人的工作）如何看待呢？事实上"新选学"刚提出的时候，其基本内容正如许逸民所总结的一样，清水凯夫的既成研究也证明了这一点。只是随着清水凯夫本人的思考成熟以及中日两国学者的批评而陆续增加了如清水教授后来所说的第三、四两课题内容。

从"新选学"提倡者所指出的内容看，虽然这个提法发生在日本，但实际上二十世纪中国学者的研究，如前述骆鸿凯、何融等人的研究，已开始在先。自五十年代以来，关于《文选》编者、选录标准等问题的讨论，更得到了加强。比较有影响的如殷孟伦《如何理解〈文选〉编选的标准》①、王运熙《萧统的文学思想和〈文选〉》②、郭绍虞《〈文选〉的选录标准和它与〈文心雕龙〉的关系》③等。总的说来，八十年代之前，中国的《文选》研究还处于零星的、不成系统的状态，八十年代中后期才进入一个新阶段。由北京大学、长春师范学院等多单位联合所作的《文选译注》似乎是一个标志，而1988年在长春召开的第一届《昭明文选》国际学术研讨会，更是表明中国《文选》学研究步入一个新的时期。在此之后，又分别在长春、郑州召开了两届国际学术讨论会，并且成立了中国《文选》学研究会，表明中国《文选》研究已经国际化，而且进入了规范的、有系统的研究状态。就当前已经开展的工作来说，如郑州大学古籍整理研究所所编的《中外学者文选学论集》《中外学者文选学论著索引》④、四川师范大学屈守元教授《文选导读》⑤、南京大学周勋初教授整理影印的《唐钞文选集注汇存》⑥、北京大学

---

① 《文史哲》1963年第1期。
② 《光明日报》1961年8月27日。
③ 《光明日报》1961年11月5日。
④ 中华书局，1998年。
⑤ 巴蜀书社，1993年。
⑥ 上海古籍出版社，2000年。

傅刚教授《〈昭明文选〉研究》①《文选版本研究》②、四川大学罗国威教授《敦煌本〈昭明文选〉研究》③《敦煌本〈文选注〉笺证》④、广西师范大学胡大雷教授《文选诗研究》⑤等,此外,几次国际学术会议论文集,如《昭明文选研究论文集》⑥《文选学论集》⑦《文选学新论》⑧《昭明文选与中国传统文化》⑨,都代表了中国当代学者的研究成绩。此外,一大批这个年代的老一代学者和年轻学者一起投入了《文选》学研究,如《文选》学会首任会长、著名学者曹道衡先生连续发表了十数篇《文选》学研究论文⑩,深入推动了《文选》学的发展。

中国港台学者关于《文选》的研究也取得了非常令人瞩目的成绩。香港著名学者饶宗颐教授的《敦煌本文选斠证》⑪《日本古钞文选五臣注残卷校记》⑫是根据写、钞本对《文选》版本进行研究的力作。文中所得出的一些结论,非常具有启发性。但或许由于条件限制,饶氏未能采用与敦煌写本(永隆本)和古钞五臣注残卷有直接关系的北宋国子监本及陈八郎本等对勘,因此所获结论又难免有缺陷。台湾学者对《文选》的研究极为重视,出版过研究专著多种,如林聪明《昭明文选研究考略》⑬《昭明文选研究初稿》⑭,陈新雄、于大成《昭明文选论文集》⑮,邱棨鐊《文选集注研究》⑯,李景溁《昭明文选新解》⑰,游志诚

---

① 中国社会科学出版社,2000年。
② 北京大学出版社,2000年;2014年又出版增订本,由世界图书出版西安有限公司出版。
③ 黑龙江教育出版社,1999年。
④ 巴蜀书社,2000年。
⑤ 广西师范大学出版社,2000年。
⑥ 吉林文史出版社,1988年。
⑦ 时代文艺出版社,1992年。
⑧ 中州古籍出版社,1997年。
⑨ 吉林文史出版社,2001年。
⑩ 参见曹先生《汉魏六朝文学论文集》(广西师范大学出版社,1999年)、《中古文学史论文集续编》(台北文津出版社,1994年)等书。
⑪ 《新亚学报》3卷1–2期。
⑫ 《东方文化》1956年3卷2期。
⑬ 文史哲出版社,1974年。
⑭ 文史哲出版社,1986年。
⑮ 木铎出版社,1980年。
⑯ 文选学研究会,1978年。
⑰ 暨南出版社,1990年。

《昭明文选学术论考》①《文选学新探索》②等。此外,台湾有不少大学开设了《文选》研究课程,博士、硕士论文中有不少以《文选》研究为题。硕士论文如丁履譔《文选李善注引诗考》、李鎏《昭明文选通假考》、周谦《昭明文选李善注引左传考》、黄志祥《北宋本文选残卷校正》等。从题目看,这些论文集中在对李善注的研究上,这仍是传统"选学"的内容。

二十世纪前半叶,《文选》学的版本研究并不显著,包括《文选集注》也还停留在简单的著录和序跋,以及利用以校勘。版本研究成为《文选》学的重要内容,是在二十世纪末,以傅刚《文选版本研究》为代表,为《文选》学的版本研究开辟了新领域。傅刚的《文选版本研究》首次将《文选》版本作为《文选》学的研究对象,对《文选》的现存写抄本和宋元刻本作了详细调查,并撰写叙录,对《文选》版本的历代存藏和写抄本与刻本的关系,以及各写抄本和重要版本的物征、价值作了专题研究,为《文选》版本研究的开展奠定了基础,形成了"《文选》版本学"。2000 年以后,《文选》学在版本研究领域取得了超越前人的成绩。写抄本研究成果有敦煌写本的整理及研究,整理本如饶宗颐《敦煌吐鲁番本文选》③、周勋初《唐钞文选集注汇存》④等,研究专著如罗国威《敦煌本〈文选注〉笺证》、金少华《古抄本〈文选集注〉研究》⑤《敦煌吐鲁番本〈文选〉辑校》⑥等,刻本研究成果如范志新《文选版本论稿》⑦、俞绍初等《新校订六家注文选》⑧、刘跃进主持《文选旧注辑存》⑨等。至于研究论文,在当代《文选》学研究中更是占据了相当大的比重。因此,二十世纪以来《文选》学在理论研究和版本研究两方面都取得了迥异于传统《选》学的成绩,从而呈现出全新的面貌。

当前的《文选》学研究正呈于兴盛的状态,除了在研究成果上体现外,我们

---

① 学生书局,1996 年。
② 骆驼出版社。
③ 中华书局,2000 年。
④ 上海古籍出版社,2000 年。
⑤ 浙江大学出版社,2015 年。
⑥ 浙江大学出版社,2017 年。
⑦ 江西人民出版社,2003 年。
⑧ 郑州大学出版社,2013 年。
⑨ 凤凰出版社,2017 年。

看到有大量的年轻学者成为《文选》学研究的主体力量,这是非常令人欣喜的!十余年前高校中还不太有人开设《文选》的课程,而今已有很多大学开设了专课。同时,国家社会科学基金项目,从普通项目到重大招标项目都有《文选》学课题。面对当前这如火如荼的研究热潮,《文选》学还应该怎样发展?这也是每一个《文选》研究者都在思考的问题。

对此,我提出一些粗浅的看法,供研究者参考。

一、《文选》学与汉魏六朝文学史研究如何结合。《文选》学自唐初建立以来,一直是专书之学,除了萧统所编作品外,唐代李善的注也成为《文选》学的重要内容。这个传统一直延续到当代。但是,随着当代学术的发展,研究视野的开阔和研究基点的提高,《文选》学所具有的价值不再仅限于专书,而是与其关涉到的先秦两汉至齐梁的文学史密切相关。因此,自二十世纪八十年代中国《文选》学会成立时起,学会便以团结先秦汉魏六朝文学研究者,以《文选》为中心,广泛开展并带动这一时期的文学史研究为宗旨。二十多年来,这一宗旨得到了广大研究者的赞成,也取得了非常显著的成绩。当然,《文选》学不同于文学史,我们必须以《文选》学为中心,在《文选》学视域中考察这一阶段的文学发展和作家作品的地位、价值。

二、建立《文选》文献学。《文选》学自唐初建立以来,研究的成果丰硕,研究的领域广泛,积累的文献资料十分丰富。自二十世纪进入新《选》学研究以来,学者们以大量的精力进行理论研究,对《文选》学史和历代研究成果的清理未尽全力,在当前《文选》学已经深入开展之际,建立《文选》文献学的任务就很迫切了。事实上,学术界也做了一些工作,如中华书局影印的尤袤本《文选》[1]、胡克家本《文选》[2]和《六臣注文选》[3],上海古籍出版社组织点校的李善注《文选》[4],人民文学出版社影印宋刊明州本六臣注《文选》[5],国家图书馆出

---

[1] 中华书局,1974年线装本。
[2] 中华书局,1977年。
[3] 中华书局,1987年。
[4] 上海古籍出版社,1986年。
[5] 《日本足利学校藏宋刊明州本六臣注文选》,人民文学出版社,2008年。

版社影印的《曾国藩辑评〈昭明文选〉》①、《增订昭明文选集成详注》②、《文选学研究》资料③，王立群教授撰写的《现代文选学史》，等等，都是重要的成果。我们应该更大规模地进行资料建设，如汇编历代《文选》学研究文选、历代《文选》学名著集成，影印《文选》写抄本、重要刻本、批校、评点本，编撰《文选学史》，这些工作势在必行，为《文选》学的深入开展奠定坚实的文献基础。

  三、加强文本细读，建立基于文本的批评学、材料学、文学史学等。文本的批评学，一是以《文选》为中心讨论汉魏六朝时期的文学观，《文选》是南朝人所编，它的编辑体例、标准等最能体现当时人的文学观，以《文选》为中心，参考汉魏六朝文学批评理论，比较参研，重新审视和考察汉魏六朝文学批评，将会比仅据理论术语研究文学批评的皮相之学更能抉心。二是细读文本，明辨文体，从《文选》选文中深深体味汉魏六朝人的文学观和文学意识。《文选》作品中表现时人的文学观和文学意识很丰富，但是需要仔细辨析，如书类所载曹丕、曹植诸人的书信，其中涉及的文学批评材料非常丰富，可补文学批评史许多空白。如从他们的书信中，我们知道当时人讨论的问题广泛，有生死问题、人生价值问题、文章优劣问题、批评态度问题，此外，如讨论的形式、场所、气氛等，一一都可在作品中见到。如此资料甚多，需要细细研读发现。文本材料学，是将作家作品作为史料研读，细读会发现当时的典章制度、人情世故、地理环境等，都能作为史料使用，其有用于研究处往往出人意表。文学史学，是以文本细读作为研究文学史的基本史料。我们以往的研究，惯常以文学史的描述或相关史料的搜集为主，但其实我们更需要的是通过作品细读来发现文学史的发展。当代文学史研究者对文学史的认识，先天地来自大学的文学史课，这已经有先入之见了，其后的研究虽然会自己动手搜集和考索材料，但仍然摆脱不了已有的文学史认识。和我们不同，古人对文学史的认识，不是通过文学史理论的学习获得的，而是从一篇篇作品的细读获得的，因此，他们的研究往往能独具慧眼，提出不同于别人的看法。我们应该学习这种方法，从自己的文本细读中获得知识和见解，构筑自己的文学史

---

① 国家图书馆出版社，2014 年。
② 国家图书馆出版社，2015 年。
③ 国家图书馆出版社，2010 年。

体系。

四、在以上基础上，建立《文选》文献学、《文选》批评学、《文选》文学史、《文选》接受学史，并形成理论专著，对一千多年的《文选》学进行总结，继承《文选》学优秀传统，开创新《文选》学天地。

目 录

百年《文选》学研究回顾与展望(代序) …………………… 傅 刚(1)

上 册

第一部分 《文选》文本研究

论《赭白马赋》 ……………………………………………… 朱晓海(3)
多与一:杂体与总集
　　——《杂体诗三十首》之选人命题与《文选》之诗体别裁 …… 程章灿(18)
"诡辞"以见义
　　——论《太史公自序》的书写策略 ………………… 程苏东(36)
从《喻巴蜀檄》到《难蜀父老》 ……………………………… 樊 荣(57)
再读《报任少卿书》 …………………………………………… 李 俊(67)
关于《幽通赋》曹大家注的学术性所在 ………………… 栗山雅央(76)
旧题萧统《锦带书》(《十二月启》)辨伪 …………………… 罗 宁(93)
《洛神赋》:幻觉体验与赴水隐喻 …………………………… 孙明君(110)
《文选》"张茂先《女史箴》"与两晋的箴文书写 ………… 钟 涛(124)
《文选》"符命"类名诠解 …………………………………… 王 楚(137)
《文选》李善注"再见从省"义例探微 ……………………… 王翠红(157)
王粲《七哀诗》二题 ………………………………………… 王晓东(172)
论刘令娴和她的诗 …………………………………………… 许云和(182)
《文选》录文篇题的流动性与稳固性
　　——以"赋"类几篇作品为例 ……………………… 杨晓斌(204)

再论《文选》的编纂问题 ……………………………… 高明峰(224)
亡佚还是失收
　　——《文选》未收阮瑀的表檄等原因管窥 ………… 尹玉珊(232)
论孙绰《游天台山赋》有无色空思想之近源及意义 …… 张富春(237)
《文选》咏史诗新探：历史记忆与左思《咏史》 ……… 张　月(248)
都邑、游览与文学主题的新变
　　——从《登楼赋》《芜城赋》谈起 ………………… 吴沂沄(271)
《文选·陶征士诔并序》"文取指达"说平议 …………… 边利丰(281)

第二部分　《文选》学史研究

从现代《文选》学史的角度看曹道衡先生的《文选》研究 ……… 王立群(297)
高山仰止，景行行止
　　——缅怀曹道衡先生的提携指导 …………………… 樊　荣(320)
永远的怀念
　　——忆曹道衡先生 …………………………………… 冷卫国(323)
王运熙的《文选》研究 …………………………………… 王立群(330)
傅山《文选》第三意义阅读法
　　——创造性阐释示例 ………………………………… 徐华中(346)
刘咸炘文选学新方法的启示及其开展
　　——论"双文学"的建构 …………………………… 游志诚(357)
日本《文选》学的新成果
　　——读日本新出的两种《文选》学新著 …………… 李　庆(371)
中国文选学研究会与当代"文选学"发展史
　　——以历届"文选学"年会论文为研究中心 ……… 刘志伟(382)
何以妖孽：清代民初《文选》派的一个考古学考察 …… 郭宝军(432)
朱绪曾《〈玉台新咏〉与〈文选〉考异》小笺 ………… 汪春泓(458)
黄侃——现代文选学创立者 ……………………………… 陈延嘉(468)
王同愈批校《文选》述略 ………………………………… 南江涛(501)

《文选》萧氏家学钩沉 ……………………………………… 胡耀震(513)
王念孙《读文选杂志》志疑 ……………………………… 金少华(519)
奥地利汉学家赞克的《文选》德译初探 ……… 罗 静 林 琳 张 原(529)

下 册

第三部分 《文选》文献学研究

《文选》用《汉书》证 ……………………………………… 傅 刚(557)
新出墓志所见《文选》注者李善世系事迹考述 ………… 胡可先(583)
读《文选集注》札记 ……………………………………… 静永健(592)
宋玉《九辩》的语音技巧 ………………………………… 孙玉文(600)
《文选》的语料价值 ……………………………………… 吴晓峰(627)
论正德本《文选》音注的声调系统特征 ………………… 邹德文(633)
《文选·两都赋》题下李善注辨证
　　——兼论李善题注之适用度与整体观照及
　　　潜意识诸问题 …………………………………… 力 之(640)
宋明州刊六家注《文选》发微 …………………………… 刘 明(657)
从《文选》李善注论《列子》并非伪书 …………………… 刘群栋(672)
《文选集注》中江淹《杂体诗》的研究价值
　　——兼论先唐文本研究的方法 ………………… 宋展云(690)
汉代文赋校释拾零 ………………………………………… 郜同麟(706)
《文选》李善音注的版本演变
　　——从敦煌本到胡刻本 ………………………… 韩 丹(715)
从"母本"到"变本":萧《选》旧貌之构建尝试
　　——以敦煌善注写本与日藏白文古钞的对校为中心 … 高 薇(743)
尤袤本《文选》的刊刻及选学价值 ……………………… 王 玮(772)
李善注引《论语》及各家注考论 ………………………… 吴相锦(782)
《文选》李善注引《汉书》刍议 …………………………… 张 珊(816)
李善《文选注》引书义例考 ……………………………… 赵建成(831)

《文选集注》传入日本后的流传与保管
　　——以金泽文库所藏《文选集注》为中心 ………… 郑月超（861）
从蒙古国发现《封燕然山铭》来考察《昭明文选》
　　的文本变迁……………………………………………… 董宏钰（875）

第四部分　《文选》与先唐文学史研究

竹林之游分期考……………………………………………… 张亚新（903）
《文选·王简栖头陀寺碑文》及寺碑文论 ………… 胡大雷（917）
从"五柳先生"到"六一居士"
　　——中国传统文人的一种处世心态………………… 卫绍生（926）
汉魏六朝"诗赋"整体论抉隐 ………………………… 钱志熙（937）
两汉辞赋文明与文集"首赋"体制
　　——兼释萧统《文选》"甲赋乙诗"问题 …………… 吴光兴（954）
汉魏六朝诗歌韵脚字异文校考 ………………………… 杜晓勤（980）
喉转、胡笳与长啸
　　——对繁钦《与魏文帝笺》和成公绥《啸赋》的音乐学阐释 … 范子烨（1002）
邹、枚谏吴王书文本生成考辨 …………………… 胡　旭　刘美惠（1052）
试论中古辞赋与奏议的关系 …………………………… 冷卫国（1071）
《文选》"难"体与先秦"语"体
　　——兼及"对问""设论"的文体溯源 ……………… 李　佳（1090）
《文选》科举学引论 …………………………………… 刘　锋（1102）
六朝时期今鄂湘地区诗歌创作考论 …………………… 陆　路（1113）
由《古风》组诗看李白创作、编集对《文选》的因与革 ………… 任雅芳（1159）
梁陈之际的文学典籍流传
　　——以建康、江陵及襄阳三地为中心 ……………… 童　岭（1177）
江淹创作所体现的文体分类意识 ……………………… 王大恒（1184）
阮籍《咏怀》诗旨趣探微 ……………………………… 王京州（1199）
《文选颜鲍谢诗评》与方回的六朝诗学观 …………… 赵厚均（1210）

早期总集的生成与演进:从《邺中集》到《文章流别集》 ……… 徐昌盛(1222)

诗与杂传:陶渊明与魏晋《高士传》 ………………………… 卞东波(1248)

谶纬思想与东汉明、章之际的礼乐改革 …………………… 蔡丹君(1269)

文体侧重与文学史观
　　——从文体角度论《文心雕龙》《诗品》《文选》
　　　　文学史判断之不同 ………………………………… 陈　特(1294)

第一部分

《文选》文本研究

论《赭白马赋》

朱晓海

前　言

刘宋文帝曾问颜延之："卿诸子谁有卿风？"颜延之对曰："竣得臣笔,测得臣文。"①"文"包括诗、赋两大类。颜氏以诗名世,故"江左称颜、谢焉"②。颜诗凡二十一首入《选》。若无名氏所作不计,于"集其清英"③的六十六人中高居第五④,堪相印证。固然赋唯独《赭白马赋》⑤一篇见青睐,但比类而观,傅毅、曹植、嵇康、郭璞以及较颜氏晚一辈的谢惠连也均仅一篇入《选》,则此赋应有过人之处,值得探究。

---

① 沈约《宋书》,艺文印书馆,1977年,卷七五《颜竣传》,第944页。
② 《宋书》,卷七三《颜延之传》,第918页。
③ 萧统《文选》序,李善注《文选》,艺文印书馆,1998年,第1页。
④ 详参罗志仲《〈文选〉诗收录尺度探微》,新竹清华大学中国文学系博士论文,2008年9月,《附录·表三》,第261页。
⑤ 以下引文凡出自此赋者,率见《文选》,卷一四《赋庚·鸟兽下》,第208—211页。节省篇幅计,不复一一标举页码。

一

首先应说明这匹骏马的来历。《晋书》卷一百十《慕容儁载记》曾记载：

> 初,(慕容)廆有骏马,曰赭白,有奇相逸力。石季龙之伐棘城也,(廆之第三子)皝将出避难,欲乘之,马悲鸣踶啮,人莫能近。皝曰:"此马见异先朝,孤常仗之济难,今不欲者,盖先君之意乎?"乃止。季龙寻退,皝益奇之。至是,四十九岁矣,而骏逸不亏,(皝之次子)儁比之于鲍氏骢①,命铸铜以图其象,亲为铭赞,镌勒其旁,置之蓟城东掖门。是岁,象成而马死。

《宋书》卷九七《夷蛮列传·东夷·高句骊传》：

> 高句骊王高琏,晋安帝义熙九年(413),遣长史高翼奉表,献赭白马。②

西晋惠帝元康四年(294),慕容廆立国于棘城。东晋成帝咸康七年(341),迁都龙城。东晋穆帝永和六年(350),慕容儁正式入长城内,迁都幽州的蓟城,进而拓展,拥有整个冀州,东晋穆帝升平元年(357),迁都至西晋时期司州的邺城。③ 棘城、龙城均属于平州,相当于今辽宁省,而平州乃西晋武帝咸宁二年(276)十月正式自幽州分出④。高句丽在平州西,位于今吉林省中部以南地区。平、幽及冀州东北乃七雄燕国疆域,是以慕容皝称燕王,慕容儁称燕帝。⑤ 由此可知:赭白马乃东北地区南方一带的土产。无怪乎颜《赋》说它出自"幽、

---

① 郭茂倩《乐府诗集》(里仁书局,1981年),卷八五《杂歌谣辞三·鲍司隶歌》,第1193页:"鲍氏骢,三人司隶再入公。马虽瘦,行步工。"《叙录》引《乐府广题》:"《列异传》云:'鲍宣,宣子永,永子昱,三世皆为司隶,而乘一骢马,京师人歌之。'"

② 桂馥《札朴》(世界书局,1964年),卷三《赭白马》,第28页,已言及这条材料,然以"宋高祖践阼,(高句骊)又遣长史马娄等诣阙,献方物",则非。《宋书》,卷九七《夷蛮列传·东夷·高句骊传》,第1153页,马娄来乃宋少帝景平二年(424)事,且必在是年五月乙酉前,因少帝见废于此时。

③ 分见吴士鉴、刘承幹《晋书斠注》(艺文印书馆,1972年;以下简称《晋书》),卷一百八《慕容廆载记》,第1825页;卷一百九《慕容皝载记》,第1835页;卷一百十《慕容儁载记》,第1841、1845页。

④ 《晋书》,卷一四中《地理志上》,第308页。

⑤ 《晋书》,卷一百九《慕容皝载记》,第1832页;卷一百十《慕容儁载记》,第1842—1843页。

燕""塞门"。

从序文：

> 我高祖之造宋也，五方率职；四隩入贡……乃有乘舆赭白特禀逸异之姿，妙简帝心，用锡圣皁。

及赋文：

> 信圣祖之蕃锡，留皇情而骤进。

既然使用《周易》卦辞"康侯用锡马蕃庶，昼日三接"①，则此马本为宋武帝刘裕所有，转赐给当时尚为诸侯的第三子文帝。问题在如何理解"造宋"。假使这匹赭白马于武帝永初元年（420）入贡，时届成年的五岁，至文帝元嘉十七年（440）②，时年二十七岁。不同品种的马寿命不同。从前引《慕容儁载记》的记述来看，对于赭白马而言，二十七岁实在难以说"齿历虽衰"。如果根据"《周书》曰'明德慎罚'，文王所以造周也"，"惟乃丕显考文王……肇造我区夏"，③姬昌乃在商朝共主地位未倾覆前，已及身受命，所谓"文王受命惟中身"④，那么刘裕获得这匹赭白马乃在东晋末。从桓玄篡位败灭，安帝复辟，义熙二年（406）十月，封刘裕为豫章郡公⑤，九鼎大势已倾。义熙六年七月，铲除桓谦；七年二月，先后剿灭徐道覆、卢循；八年，铲除刘毅、谢混；九年二月，铲除诸葛长民；十一年三月，败逐司马休之，⑥至此，已经再无任何足以动摇他的势力了。加以义熙六年二月灭南燕慕容氏；九年七月灭西蜀谯氏；十三年八月灭后秦姚

---

① 孔颖达《周易注疏》（艺文印书馆，1977年），卷四《晋》，第87页，孔《疏》："天子美之，赐以车马，蕃多而众庶。"按：后世上对下曰赐，下对上曰贡，上古二词同义，故孔颖达《尚书注疏》（艺文印书馆，1977年；以下简称《尚书》）卷六《禹贡·扬州》"厥包橘、柚锡贡"（第82页）、《荆州》"九江纳锡大龟"（第85页），"锡贡""纳锡"均为同义复词。此所以孔门高弟端木赐字子贡。此处自然沿用传统的误训，指"圣祖"所"锡""蕃"多。

② 《赭白马赋》曰："惟宋二十有二载。"善《注》："宋文帝十七年也。"许巽行《文选笔记》（广文书局，1966年），卷三，第19b页及张云璈《选学胶言》（广文书局，1966年），卷八，第6a—b页，均以为当作"宋文帝十八年"，唯梁章钜《文选旁证》（广文书局，1966年），卷一五，第13a—b页，以为当作"二十有一载"。按：不论字形或字音，"七"与"八"均悬隔，无由致误，而"一"与"二"则形近易讹，梁说是。

③ 以上引文分见孔颖达《左传注疏》（艺文印书馆，1977年），卷二五《成公二年》，第428页；孔颖达《尚书》，卷一四《康诰》，第201页。

④ 《尚书》，卷一六《无逸》，第242页。

⑤ 《宋书》，卷一《武帝纪上》，第18页。

⑥ 分见《宋书》，卷一《武帝纪上》，第22页，卷二《武帝纪中》，第25、26、28页。

氏，收复两京。① 此等旷世功勋，无怪乎义熙十二年十月，封宋公；十三年十月进爵为宋王。② 连东晋末代君主恭帝都说："桓玄之时，天命已改，重为刘公所延，将二十载。""晋氏久已失之。"③根据旧史安帝义熙年间外邦来朝，贡献方物的记载，④赭白马非林林虑、西南夷等南方边区所产，而高句丽仅于上述义熙九年遣使入京，则以这匹赭白马乃此时"至荆、越"，当属合理的推断。献给安帝的，却由刘裕所纳，盖根据"唐叔得禾，异亩同颖，献诸天子。王命唐叔归周公于东"⑤的故事，以彰显贤辅的盛德殊勋。

皇帝赐与之物不得转赠他人，则文帝获得"圣祖之蕃锡"，当在刘裕践阼之后了。

二

现在回归文本。需要从这篇赋的三个段落，才能看出它的写作技巧。

第一段落乃道地的颂圣。颂圣中的一不可或缺的项目乃天降祥瑞这方面。这乃是《京都》《符命》这两类的能事。以前者为例：

> 总集瑞命，备致嘉祥：囿林氏之驺虞，扰泽马与腾黄。鸣女床之鸾鸟，舞丹穴之凤皇。植华平于春圃，丰朱草于中唐。
>
> 德连木理，仁挺芝草。皓兽为之育菽，丹鱼为之生沼。商云翔龙，泽马丁阜。山图其石，川形其宝。莫黑匪乌，三趾而来仪；莫赤匪狐，九尾而自扰。嘉颖离合以尊尊，醴泉涌流而浩浩。显祯祥以曲成，固触物而兼造。盖亦明灵之所酬酢，休征之所伟兆。⑥

---

① 分见《宋书》，卷一《武帝纪上》，第20页，卷二《武帝纪中》，第26、32页。
② 分见《宋书》，卷二《武帝纪中》，第30、32页。
③ 分见《宋书》，卷二《武帝纪中》，第34页；《晋书》，卷一〇《恭帝记·元熙二年》，第187页。
④ 《晋书》，卷一〇《安帝纪·隆安三年》，第177页："二月……仇池公杨盛遣使称藩，献方物。"义熙九年，第185页："是岁高句丽、倭国及西南夷铜头大师并献方物。"义熙十年，第185页："林邑遣使来献方物。"义熙十二年，第186页："六月癸亥，林邑献驯象、白鹦鹉。"
⑤ 《尚书》，卷一三《归禾·序》，第196页。
⑥ 以上引文分见《文选》，卷三《赋乙·京都中》张衡《东京赋》，第65页；卷六《赋丙·京都下》左思《魏都赋》，第108页。

以后者为例:

> 囿驺虞之珍群,徼麋鹿之怪兽,导一茎六穗于庖,牺双觡共牴之兽,获周余珍放龟于岐,招翠黄乘龙于沼……钦哉! 符瑞臻兹。

> 来仪集羽族于观魏,肉角驯毛宗于外囿,抚缙文皓质于郊,升黄辉采鳞于沼,甘露宵零于丰草,三足轩翥于茂树,若乃嘉谷、灵草、奇兽、神禽应图合谍,穷祥极瑞者,朝夕坰牧,日月邦畿。①

对于善于颂圣的颜延之而言,毫无难事,然而这篇既以赭白马为题,势必调整。以他于元嘉十一年所写《三月三日曲水诗序》中的"赪茎、素毳、并柯、共穗之瑞,史不绝书;栈山、航海、踰沙、轶漠之贡,府无虚月"②为准,一方面,他拓展后一句:

> 五方率职,四隩入贡……有肆险以禀朔,或踰远而纳赆。闻王会之阜昌,知函夏之充牣。

另方面,他压缩神话、传说的项目,将植物、神禽、器物悉数删除,仅聚焦于异兽,而且限于宝马:

> 秘宝盈于玉府,文驹列乎华厩……总六服③以收贤,掩七戎而得骏。

并且引古为例:

> 昔帝轩陟位,飞黄服皂;后唐膺箓,赤文候日;汉道亨,而天骥呈才;魏德㭊,而泽马效质,伊逸伦之妙足,自前代而间出,并荣光于瑞典,登郊歌乎司律。

以证实刘宋"实有腾光吐图,畴德瑞圣之符焉"。象征符瑞的宝马当然与作为

---

① 以上引文分见《文选》,卷四八《符命》司马相如《封禅文》,第690页;班固《典引》,第697—698页。
② 《文选》,卷四六《序下》,第658页。
③ 善《注》:"《周礼》曰:王畿外侯服、甸服、男服、采服、卫服、蛮服。"孔颖达《毛诗注疏》(艺文印书馆,1977年),卷一八之一《大雅·荡之什·抑》,第646页,孔《疏》:"《周礼》九服,六服之内为中国;七服以外(夷服、镇服、蕃服)为夷狄。"故下句以"七戎"与之对仗。若论其词源,《尚书》,卷一八《(伪)周官》,第269页:"六服群辟罔不承德。"

"瑞应车"的"象舆"①相配,与天帝紫宫外围的"钩陈"②上下呼应,这就转入第二段"代骖"的主题。

皇甫谧早已道破:

> 赋也者,所以因物造端,敷弘体理,欲人不能加也,引而申之……触类而长之。③

刘勰更指出:

> 至于草区禽旅……拟诸形容,则言务纤密,象其物宜,则理贵侧附。

> 自近代以来,文贵形似……体物为妙,功在密附,故巧言切状,如印之印泥,不加雕削,而曲写毫芥。④

可是颜氏此赋对赭白马就止于"双瞳夹镜,两权协月"简单两句,然后就以一句"殊相逸发"概括了它的形容。至于它的"筋""骨""梢""发",无一触及。较之类书节录的刘琬《马赋》"吾有骏马,名曰骐雄,龙头鸟目,鳞腹虎胸,尾如雪彗,耳如插筒"还简略⑤。奔跑的速度当然是论马优劣的一大指标,但同样就止于"超摅绝夫尘辙,驱骛迅于灭没"。窃以为这是因为《序》文一开始就指出:

---

① 泷川龟太郎《史记会注考证》(艺文印书馆,1972年),卷一一七《司马相如列传·上林赋》,第1216页:"象舆婉僤于西清。"《集解》引《汉书音义》:"山出象舆,瑞应车也。"洪兴祖《楚辞补注》(台湾中华书局,1980年),卷一一《惜誓》,第1b—2a页:"驾太一之象舆。"王《注》:"神象之舆。"换言之,象舆非贾公彦《周礼注疏》(艺文印书馆,1977年),卷二七《春官·巾车》,第414页,所掌天子五路中,以象牙装饰车上器件末端的象路。

② 王先谦《汉书补注》(艺文印书馆,1972年),卷八七上《扬雄传·甘泉赋》,第1518页:"伏钩陈使当兵,属堪舆以壁垒兮。"王先谦《后汉书集解》(艺文印书馆,1972年),卷四〇上《班彪传附子固传·西都赋》,第483页:"周以钩陈之位,卫以严更之署。"《文选》,卷五六《铭》陆倕《石阙铭》,第786页,善《注》:"钩陈,兵卫之象。"

③ 《文选》,卷四五《序上》皇甫谧《三都赋·序》,第652页。

④ 范文澜《文心雕龙注》,台湾开明书店,1970年,卷二《诠赋》,第47a页;卷一〇《物色》,第1b页。

⑤ 李昉《太平御览》(台湾商务印书馆,1997年),卷八九七《兽部九·马五》,第4116页。卢弼《三国志集解》(艺文印书馆,1977年),卷四七《吴主传》,第926页:"汉以(孙)策远修职贡,遣使者刘琬加锡命。琬语人曰:'吾观孙氏兄弟,虽各才秀明达,然皆禄祚不终。唯中弟孝廉形貌奇伟,骨体不恒,有大贵之表,年又最寿。'"然欧阳询《艺文类聚》(文光出版社,1977年;以下简称《类聚》),卷九六《鳞介部上·龙》,第1663页,尝引刘琬《神龙赋》,署为晋人。"琬"乃习用之名,如东汉黄琬、蜀汉蒋琬、曹魏曹琬、西晋夏侯琬、刘宋邓琬,实难以确定这篇《马赋》的作者时代。

如果只强调"趫迅而已",自古以降的识马名家就不会认为"骥不称力",而将某些特殊的"马以龙名"。所以这段咏物对此马本身的刻画则退到边缘,一方面上承此马足以彰显宋德这点,被东北的外邦"简"选贡"献"至"绛阙";另一方面则着重描述它在人间的功能,"用锡圣皁"之后,加以训练,编入皇家马队中服役:

飞辖轩以戒道,环毂骑而清路;勒五营使按部,声八鸾以节步。

既为禁卫军或銮驾的马匹,配件当然辉煌:

具服金组,兼饰丹䪌;宝铰星缠,镂章霞布。

平心而论,对于任何一匹供皇家役使的马,这八句都适用,然而这与其说颜氏昧于铺叙,或笔拙词穷,倒不如说他刻意轩轾于咏物赋的窠臼之外,为真正的重心铺垫。果然,在第二段结尾点出:虽然它"弭雄姿以奉引,婉柔心而待御",但本质毕竟是"殊""异"的龙种,所以不时会"欻箠擢以鸿惊,时濩略①而龙骞"。也就在这先天本性与后天驯教的紧张关系下,开始了以畋猎赋为原型的第三段:

王于兴言,阐肆威棱,临广望,坐百层,料武艺,品骁腾。

颜氏不仅将时间设置在传统的秋狩之时:"露滋月肃,霜戾秋登",如同汉赋巨擘所言:

于是乎背秋涉冬,天子校猎。
于是玄冬季月,天地隆烈……帝将惟田于灵之囿……以奉终始顒顼玄冥之统。
岁惟仲冬,大阅西园。

---

① "濩略"乃上古鱼部叠韵词,不囿于字形,如郭庆藩《校正庄子集释》(世界书局,1971年),卷一上《逍遥游》,第36页:"魏王贻我大瓠之种,我树之成而实五石……瓠落无所容。"《太平御览》,卷七六二《器物部七·瓢》,第3513页,引作"濩落",《释文》引简文云:"犹廓落也。"邢昺《尔雅注疏》(艺文印书馆,1977年),卷一《释诂》,第7页,郭《注》:"廓落……大也。"《汉书补注》,卷八七上《扬雄传·甘泉赋》,第1519页:"蠖略蕤绥。"《楚辞补注》,卷一七《九思》,第6b页:"望江、汉兮濩诺。"王《注》:"濩诺,大貌也。"此处形容此龙种之马伸展四肢,跃跃欲飞,故余龙亦随之而起。

> 方涉冬节……宜幸广成……讲武校猎。①

还遵循畋猎赋曲终奏雅这点：

> 然而般于游畋，作镜前王，肆于人上，取悔义方，天子乃辍驾回虑，息徒解装，鉴武、穆，宪文、光，振民隐，修国章。

将一时兴起，甚至仅是依仪节而畋猎的宋文帝弄得好像是位"禽荒"②的皇帝。话虽如此，颜氏将一般畋猎赋中必有的一些描述悉数刊落，比如御驾队伍的排场：

> 蚩尤并毂，蒙公先驱；立历天之旂，曳捎星之旐；霹雳烈缺，吐火施鞭……飞廉云师吸嚊潚率，鳞罗布烈。

> 蚩尤先驱，雨师清路；山灵护阵，方神跸御……翠盖葳蕤，鸾鸣礚砢；山谷为之澹淡，丘陵为之簸倾。③

又比如猎杀捕获禽兽的猛烈：

> 箭不苟害，解胵陷脑；弓不虚发，应声而倒……徒车之所辚轹，步骑之所蹂若，人臣之所蹈籍，与其穷极倦㔸、惊惮詟伏，不被创而死者……

> 填阬满谷，掩平弥泽。禽兽振骇，魂亡气夺，兴头触系，摇足遇柾，陷心裂胃；溃脑破颡，鹰犬竞逐……坠者若坻，清野涤原，莫不殲夷。④

将焦点集中至赭白马在猎场一展本能长才这方面：

---

① 以上引文分见《文选》，卷八《赋丁·畋猎中》司马相如《上林赋》，第130页；扬雄《羽猎赋》，第134页；卷三《赋乙·京都中》张衡《东京赋》，第63页；《后汉书》，卷六〇上《马融传·广成颂》，第694页。

② 《左传注疏》，卷六《桓公六年》，第109页："秋八月壬午，大阅。"孔《疏》曰："大蒐、大阅不书公者，周礼虽面四时教战而遂以田猎，但……田猎从禽未必皆阅车马，何则？息慢之主外作禽荒，岂待教战方始猎也？"

③ 分见《文选》，卷八《赋丁·畋猎中》扬雄《羽猎赋》，第135页；《类聚》，卷六六《产业部下·田猎》，第1176页，所录张衡《羽猎赋》。

④ 分见《文选》，卷八《赋丁·畋猎中》司马相如《上林赋》，第130—131页；《类聚》，卷六六《产业部下·田猎》，第1176—1177页，所录王粲《羽猎赋》。

  睨影高鸣,将超中折①。分驰迥场,角壮永埒。别辈越群,绚练夐绝。捷趫夫之敏手,促华鼓之繁节。经玄蹄而电散,历素支而冰裂。膺门沫赭,汗沟走血。

不仅"别辈越群",而且已经脱离骑者的驾驭,快到鼓者的频率节奏都跟不上。对于这匹绝世骏马而言,"沫""汗"根本不意味着疲倦,乃是卓越本质的流露,所以说:

  凌遽之气方属,踢镳辔之牵制,隘通都之圈束,眷西极而骧首,望朔云而蹀足。

它希望能与传说中自己的同类(紫燕、绿虬、纤骊、秀骐)并驰齐奔,"觐王母于昆墟,要帝台于宣岳;跨中州之辙迹,穷神行之轨躅"。

  结合上文所说人、马的两种状况,进入尾声。赭白马主观的愿望固然要一骋中原,远及四裔;客观的事实则是天子"戒出豕之败御,惕飞鸟之跱衡;故祇慎乎所常忽,敬备乎所未防",而一切主君说了算,于是"处以濯龙之奥,委以红粟之秩",就这么优厚豢养,"从老得卒"。

  综上所述,颜延之使用颂圣、咏物、畋猎三种赋的项目,却又都摆落这三种赋传统的写作模式。不但如此,而且以巧妙的起承——因为圣德巍巍,故致此祥瑞宝马。为了达到天人符应,于是将其驯养,得以于平素"按部""节步"地服御。可惜如此一来,无从展现其"乘风""先景"之姿,唯于畋猎中方能显其卓绝本性——使得三种题材紧密衔接,逐步上升至高潮。最后利用畋猎赋曲终奏雅的习套,帝王以禽荒为戒,令此宝马伏枥,荣养至死。

三

《世说新语》下卷《排调》条5记载:

  晋武帝问孙皓:"闻南人好作《汝歌》,颇能为不?"皓正饮酒,因

---

① 《史记会注考证》,卷四七《孔子世家·太史公曰》,第748页:"中国言六艺者折中于夫子。"《索隐》引宋均云:"折,断也;中,当也。""当"则无过或不及。"中折"即"折中",于此处训解为标准。所以倒言之,乃为了与后文"埒""绝"等入声屑部字协韵。

> 举觞劝帝而言曰:"昔与汝为邻,今与汝作臣;上汝一杯酒,令汝寿万春。"帝悔之。①

孙皓虽为亡国之虏,但恩赦后,身份毕竟是列侯,司马炎竟欲其演唱委巷歌谣。从最后说"帝悔之",可见其用意在羞辱对方,以倡优视之。孰料被孙皓借机措辞僭越,反受其辱。由《赭白马赋·序》可知:此赋之撰乃文帝"诏陪侍②奉述中旨",盖欲假手颜氏,用申"天情"。现在的问题是:颜延之真的担任了一位称职的代笔人,"正得"帝"意","如"帝"腹中之所欲言"吗?③ 从颂圣一段留下的线索:

> 总六服以收贤,掩七戎而得骏。

他显然利用"骏"为双关语,明指"充阶街"的"驵骏",暗喻才能辈出的"俊"杰。

当年西汉王褒论述工欲善其事,必先利其器,而"贤者,国家之器用也"之时,曾举人、马品质的差异为喻:

> 庸人之御驽马,亦伤吻敝策,而不进于行,胸喘肤汗,人极马倦。及至驾啮膝,骖乘旦;王良执靶,韩哀附舆;纵骋驰骛,忽如影靡;过都越国,蹶如历块;追奔电,逐遗风;周流八极,万里一息,何其辽哉?人、马相得也……欢然交欣,千载一会。④

圣王应命出世,天降下奇珍的祥瑞以为印证,同时,令诸星精下世,担任受命天子的良佐。如刘邦以赤帝子而兴,"萧何感昴精,樊哙感狼精,周勃感亢精"⑤而降生。颜氏认为赭白马乃"禀灵月驷"。"地道……臣道也"⑥,"地主月,月

---

① 杨勇《世说新语校笺(修订本)》,正文书局有限公司2000年,第701页。
② 《宋书》,卷五《文帝纪·元嘉十七年》,第52页:"十月戊午,前丹阳尹刘湛有罪,及同党伏诛。"卷七三《颜延之传》,第917页:"刘湛诛,起延之为始兴王濬后军谘议参军。"则当时颜延之的直属君长乃始兴王,对文帝而言,乃臣子之臣,是"陪侍"犹言"陪臣"。"陪"不得如字读,训为陪伴,当改字读为"倍"。"陪""倍"二字通假例证,详参高亨、董治安《古字通假会典》(齐鲁书社,1997年),《之部第十一(下)·音字声系》,第435页。
③ 《后汉书集解》,卷八〇下《文苑列传·祢衡传》,第946页。
④ 《文选》,卷四七《颂》王褒《圣主得贤臣颂》,第671—673页。
⑤ 安居香山、中村璋八《纬书集成》,河北人民出版社,1994年,《春秋演孔图》注,第573页。
⑥ 《周易注疏》,卷一《坤·文言》,第21页。

精为马"①,是以赭白马作为祥瑞,只是寓意的外衣,实际乃贤臣良佐的隐喻。可惜它(他)虽然"雄志倜傥",意在千里,却只能伏枥而终。"始终者,万物之大归;死生者,性命之区域。"②因此,表面上看,赭白马"长委离",乃再自然不过的事,但若结合赋的正文一开头所说:盛烈光于重叶,武义粤③其肃陈,文教迄已优洽,泰阶之平可升,兴王之轨可接。正要"可升"太平盛世的时候,象征它的奇珍却逝去,荒谬、讽刺的意味不言而喻。简言之,这是一篇包装甚好的"贤人失志之赋"④。

将这篇《赭白马赋》放在赋史纵切面的脉络中。见存撰著时代可确定最早以马为赋写对象的乃应场《慜骥赋》。文如其题,直诉怨怼与渴望:

> 慜良骥之不遇兮,何屯否之弘多,抱天飞之神骏兮,悲当世之莫知……抱精诚而不畅兮,郁神足而不摅,思薛翁于西土兮⑤,望伯氏于东隅……展心力于知己兮,甘迈远而忘劬……制衔辔于常御兮,安获骋于遐道?⑥

这不过是将负盐车上坂的骐骥思善相马的伯乐故事,抽空情节,以韵文写出其心声。真可谓"慷慨以任气","造怀指事,不求纤密之巧","唯取昭晰之能"。⑦ 去《赭白马赋》这般隐曲反讽,精心结构,实不可以道里计。若与晚于此赋宋孝武帝大明五年(461)、梁武帝天监四年(505)三月因河南国献舞马,谢庄、张率等分别应诏所撰写的《舞马赋》⑧对照,格外值得玩味。舞马即

---

① 《纬书集成》,《春秋考异邮》,第785—786页。
② 《文选》,卷六〇《吊》陆机《吊魏武帝文·序》,第849页。
③ "粤"当改读为"越",超过之意。二字相假例证,详参《古字通假会典》,《泰部第十四·粤字声系》,第612页。
④ 《汉书补注》,卷三〇《艺文志·诗赋略·叙论》,第902页。
⑤ 《类聚》,卷九三《兽部上·马》,第1817页,所录桓谭《新论》:"薛翁者,长安善相马者也。于边郡求得骏马,骑以入市,去来人不见也。后劳问之,因请观马。翁曰:'诸卿无目,不足示也。'"
⑥ 《类聚》,卷九三《兽部上·马》,第1621页。
⑦ 《文心雕龙注》,卷二《明诗》,第2a页。
⑧ 《宋书》,卷八五《谢庄传》,第1050页;姚思廉《梁书》,艺文印书馆,1977年,卷三三《张率传》,第233页。《谢庄传》并未明言作时期,仅置于"迁右卫将军"下。对照《宋书》,卷二九《符瑞志下》,第446页:"大明五年正月戊午元日,花雪降殿庭。时右卫将军谢庄下殿,雪集衣,还白上,以为瑞,于是公卿并作花雪诗。"可推知。又,《宋书》,卷九六《鲜卑吐谷浑传》,第1144页:"大明五年,拾寅遣使,献善舞马、四角羊。"吐谷浑与刘宋益州西、北接壤,黄河末段在其境内,故曰河南国。

"善舞"之马：

始徘徊而龙俛，终沃若①而鸾眄；迎《调露》②于飞钟，赴《承云》③于惊箭；写秦坰之弥【弭】④尘⑤，状吴门之曳练⑥；穷虞庭之蹈躁⑦，究遗野之环祓⑧。

既倾首于律同，又躁足于鼓振。擢龙首，回鹿躯，睨两镜，戆双

---

① 《毛诗注疏》，卷九之二《小雅·鹿鸣之什·皇皇者华》，第319页："我马维骆，六辔沃若。"对照前两章"六辔如濡""六辔如丝"，"沃若"盖柔韧貌。
② 《文选》，卷三九《启》任昉《奉答敕示七夕诗启》，第565页："继想《南风》，克谐《调露》。"善《注》引《乐纬动声仪》："四时之节，动静各有分职，不得相越，谓《调露》之乐也。"宋均《注》："调和致甘露也，使物茂长之乐也。"
③ 《楚辞补注》，卷五《远游》，第9b页："张《咸池》奏《承云》兮。"魏收《魏书》（艺文印书馆，1977年），卷一百九《乐志》，第1361页："颛顼作《承云》之舞。"
④ 据《类聚》，卷九三《兽部三·马》，第1622页，所引，及下一注解引文而校改。
⑤ 刘文典《淮南鸿烈集解》（台湾商务印书馆，1969年），卷八《本经》，第5b页："雷霆之声可以钟鼓写也。"高《注》："写犹放效也。"《毛诗注疏》，卷二十之一《鲁颂·駉》，第763页："駉駉牡马，在坰之野。"毛《传》："坰，远野也。"杨伯峻《列子集释》（中华书局，1996年），卷八《说符》，第255—258页："秦穆公谓伯乐曰：'子之年长矣，子姓有可使求马者乎？'伯乐对曰：'良马，可形容筋骨相也；天下之马者，若灭若没，若亡若失，若此者，绝尘弭辙……臣有所与共担纆薪菜者，有九方皋，此其于马非臣之下也……'三月而反报……马至，果天下之马也。"赵超《汉魏南北朝墓志汇编》（天津古籍出版社，1992年），《东魏·魏故使持节假黄钺侍中太傅大司马尚书令定州刺史广阳文献王（元湛）铭》，第356页："骥、骎初骋，自怀弭尘之气。"骏马奔驰若飞腾，四蹄若未踏地，故无扬尘及辙迹。
⑥ 周生春《吴越春秋辑校汇考》（上海古籍出版社，1997年），卷四《阖闾内传·三年》，第53页："吴王有女滕玉……自杀，阖闾痛之，葬于国西闾门外……舞白鹤于吴市中，令万民随而观之。"《周礼注疏》，卷四〇《考工记·帼氏》，第624页："湅丝，以涗水沤其丝七日，去地尺暴之。"郑《注》："涗水，以灰所沸水也。沤，渐也。"所成的素色者曰练，然后依需求而染色。《周礼注疏》，卷八《天官·染人》，第128页："春暴练"，"秋染夏"。第129页贾《疏》："染五色者谓夏，即与五色雉同名夏……拟以为深浅之度。"《淮南鸿烈集解》，卷一七《说林》，第19b页："墨子见练丝而泣之，为其可以黄，可以黑。"高《注》："练，白也。"曳练本指白鹤自颈端至尾羽一色之状，后也形容白马电驰予人的错觉。《类聚》，卷三三《人部十七·游侠》阳缙《侠客控绝影》，第581页："影入吴门疑曳练。"倪璠《庚子山集注》（台湾中华书局，1968年），卷八《启·谢赵王赉丝布等启》，第5b页："曳练且观，无劳白马之望。"
⑦ 《尚书》，卷五《益稷【皋陶谟】》，第72—73页："笙、镛以间，鸟兽跄跄……夔曰：'于！予击石拊石，百兽率舞。'"
⑧ "环祓"乃晋、宋时期先、寒两部相叶的叠韵词，以声传义，不重寄寓的字形，故《梁书》，卷三三《张率传·舞马赋》，第233页，曰："善环旋于《茅夏》，知蹈躅于今【金】奏。"《魏书》，卷九一《术艺列传·张渊传·观象赋》，第967页，曰："还旋辰极。"皆即盘旋。"蹈""躁"虽均为中古定母，但并非双声词，但此联表面上则看似叠韵词与双声词妃俪，此乃南朝人卖弄的惯技。

兔①。既就场而雅拜,时赴曲而徐趋;敏躁中于促节,捷繁外于惊桴。骐行骥动,虎发龙骧,雀跃鹫集,鹄引兔翔。妍《七盘》②之绰约,陵九剑③之抑扬④。

这种马如同马戏团所训练会骑车的猩猩、跳火圈的老虎、推移滚桶的狗,乃以末道小技娱乐君王的玩物。这也是何以这两篇赋都没有畋猎场合中骏马飞驰的身影。假使放在王褒那篇《颂》的框架中,这种舞马是弄臣,非贤臣。以综辑辞采、炼字锻句而论,这两篇《舞马赋》较《赭白马赋》恐怕只有过之,而无不及,否则,时主、史家不会以"为工""甚美"⑤许之。以主旨而言,舞马本身不过是一引子,全篇以颂圣为主,所以最后都谀请封禅,好彻底满足皇帝自我膨胀的虚荣心。这类应诏润色鸿业之作世不乏匹,有之,实嫌多;无之,不嫌少。真要论鸟兽的舞姿,自有空前绝后的鲍照《舞鹤赋》足以担纲。

假如上文对《赭白马赋》的论述无大谬,则可进而置于《文选·鸟兽》此一横切面中观察。祢衡《鹦鹉赋》所描述的对象乃"性辩慧而能言兮,才聪明以

---

① 戴望《管子校正》(世界书局,1990 年),卷一四《水地》,第 236 页:"坚而不鼋,义也。"尹《注》:"鼋,屈聚也。"缪启愉《齐民要术校释》(明文书局,1986 年),卷六《养牛马驴骡第五十六》,第 279 页:"兔间欲开,望视之如双兔。"后文自注,第 283 页:"胸两边肉如兔。"注 43,第 303 页,缪氏申释:"指胸前两侧上端富于肌肉部,要隆起如双兔","此部为颈动、静脉的径路"。

② 《宋书》,卷一九《乐志一》,第 276 页:"张衡《舞赋》云'历七槃而纵蹑',王粲《七释》云'七槃陈于广庭',近世文士……鲍昭【照】云'七槃起长袖',皆以七槃为舞也。《搜神记》云:'晋太康中……矜手以接杯柈反覆之。'"则此舞早先将盘底部朝上,反扣置于地面,且盘的数量不限于七,舞者以足尖轻蹑于盘上,再跃至另一盘上,以既不能脚着地,又不能踩碎,轻盈曼妙为巧。舞容详见李林、康兰英、赵力光《陕北汉代画像石》(陕西人民出版社,1995 年),图 455,第 149 页。至晚,西晋时已改以手托盘,上置杯,回环、高低挪移而不坠于上。

③ 百戏中,有一种表演者或坐,或半跪,或立,以双手反复抛掷数球或数剑于空中,令球、剑不坠地的技艺,即《类聚》,卷六三《居处部三·观》李尤《平乐观赋》,第 1134 页,所言:"飞丸跳剑,沸渭回扰。"技容详参《陕北汉代画像石》,图 378,第 120 页;龚廷万、龚玉、戴嘉陵《巴蜀汉代画像集》(文物出版社,1998 年),图 116、118。江少虞《宋朝事实类苑》(上海古籍出版社,1981 年),卷二《祖宗圣训·太宗皇帝》,第 18 页:"选军中骁勇趫捷者数百人,教以舞剑,皆能掷剑高丈余,袒裼跳跃,以身左右承之。""剑舞者数百人,科头露股,挥剑而入,跳掷承接,霜锋雪刃,飞舞满空。"犹可想象纯为剑舞的姿容。东汉以后,盖将马戏的训练融入其中,让马随剑的上下而蹲跃"抑扬"。李昉《文苑英华》(新文丰出版股份有限公司,1979 年),卷三四四《歌行十四》薛曜《舞马篇》,第 1777 页:"随歌鼓而电惊,逐九剑而飚驰。""七盘"舞者乃女性,"九剑"舞者乃男性,对仗工巧。

④ 以上引文分见《宋书》,卷八五《谢庄传》,第 1050 页;《梁书》,卷三三《张率传》,第 234 页。

⑤ 以上引文分见《梁书》,卷三三《张率传》,第 234 页;李延寿《南史》,卷二〇《谢弘微传附子庄传》,第 262 页。

识机","采采丽容,咬咬好音",这才被"虞人"捕获,"闭以雕笼",献于当朝。从作者以鹦鹉远离原本"栖迟"的"昆山""邓林",类比为"臣出身而事主",而鹦鹉也表示会"竭心于所事",这篇赋明显是人、鸟双写。从它(他)自认"彼贤哲之逢患,犹栖迟以羁旅,矧禽鸟之微物",而对自我的期勉乃是"甘尽辞以效愚",仅希望豢养者"弥久而不渝",①则可推断:鹦鹉比喻的不是"公卿大臣",而是"言语侍从之臣",②若司马相如、王褒之属。张华赋鹪鹩,是因为"兹禽""何处身之似智","言有浅而可以托深,类有微而可以喻大",公然披露这篇作品有"复意"。③ 对比的两极,一端是"色浅体陋","毛弗施于器用,肉弗登于俎味"的鹪鹩,因为"不怀宝以贾害,不饰表以招累",故"物莫之害"。另一端或是"美羽而丰肌"的"孔雀、翡翠",或是"介其觜距"的"雕、鹗""苍鹰",结果上不免"受缳""入笼","变音声以顺旨";下则"无罪而皆毙","终为戮于此世"。两端下场所以有云泥之别,关键就在前者"不为人用",后者"有用于人"。如果将朝廷视为世界的缩影,作者的志向是:既不"上方""弥乎天隅"者,也不"下比""巢于蚊睫"者,④担任群臣眼中庸庸碌碌的六、七品官员。名望、权力都不会对他人构成威胁,而薄俸也足以自养,贵生全生之旨达矣。

综上所述,祢衡《鹦鹉赋》、张华《鹪鹩赋》、颜延之《赭白马赋》分别代表了六朝时期三种士人及其心态:有的以文笔篇翰,事奉君主。有的在宦海随众浮沉,下焉者但求代耕苟全,上焉者"邻亚宗极",然因"降夷凡品","义惟晦道",故"举世莫窥",所谓"道隐"的"贤人"。⑤ 有的才能卓荦,欲建功立业,却被拱诸高阁,"惠养""周渥",无从实践自我。其实,在吴质那封回顾过往的信中:

　　往者孝武之世,文章为盛,若东方朔、枚皋之徒,不能持论,即阮、陈之俦也。

　　其唯严助、寿王与闻政事,然皆不慎其身,善谋于国,卒以败亡,臣窃耻之。

---

① 以上引文并见《文选》,卷一三《赋庚·鸟兽上》祢衡《鹦鹉赋》,第205—206页。
② 《文选》,卷一《赋甲·京都上》班固《两都赋·序》,第21页。
③ 《文心雕龙注》,卷八《隐秀》,第20a页。
④ 以上引文并见《文选》,卷一三《赋庚·鸟兽上》张华《鹪鹩赋》,第206—207页。
⑤ 以上引文并见《宋书》,卷九三《隐逸列传·叙论》,第1098页。

> 至于司马长卿,称疾避事,以著书为务,则徐生庶几焉。
>
> 臣幸得下愚之才,值风云之会,时迈齿载,犹欲触匄奋首,展其割裂之用也。①

已经与这三篇所欲象征者大致相合了。

剩 语

《文选》编撰者分别各类文体,乃恰当之举,因为作者身份、写作背景、写作目的、阅读对象等有别,势须选取不同文体,所谓"因情立体,即体成势","功在铨别,宫商朱紫,随势各配"。② 总不能将篇诗写得像押韵的骈文,也不能将一道章表写得与书信无别。可惜《选》学研究者经常被这文体区分蔽障了,以致无法探索到《文选》更深的层面。以本文所论为例,六朝时期士人的类型岂止于那三种,难道没有因风云之际而建功立业者,或避地避世,甘于畎亩中人? 前者自有袁宏《三国名臣序赞》来负责,后者则有颜延之《陶征士诔》为典型。固然有与名教龃龉、俶傥动俗的,如颜延之《五君咏》所咏者,也有尽忠职守、殉国不悔,如颜延之《阳给事诔》所代表的。单以贤人失志这部分,《文选》对于欲进者,开列"设论",来面对世俗的讥嘲,安身玄居,自我宽慰;对于欲退者,开列"七",以应世济民,方足以餍心,重振颓志。③ 诚能如王弼理解《易》象与卦、爻辞时,得会通之道:

> 义苟在健,何必马乎? 类苟在顺,何必牛乎?④

忘文体以求其意,《选》义斯见矣。若折回本文原点,纵然撇开颜延之在文学上的成就,从士林文化史的角度来看,他也居于不容忽略的地位。

(新竹清华大学中国文学系所)

---

① 《文选》,卷四〇《笺》吴质《答魏太子笺》,第576—577页。
② 《文心雕龙注》,卷六《定势》,第24a页。
③ 详参拙作《"灵均余影"覆议》,《汉赋史略新证》(陕西人民出版社,2004),第137页。
④ 楼宇烈《王弼集校释·周易略例》(华正书局有限公司,1992),《明象》,第609页。

多与一:杂体与总集
——《杂体诗三十首》之选人命题与《文选》之诗体别裁

程章灿

《文选》卷三十一"诗·杂拟下"收录江淹《杂体诗三十首》。这是一组精心构撰的拟古诗,值得从不同的角度加以关注。前人有关这组诗作的研究和讨论已多,八年前,笔者亦曾撰文讨论江淹这组拟古诗中所显露的个性特色①。其后反复诵读诗作,感觉犹有剩义,因撰此文,再作抉发。

一 江淹之前拟古诗的命题

无论从拟古诗体成长的历史来看,还是从江淹个人的创作历程来看,《杂体诗三十首》都是一组很具独特性的作品。在汉魏六朝拟古诗发展的历史序列中,《杂体诗三十首》不仅以空前的数量与规模,而且以其与众不同的结构与命题,成为引人注目的典型作品。

众所周知,拟古原是魏晋南北朝文学中盛极一时之风气。② 仅以《文选》

---

① 程章灿《三十个角色与一个演员:从〈杂体诗三十首〉看江淹的艺术"本色"》,《中山大学学报(社会科学版)》2010年第1期,人大复印资料2010年第5期全文转载。
② 胡小石先生早就提出,两汉文学重模仿,见胡小石《中国文学史讲稿》第五章,人文社,1930年。周勋初师《王充与两汉文风》第一节《两汉文风重摹拟》发扬师说,又有申论,载其《文史探微》,上海古籍出版社,1987年,第1—8页。魏晋拟古之风,则王瑶已有详论,见王瑶《中古文学史论》,北京大学出版社,1986年,第196—211页。

卷三十与卷三十一"诗·杂拟"所收而论,在江淹《杂体诗三十首》之外,还收录了陆机《拟古诗》十二首、张载《拟四愁诗》一首、陶渊明《拟古诗》一首、谢灵运《拟邺中集》八首①、袁淑《效白马篇》一首《效古诗》一首、刘铄《拟古诗》二首、王僧达《和琅邪王依古》一首、鲍照《拟古诗》三首《学刘公幹体》一首《代君子有所思》一首、范云《效古诗》一首,共计 10 家 63 首,颇为可观。② 这些作者的时代,从魏晋直到南朝,而以南朝居多。这些拟古诗中,陆机《拟古诗》十二首和谢灵运《拟邺中集》八首很明显是拟古组诗。另外,《文选》此处收录的陶渊明《拟古诗》虽然只有一首,但陶渊明实际上一共写了九首,也是一组拟古诗。③

  清人吴兆宜《玉台新咏注》援引前人的说法,以为"拟古自士衡始。句仿字效,如临帖然"④。此说不够严谨,有待商榷。实际上,汉代作家诗赋创作中,已有不少拟古之作,⑤现存扬雄、班固、张衡集中不乏其例。就诗体创作而言,与其说"拟古自士衡始",不如说"拟古之题自士衡始",更为确当。袁行霈先生早就提出:"《拟古》题目盖始于陆机,《文选》载其《拟古诗》十二首,其中十一首拟《古诗十九首》,一首拟'兰若生春阳'(《玉台新咏》卷一枚乘《杂诗》之六),均已标明。又,《文选》卷三一录有刘休玄《拟古》二首,亦是拟《古诗十九首》,且也已标明。渊明之《拟古》九首虽未标出所拟者何,但参考上述情况,拟《古诗十九首》以及上述其他古诗或不以古诗为题之汉魏诗歌,可能性很大。细加对照不难明白。"⑥由此可见,陆机虽然不是"拟古诗"这一诗体式的创造者,但是,他首次使用了"拟古"这种诗题,仍然值得在诗史上记上一笔。

---

  ① 据胡刻本《文选》书前目录,谢氏此组诗题作"谢灵运《拟邺中咏》八首","集"作"咏",似是误刻。见(南朝梁)萧统编,(唐)李善注《文选》,中华书局影印胡刻本,1977 年,第 14 页。
  ② 《文选》,第 435—455 页。
  ③ 袁行霈《陶渊明集笺注》,中华书局,2011 年,第 219—234 页。
  ④ (南朝陈)徐陵编,(清)吴兆宜注,(清)程琰删补,穆克宏点校《玉台新咏笺注》,中华书局,1985 年,第 95 页。
  ⑤ 胡小石先生曾制《两汉模仿文学一览表》(见胡小石《中国文学史讲稿》第五章),周勋初师在此基础上重加增订,制成《两汉摹拟作品一览表》,附见其《王充与两汉文风》一文,载其《文史探微》,第 5—8 页。
  ⑥ 《陶渊明集笺注》,第 220 页。

《文选》收录陆机此组诗作,既有总题《拟古诗》十二首,又有"拟行行重行行""拟今日良宴会""拟迢迢牵牛星""拟涉江采芙蓉"等分题。从理论上说,这些分题有可能出自陆机之手,但也有可能是《文选》编者所拟定的。联系同时代其他相关文献中的著录,可以对这个问题看得更为清晰。这十二首诗中有七首,同时见录于《玉台新咏》卷三,依次为"拟西北有高楼""拟东城一何高""拟兰若生朝阳""拟迢迢牵牛星""拟青青河畔草""拟庭中有奇树""拟涉江采芙蓉"①,其题目与《文选》完全相同。由此看来,这些题目如果不是出于陆机自拟,就是梁以前人所拟,但基本可以判定不是《文选》编者所拟定。总而言之,这些篇题在南朝梁代已经广泛流行,被普遍接受。

从《文选》卷三十和卷三十一所录拟古作品来看,魏晋南朝诗人拟古诗的命题路数(方式?)大概可以分为如下三种:第一种是总括式题目,泛称"拟古""仿古""效古""依古"等。第二种是分拟式题目,即在题目中点明其所拟诗人名字或诗篇名称。这两种题目有一个共同点,亦即比较强调与被拟诗人或诗作之间的关系,题目的依附性比较强。第三种则是以谢灵运《拟邺中集》八首和江淹《杂体诗三十首》为代表,从题目上即可以看出,这是内部结构更为密切、系统性更强的拟古组诗,其命题也显示更强的独立性。将谢、江两家拟古组诗与陆机《拟古诗》十二首以及陶渊明《拟古》九首相比较,不仅可以看出彼此的异同,也可以体会拟古诗命题及其结构方式的演进趋势。当然,《文选》这两卷所收作品并非魏晋南北朝拟古诗的全部,但据《先秦汉魏晋南北朝诗》所存录作品来看,魏晋南北朝拟古诗的命题路数,基本上没有超出上述三大类。例如,西晋张华《拟古》的命题,就属于第一种;②同时代另一位拟古大家傅玄的《拟天问》《拟招魂》《拟四愁诗》的命题,就属于第二种。③ 相对而言,第三种较为少见。

---

① 《玉台新咏笺注》卷三,第95—100页。
② 逯钦立辑校《先秦汉魏晋南北朝诗》,中华书局,1983年,第621页。《拟古诗》诗题注曰:"《诗纪》云:见《艺文》松类,有诗无题,古遗集云《拟古》。逯案:又见鲍照集《赠马子乔》。"
③ 《先秦汉魏晋南北朝诗》,傅玄《拟四愁诗》,第573—574页。傅玄《拟天问》《拟招魂》,见(清)严可均校辑《全上古三代秦汉三国六朝文》,中华书局,1958年,《全晋文》卷四六,第1721页。

谢灵运《拟魏太子邺中集诗八首》皆为五言诗,前有大序云:①

> 建安末,余时在邺宫,朝游夕宴,究欢愉之极。天下良辰、美景、赏心、乐事,四者难并;今昆弟友朋,二三诸彦,共尽之矣。古来此娱,书籍未见。何者?楚襄王时有宋玉、唐、景,梁孝王时有邹、枚、严、马,游者美矣,而其主不文。汉武帝徐乐诸才,备应对之能,而雄猜多忌,岂获晤言之适!不诬方将,庶必贤于今尔。岁月如流,零落将尽,撰文怀人,感往增怆。

大序之后,依次为拟魏太子、王粲、陈琳、徐幹、刘桢、应玚、阮瑀、平原侯植等人的八篇诗作。从文学史的角度来看,此八人亦即曹丕、曹植兄弟外加"邺中六子"(亦即"建安七子"减去孔融)。② 从某种意义上看,这组诗可以视为谢灵运为建安文学所开列的一份名单。曹操因其年辈身份特殊而未列其中,比较容易理解,而孔融的缺席,则表明谢灵运也不太赞同将孔融与其他六子等量齐观。从这个意义上说,这组诗体现了谢灵运对建安文学的一种建构。

谢灵运在《拟魏太子邺中集》的大序中,构拟了一个曹氏兄弟与文士在邺宫"朝游夕宴,究欢愉之极"的历史背景。这一构拟的文本依据,是魏太子曹丕《与吴质书》。《文选》李善注引《典略》云:"初,徐幹、刘桢、应玚、阮瑀、陈琳、王粲等,与质并见友于太子。(建安)二十二年,魏大疫,诸人多死,故太子与质书。"③曹丕书中只提及徐刘应阮陈王六人,这就是谢灵运诗中选定"邺中六子"的依据。此外,谢氏笔下所谓"岁月如流",源自《与吴质书》中所谓"岁月易得";谢序所谓"零落将尽",源自《与吴质书》中的"何图数年之间,零落略尽";谢序所谓"撰文怀人,感往增怆",源自《与吴质书》中的"言之伤心,顷撰

---

① 《文选》卷三〇,第437页。这篇序置于《拟魏太子邺中集诗八首·魏太子》之前,亦即组诗之最前面,既是此一组诗的总序,又是《魏太子》一篇之序,其结构及其形式全同《诗大序》,故称其为"大序",后续七篇之前亦各有序,则是针对各篇而制作,不涉及组诗全体,故称其为"小序"。

② 一般认为,"建安七子"之说始于曹丕《典论·论文》:"今之文人,鲁国孔融文举,广陵陈琳孔璋,山阳王粲仲宣,北海徐幹伟长,陈留阮瑀元瑜,汝南应玚德琏,东平刘桢公幹。斯七子者,于学无所遗,于辞无所假,咸以自骋骥䮅于千里,仰齐足而并驰。"曹丕的着眼点是"文人",而非诗人。

③ 《文选》卷四二,第591页。

其遗文,都为一集"。① 从这个程度上可以说,《拟魏太子邺中集》大序与曹丕《与吴质书》之间,也有一种模拟与被模拟的关系。

谢诗 8 首作为一个整体,呈现 1+6+1 的结构,每一首皆出以题中人的口吻。列在第一首的《魏太子》为组诗确定基调。曹丕作为主人主持宴集,邺中诸子如"百川赴巨海,众星环北辰",群英来臻,宾主尽欢,嘉会难得。其中"家王拯生民"一句,最能体现魏太子的口吻,虽然根据李善注,"家王"一词实出自曹植《行女哀辞》:"家王征蜀汉。"②而细读《曹植集校注》,更可以看出,"家王"是曹植(而不是曹丕)惯用的词语之一。③ 自王粲以下,邺中六子依次上场,其诗往往先叙身世,身际离乱,感知遇之恩,再述宴游之乐,章法颇同。惟至最后一首即平原侯曹植之诗,则似乎有意敷衍,篇终的"愿以黄发期,养生念将老",更有一股"忧生之嗟"隐然闪现于诗句之中。④

谢灵运这组诗有总题,也有分题,有大序,亦有小序。不过,这八篇分题皆标以人名,这些人名既可以说是诗的题目,也可以说是诗的作者名。最值得注意的是七篇小序,依次如下:

> 王粲:家本秦川贵公子孙,遭乱流寓,自伤情多。
> 陈琳:袁本初书记之士,故述丧乱事多。
> 徐幹:少无宦情,有箕颍之心事,故仕世多素辞。
> 刘桢:卓荦偏人,而文最有气,所得颇经奇。
> 应玚:汝颍之士,流离世故,颇有飘薄之叹。
> 阮瑀:管书记之任,故有优渥之言。
> 平原侯植:公子不及世事,但美遨游,然颇有忧生之嗟。

这七篇小序紧随各篇题目(作者名)之后,从位置上说,这种小序有点类似于副标题;从功能上说,这种小序有点像白居易《新乐府序》所谓"首句标其目",同

---

① 《文选》卷四二,第 591—592 页。
② 《文选》卷三〇,第 437 页。
③ 按:"家王"是曹植惯用的对其父魏王曹操的称呼,可以看作是"家父魏王"的省称。曹植《宝刀赋引》云:"建安中,家父魏王乃命有司造宝刀五枚,……其余二枚家王自仗之。"其《辨道论》亦云:"自家王与太子及余兄弟,咸以为调笑,不信之矣。"见赵幼文校注《曹植集校注》,人民文学出版社,1998 年,第 159、188 页。
④ 《文选》卷三〇,第 440、439 页。

样发挥着"标目"的作用。当然,这些小序也可以视为当代西方文艺批评中之所谓"副文本"①,这里要强调的是,题目和小序同样都是"副文本",但是,小序又是题目的"副文本",二者之间有着非同一般的紧密关系。

二 《拟邺中集》八首与《杂体诗三十首》之异同及其总集属性

大约在梁大通三年(529)前后,《文选》编撰完成,谢灵运和江淹的这两组拟古诗同样被收录于《文选》"杂拟"诗类。② 至少从这个时候开始,将这两组诗进行比较,评骘其长短,衡论其优劣,就成为文学批评界乐此不疲的话题。

很多批评家从诗歌模拟艺术角度展开评论,认为就逼肖原作而言,谢氏模拟不及江氏模拟。例如,南宋严羽在其《沧浪诗话》中认为:"拟古惟江文通最长,拟陶渊明似渊明,拟康乐似康乐,拟左思似左思,拟郭璞似郭璞,独拟李都尉一首,不似西汉耳。""虽谢康乐拟邺中诸子之诗,亦气象不类。"③明人张溥不同意严羽之说,以为谢、江二家各有其体,"谢客儿《拟魏太子邺中集》诗八首,评者谓其气象不类,下逊文通,亦意为轻重,非谢所服"④。后代评论家也多有持类似看法者。如清人何焯认为,谢灵运诸诗"或似或不似,正不在规规脱梨,此又拟古之变体"。其之所以称为"拟古之变体",是因为此诗借古讽今,表达了某种现实关怀。谢诗序以魏太子口吻措辞,又提到"梁孝王时有邹、枚、

---

① 法国批评家热拉尔·热奈特(Gérard Genette)在其《隐迹稿本》中提出"副文本"这一概念:"副文本如标题、副标题、互联型标;前言、跋、告读者、前边的话等;插图;请予刊登类插页、磁带、护封以及其他许多附属标志,包括作者亲笔留下的还是他人留下的标志,它们为文本提供了一种(变化的)氛围,有时甚至提供了一种官方或半官方的评论。"载《热奈特论文选 批评译文选》,史忠义译,河南大学出版社,2009年,第58页。
② 《文选》所收作家中年代最晚者为陆倕,陆倕卒于普通七年(526),而萧统卒于梁中大通三年(531),因此,学术界一般认为《文选》编定在526—531之间。俞绍初认为,《文选》编成应在大通三年后不久,见俞氏《〈文选〉成书过程拟测》,载刘志伟主编"文选学"论文集粹,中华书局,2017年,第2—15页。
③ (宋)严羽著,郭绍虞校释《沧浪诗话校释》,人民文学出版社,1983年,第191、192页。
④ (明)张溥著,殷孟伦注《汉魏六朝百三家集题辞注》,人民文学出版社,1981年,第218页。

严、马",故何焯推测此诗"当是与庐陵周旋时所拟"①,其意在于借古人古事以怀念其故主宋庐陵王,而讽刺宋武帝等人,拟古既是谢氏自我抒发的方式,也是其自我掩饰的手段,至于"似或不似",并非谢氏关注之重点。②清人方伯海亦认为谢氏此诗是"代为"之体:"此诸作非若士衡之句字皆拟,只是代为之词,兼微效其体耳。细玩亦不甚似,然比之康乐,自较苍劲有骨力,犹有建安黄初之遗意。"③在方伯海看来,谢灵运虽然不像陆机那样"句字皆拟",对原作亦步亦趋,但毕竟也有"微效其体"的一面,仍在一定程度上偏离了谢诗的风格原貌,而具有某种"建安风骨"。换句话说,谢氏拟古较多拟代特色,突出代言,着重角色身份的扮演,而不重视字句意象风格之肖似。从这个角度来看,谢灵运与鲍照相近④,与江淹之体相远。

总之,上述诸家评论多斤斤计较于谢、江二家拟学之似与不似,而较少措意于二家模拟之出发点,更少措意于二家诗之结构。或者说,诸家之比较多侧重于二家之异,而少注意其同,特别是较少注意二者结构之类同。从结构上看,《拟邺中集》八首有总题和分题,有大序和小序,而《杂体诗三十首》有总题和分题,有总序而无小序,初看似乎颇有不同。但若仔细观察便会发现,《文选》所录《杂体诗三十首》各首分题之下,除第一首"古离别"之外,皆有小注,其格式大致如下(将原书竖行格式改为横行):

李都尉_{从军}陵
班婕妤_{咏扇}
魏文帝_{游宴}曹丕
陈思王_{赠友}曹植
王侍中_{怀德}粲⑤……

---

① (清)于光华辑《重订文选集评》卷七引何义门(焯)说,国家图书馆出版社影印乾隆四十三年(1778)启秀堂重刻本,2012年,第588页。(清)何焯《义门读书记》,中华书局,1987年,第936页。
② 顾绍柏亦有类似看法,参看顾绍柏校注《谢灵运集校注》,中州古籍出版社,1987年,第137页。
③ (清)于光华辑《重订文选集评》卷七引方伯海说,第588页。
④ 鲍照有《代白纻舞歌词》《代白纻曲》《代鸣雁行》《代淮南王》《代雉朝飞》《代北风凉行》《代空城雀》《代夜坐吟》等,详见(南朝宋)鲍照撰,(清)钱振伦注,黄节补注,钱仲联增补集说校《鲍参军集注》,上海古籍出版社,1980年,卷四,第216—254页。
⑤ 《文选》卷三一,第444—445页。

由此可见,江诗题下小注的形式及其功能皆与谢诗小序相类,也可以说就相当于谢诗的小序。易言之,《杂体诗三十首》与《拟邺中集》八首有类似的副文本结构。

与此同时也要看到,关于《文选》所录《杂体诗三十首》的具体文本构成,《文选》和《江文通集》的各种版本,尤其是李善注系统各本与五臣注系统各本,还是颇有不同的,其中最突出的表现是江氏总序的有无。"陈八郎本、朝鲜正德本、奎章阁本'三十首'下有'并序'二字。北宋本、尤袤本未录此序。陈八郎本、朝鲜正德本、奎章阁本有此序,但无注。胡克家《文选考异》谓五臣从《江文通集》辑录此序。建州本据五臣注本辑录此序。"①李善注中无针对总序的内容,可见《文选》早期版本中是不录江氏总序的,至五臣才据《江文通集》补入。至于诗题和题下小注,则《文选》各本区别不大,而《江文通集》各本则有出入。姑以"李陵"一诗为例略作说明。此诗之题,《文选》卷三十一题作《李都尉陵》,明张溥《汉魏六朝百三家集》本《江淹集》题作《李都尉陵从军》;至于题下注,《文选》卷三十一作"从军",明胡之骥《江文通集汇注》作"陵"。②此外,还有一条材料很最容易被忽略,那就是:此诗与江淹另一首诗(《古意报袁功曹》)一起被收录于《乐府诗集》卷三十二,并且被题作《从军行》。③ 这意味着,在郭茂倩看来,在《文选》中被作为题下小注的"从军"二字才是此诗的诗题,而"李都尉陵"只能看作虚拟的作者,并不是真正的诗题。

由此可见,对《杂体诗三十首》题下小注如何认定,是一个见仁见智的问题。小注可以融入分题,成为题目的一部分,也可以直接视为题目,还可以看作是小序,对分题起到补充、限定的作用。

《杂体诗三十首》与《拟魏太子邺中集》八首不仅具有类同的多重融合的副文本结构,而且,《拟魏太子邺中集》八首和《杂体诗三十首》都具有总集的属性,与《文选》殊途同归。这不仅是《杂体诗三十首》受到《拟邺中集》影响的证据之一,也是下文比较并讨论《杂体诗三十首》的命题与《文选》诗体分类的

---

① 刘跃进《文选旧注辑存》卷三一,凤凰出版社,2017年,第6047页。
② 此处诗题及题下注校勘,参据(南朝梁)江淹著,丁福林、杨胜朋校注《江文通集校注》卷四,上海古籍出版社,2018年,第656页。
③ (宋)郭茂倩编《乐府诗集》卷三二,中华书局,1979年,第480页。

关系的文献与文本前提。

《拟魏太子邺中集》八首,题中"集"字殊堪玩味,其大序中"撰文怀人"一句背后,更隐藏了一个极为重要的线索。这四个字不仅提示我们,谢灵运创作此诗是对曹丕当年"撰其遗文,都为一集"行为的刻意模仿,而且意味着这组诗也具有一种诗歌总集的属性。《隋书》卷三十五《经籍志》云:"总集者,以建安之后,辞赋转繁,众家之集,日以滋广,晋代挚虞,苦览者之劳倦,于是采摘孔翠,芟剪繁芜,自诗赋下,各为条贯,合而编之,谓为《流别》。是后文集总钞,作者继轨,属辞之士,以为覃奥,而取则焉。"①曹丕所撰建安诸家遗文集,可以说是魏晋文学史上较早的一部总集,虽然此书早已失传,极为遗憾。谢灵运通过这组模拟诗创作向二曹六子致敬,其用意可谓一目了然,有目共睹,而其采用总集架构来集结这八首一组的拟古诗的用心,则有待发微。根据《隋书·经籍志》著录,谢灵运曾编撰了多种总集,包括《赋集》九十二卷、《诗集》五十卷、《诗集钞》十卷、《诗英》九卷、《回文集》十卷、《七集》十卷、《连珠》五卷等②,涉及赋、诗、回文、七、连珠等诸种文体,可见谢氏有很强的文学文献整理意识,而总集编撰就是他将这种意识付诸实践的最为重要的方式之一。《拟魏太子邺中集》八首既可以视作谢灵运对曹丕所编那部建安诸家总集的模仿,也可以视为一种特殊的总集——这部总集虽然出自一个作者之手,却总汇众家诗风。曹丕"都为一集"的总集编纂实践,通过谢灵运此组模拟诗作,得到了揭示与确立。谢灵运的总集模仿意识,是相当明确的。

与谢灵运《拟魏太子邺中集》八首相比,江淹《杂体诗三十首》的总集性质表现得更为鲜明突出,并且很早就得到了目录学家的认可。《隋书·经籍志》集部别集类著录了江淹别集二种:梁金紫光禄大夫《江淹集》九卷(梁二十卷)、《江淹后集》十卷③。与此同时,该书集部总集类还著录了江淹《拟古》一卷(罗潜注)④。姚振宗认为此即《杂体诗三十首》,并引其序为证,⑤笔者完全

---

① (唐)魏征、(唐)令狐德棻《隋书》卷三五,中华书局,1973年,第527—528页。
② 以上诸书分别见《隋书》卷三五,第1082、1084、1084、1084、1085、1086、1087页。
③ 《隋书》卷三五,第1077页。
④ 《隋书》卷三五,第1085页。
⑤ (清)姚振宗《隋书经籍志考证》,中华书局影印开明书店《二十五史补编》本,1956年,第4册,第5888页。

赞同姚氏观点,并进一步提出如下两条证据:其一,《杂体诗三十首》本来就是一组拟古诗,以《拟古》为名编为一卷,名实皆宜。其二,直至明清时代,在许多诗歌评论家笔下,江淹《杂体诗三十首》或被称为《拟古》,或被称为《杂拟三十首》。如明人谢榛《四溟诗话》称"昔江文通拟古诸作"①,显然就是指《杂体诗三十首》。又如,清人冯班称《杂体诗三十首》为"江淹《拟古》三十首"②。再如,清人施补华称:"江文通一代清才,神腴骨秀,其《杂拟三十首》,尤可为后人拟古之法。"③所谓"杂拟",就是总集式的拟古。

姚振宗认为,《隋志》列江淹《拟古》等书于总集,是"自乱体例"④。其实,这是他的一个误解,缘于他对《隋志》总集类定义的误会。《隋书·经籍志》中的总集,合并了《七录》的总集部与杂文部,反映的是南朝后期至唐初人的总集观念,既有"总"的一面,又有"杂"的一面,习惯了《四库全书总目》的总集概念的人,对此会颇感意外的。另一方面,正如目录学专门研究者已经指出的,"《隋志》之总集灵魂在'选',而《四库全书总目提要》总集之意在'总'。《隋志》是选而集之,而《四库全书总目提要》更偏向于总而集之"⑤。在此前提之下,《隋书·经籍志》收录江淹"《拟古》三十首"亦即《杂体诗三十首》,非但没有"自乱体例",反而精确地体现了其总集体例之特色。

与江淹差不多同时的钟嵘,曾称江淹"诗体总杂,善于摹拟"⑥,其主要针对的就是江淹这组拟古诗。"总杂"二字互文见义,可见《杂体诗三十首》既有"杂多"之质,亦有"总汇"之义,故江淹《拟古》一卷被《隋书·经籍志》列为总集之属,正是名副其实。从"敩其文体"的角度来说⑦,《杂体诗三十首》较《拟邺中集》八首更为总杂,更像一部总汇众家诗风的诗歌总集,尽管众家诗作出

---

① (明)谢榛著,宛平校点《四溟诗话》卷三,《四溟诗话 姜斋诗话》合刊本,人民文学出版社,1998年,第91页。
② (清)冯班《钝吟杂录》,中华书局,2013年,卷三,第50页。
③ (清)施补华《岘佣说诗》,载丁福保辑《清诗话》,下册,上海古籍出版社,1978年,第977页。
④ (清)姚振宗《隋书经籍志考证》,第4册,第5888页。
⑤ 参看张剑华《〈隋书·经籍志〉"总集"概念辨析》,《大学图书情报学刊》,第28卷第1期(2010年2月)。按:2007年广西师范大学侯素芳硕士学位论文《〈隋书·经籍志〉总集研究》亦有类似论述,可以参看。
⑥ (南朝梁)钟嵘著,曹旭笺注《诗品笺注》,人民文学出版社,2009年,第184页。
⑦ 江淹《杂体诗三十首序》,载《江文通集校注》卷四,第638页。按:《文选》卷三一录江淹《杂体诗三十首》,却不载其序,李善注于题下节引此序最后几句,包括此句。

自同一个作者之手,但是,它们毕竟披上了三十身不同的外衣,有如成于众手一样。此时此刻,江淹不仅将当年谢灵运的故伎重演,而且将其发扬光大。

与谢灵运的"八首"相比,江淹的"三十首"不仅数量更多,时代跨度更长,而且风格更加缤纷多样,呈现了从汉代到南朝数百年五言诗史"总杂"的历史面貌:"爰自椎轮汉京,迄乎大明、泰始,五言之变,旁备无遗矣。虽孙、许似《道德论》,渊明为隐逸宗,亦并别构,成是'总杂'。"面对这样一段"总杂"的五言诗史,江淹像晋代的总集编撰者挚虞那样,"苦览者之劳倦,于是采摘孔翠,芟剪繁芜","各为条贯,合而编之"。从这个角度来说,江淹选择前代三十家诗人进行拟作而成的《杂体诗三十首》,就是他编撰的一部"五言诗流别集"。① 不同的是,《文章流别集》以文体为别,而江淹组诗则是以人为别。江淹的组诗恰好可以视为《文章流别集》中诗体尤其是五言诗的流别。与偏重拟代的谢灵运不同,江淹模拟的重点并不是诗人的身份口吻,而是诗人的作品本身。他在拟作时经常化用被拟者的辞藻和意象,《杂体诗三十首》背后隐藏着若干首"原诗",亦即"潜伏"着一部至少包括三十家诗的总集。

从汉代到南朝,五言诗人不胜枚举,每位诗人所作诗篇,也不限于一种题材类别,不止有一种风格类型。因此,在"采摘"(取)之外,还需要"芟剪"(舍),取舍适当,才能建构一个合理的总集框架。三十家取舍既定,还需要确定各家诗作的典型风格,以此为各家命名,设定题目,作为条贯合编之纲目。在江淹的拟作过程中,不但从历代文人骚客中挑出三十家诗人是"选",从一个诗人的多样化创作中撷取最具代表性的作品进行拟作,同样也是"选"。将两次"选"的结果叠加,并依其时代先后排列,整合成集,以显出"楚谣汉风""魏制晋造""关西邺下""河外江南"的美善异同,这就是《隋志》总集序中所说的"各为条贯,合而编之"。江淹在模拟诗中所从事的,正是一项总集的事业。

综上所述,江淹《杂体诗三十首》是"多"与"一"的对立统一体:众多篇题被统一于一个总题之下,众多诗家被人为集合到了一起,总杂诗风被汇聚于一篇(部)总集之中。这就是《文选》和《杂体诗三十首》的殊途同归之地。

---

① (清)何焯《义门读书记》卷四七,第938页。

三 《杂体诗三十首》命题与《文选》诗体别裁

《文选》是一部多体文章总集,书中所收既有诗歌,又有文章,而《杂体诗三十首》则是一种特殊形态的诗歌总集。江淹既是这种总集的创作者,也是它的编撰者。古往今来,这种形态的总集是非常罕见的。

任何一部总集,都是一个完整的整体。《文选》编撰者面对《杂体诗三十首》这样一个整体时,不能不考虑其整体性。《文选》选录了不少组诗,就入选总数而言,《杂体诗三十首》首屈一指。阮籍五言《咏怀诗》82 篇,但《文选》只选录 17 首,入选比例只有大约 21%,而江淹这组诗入选比例达到 100%。比例如此悬殊,与其说是《文选》编者对《杂体诗三十首》艺术的首肯,不如说是对《杂体诗三十首》作为一个不可分割的整体的性质的体认。若有所取舍,必然陷于鲁莽灭裂,不仅有负江淹"品藻渊流"之苦心①,而且使这一整体支离破碎。

总集的编排原则,无非分类与时序两条。分类或者按文体类别,或者按题材类型。《文选》三十卷②,《杂体诗》三十首,也离不开这两条原则。《文选序》云:"凡次文之体,各以汇聚。诗赋体既不一,又以类分,类分之中,各以时代相次。"③可见是先分文体,同一文体之中,就依时代先后。如果同一文体的作品数量繁多,就再分类别。《文选》中的诗赋二体,就是先分类别,同类作品再依时代先后排列。《杂体诗三十首》的诗家则是依时代先后排列。表面上看,这与《文选》截然不同。但实际上,在"各以时代相次"之前,《杂体诗三十首》已经对三十家诗作了题材分类与命名。

《文选》与《杂体诗三十首》所别裁的诗人及其选定的诗歌题材类型,有高度一致性。今列表示意如表一:④

---

① 《江文通集校注》卷四,第 638 页。
② 《文选》原为三十卷,唐李善为之作注,乃分为六十卷。
③ (南朝梁)萧统《文选序》,《文选》,第 2 页。
④ 按:《文选》卷三一《杂体诗三十首》所录诗人名字之书写格式为"姓氏+官职+名字",此表径列其姓名,以求醒目直观。

表一 《文选》与《杂体诗三十首》诗人及诗歌题材类型比较

序号	《杂体诗三十首》所拟诗人	《文选》选录卷次	《杂体诗三十首》所拟诗题	《文选》选录类别及诗作
1	无名氏	卷29①	古离别	卷29 杂诗·古诗十九首
2	李陵	卷29	从军	卷29 杂诗·李陵诗三首
3	班婕妤	卷27	咏扇	卷27 乐府·怨歌行（咏扇）
4	曹丕	卷22 等	游宴	卷22 游览·芙蓉池作
5	曹植	卷24 等	赠友	卷24 赠答·赠徐幹（外四首）
6	刘桢	卷20 等	感遇	卷20 公宴·公宴诗
7	王粲	卷20 等	怀德	卷20 公宴·公宴诗
8	嵇康	卷23 等②	言志	卷23 哀伤·幽愤诗
9	阮籍	卷23	咏怀	卷23 咏怀·咏怀
10	张华	卷29 等	离情	卷29 杂诗·情诗
11	潘岳	卷23	悼亡	卷23 哀伤·悼亡诗
12	陆机	卷26 等	羁宦	卷26 行旅·赴洛道中作
13	左思	卷21	咏史	卷21 咏史·咏史
14	张协	卷29 等	苦雨	卷29 杂诗·杂诗
15	刘琨	卷28 等	伤乱	卷28 杂歌·扶风歌
16	卢谌	卷25	感交	卷25 赠答·赠刘琨
17	郭璞	卷21	游仙	卷21 游仙·游仙诗
18	孙绰	卷11③	杂述	无
19	许询	无	自序	无
20	殷仲文	卷22	兴瞩	卷22 游览·南州桓公九井作
21	谢混	卷22	游览	卷22 游览·游西池
22	陶潜	卷30 等	田居	卷30 杂诗·"结庐在人境"等
23	谢灵运	卷22 等	游山	卷22 游览·登石门最高顶等

① 《文选》卷二九收录《古诗十九首》。
② 《文选》所录嵇康诗，包括卷二三《幽愤诗》、卷二四《赠秀才入军》、卷二九《杂诗》，皆为四言诗，无一篇五言诗。
③ 《文选》卷一一收录孙绰《游天台山赋》一篇，未录其诗。

续 表

序号	《杂体诗三十首》所拟诗人	《文选》选录卷次	《杂体诗三十首》所拟诗题	《文选》选录类别及诗作
24	颜延之	卷22 等	侍宴	卷22 行旅·车驾幸京口侍游蒜山作
25	谢惠连	卷25 等	赠别	卷25 赠答·西陵遇风献康乐
26	王微	卷30	养疾	卷30 杂诗·杂诗
27	袁淑	卷31	从驾	卷31 杂拟·效白马篇
28	谢庄	卷13 等①	郊游	无
29	鲍照	卷28 等	戎行	卷28 乐府·出自蓟北门行②
30	汤惠休	无	怨别	无

从上表可以看出：

第一，无论是入选诗人，还是其诗歌题材类型，二者对应性是很明显的。江淹所模拟的诗人，没有诗作收入《文选》者只有孙绰、许询、谢庄、汤惠休四家，其中东晋两家，刘宋两家，而孙绰、谢庄二家虽然没有诗作收入《文选》，却有其他作品收入。总体而言，《文选》收录诗人数量远远超过《杂体诗三十首》，应该可以覆盖后者。这四家的出入，可以体现江淹和《文选》在诗人别裁方面的不同见解，同时也反映二者不同的诗史见识。

第二，《杂体诗三十首》有如下诸首，其题下小注中的题材类型，与《文选》诗体"类分"中所使用的名目完全相同：

谢仆射混游览（《文选》卷二十二有"游览"诗）

阮步兵籍咏怀（《文选》卷二十三有"咏怀"诗）

左记室思咏史（《文选》卷二十一有"咏史"诗）

郭弘农璞游仙（《文选》卷二十一有"游仙"诗）

不仅名目相同，在实际录诗方面也可一一对应。《文选》卷二十二"游览"诗收

---

① 《文选》收录谢庄赋一篇，诔一篇，无诗。
② 《文选》卷二七诗有"军戎"一类，收王仲宣《从军诗》五首。

录谢混《游西池》一首,卷二十三"咏怀"诗收录阮籍《咏怀》十七首,卷二十一"咏史"诗收录左思《咏史》八首,卷二十一"游仙"诗收录郭璞《游仙诗》七首。这四家中,除了谢混"游览"诗外,其他三家的"咏怀""咏史""游仙"可以说已经成为诗史共识①,江诗与萧选重合,不足为奇。除了完全相同,题名类似的也复不少,这不仅是共识,也说明《文选》对江诗有所借鉴。

第三,《杂体诗三十首》为 30 家诗歌题材分别定名,一共确立了 30 个类目。《文选》一书涵盖的诗人更多,而所设定的诗体题材分类,却只有 23 个类目(依次为补亡、述德、劝励、献诗、公宴、祖饯、咏史、百一、游仙、招隐、反招隐、游览、咏怀、哀伤、赠答、行旅、军戎、效庙、乐府、挽歌、杂歌、杂诗、杂拟),还不及《杂体诗三十首》。在这种情势之下,《文选》每一类目所涵盖的诗歌题材类型,实际上比《杂体诗三十首》更广。其中,游览、赠答、行旅、杂诗、杂拟五类所录诗作数量较多,内涵亦较为丰富。尤其是杂诗、杂拟两类,简直可以说是总集中的小总集。因此,《文选》"杂诗"中既有《古诗十九首》(江淹列为"古离别"),也有张华《情诗》(江淹列为"离情"),还有张协《杂诗》(江淹列为"苦雨"),一类而兼三题。同样,江淹《殷东阳仲文兴瞩》《谢仆射混游览》《谢临川灵运游山》三题,《文选》"游览"一类兼容;《李都尉陵从军》和《鲍参军昭戎行》二题,《文选》"军戎"一类可以并包。从这个角度来说,江诗和萧选中所立诗歌题材类目,有时是貌同心异的。总体来看,《文选》所立类目是广义的,指的是汉魏两晋南朝诗史的题材类型,而《杂体诗三十首》则是狭义的,专指某一诗人的代表性或特色性题材。② 这是必须强调的一点。

前文已经提及,江淹《杂体诗三十首》中,孙绰、许询、谢庄、汤惠休四家与《文选》诗体没有交集。《文选》不录孙、许二家诗,钟嵘也说孙、许等人诗"皆平典似《道德论》"③,可见二书审美趣味相近。而江淹却以"杂述""自序"概括孙绰、许询二人之诗,独持己见,抱有理解之同情。

此外,《杂体诗三十首》中还有两首比较特殊,值得单独讨论。

---

① 钟嵘《诗品》列举"五言之警策者",就有"阮籍咏怀""景纯咏仙""太冲咏史",可为例证。见《诗品笺注》,第 211 页。
② 钟嵘《诗品》列举"五言之警策者",涉及 22 家诗人及其名篇(《诗品笺注》,第 211 页),其列举偏重佳制秀句,焦点不在代表性或特色性题材,故与江淹颇有出入。
③ 《诗品笺注》,第 15 页。

第一首是《嵇中散康言志》。诗云：

> 曰余不师训，潜志去世尘。远想出宏域，高步超常伦。灵凤振羽仪，戢景西海滨。朝食琅玕实，夕饮玉池津。处顺故无累，养德乃入神。旷哉宇宙惠，云罗更四陈。哲人贵识义，大雅明庇身。庄生悟无为，老氏守其真。天下皆得一，名实久相宾。咸池飨爰居，钟鼓或愁辛。柳惠善直道，孙登庶知人。写怀良未远，感赠以书绅。

嵇康诗作以四言诗为主，《文选》所选录的嵇康诗，也都是四言诗。① 刘勰在《文心雕龙·明诗》中谈到四言诗时，也专门以嵇康为例，推举其为四言诗"润"之代表："若夫四言正体，则雅润为本，五言流调，则清丽居宗。华实异用，惟才所安。故平子得其雅，叔夜含其润，茂先凝其清，景阳振其丽。"② 李善注《嵇中散康言志》一诗，只引嵇康四言诗，而无五言诗。在这组专门模拟五言诗的诗作中，江淹非要列入四言诗人嵇康不可，原因无他，就是他对嵇康有一份特别的推重。

第二首是《王征君微养疾》。诗云：

> 窈霭潇湘空，翠涧澹无滋。寂历百草晦，欻吸鹍鸡悲。清阴往来远，月华散前墀。炼药瞩虚幌，泛瑟卧遥帷。水碧验未默，金膏灵讵缁。北渚有帝子，荡漾不可期。怅然山中暮，怀痾属此诗。③

很显然，此诗的主题是"养疾"，这一主题未见于《文选》，也与《诗品序》所标举的"王微风月"不同④。一般来说，江淹模拟诗喜欢借用或化用被模拟诗人的某些诗句、词藻或意象，将其嵌入己诗之中，达到渲染烘托的目的。但值得注意的是，细检此诗李善注，无一处引及王微诗。再检《先秦汉魏晋南北朝诗》，

---

① 参看前文表格附注。
② （南朝梁）刘勰著，范文澜注《文心雕龙注》，人民文学出版社，1962 年，卷二，第 67 页。按：《文心雕龙·明诗》还谈到"嵇志清峻"，亦见第 67 页，此处"志"字亦让人联想到江淹诗题中的"言志"。
③ 《文选》卷三〇，第 453 页。
④ 《诗品笺注》，第 211 页。同书第 214 页曹旭注："王微风月，原诗已佚。然江淹《杂体诗》有拟王征君微《养疾》一首，中有'清阴往来远，月华散前墀'句，证明王微有写风月诗。"然而陈延杰《诗品注》认为："王微今止传《杂诗》一首，无言风月者。"见《诗品注》，人民文学出版社，1961 年，《总论》，第 15 页。

王微诗现存只有 4 题 5 首①，其中包括《杂诗》二首、《四气诗》一首、《咏愁诗》一首和《七襄怨诗》一首（残）②，亦无一首涉及"养疾"主题。"养疾"二字是否足以概括其诗，因为王诗多佚，不敢遽断，但细读《宋书》卷六二《王微传》，则基本可以肯定，"养疾"二字堪称王微生平的主线。本传记其为人"素无宦情，称疾不就"，自称"颇晓和药，尤信《本草》"，其弟僧谦"遇疾，微躬自处治，而僧谦服药失度，遂卒，微深自咎恨，发病不复自治"，未久亦卒，年 39 岁。③《杂体诗三十首》特设《王征君微养疾》一首，足见江淹对王微情有独钟。江淹曾撰《自序》，自述其"仕所望不过诸卿二千石，有耕织伏腊之资，则隐矣"的恬淡之怀④，集中又有《卧疾怨别刘长史》⑤，由其身体心理状况来看，容易与王微产生共鸣。明人王世贞推演扩充江淹《杂体诗三十首》，成《拟古》七十首，其中包括《江记室淹卧疾》一首，或许正是看透了江淹与王微的这一人生共同点罢。⑥

结语：作为诗史写作与诗歌批评的《杂体诗三十首》

在谈到汉魏六朝文学的模拟风气时，王瑶先生曾经指出："'补'或'拟'在当时和'作'的界限，原是不存在的。"⑦他要强调的是，从总体上看，拟古文学中既有模拟的成分，也有创作的成分，而且这两种成分是难以截然分清的。在我看来，江淹《杂体诗三十首》不仅是江淹的模拟之作，更主要是江淹的个人创作。这种创作不仅是一种诗歌创作，而且是一种诗歌批评创作，还是一种文学史的写作。《杂体诗三十首》按照时代顺序和诗史逻辑，排列组合为一个整体，脉络清楚，目的明确。它既是一部诗选，也是一部总集，既是一部用诗选形式呈现的诗歌史，也是一部以总集形式呈现的诗歌批评集。

---

① 逯钦立辑校《先秦汉魏晋南北朝诗》，第 1199—1200 页。
② 上述诸诗原出《玉台新咏》卷三，《文选》卷三〇，《艺文类聚》卷五六、卷三五以及《初学记》卷四。
③ （南朝宋）沈约《宋书》，卷六二，中华书局，1974 年，第 1664—1672 页。
④ 江淹《自序》，载《江文通集校注》卷一〇，第 1720 页。
⑤ 《江文通集校注》卷四，第 591—598 页。
⑥ （明）王世贞《弇州四部稿》，台湾商务印书馆影印《文渊阁四库全书》本，第 1279 册，卷九，《江记室淹卧疾》，第 115 页。
⑦ 王瑶《中古文学史论》，第 201 页。

《杂体诗三十首》之目的,是要通过对历史上 30 家五言诗人的选择与模拟,表达江淹个人对五言诗史的"品藻"观点,与当时论家"商榷"。它具有多种双重属性:既是诗歌创作,又是诗史批评;既是主动创作,又是被动摹拟;主体性与客体性融合为一。

《杂体诗三十首》的命题与《文选》的诗体分类命题一样,都是一种文学史建构,为此前的五言诗史进行文学史总结,为诗歌批评设立对象,调校焦点,因此,这也是一个五言诗经典化的工程。至少从唐代开始,就有人对江淹这组模拟诗进行模拟。[1] 到了明代,薛蕙、王世贞二人对《杂体诗三十首》的模拟,可以说是模拟的模拟。[2] 在模拟过程中,薛、王二人有意调整或者扩充模拟对象,使诗歌中所呈现的文学史图景越来越开阔,也越来越明晰了。

(南京大学文学院)

---

[1] 释无可《大理正任二十所和江淹拟古三十章寄示》,载《全唐诗》卷八一三,中华书局,1960 年,第 23 册,第 9159 页。

[2] 王世贞诗出处已见前注。薛蕙《杂体诗二十首》见其《考功集》卷二,台湾商务印书馆影印《文渊阁四库全书》本,第 1272 册,第 20 页。按:薛序称"及江文通拟诸家三十首,虽间有未尽,然可谓妙解群藻矣"。群藻是多,妙解是一,集于江淹一身。

"诡辞"以见义

——论《太史公自序》的书写策略

程苏东

《太史公自序》历来是《史记》评点与研究者看重的篇目,围绕其篇章结构、行文体例、史料真伪及其所见司马迁家族背景、个人经历、著述动机、思想倾向等问题展开的研究甚为全面,①而二十世纪以来高步瀛、来新夏等学者先后为该序加以笺证、讲疏,②更为我们研读该序廓清了诸多疑惑。不过,如同多数经典文本一样,《太史公自序》的问题似乎是言说不尽的。作为一篇题名为"自序"的文本,序文何以不采用第一人称的写法,而是以"太史公"这一第三人称的方式进行叙述?这里的"太史公"究竟是对父亲的尊称?是出自后人改笔?还是司马迁有意为之?与司马迁在多数传记中表现出的流畅、贯通的叙事风格不同,《太史公自序》颇存前后重复、矛盾、割裂之处,至有学者认为今本《自序》系由两篇文本拼接而成③。至于序文对于《春秋》《国语》《孙子兵法》《吕氏春秋》等成书时间、背景的描述,则梁玉绳在《史记志疑》中已据《史记》本传逐一加以辨误④。此外,

---

① 相关研究可参(清)程馀庆《历代名家评注史记集说》,三秦出版社,2011年,第1477—1497页;张新科等主编《史记研究资料萃编》,三秦出版社,2011年,第684—688页。

② 高步瀛《史记太史公自序笺证》,《女师大学术季刊》第1期(1930);来新夏《〈太史公自序〉讲义》,《中国典籍与文化论丛》第15辑(2013),第135—189页。

③ (清)方苞《又书太史公自序后》,《方苞集》卷2《读子史》,上海古籍出版社,1983年,第60页;梅显懋《〈史记·太史公自序〉中当有东方朔代撰〈序略〉考论》,《古籍整理研究学刊》2013年第2期,第1—6页。

④ (清)梁玉绳《史记志疑》卷36,中华书局,1981年,第1472页。

如果将《自序》与其所援据的《国语》《孝经》等文本作细致比对,可以发现序文不乏重要的删改,有的已经改变了其原始材料的意旨。作为提挈全书的纲领,这些文本现象究竟是后人改窜所致①,还是司马迁本人的疏漏,抑或是他有意为之的"谲辞"②,这显然关系到我们对《史记》书写立场和语言风格的把握。事实上,对于《史记》的阅读者而言,如何界定这一文本的性质是常常引起学界争议的问题,甚至"太史公书"与"史记"的不同题名,本身已经揭示出《史记》的生成与传播、书写意趣与"期待视野"(horizon of expectation)之间的微妙差异③。《史记》经历了司马氏父子两代人数十年的酝酿与修撰,期间二人命运也发生了巨大的变化,这一切都使得《史记》的撰述动机显然不可简单归为一体。此外,尽管私家著述之风在战国中后期已然开启,但在秦汉帝国的文化制度与舆论氛围中,私人书写仍然是一种颇具风险而易招谤的行为,更何况是对于"国史"的书写。司马迁将如何为其著述赢得合法性,这也是值得关注的问题。总之,《自序》内部及其与传记、书表之间的差异显示出司马氏对于国家、历史、圣统、家族、个人等多个问题复杂甚至矛盾的看法,在汉帝国的文化氛围中,司马迁将如何运用其书写策略塑造《史记》的文化价值,他又是从何处借鉴这种书写方式,这些即是本文尝试讨论的问题。

一 "世典周史":史官家族的自我塑造

司马迁在《自序》的第一部分着重叙述了其"世典周史"的家族传统,这使得其著述行为常被置于这一背景中进行理解④。不过,王国维、徐朔方等通过对周、汉职官制度的考察已经指出⑤,周代"太史"本不负责史策的撰述,西汉

---

① 此说崔适推举最力,可参氏著《史记探源》卷8,中华书局,1986年,第224—229页。
② 李笠《史记订补》卷8,民国十三年(1924)瑞安李氏刻本。
③ 可参李纪祥《〈史记〉之"家言"与"史书"性质论》,《〈史记〉五论》,文津出版社,2007年,第93—107页。
④ 可参《史通·外篇·史官建置》,(唐)刘知几著,(清)浦起龙通释《史通通释》卷11,上海古籍出版社,2009年,第284页。
⑤ 王国维《太史公行年考》,《观堂集林》卷11,《王国维全集·第八卷》,浙江教育出版社、广东教育出版社,2009年,第331页;徐朔方《司马迁不是史官,也不是世袭史官的后嗣》,《史汉论稿》,江苏古籍出版社,1984年,第76页;亦可参李纪祥《〈太史公书〉由"子"之"史"考》,《史记五论》,第8—14页。

官制中的"太史令"也无著史之责,甚至后代负责国史撰修的职务在西汉根本尚未产生①,因此,《史记》并非官修史书,而是一部典型的私人著述②,所谓"司马氏世典周史"不是一般的事实陈述,而是司马氏父子的一种自我塑造。不过,司马迁如何通过书写来实现这一塑造,以及他何以对这一身份如此强调,则是我们感兴趣的问题。《自序》中相关叙述如下:

> **昔在颛顼,命南正重以司天,火正黎以司地。唐虞之际,绍重、黎之后,使复典之,至于夏商,故重黎氏世序天地。其在周,程伯休甫其后也。当周宣王时,失其守而为司马氏**。司马氏世典周史。惠襄之间,司马氏去周适晋。晋中军随会奔秦,而司马氏入少梁。自司马氏去周适晋,分散,或在卫,或在赵,或在秦。其在卫者,相中山。在赵者,以传剑论显,蒯聩其后也。在秦者名错,与张仪争论,于是惠王使错将伐蜀,遂拔,因而守之。错孙靳,事武安君白起。而少梁更名曰夏阳。靳与武安君阬赵长平军,还而与之俱赐死杜邮,葬于华池。靳孙昌,昌为秦主铁官,当始皇之时。蒯聩玄孙卬为武信君将而徇朝歌。诸侯之相王,王卬于殷。汉之伐楚,卬归汉,以其地为河内郡。昌生无泽,无泽为汉市长。无泽生喜,喜为五大夫,卒,皆葬高门。喜生谈,谈为太史公。③

这段材料显然分为两个部分,以"司马氏世典周史"为界,前一部分主要援据《国语·楚语》,又见于《史记·历书》④,属于战国秦汉时期流传较广的公共性史料。通过下文的论述可以知道,这种直溯至五帝的族源叙述属于春秋、战国时期流行的古史重构的一部分,本身并非可靠的谱牒文献;后一部分则是距离司马迁时代较近的家族史料,应当具有一定的私密性和较强的可靠性。这两段叙述在时间上存在较大的跨度,前者彰显出家族辉煌的早期历史,但重点皆在司马氏命氏之前,到西周中后期命氏之后反而变得笼统模糊,甚至不能举

---

① 朱希祖《史官名称议》,《中国史学通论 史馆论议》,中华书局,2012 年,第 180 页。
② 可参钱穆《太史公考释》,《中国学术思想史论丛(三)》,生活·读书·新知三联书店,2009 年,第 32 页。
③ 《史记》卷 130《太史公自序》,第 3961—3962 页。
④ 《史记》卷 26《历书》,第 1495—1496 页。

出哪怕一个具体的人物。后者则详细可靠,但在时间上已入战国后期,二者之间的时间空当显示出司马迁掌握的这份家族谱牒显然已经无法追溯到其命氏之初,包括司马谈在内,入汉以后的司马氏家族对于本族早期历史的记忆实际上已经不具有任何的家族私密性,而是依赖于《楚语》中观射父的一段叙述,而这段叙述原本非但不是为了梳理司马氏的家族源流而作,甚至叙述者对其家族祖先的部分行为还颇加揶揄。对于特别强调史料的可靠性,同时着意塑造其史官家族辉煌传统的司马迁来说,这种文本取材上的拮据感是可以想见的。不过,无奈于近世可考的家族祖先担任的均是与书写事务毫无关联的军职或其他低级事务性职官,《楚语》中的这段材料仍成为司马迁塑造其家族文化传统的唯一依据:

> 昭王问于观射父,曰:"《周书》所谓重、黎实使天地不通者何也?若无然,民将能登天乎?"对曰:"非此之谓也。古者民神不杂。民之精爽不携贰者……在男曰觋,在女曰巫。……于是乎有天地神民类物之官,是谓五官,各司其序,不相乱也。……及少皞之衰也,九黎乱德,民神杂糅,不可方物。夫人作享,家为巫史,无有要质。民匮于祀,而不知其福。烝享无度,民神同位。民渎齐盟,无有严威。神狎民则,不蠲其为。嘉生不降,无物以享。祸灾荐臻,莫尽其气。**颛顼受之,乃命南正重司天以属神,命火正黎司地以属民,使复旧常,无相侵渎,是谓绝地天通。其后三苗复九黎之德,尧复育重、黎之后不忘旧者,使复典之。以至于夏、商,故重、黎氏世叙天地,而别其分主者也。其在周,程伯休父其后也,当宣王时,失其官守而为司马氏。**宠神其祖,以取威于民,曰:'重寔上天,黎寔下地。'遭世之乱,而莫之能御也。不然,夫天地成而不变,何比之有?"①

观射父的整段论述旨在解释《周书·吕刑》"乃命重、黎,绝地天通,罔有降格"句,核心目的则是为了消除楚昭王对于"民能登天"的困惑。观射父的论述围绕"民神不杂"这一主线展开,在上古时期,具有神性的巫祝事务与人间的民政事务由不同的职官分别掌理,这一传统随着九黎乱德而崩坏,所谓"民

---

① (清)徐元诰集解《国语集解·楚语下第十八》,中华书局,2009年,第512—516页。

神杂糅",不仅狎污之人玷染神职,普通的民政事务也与巫祝祷祠纠缠不清。正是基于这一乱象,颛顼乃重新确立了"政教分离"的管理体制,由重典天官而掌神务,由黎任地官而掌民事,这就是所谓的"绝地天通"。但这一传统在三苗之乱中再度衰绝,直至以尧舜为代表的华夏中央政权重新建立,这一制度才得以恢复。可以说,如何处理"民神"关系,成为区分华夏与蛮夷的一个重要标志,而"各司其序""无相侵渎""别其分主"等正是观射父对华夏政治传统最精要的概括。

在论述了"绝地天通"的实际内涵后,观射父又对昭王所谓"民能登天"之说的产生过程进行了梳理,正是在这一语境中,司马氏作为这一"谣言"的始作俑者被提及,所谓"重寔上天,黎寔下地"之说不过是失其官守后的司马氏为了自神其祖而编造的神话。值得注意的是,在观射父的语境中,司马氏出自重氏还是黎氏本无关紧要,因此他在叙述中也未言及,但对于援用这段材料的司马迁而言,司马氏的族源实为最关键的问题,《自序》引司马谈之说,以为其家族"自上世尝显功名于虞夏,典天官事",而司马迁在叙述中也呼应了观射父所谓"民神不杂"的政治传统:"太史公既掌天官,不治民。"显然在《自序》的叙事逻辑中,司马氏家族只能源出司天的重氏一支,而非司民的黎氏一支,对此司马氏父子亦应有自觉的认知。但在《自序》对于《国语》的援引中,我们却看到司马迁似乎有意模糊重、黎二氏分掌天、地的职务划分,在观射父的叙述中颇为关键的"无相侵渎""别其分主"两句均被删去,而《史记·天官书》在梳理"昔之传天数者"时也一反《国语》之文,明确将"重""黎"二氏并举①。司马贞《史记索隐》认为这是司马迁有意为之:

> 重司天而黎司地,是代序天地也。据《左氏》,重是少昊之子,黎乃颛顼之胤,二氏二正,所出各别,而史迁意欲合二氏为一,故总云"在周,程伯休甫其后",非也。然后按彪之序及干宝皆云司马氏,黎之后是也,今总称伯休甫是重黎之后者,凡言地即举天,称黎则兼重,自是相对之文,其实二官亦通职。然休甫则黎之后也,亦是太史公欲

---

① 《史记》卷27《天官书》,第1594页。

以史为己任,故言先代天官,所以兼称重耳。①

所谓司马氏为黎氏之后的说法始见于司马彪《续汉志·天文上》:"司马谈,谈子迁,以世黎氏之后,为太史令。"②这一说法颇为可怪,"以世黎氏之后,为太史令"似乎显示"世黎氏之后"与"为太史令"之间存在某种因果关系,但前文已言,即便司马氏父子担任太史令与其家族早期守官有某种关联,这种关联也应当指向司天的重氏,《续汉志》的说法显然是无法成立的。实际上,司马迁在叙述其族姓起源时只能援据《国语·楚语》这样的语类文献,难以想象到司马彪、干宝的时代会有新的文献来证明司马氏实为黎氏之后。因此,司马迁合言重、黎的做法应非明知其源出黎氏而攀附重氏,而是对于司马氏究竟出于重、黎之中的哪一支根本无法确定。按照司马谈"司马氏世主天官"的说法,司马氏只能源出重氏,但司马迁无法在缺少文献依据的情况下妄造族史,如此,在叙述中有意模糊重、黎二支官守的写法也就成为司马迁近乎唯一的选择了。

那么,司马迁何以特别强调其史官家族的传统呢?我们认为,这需要将其置于秦汉时期文本书写的历史背景中加以理解。学者在讨论《史记》中"太史公曰"的体例时,常感到"太史公"这一尊称似非司马迁本人声吻,故不少学者认为除《太史公自序》中以"太史公"尊称司马谈者以外,其余指司马迁本人的"太史公曰"都是东方朔、杨恽或褚少孙所补③。但一方面这些说法大多晚出,且在《史记》的行文中也颇存反例,此钱大昕、王国维、朱希祖、钱穆等均已考定者④;另一方面更忽略了西汉前期私人著述这一行为所面临的压力。笔者在《书写文化的新变与士人文学的兴起——以〈春秋〉及其早期阐释为中心》一文中曾经梳理过先秦时期从以宫廷为中心的公共书写到私学中的"语录"书

---

① 《史记》卷130《太史公自序》司马贞《索隐》,第3961—3962页。
② 《后汉书》志十,中华书局,1980年,第3214页。
③ 桓谭以为"太史公"之题署出自东方朔,韦昭认为《史记》之称"太史公"为杨恽所加,方苞则认为"太史公"为褚少孙所补。《史记》卷12《孝武本纪》引裴骃《集解》、司马贞《索隐》,第581页;(清)方苞《又书太史公自序后》,《方苞集》卷2《读子史》,第60页。
④ (清)钱大昕《与友人书》,《潜研堂文集》卷33,上海古籍出版社,1989年,第608—609页;王国维《太史公行年考》,《观堂集林》卷11,《王国维全集·第八卷》,第331页;朱希祖《太史公解》,《中国史学通论 史馆论议》,第60—65页;钱穆《太史公考释》,《中国学术思想史论丛(三)》,第31—32页。

写①,再到士人个体著述的发展历程。在这一过程中,私人著述的萌发处于一种紧张的文化氛围之中,其压力一方面来源于以官方为中心的公共书写传统——孟子在描述孔子作《春秋》时已经提出所谓"《春秋》,天子之事"的问题②。传统的书写属于国家政治管理体制的一部分,无论是各种数据、信息的记录与保存,还是高级贵族言行的记录编辑,抑或国家史事的整理,以及诏册、训诰、盟誓等仪式性文本的书写,都是王权政治的重要实现方式。在这种背景之下,不仅私人著述缺少其政治上的合法性,在实际的文本复制与流通过程中也缺乏相应的渠道。另一方面,由于孔子倡导"述而不作",这也在儒家传统中塑造出了"慎言""不作"的文化气氛,孟子对于"好辩"的自我开解,荀子在《正名》篇中对于"辩说"之必要性的反复申述③,实际上都意在塑造个人言说与书写的合法性。这种文化气氛在战国后期曾一度松弛,一方面王权已无力限制私人著述的展开,另一方面诸子学派的兴盛也为私人著述的传播提供了便利的渠道,但这一传统在秦帝国保守的文化管理制度下再度受到打击,而汉初"尊儒""尊孔"的一系列行为也重新加强了孔子"述而不作"的文化影响力,这一点在东汉王充的《论衡·对作》中仍然有鲜明的体现:"圣人作,贤者述,以贤而作者,非也。"④"作"是圣人的特权,自贤人以下只有阐述圣经的权力,没有独立书写的权力,而为了给自己的著述赢得合法性,王充一方面强调其书是"论"而非"作",另一方面则采用两种比附的方式来阐明其书写并非妄作,一是将其比附为解经之章句,即所谓"祖经章句之说,先师奇说之类",二则是将其比附为官方文书:"上书奏记,陈列便宜,皆欲辅政。今作书者,犹上书奏记,说发胸臆,文成手中,其实一也。"⑤由于官方文书具有毋庸置疑的书写合法性,因此,通过将私人论著比附于官书,王充试图为其个人著述赢得生机。

了解了秦汉时期的这种文化政策与氛围,我们对于司马迁特别强调其"史官家族"的背景,及其在叙述中反复强调职官与书写之间的关系就有了新的理

---

① 可参拙文《书写文化的新变与士人文学的兴起——以〈春秋〉及其早期阐释为中心》,《中国社会科学》2018年第6期,第134—158、207页。
② (清)焦循《孟子正义》卷13《滕文公下》,中华书局,1987年,第446—461页。
③ (清)王先谦《荀子集解》卷16《正名》,中华书局,1988年,第422页。
④ 黄晖《论衡校释》卷29《对作篇》,中华书局,1990年,第1180页。
⑤ 黄晖《论衡校释》卷29《对作篇》,第378、1181页。

解角度。除了在整个文本书写中均使用"太史公"这一职衔发声以外,《自序》还多次提及职官与著述之间的关系:

> 余为太史而弗论载,**废天下之史文**,余甚惧焉!
>
> 主上明圣而德不布闻,**有司之过**也。且**余尝掌其官**,废明圣盛德不载,灭功臣世家贤大夫之业不述,堕先人所言,罪莫大焉!……天下遗文古事靡不毕集太史公。

这里司马迁特别使用了"有司之过"这一说法,强调其职务与著述之间的密切联系,而"天下遗文古事靡不毕集太史公"的说法也进一步强化了其整理、著述的必要性和迫切性,尽管这一说法本身也是一种夸张与自饰。此外,在"书"的部分,《天官书》也一反《礼书》《封禅书》等书表均以事类命名的通例,将其塑造为一种职务性的书写。这些"官书化"的自我形塑某种程度上也可以被视作早期私人著述对于传统宫廷文本的一种模仿——对于《史记》的书写来说尤其如此,毕竟与诸子论说不同,《史记》并非司马迁的个人议论,而是关于国家历史的一种叙述,毫无疑问将介入国家意识形态的形塑。因此,尽管撰写史书并非"太史令"的职守,但司马迁却有意借助这一身份为其著述赢得合法性。

事实上,在司马迁之前的文本书写历史中,似乎从未出现所谓"自序"的体例①。作为一种旨在贯通全书的文章体式,"序"显然是在"书"这一文本层级初步建立起来之后才得以出现的,其目的在于将主题各异、体裁不同甚至原本独立流传的"篇"整合为有机的统一体。这种文体在春秋晚期至战国时期出现,最初的代表便是相传出自孔子的《书序》《序卦》等,王充《论衡·须颂》言:

> 问说《书》者:"'钦明文思'以下,谁所言也?"曰:"篇家也。""篇家谁也?""孔子也。"然则孔子鸿笔之人也。"自卫反鲁,然后乐正,《雅》《颂》各得其所也。"鸿笔之奋,盖斯时也。"②

这里王充所谓"篇家",应是指缀篇成书之人,即言孔子作《书序》正有连

---

① 关于司马迁之前书序的历史,可参车行健《从司马迁〈史记·太史公自序〉看"汉代书序"的体制——以"作者自序"为中心》,《中国文哲研究集刊》第 17 期(2009),第 265—268 页。

② 黄晖《论衡校释》卷 20《须颂篇》,第 847 页。

缀诸篇而成一书之意。《书序》共百篇,这一数目本身也具有一定的象征性,显示《书序》确实是伴随《书》文本的整理而出现的。不过,《书序》《诗序》《序卦》等都是后人对前人典籍整理时所加,真正具有"自序"性质的文本似始于《吕氏春秋·序意》,若将其与《太史公自序》相比,可以看出两个文本之间具有一个重要的共同点,那就是二者均以第三人称的方式进行书写。在《吕氏春秋·序意》中,著述者始终是"文信侯"而非"我",除了直接引语以外,两篇序言都完全不见任何第一人称的口吻,而这种"他者化"的自序书写方式在两汉文本中十分普遍,例如《淮南鸿烈·要略》中的"刘氏"、《汉书·叙传》中的"班固"、《论衡·自纪》中的"王充",这些序言的书写者似乎都有意将自己与文本中的言说主体加以区分。更进一步,《史记》中"太史公曰"的体例显然受到《左传》中"君子曰"的影响,而在后代的文化语境中,一个书写者自称为"君子"似乎也显得不够谦逊,但在《左传》的书写时代,如果不是借助于"君子"之口,书写者本人又将以何种身份、姿态参与到文本的表达之中呢?简言之,在战国秦汉的文化环境中,"作者"虽然已经出现①,但在当时的文化语境中仍然不具有足够的合法性,"作者"尚不具有足够的自信在其私人著述中以"我"的名义陈述己见,从"君子"到"太史公",事实上都是书写者塑造的一种面具,是早期私人著述"公共化"的一种尝试。

司马谈在遗嘱中特别强调汉武帝封禅的历史性意义:"今天子接千岁之统,封泰山。"显示出其对于汉朝恢弘帝业的期许,而司马迁在回应壶遂质疑时,也再次强调了其所处历史时代的特殊性:"获符瑞,封禅,改正朔,易服色,受命于穆清,泽流罔极,海外殊俗,重译款塞,请来献见者,不可胜道。"在这样的认知中,《史记》的撰述也就不仅是所谓"有司"的日常职守,更是以文本的形式成就大汉盛世的必要途径,用王充《论衡》中的概念,是可谓"恢国"②。总之,《自序》对于司马氏史官家族传统的塑造,既展现了《史记》撰述的合法性,更凸显出这一行为与新兴帝国的建立之间的内在联系,正是在这个意义上,《史记》才有可能在正统史学观念建立之后被追溯为"正史"之祖。

---

① 可参拙文《也谈战国秦汉时期"作者"问题的出现》,《文艺评论》2017 年第 8 期,第 4—10 页。
② 黄晖《论衡校释》卷 19《恢国篇》,第 824 页。

二 "扬名于后世":书以致孝

在论述了"恢国"的著述理想之后,司马迁又借助于其父的临终嘱托引出了《史记》著述的又一意旨,那就是关于"致孝"的问题:

> 且夫孝始于事亲,中于事君,终于立身。扬名于后世,以显父母,此孝之大者。夫天下称诵周公,言其能论歌文武之德,宣周邵之风,达太王王季之思虑,爰及公刘,以尊后稷也。①

这段话显然化用自《孝经》中的两章:

> 子曰:夫孝,德之本也,教之所由生也。复坐,吾语汝。身体发肤,受之父母,不敢毁伤,孝之始也;立身行道,**扬名于后世,以显父母,孝之终也。夫孝,始于事亲,中于事君,终于立身**。(《孝经·开宗明义章第一》)

> 子曰:天地之性人为贵。人之行莫大于孝,孝莫大于严父,严父莫大于配天,则周公其人也。昔者周公郊祀后稷以配天,宗祀文王于明堂以配上帝。是以四海之内各以其职来祭,夫圣人之德又何以加于孝乎?(《孝经·圣治章第九》)②

《自序》中"且夫孝"至"孝之大者"系直接援据《孝经·开宗明义章》,强调"扬名"为孝之大者,这一点也是《孝经》的核心立意之一——"孝"不仅体现为对于父母的赡养与顺从,更体现为人子自我价值的实现,只有真正实现自我价值,名垂千古,使父母显扬于后世,才是最大的"孝"德。这里对于"孝"的理解显然已经较传统基于家庭内部伦理的"孝德"有了明显的拓宽,反映出《孝经》试图以"孝"统摄整个儒学义理的一种尝试。关于这一问题,《孝经·广扬名章》也有进一步论述:"君子之事亲孝,故忠可移于君;事兄悌,故顺可移于长;居家理,故治可移于官。是以行成于内,而名立于后世矣。"③通过将"孝德"与

---

① 《史记》卷130《太史公自序》,第3973页。
② 《孝经注疏》卷1,第3—5页;卷5,第43—44页。上海古籍出版社,2009年。
③ 《孝经注疏》卷7,第69页。

"忠""顺"的勾连，不仅"孝"成为贯串家国天下的一体化道德，忠臣孝子也可由此获得不朽的名声，而《圣治章》则具体举出周公的例子来论证"立身行道"与"孝"之间的密切关系。我们注意到，如果说《金縢》塑造出周公作为武王之弟的"悌"德的话，那么，在《孝经》以外的战国秦汉文献中，几乎没有以"周公"为"孝子"的论述，甚至有关周公与文王之间父子关系的记述也非常有限，在儒家圣人谱系之中最具"孝"德者，历来非虞舜莫属，但《孝经》恰恰推周公为至孝，显然其对于"孝"的理解与传统孝道有所不同，这就是所谓"严父莫大于配天"的命题。《孝经》认为，由于周公建立起一整套礼乐祭祀制度，并在其郊祀、宗祀制度中以始祖后稷配天，以父亲文王配上帝，其父、祖由此获得至高无上的尊荣，而周公也就自然成为至孝之典范。类似的说法又见于《礼记·中庸》：

> 子曰：武王、周公，其达孝矣乎！夫孝者善继人之志，善述人之事者也。春秋修其祖庙，陈其宗器，设其裳衣，荐其时食。宗庙之礼，所以序昭穆也；序爵，所以辨贵贱也；序事，所以辨贤也；旅酬下为上，所以逮贱也；燕毛，所以序齿也。践其位，行其礼，奏其乐，敬其所尊，爱其所亲，事死如事生，事亡如事存，孝之至也。郊社之礼，所以事上帝也；宗庙之礼，所以祀乎其先也。明乎郊社之礼，禘尝之义，治国其如示诸掌乎！①

这段论述虽然没有提及"严父"，但其通过将礼乐祭祀与"孝"相勾连，从而论证"孝治天下"这一观念的思路则与《孝经》如出一辙，汉儒平当在解释《孝经·圣治》时即将《中庸》的这段论述加以融会，以为："夫孝子善述人之志。周公既成文武之业而制作礼乐，修严父配天之事，知文王不欲以子临父，故推而序之，上极于后稷而以配天。"②总之，《中庸》与《孝经》对于周公"孝"德的塑造均立足于他建立礼乐祭祀制度的伟业。

有趣的是，《自序》在化用《孝经》文本时，一方面沿用其以"周公"为孝德典范的叙述，但其对于周公孝德的具体论述却与《孝经》大为不同。司马谈避

---

① 《礼记正义》卷52，《十三经注疏》，中华书局，1980年，第1629页上栏。
② 《汉书》卷71《平当传》，中华书局，1962年，第3049页。

而不谈《孝经》中强调的"严父莫大于配天",转而强调周公"歌文武之德,宣周邵之风,达太王、王季之思虑,爰及公刘,以尊后稷"的成就。从"文武之德""周邵之风"等说法可知,这里司马谈所言显然是围绕《诗经》展开的,郑玄《诗谱序》曾经勾勒出《诗经》"正经"所见周人早期历史:

> 周自后稷播种百谷,黎民阻饥,兹时乃粒,自传于此名也。陶唐之末,中叶公刘,亦世修其业,以明民共财。至于大王、王季,克堪顾天,文武之德,光熙前绪,以集大命于厥身,遂为天下父母,使民有政有居。其时《诗》,风有《周南》《召南》,雅有《鹿鸣》《文王》之属。及成王、周公致大平,制礼作乐,而有颂声兴焉,盛之至也。本之由此风雅而来,故皆录之,谓之诗之正经。①

从后稷到公刘、太王、王季,再到文、武之德,以及"《周南》《召南》",郑玄所言周人先公先王谱系与司马谈所言惊人一致,原因正在于二者都是基于《生民》《公刘》《绵》《皇矣》《文王》《下武》《周南》《召南》等一系列诗篇勾勒而成的。由于周公被视为"制礼作乐"之人,这里的"作乐"自然也包括了《诗》文本的最初编定,因此,司马谈完成了对于周公"孝之大者"的论证,而周公的"孝德"也就从《中庸》《孝经》中的"制礼"变为这里的"歌诗",究其实而言,也就是"著述"。这样一来,对于司马迁而言,"著述"不仅是实现其"史官家族"传统的义务,更是其身为人子成就孝德的必由之路了。总之,这段论说看似只是对《孝经》的援用,但实际上却蕴含了精妙的文本改造策略,值得关注。

此外,这里司马谈特别提到"扬名"的问题。章学诚和余嘉锡在论及战国之前无私家著述时,都涉及著述以"显名"的问题②,二者对此均持批评性的态度,认为战国以前士人并无显名的观念,因此在著述中也并无题名之俗,至汉人始欲借著述以显名,故私家著述于是蜂起,而骋词臆说之弊亦由此而生。不过,我们注意到,《左传》中已经有"太上有立德,其次有立功,最下有立言"的说法③,此所谓"立"者,正是立其名于后世也,可见至晚在春秋时期,已经出现

---

① 《毛诗正义·诗谱序》,《十三经注疏》,第262—263页。
② (清)章学诚著,叶瑛校注《文史通义校注·言公下》,中华书局,1985年,第194页;余嘉锡《古书通例》卷1《案著录第一》,《目录学发微 古书通例》,中华书局,2009年,第201页。
③ 《春秋左传正义》卷35,《十三经注疏》,第1979页中栏。

了借言说以显名的观念，而据笔者管见，明确提出"著述"以"显名"者，似乎正是《史记》。司马迁述及孔子"作《春秋》"的心理动机时，特别强调其对于"没世而名不称"的忧虑：

> 子曰："弗乎弗乎，君子病没世而名不称焉。吾道不行矣，吾何以自见于后世哉？"乃因史记作《春秋》……①

我们知道，《孟子》《公羊传》《春秋繁露》等战国、汉初文献都曾言及孔子"作《春秋》"的动机问题，其中惧乱世而作《春秋》、"道穷"而作《春秋》均是流传较广的说法，但在司马迁的叙述中，"作《春秋》"又与"显名"联系起来。事实上，孔子"没世而名不称"的感叹见于《论语·卫灵公》，并无具体语境，而司马迁将其置于孔子晚年撰述《春秋》之际，这显然是有意进一步丰富孔子作《春秋》的动机。类似的叙述又见于《伯夷列传》，但系从反面切入：

> "君子疾没世而名不称焉。"贾子曰："贪夫徇财，烈士徇名，夸者死权，众庶冯生。""同明相照，同类相求。""云从龙，风从虎，圣人作而万物睹。"伯夷、叔齐虽贤，得夫子而名益彰。颜渊虽笃学，附骥尾而行益显。岩穴之士，趣舍有时若此，类名堙灭而不称，悲夫！闾巷之人，欲砥行立名者，非附青云之士，恶能施于后世哉？②

孔子关于"称名"的话在这里再次被援据，而司马迁由此揭示出一个令人颇感悲剧的事实：尽管伯夷、叔齐、颜渊等穷士高洁自守，但这些都不足以让他们名垂千古，真正让他们得以显名的，是他们得到了孔子的称许，而更进一步，孔子的称许之所以被后人所铭记，除了因为他圣人的身份，也是因为这些言语被弟子所记录、整理，传于后世。司马迁由此认识到著述与显名之间的密切关系，而这一点在王充《论衡·书解》中同样有所体现：

> 周公制礼乐，名垂而不灭；孔子作《春秋》，闻传而不绝。周公、孔子，难以论言。汉世文章之徒，陆贾、司马迁、刘子政、杨子云，其材能若奇，其称不由人。世传《诗》家鲁申公、《书》家千乘欧阳、公孙，不

---

① 《史记》卷47《孔子世家》，第2340页。
② 《史记》卷61《伯夷列传》，第2574页。

遭太史公,世人不闻。夫以业自显,孰与须人乃显? 夫能纪百人,孰与廑能显其名?①

司马迁与王充对于"显名"的热衷符合汉代士人文化的基本特点。而通过对于《孝经》的改造,《自序》成功地将"著述"与"扬名",进而与"孝"结合起来,在这一逻辑关系中,"著述"不仅是司马迁对于他热衷国史的父亲未竟事业的继承,甚至也成了普遍意义上的孝子对于其父祖、家族应尽的一种义务,是人子致孝的一种重要方式。可以想象,在注重孝德的汉代,这样的论述无疑将进一步为司马迁的著述行为赢得合法性。

三 "唯唯否否":难言的圣统

《太史公自序》对于"继圣"的书写同样令人印象深刻。边家珍认为司马迁在叙述其早期经历时已经显示出对孔子的比附②,"厄困鄱、薛、彭城"的叙述很容易让读者联想起孔子"厄于陈蔡"的著名经历,而对于这一问题的明确阐述见于其父子对于"五百年"这一特殊时间节点的关注中。在序文中,这一话题首先由司马谈引出:

> 幽厉之后,王道缺,礼乐衰,孔子修旧起废,论《诗》《书》,作《春秋》,则学者至今则之。自获麟以来四百有余岁,而诸侯相兼,史记放绝。③

这段论述与其前文关于"扬名于后世"的论述看起来稍显脱节,话题又回到了其史官家族的著史传统中。这里司马谈提到"自获麟以来四百有余岁"的说法,裴骃已经指出,从西狩获麟的哀公十四年(前481)至司马谈去世的元封元年(前110),实际上仅隔三百七十一年,④司马谈精于天算,显然不可能犯如此低级的算术错误,这里的"四百有余岁"显然是有意牵合所谓的天数"五

---

① 黄晖《论衡校释》卷28《书解篇》,第1511—1152页。
② 边家珍《论司马迁〈史记〉创作与〈春秋〉学之关系》,《浙江学刊》2014年第1期,第89页。
③ 《史记》卷130《太史公自序》,第3973页。
④ 《史记》卷130《太史公自序》裴骃集解,第3973页。

百"。而仅仅过了三年,在太初改历这个特殊的时间点上,司马迁又以复述的口吻再次援引父亲的遗嘱。而在言及孔子至今的年岁时,司马迁再次作了微妙的调整:

> 太史公曰:"先人有言:'自周公卒五百岁而有孔子。孔子卒后至于今五百岁,有能绍明世,正《易》传,继《春秋》,本《诗》、《书》、礼、乐之际?'"①

与前文相比,司马迁将计时的起始点改为孔子去世之年,这就比获麟又晚了两年,当公元前479年,而司马迁说这句话的时间点是太初元年(前104),二者相隔375年,仍然远远不足所谓"五百"之数。但正如崔适所言,这是"所谓断章取义,不必以实数求也"②。司马迁在《天官书》中说到:"夫天运,三十岁一小变,百年中变,五百载大变,……为国者必贵三五。"③既然《史记》的撰述在时间上被置于孔子没后五百岁这一特殊的时间节点上,司马迁对于其著述动机的描述也就由司马谈本人所强调的"史记放绝"进一步提升为"绍明世,正《易》传,继《春秋》,本《诗》、《书》、礼、乐之际"。我们知道,司马谈的儒学背景主要来自杨何《易》学,其对于《春秋》似无专门研习,而司马迁本人受到董仲舒《春秋》公羊学的深刻影响,因此司马氏父子对于孔子"作《春秋》"之文化内涵的认知应是相当不同的。我们不清楚司马迁是否有意保留其父本人遗嘱与其复述之间的差异,故此不避重复,先后两次援引这段话,但从他最终呈现的文本看来,显然司马谈只是希望司马迁继承孔子"著史"的传统,而司马迁则将这种鼓励进一步提升为对于孔子"六艺"之学的全面继承,而这一点在他与壶遂的对话中得到了明确体现。

壶遂虽然实有其人,但《自序》中"太史公"与"壶遂"的这段对话在形式上颇具有赋体的意味,壶遂具有挑战性的提问与司马迁洋洋洒洒的回应,与汉赋中典型的问对形式非常相似,而这段问对中最精彩的笔法出现于"唯唯否否"这一节。关于此处的"唯唯",晋灼解释为"谦应也",也就是表示接受,但钱钟

---

① 《史记》卷130《太史公自序》,第3974页。
② (清)崔适《史记探源》卷8,第226页。
③ 《史记》卷27《天官书》,第1595页。

书先生认为,这里的"谦应"实为虚应,所谓"不欲遽否其说,姑以'唯'先之,聊减峻损之语气"①,来新夏先生用其说②。但"唯唯"在《史记》及汉代文献中所见颇多,均表示应承之意,除《自序》以外,并无承接"否否"的用例,而在战国秦汉文献中表示否定的用例中,也没有见到先以"唯唯"加以虚应者,钱氏所举郭象注、《儒林外史》文例则与西汉相隔悬远,恐不足为据。结合整段问对,笔者认为,《自序》的这种写法并非为了显出司马迁对于壶遂的"礼貌",相反是为了塑造太史公在听到壶遂提问后的一种尴尬与窘迫。在"不然"之后的回护之词中,我们看到至少有两处表述令人困惑。其一是所谓"《春秋》采善贬恶,推三代之德,褒周室,非独刺讥而已也"。《春秋》固然不仅只有讥刺,但无论是公羊学,还是谷梁学、左氏学,都找不到所谓"褒周室"的文例。以司马迁本人最为熟悉的公羊学而言,《春秋》本有新周、王鲁之意,故其所褒者,或为霸主而能代王行仁义之事,或为亲鲁、尊鲁之与国,司马迁所谓"褒周室"之说无法在公羊学中找到依据,反倒是"上无明天子,下无贤方伯"的说法屡见于《公羊传》,而《史记·孔子世家》在概括《春秋》大义时也明确称"推此类以绳当世。贬损之义"③。其二则是所谓"君比之于《春秋》,谬矣"一句。据上文可知,将《史记》与《春秋》相比、有所谓"继《春秋》"之说者原本不是壶遂而正是太史公本人,而《自序》述其作《十二诸侯年表》之旨时亦云:"幽厉之后,周室衰微,诸侯专政,《春秋》有所不纪;而谱牒经略,五霸更盛衰,欲睹周世相先后之意,作《十二诸侯年表》第二。"④作年表以补《春秋》所未纪者,这不正是"继《春秋》"的体现吗?因此,这里司马迁对于《春秋》的切割与其上文对于《春秋》大义滔滔不绝的陈述形成了鲜明的反差,颇让人忍俊不禁。在这样的问对中,太史公显得唐突、窘迫,甚至略显圆滑,但值得思考的是,这一切恰恰是司马迁刻意呈现出来的。⑤

孔子、《春秋》对于《史记》具有全面的影响,司马迁在《自序》篇末谈到这部书的读者——"俟后世圣人君子",似乎他并不希求当世的知音,而将这种期

---

① 钱钟书《管锥编》第一册,中华书局,1986年,第393页。
② 来新夏《太史公自序讲义》,《中国典籍与文化论丛(第15辑)》,2013年,第159页。
③ 《史记》卷47《孔子世家》,第2340页。
④ 《史记》卷130《太史公自序》,第3981—3982页。
⑤ 可参陈正宏《史记精读》,复旦大学出版社,2005年,第214页。

待指向后世,这显然是受到《公羊传·哀公十四年》传文的影响:"制《春秋》之义,以俟后圣。"①而从《史记》全书的结构来看,无论是"十二本纪"与"春秋十二公"之间的刻意比附,还是在"十二本纪"的框架下对于《项羽本纪》《吕后本纪》的设计,乃至《陈涉世家》《孔子世家》的体例安排,以及全书记事截止时间点的设定("至于麟止"),都只有在"继《春秋》"这一意旨之下才可以得到理解:司马迁显然不是简单的陈述历史、编撰史文②,他将著述理解为一种高度个人化的行为——就如同孔子作《春秋》而"子夏之徒不能赞一辞"③,无论这一文本最终给他带来声誉还是毁谤,这都是完全反映司马迁个人历史观、价值观的文本。在壶遂的逼问下,司马迁最终又回到了其父亲所言的"恢国"主题,但学者已经指出,这不过是"惧谤"之辞④。事实上,汉初士人还常常处在对于"圣人"的怀想之中,但在儒家所塑造的"圣人"谱系中,圣人的出现同时也意味着巨大的危机与变革,身处帝国盛世,这样的变革显然是讳莫如深的话题,因此,"圣统"虽令人神往,但在现实制度中已经成为禁忌。《自序》用一种自我揶揄的方式巧妙地揭示出西汉初期士人对于这一问题的矛盾心态,着实令人玩味。

四 "发愤之所为作"

随着太史公与壶遂问对的结束,司马迁已经完整地介绍了其文本撰述的基本意图,尽管"恢国"与"继圣"是存在矛盾的一对立意,但通过时间上的先后安排,以及"太史公曰"与"壶遂"之间的问对,司马迁将二者巧妙地并置于文本之中。"恢国"是文本合法性的来源,而"继圣"则成为作者"欲盖弥彰"的

---

① 《春秋公羊传注疏》卷28,《十三经注疏》,第2354页中栏。
② 刘知几即对司马迁《项羽本纪》《陈涉世家》等的设置颇存质疑:"项羽僭盗而死,未得成君,求之于古,则齐无知、卫州吁之类也。安得讳其名字,呼之曰王者乎?……诸侯而称本纪,求名责实,再三乖谬。""世家之为义也,岂不以开国承家,世代相续?至如陈胜起自群盗,称王六月而死,子孙不嗣,社稷靡闻,无世可传,无家可宅,而以世家为称,岂当然乎?夫史之篇目,皆迁所创,岂以自我作故,而名实无准。"(唐)刘知几著,(清)浦起龙通释《史通通释》卷2,第34、38页。
③ 《史记》卷47《孔子世家》,第2341页。
④ (清)程馀庆《历代名家评注史记集说》,第1483页。

内心向往①，在这之后，"于是论次其文"的叙述显示序文对于书写动机的表述至此将告一段落了。但令人意外的是，就是在《史记》的编撰过程中，司马迁遭遇了人生中最大的困境，促使他再次为《自序》注入一种特别的表达诉求——一种"郁结"后的愤怒。《自序》中最初提到这种情绪是在司马谈临死之前："发愤且卒。"当然，司马迁在那里并未将其与"著述"结合起来，而在经历宫刑之辱后，司马迁对于"著述"的功能又有了另一番理解，他再次列举了一系列的经典文本，包括《诗》《书》《易》《春秋》四经，以及《离骚》《国语》《孙子兵法》《吕氏春秋》《韩非子》五种个人著述。而在这里，司马迁再次展现出其不同寻常的书写策略，与前文称"伏羲至纯厚，作《易》八卦。尧舜之盛，《尚书》载之，礼乐作焉。汤武之隆，诗人歌之。《春秋》采善贬恶，推三代之德，褒周室"不同，这些经典被赋予了另一番面貌："夫《诗》《书》隐约者，欲遂其志之思也。昔西伯拘羑里，演《周易》；孔子厄陈蔡，作《春秋》……《诗》三百篇，大抵贤圣发愤之所为作也。"关于圣贤"发愤"作诗，《自序》在述及《鲁周公世家》之旨时言："依之违之，周公绥之；愤发文德，天下和之。"②这里的"愤发文德"似是《金縢》篇所载周公被谤而作《鸱鸮》之事，而汉代《诗》学中流行的"美刺"说也的确将大量风、雅诗视为讥刺之作③。不过，学者也注意到，除了《离骚》以外，这里司马迁对于几部个人著述成书时间的记述与其在相关人物本传中所言有所不同，对此梁玉绳在《史记志疑》中已一一驳正④，但正如清儒李笠所言："此以困扼著书之意运事连类，多属谲辞。如左丘失明，不韦迁蜀，韩非囚秦，皆以意匠为之，非实录也。"⑤高步瀛、来新夏均赞同其说。显然，又见于《报任安书》的这段叙述并非司马迁的无意疏漏，而是他尝试通过一种个性化的叙述方式来重新塑造"书写"的文化内涵。这一点学者已有深入论述，本文不再赘论。

---

① "欲盖弥彰"系来新夏先生语，见《太史公自序讲义》，第158页。
② 《史记》卷130《太史公自序》，第3986页。
③ 此说亦与《史记·孔子世家》中"删诗"之说略合："及至孔子，去其重，取可施于礼义，上采契后稷，中述殷周之盛，至幽厉之缺，始于衽席。"《史记》卷47，第2333页。关于汉代《诗》学的"美刺说"，可参张毅《说"美刺"——兼谈鲁、齐、韩、毛四家诗之异同》，《南开学报》2002年第6期，第65—72页。
④ （清）梁玉绳《史记志疑》卷36，第1470页。
⑤ 李笠《史记订补》卷8，民国十三年瑞安李氏刻本。

结　语

　　《太史公自序》以时间为序结构全篇,通过十年的跨度将恢国、致孝、继圣与发愤这四种完全不同的著述意图串联在一起。在这四个部分,司马迁选择了完全不同的叙述方式,但其共同点则是对于既有文献或史事高度个人化的运用,而这一点也与《史记》全书的书写风格相一致。《史记》中虽然有大量的"依赖性文本"(高本汉语),但这些文本同样丰富、精彩地体现出司马迁的书写艺术与个人魅力,这也给我们带来一个问题——司马迁为何敢于如此大胆地剪裁史料,甚至不惜牺牲史料的真实性来达成其表达诉求呢?考虑到司马迁著述的文化背景,笔者认为这与其所受《春秋》公羊学的影响有关。与传统的史策书写强调"直书"不同,在战国以来关于"孔子作《春秋》"一事的阐释中,逐渐发展出一种看重书写者个人表达意图的路向。在《孟子》论及孔子与《春秋》之关系时,认为"其事则齐桓晋文,其文则史","其义则丘窃取之",[①]似乎孔子只是文本的截取者和阐释者,文本本身仍是由史官书写而成,但在《公羊传》中,"其词则丘有罪焉耳"[②],孔子已经成为《春秋》文本的书写者,而这一点在战国至汉初公羊学中得到了进一步的发展,以至于出现了"史"与"义"之间关系的颠覆,书写者不再是据"史"而取"义",而是据"义"以书"史"。《春秋繁露·俞序》在描述《春秋》的书写方式时,特别指出孔子"假其位号以正人伦,因其成败以明顺逆,故其所善,则桓文行之而遂,其所恶,则乱国行之终以败"[③]。这一表述非常有趣,不是孔子根据历史事件的成败来表达他的好恶,反而是孔子依照他对历史人物、事件善恶性质的判定来决定他们最终的成败,甚至当史事与书写者的表达意图存在差异或矛盾时,居于文本中心的书写者也有权利借助于特定的书写技巧("辞")来重塑史事,这就是《春秋繁露》所言的"诡辞"之法:

　　　　难纪季曰:"《春秋》之法,大夫不得用地。又曰:公子无去国之

[①] (清)焦循《孟子正义》卷16《离娄下》,中华书局,1987年,第574页。
[②] 《春秋公羊传注疏》卷22,《十三经注疏》,第2320页中栏。
[③] (清)苏舆《春秋繁露义证》卷6《俞序》,中华书局,2011年,第163页。

义。又曰：君子不避外难。纪季犯此三者，何以为贤？贤臣故盗地以下敌，弃君以避难乎？"曰："贤者不为是。是故托贤于纪季，以见季之弗为也。纪季弗为而纪侯使之可知矣。**《春秋》之书事，时诡其实以有避也；其书人，时易其名以有讳也。**故诡晋文得志之实，以代讳避致王也。诡莒子号谓之人，避隐公也；易庆父之名谓之仲孙，变盛谓之成，讳大恶也。**然则说《春秋》者，入则诡辞，随其委曲而后得之。**"①

《公羊传·庄公三年》："秋，纪季以酅入于齐。纪季者何？纪侯之弟也。何以不名？贤也。何贤乎纪季？服罪也。"②以纪季为贤者，能服罪而存宗庙，故不书其名。然而《繁露》中问难者认为，纪季以大夫之位、公子之尊、君子之号而擅以酅入齐，似不合《春秋》大义，故对其贤名有所质疑。对此，《玉英》指出，经中所书"纪季"实为诡辞，能以酅入齐，保纪之宗庙不毁者，非纪侯而不能为。然而欲存宗庙，则不得不服罪；服罪，则不能不蒙辱。《春秋》欲贵纪侯之能存宗庙，又欲免其蒙辱，故易其辞而书"纪季"，这就是所谓"诡其实以有避"。在解释了这一个案之后，《玉英》进一步系统地提出了《春秋》尚"诡辞"的书写特点。在公羊学的阐释体系中，无论是史事本身，还是其中涉及的人物，均可以通过讳笔、移辞等书写方式的运用予以改变，甚至这种"诡辞"的书写方法正是孔子"因史记作《春秋》"的精妙所在。《春秋繁露·竹林》在论及《春秋》读法时即言："辞不能及，皆在于指，非精心达思者，其庸能知之……见其指者，不任其辞，不任其辞，然后可与适道矣。"③从根本上说，"辞"只是"指"的载体，当"指"的表达诉求高于"辞"时，不仅书写者不必为"辞"所拘，阅读者也不应执辞而索义，这与孟子提出读《诗》应"以意逆志"的思路颇有相近之处。作为早期私人著述的典范，公羊学关于"因史记作《春秋》"④的一系列阐

---

① （清）苏舆《春秋繁露义证》卷3《玉英》，第82—83页。
② 《春秋公羊传注疏》卷6，《十三经注疏》，第2225页下栏。
③ （清）苏舆《春秋繁露义证》卷2《竹林》，第50—51页。
④ 《史记》卷47《孔子世家》，第2340页。

释不仅在取义的层面深刻影响了司马迁①,而且在书写方式的层面对司马迁产生了直接的影响②。《自序》中对于司马氏"世典周史""世守天官"等家族传统的塑造,对于《孝经》所言周公孝道的重塑、"五百年"之数的提出,以及对于《春秋》《吕氏春秋》《韩非子》等撰述动机的重塑,都是"诡辞"以见义的典型书例,这些也应当成为我们理解《自序》乃至《史记》全书时需加以留意之处。③

(北京大学中国语言文学系)

---

① 邵晋涵《史记提要》认为:"今考之,其叙事多本《左氏春秋》,所谓古文也,秦汉以来故事,次第增叙焉。其义则取诸《公羊春秋》……其文章体例则参诸《吕氏春秋》而稍为通变。"(清)邵晋涵《南江诗文钞·文钞》卷12,道光十二年胡敬刻本。关于《史记》与公羊学之关系,亦可参阮芝生《论史记中的孔子与春秋》,《台大历史学报》第23期(1999),第38—40页;陈桐生《〈史记〉与春秋公羊学》,《文史哲》2002年第5期,第53—57页。

② 关于《史记》对于《公羊传》叙事手法的借鉴,可参李秋兰《〈史记〉叙事与〈公羊〉书法之继承与新变》,《国文学报》(台北)第16期(1987),第82—95页;边家珍《论司马迁〈史记〉创作与〈春秋〉学之关系》,《浙江学刊》2014年第1期,第89—91页。

③ 关于司马迁"诡辞"以见义的书写方式,亦可参伍振勋《圣人叙事与神圣典范:〈史记·孔子世家〉析论》,《清华学报》(新竹)新39卷第2期(2009),第227—259页;汪春弘《〈史记·越王句践世家〉疏证——兼论〈史记〉"实录"与"尚奇"之矛盾》,《华东师范大学学报》2018年第1期,第79—88、178—179页。

从《喻巴蜀檄》到《难蜀父老》

樊 荣

《文选》第四十四卷收入《司马长卿喻巴蜀檄》《陈孔璋为袁绍檄豫州》《陈孔璋檄吴将校部曲文》《钟士季檄蜀文》《司马长卿难蜀父老》五篇文章,是自汉代至魏晋时期的檄文代表作品。其中《司马长卿喻巴蜀檄》《司马长卿难蜀父老》虽然分别具有檄文和论难文的特征,然而,《司马长卿喻巴蜀檄》的核心,却在于"喻"而不在"檄",意在晓谕巴蜀父老,大臣唐蒙所为并非皇帝的本意。《难蜀父老》的核心,重点在"移",在"论""辩""劝",而不在"难",针对理有难明的客观现实,通过阐述甚至辩难而使之明白。

因此,本文认为,虽然昭明太子萧统将这两篇文章归入"檄"类,但是从内容来看,在写作动机上,《司马长卿喻巴蜀檄》在君尊臣卑的背景下,司马相如以纵横家的口气于晓谕之中有斥责,于斥责之中寓安抚,于安抚之中有解释。《司马长卿难蜀父老》则借助缙绅先生之徒与使者的对话,阐明了打通西南夷,遐迩一体的重要性,最后达到了使蜀中父老明白后"迁延而规避"的目的。

一 《喻巴蜀檄》:特定历史背景下的特殊使命

汉武帝借助司马相如在蜀地的影响,先后在七年之内两次晓谕巴蜀父老,是为了集中精力反击匈奴入侵,以避免南部动乱分散精力,影响反击匈奴基本国策而采取的重要举措。

(一)创作《喻巴蜀檄》的特定历史背景

公元前200年,刘邦亲率大军讨伐叛将韩王信,进至平城(今山西大同市东北)时,被匈奴冒顿单于率精兵40万围困于白登山(今山西大同东北马铺山)达七日之久,虽然后来汉高祖用陈平之计得以突围,但"白登之围"后,刘邦不得不实行"和亲"政策,每年给匈奴送去大批棉絮、丝绸、粮食、酒等,以换取边境的安宁。建元元年(前140),汉武帝刘彻即位后,废除屈辱的"和亲"政策,采取措施鼓励养马,训练精兵,委派李广等名将带兵镇守边郡要塞。

建元三年,汉武帝派张骞第一次出使西域,希望联合大月氏,夹击匈奴。经过经济、军事、外交一系列的努力,西汉抗击匈奴侵扰的条件已经基本形成。接着,面对匈奴的进犯,汉武帝于元朔二年(前127)、元朔五年春、元狩二年(前121),先后在上谷(今河北怀来东南)、渔阳(今北京密云西南)、漠南(今内蒙古锡林郭勒盟西部二连浩特一带)、河西(今甘肃武威、张掖、酒泉等地)发起了河南之战、漠南之战和河西之战,歼灭匈奴9万余人,严重地削弱了匈奴的势力。

《喻巴蜀檄》作于西汉元光五年(前130)夏季。这时,距离武帝元光二年马邑之围(今山西朔州)伏击匈奴主力失败,才仅仅两年。马邑之战,也拉开了汉匈大规模战争的序幕。在西南,为了打通西南夷与长沙、豫章(今南昌)的联系,使陆路、水运畅通无阻,必须保证蜀地的社会秩序不发生大的动荡,影响到反击匈奴的基本国策。

《史记》卷一一七《司马相如列传》曰:"相如为郎数岁,会唐蒙使略通夜郎西僰中,发巴蜀吏卒千人,郡又多为发转漕万余人,用兴法诛其渠帅,巴蜀民大惊恐。上闻之,乃使相如责唐蒙,因喻告巴蜀民以非上意。"[①]《喻巴蜀檄》是在中郎将唐蒙大规模征发巴蜀吏卒,各郡陆路、水路大兴徭役,并以严厉的法令名义,诛杀当地教团组织头领的局势下发布的。因此,《喻巴蜀檄》虚虚实实,绵里藏针,颇费了一番心思。"陛下即位,存抚天下,辑安中国。然后兴师出兵,北征匈奴。单于怖骇,交臂受事,诎膝请和。"[②]客观的情况是在马邑(今山

---

① (西汉)司马迁《史记》,中华书局,2006年,第677页。
② 同上书,第679页。

西朔州）试图伏击匈奴主力失败后，才仅仅两年，匈奴加强了对北方边境的骚扰、入侵力度。汉王朝必须消除内患，集中精力对付北方匈奴这个强大的对手。

（二）创作《喻巴蜀檄》的隐情

《文选旧注辑存》卷第四十四《旧钞佚注》引"日本永清文库本"曰："当汉武帝建元五年，知通夜郎、滇池。遣中郎将唐蒙赍帛遗诏。征巴蜀千人，兵粮送从。蒙在郡发万人，后诛巴蜀之渠帅，蜀人大惊。故帝遣司马相如，相如往檄以晓喻之。"①《喻巴蜀檄》先从北征匈奴的"胜利"开始，以唐蒙所为非陛下之意晓谕真相，接着对蜀中父老未尽到教诲之责，子弟对朝廷缺乏恭敬之心，蜀地不够恭谨宽厚的风俗进行教育，晓之以理，明以利害，同时明确阐述了不得不继续发卒，重烦百姓的重要性和必要性。"陛下患使者有司之若彼，悼不肖愚民之如此，故遣信使晓谕百姓以发卒之事，因数之以不忠死亡之罪，让三老孝弟以不教诲之过。方今田时，重烦百姓，已亲见近县，恐远所谿谷山泽之民不遍闻，檄到，亟下县道，使咸知陛下之意，唯毋忽也。"②在此，司马相如纠正了唐蒙对蜀中父老的评价，认为唐蒙所作所为有歪曲圣上本意的嫌疑。

司马相如明确阐明了唐蒙"惊惧子弟，忧患长老，郡又擅为转粟运输"的不得人心措施，"皆非陛下之意也"。正是因为唐蒙歪曲圣上本意，把"征巴蜀千人，兵粮送从"的旨意篡改为"在郡发万人""诛巴蜀之渠帅"的荒谬行为，才导致了"蜀人大惊"的恶劣后果。

但是，司马相如又从维护帝国权威的角度，斥责了那些应该服役而逃亡或伤害别人的人，认为他们的行为"非人臣之节"。司马相如以强势的口吻，晓谕蜀中父老应该接受对子弟们未尽到教诲之责的教训。如果蜀地子弟对朝廷缺乏恭敬之心，蜀地风俗中少数寡廉鲜耻的人，就败坏了蜀地恭谨宽厚的名声，这样那些犯上作乱的人即使受到刑罚杀戮，也是罪有应得！司马相如在文章中表面是站在维护中央政权利益、顾全大局的立场上，实际是站在与蜀地子弟具有直接利害关系的立场上动之以情、晓之以理，试图解开蜀中父老子弟的心

---

① 刘跃进《文选旧注辑存》，凤凰出版社，2017年，第8640页。
② （西汉）司马迁《史记》，第678页。

结,以达到沟通西南夷少数民族的最终目的。

《喻巴蜀檄》的写作目的,就在于纠正唐蒙"惊惧子弟,忧患长老,郡又擅为转粟运输"之过,责三老孝悌以不教诲子弟之失,斥蜀中子弟对朝廷缺乏恭敬之谨,晓西南夷诸君长效职之需。"司马长卿便略定西夷,邛、筰、冉、駹、斯榆之君皆请为内臣。除边关,关益斥,西至沫、若水,南至牂柯为徼,通零关道,桥孙水以通邛都。还报天子,天子大说。"①取得了西夷诸君拆除边关、疏通道路,纷纷请为内臣的良好效果。

李充《翰林论》曰:"盟檄发于师诱,相如《喻巴蜀檄》,可谓德音矣。"《文章辨体序说》:"说者,释也,解释义理而以己意述之也。"②《喻巴蜀檄》具有"说"的基本特征,即以纵横家的气势和论辩才能,纵横捭阖,驰骋巧辞,以达到既定的劝说、警告、安抚等综合目的。"暨战国争雄,辨士云踊;从横参谋,长短角势;《转丸》骋其巧辞,《飞钳》伏其精术;一人之辨,重于九鼎之宝,三寸之舌,强于百万之师;六印磊落以佩,五都隐赈而封。""凡说之枢要,必使时利而义贞,进有契于成务,退无阻于荣身。自非谲敌,则唯忠与信。披肝胆以献主,飞文敏以济辞,此说之本也。"③《周易》"说卦"、许慎《说文》,盖亦祖述其名而为之辞也。

王德华《事昭而理辨 气盛而辞断——司马相如〈喻巴蜀檄〉、〈难蜀父老〉解读》说:"相如《喻巴蜀檄》不是对敌的檄文,主要是晓谕百姓的,类似于告示,故任昉根据篇名一'喻'字,归为'喻'体。"④因此,我们在分析《喻巴蜀檄》时,就不能僵化地用《文心雕龙·移檄》中的"使声如冲风所击,气似欃枪所扫;奋其武怒,总其罪人;惩其恶稔之时,显其贯盈之数"标准⑤,来一成不变地分析具有特定历史地位的《喻巴蜀檄》,而应该将其置于西汉初年汉武帝不想南北双方用兵,不想分散精力的特殊历史背景中去综合考量。

---

① (西汉)司马迁《史记》,第678页。
② (明)徐师曾《文章辨体序说》,人民文学出版社,1962年,第43页。
③ (南朝梁)刘勰著,范文澜注《文心雕龙注》,人民文学出版社,1958年,第328—329页。
④ 王德华《事昭而理辨 气盛而辞断——司马相如〈喻巴蜀檄〉、〈难蜀父老〉解读》,《古典文学知识》2013年第5期,第110—118页。
⑤ (南朝梁)刘勰著,范文澜注《文心雕龙注》,第378页。

二 《难蜀父老》：上情下达、下情上达的沟通媒介

《司马长卿难蜀父老》写作于司马相如第二次奉命出使西南后的元朔元年，属于汉武帝开发西南夷的早期阶段。

（一）尊重蜀地风土民情的重要性

蜀地西部由于地域偏僻，自古以来即盛行亦官亦民的袍哥文化。"袍哥人家，决不拉稀摆带。"袍哥文化自古以来尚武轻文、称兄道弟，不讲级别上下，不讲地位高低，只讲义气二字。他们先礼后兵，脾气急躁火爆，嗓门大得吓人。他们虽多粗俗，少优雅，却个性耿直豪爽，崇尚节义，欣赏可靠、自信、仗义、敢于担当的勇气，讨厌懦弱、薄情、恃强凌弱的不公，敢于打抱不平，为朋友两肋插刀、勇往直前。"讲义气"是四川人骨子里的传统美德，对于讲义气的袍哥，人们往往给予很高的评价和礼遇；而对那些不讲义气的人，则往往横眉冷对、万人不齿。

司马相如出生于蜀地，自然深深了解当地的风土民情和袍哥文化特色。《史记》卷一一七《司马相如列传》曰："相如使时，蜀长老多言通西南夷不为用，唯大臣亦以为然。相如欲谏，业已建之，不敢，乃著书，籍以蜀父老为辞，而己诘难之，以风天子，且因宣其使指，令百姓知天子之意。"① 元光五年，儒士公孙弘对策被天子擢为第一，"召入见，状貌甚丽，拜为博士。是时通西南夷道，置郡，巴蜀民苦之，诏使弘视之。还奏事，盛毁西南夷无所用，上不听"②。司马相如第二次奉命出使巴蜀故地时，不仅面临着对巴蜀战略地位贬低的制约，蜀中父老对通西南夷不为用的误解，在朝中还遭遇到以公孙弘为代表的大臣们对开发西南夷的掣肘。

因此，当司马相如出使巴蜀时，先宣告大汉的国威，把打通西南夷与王化之地的联系，提高到"命使西征"的原则高度上，宣示了沟通西南夷对于大汉江山的重要性和必要性。"汉兴七十有八载，德茂存乎六世，威武纷纭，湛恩汪

---

① （西汉）司马迁《史记》，第 679 页。
② 同上书，第 655 页。

瀗,群生澍濡,洋溢乎方外。于是乃命使西征,随流而攘,风之所被,罔不披靡。因朝冉从駹,定筰存邛,略斯榆,举苞满,结轶还辕,东乡将报,至于蜀都。"①傅刚《论〈文选〉"难"体》说:"与其说《难蜀父老》是'檄'类,不如说它是'移'类,因为是刘勰在解释'移'之后提及的。""对照司马相如《难蜀父老》文,无疑更合'洗涤民心'的定义。"②《文心雕龙注》卷四"移檄第二十"曰:"移者,易也;移风易俗,令往而民随者也。相如之《难蜀老》,文晓而喻博,有移檄之骨焉。"③傅刚对"难"体的分析,结合文章具体内容,将《难蜀父老》划归"移"类,是符合《文选》文体安排要求的。

《诗·大雅·公刘》"于时语语"毛传曰:"直言曰言,论难曰语。"陈奂传疏:"论难者,理有难明,必辨论之不已也。"④章学诚《文史通义》卷一"内篇一"曰:"《难蜀父老》,亦设问也。"⑤《难蜀父老》以问答体的形式,借助"耆老大夫荐绅先生之徒二十有七人"之口,表达了蜀中父老对"天子之于夷狄也,其义羁縻勿绝而已"的不满,对汉王朝历年"士卒劳倦,万民不赡""百姓力屈,恐不能卒业"的担忧。许结在《汉代京都赋与亚欧文化交流》一文中说:"在汉代,以长安(西京)、洛阳(东京)为中心形成的横跨亚欧大陆的巨大'羁縻'(朝贡体系),其历史文化意义可追溯到先秦《诗》、《书》及礼书所描述的'畿服制',但其现实价值则在汉代真正意义的京都建制的完成,反映于文学创作就是京都赋的出现。""而朝贡贸易与进贡联系,政治意义往往大于经济惠益,但汉唐帝国作为当时亚洲诸国所敬奉的政治经济文化中心地位却缘此确立。"⑥汉武帝派张骞出使西域行国大月氏,既有夹击匈奴的战略考虑,也是对中亚、西亚的大宛、大月氏、康尼、安息诸国实行羁縻政策,实现"君临四海"雄心的重要举措,其政治意义对于西汉王朝而言是至为重要的。

(二)司马相如《难蜀父老》的大局意识

《难蜀父老》从体裁上虽不属于京都赋,它却具有京都赋的灵魂,具有小品

---

① (西汉)司马迁《史记》,第678页。
② 傅刚《论〈文选〉"难"体》,《浙江学刊》1996年第6期,第86—89页。
③ (南朝梁)刘勰著,范文澜注《文心雕龙注》,第379页。
④ 向熹《诗经词典》,四川人民出版社,1986年,第843页。
⑤ (清)章学诚《文史通义》卷一,上海书店,1988年,第25页。
⑥ 许结《赋体文学的文化阐释》,中华书局,2005年,第55—57页。

赋和"论"的综合文体特征。小品赋相对于铺陈大赋而言,语言简洁,结构短小,意向单一,有时采用对话体的手法层层推进,表达主题内容。《文心雕龙注·诠赋》卷二第八曰:"'赋'者,铺也,铺采摛文,体物写志也。""触兴致情,因变取会。拟诸形容,则言务纤密;象其物宜,则理贵侧附。"①《文心雕龙注·论说》卷四第十八曰:"故其义贵圆通,辞忌枝碎;必使心与理合,弥缝莫见其隙;辞共心密,敌人不知所乘:斯其要也。是以论如析薪,贵能破理:斤利者,越理而横断;辞辨者,反义而取通;览文虽巧,而检迹如妄。唯君子能通天下之志,安可以曲论哉?"②《难蜀父老》以"蜀不变服、巴不化俗"为反面论据,理直气壮地提出了"盖世必有非常之人,然后有非常之事;非常之事,然后有非常之功"的驳论论点。

《难蜀父老》借助使臣之口,铺采摛文,体物写志,宣示上谕,传达下情。从夏后氏决江疏河,天下永宁,写到贤君践位以后,"普天之下,莫非王土;率土之滨,莫非王臣"的浸润其泽,把不通西南夷的弊病,提高到"君臣易位,尊卑失序,父兄不辜,幼孤为奴,系累号泣,内向而怨"的威胁君权高度来看待,把通西南夷的举措提高到"北出师以讨强胡,南驰使以诮劲越"的重要战略地位反复阐述,铺陈扬厉,说明了即使"百姓虽劳,又恶可以已哉"的道理。③

《难蜀父老》的成功之处,不仅在于司马相如站在全局的高度,联系蜀中的具体困难,从远古论起,对蜀中父老晓之以理,阐明了当今圣上的宏图远略,更在于他从"王事固未有不始于忧勤,而终于佚乐者"的角度动之以情,慨叹"鹪明以翔乎寥廓,而罗者犹视乎薮泽"的局限,以致认识不清形势,错失难得的发展机遇。"鹪明以翔乎寥廓,而罗者犹视乎薮泽"典故出自《庄子·逍遥游》:"鹪鹩巢于深林,不过一枝;偃鼠饮河,不过满腹。归休乎君,予无所用天下为!"④说明鹪鹩已在寥廓的天空飞翔,而捕鸟者还眼盯着薮泽;形势已经发生了本质的变化,蜀中父老却还固守着传统的思想画地为牢,实在是一件令人悲哀的事情!

---

① (南朝梁)刘勰著,范文澜注《文心雕龙注》,第134—135页。
② 同上书,第328页。
③ (西汉)司马迁《史记》,第680页。
④ (清)郭庆藩撰,王孝鱼点校《庄子集释》,中华书局,1961年,第24页。

司马相如从西汉大局出发,从战略地位重要性的高度,"宜其使知,令百姓知天子之意",晓谕了皇帝欲建非常之功的壮志,同时又借助蜀中耆老大夫荐绅先生之徒二十有七人的进言,表达了蜀中父老对"罢三郡之士,通夜郎之途,三年于兹,而功不竟,士卒劳倦,万民不赡"的困难和不满。① 这样,《难蜀父老》就成了上情下达、下情上达的沟通媒介,同时也成为西汉时期中央政府与西蜀番邦关系早期交往的重要记录。

三 二者之异同及其理论价值

《司马长卿喻巴蜀檄》作于西汉元光五年夏季。《难蜀父老》写作于司马相如第二次奉命出使西南后的元朔元年。《喻巴蜀檄》的核心在"喻"在"劝",目的是想方设法使巴蜀父老明白,中郎将唐蒙的"发军兴制,惊惧子弟,忧患长老,郡又擅为转粟运输,皆非陛下之意也"。在"遣信使晓谕百姓以发卒之事"的同时,"数之以不忠死亡之最,让三老孝弟以不教诲之过"。目的是宣上威而抚黎民,斥有司而责三老,"使咸知陛下之意"。《司马长卿难蜀父老》的核心则在于借父老之辞而劝谏天子,宣圣意以坚定蜀中父老打通西南夷之心,达到了使"诸大夫芒然丧其所怀来而失厥所以进","因迁延而辞避"的明显效果,表现了奋发有为的进取精神、果断干练的政治智慧和析薪破理的说服能力,为西汉王朝拓展边土、便利交通、沟通与西南少数民族的联系作出了重要贡献。两篇文章的文风均绵里藏针,外柔内刚,代表了汉代杂取王、霸之道,充满盛世精神的宫廷文化,宣示了通夜郎和西南夷对于大汉江山的重要性和必要性。这两篇文章的写作目的,同样是为了"抒下情而通讽喻,宣上德而尽忠孝",从国家战略高度阐述了通西南夷的政治意义,宣示了大一统的汉王朝对巴蜀地域的重视和沟通西南民族的决心。

《喻巴蜀檄》和《难蜀父老》均属于汉大赋发展变化的艺术产物,是抒情小品赋的典型代表作品。抒情小品赋的理论价值,可以从其呈发展状态的文体因素、依附大赋的文学观念和大赋掩压下的文化生存特征三方面来略加探讨。

---

① (西汉)司马迁《史记》,第679页。

首先,汉代辞赋的发展不是一成不变的,《喻巴蜀檄》和《难蜀父老》体现了辞赋文体呈现出发展状态的文体因素。《喻巴蜀檄》和《难蜀父老》的文体基础来自辞赋,并顺从圣上和晓谕的客观需要,分别以"檄""难"为其外表,在内涵上向"说"体和"论"体转化,而以"晓谕"为主要写作目的。《文心雕龙·诠赋第八》曰:"情以物兴,故义必明雅;物以情观,故词必巧丽。丽词雅义,符采相胜。如组织之品朱紫,画绘之著玄黄。文虽新而有质,色虽糅而有本:此立赋之大体也。"①汉大赋从无为保真、虚静自持的骚体赋发展到"独尊儒术"的汉武帝时期,天人合一的宇宙观即以总览天、地、人的豪迈气势取代了虚无缥缈的艺术境界。

从枚乘《柳赋》、孔臧《杨柳赋》、王褒《洞箫赋》等作品,即可看出:"如果从藩王文学侍从集团的角度来审视其发展趋势,可以看出散体大赋与抒情小赋的创作模式都产生于汉武帝'独尊儒术'之前的藩王文学侍从集团中,即成双线发展势头。"②从《喻巴蜀檄》和《难蜀父老》的文体特征来看,有学者认为从东汉末年赵壹以后,"赋风为之一变","铺陈叙事的汉大赋,就逐渐为抒情小赋所代替了",③或把王褒视为"魏晋六朝赋的远祖"④,此类说法则还需慎重考量。

其次,汉代文体在客观上多少均具有依附大赋的文学观念。汉乐府的问答形式,辞赋的对话内容,华美的语言应用,铺张的陈述方式,充沛的情感,自信的内在气势等形式均可为其代表。早期的抒情小赋在创作影响上依附于汉大赋,表达状物或抒情内容的客观需要。大赋具有大赋铺张扬厉、歌功颂德、宣扬文治武功的浩大气势,小赋具有小赋辩丽可喜、愉悦耳目的特殊功用。《汉书》卷六四《王褒传》汉宣帝曰:"辞赋大者,与古诗同义,小者辩丽可喜。譬如女工有绮縠,音乐有郑、卫,今世俗犹皆以此虞说耳目,辞赋比之,尚有仁义风谕,鸟兽草木多闻之观,贤于倡优博弈远矣。"⑤随着汉王朝国力的变化,在

---

① (南朝梁)刘勰著,范文澜注《文心雕龙注》,第136页。
② 樊荣《竹林七贤研究(外二编)·宫廷文学侍从集团形成对汉赋的影响》,中国书籍出版社,2016年,第270页。
③ 龚克昌《汉赋研究》,山东文艺出版社,1984年,第178页。
④ 陶秋英《汉赋研究》,浙江古籍出版社,1986年,第129页。
⑤ (东汉)班固《汉书》,中华书局,1962年,第2829页。

大赋盛行的同时，抒情小赋即从大赋帷幕下，以清丽的语言、活泼的韵律、细腻的铺陈，凸显出其独特的艺术魅力，并渐备大体，形成气候。

最后，在汉大赋的掩压下，汉帝国的文化生存特征具有着内在的紧密联系性。汉代辞赋的多元盛世文化机制、艺术之深层与表层文化结构，是西汉强盛国力文化建构工程的重要内涵。这种铺陈叙述、依类托寓，兼具才学、威望、辞采、乡情于一体的文章，宣上德而陈下情，依托着汉帝国宫廷文化特征的盛世精神。抒情小品赋即具备如此特征。许结《论小品赋》说："与之不同，小品赋自西汉为大赋掩压，即由宫廷系统向文士系统转移，其在汉魏之际的复兴实质上标志了文士觉醒的自立意识。"①在此，许结注意到了"小品赋自西汉为大赋掩压"的创作事实，当辞赋为宫廷服务时，就集中体现了宫廷系统的创作特点。但是，当司马相如身负朝廷使命，回到故乡蜀地去晓谕上情，或下情上达时，小品赋即已体现出向文士系统转移的发展趋势了。

杨民博士的学位论文《秦汉西晋中央与巴蜀地方关系研究》说："司马相如对当时政治形势有比较敏锐和清醒的认识，他站在中央朝廷的立场上，在其赋作中强调君臣尊卑，抨击地方化，颂扬大一统，表现出对国家秩序的高度认同。"②《喻巴蜀檄》和《难蜀父老》的出现，就体现了抒情小品赋在大赋掩压状态下，在解决具体问题时，依据不同任务需要，或义正词严，或宾主对话，或下情上达，呈现出灵活多变的文化生存特征。

（商丘学院人文学院）

---

① 许结《中国赋学历史与批评》，江苏教育出版社，2001年，第64页。
② 杨民《秦汉西晋中央与巴蜀地方关系研究》，四川大学2007年博士学位论文（指导教师：陈廷湘教授），第62页。

再读《报任少卿书》

李 俊

一

《文选》是现存最早的诗文总集,选录先秦至梁代作者一百三十余人的赋、诗、诏、表、书信等诸体文章。司马迁《报任少卿书》列第四十一卷"书上"第二,以昭明太子"略其芜秽,集其清英"①的选编标准看来,《报任少卿书》当属"清英"。"清英"的标准有"化成天下""入耳之娱""悦目之玩"等②,《报任少卿书》自《汉书·司马迁传》入载以来,已近两千年,其"化成天下""入耳之娱""悦目之玩"的教化功能与审美价值被历代读者所推重。

《报任少卿书》最早载于《汉书·司马迁传》。《汉书·司马迁传》由"太史公自序""报任少卿书""赞曰"三部分构成,"太史公自序"部分全从《史记·太史公自序》截取,目录部分经过删简,更为概括。"自序"部分后以"迁既被刑之后,为中书令,尊宠任职。故人益州刺史任安予迁书,责以古贤臣之义,迁报之曰"③引出书信内容,时无题,萧统编《文选》时录入,题为《报任少卿书》。

古人尊对卑称名,自称也称名,对平辈或尊辈则称字。李善注"益州刺史

---

① 《六臣注文选》序,中华书局,2012年,第3页。
② 同上。
③ 《汉书》卷六二《司马迁传》,中华书局,1962年,第2737页。

任安,字少卿"①。《古文观止》作《报任安书》,《中国历代散文选》作《报任安书》,王力《古代汉语》也作《报任安书》,笔者以为《报任少卿书》更符合古代名字称呼的习惯和礼节。

《汉书·司马迁传》无"太史公牛马走司马迁再拜言"句,《文选》编入时加此句;《汉书》亦无"谨再拜"三字,当是《文选》编纂时所加。翻检《文选》24首"书",均无此格式。同时代李陵《答苏武书》的抬头为"子卿足下"②,结尾为"李陵顿首"③,之后的《报孙会宗书》无抬头结语,可见那时书信体的格式还未有一定之规。魏晋时期的21首"书",逐渐形成"植白季重足下"④"质白"⑤"璩白"⑥的书写者"名"加"白"和"名"加"白"加对方"字"加"足下"的抬头格式;"植白"⑦"吴质白"⑧"璩白"⑨的书写者"名"加"白"的结尾格式。笔者推断,《报任少卿书》的抬头和落款格式应是萧统编纂时所加,是南朝时的书写方式。

《史记》"太史公"指称一为司马谈,二为司马迁。《史记·太史公自序》"喜生谈,谈为太史公"⑩,"太史公学天官于唐都"⑪,"太史公既掌天官,不治民,有子曰迁"⑫,李善注"太史公,迁父谈也"⑬。《报任少卿书》中太史公指称司马迁,韦昭以为是司马迁外孙杨恽对外祖父的尊称,对于这一结论,北京大学中国文学史教研室选注《两汉文学史参考资料》作了详细考辨。

李善注《报任少卿书》注出了《报任少卿书》的写作时间和背景。"《汉书》曰:迁既被刑之后,为中书令,尊宠任职。故人益州刺史任安乃与书,责以进贤

---

① 《六臣注文选》卷四一,第763页。
② 《六臣注文选》卷四〇,第759页。
③ 《六臣注文选》卷四一,第763页。
④ 《六臣注文选》卷四二,第791页。
⑤ 同上书,第792页。
⑥ 同上书,第795页。
⑦ 同上书,第792页。
⑧ 同上书,第795页。
⑨ 同上书,第796页。
⑩ 《史记》卷一三〇《太史公自序》,中华书局,1959年,第3286页。
⑪ 同上书,第3288页。
⑫ 同上书,第3293页。
⑬ 《六臣注文选》卷四一,第764页。

之义,迁报之。"①李善注源出《汉书·司马迁传》,依据《两汉文学史参考资料·史记附录》,任安写给司马迁的书信应在太始元年(前96)至太始四年,司马迁给任安的回信在太始四年岁末,这一年,距司马迁受腐刑的天汉三年(前98)已有六年。

《史记·田叔列传》附记任安。任安与田叔少子田仁相善,"荥阳人也,少孤贫困"②,后为将军卫青舍人,又择为郎,武帝"使任安护北军","其后用任安为益州刺史",③后坐太子事,诛死。任安是司马迁为数不多的交游之一,致书司马迁,尚在益州刺史任上,书信主旨属友人规劝之意。司马迁报书,当在任安自益州刺史任上下狱之后,任安并未在此次事件丧生,《田叔列传》褚先生述武帝语:"安有当死之罪甚众,吾常活之。"④任安坐太子事被诛,当在征和二年(前91)。

二

文章分为六部分。第一部分点明写作缘由;第二部分论说"刑余之人"的遭际;第三部分回顾为李陵辩护及获罪的经过;第四部分阐述生死观、荣辱观;第五部分提出"发愤著书"说,明己书成以偿前辱之债;第六部分照应首段不能"推贤进士"之意,收束全文。

第一部分三层:简括少卿赐书主意为"推贤进士",略陈自己不能"推贤进士"之因,阐明"报书"目的。

《文选·报任少卿书》"若望仆不相师,而用流俗人之言"和《汉书·司马迁传》"若望仆不相师用,而流俗人之言"略有不同,但语意一致。采用《文选》版本,"望"有"怨恨""责怪"之意,"而"当"如"讲,张铣注为"少卿书若怨望我不相师用,以少卿劝戒之辞如流俗之人所言",换句话说即是"好像责怪我没能

---

① 《六臣注文选》卷四一,第763页。原文无句读,标点依照中华书局《汉书·司马迁传》,参以朱东润主编《中国历代文学作品选》,六臣注文笔者点断。本文所引《报任少卿书》原文均出自此书第763—772页,后文不再一一注出。
② 《史记》卷一四〇《田叔列传》,第2780页。
③ 同上书,第2781页。
④ 同上书,第2782—2783页。

按照您的意见行事,把您的意见当成一般人的意见",这两句之后的陈述,都是为这句话作的解释。司马迁表明对任安"顺于接物,推贤进士为务"的要求,不敢当作"流俗人之言",之所以不能遵从朋友"勤勤恳恳"之"意",是自己"身残处秽,动而见尤",如若真去"推贤进士",必会"欲益反损"。第三层借答"书辞",表明"舒愤懑以晓左右"、不使长逝者"私恨无穷"两个意思,前者是司马迁书信主体部分。两个意思从两面说开去,司马迁是倾诉者,任安是倾听者,这正是书信体的方便之处。用伯牙子期的典故,说明自己和任安的关系,又用随和由夷的事迹,隐喻自己的才能与品德,这是典故的好处,用极俭省的文字,表达丰富的意蕴。

第一部分统领全文,后文各部分,犹如条条丝线,线头都从这开端部分抽出。第六部分收束全文,丝丝合扣,以"谨再拜"结语,与第一部分形成照应。书信从内容看,有教化之功,从文采讲,有娱耳悦目之效。

第二部分仍紧扣"推贤进士",论说"刑余之人"的遭际,再申自己不能"推贤进士"的理由。

本部分两段议论,一组典故。以史鉴今,审视自己的能力与地位,虽是自谦之辞,亦是事实,内含抑郁之情。再申自己不能"推贤进士"之由。

从"仆闻之"到"所从来远矣",均是议论,或是当时普遍的价值观,因清代沈钦韩说,五德之说,也见于《说苑》和《孔丛子》。这一层先论列于君子之林的五个条件:"智""仁""义""勇""行",用"故"标明前后两句的因果关系。在"祸""悲""行""诟"四个"果"中,作者把重点放在了"行"和"诟"上,从而引出自己作为遭受宫刑之人,承受着"所从来远"的耻辱,并用一组典故印证自己的议论。

"昔卫灵公与雍渠同载,孔子适陈"典出《孔子家语》。孔子居卫月余,灵公与夫人同车,出令宦者雍渠参乘,使孔子为次乘,孔子耻之,去卫之陈。"商鞅因景监见,赵良寒心"典出《史记·商君传》:"赵良曰:……今君之见秦王也,因嬖人景监以为主,非所以为名也。"①"同子参乘,袁丝变色:自古而耻之"事见《汉书》:"上朝东宫,赵谈骖乘,袁伏车前曰:'臣闻天子所与共六尺舆者,

---

① 《史记》卷六八《商君列传》,第 2234 页。

皆天下豪英,今汉虽乏人,陛下独奈何与刀锯之余同载!'于是上笑,下赵谈。谈泣下车。"①三个典故,可证"顾自以为身残处秽,动而见尤",向任安申说自己不是不"推贤进士",而是没有资格。三个典故印证了"刑余之人""自古而耻之"的历史与现状,"中才"与"慷慨高节之士"的认识是一样的,不能"推贤进士"了然。

又"自惟","上""次""下""外","四者无一遂","厕下大夫之列",仅能"苟合取容",本不足以"推贤进士",今在"阘茸之中","推贤进士"更是"轻朝廷,羞当世之士",对自己的遭际痛恨之甚。

以史论今,"刑余之人""无所比数,非一世也",反复陈说自己的处境没有资格"推贤进士",耻辱之感,渗透于字里行间。

第三部分回顾为李陵辩护而获罪的经过。

本部分内容较多,可分两层阅读,一为李陵事迹,可与《史记·李将军列传》《汉书·李广苏建传》对读,一为司马迁自传之略,两人因李陵生降匈奴而有交集。

李陵事迹,补足了《史记·李将军列传》中没有记载的部分,用简略的短句,叙述了李陵的品格:清不滥取,取与必有义,奉天子命出边,不念计生事,赴国家之患难。也似司马迁《史记》创作的"互见法",对李陵既有记也有赞,同时映衬出朝臣明哲保身、落井下石的群像。

司马迁写子承父业,"一心营职",不假修人事,欲尽不才之力,以成先人之业,求亲爱于天子,直至因为李陵辩护深幽囹圄,下蚕室,作了一个略传。中间兼及武帝与贰师将军。开头的"且事本末未易明也"是本段领句。李陵生降匈奴,本末未易明;自己为李陵辩护,本末未易明;明主"以为仆沮贰师"未易明。几个未易明叠加,司马迁"拳拳之忠"心,亦未明。结局是李陵"隤其家声",司马迁"佴之蚕室",这是两个人物的悲剧,也是时代的悲剧。这部分都是叙,叙中的抑郁之气渗透在字里行间。抒情深隐于叙述背后。

这部分关于"仆沮贰师"只提到一笔,但事情的始末需要查找相关资料梳理清楚。李陵是为了减轻贰师将军的正面压力,分散匈奴兵力而出击匈奴的,

---

① 《汉书》卷四九《袁盎晁错传》,第2270页。

所以才有了"沮贰师"之说。《汉书》曰,"初,上遣贰师大军出,财令陵为助兵,及陵与单于相值,而贰师功少,上以迁诬罔,欲沮贰师,为陵游说,下迁腐刑"①。

此一部分末又归结到"重为天下笑"的蚕室之人,如何能"推贤进士"!

第四部分阐述自己的生死观和荣辱观。

本部分几个内容交错着写,开始是司马迁个人"传"的部分,至"素所自树立使然也"。从"人固有一死"至"定计于鲜也",是议论部分。自"今交手足"至"安在其不辱也"是史笔。"由此言之"到"乃有所不得已也","今仆不幸早失父母"到"鄙陋没世而文采不表于后世也"又是司马迁"传"的内容。本部分可按内容整合阅读,一个内容是散见的司马迁"传",写自己早失父母,继承先人遗业,从事"文史星历"的工作,处于"流俗之所轻"的"倡优"地位,之所以"隐忍苟活",是因为要使"鄙陋""文采""表于后世"。另一个内容是"史"笔。司马迁历数了自西伯至灌夫九个人物的囹圄遭遇,这些人"皆身至王侯将相",仍不免受辱于狱中,是形势使然。司马迁借前人经历,写一己遭际,抒发刑狱屈辱的锥心之痛。第三个内容是"议",在"史"和"传"的基础上,发表自己对荣辱、生死的思考:对于普通人而言,"人情莫不贪生恶死,念父母,顾妻子",这是第一个层次;"至激于义理者不然,乃有所不得已也",生命固然可贵,但还有比生命更值得追求的东西,这是第二个层次;"人固有一死,死或重于太山,或轻于鸿毛,用之所趣异也",是第三个层次。生和死并没有高低之分,高低之分在于选择生或死的理由,在艰难的处境中作出恰当的判断、合适的抉择。最后落到"仆虽怯懦欲苟活,亦颇识去就之分矣",剖白了执着的人格追求。第四个内容记录了律法及实施。四个内容互为表里,写历史人物,寄寓了个人委曲。几种文笔,都饱含着强烈的感情色彩。段末回到"答书"状态,倾诉对象仍是任安。

第五部分效法古者"倜傥非常之人",著成《史记》,终偿前辱之债。

这部分分三层。"思垂空文以自见"之前为第一层,司马迁从史的角度罗列了发愤著书的"倜傥非常之人",或被"拘",或遭"厄",或"放逐",或先天有疾,或后经"被刑",但都有所作为,因立言而立名,成为"行之极也"的君子。

---

① 《汉书》卷五四《李广苏建传》,第 2456 页。

仲尼、屈原、不韦、韩非,都记载在《史记》之中,是司马迁景仰的对象,追随的贤者。至"仆窃不逊"至"是以就极刑而无愠色",终于在极刑后忍辱完成了"一家之言",也成为"倜傥非常之人"。这一段文字虽用了"不逊""无能之辞"等谦语,仍遮蔽不了"上计轩辕,下至于兹""凡百三十篇"皇皇巨著的光辉,其价值绝不低于《春秋》、诗骚。可偿屈辱之债的心情"可为智者道,难为俗人言",又与第一部分挽合,仍是对"书辞宜答"的回应。

第六部分以"宁得自引深藏岩穴邪"分为两层。第一层直抒"闺阁之臣"的耻辱:一为多遭"谤议",二为"乡党戮笑",三为"侮辱先人",四为"虽累百世,垢弥甚耳"。背负多重重负,怎可引岩穴之士?第二层呼应开头部分,"推贤进士"是"只足取辱"的行为,怎能遵从?与第一部分"适足以发笑而自点耳"形成呼应。读到此处想到杜甫诗之"沉郁顿挫",司马迁本文亦有此格,全文的情感几经曲折顿挫,终于在文末一泄而出,"要之死日,然后是非乃定"。

三

本文是书信体,台头、正文、结语,已具备书信体的基本格式。

正文结构完整,从写作缘由即"书辞宜答"开始,到"答书"结束,首尾呼应。正文"答"的部分,紧扣少卿赐书要略"推贤进士"展开,从历史到现实,从事件到人物,有议论有抒情,将一封"答书"写得纵横捭阖,曲尽衷情,独具特色。

全篇以议论为主,穿插抒情和记叙。议史官的职守、地位,议古往今来的荣辱观、价值观,议事之始末未易明……深切中理,委婉中情,格调高古;记历史事件、历史人物、律法刑狱、个人遭际……史家笔法,详略相宜;抒一己抑郁,广时代人情,情在事中,情在理中,或隐或显,沉郁顿挫。

书中广泛运用对比。用钟子期、俞伯牙事比自己和任安的交游,用雍渠、景监、赵谈的处境比自己的遭遇,自己刑前和刑后比,李陵生降匈奴前后朝臣的态度对比,自己和朝中官员对李陵态度对比,各种刑罚对人伤害的程度对比,自己与古之发愤著书者对比……对比中出议论,对比中抒胸臆,对比中言不能之言。

书信语言朴质无华,感情色彩深厚。在汉代赋体大兴的创作环境中,作者使用朴质的语言叙事、抒情、议论。如"曩者辱赐书,教以顺于接物,推贤进士为务,意气勤勤恳恳,若望仆不相师,而用流俗人之言,仆非敢如此也",一句一事,将任安来信的要略、语气、情感,自己的想法一一道出,不加藻饰。再如,"是以肠一日而九回,居则忽忽若有所亡,出则不知其所往。每念斯耻,汗未尝不发背沾衣也",用"九"这个极数,描写遭刑之后的愁肠百结,"忽忽"一词,张铣注曰"愁乱貌",描写自己思虑百千,恍惚度日,遭受宫刑的耻辱如影随形,常致冷汗发背沾衣,苟活于屈辱中。"肠一日而九回",完全是口语,但读来字字惊心,感受到作者隐忍而活的艰难,也能更深地体悟到作者对生死荣辱的认识与选择是多么令人景仰!质朴的语言,有着极强的感染力。

文章句法多样,或整或散,或长或短,与事、情、理协调一致。叙事多用散句,证理多用排句,抒情多用叠句。"太上不辱先,其次不辱身,其次不辱理色,其次不辱辞令,其次屈体受辱,其次易服受辱,其次关木索被箠楚受辱,其次剔毛发婴金铁受辱,其次毁肌肤断肢体受辱,最下腐刑,极矣。"这句话去掉排列顺序的词语"太上""其次""最下"等词,前两句"不辱先""不辱身"是三言,接下来四句"不辱理色"等是四言,后面连着三句是八言,最后一句"腐刑"本是两言,作者却加了一个评价词"极",一个语气词"矣",整句话随着受辱程度的升级,刑罚的加剧,用语由短趋长,语气由舒缓到急促,各种刑罚接三连四,直到最极端的腐刑。"极矣"二字写完,作者的情绪也到了顶点。"夫仆与李陵俱居门下,素非能相善也,趋舍异路,未尝衔杯酒接殷勤之余欢",四句话,交代了自己与李陵同朝为臣,但两人并非好友,趋进退舍各异,不曾有同桌饮酒之欢,是为散句;"修身者智之符也,爱施者仁之端也,取与者义之表也,耻辱者勇之决也,立名者行之极也",是为整句,分列君子五德,"故祸莫憯于欲利,悲莫痛于伤心,行莫丑于辱先,诟莫大于宫刑","故"领出君子碰到的"祸""悲""行""诟"四种困境,又是整句。前者是司马迁时代之前对君子的共识,后者是司马迁由前者推出的结论,两段议论形成因果,司马迁个人的理想境界与耻辱遭际尽在其中;"嗟乎!嗟乎!如仆,尚何言哉!尚何言哉""悲夫!悲夫"等叠句,达到了强烈的抒情效果。

书信主体部分,除叙事、抒情、议论之外,还散在地、形象地为自己作了传,把"书"这种文体运用到极致。如第二部分,"仆赖先人绪业……羞当代之士邪",以议为主,树立了一个谦逊自省的史官形象;第三部分"仆少负不羁之行……以求亲媚于主上",剖白自己恪尽职守、亲媚主上的内心世界,"仆窃不自料其卑贱……重为天下观笑",痛说忠贞之心不被明晓,反陷囹圄的遭际;第四部分"仆之先非有剖符丹书之功……流俗之所轻也",冷静分析史官在朝野的地位,"今仆不幸早失父母……鄙陋没世而文采不表于后世也",叙说身世,第五部分"仆窃不逊……岂有悔哉",书成偿债;第六部分"仆以口语遇遭此祸……宁得自引深藏岩穴邪",道出隐忍苟活的衷情。散落于各部分的段落,断续牵连,夹叙夹议,散在地、形象地为自己作了传,与《太史公自序》构成互见,使这封或未送达任安手中的书信,成为今天研究司马迁的可靠文献,也成为阅读《史记》的一把钥匙。

正如作者所言,"要之死日,然后是非乃定",当萧统把这"首"书选入《文选》之时,即是一种定是非,对司马迁,也是对《报任少卿书》。

(集宁师范学院中文系)

关于《幽通赋》曹大家注的学术性所在

粟山雅央

一 《幽通赋》内容及其注释简介

班固所写的《幽通赋》被收入《文选》卷十四中,也见于其自著的《汉书》卷一百上《叙传》。这两部文献都为学者熟知。可见《幽通赋》对班固来说是很重要的一部作品。

《幽通赋》共170句(其中赋文本154句、乱辞16句),文本用"3字+'之、而'+2字+兮""3字+'之、而'+2字"的结构组成,此即所谓"骚体赋"。其内容概要如表一(括弧内表示赋文本的句数):

表一 《幽通赋》内容概要

第一段	○说明班氏的家谱	
	●从帝颛顼到班况、班婕妤	(1—6)
	●关于班彪	(7—10)
	●班固自己的现在情况	(11—16)
	●班固的抱负	(17—20)
第二段	○回顾在梦中班固跟神人的交流	
	●说明梦的内容	(21—28)
	●分析梦的内容	(29—40)

续　表

第三段	○班固对人生的看法 • 自觉自己人生的艰难 • 表示人生结局的不安 • 对上述内容引用相关故事 • 表示对儒教道德的信赖	(41—46) (47—54) (55—64) (65—72)
第四段	○班固对"根元"的理解 • 指出"根元"的重要性 • 指出基于"仁"的班氏的繁荣 • 对上述内容引用相关故事	(73—74) (75—82) (83—88)
第五段	○指出"卜筮"的重要性 • 基于《周易》而指出灭亡王朝 • 重视"卜筮"而引用故事	(89—92) (93—104)
第六段	○班固对"命运"的理解	(105—116)
第七段	○倾注儒教"圣人"的至论 • 提倡儒教道德的遵守 • 对上述内容引用相关故事	(117—122) (123—132)
第八段	○指出"儒家思想"的救济 • 指出圣人的救济 • 对上述内容引用相关故事 • 主张熟悉经书的重要性	(133—136) (137—144) (145—154)
第九段	○乱辞(重视"道")	(155—170)

《幽通赋》可以分为九段。第一段,班固说明从帝颛顼到班固自己的班氏一族的来历,而且还说明班固自己现在的状况并宣示他的抱负。第二段,班固描写在梦中跟神人的交流,继而分析梦的内容。第三段,班固反思自己的人生而自觉人生的艰难与不安,以及他对儒家思想的信赖。而从第四段之后,他一直基于儒家思想来展开赋内容。用儒家思想来写作该赋,与班固对儒家思想的推崇密切相关。但本文的主题是考察《幽通赋》注释而非其文本,故不赘述。另外,作者在第四、五、七、八段里频频引用历史故事来证明自己的看法,这与他编纂《汉书》的经历关系亦大,也值得我们倍加注意。

《幽通赋》的注释可以分为两类:一类是《文选》的注释系统,即李善注、五臣注、项氏注以及曹大家注。另一类是《汉书》的注释系统,即东汉的服虔、应劭、刘德、李奇,三国的孟康、张晏、邓展,西晋的晋灼,以及唐代的颜师古等。《幽通赋》注释比其他赋作品多得多,特别是曹大家注,这一般被认为是最早的赋注之一,但此中犹有待发之覆。《幽通赋》曹大家注并未被收入唐代编纂的《隋书·经籍志》及日本平安时代编纂的《日本国见在书目录》,而是首见于宋代编纂的《旧唐书·经籍志》及《新唐书·艺文志》中。据此似可推测,唐代以前或许没有单行的《幽通赋》曹大家注。

李善在《文选》里引用了包含曹大家注的许多注释。其引用注释的体例如下:

旧注是者,因而留之。并于篇首题其姓名。其有乖谬,臣乃具释,并称"臣善"以别之,他皆类此。①

然旧有集注者,并篇内具列其姓名。亦称"臣善"以相别。佗皆类此。②

然《藉田》《西征》,咸有旧注,以其释文肤浅,引证疏略,故并不取焉。③

其中,第一个体例附在张衡《西京赋》的"薛综注"下,李善将可观的旧注放在注释中,并在作品题目下引用注释者的姓名。第二个体例附在扬雄《甘泉赋》的"扬子云"下,李善说明若他附注前已经有了"集注",那么他在注释里会明确提出旧注注释者的姓名。第三个体例在《藉田赋》的"潘安仁"下,李善表示,虽然《藉田赋》《西征赋》有"旧注",但是其内容不值得采用,是故不被征引。那么,《幽通赋》的曹大家注的引用情况又如何呢?试考察《幽通赋》的题目与作者姓名如下:

幽通赋

(李善注)《汉书》曰:"班固作《幽通赋》,以致命遂志。"赋云:"规幽

---

① 《西京赋》,足利学校遗迹图书馆后援会、长泽规矩也《文选》第一卷,汲古书院,1974年,第149页。
② 《甘泉赋》,同上书,第464页。
③ 《藉田赋》,同上书,第484页。

人之髦髴。"然幽通,谓与神通也。

班孟坚①

如此看来,因为"班孟坚"下没有"曹大家注",所以我们可以判断李善没有把曹大家注看做"旧注是者",而知李善用上述第二体例来采用曹大家注。在这里李善所说的"集注"可能是历代的《汉书》注,不过《汉书》的"集注"里没有曹大家的注释。那么,《文选》里所留存的"曹大家注"是怎样流传下来的呢? 在本文里,笔者希望从探讨"曹大家注"的内容来证明曹大家所注释的《幽通赋》注的特征,兼考察其注释的学术性。

二 对曹大家注先行研究情况

曹大家是班固的亲妹班昭(49—117),是位"博学高才"的才女。其经历在《后汉书·列女·曹世叔妻传》里:

> 扶风曹世叔妻者,同郡班彪之女也。名昭,字惠班,一名姬。博学高才。世叔早卒,有节行法度。兄固著《汉书》,其八表及天文志未及竟而卒。和帝诏昭就东观臧书阁踵而成之。帝数召入宫,令皇后诸贵人师事焉,号曰大家。每有贡献异物,辄诏大家作赋颂……时《汉书》始出,多未能通者,同郡马融伏于阁下,从昭受读,后又诏融兄续继昭成之。……昭年七十余卒,皇太后素服举哀,使者监护丧事。所著赋、颂、铭、诔、问、注、哀辞、书、论、上疏、遗令,凡十六篇。子妇丁氏为撰集之,又作《大家赞》焉。②

亲兄班固去世后,她继续编纂《汉书》。她因教皇后和诸贵人而被称为"大家",当朝廷里有贡献异物,皇帝曾令她作赋为颂。此外,她自己也有许多作品,其中包括本文所研究的"注"。

对曹大家注以前也有一些先行研究,这些研究主要以其形式上的特征为

---

① 《幽通赋》,足利学校遗迹图书馆后援会、长泽规矩也《文选》第二卷,第877页。
② (南朝宋)范晔《后汉书·曹世叔妻传》,中华书局,1965年,第2784—2792页。

中心,其看法主要可以分为如下两种:一是对曹大家注认同"征引"的特征①,一是不认同"征引"的特征②。笔者赞同后者的看法。有学者认为曹大家注有解释字词、疏通句意、征引文献等注释体例,东汉赋注即以她的注释为代表。笔者认同对前两种体例的分析,但后一种,即以征引文献为其体例的看法,其实是基于《文选》胡刻本而发生了重大误解。这个问题关系到《文选》李善注的引用方法,所以笔者通过如下举例,提出对先行研究质疑的根据。

曹大家注十分特殊,原本就与左思《三都赋》的刘逵注与张载注以及潘岳《射雉赋》的徐爰注等"旧注"的情况不同,这些"旧注"是上文提及的李善注的第一个体例。《三都赋》旧注皆与李善注泾渭分明,但曹大家注却是附于李善注而被保存下来的。因此,我们需要慎重地考虑曹大家注的具体范围。有学者提出了"征引"是否为曹大家《幽通赋注》的特征,对此问题胡克家《胡氏考异》有如下的重要观点:

> 袁本,"家"上有"善曰"二字,是也。茶陵本移每节注首,尤删去,皆非也。下注"《汉书》曰班氏之先"上,"《淮南子》曰蝉"上……"《庄子》曰可以保身"上,同。又篇中每节首,凡非旧注者亦同。不具出。③

胡克家根据袁本"家语孔子曰"五字上有"善曰"二字,指出这种写法是《文选》李善注的原貌,而后列举了胡刻本《幽通赋》注省略"善曰"二字之处共四十五条,其中包含了"曹大家曰"注的二十六条。先行研究所提出的"征引文献"例子大概皆从此二十六条而来。这一点,王立群老师也基于《文选》袁本有过讨论。

然而,迄今为止鲜有对其内容的考察。有学者认为,曹大家注是"'与古诗同义'功能的具体化实践",进而"具有……提高赋的地位的作用"。④ 当然这

---

① 参考踪凡《东汉赋注考》,载《文学遗产》2015年第2期;踪凡《三国赋注家及其赋注略考》,载《中国文选学研究会第十二届年会暨先唐文学国际学术研讨会论文集(第一组)》,厦门大学,2016年;李艳红、踪凡《曹大家〈幽通赋注〉及其注释学意义》,载《中国文选学研究会第十二届年会暨先唐文学国际学术研讨会论文集(第一组)》,厦门大学,2016年。
② 参考王立群《〈文选〉版本注释综合研究》,大象出版社,2014年。
③ 胡克家《胡氏考异·卷三》,胡克家刻本《文选》,中华书局,1977年,第48页。
④ 参考孔德明《论班昭〈幽通赋注〉的文学史意义》,载《文艺评论》2014年第12期。

种观念也有一些问题,就是从曹注中很难说哪里有"提高赋的地位"的内容。笔者认为曹大家虽然在注释里积极采用儒家思想,具体是引用了有关孔子一门的故事,但是并不能明确看出她希望提高赋这一文体的文学价值,而应该只是受到亲兄班固的儒家正统思想的影响而已。

如此看来,现在学界对曹大家注的分析主要集中在其形式方面,而非内容方面,且其形式也是跟对经书的注释联合起来进行分析的。接下来我将提出自己的看法。

三 曹大家注的形式特征

跟其他注释比起来曹大家注的形式特征如何呢?我们在其训诂内容里可以看到一些独特的地方。比如:

祗,敬也。《大雅》曰:"人亦有言,进退维谷。"《小雅》曰:"惴惴小心,如临于谷。"此皆敬慎之戒也。①

灵,神灵也。虚徐,狐疑也。跱,立也。盘桓,不进也。俟,待也。《诗》曰:"其虚其徐。"②

对这两条注里的"祗,敬也"与"虚徐,狐疑也",乍看会认为是很一般的训诂内容。但从其原文献来判断,这些训诂也有其独特之处。其出典如下:

齐诗曰:"……上帝是祗、帝命式于九围。"齐说曰……祗,敬也。③

鲁、齐"(其虚其)邪"作"(其虚其)徐"。鲁说曰,其虚其徐,威仪容止也。齐说曰,虚徐,狐疑也。④

"祗,敬也"未见于现存《毛诗》,而王先谦《诗三家义集疏》提醒我们,在《齐诗》里有跟曹大家注一样的记载。另外,"虚徐,狐疑也"也值得关注,因为

---

① 《幽通赋》,足利学校遗迹图书馆后援会、长泽规矩也《文选》第二卷,第881页。
② 同上。
③ 王先谦《诗三家义集疏》,中华书局,1987年版,第1109页。
④ 同上书,第202页。

王书指出了这条内容在《齐诗》里也可以看到,而且曹大家注"《诗》曰:'其虚其徐。'"也是《齐诗》而非《毛诗》。如此看来,我们可以知道曹大家所使用的《诗》就是后苍、萧望之、匡衡、师丹等所继承的《齐诗》:

> 后苍,字近君,东海郯人也。事夏侯始昌。始昌通五经,苍亦通《诗》《礼》,为博士,至少府,授翼奉、萧望之、匡衡……衡授琅邪师丹、伏理斿君、颍川满昌君都……丹大司空,自有传。由是《齐诗》有翼、匡、师、伏之学。①

又,曹大家等班氏一族跟《齐诗》有关的记载如下:

> 况生三子,伯、斿、穉。伯少受《诗》于师丹。大将军王凤荐伯宜劝学,召见宴昵殿,容貌甚丽,诵说有法,拜为中常侍。②

班固的亲族班伯从师丹学《诗》,师丹即上文提到的"由是《齐诗》有翼、匡、师、伏之学"里的"师",由此可见班氏学习《齐诗》以为家学。这也旁证了《幽通赋》旧注就出自班氏一族的曹大家之手。另外,通过曹大家注与《汉书》应劭注的对比可以推测其问世时期。举例如下:

> 系,连也。胄,绪也。高,高阳氏也。顼,帝颛顼也。言己与楚同祖,俱帝颛顼之子孙也。水,北方黑行,故称玄也。③

> 系,连也。胄,绪也。言己高阳颛顼之连绪也。颛顼北方水位,故称玄。④

这两条注释都附于《幽通赋》第一句"系高顼之玄胄兮",其训诂一致处一眼可见。不仅如此,其疏通句意的部分也有一些相同,这说明班氏一族是从帝颛顼开始纪事,并与颛顼掌握北方联系起来说明用"玄"字的理由。可见曹大家注与应劭注之间存在类似的注释内容。又:

> 乱,理也。天道始造万物,草创于冥昧之中,皆立其性命也。⑤

---

① (东汉)班固《汉书·后苍传》,中华书局,1962 年,第 3613 页。
② (东汉)班固《汉书·叙传》,第 4198 页。
③ 《幽通赋》,足利学校遗迹图书馆后援会、长泽规矩也《文选》第二卷,第 877 页。
④ (东汉)班固《汉书·叙传》,第 4214 页。
⑤ 《幽通赋》,足利学校遗迹图书馆后援会、长泽规矩也《文选》第二卷,第 897 页。

  天道始造万物,草创于冥昧之中,皆立其性命也。①

  这两条注释都附于《幽通赋》第 155、156 句"乱曰天造草昧,立性命兮"之下。值得关注的是"天道始造万物,草创于冥昧之中,皆立其性命也",这个疏通句意的部分在这两条注之间完全一致。虽然这些注释都采用赋文本的"天""造""草""昧"等字来说明,或许存在偶然发生的可能性,但从两条注完全一致的情况来看,两注之间应该有不可否认的继承关系。那么,这两种注释的先后关系怎样呢? 笔者认为,应该先有《幽通赋》曹大家注,后出《汉书》应劭注。关于这一点,笔者认为可以以这两条注里显而易见的"言己"两字为关键。下文我们将详细分析,这用"言己"疏通句意的方式在一般的注释里十分罕见,而曹大家注的前半部分却频繁出现这些注释方式。因而笔者认为曹大家注释在先,然后应劭参考曹大家注完成了自己的注释。另外,曹大家去世在应劭出生之前,这更佐证了笔者的判断。

  曹大家注的引用文献的方式也有一些值得关注之处,就是使用了书名或人名的注释部分。如下注释都是在注释里用书名或人名的:

  孔子曰,里仁为美。②

  孔子曰:"天所助,顺也。人所助,信也。"孔子曰:"德不孤、必有邻。"③

  子曰,知几其神乎。④

  在这些注释里可以看到"孔子曰"或"子曰",乍看难以立即知道这些注释的出处。实际上它们出于《论语·里仁》《论语·公冶长》和《周易·系辞传》。具体来说,第一例注第 10 句"里上仁之所庐",出自《论语·里仁》。第二例注第 136 句"亦邻德而助信"的"邻德"与"助信",出自《周易·系辞传》及《论语·公冶长》。第三例注《幽通赋》最后两句"尚越其几沦神域兮",出自《周易·系辞传》。如此看来,我们才知道这些用"孔子"来说明的部分都跟赋文

---

① (东汉)班固《汉书·叙传》,第 4225 页。
② 《幽通赋》,足利学校遗迹图书馆后援会、长泽规矩也《文选》第二卷,第 878 页。
③ 《幽通赋》,同上书,第 895 页。
④ 《幽通赋》,同上书,第 898 页。

本有密切关系,而且赋文本的记载已经暗示了出典的存在。某些用人名来注释的地方也能看出这一点,如:

> 庄周曰:"生为徭役,死为休息。"贾谊曰:"忽然为人,何足控揣,化为异物,又何足患。"①

这是注第113、114句"周贾荡而贡愤兮,齐死生与祸福"的"周贾"。因为这两句表现出庄周与贾谊对死生的看法,所以曹大家引用他们的言论进行说明。因为为人熟稔,故而曹大家直接用人名来注释。庄周的言论不见于现行《庄子》,但在其他文献中被引用过,所以曹大家也认为这言论就是庄周的。贾谊的一节来自《鵩鸟赋》。这条注也跟上述用"孔子"的注释一样,跟赋文本有密切的关系。另外,在用书名部分也是如此:

> 《诗·周南·国风》曰:"南有樛木,葛藟累之,乐只君子,福履绥之。"此是安乐之象也。②

> 《大雅》曰:"人亦有言,进退维谷。"《小雅》曰:"惴惴小心,如临于谷。"此皆敬慎之戒也。③

第一例,注第33、34句"葛绵绵于樛木兮,咏南风以为绥"。在赋文本里有"樛木""南风""绥"等字,因此曹大家很自然地引用《诗·周南·樛木》。第二例也是同样情况,注35、36句"盖惴惴之临深兮,乃二雅之所祇"。因为在赋文本里有"二雅"两字,所以曹大家引用《诗·大雅·桑柔》及《诗·小雅·小宛》的有关"山谷"部分。如此来看,曹大家的引用前人言论或者具体文献限于在赋文本中的显见出处,且基本用人名来注释赋文本的内容。那么,这些用人名来引用前人言论的方式在汉代是常见的吗?这一点,笔者欲回到汉代的语境作一番考察,例如:

> 永平二年正月,公卿议春南北郊,东平王苍议曰:"孔子曰:'行夏之时,乘殷之路,服周之冕。'"④

---

① 《幽通赋》,足利学校遗迹图书馆后援会、长泽规矩也《文选》第二卷,第892页。
② 《幽通赋》,同上书,第880、881页。
③ 《幽通赋》,同上书,第881页。
④ (东汉)刘珍等撰,吴树平校注《东观汉记校注》,中州古籍出版社,1987年,第182—183页。

赐恭诏曰:"……礼重嫡庶之序,春秋之义大居正。孔子曰:'惟仁者能好人,能恶人。'贵仁者所好恶得其中也。"①

拜邓禹为大司徒。制曰:"前将军邓禹,深执忠孝,与朕谋谟帷幄,决胜千里。孔子曰:'自吾有回也,门人日以亲。'"封禹为酂侯。②

此三例均来自《东观汉记》。第一例引自《论语·卫灵公》,第二例引自《论语·里仁》,第三例则来自《史记·仲尼弟子列传》。虽然这些言论都有明确出典,但是他们都没使用书名而用"孔子"的人名来出注。在其他文献中也是这样的情况:

……小国得有所依,百姓得有所息。故孔子曰:"能以礼让为国乎,何有。"③

……其比王德,岂不远哉。孔子曰:"道之以政,齐之以刑,民免而无耻。道之以德,齐之以礼,有耻且格。"④

上例都是从刘向《战国策书录》引用的。这两条例子也都用"孔子"之名,但实际上前者引自《论语·里仁》,后者引自《论语·为政》。如此看来,汉代文人引用前人的言论时,他们不标注《论语》等书名,而喜用"孔子"等人名来出注。这一点也是汉代文人的特征之一,曹大家如此当然能够理解。但唐代以后的注释习惯却与此完全不同。让我们看看作为唐代以后有代表性的注释,即如下列举的《文选》李善注与《汉书》颜师古注:

《家语》孔子曰:"颛顼者,黄帝之孙,昌意之子也。"⑤

《论语》孔子曰:"有颜回者好学,不幸短命死矣。今也则亡。"又曰:"伯牛有疾。"⑥

这两条注都附在《幽通赋》中,值得关注的是李善引用文献的方式。第一例是先注明文献来源是《家语》,然后再说"孔子曰",第二例也是先注明文献

---

① (东汉)刘珍等撰,吴树平校注《东观汉记校注》,第252页。
② 同上书,第288页。
③ (西汉)刘向《战国策书录》,《战国策》,上海古籍出版社,1978年,第1196页。
④ 同上书,第1198页。
⑤ 《幽通赋》,(南朝梁)萧统撰,(唐)李善注《文选》,中华书局,1977年,第208页下。
⑥ 同上书,第210页上。

来源《论语》，复言"孔子曰"。李善的这种先书名后人名的引用方式在《汉书》颜师古注里也可以看到：

> 《论语》称孔子曰："里仁为美，择不处仁，焉得智。"故引以为辞。①
>
> 《论语》称孔子曰："德不孤，必有邻。"②

这两条注也都见于《幽通赋》，其引用方式与李善注大部分相同，即先明确地指明书名，然后表示标举说话者。这一点，在曹大家注以及汉代的引用方式里几乎没有看到。这些引用方式跟当时注释工作大部分依靠书籍的情况不无关系。汉代与唐代之间书籍的数量完全不同，其书写载体也不一样，汉代还没有能依靠纸张作为传播载体的文献。

总之，曹大家注的形式方面的特征有如下几种：第一，先行研究已经提出过曹大家采用解释字词、疏通句意等方式作注，而其解释字词部分是基于班氏一族的家学《齐诗》来作注的；第二，曹大家引用前人言论时，多数情况使用人名来出注，用书名的限于赋文本里有一些相关记载或一眼就能看出出典的地方。而且，曹大家注的形式特征在汉代的注释中很有普遍性。因此，我们可以断定《文选》里被引用的"曹大家注"，应是汉代的产物无疑。

四　曹大家注的内容特征

前面我们通过比较曹大家注跟其他汉代注释，以及唐代以后有代表性注释，指出《文选》李善注所引用的曹大家注鲜明地体现了东汉时期的注释习惯。那么其内容特征是怎样的呢？

第一，是上文已经提到的在疏通句意时用"言己"两字。用"言"字来疏通句意是常见的，比如《文选》五臣注里也可以看到。虽然"言己"两字很少见，但在曹大家注前半部分有很多用"言己"的注释，一共有九条（包含用"言父""言我父"两条），举例如下：

---

① （东汉）班固《汉书·叙传》，第4214页。
② 同上书，第4223页。

飙,飘飘也。南风曰飙风。朔,北方也。言己先人自楚徙,北至朔方也。如蝉蜕之剖,后为雄桀,扬其声。①

懿,美也。前烈,先祖也。言己先祖,穷遭王莽,达则必富贵,济渡民人,惠利之风,有令名于后世也。②

这些注释针对的是《幽通赋》的第一、二段内容（赋文本的详细内容载于上文）。在这些段落中,班固叙述了班氏一族的家谱以及班固自己的现状及其抱负,而且描绘出他在梦里与神人的交流并进而分析梦的内容。如此看来,这些段落大部分是有关班氏一族的,而曹大家就是班固的胞妹。因而我们可以认为,她在注释里有意识地用"言己"来说明班氏一族的来历,进而希望以此强调班氏一族以及作者班固的存在。这些注释还可以看到如下几例：

滔,漫也。泯,灭也。夏,诸夏也。考,父也。言父遭乱,犹行歌谣,意欲救乱也。《诗》云,我歌且谣。③

贻,遗也。里、庐,皆居处名也。言我父早终。遗我善法则也。何谓善法则乎？言为我择居处也。孔子曰,里仁为美。④

这两条注针对《幽通赋》第7—10句"巨滔天而泯夏兮,考遘愍以行谣。终保己而贻则兮,里上仁之所庐",这里班固用"考"字来明确表示他父亲的存在,而曹大家也说明"考,父也",可知这段描写是有关他们父亲的内容。所以在疏通句意里用"父"与"我父"来说明很自然,不过从她有意识地采用这些字眼的情况来看,也可以看到曹大家有意识地强调自己与作者班固之间的关系。那么,这种用"言己"来疏通句意的注释方式,是否见于其他注释呢？虽然上文已经指出了这些方式很少见,不过在有的注释中依然可以看到,比如王逸《楚辞章句》：

言己修身清洁,乃取江离、辟芷,以为衣被,纫索秋兰,以为佩饰,

---

① 《幽通赋》,足利学校遗迹图书馆后援会、长泽规矩也《文选》第二卷,第877、878页。
② 同上书,第878页。
③ 同上。
④ 同上。

博采众善，以自约束也。①

言己旦起陞山采木兰，上事太阳，承天度也。夕入洲泽采取宿莽，下奉太阴，顺地数也。动以神祇自救诲也。木兰去皮不死，宿莽遇冬不枯，以喻谗人虽欲困己，己受天性，终不可变易也。②

言己念彼谗人相与朋党，嫉妒忠直，苟且偷乐，不知君道不明，国将倾危，以及其身也。③

言己将修祭祀，必择吉良之日，斋戒恭敬，以宴乐天神也。④

从第一例到第三例都是注屈原《离骚》，其文本是"扈江离与辟芷兮，纫秋兰以为佩""朝搴阰之木兰兮，夕揽洲之宿莽""惟夫党人之偷乐兮，路幽昧以险隘"。从这些文本来看，文本里没有明确地表示作者屈原的部分，可是王逸章句里经常使用"言己"两字来明确地强调屈原的存在。末例是注《九歌·东皇太一》的"吉日兮辰良，穆将愉兮上皇"，其效用与上述诸例一样。这里我们几乎看不到自称名字或指示屈原的地方。那么，王逸为何在注释里用"言己"两字呢？其主要原因是王逸对《楚辞》以及屈原等《楚辞》文人的共鸣，王逸除了注《楚辞章句》之外，还写作了《九思》附于《楚辞》的末尾。可见王逸与他所作注释的《楚辞》之间具有密切的关系。笔者认为，这些用"言己"来疏通句意的注释方式，就是注释者过度接近作品及作者的产物。这些看法，从其他注释里使用"言己"的情况中也可以推测：

(初元元年)九月，关东郡国十一大水，……诏曰："间者阴阳不调，黎民饥寒，无以保治，惟德浅薄，不足以充入旧贯之居……"(应劭注)言己德浅薄，不足以充旧贯。旧贯者，常居也。⑤

其民有先王遗教，君子深思，小人俭陋，故《唐诗·蟋蟀》《山枢》《葛生》之篇曰："……宛其死矣，它人是偷。"(颜师古注)《山有枢》之

---

① 《离骚》，(宋)洪兴祖撰，白化文等点校《楚辞补注》，中华书局，1983年，第5页。
② 《离骚》，同上书，第6页。
③ 《离骚》，同上书，第8页。
④ 《九歌·东皇太一》，同上书，第55页。
⑤ (东汉)班固《汉书·元帝纪》，第280页。

诗也。偷,乐也。言己俭吝,死亡之后当为它人所乐也。①

这两条都是《汉书》注,第一例是注诏书"惟德浅薄"的。这里虽然没有自称,但是诏书的主体显而易见是皇帝。第二例是针对《诗经·唐风·山有枢》的,这里也没有自称,但颜师古使用"言己"二字来疏通句意。这些用"言己"的注释方式,在《汉书》注释里并非个例,不过因为数量较少而未成主流。因此我们可以认为,曹大家与王逸用"言己"的注释方式很特殊,其原因应该是注释者本人自觉意识到自己是密切地接近于作品及作者的存在。曹大家跟作者班固有血缘,而王逸跟屈原等《楚辞》文人产生共鸣,注释者跟原作者与其文章就建立起来了密切的联系。这一点,可以说是东汉初期所产生的最早辞赋注释的特征之一。

另外,在注释里频繁引用有关孔子一门的故事。因为班固在《幽通赋》里已经写到相关内容,所以曹大家很自然地引用了这些故事。但即便如此,注释内容毕竟能折射出注释者的注释态度。在注释里有很多孔子故事,也应该是曹大家注的特征之一。例如:

聿,惟也。颜,颜渊也。冉,冉伯牛也。二子居中履和,庶几圣贤,然渊早夭,伯牛被疾,俱不得其死也。②

溺,桀溺也。谓孔子为避人之士,未可与安身。自谓避世者,招子路从己隐也。③

慆慆,乱貌。蒞,避也。言子路不避慆慆之乱,终陨身于世之祸也。④

子路游学圣师之门,无救祸防患之助。既身死于卫,覆醢不食,何补益乎。⑤

这些都是对《幽通赋》第63—70句"聿中和为庶几兮,颜与冉又不得。溺招路以从己兮,谓孔氏犹未可。安慆慆而不蒞兮,卒陨身乎世祸。游圣门而靡

---

① (东汉)班固《汉书·地理志下》,第1649页。
② 《幽通赋》,足利学校遗迹图书馆后援会、长泽规矩也《文选》第二卷,第884页。
③ 同上书,第885页。
④ 同上。
⑤ 同上。

救兮,虽覆醢其何补"的注释,皆是孔门故事,曹大家有意识地引用它们来补充赋文本描写的内容。

最后,在注释中曹大家特别重视"圣人",尤其是儒家思想的"圣人"存在:

> 庄周、贾谊有好智之才,而不以圣人为法。溃乱于善恶,遂为放荡之辞。①

庄周与贾谊信奉老庄思想,注释里曹大家写到"庄周、贾谊有好智之才,而不以圣人为法",他们不重视的"圣人"应该只是儒家思想的"圣人"而已。这些情况在如下两条例子里也可以看到:

> 孔,甚也。辖,轻也。言圣人所守甚约而无二端,则平心立而思虑轻矣。②

> 谟,谋也。猷,道也。言人常当谟先圣人之道,亦当为邻人所助也。③

第一例明确地说明"圣人",而第二例也指出人类应该以圣人之道为模范。如此,我们可以知道曹大家重视儒家思想的态度。这些态度在下例中亦可看到:

> 至论,谓五经六艺,所以贵之者,顺天之性也。亦当以义断之,不可贪苟生而失名。④

这条注释针对的是文本第117、118句"所贵圣人至论兮,顺天性而断谊",其中班固表现出了自己对儒家思想的重视。对这里的"至论",曹大家以"谓五经六艺"为注,"五经"就是儒家最重要的文献,曹大家对儒家思想的熟稔和重视显而易见。

总而言之,曹大家注的主要内容特征如下:第一,其注释内容基于自己和班固的密切关系而展开。这些情况在王逸《楚辞章句》里也可以看到,因此我

---

① 《幽通赋》,足利学校遗迹图书馆后援会、长泽规矩也《文选》第二卷,第892页。
② 同上书,第893页。
③ 同上书,第895页。
④ 同上书,第893页。

们可以认为,作者与注释者的心理或身份的接近也是东汉初期的辞赋注释的特征之一。第二,曹大家的注释内容非常重视儒家思想,她广泛征引孔子及其弟子的行为就体现了这一点。这当然直接受到亲兄班固对儒家思想的态度的影响,所以可以看成是个体的特征。

小结:曹大家注的学术性所在

通过上文的讨论,我们有必要思考曹大家注的学术性何在。一方面,笔者认为其注释明确地反映出汉代的学术情况。在曹大家注里可以看到两条基于《齐诗》的训诂。《齐诗》在三国魏时已不流传,因此,其注释里所保存下来的汉代这些珍贵资料一定值得我们关注。另一方面,在亲兄班固的影响下,曹大家非常重视儒家思想。虽然有学者已经指出,她的注释主张实践讽喻,还有的指出她希望提高赋的地位,但通过我们的讨论,笔者认为有些先行研究的看法存在一定程度的夸张。从这些注释中,我们仅能发现她重视儒家思想的证据。另外,从引用方式来判断,我们可以推测汉代文人怎样建构起他们的知识网络。这与当时编纂书籍的情况有密切关系,汉代的书籍数量有限,私人藏书更少。当时的学者求学,必须先去有藏书的老师处,再接受他的学问。[1] 因此,他们不能直接通过叠加书籍来构筑知识,而必须通过记忆保存自己从老师处得到的知识。班氏一族也有可能受到这种状况的影响。[2] 尽管如此,这种构筑知识的方式也是曹大家注的学术性特征之一。

另外,对"文学"的注释要远远晚于对经、史、子的注释。本文讨论的《幽通赋》曹大家注,是这些"文学"注释里的最早一种。所以,曹大家注应该被视

---

[1] 参考清水茂《纸の発明と后汉の学风》,载《中国目录学》,筑摩书房,1991年。
[2] 《汉书》里有相关记载如下:《汉书·叙传》,"斿博学有俊材,左将军师丹举贤良方正,以对策为议郎,迁谏大夫、右曹中郎将,与刘向校秘书。每奏事,斿以选受诏进读群书。上器其能,赐以秘书之副。时书不布,自东平思王以叔父求太史公、诸子书,大将军白不许";《后汉书·班固传》,"父彪卒,归乡里,固以彪所续前史未详,乃潜精研思,欲就其业。既而有人上书显宗,告固私改作国史者,有诏下郡,收固系京兆狱,尽取其家书"。从这些记载来判断,班氏一族历代有他们自己的家藏书,不过班固被下狱时他们的家藏书也有可能被收缴。那么,曹大家作注的时候,也有可能不能逐一确认书籍,而据于她头脑里的知识来作注释。

作后来所盛行的"文学"注释的起源。作者跟注释者有密切关系也影响到后来的一些注释活动。比如,应璩《百一诗》的应贞注与左思《三都赋》的刘逵注、张载注,这些注释者与作者关系同样很密切。总之,根据作品作者与其注释者之间的关系来分析他们的注释内容,也是我们必须重视的。

旧题萧统《锦带书》(《十二月启》)辨伪

罗 宁

《锦带书》亦名《锦带书十二月启》《十二月启》，今传版本均题梁昭明太子撰，其真伪问题争论已久。大体而言，古人多疑其是伪书，而今人多相信其确为昭明太子萧统所撰。本文拟从三个方面对此书的真伪问题重新加以考察：一是从古代目录书著录、文献征引及版本流传看，《锦带书》只能追溯到南宋；二从晋唐书仪和梁代的书启文风来看，《锦带书》与晚唐时期的《朋友书仪》和《唐人月仪书》相近，而与南北朝月仪及梁代书启相差很大；三从书中使用词藻和典故来看，《锦带书》应该是北宋时期的作品。

从著录和流传方面展开的研究

《锦带书》(或《锦带书十二月启》《十二月启》)不见于《隋书·经籍志》《旧唐书·经籍志》《崇文总目》《新唐书·艺文志》等唐代和北宋书目。梁元帝自撰《金楼子》中有《著书》一篇，著录自撰书籍三十八种(包括部分他人之作)[1]，亦无《锦带书》之名。此书最早见于书目著录，是两种南宋的书目。一是尤袤《遂初堂书目》，其农家类有《锦带书》；一是《直斋书录解题》，时令类有《锦带》一卷，云："梁元帝撰。比事俪语，若法帖中章草月仪之类也。"[2] 从陈振

---

[1] 萧绎撰，许逸民校笺《金楼子校笺》，中华书局，2011年。
[2] 陈振孙《直斋书录解题》，上海古籍出版社，2015年，第190页。

孙对《锦带》的描述来看，这应该就是今题为昭明太子萧统的《锦带书》，不知何故写错了作者姓名。

《锦带书》在目录书中出现时间如此之晚，自然招致四库馆臣的怀疑，《四库全书总目》在《锦带书》和《昭明太子集》两处提要都认为它是伪书：

> 《锦带》一卷（两江总督采进本）。旧本题梁昭明太子萧统撰。陈振孙《书录解题》又云："梁元帝撰。比事俪语，在法帖中章草、月仪之类。"详其每篇自叙之词，皆山林之语，非帝胄所宜言，且词气不类六朝，亦复不类唐格。疑宋人案月令集为骈句，以备笺启之用，后来附会，题为统作耳。今刻本《昭明集》中亦有之，题曰"十二月启"。然《昭明集》乃后人所辑，非其原本，未可据以为信也。①

> 《昭明太子集》六卷（江苏巡抚采进本）……又《锦带书十二月启》亦不类齐、梁文体。其"姑洗三月"启中有"啼莺出谷，争传求友之声"句。考唐人试莺出谷诗，李绰《尚书故实》讥其事无所出。使昭明先有此启，绰岂不见乎？是亦作伪之明证也。②

四库馆臣根据词气和文风，判断可能是宋人所撰。我是赞同其说的（见后）。

四库馆臣提到李绰《尚书故实》，其文如下：

> 今谓进士登第为迁莺者久矣。盖自《伐木》诗："伐木丁丁，鸟鸣嘤嘤。出自幽谷，迁于乔木。"又曰："嘤其鸣矣，求其友声。"并无"莺"字。顷岁省试《早莺求友》诗，又《莺出谷》诗，别书固无证据，岂非误欤？

李绰的意思是，《诗经·伐木》里说出谷乔迁，并没有提到"莺"，只提到"鸟鸣嘤嘤""嘤其鸣"，可当时考试竟然有《早莺求友》《莺出谷》之类的题目，

---

① 永瑢等《四库全书总目》，中华书局，1965年影印本，第1160页上。不过，四库提要说"皆山林之语，非帝胄所宜言"，倒不能简单否认帝王作山林语的可能性，六朝模拟之作很多，萧统本人就有题为《拟古》的诗作两首（《先秦汉魏晋南北朝诗》第1800、1802页）。六朝拟古风气可参见王瑶《拟古与作伪》，《中古文学史论》，北京大学出版社，1998年。

② 永瑢等《四库全书总目》，第1275页上。

并无根据,是错误的。李绰的批评不无道理,唐诗里用"莺求友""莺出谷"典故词藻的例子确实不少:

> 豹变焉能及,莺鸣非可求。(张九龄《登乐游原春望书怀》)
>
> 龙门变化人皆望,莺谷飞鸣自有时。(王涯《广宣上人以诗贺放榜和谢》)
>
> 龙宫欣访旧,莺谷忝迁乔。(湛贲《题历山司徒右长史祖宅》)
>
> 龙门旧列金章贵,莺谷新迁碧落飞。(丁棱《和主司王起》)
>
> 若向南台见莺友,为传垂翅度春风。(李商隐《喜闻太原同院崔侍御台拜兼寄在台三二同年之什》)

四库馆臣认为,李绰一定没有看过《锦带书》,因为,如果他看过"啼莺出谷,争传求友之声"这样的句子,知道萧统已经这样用典(尽管是误用),就不会说那样的话了。① 四库馆臣在证明《锦带书》为伪时,运用的逻辑是,如果唐人没有使用过此书中的词藻、典故,那么说明唐人根本就没见过此书,也就是说,这本书在唐代还没有出现。这是非常重要的证伪思路和方法,我会在后面重点考察《锦带书》的词藻、典故问题。

不止书目中的记载要晚至南宋,在六朝唐代甚至北宋的各种文献里,也没有一处提到《锦带书》的。与此相对照的是,与《锦带书》性质相近的索靖《月仪帖》和一些唐人无名氏的《月仪》,则被唐代和北宋人写到。如初唐李嗣真在《后书品》中评论索靖《月仪帖》:"索有《月仪》三章,观其趣况,大为遒竦,无愧珪璋特达。"②北宋末董逌《广川书跋》卷六云:"近世惟《淳化官帖》中有靖书,其后购书四方,得《月仪》十一章。"③北宋末张舜民还为王君求家藏的某种"章草月仪"作跋④。但是,北宋文献从无关于《锦带书》的记载,即便在黄伯思《东观余论》、曾宏父《石刻铺叙》等收录和评论书帖的专著中,也不见《锦带书》之名。如果说《锦带书》在当时不以书帖形式流传而不被收录或论及的

---

① 目前所见,比唐人更早误用此典故的是隋孙万寿的《远戍江南》:"华亭宵鹤唳,幽谷早莺鸣。"
② 张彦远《法书要录》卷三,辽宁教育出版社,1999年,第49页。
③ 董逌《广川书跋》卷六,津逮秘书本。
④ 邵博《邵氏闻见后录》卷二七提到"张浮休《跋王君求家章草月仪》",中华书局,1983年,第213页。

话,可这些专著在论述其他月仪时也无一字道及《锦带书》,不得不让人产生怀疑。南宋陈振孙在著录《锦带书》时就想到了"法帖中章草月仪之类",而北宋人在论及其他月仪书时完全不提《锦带书》,这实在是无法解释的疑点。

从《锦带书》的版本来看,也只能追溯到南宋。此书今传本大致可分为三个系统:一是作为一篇文章收入《昭明太子集》的《锦带书十二月启》(或题《十二月启》);一是单独作为书籍收入多种丛书中的一部小书,题名《锦带书》;一是序题大观三年(1109)的《锦带补注》。以下分别说明。

今传《昭明太子集》各本均收有《锦带书十二月启》一篇,而今传《昭明太子集》是宋人重辑的,今传版本可追溯至南宋淳熙八年(1181)的袁说友刻本。袁说友刻本的《昭明太子集》今已不存,明嘉靖三十四年(1555)周满刻本,即据其重刻。此后明辽府宝训堂本,又据周满本而来。《中华再造善本》影印了周满本,《四部丛刊》影印了辽府本,较易得见。晚清盛宣怀用袁说友本重雕,增加补遗一卷,收入《常州先哲遗书》中。民国八年(1919)刘世珩亦曾用袁说友本覆刻,收入《玉海堂景宋丛书》。以上版本的《昭明太子集》均为五卷本(《常州先哲遗书》本增补遗一卷)。在此袁说友刻五卷本系统外,晚明时又出现了《七十二家集》本和六卷本。《七十二家集》是张燮编辑的唐前诗文别集,其中所收的《梁昭明太子集》也是五卷,但内容不如周满本、盛宣怀本、刘世珩本完善。此后张溥《汉魏六朝百三家集》、丁福保《汉魏六朝名家集》同《七十二家集》本。六卷本是阎光世辑、叶绍泰重订的《萧梁文苑》本《梁昭明太子集》,此本是参考周满本、《七十二家集》本而来,后来《四库全书》本、《四部备要》本均用此本。① 在上述三个版本系统的《昭明太子集》中,周满本等五卷本和《萧梁文苑》本、《四库全书》本等六卷本,其《锦带书》都题为《锦带书十二月启》,《七十二家集》本、《汉魏六朝百三名家集》本则题为《十二月启》。

作为一部小书收入丛书的《锦带书》版本有《津逮秘书》本、重编《说郛》本、《学津讨原》本、《丛书集成初编》本(据《津逮秘书》本排印),《津逮秘书》本是各本之源头,书名均题为《锦带书》。这些丛书本的文字与上述《昭明太

---

① 参见彭婷婷《〈昭明太子集〉版本源流考》,《中华文化论坛》2014 年第 8 期。彭婷婷另有《关于〈锦带书十二月启〉的考辨》一文,认为《锦带书十二月启》确系萧统之作,并无道理。彭文见四川省社会科学院主编《国学》第一集,四川人民出版社,2014 年。

子集》里的《锦带书十二月启》或《十二月启》的文字差距不大,《津逮秘书》本可能就是从某一五卷本《昭明太子集》中抽出此篇刊刻的。

晚明胡文焕刊刻的《格致丛书》中收有一部《锦带补注》,题杜门撰,序题大观三年。此本所录的《锦带书》正文,与上述的《昭明太子集》以及丛书所收的版本相比较,文字有一些差异,如太簇正月的"笔阵引崩云之势",《锦带补注》作"笔海引崩云之势"。无射九月的"金隄翠柳,带星采而均调",《锦带补注》"均调"作"凋残"。据初步研究,《锦带补注》是一部北宋末的伪书,注文采用与杜诗伪注相近的作伪手法,任意杜撰、虚夸故实,拙劣可笑,而杜门之名也是伪托的①。其录存的正文则似经过有意的修改,至于其改动者为宋人还是胡文焕,暂不能断定。

由以上的版本分析来看,《锦带书》只能追溯到宋代,没有更早的来源。

现代学者中对《锦带书》的真伪判断不一,大体上分为三类意见,而总体上信从作者是萧统的更多。一是表示谨慎怀疑的,如周一良、俞绍初等。周一良在唐五代书仪研究中提到此作,只是引述了四库提要的说法,②并未多说。俞绍初校注《昭明太子集》时③,按语中也只是引四库提要之说而没有表达自己的观点,但他将该文置于附编中,显然是不认可萧统的署名权的。二是有怀疑但仍赞成萧统之旧说的,如曹道衡、王三庆等。曹道衡、傅刚《萧统评传》中提到此书,虽然感觉"其风格确与昭明其他文字不类",不过又说从风格来确定作者很危险,"在没有十分明确的证据时,我们还是把这作品判给萧统"。④ 王三庆、黄亮文在研究敦煌书仪时提到此篇,一开始说作者是否萧统很难认定,但后来又对四库提要提出的宋人之说表示反对,认为"《锦带书》很难认定是宋时人才有的文风",认为"宋代以后的《书仪》,如司马温公、胡瑗的《书仪》及朱文公的《家礼》等已经风靡传世,为了与黄冠师及沙门的斋仪争胜,仪式也都朝

---

① 参见拙文《伪注与伪典:〈锦带补注〉考论》,发表于中国宋代文学学会第十届年会暨宋代文学国际学术研讨会(北京,2017年)。又承国家图书馆刘明先生告知,国家图书馆藏有清康熙时释行景的注本,尚未寓目。

② 周一良、赵和平《唐五代书仪研究》,中国社会科学出版社,1995年,第94页。又见周一良《书仪源流考》,载《历史研究》1990年第5期。

③ 俞绍初《昭明太子集校注》,中州古籍出版社,2001年。

④ 曹道衡、傅刚《萧统评传》,南京大学出版社,2001年,第186页。

向简化的方向发展,不可能再进行编辑这类风雅的文章"。① 这是对宋代启札文章的误解。三是认为是南北朝之作,如吴丽娱等。吴丽娱虽然没有明确肯定作者就是萧统,但说:"整首书仪全用骈体,对仗工整,铺陈华丽,且时杂用典,正是南北朝之际最常见的文风。"②并将敦煌《朋友书仪》的风格看作是对《锦带书》的继承③。

那么,从晋唐书仪的演变中,能不能确定《锦带书》的时代和位置呢?

与晋唐月仪以及梁代书启的比较

书仪是古代书信以及启状章表等写作的范本和程式,而月仪是指按照月份、时令书写的以寒暄问候为主要内容的书仪。《锦带书》的性质正如陈振孙所说,"章草月仪之类",显然是一种叙时令、申想慕的月仪书。《锦带补注》序也说:"凡处于世,所贵乎笺牍为先容,应对为事业","纪岁时之美恶,陈风景之暄繁,参用古人事迹,垂为今世准绳。一则分暑度之推移,二则备笺简之急务,撮百家子史,鼓三代素风"。正是对此书性质的交待。

《隋书·经籍志》小学类有《月仪》十二卷,已亡。《南史·任昉传》记任昉"八岁能属文,自制月仪,辞义甚美",可见唐前已有月仪。传世的月仪有西晋索靖《月仪帖》、唐代的无名氏《唐人月仪帖》,以及敦煌发现的《朋友书仪》,另外还有王羲之《月仪书》的佚文。索靖《月仪帖》和王羲之《月仪书》,文字以四言为主:

> 正月具书。君白。大族(簇)布气,景风微发。顺变绥宁,无恙幸甚。隔限遐途,莫因良话。引领托怀,情过采葛。企佇难将,故及表问。信李麏廌,俱蒙告音。
>
> 日月往来,元正首祚;太簇告辰,微阳始布,罄无不宜,和神养素。④

---

① 王三庆、黄亮文《〈朋友书仪〉一卷研究》,《敦煌学(第25辑)》,2004年。
② 吴丽娱《敦煌书仪与礼法》,甘肃教育出版社,2013年。
③ 吴丽娱《唐礼摭遗——中古书仪研究》,商务印书馆,2002年,第9页。
④ 徐坚等《初学记》卷四《岁时部·元日》"元日首祚"条,上海古籍出版社,2004年,第63页。

相对来说,敦煌《朋友书仪》与《锦带书》的文字风格比较接近,试比较两书二月的部分:

> 分颜两地,独凄怆于边城;二处悬心,每咨嗟于外邑。月流光于蓬径,万里相思;星散彩于蒿蓬,千山起恨。……想上官登春台而执卷,望夜月而题篇,含璋每侔于陈思,怀藻岂殊于颜子。追朋就酌,岂忆愁人;择侣言谈,谁思远客?某乙离家弃梓,远役边州;别于枌榆,遐赴碛石。荒庭独叹,收泪思朋;草室孤嗟,行啼忆友。今因去次,略附寸心,书若至宾,愿知委曲。(《朋友书仪》)

> 伏以节应佳辰,时登令月。和风拂迥,淑气浮空。走野马于桃源,飞少女于李径。花明丽月,光浮窦氏之机;鸟啭芳园,韵响王乔之管。敬想足下,优游泉石,放旷烟霞。寻五柳之先生,琴尊雅兴;谒孤松之君子,鸾凤腾翩。成万世之良规,实百年之令范。但某席户幽人,蓬门下客。三冬勤学,慕方朔之雄才;万卷常披,习郑玄之逸气。既而风尘顿隔,仁智并乖。非无衰侣之忧,诚有离群之恨。谨伸数字,用写寸诚。(《锦带书》)

就对偶来说,两篇的主要句式都是四四字对,六六字对,四六隔对,六四隔对,但《朋友书仪》多一种七七字对。就用典来说,两篇都用典,如"含璋每侔于陈思,怀藻岂殊于颜子"用曹植、颜回,后篇有"光浮窦氏之机""韵响王乔之管""五柳之先生""孤松之君子""慕方朔之雄才""习郑玄之逸气",用窦涛妻、王乔、陶潜、嵇康、东方朔、郑玄六人之事。除此之外,两篇都使用了不少词藻,如前篇的"蓬径"(七月有"思蓬径而星啼",十月有"孤游蒿径",十一月有"蓬径阙籥中之镜")、"蒿蓬",本指隐士居处蓬蒿丛生,《庄子·让王》里的原宪,《三辅决录》里的张仲蔚、魏景卿均是如此①。谢朓始造此词,《高斋视事》:"安得扫蓬径,销吾愁与疾。"又《和沈祭酒行园诗》:"清淮左长薄,荒径隐高蓬。"②"登春台",源自《老子》二十章的"如春登台"。"含璋"出自《易经·坤

---

① 赵岐著,张澍辑,陈晓捷注《三辅决录》,三秦出版社,2006年,第14页。又见欧阳询等《艺文类聚》卷八二《蓬》引,上海古籍出版社,1999年,第1413页。

② 曹融南《谢宣城集校注》,上海古籍出版社,1991年,第280、318页。"荒径隐高蓬","高"疑当作"蒿"。又为李白《白马篇》取用云:"羞入原宪室,荒径隐蓬蒿。"

卦》"含章可贞"。后篇的"席户"指用草席作门,"蓬门"指用蓬草编成门户,意思相近。《庄子·让王》:"原宪居鲁,环堵之室,茨以生草;蓬户不完,桑以为枢。"六朝鲍照、谢庄、何逊、沈炯等人诗中已有"蓬门"。"席户"可见梁任孝恭《谢赉钱治宅启》:"绳枢断续,薄雨已倾。席户穿阑,微风自卷。"①从使用对偶、典故的角度来看,《朋友书仪》和《锦带书》是相近似的。

今传唐代无名氏的《唐人月仪帖》,又名《十二月朋友相闻书》②,从用词来看,和《锦带书》更为接近。如其写二月云:"献岁将终,青阳应节,和风动物,丽景光辉,复以翠柳鲦鳞,红桃结绶,想弟幽游胜地,纵赏嘉宾,酌桂醑以申心,玩琴书而写志,无令披叙,聚会何期,谨遣一行,希还数字。"《唐人月仪帖》句式多为四字句,与《锦带书》四字六字句间杂不同,但其节叙用词相似度很高,如"和风动物"与"和风拂迥","想弟幽游胜地"与"敬想足下,优游泉石","玩琴书而写志"与"琴尊雅兴","谨遣一行,希还数字"(《朋友书仪》三月有"谨附丹诚,申素何悉")与"谨伸数字,用写寸诚"等,意思和表述用的词句很接近。《唐人月仪帖》"二月仲春"中,"青阳应节""纵赏嘉宾""聚会何期"等词句在《锦带书》其他月份中也能找到相似的表达。

下表(表一)中列出二书中部分相同或相类的词句:

表一 《锦带书》与《唐人月仪帖》词句比较

《锦带书》	《唐人月仪帖》
略叙二难	共叙二难
希垂影拂	希垂下顾
青阳之芳辰/节应佳辰	青阳应节
敬想足下,优游泉石/领袖嘉宾	想弟幽游胜地,纵赏嘉宾
神游书帐,性纵琴堂	玩琴书而写志
叹分飞之有处,嗟会面以无期	往昔分飞/聚会何期

---

① 《艺文类聚》卷六六《钱》引,第1181页。
② 王肯堂《郁冈斋墨妙》卷七,万历三十九年刻本,哈佛图书馆藏本。王三庆有《故宫藏本〈唐人十二月相闻书〉研究》,载《遨游在中古文化的场域——六朝唐宋学术研讨会论文集》,台北里仁书局,2004年。

续　表

《锦带书》	《唐人月仪帖》
谨申数字,用写寸诚/希垂金玉	谨遣一行,希还数字/希垂玉封;谨遣数行,希还一字/谨附寸心,希垂尺素
应俟面会/面会取书,不能尽述	还同面叙/谨付一行,代申面及
啼莺出谷/鸟哢芳园	啼莺转树,戏鸟萦林
既违语嘿,且阻江湖	既阻关河,音书断绝
一叹分飞,三秋限隔	如何一别,便阻三秋
对兹节物	对兹节候
金风晓振,偏伤征客之心	飞蓬独转,更伤旅客之心
伫望白云	企望白云,心归故里
皎洁轻冰,对蟾光而写镜	睹冰池之写镜
……	……

晚唐张敖《新集诸家九族尊卑书仪》序云:"凡修书者,述往还之情,通温凉之信。四时递改,则月气不同;八节推移,则时候皆别。今之所著,微举宏缕,修从轻重,临时剪裁,先标寒暑,次赞彼人,后谦自身,略为书况。""先标寒暑,次赞彼人,后谦自身",正是《朋友书仪》和《锦带书》每一段落的基本结构。值得注意的是,在六朝时期的月仪和书启里,并没有这类表达干谒请托的写法。王佺认为,六朝时期"寒族文人若不甘沉沦下僚而干进求官,则被轻视为轻浮躁进,所谓'自衒自媒者,士女之丑行;不伎不求者,明达之用心'的观念,不仅有它产生的制度背景,而且致使干求进取的作风在意识形态上遭到了遏制"①。换句话说,在南北朝的社会风气里,不可能产生像《锦带书》这样带有浓重请托色彩的作品。

再将《锦带书》与梁代书启文进行比较,也可以发现《锦带书》的写法与风格是很不相同的。如萧统《与何胤书》:

　　方今朱明受谢,清风戒寒,想摄养得宜,与时休适。耽精义,味玄

---

① 王佺《唐代干谒与文学》,中华书局,2011年,第12页。

理,息尘嚣,玩泉石,激扬硕学,诱接后进,志与秋天竞高,理与春泉争溢。乐可言乎,乐可言乎!岂与口厌刍豢、耳聆丝竹之娱同年语哉!方今泰阶端平,天下无事,修日养夕,差得从容。钻阅六经,泛滥百氏,研寻物理,顾略清言。既以自慰,且以自警。而才性有限,思力匪长,热疾愦其神,风眩弊其体,多惭过目,释卷便忘。是以蒙求之怀,于兹弥轸。①

同样写七月,《锦带书》是这样的:

素商惊辰,白藏届节。金风晓振,偏伤征客之心;玉露夜凝,直沰仙人之掌。桂吐花于小山之上,梨翻叶于大谷之中。故知节物变衰,草木摇落。敬想足下,时称独步,世号无双。万顷澄陂,黄叔度之器量;千寻耸干,嵇中散之楷模。但某一介庸才,三隅顽学。怀经问道,不遇披云;负笈寻师,罕逢见日。俯仰兴叹,形影自怜。不知龙前,不知龙后,莺(燕)鹏虽异,风月是同。幸矣择交,希垂影拂。

至于启文,梁代最流行的启是谢物小启,写法和《锦带书》相差很大,这里就不细论了。

陈鹏曾经用马蹄(马蹄韵)的规律去研究梁代的骈文,他发现,齐梁时几乎没有完全符合马蹄规律的骈文,要到徐庾笔下,符合马蹄的骈文才多起来。陈鹏说:"梁代前期,只有极少数短篇骈文做到了全篇声调马蹄。"而所举篇目,就是《十二月启》,并说"这在当时是很罕见的"。② 反过来看,这恰恰说明《十二月启》不可能是萧统的作品。

从文字风格来说,《锦带书》与《唐人月仪帖》《朋友书仪》等比较接近,不可能是六朝时期的作品,那么它可能是唐五代的作品吗?答案也是否定的。

对词藻、典故的考察

从文献著录和引述、版本探源等传统文献学方法,进行《锦带书》辨伪研究

---

① 《昭明太子集校注》,第212页。
② 陈鹏《六朝骈文研究》,巴蜀书社,2009年,第263—265页。

的可能性已经穷尽,目前要进一步推动研究,只能从该书的内部着手。四库提要说《锦带书》"词气不类六朝",如果说"气"可以理解为上述的文风、句式、语气等,"词"则可以理解为词汇、词藻,这是非常值得注意的考察对象和研究方法。在汉语史学界,从汉语史、词汇史的角度进行古书辨伪研究,已经有较长的历史,其基本方法是研究书中某些字词的意义、用法以及出现的时代,认定这些字词并非其书所宣称的时代所应有,由此达到辨伪的目的。这方面最著名的例子大约是杨伯峻、张永言等人对《列子》的研究。① 在古典文学领域同样可以采用类似的方法,而更重要和特别的情况是,由于诗歌、骈文等文学形式有使用词藻的习惯和传统,某些比较特别的词藻或词汇,可以标识出作品的年代(或上下限)。事实上陈尚君和汪涌豪在二十世纪九十年代对《二十四诗品》的辨伪中,就采取了由词语、句式以及诗学范畴入手的办法。如他们发现,"纤秾"作为一种风格,宋初以前并未有人称及,最早提出的应是苏轼"发纤秾于简古"一语,而且《诗品》此品以"与古为新"作结,与苏轼意同。再如"高古"品中"月出东斗,好风相从"二句,明显是从苏轼《赤壁赋》"月出于东山之上,徘徊于斗牛之间""清风徐来,水波不兴"等句化出。"冲淡"中"独鹤与飞"一语,沿韩愈《柳州罗池庙碑》"春与猿吟兮秋鹤与飞"的句式,而此句是宋人得见此碑刻石后才引起注意的。② 周裕锴老师也指出,雄浑、冲淡这两个表达诗歌风格的词汇和美学观念,都是宋代才有的,而"水流花开"来自苏轼颂,"风云变态"来自程颢诗,"语不欲犯"来自宋代的禅学和诗学思想。③

因此,考察词藻、典故、句式(采用前人的句式或构词法)等信息,是研究《锦带书》成书时代的有效方法。从目前掌握的材料来看,《锦带书》出于唐代的可能性不大,更可能是北宋的产物。下面通过考察书中的六个用词来说明。

【赵日】应钟十月:"胡风起截耳之冻,赵日兴曝背之思。"赵日指赵衰日,意为温暖之日。典故来源于《左传·文公七年》:"赵宣子使因贾季问酆舒,且

---

① 参见杨伯峻《从汉语史的角度来鉴定中国古籍写作年代的一个实例——〈列子〉著述年代考》,杨伯峻《列子集释》,中华书局,1979年。张永言《从词汇史看〈列子〉的撰写时代》,《季羡林教授八十华诞纪念论文集》,江西人民出版社,1991年;修订稿载《汉语史学报》2006年1期。
② 陈尚君《〈二十四诗品〉辨伪追究答疑》,见其《唐代文学丛考》,中国社会科学出版社,1997年。
③ 周裕锴《司空图〈二十四诗品〉真伪刍议》,周裕锴《语言的张力:中国古代文学的语言学批评论集》,中国社会科学出版社,2016年。

让之。鄦舒问于贾季曰:赵衰、赵盾孰贤? 对曰:赵衰,冬日之日也;赵盾,夏日之日也。"杜预注:"冬日可爱,夏日可畏。"①从晚唐起始有用赵衰之日的,如《岁华纪丽》卷一《春》:"已改赵衰之爱日,爰吹邹衍之和风。"以表示冬日。罗隐《投永宁李相公启》:"出则祝赵衰之日,永冀流暄;入则祷傅说之星,惟希借耀。"②指令人感受温暖之日。但上面所用都还是"赵衰之日",宋代则进一步减省为"赵日"。如王之望《赠元运使》:"赵日可能兼畏爱,苏天那复问公私。"③曹彦约《得雨》:"局蹐民无地,焦熬岁不天。雨方宽赵日,数已入汤年。"王之望、曹彦约都是南宋人,二人所用赵日的意思,不全然是赵衰之日,这与苏轼开始用赵盾之日的典故有关。苏轼《次韵朱光庭喜雨》:"久苦赵盾日,欣逢傅说霖。"此后很多人开始用赵盾日,如张耒《仲夏》:"云间赵盾益可畏,渊底武侯方熟眠。"晁公遡《披风榭》:"屏幛尽通彻,萧然尘土空。不畏赵盾日,知有楚王风。"赵盾日在这些地方,指炎炎夏日。王之望的"赵日"也是这个意思,"雨方宽赵日",大雨缓解了夏天的旱情。钱钟书说:"然庆历、元祐以来,频见'云间赵盾'、'渊底武侯'、'青州从事'、'白水真人'……'此君'、'阿堵',庄季裕《鸡肋编》卷上至载'左军'为鸭、'泰水'为妻母之笑枋。况之选体,踵事加厉。"④可以说,赵盾日、赵日是北宋后期才流行开来的词藻。《锦带书》的"赵日"虽指赵衰之日,但其构词方式却与苏轼之后兴起的"赵日"一样。

【蚌胎】中吕四月:"涵蚌胎于学海,卓尔超群;蕴䲡鹊于文山,俨然孤秀。"蚌胎这一词藻来自左思《吴都赋》:"蚌蛤珠胎,与月亏全。"在很长一段时间里,蚌胎、蚌蛤胎、珠胎都是与珍珠、月相关联的词藻,如卢仝著名的《月蚀》:"飞出脑,却入蚌蛤珠胎。"又如王棨《缀珠为烛赋》:"本出蚌胎,翻为龙衔于玉宇;从离蛇口,几惊蛾拂于琼筵。"⑤直到晚唐五代始有比喻意义产生。齐己《谢秦府推官寄〈丹台集〉》:"两轴蚌胎骊颔耀,枉临禅室伴寒灰。"是将《丹台

---

① 《春秋左传正义》,北京大学出版社,2000 年,第 599 页。
② 李定广《罗隐集系年校笺》,人民文学出版社,2013 年,第 904 页。
③ 《后汉书·苏章传》:"故人为清河太守,章行部案其奸臧。乃请太守,为设酒肴,陈平生之好甚欢。太守喜曰:'人皆有一天,我独有二天。'章曰:'今夕苏孺文与故人饮者,私惠也;明日冀州刺史案事者,公法也。'遂举正其罪。"
④ 《谈艺录》,中华书局,1984 年,第 248 页。将冬日称作赵衰,夏日称作赵盾,是一种代名手法,参见拙文《论宋人对代名之使用与创造》,载《中国诗学(第 21 辑)》,人民文学出版社,2016 年。
⑤ 《全唐文》卷七百七十。

集》比为珍贵的宝珠。敦煌《朋友书仪》中"山藏杞梓，待进斧而方称；泥蚌潜辉，愿值阶庭之曜"，则以"泥蚌"比喻未被发现的人才。在宋代，蚌胎以及相近的词藻延续了作为人才的比喻，但有时也隐含人才尚处于隐居或埋没状态、有待发现的意思。如胡宿《览孙祐甫卷》："君家先正隐瓌材，岩石清声动汉台。地底何年埋玉树，蚌中今幸产珠胎。"李鹰《赠钱之道子武昆仲》："鲛人龙颔宝，海客蚌胎玑。"姚勉《番阳张君叔振观予以其家双瑞图俾诗之》其一："望月犀角明，涵星蚌胎聚。"①都是称赞对方的父祖先人孕育出优秀的人才。② 蔡襄《诏贡士》："天闲未减真龙种，沧海还空老蚌胎。"则表示科举考试之招揽人才，必能野无遗贤。《锦带书》使用的蚌胎指优秀人才，而这种用法，是晚唐尤其是宋代才有的。

【抵鹊】中吕四月："涵蚌胎于学海，卓尔超群；蕴抵鹊于文山，俨然孤秀。"抵鹊典出《盐铁论·崇礼》："南越以孔雀珥门户，崑山之旁以玉璞抵乌鹊。"后来庾信《谢滕王集序启》云："荆玉抵鹊，正恐轻用重宝。"刘允济《经庐岳回望江州想洛川有作》："钟鼓旋惊鹥，瑾瑜俄抵鹊。"金厚载《昆吾切玉剑赋》："向若锻非良冶，质匪昆吾，则安能充远戎之献，断抵鹊之徒。"③刘兼《登郡楼书怀三首》其三："瑞玉岂知将抵鹊，铅刀何事却屠龙。"在六朝至唐代，抵鹊一般都是这样的用法，表示对珍宝的忽视。吴融《即事》："抵鹊山前云掩扉，更甘终老脱朝衣。"稍稍有别，是表达修道者对珍宝珠玉的主动遗弃。在原始出处和早期典故里，玉是用来抵（掷）鹊的，但后"抵鹊"一词变成了指称玉本身，并引申出指有才华之人的意思。如许及之《送黄元章秘书还余杭待次荆门》："抵鹊信嫌三献辱，如虹肯要万金酬。"《锦带书》中"蕴抵鹊于文山"就是称赞朋友如文山中蕴藏的玉石④，这种用法是唐代没有的。

【笔阵】太簇正月："谈丛发流水之源，笔阵引崩云之势。"笔阵原指书法笔

---

① 原诗题为"叔振大参忠定公诸孙也惟忠定公政和八年魁天下某先世实隶其榜今于叔振令子若凤为同年生世科之契也又何辞虽不能诗谨课二首"。忠定公疑当作忠献，张浚谥号。
② 另有珠胎一词，喻指产育子嗣，出自《汉书·扬雄传上》："椎夜光之流离，剖明月之珠胎。"颜师古注："珠在蛤中若怀妊然，故谓之胎也。"因为这个典故里有胎和怀妊的字眼，珠胎后来被用作有关孕育子女的词藻。王勃《伤裴录事丧子》："魄散珠胎没，芳销玉树沉。"这个词藻与蚌胎互相影响，于是蚌胎也有了这一含义。白居易《见李苏州示男阿武诗自感továbbá咏》："自怜沧海畔，老蚌不生珠。"
③ 《全唐文》卷七百六十二。
④ 据典故出处，文山当作昆山，可能也取《穆天子传》卷四："天子三日游于文山，于是取采石。"

势和用笔。卫夫人有《笔阵图》，王羲之有《题〈笔阵图〉后》，云："夫纸者，阵也。笔者，刀槊也。墨者，鍪甲也。水砚者，城池也。心意者，将军也。本领者，副将也。结构者，谋略也。扬笔者，吉凶也。出入者，号令也。屈折者，杀戮也。"①唐代以后渐指写作之笔力、才华。杜甫《醉歌行》："词源倒流三峡水，笔阵独扫千人军。"段成式《与温庭筠书》："飞卿笔阵堂堂，舌端衮衮，一盟城下，甘作附庸。"②由于杜甫在宋代的巨大影响，宋人特别喜欢在诗文中使用笔阵一词，如苏辙《次韵柳子玉郎中见寄》："久闻笔阵无前敌，更拟诗坛托后车。"③惠洪《赠蔡儒效》："闹闻笔阵扫万人，上国英雄胆先破。"周裕锴老师曾经分析过宋人的"以战喻诗"："概而言之，以诗为战的意识在唐代已大体形成，而到了宋代，以战争意象比喻诗文创作则成为一种现成思路，一种修辞惯例，甚至一种口头禅。"④《锦带书》使用的"笔阵"就是这样一种比喻之词。顺便说，"崩云"一词也是如此，虽然来自李白的"落笔洒篆文，崩云使人惊"⑤，但也是到宋代才被广泛使用的，如惠洪《赠王性之》："胸中撑拄万卷读，对客倾泻如崩云。"又《金华超不群用前韵作诗见赠亦和三首》之一："兴来落笔如崩云，五字凭凌气吞楚。"可以说，《锦带书》的"笔阵引崩云之势"一句，虽然两个词藻是由李杜发端的，却更像是一种代表了宋代风格的语句和表述习惯。与之对仗的"谈丛发流水之源"，显然也是来自杜甫的"词源倒流三峡水"⑥，同时又让人想起宋人的剧谈风气——陈师道有《后山谈丛》，蔡絛有《铁围山丛

---

① 见《法书要录》卷一录。我对王羲之这篇文献(至少是题目)有些怀疑。
② 苏易简《文房四谱》卷五有《段成式送温飞卿墨往复书十五首》。
③ 《栾城集》卷三，《苏辙集》，中华书局，1990年，第46页。
④ 周裕锴《以战喻诗：略论宋诗中的"诗战"之喻及其创作心理》，载《文学遗产》2012年第3期。
⑤ 李白《献从叔当涂宰阳冰》，王琦注《李太白全集》，中华书局，1977年，第642页。按，崩云一词原出木华《海赋》："崩云屑雨，浤浤汨汨。"李善注："言波浪飞洒，似云之崩，如雨之屑也。"只是形容水浪飞洒。用于比喻写作之气势，则始自李白。
⑥ 词源一词，始见于沈约《为齐竟陵王发讲疏》："而词源海广，理途灵奥。"喻文词滔滔不绝。初唐时骆宾王使用，《早秋出塞寄东台详正学士》："昔余迷学步，投迹忝词源。"意指忝为学士。盛唐惟有杜甫使用，共三次，另两次是《弊庐遣兴奉寄严公》："府中瞻暇日，江上忆词源。"《赠虞十五司马》："凄凉怜笔势，浩荡问词源。"后来则晚唐韦庄、韦蟾、陆龟蒙、皮日休等少数人有使用。宋人使用非常多。如孔平仲《呈介之》："词源浩浩声连海，笔力冲冲气逼霄。"王十朋《次何宪韵》："何如今代何平叔，笔阵词源总莫如。"王之道《和陈勉仲春日偶成二首》其二："辞源已见流三峡，笔力当推挽万牛。"(《相山集》卷一〇)显然都受到杜甫的影响。《锦带补注》序说《锦带》"学海纵横，词源浩瀚"，也来于杜诗"浩荡问词源"。

谈》。

【青缃】林钟六月:"但某白社狂人,青缃末学,不从州县之职,聊立松鹤之间。"青缃之词,来自缥缃与青箱的混合,或者说是青箱的误用。缥缃是指淡青色和淡黄色的书衣,因用以指书卷。萧统《文选序》:"词人才子,则名溢于缥囊;飞文染翰,则卷盈乎缃帙。"皮日休《二游诗》其一《徐诗》:"缥囊轻似雾,缃帙殷于血。"①而青箱出《宋书·王彪之传》:"博闻多识,练悉朝仪,自是家世相传,并谙江左旧事,缄之青箱。"唐人已用,多表示家传之学。如王勃《上明员外启》:"趋庭洽训,共歌朱萼之篇;避席成欢,犹守青箱之业。"骆宾王《上郭赞府启》:"至于白简青箱,颇测探其奥旨;竹书石记,亦幽求其邃原。"刘禹锡《南海马大夫见惠著述三通勒成四帙上自邃古达于国朝采其菁华至简如富钦受嘉贶诗以谢之》:"青箱传学远,金匮纳书成。"又《衢州徐员外使君遗以缟纻兼竹书箱因成一篇用答佳贶》:"远放歌声分白纻,知传家学与青箱。"唐代使用青缃一词仅见于韦庄《和郑拾遗秋日感事一百韵》:"伫归蓬岛后,纶诏润青缃。"②而宋代用的就比较多了,刘弇《蒋沙庄居十首》其八:"家有青缃学,儿传急就章。"又《白鹭亭逢胡仙尉晋侯二首》其二:"聊佐县章纡墨绶,饱闻家学富青缃。"周行己《送李子兴新第归宁》:"拜亲今绿绶,传业自青缃。"这三例所说是家学,算是青箱的误用。夏竦《奉和御制恭谢天地礼成》:"赓歌紫禁唐文盛,第颂青缃汉德融。"李纲《唐植甫左司许出示所藏红丝砚辄成短歌奉呈并简顾子美》:"猗兰玉树富阶庭,黄卷青缃剩编轴。"这两例指书卷。《锦带书》的"青缃末学",青缃指书卷、学问,也可以看作是青箱混合③。从上面的分析可见,这更像是宋代的用法。

【州县之职】州县之职是指州县官员,尤指州参军以及县主簿和县尉之职。在唐宋时期,普通州县的簿尉职级低下,事务冗杂,并有受到地方长官责罚、笞辱的可能,故当时人都不乐为之。④ 在唐代以前写作中,一般不说州县之职,有

---

① 《皮子文薮》,上海古籍出版社,2017年,第156页。
② 聂安福《韦庄集笺注》,上海古籍出版社,2002年,第212页。聂安福注为"书卷封套"。
③ 文彦博《阅史有感》:"缥帙青箱次第开,慨然英气转难裁。"已有将缥缃和青箱混合的趋势,但缥帙和青箱还是分别的两个词。
④ 不过,赤县、畿县的情况不太一样,参见赖瑞和《唐代基层文官》第三章《县尉》,中华书局,2008年。

一个类似的典故术语"州郡之职",出《后汉书·梁竦传》:"(梁竦)尝登高远望,叹息言曰:'大丈夫居世,生当封侯,死当庙食。如其不然,闲居可以养志,诗书足以自娱,州郡之职,徒劳人耳。'"北魏时李孝伯的父亲李曾,不就州郡之职,并提到了梁竦的典故。《魏书·李孝伯传》云:"郡三辟功曹不就,门人劝之,曾曰:'功曹之职,虽曰乡选高第,犹是郡吏耳。北面事人,亦何容易。'州辟主簿,到官月余,乃叹曰:'梁叔敬有云:州郡之职,徒劳人耳。道之不行,身之忧也。'遂还家讲授。"隋杨素在上表时也说:"臣自惟虚薄,志不及远,州郡之职,敢惮劬劳。"(《隋书·杨素传》)这些地方所用之语都是"州郡之职"。直到唐代才有人说州县之职,如陈子昂《饯陈少府从军序》:"班超远慕,每言关塞之勋;梁竦长怀,耻为州县之职。"唐宪宗《授康志宁等官诏》:"今志宁等或服戎著绩,或从官有成,或投迹军府之中,或滞才州县之职,咸加甄录,各茂官荣。"(《全唐文》卷六〇)郑馀庆《左仆射贾耽神道碑》:"公天宝十载明经高第,乾元中授贝州临清尉,州县之职,与公非宜。"(《全唐文》卷四七八)宋代人也喜欢用其语,仅举两例。孙何《上真宗乞参用儒将》:"苟非其人,则州县之职亦不可委,况貔貅之众乎!"范仲淹《上执政书》:"少壮者耻州县之职,则政多苟且,举必近名。"①杜甫在《官定后戏赠(时免河西尉,为右卫率府兵曹)》诗中描写过县尉之职的心酸:"不作河西尉,凄凉为折腰。老夫怕趋走,率府且逍遥。"②州县之职的说法随着杜诗在宋代流行而广为人知。如韩维《送辛十七作尉盐城》:"千里辛勤州县职,一觞凄惨里闾情。"华镇《和通州李判官》:"频烦州县徒劳职,未报君亲罔极恩。"综上可知,"州县之职"是唐宋人习用的表达,而唐前的萧统不可能使用此说,如果一定要用,则可能是"州郡之职"。《锦带书》中使用的可以确定为出现或流行于唐代以后的词藻、典故非常多,限于篇幅,本文仅举此一例,而由其他一些出现或流行于宋代以后的词藻,来判定《锦带书》的写作年代。

再从使用典故的情况来看,《锦带书》固然没有使用萧统之后的典故,但它大量使用魏晋之间的典故,则是唐代的《朋友书仪》《唐人月仪帖》所没有的。

---

① 《范仲淹全集》,四川大学出版社,2002年,第213页。
② 《分门集注杜工部诗》(《四部丛刊》本)卷一三:"师曰:甫自言,怕州县之职、趋走劳顿,不若帅府闲曹、得以自肆也。"

《锦带书》明确使用的人物典故,有孔子、老子、庄子、伯牙、伯乐、王乔、司马相如、东方朔、苏武、李陵、王章、郑玄、杨朱、子夏、冯异、袁安、黄宪、范丹、范式、张劭、蔡邕等先秦和汉代人物,而魏晋人物也不少:曹操、刘桢、阮籍、嵇康、郭璞、罗含、陶潜、窦涛妻等。如果算上像"青缃"(青箱)这样的,则还有刘宋。《朋友书仪》涉及的历史人物则有孔子、颜回、孟尝君、张仪、羊角哀、左伯桃、卓文君、苏武、陈遵、田真兄弟、马融、费长房、荀家三虎、贾氏八龙(当是贾家三虎、荀氏八龙之误)、曹植、邢高、吕安、陶潜等,其中魏晋人物较少。《锦带书》如果是萧统之作,它使用的魏晋典故竟然比唐代的《朋友书仪》还多,显然不合用典的一般规律。《锦带书》使用的魏晋典故多来自《世说新语》和《晋书》,而在骈文和诗歌中较多地使用这两书典故的风气是从晚唐开始的,到北宋则蔚为大观,①从这个角度来说,《锦带书》也更有理由看作是北宋的产物。

总之,从上面的论述可以看出,《锦带书》在北宋末之前从未有文献提及或著录,从文风、体式来看应是晚唐以后才出现的,而通过对一些词藻的考察,则基本可以确定其为北宋的作品。

(西南交通大学人文学院)

---

① 参见拙文《〈世说新语〉在宋代的经典化——以诗歌用典为中心》,《新国学》2018年第1期。

《洛神赋》:幻觉体验与赴水隐喻

孙明君

李商隐《可叹》云:"宓妃愁坐芝田馆,用尽陈王八斗才。"《洛神赋》是《曹植集》中读者关注度最高的作品之一,也是中国文学史上争论不休的作品之一。对《洛神赋》的争论主要集中在它的主题上。有两种流行甚广的说法,一为"感甄"说,一为"寄心君王"说。"感甄"说起源于尤袤本《文选》卷十九李善注引《记》。《记》曰:"魏东阿王汉末求甄逸女,既不遂。太祖回与五官中郎将。植殊不平,昼思夜想,废寝与食。黄初中入朝,帝示植甄后玉镂金带枕,植见之,不觉泣。时已为郭后谗死。帝意亦寻悟,因令太子留宴饮,仍以枕赍植。植还,度轘辕,少许时,将息洛水上,思甄后,忽见女来,自云:'我本托心君王,其心不遂,此枕是我在家时从嫁前与五官中郎将,今与君王。遂用荐枕席,欢情交集,岂常辞能具为?郭后以糠塞口,今被发,羞将此形貌重睹君王尔。'言讫,遂不复见所在。遣人献珠于王,王答以玉佩,悲喜不能自胜,遂作《感甄赋》。后明帝见之,改为《洛神赋》。"将《洛神赋》与此《记》加以对照,两者雅俗不同,高低立现。《洛神赋》分明写曹植在洛水边初见宓妃,如此便与曹植甄氏恋情说和思念亡妻说划清了界限。直到今天"感甄"说的否定者和肯定者依然争鸣不已,互不相让。否定者断言:"感甄"说之荒谬已昭然若揭,很少有人再相信了。肯定者则反驳说否定者并没有提出坚强的证据。"寄心君王"说的境遇也与此类似,各有其支持者和反对者。在这两说之外,还有一些不同说法。① 有关《洛神赋》主题的讨论不仅没有趋于一致,反而歧解纷呈。笔者在学习前修时贤研究成果的基础上,通过文本细读和考察史实,拟从现代精神医学知识出发,谈点不成熟的看法,求教于学界同仁。

一

《洛神赋序》:"黄初三年,余朝京师,还济洛川。"曹植写作《洛神赋》时,到底是在黄初三年(222)还是黄初四年朝京师,一直存有争议。李善在"余从京域,言归东藩"句后注曰:"《魏志》云黄初三年立植为鄄城王,四年徙封雍丘,其年朝京师;又《文纪》曰黄初三年行幸许,又曰四年三月还洛阳宫。然京域谓洛阳,东藩即鄄城。《魏志》及诸诗序并云四年朝,此云三年,误。"此后多数学者皆赞同李善之说,但也有人坚持黄初三年说。持黄初三年说的学者中,顾农先生的考证最为细密,他说:"曹丕于黄初三年四月离开洛阳去许昌,而曹植在这以前已被打发回鄄城。《洛神赋》里提到'繁霜',是此赋作于黄初三年的早春。"②然而,"繁霜"与其说是早春的证据,不如说是早秋的证明。《三国志》把"七月"称之为"秋七月"。与《洛神赋》同期完成的《赠白马王彪》写道:"秋风发微凉,寒蝉鸣我侧。"既然七月有秋风有寒蝉,自然也有秋霜。另外,《洛神赋》中有"长寄心于君王"一句,宓妃将曹植称呼为"君王"。据《三国志·魏志·陈思王传》:"(黄初)三年,立为鄄城王,邑两千五百户。"又据《三国志·魏志·文帝纪》:"(黄初三年)三月乙丑,立齐公叡为平原王,帝弟鄢陵公彰等十一人皆为王。……夏四月戊申,立鄄城侯植为鄄城王。"可知,在黄初三年四

---

① 例如:沈达材先生认为此赋"没有什么深意藏在里面"(沈达材《曹植与〈洛神赋〉传说》,华通书局,1933 年,第 58 页);张文勋先生说"洛神是理想的象征"(张文勋《苦闷的象征——〈洛神赋〉新议》,《社会科学战线》1985 年第 1 期);傅正谷先生认为"《〈洛神赋〉》一篇梦幻主义文学名作"(傅正谷《〈洛神赋〉的梦幻辞赋史地位及当代论辩》,《社会科学辑刊》1996 年第 2 期);吴光兴先生提出:"《洛神赋》是一次幻觉经验的记录,是我们民族的一个古老原型在曹植时代必然流露的一个实证。"(吴光兴《神女归来——一个原型和〈洛神赋〉》,《文学评论》1989 年第 3 期)还有"怀念亡妻"说(王书才《曹植〈洛神赋〉主旨臆解》,《达县高等师范专科学校学报》2005 年第 3 期)、"寄心山阳公"说(张瑷《〈洛神赋〉为"寄心文帝"说质疑》,《南京师大学报(社会科学版)》1983 年第 4 期)、"寄心曹彰"说(刘玲《曹植〈洛神赋〉与曹彰之死》,《美与时代》2009 年第 12 期),等等。

② 顾农《〈洛神赋〉新探》,《贵州文史丛刊》1997 年第 1 期,第 59 页。

月前,曹植尚不能被称为"君王"。

对照文本,传统的"感甄"说和"寄心文帝"说似有难以自圆其说之处。《洛神赋》的正文可以分为三部分:第一部分写曹植东归,经过洛水之时,目睹岩畔丽人,于是他与御者之间进行了问答。第二部分是曹植对御者的陈述,这是《洛神赋》的主体部分。这一部分又可分为四段:第一段写洛神仪容服饰动作之美,第二段写君王向洛神的求爱及反悔,第三段写众神出场后五彩缤纷的游戏场景,第四段写洛神含情辞别君王。第三部分写洛神消逝之后,曹植对她的思念和追寻。

首先,顺着传统的"感甄"说来阅读文本,我们会发现存在以下三处疑点:

疑点一:赋中的君王刚刚求爱成功便旋即反悔,这样的表现让人不可理解。曹植用一大段文字描绘完宓妃的美艳之后,接着写"余"与宓妃的互动:

> 余情悦其淑美兮,心振荡而不怡。无良媒以接欢兮,托微波而通辞。愿诚素之先达兮,解玉佩以要之。嗟佳人之信修,羌习礼而明诗。抗琼珶以和予兮,指潜渊而为期。执眷眷之款实兮,惧斯灵之我欺。感交甫之弃言兮,怅犹豫而狐疑。收和颜而静志兮,申礼防以自持。

这里的"余"——君王曹植是一个叶公好龙者。他偶遇佳人,一见钟情,为之心绪不宁,等不及找到良媒,便自己大胆向佳人求爱,送上玉佩作为信物。他告诉读者这位佳人不仅外貌昳丽,而且习礼而明诗。女神宓妃对曹植也一往情深,举琼珶以还礼,指深渊以为誓。这一番描写是合乎情理的。奇怪的事发生在此后,求爱刚刚成功,君王曹植却收起笑脸,转变立场,变为一个"申礼防以自持"的礼法之士。这种剧情的翻转不符合常情常理。爱情中两个人的分手事件并不鲜见,所以有"等闲变却故人心,却道故人心易变"的感慨。但是,在求爱成功的瞬间便马上反悔则不合人之常情。不论《洛神赋》是写曹植与甄氏的爱情,还是写曹植与神女的爱情,这都是一处让人疑窦丛生的地方。

疑点二:接下来写众神歌舞游戏,似乎游离于爱情的主题之外。《洛神赋》写:"众灵杂沓,命俦啸侣,或戏清流,或翔神渚,或采明珠,或拾翠羽……"如果从爱情的角度去看,在得知曹植出尔反尔之后,女神本该非常生气。可没有想到女神却若无其事,她与众多的女神一起载歌载舞、嬉戏欢闹。这一段与爱情主题相关的只有一句话:"超长吟以永慕兮,声哀厉而弥长。"目睹女神舞蹈的曹植只有一个感受:"华容婀娜,令我忘餐。"曹植如同一个局外人,在观看一场盛大的演出,他对自己的反悔没有任何歉意。

疑点三:写曹植和宓妃两人的告辞时,曹植表现得过于被动,几乎完全隐身。《洛神赋》云:"(洛神)动朱唇以徐言,陈交接之大纲。恨人神之道殊兮,怨盛年之莫当。抗罗袂以掩涕兮,泪流襟之浪浪。悼良会之永绝兮,哀一逝而异乡。无微情以效爱兮,献江南之明珰。虽潜处于太阴,长寄心于君王。"这时舞台的主角是宓妃。宓妃恨人神之道殊,泣涕涟涟,表示自己会"长寄心于君王"。即使作为配角,这时的曹植似乎也应该有所表示。与宓妃的多情深情相较,我们看不到曹植与洛神之间的情感互动。

其次,再让我们顺着"寄心君王"说的观点看看此说是否有理。"寄心君王"说最大的问题在于人物关系的混乱。在儒士眼里,《洛神赋》最闪光的金句就是"长寄心于君王"六个大字,他们据此认定该赋表现了曹植对魏文帝曹丕的拳拳之心。但问题在于,《洛神赋》中是女神宓妃向"余"——君王曹植表示"长寄心于君王",如果要说君王曹植表白忠爱魏文帝曹丕的时候,现实角色与作品角色就容易出现混乱。这时候首先需要回答的问题是究竟谁是君王,因为现实中的君王是曹丕,而作品中的君王是曹植。显然,混乱就出现在这里。

按照习惯性思维,"神尊而人卑",应该以神仙宓妃喻君王曹丕,以凡人曹植喻臣下"余"。何焯《义门读书记》卷四十五:"植既不得于君,因济洛川作为此赋,托辞宓妃以寄心文帝,其亦屈子之志也。""神尊而人卑,喻君臣也。""'虽潜处于太阴',太阴犹言穷阴,自言所处之幽远也。君王谓宓妃,以喻文帝也。"丁晏《曹集诠评》卷二:"寄心君王,托之宓妃、洛神,犹屈宋之志也。"他们正是这样理解的。按照这样的说法,女神宓妃是曹丕的化身,臣下曹植要向他效忠。但是,赋中明明写的是宓妃表白要寄心于曹植。那就是说要曹丕寄心于曹植?这是万万不可的。所以这样理解就成了一个无法解释的硬伤。

于是,就有人用女神宓妃代指曹植,君王是曹丕。清人朱乾《乐府正义》卷十四:"然则《洛神》一赋,乃其悲君臣之道否,哀骨肉之分离,托为神人永绝之词,潜处太阴,寄心君王,贞女之死靡他,忠臣有死无贰之志,小说家附会'感甄',李善不知而误采之。"潘德舆《养一斋诗话》卷二曰:"子建人品甚正,志向甚远。……即《洛神》一赋,亦纯是爱君恋阙之词。其赋以朝京师,还济洛川入手,以'潜处于太阴,寄心于君王'收场,情词亦至易见矣。盖魏文性残刻而薄宗支,子建遭残谤而多哀惧,故形于诗者非一,而此亦其类也。首陈容色以表其才,次言信修以表其德,继以狐疑为忧,终以交结为愿,岂非诗人讽托之常言哉?不解注此赋者,何以阑入甄后一事,致使忠爱之苦心,诬为禽兽之恶行。千古奇冤,莫大于此。"按照上说法,贞女洛神摇身变为曹植,曹丕则变成了君王曹植,这样就可以说通"长寄心于君王"这一句了,但又与"神尊而人卑"的传统观念发生了冲突。且这样的改动不仅不符合作品原意,反而会把读者搞得一头雾水、无所适从。

如果以上解读没有错,那么不仅传统的"感甄"说不能成立,而且所有的爱情说均不能成立;不仅所谓的"寄心文帝"说不能成立,而且所有的政治立场说均不能成立。如果说曹植在黄初四年写作的《洛神赋》既不是一出凄美的爱情绝唱,也不是一篇心系君王的表白书。那么它是什么呢?

二

结合曹植作品和相关史料,我们有理由相信,黄初四年七月写作《洛神赋》之时的曹植患有抑郁型心境障碍。现代精神医学认为:心境障碍又称情感性精神障碍,它是以情感或心境改变为主要临床特征的一组精神障碍。心境障碍又表现为抑郁型或躁狂型两种类型。[1] 心境障碍严重时常伴有消极自杀的观念或行动。[2] 应激性生活事件是促发心境障碍的重要原因。促发心境障碍的主要应激性生活事件包括:可能危及生命的生活事件、负性生活事件(如家庭成员的突然病故和离别)、长期的不良处境(如家庭成员关系紧张)等。以上不良因素可以引起叠加致病作用。[3] 作为患者的曹植不仅具有抑郁型心境障碍症状,甚至出现过自杀意念,多种应激性生活事件的叠加是他陷入心境障

---

[1] 江开达主编《精神病学》,人民卫生出版社,2010年7月,第142页。
[2] 同上书,第149页。
[3] 同上书,第147页。

碍泥潭中的主要原因。

自杀,即使是自杀意念也是一个耸人听闻的词。黄初四年,曹植有自杀意念的文献证据有二:其一,《陈思王传》注引《魏略》曰:"初植未到关,自念有过,宜当谢帝。乃留其从官著关东,单将两三人微行,入见清河长公主,欲因主谢。而关吏以闻,帝使人逆之,不得见。太后以为自杀也,对帝泣。"知子莫若母,太后以为曹植已经自杀,并非无端猜测。其二,《陈思王传》载:"(黄初)四年,徙封雍丘王。其年,朝京都。上疏曰:'臣自抱衅归藩,刻肌刻骨,追思罪戾,昼分而食,夜分而寝。诚以天罔不可重离,圣恩难可再恃。窃感《相鼠》之篇,无礼遄死之义,形影相吊,五情愧赧。以罪弃生,则违古贤"夕改"之劝,忍活苟全,则犯诗人"胡颜"之讥。'"可见"抱衅归藩"之后,曹植一直在"以罪弃生"和"忍活苟全"之间犹豫,始终没有放弃"以罪弃生"的念头。据此,我们说黄初四年的曹植一度具有自杀意念,并非厚诬古人。

毫无疑问,黄初年间(220—226)和太和年间(227—232)的曹植一直处在抑郁压抑当中。《陈思王传》注:"植常为琴瑟调歌,辞曰:'吁嗟此转蓬,居世何独然!长去本根逝,夙夜无休闲。东西经七陌,南北越九阡,卒遇回风起,吹我入云间。自谓终天路,忽焉下沉渊。惊飚接我出,故归彼中田。当南而更北,谓东而反西,宕宕当何依,忽亡而复存。飘飖周八泽,连翩历五山,流转无恒处,谁知吾苦艰?原为中林草,秋随野火燔,糜灭岂不痛,愿与根荄连。'"一棵无根的转蓬,这是曹植对自己一生命运的总结。曹植一生作品甚多,而他后期常吟常诵的却只是这一首。命运掌握在曹丕父子手中,自己只能任人宰割。曹植《迁都赋序》中言:"余初封平原,转出临淄,中命鄄城,遂徙雍丘,改邑浚仪,而末将适于东阿。"《陈思王传》注引孙盛曰:"异哉,魏氏之封建也!不度先王之典,不思藩屏之术,违敦睦之风,背维城之义。……魏氏诸侯,陋同匹夫。"《广平哀王俨传》注曰:"于是封建侯王,皆使寄地空名,而无其实。王国使有老兵百余人,以卫其国。虽有王侯之号,而乃侪与匹夫。县隔千里之外,无朝聘之仪,邻国无会同之制。诸侯游猎不得过三十里,又为设防辅监国之官以伺察之。王侯皆思为布衣而不可得。"《陈思王传》曰:"植每欲求别见独谈,论及时政,幸冀试用,终不能得。既还,怅然绝望。时法制,待藩国既自峻迫,寮属皆贾竖下才,兵人给其残老,大数不过二百人。又植以前过,事事复减半,十一年中而三徙都,常汲汲无欢,遂发疾薨,时年四十一。"比较起来,太和年间在生活上已经有了很大的改变,且没有刀悬在头顶的恐惧感。而在黄初年间,曹植时刻有性命之忧。在中国古代历史上,有谁体验过曹植这般的痛楚?这样一种从天空跌落泥塘的感受,除了陈叔宝、李煜等亡国之君之外,应该就数到曹植了。

黄初元年到黄初四年期间,导致曹植形成抑郁型心境障碍的应激性生活事件有三:

一是曹丕对曹植的持续打压和迫害。建安时代,曹丕曹植一度都有做太子的可能性。据《陈思王传》:"每进见难问,应声而对,特见宠爱。……植既以才见异,而丁仪、丁廙、杨修等为之羽翼。太祖狐疑,几为太子者数矣。而植任性而行,不自雕励,饮酒不节。文帝御之以术,矫情自饰,宫人左右,并为之说,故遂定为嗣。"虽然曹植未必有争做太子的想法,但曹丕认定他是自己的头号竞争对手。《陈思王传》:"(建安二十四年)太祖既虑终始之变,以杨修颇有才策,而又袁氏之甥也,于是以罪诛修。植益内不自安。"曹丕即王位后,马上诛丁仪、丁廙并其男口。又诛孔桂,因为孔桂以前也曾亲附曹植。曹丕一面清除曹植党羽,一面对曹植展开正面攻击。《陈思王传》载:黄初二年,"监国谒者灌均希指,奏植醉酒悖慢,劫胁使者。有司请治罪,帝以太后故,贬爵安乡侯"。黄初三年,"东郡太守王机、防辅吏仓硕'诬白'曹植,使之又'获罪圣朝',遂有朝廷'百寮之典议',曹植被'议'成'三千之首先戾',几遭'大辟'。此是曹植黄初中所受到第二次治罪"①。据曹植《黄初六年令》可知,黄初四年在雍丘"又为监官所举"。这是曹植在黄初中受到的第三次治罪。黄初四年五月朝京都时,文帝令植独处西馆,不予召见。《魏志》裴注引《魏略》曰:"会植科头负铁锧,徒跣诣阙下,帝及太后乃喜。及见之,帝犹严颜色,不与语,又不使冠履。植伏地泣涕,太后为不乐。"倘若没有太后的回护,曹植是不是会命丧黄泉?这个问题只有曹丕知道答案。曹植则如惊弓之鸟,终日战战兢兢,如履薄冰。

二是黄初四年六月,曹彰之死给曹植带来了巨大的精神创伤。曹植等诸

---

① 徐公持《曹植年谱考证》,社会科学文献出版社,2016年,第295页。

侯王在京城期间,任城王曹彰突然"暴薨"。《魏氏春秋》曰:"是时待遇诸国法峻。任城王暴薨,诸王既怀友于之痛。"曹植与任城王的关系不同诸王。《任城王传》裴注《魏略》曰:曹操去世后,"彰至,谓临菑侯植曰:'先王召我者,欲立汝也。'植曰:'不可。不见袁氏兄弟乎!'"《三国志·魏志·贾逵传》:"时鄢陵侯彰行越骑将军,从长安来赴,问逵:'先王玺绶所在?'逵正色曰:'太子在邺,国有储副。先王玺绶,非君侯所宜问也。'"因为有以前的这些故事,曹彰的死就有了很多传说。《世说新语·尤悔》载:曹丕毒死曹彰后,"复欲害东阿,太后曰:'汝已杀我任城,不得复杀我东阿。'"此事之真假尚可探究。但曹彰"暴薨"给曹植带来的震惊是前所未有的。他在《赠白马王彪》中哭诉道:"叹息亦何为,天命与我违。奈何念同生,一往形不归!孤魂翔故域,灵柩寄京师。存者忽复过,亡没身自衰。"他在为兄长哭泣,也在为自己哭泣。

　　三是曹植、曹彪还国之时,监国使者不许二王同行,让曹植"意毒恨之"。《赠白马王彪》与《洛神赋》的写作时间最为接近。赵幼文《曹植集校注》(人民文学出版社,1984年)中将《洛神赋》与《赠白马王彪》一前一后排在一起。徐公持《曹植年谱考证》中,《赠白马王彪》居前,《洛神赋》在后。徐公持先生按曰:"本篇撰于黄初四年七月曹植自洛阳返雍丘途中无疑,与《赠白马王彪》同时而稍后。……《洛神赋》中流露无限孤寂,惟有'御者''仆夫'在场,并为唯一对话对象,显然其时曹彪已不在场。"①因此,《赠白马王彪》是我们解读《洛神赋》的重要参考文献。《魏氏春秋》曰:"植及白马王彪还国,欲同路东归,以叙隔阔之思,而监国使者不听。植发愤告离而作诗。"诗即《赠白马王彪》,序曰:"黄初四年五月,白马王、任城王与余俱朝京师,会节气。到洛阳,任城王薨。至七月植与白马王还国。后有司以二王归藩,道路宜异宿止。意毒恨之。盖以大别在数日,是用自剖,与王辞焉。愤而成篇。"诗中写到了对曹丕爪牙的愤怒:"鸱枭鸣衡轭,豺狼当路衢;苍蝇间白黑,谗巧反亲疏。欲还绝无蹊,揽辔止踟蹰。"也写到了与曹彰的死别,还写到了与曹彪的生离:"玄黄犹能进,我思郁以纡。郁纡将何念?亲爱在离居。本图相与偕,中更不克俱。……丈夫志四海,万里犹比邻。恩爱苟不亏,在远分日亲。何必同衾帱,然后展殷勤。仓

---

① 徐公持《曹植年谱考证》,第319页。

卒骨肉情,能不怀苦辛?……离别永无会,执手将何时?王其爱玉体,俱享黄发期。收涕即长涂,援笔从此辞。""离别永无会"五字透露出曹植对兄弟重逢的绝望,暗含着他对曹丕集团谋杀自己的担忧,也含有轻生的念头。这一年曹植只有三十二岁,他写出"年在桑榆间,影响不能追"时,让人误以为是两位老者在告别。

被当今皇帝视为眼中钉且给予雷霆万钧般的重压,同胞兄长曹彰突然"暴薨",眼前与曹彪永远不会重逢的离别,正是这一切条件叠加起来,让处在惊恐万状中的曹植陷入了抑郁型心境障碍。

三

换一个角度看,《洛神赋》中的人神相恋故事乃是一个心境障碍者的精神性幻觉,是一位具有自杀意念者的隐喻文字。心境障碍主要表现为情感高涨或低落,伴有幻觉、妄想等精神病性症状。[①] 有时也会出现自杀意念。社会学家认为:"自杀意念是行为主体偶然体验到的自杀动机,对自杀产生幻想或打算自杀,但没有直接采取或实现自杀行为的外显行动。"[②]精神幻觉是一种无意识的状态,自杀意念是一种有意识的谋划,但在精神障碍者身上两者有可能会同期出现。

黄初四年七月,曹植逃离了令人恐怖的洛阳城,一路奔波,终于来到洛水河畔。夕阳西下之时,面对滔滔洛水,曹植进入了精神幻觉状态。《洛神赋》第一段写:

> 余从京域,言归东藩。背伊阙,越轘辕,经通谷,陵景山。日既西倾,车殆马烦。尔乃税驾乎蘅皋,秣驷乎芝田,容与乎阳林,流眄乎洛川。于是精移神骇,忽焉思散。俯则未察,仰以殊观。睹一丽人,于岩之畔。乃援御者而告之曰:"尔有觌于彼者乎?彼何人斯?若此之艳也!"御者对曰:"臣闻河洛之神,名曰宓妃。然则君王所见,无乃是

---

① 江开达主编《精神病学》,第142页。
② 李建军《自杀研究》,社会科学文献出版社,2013年,第121页。

乎？其状若何？臣愿闻之。"

"精移神骇,忽焉思散"八个字明确告诉我们诗人进入了幻觉状态,以下都是幻觉状态的记录。在这种迷幻状态下,他看见一位丽人立于山岩之畔,并与她有了交往。等他半醒之时,手拉御者连续追问了两个问题:"尔有觌于彼者乎？彼何人斯？"既然御者说什么也没有看见,就说明所谓丽人只是曹植的幻觉。知道御者什么也没有看见,还要追问"彼何人斯",可见曹植此时意识不清楚。曹植对丽人最鲜明的记忆只有"若此之艳"四个字。从"余告之曰"以下一直到"忽不悟其所舍,怅神宵而蔽光",是曹植对御者的讲述。

在幻境中,宓妃不仅美貌无比,且飘忽不定、变幻莫测:"翩若惊鸿,婉若游龙。""仿佛兮若轻云之蔽月,飘摇兮若流风之回雪。""践远游之文履,曳雾绡之轻裾。""忽焉纵体,以遨以嬉。""神光离合,乍阴乍阳。""体迅飞凫,飘忽若神。凌波微步,罗袜生尘。""动无常则,若危若安。"神女宓妃宛如镜中之像,水中之月,恍惚迷离,只可远观,无法接近。接着作者又描绘了一个众神出场游戏的场面:

> 尔乃众灵杂沓,命俦啸侣,或戏清流,或翔神渚,或采明珠,或拾翠羽。从南湘之二妃,携汉滨之游女。叹匏瓜之无匹兮,咏牵牛之独处。……于是屏翳收风,川后静波。冯夷鸣鼓,女娲清歌。腾文鱼以警乘,鸣玉鸾以偕逝。六龙俨其齐首,载云车之容裔,鲸鲵踊而夹毂,水禽翔而为卫。

从一个神女的描写,转入对一群神女的描写。洛水女神竟然与湘水女神、汉水女神一起携手游戏,她们的身后有一支神仙亲友团为之鸣鼓清歌,如此奇妙的景象只能出现在梦境或幻境。

《洛神赋》中的宓妃本来是一个不幸溺亡的女鬼,后来才变成了光彩照人的女神。在这篇赋中,宓妃乃是一位死亡女神。序中说:"古人有言,斯水之神,名曰宓妃。"《文选》五臣注:"翰曰:'斯水,洛水也。宓如,伏羲氏女,溺洛水而死,遂为洛神。'"宓妃对曹植也说自己"潜处于太阴"。《文选》五臣注:"济曰:太阴,鬼神道。"宓妃透露说自己长期生活在一个暗无天日的地方。当曹植接近洛水,自然会想到宓妃。在《洛神赋》中,不仅宓妃是一个溺死者,而且在传说中,"南湘之二妃"也是溺死者,鸣鼓的冯夷也是一个溺死者。一群溺水身亡者包围了曹植,让曹植惊慌失措,呆若木鸡。按照正常的生活逻辑,在宓妃接受了曹植的求爱之后,曹植不应该突然反悔。如果我们把宓妃看作一个死亡女神,曹植的反悔就很好理解了。由于生活的重压和创伤,曹植的精神濒临崩溃的边缘。他在洛水之滨时想到了自杀,他仿佛看见洛神——这个死亡女神向他走来,对他微笑,邀他共舞。他已经答应了她,他要与她同去了。这时候理智又让他苏醒,他不想离开现实世界。死亡女神看见曹植的犹豫,邀请来自己的同伴在曹植面前游戏起舞,诱导他跟她们同去,享受死亡的快乐。后来,看见曹植不为所动,死亡女神只好匆匆离去。宓妃说自己会"长寄心于君王",乃是曹植意识到死亡女神会长久地跟随自己。整个黄初年间,死亡的幽灵时刻在曹植身边盘旋俯视。这所谓的依依惜别之情,其实是曹植内心深处弃世念头的投射。

赋的结尾写:

> 于是背下陵高,足往神留,遗情想像,顾望怀愁。冀灵体之复形,御轻舟而上溯,浮长川而忘反,思绵绵而增慕。夜耿耿而不寐,沾繁霜而至曙。命仆夫而就驾,吾将归乎东路。揽骓辔以抗策,怅盘桓而不能去。

当神女离去,如果不是幻觉,就应该想到彼此赠送过礼物,看看佩玉是否还在自己身上,自己身边是否多出了琼琋。很明显,曹植知道宓妃只是一个幻象,刚刚经历的爱情只是一个幻境。但是在宓妃离去之后,他依然驾轻舟前去追寻,返回后又彻夜不眠,一直折腾到天亮。"夜耿耿而不寐,沾繁霜而至曙",这一夜,曹植不是在追寻宓妃,而是徘徊在阴阳两界的边缘,他在痛苦地思考:生存还是毁灭?值得庆幸的是,经过彻夜的挣扎,最终理性战胜了非理性,曹植终于放弃了自杀意念,走上前往藩国的东路。一场精神的危机就这样过去了。

《洛神赋》中曹植的讲述可以分为两部分,一部分是对宓妃美貌的描绘,一部分是曹植与宓妃的传奇故事。这一段讲述共 778 字,其中对宓妃的美貌的描写就占了 352 字,几乎占到了曹植述说的一半。赋中写道:

其形也,翩若惊鸿,婉若游龙。荣曜秋菊,华茂春松。仿佛兮若轻云之蔽月,飘飖兮若流风之回雪。远而望之,皎若太阳升朝霞;迫而察之,灼若芙蕖出渌波。秾纤得衷,修短合度。肩若削成,腰如约素。延颈秀项,皓质呈露。芳泽无加,铅华弗御。云髻峨峨,修眉联娟。丹唇外朗,皓齿内鲜,明眸善睐,靥辅承权。瑰姿艳逸,仪静体闲。柔情绰态,媚于语言。奇服旷世,骨像应图。披罗衣之璀粲兮,珥瑶碧之华琚。戴金翠之首饰,缀明珠以耀躯。践远游之文履,曳雾绡之轻裾。微幽兰之芳蔼兮,步踟蹰于山隅。于是忽焉纵体,以遨以嬉。左倚采旄,右荫桂旗。攘皓腕于神浒兮,采湍濑之玄芝。……扬轻袿之猗靡兮,翳修袖以延伫。体迅飞凫,飘忽若神,凌波微步,罗袜生尘。动无常则,若危若安。进止难期,若往若还。转眄流精,光润玉颜。含辞未吐,气若幽兰。华容婀娜,令我忘餐。

诗人为什么要用这么多的字句去描述女神之美?只有跟随死亡女神,举身赴洛水,才能得到彻底的解脱。自从曹植在河边有了自杀意念,他已经迷恋上了死亡女神宓妃。只有把死亡女神描绘得如此摄人魂魄,才能促使曹植下决心离开这个丑恶的世界。从这里我们也可以推测曹植受到了庄子死亡观的影响。在曹植之前,还没有人去倾力描写死亡之美,只有庄子把让人惊惧恐怖的死亡描写得云淡风轻。《庄子·知北游》曰:"生也死之徒,死也生之始,孰知其纪!人之生,气之聚也;聚则为生,散则为死。若死生为徒,吾又何患!故万物一也,是其所美者为神奇,其所恶者为臭腐;臭腐复化为神奇,神奇复化为臭腐。"《庄子·至乐》中不仅有妻子死后庄子"鼓盆而歌"的故事,庄子还向我们讲述了死亡之后的极度快乐:

庄子之楚,见空髑髅,髐然有形,撽以马捶,因而问之,曰:"夫子贪生失理,而为此乎?将子有亡国之事,斧钺之诛,而为此乎?将子有不善之行,愧遗父母妻子之丑,而为此乎?将子有冻馁之患,而为此乎?将子之春秋故及此乎?"于是语卒,援髑髅,枕而卧。夜半,髑髅见梦曰:"子之谈者似辩士。视子所言,皆生人之累也,死则无此矣。子欲闻死之说乎?"庄子曰:"然。"髑髅曰:"死,无君于上,无臣于下;亦无四时之事,从然以天地为春秋,虽南面王乐,不能过也。"庄子不信,曰:"吾使司命复生子形,为子骨肉肌肤,反子父母妻子闾里知识,子欲之乎?"髑髅深矉蹙额曰:"吾安能弃南面王乐而复为人间之劳乎!"

在庄子的笔下,死亡是自然的也是快乐的,死亡是一种陶醉和解脱。曹植继承了庄子的死亡意识,在此赋中他把死亡之神描绘成一位绝世的女子,他礼赞宓妃、追寻宓妃、渴望宓妃,都是在歌颂死亡。死亡的世界里没有君臣,没有俗务,只有相爱的女神陪伴在自己左右。只有死亡才可以彻底摆脱这个残暴而无处不在的皇帝,才可以告别这个冰冷而丑恶的社会。庄子可以笑对死亡,他也勘破了人间世,但他不会去主动选择自杀。从这个角度看,庄子思想启发曹植塑造出了死亡女神宓妃的动人形象,也让他最终拒绝了死亡女神之吻。

自杀意念多具有一定的隐蔽性。曹植也不想把自己的自杀意念公之于众,所以他在《洛神赋》中主动采用了隐喻方式。瞿蜕园先生解读序中的"黄初三年"时说:"似乎作者有意不写真实年代,以表明所写的是寓言而不是事实。"①《洛神赋》序还说:"感宋玉对楚王神女之事,遂作斯赋。"宋玉之赋只是一个梦境,他写楚王与神女的故事时采用代言体;而曹植写自己与神女的故事是一个幻象,且采用了自言体。按照我们上面的解读推测,作者这样说是意欲借用楚王之梦来隐藏自己的真实意图,以扰乱读者的视听。自杀也好,自杀意念也好,对于最终没有投水自杀的曹植而言,毕竟不是什么光彩的事,不能去大力张扬。同时,作为具有"八斗之才"的曹植,他也不想让自己的苦闷烂在肚子里,就像什么都没有发生过一样,于是他采用了隐喻的方式描绘了自己在洛水河畔的精神挣扎。在曹植的一生中,那是一个与死亡女神擦肩而过的黄昏,让他终生难忘。

在阅读《洛神赋》文本时,不难发现传统的"感甄"说和"寄心君王"说皆有难以自圆其说的地方。从现代精神医学的视角看,黄初四年七月,遭受了巨大心灵创伤的曹植患有抑郁型心境障碍。在离开洛阳前往鄄城的途中,经过洛

---

① 瞿蜕园选注《汉魏六朝赋选》,上海古籍出版社,1979年,第64页。

水之滨时,他有过一次精神幻觉体验,甚至还出现过举身赴河水的意念。如此看来,所谓宓妃,不是甄后的代称,而是死亡女神的象征。曹植用千古名作《洛神赋》记录下了自己在痛苦巅峰时的心路历程。

(清华大学中文系)

《文选》"张茂先《女史箴》"与两晋的箴文书写

钟 涛

《文选》卷第五十六录有"张茂先《女史箴》"一首。李善注引曹嘉之《晋纪》曰:"张华惧后族之盛,作《女史箴》。"①五臣注刘良亦曰:"华惧后族之盛,故假女史作箴,以戒后宫也。"②张华《女史箴》是《文选》"箴"体唯一录文,在现存文献中此文也首见于《文选》。无论是关注《文选》箴体选文还是考察箴文在晋代的发展,张华《女史箴》都具有标志性意义。

一 张华《女史箴》的书写动机和寓意

关于张华《女史箴》的写作动机,史料记载是张华惧后族之盛而作。《晋书·张华传》:"华惧后族之盛,作《女史箴》以为讽。"③刘知几《史通》:"历观古之学士,为文以讽其上者多矣。若齐失德,《豪士》于焉作赋;贾后无道,《女史》由其献箴。"④晋惠帝贾皇后一直被认为是后宫专权乱政的典型人物,贾氏后族之盛,史书有载:"侍中贾模,后之族兄,右卫郭彰,后之从舅,并以才望居

---

① (梁)萧统编,李善注《文选》,上海古籍出版社,1986年,第2403页。
② (梁)萧统编,李善、吕延济、刘良、张铣、吕向、李周翰注《六臣注文选》,中华书局,2012年,第1029页。
③ (唐)房玄龄《晋书》,中华书局,2000年,第1072页。
④ (唐)刘知几《史通》,上海古籍出版社,2008年,第151页。

位,与楚王玮、东安公繇分掌朝政。后母广城君养孙贾谧干预国事,权侔人主。"①张华在贾氏当政期间,因其有才望又出生庶族,受到重用:"贾谧与后共谋,以华庶族,儒雅有筹略,进无逼上之嫌,退为众望所依,欲倚以朝纲,访以政事。疑而未决,以问裴颜,颜素重华,深赞其事。华遂尽忠匡辅,弥缝补阙,虽当暗主虐后之朝,而海内晏然,华之功也。华惧后族之盛,作《女史箴》以为讽。贾后虽凶妒,而知敬重华。久之,论前后忠勋,进封壮武郡公。华十余让,中诏敦譬,乃受。"②张华虽受贾后倚重,但却有自己的立场,并不阿附贾氏,对贾氏废皇太后杨氏和谋废太子都持反对的态度,并进谏言欲加以阻止,虽未成功,也并非完全"不抗节廷争"③。但张华对贾氏确实有匡扶之行而无废黜之心。"(裴)颜深虑贾后乱政,与司空张华、侍中贾模议废之而立谢淑妃。华、模皆曰:'帝自无废黜之意,若吾等专行之,上心不以为是。且诸王方刚,朋党异议,恐祸如发机,身死国危,无益社稷。'颜曰:'诚如公虑。但昏虐之人,无所忌惮,乱可立待,将如之何?'华曰:'卿二人犹且见信,然勤为左右陈祸福之戒,冀无大悖。幸天下尚安,庶可优游卒岁'。此谋遂寝。"④张华不主张废贾后,不是因其对贾氏的忠诚,而是担心引发祸乱,无益社稷。张华既反感贾后凶妒荒淫,擅权乱政,又想维持政治平衡,不愿朝局动荡,故作《女史箴》假女史之口阐发后妃之德,劝谏贾后应谨守妇德,期望通过讽谏令贾后有所醒悟。箴文名义上是劝戒众姬,实乃处处为贾后着想,并未将规箴对象推到敌对方,未像东汉傅幹《皇后箴》那样直接指斥:"牝鸡乱晨,殷祀用绝。孝成宽柔,纵弛纪纲。王擅朝权,赵专椒房。巨猾是缘,窃弄神器。"⑤而是博征旁引历史上贤德后妃的故事,娓娓论述女德尚柔、致盈必损的道理:

> 茫茫造化,二仪既分。散气流形,既陶既甄。在帝庖牺,肇经天人。爰始夫妇,以及君臣。家道以正,王猷有伦。妇德尚柔,含章贞吉。婉嫕淑慎,正位居室。施衿结褵,虔恭中馈。肃慎尔仪,式瞻清

---

① 《晋书》,第 964 页。
② 同上书,第 1072 页。
③ 同上书,第 1076 页。
④ 同上书,第 1043 页。
⑤ 严可均《全上古三代秦汉三国六朝文》第 2 册,河北教育出版社,1997 年,第 757 页。

懿。樊姬感庄,不食鲜禽。卫女矫桓,耳忘和音。志厉义高,而二主易心。玄熊攀槛,冯媛趋进。夫岂无畏,知死不吝。班妾有辞,割欢同辇。夫岂不怀,防微虑远。

道罔隆而不杀,物无盛而不衰。日中则昃,月满则微。崇犹尘积,替若骇机。人咸知饰其容,而莫知饰其性。性之不饰,或愆礼正。斧之藻之,克念作圣。出其言善,千里应之。苟违斯义,则同衾以疑。夫出言如微,而荣辱由兹。勿谓幽昧,灵鉴无象。勿谓玄漠,神听无响。无矜尔荣,天道恶盈。无恃尔贵,隆隆者坠。鉴于小星,戒彼攸遂。比心螽斯,则繁尔类。欢不可以黩,宠不可以专。专实生慢,爱极则迁。致盈必损,理有固然。美者自美,翩以取尤。冶容求好,君子所雠。结恩而绝,职此之由。

故曰:翼翼矜矜,所福以兴。靖恭自思,荣显所期。女史司箴,敢告庶姬。①

箴文"内容以天地——夫妇——妇德顺序编排,具有模式意义"②。箴文入题以《周易》的阴阳思想为依据。宇宙的演化,分出天地,元气的聚散,形成万物,夫妇君臣,各有其伦,男子为阳,刚强主外,女子为阴,柔弱主内。从妇德尚柔这一观点出发,从贞吉、淑慎、虔恭、清懿等方面对妇德提出要求,再列举历史上著名的后妃贤德事迹,塑造正面的妇德榜样,是对贾后的讽刺和警示。针对"后族之盛"这一朝廷政治情态,箴文特别强调了盛极而衰的道理。东汉崔琦《外戚箴》有类似的警戒之言:"先笑后号,卒以辱残。家国泯绝,宗庙烧燔。末嬉丧夏,褒姒毙周,妲己亡殷,赵灵沙丘。戚姬人豕,吕宗以败。陈后作巫,卒死于外。霍欲鸩子,身乃罹废。故曰:无谓我贵,天将尔摧;无恃常好,色有歇微;无怙常幸,爱有陵迟;无曰我能,天人尔违。患生不德,福有慎机。日不常中,月盈有亏。履道者固,仗势者危。"③不过张华《女史箴》并未用后戚专权、祸国乱政、身死家灭的历史教训来恐吓,而是从修养德性的角度提出要求,进行正面劝戒,再从神灵有鉴的角度,强调不能恃贵而骄、恃宠而专。箴文持

---

① 《文选》,第2403—2406页。
② 李乃龙《外戚政治背景与女史箴的箴戒艺术》,《东方丛刊》2007年第1期,第193页。
③ 《全上古三代秦汉三国六朝文》第2册,第435页。

论温柔敦厚,劝戒深刻有力。不知贾后当年是否读到这篇箴文,以及若读到是什么反应。但肯定并未"靖恭自思",未反思之前的酷虐之性、凶妒之举,继续在西晋政治舞台上兴风作浪,"暴戾日甚","专制天下,威服内外,更与粲、午专为奸谋,诬害太子,众恶彰著"。① 古代政治传统中,一般只有男性有参与的权利,女性常被排除在政治活动之外。从汉初吕后开启后宫女性干预朝政的先河后,历代多有后妃参与到朝政事务中,引发外戚干政与皇室掌权的矛盾。贾后以后妃身份干预朝政,直接导致了"八王之乱"的发生。但贾后在位期间,重用张华、裴頠等人,形成了所谓"海内晏然"的局面。贾后干预朝政,扰乱朝纲的影响,主要在上层社会。晋室诸王以贾后干政为借口发动叛乱,废杀贾后,张华也在丧乱中殒命。张华怀着对晋室的忠心写《女史箴》,以拳拳之心,谆谆之语规谏贾氏持守妇德,冀望晋室走出后戚专权、祸乱丛生的历史循环,但他的苦心是白费了。

二 《女史箴》与西晋官箴写作

官箴是箴体最早的类型,有其体制的稳固性和历史的延续性。女史为"女人之官,执彤管书后妃之事"②,张华《女史箴》与西晋官箴的总体写作一样,既继承了官箴写作的传统,又有鲜明的时代特征。

相较于两汉箴文的高产,两晋时期产生的箴文作品数量并不多。严可均辑《全上古三代秦汉三国六朝文》,现存的两晋之前的箴文总计68篇,其中先秦7篇,两汉59篇,曹魏2篇。两晋箴文则今存28篇(潘尼《灯箴》已佚,仅存序文;李重《吏部尚书箴》亦已佚,仅存题名)。西晋22篇,东晋6篇,可以看出,东晋箴文写作数量继续回落。对比西晋、东晋箴文写作,有一个很显著的差异,即西晋时期,虽杂箴等不断涌现,但占据主导地位的仍旧是官箴,而东晋则不同,主导地位被杂箴取代。两晋箴文列表如下(表一):

---

① 《晋书》,第964—965页。
② 《六臣注文选》,第1029页。

表一　两晋箴文统计表

作者	写作时间	类型	作品
应贞	约公元264年	杂箴	《杖箴》
张华	约公元267年	杂箴	《杖箴》
傅玄	约公元268年	官箴	《太子少傅箴》《吏部尚书箴》
挚虞	公元272年	杂箴	《新婚箴》
潘岳	公元272年	杂箴	《答挚虞新婚箴》
齐王攸	公元276年	官箴	《太子箴》
傅咸	约公元291年	官箴	《御史中丞箴》
张华	公元292年	官箴	《女史箴》
庾敳	约公元295年	杂箴	《幽人箴》
裴頠	公元296年	官箴	《女史箴》
潘尼	公元300年	官箴	《乘舆箴(并序)》
陆机	公元301年	官箴	《丞相箴》
陆云	约公元303年	杂箴	《逸民箴》
王廙	不可考	官箴	《保傅箴》
王廙	不可考	杂箴	《妇德箴》
李重	不可考	官箴	《吏部尚书箴》(佚)
张华	不可考	官箴	《大司农箴》《尚书令箴》
成公绥	不可考	官箴	《市长箴》
挚虞	不可考	官箴	《尚书令箴》
潘尼	不可考	杂箴	《灯箴序》
江逌	公元328年	杂箴	《逸民箴》
李充	公元346年	杂箴	《学箴》
温峤	不可考	官箴	《侍臣箴》
刘惔	不可考	杂箴	《酒箴》
苏彦	不可考	杂箴	《语箴》
周祗	不可考	杂箴	《执友箴》

西晋22篇箴文,与两汉存世59篇箴文相比,箴文总量明显减少,但箴文仍以官箴为主,共有14篇,杂箴相较两汉时期,也逐渐增多。箴文"箴王阙"功能已开始逐渐弱化,早期箴文的规箴对象君主,亦逐渐淡出被箴谏的群体,日常生活开始纳入箴文写作之中。相比于西晋,东晋箴文数量减少的趋势更明显,仅存6篇,以杂箴为主,箴文最重要类型的官箴写作则呈低迷态势,仅有1篇。东晋门阀政治盛行,高门世族长期控制司马氏政权,客观上削弱了皇权。皇权的旁落造成谏官制度的衰微。谏官是直接为皇权服务的,皇帝大权旁落,谏官自然就失去了存在的土壤。东晋一朝,都并未设置专掌谏诤之职的谏议大夫,先秦两汉时期"官箴王阙"①的场景在这一时期没有重现,以规谏警示为功用的官箴写作不多,也符合这一时期的社会政治文化语境。

虽然与先秦两汉箴文以官箴为主不同,与王权政治紧密相关的官箴写作在整个两晋时期并不占主导地位,而关注日常生活或用以自省的杂箴占了两晋箴文总量的泰半,但在西晋时期,官箴写作仍占有重要地位。司马氏对箴谏事务还是比较重视。傅玄《矫情赋序》云:"我太宗文皇帝命臣作《西征赋》,又命陈、徐诸臣作箴,皆含玉吐金,烂然成章。"②陈、徐诸臣所作箴文今已不存,他们受命写作属应令应制的箴文。晋武帝也非常重视臣子的箴谏事务,即位之初,就立即"开直言之路,置谏官以掌之"③。泰始二年(266)特意下诏,要选拔合适的人才担任侍中、常侍一职,履行箴谏职责,以便恢复官箴王阙的传统。《晋书》卷三《武帝纪》载:"古者百官,官箴王阙。然保氏特以谏诤为职,今之侍中、常侍实处此位。择其能正色弼违匡救不逮者,以兼此选。"④后任命皇甫陶、傅玄担任散骑常侍之职,行使谏官之责,此二人履行职责,向晋武帝勇呈谏言,却遭到相关官员的反对,晋武帝并未采纳反对之言,而是下诏鼓励臣子的规箴行为。《晋书》卷三《武帝纪》载:"九月乙未,散骑常侍皇甫陶、傅玄领谏官,上书谏诤,有司奏请寝之。诏曰:'凡关言人主,人臣所至难,而苦不能听纳,自古忠臣直士之所慷慨也……其详评议。'"⑤君主鼓励纳谏,怀有治世理

---

① 杨伯峻《春秋左传注》,中华书局,1995年,第938页。
② (清)严可均《全晋文》,商务印书馆,1999年,第459页。
③ 《晋书》,第53页。
④ 同上。
⑤ 《晋书》,第54页。

想的臣子自然会积极上谏,段灼《上表陈五事》阐述了箴谏之重要性:"置箴谏之官,赫然宠异谔谔之臣,以明好直言之信,恐陈事者知直言之不用,皆杜口结舌,祥瑞亦曷由来哉!"①西晋初年良好的箴谏氛围,客观上促进了官箴的写作,先秦两汉官箴写作的传统,得以延续。

两晋时期,虽沿袭了汉代官箴写作的传统,不过,官箴的内容和功能,也有进一步发展。官箴内容虽以箴规、警戒为主,但既有规谏之作,又有自警之言。西晋官箴写作中,傅玄、傅咸父子作品具有一定代表性。傅玄身为谏官,其《太子少傅箴》,首次将太子少傅引入箴文书写,较之两汉官箴,箴谏的职官范围进一步扩充。《后汉书·志·百官四》载:"太子少傅,二千石。本注曰:亦以辅导为职,悉主太子官属。"②太子作为储君,其德性直接关乎国家未来的命运,担当教育太子之责的太子少傅可谓重任。傅玄箴文体制上继承了先秦箴文短小精悍的特点,但内容布局却与汉代扬雄等人的官箴有所不同。汉代官箴一般首先阐述所规箴职官的职责,然后追溯历史,通过叙述古之贤君或昏君的事迹,起到以史为鉴的作用,最后文末套用"始范《虞箴》"③结尾"兽臣司原,敢告仆夫"④形成固定的格式。傅玄《太子少傅箴》:"夫金木无常,方圆应形,亦有隐括,习以性成。故近朱者赤,近墨者黑。声和则响清,形正则影直。正人在侧,德义盈堂;鲍肆先入,兰蕙不芳。傅臣司训,敢告君王。"文中并未具体论述太子少傅的职责以及相关的历史经验教训,而是重在阐明太子少傅自身积善修身具有的道德教化作用和影响力,仅文尾依循了汉代官箴的固定格式。"傅咸《御史中丞箴》始变其义,用以自箴。"⑤傅咸以规谏著称,《晋书》本传云其"好属文论,虽绮丽不足,而言成规鉴"⑥。其《御史中丞箴》在官箴写作中具有创新意义。在西晋之前,官箴写作数量不少,但作者在写作官箴时,大都未担任相应的官职。作者只是自拟各类职官身份,再根据自拟的职官身份进行规

---

① 《全晋文》,第691页。
② (南朝宋)范晔撰,(唐)李贤注《后汉书》,中华书局,1999年,第2460页。
③ (梁)刘勰著,范文澜注《文心雕龙注》,人民文学出版社,1962年,第194页。
④ 《春秋左传注》,第938页。
⑤ 钱钟书《管锥编》第3册,中华书局,1979年,第964页。
⑥ 《晋书》,第1323页。

箴,"指事配位"①,指明事义和官位配合得当是写作的基本要求。而傅咸《御史中丞箴》作于元康元年(291),彼时他正担任御史中丞之职,傅咸从本人实际担任的官职出发作出箴谏,这篇官箴就具有自箴的性质。作者在序文中交代了写作此箴的目的,是用来自勉,并由自箴推及对"御史中丞"职官的规箴:"百官之箴,以箴王阙。余承先君之踪,窃位宪台,惧有忝累垂翼之责,且造斯箴,以自勖励。不云自箴,而云御史中丞箴者,凡为御史中丞,欲通以箴之也。"②写作箴文首先是为了"以自勖励",明确拓展了官箴的功能,由"官箴王阙"过渡到箴己自省。箴文末尾以"是用作箴,惟以自救"作结,再次申明作箴以自警的目的。

张华《女史箴》产生在西晋官箴写作继承和创新并举的背景下,其箴文继承了官箴的书写传统,同时又可以说是"官箴王阙"的变体。《女史箴》所言针对后妃,与传统官箴的规谏对象有区别。"女史"之职也与外廷官员不同,不见于史书之《职官志》。《女史箴》性质上还是与以职官+箴标题,站在相应职官立场,规箴君主的典型官箴有所不同。不过,张华《女史箴》"攻疾防患"③有很强的现实性,紧密结合时事,针砭后族过盛,以历史上的后妃贤德故事警醒贾后。这种对现实政治的直接触及,让官箴的书写具有更深入的讽刺性和批判性,也是在另一个意义上回归了"官箴王阙"的传统。

三 《女史箴》与两晋箴文的内容拓展

箴文发展至两晋,在坚持"官箴王阙"的传统的同时,箴谏对象范围进一步扩大,箴文书写内容拓展明显。张华《女史箴》以宫廷女性职官的身份来书写,箴规对象是后妃。将女性职官纳入箴文书写的对象,并不始于张华,东汉皇甫规就有劝诫宫廷后妃恪守礼教的《女师箴》:"观象制教,肇始乾坤。家有王义,室有严君。各有定位,阳阴是分。"④张华《女史箴》、裴頠《女史箴》是在西

---

① 《文心雕龙注》,第194页。
② 《全上古三代秦汉三国六朝文》第4册,第549页。
③ 《文心雕龙注》,第194页。
④ 《全上古三代秦汉三国六朝文》第2册,第588页。

晋新的历史语境下对这一书写内容的继承。两晋箴文的箴规对象和书写内容，在继承两汉传统的基础上，也有发展，涉及一些全新的领域。如成公绥《市长箴》以市场为题材，就具有相当创新性。"市长"是进行市场管理的专职官员，《市长箴》强调市场本身就具有自我调节的特性，因此规劝君主应让市场充分发挥其自我调节的作用，从而使市场得以良性运行。两晋时期以日常生活为题材的杂箴大量出现，在这些杂箴中，官箴代表的箴刺王阙的政治传统，基本消失。如周祗《执友箴》，是关于"友谊"的，着重在说明自己的交友理念，即朋友之间应该以礼相待，贵在忠诚。苏彦《语箴》，以"语"入文，在回顾战国时期雄辩之风的同时，对"摈尔笾豆，和乐且康"的生活充满了向往①。挚虞的《新婚箴》和潘岳的《答挚虞新婚箴》调侃新婚，叙写婚姻生活。这些杂箴抛开政治题材，关注日常生活，某种程度上消解了箴文的政治意义，重构了箴的文体功用。

　　以玄入文是两晋箴文内容一个很具时代性的特点，具体表现为在箴文中涉及玄学观点，或是受玄风影响写作隐逸箴。嵇康作于曹魏正始年间的《太师箴》，首次将玄学观点引入箴文写作。该箴继承两汉官箴之体式，自拟为太师的身份，对君王进行劝谏。箴文内容颇有涉及玄学的观点。如崇尚"自然"："浩浩太素，阳曜阴凝。二仪陶化，人伦肇兴。厥初冥昧，不虑不营。欲以物开，患以事成。犯机触害，智不救生。宗长归仁，自然之情。故君道自然，必托贤明。"反对"名教"："下逮德衰，大道沈沦。智惠日用，渐私其亲。惧物乖离，擘□□仁。利巧愈竞，繁礼屡陈。刑教争施，犬性丧真。季世陵迟，继体承资。凭尊恃势，不友不师。宰割天下，以奉其私。故君位益侈，臣路生心。"②"名教"与"自然"的关系是玄学讨论的核心问题之一，嵇康主张越名教而任自然，官箴写作中也体现出对名教礼法制度的批判，对自然无为政治的推崇。这种受玄学浸染影响的痕迹，在两晋箴文常能见到。玄风影响箴文内容的集中体现，则是箴体在晋代出现的新的规箴对象——隐士，新的书写题材——隐逸。隐逸行为出现得很早，典籍中也很早就有对隐士的记载。传说中的隐士见载经、史、子、著述，《后汉书》始设《逸民传》为隐士立传，诗赋文中很早就有对隐

---

① 《全上古三代秦汉三国六朝文》第 5 册，第 1431 页。
② 《全上古三代秦汉三国六朝文》第 3 册，第 502 页。

逸行为和隐士的叙写。而隐士和隐逸行为被纳入箴文书写则在西晋后期,如庾敱《幽人箴》、陆云《逸民箴》、江逌《逸民箴》等。庾敱"《幽人箴》则主要演绎的是《老子》守虚静的道"①。通篇谈论玄理,箴体规谏功能呈弱化趋势:"有物混成,先天地生,乃剖乃判,二仪既分。高卑以陈,贵贱攸位,荣辱相换,乾道尚谦,人神同符,危由忽安,溢缘释虚,苟识妙膏,厥美有腴,韩信耽齐,殒首钟室,子房辞留,高迹卓逸,贵不足荣,利不足希,华繁则零,乐极则悲,归数明白,势岂容违,人徒知所以进,而忘所以退,穰侯安宠,襄公失爱,始乘夷道,终婴其类,羲和升而就翳,望舒满而就亏,盈挹之分,自然之规,悠悠庶人,如何弗疑,幽人守虚,仰钻玄远,敢草斯箴,敬咨觳觫。"②箴文不再只有规谏,还可以用来谈论玄理,表达顺应自然,保持天然本性,悠然自得的玄学化人生观,箴体的表现功能得到了扩展。陆云《逸民箴》被认为是"箴之佳者"③。关于此箴的写作缘起,陆云在序文中云:"余昔为《逸民赋》,大将军掾何道彦,大府之俊才也。作《反逸民赋》,盛称官人之美,宠禄之华靡,伟名位之大宝,斐然其可观也。夫名者实之宾,位者物之寄,穷高有必颠之吝,溢美有大恶之尤,可不慎哉! 故为《逸民箴》,以戒反正焉。"④陆云曾为《逸民赋》,何道彦《反逸民赋》提倡出仕反对归隐,陆云再作《逸民箴》反驳何道彦。颜师古注《汉书》曰:"逸民,谓有德而隐处者。"⑤逸民品德高尚、避世隐居,不追求功名利禄只求淡泊恬适,向来受到世人赞扬。陆云在箴文中却以道家抱朴守真的观点对隐士提出了规箴告诫。"玄学标榜老庄,而老庄哲学本身就是由隐士行为底理论化出发的。玄者玄远,宅心玄远则必然主张超乎世俗,不以物务营心;而同时既注重自然,则当然会希求隐逸。所以魏晋士大夫的行径虽各有不同,而都有这种故为高远的思想。"⑥玄学是促进两晋时期隐逸思潮广为流行的重要的因素,箴这种以规劝警戒为主要功能的传统文体,将隐逸纳入书写范围,拓展箴体内容和文体功能,折射出晋代玄学盛行,玄学意识对各文体书写的潜在影响。而无论官箴还

---

① 詹福瑞《论经典的权威性》,《文艺研究》2015年第3期。
② 《全上古三代秦汉三国六朝文》第4册,第375页。
③ 刘师培《中国中古文学史讲义》,上海古籍出版社,2006年,第56页。
④ 《全晋文》,第1098页。
⑤ (汉)班固撰,(唐)颜师古注《汉书》,中华书局,1962年,第955页。
⑥ 王瑶《中古文学史论集》,上海古籍出版社,1982年,第49页。

是杂箴,玄学思想的引入,在意识形态和话语方式上,对"官箴王阙"的政治传统,都有一定解构意义,而对箴文的内容和文体功能,都有所拓展。

四 《女史箴》与两晋箴文的形式新变

箴文的体式,在作为"始范"的《虞箴》中已形成了较为固定的范式特点。箴的文体功用为箴规过失,提出告诫。因此,要求"文资确切"①,行文言简意赅,开宗明义,不宜使用繁复的句式。先秦两汉箴辞大多体制短小,采用四言韵语,两句一节,喜用典故。张华《女史箴》继承了传统官箴的写作形式,但与扬雄官箴"质多于文,源出诗书者也"不同②,而是"清华茂美"③,文采斐然。

不过,两晋箴文在形式上的新变,不仅仅局限于语言修饰的增加和文风的趋向华美,而且在体式上有了新的因子:

箴辞前加序。两晋箴文形式新变最突出的特征是箴辞之前出现序文,序文方便作者交代清楚写作缘由,箴文的表现力愈加丰富。两晋箴文6篇有序文,序文有长有短,篇幅较短的序文,字数在24至72个字之间,中等篇幅的序文,一般有100或400余字,而篇幅较长的箴文,字数则多达710个字。箴辞长序的出现,箴文短小精悍的面貌被改变。潘尼《乘舆箴》篇幅很长,有约两千字,打破箴文之短小精悍的传统模式,序文三大段七百余字用散体写成,交代写作目的。刘勰谓《乘舆箴》"义正而体芜"④,文辞繁缛,不符合箴体文资确切的要求。《晋书》则对此箴评价甚高,认为其"玉质而金相"⑤。后人则认为"彦和讥其义正词繁,信然。然当晋武骄盈之时,独发谠论,故随事指陈,反复致意。自序所谓意诡词野,亦其苦心也。"⑥更有评家给出了"悚切,序亦坚凝"⑦的评语,完全与繁冗无涉。

---

① 《文心雕龙注》,第195页。
② (清)李兆洛选,谭献评《骈体文钞》,世界书局,2010年,第72页。
③ 《骈体文钞》,第86页。
④ 《文心雕龙注》,第195页。
⑤ 《晋书》,第1515页。
⑥ 《骈体文钞》,第83页。
⑦ 《骈体文钞》,第83页。

箴尾套语变化。吴讷说:"独周太史辛甲命百官'官箴王阙',而虞氏掌猎,故为《虞箴》,其辞备载《左传》。后之作者盖本于此。东莱先生云'凡作箴,须用官箴王阙之意。箴尾须依《虞箴》"兽臣司原,敢告卜夫"之类'。"①两汉时期,官箴普遍套用《虞箴》结尾的格式。两晋箴文亦是如此,在现存较为完整的箴文中,大多文末化用了"兽臣司原,敢告卜夫"这一固定套语。既有官箴使用,如傅玄《太子少傅箴》"傅臣司训,敢告君王",张华《大司农箴》"穑臣司农,敢告左右"等;也有杂箴套用,如挚虞《新婚箴》"君子是惮,敢告后生",江逌《逸民箴》"林人司箴,敢进善党"等。官箴的箴谏对象以君王为主,由于身份地位的悬殊差异,臣子往往不能直接指摘君王的过失,所以在劝谏之时,语气较为委婉,以"敢告XX"的形式作结。杂箴结尾套用此式,是对官箴格式的模仿袭用,但并不具有官箴尾语的身份自谦之意。两晋还有一些箴文,对结尾套语的化用更为灵活。如傅咸《御史中丞箴》尾语"是用作箴,惟以自救",舍去了"敢告XX"的格式,而裴頠《女史箴》尾语"天道佑顺,常与吉人"则完全未用套语。

出现酬答箴文。文人间以诗酬答,出现得比较晚,《文选》诗赠答类,首篇是王粲《赠蔡子笃》。西晋箴文写作中,也有与赠答诗性质类似的赠答之作。挚虞的《新婚箴》和潘岳的《答挚虞新婚箴》就是以箴文互相酬答,在箴文书写中创新意义明显。挚虞《新婚箴》云"今在哲文,遭家不造。结发之丽,不同偕老。既纳新配,内芬外藻。厚味腊毒,大命将夭。色不可耽,命不可轻。君子是惮,敢告后生"②。潘岳《答挚虞新婚箴》:"先王制礼,随时为正。附从企及,岂乖物性。女无二归,男有再聘。女实存色,男实存德。德在居正,色在不惑。故新旧兼弘,义申理得。然性情之际,诚难处心。君子过虑,爰献明箴。防微测显,文丽旨深。敬纳嘉海,敢酬德音。"③潘岳与结发妻子杨氏情深义重,杨氏过世之后,潘岳续娶,挚虞以"色不可耽"告诫之。潘岳的酬答为证明续娶的合理性,从先王制定礼仪说起,并直接回答挚虞的担心,表示要敬纳其佳言。无论是内容还是行文,两箴都相互照应,酬答性质明显。

---

① (明)吴讷著,于北山校点《文章辨体序说》,人民文学出版社,1962年,第46页。
② 《全晋文》,第817页。
③ 同上书,第984页。

综上所述,箴文发展至两晋,在继承先秦两汉传统的同时,箴规对象、书写内容和形式上都有新变,打上了深深的时代印记。张华《女史箴》既有传统箴文的功能和文体特点,体式又有一定创新,文采斐然,是箴文的典范作品。另外,张华《女史箴》体现的女德观和政治观符合当时普遍的意识形态,而且就东晋顾恺之据其绘《女史箴图》来看,箴文在文人士大夫中应有广泛传播,经典性已得到认可,《文选》箴体将其录入,十分合理。

(中国传媒大学人文学院)

《文选》"符命"类名诠解

王 楚

萧统《文选·序》云:"凡次文之体,各以汇聚。诗、赋体既不一,又以类分。"①已表明此书编排所有文章的体例,是各自"以类相从"②:先区别诗、赋、文三体,此下再以类分。需要注意的是,诗、赋、文以下分出的数类,未必可与文体学所定义的"文体"一一匹仪。

如"符命"类,就难以等同于某一既有文体,只能根据萧统的选文,通过具体分析文本,推测出此类文章的核心特质。或曰:此类文章俱为"封禅"体,宜依《文心雕龙》之例,改题为"封禅"。③ 此说甚便捷,但值得商榷。兹不揣谫陋,略论《文选》"符命"类的题名之义、命名之由,旁及"符命""封禅"关系、班固《典引》文旨等问题。

一 "符命"文之本原

"符",原指将竹木剖成两半,定约双方"各持其一,合之为信"④,古时常用

---

① (唐)李善注《文选》,台湾艺文印书馆,1998年,第2页。
② (唐)孔颖达《周易注疏》卷二《泰·初九》,孔颖达《正义》:"汇,类也,以类相从。"台湾艺文印书馆,2003年,第42页。
③ 郭思韵《谶纬、符应思潮下"封禅"体的与时因变——以〈文选〉"符命"类为主线》,《文学遗产》2016年第2期,第26—28页。
④ (南朝梁)顾野王《宋本玉篇》卷一四,中国书店,1983年,第271页。

作军事征调、关卡出入的凭证。以秦汉时的符节制度论，右符藏于中央，左符发予地方，遇事须左、右符准确相合，方可应命①。"命"者，"令也"。② 在"符命"一词中，"命"为天降命令，"符"喻指人事须准确合符于天命，如《诗·大明》云："有命自天，命此文王，于周于京。"在天命指示下，人、时、地等细节均不容爽失。相关词汇如"符应""符瑞"③，同样意在表现天、人间的交通互感，只是"符命"一词的重心偏在强调天降之"命"。基于"受（授）命"一词所具的神圣、政治内涵，致使"符命"之"命"，通常特指上天委任人间圣主④及其辅佐⑤治理天下的至高命令，"天不言"，唯以"行与事示之"⑥，如董仲舒之言："天之所大、奉使之王者，必有非人力所能致而自至者，此受命之符也。"⑦善言"符命"者遂多将此等天降异象、异物，阐释为上天意旨的呈现。

---

① 王国维《秦新郪虎符跋》载虎符铭文："甲兵之符，右在王，左在新郪。"（《观堂集林》卷一八，中华书局，1961 年，第 903 页）（清）王先谦《汉书补注》（后简作《汉书》）卷四《文帝纪》："初与郡守为铜虎符、竹使符。"师古注："与郡守为符者，谓各分其半，右留京师，左以与之。"台湾艺文印书馆，1996 年，第 72—73 页。（唐）司马贞《史记索隐》引卫宏《汉旧仪》："铜虎符发兵，长六寸。竹使符出入、征发。"见泷川龟太郎《史记会注考证》（后简作《史记》）卷一〇《孝文本纪》，台湾艺文印书馆，1972 年，第 192 页。另参陈昭容《战国至秦的符节——以实物资料为主》，载《"中央研究院"历史语言研究所集刊》第 66 本第 1 分，1995 年，第 305—366 页。

② "命""令"甲文为同一字。

③ （南唐）徐锴《说文解字系传》卷一："瑞，从玉，耑。"徐锴曰："耑音端……故不言'从玉，耑声'。"中华书局，1987 年，第 7 页。（清）段玉裁《说文解字注》卷七下："耑，物初生之题也。"中州古籍出版社，2006 年，第 336 页。"耑"指草木初萌之形，"瑞从耑"，知天降之"瑞"，即由植物的初形，比附天降的异象、异物，意谓此是在将有天变、降命时最初呈现的"端"倪、征兆。

④ 天子也是上天委任司牧人间的官职，见（唐）孔颖达《左传注疏》卷三二《襄公十四年》："天生民而立之君，使司牧之，勿使失性。"台湾艺文印书馆，2003 年，第 562 页。（宋）孙奭《孟子注疏》卷一〇上《万章下》："天子一位，公一位，侯一位，伯一位，子、男同一位，凡五等也。"台湾艺文印书馆，2003 年，第 177 页。（清）陈立《白虎通疏证》卷一《爵》："天子者，爵称也。"中华书局，1994 年，第 1 页。

⑤ 圣主受命，必有圣臣辅佐，所以符命亦载有佐命臣工的姓名、状貌等身份信息。如纬书记载，刘邦"沛丰集团"的从龙功臣中，有萧何感昴星精生，樊哙感狼星精生，周勃感亢星精生（《春秋演孔图》注，安居香山、中村璋八辑《纬书集成》，河北人民出版社，1994 年，第 573 页）。王莽"始建国元年（9），……按金匮，辅臣皆封拜。……王盛者，卖饼。莽按符命求得此姓名十余人，两人容貌应卜相，径从布衣登用，以视神焉"。《汉书》卷九九中《王莽传中》，第 1729 页。刘秀时，南阳李通家有谶言："刘氏复兴，李氏为辅。"（清）王先谦《后汉书集解》（后简作《后汉书》）卷一五《李通传》，台湾艺文印书馆，1996 年，第 217 页。孙咸、王梁因谶拜官（《后汉书》卷二二《王梁传》，第 290 页），所谓"中兴二十八将"等"佐命虎臣"，皆"谶记有征"（《后汉书》卷一七《朱景王杜马刘傅坚马列传·论》，第 294 页），俱为受命圣臣。

⑥ 《孟子注疏》卷九下《万章上》，第 168 页。

⑦ 《汉书》卷五六《董仲舒传》，第 1164 页。

王莽当权时,"符命"屡降,新室之篡汉从中借力甚多,然而在此之前的典籍中,却鲜见此语。是故考察"符命"由"天降符令"发展为某种文类的过程,当于新莽事迹中钩稽线索。举其要者,如此段:

> (王莽始建国元年,9年)秋,遣五威将王奇等十二人班《符命》四十二篇于天下。《德祥》五事,《符命》二十五,《福应》十二,凡四十二篇:其《德祥》言文、宣之世黄龙见于成纪、新都,高祖考王伯墓门梓柱生枝叶①之属;《符命》言井、石、金匮之属;《福应》言雌鸡化为雄之属。其文尔雅依托,皆为作说,大归言莽当代汉有天下云。总而说之曰:"帝王受命,必有德祥之符瑞,协成五命,申以福应,然后能立巍巍之功,传于子孙,永享无穷之祚。故新室之兴也,德祥发于汉三七、九世之后②,肇命于新都,受瑞于黄支,开王于武功,定命于子同,成命于巴宕,申福于十二应,天所以保祐新室者深矣、固矣!
>
> "武功丹石出于汉氏平帝末年,火德销尽,土德当代,皇天眷然,去汉与新,以丹石始命于皇帝。皇帝谦让,以摄居之,未当天意,故其秋七月,天重以三能、文马。皇帝复谦让,未即位,故三以铁契,四以石龟,五以虞符,六以文圭,七以玄印,八以茂陵石书,九以玄龙石,十以神井,十一以大神石,十二以铜符帛图。申命之瑞,寖以显著,至于十二,以昭告新皇帝。皇帝深惟上天之威不可不畏,故去摄号,犹尚称假,改元为'初始',欲以承塞天命,克厌上帝之心,然非皇天所以郑重降符命之意。……至丙寅暮,汉氏高庙有金匮图策:'高帝承天命,以国传新皇帝。'明旦,宗伯忠孝侯刘宏以闻,乃召公卿议,未决,而大

---

① 《汉书》卷二七中之下《五行志中之下》:"元帝初元四年(前45),皇后曾祖父济南东平陵王伯墓门梓柱卒生枝叶,上出屋。刘向以为王氏贵盛将代汉家之象也。后王莽篡位,自说之曰:'初元四年,莽生之岁也,当汉九世火德之厄,而有此祥兴于高祖考之门。门为开通,梓犹子也,言王氏当有贤子开通祖统,起于柱石大臣之位,受命而王之符也。'"第628页。

② "三七",据师古引苏林《注》:"二百一十岁,九天子也。"《汉书》卷五一《路温舒传》:"汉厄三七之间。"师古引张晏《注》:"自汉初……至平帝崩二百一十一年。"第1119页。"九世",有吕后一世(案:汉儒以《春秋》为汉法,《春秋》有十二公,汉则有十二帝,《文选》卷一《西都赋》,第23页:"历十二之延祚。"数高祖至平帝得十二帝,即计入吕后),则元帝为第九世,"九世之后"为成帝时。"发",启也,指原本意旨暧昧的征兆终于章明厥义。故知"新室之兴",指的是汉成帝永始元年(前16)王莽封新都侯,及平帝崩后,王莽"居摄"。王莽认为此二事与文、宣帝时昭示土德将兴的"德祥"相应。

> 神石人谈曰:'趣新皇帝之高庙受命,毋留!'于是新皇帝立登车,之汉氏高庙受命。……于是乃改元定号,海内更始。新室既定,神祇欢喜,申以福应,吉瑞累仍。"①

五威将班行天下的四十二篇《符命》中,"德祥""符命""福应"三部分对应着王莽受命的三个阶段,各有其神圣意涵:首先,是汉文帝、宣帝时出现的黄龙等物,代表继汉的土德,尽管当时火德尚炽,并不妨碍后世"有识之士"视彼者为土德受命的先兆;其次,是被称作"符命"的"井、石、金匮之属",这些"神物"或以谶文、或托神谕,无不是假借天降指令,将"王莽为帝""赤汉传国"之类意旨明白呈现,最终使新室厎定,王莽篡得大宝;最后,由于人间践行了上天的意旨,"神祇欢喜",上天遂"申以福应",以"雌鸡化为雄"等异象②,对下界顺应天命的行为表示满意③,为上天针对业已发生的人事作出的回应④。不难发现,天降"符命"是引导人主膺受天命并证明其"合法"的关键。"福应"与"符命"仿佛性质类似,但"符命"乃先降之"命令","福应"为后显之"回应",后者所具的神性不如前者。另者,二者在内容层面也有本质区分,借助沈约《宋书》的体例便可察见端倪:表彰"受命之符、天人之应"的异象、祥瑞,事关国家期运正统,入《符瑞志》;"雌鸡化为雄"之类五行灾眚,则依《汉书》旧

---

① 《汉书》卷九九中《王莽传中》,第 1733 页。有关此段的详细解说,可参陈槃《秦汉间之所谓"符应"论略》,载氏著《古谶纬研讨及其书录解题》,上海古籍出版社,2010 年,第 46—55 页。

② 《汉书》卷二七中之上《五行志中之上》:"黄龙、初元、永光鸡变,国家之占,妃后象也。"第 616—617 页。《志》以后妃王政君、外戚王凤应之,然据《总说》"新室既定,神祇欢喜,申以福应,吉瑞累仍"之语,所举"福应""雌鸡化为雄之属"均降临于王莽正式称帝之后,与此间异事无涉。

③ "雌鸡化为雄"是木失其性导致的"鸡祸",暗示"臣陵其上"。因为雌为阴,据《周易》卷一《坤·文言》:"阴……妻道也,臣道也。"(第 21 页)鸡由雌变雄,喻示原在妻位、臣位者僭越君位,即外戚、权臣架空君主,掌握实权。《汉书》卷二七中之上《五行志中之上》,第 616—617 页,以汉室立场记录有关王氏的这次异变,视之为灾异;然以王莽立场,则意谓贵臣当兴,诚为新室"福应"。《宋书》卷三〇《五行志一》,第 453 页,以司马懿平辽东应魏明帝时的"雌鸡变为雄",理与此同。吴士鉴、刘承幹《晋书斠注》(以下简作《晋书》)卷二七《五行志上》:"魏时张掖石瑞,虽是晋之符命,而于魏为妖。"(台湾艺文印书馆,1996 年,第 592 页)业已言明此理。

④ "福应"与"符应"不同。"符应"强调"天、人相感""天、人合符",是涵纳诸多感应现象的笼统提法。解说"符应"的研究甚夥,有关其起源、在秦汉时的表现等相关问题,可参陈槃《秦汉间之所谓"符应"论略》,载氏著《古谶纬研讨及其书录解题》,第 3—96 页。在此文中,陈槃就将"符命"置于"符应"概念之下讨论。

例,入《五行志》。①

"符命"从物、事到文辞的转变,亦可从这四十二篇"符命文"中窥出。引文中被称作"符命"的井、石、金匮之类物、事,考究其产生的缘由,乃是因"天不言",但又必欲降下指令,要求王朝更替,故而借由此种蕴涵神圣指令的"圣物"来晓谕凡愚,启示圣贤。天既"不言",是以这些承载天命的"符命"物、事本不必伴随有文字。《王莽传》中那些"符命"上屡屡载录的劝进、册封之语,语义直白显豁,显然是当时伪造符命的宵小唯恐"天意"暧昧,人或误会,依从"天工人其代之"②的古训刻意添上的蛇足。这些简短的命令文字固然可称为"符命文"③,但此文字之"文"与彼章之"文"中间,尚有鸿沟在焉。反观被后世视为某种文类的"符命",应更近于围绕这些神秘物、事而作的"尔雅依托"之辞。如引文所表,尽管"德祥""符命""福应"三部分内容各有侧重,然就整体而言,一言以蔽之:"大归言莽当代汉有天下。"遂仍以"符命"作为四十二篇总名,可谓得其环中。

王莽时有专人负责整理、解说符命,虽然王莽自己就擅长此道,但通常情况下,应是由崔发等心腹文士综理此事。如在十二符命之一雍州"大神石"被送往未央宫前殿时,"天风起,尘冥,风止,得铜符帛图于石前",正是崔发辨识文字并阐说其意。为王莽整理各种符命,并为之作说,阐发大义,当是崔发等人的重要工作,前举四十二篇"符命文",或亦与此心腹数人关系深重。因此,王莽特意封崔发为"说符侯"④,即是希望天下万民都能悦怿于新朝受命的符命,不过光武"中兴"不久,就令人"蠲去崔发所为王莽著录次比"⑤。类似崔发之流依靠为符命作说,帮助君主达成政治目的的做法,前代不乏先例,后世踵武亦多,然而明确将此种特殊文辞归类,并统称为"符命"的,只能自莽朝说起。

---

① 此是成王败寇的论调。以《宋书》卷三四《五行志》所记"龙、蛇之孽"为例,虽然所见多为龙,但因被解释作祸乱的征兆,故归为灾异。若有难以断言吉、凶者,《志》则言:"兆幽微,非可臆断,故《五行》、《符瑞》两存之。"(第505页)可见史臣记载异象的固有套路。
② (唐)孔颖达《尚书注疏》卷四《皋陶谟》,台湾艺文印书馆,2003年,第62页。
③ 《汉书》卷九九中《王莽传中》:"郡县以亭为名者三百六十,以应符命文也。"第1741页。卷九九下《王莽传下》:"符命文立(王)安为新迁王。"又:"符命文立(王)临为统义阳王。"1748、1750页。
④ 《汉书》卷九九中《王莽传中》,师古《注》:"说音悦。"第1734页。
⑤ 《后汉书》卷七九上《儒林列传·尹敏传》,第912页。

二　建议封禅与不行封禅

很难举出证据，证明"封禅"乃一种形制稳固的"文体"①。考量秦汉至南朝时所谓的"封禅文"，倒不如将"封禅"视为一个文章主题。在所有以封禅为主题的文辞里，居于大典核心环节的创作有刻石文与玉牒、玉册文。前者以东汉张纯之作为代表，应属"铭"体②；后者可参考王莽封禅玉牒残文③，主要表达君主答谢天、地厚德，告厥成功之意④，体例亦近乎"铭"。除此之外，主要是有关封禅典礼的议论、记录，与表彰功绩、劝说君主封禅的文章、上奏。若以性质分类，其中单纯谈封禅礼仪、礼义的论理文字，属于"经部礼类"；马第伯《封禅仪记》这类记录仪程之文，应为"仪注"，在"史部仪注类"。⑤ 最后剩下不刻石、不说礼的文章、奏言，其形式方才近乎传统理解中的"封禅文"。据《隋书·经籍志》记载，时有《上封禅书》二卷，收录的应当就是此类文字。⑥ 如果除去臣工上奏，最后所余大抵就是萧统眼中的"符命"文⑦。经过层层排除后不难发现，萧统的此种提法，清晰地标示出了《文选》"符命"文的核心要义：充分发挥

---

① 题名任昉的《文章缘起》将"封禅"列为一"类"，实非现代的"文体"概念。见（明）陈懋仁《文章缘起注》，中华书局，1985年，第9页。

② 范文澜《文心雕龙注》卷三《铭箴》："始皇勒岳，政暴而文泽，亦有疏通之美焉。"人民文学出版社，2008年，第194页。同卷《诔碑》："勒石赞勋者，入铭之域。"第214页。

③ 王莽曾有意封禅，已经备好祭天所用玉牒，但最终未能成行。出土玉牒情况及残文，参中日联合考古队《汉长安城桂宫四号建筑遗址发掘简报》，《考古》2002年第1期，第14—15页，图版一。另参冯时《新莽封禅玉牒研究》，《考古学报》2006年第1期，第31—34、37—47页。

④ （后晋）刘昫等《旧唐书》卷二三《礼仪志三》，载贺知章语："玉牒本是通于神明之意。前代帝王，所求各异，或祷年算，或思神仙。"中华书局，1975年，第898—899页。唐玄宗封禅始将玉牒文公开，宋真宗封禅亦如是。可见在唐玄宗之前，玉牒文乃是仅限君主与神祇沟通的秘文；唐玄宗之后，玉牒文公诸人间，非为秘文，性质与前代或异。

⑤ （唐）魏征等《隋书》卷三二《经籍志·经·礼类》，台湾艺文印书馆，1972年，第476页；卷三三《经籍志·史·仪注类》，第493页。

⑥ 《隋书》卷三五《经籍志·集·总集类》，第531页。此外，"梁有《杂封禅文》八卷"。既曰"杂"，又有八卷之多，应是将所有涉及"封禅"主题的文辞尽数收入，与纯粹收《上书》者不同。

⑦ 刘勰称司马相如《封禅文》与张纯《泰山刻石文》皆为"岱宗实迹"。范文澜曰："相如《封禅文》未闻刻石，……彦和或误记。"见《文心雕龙注》卷五《封禅》，第394、400页。汉武帝封禅刻石文，见（晋）司马彪《续汉志》卷七《祭祀志上》引应劭《风俗通》，《后汉书》，第1147页。

文采,以申说符命为主,从而宣示正统、赞颂圣朝;①文章主在为封禅大典作前期舆论铺垫,至于此后是否实有封禅典礼,则另当别论。

"符命"所以会与"封禅"产生密切关系,直接的根据来自管仲为齐桓公所言封禅事。桓公欲称王②,故而对封禅产生兴趣,《管子·封禅》记载:

> 桓公既霸,会诸侯于葵丘,而欲封禅。……管仲睹桓公不可穷以辞,因设之以事,曰:"古之封禅,鄗上之黍,北里之禾,所以为盛;江、淮之间,一茅三脊,所以为借也;东海致比目之鱼,西海致比翼之鸟,然后物有不召而自至者十有五焉。今凤凰、麒麟不来,嘉谷不生,而蓬蒿藜莠茂,鸱枭数至,而欲封禅,毋乃不可乎?"于是桓公乃止。③

"符命"在此处即指"不召而自至"的各种天降神异符瑞。君主虽有功绩,但若上天不降下各种符瑞,意味着无法称王,也就显示天帝并未选中这位人间圣贤为黎民之主④,更不具备封禅告天的资格。换言之,"符命"是上天授意,某人当为帝王;"封禅"是帝王告天完成托付,两者的结合点在于身登大宝。具体到某一篇"符命"文中,"符命"与"封禅"便表现为二者并存但各有侧重的形态。

以此观点为前提,便可了解司马相如之文名曰《封禅文》,《文选》却将其归为"符命"类的原因:如以现实政治眼光视之,此文前部的浓墨重彩,全是为末尾的封禅大典作铺垫;反之,如以文章之美为标准,此文的重心应当是前段迂回盘绕、"尔雅依托"的溢美之辞,以此正可显出相如精湛的颂赞文笔。非但《封禅》如此,《剧秦美新》《典引》在分类名目上亦可两说,所以《文心雕龙》就将三文都纳入《封禅》篇,围绕"封禅"主题展开讨论,然而《文心雕龙》对"文"的定义远比《文选》宽泛,《文心雕龙·封禅》所论某些篇章甚至难以达到萧统

---

① 陆机、陆云曾屡次通书,讨论当时劝晋武帝封禅文书中的文章技巧,涉及张华、李宪等人的奏文。见黄葵点校《陆云集》卷八《与兄平原书》,中华书局,1988年,第139、145页。

② 黎翔凤《管子校注》卷一六《小问》:"桓公问管仲曰:'寡人欲霸,以二三子之功,既得霸矣。今吾有欲王,其可乎?'"中华书局,2004年,第963页。

③ 《管子校注》卷一六,第952—953页。案:此段文字亦见《史记·封禅书》。《管子》此篇有尹知章题注:"元篇亡。今以司马迁《封禅书》所载管子言以补之。"黎翔凤引刘师培说:"窃以唐代《管子》匪仅一本,尹所据虽缺此篇,……或此篇他本尚存,尹偶未考。"今从刘说,以管仲论封禅事为《管子》原文。

④ 《孟子注疏》卷九下《万章上》:"匹夫而有天下者,德必若舜、禹,而又有天子荐之者。故仲尼不有天下,继世而有天下。"第169页。

"事出于沉思,义归乎翰藻"①的最低选文标准②,如张纯《泰山刻石文》,乃是"末同祝辞""华不足而理有余"③之作,殊难入"翰藻"之流品。既如此,实无必要分持二书相互攻讦,亦不必以此书义例约束彼书。

不过,参考现实情形,君主时常"虽受命而功不至,至矣而德不洽,洽矣而日有不暇给"④,故而在封禅之说于战国时兴起以来,直至隋代,期间只有汉武帝、汉光武帝得以成功封泰山、禅梁父。在此之外的众多君主,都以种种原因未能行此盛举⑤,但这丝毫不妨碍彼时存在劝行封禅的文书。值得注意的是,有时未能封禅,并非君主功、德不至,而是实际情况不宜封禅,此时却仍有封禅议、封禅文呈上。这一看似不合常理的行为,透露出此类文书潜藏的独特政治效用。

如班固《典引》,虽以封禅作结,但彼时实在不宜封禅。根据文章"袭四宗之缉熙"之语,可知《典引》的写作对象无疑是汉章帝⑥,然而此前光武帝已经封禅,向上天"告厥成功",章帝没有理由再次登封岱宗。文章与现实在这一环节上的龃龉,意味着班固作文的用意如何,与封禅大典是否成行不必然挂钩。此是《典引》的特色之一,容下节细表。

三国时,蒋济曾劝魏明帝曹叡封禅。蒋济的表文宣称,时有"上天报应,嘉瑞显祥,以比往古,无所取喻",所举功绩,为"昔岁破吴虏于江、汉,今兹屠蜀贼于陇右"两场胜仗。平心而论,仅凭此等小胜就请求封禅,或许操之过急。须知在此太和二年(228)⑦之时,天下尚为三分,孔明积极用兵,江东正欲称帝,

---

① 李善《上〈文选注〉表》,《文选》,第2页。
② 参朱晓海《读〈文选·序〉》,《古代文学理论研究(第21辑)》,2003年,第117—119页。
③ 《文心雕龙注》卷五《封禅》,第394页。
④ 《史记》卷二八《封禅书》,第482页。原为"至梁父矣而德不恰",泷川龟太郎《考证》:"'梁父'二字衍。"
⑤ 比较特殊的是,晋武帝有平吴、一统之功,论功绩足以赴泰山封禅。不过,在太康元年(280)九月庚寅,卫瓘、山涛、魏舒、刘寔、张华等人屡次上表请求封禅,司马炎都谦让不受。见《晋书》卷二一《礼志下》,第493—495页。
⑥ 蔡邕《注》:"孝文曰太宗,孝武曰世宗,孝宣曰中宗,孝明曰显宗。"《文选》,第697页。
⑦ (南朝梁)沈约《宋书》卷六《礼志三》,台湾艺文印书馆,1972年,第218页。案:"太和"前后"破吴虏于江汉"的事件,有黄初七年(226)八月孙权攻江夏未果,当年又有诸葛瑾、张霸寇襄阳,司马懿大破之;与之相应的"屠蜀贼于陇右",有太和二年(228)春张郃大破蜀军于街亭,而太和二年九月魏有石亭之败,推测蒋济进言时间在太和二年春街亭献捷,至当年九月石亭战败之间。在此数月中,魏有"赦系囚非殊死以下""论讨亮功,封爵增邑各有差"等庆功之举。于太和二年而言,黄初七年之"破吴"为前年战事,故《宋书》载蒋济文曰"昔岁",甚确;《晋书》卷二一《礼制下》"昔岁"误作"去岁",第493页。

蒋济的进言,恐是在挫败蜀军首次"北伐"、大举论功行赏的欢庆氛围之下,所行的锦上添花、点缀盛世之举,并未计较典礼能否实际成行。曹叡闻言,自表惭德,乃至"汗出流足",当时未予同意。不过,诏书说:"济之所言,华则华矣,非助我者也。"①看来蒋济的褒赞之辞倒是给曹叡留下了不错的印象。

沈约《宋书》评价曹叡未能封禅一事,是由于当时"天下未一,不欲便行大礼",是君主从功绩角度考虑,自承缺乏封禅资格。这种自谦不过是虚辞而已,曹叡此时虽对蒋济示以惶恐,尔后却令高堂隆整理封禅礼仪②,可见其志。不过,此番因"天下未一"而不便封禅的开解之辞,在南朝时却转化成了现实层面的焦虑:东晋、刘宋时,兖州一带动乱频仍,泰山郡不能稳固掌握在己方手中,致使"登封岱宗"只能沦为虚言、口号,难以付诸现实。

毫无疑问,封禅大典必须"封泰山",古代七十二家帝王莫不如是,汉武帝、光武帝亦袭之。之所以强调登封泰山,而非其他山岳,缘于泰山在齐、鲁人眼中,为"骏极于天"③的"大山",应是"绝地天通"之前民、神上下往来的通道,故在东方国家中被视为地位至尊的"圣山"④。君王选择在此登封,便于"告太平于天,报群神功"⑤。这一理论经由秦、汉时东方齐、燕、鲁等地方士的不断加工、鼓吹,先后为秦始皇、汉武帝所采信,致使泰山由一州一国之名山,一跃而成为天下唯一的登封之地⑥。

西晋永嘉乱起,北方兵马纷乱,士马东渡以后,百余年中,泰山所在的兖州乃是南、北政权交锋的最前线,使得封禅圣域长期未得安宁。试看此时段泰山的归属状况:

东晋元帝大兴二年(319)四月,时有"太山太守徐龛以郡叛,自号兖州刺

---

① 《晋书》卷二一《礼制下》,第493页。
② 卢弼《三国志集解》卷二五《高堂隆传》,台湾艺文印书馆,1956年,第623页。
③ (唐)孔颖达《诗经注疏》卷一八《大雅·崧高》,台湾艺文印书馆,2003年,第669页。
④ 参陈麒仰《与巫术相关之周代部分礼俗探赜》,新竹清华大学2010年博士学位论文,第82—85页。
⑤ (宋)李昉等编《太平御览》卷五三八《礼仪十五·封禅》引刘向《五经通义》,台湾商务印书馆,1974年,第2558页。
⑥ 参徐兴无《战国秦汉间封禅祀典的构建》,朱晓海编《新古典新义》,台北学生书局,2001年,第202—211页。

史"①。徐龛先归石勒,此后在东晋与石勒之间屡次摇摆②,最终被石虎擒杀③,泰山郡自然也归于石氏④。

待到冉闵兴起,扑灭石氏,称尊号于襄国,次年(晋穆帝永和七年,351),其兖州刺史魏脱"以城归顺"⑤,泰山郡复归于晋。

海西公太和元年(366),前燕慕容暐"遣抚军慕容厉攻晋太山太守诸葛攸,攸奔于淮南,厉悉陷兖州诸郡,置守宰而还"⑥,泰山又归于北土。前燕为苻坚所灭,泰山遂属前秦。

孝武帝太元八年(383),苻坚肥水丧败,南军乘衅收复旧土,谢玄"遣参军刘袭攻(苻)坚兖州刺史张崇于鄄城,走之,使刘牢之守鄄城",进而平定兖土⑦,复得泰山。

未及三年,太元十一年"三月,太山太守张愿以郡叛,降于翟辽"⑧,但张愿似未继续以泰山为据点,而是联合安次人齐涉"进屯祝阿之瓮口"⑨。东晋则以羊迈为泰山太守,在太元十四年三月,由刘牢之遣将讨平了觊觎泰山的后秦余部⑩。

---

① 《晋书》卷六《元帝纪》,第 125 页。《晋书》卷八一《蔡豹传》:"(徐)龛……以太山叛,自号安北将军、兖州刺史。"第 1394 页。与《元帝纪》不合。案:盖因徐龛叛后速取岱(泰山),故《蔡豹传》并二事记之,以为一时之事。

② 《晋书》卷六《元帝纪》:"(太兴三年)五月……石勒将徐龛帅众来降。""九月,徐龛又叛,降于石勒。""(太兴)四年春二月,徐龛又帅众来降。"第 126 页。徐龛叛乱情由,可参《晋书》卷八一《蔡豹传》,第 1394 页。

③ 《晋书》卷六《元帝纪》:"(永昌元年,322)秋七月,……石勒将石季龙(虎)攻陷太山,执守将徐龛。"第 128 页。又见卷一〇五《石勒载记下》,第 1785 页。

④ 《晋书》卷一〇六《石虎载记上》:"石然于泰山,八日而灭。"第 1806 页。另,《晋书》卷一四上《地理志上》:"惠帝之末,兖州阖境沦没石勒。"第 291 页。案:兖州沦没已至元帝时,《晋志》误。

⑤ 《晋书》卷八《穆帝纪》,第 151 页。案:《穆帝纪》、卷七七《殷浩传》作"魏脱",卷一〇七《冉闵载记》作"魏统"。

⑥ 《晋书》卷一百十一《慕容暐载记》,第 1852 页。

⑦ 《晋书》卷七九《谢玄传》,第 1374 页。

⑧ 《晋书》卷九《孝武帝纪》,第 171 页。在此之前翟辽臣服苻坚,苻坚败后旋即"举兵于河南",并与慕容垂联合,见《晋书》卷九《孝武帝纪》,第 169 页。

⑨ (宋)司马光编著,(元)胡三省音注《资治通鉴》卷一百七《晋纪二九·孝武帝太元十二年》,中华书局,1956 年,第 3375 页。

⑩ 有关此事,《晋书》之《孝武帝纪》《刘牢之传》记载多有龃龉,兹不详辨,姑从《刘牢之传》,第 1442 页。整体而言,盖在刘牢之进军之前,泰山已归东晋。另者,刘牢之遣参军向钦之"击走""苻坚将张道(遇)"的时间,本诸《晋书》卷一三《天文志》,第 251—252、263 页。

太元十九年，后燕主慕容垂"使慕容农略地河南……太山、琅邪诸郡皆委城奔溃"，慕容农"置守宰而还"①，泰山归后燕，尔后为南燕辖制②。

晋安帝义熙五年（409），刘裕北伐。五月，南燕"梁父、莒城二戍并奔走"③；六月，围广固；七月，"（慕容）超遣（张）纲称藩于姚兴，乞师请救。……纲从长安还，泰山太守申宣执送之"④。可见此时已收复泰山郡，推测时间，大概在占领梁父后不久⑤，即五、六月间。

宋武帝永初三年（北魏明元帝泰常七年，422）十二月，拓跋嗣"遣寿光侯叔孙建等率众自平原东渡，徇下青、兖诸郡。刘义符兖州刺史徐琰闻渡河，弃守走"⑥，"于是太山诸郡并失守"⑦，但在宋军来援后，交战数次，不久退兵，未能占有泰山。此后宋文帝元嘉二十七年（450）时北魏太武帝拓跋焘南下的情况也与此类似：虽能"破南兖、徐、兖、豫、青、冀六州"，但主要是"残破六州之生聚耳，六州城守未尝失也"⑧。

至宋明帝泰始三年（北魏献文帝皇兴元年，467），有所谓"泰始三叛"⑨，其中毕众敬即是在兖州刺史任上携城降北，"至是，徐、兖及淮西诸郡，青、齐二州相寻归附"⑩，泰山郡也不例外。自此以后，南朝再也没能占据泰山⑪。

如此情形，给东晋、刘宋的数位君主提出了难题：如果打算封禅，必须以北伐成功、旧土光复为前提。退一步讲，也必须彻底夺回泰山郡所在的兖州全

---

① 《晋书》卷一二三《慕容垂载记》，第1989页。
② 《晋书》卷一二七《慕容德载记》："先是，妖贼王始聚众于太山，自称太平皇帝。"第2035页。案：《宋书》卷二九《符瑞志下》："（晋安帝）元兴元年（402）正月，木连理生泰山武阳。"第438页。此泰山盖渡江后侨置泰山郡，故此处所言非实际泰山武阳之地。关于侨置泰山郡，《晋书》卷一四上《地理志上》："元帝侨置兖州，寄居京口。明帝以郗鉴为刺史，寄居广陵，置……太山等郡。"第291页。
③ 《宋书》卷一《武帝纪上》，第19页。
④ 《宋书》卷一《武帝纪上》，第19页。
⑤ 《晋书》卷一五《地理志下》："（慕容）德以……兖州刺史镇梁父。"第343页。泰山郡在南燕隶属兖州。
⑥ （北齐）魏收《魏书》卷三《太宗纪》，台湾艺文印书馆，1972年，第51页。
⑦ 《宋书》卷九五《索虏传》，第1121页。
⑧ 《资治通鉴》卷一二六《宋纪八·文帝元嘉二十八年》，胡三省《注》，第3966页。
⑨ "三叛"指薛安都、毕众敬、常珍奇。见《资治通鉴》卷一三二《宋纪十四·明帝泰始三年》，载裴子野《宋略》"论曰"，第4130页。
⑩ 《魏书》卷九七《岛夷刘彧传》，第1066页。
⑪ 梁大通三年（529），有北魏泰山太守羊侃南降，但仅以人众入南，郡地仍在北。见（唐）姚思廉《梁书》卷三九《羊侃传》，台湾艺文印书馆，1972年，第272页。

境,并稳定北方关东大部的局势,方才有条件讨论封禅大典。

自命不凡的宋文帝在晚年就"有意封禅"。因此,他曾"遣使履行泰山旧道",同时"诏学士山谦之草封禅仪注",不料"其后索虏南寇",即拓跋焘南下,致使"六州荒毁,其意乃息"。① 由此可见:在北伐无可观战绩的形势下,南朝君主确实不宜赴泰山封禅。就如袁淑在元嘉二十七年②北伐出兵之时曾说:

> 今当鸣銮中岳,席卷赵、魏。检玉岱宗,今其时也。臣逢千载之会,愿上《封禅书》一篇。③

诚为虚言,仔细味之,其中不乏"识时务"处:须是在成功"席卷赵、魏"、驱逐"索虏"、光复中原故土之后,方可"检玉岱宗";如若不然,纵使占有泰山,也不宜封禅。

地理条件的约束令意欲封禅的君主怏怏不乐,文士的妙言美辞却往往"能令君喜"。袁淑的进言中提到,他"愿上《封禅书》一篇",自是以相如上《封禅文》与汉武封禅的故典比喻今事,只不过此时方将出兵就谈"上《封禅书》",似乎为时尚早,想其言辞的意图应更多在振奋"君"心、鼓舞士气上。此后约三十年,有王俭在宴会中为萧道成背诵相如《封禅书》的事迹④,适可与前事对观。二人都是借《封禅书》颂圣,而后者或许显得更为谄媚。毕竟在萧齐初年泰山已然沦没北境,萧道成也不如刘义隆那般热衷北伐,王俭却仍借相如旧文,旁敲侧击地以封禅媚上,似乎有些莫名其妙,但萧道成闻言并未感觉不悦,反是笑言示谦,可见此等"美言"往往能掩蔽现实,在虚处发挥效用。

在沈约《宋书》中,载有利用劝上封禅的虚辞换取实际效益的最佳案例。宋孝武帝时,江夏王义恭曾屡次上表请求封禅。其本传云:

---

① 《宋书》卷一六《礼志三》,第 220 页。
② 《袁淑传》记"大举北伐"在元嘉二十六年秋。据《宋书》卷五《文帝纪》,元嘉二十六年无北伐事,"元嘉二十七年……秋七月,庚午,遣宁朔将军王玄谟北伐,太尉、江夏王义恭出次彭城,总统诸军"。第 56—57 页。知《袁淑传》"二十六年秋"误,应作"二十七年秋"。
③ 《宋书》卷七〇《袁淑传》,第 885 页。
④ (南朝梁)萧子显《南齐书》卷二三《王俭传》,台湾艺文印书馆,1972 年,第 214 页。

  时世祖严暴,义恭虑不见容,乃卑辞曲意,尽礼祗奉,且便辩善附会,俯仰承接,皆有容仪。每有符瑞,辄献上赋颂,陈咏美德。大明元年(457),有三脊茅生石头西岸,累表劝封禅,上大悦。①

据前文所引,管仲曾说,人间君主若是功德皆备、理当受命为王,上天必以"一茅三脊"等一众符瑞示之。彼物、彼说本是管仲劝阻齐桓称王、封禅的虚"设"之辞,显然无法征实。刘义恭的"累表劝封禅"仍能令君上"大悦",达到保全自身的目的,此中情由,可想而知,此乃是数次"务虚"的建言发挥了实际效用。在此处,沈约已用精要的史笔,将事件的核心理路勾勒出来。刘义恭刻意编织这套"尔雅依托"之辞,不过是期望以此博得孝武帝的好感,使自己能在"严暴"的天威之下谋得苟活,故而"累表劝封禅"云云,不过是他"卑辞曲意,尽礼祗奉"的手段之一,陈咏符瑞之类,则应和传文"便辩善附会"的评价。有关"封禅"的成套言辞,在此只是作为"工具"存在,而非"目的"。

综合前论不难看出,在臣工劝言封禅的文辞里,"陈咏美德"才是真正的核心,为君主所乐闻,典礼之事并不重要。此事适可与司马相如奏《大人赋》而武帝感凌云之事②比观。宋、齐之时的劝封禅者,正是与君主在处理文本时达成了"避实就虚"的完美默契,才使得看似不切实际、不合时宜的言辞发挥出令双方满意的效果。这种默契,应是南朝人阅读"封禅文"时的共识。

此种写法、读法并非南朝人在现实逼迫下的戛戛独造,汉人文章就已有此技法。如扬雄的《长杨》《羽猎》二赋曾提到,在西汉成帝时,有:

  群公、常伯③、阳朱、墨翟④之徒,喟然并称曰:"崇哉乎德,虽有唐、虞、大夏、成周之隆,何以侈兹!夫古之观东岳,禅梁基,舍此世

---

① 《宋书》卷六一《刘义恭传》,第800页。
② 《史记》卷一一七《司马相如列传》,第1229页。
③ "常伯"在两汉常指侍中。《文选》卷二〇曹植《责躬诗》,善《注》引扬雄《侍中箴》:"光光常伯。"第285页。《文选》卷五八蔡邕《陈太丘碑文》,善《注》引应劭《汉官仪》曰:"侍中,周官号曰'常伯',选于诸伯,言其道德可常尊也。"第817页。此处非实指。
④ "阳朱"即"杨朱"。《孟子注疏》卷六下《滕文公下》:"杨朱、墨翟之言盈天下,天下之言不归杨则归墨。"第117页。枚乘《七发》:"方术之士有资略者,若……杨朱、墨翟……之伦。"《文选》卷三四,第493页。

也,其谁与哉?"上犹谦让而未俞也。①

其明年,又有人言皇家欲"俟元符,以禅梁甫之基,增泰山之高"②。汉成帝并非新受命,加之功浅德薄,在位时"湛于酒色,赵氏乱内,外家擅朝"③,若有封禅之事,真可谓"污七十二代之编录"④也,可见此二语无疑是扬雄的文学虚构,不可坐实。扬雄所以如此作赋,是以"封禅"作为"功至德洽"的象征,对皇帝而言,这是最受用的褒扬之语。其后班固作《典引》也袭用此法。及至萧梁末期、侯景之乱时,沈炯为王僧辩等人作表劝萧绎即帝位,仍不忘以"禅梁甫而封泰山"作为成功帝王的表征来制造说辞⑤,可见此观念历久而未泯。这些创作、阅读"封禅文"的要义,萧统早已了然于胸,故在编选文章时,他不拘泥于现实典礼,而着眼在陈符命、述功德的文章技巧上,称颂符命既足以达文章之"意",仪式云云自可弃如筌、蹄。

在此之外,萧衍对封禅的态度也关系到《文选》具体安排,在此略作补充。据《梁书·许懋传》:

> 天监初,……时有请封会稽、禅国山者⑥,高祖雅好礼,因集儒学之士,草封禅仪,将欲行焉。懋以为不可,因建议曰:"臣案舜幸岱宗,是为巡狩,而郑(玄)引《孝经钩命决》云'封于泰山,考绩柴燎,禅乎梁甫,刻石纪号',此纬书之曲说,非正经之通义也。……若是圣主,不须封禅;若是凡主,不应封禅。……夫封禅者,不出正经。……郑玄有参、柴

---

① 扬雄《羽猎赋》,《文选》卷七,第 137 页。
② 扬雄《长杨赋》,《文选》卷八,第 142 页。
③ 《汉书》卷一〇《成帝纪赞》,第 136 页。
④ 《续汉志》卷七《祭祀志上》,光武帝建武三十年(54)诏书,《后汉书》,第 1147 页。
⑤ 《梁书》卷五《元帝纪》,第 61 页。(唐)姚思廉《陈书》卷十九《沈炯传》:"及简文遇害,四方岳牧皆上表于江陵劝进,僧辩令炯制表,其文甚工,当时莫有逮者。"台湾艺文印书馆,1972 年,第 122 页。
⑥ "会稽"指会稽山,《史记》卷二《夏本纪·太史公曰》:"禹会诸侯江南,计功而崩,因葬焉,命曰会稽。"裴骃《集解》引《皇览》:"会稽山本名苗山。"第 48 页。又称"茅山","苗""茅"古通,参高亨纂著,董治安整理《古字通假会典》之《幽部第十七(下)·矛字声系》,齐鲁书社,1989 年,第 770 页。"封会稽"应是根据(三国吴)韦昭解《国语》卷五《鲁语下》:"昔禹致群神于会稽之山。"台湾艺文印书馆,1974 年,第 151 页。周生春《吴越春秋辑校汇考》卷六《越王无余外传》:"登茅山,以朝四方群臣。"上海古籍出版社,1997 年,第 108 页。"致群神""朝群臣"为同一事件在神话、历史语境下的不同表述。由此可觇会稽山的神圣背景,故《史记》卷二八《封禅书》云:"禹封泰山,禅会稽。"第 485 页。"禅国山"沿袭东吴旧贯,《三国志集解》卷四八《孙皓传》:"天玺元年(276)……遣兼司徒董朝、兼太常周处至阳羡县,封禅国山。"第 974 页。

之风①,不能推寻正经,专信纬、候之书,斯为谬矣。……"高祖嘉纳
之,因推演懋议,称制旨以答,请者由是遂停。②

许懋明言封禅为"纬书之曲说,非正经之通义",言辞犀利,与上意针锋相对,恐怕令不少与事者为之咋舌。萧衍本有封禅之意,经此一番陈辞,封禅大典"非经"的一面被当场揭穿、反复强调,萧衍便难以继续假借"好礼"的名义,召集儒生草拟仪程。另一方面,在许懋的建议中,君、臣人等所推尊的理论被论证为因郑玄资质愚鲁而作的虚妄之说,不免令素来"护前"③的萧衍耿耿于怀。尽管萧衍当时仍示以雅量,"推演懋议,称制旨以答",为封禅稍微挽回尊严,但在朝堂之上,已无人胆敢再次奏请封禅。朝臣尚且能摸透萧衍忌言"封禅"的促狭心思,又何况是熟谙君父脾气的萧统?由此角度,亦可说明他将《文选》中事关封禅的类目题作"符命",不失为谨慎的安排。

三　典型的"符命"文:《典引》

假使前论确切不诬,适可了解:《文选》"符命"类所选三篇文章皆重在"劝"封禅,"劝"的方法,则是解说符命、宣扬正统,"大归言本朝当有天下"。由此作更进一步的推论,或许可说:班固《典引》乃是《文选》"符命"类的重心所在,为萧统眼中"符命"文的代表。

论其缘由,首先自然是因为萧统认可《典引序》中"相如《封禅》,靡④而不典⑤;杨雄《美新》,典而亡实"的评价。班固"追观易于明,循势易为力"⑥,遂

---

① (宋)邢昺《论语注疏》卷一一《先进》:"柴也愚,参也鲁。"台湾艺文印书馆,2003年,第98页。
② 《梁书》卷四〇《许懋传》,第281—282页。
③ 《梁书》卷一三《沈约传》,第121页。
④ "靡"字取自司马相如的自评,见《史记》卷一一七《司马相如列传》:"《上林》之事未足美也,尚有靡者。臣尝为《大人赋》,未就,请具而奏之。"第1226页。"靡","侈"也,见(唐)孔颖达《礼记注疏》卷八《檀弓上》郑玄注,台湾艺文印书馆,2003年,第145页。(唐)贾公彦《周礼注疏》卷一四《地官·司市》:"以政令禁物靡而均市。"郑众云:"靡谓侈靡也。"台湾艺文印书馆,2003年,第218页。若《上林赋》中语:"嗟乎,此泰奢侈!"《史记》卷一一七,第1220页。
⑤ "典",原本指双手捧书册,"典"作名词指尊贵、神圣的文籍,进而引申指雅正整饬的文字风格,在儒门语境之中,至高的"典"即是六经,故而辞之"典",要以经典为依归,仿佛六经辞气。
⑥ 《文心雕龙注》卷五《封禅》,第394页。

得以后出转精,陵轹前修。

其次,缘于《典引》不强调封禅。在班固作文的章帝时期,已明显不可能再次举行封禅大典①,但班固仍旧不厌其烦地颂扬盛德,充分体现出《文选》"符命"类文章"避实就虚"的特点。换言之,若只选相如《封禅文》,由于汉武帝的成功封禅,此特色必然湮没难见。

《剧秦美新》同样是劝封禅而未封禅,但此文的立意与论证方式,显与《封禅》《典引》有别。萧统选此篇的用意,应是示意"后进英髦"如何在相对险恶、或并无功德可资称许的政治环境下,凭借闪展腾挪、笔灿莲花,造就一篇典雅有致的颂圣文②,以满足帝王自我膨胀的心理。虽不失为"游扬后世,垂为旧式"的佳作,但相较而言,终究不如《典引》凭借正面陈理赞美"天汉"更具感染力。

论及申说符命的手法,《典引》的文章技巧与理论建构都颇为高明。个中巧思,充分体现于对题目"典引"二字的推演发挥之中。

《典引》之"典",是班固精心设计的语义双关。题曰"典引",意为旧有之《典》的引申。称"引",是因班固不敢自命为作经之"圣",亦不敢自谓所作即是经典③,故以谦退之语表出④,然而究其实质,班固确实意在造作当代之新

---

① 参郭思韵《谶纬、符应思潮下"封禅"体的与时因变——以〈文选〉"符命"类为主线》,第35页。案:章帝在建初七年(82)至章和元年(87)这六年中,次第巡狩四方,其间亦曾驻跸泰山,据《后汉书》卷三《肃宗孝章帝纪》:"(元和)二年(85)……二月……丙辰,东巡狩。……辛未,幸太山,柴告岱宗。"第81页。巡狩与封禅关系密切,但在秦、汉,二者已然泾渭分明,不可混同。如秦始皇、汉武帝多次巡狩,封禅则格外谨慎,此类例案甚夥。在建初四年的白虎观会议上,章帝"称制临决",对封禅、巡狩有明确分判,据《白虎通疏证》卷六《巡狩》:"巡狩必祭天何? 祭天所以告至也。《尚书》曰'东巡狩,至于岱宗,柴'也。"第292页。与章帝元和二年之"东巡狩""柴告岱宗"政同,知彼止为巡狩,无涉封禅。

② 王莽"法禁烦苛",民不堪其苦,《剧秦美新》言秦政苛暴,或有讽谏之意。参许结《〈剧秦美新〉非"谀文"辨》,《学术月刊》1985年第6期,第76页。另者,在班固《两都赋》、张衡《二京赋》中可见二人自文化角度视西汉犹如秦,故扬雄之"剧秦"亦可理解为"剧西汉",此是贬前朝、颂新朝的文章技法。参朱晓海《〈两都〉〈二京〉义疏补》,载氏著《汉赋史略新证》,陕西人民出版社,2004年,第327—331页。

③ 擅自作经之罪,参《汉书》卷八〇下《扬雄传赞》:"诸儒或讥以为雄非圣人而作经,犹春秋吴、楚之君僭号称王,盖诛绝之罪也。"第1542页。

④ 班固不敢将己作与《尧典》比肩,自贬一级,犹如《汉书·叙传》自论撰书意,曰"述"而不曰"作"之例。《汉书》卷一百下《叙传下》,师古曰:"史迁则云'作'某本纪、某列传,班固谦不言,然而改言'述',盖避'作者之谓圣',而取'述者之谓明'也。"第1772页。彼"述"、此"引"俱非别体,谦退之语耳,文法则仍从旧贯。

"典"。此举正若《封禅》之"作《春秋》一艺",《美新》之"宜命贤哲作帝典一篇",所不同处,在于班固并未打算赓续《舜典》,形成尧、舜、汉三典相袭的模式,而是明确表示:《典引》所承,唯有《尧典》。这一写作动机背后,无疑有"汉家尧后"说的神性加持。如此一来,便可明悉《典引》的真实面目,实乃《尧典》在汉代的"再现"。既然二《典》之间有此"基因纽带",后者势必呈现与前作肖似的文本形貌,如文中"三事、岳牧之寮,佥尔而进曰"之类措辞,就显示出其与《尧典》在文章之"典"上的前后联系;同时,《典引》有"仰监唐典"[1]"展放唐之明文"[2]这样的表述,则是意在昭显汉在文化、制度之"典"上,同样不愧为尧后[3]。

在此基础之上,《典引》对"汉家尧后"理论的新颖改造更属难能可贵。最初西汉末叶儒生造出此说,是为了给刘邦以布衣得天下作出合理解释,并防止其他"匹夫"也有"为天子"之心。因为自先秦至汉时,普遍有"无土不王"[4]的观念,是以必须先为辖有土地的贵族,才有资格成为君主,乃至天下共主。刘邦以布衣为天子,在当时无疑是破天荒之举,虽有司马迁为之惊喟:"此乃《传》之所谓大圣乎?岂非天哉!岂非天哉!非大圣孰能当此受命而帝者乎?"[5]但仍需回应其血统、身份的问题。针对此种困境,"汉家尧后"说方才应运而生,体面地为刘氏梳理出了一套家族谱系,然而,此说也是一把双刃剑:在

---

[1] 类似的表达,前有扬雄《羽猎赋》:"于兹乎鸿生巨儒,……修唐典,匡雅、颂。"《文选》卷七,第137页。

[2] "放"读为"仿"。此"唐"之"文",犹"郁郁乎文哉"之周"文",邢昺释"文"为"礼法文章",见《论语注疏》卷三《八佾》,第28页。案:"仿唐之文"本出纬书。《后汉书》卷三五《曹褒传》,载元和二年汉章帝诏书语:"述尧理世,平制礼乐,放唐之文。"(第432页)章怀《注》言此语化用纬书《尚书璇玑钤》,原文为:"使帝王受命,用吾道,述尧理,代〔世〕平制礼,放唐之文,化洽作乐名斯在。"又,《续汉志》卷九《祭祀志下》,刘昭《注补》引东平王刘苍所进《武德舞歌诗》:"建立三雍,封禅泰山,章明图谶,放唐之文。"(《后汉书》,第1158页)意同班文。

[3] 这种在外"缘饰以儒术",在内暗藏政治意图的手法,为汉人所习用。类似援引《尚书》装点政治文章的案例,参李伟泰《两汉尚书学及其对当时政治的影响》,台湾精华印书馆,1976年,第144—148页。

[4] 《史记》卷一六《秦楚之际年表》,《集解》引《白虎通》:"圣人无土不王,使舜不遭尧,当如夫子老于阙里也。"第298页。汪荣宝《法言义疏》卷一四《重黎》:"或问:'仲尼大圣,则天曷不胙土?'曰:'无土。''然则舜、禹有土乎?'曰:'舜以尧作土,禹以舜作土。'"台湾艺文印书馆,1968年,第542页。

[5] 《史记》卷一六《秦楚之际年表》,第298页。

暂时平息刘邦得位正当性的问题之后,又不得不面对"尧后""有传国之运"①、定要将政权禅让给"舜后"的麻烦。汉哀帝自己禅让给自己的闹剧②,以及王莽自命"舜后"转移汉祚的近事,无不暴露出此理论的缺陷。对此,《典引》的阐释是:

> 若夫上稽乾则,降承龙翼,而炳诸典谟,以冠德卓绝者,莫崇乎陶唐。陶唐舍胤而禅有虞,有虞亦命夏后,稷、契熙载,越成汤、武。股肱既周,天乃归功元首,将授汉刘。……盖以膺当天之正统,受克让之归运。③

为什么说"冠德卓绝者,莫崇乎陶唐"?因为尧开启了"舍胤"让贤的先河,此后"有虞亦命夏后",亦是尧帝美政的延续。西汉时人认为,这一舍一让,乃是君主盛德的最好体现。太史公就曾就此事论舜、禹优劣,曰:

> 舜之德可谓至矣!禅位于夏,而后世血食者历三代。及楚灭陈,而田常得政于齐,卒为建国,百世不绝,苗裔兹兹,有土者不乏焉。至禹,于周则杞,微甚,不足数也。④

所谓"至德",指舜之禅禹,故舜得以苗裔不绝,"有土者不乏",田齐尤为世之"显诸侯";禹未能传国于他姓贤士,德业不如前人,所以后嗣杞国"微甚,不足数也",此中俱有逻辑联系。司马迁举此二者作比,或在暗示天下当"不私一姓"⑤,而以禅让为高。班固继承了这一理念,但在内部结构上有微妙的调整。据前引《典引》,班固先通过承认禅让为大德,将尧的地位推崇至极,随后笔锋一转,乃发"天迺归功元首,将授汉刘",及"膺当天之正统,受克让之归运"之论,可谓精彩绝伦:既言"归功""归运",可见天命曾经外假于人,所言即是尧

---

① 《汉书》卷七五《睢弘传》,第1395页。
② 《汉书》卷一一《哀帝纪》:"待诏夏贺良等言赤精子之谶,汉家历运中衰,当再受命,宜改元易号。诏曰:'……以建平二年为太初元将元年。号曰"陈圣刘太平皇帝"。……'"第139页。陈氏为虞舜后裔。《史记》卷三六《陈杞世家》:"陈胡公满者,虞帝舜之后也。"第579页。
③ "当天"代指尧,本自《论语注疏》卷八《泰伯》:"唯天为大,唯尧则之。"第72页。"克让"指尧的品德,亦代指尧,本自《尚书正义》卷二《尧典》:"允恭克让。"第19页。
④ 《史记》卷三六《陈杞世家·太史公曰》,第584—585页。
⑤ 《汉书》卷八五《谷永传》,第1499页。

以天命遍授四位股肱大臣,如今四位臣子及其后裔皆已担任过天下主,故而天命适可返归本家正统,回到尧帝这一正脉,也即归于尧后的汉室。同时也须看到,在此文意脉之中,班固仅以尧、舜"禅让"之事为抬高尧帝道德的理论工具,目的既已达成,随即淡化、弃置之,决不会令此"至德"之举与汉"有传国之运"产生联系,故而免于落入前代儒生论辩的旧循环中。

至于四臣之受命,《典引》以"孕虞、育夏、甄殷、陶周"总括之,意谓尧是四臣的"父母楷模"①,四朝的天命皆来自尧。个中道理,据褚少孙答张长安之言:

> 尧知契、稷皆贤人,天之所生,故封之:契七十里,后十余世至汤王天下;尧知后稷子孙之后王也,故益封之百里,其后世且千岁,至文王而有天下。②

可知自西汉元、成时已有儒生认为:尧的臣工或其后嗣所以能成为天下主,固然源于"天与之",与此同时,亦得益于尧的沾溉。舜、禹的功绩受到尧的认可,二人继尧为王,此不多论;契、稷的后嗣建立商、周,进而为天下主,皆远在后世,如何能说仰承尧恩呢?以褚生之言,契、稷本"无土",不具备称王的最低标准,唯帝尧以其大圣③,早已预知千百年之后的天道运作,因而特意赐予契、稷以封地,为他们后嗣作天下共主的伟业作了最基础、最必要的铺垫。因此,《典引》用"孕、育、甄、陶"四字来概括尧与四臣之朝的关系,以汉儒观念而言并不夸张。只不过,天道"正统"本在尧这一族的事实从未改变,故在四位臣工及其后嗣轮番享有天下之后,唯有令尧帝一支再获帝位,由汉室稳守大宝,才能让天命历经千年"周转"后,再次以"常道"运行。这也就意味着自此以后,世间绝不可再有让国授命之事,否则就是自乱天道典则。跟随这一套理论层层推进,"汉家尧后"的负面效应竟被巧妙地消解于无形。一面宣扬正统,一面消弭隐患,此乃《典引》为"天汉"国祚永续在正、负两面舆论上所作的努力。

---

① 蔡邕《注》,《文选》卷四八,第697页。
② 《史记》卷一三《三代世表·褚先生曰》,第225页。
③ 《周礼》卷一〇《地官·大司徒》,郑《注》:"圣,通而先识。"第160页。

小　结

　　传统所谓的"封禅文",本质上实为"劝"封禅之文,与臣工所奏封禅议性质相同,皆不必实际参与封禅大典。由此,进而发展出无论现实条件是否允许封禅,封禅文、封禅议仍旧屡屡呈上,以博得君主欢心的情形。这些看似"虚妄"的言辞,之所以能够在险象环生的政治圈中收获正向反馈,得益于作者胜义纷披的文辞,或者径言:是文章所蕴的"文学魅力"产生了效用。此类申说圣朝合符天命的"符命"文,不仅能点缀盛世、锦上添花,其中妙如《典引》者,竟可弥合王朝正统理论的罅隙,有"笔补造化"之功,诚是"忠臣效也"[①]。萧统立"符命"一类,正是意在向"后进英髦"开示此中精微。

（新竹清华大学中国文学系）

[①] 《典引·序》,《文选》卷四八,第695页。

《文选》李善注"再见从省"义例探微

王翠红

李善注释《文选》时,遇逢前文业已注释过的《文选》词句,后文再见时为免卷帙之浩繁,多从省,少复施注,依不同情况,或从省云"已见上文",或从省云"已见某篇",①他如"凡人姓名皆不重见"(刻本卷一班孟坚《东都赋》"故娄敬度势而献其说"下注)、"凡鱼鸟草木皆不重见"(刻本卷二张平子《西京赋一首》"鸟则鹔鹴鸹鸨,鴐鹅鸿鶤"下注)等,皆如此类,此即后人所言李善注之"再见从省"义例。而诸刻本《文选》李善"自述作注例"中有涉及此"再见从省"义例的共计六条,但无论是义例本身的逻辑严密性、周延性,还是在具体行文从省注例中,均存在着大量不可调和的矛盾以及冲突抵牾之处。虽义例在列,实则章法混乱,李善注素以"谨严""精密"著称,其注例当不至于如此自相冲突抵牾,而授人以柄,其注例很可能经过后人臆改,非唐时李善注旧貌。②

一 唐时李善注"再见从省"义例旧貌之溯源

李善为《文选》施注之初,盖凡遇及前文业已施注,后又再见时,其自述作

---

① 胡克家《文选考异》卷七"注:怀金,已见上《谢平原内史表》;佩青,已见上《求通亲亲表》"下,云:"善第一卷注自言同卷再见者,并云'已见上文',又云:其异卷再见者,并云'已见某篇'。然则凡不合此例,皆失善旧。余不具出。"言之粗略武断耳。且胡氏所言"其异卷再见者"之"异卷"当为"异篇"。

② 对此李善"自述作注例"中"再见从省"义例所存在的相互矛盾抵牾之处,前修时贤已多有论及,可参看高步瀛《文选李注义疏》、王礼卿《〈选〉注释例》、李维棻《〈文选〉李注纂例》等相关内容。

注义例,定会虑及两个问题:其一,从读者的角度而言,重复施注者为上上之选,因每篇皆可独立、单独使用,无须再翻检他卷他篇,更便于读者阅读使用。其二,从施注者角度而言,萧统《文选》载录诗文凡751篇,其人物、典故、史实、地名、鱼鸟草木等前后复出者不可胜数,若每遇及一次,就重复疏解详释,一一复出,不独篇幅加长,徒费翰墨,使得部帙过重,劳游学之负契,亦或显烦芜不堪,见厌于士林。① 同时,亦难免会出现前后偶有违失,不能严丝合缝,落人口实的情况。因此在一定情形下采取"再见从省"义例,可兼顾两面,不能全省,亦不能不省。当然,从省的方式和用语须为读者方便考虑,注释定位须准确、明晰,易于翻阅。而传世刻本中的六条"再见从省"义例之间存在逻辑上的矛盾,使得诸刻本李善注再见从省时呈现骑虎难下、模棱两可、莫衷一是的情况,整体上杂乱无章,不仅增加了理解难度,更是给读者带来了极大的不方便,此远非李善作注"从省"之初衷。

今检日藏古抄本《文选集注》(下简称"集注本")②残存二十六卷所汇录李善注之"再见从省"义例共留存130条。虽个别"再见从省"义例有待进一步细究,但从整体上看,集注本李善注"再见从省"义例(诸如"已见上文""已见某篇"等)才堪称"谨严""精密",其"再见从省"注例的使用准确、明晰,便于阅读,很好地体现了以读者为本的注释理念。现据集注本李善注"再见从省"130条实例,结合参照比勘《文选》其他旧写抄本如敦煌写本、日藏九条本等以及北宋监本③、尤刻本④、奎章阁本⑤、明州本⑥、赣州本⑦等宋刻本中李善"自述作注例",推测李善自述从省注例时,其旧貌当如下表一所述(依文中出现先后次序):

---

① 周芮香《〈文选〉李善注注例之研究》,国立武汉大学1933年毕业论文,第11页。
② 《唐钞〈文选集注〉汇存》,佚名编选,周勋初辑,上海古籍出版社,2011年。
③ 《文选》,(梁)萧统编,(唐)李善注,北宋天圣年间国子监刻本。
④ 《文选》,(梁)萧统编,(唐)李善注,南宋淳熙八年(1181)尤袤刻本,中华书局,1974年影印本。
⑤ 《文选》,(梁)萧统编,(唐)五臣、李善注,朝鲜活字翻刻北宋元祐年间秀州州学刊刻本,韩国奎章阁藏,韩国正文社1983年影印出版。
⑥ 《文选》,(梁)萧统编,(唐)五臣、李善注,南宋绍兴二十八年(1158)明州刻本,日本足利学校遗迹图书馆后援会1975年影印本。
⑦ 《文选》,(梁)萧统编,(唐)李善、五臣注,宋绍兴间(1131—1162)赣州州学刊宋元明递修本。

表一　李善注"再见从省"例旧貌

序号	李善自述"再见从省"义例	施注位置
1	石渠,已见上文。然同篇再见者,并云"已见上文",务从省也。他皆类此。①	诸宋刻本卷一班孟坚《西都赋一首》"又有天禄、石渠"下注
2	娄敬,已见上文。凡人姓名皆不重见,余皆类此。	诸宋刻本卷一班孟坚《东都赋一首》"故娄敬度势而献其说"下注
3	诸夏,已见《西都赋》。其异篇再见者,并云"已见某篇"。他皆类此。	诸宋刻本卷一班孟坚《东都赋一首》"光汉京于诸夏"下注
4	诸夏,已见上文。其事烦,已重见及易知者,直云"已见上文"。而它皆类此。	诸宋刻本卷一班孟坚《东都赋一首》"内抚诸夏"下注
5	栾大,已见《西都赋》。人姓名及事易知而别卷重见者,云"已见某篇",亦从省也。他皆类此也。②	法藏敦煌 P2528 唐写本《文选》卷二张平子《西京赋一首》"于是采少君之端信,庶栾大之贞固"下注
6	䴔、鸨,已见《西都赋》。凡鱼鸟草木皆不重见。他皆类此。	诸宋刻本卷二张平子《西京赋一首》"鸟则鹔鹴䴔鸨,鴐鹅鸿鸥"下注

其中,义例1和义例3是李善注"再见从省"的核心义例定义。义例2和义例4申述并补充义例1,使同篇"其事烦,已重见及易知者"再见类及同卷异篇的"人姓名"复注采用"已见上文"的从省方式,从属于义例1。义例5和义例6申述并补充义例3,使"人姓名及事易知而别卷重见"、"鱼鸟草木"别卷重见类复注采用义例3"已见某篇"的从省方式,扩展了其适用范围。综观表中6条义例,可称得上用语具有明确性、严谨性和周延性,既便于读者检寻,亦毋庸施注者重复施注而徒费笔墨。

---

① 现存诸《文选》宋明刻本中,"然同篇再现者"之"篇"字皆为"卷"字,疑误,此改作"篇"字。说见文中详述。

② "栾大,已见《西都赋》……云已见某篇"原作"少君、栾大,已见《西都赋》……云见某篇",唐写本误,当删"少君"二字,又"云"后误脱"已"字。详参俞绍初等点校《新校订六家注文选》。

然而，诸刻本（如尤刻本、胡刻本①等李善单注本及奎章阁本、赣州本等六臣本）义例1之"篇"字皆同作"卷"字，与义例3存在定义适用范围上的交叉重叠，两核心义例，定义域重叠而从省用语方式不同，从数理逻辑看，此乃大误。假如李善注再见从省义例1之旧貌如刻本所载，则遇同卷异篇从省时当如何选择，是依据刻本义例1"同卷再见"云"已见上文"，还是依据义例3"异篇再见"云"已见某篇"，无所适从，恐会左右失据，陷自己于两难之境地。李善自述义例之初，加之两核心义例同在卷一，定不会犯如此之大错，疑为传抄致讹，而诸宋刻本编刻者失察，沿误至今，以至陷今人于迷雾，当然也不排除此为后人臆改的可能性。今上述列表中已将义例1之"卷"字更正为"篇"字，主要理由有二：其一，两条义例中，义例1见于《西都赋》，义例3见于《东都赋》，二赋同在卷一，其卷目皆作"班孟坚《两都赋》二首"（日藏上野古抄本下有"并序"二字），概将《西都赋》和《东都赋》视为二首②，非属"同篇"无疑，因此义例3中言"异篇"之"篇"字当无误。且卷一只此二篇赋文，义例1出现在首卷首篇，"石渠"盖因此前《两都赋序》中"内设金马石渠之署"下，李善业已作注，盖此处再见从省。而李善注义例非如今人古籍整理之惯例将"凡例"置于卷首，以统贯全文，而是随文标注，散见于各篇，见招拆招，遇到什么情况是如何处理，则发凡起例，以"他皆类此"以示统一，故而此注例云"同卷"不妥，云"同篇"更契合此况。义例1如言"同篇"则与义例3"异篇再见者，并云已见某篇"之"异篇"相呼应，如此看来这两条核心义例才能相承相合，周延无缺，形成定义上的闭合。其二，假定诸刻本中第1条义例不存在传写之误，李善注旧貌原本如此，设若出现诸如"诸夏，已见《西都赋》"之同卷异篇情况，即李善在《西

---

① 《文选》,(梁)萧统编，(唐)李善注，清嘉庆十年(1805)胡克家刻本，中华书局，1977年影印本。
② 王观国《学林》卷七《古赋题》认为，班固《两都赋》首尾一贯，当为一赋，萧统《文选》将之析分为《西都赋》《东都赋》，当非班固本意。按，《西都赋一首》，尤刻本原无"一首"二字，胡克家《文选考异》亦云："当有，《东都赋》下有。"奎章阁本、朝鲜正德本同尤刻本，并无"一首"字样。陈八郎本篇题"西都赋"误作"两都赋"。盖五臣本依据萧统三十卷本原帙，认为班固《两都赋》首尾一贯，当为一赋，不当析分为二首，萧统编纂《文选》时既析分为《西都赋》和《东都赋》，故遵其故例，但并不标示"一首"二字，下《东都赋》篇题同，陈八郎本、朝鲜正德本等五臣单注本及以五臣本为底本之奎章阁本题下并无"一首"二字。而李善注《文选》，盖因注释繁夥宏富，遂将三十卷本原帙一析为二，成六十卷本，故而在《西都赋》和《东都赋》篇题下添加"一首"二字。这样一来，《西都赋》和《东都赋》各自独立成篇，日藏古抄上野本、九条本"赋"下有"一首"二字，九条本《东都赋一首》篇名下有"班孟坚"三字，更是视此为两篇之明证。

都赋》中业已注明"诸夏",又于《东都赋》再见,依据"再见从省"义例(《文选》他卷同卷异篇情况亦如是),在具体施注时就会不断地遇到骑虎难下、左右失据、无所适从的情形:依义例1,"同卷再见者",当作"××,已见上文";依义例3,"异篇再见者",当作"××,已见某篇(按:"某篇"为同卷之篇目。若不同卷,则依义例5、6)"。这样一来,进退失据,逻辑上冲突抵牾。若将刻本所载义例1之"同卷"改作"同篇",则李善注"再见从省"中最核心的两条义例:"已见上文""已见某篇"就各有其独立适用范围,逻辑上清晰明了,如下表二所示。如若再见从省,其从省时就不会出现无所适从之境遇。

表二 "再见从省"义例适用范围

注释再见情形	注释方式
同篇再见(义例1、4)	可复注,可从省。若从省,云"已见上文"
同卷异篇再见(义例2、3)	可复注,可从省。遇"人姓名"者,若从省,云"已见上文";否则从省云"已见某篇"
异卷再见(义例5、6)	可复注,可从省。若从省,云"已见某篇"

二 集注本李善注"再见从省"注例之解析

  李善本《文选》唐时旧写抄本,惟敦煌写本P2527号和P2528号残卷可确认为李善注文。惜仅存吉光片羽,且其注释颇为简略,篇幅短小,客观上讲很难依敦煌写本《文选》为据来追溯、复原唐时李善注旧貌。而日藏古抄本《文选集注》现存可见者有二十六卷,在敦煌写本与诸刻本《文选》之间提供了一个重要的参照标本,其所参据李善注底本,除音注内容外,几乎全存其唐时旧貌,在反映李善注旧貌方面比敦煌写本更宏观,为认知李善本《文选》之旧貌,匡正旧本之讹误,正定《文选》之异文等提供了坚实的版本依据。我们亦可借此对李善注"再见从省"义例,形成更为具体、更接近旧貌的认知。现综观集注本130条"再见从省"情况,大体可分为"已见上文"和"已见某篇"两大类,下面分述之。

(一)"已见上文"类

1. 云"已见序"或"已见序文"或"已见序注"

卷九四袁彦伯《三国名臣序赞一首》"端委虎门,正言弥启。临危致命,尽其心礼"句下,李善注:"见危致命,已见序文也。"按,北宋监本、尤刻本、胡刻本等各本善注"序文"并作"上文",无"也"字,与集注本不同。当系北宋监本编刻者据李善注"再见从省"体例而改,他李善本不察,亦沿用之。同篇"标榜风流,远明管乐"句下,李善注有"管乐,已见序",各本皆同,上条当与之同也,可互为参证。只此处仅言"序",未及"序文"字样,诸刻本编刻者对李善注"再见从省"义例的理解胶柱鼓瑟,故此得以保存唐时李善注旧貌。同篇"夙夜匪懈,义在缉熙"句下,李善注:"缉熙,已见序文。"北宋监本、尤刻本、胡刻本等各本善注"序文"并作"上文",与集注本不同,亦系后人妄改。又,卷百十三潘安仁《汧马督诔一首》"旌旗电舒,戈矛林植。彤珠星流,飞矢雨集"句下,李善注:"矢如雨,已见序注。"即本篇序"四面雨射"句注。北宋监本、尤刻本、奎章阁本、明州本善注与集注本不同,其"已见序注"并作"已见上文",系后人臆改。赣州本复出之,非。

2. 云"已见前句"或"已见上句"

卷八八陈孔璋《檄吴将校部曲文一首》"偏将涉陇,则建、约枭夷,旌首万里"句下,李善注曰:"《魏志》曰:……后泉(渊)大破遂军,得其旍麾。斩建及遂。遂死,已见前句。"此"遂死已见前句"六字,诸刻本淆乱不堪。惜北宋监本阙,难以参据。尤刻本作"《魏志》曰:……后渊大破遂军,得其旍麾。斩建及遂。死,已见上文。"集注本李善注明显比尤刻本清晰明了,更确指,便于读者定位。而尤刻本"死"前脱落"遂"关键一字,致使语义难明,陷读者于迷雾。当然不排除后人因二"遂"字连写,不解其意,误视为一衍字而将之删却的可能性。大体看来,诸刻本多将李善注"再见从省"义例细微差别,诸如"已见序(文)""已见上(前)句""已见上注"等统一调改为"已见上文"。奎章阁本与尤刻本同,因脱漏"遂"字致使语义晦涩难明,亦使得"死"字前无所承,故径直将"死"字作为衍文删却,只保留"已见上文"字样,却不知此"已见上文"所指者何,自乱体例,徒增疑雾。今由集注本可窥知之旧貌,殊是珍贵。

3. 云"已见上注"或"见上注"

卷四八潘安仁《为贾谧作赠陆机一首》"伪孙衔璧,奉土归疆"句下,李善注:"衔璧,已见上注。"尤刻本及奎章阁本"已见上注"并作"已见上句",可知其所参据李善注底本确有作"已见上句"者。卷六八曹子建《七启八首》"予闻君子不遁俗而遗名,智士不背世而灭勋"句下,李善注:"背世,已见上注。"尤刻本、奎章阁本等与集注本同。又,卷七一傅季友《为宋公修张良庙教一首》"若乃交神圯上,道契商洛"句下,李善注:"《答宾戏》曰:齐宁激声于康衢,汉良受书于邳垠。皆竢命而神交,匪词言之所信。圯上,见上注。"按,"见上注"当即前引《答宾戏》"汉良受书于邳垠"。而北宋监本、尤刻本、奎章阁本等并作"圯上,已见谢宣远《张子房诗》注"。诸刻本卷二一谢宣远《张子房诗》"肇允契幽叟,翻飞指帝乡"下李善注引《汉书》曰:"良从容步下邳上,有一老父,衣褐,至良所曰:'孺子可教。后五日,与我可期此。'良夜半往,有顷,父亦来,喜,出一编书,曰:'读是则为王者师。'旦视其书,乃《太公兵法》。"可知,谢宣远《张子房诗》李善注中确有张良受教于圯上老父事,虽事及此,却是疏释正文"肇允契幽叟",诗篇正文中并未出现"圯上",此当系诸刻本参据李善注义例而改。

4. 云"已见上文"

若同卷同篇中上已施注,下又再见,若从省,云"已见上文"。集注本残卷中"已见上文"例计有12条。另,义例4"其事烦,已重见及易知者",亦适用"已见上文"注例,其默认的适用范围是同篇再见的情况。众所周知,义例4出现在诸宋刻本卷一班孟坚《东都赋一首》"内抚诸夏"句下,李善注:"诸夏,已见上文。其事烦,已重见及易知者,直云'已见上文'。而它皆类此。"因同篇前"光汉京于诸夏"句下,李善已注明"诸夏,已见《西都赋》",故"同篇再见,云已见上文",只是前"光汉京于诸夏"下李善是以"从省"的方式加以注释的,但这也是一种注释方式,因"诸夏"在《西都赋》"逴跞诸夏,兼其所有"下李善已注曰:"《论语》子曰:夷狄之有君,不如诸夏之亡也。"且诸《文选》本皆将班孟坚《两都赋》视作二首,故"诸夏"在《东都赋》中重见时,乃属于"异篇再见者,云已见某篇"之注例,故而李善注云"诸夏,已见

《西都赋》"。《东都赋》中李善关于"诸夏"的两处疏释,系"递归式"训解,否则很难理解李善为何一会注"诸夏,已见《西都赋》",一会又注"诸夏,已见上文"。

又,卷九一陆士衡《豪士赋序一首》"震主之势,位莫盛焉"句下,李善注:"震主,已见上文也。"诸刻本善注与集注本同。此类例证多有,此不赘举。值得注意的是,卷五六谢玄晖《鼓吹曲一首》"江南佳丽地,金陵帝王州"句下,李善注:"《尔疋》曰:江南曰杨州。曹植《赠王粲诗》曰:壮哉帝王居,佳丽殊百城。《吴录》张纮言于孙权曰:秣陵,楚武王所置,名为金陵。秦始皇时,望气者云:金陵有王者气,故断连岗,改名秣陵也。"尤刻本、奎章阁本、明州本李善注在所引《尔雅》后多出"佳丽已见上文"六字,又将所征引曹植《赠王粲诗》与《吴录》互乙,复出此"曹植赠王粲诗曰壮哉帝王居佳丽殊百城"十七字,与集注本不同。按,尤刻本、奎章阁本、明州本等当据业已淆乱之李善注例,凡同卷再见者,云"已见上文"。因"佳丽"在本卷前谢灵运《乐府诗一首·会吟行》"两京愧佳丽,三都岂能似"句下李善已注引"曹子建《赠丁仪诗》曰:佳丽殊百城",故而妄增"佳丽,已见上文"一条注解,为与正文序次相合,又调整曹植《赠王粲诗》与《吴录》次序所致。但这样一来,"佳丽"注释又疑有复出之嫌,后人求新窜旧之迹甚明。赣州本改已见为复出,亦非。集注本李善注所征引曹植《赠王粲诗》可视为对正文"佳丽"的注解,其释词次序准确无误。且本卷前谢灵运《乐府诗一首·会吟行》"两京愧佳丽",李善征引的是曹子建《赠丁仪诗》,与此曹植《赠王粲诗》不同,释一词而两引书,不存已见之说,此盖为后人不明李善注"再见从省"体例者妄动臆改之,非。

5. 云"见下文"或"见下注"或"见下句"

卷九三陆士衡《汉高祖功臣颂一首》"随难荥阳,即谋下邑"句下,李善注:"随难荥阳,见下文。"诸宋刻本李善注与集注本同。此即指"销印基废,推齐劝立"句下,李善注:"《汉书》曰:项羽急围汉王荥阳,郦食其曰:诚复立六国后,楚必敛衽而朝。汉王曰:善。趣刻印,先生行佩之。良曰:谁为陛下画此计者? 陛下大事去矣。且楚唯无强,六国复挠而从之,陛下焉得而臣之? 汉王曰:趋销印。"只集注本李善注较之于宋刻本还多出"《礼记》孔悝之鼎铭曰:庄叔随难于汉阳"一条注解,以明"随难"典出,正与此上"见下文"相呼应。同一科段的注解中为何会出现"见下文"这种貌似奇特的"不重见"体例呢？其实，此处"见下文"体例完全体现了李善注义例的细微、谨严、高超之处，"见下文"当呼应其下两处：其一是"《礼记》"云云，其二是"《汉书》曰"云云。而后人见"随难荥阳见下文"之注解，疑想当然地认为"下文"应该有此注解，又对此未加核实，以为"下注""上注"之类，当不会出现在同一科段中，且误认为"《礼记》"云云与后所引《汉书》显得释义重出，故而将之删略，此乃李善该注例的一呼二应之妙哉。当然也存在另外一种可能：疑是李善为了调整释词次序所致，李善引《礼记》以释正文"随难"，其次序当在最前面，而集注本不知缘何将之置于注末。或是李善初作注时误置"《礼记》孔悝之鼎铭曰：庄叔随难于汉阳"之次序，抑或是李善后来所补注，故而在此科段的最前面又加上"随难荥阳，见下文"来补救？

卷六一江文通《杂体诗三十首·陆平原机》"明发眷桑梓，永叹怀密亲"句下，李善注："永叹，见下注。"紧接下两句诗"流念辞南澨，衔怨别西津"下李善注引陆机《赴洛道中诗》曰"永叹遵北渚，遗思结南津"有此注。盖李善觉得这样处理更能契合诗篇正文。北宋监本、尤刻本与集注本同。又，卷九八干令升《晋纪总论一首》"其妇女庄栉织纴，皆取成于婢仆"句下，李善注有"织纴，见下句"，他不赘举。

以集注本观之，李善注"再见从省"体例并不胶柱鼓瑟，倒颇为机变灵活，上所述"已见序""已见序文""已见序注"、"已见前句""已见上句"，"已见上注""见上注"，皆系"已见上文"之变体，自毋庸待言，故诸刻本有径直臆改为"已见上文"者，校改之迹甚显。李善注便宜行事，视情况需要，有云"见下文"或"见下注"者，诸刻本此种情况亦多有，我们可借此窥知李善注之变化多端。

另，集注本卷五六陆士衡《挽歌诗三首》中出现了两处特殊的"已见上诗"体例，一是"流离亲友思，惆怅神不泰"句下，李善注："流离，已见上诗。"二是"哀鸣兴殡宫，回迟悲野外"句下，李善注："殡宫，已见上诗。"此两处"已见上诗"注例乃"已见某篇"之变体，不能视为"已见上文"之变体。因陆士衡《挽歌诗》无篇题，不得言明某篇，只能以"上诗"代之。且此三首挽歌，各本篇次有异，集注本"重阜何崔嵬"句下，编者案语云："《音决》、五家、陆善经本以此篇为第三也。"陈八郎本①、朝鲜正德本等五臣本正如集注本所言，"流离亲友思"正接第一首末句，系唐时旧貌。尤刻本以"流离亲友思"为第三，与集注本同，则善本原如此。尤刻本、奎章阁本此二处皆改为"已见上文"，误。

(二)"已见某篇"类

1. 同卷异篇再见，或云"已见某篇"，或云"已见某人某篇"

集注本李善注于同卷中遇再见情况时，从省，云"已见某篇"，或"已见某人某篇"，与义例3相合甚好。以江文通《杂体诗三十首》为例，集注本共留存7条同卷异篇再见从省注例，如下：

(1)《陈思王赠友曹植》"双阙指驰道，朱宫罗第宅"，李善注："驰道，已见鲍明远《代君子有所思诗》。"北宋监本、尤刻本、奎章阁本并作"驰道，已见上文"。

(2)《刘太尉伤乱琨》"投袂既愤懑，抚枕怀百虑"，李善注："百虑，已见《苦雨诗》"。北宋监本、尤刻本、奎章阁本并作"百虑，已见上文"。

(3)《卢中郎感交谌》"姻媾久不虚，契阔岂但一"，李善注："但一，已见《述哀诗》。"北宋监本、尤刻本、奎章阁本并作"但一，已见上文"。

(4)同上篇，"更以畏友朋，滥吹乖名实"，李善注："名实，已见《言志诗》。"北宋监本、奎章阁本并作"名实，已见上文"，尤刻本作"名实，已见上"，脱一"文"字。

(5)《郭弘农游仙璞》"道人读丹经，方士炼玉液"，李善注："道人，方术之士也，已见《述哀诗》。"北宋监本、尤刻本、奎章阁本并作"道人，方术之士，已见《拟潘黄门述哀诗》"。

(6)《谢仆射游览混》"曾是迫桑榆，岁暮从所秉"，李善注："桑榆，日所没，以喻人年老也，已见刘休玄《行行重行行诗》。"北宋监本、尤刻本、奎章阁本并作"桑榆，日所没，以喻人年老，已见上文。"

(7)同上篇，"舟壑不可攀，忘怀寄匠郢"，李善注："郢人，已见《自序诗》。"

---

① 《文选》，(梁)萧统编，(唐)五臣注，南宋绍兴三十一年(1161)建阳崇化书坊陈八郎刻本，台湾"央图"1981年影印线装本。

北宋监本、尤刻本、奎章阁本并作"郢人,已见上文"。

集注本此7条同卷异篇再见例,皆从省,云"已见某篇",其定位清晰明确,较之于诸宋刻本笼统言之"已见上文",无疑更便于读者查找利用。而诸宋刻本同卷异篇从省,云"已见上文",实与义例3相违。且上举第5条注例中,诸宋刻本则与他条作"已见上文"不同,而是以"已见某篇"形式从省,前后体例不一,兼之其篇题与集注本说法不一致,盖为后人校改所致。

卷九四袁彦伯《三国名臣序赞一首》"堂堂孔明,基宇宏邈"句下,李善注:"堂堂,已见陆士衡《汉高祖功臣颂》。"北宋监本、尤刻本、胡刻本等李善注本并作"堂堂,已见上文"。当是北宋监本编刻者据业已篡改过的李善注"然同卷再见者,并云'已见上文',务从省也。他皆类此"之义例,特将唐时李善注"堂堂已见陆士衡汉高祖功臣颂"改为"堂堂已见上文",他李善本并沿其误。可见,同一卷中不同篇目复见时唐时李善本旧貌,其从省体例采用的是"已见某篇",而并非"已见上文"。此亦是疑刻本所载义例1有误,"卷"当改作"篇"字的依据之一。

又,卷八左太冲《三都赋序》"假称珍怪,以为润色",李善注:"珍怪,已见《南都赋》。"北宋监本、尤刻本、奎章阁本、明州本、赣州本等并无此条李善注,其正文"珍怪"作"珍怪"。日藏宫内厅本、九条本用字同集注本。按,本书前《南都赋》"其宝利珍怪,则金彩玉璞,隋珠夜光"下①,集注本、北宋监本阙,无以参据。而尤刻本、奎章阁本等李善注并缺失"珍怪"注文,疑集注本所据李善注与尤袤所据李善注当非同一注本。而卷九左太冲《吴都赋》"珍怪丽,奇隙充"下,李善注:"珍,亦奇也。《高唐赋》曰:珍怪奇伟。"可知,李善亦并非对重见情况一味从省,为利便士人学子,其处理较为灵活。如赣州本就多改已见为复出。尤刻本中亦偶现前已施注,后再见时复出的情况。北宋监本及奎章阁

---

① 刻本卷四左太冲《南都赋一首》"其宝利珍怪,则金彩玉璞,隋珠夜光"下,尤刻本李善注引"《淮南子》曰:随侯之珠,和氏之璧,得之而富,失之而贫。高诱曰:随侯,汉中国姬姓诸侯也。随侯见大蛇伤断,以药傅而涂之,后蛇于夜中衔大珠以报之,因曰随侯之珠。盖明月珠也。邹阳曰:夜光之璧。刘琨云:夜光之珠。《尹文子》曰:田父得宝玉径尺,置于庑上,其夜明照一室。然则夜光为通称,不系之于珠璧也"。按,本书卷一班孟坚《西都赋一首》"随侯明月,错落其间。……悬黎垂棘,夜光在焉"下,李善已注明,依李善"其异篇再见者,并云'已见某篇'"注例,此李善注《淮南子曰》"以下云云,当作"隋珠、夜光,已见《西都赋》"。奎章阁本、明州本等正如是处理,从省,不重复施注。尤刻本不知何故竟然复出此注,违背李善注例,非。

本则少有违例,当经过后人校改。

又,卷八左太冲《蜀都赋一首》"异物谲诡,奇于八方"句下,李善注:"八方,已见《三都赋序》。"此即《三都赋序》"故能居然而辨八方"句下,李善注"《河图龙文》曰:镇星光明,八方归德也"。集注本《三都赋序》不入卷目,篇题下亦无"一首"字样,九条本与集注本同,正文作"左太冲《三都赋序》",下无"一首"字样。集注本李善注虽不明示《三都赋序》为独立篇文,实则按一独立篇文处理,因此序文后的《蜀都赋》篇目有"一首"字样,亦即把《三都赋序》置之《蜀都赋一首》篇文之外,非属"同篇再见者,云已见上文"之义例,故从省,云"八方,已见《三都赋序》"。而北宋监本、尤刻本、胡刻本、奎章阁本、明州本等皆作"八方,已见上《三都序》"。若依据诸刻本卷一班孟坚《西都赋》"又有天禄石渠"句下,李善注:"然同卷再见者,并云已见上文,务从省也。"此处当作"八方,已见上文"。而不应既有"已见上"字,又云"已见某篇",二者不当兼有,后人窜改之迹甚显,当非李善唐时旧貌。

又,卷八左太冲《蜀都赋一首》"若乃大火流,凉风厉。白露凝,微霜结"句下,李善注:"风厉,已见《南都赋》。"北宋监本、尤刻本及奎章阁本皆无此条注解。同篇"营新宫于爽垲,拟承明而起庐"句下,李善注:"爽垲,已见《南都赋》。"北宋监本、奎章阁本则作"爽垲,已见上文",与义例3不合。

又,卷八《蜀都赋一首》中还有两处"已见某篇"例,一是"楚蹈蒙笼,涉躐寥廓"下,李善注:"蒙笼,已见《南都赋》。"北宋监本、尤刻本、奎章阁本等诸宋刻本均与集注本同。二是"吹洞箫,发櫂讴。感鳣鱼,动阳侯"下,李善注:"阳侯,已见《南都赋》。"北宋监本作"阳侯,已见《南都》"。尤刻本作"阳侯,已见《南都赋》"。虽用字稍有差异,其意同。按,《南都赋》与《蜀都赋》同属于李善六十卷本《文选》第四卷,设若诸宋刻本李善注"然同卷再见者,并云'已见上文',务从省也"(卷一班孟坚《西都赋一首》"又有天禄、石渠"下)之义例无误,此二处均当作"已见上文",而非"已见某篇"甚明。

2. 异卷再见,或云"已见某篇",或云"已见某人某篇"

集注本李善注遇异卷再见,若从省,只能使用义例5和义例6,云"已见某篇",或"已见某人某篇"。其残卷中共留存10条异卷再见"从省,云'已见某篇'"之注例。其中,有7条诸宋刻本与集注本同,并作"已见某篇"。另外三条诸宋刻本则作"已见上文"。① 按,义例5和6是对义例3"其异篇再见者,并云'已见某篇'。他皆类此"的使用范围扩展到了异卷异篇之情形。可见,诸宋刻本当误,而集注本独得其真。

三 旁注阑入李善注"再见从省"注例之举正

综前所述,诸刻本李善注"再见从省"注例之淆乱,一方面在于义例本身的抵牾矛盾,一方面在于其义例的混乱使用,毫无章法,此类混乱之根源当在刻本所载义例1的定义有问题。更有甚者,诸刻本中还存在着大量旁注阑入李善注"再见从省"注例的情况,兹举数例如下。

集注本卷五九鲍明远《数诗一首》"七盘起长袖,庭下列歌钟"句下,李善注:"张衡《舞赋》曰:历七盘而屣蹋。……《国语》曰:郑伯纳女乐二八,歌钟二肆。"北宋监本、尤刻本、奎章阁本、明州本等较之集注本"张衡舞赋曰历七盘而屣蹋"十一字下又衍出"七盘已见陆机罗敷歌"九字。按,陆机《罗敷歌》属于刻本卷二八陆士衡《乐府十七首·日出东南隅作(或曰罗敷艳歌)》②,其"丹脣含九秋,妍迹陵七盘"句下,李善注引"张衡《舞赋》曰:历七盘而屣蹋"。对比集注本和诸刻本可知,唐时李善注旧貌确有此十一字无疑。或北宋监本编刻者注意到此处依李善注例"其异篇再见者,并云已见某篇",从省,故而添加"七盘已见陆机罗敷歌"九字,他本沿承之。但诸刻本既前已复出其注,后又从省,二者不当兼有,后人窜改之迹甚显。当然不能排除此九字乃旁注阑入的可能性。胡克家《文选考异》云:"此十一字误衍。"赣州本复出与集注本同。又,集注本李善注征引"国语曰郑伯纳女乐二八歌钟二肆"以释正文"歌钟",而北宋监本、尤刻本善注则作"《国语》曰:郑伯纳

---

① 卷四八潘安仁《为贾谧作赠陆机一首》"子婴面榇,汉祖应符"下,李善注:"子婴,已见《东京赋》。汉祖,见《两都赋序》。"尤刻本、奎章阁本作"子婴、汉祖,并已见上文"。又,卷四八潘正叔《赠陆机出为吴王郎中令一首》"玉以瑜润,随以光融",李善注:"随,随珠,已见《西都宾》。"尤刻本及奎章阁本作"随,随珠,已见上文"。

② 《玉台新咏》卷三作"艳歌行",此下"或曰罗敷艳歌"即此也。篇题"作",陈八郎本、朝鲜正德本、奎章阁本及胡刻本作"行"。日藏九条本旁注"此行五(臣)在齐讴行之次"。尤刻本与五臣本次序不同,《塘上行》居十七。而敦煌写本陆士衡《短歌行》下即接以谢灵运乐府《会吟行》,正与五臣本次序相合,尤刻本当乱其编次。

女乐二八。歌钟,已见《魏都赋》"。按,"歌钟"前见于诸刻本卷六左太冲《魏都赋》"元勋配管敬之绩,歌钟析邦君之肆"句下,李善注引旧注之张载注①,云:"《国语》曰:郑伯纳女乐二八,歌钟二肆。公锡魏绛女乐一八,歌钟一肆。曰:子教寡人和戎狄而政诸华,于今八年,七合诸侯,寡人无不得志,与子共之。管敬仲相桓公,九合诸侯。魏绛辅晋悼公,七合诸侯。故谓之元勋配管敬之绩也。悼公得二肆而赐魏绛一肆,故诸侯歌钟析邦君之肆也。"非李善自注之文甚明。因张载注颇为详明,故李善未再置词。故而在鲍明远《数诗一首》"七盘起长袖,庭下列歌钟"句下,李善注:"《国语》曰:郑伯纳女乐二八,歌钟二肆。"根本不存在前已施注,此又再见而从省的情况,前《魏都赋》为张载旧注,此为李善自注,李善注节略而引,不生枝蔓,较之张载注更为简明清晰。此盖后人据李善注例而妄改为"已见某篇",却又删汰未尽,留"国语曰郑伯纳女乐二八"十字,从理论上讲二者不当兼有。李善注引《国语》重在后句"歌钟二肆",徒残留前十字与正文无涉,使读者不知所云,阑入之迹甚显,非李善注唐时旧貌。

此外,因不明李善取用旧注体例而将李善注引旧注与李善注混淆,致使诸宋刻本李善注"再见从省"注例矛盾丛生之例多见,如卷八左太冲《蜀都赋一首》"欑居栖翔,聿兼邓林"句下,刘逵注:"《山海经》曰:夸父与日竞逐,渴饮于河渭。河渭不足,北饮大泽,未至而渴死。其策化为邓林。"而北宋监本、尤刻本等皆无此条旧注。相反,诸刻本较之集注本多出"善曰:邓林,已见《西京赋》"一条注解。按,法藏敦煌残卷 P2528 张平子《西京赋》,存李善注,曰:"《山海经》曰:夸父与日竞走,渴饮河渭,河渭不足,北饮大泽,未至,道渴而

---

① 依李善注例,《魏都赋一首》于作者"左太冲"下当标示作注者姓名。四部丛刊本及茶陵本此下有"刘渊林注"四字,北宋监本、尤刻本及奎章阁本、明州本、赣州本皆无。胡克家《文选考异》曰:"各本皆非也,当有'张载注'三字。何云:前注(按,指《三都赋》善注)张载为注《魏都》。陈云:赋末善曰'张以慺,先陇反'云云,则知卷首本题张孟阳注,与前合,后来误作刘渊林耳。所说是也。袁、茶陵本中每节注首刘曰,皆非。盖合并六家时已误其题矣。"梁章钜《文选旁证》亦曰:"潘正叔诗(按,即《赠侍御史王元贶诗》)注引张孟阳《魏都赋注》曰'听政殿左崇礼门',与今注合,皆足证此为张注。"按,胡、梁两家所言是也。根据《三都赋序》李善注,《魏都赋》确实应为张载注。其致误之由,盖因北宋监本已错将"刘渊林注"四字置于《三都赋序》题下,而于三都各篇又失书注家姓名,合并六家时误以为是刘渊林注,与《三都赋序》中綦毋邃注误作刘逵注,其误一也。四部丛刊本题下添"刘渊林注"四字,茶陵本从之,亦误。注中凡首冠"刘曰"二字者,皆当改为"张曰"。而日藏九条本旁记有"善曰""刘曰",其致误盖亦由上说。

死,弃其杖,化为邓林也。"①诸宋刻本卷二《西京赋》"嘉卉灌丛,蔚若邓林"句下,李善注与敦煌本同,只脱漏后"河渭"二字、"而"字及"也"字。由集注本可知,唐时写(抄)本左太冲《蜀都赋》"巢居栖翔,聿兼邓林"下原有刘逵旧注,且注释得很恰切,属于"旧注是者"的情况,故李善径取旧注,将之保留,已不复注。可是,或是后人注意到李善于前《西京赋》中已对"邓林"施注,而不遵循李善对旧注的处理原则及不掠前人之美的作注风格,弃刘逵旧注而复出李善注,又依李善"再见从省"之义例将之臆改为"邓林,已见《西京赋》",并删却刘逵注"《山海经》曰"云云三十四字,殊非唐时李善本之旧。诸宋刻本皆误。

李善注体例向以"谨严""精密"著称,浑然一体,其"(已)见上(下)文"中的"上(下)文"应是李善在上(下)文已作注,为免重复施注而从省,否则前后不相承应。同样,"已见某篇"中的"某篇"亦必为萧统《文选》之篇章,否则当非李善原注。这与李善"因是而留之"旧注中的"不重见"体例以及《文选钞》中"不重见"体例②是不同的。集注本卷九左太冲《吴都赋》中有三处特殊的从省情况:如"双则比目,片则王馀"句下,李善注:"王余,见《博物志》。"又,"穷陆饮木,极沉水居。泉室潜织而卷绡,渊客忼慨而泣珠"句下,李善注:"渊客,见《博物志》。穷陆,见《后汉书》。"北宋监本、尤刻本因科段不同,此两句连接在一起,故前两条合并,作"王余、泉客,皆见《博物志》。穷陆,见《后汉书》。"按,《博物志》《后汉书》均非萧统《文选》之篇目,李善无注,何来"(已)见"之说,其非李善原注甚明,疑由旧注(刘逵旧注多有"某某,见某书"之例)阑入。前"王余,见《博物志》"条,刘逵已注曰:"王余鱼,其身半也。俗云:越王鲙鱼未尽,因以其半身为鱼,遂无其一面,故曰王余鱼也。"李善无须再补此一条注解,于读者无补。且与下句紧接的"开北户以向日,齐南冥于幽都"下,集注本刘逵注"《尚书》:宅朔方曰幽都。谓日既在北,则南冥与幽都同也",在北宋监本、尤刻本中竟被混入李善注,亦可对此加以佐证。

(郑州大学文学院)

---

① 饶宗颐《敦煌吐鲁番本〈文选〉》,中华书局,2000年,第8页。
② 如卷五九鲍明远《数诗》"八珍盈雕俎"下,《钞》曰:"八珍,已具第十一。"又,卷九四袁彦伯《三国名臣序赞》"晚节曜奇,则三分于赤壁"下,《钞》曰:"三分赤壁者,……事已具第廿一,此不委说也。"

王粲《七哀诗》二题

王晓东

  王粲的《七哀诗》因为是建安诗中的名篇，故而颇为后世瞩目，如梁钟嵘许之为"五言之警策者"[①]，清何焯更视之为"杜诗宗祖"[②]。即使到了当代，这组诗依然不时地引起学者们的关注，或予解析，或予考论。其中的真知灼识固然引人深思，但一些似是而非之说亦需廓清。因此之故，笔者不揣谫陋，亦拟提出自己的偶得之见，希望能够得到方家的赐正。

一 《七哀》释题

  清代前期的庞垲在《诗义固说》中说："诗有题，所以标明本意，使读者知其为此事而作也。古人立一题于此，因意标题，以词达意。后人读之，虽世代悬隔，以意逆志，皆可知其所感，诗以题行故也。"[③]揭櫫古人作诗，立题明意的创作意图。不过，庞氏并未谈及古时诗人的立题之法，倒是清初的顾炎武曾论

[①] 钟嵘《诗品序》："陈思'赠弟'，仲宣《七哀》，公幹'思友'，阮籍《咏怀》，子卿'双凫'，叔夜'双鸾'，茂先'寒夕'，平叔'衣单'，安仁'倦暑'，景阳'苦雨'，灵运《邺中》，士衡《拟古》，越石'感乱'，景纯《咏仙》，王微'风月'，谢客'山泉'，叔源'离宴'，鲍昭'戍边'，太冲《咏史》，颜延'入洛'，陶公《咏贫》之制，惠连'捣衣'之作，斯皆五言之警策者也。所谓篇章之珠泽，文彩之邓林。"何文焕辑《历代诗话》，中华书局，1981年，第5页。

[②] 何焯《义门读书记》卷四六："王仲宣七哀诗路有饥妇人六句，杜诗宗祖。"文渊阁《四库全书》本。

[③] 庞垲《诗义固说》，郭绍虞编选，富寿荪校点《清诗话续编》，上海古籍出版社，1983年，第729页。

及这一话题,其《日知录》卷二一"诗题"条云:

> 《三百篇》之诗人,大率诗成,取其中一字二字三四字以名篇,故十五国并无一题,《雅》《颂》中间一有之。若《常武》美宣王也,若《勺》、若《赉》、若《般》,皆庙之乐也。其后人取以名之者一篇,曰《巷伯》。自此而外无有也。五言之兴,始自汉魏,而《十九首》并无题。《郊祀歌》《铙歌曲》,各以篇首字为题。又如王曹皆有《七哀》而不必同其情,六子皆有《杂诗》而不必同其义,则亦犹之《十九首》也。唐人以诗取士,始有命题分韵之法,而诗学衰矣。

并进而指出:"古人之诗,有诗而后有题;今人之诗,有题而后有诗。有诗而后有题者,其诗本乎情;有题而后有诗者,其诗徇乎物。"①其论《诗经》与汉魏诗歌的命题之法,虽不免有以偏概全之嫌,如《楚辞》中的《招魂》《大招》等篇题,就很难据以解释,但就中国诗歌发展的实际而言,却也不能不说顾氏揭示了中国早期诗歌命题的一般规律,称得上窥破个中壶奥之言。对此,清代中叶的乔亿、袁枚及近代的王国维也有相同的论述。②

当然,顾炎武说"王曹皆有《七哀》而不必同其情",也只是阐明王粲与曹植的《七哀》诗题相同而情义有别,其立题方式犹如"古人之诗"一样,"有诗而后有题"。由于所涉话题的限制,顾氏对作为诗题的"七哀"之意未作进一步的解释,但我们在研习王粲的《七哀》组诗时,却不能不刨根究底。考"七哀"作为诗题,起于汉末,王粲、阮瑀的同题之作是现存最早的诗篇。至于最早对"七哀"之意作出明确解释的,则是唐代的吕向,他在《文选》卷二三曹植《七哀诗》下注曰:

> 七哀,谓痛而哀,义而哀,感而哀,怨而哀,耳目闻见而哀,口叹而

---

① 顾炎武《日知录》卷二一"诗题"条,文渊阁《四库全书》本。
② 乔亿《剑溪说诗》卷下:"论诗当论题。魏、晋以前,先有诗,后有题,为情造文也;宋、齐以后,先有题,后有诗,为文造情也。诗之真伪,并见于此。"袁枚《随园诗话》:"无题之诗,天籁也;有题之诗,人籁也。天籁易工,人籁难工。《三百篇》《古诗十九首》皆无题之作,后人取其诗中首面之一二字为题,遂独绝千古。汉、魏以下,有题方有诗,性情渐离,至唐人有五言八韵之试帖,限以格律,而性情愈远。且有赋得等名目,以诗为诗,犹之以水洗水,更无意味。从此,诗之道每况愈下矣。余幼有诗云:'花如有子非真色,诗到无题是化工。'略见大意。"王国维《人间词话》:"诗之三百篇、十九首,词之五代、北宋,皆无题也。非无题也,诗词中之意,不能以题尽之也……诗有题而诗亡,词有题而词亡。"

哀,鼻酸而哀也。①

这一说法得到了后世不少学者的认同,如南宋的葛立方(？—1164)在《韵语阳秋》卷四:"《七哀诗》,起曹子建,其次则王仲宣、张孟阳也。释诗者谓'病而哀,义而哀,感而哀,悲而哀,耳目闻见而哀,口叹而哀,鼻酸而哀'。谓一事而七者具也。子建之《七哀》,哀在于独栖之思妇;仲宣之《七哀》,哀在于弃子之妇人;张孟阳之《七哀》,哀在于已毁之园寝。唐雍陶亦有《七哀诗》,所谓'君若无定云,妾作不动山。云行出山易,山逐云去难'。是皆以一哀而七者具也。"②

细绎吕向的说法,不难看出其迂阔胶柱之处,正如清人许巽行《文选笔记》引张氏之说:"痛义感怨,已不分明。至耳闻目见、口叹、鼻酸,凡哀,何莫不然？强为分晰,殊为无谓。"③是以元代学者李治在批驳吕说的同时,又提出了新的见解:

> 子建之《七哀》,主哀思妇。仲宣之《七哀》,主哀乱离。孟阳之《七哀》,主哀丘墓。吕向为之说曰:七哀者,谓痛而哀,义而哀,感而哀,怨而哀,耳目闻见而哀,口叹而哀,鼻酸而哀。且哀之来也,何者非感？何者非怨？何者非目见而耳闻？何者不嗟叹而痛悼？吕向之说,可谓疏矣。大抵人之七情,有喜怒哀乐爱恶欲之殊。今而哀戚太甚,喜怒爱恶等悉皆无有,情之所系惟有一哀而已,故谓之七哀也。不然,何不云六云八而必曰七哀乎？④

李治视"七哀"为"七情之哀"的解释,得到了一些明清学者的认同,如清何焯《义门读书记》评曹植诗说:"曹子建《七哀诗》,情有七而偏主于哀,惟其所遭之穷也。"⑤

尽管李治之说比吕向之说较为圆融,但依然阻断不了明清另一些学者的探索热情。如明初的汪叡《七哀辞》有言:"古人之咏《七哀》者,盖感而发其可

---

① 《文选六臣注》卷二三,文渊阁《四库全书》本。
② 葛立方《韵语阳秋》卷四,文渊阁《四库全书》本。
③ 许巽行《文选笔记》卷四,许逸民主编《清代文选学名著集成》,广陵书社,2013年。
④ 李治《敬斋古今黈》卷七,文渊阁《四库全书》本。
⑤ 何焯《义门读书记》卷四六,文渊阁《四库全书》本。

哀,有是七者之目。至杜子美《八哀诗》,则一篇为一人作。是则《七哀》者,其哀在己;而《八哀》者,其哀在人也。"①汪氏强解《七哀》之意的努力,其实和吕向之说并无二致。倒是清代学者方廷珪《文选集成》的解说更启人深思:《七哀》初无定名目,因当日为七事所触,适成七首诗而得名。②按,《古文苑》卷八王粲《七哀诗·边城使心悲》章樵注云:"粲《集》,《七哀诗》六首,其二诗入《选》。"知宋人所见《王粲集》,《七哀诗》尚存六首。以此反窥方氏之说,仿佛很有道理。然而,《七哀》果若因七件可哀事而作七首诗得名,写过《七哀》的其他汉晋诗人如阮瑀、曹植、傅玄、张载、荀组等,何以不曾留下作过七首《七哀诗》的蛛丝马迹?必当寓目过《王粲集》的唐人吕向又何以会另立新说?由此而言,方氏之说也只是逻辑推测,缺乏坚实的事实证明。

实际上,北宋学者张表臣谓"《七哀》祖述《四愁》"的判断和清末学者俞樾"释七"的意见,或许更有助于阐释《七哀》的命题立意。前者见张氏《珊瑚钩诗话》:

> 古之圣贤,或相祖述,或相师友。生乎同时,则见而师之;生乎异世,则闻而师之。
>
> 班孟坚作《二京赋》拟《上林》《子虚》;左太冲作《三都赋》拟《二京》;屈原作《九章》,而宋玉述《九辨》;枚乘作《七发》,而曹子建述《七启》;张衡作《四愁》,而王仲宣述《七哀》;陆士衡作《拟古》,而江文通述《杂体》。虽华藻随时,而体律相仿。③

后者见俞氏《文体通释叙》云:

> 古人之词,少则曰一,多则曰九,半则曰五,小半曰三,大半曰七。是以枚乘《七发》,至七而至;屈原《九歌》,至九而终。不然,《七发》何以不六,《九歌》何以不八?若欲举其实,则《管子》有《七臣七主

---

① 程敏政《新安文献志》卷四九,文渊阁《四库全书》本。
② 此据傅刚先生转述方氏意见。见袁行霈主编《中国文学作品选注》第二卷,中华书局,2007年,第40页。
③ 张表臣《珊瑚钩诗话》卷一,何文焕辑《历代诗话》,中华书局,1981年,第450页。按,班孟坚所作为《两都赋》,非《二京赋》。此盖张氏偶误也。

篇》，可以释七。①

合观张、俞两家之言，证以魏晋《七哀》之作，则所谓"七哀"者，本谓心田大半为哀痛充塞，极言哀痛之深广。它既不必如《四愁》那样，因心烦纡郁而四望尽愁，也不必如《七发》或《九章》那样，或为七事而发，或由九篇组成。至于今人研探七哀，或谓乃七层之哀，或谓乃"七七"之哀，②固然也能启人思致，但终归臆测，不足为训。

二　作年考辨

现存王粲《七哀诗》三首的写作时间，古今学者的意见颇不一致。他们的分歧表现在这组诗是否一时之作：若为一时之作，则具体作于何年；若非一时之作，则各自作于何时。

王粲的三首《七哀诗》非一时之作，这是当今学术界的流行观点。其中"荆蛮非我乡"篇，元刘履认为"此篇因久淹荆土，感物兴哀而作"③。又因为诗中所写情事同《登楼赋》相近，学者们遂推断二者当为一时之作。只是由于学者们对《登楼赋》作年的认识有分歧，故而他们对"荆蛮非我乡"篇的作年认定也就有了差异。陆侃如先生《中古文学系年》"建安十一年"条云："严可均《全后汉文》卷九十载粲《登楼赋》有'遭纷浊而迁逝兮，漫逾纪以迄今'句。《文选》卷十一李善注：'孔安国《尚书传》曰：十二年曰纪。'王粲于一九三年(即汉献帝初平四年)来荆州，以'逾纪'二字推之，赋当作于本年前后。篇中又有'华实蔽野，黍稷盈畴……向北风而开襟……风萧瑟而并兴兮'等句，似作于夏秋之交。"又云："丁福保《全三国诗》卷三载粲《七哀诗》三首，第一首有'复弃中国去，远身适荆蛮'句，第二首有'荆蛮非我乡，何为久滞淫'句，内容均与赋近，附系于此。"④

---

① 范文澜《文心雕龙注》卷三《杂文第十四》注【三】引，人民文学出版社，1958年，第258页。按《九歌》十一篇，此既言"至九而终"，则《九歌》疑为《九章》之误。
② 谓"七哀"乃七层之哀者，见殷呈祥《〈七哀〉题解》，《淮北煤师院学报(社会科学版)》1980年第4期。谓"七哀"乃"七七"之哀者，见田汉云《〈七哀〉新臆》，《学术月刊》1983年第6期。
③ 刘履《风雅翼》卷二《选诗补注二》，文渊阁《四库全书》本。
④ 陆侃如先生《中古文学系年》(下)，人民文学出版社，1985年，第356页。

俞绍初先生则认为《登楼赋》当作于建安十三年(208),其《建安七子年谱》云:

> 庾信《哀江南赋》述江陵陷落,于西魏长安遇见被俘之梁朝士人,有云:"逢赴洛之陆机,见离家之王粲。"陆机,吴亡赴洛阳归晋,作有《赴洛道中诗》,是为降臣。"离家",据倪璠注,指《登楼赋》。然则,粲之作《登楼赋》应与陆机作《赴洛诗》时身份相同,均属降臣,不然庾赋以此二人喻梁朝被俘士人,便有拟人不伦之病。《登楼赋》中粲又以钟仪、庄舄自况,一为降俘,一为去国易主之臣,则粲其时之身份更不言自明矣。查王粲生平,符合此种身份者,唯建安十三年归降曹操之时。考史,是年九月刘琮降,曹操以江陵有军实,恐刘备居之,乃将精骑急追之,及于当阳长坂,大获其人众辎重,遂返军江陵。时粲既降操,必当随军从行,至长坂军事行动已基本结束,故得暇于道中登麦城之楼,从容作赋。赋言"向北风而开襟""风萧瑟而并兴",明在秋冬之际,时令正合。曹操至江陵,方依韩嵩品条,擢用荆州名士,而前此,粲以降俘之身,未有授任,前途未卜,既有希求,亦有忧虑,"惧匏瓜之徒悬兮,畏井渫之莫食",此之谓也。粲自来荆州,首尾迄十六年,与赋"遭纷浊而迁逝兮,漫逾纪以迄今",亦相符。《登楼赋》盖作于是年。又本集载《七哀诗》"荆蛮非我乡"一首,其内容与此赋相近,或为同时之作。①

细绎陆、俞两家之说,俞绍初先生的辨析不仅引证周详,而且逻辑缜密,显然更具说服力。

相比之下,《七哀诗》"西京乱无象"篇的作年,学界的分歧更大。元刘履《选诗补注》揭示此诗的创作缘起时说:"仲宣以西京肇乱,既不就仕,而又避地荆楚,因道途所见,感彼在昔遭乱思治之人,哀而作是诗也。"②认为诗当作于王粲离开长安,避难荆州途中。直接承袭或暗自契合刘履说法的后世学者颇

---

① 俞绍初辑校《建安七子集(修订本)》附录四《建安七子年谱》,中华书局,2016年,第459—460页。
② 刘履《风雅翼》卷二,文渊阁《四库全书》本。按,《三国志·魏书·王粲传》曰:"献帝西迁,粲徙长安……年十七,司徒辟,诏除黄门侍郎,以西京扰乱,皆不就。""既不就仕"云云,盖指此而言。

多,不过因对王粲赴荆时间上的认识分歧,遂致诸说纷呈。

按《三国志·魏书·王粲传》云:"献帝西迁,粲徙长安……年十七,司徒辟,诏除黄门侍郎,以西京扰乱,皆不就。乃之荆州依刘表。"①王粲生于汉灵帝熹平六年(177),其"年十七",时当汉献帝初平四年(193)。余冠英、林庚、冯沅君和刘跃进诸先生据此认为,《七哀诗》"西京乱无象"篇当作于是年。②俞绍初先生则认为王粲离开长安前往荆州避难,当在初平三年。其据《赠士孙文始诗》所云"天降丧乱,靡国不夷。我暨我友,自彼京师。宗守荡失,越用遁违。迁于荆楚,在漳之湄",推断王粲前赴荆州,当与士孙萌等人同行。复据《文选》卷二三此诗题下李善注引《三辅决录》赵岐(当作"挚虞")注曰:"士孙孺子名萌,字文始。少有才学,年十五,能属文。初,董卓之诛也,父瑞知王允必败,京师不可居,乃命萌将家属至荆州依刘表。去无几,果为李傕等所杀。"进而稽考《后汉书·献帝纪》及《王允传》,王允于初平三年六月甲子被李傕等所杀。俞氏由此推定,王粲离开长安必在此之前,而初平三年王粲十六岁,其本传称年十七,"乃之荆州依刘表",似误。③

王怀让先生则另辟蹊径,认为初平元年至三年间,荆州骚乱,"四方震骇,寇贼相扇,处处麋沸",王粲不可能在此期间前赴荆州。只有到了兴平元年(194),荆州"年谷丰登",对王粲才有吸引力。况且《七哀诗》所写"出门无所见,白骨蔽平原"的惨象,"虽有战乱的因素,但主要是兴平元年四月至七月的大旱形成的","作者强调'路有饥妇人'的'饥'字,恐怕正含此义"。王氏由此推定,"王粲极有可能就在兴平元年的六七月间离长安去荆州依附刘表的",《七哀诗》"西京乱无象"篇即作于赴荆途中。④

---

① 陈寿《三国志》卷二一《魏书·王粲传》,中华书局点校本,1982年,第597—598页。
② 余冠英《汉魏六朝诗选》:"王粲从十七岁起避难到荆州,依刘表十五年。"人民文学出版社,1982年,第104页;林庚、冯沅君《中国历代诗歌选》:"初平三年,董卓的部将李傕、郭汜等在长安作乱。次年王粲离开长安,到荆州刘表处避难。"人民文学出版社,2001年,第147页;刘跃进《秦汉文学编年史》"初平四年"条:"《七哀诗》当作于本年赴荆州路上。……时年十七岁。"商务印书馆,2006年,第616页。
③ 俞绍初辑校《建安七子集(修订本)》附录四《建安七子年谱》,第423—424页。
④ 王怀让《王粲离长安和创作〈七哀诗〉第一首之时间辨》,《山东教育学院学报》1995年第1期。按,据司马彪《续汉书·五行志一》:"献帝兴平元年秋,长安旱。是时,李傕、郭汜专权纵事。"是长安大旱,在兴平元年秋,王怀让先生认为在四月至七月间,不知何据。

与上述说法相左,清人张玉谷认为《七哀诗》"西京乱无象"篇是王粲"追述赴荆时事而感怀也"①。认同或沿承这一观点的学者,又因各自的认知差异,对本篇作年的推定也就各不相同。陆侃如先生认为作于建安十一年,前文已见引述。张媛先生更是坚决否定王粲初平三年赴荆途中作诗说,其所持的理由有四:一,此篇既然是王粲最杰出的诗篇,却不写成于他创作成熟的邺下时期,"甚至也不写成于他逐渐成名的荆州中后期,偏偏写成于此前的青少年时代",这种说法"是令人难以置信的"。二,"白骨蔽平原"的惨象形成于长安城陷一二年后,"把它看成是自身遭遇的实录,便会漏洞百出,只有看成是若干年之后,诗人根据切身的体会,概括了这一时期的现实情景,加以典型化的作品,才能得到合理的解释"。三,春秋之前,虽存在着"蠢尔荆蛮"的说法,但"到了战国时代,楚国已成为中原诸国合纵抗秦的重要与国","荆蛮"之说渐趋消失。特别是汉高帝本是楚人,影响所及,汉人对楚国乃至楚文化有着特殊的情感。"作为汉朝世代三公之后的王粲,理应受到这一传统的影响,说他少年赴荆时已有'委身适荆蛮'之感是于理不通的。"更何况他所投奔的汉室宗亲、荆州牧刘表,"不仅是王粲的同乡,而且还是他祖父王畅的得意门生"。四,从《七哀诗》的构成来说,"西京乱无象"篇和"荆蛮非我乡"篇"存在着内在的联系,是一个有机的整体"。前一篇首二句意在伤乱,次二句则说离愁。"亲戚"二句则"伤乱与离愁兼而有之,所以分外悲哀。以后便只说伤乱"。后一篇"劈头便说'荆蛮非我乡,何为久滞淫',与上一首'委身适荆蛮'句遥相呼应。接下去便只说离愁。可见两首分工明确,层次清楚且结构严密,前有伏笔,后有照应,浑然一体"。其内在联系,则通过均用"荆蛮"一词而益显。说到底,王粲是一个善于委曲周旋的人,在刘拥刘,在曹拥曹。其称"荆蛮",是和曹操治下的"中国之旧壤"相对立而存在的。由此可见,和"荆蛮非我乡"篇一样,"西京乱无象"篇"应作于王粲归曹之后",才算合理。②

至于"边城使心悲"篇的作年,余冠英先生认为是在建安二十年。他说:"建安二十年,曹操西平金城(今甘肃省兰州市西南),这诗所谓'边城'或指

---

① 张玉谷著,许逸民点校《古诗赏析》卷九,中华书局,2000年,第214页。
② 张媛《王粲〈七哀诗〉作年献疑》,《文学遗产增刊(第十七辑)》,中华书局,1991年,第76—83页。

此。有人说王粲到边城是随曹操征乌桓。此说显然错误。征乌桓是建安十一年的事,其时王粲还在荆州。"①余冠英先生对"建安十一年说"的辩驳很有道理,但其所持的"建安二十年说"却也难以成立。考王粲行历,建安二十年以前,从未到过金城,与诗中所言"边城使心悲,昔吾亲更之"不符。又诗云"冰雪截肌肤,风飘无止期",知时令当在冬日。据《三国志·魏书·武帝纪》:"(建安二十年)三月,公西征张鲁,至陈仓,将自武都入氐。氐人塞道,先遣张郃、朱灵等攻破之。夏四月,公自陈仓以出散关,至河池。氐王窦茂众万余人,恃险不服,五月,公攻屠之。西平、金城诸将麹演、蒋石等共斩送韩遂首。"是金城归附曹操,已时至仲夏。况且曹操攻取河池后,即挥师直指割据汉中的张鲁,并未西进金城,王粲何缘"亲更之"?可见余氏之说,纯属想当然之辞。

实际上,王粲归依曹操之后,随军出征而至边地的,尚有建安十六年冬征讨杨秋之举。上引《武帝纪》载,建安十六年秋七月,曹操西征盘踞关中的马超、韩遂。九月,进军渡渭。曹操先是用贾诩之计,离间马、韩,后乃克日会战,大破之。韩遂、马超败走凉州,杨秋奔走安定。"冬十月,军自长安北征杨秋,围安定。秋降,复其爵位,使留抚其民人。十二月,自安定还,留夏侯渊屯长安。"木斋先生有鉴于此,认为"此诗所谓的'边城'更可能是指安定。……'边城使心悲,昔吾亲更之',点明本篇所写是亲历边城的所见所感。'冰雪截肌肤,风飘无止期',写北地边城季候的严寒之可哀;'百里不见人,草木谁当迟',写不见人烟之可哀;'登城望亭隧,翩翩飞戍旗',写边城军旅场景的凄厉悲壮,暗示战争的严酷;'行者不顾返,出门与家辞',写士兵将赴战场与家人辞别的悲哀,可与其一的'亲戚对我悲,朋友相追攀'对照阅读;'子弟多俘虏,哭泣无已时',写战争之后的惨烈场景,将战争的悲哀推向了极致;'天下尽乐土,何为久留兹?蓼虫不知辛,去来勿与谘',以议论收束全诗。"并根据阮瑀亦有《七哀诗》且卒于建安十七年的情实,推断"王、阮二人当在建安十六年至十七年之间写作《七哀诗》"。②。

对于木斋先生的看法,我们认为此说虽比余氏之说要合理一些,但也未必

---

① 余冠英《汉魏六朝诗选》,第106页。
② 木斋《论王粲与五言诗的成熟——兼证〈七哀诗〉、〈杂诗〉的写作时间》,《齐鲁学刊》2005年第2期,第74页。

切中肯綮。首先,考诸王粲的经历,此前未曾到过安定,而诗中却说"边城使心悲,昔吾亲更之",二者之间明显凿枘不合。其次,诗言"天下尽乐土,何为久留兹",学者们多认为其指称的对象是"子弟多俘虏,哭泣无已时"的"行者",他们在战乱中流离失所,不得不辞家出门,辗转漂泊。揆诸上下文,这种解说固然顺理成章,但和前一首中所言"荆蛮非我乡,何为久滞淫""羁旅无终极,忧思壮难任"等诗句对读比照,便不难觉察出诗人悲悯的主要还是个人身世。再说,诗末二句"蓼虫不知辛,去来勿与谘",化用东方朔《七谏·怨世》"蓼虫不知徙乎葵菜"语意,是说和蓼虫一样的人商议迁徙之事毫无用处,因为"蓼虫处辛烈,食苦恶,不能知徙于葵菜,食甘美,终以困苦而癯瘦也"[①]。按,《七谏·怨世》中的"蓼虫"比喻放逐之士,而"蓼虫"之蓼指水蓼,是楚地常见的水草。因此,我们有理由相信王粲的这篇《七哀诗》写的还是他在荆州时的见闻感受,诗中化用《七谏》语意的"蓼虫"喻指因战乱而流寓荆州的士人。他们或因悲观绝望,或与王粲见解不同,不愿归附曹操,故诗人有"去来勿与谘"之慨。至于诗人何以称荆州之地为"边城",大概是因为这里处于曹操势力所及的边远地带吧。

如此说来,"边城使心悲"篇也应该和前两篇一样,是王粲感怀荆州遭际的作品,其创作时间当在归附曹操之后。具体一点说,作于建安十三年末的可能性较大,最迟也不晚于建安十七年。如果再结合诗中透露出来的情绪看,这首诗和"西京乱无象"篇、"荆蛮非我乡"篇之间,存在着内在的联系,当是有机的整体,为同一时创作的组诗。

(郑州师范学院)

[①] 洪兴祖撰,白化文等点校《楚辞补注》,中华书局,1983年,第244页。

论刘令娴和她的诗[*]

许云和

中国古代的女作家,因相关的传世文献较少,不少人都存在身世和作品的争议问题,如卓文君、班婕妤、蔡琰、王金珠等人,梁代女作家刘令娴亦是其中颇具争议的一位。刘令娴正史无传,其事迹只附见于其兄刘孝绰的传中。她的作品,《隋书·经籍志》录有集三卷[①],而《旧唐书·经籍志》则录有六卷[②],据此看来,刘令娴创作的作品绝不在少数。遗憾的是,她的文集两《唐书》以后就再不见著录,恐在唐已佚。刘令娴至今流传下来的作品,诗主要有《玉台新咏》载录的八首,文则有《艺文类聚》载录的《祭夫文》一篇,如此而已。然而,就是这有限的几篇作品,在后世引起了学者浓厚的兴趣。一些学者多借其诗而发挥其事,或从中钩沉其风流韵事,以传统伦理轨范来论定其道德和人格;或裁剪其诗,任意嫁接,编造其风流轶闻,以满足读者的好奇心。在其作品之外,又或有强解历史文献,索隐其情史以矜奇者,更有编造文献,增广其事迹以自欺欺人者。如此一来,世人眼中的刘令娴,就仿佛是一个有着诸多风波和是非,集风流与才情于一身的女性。刘令娴是具有才华的女诗人,这一点自不可否认,但是,她的诗歌是否真的表现了其风流行迹,她在历史上是否就是这样一

---

* 本文为2017年国家社会科学基金一般项目"汉魏六朝总集编撰与文学批评"(项目编号17BZW005)的阶段性成果。

① 魏征《隋书》卷三五《经籍四》,中华书局,1973年,第四册,第1079页。
② 刘昫《旧唐书》卷四七《经籍下》,中华书局,1975年,第六册,第2077页。

个有着诸多风流是非的女性呢？其实是很值得怀疑的。

一　刘令娴的身后是非

　　刘令娴的事迹附于《南史》和《梁书》的刘孝绰本传，文云："（孝绰）兄弟及群从子侄当时有七十人，并能属文，近古未之有也。其三妹，一适琅邪王叔英，一适吴郡张嵊，一适东海徐悱，并有才学。悱妻文尤清拔，所谓刘三娘者也。悱为晋安郡卒，丧还建邺，妻为祭文，辞甚凄怆。悱父勉本欲为哀辞，及见此文，乃阁笔。"①这是记录刘令娴身世及才学最为重要的一条材料。此外，梁代萧韶《太清记》也曾提到："刘孝仪诸妹，文彩艳质，甚于神人也。"②对刘令娴的创作才能给出了极高的评价。从这些记述可以明确，刘令娴出身官宦文学世家，本人文学才华极高，有名于当世，并不见其不堪行迹。

　　然而，从明代开始，刘令娴身后却惹出了不少风波和是非。一些学者对刘令娴其人其诗，并不立足于严肃的文学批评，而是从好事者的角度出发，像小说家一样把刘令娴作为小说人物来尽情演绎。在这方面，杨慎堪为代表。他的《升庵诗话》就曾对刘令娴的《光宅寺》一诗作出别出心裁的修改，一是将《光宅寺》的诗题改成了刘三娘《光宅寺见少年头陀有感》，二是将刘令娴的另一首《摘同心栀子赠谢娘因附此诗》缀接于《光宅寺》诗之后，写成："长廊欣目送，广殿悦逢迎。何当曲房里，幽隐无人声。两叶虽为赠，交情永未因。同心何处切，栀子最关人。"③这种大尺度的修改当然不能视为杨慎无意之间的疏忽而造成的错误，显然是他有意为之。从中不难看出，杨慎的这一修改实际上是出于文人风流心性，想借此为才女刘令娴编织出更为美丽动人的风流韵事来。他明指这首诗是刘令娴于光宅寺见少年头陀有感而作，这无形中就已制造了一个美女爱头陀的噱头。无奈"何当曲房里，幽隐无人声"两句，顶多是迎合了一般读者对刘令娴与和尚幽会的好奇和猜想，尚不足以形成情节上的波澜，杨慎显然是嫌其故事不多，于是才把另一首《摘同心栀子赠谢娘因附此诗》

---

①　李延寿《南史》卷三十九《刘孝绰传》，中华书局，1975年，第四册，第1012页。
②　李昉等《太平御览》卷五一七《宗亲部七》，中华书局，1960年，第三册，第2351页。
③　杨慎《升庵诗话》卷三，见吴文治《明诗话全编》，江苏古籍出版社，1997年，第三册，第2595页。

缀接于后,以敷衍出更多曲折的情节来,即增加她向头陀赠送定情之物、希望头陀能理解她的一片真心一节,这样就使得故事内容更为详实和精彩,铸就一代才女刘令娴与少年头陀的一个爱情传奇。那么,杨慎为什么会把《摘同心栀子赠谢娘因附此诗》缀接于《光宅寺》诗之后而形成一首新诗呢?这不能不归功于杨慎的聪明和机智,仔细考察可以发现,两首诗合在一起其实是很能蒙蔽人的视线的:一方面,就一般人的视域来讲,两首诗都是情诗,一写幽会,一写定情,幽会后定情,这在情节上已经是天然地构成了一种承接关系;另一方面,就形式上来讲,两首诗都是五言四句,合成一首五言八句的古诗乍一看来也是天衣无缝,恰到好处。由于杨慎是从好事立奇的立场出发,他关心的只是他的编造精不精彩,自己如何从中得到一种心理的快感和满足,至于严肃的文献学家和文学批评家对此会有怎样的感受,会有怎样的指责,他是根本不会在乎的。然而,杨慎的编造虽属不经,却以这样的方式为刘令娴作了形象宣传,对后来者认识刘令娴其人其诗产生了极大的影响。

杨慎乐于编造刘令娴的风流韵事,而明代的另一些学者则乐于编造刘令娴的才情事迹和履历,以放大其形象。如彭大翼《山堂肆考》就曾记述了刘令娴巧续其兄刘孝绰题诗的一则逸事:"孝绰罢官不出,为诗题其门曰:'闭门罢庆吊,高卧谢公卿。'令娴续之曰:'落花扫仍合,聚兰摘复生。'"①这条记载,也见于田艺蘅《诗女史纂》、郑文昂《名媛汇诗》等书。此事明代以前文献并无记录,学者在编录时也不言其出处,明显是无稽之谈。明代的学者在撰述中为什么乐于编造这样的闺秀逸闻呢?这当然与此类著作编撰的市场行为有关,四库馆臣就说,"闺秀著作,明人喜为编辑",为了吸引读者,寻求卖点,编者就有意制造一些耸人听闻的花边新闻,所以诸书才出现了"互相出入,讹谬亦复相沿"的情形。②再如刘令娴生活的时代,本是梁代,而高棅《唐诗品汇·唐诗品汇姓氏爵里详节》则曰:"刘令娴,徐悱妻,隋末唐初人,有集六卷。"③胡应麟《诗薮》亦云:"洗马徐悱妻刘氏集二卷。徐悱妻唐世尚存,故唐选亦收。"④认

---

① 彭大翼《山堂肆考》卷九八《亲属》,文渊阁《四库全书》,第 976 册,子部 282,第 28 页。
② 永瑢等《四库全书总目》卷一九三《集部》四十六,中华书局,1965 年,下册,第 1776 页。
③ 高棅《唐诗品汇·唐诗品汇姓氏爵里详节》,上海古籍出版社,1982 年,上册,第 45 页。
④ 胡应麟《诗薮·杂编》卷二,上海古籍出版社,1958 年,第 265 页。

为刘令娴一直生活到了唐代。高棅和胡应麟一代名流,在明代文坛是何等的地位,然竟出如此荒诞不经之言,所以立即遭到了同代人周婴的嘲讽:

> 谂曰:徐悱妻刘孝绰妹,所谓刘三娘者也,文尤清拔。悱卒,妻为文祭之。按《梁书》,悱在东宫历稔,以足疾出为湘东王友,迁晋安内史卒。父徐勉《答客喻》曰:"普通五年春,悱丧之问至,悱始踰立岁,著述盈笥。"据此则悱卒已过三十,刘亦岂幼艾者?自普通五年至隋亡一百三年,刘若入唐未死,不已百三四十岁乎?此时尚高咏不能自休,是老妇而修进士之业也。览《隋·经籍志》,已有梁太子洗马徐悱妻《刘令娴集》三卷,安得唐世尚存哉?新宁高棅辑《唐诗品汇》,内载令娴诗而注曰:"刘令娴,徐悱妻也,隋末唐初人。"此廷礼之误,因以误元端耳。①

明人对刘令娴其人其诗的立异好奇,信口开河,与明代空疏浮泛的学术风气不无关系。到了清代,大概是学术风气的导向所致,清人对刘令娴其人其诗似乎已没有了作假作伪的兴趣,而是回归到了文本的层面进行考察,就其诗而论其人。然而遗憾的是,清人的批评也多陷入先入为主式的道德评价,一些学者并不从文献的角度考察刘令娴作品的真伪,也不认真地研究其作品的内容为何,即望文生义,遽下论断。其套路往往是论其诗而及其人,继而上升到伦理道德的层面,把刘令娴定性为礼教所不齿的淫荡妇人,如王士祯就说:

> 梁徐悱妻刘氏令娴,孝绰之妹,盛有才名。其祭悱文,清绮可诵。及读《玉台新咏》所载令娴诗,如《光宅寺》云:"长廊欣目送,广殿悦逢迎。何当曲房里,幽隐无人声。"又有《期不至》云:"黄昏信使断,衔怨心凄凄。回灯向下榻,转面暗中啼。"正如高仲武所云:"形质既雌,词意亦荡。"勉名臣,悱名士,得此才女抑不幸耶?②

王渔阳所举的《期不至》其实并不是刘令娴的诗,而是姚翻的诗。《光宅寺》一诗固然为刘令娴所作,但这首诗是否真的如他所言是"词意亦荡",却是值得怀

---

① 周婴《卮林》卷九,文渊阁《四库全书》,第858册,子部164,第210页。
② 王士祯《池北偶谈》卷一七,中华书局,1982年,下册,第423页。

疑的(详下说)。但是,就是在这样的情况下,王氏即借高仲武对李季兰的批评,发表了自己对刘令娴的看法,认为刘令娴像李季兰一样天生淫荡,其行为使夫家蒙受了极大的耻辱。这一做法,已经是跳出文学批评的范畴对作家进行人身攻击,极不道德,足见王氏学术上的"领异标新"①有时是多么的荒唐可笑。王士禛之外,崔述也同样是从这个角度来解读刘令娴其人其诗,他以朱淑真与刘令娴作比较,认为刘令娴在行为上是比朱淑真更为不堪的女人。他说:

> 朱淑真遇人不淑,其本传云"时牵情于才子"。而所作《生查子》词云:"去年元夜时,花市灯如昼。月上柳梢头,人约黄昏后。今年元夜时,月与灯依旧。不见去年人,泪湿春衫袖。"则固有外交矣。刘孝绰之妹徐悱之妻刘令娴者,其门望遭遇非淑真比也;然《玉台新咏》载其数诗,若有可疑。《光宅寺》诗云:"长廊欣目送,广殿悦逢迎。何当曲房里,幽隐无人声?"则有所睹而情荡矣。《题甘蕉叶示人》诗云:"夕泣似非疏,梦啼太真数。惟当夜枕知,过此无人觉。"则寄怨之诗也。有《期不至》诗云:"黄昏使信断,衔怨心凄凄。回灯向下榻,转面暗中啼。"则明有所约矣。《梦见故人》诗云:"觉罢方知恨,人心定不同。谁能对角枕,长夜一边空?"则亦怨诗也。三娘中年而寡,遂至此乎!悱有《赠内》诗云:"日暮想青阳,蹑履出椒房。网虫生锦荐,游尘掩玉床。不见可怜影,空余黼帐香。彼美情多乐,挟瑟坐高堂。岂忘离忧者,向隅心独伤?聊因一书札,以代九回肠。"三娘负此拳拳之情矣。然观"彼美情多乐"之句,则知令娴固薄情人也。越礼之端,实兆于此。②

崔东壁所举的这几首诗,《期不至》《梦见故人》都是姚翻的诗,而崔氏号称考古辨伪,竟然不知,均置其于刘令娴名下。至于《光宅寺》《题甘蕉叶示人》二诗的内容,也未必如他所言是"所睹而情荡"和"明有所约"(详下说)。可见崔氏和王士禛一样,也属不详察其情而妄兴评议。然而,比起王渔阳来,崔东壁显得更不厚道,他认为,刘令娴诗中的淫荡言行,乃是她"中年而寡",饥渴难耐

---

① 《四库全书总目提要》卷一二二《子部》三十二,上册,第1056页。
② 崔述撰著,顾颉刚编订《崔东壁遗书》,上海古籍出版社,1983年,第831页。

所致,并特举徐悱诗"彼美情多乐"一句为证,说明刘令娴生性薄情,其越礼之举,实由此生。这样的话语,与其说是评说,倒不如说是恶毒。在徐悱诗中,"彼美情多乐"一句本来是赞扬妻子刘令娴生性开朗活泼,而崔东壁却将其歪曲为生性嬻薄,这明显是强彼以就我,有意而为之。

与王渔阳和崔东壁的恶意攻击相反,清代的另一些学者则对刘令娴其人其诗表示了貌似同情之理解。因囿于淫诗的视野,感觉其中的描写过了头,与刘令娴大家闺秀的身份和地位极不相符,于是就有学者走向了另一个极端,开始对刘令娴名下的一些诗产生了怀疑,极不情愿相信它们为刘令娴所作。比如,纪容舒就曾对《玉台新咏》载录的"徐悱妇诗三首"即《光宅寺》《题甘蕉叶示人》《摘同心梔子赠谢娘因附此诗》提出了质疑。

> 按此三诗皆涉佻荡,出自文士,不过溺情之语;出自闺阁,则为累德之词。唐《艺文志》载令娴有集三卷,如以此等自编于集,信为理所必无,如其本集不收而以委巷传闻载诸简牍,无论编此书时距令娴之时不远,刘氏、徐氏多列华簪,未必听其宣播。即以孝绰而言,彭城之佚女即东海之宗妇,亦断不登诸集内以贻家牒之羞。以意推之,此书排纂之例盖以所卒之岁为先后,第六卷中徐悱在姚翻前,令娴则在姚翻后,此忽移令娴于姚前,不应自乱其例,疑此三首皆徐悱诗而传写误增一妇字,犹六卷《答唐孃七夕所穿针》诗,本令娴作而传写误脱一妇字耳。鲁鱼帝虎,考证为难,年远人湮,虽未可以臆断,而有兹矛盾,不妨疑以传疑,姑识所见,待博雅者更考之。①

很显然,"此三诗皆涉佻荡",当初曾给了纪容舒心灵以巨大的震撼,因心里实在接受不了大家闺秀刘令娴语出佻荡的现实,所以才极力想为之开脱,先是从情理上推测其不可能,继之又从文献上寻找依据,以"此三首皆徐悱诗而传写误增一妇字"为由,将这三首诗的著作权判给了她的丈夫徐悱。这样一来,不唯合情,也极合理,刘令娴也就从"为累德之词"而声名毁灭的边缘被拉了回来,而她的丈夫虽然背上这口黑锅,却丝毫不损其声誉,因为在他看来,这样的

---

① 纪容舒《玉台新咏考异》卷一〇,王云五《丛书集成初编》,商务印书馆,1937年,第二册,第158页。

诗"出自文士,不过溺情之语"而已,人们是不会苛求他的。虽然纪容舒认为他的考察并不算是确证,不过是"疑以传疑",然经过了这番貌似合情合理的处理,纪容舒先时躁动的心理毕竟要平静多了。不幸的是,纪容舒这个出于同情而勉力进行的情理推测,毕竟提供不了实据,所以想以这样的方式为刘令娴翻案,几乎就是一个笑话。

从以上的情形可以看到,刘令娴的身后之所以会有这么多的是非,一方面固然与她在史上留下的痕迹较少有关,事迹少,好事者自然就有了编造的机会和空间。但更主要的还是由她的诗歌引起,几乎每一个故事的制造都是借她的诗歌来发酵,而作为故事发酵物的诗歌,基本上又限于《光宅寺》《题甘蕉叶示人》《摘同心栀子赠谢娘因附此诗》这三首诗。如果说这三首诗真如其所解,是表达刘令娴婚外恋情的艳诗,那么,在此基础上演绎的故事无论怎么说总还是有一定的依据的。然而遗憾的是,这一切都是出于误解,由于是误解,这种故事自然也就滑稽可笑了。

到了近代,虽说人们的思想观念已发生了巨大变化,但对刘令娴诗歌的认识,也基本上还是停留在淫诗的范畴,局面并无多大改观。比如《光宅寺》一诗,此时人们看到的仍然还是一个少妇与和尚的偷情[①],而对其他诗歌读解的情形,也莫不是如此。所以诗中的刘令娴,在世人的认知中,依旧还是一个情欲弥满、行为轻佻放荡的女性。

二 刘孝绰"携少妹于华省"辨

除了在诗歌中不断钻求刘令娴的风流韵事外,一些学者更希望通过历史文献中留下的蛛丝马迹来揭开她那些难为人知的身世之谜,其中最有代表性的就是对《梁书·刘孝绰传》中一段文字的解读。

> 初,孝绰与到洽友善,同游东宫。孝绰自以才优于洽,每于宴坐,嗤鄙其文,洽衔之。及孝绰为廷尉卿,携妾入官府,其母犹停私宅。洽寻为御史中丞,遣令史案其事,遂劾奏之,云:"携少妹于华省,弃老

---

① 张伯伟《禅与诗学(增订版)》,人民文学出版社,2008年,第274页。

母于下宅。"高祖为隐其恶,改"妹"为"姝"。坐免官。①

这段话本来是说刘孝绰私生活不检点,在母丧期间携妾入官府,这种行为,正是违犯封建伦理纲常,与名教规定相悖的秽行,所以与刘孝绰素有积怨、急欲寻机报复的到洽一任御史中丞,下车便以"名教隐秽"②之罪弹劾孝绰,致使孝绰因此事而免官。但是,因到洽的弹劾中有"携少妹于华省,弃老母于下宅"之语,且又有高祖"为隐其恶",改"妹"为"姝"之事,一些学者由此便产生了丰富的联想,以刘令娴在三姐妹中最小,为孝绰之少妹,即认为文中的"少妹"是指孝绰之妹刘令娴,梁武帝为了替孝绰掩盖其兄妹滥情的丑闻,才把"妹"字改为"姝"字。为证其实,一些学者还引《南史·刘孝绰传》"孝绰中冓为尤,可谓人而无仪者矣"③之言作为证据,认为史臣所言即指孝绰兄妹滥情。这一解读,又为刘令娴平添了一段令人不堪的风流韵事,先前一些学者理解的刘令娴在诗中表现的所谓风流行迹,仿佛也由此可以一一坐实了。其实,这样的解读是十分荒唐可笑的,文中明言孝绰携入官府的是妾而非其妹,而到洽弹劾词中的"少妹",也并非指孝绰三妹刘令娴,而是"妾"之别称。这一点,《周易》诸注已讲得很清楚,《易·归妹》:"归妹:征凶,无攸利。"注:"妹者,少女之称也。"④古者诸侯一取九女,少女从姊为娣,故为妾。可见到洽是用《周易》此义,意并不指孝绰少妹刘令娴。因此,高祖欲隐之"恶",就并非孝绰的兄妹滥情之"恶",而是其携妾入官府之"恶"。

那么,孝绰携妾入官府之"恶"究竟体现在哪些方面呢?关于这个问题,我们首先要明确的是,孝绰于母丧期间携妾入官府,在当时人的思想观念中,并非小事,而是违背居丧不娱乐这一丧制的大事,论其罪则属于"不孝"。而"不孝"之罪在南北朝又是十恶之目,如《北齐律》就把反逆、大逆、叛、降、恶逆、不道、不敬、不孝、不义和内乱,列作重罪十条。⑤ 此十条,隋《开皇律》名之为"十恶"⑥,按照《唐律》的司法解释,"不孝"包括了"告言、诅詈祖父母父母,及祖父母父母在,

---

① 姚思廉《梁书》卷三三《刘孝绰传》,中华书局,1973年,第二册,第480—481页。
② 《南史》卷二五《到洽传》,第三册,第681页。
③ 《南史》卷三九《刘孝绰传》,第四册,第1015页。
④ 王弼注,孔颖达正义《周易正义》卷五,阮刻《十三经注疏》上册,中华书局,1980年,第52页。
⑤ 《隋书》卷二五《刑法志》,第三册,第706页。
⑥ 同上书,第711页。

别籍、异财,若供养有阙;居父母丧,身自嫁娶,若作乐,释服从吉;闻祖父母父母丧,匿不举哀,诈称祖父母父母死"①,可见居丧娱乐赫然在列。南朝虽不见十恶之名,但已具其实,史上就有很多因居丧携妓妾饮酒娱乐而受到司法惩处的案例,如东晋元帝崩,时国丧未期,而尚书梅陶私奏女妓,钟雅劾奏"请下司徒,论正清议"②。刘宋时谢沈诣事巴陵哀王刘休若,"时内外戒严,普著袴褶,沈居母丧,被起,声乐酣饮,不异吉人,衣冠既无殊异,并不知沈居丧,尝自称孤子,众乃骇愕。休若坐与沈亵黩,致有奸私,降号镇西将军"③。元嘉十六年,范晔母亡,"报之以疾,晔不时奔赴,及行,又携妓妾自随,为御史中丞刘损所奏,太祖爱其才,不罪也"④。具体到梁代,对于居丧违礼之事也是少不了处罚,《颜氏家训·风操篇》就曾专门就刘孝绰事件谈过这个问题,"江南诸宪司弹人事,事虽不重,而以教义见辱者,或被轻系而身死狱户者,皆为怨雠,子孙三世不交通矣。到洽为御史中丞,初欲弹刘孝绰,其兄溉先与刘善,苦谏不得,乃诣刘涕泣告别而去"⑤。由此可见,梁武帝欲为刘孝绰所隐之"恶",诚非细故,而是名教所不容的"不孝"之罪,论之刑律,乃在大恶之列,实属不赦。其次需要注意的是,孝绰携妾入官府之事,到洽曾定其罪名为"名教隐秽",此事令人颇感疑惑,古之士大夫有妻有妾,孝绰居丧携妾而行,固属违制之举,但将丈夫与妾之间的行为关系定性为"秽",再怎么说也是难副其实的。这就提醒我们,此事并不简单,其中必有隐情。这个隐情是什么呢?上引《南史·刘孝绰传》史臣"孝绰中冓为尤,可谓人而无仪者矣"之言,应引起我们格外的注意。所谓"中冓为尤",其实就是用《诗·墙有茨》"中冓之言,不可道也"之典说事,有史家深意寓焉。该诗小序云:"卫人刺其上也,公子顽通乎君母,国人疾之而不可道也。"笺:"宣公卒,惠公幼,其庶兄顽烝于惠公之母,生子五人,齐子、戴公、文公、宋桓夫人、许穆夫人。"⑥据此,则知此事是谴责昭伯子烝于母的不伦行为,

---

① 长孙无忌等撰,刘俊文点校《唐律疏议》卷一,中华书局,1983 年,第 12 页。
② 房玄龄等《晋书》卷七〇《钟雅传》,第六册,第 1877—1878 页。
③ 沈约《宋书》卷七二《巴陵哀王休若传》,中华书局,1983 年,第六册,第 1883 页。
④ 《宋书》卷六九《范晔传》,第六册,第 1820 页。
⑤ 王利器《颜氏家训集解(增补本)》卷第二《风操》第六,《新编诸子集成》,中华书局,1993 年,第 120 页。
⑥ 郑玄笺,孔颖达疏《毛诗正义》卷三,阮刻《十三经注疏》上册,中华书局,1980 年,第 45 页。

可见史臣用此典的目的,就不是针对刘孝绰兄妹滥情而言,而是借此讽刺孝绰与其庶母相通。由于孝绰有此与庶母私通的"秽"行,我们就不能不想到到洽为什么会把他携妾入官府之罪定性为"名教隐秽"。所谓"名教隐秽",就是名教所忌讳或不能容忍的秽行,一般指男女之间发生的不正当关系,如梁元帝徐妃与人交通,元帝"疏其秽行,榜于大阁"①;唐中宗韦后淫乱,武三思"疏韦后隐秽,榜于道,请废之"②。到洽既称此事为"隐秽",就说明孝绰与这个妾的关系是属于不正常的男女关系,所以孝绰这个"妾"的来历就大有问题,她必不是孝绰自己的妾,而是他人之妾,如果是孝绰自己纳的妾,其行为无论如何也是够不上一个"秽"字的。一般说来,史臣之言是举传中传主事迹评论之,与传中所述传主事迹是相对应的,因此,此妾既不是孝绰之妾,按照史臣"中冓为尤"这一暗示,她就只可能是孝绰父亲的妾而非别人,在辈分上已是其庶母。事实上,在人们的观念中,也只有与庶母相通这样的人所不齿的恶行,方能当得上一个"秽"字。也就是孝绰所携之妾是乃父之妾,有乱伦之嫌,到洽才将其罪定性为"名教隐秽"。至此也就可以明确,正是孝绰携父妾入官府这件事不仅违背了丧制,而且违反了人伦,已是污秽丑恶之极,事态极其严重,故而到洽才会用它来大做文章,不阴不阳地奏其"携少妹于华省",史臣也才会讥其"人而无仪"。而梁武帝之所以极力为孝绰隐恶,除了居丧违礼的因素外,其子烝于母,当然也是一个重要的原因。

梁武帝欲为孝绰隐恶,当然就得要另找由头,改变事件的性质,削弱这件事的严重性,以消除其极坏的影响。那么,梁武帝改"妹"为"姝"之举是否可以起到这样的作用呢? 要弄清这个问题,就必须先要了解一下这两个字的具体含义。前已有说,"少妹"乃"妾"之别称,至于"姝"字,一般释为"美好",形容女子德、色俱佳,其具体所指,就是依礼而娶的正妻。《诗·静女》:"静女其姝,俟我于城隅。"传:"静,贞静也。女德贞静而有法度,乃可说也。姝,美色也。俟,待也。城隅,以言高而不可踰。"笺:"女德贞静,然后可畜;美色,然后可安。又能服从,待礼而动,自防如城隅,故可爱也。"③又,《诗·东方之日》:

---

① 《梁书》卷四四《世祖二子》,第三册,第619页。
② 欧阳修、宋祁《新唐书》卷一二〇《桓彦范传》,中华书局,1975年,第4312页。
③ 《毛诗正义》卷二,第42页。

"东方之日兮,彼姝者子,在我室兮。"传:"兴也,日出东方,人君明盛,无不照察也。姝者,初昏之貌。"笺云:"言东方之日者,愬之乎耳,有姝然美好之子来在我室,欲与我为室家,我无如之何也。"正义:"此明德之君,能以礼化民,民皆依礼嫁娶。故其时之女言,彼姝然美好之子,来在我之室兮。此子在我室兮,由其以礼而来,故我往就之兮。言古人君之明盛,刺今之昏暗;言昏姻之正礼,以刺今之淫奔也。"①按此,则"姝"就是符合传统道德规范的贞静美好之女,一则能知礼防、守法度,二则能守昏姻之正礼、依礼嫁娶。可见"姝"是属于匪媒不得的正妻,与不聘之妾有着本质的不同。至此我们也就明白了梁武帝改"妹"为"姝"的用意所在,其改"妹"为"姝",其实就是想掩盖既有的事实,说明孝绰母丧期间携入官府的是"少姝"(正妻)而非"少妹"(妾),以此消除孝绰行为的不良影响。因为母丧期间携妻入官府,虽说不免于世人的诟病,但比之于携父妾入官府,其负面的影响毕竟要小得多。当然,梁武帝改"妹"为"姝",还不仅仅是出于为孝绰纾罪宥恶的考虑,其实也还有借此惩戒到洽的意味。孝绰烝于母,人所尽知,而到洽劾奏孝绰,却有意闪烁其词,不称"妾"而称"少妹",表面上看只是在玩文字技巧,实际上却是刀笔吏在摆弄杀人不见血的伎俩,极为阴险。"妾"与"少妹"意本不殊,但到洽却弃常用的"妾"字而故意使用从《周易》中撷拾来的"少妹"一词,这种不阴不阳的做法本身就是对孝绰事件的举手揶揄,不直言其事而其意已在言外,大有深文巧诋、昭示其罪的用意,目的就是形成追逼,考问一向为孝绰护短的武帝如何处理这件事。作为一个老练的政治家和天情睿敏的文人,武帝对到洽的这种伎俩岂有不识之理。他为人本就陵物护前,耻为人下,此一笔将其抹去,一方面固然是文人相轻,看不惯到洽在自己面前卖弄文墨,欲以其人之道还治其人之身,让他见识一下自己刀笔功夫的厉害,以此折辱到洽,警告他不得以文陵主,但更重要的则是以此表明自己不支持以清议惩罚官吏的政治态度和立场。这一点,我们从他在太清元年下诏"清议禁锢,并皆宥释"②这一举措就可以看得出来。显然,清议惩罚虽然对维护人伦秩序和整肃吏治起到了一定的作用,但由于其中存在过多的人治因素,造成了人与人之间关系的紧张,伤害了国体,其弊端越来越严重,

---

① 《毛诗正义》卷五,第82页。
② 《梁书》卷三《武帝纪下》,第一册,第91页。

此时已到了不得不废除的地步。武帝当初之所以反感到洽的做法,就正是出于这种考虑。

综上而言,孝绰本传所述孝绰"携少妹于华省",其实是指孝绰携父妾入官府一事,与刘令娴本人没有丝毫的关系,不能轻易将其指为兄妹淫乱,这是必须要尊重的历史事实。

三 刘令娴被误解的诗歌

上面说过,刘令娴《光宅寺》《题甘蕉叶示人》《摘同心栀子赠谢娘因附此诗》三首诗,是古今学者钻求其风流韵事的媒介。杨慎出于文人心性,借《光宅寺》一诗编织了一个美女爱和尚的故事。王渔阳和崔东壁则指此三诗为"词意亦荡""所睹而情荡",因此对刘令娴本人大加挞伐,进行了猛烈的道德批评。而纪容舒以此三诗"皆涉佻荡",怀疑其不为刘令娴所作,认为可能是出于徐悱之手。那么,这三首诗的内容是否真的如其所解,是情涉于佻荡,写了那个时代违背传统礼教的男女情欲呢?下面我们就来作一个详细的考察。

先看《光宅寺》一诗。

> 长廊欣目送,广殿悦逢迎。何当曲房里,幽隐无人声。

也许是南朝寺庙多有僧俗苟且之事,如齐武帝时隐灵寺"僧尼并皆妍少,俗心不尽,或以箱箧贮奸人而进之"①,梁元帝妃徐昭佩邀美男贺徽于普贤尼寺,书白角枕为诗相赠答②,等等。而乍一看去这首诗也貌似表现了这样的情形,于是古今一些学者由此便想到了刘令娴这首诗是写她自己与和尚的幽会。但是,回到诗的字里行间我们发现,诗本身实际上并不具备这一内容。首句"长廊欣目送"中的"目送",不能解释为目挑心招、暗送秋波,在古代文献中,"目送"往往有崇敬、爱重之意,《汉书·张陈王周传》:"四人为寿已毕,趋去。上目送之。"师古曰:"以目瞻之讫其出也。"③这是说汉高祖敬重商山四皓,对他

---

① 萧绎《金楼子》卷第一《箴戒篇二》,《诸子集成补编》,四川人民出版社,1997年,第十册,第82页。
② 《南史》卷一二《元徐妃传》,第二册,第343页。
③ 班固《汉书》卷四〇《张陈王周传》,中华书局,1962年,第七册,第2036页。

们施与礼送的目光。又《南史·袁宪传》:"宪时年十四,被召为《正言》生,祭酒到溉目送之,爱其神采。"①这是说袁宪很有神采,到溉施与钦羡的目光。而在佛教文献中,"目送"也常用于表达俗众对高僧风姿威仪的膜拜和折服之情。如《续高僧传》所描绘的释慧觉:

> 释慧觉,俗姓范氏,齐人也。达量通鉴,罕附其伦。而仪形秀峙,眉目峰映,衣服鲜洁,身长七尺,容止温弘,顾步淹融,锵锵然也。执持行路,莫不驻步迎睇而目送者,其威仪感人如此。②

再如《集神州三宝感通录》中描绘的怪僧形象:

> 东晋司空何充,弱而信法,于斋立坐,数年以待神圣。设会于家,道俗甚盛。座中一僧容服垢污,神色鄙陋,自众升座,拱默而已,一堂怪之,谓在谬僻。充亦不平,形于颜色。及行中食,僧饭于坐,事毕提钵而出堂,顾充曰:"何俟劳精进耶。"掷钵空中,陵虚而逝。充及道俗目送天际,追共惋恨,稽悔累旬云。③

释慧觉让俗众情不自禁地迎睇而目送,在于其威仪感人,而怪僧让何充及道俗目送天际,则是在于其道行的深湛,正是他们的威仪道行撼动了俗众内心的敬仰之情,所以俗众才有了这样的反应。由此可见,"长廊欣目送"所表现的情景,就是刘令娴在光宅寺长廊遇到了容止庄严的高僧,摄其威仪而心生欢喜,不由自主地迎睇而目送。而"广殿悦逢迎"之句中的"逢迎"二字,既不能理解为普通意义上迎往送来的礼节,更不能解释为刘令娴高兴地看到和尚来迎接自己,它实际上是指高僧普度众生的一种责任和胸怀。《大方广佛华严经》就声明:"自求高座,自称法师,应受供给,不应执事,见有耆旧久修行人不起逢迎、不肯承事,是慢业。"④又,慧能《金刚经解义》也称:"于一切恶类,自行和柔

---

① 《南史》卷二六《袁宪传》,第三册,第718页。
② 释道宣《续高僧传》卷第一二《义解篇八》,高楠顺次郎等《大正新修大藏经》,财团法人佛陀教育基金会1989年印,第50册,第520页。
③ 释道宣撰《集神州三宝感通录》卷下,大正藏第52册,第433页。
④ 实叉难陀译《大方广佛华严经》卷第五八《离世间品》第三十八之六,大正藏第10册,第308页。

忍辱,欢喜逢迎,不逆其意,令彼发欢喜心,息刚戾心,是名种诸善根。"①据此而言,"广殿悦逢迎"表现的就是高僧在正殿欢喜逢迎、开导众生的情景。后面的"何当曲房里,幽隐无人声",意思也并非相约禅房而行苟且之事。曲房,僧人行禅的密室,即禅房。释法琳《辩正论》所谓"窈窕曲房,参差复殿"②,杨衒之《洛阳伽蓝记》所谓"堂庑周环,曲房连接"③,其中的"曲房"即指"禅房"。至于"幽隐无人声"一句,乃是直接采用佛经中的成语而写就的诗句,诸如《妙法莲华经》云:"若说法之人,独在空闲处,寂寞无人声,读诵此经典,我尔时为现,清净光明身。"④《大乘本生心地观经》亦云:"远离愦闹寂静者,弃身舍命求佛道,能住寂静无人声,于诸散乱心不起。"⑤"幽隐无人声"即此经中所谓"寂寞无人声"或"寂静无人声"。关于它的具体含义,来舟注云:"前二句颂前乐住寂静,'无人声'三字释寂静义,盖有声则动,无声则静也。于诸下,谓散乱出于喧杂,定慧成于幽静。然既无人声,散乱之心,无由而起也。"⑥可见,"幽隐无人声"说的就是高僧在禅房中持戒安禅,志求寂静。至此也就可以明确,《光宅寺》整个就是一首赞美高僧的诗,它从一个女性的视角,写出了光宅寺僧引人瞩目的名士风采和逢迎诱导、普度众生的释子情怀,以及心无动乱,志求寂静的苦行精神,对他们充满了由衷的钦敬和赞美之情。

次说《题甘蕉叶示人》一诗。

> 夕泣似非疏,梦啼太真数。惟当夜枕知,过此无人觉。

此诗也常被解作"溺情之语","寄怨之诗",或认为是写刘令娴闺中独处的怨恨,或以为是写刘令娴对亡夫的思念。如果不看诗题,仅就诗句本身来读,得出这样的结论自然是无可厚非,因为"夕泣""梦啼""夜枕"这些字眼,往往会把我们的注意力引向女性夜间的痛苦悲伤和彻夜难眠。但是,一回到诗题,这样的理解就显现出了问题,因为诗题明确告诉我们,它在本质上是咏物而不是

---

① 慧能《金刚经解义》卷上《正信希有分》第六,《大藏新纂卍续藏经》,日本平成元年(1989)版,台北白马精舍印行,第24册,第521页。
② 释法琳撰《辩正论》卷第三《十代奉佛》上篇第三,大正藏第52册,第507页。
③ 范祥雍《洛阳伽蓝记校注》卷第一,上海古籍出版社,1958年,第52页。
④ 鸠摩罗什译《妙法莲华经》卷第四《法师品》第十,大正藏第9册,第32页。
⑤ 般若译《大乘本生心地观经》卷第五《无垢性品》第四,大正藏第3册,第315页。
⑥ 来舟注《大乘本生心地观经浅注》卷第五,《大藏新纂卍续藏经》,第21册,第45页。

专门抒写诗人自己的主观情感,所谓"题甘蕉叶示人",意思就是把诗题在甘蕉叶上让人看,向读者显示她是如何来咏甘蕉叶的,大有诗人写物擅技而逗才的意味。由于是咏物,诗中的"夕泣""梦啼"当然也就不能直接解为刘令娴本人在夜间的哭泣之声了,而应该是夜间雨打芭蕉的声音,是一种拟人化的描写。如此,这首诗的意思就是:晚上雨打甘蕉叶的声音如泣如诉,听起来雨点紧密,看来此时雨下得并不小;中夜以后,雨落在甘蕉叶上的声音则如梦中啼哭,听起来雨点稀疏,如若可数,看来此时雨下得并不大。雨打芭蕉的这一动人情景,只有在夜晚睡觉的时候才能体会得到,过了这个时候就感觉不到了。由此可见,刘令娴描写甘蕉叶,并不是要刻板地以工笔细描出甘蕉叶的形态,而是匠心独运,巧妙地设置出一个"芭蕉叶上三更雨"的情景,以此生动地揭示其形象特征,文中虽无一字言及甘蕉叶,而甘蕉叶的形象却是异常鲜活地凸现在我们眼前。刘令娴"芭蕉叶上三更雨"的意境创造,在中国文学史上曾产生了极大的影响,不少文学家在书写离情别绪时都运用到了这一意境,比如刘辰翁、释可湘、李清照的词,就专门写过"芭蕉叶上三更雨"所引起的惆怅和伤感。而李清照的《添字丑奴儿·窗前谁种芭蕉树》,其下片所谓"伤心枕上三更雨,点滴霖霪。点滴霖霪。愁损北人,不惯起来听",简直就是刘令娴诗的一个翻版,只不过,刘令娴是旨在写物,而李清照则是用于写情。

再说《摘同心栀子赠谢娘因附此诗》。

> 两叶虽为赠,交情永未因。同心何处切,栀子最关人。

此诗为赠诗,一般也有两种理解,一是说向同性朋友传达友情,一则认为是向同性朋友表达爱慕之情。其实,这都是在没有看清诗题的情况下所进行的解释,它并不是诗人想要表达的内容。诗题曰"摘同心栀子赠谢娘,因附此诗",就说明这首诗是因赠同心栀子而写,而她之所以除了赠物之外还要写这首诗,意图很明显,就是要向谢娘展示她描写同心栀子的文学技巧和水平,博得对方的赞赏和认可。"两叶虽为赠,交情永未因"之句,是说栀子虽言同心,但它的叶子却是分开生长,永远无法相连。而"同心何处切,栀子最关人"之句,则是说栀子之所以叫作同心栀子,最关键的地方是栀子花开,结子同心,这才是它令人感动和关注的地方。很显然,这首诗写的就是栀子花开的形象,其咏物方式,也是像前一首一样,并不是要刻板地以工笔细描出同心栀子的形态,而是另辟蹊径,从人们所赋予的栀子花开、结子同心的文化内涵入手,以情爱的寓意来生动地揭示其形象特征,诗思极为巧妙。在汉魏六朝诗人中,咏栀子花的亦有其人,如谢朓的《咏墙北栀子》,梁简文帝的《咏栀子花》,但都不如刘令娴的这首影响大,这主要是刘令娴的诗赋予了栀子深刻的象征意蕴,创造了一个栀子同心的不朽意象。此后,栀子同心也就成为后来诗人常用的典故。如刘禹锡《和令狐相公咏栀子花》:"且赏同心处,那忧别叶催?佳人如拟咏,何必待寒梅?"施肩吾《杂曲》:"怜时鱼得水,怨罢商与参。不如山栀子,却解结同心。"韩翃《送王少府归杭州》:"葛花满把能消酒,栀子同心好赠人。"彦谦《离鸾》云:"庭前佳树名栀子,试结同心寄谢娘。"梅尧臣《种栀子》:"同心谁可赠,为咏昔人诗。"这些传诵千古的佳句,其源泉就是刘令娴此诗的杰出创造。

  需要引起注意的是,南朝诗人咏物诗的创作,其中最重要的一个特点就是,不是局限于纯客观地去摹写事物的形貌特征,而是采用灵活多样的创作手法,从各个方面来表现所写事物的精神面貌,作家们真正是"情必极貌以写物,辞必穷力而追新"①,充分展示自己在咏物方面的才华,彼此相高,犹恐不及。而最常见的一种手段是借女性为媒介或者用情诗的形式来咏物,诸如梁武帝的《咏烛》《咏笔》《咏笛》,梁元帝的《咏风》《宜男草》《树名诗》,梁简文帝的《华月》《新燕》《浮云》等。这些诗,如果不看诗题,就常常会将它们误读成情诗,如梁武帝的《咏烛》云:"堂中绮罗人,席上歌舞儿。待我光泛滟,为君照参差。"其本意是写烛,而诗中却设置了一个灯烛下歌舞繁华的动人场面。《咏笔》云:"昔闻兰蕙月,独是桃李年。春心倘未写,为君照情筵。"此诗本是写笔,而诗中则创造了一个诗笔写春心的美丽意境。然而它们毕竟不是为写情而来,只是想用这样的情景来写物,使无生命的物变得鲜活生动,以此体现自己写物的高超水平。明白这一点,我们也就了解同时代的刘令娴写咏物诗为什么也同样会采取这样的手法了。

  由此可见,刘令娴的这三首诗是不能轻易地理解为"皆涉佻荡"者,它们各自有着自己独特的诗意内涵,须从诗题、诗句去认真体会。如果望文生义,穿凿附会,势必远离客观、公允,失之偏颇,对刘令娴其诗其人造成极大的误解,

---

① 刘勰著,范文澜注《文心雕龙注》卷二《明诗》,人民文学出版社,1958年,第67页。

这是以前的研究给我们带来的极其深刻的教训。

四　刘令娴与梁代"新诗"创作

刘令娴今天传下来的八首诗俱载于《玉台新咏》,我们知道,《玉台新咏》是梁代徐陵编撰的一部诗歌总集,在该书的序中,徐陵曾谈到了《玉台新咏》的编撰目的、原则和体例。他明确指出,《玉台新咏》的编撰主要是为了给"属意于新诗"的后宫妇女提供一个读本,其选取作品的范围是"往世名篇"和"当今巧制",选取的题材则是"艳歌"一体。① 徐陵的序虽然讲的是《玉台新咏》的编撰情况,却透露了当时诗歌创作方面的一些信息,为我们了解刘令娴的诗歌创作提供了重要的帮助。

首先是,徐陵序说后宫妇女"无怡神于暇景,惟属意于新诗",这就告诉我们,在徐陵生活的时代,曾经流行着一种新的诗体,这种诗体引起了后宫妇女的浓厚兴趣,为了满足她们阅读的要求,《玉台新咏》就选取了这种"新诗"的一些名篇供她们披览。其实,徐陵所谓"新诗",指的就是萧纲、徐摛创立的盛行于东宫的宫体诗。宫体诗最先虽是盛行于太子东宫,但"宫体所传,且变朝野"②,在社会上产生了广泛的影响。刘令娴既是和萧纲、徐摛同时代的诗人,受风气熏染,自然免不了要加入进来,成为"新诗"作家的一员。她的这八首诗,就是作为她创作的"新诗"的代表作而被选进了《玉台新咏》之中,显示了其"新诗"创作的成绩。刘令娴的"新诗"创作活动,其具体情况历史文献中并没有交代,但根据她这八首诗的诗题,我们还是可以作大致的了解。按诗题的显示,刘令娴的"新诗"创作活动,大体可以分为两类,一类是她同女性诗人的唱和。如《答唐娘七夕所穿针》《摘同心栀子赠谢娘因附此诗》《题甘蕉叶示人》,前两首按题可知分别是赠与唐娘和谢娘的诗,后一首虽未明确其人,但据诗之内容,也当是送与一个女性的诗。唐娘和谢娘,纪容舒以为二诗"皆举其姓,盖六朝女妓有此称"③,此说恐非。在六朝,"娘"是"女子"的一个泛称,如

---

① 徐陵编,吴兆宜注,程琰删补,穆克宏点校《玉台新咏笺注》,中华书局,1985年,第12—13页。
② 《南史》卷八《梁本纪下》,第一册,第250页。
③ 纪容舒《玉台新咏考异》卷五,《丛书集成初编》第一册,第70页。

临川王萧宏伐魏,"停军不前。魏人知其不武,遗以巾帼。北军歌曰'不畏萧娘与吕姥,但畏合肥有韦武'"①,此"萧娘"即指姓萧的女子,言萧宏怯懦如女子。又,梁元帝徐妃与暨季江淫通,"季江每叹曰'柏直狗虽老犹能猎,萧溧阳马虽老犹骏,徐娘虽老犹尚多情'"②,"徐娘"犹言姓徐的女子,指徐昭佩。而刘令娴本人,据上引《南史》,其实她也曾被称作"刘三娘"。所以刘令娴与之唱和的唐娘、谢娘之属,应是当时具有相当文化水平的女性,其中固有女妓,但也有贵族妇女,不能一概而论。这一点,从《玉台新咏》收录的女诗人也可见其一斑,如范靖妻沈满愿,刘令娴姊王叔英妻刘氏等,她们就是当时具有较高文学素养的贵族妇女。这一情况表明,在刘令娴的周围,实际上存在一个庞大的女性"新诗"创作群体,刘令娴的创作活动之一,就是与这些"新诗"女性成员互相唱和,她们的诗主要是描写女性感兴趣的事和物。另一类则是和男性诗人的唱和,如《答外》是回复丈夫徐悱的《赠内》诗,《听百舌》则是唱和其兄刘孝绰的《咏百舌》诗。其中,《和婕妤怨》一首特别值得注意,它为刘令娴的"新诗"创作活动留下了更多的信息。其词曰:

> 日落应门闭,愁思百端生。况复昭阳近,风传歌吹声。宠移终不恨,谗枉太无情。只言争分理,非妒舞腰轻。

从诗题上来看,此诗当属唱和之作无疑,它唱和的又是谁的作品呢?考察这个时期的创作可以看到,同时的梁元帝萧绎、刘孝绰、孔翁归、何思澄等都有同题的制作。孔翁归和何思澄的诗均题曰《奉和湘东王教班婕妤》,已明确是应教唱和湘东王萧绎的《班婕妤怨》。刘令娴的诗亦题《和婕妤怨》,却未明言唱和的是谁,然可以肯定的是,刘令娴之作与刘孝绰诗应是同时创作的作品。孝绰诗前四句云:"应门寂已闭,非复后庭时。况在青春日,萋萋绿草滋。"而令娴诗前四句则曰:"日落应门闭,愁思百端生。况复昭阳近,风传歌吹声。"不唯内容相同,就连诗的语序都几乎一样,可见是写于同一个时期。刘令娴之作与刘孝绰有此相同,这是否可以说明刘令娴的诗是唱和刘孝绰的呢?其实不然,如果我们将刘孝绰的诗和梁元帝的同题诗对读,则可以发现,他们之间存在着密切

---

① 《南史》卷五一《临川静惠王宏传》,第四册,第1275页。
② 《南史》卷一二《元徐妃传》,第二册,第343页。

的关系。萧绎《班婕妤怨》云：

> 婕妤初选入，含媚向罗帏。何言飞燕宠，青苔生玉墀。谁知同辇爱，遂作裂扇诗。以兹自伤苦，终无长信悲。

刘孝绰《班婕妤怨》云：

> 应门寂已闭，非复后庭时。况在青春日，萋萋绿草滋。妾身似秋扇，君恩绝履綦。讵忆游轻辇，从今贱妾辞。

就内容而言，二诗前四句写班婕妤失宠后深闭长信宫，后四句则抒发班婕妤失宠的怨恨，几乎一致。再就句意而言，也颇多重合之句，萧绎诗曰："青苔生玉墀。"孝绰诗则曰："萋萋绿草滋。"萧绎诗言"谁知同辇爱，遂作裂扇诗"，而孝绰诗则有"讵忆游轻辇""妾身似秋扇"之句，后者对前者差不多就是亦步亦趋之状。这样的重合，信非偶然，它表明，孝绰的诗就是唱和萧绎的《班婕妤怨》。而刘令娴的《和婕妤怨》既与孝绰诗同时，唱和的就应该是萧绎的诗。更值得注意的是，阴铿也写有《班婕妤》一诗，其词曰：

> 柏梁新宠盛，长信昔恩倾。谁谓诗书巧，翻为歌舞轻。花月分窗进，苔草共阶生。忆泪衫前满，单眠梦里惊。可惜逢秋扇，何用合欢名。

其中的"花月分窗进，苔草共阶生"两句，既同于萧绎的"何言飞燕宠，青苔生玉墀"，又同于孝绰的"况在青春日，萋萋绿草滋"，分明就是三人间的相互酬唱，毫无疑问，阴铿此诗乃是他在湘东王萧绎法曹参军任上，应湘东王教而作。而观其"谁谓诗书巧，翻为歌舞轻"一联，似乎又与刘令娴的"只言争分理，非妒舞腰轻"一联存在着语义上的联系，仿佛是就同一件事各自发表自己的观点。而且，进一步考察还可以看到，他们两个人的诗都是用一个韵，这就更能说明，刘令娴的诗既是和诗，就应当是奉和湘东王萧绎的诗。通过这个考察过程可以看到，刘令娴的新诗创作活动并不局限于女诗人之间，实际上还存在一个更为广大的世界，这就是她和当时很多"新诗"的著名诗人有过唱和，诸如时为湘东王的萧绎、其兄刘孝绰、阴铿、何思澄、孔翁归等。当然，刘令娴这样的创作活动在她一生中显然不止一次，应有更多，这里显现的不过就是其创作活动的一个剪影而已。

其次是，徐陵序说《玉台新咏》选录的作品是"往世名篇"和"当今巧制"，这就告诉我们，他的选录是秉持了经典的尺度和原则。刘令娴的这八首诗既被纳入"当今巧制"之列，就说明在徐陵的眼里，它们是属于某一题材中具有代表性的经典作品。如果把刘令娴的这八首诗放在梁代同类题材的诗歌中进行比较，这一点就可以看得很清楚。咏百舌鸟的诗，梁及梁以前今所见只有刘令娴和刘孝绰的唱和诗，而《玉台新咏》只录了刘令娴的《听百舌》；咏班婕妤的诗，据上所考，同时唱和的有萧绎、刘孝绰、阴铿、何思澄、孔翁归和刘令娴，而《玉台新咏》只录了阴铿、何思澄、孔翁归和刘令娴四人的诗；咏七夕穿针的诗最多，而《玉台新咏》只录了梁武帝和刘令娴的诗；咏栀子的诗，谢朓有《咏墙北栀子》，梁简文帝有《咏栀子花》，而《玉台新咏》只录刘令娴的《摘同心栀子赠谢娘因附此诗》；咏甘蕉的诗，谢灵运有《芭蕉》、沈约有《甘蕉》，而《玉台新咏》只录刘令娴的《题甘蕉叶示人》一诗；夫妇赠答诗，《玉台新咏》除录秦嘉、徐淑夫妇之外，就只录徐悱、刘令娴夫妇的。而当时夫妇能文者肯定不在少数，写过这一题材的也应该是大有人在，如庾信就写过《奉和示内人》。而刘令娴的《答外》诗能够见录，足见是其中优者。写光宅寺的诗今不多传，但据梁简文帝《游光宅寺应令》之诗题，可知当时定有不少唱和者，而《玉台新咏》只录刘令娴的《光宅寺》一诗。这些情况表明，刘令娴的诗都是在同类题材的诗中被优选而出的。而她的诗之所以能够在同类题材中被优选，一方面固然与《玉台新咏》"非词关闺闼者不收"①的编选原则有关，但更重要的恐怕还在于她的诗在同类题材中是属于"当今巧制"，具有了更高的艺术水准。这一点，我们上面讨论她的咏物诗《题甘蕉叶示人》《摘同心栀子赠谢娘因附此诗》时已说过，这两首诗能够优于那个时代的同题制作，主要是它们具有杰出的艺术创造性，《题甘蕉叶示人》创造了一个"芭蕉叶上三更雨"的意境，而《摘同心栀子赠谢娘因附此诗》则创造了一个栀子同心的意象，以此成为中国文学史上的著名经典。这两首诗如此，其他诗也莫不如此。《光宅寺》之所以在同题作品中为优，就在于它写出了一个女性眼中的光宅寺僧，表达了其敬仰之情和好奇之心，画

---

① 纪容舒《玉台新咏考异》卷九，《丛书集成初编》，第二册，第142页。

面灵动,不像其他同题诗那样或专事阐发佛理,或刻意描绘塔寺,缺乏诗性技巧,诗意苦涩呆板。《和婕妤怨》写的婕妤怨如此出色,就在于作者有其不同于男性诗人的理解和感受,能够站在女人的角度替女人说出心里话,"只言争分理,非妒舞腰轻",极为准确道出了班婕妤内心的委屈和痛苦,给了刻薄寡情的男人世界以狠狠的一击。《答外》诗二首虽"是绮罗语气",但作者以美好的春日景色来反衬独居的落寞和哀怨,活画出了一个贵族妇女离别生活的状态和心理,与秦嘉妻徐淑的直抒胸臆形成鲜明的对比。这种写法,是真正的诗家笔法,已开李白《菩萨蛮》词之先河,无怪乎陆时雍要说其中的"落日更新妆,开帘对芳树"表现的是"断肠景色"①,这些,大概就是《玉台新咏》选刘令娴此诗的必选之理。《答唐娘七夕所穿针》一诗是刘令娴孀居时的作品,这首诗表面上看是赞扬唐娘的心灵手巧和绝世容颜,但深层却是借此以为反衬,反映自己新寡的生活状态,而写这种状态,作者着墨并不多,只"孀闺绝绮罗,揽赠自伤嗟"二句,就把满腔悲愤和痛苦都灌注其中,体现出了不说苦而苦自至的高妙,和同时的七夕穿针诗歌专写女性乞巧形成了强烈的反差。《听百舌》一诗写作者听百舌鸟的感受,先是白描其声音之美,后则施之以反衬之笔,以"注意欢留听,误令妆不成"之句来衬托百舌声音的动听,笔法巧妙灵动,与其兄刘孝绰的《咏百舌诗》平铺直叙式的描写形成了鲜明的对比,同是咏一物,一比则高下立见。由此可见,刘令娴这八首诗和当时同类题材的诗歌相比,在艺术上确实是有其过人之处,《南史》言其"清拔",萧韶誉其为"神人",殆非虚言。《玉台新咏》将这些诗录入,无疑是在经典的视域下对其"新诗"创作艺术成就的一个肯定。

余 论

通过以上的考察可以明确,在刘令娴的诗文及史传文献中,并不存在关于刘令娴风流韵事的任何信息,那个风流女诗人的形象,完全是一些学者在误读和误解中虚构想象出来的。如果真的是对她本人的事迹怀有浓厚的兴趣,非

---

① 陆时雍《古诗镜》卷二四,文渊阁四库全书,第 1411 册,集部 350,第 205 页。

得要知道她当时的生活状况,我们就不妨回到她那些真正自叙生平的诗文中,听听她自己的诉说。普通五年,丈夫徐悱去世,刘令娴写下了著名的《祭夫文》,文中对自己的婚姻状况曾有过较为详细的描述。她说自己嫁给徐悱,是"简贤依德,乃隶夫君",说明在为人妻之前,她是接受了女子道德规范的检验的,其行为表现已得到了夫家的认可。这就等于是向世人宣告,自己是以清白之身嫁给徐悱的。而在婚后,她自称是"昔奉齐眉",夫妇二人"式传琴瑟,相酬典坟",可见生活中的刘令娴夫妇是琴瑟和谐,相敬如宾。也就是婚后夫妇之间建立了这样和谐的关系和深厚的感情,所以即便是短暂的离别,她对丈夫也是充满了刻骨的思念之情:"从军暂别,且思楼中。薄游未反,尚比飞蓬。"而这一情形,在他们夫妇的赠答诗中则有更多的体现,徐悱《赠内》诗云:"岂忘离忧者,向隅心独伤?聊因一书札,以代九回肠。"刘令娴《答外》则曰:"良会诚非远,佳期今不遇。欲知幽怨多,春闺深且暮。"所抒写的思妇离人情怀,令人动容。正是伉俪相得,一往情深,因此一旦永诀,刘令娴才有了"生死虽殊,情亲犹一"的真情告白,"百年何几?泉穴方同"的坚贞誓言。在丈夫去世后,她也相当一段时间还沉浸在痛苦之中,这在《答唐娘七夕所穿针》一诗中就有所反映,所谓"孀闺绝绮罗,揽赠自伤嗟",一方面是诉说自己失去亲人的悲伤,一方面则透露出她一直在家依礼为丈夫守制,没有轻易迈出闺门。从诗文中透露的这些信息来看,生活中的刘令娴实际上就是一个遵守女性道德规范的传统女性,与"风流"二字无论如何也是沾不上边的。然而在探究刘令娴身世的过程中,这些她和丈夫直接吐露的情况我们并没有给予过多的关注,这不能不说是一个极大的遗憾。窃以为,虽然历史文献不能给我们提供更多关于刘令娴的情况,但从他们真正自叙生平的诗文中来认识刘令娴本人的事迹,毕竟要比我们先前误解出来的东西要真实、靠谱得多。

(中山大学中文系)

《文选》录文篇题的流动性与稳固性
——以"赋"类几篇作品为例

杨晓斌

录入《文选》的诗文,流传至今,从最初的作者到编者、注者,再到抄写者、刊刻者,其篇题多有变化,经历了一个从流动到稳固的过程。

今存《文选》中收录诗文的篇题,大致有四种情形:绝大多数为原作原有篇题,有些是编纂者改变原篇题而另拟新题,有些是原作本无篇题而由编纂者所加,有些则是在流传过程中抄写者、刊刻者改题的篇名。

传统的《文选》篇题研究,依据当下最常见版本的《文选》,用一成不变的眼光,笼统地评判《文选》篇题的正确与否,忽略了诗文篇题在《文选》收录之前的情形,忽略了《文选》最初的编纂与后来流传中篇题的差异,忽略了篇题从流动到渐趋稳固的历程,从而简单地判定为《文选》篇题的谬误。对于《文选》录文篇题,一方面我们要认识到从原作到编纂、再到后来流传中的变化与流动性,另一方面也要认识到其篇题的稳固性。

一 《文选》"赋"类篇题的拟定及流传中的改动

《文选》"赋"类中收录的作品,有些是在编纂时改变原篇题而另拟新题,有些篇题在流传过程中又有所改变。今据尤袤刻本《文选》,选取其他重要的

《文选》版本对校①,对收入《文选》"赋"类中的几篇作品(班固《两都赋》、张衡《二京赋》、左思《三都赋》)的篇题逐一比对,分析传本《文选》所题篇名与原篇题之间的关系。

(一) 原有篇题,《文选》分篇,流传中误以赋序小题为篇题——以班固《两都赋》为例

班固《两都赋》,在尤袤本《文选》中,卷中篇题作"两都赋序"②,赋序后依次有分篇小题"西都赋""东都赋",但书前总目和卷首分目中题作"班孟坚两都赋二首"。他本基本相同。见表一。

表一 班固《两都赋》诸本篇题

版本系统		具体版本	书前总目篇题	卷首分目篇题	卷中篇题	分篇小题
李善注本 (六十卷本)	1	尤袤本③	班孟坚两都赋二首	班孟坚两都赋二首	两都赋序 班孟坚	西都赋东都赋一首
	2	胡克家本④	同1	同1	同1	同1
五臣注本 (三十卷本)	3	陈八郎本⑤	班孟坚西都赋东都赋	班孟坚两都赋并序东都赋	同1	两都赋东都赋
	4	朝鲜正德本⑥	——	班孟坚西都赋一首 东都赋一首	同1	西都赋东都赋

---

① 指《文选》某一版本系统的祖本或同一版本系统中的重要版本。在李善注本、五臣注本、五臣李善注本(六家注本)、李善五臣注本(六臣注本)、白文无注本系统中,各选取其较为完整、有祖本或最有代表性的版本。李善注本系统之六十卷本《文选》:选取南宋淳熙八年(1181)尤袤刻本(中华书局1974年影印本)和清嘉庆十四年(1809)胡克家重刻宋尤刻本(中华书局1977年影印本)。五臣注本系统之三十卷本《文选》:选取南宋绍兴辛巳(三十一年,1161)建阳陈八郎宅刻本和朝鲜正德四年(1509)五臣集注刻本。五臣李善注本(六家注本)系统之六十卷本《文选》:秀州本《文选》选取韩国奎章阁藏本(以秀州本为底本翻刻),明州本《文选》选取日本足利学校藏本(人民文学出版社2008年影印本)。李善五臣注本(六臣注本)系统之六十卷本《文选》:选取涵芬楼所藏建州本李善五臣注《文选》(《四部丛刊》本据此影印,题为《六臣注文选》,中华书局1987年影印《四部丛刊》本)。白文无注三十卷本《文选》:选取日本九条家本。
② 古籍通常有书前总目篇题、卷首分目篇题和卷中篇题,而以正文的卷中篇题(题名)最为全面、准确、可靠,因此一般以卷中篇题为准。
③ 南宋淳熙八年(1181)尤袤刻本李善注《文选》六十卷,文中简称为"尤袤本"。下文同。
④ 清嘉庆十四年(1809)胡克家重刻宋尤袤本《文选》三十卷,文中简称为"胡克家本"。下文同。
⑤ 建阳陈八郎宅刻五臣集注本《文选》三十卷,文中简称为"陈八郎本"。下文同。
⑥ 朝鲜正德四年(1509)刻五臣集注本《文选》三十卷,文中简称为"朝鲜正德本"。下文同。

续　表

版本系统	具体版本		书前总目篇题	卷首分目篇题	卷中篇题	分篇小题
五臣李善注本(六十卷本)	5	秀州本(奎章阁藏本)①	两都赋二首班孟坚	同1	同1	同4
	6	明州本(足利学校藏本)②	同1	同1	同1	同4
李善五臣注本(六十卷本)	7	建州本(涵芬楼藏本)③	同1	同1	同1	同4
白文无注本(三十卷本)	8	九条家本④	——	班孟坚两都赋二首并序	同1	同4

从该列表可以看出,在多个版本系统的传本《文选》中,班固此赋的书前总目篇题、卷首分目篇题和卷中篇题不一致,赋序后分篇小题也有差别,卷中篇题都题为"两都赋序"。

该赋原有篇题,原篇题为"两都赋"。从文献记载来看,从汉到南宋之前文献中都题作"两都赋",或因上下文省称作"两都"。皇甫谧《三都赋序》:"杨雄《甘泉》,班固《两都》,张衡《二京》,马融《广成》,王生《灵光》。"⑤范晔《后汉书·张衡列传》:"乃拟班固《两都》作《二京赋》,因以讽谏。"⑥《后汉书·班固传》:"乃上《两都赋》,盛称洛邑制度之美,以折西宾淫侈之论。"⑦《文心雕龙·诠赋》:"孟坚《两都》,明绚以雅赡;张衡《二京》,迅发以宏富。"⑧史游《急就

---

① 韩国奎章阁藏五臣李善注本《文选》六十卷本(翻刻秀州本,木活字刻本),文中简称为"秀州本(奎章阁藏本)"。本文所据为日本东京大学东洋文化研究所藏本。下文同。
② 日本足利学校藏五臣李善注本《文选》六十卷本(明州本之原版早印本),文中简称为"明州本(足利学校藏本)"。下文同。
③ 涵芬楼藏建州本李善五臣注本《文选》六十卷,《四部丛刊》本据此影印,题为《六臣注文选》,文中简称为"建州本(涵芬楼藏本)"。下文同。
④ 九条家本,为白文无注抄本,抄写于北宋哲宗元符二年(1099)之前。下文同。
⑤ (梁)萧统编,(唐)李善注《文选》卷四五《三都赋序》,中华书局,1977年影印清胡克家重刻宋尤袤本,第641页。下文脚注中标注《文选》页码时,不作特别说明者,则一律为此版本。
⑥ (南朝宋)范晔《后汉书》卷五九《张衡列传》,中华书局,1965年,第1897页。
⑦ (南朝宋)范晔《后汉书》卷四〇《班彪列传》附《班固传》,第1335页。
⑧ (梁)刘勰著,詹锳义证《文心雕龙义证》,上海古籍出版社,1989年,第289页。

篇》卷一"急就奇觚与众异",颜师古注:"班固《两都赋》曰:'上觚棱而栖金爵。'"①《北堂书钞》卷一三四:"张凤盖。班固《两都赋》云:'后宫乘辇辂,登龙舟,张凤盖,建华旗。'"②刘知几《史通》卷五《载文》:"若马卿之《子虚》《上林》,扬雄之《甘泉》《羽猎》,班固《两都》,马融《广成》,喻过其体。"③《白孔六帖》:"《两都赋》理胜其辞,《三都赋》文过其意。"④《太平御览》:"《两都赋》云:'汉之西都,实曰长安,左据函谷二崤之岨,右界褒斜龙首之险。'"⑤

该赋原有篇题,作"两都赋"。不仅有以上的外证,而且还有内证。

其一,班固自称为"两都赋"。在《文选》收录该赋序的末尾,班固说:"故臣作《两都赋》,以极众人之所眩曜,折以今之法度。"

其二,《文选》李善注中,或称引为"《两都赋》",或称引为"《两都赋》序",二者之间有严格的区别。

李善注中凡引录前代他书中记载的篇题,则引作"两都赋",或省称作"两都"。如,《文选》卷一《两都赋序》题下作者名"班孟坚"下,李善注引范晔《后汉书》:"班固,字孟坚。……显宗时,除兰台令史,迁为郎,乃上《两都赋》。"⑥《文选》卷二《西京赋》题下作者名"张平子"下,李善注引范晔《后汉书》:"张衡,字平子。……衡乃拟班固《两都》,作《二京赋》,因以讽谏。"⑦

李善注中凡引录《两都赋》序文,皆引作"《两都赋》序",或省称作"《两都》序"。《文选》卷四张衡《南都赋》:"固灵根于夏叶,终三代而始蕃。"李善注:"三代,已见班固《两都》序。"⑧《文选》卷四左思《三都赋序》:"班固曰:'赋

---

① (汉)史游撰,(唐)颜师古注《急就篇》卷一,《丛书集成初编》本,第1052册,商务印书馆,1936年影印《天壤阁丛书》本,第32页。
② (唐)虞世南撰,(清)孔广陶校注《北堂书钞》卷一三四"服饰部·盖",中国书店,1982年影印南海孔氏刻本,第537页上。
③ (唐)刘知几撰,浦起龙释《史通通释》,上海古籍出版社,1978年,第124页。
④ (唐)白居易、孔传《白孔六帖》卷八六"文辞",《景印文渊阁四库全书》子部第892册,台湾商务印书馆,1985年,第400页上。
⑤ (宋)李昉等《太平御览》卷四四"地部·龙首山",中华书局,1960年缩印商务印书馆影印宋刻本,第209页下。
⑥ (梁)萧统编,李善注《文选》,第21页上。
⑦ 同上书,第36页下。
⑧ 同上书,第72页下。

者,古诗之流也。'"李善注:"《两都赋》序文。"①《文选》卷一四颜延之《赭白马赋》:"访国美于旧史,考方载于往牒。"李善注:"《两都赋》序曰:'国家之遗美。'"②《文选》卷二〇潘岳《关中诗》:"愧无献纳,尸素以甚。"李善注:"《两都赋》序曰:'朝夕献纳。'"③《文选》卷二三颜延之《拜陵庙作》:"否来王泽竭,泰王人悔形。"李善注:"《两都赋》序曰:'王泽竭而诗不作。'"④《文选》卷二五卢谌《赠刘琨》:"抑不足以揄扬弘美,亦以摅其所抱而已。"李善注:"班固《两都赋》序曰:'雍容揄扬,著于后嗣。'"⑤《文选》卷二六陆厥《奉答内兄希叔》:"属叨金马署,又点铜龙门。"李善注:"《两都赋》序曰:'内设金马、石渠之署。'"⑥《文选》卷三〇谢灵运《斋中读书》:"卧疾丰暇豫,翰墨时间作。"李善注:"《两都赋》序曰:'时时间作。'"⑦《文选》卷三六任昉《天监三年策秀才文》:"鸣鸟蔑闻,子衿不作。"李善注:"《两都赋》序曰:'王泽竭而诗不作。'"⑧《文选》卷三七孔融《荐祢衡表》:"足以昭近署之多士,增四门之穆穆。"李善注:"《两都赋》序曰:'内设金马、石渠之署。'"⑨《文选》卷四〇杨修《答临淄侯笺》:"今之赋颂,古诗之流。"李善注:"《两都赋》序曰:'赋者,古诗之流也。'"⑩《文选》卷四〇吴质《答魏太子笺》:"凡此数子,于雍容侍从,实其人也。"李善注:"《两都赋》序曰:'雍容揄扬。'"⑪《文选》卷四五皇甫谧《三都赋序》:"子夏序《诗》曰:一曰风,二曰赋。故知赋者,古诗之流也。"李善注:"《两都赋》序曰:'赋者,古诗之流也。'"⑫《文选》六〇任昉《齐竟陵文宣王行状》:"献纳枢机,丝纶允缉。"李善注:"《两都赋》序曰:'日月献纳。'"⑬以上诸多例证中,李善注明确

---

① (梁)萧统编,李善注《文选》,第74页上。
② 同上书,第204页上。
③ 同上书,第281页下。
④ 同上书,第332页下。
⑤ 同上书,第358页下。
⑥ 同上书,第371页上。
⑦ 同上书,第427页上。
⑧ 同上书,第513页下。
⑨ 同上书,第516页上。
⑩ 同上书,第564页下。
⑪ 同上书,第566页上。
⑫ 同上书,第641页上。
⑬ 同上书,第828页下。

称引"《两都赋》序",或省称作"《两都》序",可见李善对于《两都赋》和《两都赋》序二者之间的区别是很清楚的。

其三,《文选》李善注中凡引录、标注出自《两都赋》的赋文或之前在《两都赋》中已注字词,一般不作"两都赋"①,而是依据正文或原注文文字所属,分别称引为"西都赋"或"东都赋"。笔者据尤袤本统计,李善注中称引"西都赋"有120多条,称引"东都赋"有30多条,共有两种体例和格式:(1)凡注中引《西都赋》原文,则用"《西都赋》曰某"。(2)凡标注之前在《两都赋》中已注字词、名物、典故,则用"某,已见《西都赋》"。称引《东都赋》的体例、格式,完全与称引《西都赋》相同。

从前代文献引录和《文选》李善注引篇题可见,该赋原有篇题,李善作注时所见篇题当作"两都赋"或"两都赋并序"(见下文论述)。李善注中首先是将赋与序(即《两都赋》与《两都赋》序)相区别。凡引录《两都赋》序文内容,皆引作"两都赋序"(或省称为"两都序");凡引录前代他书中记载的篇题,则引作"两都赋"(或省称作"两都")。凡引录、标注出自《两都赋》的赋文或之前在《两都赋》中已注字词,依正文或原注文文字所属,分别称引为"西都赋"或"东都赋"。李善注中分别称引,并非篇题称引混乱,也非指篇题作"两都赋序"。其目的一方面是明确将赋文与序文区别开来;另一方面分别称引"西都赋""东都赋",也是依照《文选》编纂时的分篇做法。陈八郎本卷首分目题为"班孟坚《两都赋》并序、《东都赋》",应该比较接近《文选》编纂时的原貌。再结合九条家本②来看,其卷首分目题为"班孟坚两都赋二首并序",一方面保留了《文选》编纂时所题"两都赋并序";另一方面,所题"二首"表明,该版本也是从一个分篇(分为两篇)的本子抄写而来。可见《文选》编纂时一方面总题"两都赋并序"或"两都赋二首并序";同时又分篇,标出了分篇小题。李善作注时依照《文选》编纂旧例,既有总题,也有分篇小题,而且作注时分别称引。在后来的流传中,《文选》的抄写者、刊刻者又以赋序小题为篇题,题作"两都赋序"。

---

① 全书仅有一处例外:《文选》卷四《三都赋》之《蜀都赋》(左思):"蒲陶乱溃,若榴竞裂。"李善注:"若榴,已见《两都赋》。"李善注中"两都赋"当作"南都赋",可能是后来抄写或刊刻致误。萧统编,李善注《文选》,第78页上。

② 九条家本,为白文无注抄本,抄写于北宋哲宗元符二年(1099)之前。据傅刚先生考察,"保留了不少三十卷本古貌"。傅刚《文选版本研究》,北京大学出版社,2000年,第146页。

再结合《文选》所收文体类别及其排列位次来考察。该卷所收文体为赋，不是序（作为文体的"序"收录在三十卷本系统的卷二三中）。如果该篇题作"两都赋序"，与《文选》"凡次文之体，各以汇聚"的编排体例不符。因此，从学理上来说，该赋篇题不应当作"两都赋序"。

从赋体本身的特征来看，古人作赋，赋序是赋本身不可分割的部分，在阅读时或文章节录时或可分开来读，但绝不能认为是独立的文体。班固《两都赋》序文阐释赋之高义以及作此赋之动机，末尾说"故臣作《两都赋》，以极众人之所眩曜，折以今之法度。其词曰"，以下才引出赋之正文部分。该赋序相当于赋之"引言"，不能作为单独的一篇文章而存在。

对于此赋篇题，刘盼遂先生依据《四部丛刊》影印宋刻《六臣注文选》，认为"《序》为赋之小引，不宜独自为篇"，确为灼见。但对于具体如何处置此篇题，刘盼遂说："宜标题《东都赋》下注'并序'二字，灭去《序》后《西都赋》三字，如王逸注《楚辞》《九歌》《九章》之例也。"①按照刘盼遂先生的意见，因为《两都赋》要以东都的法度来折服西都的极度眩曜，重点在凸显《东都赋》，因此在《两都赋》篇题下，当有"序"字，在"序"字下去掉"西都赋"三字，只保留"东都赋"三字，并于"东都赋"题下注"并序"二字。果真如此，确实将赋序与赋之正文区别了开来，但《两都赋》包括《西都赋》与《东都赋》两部分，两部分在内容上既相互融合又可相对独立，如果没有了前面的《西都赋》作铺垫，后文《东都赋》的内容则无的放矢，东都主人批判西都宾所夸耀的西京宏侈富丽就没有了基础；再者，《西都赋》与《东都赋》两部分在结构上是并列的，既然有分篇小题《东都赋》，就当保留小题《西都赋》；再者，赋序讲作赋之缘起与动机，既与《东都赋》有关，也概括了《西都赋》的内容，因此赋序依然当在二赋之首。若按照刘盼遂先生的意见，将赋序置于《西都赋》之后、《东都赋》之前，于理不通。

按照以上的分析，以上几个版本系统的《文选》卷中篇题"两都赋序"，是后世流传中抄写者、刊刻者以赋序小题为篇题，均属误题。更有甚者，将此一篇赋误以为三篇：中华书局1977年影印的清胡克家刻本《文选》，书末附有编

---

① 刘盼遂《〈文选〉篇题考误》，原刊《国学论丛》第1卷第4期（1928年10月）。后收入刘盼遂著，聂石樵辑校《刘盼遂文集》，北京师范大学出版社，2002年，第221页。

辑部编写的《篇目索引》和《著者索引》。《篇目索引》中有"两都赋序""西都赋""东都赋",而没有"两都赋"。《著者索引》中的"班固"条下,也有"两都赋序""西都赋""东都赋"。是把一篇赋当作三篇来做了索引。均误。

因此,该赋卷中篇题当作"两都赋"或"两都赋并序"(或"两都赋有序"),篇题下录赋序,序后依次用小题"西都赋""东都赋"以标示两部分的区别(分篇小题而非总篇题)。如仅仅为了醒目地把赋的正文与赋序作一区别,也可以在卷中"两都赋"题下,再用"并序"或"序"的字样,将赋序与赋之正文加以区别。明人张溥辑《汉魏六朝百三家集》本《班固集》题为"两都赋有序",比较正确。

(二)原有篇题,《文选》以分篇小题为篇题——以张衡《二京赋》为例

张衡《二京赋》,在尤袤本《文选》中,卷中篇题作"西京赋一首""东京赋一首"。书前总目题"张平子西京赋一首""张平子东京赋一首",无卷首分目。除五臣注本和九条家本外,他本与尤袤本基本相同(表二)。

表二 张衡《二京赋》诸本篇题

版本系统		具体版本	书前总目篇题	卷首分目篇题	卷中篇题
李善注本	1	尤袤本	张平子西京赋一首 张平子东京赋一首	——	西京赋一首 东京赋
	2	胡克家本	同1	同1	同1
五臣注本	3	陈八郎本	张平子西京赋 张平子西京赋	张平子东京赋 张平子东京赋一首	西京赋 东京赋
	4	朝鲜正德本	——	张平子西京赋一首 张平子东京赋一首	同3
五臣李善注本	5	秀州本	西京赋 张平子 东京赋 张平子	同1	西京赋一首 东京赋一首
	6	明州本	同1	同1	同1
李善五臣注本	7	建州本	同1	同1	西京赋一首 东都赋
白文无注本	8	九条家本	——	同4	同5

从该列表可以看出,在多个版本系统的传本《文选》中,该赋的书前总目、卷首分目和卷中篇题都是以分篇小题为篇题,都没有"二京赋"的总篇题。

该赋原有篇题,原篇题当作"二京赋"。在《文选》之前的文献中题作"二京赋",有时也因语句属对或上下文义省称为"二京"。皇甫谧《三都赋序》:"杨雄《甘泉》,班固《两都》,张衡《二京》,马融《广成》,王生《灵光》。"①左思《三都赋》之赋序:"余既思摹《二京》而赋《三都》,其山川城邑则稽之地图,其鸟兽草木则验之方志。"②杨泉《物理论》曰:"平子《二京》,文章卓然。"③《三国志·魏书·国渊传》:"时有投书诽谤者,太祖疾之,欲必知其主。渊请留其本书,而不宣露。其书多引《二京赋》。"④《后汉书·张衡列传》:"乃拟班固《两都》作《二京赋》,因以讽谏。"⑤《文心雕龙·诠赋》:"孟坚《两都》,明绚以雅瞻;张衡《二京》,迅发以宏富;子云《甘泉》,构深玮之风。"⑥

并且,李善注中凡引录前代他书中记载的篇题,则引作"二京赋"(或省称作"二京")。《文选》卷二《西京赋》题下作者名"张平子"下,李善注引范晔《后汉书》:"张衡,字平子。……衡乃拟班固《两都》,作《二京赋》,因以讽谏。"⑦

可见该赋原有篇题"二京赋",《文选》编纂时分篇,故以分篇小题为篇题,分题为"西京赋""东京赋"。

《文选》之后的文献在引录《二京赋》之具体文句内容时,往往引作分篇题"西京赋""东京赋"。如萧子显《南齐书》、郦道元《水经注》、颜师古《匡谬正俗》、欧阳询《艺文类聚》、徐坚《初学记》、李延寿《南史》、王应麟《玉海》等,在引录时都称引分篇题,作"西京赋""东京赋"(此不赘录)。

《文选》李善注中,同《两都赋》一样,凡引录、标注出自《二京赋》的赋文或之前在《二京赋》中已注字词,没有作"二京赋"的,⑧而是依正文或原注文文字

---

① (梁)萧统编,李善注《文选》,第641页下。
② 同上书,第74页下。
③ 同上书,卷二《西京赋》作者名"张平子"下李善注引,第36页下。
④ (晋)陈寿《三国志》卷一一《魏书·国渊传》,中华书局,1959年,第339—340页。
⑤ (南朝·宋)范晔《后汉书》卷五九《张衡列传》,第1897页。
⑥ (梁)刘勰著,詹锳义证《文心雕龙义证》,第289页。
⑦ (梁)萧统编,李善注《文选》,第36页下。
⑧ 依据尤袤本《文选》统计。

所属，分别称引为"西京赋"或"东京赋"。笔者据尤袤本《文选》统计，李善注中称引"西京赋"有210多条，称引"东京赋"有90多条。其称引《西京赋》《东京赋》的体例、格式，完全与称引《西都赋》《东都赋》相同。

《文选》中把《二京赋》分篇，分题为"西京赋""东京赋"①，其实是分题篇章题目，而不是该赋的总篇题，相当于班固《两都赋》中赋序后的分篇小题"西都赋""东都赋"，是一篇完整的京都大赋的上、下篇。作为京都大赋，其内在结构具有紧密的联系。首先就主题思想之间的联系来说，《西京赋》与《东京赋》是"劝"与"讽"的结构模式，是不能完全割裂或分离的。《西京赋》是整篇赋作"劝"的内容，是《东京赋》存在的基础。《西京赋》中极力夸耀的繁华景象和奢靡风气在全篇最后是要被否定的；反过来，《东京赋》是整篇赋作"讽"的内容，其中极力彰显的懿德勤俭和修饬礼教是全篇所要肯定的。其次就两者之间的行文语句关联来看，在听了凭虚公子大段的个人炫耀之后，"安处先生于是似不能言，怃然有闲"，将安处先生的反应作为《东京赋》的开头，以此为界，分为两篇。上、下篇之间用"于是"来关联，具有明显的承接关系。如果截然分开，离开了上篇，则用"安处先生于是"领起的下篇则成了没头没脑的话，显然是不符合思维和行文逻辑的。

因此，《文选》中的书前总目、卷首分目和卷中篇题可以统一题为"张平子二京赋"，并在卷中篇题之后，依次分题小题"西京赋""东京赋"，以标示上、下两部分。

（三）原有篇题，《文选》以分篇小题为篇题，流传中误以赋序小题为篇题——以左思《三都赋》为例

左思《三都赋》，在尤袤本《文选》中，卷中篇题作"三都赋序一首""蜀都赋一首""吴都赋""魏都赋一首"。书前总目题"左太冲三都赋序一首""左太冲蜀都赋一首""左太冲吴都赋一首""左太冲魏都赋一首"，卷首分目题"左太冲三都赋序一首""蜀都赋一首""左太冲吴都赋一首"（卷首分目中无"魏都赋"）。除五臣注本和九条家本外，他本与尤袤本基本相同（表三）。

---

① 六臣注本系统的建州本中，卷中篇题误作"东都赋"（当作"东京赋"），但题下李善注作"东京"："东京，谓洛阳。其赋意与班固《东都赋》同。"可能是传抄、刊刻中致误。

表三　左思《三都赋》诸本篇题

版本系统		具体版本	书前总目篇题	卷首分目篇题	卷中篇题
李善注本	1	尤袤本	左太冲三都赋序一首 左太冲蜀都赋一首 左太冲吴都赋一首 左太冲魏都赋一首	左太冲三都赋序一首 蜀都赋一首 左太冲吴都赋一首	三都赋序一首 蜀都赋一首 吴都赋 魏都赋一首
李善注本	2	胡克家本	同1	同1	同1
五臣注本	3	陈八郎本	左太冲蜀都赋 左太冲吴都赋 魏都赋	左太冲蜀都赋一首 左太冲吴都赋一首、 魏都赋一首	三都赋序 吴都赋 魏都赋
五臣注本	4	朝鲜正德本	—	同3	同3
五臣李善注本	5	秀州本	三都赋序　左太冲 蜀都赋 吴都赋　左太冲 魏都赋　左太冲	左太冲三都赋序一首 蜀都赋一首	三都赋序 蜀都赋 吴都赋一首 魏都赋一首
五臣李善注本	6	明州本	左太冲三都赋序一首 蜀都赋一首 左太冲吴都赋一首 左太冲魏都赋一首	左太冲三都赋序一首 蜀都赋一首	三都赋序 蜀都赋 吴都赋一首 魏都赋一首
李善五臣注本	7	建州本	同1	—	同3
白文无注本	8	九条家本	—	左太冲三都赋序一首 蜀都赋一首 吴都赋一首 魏都赋一首	三都赋序 蜀都赋一首 吴都赋一首 魏都赋一首

从该列表可以看出,在多个版本系统的传本《文选》中,该赋的书前总目、卷首分目和卷中篇题不一致,卷中篇题都题作"三都赋序",赋序后小题也各有差别。

该赋原有篇题,当作"三都赋"。左思自己称该赋为"三都赋",《三都赋》

之序文中说:"余既思摹《二京》而赋《三都》。"①赋成后请皇甫谧作了《三都赋序》。此后文献中称引该赋也题为"三都赋"(此不赘录)。

《文选》李善注中称引他书所载篇题,题作"三都赋"。《三都赋序》作者名"左太冲"下李善注引臧荣绪《晋书》曰:"(左思)少博览文史,欲作《三都赋》,乃诣著作郎张载,访岷邛之事。"②李善注中称引该赋总篇题,亦作"三都赋"。《三都赋序》题下注者名"刘渊林注"下李善注:"《三都赋》成,张载为注《魏都》,刘逵为注《吴》《蜀》,自是之后,渐行于俗也。"③除此之外,李善注中称引篇题没有作"三都赋"的,都是称引分篇题,依正文原文或注文文字所属,分别称引为"蜀都赋""吴都赋""魏都赋"。

据尤袤本《文选》统计,李善注中称引"蜀都赋",共有三种体例和格式:(1)凡注中引录《蜀都赋》原文,则作"《蜀都赋》曰某"。此体例中单独称引的"蜀都赋"就是指左思《蜀都赋》。为了把左思的《蜀都赋》与他人的同题赋作区别开来,李善注中还专门在他人之作的篇题前加了作者名,此即"扬雄《蜀都赋》""文立《蜀都赋》"。(2)凡标注之前在《蜀都赋》中已注字词、名物、典故,则作"某,已见《蜀都赋》"。(3)引录旧注,则作"刘渊林《蜀都赋》注曰某"。李善注中称引《吴都赋》《魏都赋》,也有三种体例和格式,与称引《蜀都赋》相同。其中单独称引的《吴都赋》《魏都赋》,就是指左思《吴都赋》《魏都赋》。为了把左思的《魏都赋》与他人的同题赋作区别开来,李善注中还专门在他人之作的篇题前加了作者名,此即"吴质《魏都赋》"。李善注中引录旧注,《吴都赋》有"刘渊林《吴都赋》注""张载《吴都赋》注""刘逵《吴都赋》注"三种。《魏都赋》有"刘渊林《魏都赋》注""曹毗《魏都赋》注""刘逵《魏都赋》注"三种。

该赋原有篇题"三都赋",《文选》编纂时分卷分篇,故以小题"蜀都赋""吴都赋""魏都赋"为篇题,后来的流传中抄写者、刊刻者又误以赋序小题为篇题,题作"三都赋序"。

赋序是赋本身不可分割的部分,绝不能认为是独立的文体。《三都赋》的

---

① (梁)萧统编,(唐)李善注《文选》,第74页下。
② 同上书,第74页上。
③ 同上。

序文阐释赋之高义以及作此赋之动机,末尾说"余既思摹《二京》而赋《三都》,其山川城邑,则稽之地图;其鸟兽草木,则验之方志。……聊举其一隅,摄其体统,归诸诂训焉"①。以下引出赋之正文部分。赋序相当于赋之"引言",不能作为单独的一篇文章而存在。以上所列几个版本系统的传本《文选》的卷中篇题都作"三都赋序",属于误题。中华书局 1977 年影印的清胡克家刻本《文选》中,书末附有编辑部编写的《篇目索引》和《著者索引》。《篇目索引》中列有"三都赋序(左思)"与"三都赋序(皇甫谧)",并且排列在一起,竟然将左思所作《三都赋》本身的赋序与皇甫谧为左思《三都赋》所作的《序》等同视之,将"赋"体与"序"体混为一谈,明显谬误。在《著者索引》中的"左思"条下,同样列有"三都赋序"。均误。

因此该赋卷中篇题当作"三都赋"或"三都赋并序",篇题下录赋序,序后依次题分篇小题"蜀都赋""吴都赋""魏都赋",以示区别。

传本《文选》"赋"类所收以上几篇大赋,都原有篇题。其中有的在编纂时分篇,并标出了分篇小题,如,《两都赋》标分篇小题《西都赋》《东都赋》。有的在编纂时分篇,以分篇小题为篇题,如,《二京赋》分篇,题为《西京赋》《东京赋》;《三都赋》分篇,题为《蜀都赋》《吴都赋》《魏都赋》。其中有的在后来的流传中抄写者、刊刻者又误以赋序小题为篇题,如《两都赋序》、左思《三都赋序》。

二 《文选》"赋"类分篇改题及其原因

《文选》"赋"类中改变原篇题而另拟新题者,主要是由于分篇造成的(有些是分卷分篇,有些是同卷分篇)。《文选》按文体分类及其时代先后编纂,首先是分类分卷。该类赋作编排在两卷中,则分为上、下;如果编排在三卷中或三卷以上,则分为上、中、下。其次是分卷分篇,该篇赋如果编排在两卷或两卷以上卷目中,则分为上、下两篇或上、中、下三篇。再次是同卷分篇。

在三十卷本《文选》中,"京都"类赋编排在卷一至卷三(共三卷),则分为

---

① (梁)萧统编,(唐)李善注《文选》,第 74 页下。

"京都上""京都中""京都下"。"田猎"类赋编排在卷四和卷五（分编在两卷中），则分为"田猎上"和"田猎下"。"志"类赋编排在卷七和卷八（分编在两卷中），则分为"志上"和"志下"。"纪行"类赋只编排在卷五，"鸟兽"类赋只编排在卷七，"音乐"类赋只编排在卷九，这三类赋都未分卷，故不再析为上、下或上、中、下。《文选》在后代的流传中，李善注本依然遵循最初的编纂原则，只是作注后析为六十卷，分的卷数更多。同样是以上这几类赋作，"京都"类赋编排在卷一至卷六（共六卷），则分为"京都上""京都中""京都下"。"田猎"类赋编排在卷七至卷九（分编在三卷中），也分为"田猎上""田猎中""田猎下"。"志"类赋编排在卷一四至卷一六（分编在三卷中），也分为"志上""志中""志下"。"纪行"类赋编排在卷九至卷一〇（分编在两卷中），则分为"纪行上""纪行下"。"鸟兽"类赋编排在卷一三和卷一四（分编在两卷中），也分为"鸟兽上"和"鸟兽下"。"音乐"类赋编排在卷一七至卷一八（分编在两卷中），也分为"音乐上"和"音乐下"。

《文选》中赋作的分篇，首要因素是录文的篇幅。无论是在起初编纂，还是后来作注或抄写、刊刻时，书中各卷容量应大致均衡，不能相差太多；每卷也有大概相对均衡的容量。比较、考察最初编纂时各卷容量、各篇的篇幅，以原文白文字数（不包括注文）来统计。《文选》"赋"类中，左思《三都赋》篇幅最大（包括左思的赋序，约一万零一百多字），其次是张衡《二京赋》（约七千七百多字），再次是班固《两都赋》（包括赋序接近四千六百字），再次是潘岳《西征赋》（约四千三百多字），再次是司马相如《子虚赋》《上林赋》（共约三千五百多字）。今传三十卷本《文选》最接近《文选》原貌，故以三十卷本《文选》为依据分析。在一卷之中，不能容纳左思《三都赋》的篇幅，故分卷分篇（《蜀都赋》在卷二，《吴都赋》《魏都赋》在卷三）。其次，由于《文选》编排体例"类分之中，各以时代相次"。在京都赋中，按照时代先后，首录班固《两都赋》，但《两都赋》的篇幅不足一卷，故按时代先后以张衡《二京赋》中的《西京赋》来补足一卷；如再加入《东京赋》，又超过了该卷容量，故《东京赋》编排在下一卷之中，因此，张衡《二京赋》的两部分被分割编排于相连的两卷。再次，张衡《东京赋》和《南都赋》不足一卷，又按时代先后以左思《三都赋》的《蜀都赋》来补足。加之左思《三都赋》本身篇幅较大，一卷之中不能全部容纳，其《吴都赋》《魏都赋》两部分被编排在下一卷中,因此,左思《三都赋》的三部分被分割为三篇,编排在前后相连的两卷之中。司马相如《子虚赋》《上林赋》篇幅不足一卷,与扬雄《甘泉赋》、潘岳《藉田赋》、扬雄《羽猎赋》合为一卷。《子虚赋》《上林赋》同处一卷之中,但被分割为两篇。总括而言,《文选》中篇幅较大的几篇赋作,分卷分篇者,有张衡《二京赋》、左思《三都赋》。同卷分篇者,有班固《两都赋》、司马相如《子虚赋》《上林赋》。篇幅虽大,但既不分卷,也不分篇者,有潘岳《西征赋》。

那么,为什么《文选》编纂时要改动原篇题?改题的依据和方法是什么?

由于篇幅较大赋作的分卷分篇或同卷分篇,原来完整的赋作被分割编排在不同的卷目之中,或者原来的一篇赋被分割成了两篇或三篇,原篇题已不适用,内容与原篇题不相符合,于是改动原篇题,另拟新题。

分篇之后,新篇题的拟定,主要是以原赋作相对独立完整部分的小题为篇题。班固《两都赋》、张衡《二京赋》、左思《三都赋》,根据内容的相对独立、完整性分篇。在述主客以首引的虚拟叙事框架下,以代表某地或某方的人所述大段相对完整的内容为主,截为相对独立的两个或多个分篇,分别另题为班固《西都赋》《东都赋》、张衡《西京赋》《东京赋》、左思《蜀都赋》《吴都赋》《魏都赋》)。也有根据原赋作内容和文献记载篇题演变而改题新题者,《史记》《汉书》所载司马相如《天子游猎赋》也分篇,题为《子虚赋》《上林赋》。至于以赋序小题为篇题者(如班固《两都赋序》、左思《三都赋序》),属于后来流传中抄写者、刊刻者所误题。

三 《文选》"赋"类分篇依据

如前所述,《文选》中篇幅较大的赋作往往分卷分篇或同卷分篇。但是,并非所有篇幅大的赋作一定要分篇,也不是都能够分篇的。换句话说,凡是篇幅长的赋作都一定要分篇吗?分篇的依据是什么?

其实也不是所有篇幅大的赋作就一定要分篇。《文选》中收录篇幅较大赋作中,潘岳《西征赋》的篇幅要比《子虚赋》《上林赋》的总和要大(多出八百多字),但不管是在三十卷本还是六十卷本的《文选》中,为什么《西征赋》都没有分篇呢？首先是由该类赋作本身特有的结构体式特征所决定的，分篇必须要有基础和前提，而不是强行割裂。

班固《两都赋》、张衡《二京赋》、左思《三都赋》的结构，赵逵夫先生将其形象地比喻为"葫芦形结构"①。其内容和主题，分别由代表某地或某方的几人述说的相对完整、独立的几部分构成，每部分之间又有关联。就其结构形式而言，可以从中间细腰处分为两部分或三部分，然而中间又联通为一体。

作为京都大赋的几部分，一方面其内在构思和思想主题具有紧密的关联，另一方面其结构形式又具有相对的独立性和完整性。

班固之前，以司马相如赋作为代表的骋辞大赋，"劝百而讽一"，"讽"附着在全篇的"劝"之后，"劝而不止"，引起人们的批评和不满。在形式结构上，"劝"与"讽"的比例相差悬殊。到了班固《两都赋》，分为代表"西都宾"的"劝"与代表"东都主人"的"讽"两部分，"劝"与"讽"两部分比例均衡，在形式上解决了"劝"与"讽"之间的矛盾。比例均衡的"劝"与"讽"两部分，在结构形式和内容上又具有相对的完整性和独立性。张衡《二京赋》也是"劝"与"讽"的结构模式，其中《西京赋》是整篇赋作"劝"的内容，是《东京赋》存在的基础。《西京赋》中极力夸耀的繁华景象和奢靡风气在全篇最后是要被否定的；反过来，《东京赋》是整篇赋作"讽"的内容，其中极力彰显的懿德勤俭和修饬礼教是全篇所要肯定的。《二京赋》中比例均衡的"劝"与"讽"两部分，在结构形式和内容上也同样具有相对的完整性和独立性。

《三都赋》承袭班固《两都赋》和张衡《二京赋》的结构形式，同时又借鉴了司马相如《子虚赋》《上林赋》的思维模式。《三都赋》中虚构"西蜀公子""东吴王孙""魏国先生"三位人物，分别作为《蜀都赋》《吴都赋》《魏都赋》的代表。其中《蜀都赋》盛赞蜀都的富丽和蜀地的险阻，《吴都赋》盛赞吴都的宏大和吴地的富饶、繁华，最后的《魏都赋》强调"正位居体者，以中夏为喉，不以边垂为襟也。长世字甿者，以道德为藩，不以袭险为屏也"②，赞颂魏都的宏伟壮丽，魏国的统治顺天应人，处于正统地位。《蜀都赋》《吴都赋》是传统大赋"劝"的内容，《魏都赋》是"讽"的内容。《子虚赋》《上林赋》中代表汉天子的

---

① 赵逵夫《〈两都赋〉的创作背景、体制及影响》，《文学评论》2003年第1期。
② （梁）萧统编，（唐）李善注《文选》，第96页上。

"亡是公"批驳压制了代表诸侯国的子虚先生和乌有先生对楚、齐的夸耀,《三都赋》的构思和内容以为借鉴,"魏国先生"批驳、压制住了"西蜀公子""东吴王孙"对蜀都和吴都的夸耀。其主体结构和格局仍然是"劝"与"讽";同时将"劝"的内容由之前的一部分扩展到两部分。《蜀都赋》《吴都赋》两者结合起来,相当于扩展了之前京都大赋中"劝"的内容,从而更加突出了"讽"的力量和重要性。

关于司马相如《子虚上林赋》的写作成篇过程、流传及篇题问题,刘跃进先生认为,"魏晋时期所传文本,题作《上林赋》,但实际还包括《子虚赋》的内容。……《史记》中所说的《子虚赋》作于游梁时期,似为初稿;而《上林赋》则在此基础上加上天子游猎的场面,加工润色,遂成定稿。因此,这是一篇完整的作品,可以称《子虚上林赋》,亦可以简称《上林赋》"①。加工定稿后的《子虚上林赋》,是经过统一构思、具有完整结构的作品,但上、下篇又各自具有独立的主题,其结构也相对完整。《子虚赋》开头说:"子虚过姹乌有先生,亡是公存焉",已经为下篇的构思埋下了伏笔,或者在后来的加工润色过程中统一构思并穿插了"亡是公存焉"之类的句子。就其内容而言,上、下两部分中主要是子虚先生、乌有先生和亡是公三人各自的夸耀和独白,是相互比较、逐个压倒的并列式关系,最终突出天子的崇高地位与绝对权威。因此,《子虚上林赋》既是经过统一构思、具有完整结构的作品;同时上、下篇又各自具有独立的主题,其结构形式也相对完整。

但是潘岳《西征赋》的结构形式与上述几篇赋作都不同,《西征赋》是典型的"纪行"赋,主要记述行旅中的所见所闻所感,"移步换景",描绘沿途的风光景物,并由此而引起对该地相关历史遗迹的追怀,对历史事件和历史人物进行评价。就其体式结构而言,是"一线串珠式结构",以行踪为线,以沿途的风光景物和历史事件为"珠子",贯穿在一起。就其内容而言,各部分之间的关系和内部结构是承接关系,不是并列关系或逐个压倒的并列式。因此,《西征赋》虽是鸿篇巨制,内容丰富,但如果从中间截断或分开,则"线断珠散",就不成其为一篇完整的文章了。

---

① 刘跃进《〈子虚赋〉〈上林赋〉的分篇、创作时间及其意义》,《文史》2008年第2辑。

正是由于该类赋作本身特有的结构体式特征(内在的构思和思想主题、外在的结构形式),《文选》中把《两都赋》《二京赋》《三都赋》《子虚上林赋》几篇大赋分篇,合则为一个具有统一构思的整体,分则为相对独立完整的几大部分。

其次,是否可以分篇,也与该赋的写作成篇过程及其流传特征有关。

班固作《两都赋》,有其明确的为政治服务的目的,为了解决朝廷上下有关迁都的争议。班固之前,以司马相如赋作为代表的骋辞大赋,"劝百而讽一","讽"附着在全篇的"劝"之后,"劝而不止",引起人们的批评和不满。在结构形式上,"劝"与"讽"的比例相差悬殊。到了班固《两都赋》,分为代表"西都宾"的"劝"与代表"东都主人"的"讽"两部分,"劝"与"讽"两部分比例均衡,在形式上解决了"劝"与"讽"之间的矛盾。比例均衡的"劝"与"讽"两部分,在结构形式和内容上又具有相对的完整性和独立性。因此《文选》收录编纂时分篇,标出分篇小题,李善注中分别称引《西都赋》和《东都赋》。而且在《文选》收录之前,《两都赋》在流传中也有分篇的实践和先例。《后汉书·班固传》中收录《两都赋》,但分割在上、下两卷之中(卷四〇上、卷四〇下)。《后汉书》卷四〇卷首《班彪列传》题下范晔自注:"自东都主人以下分为下卷。"①指把班固《两都赋》从"东都主人"开始以下的部分划分为下卷,上卷(即卷四〇上)载录即今本《文选》所收《西都赋》,下卷(即卷四〇下)载录即今本《文选》所收《东都赋》②。《后汉书·班固传》中把《两都赋》分录于上、下两卷之中,已经有了明确的分篇先例,《两都赋》在之后的流传中就具有了较为稳固的分篇做法和经验。从张衡作《二京赋》、左思作《三都赋》的文献记载来看(见下文),班固写作《两都赋》也应该经历了比较长的时间,不可能在短时期内完成。在《两都赋》作好之后,班固找机会献给了皇帝。《文选》中录有《两都赋》的赋序,其中说"臣窃见海内清平……故臣作《两都赋》……",赋序其实是一篇给皇帝献《两都赋》时上的"表"。上表中说明了写作《两都赋》的原因以及主旨,无非是引起皇帝阅读和接受的兴趣,只是一个全赋的"引子"。《文选》编纂时,把班

---

① (南朝宋)范晔《后汉书》卷四〇《班彪列传》,第1323页。
② 《后汉书·班固传》中载录的《两都赋》下卷以"主人喟然而叹曰"开始,首句开头比今本《文选》收录《东都赋》缺少"东都"二字,据《后汉书》卷四〇卷首《班彪列传》题下范晔自注"自东都主人以下分为下卷",缺少的"东都"二字当为脱漏。

固的上表改编为赋"序"（应该是删削了冒头敬称和文末的上表时间等），置于赋文之前。后来的抄写者、刊刻者把"序"改为"两都赋序"，又误以为篇题。

张衡"乃拟班固《两都》，作《二京赋》，因以讽谏。精思傅会，十年乃成"①。模拟班固《两都赋》，在构思和结构行文时也是比例均衡的"劝"与"讽"两部分，各自具有相对的完整性和独立性。在《二京赋》写成之后的流传中，《西京赋》《东京赋》曾各自单行。在《文选》编纂之前，《西京赋》《东京赋》就有旧注。三国时期的薛综曾分别为《西京赋》和《东京赋》作注，即薛综《西京赋注》、薛综《东京赋注》②，各自单行流传。李善注《西京赋》和《东京赋》，首先引薛综旧注，然后才用"善曰"标示出下文为自己所作注。给《二京赋》分别作注者，除了薛综外，还有傅巽。《隋书·经籍志》著录梁代存有薛综、傅巽"注《二京赋》二卷"③，"二卷"本就是一个分篇的注本。因此《二京赋》的写作成篇过程及其流传特征决定了相对稳固的分篇做法。

左思作《三都赋》，也有一定的实际政治目的。司马炎是通过禅位的方式"继承"了曹魏的政权，建立了晋朝。左思《三都赋》站在晋承魏统的立场，否定吴、蜀，肯定魏。李善注："三都者，刘备都益州，号蜀；孙权都建业，号吴；曹操都邺，号魏。思作赋时，吴、蜀已平，见前贤文之是非，故作斯赋，以辨众惑。"④左思认为赋作内容应依据事实，其写作时积累学识、搜集材料的时间很长。臧荣绪《晋书》载左思写作《三都赋》时，"乃诣著作郎张载，访岷邛之事。遂构思十稔，门庭藩溷，皆著纸笔，遇得一句，即疏之"⑤。左思对不熟知的岷邛之事向张载请教，之后又构思十年，苦思冥想，不断积累。其写作时间比《两都赋》《二京赋》更长，至少有十多年。其写作过程，本来就是一个都城接一个都城来写作、来完成的，每个都城的赋都有自己的题名，三个都城都写完了，总题"三都赋"。《三都赋》写成之后的流传中，张载给《魏都赋》作注，刘逵给《蜀都赋》

---

① 《后汉书》卷五九《张衡列传》，第1897页。
② 见《文选》李善注引。传本《文选》李善注《西京赋》和《东京赋》中，先引薛综注，之后才是李善自己的注，并用"善曰"来区别。此外，据笔者统计，李善注中称引"薛综《西京赋》注曰"凡26处，称引"薛综《东京赋》注曰"凡8处。
③ （唐）魏征、长孙无忌等《隋书》卷三五《经籍志四》，中华书局，1973年，第1083页。
④ （梁）萧统编，（唐）李善注《文选》，第74页上。
⑤ （梁）萧统编，（唐）李善注《文选》卷四《三都赋序》作者名"左太冲"下李善注引臧荣绪《晋书》，第74页上。

《吴都赋》作注。之后,为之作注者很多,逐渐形成一种风气。① 李善注中称引的旧注即有:刘渊林《吴都赋》注、张载《吴都赋》注、刘逵《吴都赋》注,刘渊林《魏都赋》注、曹毗《魏都赋》注、刘逵《魏都赋》注,都是分篇作注。各种注文都附在原单篇赋文之后,与原赋作一起单行流传,因此在流传中就有了相对稳固的分篇传统,《文选》收录编纂时自然会参照或遵循之前单行流传的分篇形式。

从《史记》和《汉书》中的司马相如本传记载可知,《子虚赋》作为初稿,在加工润色为《子虚上林赋》之前就已经单行流传。加工定稿的《子虚上林赋》,后来很多人都曾作过注,有些是给全篇作注,有些是给其中的某部分(《子虚赋》或《上林赋》)作注,两部分也有可能各自单行流传。从《汉书》颜师古注引和《文选》李善注引可知,在《文选》之前,文颖、张揖、司马彪、郭璞都曾给《子虚赋》《上林赋》作过注,还有伏俨、晋灼等人给《子虚赋》作过注,应劭、韦昭等人给《上林赋》作过注。后来《文选》编纂时又将完整的《子虚上林赋》分为《子虚赋》《上林赋》两篇,也是有所依据的,有之前的分篇形式与经验可以参照或遵循。

总之,在《文选》"赋"类中,有些篇幅较大的作品往往分卷分篇或同卷分篇。分篇之后,原篇题已不适用,于是改动原篇题,另拟新题。当然,并不是所有篇幅大的赋作都一定要分篇,也不是都能够仅仅按照篇幅的大小来分篇的。分篇的前提和条件,首先是由该赋作本身在形式和内容方面的结构体式特征(内在的构思和思想主题、外在的结构形式)所决定的,其次也与该类赋作的写作成篇过程及其流传特征有关。

(陕西师范大学文学院)

---

① (梁)萧统编,(唐)李善注《文选》卷四《三都赋序》注者名"刘渊林注"下李善注:"《三都赋》成,张载为注《魏都》,刘逵为注《吴》《蜀》,自是之后,渐行于俗也。"第74页上。

再论《文选》的编纂问题[①]

高明峰

《文选》的编纂,是现代《文选》学中的一大课题,一直以来为学界所关注,也存在着不小的分歧,仍有讨论的必要。兹选取其中争议较多的两个问题作出辨析,求正于方家。

一 《文选》乃据前贤总集的再选本

学界有一种看法,认为《文选》乃依据前贤总集再加选编而成的。首倡此说者为日本学者冈村繁先生。[②] 其后中国学者力之先生《关于〈文选〉的编者问题》[③]在论及《文选》的编纂时,也以挚虞《文章流别集》等总集为例,推论《文选》为再选本。[④] 尤为值得注意的是,王立群先生撰有《〈文选〉成书考辨》[⑤]一文,先阐明朱彝尊《文选》成书两阶段说难以成立,继而指出南朝总集编纂多据前贤总集再编纂,最后从五个方面披露了《文选》据前贤总集再编选之内证。

[①] 本文为辽宁省社科基金项目(编号 L12DZW020)阶段性成果。
[②] 冈村繁《〈文选〉编纂的实际情况与成书初期所受到的评价》,载《日本中国学会报》第38集(1986),后载郑州大学古籍研究所《中外学者文选学论集》,中华书局,1998年。
[③] 力之《关于〈文选〉的编者问题》,《文学评论》1999年第1期。
[④] 当然,后来力之又提出《文选》乃合初选与再选为一体之书,见其《关于〈文选〉所录诗文之来源问题——兼论〈文选〉乃合首选与再选为一体之书》,刊《广西师范大学学报(哲学社会科学版)》2007年第4期。
[⑤] 王立群《〈文选〉成书考辨》,《文学遗产》2003年第3期。另见王著《〈文选〉成书研究》第二章《〈文选〉成书过程研究》,商务印书馆,2005年。

可以说，此文在冈村繁、力之的基础上将《文选》乃据前贤总集的再选本之说论析得更为透彻。在此，拟针对此文作些讨论。

清人朱彝尊《书〈玉台新咏〉后》曰："昭明《文选》初成，闻有千卷，既而略其芜秽，集其清英，存三十卷。"王先生认为朱氏之说出自宋人吴棫《宋本韵补·书目》："《类文》，此书本千卷，或云梁昭明太子作《文选》时所集，今所存止三十卷。本朝陶内翰穀所编。"且认为《韵补》所载乃传言之辞，并无明确的证据，进而否认朱氏《文选》成书两阶段说。力之先生认为朱彝尊之说实出自元末赖良《〈大雅集〉序》之"《昭明文选》初集，至一千余卷。后去取不能十一，今所存者三十卷耳"①。尽管朱彝尊之说依据的吴棫或赖良之说并无确凿的文献来证实，但其说由来已久，仍值得重视。退一步讲，即便朱氏之说不能成立，也不能必然地推断出《文选》据前贤总集编纂而成。

其二，王先生认为南朝总集编纂多据前贤总集再编纂，并举南朝总集、南朝选集据前贤总集抄撰编纂之例以及《隋志》据前贤目录著录来加以证明。诚然，南朝总集包括选集有据前贤总集抄撰编纂之先例，文中所举《流别集》《集林》《七志》诸家均误将史孝山之文载于史子孝之集确有说服力，但并不能由此证明《文选》也必然据前贤总集再编纂。据《文选》卷四七史岑《出师颂》作者史孝山下李善注可知，《流别集》《集林》《今书七志》将后汉史岑字孝山的《出师颂》误署为王莽末史岑字子孝作，又说《流别集》《集林》把后汉史岑字孝山的《和熹邓后颂并序》误署为王莽末史岑字子孝作。然而《文选》不误，诸如胡克家本李善注《文选》、《四部丛刊》本《六臣注文选》、《文选集注》等，所录《出师颂》均署为"史孝山"作。这种情况表明，《文选》或依据前贤总集而做过考辨工作，或非录自总集而采自别集。从李善与五臣注来看，《文选》选文的篇题，有些与集相异，有些则相同，此间的差异，实际上也反映出《文选》之所据不会仅有总集，尤其是那些卒于孔逭编《文苑》后的作家之作，在《文选》编纂时尚无相关的诗文总集，故其作品之入选途径极有可能是该作家之别集。②

---

① 力之《朱彝尊"〈文选〉初成闻有千卷"说不能成立辨——兼论何融〈文选〉"非一人所能完成"说之未为得》，刊《黄冈师范学院学报》2006年第5期。

② 参力之《关于〈文选〉所录诗文之来源问题——兼论〈文选〉乃合首选与再选为一体之书》，刊《广西师范大学学报（哲学社会科学版）》2007年第4期。

其三,王先生从《文选》作品已为挚虞《文章流别集》、李充《翰林》等总集所选录,《文选》部分作品的篇题与该作家别集之篇题有别,《文选》某些作品本有序文但未收录,《文选》个别作品与原作家别集所载同作详略不同,《文选》有的作品编序有误等五个方面披露了《文选》据前贤总集再编选之内证。这些论据,也可以进一步推敲。譬如选录作品相同,也可以理解为这是《文选》编者与挚虞、李充等受到时代共识的影响而作出的选择①;《文选》有的作品编序有误,也可能是《文选》编纂后期仓促所致。至于《文选》部分作品的篇题与别集之篇题有别、《文选》某些作品序文未收,或许能够说明《文选》编纂参照了《文章流别集》等总集。至于王先生引述六臣注《文选》诗类赠答(二)将张华《答何劭》诗二首列于何劭《赠张华》之前,刘良注曰:"何劭,字敬祖。赠华诗,则此诗之下是也。赠答之体,则赠诗当为先。今以答为先者,盖依前贤所编,不复追改也。"②正如王先生所言,张华(232—300),何劭(232—302),按照《文选序》"类分之中各以时代为次"的编序原则,依卒年列序,华当居劭前,《文选》赠答(二)所列不误,则刘良所言"盖依前贤所编,不及追改"之论当谨慎对待,况且,所谓"盖依前贤所编"云云,显然是推测之辞。更为重要的是,结合《文选》编者"略其芜秽,集其清英"的编选旨趣,"事出于沉思,义归乎翰藻"的选文取向以及弥补往年编辑《诗苑英华》之"遗恨"来看,《文选》之编纂必然不会仅仅依靠《文章流别集》《翰林》等总集作简单的筛选。一方面,这些前贤总集本身就带有编选的性质,《隋书·经籍志》云:"晋代挚虞苦览者之劳倦,于是采摭孔翠,芟剪繁芜,自诗赋以下,各为条贯,合而编之,谓之《流别》。"仅仅在此基础上筛选,恐难达成编者的旨趣、体现选家的眼光。另一方面,《文选》编者创设"史述赞"等体类③、编选陶渊明之作品,都体现出独到的识见,并非仅仅依托前贤总集就能办到。

综上所述,《文选》乃据前贤总集的再选本之说恐难成立。但毫无疑问,挚虞《文章流别集》等前贤总集,是《文选》编者可资利用的重要资源。事实上,

---

① 曹道衡《〈文选〉对魏晋以来文学传统的继承和发展》(《文学遗产》2000年第1期),通过大量举例证明《文选》所录多历代公认的名作。

② 萧统编,六臣注《文选》,中华书局,1987年,第449页。

③ 可参阅拙文《"赞"文分类与〈文选〉录"赞"》,《河北科技大学学报(社会科学版)》2012年第3期;《〈文选〉"史论""史述赞"二体发微》,《广西师范大学学报(哲学社会科学版)》2013年第6期。

《文选》的选文来源,应该是多元的,除了前代总集之外,别集、史书都是其重要来源。其工作方式,除了选篇以外,还有编次、剪截,编次着重于体类,剪截体现于文本,均是把握《文选》不可忽略的方面。

二 《文选》选文标准的再讨论

《文选》的选录标准,是《文选》研究中争议较大的一个问题。主要的看法有以下数种:

1. 以《文选序》"翰藻""沉思"为昭明选录的标准。清代阮元首倡此说,其云:"《选序》之法,于经、史、子三家不加甄录,为其以'立意''记事'为本,非'沉思''翰藻'之比也。"(《与友人论古文书》)又说:"必'沉思''翰藻',始名为'文',始以入《选》也。"(《书梁昭明太子文选序后》)后朱自清《〈文选序〉"事出于沉思,义归乎翰藻"说》续加阐扬。这一见解为多数学者赞同。但是,对"事出于沉思,义归乎翰藻"二句的理解又不尽相同。朱自清认为:"'事出于沉思'的事,实当解作'事义''事类'的事,专指引事引言,并非泛说。'沉思'就是深思。""'翰藻',昭明借为'辞采''辞藻'之意。'翰藻'当以比类为主。""而合上下两句浑言之,不外'善于用事,善于用比'之意。"骆鸿凯《文选学·义例第二》指出"事出于沉思"即性灵摇荡,"义归乎翰藻"即绮縠纷披。郭绍虞认为,"事出"二句,"上句的事,承上文的'序述'而言,下句的义,承上文的'赞论'而言,意谓史传中的'赞论'和'序述'部分,也有'沉思'和'翰藻',故可作为文学作品来选录。沉思,指作者深刻的艺术构思,翰藻,指表现于作品的辞采之美。二句互文见义"①。殷孟伦认为,"事出"二句直译即是:"写作的活动和写成的文章是从精心结构产生出来的;同时,文章的思想内容终于要通过确切如实的语言加工来体现的。"②

2. 黄侃认为《文选序》"若夫姬公之籍"一段所论是《文选》的选录标准,《金楼子》与《文心雕龙》则是《文选》选录标准的翼卫。他指出"若夫姬公之籍"至"杂而集之"一段:"选文宗旨、选文条例皆具,宜细审绎,毋轻发难端。

---

① 郭绍虞《中国历代文论选》,上海古籍出版社,2001年,第一册,第333页。
② 殷孟伦《如何理解〈文选〉编选的标准》,《文史哲》1963年第1期。

《金楼子》论文之语,刘彦和《文心》一书,皆其翼卫也。"① 萧绎《金楼子·立言》有文笔之辨,认为"文"应当辞藻富丽,音节谐美,语言精准,情韵悠长,与"沉思""翰藻"有相通之处。刘勰在《文心雕龙》中倡导守真酌奇,华实相谐,也近于萧统所追求的"文质彬彬"。

3. 日本多数研究者如铃木虎雄、小尾郊一等都把萧统《答湘东王求文集及诗苑英华书》"夫文典则累野,丽亦伤浮,能丽而不浮,典而不野,文质彬彬,有君子之致"作为昭明太子的文学观,并认为《文选》是以此为标准撰录的。中国学者沈玉成等也持同样看法。

4. 日本学者清水凯夫认为《文选》的选录标准就是沈约的《宋书·谢灵运传论》。他在《〈文选〉编辑的目的与撰录标准》一文中指出《文选》根据《宋书·谢灵运传论》所论文学发展和声律理论来选录作品。

对于《文选》选文标准的探讨,直观和主要的依据,当然还在于《文选序》中。通览《文选序》全篇,作者首先梳理了文学发展踵事增华之演进,提出了《文选》编纂之宗旨——"略其芜秽,集其清英",接下来阐明《文选》编纂条例,为便于说明,引述原文如下:

> 若夫姬公之籍,孔父之书,与日月俱悬,鬼神争奥,孝敬之准式,人伦之师友,岂可重以芟夷,加之剪截?老、庄之作,管、孟之流,盖以立意为宗,不以能文为本,今之所撰,又以略诸。若贤人之美辞,忠臣之抗直,谋夫之话,辨士之端,冰释泉涌,金相玉振。所谓坐狙丘,议稷下,仲连之却秦军,食其之下齐国,留侯之发八难,曲逆之吐六奇,盖乃事美一时,语流千载,概见坟籍,旁出子史。若斯之流,又亦繁博。虽传之简牍,而事异篇章,今之所集,亦所不取。至于记事之史,系年之书,所以褒贬是非,纪别异同,方之篇翰,亦已不同。若其赞论之综缉辞采,序述之错比文华,事出于沉思,义归乎翰藻,故与夫篇什杂而集之。远自周室,迄于圣代,都为三十卷,名曰《文选》云耳。凡次文之体,各以汇聚。诗赋体既不一,又以类分;类分之中,各以时代相次。

从引文可提炼出《文选》之编纂条例,包括三个方面:从文本性质而言,不选经

---

① 黄侃《文选平点》,上海古籍出版社,1985 年,第 3 页。

史子,只选篇章(篇翰、篇什);从文本选录的时间而言,起自周代,迄于梁朝;从文本选录的编排而言,据体编排,体下分类,类中以时代相次。那么,《文选》的编选标准是否没有涉及呢?其实,它是隐含在上文对文本性质的区分之中的。引文所言"能文""篇章""篇翰""篇什""辞采""文华""沉思""翰藻"透露出《文选》编选的标准,即性属篇章,别于经史子书,且"能文",富有文采。换言之,《文选》只选富有辞采的单篇作品。笔者曾撰文《〈文心雕龙〉与〈文选〉"论"体评录发微》《"赞"文分类与〈文选〉录"赞"》,专门讨论《文选》对"论""赞"体的选录,指出:"萧统则多选辞义精美之作,具有强调词采、重视近代的倾向。"①"入选萧统《文选》的赞文,从类型上讲分属画赞、人物杂赞、史述赞和史论赞,分类尚属明晰,但并不全面;其选文标准,首重情辞之美,而非体制特征。"②如此一来,"事出于沉思,义归乎翰藻"就并非《文选》选文标准之关键,而其重心结合上下文来看,也只在"翰藻"上面。当然,这是从《文选序》中流露出的选文标准。我们还应该看到,《文选》的编纂必然受制于编者的文学思想以及历代作品的复杂面貌。所以,萧统《答湘东王求文集及诗苑英华书》所言"夫文典则累野,丽亦伤浮,能丽而不浮,典而不野,文质彬彬,有君子之致"的文学追求也是我们考察《文选》编选标准应该兼顾的③,也正因此,萧统在"论"体文选录中,固然强调辞采,也"注重那些具有政治教化意义的论文"④;而《毛诗序》《尚书序》《春秋左传集解序》三篇辞采平平的经学传注序得以入选《文选》,其背后可能隐含着深层意蕴。⑤

此外,我们再对"事出于沉思,义归乎翰藻"二句作些解释。一方面,此二句仅针对史书之赞论、序述而言,并非针对《文选》全书,所以此二句不能指认

---

① 高明峰《〈文心雕龙〉与〈文选〉"论"体评录发微》,《中国文学研究》2017年第2期。
② 高明峰《"赞"文分类与〈文选〉录"赞"》,《河北科技大学学报(社会科学版)》2002年第3期。
③ 可参阅顾农师《风教与翰藻——萧统的文学趣味和〈文选〉的选文趋向》,《扬州师院学报(社会科学版)》1992年第3期,后收入《文选论丛》,广陵书社,2007年。
④ 高明峰《〈文心雕龙〉与〈文选〉"论"体评录发微》,《中国文学研究》2017年第2期。
⑤ 朱晓海《〈文选〉所收三篇经学传注序探微》(第八届文选学国际学术研讨会会议论文,后载于《古代文学理论研究[第三十一辑]》,《中国文论的方与圆》,华东师范大学出版社,2010年),认为《毛诗序》《尚书序》《春秋左传集解序》三篇经学传注序得以入选《文选》,是因为它们对那些经传取材、编撰方式、目的等方面的阐释,以及研读历史的评述,可供选编比附,并可以借此补充《文选序》不便言明的部分。

作《文选》选文标准的依据。另一方面,对于此二句的理解,分歧甚多,前引朱自清、殷孟伦等人的看法堪为代表,近来吴晓峰又专门撰文研讨,结合《文选》所选"赞论"与刘勰《文心雕龙》对"事""义"的论述,指出:"'事出于沉思,义归乎翰藻'二句可解释为:凭借渊博的历史知识,并用优美的语言文字来表达深刻的思想。"①其核心,即是认为萧统所谓事、义,相当于刘勰所言"援古以证今""举人事以征义",换言之,即是用事、用典,以事典来见义。这一看法,还有商榷的余地。

由于此二句针对史书而言,而史书又有一个"笔削"的悠久传统。《孟子·离娄下》有云:"王者之迹熄而《诗》亡,《诗》亡然后《春秋》作。晋之《乘》,楚之《梼杌》,鲁之《春秋》,一也。其事则齐桓晋文,其文则史,孔子曰:'其义则丘窃取之矣。'"赵岐注:"此三大国史记之异名。……其事,则五伯所理也。桓公,五伯之盛者,故举之。其文,史记之文也。孔子自谓窃取之,以为素王也。"孙奭疏曰:"此章言时无所咏,《春秋》乃兴,假史记之文,孔子正之以匡邪也。"朱熹集注曰:

> 春秋之时,五霸迭兴,而桓文为盛。史,史官也。窃取者,谦辞也。《公羊传》作"其辞则丘有罪焉耳",意亦如此。盖言断之在己,所谓笔则笔,削则削,游夏不能赞一辞者也。尹氏曰:"言孔子作《春秋》,亦以史之文载当时之事也,而其义则定天下之邪正,为百王之大法。"②

由此可知,史书中事、文、义密不可分,事即史事,文即文辞,义即褒贬以定邪正,所谓"笔削"传统,即是文辞纪事而义在其中。《春秋公羊传》有一段记载可旁证:"(昭公十二年)春,齐高偃帅师纳北燕伯于阳。伯于阳者何?公子阳生也。子曰:'我乃知之矣。'在侧者曰:'子苟知之,何以不革。'曰:'如尔所不知何?《春秋》之信史也,其序则齐桓、晋文,其会则主会者为之也,其词则丘有罪焉耳。'""序""会""词",正与"事""文""义"相对应。《释名·释言语》曰:

---

① 吴晓峰《〈文选序〉"事出于沉思,义归乎翰藻"新解》,刊《江苏大学学报(社会科学版)》2010年第6期。

② 朱熹《四书章句集注》,中华书局,1983年,第295页。

"文者,会集众采以成锦绣,会集众字以成词谊,如文绣然也。"笔削文辞,因词见义,亦可理解。"序"通于"叙",即叙事、纪事也。再回到《文选序》中,结合选文而言,其所谓赞论、序述皆叙事以见义。如"《文选》在'史述赞'下收录班固《述及高纪第一》《述成纪第十》《述韩彭英卢吴传第四》及范晔《后汉书·光武纪赞》等四篇,内容均是概述相关纪传的大意,词兼褒贬"[①]。故而,"事出于沉思,义归乎翰藻"之事、义,从上下文语境,结合选文实际和史籍传统,似不宜理解为使事用典,而更切近于纪事褒贬,此二句大意即为通过精思熟虑,文采斐然地纪事褒贬。

(辽宁师范大学文学院)

---

① 高明峰《〈文选〉"史论""史述赞"二体发微》,刊《广西师范大学学报(哲学社会科学版)》2013年第6期。

亡佚还是失收

——《文选》未收阮瑀的表檄等原因管窥

尹玉珊

阮瑀的章、表、书、檄成就在当时堪与陈琳并驾,但《文选》的"檄"文中收录陈琳檄文两篇(《为袁绍檄豫州》与《檄吴将校部曲》),未有阮瑀檄文;"表"文中收录孔融《荐祢衡表》,未有阮瑀表;仅在"书"中收录阮瑀《为曹公作书与孙权》一篇,孔融《论盛孝章书》一篇,却收录了稍后于他的应璩书四篇(《与满公琰书》《与侍郎曹长思书》《与广川长岑文瑜书》与《与从弟君苗君胄书》)。这是否说明阮瑀的创作成就名不符实?还是说他的文章不为萧统欣赏?与他同时代的"六子"相比,阮瑀的传世文章最少,仅存的5篇中只有《为曹公作书与孙权》最为完整。① 这个现象不禁使人联想:《文选》收录阮瑀文章之少,是否与其选录标准无关,而主要是文献亡佚的原因造成的?

一 阮瑀的当世文名与其创作情况还原

阮瑀是一名出色的写手,不仅有史书可证,而且有曹丕的话为证。《魏志·王粲传》:"太祖并以琳、瑀为司空军谋祭酒,管记室,军国书檄,多琳、瑀所

---

① 关于"建安七子"的说法历来就有争议,从年龄、文名和与曹氏兄弟的交往来看,吴质比孔融更有资格加入"七子"队伍。就存世文章数看,无论是孔融还是吴质,都比阮瑀多。

作也。"①曹丕的《典论·论文》说:"琳、瑀之章表书记,今之隽也。"②他又在《与吴质书》中说:"元瑜书记翩翩,致足乐也。"③裴松之注《三国志》时引鱼豢《典略》也记载了阮瑀为曹操作书给刘备与韩遂的事情,而且还说:"太祖尝使瑀作书与韩遂,时太祖适近出,瑀随从,因于马上具草,书成呈之。太祖揽笔欲有所定,而竟不能增损。"④这则故事生动塑造了阮瑀作为曹操得力枪手的典型形象。这个故事到齐梁时期已开始变形,如《太平御览》引《金楼子》曰:"刘备叛走,曹操使阮瑀为书与备,马上立成。有以此为能者,吾以为儿戏耳。"⑤一方面说明阮瑀的快枪手形象已定型,另一方面也看出因文献亡佚所导致的失真。

裴松之注《三国志》,引鱼豢《典略》记载阮瑀为曹操作书给刘备与韩遂二事,然后说"此二书今具存"⑥。这句话理解有分歧,一者认为"此二书今具存"为《典略》原文,一者认为是裴松之按语。假设是《典略》原文,可见阮瑀文章流失很早即已开始,否则鱼豢没必要说明二书存世情况。假设是裴松之语,则裴松之注《三国志》大约在元嘉三年(426)之后至出为永嘉太守之前(具体年月不详,但当在元嘉十四年致仕之前)。宋文帝元嘉年间,裴松之还能见到阮瑀给刘备和韩遂的两封书信。可惜的是这两封书信是否出自曹丕所编《邺中集》,已不得而知。

《文士传》中记载的曹操焚山才逼出阮瑀的故事虽然是傅会,但也说明阮瑀的耿介之著与文才之高。

二 阮瑀文章在齐梁时亡佚的情况及原因

阮瑀文章在齐梁时期已经大量亡佚,这从以下一些文献的征引与评论中可见一斑。

刘勰《文心雕龙》中数次评价阮瑀,《神思》篇云"阮瑀据鞍而制书,祢衡当

---

① 陈寿《三国志》,中华书局,1959年,第600页。
② 萧统《文选》,中华书局,1977年,第720页。
③ 魏宏灿《曹丕集校注》,安徽大学出版社,2009年,第258页。
④ 陈寿《三国志》裴松之注,第601页。
⑤ 李昉等《太平御览》,中华书局,1960年,第2703页。
⑥ 陈寿《三国志》裴松之注,第600页。

食而草奏。虽有短篇,亦思之速也"①,《才略》篇云"琳、瑀以符檄擅声"②,《章表》篇云"琳、瑀章表,有誉当时"③,《书记》篇云"魏之元瑜,号称翩翩"④,《时序》篇云"元瑜展其翩翩之乐"⑤。上述刘勰给予阮瑀的批评听起来非常耳熟,因为都是从前人那里贩卖来的,很少有自己的断语。如称阮瑀"思之速"来自《典略》,"擅声"与"有誉当时"来自曹丕《典论·论文》,而说阮瑀"翩翩"则来自《与吴质书》,完全没有一点自己的发明。"有誉当时"与"号称翩翩"尤其显露出追述的口吻。这与刘勰对阮瑀同时代人的评价大相径庭,他对曹氏兄弟的深度批评自不必说,仅与其他文人相比,也能看出空泛与切实的差别。如他批评王粲云:"仲宣溢才,捷而能密,文多兼善,辞少瑕累,摘其诗赋,则七子之冠冕乎!"⑥"仲宣之去代……并师心独见,锋颖精密,盖人伦之英也。"又如评价应玚云:"应论华而疏略。"评价路粹与杨修云"颇怀笔记之工",评价丁仪、邯郸淳云"亦含论述之美"。⑦ 刘勰非常重视曹丕对曹魏文人的评论,在文中反复援引其说辞,但更为可贵的是发现被曹丕遮蔽了的成绩。如他在《书记》篇说:"公幹笺记,丽而规益,子桓弗论,故世所共遗,若略名取实,则有美于为诗矣。"⑧他一方面褒扬曹丕评论对于文人的提携作用,另一方面也更重视"略名取实",发现曹丕没有发现的东西。"取实"的前提是刘桢的"笺记"刘勰还能见到,如果不幸亡佚,他也只能沿袭曹丕给予刘桢的"名"。所以,当刘勰对阮瑀的符檄章表只说些泛泛的话时,不是他偷懒,而是不能亲见其"实"的不得已。

比较有趣的是《文心雕龙·章表》篇云:"至于文举之荐祢衡,气扬采飞;孔明之辞后主,志尽文畅;虽华实异旨,并表之英也。琳、瑀章表,有誉当时;孔璋称健,则其标也。陈思之表,独冠群才。"⑨与之相对应的是,《文选》之"表"

---

① 刘勰著,詹锳义证《文心雕龙义证》,上海古籍出版社,1989年,第992页。
② 同上书,第1802页。
③ 同上书,第834页。
④ 同上书,第929页。
⑤ 同上书,第1689页。
⑥ 同上书,第1801页。
⑦ 同上书,第1802页。
⑧ 同上书,第939页。
⑨ 同上书,第834页。

文依次为:孔融的《荐祢衡表》、诸葛亮的《出师表》与曹植的《求自试表》《求通亲表》,中间唯独缺失了陈琳与阮瑀的表文。陈、瑀二人传世文集中也没有"表"文。所以,此处萧统与刘勰的不同,似乎不当归于选录标准的差异,而是文献亡佚。

《文选》注引用阮瑀诗文仅有《与刘备书》《与孙权书》《谢太祖笺》《七哀诗》《止欲赋》等数篇,其中《与刘备书》仅有两句八字,《谢太祖笺》四句十六字。其他残篇断句多赖《三国志注》与《艺文类聚》《北堂书钞》《初学记》等唐代类书保存下来。

阮瑀早逝,作品无人搜集整理,自然流失。阮瑀卒于建安十七年(212),当时阮籍才三岁,加上孤儿寡母生活艰难,根本无力也无心整编父亲文集。"六子"文集的最早编纂者是曹丕①,但根据曹丕作于建安二十二年的《与吴质书》可知,他开始编集是在徐干、陈琳、应玚、刘桢四人去世之后,不早于此年,此时距离阮瑀去世已经五年有余。这是阮瑀作品的第一次流失。

上文说裴松之注《三国志》时还见过阮瑀给刘备和韩遂的两封书信,《典略》还记载说:"太祖尝使瑀作书与韩遂,时太祖适近出,瑀随从,因于马上具草,书成呈之。太祖揽笔欲有所定,而竟不能增损。"②但曹氏道衡先生以为此处记载,与《三国志·武帝纪》记载的"他日,公又与遂书,多所点窜,如遂改定者"③似乎相矛盾,怀疑给韩遂的书信有前后两封④。如此的话,则至宋元嘉时期阮瑀作给韩遂的第二书已经亡佚。这种情况发生于陈寿著作《三国志》之后,应该是阮瑀作品在曹丕编集之后的第二次流失。

三 萧统对阮瑀文章的认可

萧统同刘勰一样,也非常重视曹丕的文学批评。《论文》是曹丕子书《典论》中的一篇,是《文选》收录的曹丕唯一文章,也是《文选》收录的唯一一篇出

---

① 王粲卒于建安二十二年春,在徐、陈、应、刘之前,曹丕在《与吴质书》文中先说"都为一集",然后逐一评价六人才识,未提孔融,吴质尚在,可见当时所编《邺中集》当为"六子集"。
② 陈寿《三国志》裴松之注,第601页。
③ 陈寿《三国志》,第35页。
④ 曹道衡《中古文学史料丛考》,《曹道衡文集》卷九,中州古籍出版社,2018年,第53页。

自子书的文章①。《论文》说"王粲长于辞赋"②,《文选》收录了他的《登楼赋》。《论文》说"徐幹时有齐气,然粲之匹也。……虽张、蔡不过也"③,曹丕褒扬他的《元猿》《漏卮》《圆扇》《橘》四赋,如今传世者仅《圆扇赋》四句,《文选》未录或许因为亡佚。《论文》说"应场和而不壮,刘桢壮而不密"④,《文选》不收其文,只收其诗。《论文》说"孔融体气高妙,有过人者。然不能持论,理不胜词,至于杂以嘲戏。及其所善,杨班俦也"⑤,《文选》收录其《荐祢衡表》《论盛孝章书》,不收其《难曹公禁酒书》。《论文》说"琳、瑀之章表书记,今之隽也"⑥,《文选》收录了陈琳檄文两篇、笺一篇、书一篇,却只收阮瑀书一篇,与他的文名失衡。

既然如此,萧统未收阮瑀符檄章表的主要原因只能是文献亡佚。文章不能亲见,固然不妨碍评论,所以《文心雕龙》才会涉及,但只能人云亦云。文章不能亲见,文集却无法收录,所以《文选》只能任其缺席。

结 论

《文选》未收阮瑀表檄文的原因,主要是因为文献亡佚,选录的客观条件不具备。由此可见,《文选》收录的作家作品情况,虽然能在一定程度上反映出收录者的文学主张与选录标准,但不能绝对化,应该考虑到作品的存世情况对于主观选择的制约作用。

(广西师范学院)

---

① 《文选》收录的《过秦论》出自贾谊的《新书》,但从子书发展过程看,《新书》在当时是被视作文集的。
② 萧统《文选》,第720页。
③ 同上。
④ 同上。
⑤ 同上。
⑥ 同上。

论孙绰《游天台山赋》有无色空思想之近源及意义*

张富春

"嗟夫地以人胜,从昔则然。兰渚以羲之而著,天台以孙绰而传。"①孙绰《游天台山赋》是写天台山的第一篇名作,后被收入《文选》而广传于世。支遁《天台山铭序》谓天台山"盖仙圣之所栖翔,道士之所鳞萃"②。孙绰"少慕老庄之道"③,精通玄学,又与支遁等高僧交好,深研佛理,倡言周孔即佛,故《游天台山赋》亦极力融合佛玄,试图贯通色空有无。崔向荣《从"遣有"到"即有"——论玄言诗转入山水诗的内在理路》认为孙绰提出的"泯色空以合迹,忽即有而得玄"形成了玄言诗转入山水诗的历史性契机④,识见独到。本文拟探讨《游天台山赋》蕴含有无色空思想之近源及其于玄言诗、山水诗勃兴及重玄学构建之意义,以期有益于认识东晋佛玄思想及其文学史意义。

---

* 本文为国家社会科学基金一般项目《佛教中国化视阈下支遁接受研究》(15BZW107)之阶段性成果。
① (明)邱濬《重编琼台藁》卷二二《赋·南冥奇甸赋》,《文渊阁四库全书》,台湾商务印书馆,1986年,第1248册,第451页下。
② 张富春《支遁集校注》,巴蜀书社,2014年,第576页。
③ 《世说新语》卷上之上《言语第二》第八十四条"孙绰赋《遂初》"条刘孝标注引《遂初赋叙》,余嘉锡笺疏,周祖谟等整理《世说新语笺疏》,中华书局,2015年,第154页。
④ 《学术研究》2009年第5期,第145—148页。

一　有无色空思想之内涵

《游天台山赋》以《老子》第四十章"天下万物生于有,有生于无"①开篇,云:"太虚辽廓而无阂,运自然之妙有。"李善注云:"妙有,谓一也。言大道运彼自然之妙一而生万物也。"②无乃宇宙原始,由无生有,化生万物,是为妙有。孙绰观画禅思而神游,赋中天台山俨然仙都佛国,惟远离尘世研玩道术、断绝粒米咀茹灵芝者可轻举宅居。作者视游天台山如修行,为释舍域中常情所恋,为通畅超纵自然之道,为在深渊中荡去遣而未尽之遗尘,为发覆弊已善行之五盖,而践苔搏壁甘冒垂堂之危游天台山,期冀如王乔驾鹤冲天,如罗汉飞锡乘虚,能够"骋神变之挥霍,忽出有而入无"。李善注云:"言众仙既登正道,故能骋其神变,出于众有而入无为也。《淮南子》曰:'出于无有,入于无为。'"③刘熙载《艺概》卷三《赋概》云:"以老庄、释氏之旨入赋,固非古义,然亦有'理趣'、'理障'之不同。"刘氏以"骋神变之挥霍,忽出有而入无"为理趣,而谓此下"悟遣有之不尽"云云"则落理障甚矣"。④

　　悟遣有之不尽,觉涉无之有间;泯色空以合迹,忽即有而得玄。
释二名之同出,消一无于三幡。⑤

此段文字佛玄交融,固然全无赋的审美特质,"落理障甚矣",然遣有、涉无、泯然色空、即有得玄却见出孙绰关于有无、色空的基本认识,是其时学人此类思想的完好表述。据此及《文选》六臣注,孙绰有无色空思想的基本内涵可概括如下:

首先,老庄言有无,佛陀说色空,均以无为宗,以有为非。李善注"悟遣有之不尽,觉涉无之有间"云:"言道释二典,皆以无为宗。"⑥

---

① 楼宇烈《老子道德经注校释》,中华书局,2008 年,第 210 页。
② 刘跃进著,徐华校《文选旧注辑存》第 4 册,凤凰出版社,2017 年,第 2214、2214—2215 页。
③ 同上书,第 2231 页。
④ (清)刘熙载撰,袁津琥校注《艺概注稿》,中华书局,2009 年,第 474、475 页。
⑤ 刘跃进著,徐华校《文选旧注辑存》第 4 册,第 2236 页。
⑥ 同上。

其次,遣有难在于尽,涉无则易有间。虽悟无为宗、有为非,应遣有涉无,然遣有难尽,入无有隙。所以如此,皆因遣有用智以无为有而滞之而难尽,涉无以心并列有无而滞之而有隙。李周翰注云:"我言常时以为遣于有,涉于无,足以为道矣。及此乃悟,用智遣有,终无尽理。以心涉无,终有间隙。何者,以其不能使物无不可,所以有无并列。此谓昔之非今乃是也。"①

再次,遣滞有之法,佛言色空并泯,道谓即有得玄。泯色空即李善注引《维摩经》所谓色即是空、非色灭后而空、色性自空之意,以此视色空即可泯然如一,入于不二法门。色与空不二,无与有亦一,李善注复引王弼《老子注》所谓无为有之本存于有中,云悟无必资于有,故曰即有而得玄,即有亦是即色之意;吕向注谓忽自遣有之情而得玄,则强调瞬间顿悟,强调即有遣有。有名、无名同出于心,故二名虽异,然可委释此异,令同出于道;色为一,色空为二,观为三,是为三幡,故三幡虽殊,然可消却此殊,使归于一无。即色遣有忽然得玄,个中已含双遣有无、并泯色空之意,实乃支遁即色游玄与重玄义。

二 有无色空思想之近源

孙绰乃一时名流,与支遁过从甚密,《世说新语》颇多二人交游的记载。是书卷中之下《品藻第九》第五十四条云:"支道林问孙兴公:'君何如许掾?'孙曰:'高情远致,弟子蚤已服膺;一吟一咏,许将北面。'"②孙氏于支遁执弟子礼,颇多称许之词。"孙绰《道贤论》以遁方向子期,论云:'支遁、向秀,雅尚《庄》《老》。二子异时,风好玄同矣。'又《喻道论》云:'支道林者,识清体顺而不对于物,玄道冲济与神情同任。此远流之所以归宗,悠悠者所以未悟也。'"③四方之士所以归宗支遁,在于其神识清朗,体顺自然,不拘于物;在于其玄道冲邃理济,与神情一同任运。孙绰本人自为众多归宗者之一。支遁《咏禅思道人序》云:"孙长乐作道士坐禅之像,并而赞之……余精其制作,美其嘉

---

① 刘跃进著,徐华校《文选旧注辑存》第4册,第2236页。
② 余嘉锡《世说新语笺疏》,第586页。
③ (梁)释慧皎撰,汤用彤校注,汤一玄整理《高僧传》卷四《义解一·晋剡沃洲山支遁》,中华书局,1992年版,第163页。

文,不能嘿已。聊著诗一首,以继于左。"①孙绰画道士坐禅像并作赞,支遁心动于其画精赞嘉,情不能已而于画幅赞左著五言诗一首。据《游天台山赋》李善注,支遁亦作《天台山铭》,则赋中色空有无之述与支遁或不无关系。

支遁为佛教般若学"六家七宗"之一即色宗的创建人。"知力人人之所同有,宇宙人生之问题,人人之所不得解也。其有能解释此问题之一部分者,无论其出于本国或出于外国,其偿我知识上之要求,而慰我怀疑之苦痛者则一也。"②般若学与玄学所欲解释之宇宙人生问题有共同处,又均有能解释此问题之一部分者,沟通二者使般若义理为中土士大夫主导的主流文化所领纳,改变佛教传播以方术吸引民众的方式,便成为汉人义学僧必须担当的历史使命。"经云:'若欲建立正法,则听亲近国王,及持仗者。'"③无疑,亲近国王及持仗者以建立正法是实现弘法新突破的关键所在。玄佛互解不仅使玄学于向、郭高峰后再标新理,亦使佛教获得了攀缘玄学和"亲近国王,及持仗者"的机会,弘佛因此而有突破。与道安主要致力于在下层民众中传教、发展徒众及传译佛经、编纂经录、轨范教团等不同,支遁主要致力于士大夫阶层的弘法,致力于建构中国特色的士大夫佛教体系,即色游玄、重玄思想是其佛玄融合的硕果。

支遁《大小品对比要钞序》云:"夫般若波罗蜜者,众妙之渊府,群智之玄宗,神王之所由,如来之照功。其为经也,至无空豁,廓然无物者也。"此亦前揭李善注道释以无为宗义。"若存无以求寂,希智以忘心,智不足以尽无,寂不足以冥神。"④以无为宗,稍过即会存无,存无则不足以尽无,存无求寂之寂不足以冥神;希冀以智而忘存无之心,则此智不足以尽无,惟忘无亦即无心于无,始可尽无。孙绰涉无有间即此存无求寂意,前揭李周翰注用智遣有、以心涉无即此希智忘心意。支遁既不满本无、识含、幻化、缘会等四宗心有色无,又不满心无宗的心无色有。或为迎合玄学思潮,支遁即色义主张"即色空义"⑤

---

① 张富春《支遁集校注》,第172页。
② 王国维《论近年之学术界》,载方麟选编《王国维文存》,江苏人民出版社,2014年,第681页。
③ 《高僧传》卷八《义解五》论曰,第343页。
④ 张富春《支遁集校注》,第491、504页。
⑤ 《高僧传》卷四《义解一·晋剡白山于法开》,第168页。

和即色游玄,意即就现象认识本体,异于道安"据真如,游法性"①直接就本体认识本体。支遁《妙观章》云:"夫色之性也,不自有色。色不自有,虽色而空。故曰:色即为空,色复异空。"②慧达《肇论疏》云:"支道林法师《即色论》云,吾以为即色是空,非色灭空。"汤用彤先生谓"此引《维摩经》"③。支遁所见《维摩经》当为支谦译《佛说维摩诘经》。是经卷下《不二入品第九》爱观菩萨曰:"世间空耳,作之为二。色空,不色败空,色之性空。"鸠摩罗什译爱观菩萨为喜见菩萨,曰:"色、空为二,色即是空,非色灭空,色性自空。"④色依因缘聚散而生灭,以是色不自有,以是虽色而空,以是色就是空又异于空。支遁色即为(是)空源自支谦译本色之性空;罗什译本色即是空或借自支遁。前揭李善注引《维摩经》即罗什译本。"林法师但知言色非自色,因缘而成,而不知色本是空,犹存假有也。"⑤色复异空意在突出色的假有,虽造成色、空分离的假相,异于般若性空"色即是空,空即是色"的本义,却"是印度佛教与整个魏晋玄学相结合的产物,也是支遁勇于吸收玄学精神,对印度佛教积极改造的结果"⑥。即色游玄以般若空观回应玄学有、无之辩,以庄子无待逍遥与佛学般若空观相互印证,于佛学为六家七宗之一,于玄学则有"支理"之誉,更能因应玄学名士。"离开器用、名教的纯形上学之本体论,既非中国哲学之所关注;同样亦非魏晋玄学思想家之目标。"⑦孙绰即有得玄实为其极好佐证。即色游玄的途径在于重玄。

"重玄"一词源自《老子》第一章"玄之又玄,众妙之门"⑧;首见于陆机《汉

---

① (南朝梁)释僧祐撰,苏晋仁等点校《出三藏记集》卷七释道安《道行经序第一》,中华书局,1995年,第263页。
② 张富春《支遁集校注》,第596页。
③ 汤用彤《汉魏两晋南北朝佛教史》,第183页。
④ 《大正新修大藏经》第14卷,第531页中、第551页上。
⑤ (唐)元康《肇论疏》,《大正新修大藏经》第45卷,第171页下。
⑥ 韩国良《道体·心体·审美——魏晋玄佛及其对魏晋审美风尚的影响》,中华书局,2009年,第132页。
⑦ 高华平《魏晋玄学人格美研究》,巴蜀书社,2000年,第239页。
⑧ 朱谦之《老子校释》,中华书局,1984年,第7页。按:曹峰《"玄之又玄之"和"损之又损之——北大汉简〈老子〉研究的一个问题"》云:"从中可以看出,北大简《老子》和马王堆帛书《老子》最为接近但也有一个很大的区别,那就是包括马王堆帛书《老子》在内,几乎所有文本在'玄之又玄'的地方,北大简《老子》作'玄之又玄之'。即使这一章内容已经亡佚的严遵本相应部分很可能也是'玄之又玄之'。"(《中国哲学史》2013年第3期)

高祖功臣颂》,意为天;《晋书》卷九四《索袭传》亦见,意为玄之又玄;支遁诗文则数见之。《咏怀诗》其一云"中路高韵溢,窈冥钦重玄。重玄在何许? 采真游理间",《弥勒赞》云"恬智冥徽妙,缥眇咏重玄"。① 二诗重玄义与《晋书》所用相同,谓玄之又玄之境或玄之又玄之理。在《大小品对比要钞序》中,支遁以般若至无阐释有、无与有待、无待,赋予重玄实践论的哲学新义,使之成为即色游玄的途径。"是故夷三脱于重玄,齐万物于空同,明诸佛之始有,尽群灵之本无,登十住之妙阶,趣无生之径路。"②夷三脱于重玄即是因般若圣智鉴照空、无相、无作而至无分别的解脱境界,亦即重玄境界。支遁既以重玄谓微缈难识的涅槃,又以"渐积损"③为达此境之法:

故有存于所存,有无于所无。存乎存者,非其存也;希乎无者,非其无也。何则? 徒知无之为无,莫知所以无;知存之为存,莫知所以存。希无以忘无,故非无之所无;寄存以忘存,故非存之所存。莫若无其所以无,忘其所以存。忘其所以存,则无存于所存;遗其所以无,则忘无于所无。忘无故妙存,妙存故尽无。尽无则忘玄,忘玄故无心。然后二迹无寄,无有冥尽。④

以无为有而滞之而存乎无者,所存已非所欲存之无;以无为有而执之而希乎无者,所希已非其无。原因在于莫知无之所以无,莫知存之所以存。希冀无即执于无,执于无而求忘无,故非希无之所无;寄存无即执于存无,执于存而求忘存,故非欲存之所存。莫若知无所以为无而遗其所以无,则忘无于所无;知存所以为存而忘其所以存,则无存于所存。以忘无故妙存,以妙存故尽无,无论所无抑或所以无,无论所存抑或所以存,均是迹。尽无而忘玄,忘玄而无心,然后无寄所迹、所以迹,冥尽有、无。忘无、妙存、尽无、忘玄、无心,"此亦就《老子》损之又损,《庄子》忘之又忘之意,以讲佛经,亦'格义'也"⑤。支遁借《老》

---

① 张富春《支遁集校注》,第51、430—431页。
② 同上书,第491页。
③ 同上书,第504页。支遁《咏怀诗五首》其四复云"损无归昔神",《述怀诗二首》其二云"妙损阶玄老"(第85、116页)。
④ 同上书,第504页。
⑤ 冯友兰《中国哲学史》(下),商务印书馆,2011年,第160页。

《庄》发挥佛教般若思想,忘无为遣无,为玄,否定对无的执滞;无心为遣除对无的执滞,是为又遣,亦即又玄。如此玄之又玄而无寄二迹、冥尽有无。孙绰谓遣有不尽,即有无于所无,是为遣有;涉无有间,即希无以忘无,是为遣无,亦即玄;泯色空以合迹即忘其所以存、遗其所以无,是为又遣,亦即又玄;释二名之同出、消一无于三幡即无寄二迹、冥尽有无。

三　有无色空思想之影响

"忽即有而得玄",孙绰此论既将支遁即色游玄与七住顿悟融而为一,又具有鲜明的玄学特色,精妙的当。古人悟道或从理性入手,因此而生的诗易流于枯燥说理;或从感性入手,因此而生的诗则或具审美特质。孙绰、支遁以其理论及诗歌创作实绩共同推动了东晋玄言诗的繁盛,同时为山水诗的勃兴奠定了基础。

支遁立足丰富的现实世界来体悟佛理,提出"即色游玄"的悟道方法。"这种'即色游玄'式的思维方法,具有鲜明的中国传统文化所孕育的中国传统艺术审美思维的特征,也是庄子'游'的审美思维方式的进一步发展。"①支遁力阐"即色悟空",主张"逝虚乘有来,永为有待驭"②。基于此,其《逍遥论》又提出:"若夫有欲当其所足;足于所足,快然有似天真。犹饥者一饱,渴者一盈,岂忘烝尝于糗粮,绝觞爵于醪醴哉?苟非至足,岂所以逍遥乎?"③简言之,以充裕之物作基础又不为物所缚,足于所有,即色悟空,如此方能逍遥。即色游玄及逍遥新义于山水游赏、体悟玄理有很大的推动作用。沈曾植《与金潜庐太守论诗书》云"山水即是色,庄、老即是意"④。孙绰融会向郭崇有学与支理,倡言"忽即有得玄""以玄对山水",推波助澜,逸情山水谈玄论道遂蔚为风尚。绰善写碑诔之文,当时最为显赫的中兴名臣温峤、王导、郗鉴、庾亮的碑文均出自其手。《世说新语》卷下之上《容止第十四》第二十四条"庾太尉在武昌"刘

---

① 刘方《中国美学的历史演进及其现代转型》,巴蜀书社,2005年,第214页。
② 张富春《支遁集校注》,第172页。
③ 同上书,第589—590页。
④ 王运熙主编,邬国平、黄霖编著《中国文论选(近代卷)》,江苏文艺出版社,1996年,第455页。

孝标注引孙绰《庾亮碑文》云："公雅好所托,常在尘垢之外,虽柔心应世,蠖屈其迹,而方寸湛然,固以玄对山水。"①虽是赞美庾亮志趣高远,心灵澄澈,然亦是孙绰之夫子自道。以玄对山水,即以超越尘俗的湛然适足之心逍遥面对山水。惟有如此,山水才能与人融合为一,成为审美的对象。戴逵《闲游赞》云："况物莫不以适为得,以足为至。彼闲游者,奚往而不适?奚待而不足?故荫映岩流之际,偃息琴书之侧,寄心松竹,取乐鱼鸟,则淡泊之愿,于是毕矣。"②诸名士"出则渔弋山水,入则谈说属文"③。玄言诗之繁盛,山水诗之孕育,支遁、孙绰与有功焉。《马一浮诗话》云："自来义味玄言,无不寄之山水。如逸少、林公、渊明、康乐,故当把手共行。"又云："林公诗为玄言之宗。义从玄出而诗兼玄义,遂为理境极致。林公造语近朴而恬淡冲夷,非深于道者不能至,虽陶、谢何以过此。"④孙绰亦一时文宗,是其时玄言诗兴盛的引领者之一。《世说新语》卷上之下《文学第四》第八十五条简文帝称许掾刘孝标注引檀道鸾《续晋阳秋》云："故郭璞五言始会合道家之言而韵之。询及太原孙绰转相祖尚,又加以三世之辞,而《诗》、《骚》之体尽矣。询、绰并为一时文宗,自此作者悉体之。"孙绰甚或将山水与作文直接关联。卷中之下《赏誉第八下》第一〇七条云："孙兴公为庾公参军,共游白石山。卫君长在坐,孙曰:'此子神情都不关山水,而能作文。'"⑤晋宋名士尤以纵情山水为尚,或以之媚道,或以之畅神。纵情山水,一往情深,二者密切关联。无山水情怀,则缺乏深情;情不深,则难作文。卫永神情不关山水,竟能作文,孙绰故而诧异。在支遁与孙绰的诗中,自然的山水已是审美、体道的山水,先前为情志而写的山水在此成为映照自然之道、蕴含生机与灵性的天地之籁。在诗人"静照"下,"大同罗万殊"⑥,山水不再是因人而异的意象而是"媚道"的山水。清朗澄澈、明净空灵成为时人山水审美的一种境界、一种理想,山水因之呈现出前无古人的特质。中国山水诗的

---

① 余嘉锡《世说新语笺疏》,第682页。
② 严可均辑《全上古三代秦汉三国六朝文》,中华书局,1958年,第2250页。
③ 《世说新语》卷中之上《雅量第六》第二十八条"谢太傅盘桓东山"刘孝标注引《中兴书》,余嘉锡《世说新语笺疏》,第406页。
④ 丁敬涵编注《马一浮诗话》,学林出版社,1999年,第20、31页。
⑤ 余嘉锡《世说新语笺疏》,第288、528页。
⑥ 张富春《支遁集校注》,第247页。

神韵因此而培植。

同时，孙绰兄子孙登以重玄为宗疏解《老子》亦得益于其色空有无思想。《晋书》卷五十六《孙楚传》云："统字承公。幼与绰及从弟盛过江。……子腾嗣，以博学著称，位至廷尉。腾弟登，少善名理，注《老子》，行于世，仕至尚书郎，早终。"①诸家注《老子》宗致各异，孙登以重玄为宗而得为其正。敦煌遗书伯2353《道德经开题序诀义疏》云：

> 第三，宗体者，夫释义解经，宜识其宗致，然古今注疏，玄情各别，而严均平《旨归》，以玄虚为宗；顾征君《堂诰》，以无为为宗；孟智周、臧玄静，以道德为宗；梁武帝，以非有非无为宗；晋世孙登，云托重玄以寄宗。虽复众家不同，今以孙氏为正，宜以重玄为宗，无为为体。②

孙登以重玄为宗注《老子》的理论渊源是支遁借重玄比附般若空观三解脱而形成的重玄思想，而孙绰的色空有无思想则是连接孙登与支遁的重要桥梁之一。孙绰与支遁交游密切，融佛玄儒于一体，作《道贤论》以支遁拟向秀，复作《喻道论》倡言周孔即佛，作《游天台山赋》寄寓色空有无思想。这一切影响至孙登实属自然。支遁以佛玄互释，于向郭之表标新理，于众贤之外立异义。重玄思想即是其新理、异义之一，亦是孙登以重玄寄宗宗源之一。"这种'重玄'理趣，很可以说是对他的即色理论和逍遥境界的一种概括。孙登的重玄理论，正是将这种概括运用到对《老子》全面系统的解释中。"③《老子》首章孙登解注今已不存，但其后重玄学家对此章解释基本思路与支遁相同，即先双遣有无以不执有、不执无，再遣此不执以玄通无碍，如此使重玄学发展成一种更为圆通的哲学理论。

孙登解注《老子》使老子学在更高的理论层次上得以复苏，肇启道教义理建设先河。南北朝是重玄学形成、发展期。刘宋末，顾欢以重玄思想作《堂诰》四卷（一名《老子义疏》），申言老子本义在于不滞有无，使重玄接轨道教，开创

---

① 房玄龄等《晋书》，中华书局，1974年，第1543、1544页。
② 《法国国家图书馆藏敦煌西域文献》（第12册），上海古籍出版社，2000年，第333页。
③ 卢国龙《中国重玄学——理想与现实的殊途与同归》，人民中国出版社，1993年，第15页。

道教义理建设新局面。继顾欢后,孟智周、臧玄静等一批义学道士不仅以重玄理论疏解《老子》,而且以之为指导思想建立起较完善的经教体系。杜光庭《道德真经广圣义》卷五《释疏题明道德义》云:"梁朝道士孟智周、臧玄静,陈朝道士诸糅,隋朝道士刘进喜,唐朝道士成玄英、蔡子晃、黄玄赜、李荣、车玄弼、张惠超、黎元兴,皆明重玄之道。"①梁陈间的《太上洞玄灵宝升玄内教经》已是以重玄双遣为宗的道经,不复依注疏《老子》言重玄双遣,见出道教由以方术炼养形体求长生向以智慧升玄求精神解脱的转变。隋及初唐,以成玄英为代表的重玄学家将重玄理论思辨推向高峰,形成道教重玄学派。敦煌写本《太玄真一本际经》云"将示重玄义,开发众妙门","开秘密藏重玄义门","为说重玄兼忘平等正法"。所谓重玄义、重玄兼忘平等正法即是经卷八云:

> 前空诸有,于有无著。次遣于空,空心亦净,乃曰兼忘。而有既遣,遣空有故,心未纯净,有对治故。所言玄者,四方无著,乃尽玄义。如是行者,于空于有,无所滞著,名之为玄。乃遣此玄,都无所得,故名重玄,众妙之门。②

首遣有不著有,次遣空不著空。有虽既遣,然有对治遣空遣有故,心未能纯净。遣空之心亦净乃是兼忘。如此遣之又遣,不著四方,乃名之为玄。复遣此玄,都无所著,故名重玄,名众妙之门。该经以此法阐释道体、道性和修道等问题,揭开重玄学在唐代隆兴的序幕。"正始已还,玄风盛于江左,梁、陈以降,清谈渐息,究不可振者,正以重玄一倡,卑视魏、晋,河公、辅嗣并遭讥弹,孟、臧之宗既张,遂夺何、王之席驾而上之也。"③

孙绰《游天台山赋》以并泯色空、忽即有而得玄热烈回应了支遁的即色游玄与重玄思想,并与支遁一起以诗歌创作实绩推动了东晋玄言诗的繁盛,奠定了山水诗兴盛的基础。孙登以重玄为宗疏解《老子》亦得益于支遁与孙绰的重玄思想。此后,鸠摩罗什又融以中观学说而得尽重玄之妙,复经僧肇、僧叡等

---

① 《道藏》,文物出版社、上海书店、天津古籍出版社,1988 年,第 14 册,第 340 页下—第 341 页上。案:"诸糅"或作"褚糅"。
② 《藏外道书》,巴蜀书社,1994 年,第 21 册,第 178 页下、第 179 页上、第 190 页上、第 227 页下。
③ 蒙文通《古学甄微》,《蒙文通文集》第一卷,巴蜀书社,1987 年,第 354 页。

发展,重玄兼忘遂呼之欲出。中国式的心性修养工夫因此在玄佛交融中孕育、发轫。

（河南师范大学文学院）

《文选》咏史诗新探：历史记忆与左思《咏史》

张 月

一 左思生平及其作品流传概况①

左思号太冲（另作泰冲），临淄人（今山东淄博），西晋时期的著名作家。他的父亲左熹曾担任殿中侍御史、太原相等职。泰始八年（272），左思的妹妹左棻（另作左芬）以才女身份选入宫中，全家搬到洛阳。② 左思曾担任过秘书郎和祭酒等职，也曾给贾谧讲解过《汉书》，加入了以贾谧为首的"二十四友"集团。永康元年（300），左棻去世。同年四月，司马伦发动兵变，废除贾后，杀死张华、贾谧。左思退居宜春里，专注于典籍。齐王司马冏曾给他提供记室督的职位，但是他谢绝了。当张方在公元303年攻打洛阳时，左思全家迁到冀州（今河北冀州）。左思很可能于此后几年因病逝世。他的传记存于唐代所编《晋书·文苑传》、其他版本《晋书》存留片段以及《世说新语》中。

---

① 本部分依据拙文"Zuo Si ji (The Collection of Zuo Si)", In *Early Medieval Chinese Texts*, edited by Cynthia L. Chennault, Keith N. Knapp, Alan J. Berkowitz, and Al Dien (Berkeley: University of California Press, 2015), pp. 514—518。

② 左棻墓志对其背景以及家人有简略的介绍。其中很多与名字相关的信息与流传下来的历史典籍有些出入，据专家考证，应以墓志所记为是。详细讨论参见徐传武著《〈左棻墓志〉及其价值》，《左思左棻研究》，明目文化事业有限公司，1998年，第73—94页。

《文选》收录了绝大多数左思现存的作品,比如《三都赋》(卷四到卷六)、《咏史》八首(卷二一)、《招隐》两首(卷二二)、《杂诗》一首(卷二九)。可以说《文选》的收录为左思诗歌的流传奠定了坚实的基础。①《隋书》卷三五《经籍志》著录《晋齐王府记室左思集》二卷,并提及梁代曾有五卷本。《旧唐书》卷四七和《新唐书》卷六〇都著录了五卷本的《左思集》,但是《宋史·艺文志》并没有提到左思别集的流传情况。在明代,胡应麟在其《诗薮》外编卷二提到其阅读《太冲集》的情况:"及读《左太冲集·娇女诗》云:'其妹字蕙芳。'乃知出此。"②该书另有记载:"《太冲集》附左贵嫔诗一首。"③这说明左思的辑本在当时还是可以看得到的,但是张溥《汉魏六朝百三家集》并没有收录左思的作品。

　　今日所见《左太冲集》是丁福保所辑,存于《汉魏六朝名家集初刻》,包括左思《晋书》中的本传、《三都赋》、《白发赋》、《都赋》佚文、《七讽》佚文、《咏史》八首、《招隐》两首、《杂诗》一首。另外,许敬宗的《文馆词林》卷一五二收录了左思的《悼离赠妹》二首。《玉台新咏》卷二收录了《娇女诗》。虞世南的《北堂书钞》卷一一九还收有《咏史》四句残句:"梁习仕魏郎,秦兵不敢出。李牧为赵将,疆场得清谧。"④左思流传下来的作品不多,代表作是《三都赋》和《咏史诗》。左思的赋通行版本可参看严可均的《全上古三代秦汉三国六朝文》之卷七四《全晋文》。左思的诗歌收录在逯钦立《先秦汉魏晋南北朝诗》之卷七《晋诗》。

　　左思诗歌的代表作是《咏史》。在六朝时期已经被提及和赞扬。例如,钟嵘在《诗品》中将其作为五言诗的代表:"叔源离宴,鲍照戍边,太冲咏史,颜延入洛,陶公咏贫之制,惠连捣衣之作:斯皆五言之警策者也。所谓篇章之珠泽,

---

① 隋唐时期《文选》成为文人士大夫的必备书籍,这源于多方面的原因,比如,"地缘政治""作品选择的稳妥""三十卷规模的恰当的长处""随之科举实施的古典教养的需求"。对此的详细讨论,参见兴膳宏著,戴燕选译《〈文选〉的成书与流传》,《异域之眼——兴膳宏中国古典论集》,复旦大学出版社,2006年,第101—122页。关于《文选》的综合介绍,参看 Xiao Tong, David Knechtges, trans. *Wen Xuan or Selections of Refined Literature*, Volume I: *Rhapsodies on Metropolises and Capitals*(Princeton: Princeton University Press, 1982), pp.1—50.

② 胡应麟撰《诗薮》,上海古籍出版社,1979年,第147页。

③ 同上。

④ 虞世南撰《北堂书钞》,天津古籍出版社,1988年,第493页。

文彩之邓林。"①左思《咏史》的创作时间向来争议颇多。牟世金、徐传武两位学者对此做过专门研究。他们首先列出了常见的三种说法:"一主完成于灭吴之前;一主第一首完成于灭吴之前,另七首为西晋统一之后陆续写成;一主八首皆左思后期作品,第一首乃晚年的回忆之作。"②在分析八首诗歌的整体性的基础上,两位学者认为这组作品是对左思一生的回顾,"写作时间应该是较为集中的"③。通过此组诗歌与《三都赋》、《晋书》本传等典籍的文本互文性研究,两位学者认为这组诗歌当为左思晚年之作。④ 另外一种比较有代表性的观点是徐公持教授主张的分期说:"这是一组诗歌。但从内容看,未必是一时所作,很可能是在他不同生活时期所撰写,后人整理时才将它们集结在一起。"⑤他认为第一、三、四、六为早年之作,第五、七首为中年之作,第二、八首为晚年之作。⑥

二 左思《咏史》的研究概述及新的研究角度

左思的《咏史》作为咏史诗的代表被历代文人反复研究,硕果累累。⑦ 目前的左思《咏史》研究主要集中在两个方面:一是将其放置在咏史诗类的发展脉络中,指出其借咏史以咏怀,打破了以班固《咏史》为代表的史传型咏史诗的

---

① 钟嵘著,曹旭集注《诗品集注》,上海古籍出版社,1994年,第347页。
② 牟世金、徐传武《左思文学业绩新论》,《文学遗产》1988年第2期,第30页。
③ 牟世金、徐传武《左思文学业绩新论》,《文学遗产》1988年第2期,第32页。
④ 牟世金、徐传武《左思文学业绩新论》,《文学遗产》1988年第2期,第30—33页。其他学者也有认为左思《咏史》作于晚年的,比如韦凤娟《论左思及其文学创作》,《中国古典文学论丛(第2辑)》,人民文学出版社,1985年,第50—52页;葛晓音《八代诗史》,陕西人民出版社,1989年,第121—126页;钱志熙《魏晋诗歌艺术原论》,北京大学出版社,1993年,第309—310页。
⑤ 徐公持《浮华人生:徐公持讲西晋二十四友》,天津古籍出版社,2010年,第217页。
⑥ 同上书,第217—220页。这是一种代表性观点,其他学者也有"分期说",但是学者对于哪些诗歌是早期、中期与晚年所作见仁见智。参看叶日光《左思生平及其诗之析论》,文史哲出版社,1979年,第24页;郭预衡主编《中国古代文学史长编》,首都师范大学出版社,1995年,第413—415页。
⑦ 比如,各类文学史在叙述六朝诗歌和咏史诗发展时都会讨论左思及其《咏史》,很多因素促成这一现象。二十世纪文学史的写作大多受"写实主义"的影响,关注表现社会生活和现实的文学作品,左思《咏史》所反映的内容与对现实的强烈关照是很符合这一思想的。对此的详细论述,参看戴燕《"写实主义"下的文学阅读——中国文学史经典的生成》,《文学史的权力》,北京大学出版社,2002年,第132—170页。

界限。左思借助古人、古事来浇自己胸中块垒,替寒士鸣不平,用典游刃有余,影响深远;①二是将《咏史》置于六朝诗歌的发展中,指出其风格、语言与陆机、潘岳为主导的西晋诗风迥异。前者豪迈、刚劲有力,后者绮丽、繁复。左思的《咏史》成为六朝诗歌"反主流"的代表。② 左思风力影响了后代很多作家,包括陶渊明、鲍照、李白等。③ 本文从诗与史互动的角度诠释其中的数首。左思的《咏史》除了载史、抒情以外,还有什么功用与目的? 左思在"接受"历史人物的过程中侧重哪些特点,又有哪些改变,他所塑造的历史人物如何影响后代文人? 左思追忆历史人物的方式、方法有哪些? 本文通过深入历史典籍、左思《咏史》、其所处的社会政治环境以及后代的接受来聚焦其回忆历史人物的方法和手段,以期进一步展示历史在诗歌中的呈现,给《咏史》的解读带来新的维度。

三 左思为诗裁史,剪辑、改造历史人物故事,从而塑造影响后世的文化符号④

左思作为诗人吟咏历史,与史传作家叙述历史的动机与目的不同。葛兆

---

① 比如,William H. Nienhauser, ed. *The Indiana Companion to Traditional Chinese Literature* (Bloomington: Indiana University Press, 1986), pp. 806—807; J. Michael Farmer, "Zuo Si," in *Classical Chinese Writers of the Pre-Tang Period*, edited by Curtis Dean Smith, (Detroit: Bruccoli Clark Layman / Gale, 2011), p. 328;蒋方《论左思〈咏史〉诗的变体——兼论古代咏史诗的文化内涵》,《湖北大学学报(哲学社会科学版)》1994 年第 4 期,第 27—31 页,第 53 页;周玲《论左思的咏史诗》,《宝鸡文理学院学报(人文社会科学版)》1997 年第 2 期,第 28—35 页。

② 例如,明代张蔚然在《西园诗麈》中提到:"在六朝而无六朝习气者,左太冲、陶彭泽也。"黄明等编《魏晋南北朝诗精品》,上海社会科学院出版社,1995 年,第 128—129 页。徐传武教授指出:"左思胸怀浩旷,志行高洁,其诗作笔力雄健挺拔,语言豪放朗畅,与当时的绮丽轻绮的诗风大不相同。徐传武《六朝时期左思接受状况研究》,《左思左棻研究》,第 346 页。又如,叶枫宇《左思的人格及其文风的合与离》,《西晋作家的人格与文风》,上海三联书店,2006 年。

③ 左思风力及其影响颇受学者喜爱。陶渊明与左思的关系多受学者关注,主要针对钟嵘在《诗品》中对二者的论述。相关论述较多。比如,袁行霈《钟嵘〈诗品〉陶诗源出应璩说辨析》,《陶渊明研究》,北京大学出版社,1997 年。又如,Wendy Swartz《阅读陶渊明》,张月译,中华书局,2016 年,第 149—164 页。

④ 本部分论述根据以下拙作中相关内容,增加更多文学和历史材料,分析所得。参见 "Approaches to Lore in 'Poems on History' from the Selections of Refined Literature (*Wen xuan*)," *Journal of Oriental Studies*, 49.2 (2017): pp. 83—112.

光、戴燕两位教授对此论述道:"诗人与历史学家不一样,诗人是以直觉感受来对待他所生活的世界,而历史学家则是以理性分析来处理他所面对的世界。"①感性与理性是诗人和历史学家在处理同样历史题材时所采用的不同思考方式。作为诗人,左思选取历史人物故事的片段而加以文学化处理,重其不遇与失时,重新诠释历史人物形象。这一方法的典型便是《咏史》的第二首,也是八首咏史诗中最为后人所熟知的。"世胄蹑高位,英俊沉下僚"更成为家喻户晓的名句。西方汉学家傅汉思曾高度评价这首诗:"通过以历史为鉴反思当下,或是通过从自然世界的角度观察人事,诗人创造出某种审美距离,使他的诗歌更具深度并合乎普遍真理。"②在本诗中,左思对冯唐故事和形象虽然有高度节选,但是却对后代文人产生了深远的影响。

其二③

郁郁涧底松,离离山上苗。以彼径寸茎,荫此百尺条。

世胄蹑高位,英俊沉下僚。地势使之然,由来非一朝。

金张藉旧业,七叶珥汉貂。冯公岂不伟,白首不见招。

这首诗歌以传统的比、兴开篇,由自然景物"涧底松"与"山上苗"的对比来揭示出"地势"对于自然景物的巨大影响。虽然"山上苗"矮小,但是可以借助"地势"荫蔽高耸的松树。由此,左思联想到历史人物,对比了金张家族成员与冯唐的不同境遇。前者借助家族的势力,平步青云,控制朝政。与此相对比的是,冯唐虽然具有远见卓识,但是即使年老仍然不被皇帝重用。左思发出了"世胄蹑高位,英俊沉下僚"的深沉感慨,或许也是对自己的慰藉与安抚。虽然左思只对冯唐做了最后一句的点评,但是其塑造的冯唐形象却深入人心。

冯唐的形象在左思之前的多部典籍中都有提及,特别是《史记》和《汉书》中都较为详细的记述,二者的内容颇为类似。现以《史记》卷一〇二《张释之冯唐列传》为例,略述冯唐身世如下。

---

① 葛兆光、戴燕《晚唐风韵》,中华书局,2004年,第57页。

② 傅汉思《梅花与宫闱佳丽》,王蓓译,生活·读书·新知三联书店,2010年,第206页。原文见 Hans H. Frankel, *The Flowering Plum and the Palace Lady: Interpretations of Chinese Poetry* (New Haven: Yale University Press, 1976), pp.107—108.

③ 萧统编,李善注《文选》,上海古籍出版社,1986年,第988页。

> 唐以孝著,为中郎署长,事文帝。文帝辇过,问唐曰:"父老何自为郎?家安在?"唐具以实对。文帝曰:"吾居代时,吾尚食监高袪数为我言赵将李齐之贤,战于钜鹿下。今吾每饭,意未尝不在钜鹿也。父知之乎?"……唐对曰:"臣愚,以为陛下法太明,赏太轻,罚太重。且云中守魏尚坐上功首虏差六级,陛下下之吏,削其爵,罚作之。由此言之,陛下虽得廉颇、李牧,弗能用也。臣诚愚,触忌讳,死罪死罪!"文帝说。是日令冯唐持节赦魏尚,复以为云中守,而拜唐为车骑都尉,主中尉及郡国车士。七年,景帝立,以唐为楚相,免。武帝立,求贤良,举冯唐。唐时年九十余,不能复为官,乃以唐子冯遂为郎。①

按《史记》所言,冯唐当中郎署长时,被文帝发现,觉得年老还在为郎,进而与其攀谈。《史记》和《汉书》并没有交代文帝是在什么情况下遇到冯唐的。荀悦《汉纪》卷八《前汉孝文皇帝纪下》补足了二者见面的场景。

> 十四年冬。匈奴老上单于寇边。以十四万骑入萧关……上欲自征匈奴。群臣谏不听,皇太后固止之,乃止。东阳侯张相如为大将军,内史栾布皆为将军,击匈奴出塞。师还时,上辇过郎署,见郎署长冯唐。②

这一场景的补足便于读者理解汉文帝和冯唐接下来的对话内容。二人说到代地赵将李齐的情况时,冯唐认为其不如廉颇、李牧。文帝感慨自己没有廉颇、李牧这样的良将辅佐,造成时常忧患匈奴问题。冯唐犯颜直谏,认为即使文帝有这样的良将,也不能重用他们。这虽然惹怒了文帝,但是冯唐并没有受到任何惩罚。等到匈奴再次进攻汉朝,文帝再次招冯唐叙话,了解为什么冯唐觉得他不会用人。冯唐以李牧的故事为例阐释了自己的见解,为云中守魏尚辩护,认为文帝没有给在外的将领足够的实权,同时奖赏太轻,而惩罚太重。文帝接受冯唐的建议,恢复了魏尚的官职,同时提拔了冯唐。之后,景帝、武帝都善待冯唐及其家人。司马迁在冯唐的传记之后高度评价了他论"将率"的能力:

---

① 《史记》卷一〇二《张释之冯唐列传》。
② 《汉纪》卷八《前汉孝文皇帝纪下》。

> 太史公曰:张季之言长者,守法不阿意;冯公之论将率,有味哉!有味哉!语曰"不知其人,视其友"。二君之所称诵,可著廊庙。书曰"不偏不党,王道荡荡;不党不偏,王道便便"。张季、冯公近之矣。①

班固在《汉书》卷五十《张冯汲郑传》中对其的评价与司马迁的点评有异曲同工之妙:"张释之之守法,冯唐之论将,汲黯之正直,郑当时之推士,不如是,亦何以成名哉!"②班固也是称赞冯唐论将帅的能力。就总体而言,史家传记的主要部分不是论述冯唐的坎坷经历,而是侧重其与文帝的对话,从而彰显其用人、知人的能力。另外,王符《潜夫论》也持有与史传作家相似的观点:"汉兴,有冯唐,与文帝论将帅。"③扬雄《法言·重黎》中也提到:"或问:'冯唐面文帝得廉颇、李牧不能用也,谅乎?'曰:'彼将有激也。亲屈帝尊,信亚夫之军,至颇、牧,曷不用哉?''德?'曰:'罪不孥,宫不女,馆不新,陵不坟。'"④扬雄此段话也是着重说文帝的宽容大度、选贤举能。在西晋左思之前的诸多关于冯唐的文献记载大都是表现君臣和睦的主题:冯唐直言劝谏,文帝纳谏如流。冯唐耿直的人格、犀利的观点与文帝的大度、善于用人都是各种典籍所侧重的。

左思所塑造的冯唐形象与史书记载不同。左思在诗歌中批判士族垄断,将冯唐与金张对比,将前者塑造为出身低微,纵然有能力,也无济于事,得不到皇帝器重的士不遇典型。左思虽然政治地位不高,但是也曾经有过高远的政治理想,在其《咏史》之一中有所提及:

> 弱冠弄柔翰,卓荦观群书。著论准过秦,作赋拟子虚。
> 边城苦鸣镝,羽檄飞京都。虽非甲胄士,畴昔览穰苴。
> 长啸激清风,志若无东吴。铅刀贵一割,梦想骋良图。
> 左眄澄江湘,右盼定羌胡。功成不受爵,长揖归田庐。⑤

本诗描述了诗人年轻时的理想,弱冠之年,通读各类书籍。自己有很高的文学追求,以贾谊与司马相如为自己写作的榜样。诗人不仅在文学上有自己的抱

---

① 《史记》卷一〇二《张释之冯唐列传》。
② 《汉书》卷五〇《张冯汲郑传》。
③ 《潜夫论》第三十五《志氏姓》。
④ 《法言》卷一〇《重黎》。
⑤ 萧统编,李善注《文选》,第987—988页。

负,而且在军事上,诗人也想大展鸿图。左思早年之时,东吴还没有归降,左思想以一己绵薄之力为国家的统一作出贡献。在此情况下,诗人通读司马穰苴兵法,"长啸"显示出其超然的心态,"志若无东吴"更彰显其举重若轻。"澄江湘"和"定羌胡"显示了诗人扫荡四海,使各族归顺的雄心大略。诗人想凭借自己的文学和军事才能为国家效力,难能可贵的是,在功成之后,他会全身而退不接受爵位。然而终其一生,左思的理想并没有机会实现。左思通过截取冯唐故事的一个方面,即冯唐没被发现之时,用文学反问的方式将其影响扩大。冯唐从而变为士不遇、郁郁不得志的典型。

左思给贾谧讲解过《汉书》,应当对史传中的冯唐形象颇为熟悉,但是他还是选取了冯唐的一个侧面来表现他对当下的门阀制度的批判。左思的这一选择有可能受到了荀悦《汉纪》批语的影响。① 荀悦《汉纪》卷八《前汉孝文皇帝纪下》所记载的冯唐内容与《史记》《汉书》大体相同,但是其点评则侧重其不遇的特点:"以孝文之明也,本朝之治,百僚之贤,而贾谊见逐,张释之十年不见省用,冯唐首白屈于郎署,岂不惜哉!夫以绛侯之忠,功存社稷,而犹见疑,不亦痛乎!"② 荀悦对冯唐形象的评点侧重人才即使在盛世,也可能不被重用。这段话是在荀悦叙述完冯唐在汉景帝时担任楚相后("至景帝时为楚相。卒为名臣")所添加的评论。左思很可能在给贾谧讲《汉书》时参看过荀悦《汉纪》,受其评语影响,在《咏史》其二中便有了对冯唐士不遇的侧重。左思所创造的冯唐形象远远较之历史传记中的形象更加流行,影响更为深远。左思《咏史》八首被萧统等所编的《文选》收录,使其广为流传。③ 另外,左思的别集也在六朝到唐代中期左右流传于世,这使更多的唐代文人可以读到其作品。左思所刻画的冯唐形象更是深入唐朝士人的心中,正如陈引驰教授所言:"一个好的艺术构思可以在文学作品的系列中绵延很久。这种关系是作品与作品之间的……对理解作品本身却至为紧要,它在作品本身中构设一种历史序列,具有

---

① 荀悦将《汉书》纪传体变成编年体,同时将其内容书写得通俗易懂,又加上了自己的大量批语。
② 《汉纪》卷八《前汉孝文皇帝纪下》。
③ 在唐代,《文选》成为科举考试的必备书籍,影响了一代代的士人。比如,杜甫在其诗《宗武生日》中提到:"诗是吾家事,人传世上情。熟精《文选》理,休觅彩衣轻。"足见《文选》在唐代的巨大影响力。有关隋唐时期的文选学,特别是李善注和五臣注的相关问题,参看汪习波《隋唐文选学研究》,上海古籍出版社,2005年。

了另一种历史性。"① 兹仅从唐代诗文中略举数例来阐释其影响：

《秋日登洪府滕王阁饯别序》　王勃

嗟乎！时运不齐，命途多舛，冯唐易老，李广难封。

《垂白》（一作《白首》）　杜甫

垂白冯唐老，清秋宋玉悲。江喧长少睡，楼迥独移时。

多难身何补，无家病不辞。甘从千日醉，未许七哀诗。

《偶然书怀》　姚合

十年通籍入金门，自愧名微枉搢绅。炼得丹砂疑不食，从兹白发日相亲。家山迢递归无路，杯酒稀疏病到身。汉有冯唐唐有我，老为郎吏更何人。

《对酒》　赵牧

云翁耕扶桑，种黍养日乌。手按六十花甲子，循环落落如弄珠。长绳系日未是愚，有翁临镜捋白须。饥魂吊骨吟古书，冯唐八十无高车。

《春夕遣怀》　刘兼

穷通分定莫凄凉，且放欢情入醉乡。范蠡扁舟终去相，冯唐半世只为郎。风飘玉笛梅初落，酒泛金樽月未央。休把虚名挠怀抱，九原丘陇尽侯王。

王勃、杜甫、姚合、赵牧、刘兼等文人对左思及其《咏史》应该是比较熟悉的。例如，王勃除了在《滕王阁饯别序》中提到冯唐，他在《涧底寒松赋》中也沿用了左思开创的"涧底松"与"山上苗"意象，文学笔法和手段也与左思颇为类似。这些唐代诗人所提到的冯唐形象与左思诗歌之中的形象一致。例如，王勃将冯唐与李广并列，一文一武，突出生不逢时之感慨；杜甫将冯唐与宋玉相提并论，强调了诗人悲愁情绪；姚合则是更进一步，将自己比喻成唐代的冯唐，感慨时光荏苒、华年不再。这些唐代的诗人深知即使在文帝主政的清明时期，也会出现像冯唐一样有才能但是却居于郎署的事情。唐代诗人跟随着左思的步伐将冯唐的历史形象加以截取，对冯唐典故不断引用，塑造出一个"士不遇"的诗

---

① 陈引驰《对文学史及其与作品个体关系的思考》，《文艺理论研究》1992年第1期，第15页。

学形象。冯唐的士不遇形象成为一个文化符号被广大士人所接受。同时随着这些作品的广泛传播,冯唐也更深入人心、为世人所知。

四 左思所选历史人物注重与其自身的相似点,以己度史,在历史记忆中实现不朽

左思在"接受"与"追忆"历史人物的过程中选择与自己境遇、人格相像的历史人物,侧重强调他们的能力和性格特点。通过这种方式,左思委婉地批评了当下的社会,浇自己胸中块垒,同时通过比附优秀的历史人物从而达到不朽。左思可能想给读者展示他像前人那样能够胜任重要的使命,然而在动荡的社会和残酷的权力斗争中,左思没有得到足够的重视,没有他施展才能的空间。前面提到的左思《咏史》之二的冯唐和下面即将提到的扬雄便是典型的例子。

其四
济济京城内,赫赫王侯居。冠盖荫四术,朱轮竟长衢。
朝集金张馆,暮宿许史庐。南邻击钟磬,北里吹笙竽。
寂寂杨子宅,门无卿相舆。寥寥空宇中,所讲在玄虚。
言论准宣尼,辞赋拟相如。悠悠百世后,英名擅八区。①

在本首诗歌中,左思将汉代的扬雄作为自己的异代知音,加强了自我形象。诗中前两联从总体宏观的角度描绘京城的喧闹景象和贵族的奢华。第三联和第四联聚焦到贵族们歌舞升平、觥筹宴饮。这组绮丽、忙乱的场景与诗歌的后半部分对扬雄的描写形成了鲜明的对比。与人声鼎沸的豪门大族相比,扬雄住所周遭门可罗雀,没有大家望族前来拜访。但是扬雄并不孤独,他在言行上以孔子为标准,在文学上以司马相如为榜样,教授门徒。虽然生前冷落,但是因其言行与著作,扬雄深受后人爱戴。扬雄模拟经典著有一系列影响深远的作品:"以为经莫大于《易》,故作《太玄》;传莫大于《论语》,作《法言》;史篇莫善于《苍颉》,作《训纂》;箴莫善于《虞箴》,作《州箴》;赋莫深于《离骚》,反而广

---

① 萧统编,李善注《文选》,第989—990页。

之;辞莫丽于相如,作四赋:皆斟酌其本,相与放依而驰骋云。"①扬雄高标准、严要求,以经典文本为参照,创作了《太玄》《法言》《训纂》《州箴》等作品。与之相比,与扬雄同时代那些追逐名利的贵族则被历史所遗忘。左思不只看重扬雄的文学才能,也重视其道德境界。

左思通过吟咏扬雄来希冀未来的读者,希望他们像记住扬雄那样来记住自己。在赞颂扬雄的同时,左思也在称赞与肯定自己的思想境界与文学造诣,安抚自己。左思所吟咏的历史人物并非信手拈来,而是经过深思熟虑的。在这首诗歌中,读者可以对比左思与扬雄从而找到他们之间的很多相似点。

扬雄和左思阅历甚广,读书甚多。扬雄博览群书,传记中提到:"雄少而好学,不为章句,训诂通而已,博览无所不见。"②左思为写作《三都赋》,做过实地考察,为了弥补知识的不足,更是拜访名人,求做秘书郎。另外,在其《咏史》之一中提及:"弱冠弄柔翰,卓荦观群书。"③

左思和扬雄都有很高的文学追求和成就。例如,他们都以司马相如为学习的典型。扬雄的传记中提到:"先是时,蜀有司马相如,作赋甚弘丽温雅,雄心壮之,每作赋,常拟之以为式。"④左思也非常尊敬司马相如,本首诗歌中也提到:"言论准宣尼,辞赋拟相如。"另外,左思在年少之时便以司马相如的作品来严格要求自己。在其《咏史》之一中提及:"著论准过秦,作赋拟子虚。"⑤《子虚赋》乃是司马相如名篇。扬雄和左思都擅长作赋,而且都写过《蜀都赋》。

在仕途发展上,扬雄和左思都曾有过建功立业的想法。他们都曾有政治理想和抱负,但是后来二者由于客观原因都放弃了政治追求。扬雄是因为"及莽篡位,谈说之士用符命称功德获封爵者甚众,雄复不侯"⑥。扬雄在王莽篡汉以后选择隐居,因其地位和容貌的原因,不容易被重视,因而他的著作认可度也会受到影响,扬雄的本传中有相关记载:"时,大司空王邑、纳言严尤闻雄死,

---

① 《汉书》卷八七《扬雄传》。
② 同上。
③ 萧统编,李善注《文选》,第987—988页。
④ 《汉书》卷八七《扬雄传》。
⑤ 萧统编,李善注《文选》,第987—988页。
⑥ 《汉书》卷八七《扬雄传》。

谓桓谭曰：'子常称扬雄书，岂能传于后世乎？'谭曰：'必传。顾君与谭不及见也。'"①但是最终扬雄的著作影响深远。以扬雄为榜样，左思意识到他不属于京城一员，由于政治动荡，他的亲人和朋友相继离开人世，多数死于非命。所以他作出决定，离开都城，远离政治，过起隐居生活，著书立说。② 左思对隐居生活的向往与憧憬也体现在自己的《招隐》诗中，例如，其一："石泉漱琼瑶，纤鳞或浮沉。非必丝与竹，山水有清音。何事待啸歌，灌木自悲吟。"诗人与自然界合二为一，远离世俗的骚动与打扰。③ 当代学者徐传武将左思之《招隐》与淮南小山之诗对比，认为："[左思]通过'招隐'来发现隐居之美、隐居之乐，从而产生一种希企隐逸遁世的志趣。"④在这一点上，左思与扬雄相似，晚年隐居，以著述典籍为主，借此使自己的思想流传后世。

左思和扬雄的外貌与言谈也有相似之处。扬雄和左思的长相都很一般而且口吃。扬雄的本传中记载："扬子云禄位容貌不能动人"，"口吃不能剧谈"。⑤ 左思的本传中记载："貌寝，口讷。"⑥《世说新语》之《容止》篇中记载了左思与潘岳相似行为，因为其长得丑，而遭到不好的待遇。

> 潘岳妙有姿容，好神情。少时挟弹出洛阳道，妇人遇者，莫不连手共萦之。左太冲绝丑，亦复效岳游遨，于是群妪齐共乱唾之，委顿而返。⑦

六朝时期清谈盛行，常常品评人物，其中主要看的就包括外貌形体、举止言谈。左思很难在这些方面达到人物品评的标准，所以只能靠作品来征服他人、寄托自己的理想、抱负。扬雄就是左思身前的一个活生生例子，展示了如何靠自己的文学才能而达到文学的不朽。

---

① 《汉书》卷八七《扬雄传》。
② 六朝隐士的生活特点是"适意""率性""求真"。对此的具体探讨可参见卞东波《六朝隐士的生活》，《中国典籍与文化》2000 年第 3 期，第 19—24 页。左思在晚年的隐居生活与此特点相符。
③ 左思的《招隐》诗流传广泛，比如萧统曾经吟咏该诗表达远离豪奢生活的高洁操守。具体论述参看 Ping Wang, *The Age of Courtly Writing: Wen xuan Compiler Xiao Tong (501—531) and His Circle* (Leiden/Boston: Brill, 2012), p.44.
④ 徐传武《左思〈招隐诗〉五题》，《左思左棻研究》，第 228 页。
⑤ 《汉书》卷八七《扬雄传》。
⑥ 《晋书》卷九二《文苑》。
⑦ 《世说新语》卷下之上《容止篇》。

这首诗很可能反映左思在政治理想破灭之后的反思。左思的妹妹左棻曾被晋武帝选入宫中,前者的本传中记载"芬(棻)少好学,善缀文,名亚于思,武帝闻而纳之。泰始八年,拜修仪……后为贵嫔,姿陋无宠,以才德见礼"①。从此也可以看出武帝主要看重其文学才能。另外,左棻的相貌平平、身体虚弱,估计很少有跟武帝相处的机会,很难想象她会在仕途上给左思很大帮助。左思早年有济世之志。他也试图在官场努力,担任过秘书郎、祭酒,加入了盛极一时的贾谧的"二十四友"。除此之外,左思也得到皇甫谧、张华等当时名人的支持。他的《三都赋》的接受虽然开始遭遇到一些挫折,但是经名人点评后,影响迅速扩展,从而出现"洛阳纸贵"的现象。② 这些无不说明左思的努力与勤奋得到了回报,但是随后的"八王之乱",造成了西晋王朝统治的土崩瓦解,左思的亲人与好友纷纷过世或惨遭杀害。很可能鉴于此,左思最后决定归隐,专注于典籍。作为士不遇的代表,左思通过诗歌创作思索着未来的出路。他也通过诗歌来抒发和实现自己的政治抱负,这也不失为补救自己政治理想幻灭后的一剂良药。

扬雄和左思都是通过创作为自己的日后声誉作铺垫,从某种程度上来说,他们在为未来的读者创作诗歌,从而在文学上达到不朽。关于不朽的讨论,由来已久,较早的记载见于《左传·襄公二十四年》中:

> 二十四年春,穆叔如晋。范宣子逆之,问焉,曰:"古人有言曰:'死而不朽',何谓也?"穆叔未对。宣子曰:"昔匄之祖,自虞以上为陶唐氏,在夏为御龙氏,在商为豕韦氏,在周为唐杜氏,晋主夏盟为范氏,其是之谓乎?"穆叔曰:"以豹所闻,此之谓世禄,非不朽也。鲁有先大夫曰臧文仲,既没,其言立,其是之谓乎!豹闻之,'太上有立德,其次有立功,其次有立言',虽久不废,此之谓不朽。若夫保姓受氏,以守宗祊,世不绝祀,无国无之,禄之大者,不可谓不朽。"

《左传》中宣子(范宣子)与穆叔(叔孙豹)关于"死而不朽"的对话中探讨了立德、立功、立言之间的关系。范宣子先是自问自答,认为"死而不朽"指的

---

① 《晋书》卷三一《后妃传》。
② 《晋书》卷九二《文苑》。

是家族的传承。叔孙豹认为这是"世禄"而不是"不朽",从而提出立德、立功、立言的言论,成为不朽的内涵。正是对这种身后之名的追寻,促成了文人志士建立功业、著书立说。这三者虽然是有机的整体,但是立德、立功却在立言之上。

司马迁在《报任安书》中提出通过著书立说(特别是发愤著书)的重要性,可以使有才德士人之声名流传后世:

> 古者富贵而名摩灭,不可胜记,唯倜傥非常之人称焉。盖文王拘而演《周易》;仲尼厄而作《春秋》;屈原放逐,乃赋《离骚》;左丘失明,厥有《国语》;孙子膑脚,《兵法》修列;不韦迁蜀,世传《吕览》;韩非囚秦,《说难》《孤愤》;《诗》三百篇,大抵圣贤发愤之所为作也。此人皆意有所郁结,不得通其道,故述往事、思来者。乃如左丘无目,孙子断足,终不可用,退而论书策,以舒其愤,思垂空文以自见。

司马迁在逆境中发愤著书,强调了立言的重要。通读历史,司马迁深知立行、建立功业的不易,而且大多数人即使有所成就,也还是被历史所遗忘。只有在逆境甚至绝境中书写的文字,抒发满腔的郁闷与远大的理想,这些作品才会使他们不朽,正如其所言:"仆诚以著此书,藏之名山,传之其人,通邑大都。"司马迁的理想、抱负通过《史记》传给后人。

随着时间的推移,文人们逐渐将"立言"、写作看成是"死而不朽"的更加有效方式。曹丕在著名的《典论·论文》中提到:

> 盖文章,经国之大业,不朽之盛事。年寿有时而尽,荣乐止乎其身,二者必至之常期,未若文章之无穷。是以古之作者,寄身于翰墨,见意于篇籍,不假良史之辞,不托飞驰之势,而声名自传于后。故西伯幽而演易,周旦显而制礼,不以隐约而弗务,不以康乐而加思。夫然,则古人贱尺璧而重寸阴,惧乎时之过已。而人多不强力,贫贱则慑于饥寒,富贵则流于逸乐,遂营目前之务,而遗千载之功。日月逝于上,体貌衰于下,忽然与万物迁化,斯志士之大痛也!

文章的重要功用"经国之大业,不朽之盛事",文人可以凭借自己的创作超越时空、身份地位的限制与阻隔而被后人记住。曹丕的这段话更揭示了文人常常寄心于创作从而使自己的思想与名声流传后世。曹丕告诫志士应该放弃追逐当下的"逸乐"而追求"千载之功"。

左思承接先贤古人的思想，不是"文人相轻"，而是惺惺相惜。左思通过纪念扬雄曲折隐晦地传达给后世读者一个信息，也就是他与扬雄有诸多相似的地方，而且他的才能不在扬雄之下，所以他也应该被后世读者所记住与欣赏。以后在谈到扬雄的时候，读者可能会想到左思这首诗歌；或者读左思这首诗歌的时候，会下意识地将扬雄与左思联系起来，从而左思通过诗歌的创作助其自我经典化。左思创作的咏史诗写作范式影响深远，先是从全局布景，给读者以整体的感觉，然后镜头凝缩到具体的历史人物，通过对比的手法来彰显所吟咏人物的历史地位和意义。下面鲍照《咏史》就是受到左思《咏史》写作范式的影响。

咏史

鲍照

五都矜财雄，三川养声利。百金不市死，明经有高位。
京城十二衢，飞甍各鳞次。仕子彯华缨，游客竦轻辔。
明星晨未晞，轩盖已云至。宾御纷飒沓，鞍马光照地。
寒暑在一时，繁华及春媚。君平独寂寞，身世两相弃。

鲍照是非常熟悉左思作品的，他曾谈及左思兄妹："臣妹才自亚于左芬，臣才不及太冲耳。"（钟嵘《诗品》）。他对于左思是非常敬仰的，生活经历也有相似点，这样读起左思作品更容易引起鲍照的共鸣，因而在写作方式上受前者影响也就不难理解了。在鲍照之前《博物志》《高士传》《华阳国志》都有对严君平事迹的记载。对比鲍照和左思的诗歌，两者结构颇为相似。另外所咏人物也有关联，严君平正是扬雄的老师，《汉书》之《王贡两龚鲍列传》提到："杨[扬]雄少时从游学，以而仕京师显名，数为朝廷在位贤者称君平德。"人物特点也很相似：博览群书、教授门徒、深居简出、不慕名利、重视道德修养。另外，当代学者徐传武提到不只这一首，鲍照的其他诗歌也有左思的"影子"。比如，他说道："鲍照又有《蜀四贤咏》，其实也是一首'咏史'。诗中'四贤'指司马相如、严君平、王褒、扬雄等四位不得志的'寒士'，把他们列在一起，极可能受左思

《蜀都赋》的启示。"① 此外,左思的《咏史》第七首也提到四位贤人。很可能基于这些相似点,历代文人对左思与鲍照的关系多有评点:

> 胡应麟:"明远得记室之雄。"②
>
> 陈祚明:"太冲《咏史》八篇,千秋之绝唱也。其原出于魏武。明远近师,太白远效。"③
>
> 沈德潜《古诗源》卷七:"太冲咏史,不必专咏一人、专咏一事,咏古人而己之性情俱见,此千秋绝唱也。后惟明远、太白能之。"④

这些点评不但指明了左思咏史诗的特点,而且将其放置在宏大的中国诗歌发展史中,给其诗歌提供了更加广阔的文化背景,从而提高了左思诗歌在文学史中的地位。

五 左思《咏史》以气运笔,重视历史人物的高尚情操与独特人格而非丰功伟绩

左思的《咏史》豪迈、奔放,在韵律的跳动中抒发自己直接的情感。他对历史人物的选择重视的是其高尚情操而不是丰功伟绩,很多历史人物都有能力,但是"时"并不是每个人都具有。即使谈到一些叱咤风云的历史人物,左思所重视的也不是他们最具"代表性"的事件,而是最能展示他们的独特人格与高尚情操的部分。左思《咏史》其六对荆轲的赞赏即是经典一例:

> 六
>
> 荆轲饮燕市,酒酣气益振。哀歌和渐离,谓若傍无人。
> 虽无壮士节,与世亦殊伦。高眄邈四海,豪右何足陈。
> 贵者虽自贵,视之若埃尘。贱者虽自贱,重之若千钧。⑤

---

① 徐传武《六朝时期左思接受状况研究》,《左思左棻研究》,第 324 页。
② 胡应麟《诗薮》外编卷二。
③ 《采菽堂古诗选》卷一一。
④ 沈德潜《古诗源》卷七。
⑤ 萧统编,李善注《文选》,第 990—991 页。

荆轲的故事在左思之前出现在《战国策》《史记》等叙述中。荆轲早年从卫国到燕国。当时秦王逐渐吞并其他诸侯国，直指燕国。太子丹苦于找不到对抗秦国的策略，请老迈的田光出山。田光推荐荆轲，荆轲起初不愿接受刺杀任务。但是太子丹送给荆轲很多礼物，包括美女与金钱，同时也满足了荆轲刺杀秦王的三个条件：其一，秦国叛将樊於期的头颅；其二，燕国督亢地区的地图；其三，沾满剧毒、锋利无比的匕首。荆轲带着秦舞阳开始了征程，最后限于秦舞阳的懦弱，荆轲只能一人与秦王见面。在他展开地图快到卷尾之时，荆轲抽出匕首，刺向秦王。刺杀未遂，荆轲被杀。此后，荆轲好友高渐离又再次寻机刺杀秦王，最终也以失败告终。

荆轲故事的核心在于荆轲敢于行刺秦王，刺秦的前前后后是故事最吸引人的地方，但是左思《咏史》中所提的荆轲在燕国闹市一段并未出现在《战国策》中，而出现在《史记》中，很可能左思创作诗歌的灵感源于阅读《史记》。诗歌前两联中提到的历史情节在《史记》中可以找到印证：

> 荆轲既至燕，爱燕之狗屠及善击筑者高渐离。荆轲嗜酒，日与狗屠及高渐离饮于燕市，酒酣以往，高渐离击筑，荆轲和而歌于市中，相乐也，已而相泣，旁若无人者。①

左思前两联基本上与《史记》记载无异。诗中提到"饮燕市"，而《史记》中提到"饮于燕市"；诗中提到"酒酣气益震"，《史记》中提到"酒酣以往"；诗中提到"谓若傍无人"，《史记》中提到"旁若无人者"。很可能左思读《史记》或者与其相似的其他文本有感写作此诗。诗歌其他各联通过夹叙夹议的手法来点评荆轲，侧重其精神层面。左思认为荆轲与众不同的行为显示出他虽然离壮士还差一步，但是其不以社会地位的高低来评价人物，藐视权贵，结交像狗屠、乐师高渐离这样的布衣平民。这些特质不仅与其同时代人不同，而且与左思所处时代的人们行为方式也大不一样。最后，高渐离也非常珍重这段友谊。在荆轲刺秦失败之后，主动替荆轲复仇，再次刺杀秦王，虽然以失败告终，足见二人友谊之深。这或许就是荆轲看重布衣之交的原因。与荆轲不惧怕强秦形成对比的是协助荆轲刺秦的秦舞阳，他在秦国大庭广众之下，慑于其威严而颤抖，

---

① 《史记》卷八六《刺客列传》。

被告知不能面见秦王。在两相对比中,荆轲的胆识与勇气显露无遗。

左思是较早在诗歌中吟咏荆轲的。本首诗歌并没有记述荆轲的完整生平事迹。左思并没有说明谁是荆轲,为什么荆轲来到燕国。左思只是选取了其在燕国闹市饮酒的一个历史场景来显示出他的与众不同的性格和行为,这可能是鉴于读者对荆轲的故事应该比较熟悉。他不需要像史学家那样对其故事进行细致入微的叙述,同时诗歌这样的体裁也不容许左思花大量笔墨在人物刻画上。另外,诗人和历史学家叙述历史的目的和意义也大不相同,正如葛兆光、戴燕两位教授所言:"如果要以史家的眼界衡量诗人的心胸,无疑是用地图的精确来要求山水画的布局,用医生的手术刀来对付人像雕塑了。换句话说,史家的历史论著是为了规范人们对过去的认识,它的意义在于使人们的道德意识统一、政治意识规整,而诗人的诗歌却是为了解放人们对历史的解释,从而在其中发挥自己的感慨,寄寓自己的抱负。"①

与事无巨细的史传作家相比,左思更多地鼓励读者思考荆轲故事背后的意义。左思在前两联叙述荆轲在燕市饮酒的生活,然后受到启发进而评论其人格:甘心与贫贱之人为伍,蔑视豪门贵族。在这一点上,咏史诗超越了人物传记关于人生历程的琐细记载而是着重阐发、评论荆轲事迹的意义及其人物形象。关注点也从对荆轲个案的评说上升到具有普世价值的精神层面的探讨。也正是在这一层面左思的《咏史》也超越了传统的"史传型"咏史,当代学者蒋方教授在提到这组诗歌的特点时说:"正体咏史诗以叙述史事为主,就在于作者需要的是客观的验证。左思的组诗之所以超出一人一事的叙述而错综史实,正因为作者的思考不是停留在得失评价的层面,而是在作个人的命运探讨。"②对荆轲的吟咏正是体现了左思对纪传体史书与"史传型"咏史诗的超越。③

左思挑战了传统上以社会地位来衡量个人价值的观点,认为历史人物的道德价值和志向与社会地位相比,前者更值得人们称赞。如果将荆轲接受史梳理一下,并把左思这首咏荆轲的诗歌放置其中,更可以看出其独特价值。以

---

① 葛兆光、戴燕《晚唐风韵》,第59页。
② 蒋方《论左思〈咏史〉诗的变体——兼论古代咏史诗的文化内涵》,《湖北大学学报(哲学社会科学版)》1994年第4期,第31页。
③ 关于"史传型"咏史,参看韦春喜《汉魏六朝咏史诗探论》,《中国韵文学刊》2004年第2期,第16页。

色列汉学家尤锐（Yuri Pines）在一篇研究荆轲形象接受的英文论文中认为诗歌和散文对荆轲形象的接受有很大不同。① 笼统而言，诗歌中的荆轲形象比较正面，而在非诗歌文体（比如散文、历史典籍）中则常常批评荆轲的失算或者燕太子的短视。比如，陶渊明的《咏荆轲》便是从"君子死知己"角度认为荆轲和太子丹之间君臣的和睦关系。整首诗歌赞扬荆轲的豪情风骨、慷慨就义，诗中有言："雄发指危冠，猛气冲长缨。饮饯易水上，四座列群英。渐离击悲筑，宋意唱高声。"结尾处陶渊明叹息道："惜哉剑术疏，奇功遂不成。其人虽已没，千载有余情。"陶渊明认为荆轲剑术不精，从而导致刺秦失败，但是其成就还是会流芳于后世。这就与叙事类文章对荆轲刺秦的态度不同。比如，《资治通鉴》卷七提到司马光对此事的看法："燕丹不胜一朝之忿以犯虎狼之秦，轻虑浅谋，挑怨速祸，使召公之庙不祀忽诸，罪孰大焉！而论者或谓之贤，岂不过哉！"而对荆轲的行动也颇多微辞："荆轲怀其豢养之私，不顾七族，欲以尺八匕首强燕而弱秦，不亦愚乎！故扬子论之，以要离为蛛蝥之靡，聂政为壮士之靡，荆轲为刺客之靡，皆不可谓之义。"司马光认为荆轲为了自己的一己私情而采取刺杀行动是不理智的。在荆轲的接受史中，大多数是探讨荆轲刺秦的准备、动机、失败的原因和燕太子丹处理危机的方式与方法是否得当。左思诗歌中对贵族与贫民的颠覆描述是在荆轲形象的接受中鲜有论及的。

左思对人格特质与情操的追求，不止停留在藐视权贵、重视贫贱之交的荆轲身上，而且还有高蹈绝俗的理想，其中最重要的是功成身退的思想。关于功成身退的较早记载可见于《道德经》，比如第二章：

> 是以圣人处无为之事，行不言之教。万物作焉而不辞（司），生而不有，为而不恃，功成而弗居。夫唯弗居，是以不去。②

《道德经》提到圣人会让万物自然而然地发展，不会人为地去干预，不会去占有，也不会居功不让。反倒是因为不居功，功绩反而挥之不去。这种辨证的思想在《道德经》第九章中得到了进一步的发展：

---

① Yuri Pines, "A Hero Terrorist: Adoration of Jing Ke Revisited", *Asia Major* THIRD SERIES, Vol. 21, No. 2 (2008): pp. 1—34.

② 《道德经》第二章。

> 持而盈之,不如其已;揣而梲(锐)之,不可长保;金玉满堂,莫之能守;富贵而骄,自遗其咎。功遂身退天之道。①

第九章从反方向举例论述,如果做事情不适度会造成的不良后果。从自然界说到人世间,功成身退适应林林总总的不同事物。这一思想成为中国士人考虑仕途发展的核心思想之一。很多历史人物都是这一思想的典范代表,比如左思《咏史》之三中提到的段干木和鲁仲连。其诗如下:

三

> 吾希段干木,偃息藩魏君。② 吾慕鲁仲连,谈笑却秦军。
> 当世贵不羁,遭难能解纷。功成不受赏,高节卓不群。
> 临组不肯绁,对珪宁肯分。连玺曜前庭,比之犹浮云。③

左思在这首诗歌中盛赞段干木、鲁仲连两个人。典籍中对段干木多有记载,比如:

> 魏文侯见段干木,立倦而不敢息。及见翟璜,踞于堂而与之言。翟璜不悦。文侯曰:"段干木,官之则不肯,禄之则不受。今汝欲官则相至,欲禄则上卿至,既受吾赏,又责吾礼,无乃难乎?"(吕不韦《吕氏春秋》)

> 文侯受子夏经艺,客段干木,过其间,未尝不轼也。秦欲伐魏,或曰:"魏君贤人是礼,国人称仁,上下和合,未可图也。文侯由此得誉于诸侯。"(司马迁《史记》)

> 段干木者,晋人也。少贫且贱,心志不遂,乃治清节,游西河,师事卜子夏,与田子方、李克、翟璜、吴起等居于魏,皆为将,独干木守道不仕。魏文侯欲见,就造其门,段干木逾墙而避文侯。文侯以客礼待之。出过其间而轼。……又请为相,不肯。后卑己固请,见,与语,文侯立倦不敢息。夫文侯名过齐桓公者,盖能尊段干木、敬卜子夏、友

---

① 《道德经》第九章。
② 偃息可作两解:一是高枕无忧,与第二联的"谈笑"相映成趣;二是偃旗息鼓,说的是秦军知道文侯器重段干木后偃旗息鼓,不准备进军魏国了。
③ 萧统编,李善注《文选》,第988—989页。

田子方故也。"(皇甫谧《高士传》)

诸多典籍中对段干木的记载类似,大多选取了魏文侯礼贤下士、对其尊重,因而秦兵不敢贸然进攻魏国。历史的记载大都是为了通过写秦军的行动和决定侧面烘托强调文侯的影响力,同时强调段干木的高节。左思选取段干木的事迹不仅是受其被广泛记载的影响,也有可能还受到班固《幽通赋》和自己《魏都赋》的影响。二赋关于段干木的相关内容如下:

> 所贵圣人至论兮,顺天性而断谊。物有欲而不居兮,亦有恶而不避。守孔约而不贰兮,乃辂德而无累。三仁殊于一致兮,夷惠舛而齐声。木偃息以蕃魏兮,申重茧以存荆。纪楚躬以卫上兮,皓颐志而弗倾。侯草木之区别兮,苟能实其必荣。(班固《幽通赋》)

> 闲居隘巷,室迹心遐,富仁宠义,职竟弗罗,千乘为之轼庐,诸侯为之止戈,则干木之德,自解纷也。(左思《魏都赋》)

班固《幽通赋》以及左思《魏都赋》中的语言已经与诗歌中非常相近。左思的诗中提到"吾希段干木,偃息藩魏君",班固《幽通赋》中有"木偃息以蕃魏兮";左思的《咏史》赞扬段干木和鲁仲连"遭难能解纷",自己的《魏都赋》中有"则干木之德,自解纷也"。段干木为仁义、贤明之人。关于鲁仲连的记载,在左思之前的历代典籍中也多有记载,比如《史记》《淮南子》,内容大都相同。下面以《史记》中的记述为例来了解鲁仲连其人:

> 鲁仲连者,齐人也。好奇伟俶傥之画策,而不肯仕宦任职,好持高节。游于赵。赵孝成王时,而秦王使白起破赵长平之军前后四十余万,秦兵遂东围邯郸。……魏王使客将军新垣衍令赵帝秦。……秦将闻之,为却军五十里。

> 平原君欲封鲁连,鲁连辞让者三,终不肯受。平原君乃置酒,酒酣起前,以千金为鲁连寿。鲁连笑曰:"所贵于天下之士者,为人排患释难解纷乱而无取也。即有取者,是商贾之事也,而连不忍为也。"遂辞平原君而去,终身不复见。[①]

[①] 《史记》卷八三《鲁仲连邹阳列传》。

鲁仲连与新垣衍谈论帝秦的问题,利用自己的才谋和胆识为赵国立下大功。二十年之后,他又为燕国排忧解难。他将受赏赐之事看作商业行为而不屑一顾。段干木先是隐居而后成为魏文侯师,利用自己的智慧和影响力辅佐文侯,而鲁仲连运用自己的智慧力挽狂澜、化险为夷。

他们二位都帮助不同的国家避免与强秦直接的军事碰撞。与这两位历史人物相比,左思感到了落差,正如当代学者所说:"第三首表示对段干木和鲁仲连的仰慕,也说明这种抱负。但是他的遭遇却不象[像]段干木、鲁仲连那样得行其志,而是象[像]冯唐那样的埋没,扬雄那样的寂寞。"①

左思对历史人物的刻画善于抓住其特定时刻,左思常常借助历史人物塑造自己的理想人格。段干木和鲁仲连的能力,经过诗人的艺术升华,用"偃息""谈笑"变成了不费吹灰之力便完成了形势的逆转。魏晋时期是文学自觉的时代,"吾"第一人称代词直接出现,表现出左思对历史人物的崇敬。② 从这首诗歌也可以看出左思的处世哲学和历史观。左思崇尚的是不羁之人,像段干木、鲁仲连、荆轲等人物。他们在需要的时候会为国效力,然后功成身退。左思看重的不是他们的文治武功,而是他们在功成之后,不接受犒劳与酬赏的伟岸人格。这种"高节"正是左思所看重的。

在诗歌的最后,左思化用《论语》中语:"不义而富且贵,于我如浮云。"他间接借历史人物表达了功成名就后对赏赐的摒弃。左思对"功成不受赏"的重视在第一首和第三首诗歌中都有集中体现。这一理想也似乎是左思一直向往的。左思历时十载写作的《三都赋》,不仅展现了自己的文学创作才能,而且积极参与到"晋承魏统"的讨论中。③ 通过大赋的写作,左思希望能够有一展宏图的契机,但是事不遂人愿。《三都赋》起初反响平平,但是"思自以其作不谢班张",所以拜访了皇甫谧、张华等名人。在他们的共同努力下,《三都赋》的接受越来越好,后来竟出现了"洛阳纸贵"的现象。此时,也有很多人为其作注

---

① 张炯、邓绍基、郎樱主编《中国文学通史》第一卷,江苏文艺出版社,2011年,第275页。
② 左思开篇的写法对后人影响深远,徐传武指出:"左思这种'吾希'、'吾慕'的句式,后人多有仿之者,如唐诗人皮日休在《七爱》诗中曰:'吾爱房与杜,贫贱共联步','吾爱李太尉,崛起定中原'。"参见徐传武《左思五言诗佳句品评》(上),《集宁师专学报(社科版)》1998年第1期,第58页。
③ 关于左思如何参与到"晋承魏统"的讨论中,详见郑训佐、张晨《左思与左棻》,山东文艺出版社,2004年,第35—38页。

释,"张载为注《魏都》,刘逵注《吴》《蜀》而序之","陈留卫权又为思赋作《略解》"。《三都赋》的最终成功可能帮助左思赢得一些官场进阶的机会,但是他只担任过秘书郎、祭酒等官职,很难实现其年少时的梦想,再加上后期的八王之乱,左思不大可能有机会实现自己的抱负。

结　语

本文从诗与史互动的角度,深入历史典籍、左思《咏史》及其所处的社会政治环境以及后代的接受诠释左思《咏史》中的数首。左思咏史具有载史、抒情的功用,正如蒋方教授所言:"他是透过史事来思考自己的境遇,来选择出路。"[①]此外,他还希望通过诗歌来补偿自己政治上的失意,为天下寒士扼腕叹息,以期他们得到统治者重视。我们也可以通过他的诗歌接触到他的"诗学自我"。另外,从历史记忆的角度,左思通过诗歌建立起自己与所吟咏的历史人物之间的联系,从而在后世读者缅怀杰出历史人物的同时也将自己的声名流传下去,达到文学上的自我经典化与不朽。左思在"接受"历史人物的过程中侧重截取人物故事的片段,通过文学化手段加以扩大与夸张,从而使人物更加形象化、直观化,使其塑造的人物影响深远、泽被后世,从某种程度上取代了历史典籍中对该人物的刻画。在选取历史人物时,左思尤其喜欢选择故事性较强的人物,经历丰富且坎坷,左思注重其高尚的情操和伟岸的人格,而不是丰功伟绩。在众多高节中,左思崇尚功成身退,既能建功立业,又能明哲保身。他所选取的历史人物也正体现了他的人生追求与理想。正如左思称赞扬雄所说:"悠悠百世后,英名擅八区。"我们在千年之后,继续学习、研究、欣赏左思的作品,从而使其声名继续流传。虽然左思存留下来的作品不多,他的《咏史》确实帮助他确立了其在中国文学史中的地位。在谈到六朝文学和咏史诗的发展时,我们都不得不谈到左思及其《咏史》。

(澳门大学文学院)

[①] 蒋方《论左思〈咏史〉诗的变体——兼论古代咏史诗的文化内涵》,《湖北大学学报(哲学社会科学版)》1994年第4期,第30页。

都邑、游览与文学主题的新变
——从《登楼赋》《芜城赋》谈起

吴沂沄

魏晋六朝文人承继庄子"游心"之理路,透过有限度地摆脱习以为常的生活形式——游,使耳目获得与日常截然不同的刺激享受,从感官经验提升到心灵探索,以此畅化情感。"游"成为当时文人重要的活动形态与精神寄托,发而为文,则有山水纪游诗文,包含游仙、玄言、隐逸、游览、山水等文学主题的产生。特别是《文选》以"游览"为类目者有二,分别是卷一一"游览赋"与卷二二"游览诗",显示"游览"确为魏晋六朝重要的文学主题之一。然而,魏晋六朝不乏以山水、都邑游览为主的赋作,而萧统独收王粲《登楼赋》、孙绰《游天台山赋》、鲍照《芜城赋》三篇,势必有其深意。事实上,此三篇叙写的重心各异,王粲以游寄不遇,孙绰以游融仙、玄、道为一体,鲍照以游叹无常,但不能以此视为是魏晋"游"的三个面向,应是萧统通过此三赋表达当时文人"游"思的变化。其中王、鲍二赋,共同以都邑作为写作对象,通过游览将外在空间与内在情思相联系,借由驰神运思发挥对都邑的记忆、故乡的想象,打破地理空间的局限,从身游到心游,进而建立一新的书写范式。

因此,本文提取《文选》"游览赋"中王粲《登楼赋》、鲍照《芜城赋》为考察对象,探索都邑与文学互动关系的特征与联系,分析文人如何结合空间记忆、想象与生命经验而展开文学书写,使都邑不仅仅是一个地理概念,而是承载着文人情志。再者,徘徊在都邑与游览之间的文人,又是如何促成"远望思归""登临怀古"的写作模式与文化意象,此为本文所欲梳理的问题。

一 登楼以销忧

初平年间,董卓、李傕、郭汜相继为乱,军阀间的乱战造成"出门无所见,白骨蔽平原"的惨况;建安初年,更有曹操、袁绍互争雄长的局面。混乱的局势影响文学创作的类型,这时期的赋作已鲜少出现两汉京苑殿猎类的大赋,更多的是抒情小赋。一是因"奏赋为郎"式微,作赋不再是文人骋才的唯一手段;一是因离乱的社会早已无法承载歌功颂德、享乐奢靡的大赋创作。同时,个人的情感逐渐成为文学的主体,直抒胸怀的赋作增多。《文选》收录建安赋作仅只三篇,而王粲《登楼赋》列于"游览赋"之首,足见该篇的重要性。曹丕《典论·论文》云:"王粲长于辞赋,徐幹时有齐气,然粲之匹也。如粲之《初征》《登楼》《槐赋》《征思》,幹之《玄猿》《漏卮》《团扇》《橘赋》,虽张、蔡不过也。然于他文,未能称是。"陆云《与兄平原书》亦曰:"《登楼》名高,恐未可越耳。"刘勰《文心雕龙》更将王粲列为"魏晋赋首"之一。此前关于"登高远望"的书写模式,最早见于《诗经》,如《卫风·氓》《周南·卷耳》《召南·草虫》《鄘风·载驰》《卫风·陟岵》《小雅·北山》等,或思乡,或怀人,但多只是点明登高的事实,鲜有景物的描写。两汉以"游览"为文旨者,则有汉代班彪《冀州赋》,其自叙"夫何事于冀州,聊托公以游居",该赋虽散佚不全,但从今存赋文来看,"瞻淇澳之园林,美绿竹之猗猗。望常山之峨峨,登北岳而高游。……遍五岳与四渎,观沧海以周流"。文人泛游冀州,登山临海,游园玩赏,书写重心明显是以游的状态为主,登山以游只是其中一个活动,鲜有览景叙述。而《登楼赋》以"登览"为新视角,赋文以登楼、下楼为起讫,随着文人视野由低至高,由近至远的改变,借由登高远望而不可得,烘托怀归/失志情绪,重新定义"登楼游览"的意象。

不同于建安七子在邺城中频繁地进行以"游"为主体精神的集会形态,如西园游、南皮游等留下大量的五言诗作,将"游"与"宴"共构为密切不可分割的共体,此时客居荆州的王粲,不是单纯游子思乡欲归的抒发,关节点在于失志不遇。《三国志·王粲传》载:"(王粲)年十七,司徒辟,诏除黄门侍郎,以西京扰乱,皆不就。乃之荆州依刘表。表以粲貌寝而体弱通悦,不甚重也。"①刘表与王粲同出身自山阳高平,刘表又曾受学于王粲祖父王畅,据《三国志·刘表传》注引谢承《后汉书》曰:"表受学于同郡王畅。"②因师承关系加上荆州政经稳定,王粲欲依附以一展才志,刘表甚至"欲以女妻粲",但最终却因貌寝、通悦而遭疏离,从曹植《王仲宣诔》中大致可知王粲在荆州的处境,诔云:"翕然风举,远窜荆蛮。身穷志达,居鄙行鲜。振冠南岳,濯缨清川。潜处蓬室,不干势权。"③若王粲是自愿远离朝堂俗世,又岂会有"士之避乱荆州者,皆海内之俊杰也;表不知所任,故国危而无辅"④之叹!

遭逢离乱、见遇落空的王粲,文人生命归属感——建功立业——的丢失,《登楼赋》便直言登楼的目的是"销忧","游览"是为了"游心",是"意在楼外"的个人怀抱。王粲沿着游览的时间脉络娓娓铺陈,登楼所见尽是沃野千里,但文人聚焦处却在"陶牧""昭丘":楚昭王虽曾遭祸出逃,后能返国中兴;范蠡扶助勾践复国,后弃官隐居。二人都是在乱世中救亡图存,实现己志。远望的视角由远及近,从一片富庶到一隅古墓,点明王粲第一层愁思——羁旅异乡,遂言:"虽信美而非吾土兮,曾何足以少留。遭纷浊而迁逝兮,漫逾纪以迄今。"⑤即便荆州秀丽,未遭战火,却无法排遣心中忧思,关键便在自己寓居的身份,如同楼之"实显敞而寡仇","斯宇"岂不正是"斯人"的写照,更加凸显其孤身无依。所以王粲"登楼不见楼",登楼四望只是突出孤独处境的铺垫,通过生理之"处高"与心理之"无依"相联系,表达对未来的彷徨、不可期。同时,借由极目远望渲染"异客"情感,而言"情眷眷而怀归兮,孰忧思之可任",没有人可以抵挡怀归的渴望,江汉如斯丰饶终归只是异乡,即便登楼远望故乡仍邈远不可见,思乡之情愈加深厚,羁旅之愁愈加浓重。于是王粲从眼前之景,忆及历史人物的相似遭遇,以孔子、钟仪、庄舄的境遇,说明自己"欲归"之情。

而王粲欲归何处?《登楼赋》虽从思乡出发,但并未全然深陷于游子欲归的情感中,从文人着眼于"陶牧""昭丘"可知,王粲的重心并不止于返回旧乡,

---

① 《三国志》卷二一,中华书局,1982 年,第 598 页。
② 《三国志》卷六,第 210 页。
③ (南朝梁)萧统编,(唐)李善注《文选》卷五六,第 778 页。
④ 《三国志》卷二一,第 598 页。
⑤ (南朝梁)萧统编,(唐)李善注《文选》卷一一,第 162 页。

而是欲如楚昭王、范蠡般救乱除暴,如孔子、庄舄般实现抱负,包裹在远望怀归的背后蕴含更深一层的愁思,也是其"游"所重——不遇之愤,故其言:"冀王道之一平兮,假高衢而骋力。惧匏瓜之徒悬兮,畏井渫之莫食。"①用世之心清楚可见。他之所以愿意远离故土来到荆州,就是为了实现心中志向——君臣遇合,建功立业。然而,现实却是他虽作为文化建设的一员,却仅是一"代笔者",徒自修持己身,却未得青眼相待,他处又不可去,只能过着与政治若即若离、悠游潜处的生活,任凭时光飞逝。望故乡而不得见,正是他求遇合而不得用的深层映照。如此,再回头看赋中所谓"归欤"之叹,所指岂是地理意义的家乡,当是能够一展己志的地方。

《登楼赋》所表达的不只是一人情怀,几乎可以说是北来名士的共同情感。《后汉书·刘表传》载:"关西、兖、豫学士归者盖有千数,表安慰赈赡,皆得资全。"②两汉"游学"普遍带有功利性目的——结交名士、攀附权贵以求得进身之阶。汉末以来逐渐转变为一种"集体力量",以"经学"为导向,出于对学术的追慕、志同道合的向往,反而突破地域限制,促进学术扩散,强化文化认同感。同时,在师承授受的联系下,形成一稳定的学术关系。特别是战乱四起的汉末,刘表提供庇护之所而得数千学士的归拢,虽带有早期文人因战乱而依附强权的特点,然因用人考量与侨土族问题,这些"海内之俊杰"几无受重用,其活动皆围绕在学术文化活动,是一群体性的经学、文学组织。基于君臣遇合的期待落空、乱世无可骋志的悒郁,这种跨越古今的普遍代入感,使"登楼销忧"成为往后文人"游心"的范式之一,如:曹植《临观赋》、孙楚《登楼赋》、枣据《登楼赋》、沈约《登玄畅楼》等皆是循此模式。再往后的唐诗宋词中,抒发思乡之情时亦多引用或化用《登楼赋》的题旨句意。③

《登楼赋》中借景抒情的层层铺叠,从登楼时四望祥和,到远眺不见故里引发求而不得的情感,但王粲并未继续展开他对河清海晏的期待,而是以天气骤变为下楼契机,暗示风云涌动的未来。赋言:

---

① (南朝梁)萧统编,(唐)李善注《文选》卷一一,第163页。
② 《后汉书》卷七四,中华书局,1965年,第2421页。
③ 王玫《建安文学接受史论》已梳理《登楼赋》自完成后在各文类的引用、化用状况,包含赋、诗、词、曲、画、文中的"王粲登楼"意象。见氏作《建安文学接受史论》,上海古籍出版社,2005年,第268—274页。

> 步栖迟以徙倚兮,白日忽其将匿。风萧瑟而并兴兮,天惨惨而无色。兽狂顾以求群兮,鸟相鸣而举翼。原野阒其无人兮,征夫行而未息。心凄怆以感发兮,意忉怛而憯恻。循阶除而下降兮,气交愤于胸臆。夜参半而不寐兮,怅盘桓以反侧。①

北望怀归,除了是期望能有一施展抱负的平台,更是对眼前安定表象的不安。王粲因远望游心而神思飘远时,暮色忽至,风起云涌,预告着安定的现在随时有可能被打破。鸟兽因恐惧而纷纷结伴而归,原野一片寂寥,"无人"与"征夫"的相矛盾,其实是王粲通过眼前景物折射心理状态,"行而未息"正是王粲的写照。身处乱世,文人或依附强权寻求庇护,或远遁以避免陷溺其中,而王粲既无亲友为伴,亦无明主可侍,归乡无路,报国无门,漂泊零丁,然"征夫"此身份的指代,即说明王粲不愿放弃初心抱负,故强调行而未息。王粲并不是刻意用相矛盾的画面衬托自己对理想的坚持,而是他生命中的真实写照,对照王粲其他荆州时期作品亦流露相同的情感,《七哀诗》其二:

> 荆蛮非我乡,何为久滞淫?方舟溯大江,日暮愁我心。山岗有余映,岩阿增重阴。狐狸驰赴穴,飞鸟翔故林。流波激清响,猿猴临岸吟。迅风拂裳袂,白露沾衣衿。独夜不能寐,摄衣起抚琴。丝桐感人情,为我发悲音。羁旅无终极,忧思壮难任。②

王粲的孤寂感,一是因自己远离故里,寄居作客;一是因为当初同赴荆州的友人,纷纷离开,此从其赠答诗中即可窥见。如《赠士孙文始》,士孙萌与王粲共同避难荆州,建安初年士孙萌因父功封澹津亭侯,离荆赴任时王粲赠此诗而言:"慎尔所主,率由嘉则。龙虽勿用,志亦靡忒。悠悠澹澧,郁彼唐林。虽则同域,邈其迥深。白驹远志,古人所箴。允矣君子,不遐厥心。"③离别之际,虽思及过去相互扶持的美好,但更多的是对挚友的劝勉,吁士孙萌不可因官职微小而不修其德,仍要秉志笃行。又《赠蔡子笃》,蔡睦亦为北来文人,时归故里,王粲悲伤更甚,并不是望友思己,而是明白前路凶险,再见实难,诗中屡言"蔚

---

① (南朝梁)萧统编,(唐)李善注《文选》卷一一,第163—164页。
② 韩格平《建安七子诗文集校注译析》,吉林文史出版社,1991年,第239页。
③ 同上书,第241页。

矣荒途,时行靡通""悠悠世路,乱离多阻",又言:"风流云散,一别如雨。人生实难,愿其弗与。"①王粲虽亦怀慕故乡,却也明白记忆中美好的故乡早已今非昔比,北方军阀乱政,几无安身立命的可能。王粲反复陈述对北归的渴望,是通过对故乡的依恋,投射其实践抱负的美好理想。因此,在《登楼赋》中王粲以"鸟兽求群"及"原野无人"对比,正可与赠答诗相互参照,求群是动物本能,无人为伴却是王粲的现实,而赠答诗中对友人的期待,不正是《登楼赋》中征人的行为准则,即使风雨欲来、四周寂静无人,仍要坚定前行,更加凸显其隐藏在思归情感下的壮志难酬。

王粲亲身经历饥荒、兵祸,目睹死丧夭逝,笔下充满对生灵涂炭感同身受的悲悯。当面临迫而无可回避的生死问题时,惕惧于生命易逝,共感于凶年兵灾,更加迫切于建功靖乱,施展才力,即使偏安荆州也未曾忘记"以道自任"的理想,此种情感在王粲归附曹操并随之出征时更加明显,《从军诗》其四亦言:"虽无铅刀用,庶几奋薄身。"②整体而言,《登楼赋》通过活动记述(登楼),表达苍凉无奈的时代情绪及浮生若寄的情感抒发。王粲浓墨重笔写景,并无强权护翼下的逍遥美好,是为了烘托欲排遣的愁情;夹用典故也非刻意炫才扬己,而是借由历史典故抒情达意。他并不直接写情,而是透过游览活动中的视野变化,寓情于景。此与情志深远、梗概多气的建安风骨不同,因其寄人篱下,其"情"更多是谨慎而委婉,压抑后的徐徐吐露,钟嵘称其"文秀而质羸",原因即此。

二 临城思旧梦

在文学视野中,都城不仅是政权的中心,更是文化(制度)的有形载体。自两汉以来,都城的空间结构影响文学类型的发展,生发都邑、校猎类诗赋,而诗赋中凸显的城市面向,则积聚成为都城意象。魏晋六朝不乏以都邑为题材的赋作,《文选》中亦特立"京都赋"一类,却独将鲍照《芜城赋》收入"游览赋"中,历来多有质疑,陈元龙《历代赋汇》否定《文选》对于《芜城赋》的定位,而将此赋归入都邑类,显然是根据写作题材而界定。传统都邑赋的书写,尤其着重都

---

① 韩格平《建安七子诗文集校注译析》,第249页。
② (南朝梁)萧统编,(唐)李善注《文选》卷二七,第388页。

城共时性空间的建构,从水陆交通联系周围城市,形成辐射与向心的地理格局,通过空间意义上的"居中"彰显王权的绝对地位,具有明显的政治引导意味,目的在"宣上德而尽忠孝,雍容揄扬,著于后嗣",也因此都邑赋多作于政权相对稳定的时期,如班固《两都赋》、左思《三都赋》等。反观《芜城赋》,其赋名便不同于直指其址的写作模式,而是用"芜"字直接说明此城的现况——荒芜破败。赋题下李善注引《鲍照集》云:"登广陵故城。"知是鲍照亲自登临所见,突出游览之意,以示与其他都邑赋的不同。第一段鲍照简单地点出此城的地理位置,强调"重江复关之隩,四会五达之庄",引发读者第一个疑问:广陵城既是水路辐辏,又何以衰败至此?

延续第一段所提广陵城的地理优势,铺写昔日"全盛之时"。《后汉书》李贤注云:"(广陵)吴王濞所都,城周十四里半。"①汉高祖十一年封刘濞于吴,刘濞便在旧春秋吴国邗城、战国楚国广陵城的基础上营建广陵城。虽逢七王之乱,景帝平定后更名江都,徙刘非为江都王。三国时因战火波及而逐渐没落,《宋书·州郡志》载:"三国时,江淮为战争之地,其间不居者各数百里,此诸县并在江北淮南,虚其地,无复民户。"②晋建立后,经愍怀太子司马遹、桓温先后建设,广陵城复又逐渐恢复昔日繁华。而在过去汉代最繁盛的时候,因地势灵秀,人潮汇集,车马如龙,民居林立,人声鼎沸;又有资源优势,矿产丰富,贸易兴盛,往来络绎不绝,连带的娱乐活动亦兴旺发达。广陵城既是交通要道,又是贸易重镇,防卫军备便极为重要,赋文写道:

> 才力雄富,士马精妍,故能侈秦法,佚周令,划崇墉,刳浚洫,图修世以休命。是以板筑雉堞之殷,井干烽橹之勤,格高五岳,袤广三坟,崒若断岸,矗似长云。制磁石以御冲,糊赪壤以飞文。③

鲍照连用"侈""佚""划""刳"等字凸显广陵城远远超出一般都城的弘大格局,早已逾越于普通城市所需,凌驾于营国制度之上,甚至是"格高五岳,袤广三坟",无论是人流交通,或是贸易军事的发展程度,皆足与北方帝都抗衡。然而

---

① 《后汉书》卷二一《郡国志》,第 3461 页。
② 《宋书》卷三五《州郡志》,中华书局,1974 年,第 1033 页。
③ (南朝梁)萧统编,(唐)李善注《文选》卷一一,第 167 页。

最终却仍走向"芜城"的结局,"出入三代,五百余载,竟瓜剖而豆分",这样的下场并非一场战役所致,而是在时间洪流中,历经权力倾轧、朝代更迭,即便固若金汤、繁华无双,亦终归于无。

鲍照并未回答广陵城瓜剖豆分的原因,而是直接写眼前之景。城内井边、台阶布满藓苔蔓草,巷陌庭院则盘桓着伺机猎食的虺蜮麏鼯;城外天上有饥鹰寒鸱,地上有饿虎凶兽。破败的古城早已渺无人烟,即使是残存的生机,也充满弱肉强食的死亡威胁,本无生命的景物,更是一片死寂,枝枯树倒,城塌河涸,"风嗥雨啸,昏见晨趋","棱棱霜气,簌簌风威",更加衬托该地的幽暗阴冷。他并没有铺写战争的惨烈,而是叠加所有令人不适的阴沉、晦暗、潮湿,余下虎视眈眈、为求"生存"的猛禽恶兽,点出故城旧民早已"毁灭"的事实。从昔日繁华与今日颓败的对照,引发读者更强烈的探问:广陵城为何变为芜城?

景物已变,人事又岂会如初。鲍照继续留下悬念,透过一系列的对比,衰盛并置:以微观视角回忆初时亭台楼榭之美、歌舞宴饮之乐,而今却"薰歇烬灭,光沉响绝";曾经占尽风流的丽人妙姬,不过是"埋魂幽石,委骨穷尘"。最后,其言:

> 天道如何,吞恨者多。抽琴命操,为芜城之歌。歌曰:边风急兮城上寒,井径灭兮丘陇残。千龄兮万代,共尽兮何言。①

历来关于《芜城赋》的研究多从鲍照的写作时间推论其写作目的:一是以五臣李周翰之说为代表,时为临海王子顼僚属,借刘濞事谏之;一是以何焯之说为代表,认为"宋世祖孝建三年,竟陵王诞据广陵反,沈庆之讨平之。命悉诸城内男丁,以女口为军赏。照盖感事而赋也",钱仲联依吴丕绩之说,将此事系于大明三年;一是曹道衡之说,以刘濞事讽谏刘峻、刘劭谋叛。但从赋中"出入三代,五百余载""千龄兮万代,共尽兮何言"来看,显然鲍照所感叹的并不是一座历史名城的毁坏,更强烈的是对战争的厌弃,战争不仅造成城市、建设的毁坏,甚至是连人的痕迹也全然抹去,而战争导致的生离死别,更有多少人因此含恨而终。鲍照是以芜城为"三代"的历史缩影,将成毁消亡视作城市的共性,末言"共尽"更是点出世间所有人为造作、权力倾轧终归于"无"。此情思在其

---

① (南朝梁)萧统编,(唐)李善注《文选》卷一一,第168页。

诗作中亦为常见,如《拟行路难》(《鲍照集校注》,中华书局,2012年):

> 不见柏梁铜雀上,宁闻古时清吹音。(其一)
>
> 愁思忽而至,跨马出北门。举头四顾望,但见松柏园,荆棘郁蹲蹲。中有一鸟名杜鹃,言是古时蜀帝魂。声音哀苦鸣不息,羽毛憔悴似人髡。飞走树间逐虫蚁,岂忆往日天子尊?念此死生变化非常理,中心恻怆不能言。(其七)
>
> 盛年妖艳浮华辈,不久亦当诣冢头。一去无还期,千秋万岁无音词。(其十)
>
> 君不见柏梁台,今日丘墟生草莱。君不见阿房宫,寒云泽雉栖其中。歌妓舞女今谁在,高坟垒垒满山隅。(其十五)

从鲍照诗、赋中共同感慨盛衰无常的情感基调来看,《芜城赋》不应是感一时一地而作,当是对历代兴亡,特别是晋宋时期内忧、外患带来毁灭性灾难的沉重喟叹。

鲍照《芜城赋》可谓是一种旧梦式忧游,与王粲《登楼赋》开头便点明登楼目的在销忧不同,鲍照并未说明为何来芜城,而是透过古今景物人事的对比,启发读者的思考,书写以"览"的成分为重,并非应目会心下的"神超形越";通过都城记忆,驰神运思往来于三代之间,吊古伤今,迥异于《游天台山赋》中玄对山水的写作方式,转换魏晋以"身游"引入"心游"的写作方式,《芜城赋》中既未借"游"脱离尘俗纷扰,以谋逍遥,亦未借"游"体玄悟道,回归平淡,鲍照"游"的目的是诉情,而非忘情,说明"游"义在南朝产生转变,甚至影响赋体的写作内容。这样的写作方式并不是偶然出现,从《文选》"游览诗"中收录鲍照《行药至城东桥》,亦可窥见同样的表述,诗云:

> 鸡鸣关吏起,伐鼓早通晨。严车临迥陌,延瞰历城闉。蔓草缘高隅,修杨夹广津。迅风首旦发,平路塞飞尘。扰扰游宦子,营营市井人。怀金近从利,抚剑远辞亲。争先万里途,各事百年身。开芳及稚节,含采吝惊春。尊贤永昭灼,孤贱长隐沦。容华坐消歇,端为谁苦辛。①

---

① (南朝梁)萧统编,(唐)李善注《文选》卷二二,第318页。

诗题即点明游览的动机——行散，随着诗人移动的视角，从景到人，配合天色由暗而明，将焦点锁定于尊贤者与孤贱者的对比，借景生情以讽时。鲍照并未呼唤世人高蹈出尘、遁世解脱，而是以现实的目光叙写，偶然触发某一时刻的情感。书写重心明显出现从"游"到"览"的倾斜，玄思妙想逐渐从文学写作中退出，代之为环境的直观感受。

结　语

《登楼赋》《芜城赋》既不同于玄言诗赋般完全意在言外，又不同于纪行、畋猎、山水具有目的性的记述，故萧统将此二赋系于"游览"一目，诚如朱晓海所指："如果单是抒发抚今追昔、居外思乡的感知，大可纳诸《哀伤》子目之下，是以萧统如何解读它们，认为王、鲍经由肉眼所览获致的观点或许才是这子目独立的真正关键。"[1]二赋中展示的"游"的方式是一致的，均是从身游达至心游的途径，书写方式与同系于"游览赋"下的《游天台山赋》不同，不再以寓意"逍遥"为主或是以"游心于玄"为依归，通过现实目光的游览，叠加过去都邑繁华与故乡温情的记忆，不仅未能销忧，反使愁思更浓。同时，文人开始留下情思的书写空白，侧重所览之景，企图通过"触景"以生发读者情感的共鸣。

《登楼赋》承袭"登高远望"的文学传统，进一步强调"登"的动态性质，以时间和游览活动为顺序，使"登楼/高"成为"销愁"的空间象征，"远望"与"销愁"相联系，塑造"远望思归"的表述模式。《芜城赋》则更致力于景色的描写，结合空间记忆、想象与游览，景、物、人层层堆叠，今昔对比。鲍照并不以娱心为目的，也不同于王粲悲痛于身处乱世、羁旅异乡、功业未遂，而是将个人情感升华至时代慨叹。都邑不只是文人游览的"地点"，而是凝结历史变迁从而与文人情感互生的社会空间，同时继承咏史抒怀的写作基调，强化盛衰并置的艺术渲染力量，结合都邑与游览，开创"登临怀古"的新境界。

（北京师范大学文学院）

---

[1] 朱晓海《从萧统佛教信仰中的二谛观解读〈文选·游览〉三赋》，（新竹）《清华学报》第37卷第2期，第436页。

《文选·陶征士诔并序》"文取指达"说平议

边利丰

颜延之是陶渊明事迹的见证人,其《陶征士诔并序》(以下简称颜《诔》)是关于陶渊明的最早文献,也是诗人生前相识者叙述其生平事迹的唯一文献。颜《诔》长达千字,但仅以"文取指达"评价了陶渊明的诗文。

一 颜延之与陶渊明的尔汝之交

魏正申认为,陶渊明与颜延之间并不存在真正的友谊。二人"政见不同,思想品格不一,文学创作亦相迕,毫无成为挚友的思想基础"。"陶对颜只是一般的应酬,毫无结为挚友的主观意愿,也一直不把颜看成挚友;而颜基于身世之感和敬陶等诸因素把陶认作挚友,纯属一厢情愿。"①大多数研究者都肯定二人友谊的真实存在。龚斌认为,他们二人"交好相知","渊明与颜延之的交往,非常真诚坦率"。虽然渊明与延之出处不同,但"体现了真正的友谊"。②李剑锋也认为他们是"知己""莫逆之交",因为二人的身世、思想、个性、行为方式有着惊人的相似之处。③邓小军说:"陶渊明、颜延之交谊甚深","渊明于

---

① 魏正申《陶渊明探稿》,北京文津出版社,1990年,第109页。
② 龚斌《陶渊明传论》,华东师范大学出版社,2001年,第74—76页。
③ 李剑锋《元前陶渊明接受史》,齐鲁书社,2002年,第55页。

延之,谊属师友之间"。① 莫励锋亦持一致看法:"颜延之是陶渊明的挚友,他对陶渊明的人生经历和处世态度有深刻的理解。"②

颜《诔》记录了颜延之与陶渊明的交游:

> 自尔介居,及我多暇。伊好之洽,接阎邻舍。宵盘昼憩,非舟非驾。念昔宴私,举觞相诲。独正者危,至方则碍。哲人卷舒,布在前载。取鉴不远,吾规子佩。尔实愀然,中言而发。违众速尤,迕风先蹶。身才非实,荣声有歇。睿音永矣,谁箴余阙?③

虽然文字连贯而下,但所记录的却是两次交往。从"自尔介居"至"非舟非驾"写的是第一次交往,其余文字为第二次交往。这段文字记录较为简略,但包含的信息却很丰富。

二人的第一次交往在颜延之任刘柳后军功曹供职寻阳期间。此时陶渊明已五十余岁,颜延之则初入仕途,二十岁刚刚出头。颜延之供职寻阳一年左右,与陶渊明结邻而居("接阎邻舍")、相互来往非常便捷,甚至不必舟车("非舟非驾")。这就是《宋书·陶渊明传》所记载的:"先是,颜延之为刘柳后军功曹,在寻阳,与潜情款。"④两人的第二次交往发生于景平年间。颜延之被贬为始安(今桂林)太守,赴任途经寻阳,遂与陶渊明盘桓数日。"后为始安郡,经过,日日造潜,每往必酣饮致醉。临去,留二万钱与潜,潜悉送酒家,稍就取酒。"⑤此次交往虽然时间短暂,但颜延之"日日造潜,每往必酣饮致醉",临别又以二万钱相赠,陶渊明欣然接受,表明二人的友谊有了进一步的深入。

颜《诔》将陶渊明对自己的劝诫称为"中言",既是中正之言,亦是衷心之言。又说"睿音永矣,谁箴余阙",意谓:"陶渊明去世了,谁还能指出我的错误啊?"《说文》释"睿":"深明也,通也。""箴"意为劝告、劝戒,如箴谏、箴诫。"阙"同"缺",意为缺点、错误。从颜延之自述不难看出,陶渊明应是中肯地指

---

① 邓小军《陶渊明政治品节的见证——颜延之〈陶征士诔并序〉笺证》,《北京大学学报(哲学社会科学版)》2005 年第 5 期。
② 莫励锋《颜延之〈陶征士诔并序〉在陶渊明接受史上的地位》,《学术月刊》2012 年第 1 期。
③ 颜延之《陶征士诔并序》,萧统选编,李善注《文选》(卷五七),上海古籍出版社,1986 年,第 2474—2475 页。
④ 沈约《宋书·陶渊明传》(卷九三,列传第五十三),中华书局,1974 年,第 2288 页。
⑤ 同上。

出了他的缺点和不足,因此为其离世备感伤悲。根据颜《诔》的记录,再次会面时陶渊明非常真诚坦率地"举觞相诲"。其中所谓"独正者危,至方则碍""违众速尤,迕风先蹶"数语正是针对颜延之的言行缺陷而发。李善注:"恐已恃才以傲物,凭宠以陵人,故以相诫也。"①

颜延之的言行缺陷主要表现于性格偏激、狭隘兼有酒过。《宋书·刘义真传》记刘义真评颜延之曰:"隘薄。"刘义真"与陈郡谢灵运、琅邪颜延之、慧琳道人并周旋异常……义真与灵运、延之昵狎过甚"②。刘义真与颜延之交从过密,他以"隘薄"评之应当具有真实性。《宋书·颜延之传》多处说到其缺点:"性既褊激,兼有酒过,肆意直言,曾无遏隐,故论者多不知云。""饮酒不护细行。""好酒疏诞。"③《南史·颜延之传》亦说:"延之性既褊激,兼有酒过,肆意直言,曾无回隐,故论者多不与之,谓之颜彪。"④《说文解字》曰:"彪,虎文也。""彪"又意"幼虎"。从其绰号可见颜延之性格之狂狷耿介、自负傲岸。颜延之性好饮酒,且易失于酒后无德。其《庭诰》告诫子孙不可嗜酒:"酒酌之设,可乐而不可嗜,嗜而非病者稀,病而遂眚者几,既眚既病,将蔑其正。"⑤嗜酒而病、病而遂眚、以眚蔑正包含了颜延之自己的人生经验和教训。

《南史·颜延之传》载:"文帝尝召延之,传诏频不见,常日但酒店裸袒挽歌,了不应对,他日醉醒乃见。帝尝问以诸子才能,延之曰:'竣得臣笔,测得臣文,㷬得臣义,跃得臣酒。'何尚之嘲曰:'谁得卿狂?'答曰:'其狂不可及。'尚之为侍中在直,延之以醉诣焉。尚之望见便阳眠,延之发帏熟视曰:'朽木难雕。'尚之谓左右曰:'此人醉甚可畏。'"⑥《南史·何尚之传》记:何尚之"与太常颜延之少相好狎,二人并矮小,尚之常谓延之为猨,延之目尚之为猴。同游太子西池,延之问路人云:'吾二人谁似猴?'路人指尚之为似。延之喜笑,路人曰:'彼似猴耳,君乃真猴。'"⑦何尚之与颜延之"少相好狎"、关系密切,所言之

---

① 萧统选编,李善注《文选》(卷五七),第 2475 页。
② 《宋书·刘义真传》(卷六一,列传第二十一),第 1635—1636 页。
③ 《宋书·颜延之传》(卷七三,列传第三十三),第 1891—1902 页。
④ 李延寿《南史·颜延之传》(卷三四,列传第二十四),第 880 页,中华书局,1975 年。
⑤ 《宋书·颜延之传》,第 1897 页。
⑥ 《南史·颜延之传》,第 879 页。
⑦ 《南史·何尚之传》(卷三〇,列传第二十),第 785 页。

"狂"及"醉甚可畏"应当近其秉性。

《南史·颜延之传》记:"何尚之素与延之狎,书与王球曰:'延之有后命,教府无复光晖。'"①何尚之所书对象王球与颜延之关系甚笃。《宋书·颜延之传》:"中书令王球名公子,遗务事外,延之慕焉;球亦爱其材,情好甚款。延之居常罄匮,球辄赡之。"②《南史·颜延之传》亦记:"中书令王球以名公子遗务事外,与延之雅相爱好,每振其罄匮。"③《宋书·王球传》记:"球公子简贵,素不交游,筵席虚静,门无异客。尚书仆射殷景仁、领军刘湛并执重权,倾动内外,球虽通家姻戚,未尝往来。颇好文义,唯与琅邪颜延之相善。"④

何尚之与王球都是颜延之的好友,颜延之与王球"情好甚款""雅相爱好",是其唯一"相善"之人。何尚之致信王球说"延之有后命,教府无复光晖",可见已对其"狂不可及"之放诞无法容忍。

对照史籍的记载,我们不难发现,陶渊明的劝诫正中要害。《宋书》《南史》多处记载了颜延之嗜酒疏诞、言辞激扬招致怨恨甚至冒犯权要的事件。在这些事件中,颜延之的表现与陶渊明"举觞相诲"的"中言"非常一致。这里暗含了一个简单逻辑:只有颜延之认为二人情深意挚,才可能坦陈自己缺点;只有陶渊明详知颜延之缺点,并且认可二人友谊,才可能直言相诲。可见二人并非泛泛之交,更非"只是一般的应酬"。陶渊明年长于颜延之,其"举觞相诲"的中正之言又能为其心悦诚服地接受,可见陶渊明之于颜延之谊属师友。研究者认为他们"交谊甚厚",是"知己""莫逆""挚友"都没有错。但是作为朋友,他们的友谊究竟到了什么程度及其依据之所在均语焉不详。

事实上,关于二人友谊之深浅,颜《诔》提供了一个隐含而关键的证据。那就是颜延之记录二人交往时对陶渊明耐人寻味地以"尔"相称:"自尔介居,及我多暇。……尔实愀然,中言而发。"颜延之较陶渊明年幼二十岁左右,按照通常的礼节,应当以公、君、卿、子、先生、夫子等词相称以示敬意。颜《诔》中"子之悟之""子然其命""其在先生""岂若夫子"的称呼便是如此。

---

① 《南史·颜延之传》,第 879 页。
② 《宋书·颜延之传》,第 1893 页。
③ 《南史·颜延之传》,第 879 页。
④ 《宋书·王球传》(卷五八,列传第十八),第 1594 页。

"尔"是中国古代常用的第二人称代词。《玉篇》："尔,汝也。"李善注谢惠连《七月七日夜咏牛女》"沈吟为尔感,情深意弥重"引郑玄《毛诗笺》曰："尔,汝也。"①在中国古代,"尔"和"汝"两个第二人称代词通常只用于尊长称呼卑幼,就是平辈之间,也多用在双方关系很熟、可以不拘礼节的场合。"汉族自古就认为用人称代词称呼尊辈或平辈是一种没有礼貌的行为。……因此,古人对于称呼有一种礼貌式,就是不用人称代词,而用名词。称人则用一种尊称,自称则用一种谦称。"②吕叔湘亦曾指出,按照中国古代社会的习惯,对不该称"你"的人称"你"是极不尊重的表现。社会地位较低者对社会地位较高者是不能用普通第一、第二人身指称词的,得用尊称和谦称。虽无地位的差别(如一般来往的人或路人),也得用尊称和谦称,除非很熟的朋友之间。"中国封建社会里头,长幼尊卑之间,说话最要有分寸。一般的三身代词,尊长可以用之于卑幼,卑幼不可施之于尊长。乃至地位相等的人,假若不是十分亲近,也还是要避免使用。我们可以在文献里找到很多证据。对不该称你的人称你是无礼貌,甚至是一种侮辱。"③

　　"尔"和"汝"本是一般的对称代词,但到春秋时期,情况发生了变化。《论语》中,孔子称学生为"尔"或"汝",而平辈之间均不以"尔""汝"相称,孔子的学生和追随者更不对孔子称"尔""汝"。作为第二人称代词的"尔"在《论语》共出现21次,其中4例是引古言古事,剩下的主要用于师长对弟子的称呼,另有1例是上级称呼下级。到了孟子时代,"尔""汝"已由尊长对卑幼的称呼进一步演变为包含轻视、鄙夷之意的轻贱之称。《孟子·公孙丑上》："尔为尔,我为我,虽袒裼裸裎于我侧,尔焉能浼我哉!"《孟子·尽心下》："人能充无受尔汝之实,无所往而不为义也。"朱熹注："盖尔汝,人所轻贱之称。"焦循《孟子正义》曰："尔汝为尊于卑、上于下之通称。卑下者自安而受之,所谓实也。……盖假借尔汝为轻贱,受尔汝之实,即受轻贱之实,故云德行可轻贱人所尔汝者也。"④

---

① 萧统选编,李善注《文选》(卷三〇),第1394页。
② 王力《汉语语法史》,商务印书馆,2003年,第58页。
③ 吕叔湘著,江蓝生补《近代汉语指代词》,学林出版社,1985年,第34页。
④ 焦循《孟子正义》,中华书局,1987年,第1008页。

与陶渊明、颜延之同一时代的《世说新语》中"尔""汝"共有 68 个用例,其中绝大多数都是父母兄长等长辈、尊者对晚辈或卑者的称呼。《世说新语·排调》记载:"晋武帝问孙皓:'闻南人好作《尔汝歌》,颇能为否?'皓正饮酒,因举觞劝帝而言曰:'昔与汝为邻,今与汝为臣。上汝一杯酒,令汝万寿春。'帝悔之。"①《尔汝歌》是吴地一种带有亲狎情调的民歌,司马炎令亡国之君孙皓作《尔汝歌》无非是想借机加以戏弄,不料孙皓竟能以四个"汝"字回敬。司马炎"悔之"正是由于"尔""汝"之称在当时含有蔑视的意味。《魏书·陈奇传》亦记游雅以"尔汝"之称当众侮辱陈奇:"奇执意非雅,每如此类,终不苟从,雅性护短,因以为嫌。尝众辱奇,或尔汝之,或指为小人。"②又《晋书·姚弋仲传》记:"弋仲性狷直,俗无尊卑皆'汝'之。"③

如果相互关系亲昵,可以不拘礼数地径直以"尔""汝"相称,便是"尔汝之交"。"尔汝之交"源于祢衡与孔融的忘年之交。《后汉书·文苑列传》记载:"祢衡……而尚气刚傲,好矫时慢物……唯善鲁国孔融及弘农杨修。常称曰:'大儿孔文举,小儿杨德祖。余子碌碌,莫足数也。'融亦深爱其才。衡始弱冠,而融年四十,遂与为交友。"④刘孝标注刘义庆《世说新语·言语》"祢衡被魏武谪为鼓吏"引《文士传》曰:"(祢衡少与)孔融作尔汝之交,时衡未满二十,融已五十。敬衡才秀,共结殷勤,不能相违。"⑤

颜《诔》感情真挚,韵味深永,为诔文情词俱善之作,后世学者多美言相誉。李善注引何法盛《晋中兴书》说:"及渊明卒,延之为诔,极其思致。"⑥江山渊评云:"序文一句一字,俱极斟酌。诔词前幅将渊明生平一一写出,入后追念往昔,知己情深,睿音永矣!谁箴余阙,有子期已死,伯牙绝弦之感。"⑦颜《诔》俯仰情深、感人肺腑,径直以"尔"称陶渊明,断断不可能是对诔主的蔑视,而是表明二人是关系极其亲昵的忘年之交。典籍所记颜延之"与潜情款""日日造

---

① 刘义庆撰,刘孝标注《世说新语》(思贤讲舍刻本影印),上海古籍出版社,1982 年,第 408—409 页。
② 魏收《魏书·姚弋仲传》(卷八四,列传第七十二),中华书局,1974 年,第 1864 页。
③ 房玄龄《晋书·姚弋仲传》(卷一百十六,载记第十六),中华书局,1974 年,第 2960—2961 页。
④ 范晔《后汉书·文苑列传》(卷八〇下,列传第七十下),中华书局,1965 年,第 2652—2653 页。
⑤ 刘义庆撰,刘孝标注《世说新语》,第 52 页。
⑥ 萧统选编,李善注《文选》(卷五七),第 2469 页。
⑦ 王文濡《南北朝文评注读本》,上海文明书局,1920 年,第 67 页。

潜""必酣饮至醉""常饮渊明舍,自晨达昏"等都能够很好地证明这一点。从二人关系的亲密程度来看,颜《诔》对陶渊明事迹的记载及对其诗文创作的评价都应当比较准确、可信。

二　颜延之的审美旨趣与陶渊明迥异

颜延之是目前所见文献记录中与陶渊明交往最为密切的人,他对陶渊明诗文的评价应当具有较高的真实性和代表性。我们可以从颜延之的文学地位、审美旨趣及其所处的文学主潮来具体考察"文取指达"的真意。

颜延之是刘宋时期宫廷文学的代表和元嘉文坛的领袖之一,其文章之美"冠绝当时"。"延之与陈郡谢灵运俱以词彩齐名,自潘岳、陆机之后,文士莫及也,江左称颜、谢焉。"①《诗品》云:"谢客为元嘉之雄,颜延年为辅。"谢灵运以山水见长,颜延之则善"庙堂"。清人陈仅《竹林答问》:"颜谢当日,已有定评。然谢工于山水,至庙堂大手笔,不能不推颜擅场,大家不必兼工也。大抵山林廊庙两种,诗家作者,每分镳而驰。"②所谓"庙堂""廊庙"之体即是宫廷文学,颜延之正是宫廷文学的"大手笔"。裴子野《宋略》记载:"文帝元嘉十一年三月丙申,禊饮于乐游园,且祖道江夏王义恭、衡阳王义季,有诏会者咸作诗,诏太子中庶子颜延年作序。"③颜延之应诏为此次朝廷宴会作诗、序各一,其诗为《曲水诗》,其序为《曲水诗序》,两篇均旨在为刘宋歌功颂德,是南朝宫廷文学的代表作品。"命一位大臣为朝廷宴会的诗集作序,根据现存的文献记载,在整个元嘉三十年内,这是唯一一次,在整个刘宋时代也没有看见第二次。……颜延之乃是元嘉文坛当之无愧的领袖。"颜延之的宫廷文学作品是南朝宫廷文学的典范,是"两晋士族文学的一种变体,它确立了南朝宫廷文学的范型,规定了南朝宫廷文学的走向"。而"这种规模广大,歌功颂德式的文学,在文学创作上的反映,首先体现在语言运用上的错彩镂金和铺锦列绣"。④

---

① 《宋书·颜延之传》(卷七三,列传第三十三),第 1904 页。
② 王士禛等著,周维德笺注《诗问四种》,齐鲁书社,1985 年,第 338 页。
③ 萧统选编,李善注《文选》(卷四六),第 2046 页。
④ 孙明君《颜延之与刘宋宫廷文学》,《文学遗产》2012 年第 2 期。

《诗品》描述了颜延之"错彩镂金"的诗文风格:"其源出于陆机。尚巧似。体裁绮密。情喻渊深,动无虚散。一句一字,皆致意焉。又喜用古事,弥见拘束,虽乖秀逸,是经纶文雅才。雅才减若人,则蹈于困踬矣。汤惠休曰:'谢诗如芙蓉出水,颜如错彩镂金。'颜终身病之。"①作为宫廷文学的重要代表,颜延之的作品文采绮密、典故繁富,继承了陆机举体华美、典雅工整的传统。

颜延之是《诗品》所谓"五言之冠冕,文词之命世"的重要代表人物,其"错彩镂金""体裁绮密"的风格在当时的文坛占有极其重要的主导地位。《宋书·谢灵运传论》:"爰逮宋氏,颜、谢腾声。灵运之兴会标举,延年之体裁明密,并方轨前秀,垂范后昆。"②在其身后还形成了一个"祖袭颜延"的诗人集团:"檀、谢七君,并祖袭颜延。欣欣不倦,得士大夫之雅致乎!余从祖正元尝曰:'大明、泰始中,鲍、休美文,殊已动俗。惟此诸人,传颜陆体。用固执不如,颜诸暨最荷家声。'"③

对个人文学成就的极度自信以及由此生发的"文人相轻"是六朝时期重要的文学现象。文学地位之高、文学声誉之盛、审美趣味的偏执使颜延之产生了"以天下之美为尽在己"的极度自负,更易轻视他人创作。比如"博涉经史,尤善文词"的傅亮赏识"文辞藻丽"的颜延之,颜延之却并不买账。《宋书·颜延之传》记:"义熙十二年,高祖北伐……延之与同府王参军俱奉使至洛阳,道中作诗二首,文辞藻丽,为谢晦、傅亮所赏。……时尚书令傅亮自以为文义之美,一时莫及。延之负其才辞,不为之下,亮甚疾焉。"④颜延之对于格调异于"错彩镂金"的诗人更为不屑。《南史·颜延之传》载:"延之每薄汤惠休诗,谓人曰:'惠休制作,委巷中歌谣耳,方当误后生。'"⑤汤惠休当时颇有诗名,与鲍照并称为"休鲍"。惠休的诗歌自然真切、不喜雕饰,富于民歌气息。颜延之所谓"委巷中歌谣耳,方当误后生"正是对与其绮靡文风不相一致者和所谓乡曲诗

---

① 钟嵘著,古直笺《诗品》,上海古籍出版社,2007 年,第 43 页。《南史·颜延之传》(卷三四,列传第二十四,第 881 页):"延之尝问鲍照,己与灵运优劣。照曰:'谢五言如初发芙蓉,自然可爱;君诗若铺锦列绣,亦雕缋眼。'"
② 《宋书·谢灵运传》(卷六七,列传第二十七),第 1778—1779 页。
③ 钟嵘著,古直笺《诗品》,第 70 页。
④ 《宋书·颜延之传》(卷七三,列传第三十三),第 1891—1892 页。
⑤ 《南史·颜延之传》(卷三四,列传第二十四),第 881 页。

人的典型态度。

颜延之"错彩镂金""体裁绮密"所代表的文学主流与陶渊明自然、平淡、率真抒怀的寒素风格有着巨大的差异。在这样的文化环境之中,陶渊明的诗文必然会被与自己文学趣味相悖的审美价值尺度所评价,其结果也就不言而喻了。

三 "文取指达"的隐意

颜延之是陶渊明的"尔汝之交",与之交谊深厚,但对他的赞美却主要集中在人品上,而几乎完全忽视了对其诗文的评价,长达千字的诔文仅以"文取指达"评之。邓小军认为,颜《诔》虽未对渊明的文学成就作出直接评价,实际是以妙用渊明诗文大量今典的特殊方式,对渊明的文学成就作出了评价。"只有对渊明诗文爱之至深,寝馈至深,才能妙用渊明诗文大量今典如此娴熟、贴切,如数家珍。此实际是延之对渊明文学成就之极高评价。"①事实上,颜延之对陶渊明诗文"如数家珍"般地娴熟"妙用"并不能看作对陶渊明诗文的正面评价。相反,《陶征士诔》大量"妙用"陶渊明诗文完全集中于对其人品的印证和评价,却对其诗文本身未作任何正面评价,只能说明颜延之非常熟悉陶渊明诗文,并以此来叙述、佐证诔主的生平和品格。颜延之与陶渊明友谊甚笃且详熟其诗文而对其极具特色的作品却只字不提,恰可说明颜延之对陶渊明创作无言的轻视。"颜诔对陶渊明的文学成就是缺乏足够认识的,这正符合晋宋之际文学风尚的时代特征。"②

颜《诔》"文取指达"中所谓"指达"源于"辞达"。"辞达"语出《论语·卫灵公》所记孔子的话:"辞达而已矣。"何晏集解引孔安国曰:"凡事莫过于实,辞达则足矣,不烦文艳之辞。"后经苏轼改造,"辞达"的意义发生了变化。苏轼多次谈及"辞达"问题。其中最为著名的是《与谢民师推官书》。"孔子曰:'言之不文,行而不远。'又曰:'辞达而已矣。'夫言止于达意,即疑若不文。是

---

① 邓小军《陶渊明政治品节的见证——颜延之〈陶征士诔并序〉笺证》,《北京大学学报(哲学社会科学版)》2005年第5期。

② 莫砺锋《颜延之〈陶征士诔并序〉在陶渊明接受史上的地位》,《学术月刊》2012年第1期。

大不然。求物之妙,如系风捕影,能使是物了然于心者,盖千万人而不一遇也。而况能使了然于口与手者乎? 是之谓辞达。辞至于能达,则文不可胜用矣。"①《与王庠书》也提出了相同的意见:"孔子曰:'辞达而已矣。'辞至于达,止矣,不可以有加矣。"②《答虔倅俞括一首》亦说:"孔子曰:'辞达而已矣。'物固有是理,患不知之,知之患不能达之于口与手。所谓文者,能达是而已。"③苏轼认为文止于达意,并不是不要文采。其"辞达"说包括两方面的内容:一是要求文章达于事物之理,能够把握其本质,这如"系风捕影"一样困难;另外,还要求文章用准确简洁的语言表达出来,使作家的意识具体化,这比前者更难。④ 但在颜延之的时代,人们还没有这样的认识。"文取指达"的上句是"学非称师",刘良注云:"学虽可为人师,终不称其德。文章但取指适为达,不以浮华为务也。"此注的前半是典型的"增字解经",原文中并无"德"字,安得解作"不称其德"? 此句意谓陶渊明在学术上不像汉儒那样严守家法、言必称师。此注后半比较合理,但"不以浮华为务",也不能算是很高的赞誉。⑤

　　颜《诔》较为详尽地记述了陶渊明的隐逸事迹与高风亮节,但对其文学创作则只以"文取指达"轻轻略过,仅从表面来看,似与诔的文体特征相关。诔是称颂死者德行之文,最初具有为逝者确定谥号的功能,用于丧葬之礼。《说文解字》:"诔,谥也。""谥者,行之迹也。"刘勰《文心雕龙·诔碑》称:"诔者,累也,累其德行,旌之不朽也。"故诔之为制"盖选言录行,传体而颂文,荣始而哀终。论其人也,暧乎若可觌,道其哀也,凄焉如可伤"⑥。在中国传统的"三不朽"观念中,"立德"不朽居于首位。诔以"彰有德"为目的,故以详细记录亡人德行为主。但这可能并非此诔不论陶渊明文学成就的唯一原因,对照其他诔文,这一点就相对清楚了。曹植《王仲宣诔》赞美了王粲(《诗品》上品)"文若春华,思若涌泉。发言可咏,下笔成篇"的文才⑦,潘岳《夏侯常侍诔》褒奖了夏

---

① 苏轼《与谢民师推官书》,苏轼著,孔凡礼点校《苏轼文集》(卷四九),中华书局,1986年,第1418页。
② 苏轼《与王庠书》,《苏轼文集》(卷四九),第1422页。
③ 苏轼《答虔倅俞括一首》,《苏轼文集》(卷五九),第1793页。
④ 林俊相《苏轼的"辞达"说》,《复旦学报(社会科学版)》1998年第4期。
⑤ 莫砺锋《颜延之〈陶征士诔并序〉在陶渊明接受史上的地位》,《学术月刊》2012年第1期。
⑥ 刘勰著,范文澜注《文心雕龙注》,人民文学出版社,1958年,第214页。
⑦ 萧统选编,李善注《文选》卷五六,第2435页。

侯湛(《诗品》下品)"飞辩摘藻,华繁玉振。如彼随和,发彩润流。如彼锦缋,列素点绚"的才华①。与《王仲宣诔》《夏侯常侍诔》对照,我们不难发现《陶征士诔并序》轻描淡写的"文取指达"评价应当别有深意——暗含了以颜延之为代表的主流诗人对陶渊明诗文风格的轻视。陶渊明的作品缺少六朝文学的时代感——语言修辞的华丽风格,而这正是以颜延之等为代表的同时代人所极力推崇和追求的。"文取指达"实际上是对陶渊明作品缺少修饰和文采的含蓄否定,而这种评价几乎使陶渊明的作品被排斥在文学范围之外,也基本代表了当时文坛看待陶渊明的主流态度。

四 颜《诔》的差评并非孤例

任何一个人的文学地位和价值都不可能由自己决定,而只能在历史的整体中显现。陶渊明诗名在六朝的寂寞只有从文学活动的整体状况进行考察才能得到富有说服力的解释,而从当时的文学观念本身去寻找原因可能会有助于这个问题的解决。对于陶渊明生前身后的长期不得志,明人许学夷为其鸣不平曰:"晋宋间诗以俳偶雕刻为工,靖节则真率自然,倾倒所有,当时人初不知尚也。颜延之作《靖节诔并序》云:'学非称师,文取指达。'延之意或少之,不知正是靖节妙境。"②许学夷认为陶渊明"真率自然"的风格与当时"以俳偶雕刻为工"的文学主潮不相符合,所以在后人看来极富妙境的陶渊明诗歌才不受时人重视。

"一部文学作品在其出现的历史时刻,对它的第一读者的期待视野是满足、超越、失望或反驳,这种方法明显提供了一个决定其审美价值的尺度。"③读者的期待视野是由过去和当时文学创作主流提供的。期待视野"作为一个社会构成,它不仅包括文学的标准与价值;还包括文学欲望、要求和灵感。因此,文学作品是'在其他艺术形式和日常生活经验的背景之下'被人们接受和评价

---

① 萧统选编,李善注《文选》卷五七,第2450页。
② 许学夷《诗源辩体》(卷六),人民文学出版社,1987年,第101页。
③ [德]姚斯《走向接受美学》,姚斯、霍拉勃《接受美学与接受理论》,周宁、金元浦译,辽宁人民出版社,1987年,第31页。

的"①。陶渊明的创作大致处在玄言诗的后期,其后以元嘉、永明、宫体为代表的文学潮流此起彼伏。这样,陶渊明便孤独存在于与其文学风貌大不相同的文化环境之中,不得不被与自己文学趣味相悖的审美价值尺度所评判,以质朴、自然、平淡的边缘化风格为主的陶渊明诗歌被视为"文取指达"而不为世人所重也就不难理解了。

颜延之对陶渊明"文取指达"的评价的确不是孤立的,《诗品》记载了当时人们对陶渊明诗文"质直""田家语"的评价。"其源出于应璩,又协左思风力。文体省净,殆无长语。笃意真古。辞兴婉惬。每观其文,想其人德。世叹其质直,至如'欢言酌春酒'、'日暮天无云',风华清靡,岂直为'田家语'邪?"②

《诗品》类似一部简要的五言诗歌史,它采用一种简单易行的品第方式通过排名来确立诗人的文学地位。陶渊明在《诗品》的总体排名中位于中品第25位,居全部123家之前列。在《诗品》的评价体系中,曹植为"建安之杰",陆机为"太康之英",谢灵运为"元嘉之雄","皆五言之冠冕,文词之命世也"。他们代表了五言诗不同发展时期的最高成就,都具有文采华丽的显著特点。可见,《诗品》以"自然英旨"为贵之外,文采也是一个非常重要的评价标准。《诗品》所推崇的上品诗人作品大多形式美感特征较为明显,如潘岳"烂若舒锦",张协"词采葱蒨",谢灵运"富艳难踪"。故钟嵘的论诗标准"与渊明之和平淡远,不相水乳,所取反在其华靡之句,仍囿于时习而已"③。

钟嵘以"文体省净,殆无长语"准确地指出了陶诗独具一格的语言风格。"文体省净"是对陶渊明作品语言简洁、利落的准确概括。而颇多"长语"则是六朝诗歌逐文、繁采的普遍特征。自汉以后,繁丽为文逐渐成为审美时尚。据王充《论衡·超奇》:"笔能著文,则心能谋论,文由胸中而出,心以文为表。观见其文,奇伟倜傥,可谓得论也。由此言之,繁文之人,人之杰也。"陶渊明诗歌的自然简洁、不奢冗语正与当时密而无裁、蠹文过甚的芜漫、繁密诗风形成了鲜明的对比。

---

① [美]霍拉勃《接受理论》,《接受美学与接受理论》,第350页。
② 钟嵘著,古直笺《诗品》,第42页。
③ 钱钟书《谈艺录(补订本)》,中华书局,1984年,第93页。

"每一个时代都有它自己的习俗、趣味,因而也就有它的相对的美。"①文学艺术的美与其他形态的美一样具有其历史性以及由此产生的相对性。六朝文化主体基本是贵族文化,主流审美趣味也呈现贵族化、雅化倾向,以质朴、自然、平淡为主要特征的陶渊明诗歌分明是一种边缘化风格,甚至不被时人以文学视之。《诗品》透露出时人以"质直""田家语"评价陶渊明的诗歌创作,也是一种隐晦而严厉的贬低。

　　质与文对言。质者,质木无文。《论语·雍也》:"质胜文则野。"直与曲相对。直是直言,指的是直接、直露、直截了当的表达方式;曲是曲笔,追求含而不露的委婉之致,乃迂回曲折的表达方式。六朝诗多以曲为贵,故多用代字和典故,如其役字模形多以人所不熟悉的僻涩典雅的书面语言曲折地表达普通事物和日常行为。诸如照水叫"映泫",看日叫"迎旭",以"窄崿"代山,以"飙激"代风,以"石华"代月,状丧乱之情谓之"氛慝",形容飘零之人谓之"沦薄",等等。这种作法虽易引发读者的隔膜感,无法产生直接、鲜明的印象,但往往却有文雅、迂回的审美效果。将陶诗的语言定格于"质""直"二字,几乎同于鄙词俚语之野,为当时的审美风尚所摒弃。《诗品》就以"质""直"批评了几个诗人,如班固"质木无文"、曹丕"鄙质为偶语"、嵇康"讦直露才"、陆机"有伤直致之奇"。②

　　"田家语"的评价出于对书面文学体制的维护,否定了陶渊明诗歌自然质朴、浅显通俗、近乎口语的语言风格。是否"直""质"、是否为"田家语"实际涉及六朝时期最基本的文学观念。自汉代开始,中国的语言与文字分途发展,口出者为言,笔书者为文。"直言为言,论难为语,修辞者始为文。文也者,别乎鄙词俚语者也。……言语既然,则笔之于书,亦必象取错交,功施藻饰,始克披以文称。"③这样,文字与语言便有了深刻与浅露、优雅与鄙俗的根本分别。"文"是对"直"的修饰,文的表达方式与直白的"言"不同,文的根本含义是对

---

①　姚斯《走向接受美学》,《接受美学与接受理论》,第59页。
②　杨明先生认为"直致"是晋宋以来常语,"有本来如此、自然而然之意"。"用于评论作品,则有直接表现之意,与重人工雕琢、组织安排相对。直致则显得自然,与《中品序》'直寻'有相通之处。"见杨明《文赋诗品译注》,上海古籍出版社,1999年,第52—53页。
③　刘师培《广阮氏文言说》,载郭绍虞编《中国历代文论选》(第三册),上海古籍出版社,1980年,第599页。

"直言"的文饰、美化、艺术化。词之饰者,乃得为文,即《广雅·释诂二》所谓"文,饰也"。

最终"语言附着于土俗,文字方臻于大雅。文学作品,则必仗雅化之文字为媒介、为工具,断无凭语言可以直接成为文学之事"①。雅是六朝时期重要的文学评价观念,非常明显地体现了时代性的审美倾向。《诗品》所谓曹植"情兼雅怨"便将"雅"作为重要的文学评价标准。陆机《文赋》亦主张以雅为美:"或奔放以谐合,务嘈囋而妖冶;徒悦目而偶俗,固声高而曲下。寤《防露》与《桑间》,又虽悲而不雅。"②刘勰的《文心雕龙》以"圣文雅丽"为审美规范,也体现了崇雅黜俗的审美价值取向。这种观念在笔书之文与口述之言分离之后的很长时期内都占上风。在这样的文化环境中,陶渊明的诗歌自然、通俗的口语化特征,被视为"文取指达"之"不文"也就不足为奇了。

与文言对应的雅俗作为中国古代文学重要的价值评判标准之一,在某种程度上体现了文学世界的等级与秩序意识,具有独特的文化蕴含和象征意味。语言是文化身份的重要标志。"一个社会群体成员所使用的语言与该群体的文化身份有一种天然的联系。"③即《左传》(僖公二十四年)载介之推所言:"言者,身之文也。"不同阶级或阶层的身份认同与身份区别除了较为完整的思想观念体系之外,往往还须打造出与其思想观念体系相配合的、反映整体性审美价值情趣的文化符号,用于确认自己的身份。文学与语言便是其中重要的标志性符号,其功能在于确认自我身份的正当性与神圣性。语言的雅俗背后是"身份认同"意识和"语言认同"意识。语言是人的存在之本,而不仅仅是人际交流的工具,具有本体论的意义。"各种语言之间的真正差异并不是语音或记号的差异,而是'世界观'(Weltansichten)的差异。"④从这个角度来看,"文取指达""质直""田家语"的评价反映的正是思想文化观念、文学审美意识的巨大差异。

(常州大学周有光语言文化学院)

---

① 钱穆《读〈诗经〉》,钱穆《中国学术思想史论丛》(卷一),安徽教育出版社,2004年,第139页。
② 陆机撰,张少康集释《文赋集释》,上海古籍出版社,1984年,第130页。
③ [美]C. 克拉姆契《语言与文化》,哈佛大学出版社,1998年,第65页。
④ [德]卡西尔《人论》,甘阳译,上海译文出版社,2004年,第168页。

第二部分
《文选》学史研究

从现代《文选》学史的角度看曹道衡先生的《文选》研究

王立群

曹道衡先生是当代中国古代文学研究的大家。他的研究涵盖了中国古代文学的多个时段,在中古文学研究领域,他的成就更为突出。

"现代《文选》学"研究大体上包括《萧统年谱》研究,《文选序》研究,《文选》成书研究,《文选》与刘勰《文心雕龙》、钟嵘《诗品》、江淹《杂体诗三十首》、任昉《文章始》的相互关系研究,《文选》版本研究,《文选》注释研究,《文选》分体研究,《文选》文本研究等若干内容。

曹道衡先生在《文选序》研究、《文选》成书研究、《文选》和钟嵘《诗品》及江淹《杂体诗》研究、《文选》文本研究等四个重要专题中,发表了大量精辟的见解,至今仍有指导意义。

一 关于《文选序》研究

曹道衡《〈文选〉对魏晋以来文学传统的继承和发展》[①]一文,在《文选序》研究中选录历代名作进行了翔实的论证,为《文选》成书研究做出了重大贡献。殷孟伦在二十世纪六十年代即提出了这一观点,十分可贵,遗憾的是,殷孟伦

---

① 曹道衡《〈文选〉对魏晋以来文学传统的继承和发展》,《文学遗产》2000年第1期,第48—58页。

并未对此进行严肃的学术讨论。即使如此,殷孟伦的贡献亦不容低估。

曹道衡、傅刚《萧统评传》第十章第三节《〈文选〉的选录标准》认为:研究《文选》的选录标准不能跨出《文选》及其编者的范围之外,另寻一种与《文选》无直接关系的标准。日本学者清水凯夫抛开《文选》,从沈约《宋书·谢灵运传论》中寻觅《文选》选录标准的做法不足取。讨论《文选》的选录标准必须以《文选序》与普通三年(522)萧统的《答湘东王求文集》书为准。至于《文选序》中"事出于沉思,义归乎翰藻"诸句,仅只是解释《文选》不收录子、史中的赞、论、序、述等文章的原因,并非宣布《文选》的选录标准。萧统所谓"综辑辞采,错比文华,事出于沉思,义归乎翰藻"符合《文选》的选录标准,但并非这就是《文选》的选录标准。① 儒家雅正的文学观与"沉思""翰藻"结合起来,才是萧统的文学观,亦是《文选》的选录标准。至于《文选》选录的作品与沈约《宋书·谢灵运传论》的高度吻合,则是二者举例与选录者皆为历代名家名作,不谋而合是自然而然的。

曹道衡《〈文选〉对魏晋以来文学传统的继承和发展》一文,以江淹《杂体诗》所拟诸诗人与萧统《文选》的大多一致,得出江淹、萧统二人皆接受了南朝以来世人对文学作品的共识的结论。陈复兴最早注意到了江淹《杂体诗》与萧统《文选》二者的关系,在现代《文选》学史上仍极具学术启迪。

关于《文选》的选录标准与萧统的文学观。前此有关《文选序》的研究,大都默认这样一个前提,即《文选》的选录标准体现了选编者的文学观。直至1978年前后,有关《文选序》的研究仍然在沿袭这一观点。应当说,这一观点原则上是正确的。但这一观点在《文选》研究中尚有一些特殊性,即选编者的文学观是否受其他因素的制约。曹道衡的系列文章中首先对此加以辩正。《南朝文风和〈文选〉》一文认为:"每一种选本,总是体现着编选者的文学主张,而这种主张又并不是完全取决于编者个人的意志和偏爱,它还要受每个时代的历史条件及文学思潮的制约;同时,编选者们又不得不在一定程度上考虑到读者的需要。"②曹道衡在另一篇论文中对此观点亦有称述。《关于萧统和〈文选〉的几个问题》一文认为:"《文心雕龙》和《诗品》都是作者个人的著作,

---

① 曹道衡、傅刚《萧统评传》,南京大学出版社,2001年,第235页。
② 曹道衡《南朝文风和〈文选〉》,《文学遗产》1995年第5期,第38页。

可以比较自由地发挥自己的观点。《文选》则多少带有'官书'的性质。它尽管由萧统一人来署名,却成于众手;而且要力求平稳,既要体现各个时代文学的特色,又要为当时多数人所能接受,更要适应当时统治集团的要求。因为萧统作为一个皇太子,由他来主持这一工作,显然不能仅仅体现他自己的看法,而是要代表统治者对当时的文人提出一种文学的方向或模式。"[1]这一段文字更清楚地表明《文选》编纂受各种现实条件的制约,并非选编者完全按个人意见所为。这一认识较之仅仅认定文学选本皆体现编选者个人文学观的说法更客观、细致。前者所言,反映了学界对文学选本的一般性观点的认识,后者则反映了学界对《文选》这一特定文学选本特殊性的认识。这一特殊文学选本《文选》的编选者是皇太子,这一特定的身份为诸多研究者所忽视,曹道衡此文的价值正在于揭示了这一特殊性。因此,这一观点也较之一般性的结论更符合《文选》的价值取向。

曹道衡、傅刚认为:讨论《文选》的选录标准必须据萧统的《文选序》、《答湘东王求文集》书及《文选》收录作家作品的实际状况而定,绝对不能撇开《文选》另觅他途。萧统于普通三年的《答湘东王求文集》书中提出了"夫文典则累野,丽亦伤浮。能丽而不浮,典而不野,文质彬彬,有君子之致"的文学观。这一经过作者深思熟虑后的文学思想,成为他个人写作及编选作品的指导思想,亦即《文选》的选录标准。从《文选》收录作家作品的实际情况检验,二者亦相符。[2] 在现代《文选》学史上讨论《文选》的选录标准,曹道衡、傅刚的观点最为中肯。他们首先确定了研究这一问题的基本文献是《文选序》与萧统于普通三年写作的《答湘东王求文集》书,其次,确立了检验这一研究结果的是《文选》实际收录作品的情况。基本文献与检验标准的确立使《文选》选录作品的研究奠基于真实可靠的文献资料之上,故其结论的可信度大大增强。

关于《文选》选录作品的崇雅倾向,最先提出者为骆鸿凯《文选学·义例》"崇雅黜靡,昭然可见"[3]。骆氏此论既出,赞同者却非王运熙一人。曹道衡

---

[1] 曹道衡《关于萧统和〈文选〉的几个问题》,《社会科学战线》1995年第5期,第212页。
[2] 曹道衡、傅刚《萧统评传》,第235页。
[3] 骆鸿凯《文选学》,中华书局,1989年,第32页。

《从乐府诗的选录看〈文选〉》在论及鲍照带有民歌色彩的《拟行路难》等诗未能录入《文选》时认为:"《文选》的选诗比较强调'典雅',那些带有民歌色彩的作品,在萧统和他周围的学士们看来,未免有'俗'的嫌疑。这从他们对待鲍照作品的态度来看,就比较明显。因为据虞炎《鲍照集序》,就说鲍照之作'乏精典';《诗品》说他'颇伤清雅之调,故言险俗者,多以附照';萧子显《南齐书·文学传论》也说鲍诗'发唱惊挺,操调险急,雕藻淫艳,倾炫心魄。亦犹五色之有红紫,八音之有郑、卫'。现在看来,《文选》所收鲍照诗,一般都比较典雅,而他的《拟行路难》以及某些写游子、思妇的诗,反映了比较下层人物的生活和思想,《文选》也都弃而不录。从这个意义上说,骆鸿凯说《文选》'崇雅黜靡',确有其见地。"①

曹道衡在上文称引的《从乐府诗的选录看〈文选〉》一文中论及柳恽、何逊、吴均等人的诗篇未能录入《文选》时又对此说加以修正:关于《文选》不收"吴声歌""西曲歌"的原因,是由这部总集本身的编纂宗旨决定的。一般说来,《文选》所选录的作品,大抵都产生于梁武帝天监十二年(513)以前,只有少数几篇如陆倕、徐悱、刘孝标等人的诗文是例外。关于这些作品的入选,很可能和刘孝绰在编纂本书中的作用有关。这一点,作者过去在《有关〈文选〉编纂中几个问题的拟测》一文中已有解释。② 后来编纂《文选》,关于诗的部分自然会以原有的《诗苑英华》为基础,但为了审慎起见,基本上只收天监十二年沈约去世以前的作品,对此后去世的诗人之作都基本不取。这个断限,与钟嵘的《诗品》如出一辙。从这个意义上说,萧统可能受到钟嵘的影响。并认为过去自己论到《文选》中不收柳恽、何逊和吴均等人之作,曾比较赞成骆鸿凯所说的"崇雅黜靡"之说,现在看来似不完全这样。这是因为当时人论文,往往要把评议的断限定在离作者较远的一个时期,这样是为了更能客观和公允地看待那些过去的诗人,也可以避免一些人事或学说方面的争论。所以和萧统差不多同时的论者,如刘勰《文心雕龙》所论,仅提及东晋以前的人物;钟嵘的《诗

---

① 曹道衡《从乐府诗的选录看〈文选〉》,《文学遗产》1994 年第 4 期,第 22 页。
② 曹道衡《从乐府诗的选录看〈文选〉》,《文学遗产》1994 年第 4 期,第 16 页。引文中《有关〈文选〉编纂中几个问题的拟测》一文见于《昭明文选研究论文集》,吉林文史出版社,1988 年,第 32—42 页,又收录于郑州大学古籍所编《中外学者文选学论集》,中华书局,1998 年,第 338—353 页。

品》,只品评到沈约为止;即使像萧子显作《南齐书·文学传论》,本应以谈论南齐一代作家为主,而该文的议论,却着重评论了刘宋的"元嘉体"的代表人物谢灵运、鲍照等人。这大约是齐梁时代多数人论文选诗的通例,萧统编选《文选》可能出于某些原因,发展了《诗苑英华》的做法而采用了当时人的惯例。曹道衡在同一篇文章中的两处行文,表现了对骆鸿凯"崇雅黜靡"说的两种态度,反映出曹道衡对骆氏此说的适用范围有所选择与保留的实事求是的学风。

曹道衡《略论〈文选〉与"选学"》认为:《文选序》不录经、史、子三部之作,实际上就是把传统所谓的"集部"书籍与"经""史""子"诸部加以区分。他这种做法,在今天看来,虽和我们所谓的"文学作品"仍有不小的区别,如书中还是选录了一些学术文和大量的应用文字,但毕竟较之前人有了一个更接近于今天的文学概念。①

二 关于《文选》成书研究

(一)《文选》的编纂者研究

"昭明太子十学士"与《文选》成书是现代《文选》学史上有关《文选》成书的一个重要议题。

曹道衡主张《文选》的编纂者为萧统与刘孝绰。

清水凯夫力主刘孝绰为《文选》的实际编纂者,此说曾经风靡一时。曹道衡、沈玉成的《有关〈文选〉编纂中几个问题的拟测》一文认为:《文选》是按照萧统的文学观,并在他的实际主持下进行的,这与后代帝王的"御制""御撰"之类纯属沽名钓誉者不同;同时,刘孝绰参加了《文选》的编纂。②

这一观点在力避刘孝绰主编《文选》说的同时,汲取了清水凯夫观点的合理内核,摒弃了清水凯夫主观色彩甚浓的不尽合理的成分。

在《文选》成书研究中,始终存在着一种声音,即《文选》为再选本。这一

---

① 曹道衡《略论〈文选〉与"选学"》,《古典文学知识》1995年1期,第4页。
② 曹道衡、沈玉成《有关〈文选〉编纂中几个问题的拟测》,《中外学者文选学论集》,第338页。

见解又可分为两种。一种以中国学者曹道衡、俞绍初为代表,一种以日本学者冈村繁与中国学者力之为代表。

曹道衡在《〈文选〉和辞赋》①一文中说:"《文选》一书,很可能是在几部其他选本的基础上重新改编定的。据《隋书·经籍志》记载,有'《历代赋》十卷,梁武帝撰'。又有《古今诗苑英华》十九卷,梁昭明太子撰;在谢灵运《诗英》一书下,又有注说梁时有'《文章英华》三十卷,梁昭明太子撰,亡'。""现在看来,《文选》很可能是从梁武帝的《历代赋》,萧统自己的《诗苑英华》和《正序》三书中重新改编的。"俞绍初《萧统年谱》"普通四年"条曰:"盖《历代赋》十卷,《正序》十卷及《诗苑英华》二十卷撰集既成,昭明更欲合赋、诗、文于一编,以集选文之大成,故受梁武之命特新置东宫学士以与旧学士共司其事。"②"大通三年"、"中大通元年"条又曰:"昭明之撰《文选》,赋有梁武《历代赋》十卷可作依据,事不为难;诗有《诗苑英华》二十卷,以其'未为精核'而'犹有遗恨',须再精选,删为十卷,并选取四言、七言若干首补入其间;文原有《正序》十卷,所选为'古今典诰文言',与《文选序》所标榜'综缉辞采'、'错比文华'之选文标准颇有出入,故得重为辑集,费时最多。"③两位著名的中国大陆《文选》学研究者的观点颇为相近,均认为《文选》实在梁武帝与昭明太子所编赋、诗、文选集的基础之上重加筛选而成。因此,《文选》必然是一再选本。

在《文选》成书研究中有一个不可忽略的问题,即《文选》与魏晋南北朝文学传统的相互关系问题。

清水凯夫关于《文选》主要由刘孝绰所编纂的观点在二十世纪九十年代中期曾在中国大陆现代《文选》学研究界产生过一波相当大的影响,受此影响的论文、论著颇多。但亦有学者如顾农曾屡屡撰文予以反驳。可是,学界并未因顾农的批驳而减少对清水教授观点的承继。这种风靡一时的观点在二十世纪之末却受到了现代《文选》学界的严肃挑战。

《文学遗产》2000年第1期发表了曹道衡《〈文选〉对魏晋以来文学传统的继承和发展》的长篇论文。这是一篇从根本上动摇清水凯夫论点的重要文献,

---

① 曹道衡《汉魏六朝文学论文集》,广西师范大学出版社,1999年,第46—62页。
② 俞绍初《昭明太子集校注·萧统年谱》,中州古籍出版社,2001年,第308页。
③ 同上书,第318页。

亦是二十世纪中后期关于《文选》成书研究的重大创获之一。这篇文章的发表距今已近20年了，重读此文仍深受震撼，深感曹道衡先生的功力深厚、学识卓著。

曹道衡的文章从《文选》选录的赋、文、诗三个方面论述了《文选》选录的作品是对魏晋以来文学传统的继承："从萧统选录的作品看来，应该说大部分是魏晋至梁代人们公认的好作品，尤其是其中赋和诗的部分，更是如此。"

文章以为：《文选》选录的"京都""田猎"诸赋，魏晋以来，即是传诵的名作，如西晋皇甫谧为左思所作《三都赋序》曰："其中高者，至如相如《上林》、扬雄《甘泉》、班固《两都》、张衡《二京》、马融《广成》、王生《灵光》，初极宏伟之辞，终以约简之制，焕乎有文，蔚尔鳞集，皆近代辞赋之伟也。"皇甫谧列举的诸赋，除马融《广成赋》外，余者全为《文选》录入。刘逵《注左思〈蜀都〉〈吴都〉赋序》亦提及司马相如《子虚赋》、班固《两都赋》、张衡《二京赋》。左思在自作之《三都赋序》中亦称："余沃思慕《二京》而赋《三都》。"可见，左氏亦将司马相如、扬雄、班固、张衡诸大赋视为辞赋之经典。与左思同时的潘岳，在其《西征赋》中亦曰："班述'陆珍海藏'，张叙'神皋隩区'。此西宾所以言于东主，安处所以听于凭虚也。"可见，潘岳对《两都赋》《二京赋》亦极推崇。《三国志·国渊传》载曹操时曾有人作谤书非议时政，国渊凭借谤书作者熟知《二京赋》这条线索而侦破此案。而《二京赋》最早的注家为吴人薛综，故曹道衡以为三国时代的魏吴两国均流行此赋。与《二京赋》同为《文选》所收录的《南都赋》，南朝时亦为名作。郦道元《水经注·滍水》引南朝杜彦达之说，并加以驳斥。杜彦达认为："即《南都赋》所谓'汤谷涌其后'者也。"郦道元予以严正驳斥，可见，郦氏极为熟悉《南都赋》。

《世说新语·文学》载庾阐作《扬都赋》，庾亮为他提高身价曰"可三《二京》四《三都》"，结果遭到谢安批驳。《世说》尚记载玄言诗人孙绰之语："《三都》《二京》，五经鼓吹"。可见，东晋之世，《三都赋》《二京赋》地位之高。《南史·谢朓传》载南齐末江祐、江祀欲废东昏侯萧宝卷立江夏王萧宝玄，派刘沨、刘晏去见谢朓，谢朓嘲弄他们说"可谓'带二江之双流（刘）'"。此语出左思《蜀都赋》，可知小谢极熟《三都》，后来谢朓之死与此大有关系。

不仅司马相如、扬雄、班固、张衡所作京都、田猎诸大赋历来被视为经典，

《文选》其他入选之赋亦多为名作，如王延寿《鲁灵光殿赋》、潘岳《秋兴赋》、木华《海赋》等。《世说新语·任诞》载阮咸与其姑母的鲜卑婢私通而生阮孚，刘孝标注引《阮孚别传》曰："(阮)咸与姑书曰'胡婢遂生胡儿'。姑答书曰：'《鲁灵光殿赋》曰："胡人遥集于上楹。"可字曰遥集也。'故孚字遥集。"《世说新语·言语》载："桓玄既篡位，将改置直馆，问左右，虎贲中郎省应在何处。有人答曰：'无省。'当时绝忤旨，问：'何以知无？'答曰：'潘岳《秋兴赋》曰："余兼虎贲中郎将寓直散骑之省。"'玄咨嗟称善。"从此例可知，《秋兴赋》至东晋早已成人们的传诵之作。

《文心雕龙·诠赋》举汉代以前赋家荀子《赋篇》、宋玉诸作、枚乘《菟园》、司马相如《上林》、贾谊《鵩鸟》、王褒《洞箫》、班固《两都》、张衡《二京》、扬雄《甘泉》、王文考《鲁灵光殿赋》等十家，除《荀子》中的《赋篇》因见于子书，《文选》未收外，惟枚乘《梁王菟园赋》未录，可见刘勰与萧统对汉代辞赋家的看法基本一致。刘勰《文心雕龙》对魏晋赋家，提及者有王粲、徐幹、左思、潘岳、陆机、成公绥、郭璞、袁宏凡八人。萧统《文选》收录的有王粲《登楼赋》，左思《三都赋》，潘岳《藉田赋》等七篇，陆机《文赋》与《叹逝赋》，成公绥《啸赋》与郭璞《江赋》，惟徐幹、袁宏二人之作未入选。故可知刘、萧二人对魏晋赋的评价亦大体相类。只有刘宋之后的辞赋，《文心雕龙》由于其论述一般止于东晋，故无从比较。《文心雕龙·比兴》篇中所举各种比兴之六例，全为辞赋之句，如宋玉《高唐》、枚乘《菟园》、贾谊《鵩鸟》、王褒《洞箫》、马融《长笛》、张衡《南都》，除枚乘《菟园》一例外，余皆见于《文选》。刘勰举例，必然以其心中名作为例，二者的高度雷同，正说明刘、萧见解之雷同。

再如曹植之作，《文选》收录甚多，但赋类仅收《洛神》一篇。《南齐书·文学·陆厥传》载陆厥《与沈约书》，惟提及曹植《洛神赋》《池雁赋》二篇，沈约的答书则只认为《洛神赋》一篇可称名作，余皆不足取。故萧统《文选》仅收曹植一篇《洛神赋》亦非萧统一人之见，而是时人之共见。

曹道衡此文论及《文选》对诗歌的选录，主要以江淹、沈约与钟嵘三人为例。

江淹的《杂体诗三十首》拟作三十家，《文选》收录了二十六家，惟孙绰、许询、谢庄、汤惠休四家未选。孙绰、许询为东晋玄言诗人，自刘宋以来，屡遭批评。《世说新语·文学》篇刘孝标注引檀道鸾《续晋阳秋》已严厉批评孙绰、许询。其后沈约《宋书·谢灵运传论》、钟嵘《诗品序》、刘勰《文心雕龙》(《明诗》《时序》诸篇)无不对孙、许诸人的诗风予以尖锐批评。可见,孙绰、许询之诗未能入选,亦为时代共论。谢庄之诗,《诗品》列为下品,《诗品序》批评其作诗用典太多。汤惠休亦为《诗品》列为下品,颜延之早就批评过他的诗作。且江淹《杂体诗》所拟诸作,大多可在《文选》中觅到其原作。李陵、班姬自不必言,《魏文帝·游宴》仿曹植《芙蓉池作》,《陈思王·赠友》仿曹植赠徐幹、王粲、丁仪诸作,《刘文学·感遇》仿刘桢《赠从弟》,《王侍中·怀德》起首学王粲《七哀》末尾仿《公宴》,《陆平原·羁宦》仿陆机《赴洛》《赴洛道中》,《陶征君·田居》仿陶渊明《归田园居》,《颜特进·侍宴》仿颜延之《车驾幸京口游蒜山》及《三月三日游曲阿后湖作》等诗,《谢法曹·赠别》学谢惠连《西陵遇风献康乐》,《鲍参军·戎行》拟鲍照《出自蓟北门行》及《拟古》第一首,其他拟阮籍、张华、潘岳、左思、张协、刘琨、卢谌、郭璞、谢混、谢灵运诸人之作,亦在《文选》中可明显找到原作者的名篇。故萧统对前代作家的看法大都与江淹一致。据现有史料,江淹与萧统绝无联系,江淹谢世之时,萧统年仅五岁,不可能受到江淹指教,二人对前代诗人评价的一致,只能是同时受到南朝以来大多数人共识的影响。

  萧统的文学观未必全同于沈约,如沈约提倡声律说,故特别看重谢朓,认为谢朓的诗上追曹植、陆机,较颜延之、谢灵运为高。但是,《文选》录谢灵运诗四十一首,远多于谢朓的二十二篇。《文选》录颜延之的诗仅较谢朓少一首。且《文选》所录沈约、谢朓的诗亦多为篇幅较长,带有古气,未脱谢灵运影响的诸篇,真正代表"永明体"特色的诗所收无多。但是,比较《文选》与沈约的《宋书·谢灵运传论》,可以看到,沈约例举的前代作家的佳作四首,即曹植的《赠丁仪王粲》、王粲的《七哀诗》、孙楚的《征西官送于陟阳侯作诗》与王赞《杂诗》,《文选》均加选录。沈约《传论》肯定的曹植、王粲等建安诗人,潘岳、陆机等西晋诗人,颜延之、谢灵运等元嘉诗人,《文选》选录俱多。沈约对玄言诗人孙绰、许询取否定态度,《文选》亦不录其诗。沈约认为殷仲文、谢混开始改变玄言诗风,《文选》亦录殷仲文《南州桓公九井作》与谢混的《游西池》。沈约十分看重王融,曾作《怀旧诗》九首,悼念亡友,其中既有《伤王融》,又有《伤谢朓》,因为,王融、谢朓均为"永明体"的创始者。但是,沈约的《伤王融》仅说融胸怀大志而命运乖舛,绝口不提王融的文学成就;《伤谢朓》却主要表彰他的诗才。两相比较,可知沈约抑王扬谢,并非出于个人恩怨,而是时人共论。钟嵘《诗品》亦认为王融有才但诗非其长,萧统《文选》未录王融之诗却录王融骈文,与沈约、钟嵘的观点颇为一致。

《诗品》与《文选》颇多相似之处。第一,《诗品》列入"上品"的诗人,《文选》皆已入选,且陆机、谢灵运与曹植录诗更多。《诗品》列入"中品"的诗人凡三十八家(秦嘉、徐淑作一家计),作品收入《文选》者有三十二家,亦占绝大多数。惟"下品"所列诗人入选《文选》者较少。可见,钟嵘、萧统对自汉至梁的诗人评价大体相当。《诗品序》"陈思'赠弟',仲宣《七哀》,公幹'思友'"一段论述,列举了相当多的名篇,且大多收录于《文选》,惟少数篇章有出入。钟嵘生平无任职东宫的记载,亦不当臆测萧统受到钟嵘的影响,因为二人尚有不同,唯一的解释是二人均受传统与当时文学思潮的影响而见解相合。

曹道衡尚举出《文选》中萧统出生之前已为人传诵、模仿的诗作。如陆机《赴洛》二首之一"亶亶孤兽骋,嘤嘤思鸟吟"二句出自王粲《登楼赋》:"兽狂顾以求群兮,鸟相鸣而举翼。"陶渊明《归园田居》"羁鸟恋旧林,池鱼思故渊"出自陆机《赠从兄车骑》的"孤兽思故薮,离鸟悲旧林";《始作镇军参军经曲阿作》中"望云惭高鸟,临水愧逝鱼",出自陆机《赴洛》其二的"仰瞻凌霄鸟,羡尔归飞翼"。谢朓《酬王晋安》中"谁能久京洛,缁尘染素衣"出于陆机《为顾彦先赠妇》其一"京洛多风尘,素衣化为缁";《京路夜发》中"行矣倦路长,无由税归鞅",出于陆机《赠弟士龙》中"行矣怨路长,怒焉伤别促"。何逊《从镇江州与游故别诗》的"复如东注水,未有西归日",出自陆机同诗的"我若西流水,子为东峙岳"。《文选》中此类诗例不胜枚举,说明《文选》所收皆当时久已传诵之作。提出这一貌似语不惊人的观点实际非常困难,因为这一观点的基础是对整个魏晋南北朝文学作品的熟稔,而这恰恰是当代诸多研究者的弱项,弥补这一缺项则需要相当的时间和功力。

关于《文选》中的文,亦有不少名篇是久已传诵之作。如贾谊《过秦论》,早已成为经典之作,左思《咏史》有"著论准《过秦》"之句,与左思同时的陆机作《辨亡论》,即取法此文,故刘勰《文心雕龙·论说》云:"陆机《辨亡》,效《过秦》而不及。"司马相如《难蜀父老》对后世影响极大。此文中名句为："盖世必有非常之人,然后有非常之事;有非常之事,然后有非常之功。夫非常者,固常人之所异也。"此段话曾为陈琳《为袁绍檄豫州》所引用,可见司马相如之文,魏晋时已为名篇。《文选》所录宋齐人文章,亦为当时盛传之作。《南齐书·王融传》载王融接待北魏使者房景高、宋弁时,二人向他求看所作《三月三日曲水诗序》,并认为此作胜于颜延之同题之作。这说明颜延之、王融之文俱腾声南朝文坛,因此才会远播北方文苑。

总之,《文选》中有很大一部分文章如果不是萧统或刘孝绰编纂,恐怕同样会为编选者收录,因为它们早已是当时人们心目中的古今名篇、前代经典。

曹道衡此文在现代《文选》学史的《文选》成书诸说中最为晚出,但其意义却十分重大。因为此文道出了《文选》成书中一个十分重要的问题,即《文选》中有很大一部分文章为魏晋以来历代公认的名作佳构。如曹道衡此文的观点成立,则《文选》成书变得相对简易。因为,选录历代公认的名作是一件工作量并非很大之事,是否尚需要诸多学士大量介入当值得重新审视。

(二)《文选》成书时间研究

《文选》成书时间研究是《文选》成书研究中与《文选》的编者研究及成书过程研究鼎足而三的另一重大课题。《梁书》《南史》萧统本传对此一如《文选》编纂一样无载,被某些研究者奉为《文选》实际编纂者的刘孝绰本传亦无载。唐代《文选》学家如李善、五臣、公孙罗、陆善经均对此无言,传统《文选》学研究对此亦未予关注。但是,作为第一部合赋诗文为一体的文学总集,它的成书时间理所应当地受到现代《文选》学家的重视。在《文选》成书研究中,它一直是一个与《文选》编纂相关联的看点。

对《文选》成书时间的研究影响最大者莫过于晁公武《郡斋读书志》中对李善注《文选》的一条注释:"窦常谓统著《文选》,以何逊在世,不录其文。盖其人既往,而后其文克定,然所录皆前人作也。"[1]窦常(747?—825)是中唐人,曾撰有《南熏集》三卷。作为中唐文士,窦常的不录存者之说为现代《文选》学研究者所信奉。《文选》是否因何逊在世而不录其文,姑且存而不论。

---

[1] 晁公武《郡斋读书志》,《四库全书》影印本第674册,上海古籍出版社,1987年,第296页。

但是,《文选》不录存世者之作,却因窦常之言成为现代《文选》学史上研究《文选》成书时间的一重要前提。无独有偶,钟嵘《诗品》卷中《序》亦曰:"又其人既往,其文克定;今所寓言,不录存者。"①钟嵘《诗品》的写作遵循了这一原则。因而,这项规则被现代《文选》学家视为梁人著书的一种通例。所以,现代《文选》学史的《文选》成书时间研究无不以此作为研究《文选》成书的一个重要切入点。因为根据不录存者的原则,《文选》中所收梁代作家的卒年即可成为判断《文选》成书上限的重要依据。

曹道衡的《文选》成书时间研究经历了一个发展的过程。

第一阶段:研究成果见于《南北朝文学史》(与沈玉成合著)第十二章第一节《总集的出现和〈文选〉的编定》。此节认定:《文选》最后成书当在普通末至中大通初的三四年时间内。其理由是:《文选》的体例是不录生存的作家,收录最晚的陆倕卒于普通七年(526),故其编纂时间的上限当在普通末,下限当在中大通初的三四年(中大通三年萧统逝世)。② 此期,曹道衡关于《文选》成书时间的研究受窦常说的影响尚较深。

第二阶段:在《有关〈文选〉编纂中几个问题的拟测》一文中,曹道衡据刘孝绰及萧统先后遭母丧及刘孝绰重入东宫仍有协助萧统编纂《文选》的时间,推定《文选》的编纂当在梁武帝大通元年(527)至中大通元年(529)。③ 这一推论的基础是《文镜秘府论》有关萧统、刘孝绰撰集《文选》的记载。

这一研究思路较之第一阶段相信窦常说的《文选》成书时间研究有了突破,这一突破是确定《文选》的成书时间不仅应考虑萧统,而且将刘孝绰列为研究《文选》成书时间的重要参数。因为,日释空海的《文镜秘府论·南卷·集论》明确提到"梁昭明太子萧统与刘孝绰等撰集《文选》",因而,刘孝绰成为考订《文选》成书的又一要素。故确定《文选》的成书时间又加上了两个主要编者的丁母忧的服丧期。第一,萧统的服丧期在普通七年十一月,至大通元年十一月。第二,刘孝绰的服丧期为中大通元年,至中大通四年。故普通七年后实际编纂《文选》的时间只能是大通元年至中大通元年的两年时间。

---

① 曹旭《诗品集注》,上海古籍出版社,1994 年,第 173 页。
② 曹道衡、沈玉成《南北朝文学史》,人民文学出版社,1998 年,第 225 页。
③ 曹道衡、沈玉成《有关〈文选〉编纂中几个问题的拟测》,《中外学者文选学论集》,第 342 页。

第三阶段:曹道衡《关于萧统和〈文选〉的几个问题》之《关于〈文选〉的编定》一节,重申了作者《有关〈文选〉编纂中几个问题的拟测》的基本观点,即《文选》成书于大通元年初至中大通元年底的两年时间中。但曹道衡在此文中首次提出《文选》的编纂有一个过程,即《文选》最初是以天监十二年沈约逝世作为选录作者的下限。理由有二:一是《文选》中除刘孝标、徐悱、陆倕等三人五篇作品外,余皆为天监十二年之前所作。二是梁人论诗文,如钟嵘《诗品》已有以天监十二年为限之先例。刘孝标等人之作是后来编定时加进去的,而非起始选录者。① 曹道衡、傅刚合著的《萧统评传》下篇第十章《萧统与〈文选〉》第一节《〈文选〉的编纂》,重申了大通元年末至中大通元年底的两年时间为《文选》的编纂时间。② 萧统前此编纂的《古今诗苑英华》《文章英华》《正序》,梁武帝编纂的《历代赋》则是两年之内迅速完成《文选》编撰的基础。

第四阶段:曹道衡《关于〈文选〉中六篇作品的写作年代》③一文是他《文选》成书时间研究的一个重要转折点。

此文在考察《文选》中梁代作品的年代问题后确认:《文选》所录作品,并非以作者卒年为限,而是以天监十二年或天监末为断。曹道衡认为:萧统《文选》中绝大多数作品为南朝梁天监十二年沈约去世之前的作家所作。其中,唯有三人六篇作品例外:即刘孝标的《重答刘秣陵沼书》《辨命论》与《广绝交论》,徐悱的《古意酬到长史溉登琅邪城》,陆倕的《石阙铭》与《新漏刻铭》。此三人虽卒于普通年间,但入选之作似皆作于天监年间。

(1)刘孝标之作的考订

关于《辨命论》的写作时间。曹道衡认为刘孝标上述三篇作品中写作时间最早的作品是《辨命论》。其根据有三:

其一,《梁书·刘峻传》言刘孝标写作《辨命论》的缘由是高祖颇嫌刘峻。

《梁书》本传载:"高祖招文学之士,有高才者,多被引进,擢以不次。峻率性而动,不能随众沉浮,高祖颇嫌之,故不任用。峻乃著《辨命论》以寄其怀。"

---

① 曹道衡《关于萧统和〈文选〉的几个问题》,《社会科学战线》1995年第5期,第206—207页。
② 曹道衡、傅刚《萧统评传》,第225页。
③ 曹道衡《关于〈文选〉中六篇作品的写作年代》,《文学遗产》1996年第2期,第26—28页。后收入《汉魏六朝文学论文集》,第163—167页。

其二,触发梁武帝颇嫌刘峻的具体事件发生在天监元年至二年四月。

《南史·刘峻传》载:"武帝每集文士策经史事,时范云、沈约之徒皆引短推长,帝乃悦,加其赏赉。会策锦被事,咸言已罄,帝试呼问峻,峻时贫悴冗散,忽请纸笔,疏十余事,坐客皆惊,帝不觉失色。自是恶之,不复引见。"因此事范云尚在,而据《梁书·武帝纪》范云卒于天监二年五月,且《梁书》亦载刘峻"入西省"在"天监初",故此事当发生在天监元年至二年四月间。

其三,《辨命论》写作时刘峻尚在建康。

《辨命论》开篇云:"主上尝与诸名贤言及管辂,叹其有才而位不达。时有在赤墀之下,预闻斯议,归以告余。余谓士之穷通,无非命也,故谨述天旨,因言其略云。"《辨命论》之作是为寄托其不遇之慨,且是在听到"赤墀之下,预闻斯议"的人告知他梁武帝论管辂之事后所作,故其时刘峻尚在建康。刘峻天监初在西省与贺踪共同校书,后免官。天监七年安成王萧秀出任荆州刺史,刘峻随府出居荆州,故《辨命论》写作应在天监初至七年之前。

关于《重答刘秣陵沼书》。据《梁书·文学·刘沼传》,"天监初,拜后军临川王记室参军,秣陵令,卒"。临川王宏为后将军,据《梁书》本传为天监元年,三年即进号中军将军。详《梁书·文学传》口气,沼之卒距出任秣陵令时间不远,故《重答刘秣陵沼书》必作于《辨命论》之后,天监七年赴荆州之前。

关于《广绝交论》。此为刘峻的梁代三篇中写作时间最晚者。据《梁书》任昉本传,昉卒于天监七年,时为新安太守。死后,"诸子皆幼,人罕赡恤之",故刘峻为此作论。新安治所在今浙江淳安西,近皖浙省界。东阳在今浙江金华。刘峻离开荆州赴东阳,途经新安,见任昉诸子流离之状,当属任昉死后不久。《广绝交论》曰:"缌帐犹悬,门罕渍酒之彦;坟未宿草,野绝动轮之宾。藐尔诸孤,朝不谋夕。"睹此数语可知此论作于昉死不久。最晚亦当在天监十一年左右。因《梁书》本传载安成王秀于天监十一年,调回建康任侍中、中卫将军,领宗正卿、石头戍事。刘峻离开荆州,当在萧秀回建康之前。

(2)徐悱之作的考订

曹道衡考订徐悱《古意酬到长史溉登琅邪城》诗的写作时间,抓住了两个关键问题:

其一,到溉为长史的时间。

据《梁书》到溉本传:"起家王国左常侍,转后军法曹行参军,历殿中郎。出为建安内史,迁中书郎,兼吏部,太子中庶子。湘东王绎为会稽太守,以溉为轻车长史、行府郡事。……遭母忧,居丧过礼,朝廷嘉之。"故到溉为轻车长史当在湘东王萧绎为会稽太守时,且在其丁母忧之前。湘东王萧绎为会稽太守的时间,史无明载。到溉丁母忧的时间,可据《梁书·到洽传》得知:"普通元年,以本官领博士。顷之,入为尚书吏部郎,请托一无所行。俄迁员外散骑常侍,复领博士,母忧去职。五年,复为太子中庶子。"洽为溉之亲弟,丁母忧离普通元年不久,且至普通五年又出仕,故其丁母忧当在普通二年左右。而《梁书》到溉本传载溉于丁母忧之前已任会稽太守属下的轻车长史,不可能登琅邪城(在建康东北),故其与徐悱同登琅邪城的时间只能在普通二年之前的天监年间。

其二,到溉任长史而徐悱在建康的时间。

据《梁书·徐勉传(附徐悱传)》:"起家著作佐郎,转太子舍人,掌书记之任。累迁太子洗马、中舍人,犹管书记,出入宫坊者历稔。以足疾出为湘东王友,迁晋安内史。"据《梁书·武帝纪(中)》《元帝纪》萧绎于天监十三年七月立为湘东王,在此之前,徐悱一直在建康东宫任职。天监十三年萧绎立为湘东王后,徐悱即可能离开建康至湘东王处任"友"。

徐悱曾"出入宫坊者历稔",到溉亦曾为太子中庶子,二人同登琅邪城的时间必在天监年间。故《古意酬到长史溉登琅邪城》诗可能作于天监十三年之前。

但是,此考亦有存疑之处。胡克家本《文选》卷二二《古意酬到长史溉登琅邪城诗》李善注引何之元《梁典》曰:"到溉,字茂灌,为司徒长史。"李善谓此长史谓司徒长史,但今《梁书》《南史》俱无溉任司徒长史之载,上述考证乃建立在《梁书》本传所载任轻车长史的史实之上。

(3)陆倕之作的考订

《梁书》本传载:"迁骠骑临川王东曹掾。是时礼乐制度,多所创革,高祖雅爱倕才,乃敕撰《新刻漏铭》,其文甚美。迁太子中舍人,管东宫书记。又诏为《石阙铭记》,奏之。敕曰:太子中舍人陆倕所制《石阙铭》,辞义典雅,足为佳作。……迁太子庶子、国子博士。"据《梁书·临川王宏传》,临川王萧宏为骠骑将军,在天监六年夏,当年即迁为司徒。故《新刻漏铭》当作于天监六年夏以后。笔者案:胡刻本《文选》李善注曰:"刘璠《梁典》曰:天监六年,帝以旧漏乖舛,乃敕员外郎祖暅治之,漏刻成,太子中舍人陆倕为文。"此亦可证《新刻漏铭》作于天监六年之后。《石阙铭》的创作当在此后不久。《梁书·到洽传》:"(天监)七年,迁太子中舍人,与庶子陆倕对掌东宫管记。"此与《陆倕传》载陆倕作《石阙铭》后"迁太子庶子"相合。故《石阙铭》之作,当在天监六年冬到天监七年到洽任中舍人之前,因为到洽任中舍人时,陆倕已为庶子。

根据对《文选》中六篇梁代作品的考订,曹道衡认为,《文选》所录作品并非以作者的卒年为断限,而是以天监十二年或天监末产生的作品为断限。在缪钺、何融、杨明的《文选》成书研究之后,曹道衡的研究最富创见,最为可信。考察曹道衡有关《文选》成书时间研究的几篇论文可知,当其他学者不加研究地使用窦常"其人既往,而后其文克定"这一结论时,曹道衡通过对《文选》中六篇梁代作品的考证,对窦常之说在《文选》成书研究中的使用提出了部分修正:"若论《文选》不录生人之作,这大约是对的,但如果以为何逊尚在而不录其文,那就疏于考证了。"

曹道衡对《文选》中梁代作家作品的考证与何融对《文选》中梁代作家作品的考证大体一致,悬殊较大者惟刘峻《辨命论》的写作年代。何融定此作写于天监十五年之后,曹道衡定此作写于天监初至天监七年之前。这种差异与《南史》与《梁书》的记载相异有关。

据《南史·刘峻传》载:"及峻《类苑》成,凡一百二十卷,帝即命诸学士撰《华林遍略》以高之,竟不见用。乃著《辨命论》以寄其怀。"何融据此判断《辨命论》作于刘峻编成《类苑》及梁武帝命诸学士撰《华林遍略》后。《华林遍略》的编纂,据《梁书》《南史·何思澄传》载,系天监十五年始编,历时八年方成。故《辨命论》之作不早于天监十五年。

曹道衡据《梁书》刘峻本传,"高祖招文学之士,有高才者,多被引进,擢以不次。峻率性而动,不能随众沉浮,高祖颇嫌之,故不任用。峻乃著《辨命论》以寄其怀。"而梁武帝颇嫌刘峻之因,又是因《南史·刘峻传》所载的"策锦被事"。结合《辨命论》原文起始一段,得出《辨命论》作于天监初至天监七年之前的结论。

《梁书》与《南史》所载，往往互有出入，令研究者往往无所适从，此为一例。

何融、杨明、曹道衡的《文选》成书研究均发现了窦常不录存者之说与《文选》实际选录作品时间断限的矛盾。何融认为何逊之作未能入选《文选》，虽与窦常之说相抵牾，但是，不录生者之作仍是《文选》可信的原则之一。这样，何融首次发现了窦常说的问题，但却未能推翻窦常说。杨明亦发现了《文选》实际撰录作品的情况与窦常相矛盾，他基本上否定了窦常说，只是出言较谨慎。曹道衡亦提出：若论《文选》不录生人之作，大约是对的，但如果认为何逊尚在而不录其文，则是疏于考证。因为，《文选》并非以作者卒年为断限，而是以天监十二年或天监末为收录作品的时间断限。何逊不入选，骆鸿凯云是萧统将柳恽、何逊、吴均诸人之作视为"纤靡之音"而"概从刊落"①。何融之解实际无补于对窦常说的接受，杨明之言实际上否定了窦常说。曹道衡对《文选》中六篇梁代作品的产生时间研究已经接触到窦常说是否具有普遍性的重大问题，但是，曹道衡并未公开否定窦常说，只是认为窦常说不适用于何逊，何逊作品未能入选，是萧统"崇雅黜靡"的选录标准所致。如果窦常所谓"其人既往，而后其文克定"是《文选》选录作品的基本原则，那么，无论哪一位作家的入选似乎都应当遵守这一共同规则。何逊的不入选，实际上已经否定了窦常说的普遍性。在论证了《文选》收录作品是以作品系年为准而非以作家卒年为准之后继续承认窦常说，仅只是一种抽象肯定而具体否定。

三 《文选》与钟嵘《诗品》、江淹《杂体诗》相互关系的研究

《文选》与《诗品》的相互关系研究亦是《文选》成书研究的一个方面，我们将其单列出来是因为这一部分有其独特性。

《文选》与《诗品》相互关系研究大体上可分为两种类别。第一种，重点关注《文选》与《诗品》的共性；第二种，既关注《文选》与《诗品》的共性，又关注

---

① 骆鸿凯《文选学》（第32页）曰："而齐梁名士若吴均、柳恽之流，概从刊落。崇雅黜靡，昭然可见。"

《文选》与《诗品》的个性。

曹道衡的《文选》与《诗品》相互关系研究属于既关注其共性又关注二者个性的研究。

曹道衡在《从乐府诗的选录看〈文选〉》一文中比较了《文选》与《诗品》二者的关系。曹道衡认为:《文选》与《诗品》的文学思想有许多共同之处。第一,《文选》所收谢朓、沈约诸人之诗,大体都较长。第二,沈、谢诸作较少用僻典,即使用典,亦用得较自然平易,此与沈约强调的"易见事"相一致,亦与钟嵘反对讲求声病和不赞成作诗用典的主张相类。故《文选》选录南朝作家之诗时,对谢庄、王融之诗均未采录,对任昉之诗亦所取甚少。钟嵘在《诗品》中对任昉、王融、谢庄俱有批评。①

从《诗品》对某些作家所列等第观之,曹操在《诗品》中列中品,《文选》仅在"乐府类"收其诗两篇;曹叡在当时与其父祖并称"魏三祖",《诗品》却列其为下品,《文选》基本未收其作(《伤歌行》"昭昭素月明"是作为"古辞"入选者)。晋代傅玄在《诗品》中列为下品,虽傅氏创作乐府诗颇多,且不乏佳作,但《文选》未录一首,仅"杂诗类"收其一篇。

曹植、陆机、谢灵运三人,《文选》收诗最多,在《诗品》中均属上品,且《诗品序》称:"陈思为建安之杰","陆机为太康之英","谢客为元嘉之雄"。

曹道衡对《文选》与《诗品》相互关系的研究最突出者是其对二书相同之处较多的评价。多数学者研究《文选》与《诗品》的相互关系仅止于二书的比较,或论其同,或论其异,或论其有同有异,但对二书或同或异的原因则多付阙如。曹道衡认为:《文选》与《诗品》相同之处甚多的原因是萧统《文选》与钟嵘《诗品》对诸多诗人的看法反映了齐末梁初文坛的共识。明确提出这一观点至为重要,因为仅仅论及《文选》与《诗品》的相同,会让人产生《诗品》对《文选》具有重大影响的感觉,而指出二书之同是时代共识,则在相当程度上排除了钟嵘《诗品》对萧统《文选》的重大影响。

《文选》与江淹《杂体诗》相互关系的研究是继《文选》和钟嵘《诗品》关系研究后的另一命题。

---

① 曹道衡《从乐府诗的选录看〈文选〉》,《文学遗产》1994 年第 4 期,第 20 页。

曹道衡《〈文选〉对魏晋以来文学传统的继承和发展》一文则认为江淹《杂体诗》所拟三十家中，《文选》收录其诗者二十六家。且江淹《杂体诗》所拟之作，在《文选》中往往可以找到原作者的诗。这说明萧统对前代作家的看法大部分与江淹一致。不但如此，萧统心目中的某个作家其代表作应为哪篇，亦多数与江淹一致。①

但是，根据现有史料可知，江淹与萧统并无联系。江淹下世之时，萧统年仅五岁，不可能受到江淹指授，最大之可能当是二人都接受了南朝以来大多数人的共识。

四 《文选》文本研究

《文选》是现存中国古代第一部文学总集，对唐代以降的文学影响颇巨。无论《文选》研究多么纷纭，《文选》文本研究始终应当是《文选》研究的主体。现代《文选》学于《文选》文本研究创获不少，但就整个现代《文选》学史而言，这一课题仍然是现代《文选》学研究中的薄弱环节。现代《文选》学史上的《文选》文本研究大要可分为三种主要模式：一是文献学的文本研究，二是文艺学的文本研究，三是文体学的文本研究。严格说来，文体学的文本研究亦属于文艺学研究的范畴，但是，本文宁愿将其划分为两类，目的只是想说得清楚些。

（一）文献学的文本研究

文献学的文本研究以文献研究的模式研究《文选》文本，现代《文选》学史上刘盼遂与曹道衡在此领域成绩斐然。

曹道衡虽不乏对《文选》文艺学的研究，但在现代《文选》学史上，他更以精于文献研究而著称，故曹道衡的部分《文选》文本研究带有极为鲜明的文献研究特点。《关于〈文选〉中六篇作品的写作年代》一文，是曹道衡有关《文选》的文献学文本研究的代表作。该文考证了刘孝标《重答刘秣陵沼书》《辨命论》《广绝交论》，徐悱的《古意酬到长史溉登琅邪城》，陆倕的《石阙铭》《新刻

---

① 曹道衡《〈文选〉对魏晋以来文学传统的继承和发展》，《文学遗产》2000年第1期，第52—53页。

漏铭》。认为：刘孝标的两篇"论"和一篇"书"、陆倕的两篇"铭"，皆作于沈约逝世之前。徐悱之诗，亦肯定作于天监年间，虽未能确定写于沈约死前，但亦不能排除这种可能。故《文选》所录作品，并非以作者卒年为断限，而是以天监十二年或天监末产生的作品为断限。《文选》未收何逊等人之作，并非由于其人尚在，而是像骆鸿凯《文选学》所说，将柳恽、何逊、吴均诸人之作视为"纤靡之音"，"概从刊落"。曹道衡的文献学文本研究是当下不少研究者由于功力不足而无法涉足的领域。

笔者十分看重曹道衡此文的价值取向。南宋晁公武《郡斋读书志》尝谓："窦常谓统著《文选》，以何逊在世，不录其文。盖其人既往，而后其文克定，故所录皆前人作也。"①曹道衡此文的精确考辨，虽意在证明《文选》并非因何逊在世而不录其文，而是出于"崇雅黜靡"的目的未选何逊之作，但是，此文的研究思路对窦常不录生者之作的传统说法是一极大的挑战。尽管曹道衡引用骆鸿凯之言解释了何逊未能入选的原因，但是，证明《文选》选录作品并非以作者卒年为断限的本身已无可辩驳地证明了窦常说并不适用于《文选》。这是曹道衡文献学文本研究的最重大的发明之一，亦是现代《文选》学史有关《文选》成书时间研究的重大突破。曹道衡这篇文献学文本研究的名文对《文选》成书时间研究具有十分显著的影响。

(二) 文艺学的文本研究

文艺学的文本研究是《文选》文本研究的主体。现代《文选》学史上的文艺学文本研究并未成为《文选》文本研究的主体，这是一个极大的缺憾。周贞亮的《文选学》，骆鸿凯的《文选学》，屈守元的《昭明文选讲读》与《文选导读》，游志诚的《昭明文选学术论考》②与其主编的《昭明文选斠读》③，赵福海的《昭明文选研究》④均是具有相当分量的文艺学文本研究。

曹道衡的文艺学文本研究，主要体现于他的《从文学角度看〈文选〉所收

---

① 晁公武《郡斋读书志》，《四库全书》影印本第 674 册，第 296 页。
② 游志诚《昭明文选学术论考》，台北学生书局，1996 年。
③ 游志诚主编《昭明文选斠读》，台北骆驼出版社，1995 年。
④ 赵福海《昭明文选研究》，时代文艺出版社，2001 年。

齐梁应用文》①与《望今参古,参奇定法——读〈文选〉中的几篇骈文》②二文之中。

二文虽皆为对《文选》部分作品的解读,但角度尚不尽相同。《从文学角度看〈文选〉所收齐梁应用文》重在阐述《文选》中齐梁应用文的文学价值。

由于声律说的出现,齐梁应用文多为骈文。其中,文人代帝王草拟的诏令、策文,尤为时人推重。此类文章不但风格要求典雅庄重,措辞更要得当。如王融《永明九年策秀才文》与任昉《天监三年策秀才文》,均言及农业与国用,却各具特色。王融之文曰:

> 朕式照前经,宝兹稼穑。祥正而青旗肃事,土膏而朱纮戒典。将使杏花菖叶,耕获不怠;清圳泠风,述遵无废,而释耒佩牛,相沿莫反;兼贫擅富,浸以成俗。若爰井开制,惧惊扰愚民,舄卤可腴,恐时无史白。兴废之术,矢陈厥谋。

此段几乎每句一典,"杏花菖叶"数句,颇有诗意。文中提及土地兼并、兴修水利诸问题,亦提出"爰井开制""舄卤可腴"的设想,但同时又讲到实施的困难。将齐武帝装扮成励精图治又虚心征求意见之态,虽然这一切仅仅为冠冕堂皇之言,毫无实行之意。但是,王融的这种极尽奢华的措辞却非常利于美化齐武帝。

任昉之文,又是一种口气。他在文中首先夸耀梁武帝起兵时"长驱樊邓,直指商郊",将梁武帝比作周武王。斥责齐末之弊是"衣冠礼乐,扫地无余",当时的情势是"百度草创,仓廪未实",把一切责任推于齐末。接着又发问:

> 若终亩不税,则国用靡资,百姓不足,则恻隐深虑。每时入刍稿,岁课田亩,愀然疚怀,如怜赤子。今欲使朕无满堂之念,民有家给之饶,渐登九年之富,稍去关市之赋。

---

① 曹道衡《从文学角度看〈文选〉所收齐梁应用文》,《文学遗产》1993年版第3期,第23—31页。
② 曹道衡《望今参古,参奇定法——读〈文选〉中的几篇骈文》,收录于赵福海等主编《〈昭明文选〉与中国传统文化——第四届文选学国际学术研讨会论文集》,吉林文史出版社,2001年,第370—376页。

一副悲天悯人之态,所提问题较王融更高,而内容则更空洞。因此文是代一位刚刚登基的帝王所言,故更要笼络人心。这类"策秀才文"本是官样文章,它所提问题,并不要求切中时弊,但文字却要典雅严整,既能显示帝王之尊严,又要迎合帝王之心态。故要求作者既娴于文笔,又须审时度势,善于辞令。

任昉的《宣德皇后令》是以南齐文惠太子萧长懋之妻王氏的口吻颂扬梁武帝"功德"之文。此时南齐大权已落入萧衍之手,尊为"太后"的王氏,不过是一傀儡。故此文实是为萧衍吹嘘,但表面上又须装出一副太后褒奖大臣的架势。任昉在文章中对梁武帝萧衍竭力称扬:

> 博通群籍,而让齿乎一卷之师;剑气凌云,而屈迹于万夫之下;辨析天口,而似不能言;文擅雕龙,而成辄削稿。

四十二个字将梁武帝学识、武略、口才、文章一一作了颂扬,且突出了他谦让之德。句句用典,却自然贴切,语气庄重而文字简洁,极符合太后口吻。

曹道衡此文尚详析了为统治者藻饰太平、歌功颂德的王融《三月三日曲水诗序》、陆倕《石阙铭》二文。对骈体碑志文中酬世名作王俭《褚渊碑文》、王巾《头陀寺碑》与沈约《齐故安陆昭王碑》的辞藻之美作了精细的剖析。对任昉的《奏弹曹景宗》《为齐明帝让宣城公第一表》《为范始兴作求立太宰碑表》、谢朓《拜中军记室辞隋王笺》、丘迟《与陈伯之书》、刘峻《重答刘秣陵沼书》诸作的辞令之美亦进行了详尽的辨析。在现代《文选》学史上,从文学角度详析《文选》诸应用文,尚不多见,此文实为一代之经典。

《望今制奇,参古定法——读〈文选〉中的几篇骈文》重在解读《文选》收录的若干题材、内容十分相似之作。

《文选》编选的目的在于让读者取法前人、模仿写作,故在一类作品之中,往往选取了题材、内容十分相似之作,让读者能加以比较。文章选取了邹阳的《狱中上书自明》与江淹的《诣建平王上书》,颜延之与王融的《三月三日曲水诗序》,潘岳的《马汧督诔》与颜延之的《阳给事诔》三组文章进行了对照,说明后者既参考前者,又能望今制奇,参古定法,既师法前人,又踵事增华。《文选》所录题材相近者之作颇多,但仔细阅读,手法又各各不同。在同一文体中选录多篇作品,能使读者体会不同作者的各种风格及构思,这亦是《文选》为唐代以来文人奉为典范的原因之一。

作为当代中古文学研究的大家,曹道衡先生的《文选》研究功力深厚,研究独到。他的《文选》系列研究文章是现代《文选》学史的一道丰碑,至今值得我们追慕。

(河南大学文学院)

高山仰止，景行行止
——缅怀曹道衡先生的提携指导

樊 荣

曹道衡先生是我国中古文学研究领域的开拓者，也是一位对晚辈循循善诱的忠厚长者。我第一次到北京拜访曹先生，就深刻感受到先生的严谨学识和对晚辈的真挚情怀。第二次，是1995年在郑州黄河饭店参加郑州大学举办的"《文选》学国际学术研讨会"，就有关《啸赋》在《文选》中"音乐赋"的地位，我请教了曹先生，他对我写作《"啸"、〈啸赋〉与魏晋名士风度》论文给予了很大帮助。第三次，是1998年在出版第一本论文集前，我带着书稿再次登门，请求曹先生赐"序"。每一次拜访先生，我们都有说不完的话题。我每次拜访先生，都毫不拘束。我深为在自己刚进入魏晋南北朝文学研究领域时，能有机会结识曹先生这位学术大师而感到幸运和自豪。

第一次拜访曹先生时，我还是在河南大学学习没有毕业的研究生。我曾经在1985年考过天津师范大学古籍研究所、陶渊明研究专家吴云教授的研究生，但是因为英语成绩不符合标准，没有参加复试。但是直到如今我们都一直保持联系。1990年我考入河南大学跟随张家顺教授、王立群教授读研，后期在导师指导下，我确定以《梁陈宫体诗时间、概念解说》为题目撰写毕业论文。毕业前夕，在吴云教授的引荐下，我带着未定稿的论文，到北京曹先生寓所拜访，希望能得到先生的指教。

周五下午我到北京师范大学安顿下来，经过电话联系后，确定在周六下午登门拜访先生。当时学术界刚经过刘世南先生与章培恒先生为代表的魏晋南北朝文学研究论辩,自然会就宫体诗问题展开一番争论。我一个年轻人来谈这样一个既敏感又自不量力的话题,能行吗?我心怀忐忑,叩开了先生的房门。

没想到先生开门后,热情接待了我。我简单汇报了已撰写九万多字的《梁陈社会与宫体诗风》思路,硕士学位论文《梁陈宫体诗时间、概念解说》是从中抽出的核心内容。曹先生认真地听了我的汇报,肯定了我的研究思路,给了我很多鼓励。我们从南朝时期的梁、陈,上溯谈到了宋、齐,还谈到了关于陶渊明家世的有关学术争议。到下个周一我去取论文稿件时,看到先生在稿件的左右两侧,用铅笔认真写下了自己的批语,有鼓励的,也有提醒的,甚至在有些地方还推荐了有关文章让我参考。通过这次拜访,我深受曹先生耳提面命的影响,这提高了我献身学术研究的自信心,为我以后修改、完成硕士毕业论文,毕业后撰写《梁陈社会与宫体诗风》和完成南京大学博士论文《梁陈诗歌研究》,奠定了重要的思想基础和理论基础。

第二次与曹先生相见在 1995 年郑州大学举办的"《文选》学国际学术研讨会"上。因为我初生牛犊,认为在研究《文选》"音乐赋"时不该遗漏成公子安的《啸赋》,于是在会议上与几位学术界长者产生了争论。我认为应该收入"音乐赋",有的学者认为不应该收入"音乐赋";有学者称"啸"与养生有关,我认为"啸"与养生无关,魏晋几个嗜啸者都没有长寿。顿时,会场上热情高涨,硝烟弥漫,分成了具有不同观点的两派,甚至在午餐时许多学者还在争论。会后,我就此问题分别请教了曹道衡先生和穆克宏先生。曹先生的指导,对后来我撰写《"啸"、〈啸赋〉与魏晋名士风度》论文具有重要影响。后来,在会议上我与观点不同的长春师范学院陈延嘉教授,结成了忘年交。新乡学院中文系曾经邀请陈先生到校作学术讲座,我撰写的《"啸"、〈啸赋〉与魏晋名士风度》文章也被陈先生介绍到《长春师范大学学院学报》发表。

第三次拜访曹先生是 1998 年。为了增加学术含量,我带着自己的书稿,再次登门为论文集《古代文学论稿》求序。当我惴惴不安地把自己的想法告诉先生后,曹先生畅快答应,并且多有鼓励言辞,让我再次深受感动。

在最后一次拜访先生时,我隐隐约约地感受到了他的隐忧。他忧郁地跟我说，你看，现在不让我带国内的学生，只让带国外的学生，韩国的学生语言不通，在辅导、上课时多有不便，我也没有办法。在谈到目前博士生入学考试时，他对当时古代文学博士生入学必试"外国文学史"和"现当代文学史"课程，有不同意见。他说，我认为古代文学专业博士生入学应该考"文学概论"，增加对"中国古代文学批评"观点和对"古代文论"内容的考核。曹先生对在古代文学研究论文中，运用国外存在主义、象征派、朦胧派、颓废派等批评观点来比附中国古代文学作品不以为然。他认为古代文学批评具有自己的批评体系，应该先把自己的文学批评理论搞清楚后，再去借鉴外国的批评成果才行。我与先生谈到了自己整理的南齐名士领袖《王俭年谱》和梁代文宗《徐孝穆年谱》，先生很感兴趣，在我从北京回来不久，就用挂号信给我寄来他用方格稿纸撰写的长达两千多字的序言。

我打开先生用挂号信寄来的信封后，映入眼帘的是先生用圆珠笔誊写到方格稿纸上的工整字体，极个别的他认为不太确切的地方，用改正液或铅笔认真作了修改。先生认为"年谱及年代考证之学还有很多工作要做。如果年代问题不清楚，史的脉络和作家间相互的继承关系也就难以弄清"。从先生与沈玉成先生撰写的《中古文学史料丛考》（中华书局，2003 年），与刘跃进撰写的《南北朝文学编年史》（中华书局，2000 年）和《先秦两汉文学史料学》（中华书局，2005 年）等著作看来，曹先生重视对材料的详尽占有和精密考辨。他通过考察史料间的有机联系和整体结构，致力于勾画出中古文学的政治、社会、文化的具体背景，并在此基础上来论述特定文学现象的起源流变和特征。这样，就使曹先生的研究具有更为客观和深远的学术视野。

值此曹道衡先生九十周年诞辰之际，谨以此文缅怀先生的高尚品德和平易近人的大家风范。曹先生精神永在。

（商丘学院人文学院）

永远的怀念
——忆曹道衡先生

冷卫国

曹道衡先生离开我们多年了。这些年来,我也曾想写一点文字纪念曹先生。但有时我想,曹先生的道德文章已长留天地之间,我写任何文字都是多余的,所以每次欲写又罢。现第十三届文选会议增设"曹道衡先生纪念专题",我谨将记忆中与曹先生交往的点点滴滴写下来,追思敬爱的曹先生。

一 初识曹先生

大约在1996年5月间,曹先生到山东大学参加博士论文答辩,曹先生是评委。那时我正在读博士二年级。在答辩会上,第一次见到了曹先生。曹先生身材颀长,面容清癯,普通话中带有软糯的苏州口音。评议论文时,曹先生讲道:"这篇论文我是在来济南的火车上看的,没看完,所以谈的意见不成熟……"曹先生评议的具体内容,我已全不记得了,但是曹先生的率真诚实,在当时给我留下了深刻的印象。博士论文答辩一结束,曹先生就被张可礼先生"截留",给研究生作一次学术讲座。讲座伊始,张先生用他一贯的胶东口音向同学们介绍:"曹先生是我们山东大学中文系的老朋友,还是山东的女婿。曹先生是著名的中古文学研究专家,这是真事儿的。"张先生如此真诚,"这是真事儿的",张先生重在向同学们强调曹先生是名副其实的专家,并以胶东人最素朴的语言表达他对曹先生的钦敬。接下来曹先生讲道:"山东大学我经常来,山大的文史是有传统的。我在文学所,不像大学的老师经常讲课,我不会讲课。与文学所的前辈钱钟书先生相比,我就是一块废铁啊。"曹先生对前辈学者的尊重,对自己取得的成绩如此谦虚,令我感到震动。因为在此之前,我就拜读过曹先生的著作和论文,对曹先生可以说是高山仰止的。那次讲座,持续的时间不长,大约四十分钟,主要内容是曹先生谈了对古典文学研究的一些看法。临近结束时,曹先生又重复:"与前辈们相比,我就是一块废铁啊!"当时,我想曹先生确实有些谦抑过分了——也许这就是曹先生的行事风格吧。

二 向曹先生求教

1998 年,我从山东大学中文系毕业后,到中华书局工作。因为做编辑出版工作,与曹先生的接触渐多。曹先生住在西直门附近的社科院家属宿舍,曹先生的家,也就成了我心中的学术圣地。我曾多次到曹先生家里去,对曹先生的夫人,以师母相称,有时师母也会陪着聊天。一次,我到曹先生家里,刚一进门,曹先生就告诉我,《中华活页文选》(成人版)上的一首诗的注释错了。因为李渊的父亲名虎,这里的注释涉及名讳问题,注释者失察,所以注释错了。

随着与曹先生的接触越来越多,我有了更多的机会向曹先生请益,有时我竟会直接打电话向曹先生求教。如果是现在,也许不会这样做,因为实在太过于唐突。但当时年轻,多少有些不知深浅。1999 年夏天,我对"四声八病"产生了一些兴趣,一天我打电话向曹先生求教。曹先生说,这个问题比较复杂,自己没有深入研究,仅就"蜂腰""鹤膝"来说,就足够复杂。还有一次,我打电话向曹先生请教绝句的起源问题。曹先生告诉我,这个还是与民歌有关系,特别是与"吴声""西曲"有关系。还有一次,我看到有学者注释《鄘风·柏舟》"母也天只,不谅人只",径直把"天"注释为"父亲"。显然,这一解释来自郑笺。我打电话径直对曹先生说了自己的困惑:此处的"天"可以理解为天地之"天",没有必要注释为"父",人在伤心至极时呼天抢地本是人之常态,不必依郑笺的解释。但是不依郑笺吧,好像也不妥,或会遭不读郑笺之讥。曹先生在电话中回答说,遇到这种情况,"我会采用狡猾一些的办法,都注上"。寥寥数语,此正所谓"大匠示人以规矩",曹先生在幽默地回答了我的疑惑的同时,又在示我以门径。曹先生不介意我的鲁莽,解答我的问题,惠我良多。现在想起来,我很惭愧,因为曹先生其时或正在思考问题,或正在撰写文章,而因为我贸然打进的电话,他不得不放下手中的工作来解答我的这些肤浅问题。

三 曹先生轶事

2001年前后,中华书局为开拓市场,在教育部推行"一标多本"的背景下,开始实施中小学语文、历史教材的编写。当时邀请袁行霈先生做语文教材的主编。为编好教材,曾在顺义郊区开过一次会,开会的时间大概在2001年的10月份。事先与曹先生约好,我到西直门社科院的家属宿舍去接他。当天清晨,我老远就看到曹先生已站在路口。那天,曹先生身穿黑呢子大衣,头戴毛线帽子。上车后,曹先生与我并排而坐。曹先生兴致勃勃,走了一路,聊了一路,谈了《文选》的一些问题和学界的一些情况。那两三天开会的间歇时间,曹先生依然手不释卷,每天早晨起得很早,在自己的房间里看书。有一天中午饭后,我陪曹先生、袁先生散步。秋天的午阳温暖和煦,阳光洒在两位先生的身上。那时的曹先生身体状态很好,脸上白里透红。袁先生问:"曹先生,您的身体这么好,有没有什么养生秘诀啊?"曹先生回答:"秘诀嘛,我老伴讲,要多吃鱼,而且吃无鳞的鱼。"两位先生一问一答,我在旁听了,对为什么要吃"无鳞的鱼"迷惑不解。后来,我到中国海洋大学工作,就此事请教了水产学院专门从事鱼类研究的温海深教授,并转述了曹先生的话。温教授回答说:"海鱼大多是无鳞的。"至此,我的心中算是有了答案。

一次,到曹先生家里,不知为何在聊天中曹先生谈起了酒量问题。具体什么原因,我至今怎么也想不起来了。曹先生告诉我,年轻时他的酒量是好的,有一次参加一个聚会,当时仗着年轻,竟在空腹状态下喝了一大碗白酒,结果醉得很厉害。曹先生告诫我,空腹喝酒是不好的,伤身体。我想,从这里,也可以看出曹先生性情中豪爽的一面吧。

还有一次,在曹先生家中,我谈到,1998年春天,在人民文学出版社刘文忠编审的办公室里,见到曹先生与沈玉成先生合写的《南北朝文学史》扉页上有

"刘文忠先生指正,道衡玉成奉",字非常漂亮。曹先生讲,他的字不如老先生。不过,小时候要写大字,临摹古人的字帖,写不好,先生要打戒尺的。接着,曹先生谈到小时候读书,按照大人的要求,要背熟"四书"。但他认为《左传》更有趣,有时会把《左传》压在"四书"的下面,偷偷拿出来读。

在曹先生家里,谈兴正浓时,有时会持续两个多小时。还有一次,因为曹先生的手写稿引起的话题。曹先生说,八十年代,社科院的一些同事已经用电脑写作了,很方便,自己不会使用电脑,也曾为此苦恼过。他去上海拜访姨丈顾廷龙先生时,顾先生告诉他:"你想想看,这就好比厨师炒菜,是原料重要还是工具重要?"听到顾先生的解释,曹先生说,从此心中也就释然了。

不过,因为是手写稿,曹先生说也吃过亏。有一次某出版社把稿子弄丢了,只好重写,感到苦不堪言。自此以后,"我学聪明一些了。写的时候,稿子下面垫上复写纸,这样一式两份,一份交出版社,一份留着,不怕丢了"。

曹先生还谈到,早年在无锡国专读书时,感觉《尚书》确实诘诎聱牙,难以背诵,遂请教童书业先生,"童先生,《尚书》怎么这么难背啊?"童先生听了,说:"难吗?我背给你看。"结果童先生一字不落地往下背。我曾听不少人讲,童先生的记忆力好。在曹先生这里,又一次得到了证实。曹先生讲,童先生以自己的示范,为学生树立了榜样。通过这件事情,可以看出,曹先生扎实的经史根柢,除了家学渊源以外,与其青少年时期的读书偏好、求学经历,也有直接的关系。

四 《兰陵萧氏与南朝文学》出版始末

曹先生是名闻海内外的中古文学专家,可是在十几年前学术比较惨淡的大背景下,曹先生也遭遇过出版困难的尴尬。大概是 2002 年夏天的一个晚上,曹先生在电话中说,手上有一部《兰陵萧氏与南朝文学》的稿子,本来是社科院的一个项目,有 2 万元经费,某出版社原先已经答应出版,后来因为考虑到该书的经济效益,所以不出了。看看能否联系一下,找找别的出版社出版。我听了之后,心中黯然,更有些不平。电话中,我告诉曹先生,齐鲁书社我相对比较熟悉,也可以代为联系试试看。第二天,我即向中华书局的领导汇报,强调了此书的学术价值,并希望该书在中华书局出版,不收出版补贴,付给曹先生稿酬。书局领导听了以后,慨然允诺。我拟好了合同,寄给曹先生。能玉成此书的出版,我感到无比地坦然。能为曹先生做点儿事情,我也感到无比地荣幸。接下来,我担任了此书的责任编辑,开始加工书稿。因为我调动工作在即,为了加快出版进度,我与同事路育松同志一起,共同做了该书的责编。此书于2004年顺利出版。

《兰陵萧氏与南朝文学》是曹先生的最后一部专著,该书体现了曹先生从史学入手研究文学史的方法和路数,许多历史细节,曹先生信手拈来,解决了一些重大的关节问题。这种从宏观着眼、细处入手的研究方式,实是在近些年来古典文学特别是家族文学研究的典范。曹先生的这部著作,在一向重视学术的中华书局出版,可谓适得其所。

五 曹先生的高情厚谊

2002年夏天,曹先生因《中古文学史论文集》在中华书局再版和其他著作出版,领了一笔稿酬,特意邀我和宁映霞以及当时在中华书局工作的韩雪编审一起到位于月坛的某家老字号饭店相聚,我特意从翠微大厦买了两瓶酒助兴。当时师母及曹先生的女儿、女婿都在。那天曹先生特别高兴,神采飞扬,谈起了与中华书局交往的一些往事。大约2002年春天的一天,我正在上班,曹先生的女婿突然来到单位,告诉我曹先生给我不到两岁的儿子买了一辆婴儿车,并托他本人给带了过来。我感动得不知如何是好。对曹先生的深情厚谊,我至今感念不已。

2003年12月底,我因为要调往中国海洋大学文学院工作,一切准备停当之后,我专门到曹先生家中辞行。我到了以后,令我没想到的是,曹先生几乎把他所有的著作已提前摆好在他的书案上,曹先生一一题签相赠。曹先生的这些大作,成为我经常拜读的案头之书。因为师母是二十世纪五十年代山东大学生物系的毕业生,当时的校区即是现在的中国海洋大学鱼山校区,加上师母是青岛人,所以,曹先生对青岛并不陌生。曹先生对我讲,去过鱼山校区,而且,海大校园的环境很美。我当时在北京一直住在翠微路二号院的集体宿舍。曹先生说,看书做学问,有时确实需要空间,"有空间才能有时间"。出门时,曹先生、师母一起亲自将我送出门外，曹先生习惯性地与我拱手作别。我虽然依依不舍，但当时心想北京、青岛两地距离不远，终有再回来看望曹先生的机会。

到海大工作以后，因为师资短缺，我当时的教学任务繁重，课时量最多的时候达到每周19节课。曹先生让会务组寄来了河南新乡科技学院举办的《文选》会议通知。其实，早在2002年第五届镇江文选学国际会议召开之前，曹先生也让会务组的组织人员早早给我发来了会议通知，而那时我在中华书局忙于工作，为了赶出版进度，最终无法成行。那次会议日期是10月22日，大约在同年冬天，曹先生与我见面时，说"镇江会议办得好"。我很惭愧，两次会议我都没有参加，错失了向曹先生请益的机会。

由于工作关系，我会常约曹先生写稿。在中华书局工作的几年间，特别是在教材中心工作期间，我秉持请学术名家写普及读物的理念，请著名学者为中小学生阅读的普及读物撰稿。印象中特别深刻的是，每次向曹先生约稿，曹先生总会在交稿期限前，将稿子整整齐齐地托人送来或寄来。由于曹先生不会用电脑，所以全部稿子一概是手写稿。我能体会到，这对于一个七十多岁的老人来说，在体力上就是很辛苦的。有一次在曹先生家中，师母亲口对我讲："曹先生说了，是小冷向我约稿，我才写。别人我还不给他写呢。"坐在书桌旁的曹先生，开怀大笑。曹先生的率真，于斯可见。毋庸讳言，曹先生的话里，透露着曹先生的偏爱与厚爱。当然，我更知道，这主要是因为曹先生对一向重视学术的中华书局抱有莫大的信任，也是因为长期以来持有服务学术出版理念的中华书局与作者之间形成的良好关系。我只是一名普通编辑，个人因素在其中微不足道。曹先生这么做，主要是为了更广大的读者，特别是中小学生，所以曹先生的每一篇稿子都一丝不苟，以清简有味的文字，向广大中小学生准确传达着中华传统文化方面的知识。

六　几点感想

曹先生少年时家境优渥，青年时以插班生的身份考入北大中文系，毕业后入中国社会科学院文学所工作。曹先生也曾对我讲过，自己之所以选择中古文学进行研究，是因为这一段的史料不多不少，相对来说，只要下足够的工夫，还是可以掌握的。曹先生还讲过,在北大求学期间,游泽承先生对自己的影响最大,等等。

  道衡先生平素给人的印象是谦逊恭让,寡语讷言,但一谈起学问来,却滔滔不绝,判若两人。我认识曹先生时,曹先生已经68岁了,学问也更加进入老成之境。平常与曹先生相见或通话时,我满怀敬仰,称"曹先生",他称我"冷先生",其实我则宁愿被称呼为"小冷"。曹先生于2005年5月9日去世,而今这么多年过去了,虽然时光流转,但曹先生的音容笑貌,始终宛然就在眼前。

  曹先生在西直门附近那处简素的居所里,伴随多年的青灯黄卷与晨阳昏夕,伏案写作。那个简易的书桌,是他思接千载的学术阵地。曹先生是为学术而生、生而为学术的人,视学术为生命,安贫乐道,以其精见卓识为后人留下了宝贵的皇皇论著和精神财富。曹先生的风格情操、道德文章,士林钦仰。"年寿有时而尽,荣乐止乎其身,二者必至之常期,未若文章之无穷。是以古之作者,寄身于翰墨,见意于篇籍,不假良史之辞,不托飞驰之势,而声名自传于后",经过时间的淘洗之后,曹先生就是曹丕《典论·论文》中所说的托文章而不朽,声名自传于后的一代大师。

  我是一个拙于表达的人,更不愿借名人而招自炫自媒之讥。社会上有一部分人,专以拜访名人为机,然后到处招摇,仿佛有了接近名人的经历之后,则不啻鲤跃龙门。我认为,心存诚敬,学习名人的德仪风范才是最好的方式。傅璇琮先生去世以后,我应《中国政协》之约,写过一篇《追忆傅璇琮先生》的小文。现在第十三届文选学国际会议特设追思曹先生的议题,故以近乎流水账的方式写下了以上文字。写作此文的过程中,很多的事相纷至沓来,头绪亦乱。因为我没有写日记的习惯,所以,具体的日期已模糊一片,而回忆不起来的一些往事或细节,则只好随风而去、归于尘埃了。但以上所忆的事实,均是与曹先生的真实交往。文中涉及的对话,也尽量还原为曹先生及当事人的声口,力求反映出当时场景的原始面貌。尽管如此,仍不排除会有些微的舛错,若有不当之处,祈请与会的各位师友原谅。

  谨以此文追忆永远敬爱的曹先生。

(首都师范大学文学院)

王运熙的《文选》研究

王立群

王运熙先生是著名的《文心雕龙》《文选》研究专家,他是二十世纪六十年代《文选》研究领域的四位学者之一,并第一次为《文选》正名,推动了中断十余年的《文选》研究。在《文选序》研究、《文选》成书研究、《文选》与《文心雕龙》《诗品》相互关系研究诸方面均有重大建树。回顾百年《文选》学史,对王运熙先生的《文选》研究进行总结,是我们深入推动《文选》研究的一项重要工作。

一 《文选序》研究

二十世纪《文选序》的第一次研究出现于三十年代,代表人物是周贞亮和骆鸿凯。第二次研究出现在六十年代。1961年《文学评论》第2期发表了时任开封师范学院中文系主任、《文学评论》编委的李嘉言《试谈萧统的文学批评》一文,论及萧统的《文选序》。

李嘉言(1911—1967),字泽民,又字慎予,笔名有"家雁""高芒""景卯""李常山"等。1934年清华大学国文系毕业后曾在河北保定育德中学执教一年,1935年被召回清华大学国文系任教。1937年全面抗战爆发,随清华大学迁往长沙,转徙至昆明西南联大中文系任教。1942年回河南省亲,旋至兰州西北师院任教。1947年春至河南大学中文系任教,1949年任河南大学中文系教授、系主任,二十世纪五十年代初高校院系调整后任开封师范学院中文系主任。1967年病逝于开封师范学院(今河南大学前身)。

李嘉言在六朝文学研究中非常重视《文选》研究,早在1933年他即以家雁为笔名在《清华周刊》第38卷第12期发表了《〈昭明文选〉流传之原因》①一文,1948年3月在《河南大学校刊复刊》第19期发表《论〈昭明文选〉》一文。李嘉言在1949年至1961年中国大陆《文选》研究沉寂了十余年后率先开《文选》研究之先河,发表了《试谈萧统的文学批评》一文,并在此文指出:"有的同志认为萧统这个选文标准完全是形式主义的,值得商榷。"②此文章在中国大陆的现代《文选》学史上具有开拓之功,在"左"倾文艺思潮一直占据主导地位的特殊年代,李嘉言的学术勇气与学术魄力均值得称道。

王运熙继李嘉言之后,于1961年8月27日在《光明日报》"文学遗产"专栏发表《萧统的文学思想和〈文选〉》一文③,对1949年以来古代文学与古代文学批评史研究界重《文心雕龙》与《诗品》、轻《文选》的倾向提出了批评,并点名批评了郭绍虞在一九四九年后新版的《中国古典文学理论批评史》(上册)对萧统"形式主义"文学批评观的认定。李嘉言率先对中国大陆以"形式主义"否定《文选》的观点提出了批评,但李嘉言之文比较含蓄,并未指明持此观点的学者,王运熙之文则对这一观点的代表郭绍虞提出疑问。

同年11月5日,郭绍虞亦在《光明日报》"文学遗产"专栏发表《〈文选〉的选录标准和它与〈文心雕龙〉的关系》一文予以答辩。两年之后,殷孟伦在1963年第2期的《文史哲》杂志上发表《如何理解〈文选〉的编选标准》一文,成为二十世纪六十年代中国大陆这场有关《文选序》讨论的总结。

这一场由李嘉言发动,王运熙、郭绍虞、殷孟伦参与的对《文选序》的研究,实际是一九四九年中华人民共和国成立之后中国大陆现代《文选》学研究的一个起点,它的这一重大学术史意义连这场学术争论的发起人当时也许并未意识到。但是,将这场学术论争置于整个中国大陆的现代《文选》学史上进行观照,其重大意义自然为学界所明。

---

① 李嘉言《〈昭明文选〉流传之原因》,《清华周刊》第38卷第12期,1933年1月。
② 李嘉言《试谈萧统的文学批评》,《文学评论》1961年第2期,第83页。
③ 此文后收入作者《中国古代文论管窥》,齐鲁书社,1987年。

这次前后历时三年的有关《文选序》的研究,介入者皆为中国大陆的古代文学与中国古代批评史研究的名家。这一和者甚寡的学术争论,说明了《文选》研究在新中国成立以来的中国古代文学史与中国古代文学批评史上鲜有人问津的事实,同时,亦说明李嘉言、王运熙二文对二十世纪中后期中国大陆现代《文选》学研究的巨大贡献。因为,这两篇文章毕竟是在中华人民共和国诞生以来的中国古代文学史与中国古代文学批评史上为现代《文选》研究首开其端。二十世纪八十年代末中国大陆的现代《文选》学研究重新升温,原因颇多,但是,六十年代关于《文选序》的研究为二十世纪后期《文选》学研究奠定了基础亦是不争的事实。

王运熙在这场学术争论中的文章更值得学林关注,因为,此文采取了将《文选》与《文心雕龙》相互比较的方法,以相当大的篇幅论证《文选》与《文心雕龙》的雷同,并从辞赋、诗歌、杂文三个方面作了具体论证。其结论是:萧统的文学思想不仅表现在《文选序》《陶渊明集序》等文章中,更具体地表现在《文选》的编选上。《文选》的选赋与刘勰《文心雕龙·诠赋》中所例举的作品有着相当大的一致性,《文选》的选诗与钟嵘《诗品》的评述亦有着相当大的一致性,《文选》的杂文与刘勰肯定的作品有着极大的一致性。

王运熙此文是新中国成立以来第一篇全面肯定《文选》的文章,且此文以《文选》选篇与《文心雕龙》《诗品》例举作品的雷同来首肯《文选》的方法,亦颇具示范效应,并开1949年以来《文选》与《文心雕龙》《诗品》相互关系研究的先河。《文选》与《文心雕龙》《诗品》的成书时间相当接近,对它们之间的比较研究理应是三书研究的一个重要方面;但由于《文选》与《文心雕龙》二书在新中国成立后中国大陆学界的地位悬殊过甚,故这种比较研究长期以来未得到应有的重视。直至李嘉言、王运熙二文问世,《文选》的地位才有所改善,三书的比较研究才得到学界的重新评估。但是,在研究方法上并无太大的改变,仍然沿用了王运熙在六十年代的举例论证法。

王运熙在当时特定的历史背景之下高度肯定《文选》,不仅需要非凡的学术眼力,亦需要非凡的学术勇气。学术研究的贡献,不仅体现在一个正确的结论之上,正确的研究方法同样具有极大的示范效应。一种崭新的研究方法给予人类的启迪,并不亚于一种正确结论给予人类的启迪。所以,王运熙此文对

《文选》的肯定与其肯定《文选》的方法,都为新中国成立之后的现代《文选》学研究注入了巨大的活力。

《文史杂志》1991年第3—4期刊载屈守元的《〈昭明文选〉产生的时代文学氛围漫谈》一文。此文第四部分《〈文选〉和当时文学理论与批评的关系》中述及《文选》与《文心雕龙》相互关系时,即以刘勰《文心雕龙·诠赋》所举"辞赋之英杰"十家,有九家入选《文选》;钟嵘《诗品序》所举"五言之警策"二十二目,除三家外,皆可在《文选》中读及为例,说明《文选》深受《文心雕龙》与《诗品》的影响。可见,王运熙率先发明的这种论证方法在现代《文选》学研究界的巨大惯性,因为屈守元此文的发表距王运熙彼文的发表已过去了整整三十年!

王运熙对《文选》的首肯采取了与《文心雕龙》相互比较的方法是颇为令人深思的。新中国成立以来,《文选》与《文心雕龙》二书的遭遇迥异。《文心雕龙》受到了各方的赞美,而《文选》却鲜有人问津,并作为"形式主义"文学的代表而时时遭到非议。

新中国成立以来的中国古代文学与中国古代文论研究界对《文选》的贬抑与对《文心雕龙》的首肯有着深刻复杂的背景。

首先,《文心雕龙》在文学批评理论上的巨大贡献是中国古代文学批评史上其他著作罕有其匹的,这一点奠定了《文心雕龙》在中国古代文学批评史上的崇高地位。

其次,《文心雕龙》的基本思想为儒家思想。刘勰本人尽管为儒佛兼修,但他的《文心雕龙》却表现出鲜明的儒家思想。新中国成立以来的理论批评界,对以儒家思想为主的著作、作家,几无例外地予以肯定。这是《文心雕龙》受到理论批评界首肯的深层原因。因此,中华人民共和国成立七十余年来,尽管中国古代文学研究与中国古代文学批评研究存在着诸多风风雨雨,但只有在极个别的历史时期,如"评法批儒"之际,《文心雕龙》的崇儒倾向才受到某些文章的呵责。这在七十余年的共和国历史上,实在是一短暂的瞬间。至少在王运熙发表此文的二十世纪六十年代初,尚未出现呵责《文心雕龙》的现象。因此,以崇儒名世的《文心》,一直受到学界的青睐与呵护。只要看看汗牛充栋的《文心雕龙》研究文章,再对比一下沉寂五十余年的《文选》研究,即可清醒地看到这一点。

最后,《文心雕龙》的诸多论述与新中国成立以后文学批评界有着较大的趋同性。如《文心雕龙》对中国古代文学史上诸多作家与作品的论述与新中国成立以来中国古代文学研究界的肯定与否定存在着诸多的一致。

王运熙此文的另一巨大贡献是提出了一些可以深入讨论的问题。学术史的贡献不仅在于解决问题,而且更在于能够为学界提出值得关注的重大问题。

第一,萧统《文选》不录经、史、子三部之作,是否即是区分了文学与非文学的界限。王运熙认为:"萧统虽然还没有明确的提出文笔之分的主张,但事实上他已很注意文学作品与非文学作品的区别。"这一观点与李嘉言《试谈萧统的文学批评》一文的观点相同。李嘉言认为:刘勰《文心雕龙》有《宗经》《史传》《诸子》等篇,说明刘勰视经、史、子为文学之作;《文选》不收经、史、子诸作,是因为他不认为经、史、子为文学作品。刘勰与萧统之说各有局限,因为,经、史、子之作有以形象反映现实的文学之作,亦有非文学之作,笼统肯定与否定皆不可取。王运熙之文肯定了《文选》不录经、史、子部之作是区分了文学与非文学的界限,亦着眼于现代文艺学对文学的界定。

时隔二十七年,王运熙在1988年《复旦学报(社会科学版)》第6期发表《〈文选〉选录作品的范围和标准》一文,特意指出:"《文选》大抵选录集部的篇章,基本上不选经、史、子三部,是由于当时总集的体例和传统所决定。章太炎《文学总略》云:'总集者,括囊别集为书,故不取六艺、史传、诸子,非曰别集为文,其他非文也。'这样解释还是中肯的。过去有的同志在评论萧统时,认为《文选》不选经、史、子三部的篇章,是说明编者有意识地把文学作品和学术著作区别开来,表明了当时人们文学观念的明确和进步。我过去也有这种看法。现在看来,这种说法并不确切。"此文尚有一个特别值得注意之处,是王运熙在此文中首次提出《文选》的选录范围与选录标准,亦是将二者第一次严格区别开来。在此文的影响下,许逸民《从萧统的目录学思想看〈文选〉的选录标准》①亦区分了《文选》的选录范围与选录标准。但该文从南朝目录学思想这

---

① "第五届文选学国际学术研讨会"(中国·镇江)论文,稿本,2002年,后收入《〈文选〉与"文选学"——第五届文选学国际学术研讨会论文集》,学苑出版社,2003年。

一崭新角度研判《文选》的选录标准与选录范围,认为萧统接受了齐梁目录学的图书分类思想,从已有的四部书目中得到启发,不录经、子、史("赞论""序述"除外),将《文选》的选录范围主要限定在集部之内。《文选序》按经、子、史的顺序行文的方式,及在子后插说军书("谋臣策士之言")的做法,当留存了四部分类法初起时的痕迹,亦受到王俭《七志》的影响。"萧统的文学思想,属于涂饰了齐梁彩色的儒家体系。他并没有忽视作品的思想。《文选序》的前半,袭用了《诗大序》缘情言志的基本观点,注意到了作品的社会功能,要求它们具有真实的思想感情。同时,他又像孔子一样,在艺术上主张兼重文质。在《答湘东王求文集及〈诗苑英华〉书》中,他说:'夫文典则累野,丽亦伤浮。能丽而不浮,典而不野,文质彬彬,有君子之致,吾尝欲为之,但恨未逮耳。'这可算作'纲领性'的意见。"①许逸民以沈玉成《文选的选录标准》一文的观点作为对《文选》选录标准的确认。

王运熙、杨明在1996年出版的《中国文学批评通史——魏晋南北朝卷》②一书中认为:《文选》不录经、史、子部之作,首先是出于沿袭总集编纂体例的关系,萧统在《文选序》的解释正是在这样的前提与制约下作出的;其次,萧统的解释尚反映了当时人们将"文章之学"与经、史、子学明确分开的观点。这一观点使《文选》不录经、史、子部之作的阐释变得更为成熟,更为圆通。因为《文选》不录经、史、子部之作,既是萧梁时期总集编纂的体例所决定的,又是"文章之学"与经、史、子学分离的产物。

在王运熙之此文发表前后学术界写作的一系列文章表明,多数研究者更关注《文选》不录经、史、子部之作是明确了文学与非文学的界限。王运熙、杨明不仅看到了"文章"与经、史、子的区别,而且看到了文章总集的编纂体例,就《文选序》的研究而言,显然这一观点更为全面。

为了给《文选》争一席之地,王运熙强调了《文选》与《文心雕龙》二书的相同之处,对二书的相异之处则较少濡笔。这是因为王运熙的行文重点是为《文

---

① 沈玉成《文选的选录标准》,《文学遗产》1984年第2期;又载《中外学者文选学论集》,中华书局,1998年。
② 王运熙、杨明《中国文学批评通史——魏晋南北朝卷》,上海古籍出版社,1996年,第276—278页。

选》正名,而非纵论二书的异同。《文选》与《文心雕龙》的确是既有相同之处,亦有相异之点。郭绍虞的文章对两书的相异作了较多的论述,正可全面认识《文选》与《文心雕龙》二者的关系。

王运熙之文论定《文选》与《文心雕龙》的相同,其方法是从二书的分体、作家、作品的相互比较入手。其重点是论证二书在入选作家与入选作品方面的相同。应当说,《文选》与《文心雕龙》二者在分体、选人、选篇上的确存在着较多的一致;但是,这种一致,既有一方(如《文选》)受一方(《文心雕龙》)影响的一面,亦有二者同受第三方(如时代共论)影响的一面。二者的关系,只存在或然性,而不具备必然性。如果仅以二书在分体、作家、作品的大都相同断定《文选》必受《文心雕龙》的影响,则有可能陷入虚假因果论的泥淖,其结论难以令人信服。应当特别说明的是,王运熙此文并未强调《文选》受到《文心雕龙》的影响,仅仅是从二书入选作家与入选作品的较大一致入手为《文选》摘"形式主义"之帽。但这种从文体分类、入选作家、入选作品三方面论证《文选》与《文心雕龙》相互关系的论证方法却为后来的研究者提供了一种思路。后之文章论及二书的相互关系大都由此入手。这种研究方法为王运熙首创,而《文选》与《文心雕龙》存在诸多一致性这一观点却并非为王运熙首创。清人孙梅《四六丛话》首倡此说,近代国学大家黄侃在《文选平点》承继此说:"读《文选》者,必须于《文心雕龙》所说能信受奉行,持观此书,乃有真解。若以后世时文家法律论之,无以异于算《春秋》历用杜预长编,行乡饮仪于晋朝学校,必不合矣。开宗明义,吾党省焉。"①

二十世纪六十年代中国大陆学者这场有关萧统《文选序》的学术论争,表明研究者对《文选序》的认识、对萧统文学思想的认识都是现代《文选》学史上的一次飞跃。第一,对《文选序》本身认识的提高;第二,对萧统文学思想的认识由《文选序》扩展到萧氏的其他文章,伴随着视野的扩大,对萧氏的文学思想辨析得更加清晰;第三,由单纯地讨论萧统《文选序》进而扩展到《文选》与《文心雕龙》相互关系的讨论;第四,由单纯的"事""义"之辨发展为对赋与骈文的评价,但这一问题的讨论由于时代大环境的不利影响而最终未能深入展开。

---

① 黄侃《文选平点》,上海古籍出版社,1985年,第1页。

二十世纪后期,第三次有关《文选》选录标准的研究开始了。王运熙《从〈文选〉选录史书的赞论序述谈起》①一文认为:萧统选文,以富有文采辞藻的篇章为主。《文选序》充分体现了南朝骈文家的艺术标准,即认为作品的艺术性,主要体现在辞藻、对偶、音韵、用典等语言之美方面,这就是所谓的"辞采""文华"和"翰藻"。总之,"萧统选文的艺术标准,重在骈文家的语言辞藻之美"。刊载于《复旦学报(社会科学版)》1988年第6期上的王运熙的《〈文选〉选录作品的范围和标准》一文,再一次明确提出:《文选》的选录范围,是专选集部之文,不录经、史、子部的篇章。它的选录标准,则主要注意作品是否富有或较有文采。这段冠于全篇之首的文字,区别了选录集部之作而不选经、史、子部之作为《文选》的选录范围而非《文选》的选录标准,明确了选录范围与选录标准二者的区别,为后此的《文选》研究者廓清了二者的混淆。此文还认为:"在骈体文学昌盛发达的魏晋南北朝时代,这种文采是指骈体诗文语言之美,具体地说,是指对偶、声韵、辞藻、用典等修辞手段。""注意辞采、翰藻,是《文选》选录作品的一个重要标准,但还不能说是唯一的标准。《文选》选文的另一个重要标准是注意风格的雅正。"

王运熙在有关《文选序》的第二次研究中正面提出了这一研究课题。《〈文选〉选录作品的范围和标准》一文中引用章太炎的观点对此课题提出了新解,在《中国文学批评通史——魏晋南北朝卷》中王运熙提出了更为圆通的观点。二十世纪后期开始的对《文选序》的第三次研究对此多有涉及。

二 《文选》成书研究

《文选》成书时间研究是《文选》成书研究中与《文选》的编者研究及成书过程研究鼎足而三的另一重大课题。《梁书》《南史》萧统本传对此一如《文选》编纂一样无载,被某些研究者奉为《文选》实际编纂者的刘孝绰本传亦无载。唐代《文选》学家如李善、五臣、公孙罗、陆善经均对此无言,传统《文选》学研究对此亦未予以关注。但是,作为第一部合赋诗文为一体的文学总集,它

---

① 王运熙《从〈文选〉选录史书的赞论序述谈起》,《光明日报》1983年11月11日第4版。

的成书时间理所应当地受到现代《文选》学家的重视。在《文选》成书研究中，它一直是一个与《文选》编纂相关联的看点。

对《文选》成书时间的研究影响最大者莫过于晁公武《郡斋读书志》中对李善注《文选》的一条注释："窦常谓统著《文选》，以何逊在世，不录其文。盖其人既往，而后其文克定，然而所录皆前人作也。"①窦常（747？—825）是中唐人，曾撰有《南熏集》三卷。作为中唐文士，窦常的不录存者之说为现代《文选》学研究者所信奉。《文选》是否因何逊在世而不录其文，姑且存而不论。但是，《文选》不录存世者之作，却因窦常之言成为现代《文选》学史上研究《文选》成书时间的一重要前提。无独有偶，钟嵘《诗品》卷中《序》亦曰："又其人既往，其文克定；今所寓言，不录存者。"②钟嵘《诗品》的写作正遵循了这一原则。因而，这项规则被现代《文选》学家视为梁人著书的一种通例。所以，现代《文选》学史的《文选》成书时间研究无不以此作为研究《文选》成书的一个重要切入点。因为根据不录存者的原则，《文选》中所收梁代作家的卒年即可成为判断《文选》成书上限的重要依据。

在现代《文选》学史上最早提出这一去取准则的是周贞亮与骆鸿凯。周贞亮《文选学》上册第三章《文选之封域》曰："若其文之人选，去取之间，尚有二义：一曰不录生存人。晁公武曰：窦常谓统著《文选》，以何逊在世，不录其文。盖其人既往，而后其文克定。"③骆鸿凯《文选学·义例第二》亦曰："其去取之准，尚有当知者二事。一曰不录生存。晁公武《郡斋读书志》曰：窦常谓统著《文选》，以何逊在世，不录其文。盖其人既往，而后其文克定，故所录皆前人作也。"④虽然周贞亮、骆鸿凯均已论及《文选》不录生者之体例，但周、骆二氏皆未深入研究这一问题。在周贞亮、骆鸿凯之后的缪钺开创了这一研究领域，但是，缪钺的研究稍嫌简单，真正认真研究这一课题的是何融。

自缪钺开始，《文选》成书时间研究者大致可分为两类：一类研究者信奉窦常"其人既往，而后其文克定"之说，而对"以何逊在世，不录其文"二句则不予

---

① 晁公武《郡斋读书志》，上海古籍出版社，1987年，《四库全书》影印本，第674册，第296页。
② 曹旭《诗品集注》，上海古籍出版社，1994年，第173页。
③ 周贞亮《文选学》，国立武汉大学，1931年，上册，第31页。
④ 骆鸿凯《文选学》，中华书局，1989年，第34页。

考虑。故此类研究者的目光盯住了《文选》所录梁代十位作家的卒年,而以陆倕下世的普通七年作为《文选》成书的一个重要界碑:或认为《文选》编纂始于普通中,而终于普通末;或认为《文选》编纂始于普通七年,而终于中大通三年萧统去世。一类研究者不相信窦常所谓"其人既往,而后其文克定"说,故研究《文选》成书时间另觅新途,从《文选》所录梁代作品推断《文选》的成书时间。前一类研究者有缪钺、何融、穆克宏、清水凯夫、傅刚等,后一类研究者有王运熙、杨明、曹道衡、许逸民等。

上述两类研究者虽然在《文选》成书研究中存有某些不同,但是,有一点却是完全相同的,即都默认《文选》成书于东宫诸学士之手。但是,这一为研究者不加论证即引用的前提亦存在一个自身需要先行论证的问题。不加任何论证即无条件地使用这一前提似亦失于严谨。

窦常说出现后,赞成与反对窦常说形成了两种对立意见。

王运熙、杨明在《中国文学批评通史(贰)·魏晋南北朝卷》第二编《南北朝文学批评》第二章《南朝文学批评》第五节《萧统、萧纲、萧绎、徐陵、萧子显》一《萧统和〈文选〉》一节论及《文选》成书时间曰:

> 今人多据不录存者之通例,认为其成书在普通七年后。则其不录何逊之作,并不能以何氏尚在为解。不仅何逊,即卒于天监末或普通初的柳恽、吴均、王僧孺诸人,当时亦颇著名,但都无作品入选,此点颇不易解释。又其成书年代虽或在普通七年之后,但所选作品的写作年代,则大体不迟于天监年间。其中范云、江淹、任昉、丘迟、沈约、王中诸人虽卒于天监中,但所录作品大多作于齐世。以沈约而言,录诗十三首,年代可考者约十首,其中只《应诏乐游苑饯吕僧珍》作于天监五年,《三月三日率尔成篇》大约也作于梁代,其余均为萧齐时作。文四篇则全是齐代所作。又如任昉文十七篇,九篇作于齐世。总之《文选》所录作品大体止于梁天监年间,而梁代诗文总计不过二十首左右。①

---

① 王运熙、杨明《魏晋南北朝文学批评史》,《中国文学批评通史》之二,上海古籍出版社,1989年,第271—272页。

文中谈及窦常说时云"其成书年代虽或在普通七年之后",虽仅多用一"或"字,但可见杨明对窦常说持存疑态度。通读上述全部引文可知,杨明认为《文选》收录诗文的下限只取决于诗文的作年,与该作者的卒年其实并无太大关系,即《文选》收录梁代作品,唯一的标准是天监十八年之前。普通之后的作品,无论作者已故或在世均不收录。这一研究思路是对窦常不录存者说的重大修正。研究者的视野已不仅仅限于《文选》所收作家的生卒,而是由《文选》所收录作品的写作时间推断该书的编纂时间。这一研究思路显然较仅据《文选》中所录作家的卒年推断其书的编纂时间更为精确。这是王运熙、杨明对《文选》成书时间研究的重大贡献。

窦常不录存者之说长期为《文选》研究界所尊奉,成为研究《文选》成书时间中最具权威的标准之一,极少有研究对此说存疑,甚或进行研究。杨明从实事求是的原则出发,具体考察了《文选》收录作品的时间下限,得出了自己的结论,实际上推翻了长期为现代《文选》学研究奉为圭臬的窦常说,为实事求是地研究《文选》成书时间做出了重大贡献。其实,现代《文选》学研究的误区之一即是不加论证地使用成说,这种研究态度与方法使现代《文选》学研究在本来可以取得重大突破之处长期徘徊不前。

三 《文选》与刘勰《文心雕龙》、钟嵘《诗品》的相互关系研究

萧统《文选》与刘勰《文心雕龙》、钟嵘《诗品》、江淹《杂体诗三十首》、任昉《文章始》的相互关系研究是现代《文选》学史的重要内容之一。这一研究课题的实质是探讨《文选》成书与前代或当代诸文学批评著作的相互关系。《文选》的成书历来众说纷纭,在这诸多的观点之中,《文选》成书受到刘勰、钟嵘、江淹、任昉诸人诸作的影响成为一种有代表性的观点。辨清这一问题,对于理解《文选》的成书,探明萧统的贡献具有重要意义。

二十世纪中期,王运熙《萧统的文学思想和〈文选〉》[①]一文再次论及《文

---

① 王运熙《萧统的文学思想和〈文选〉》,《光明日报》1961年8月27日。

选》与《文心雕龙》二书的相互关系。王运熙此文所述主要有两点:一是二书文体分类的一致性,二是《文选》选篇与《文心雕龙》选文定篇所举篇目的一致性。前者周贞亮、骆鸿凯已述之在先,后者为王运熙之文所独创。王运熙此文以相当大的篇幅论证《文选》与《文心雕龙》的相同,并从辞赋、杂文两方面作了具体论证。其结论是:《文选》的选赋与刘勰《文心雕龙·诠赋》中所例举的作品有着相当大的一致性,《文选》杂文的选录与刘勰肯定的作品有着极大的一致性。

王运熙此文开1949年以来中国大陆现代《文选》学界有关《文选》与《文心雕龙》相互关系研究的先河,故在现代《文选》学史上具有极高的地位。

王运熙的这篇力作,提及《文选》与《文心雕龙》分体的一致,但未就此展开论证。此文论证的重点是选文定篇。《文选》是一部文学选本,《文心雕龙》是一部理论著作。《文选》入选的作家、作品,与《文心雕龙》论述各种文体时例举的作家、作品的确存在着较大的一致性。因此,这三个方面,即是王运熙首开并为后来学界认可的研究《文选》与《文心雕龙》相互关系的重要法门。

二十世纪后期,在中国大陆现代《文选》学复兴的背景下,《文选》与《文心雕龙》相互关系的讨论甚为热烈。但论者大多以二书在文体分类上的诸多一致,论定二书的相同。在二十世纪《文选》学史上,采用从二书文体分类的一致上论定二书相互关系这一独特路径,周贞亮、骆鸿凯为首肇其端者之一。这一研究方法几乎与二十世纪相终始!

王运熙、杨明在《魏晋南北朝文学批评史》一书中认为《文选》与《文心雕龙》的相互关系总的说来具有双重性,一方面是《文选》与《文心雕龙》表现出相当的一致性,另一方面,《文选》与《文心雕龙》尚有不少不同之处。《文选》所录先秦至东晋的作家作品,与《文心雕龙》论文体诸篇及《才略》等篇中所肯定者相合者甚多。《明诗》论诗,《诠赋》论赋,均有诸多相合之处。但《文选》与《文心雕龙》相左者亦甚多。《文选》录入不少建安文人注重文采、富于抒情的书牍,而《文心雕龙》则未加论列。刘勰对魏晋玄学论文颇为赞赏,但《文选》未录。刘勰要求作家学习经书与《楚辞》,改变近附远疏的风气,但《文选》所录宋齐诸作相当多,并未反对近附远疏。再如对陶渊明、七言诗、建安诸家书笺、魏晋玄学家论文等,二书又表现出很大差异。这一观点与王运熙在二十世纪六十年代关于《萧统的文学思想和〈文选〉》一文着重论述二书的相同之处并不矛盾。二十世纪六十年代那篇名文重在为《文选》正名,且是在特殊年代为《文选》正名,因此,王运熙唯有充分肯定《文选》与《文心雕龙》的一致性,才能达到借《文心雕龙》之声望为《文选》恢复名誉的目的。《魏晋南北朝文学批评史》一书的写作年代决定了作者可以比较客观地评价二书的异同,因此,此书论述了《文选》与《文心雕龙》相互关系的双重性。

王运熙、杨明在《魏晋南北朝文学批评史》中有关萧统《文选》论述的部分提出了一个极为重要的观点:"《文选》所录作家作品,多为历来有定评者,不少地方体现了南朝人对于诗文共同的审美要求。"①这一论断涵盖了相互关联的两个问题:一是《文选》所录多为有定评的作家作品,二是《文选》反映的是南朝人共同的审美要求。王运熙、杨明对《文选》所录多为有定评的作家作品这一极为重要的观点并未展开详细的论证,曹道衡《〈文选〉对魏晋南北朝文学传统的继承和发展》②对这一问题进行了翔实的论证。

王运熙、杨明对《文选》与《文心雕龙》相互关系的研究表现得相当辩证,既看到了《文选》与《文心雕龙》的一致性,又看到了《文选》与《文心雕龙》的非一致性。与单纯强调二者或有密切联系,或绝无联系的观点相较,更为圆通,亦更符合实际。

《文选》与《诗品》的相互关系研究大体上可分为两种类别,第一种,重点关注《文选》与《诗品》的共性;第二种,既关注《文选》与《诗品》的共性,又关注《文选》与《诗品》的个性。

王运熙是较早进行《文选》与《诗品》相互关系研究的学者。他对《文选》与《诗品》相互关系的研究有一个过程。

1961年8月27日《光明日报》刊载王运熙《萧统的文学思想和〈文选〉》一文,此文论证了《文选》与《诗品》的密切关系,即《诗品》的见解与《文选》的选诗标准非常接近。

《诗品》列为上品的十二家:古诗、李陵、班姬、曹植、刘桢、王粲、阮籍、陆机、潘岳、张协、左思、谢灵运,《文选》全部入选,而且入选作品较多。《诗品

---

① 王运熙、杨明《魏晋南北朝文学批评史》,第279页。
② 曹道衡《〈文选〉对魏晋南北朝文学传统的继承和发展》,《文学遗产》2000年第1期。

序》更推重建安时代的曹植、刘桢、王粲三家,太康时代的陆机、潘岳、张协三家,元嘉时代的谢灵运、颜延年两家,称为"五言之冠冕,文词之命世"。《文选》对以上八家采录颇多。

《诗品序》批评了晋代玄言诗和宋齐时代诗坛偏重用典、声律的风气。《诗品》批评东晋孙绰、许询、桓温、庾亮的玄言诗"皆平典似道德论",同时赞美这个时代刘琨、郭璞、谢混的诗能拔出流俗。《文选》对孙绰、许询诸人之诗一概不选,而选了刘琨、郭璞、谢混三人之诗。《诗品》将陶渊明列入中品,萧统《文选》录陶诗八首。《诗品》批评刘宋时代诗歌喜欢隶事用典的风气,举出其代表作家颜延年、谢庄、任昉、王融,但仍列颜延年为中品。《文选》选颜延年之作较多,选任昉两首,谢庄、王融诗不选。《诗品》批评王融、谢朓、沈约强调四声八病的流弊,但谢朓、沈约的诗歌毕竟有成绩,故仍列入中品。《文选》采录二人诗作亦较多。这些方面,萧统、钟嵘二人的看法都较为接近。

但是,王运熙《萧统的文学思想和〈文选〉》一文关于《诗品》与《文选》相互关系的解读在当时的时代环境中实出于为《文选》争得一席之地,并非全面论述《诗品》与《文选》的相互关系,故此文较多地强调了二书的一致性。

王运熙的研究不仅是1949年后中国大陆在现代《文选》学史上对《文选》与《诗品》相互关系的首次解读,而且为此后的《文选》《诗品》相互关系研究开拓了一种研究方法。

在《魏晋南北朝文学批评史》一书中,王运熙对《文选》与《诗品》相互关系的认识有了较大变化。王运熙、杨明认为,《文选》与《诗品》二书的关系是有同有异。关于二书之同,王运熙在《光明日报》上那篇名文已有详述,即从二书对诗人、诗作的态度基本相同上可以看出二者的一致性。《文选》与《诗品》的相异之点,主要在于对齐梁诗人的态度上。《文选》重视谢灵运、颜延之、鲍照、谢朓、沈约,这与钟嵘《诗品》相差较大。

在王运熙《萧统的文学思想和〈文选〉》关注的《文选》和《文心雕龙》及《诗品》的关系之外,现代《文选》学研究中,尚有一些学者注意到《文选》与江淹《杂体诗三十首》的关系,以及《文选》与任昉《文章始》的相互关系。率先提出《文选》与江淹《杂体诗三十首》关系的是中国大陆学者陈复兴。他的《江文通〈杂体诗三十首〉与萧统的文学批评》一文认为:《文选》在取舍标准、选录范围、编排义例诸方面受江淹《杂体诗》影响很大。① 中国台湾学者游至诚《〈杂体诗〉在文学史上的意义》一文肯定了陈复兴的观点,认为《文选》的诗类实多据江淹杂体诗的体目分类。② 对于《文选》与任昉《文章始》的相互关系,骆鸿凯虽较早提及,但对于《文选》如何承袭《文章始》未详细论证。王存信的《试论〈文选〉的分类》一文在现代《文选》学史上首次详细辨析了《文选》分体与任昉《文章始》的关系,认为"《文章始》的大部分分类标目是被《文选》所继承的"③。游至诚的《论〈文选〉难体》也认为《文选》的分体与《文章缘起》的分体高度吻合。④ 傅刚《〈昭明文选〉研究》下编第二章第二节《〈文选序〉对文体的认识》亦认为《文选》受《文章缘起》的影响极大。⑤ 我们无法断定上述学者多大程度上受到王运熙1961年发表的《萧统的文学思想和〈文选〉》这篇名文的影响,但如下几点却是事实:第一,王运熙该文的研究方法,为学界提供了一个可供参考的范式;第二,王运熙于二十世纪六十年代所开创的研究方法,一直为学界所沿用;第三,从时间先后来看,上述成果均出现在该文发表之后的三十余年之后。因此,王运熙的研究,除了直接引发对《文选》与《文心雕龙》《诗品》的关系的关注之外,其为学界提供的方法论的意义,已经超出了文章本身,而成为影响深远的一大贡献。

四 《文选》文本研究

王运熙对《文选》的文艺学文本研究主要见于《〈文选〉所选论文的文学性》⑥一文。此文主要论述了《文选》中的"史论""史述赞""论"三种文体的文学性。王运熙此文对魏晋南北朝文人的文学观进行了深刻的分析。在萧统生活的南朝,文人对艺术性的认识主要是音韵和谐、对偶工整、辞藻美丽、典故精

---

① 陈复兴《江文通〈杂体诗三十首〉与萧统的文学批评》,赵福海主编《文选学论集》,时代文艺出版社,1992年,第187—199页。
② 游至诚《昭明文选学术论考》,台北学生书局,1996年,第179—209页。
③ 王存信《试论〈文选〉的分类》,《江苏教育学院学报》1992年第2期,第76页;又载赵福海主编《文选学论集》,第351页。
④ 游至诚《昭明文选学术论考》,第141—178页。
⑤ 傅刚《〈昭明文选〉研究》,中国社会科学出版社,2000年,第181页。
⑥ 王运熙《〈文选〉所选论文的文学性》,《文选学新论》,中州古籍出版社,1997年,第210—221页。

巧。在这样一种普遍性的认识下,重视骈文,重视具有骈文文采的某些文体,如论、史论、史述赞中一部分议论节段,当属必然。

基于这样一种基本认识,王运熙具体分析了汉代贾谊《过秦论》、王褒《四子讲德论》、班彪《王命论》,魏晋曹冏《六代论》、李康《运命论》、陆机《五等诸侯论》、干宝《晋纪总论》,南朝范晔《后汉书·宦者传论》、沈约《宋书·恩幸传论》、刘峻《广绝交论》,凡九篇文章。

(河南大学文学院)

傅山《文选》第三意义阅读法
——创造性阐释示例

徐华中

傅山解读《文选》作品的指涉含义,完全是用"读出来"的解法,而不是"考证"出来的。虽然他也常常针对《文选》作品字词订正、释音,与版本校勘,但最终他是用心在作品"第三义"的解读。也就是说,作品表面字义如果是第一层次的意义,经过上下连贯串读,辅助身世背景的知识,与作者的原意加以揣摩,则是作品第二层次的解读。凡《文选》作品大部分的"旧解",大都做到这两层意思①。

但这还不够,傅山的《文选》解读侧重第三层意义内涵的发掘、启导。要将《文选》当作读者与作品、作者这三者之间的媒介,进行三者之间的互通、交融以及对话,由这样的过程所得出来的"作品"讲什么?暗示什么?大抵都不会只是第一层与第二层的作品意思,而是作品潜藏的、内摄的、需要细读深思与品赏,才能悟出来的作品意义,这就是傅山解读《文选》作品的主要方法。

---

① 对《招隐士》的解读,可观摩明人刊王逸《楚辞章句注》所收眉批与尾批各说,以及清人于光华《文选集评》所收明清评点家之解说。因为,这一类批语性质同傅山,都是批点方法,其与注释、校刊《文选》之类不同。今举明刊《楚辞章句》所收朱熹、高似孙、冯觐三家为例,都没有傅山讲的《招隐士》第三义。例如朱熹说此篇是招屈原,高似孙分析《招隐士》写作技巧是"声峻环磊",冯觐另外提出此篇可能是由淮南王刘安门下八公之徒代笔,以上三类说法,都与傅山"上下天路"第三义不同。以上三家说转引自《楚辞补注》,艺文印书馆,2007年,第329页。

例如本篇论文举出来的三篇《文选》作品，淮南小山《招隐士》初看题目，必知主题是说"隐士"之风不可推广，要把隐士招引出来，为君王所用。全篇《招隐士》就环绕在隐与不隐这个概念，凡这篇作品的第一层与第二层意义大都不出此范围。可是到了傅山，批语就大为一转，不再执着于隐字，而另外开出一个"游"字，与一个"上下天路"的概念。

所谓游字，傅山认为隐居山林，不必一定是为了养生求仙，而是如果真爱山林，心领神会，且能自得其乐，自在其中，正是"会人入之，遂领与之游也"此句要表达的领悟之"游"①，这种游，傅山说是"亦自逍遥得去"此语，可以暂时称它作另类的山林逍遥游。

但这还不够，傅山认为《招隐士》所描写的内容是从"上"到"下"的一片生生之气，诸如深山高耸的桂树，山气从上贯下，动物诸如猿猴熊罴也是在高耸的丘谷之间上下奔腾跳跃。《招隐士》这种描写天地自然伟状的山形物貌，凛冽逼人，这完全带给傅山一种全新的、惊心动魄的感受。于是，傅山的解读，聚焦在由作品白描直写的奇险状貌，说出"而拍高上下天路"这句批语，压根儿与"隐"字无关，已另外开出"上下天路"之说，从"天道"之高崇、飞龙、上天等属于天命天道这类范畴的义理内涵加以理解、领会。将《招隐士》本来没有说到的"天道"发掘出来，并且，与下一句批语"岂复在五通六达间哉"形成强烈对比。因为这五通六达，是指仕道的升降起伏，也就是说仕途的高卑隐显之权势。这是要把隐士招引出来，不要让隐士终身埋名隐姓山林之中，而可以快意仕进，满足功名利禄追求的最大诱因，可以暂时叫它做仕道。这是《招隐士》最根本的文意主题。

现在，傅山重新提"上下天路"之解读，完全是《文选》作品的第三层意义。凸出《招隐士》有暗藏"天路"之想，用来与"仕路"强烈对比。说明了隐士如果真能自得其乐，逍遥天道，则又何关乎隐与不隐之争辩？也不必理会招与不招的选择了。傅山这样一解，都不是"旧解"曾经想过的作品意思，当然很符合

---

① 傅山此句批语"会人入之遂领与之游也"原整理者未断句，当误。案：之字当句读，意思是说领会之士，引入于山林之中，游于山林之乐。之字当读，始合傅山批语本意。

"第三义"解读的层次。①

与此同理,傅山解读汉高祖刘邦《大风歌》是从"内外"即"君臣"之位而解,用内君外臣之说读出《大风歌》的第三层作品意义。

而在解释刘伶《酒德颂》时,傅山一口气摆开旧说酒德该如何如何是好的解释,直接切入一个"心"字,用"刘伶处天地之间,悠悠荡荡,无所用心"一句批语,另外开出"天地之心"一说,表扬刘伶的"高雅"人格,是学问之道,求其"放心"而已矣的思想,提示《酒德颂》之主旨不在讨论纵酒酗酒与禁酒戒酒这一类伤风败俗之"酒德"的课题,那是"俗人之事"的焦虑,傅山"乃知措意文章是大老俗汉事矣"这句《酒德颂》批语,正是痛快地颠覆了以前各家解读,都只是斤斤计较文章表面字义所反映的纵酒无德。

其实,在傅山看来,刘伶《酒德颂》真正要说的是天地之间,唯有一心而已。这种境界,已非关酒不酒或者德不德的辨正。如果只是局限在《酒德颂》表面文章的字词文意之解读,根本是误读了,甚至用"大老俗汉"看低了刘伶,沦落为只是对刘伶"措意文章"之解而已,殊不知刘伶根本内在之"心",存于天广地阔之间,不与一般"俗士"吃喝呼唱,完全不把"文章"放在眼里,在刘伶眼中,文章不过是鸡肋,可有可无,而真正的天地之"心"才是刘伶所要追求的。这一层也正是不折不扣的"第三层"作品意义解读法,它与《酒德颂》旧解各家说都不太一样②,再次展现了傅山阅读《文选》作品注重"第三意义"的解读方法特色,可视作《文选》阅读学很好很成功的示范例证。

淮南小山《招隐士》此篇收录在《文选》骚类,不入《文选》赋,可见从文体分类的观点看,昭明原选是把它当作楚辞,不当作汉赋。试看今传刘向《楚辞》王逸注本,即收录了这篇汉人之作,仍题作淮南小山作。可是在明清的《文选》传本中,大都改题刘安作。今据傅山的评点,揣摩其意,仍以为是淮南小山作。

---

① 关于文学理论对"意义"的探讨,另见英伽登《文学的艺术作品》一书,他将文学作品分作四层次:先建立在字音,次有不同等级的意义,三是上下文图式,四指客观的层次。此说的第一与第二,就是"字"与"义",义即作品意义。刘纲纪《刘勰传》(《世界哲学丛书》)曾引述英伽登此说比附刘勰《文心雕龙》(案:见《指瑕篇》"立文之道,惟字与义"此语),参见刘纲纪《刘勰传》,东大图书公司,1989年,第102页。

② 于光华《评注昭明文选》辑录的孙执升、何义门、方伯海等三家的评语,都不是傅山讲的意思,可见"旧解"之余,还是有别的新义。参见于光华《评注昭明文选》卷一二,学海出版社,2007年,第3页,新编第906页。

所以，整理者在傅山的批语之前加上"书淮南小山作招隐诗书复"此语①，推想傅山所用的《文选》底本原题淮南小山。

根据此前《傅山文选评点学》一文考证，傅山评点《文选》的底本是明刊汲古阁本，今查此本仍题作刘安，但保留王逸注，即篇题下"序曰"这四十七字，"序曰"已讲明这篇作品是"淮南小山之所作也"，这当是傅山根据的理由。②

既然傅山读出《文选》作品第三义，大都不是前人旧解，也不是文章表面字词的意思，而是全然新奇的领会。这就面临几个挑战的质疑：

第一，作品的意义真的可以如此之多解吗？

第二，即便可以，那么旧解与新说有没有矛盾冲突之解？

第三，如果有，那么何者为是？何者为非？作品只有一个确定解释吗？

关于以上诸问题的回应，有必要理解"文论"某些相关的说法，首先就是作品、作者、读者三角关系的互动与影响之理论。在先秦已有"以意逆志"与"知人论世"之说对这个三角链作出妥当的解释，《孟子·万章上》云："故说诗者，不以文害辞，不以辞害志，以意逆志，是为得之。"这句话已经表明作品的说解就是作品的意、作者的志，以及读者的"逆"之方法，如此看来，孟子已很清楚地说明作品的解读来自作者、读者、作品的三角关系，共同交融组合成作品的一个丰富完整的"意义链接"，这个链接就是作品的意义载体，或者说是意义的大宅库。既然是大宅库，就一定是多元多义多类别，当然作品也就不会只是一种解释，更不必硬加要求在这个多元的链接中只有一个意义是唯一正确的，其他都不是。因此可以说，傅山的新解，其实本来就潜藏在作品意义链之中，只是没有被发掘、被巧妙地读出来。

因为，对孟子这句以意逆志的注解，汉人赵岐《孟子注》就说："人情不远，以己意逆诗人之志，是为得其实矣！"此解凸出一个"逆"字，完全是从"读者"角度出发，去逆推作者的"志"，才有机会将作品更多的意义解读出来。赵岐这样说，显然已很重视读者的阅读功力，认为只有靠读者的细读与赏鉴功夫，去

---

① 据《傅山全书补编》载此篇题目作《书淮南小山作招隐士诗后》，案当衍"诗"字，因为此篇《招隐士》是"骚"体，不是"诗"体。参见三晋文化研究会编《傅山全书补编》，山西人民出版社，2004年，第80页。

② 四库全书收入《文选》之一即汲古阁本，另一本是袁褧本，这两本皆题作刘安。参见台湾商务印书馆影刊《文选注》与《六臣注文选》，《文选注》新编第593页，《六臣注文选》新编第791页。

逆推作品的内在潜藏涵义,才算是作品意义的真实面貌。须知这个作品真实不是限定在作者的本意,反而更多的是读者的逆推。而读者之所以能够逆推作品,表明作品中的"人情"其实是千古如一的。而这种作品中的人情当然是寄托在作品的"文字"与"辞句"之中,也就是孟子说的"以文害辞,以辞害意"这句的文词字句。

这样看来,读者的逆推也不可以全凭臆测猜想,而是只有先推敲考究作品的第一层的文字辞句章法所传达的意思,可以借西方"直接意指"(denotation)这一术语指称它,意思是指由文字符号所代表的实际事物或概念。① 然而,这个直接表面意指之外,作品因为处处是意象与隐喻的技巧,所以,更会有含蓄的、暗示的隐喻意指,可以用"含蓄意指"(connotation)说明它,意思是说由作品意象的联想向外延伸而产生的作品意义。②

以上这两个术语词汇即代表了作品中的第一层与第二层意义,这也就是赵岐注所说读者要从作品中逆推的意,再由这个意去理解作者的"志"。因此这个"意"字,完全取决于作品内在的意义链,经由读者推考挖掘,当读者领悟后进行作者之志的解读,其深浅厚薄,就决定在读者的阅读功力、学识素养、品赏鉴识眼光,以及对作者完全掌握"知人论世"的功夫学问,最终作出对作品的第三义解读,也就是以意逆志的"志"。③

我们根据以上这一套阅读三角链理论,环顾省视傅山的《文选》解读方法,可说再恰当不过了,因此这一理论也就顺理成章地成为傅山《文选》阅读学背后的理论基础,并且,也解答了前面三项的质疑提问。

---

① 关于"直接意指",今据《文学理论批评术语汇释》定义云:又译"外延"。对应于含蓄意指的术语。指符号所代表的实际事物或概念,亦即"所指"。罗兰·巴特认为,倘若一个意指系统中,"其内容平面本身由另一个意指系统构成","那么这个系统便是一个元语言系统"。但一般来说,直接意指的系统单元较之含蓄意指的系统单元要小,"几个被直接意指的符号可以结合起来形成一个单一的含蓄意指项"。在文学中则表现为字面意义与隐喻意义的关系。但巴特又指出:"不管含蓄意指以什么方式'加于'直接意指的信息之上,它也不可能将其吸尽:总会有'直接意指的'能指,否则就不会有话语了。"参见王先霈、王又平编《文学理论批评术语汇释》,高等教育出版社,2006年,第405页。

② 同上书,第404页。

③ 关于以意逆志,这一句的"意",指由作品表现的意义,大抵历代各家都这样理解。但是程颐《河南程氏外书》卷第六说是"当以己意迎取作者之志"似指读者之意,袁枚《程绵庄说诗序》则说是"传者传其说之是",这个传者也同指解说的读者,只有吴淇《六朝选诗定论缘起》说这个意也是作者的意,谓"意之所到即志之所在"这句是把意与志都当成作者的意思,读者不可用自己的意去解古人。

根据以上所述第三义解读理论细读淮南小山《招隐士》，立刻发现全篇只有一句"王孙兮归来"是直述句，直接表明身份是王孙，而招隐的意图是呼唤他自山中归来。一旦王孙归来，当然就不再是"隐"，但问题在隐什么？《招隐士》既然明白讲出是"王孙"这一角色作为全篇作品内在的"意指"指涉，那么"王孙"代表的意义就应该是君王之后，有王权、君位、地位，以及荣华富贵之象征，套用思想流派加以归类，也就是儒家思想的人生观对"功名利禄"的追求向往。如果说，王孙不归，就暗示一个人无心仕途，看淡功名，而另有所求，那所求的路途，肯定不会是居住在琼楼玉宇的深宫、玩弄左右权势的欲望，相对而比，就必然会是三径蔽扉，虫声鸟语，心悠境闲的山林世界，因此，《招隐士》题目虽然明讲是隐与不隐的主题，但是透过作品的"王孙"一词，以及"归来"这一动作的召唤，读者细心领会，很快就联想到本篇在表面主题"隐"之下，可以再延伸另一个次主题就是"功名利禄"的选择，更由此而导引出对作品所透露的作者之"志"的解释。如果再把作者淮南小山与淮南王双重的身世背景加以考证理解，更可确信淮南王刘安确是符合"王孙"这个在作品中角色身份的描写。那么透过对《招隐士》作者"知人论世"推知的淮南王刘安的"志"又是什么，就很不好说了。因为《招隐士》这一句"王孙兮归来，山中兮不可以久留"表面读着看似肯定口气，而其实细加揣摩，乃又带有一些模棱两可之意味，但不管哪一种，《招隐士》最特殊的写作手法，即是用"赋笔"写法，繁复比喻，用很多的"意象语"描写动物、植物等各种状貌，形容山石流水的奇险形势，这些句子都不是"直说式"的明白直讲，细读品味，无不充满象征暗示。因此，如何把那些象征意涵说出意指，用"概念句"表述，就完全要靠读者的介入、领悟、深识鉴赏，反复玩索品评，始克说出那些潜藏在意象象征背后作品的"意"是什么。也只有弄清楚这些作品中的形象字词的意思，逆推之，才有"以意逆志"的可能？但这些作品的意思是否就表明作者的"志"则又是必须细读作品才能推知。但不论怎么逆，怎么推知，真正的作者，譬如淮南小山的平生之"志"在这篇《招隐士》能看出来吗？这仍然是一个"读者"的解读结果。作者本身除非他主动，直接说出来他的"志"，否则旁人是很难从"作品"中看到真相的。因为，作者如果要直接"入道见志"说出来，他就不必用赋体表达，直接写论说文就可以，也不必用一大堆含蓄的象征意象吞吞吐吐，令读者难以捉摸。

所以说，以意逆志与知人论世，目的都在解读作品，而作品的"意"与作者的"志"就必须根据作品中的一切字词之描写、形容与隐喻的意思加以揣摩始克得出真意。

从以上的角度，品味《招隐士》的字词、叙事与形象比喻，不难发现这篇作品内在充满了读者介入的"空隙"，提供给读者不少的解读空间，而傅山对《招隐士》的批语，恰恰正是对作品诸多空隙的一个补白。

首先，要注意一开始《招隐士》写桂树，深居丛山幽处，是桂而不贵与桂而不能用的暗示，哪怕它是枝条相缭，树干纠曲，极力夸饰桂树的苍劲老练，但却是只能幽暗孤独隐藏在深山丛林之中。接着，《招隐士》又加重描写这样的桂树完全被猿猴、虎豹等这些野兽盘踞久留，等于表明"物类"之间的不协调。而"事以类聚，物以群分"这种源远流长的"类"之概念，即与"志同道合"联想，乃产生君子与小人恶人之类分的意思指涉。于是，从攀援富贵与本篇描写这些恶兽的"攀援桂枝兮聊淹留"的句意就又有某些引申联系的"意"在其内。再加以下面三句的自述，两句感叹年岁飞逝、韶光不留的"身世悲叹"，即"春草生兮萋萋，岁暮兮不自留"这二句的内在信息，而更强烈的不满与控诉，则是第三句"蟪蛄鸣兮啾啾"，这一句的蟪蛄即"夏蝉"意象，暗示穷凶聒噪，却不过是一季短暂孟夏的猖狂而已。试问这样复杂的心意，到底传达了作者小山的什么"心志"呢？

以上从桂树意象语的描写，到"类"的概念引申，最后体会一种时间、通达与生命的短暂感叹。在在令人想到《招隐士》不会只是在谈一个"隐"与"不隐"的问题而已。作品的字里行间之中，隐隐透露它已触探到"人生"出处的问题，包括出世、入世、仕进与归隐，还有年寿、时命与功名利禄追求的矛盾冲突问题。这些问题都涉及"思想"课题。而傅山的解读，恰巧正是从思想义理切入，把握要点，一语点出这是一篇儒、道、佛三家思想纠结在一起的作品。

例如傅山评点《招隐士》一开始就先质疑"篇题"显示的"隐居山林"不必只有"仙人"一途，对道家成仙的主题进行反省，说"八公八公，何必仙人"之语，正是此意。八公与大山小山之徒，都是淮南王招来的幕下门客，专门辅助淮南成就功名霸业，自然不可能再入山林而隐。但是傅山的质疑，认为即使偶入山林深居幽隐，纵情于自然物色，清气逍遥，自是一种心领神会的山水之音，山水之道，又何必扯上什么仙不仙之说？这一层批语含义，明白表示傅山是从《招隐士》的"义理思想"切入，找出作品中潜藏的思想内涵。顺此而下，傅山的批语都是环绕此或彼的反复辨证。说到如果不是为了道家成仙，养生吐气，而隐居山林，那么换作佛教心观止欲，绝弃俗尘，出世而隐身山林的"破崖寺古"，也是另一种逍遥，此即傅山批语"山行深□复□破崖寺古，亦自逍遥得去"这一句的第二层次质疑①，表明傅山不是只用"隐"与"不隐"尖锐对立的解读法，而是另外歧出《招隐士》作品字里行间的空隙，填补另外的作品意义。因为，如果贤才被招徕出山而不隐，在淮南王的心中目的只有一个，就是做官，走上仕途。反之，如果走入山林而隐，就是儒家独善其身、明哲保身的思想，接近儒家"学而优则仕"以及"得志兼善天下，不得志则独善其身"这种君子出入举止之做法。当君子贤才处于"隐"的时候，就代表这是君子"潜龙勿用"的时位处境。而这一层《招隐士》内藏的作品意义，也经由傅山点出来，批语有"岂复在五遁六达间哉"，此句描述的通达与遁逃两项强烈对比，正是指涉君子贤才一生仕隐与仕进的不同选择，透过《招隐士》作品的意象暗示、象征联想之结果，傅山批语读出了这层涵义。而这一层意思应该是"旧解"最常见的误读，旧解是说《招隐士》要招引山林之隐士出来为王侯效命，为平生大志谋求功名利禄，这是片面地从题目"招隐士"直读文字语辞的第一层表面意义而已。

然而须知在《招隐士》正文描写叙述中，作者是用夸饰赋笔，繁复意象堆垛，暗藏一层又一层的涵义，都没有直接说出这个"隐"字何指。必须经由解读者细心精读品赏，寻找作品空隙，添补作品新义，始克进入作品的多元意义链接之中，并根据它联想作品"第三义"的可能。现在，借由以上分析的傅山《招隐士》批语，至少已看到他的解读涉及"何必仙人""逍遥游""破崖寺古""上下天路"与"五遁六达"这些批语概念，都不是从原来的题目"隐"字可以直接解释的意义，而是要从作品所反映的"思想内容"层次加以分析，方可明白理解。所以说，傅山解读《文选》作品，擅长作品"第三义"的阐发，尤其注重这第三义中属于作品"义理"层次的解释，将《文选》作品由"课虚"与"征实"这两项旧解的主要模式，导引向《文选》作品潜藏的"子学义理"之解释，巧妙地融合子学

---

① 根据傅山批语原稿整理，两"□"表示阙字或漫漶不可辨明，参见三晋文化研究会编《傅山全书补编》，第80页。

与集部之学,带有学术"整合"的研究方法特色,可以提供选学界新的尝试。

再看这首《大风歌》文本表面词意,只有三句,首句先是用风云意象带题,风云一词,让人立刻联想到《周易·系辞上》早已有的指涉,就是云从龙、风从虎,将风云与龙虎联结起来,很快就想到"同类相聚"之意,凡天地之间动植之物大概都有"物以类聚"之意,引申到人世间即有朋比为类、同心同德的指涉内涵。由这样的联想,《大风歌》首句描写大风飞起彩云翱翔就不会是随口而出,随便唱唱而已。这里有许多"潜藏性"的文本意义,等待读者切入加以开发。

果然,傅山就把握住了这个风云意象,但不是从"类"的思考,而是直接点明这首歌有"内外"之分,所谓内外放到作者汉高祖刘邦的背景就指的是君臣之别。如果参考对这首歌作者所加的"知人论世"之理解,理解到刘邦征战天下、逐鹿中原,回军接遇故乡父老,于沛县设宴,招引父老亲友之际,会想到"马上得天下"之后当有"马下治天下"的谋略心思,自然能理解明君渴望可以得到贤臣之助。于是《大风歌》的第二第三两句就用"直述句"明明白白唱出君王威猛之师,以及故乡与四海之防守巩固,二者必须内外兼顾,君臣和合。此正呼应首句大风与云飞二个意象要相生相从的涵义,而这一层涵义必须配合第二、三句参悟,也就是说在《大风歌》短短三句之中读者要作"上下文义"的整合、联想,以及引申,那么,就有可能作出像傅山批语的解读,说这首歌暗含君臣之分,讲的是诗歌中的忠臣之思。而且,傅山给予极高的评价,认为一般见解以为只有盛唐才有忠义之诗是不对的,乃举这首《大风歌》作为反证,欣赏《大风歌》展现的君臣忠义气势犹如"狮子吼"一般矣!

其实,不论是从"同类相从"的风云指涉,或者傅山的内外君臣之说,在《大风歌》简短三句文本之中,大都看不出这两种意思。读者必须首先读懂表面字义,其次进行字句、对比技巧分析,最后还得上下文义领会,而相关的"知人论世"有助文本参读的"意义信息"也不可少,如此统合、联系、引申作品文本的"意义链",自然会得出读者的"第三义"。傅山的《大风歌》批语与吾人以上尝试的分析,应该都属于这一层次的《文选》解读方法。

继续按照前面解读《文选》的策略与思考模式,再读一读刘伶《酒德颂》,立即发现此作题目是讲酒,但全篇着力描写的根本是一位叫"大人先生"的典型人物。而叙述这位大人的行径、出处,还有举止动作,几可断定此人乃非"人间"之物。全篇以大人为叙述中心焦点，再应用对比角色，把缙绅、处士拿来作对比，说他们俩是"二豪"，意指豪情壮气之人，但用此词其实极尽调侃、嘲讽之能事。因为，此篇讲大人与二豪强烈的对比有如下两项：一是大人嗜酒，且歌颂酒之为德，而二豪戒酒，认为纵酒闹事，大大有悖礼法。但是大人极为鄙薄什么礼法，乃抬高一拨，跳高角度，说出"天地"一词之概念，用最大范畴的"天地"之性理，对比二豪嘴巴口口声声虚伪的人世庸俗之礼法。这是《酒德颂》最主要的思想主题，也是作者刘伶描述大人与二豪第二项很大不同之处。

透过以上所述大人与二豪二项鲜明对比，读者不难体会到"酒"不是此篇之主题，酒也不是常民百姓颂之或非之，各凭嗜好需求的俗物。这里，把酒字、大人的描写、天地的概念三个意象描述加起来合参细读，隐约之中，刘伶此篇《酒德颂》不论从哪个角度去读，明显都不会是在歌颂酒有多好，当然，也不在写缙绅与处士所批判的纵酒乱德的那种人间毒液，一旦嗜饮，必然惹出一大堆人间是非，必是严重地违背了卫道之士所设礼法约禁令。

所以说，《酒德颂》题目是酒，仔细一读，酒只是全篇的一个意象媒介，用它搭起大人与二豪俗士之间对比的桥梁，把一个"是"或"不是"的物品"酒"，拔高意象的另一层指涉涵义，借由这个"酒"的中介意象，暗藏此篇更深的作品意义，照样形成这篇《酒德颂》的意义链接，只有"细心"的读者深入挖掘，才会从中看出某些端倪。

例如，现在按照前面本篇的对比与中介意象之技巧，已知此"酒"非彼酒，可以尝试用酒，久也，同音影射的理解，探讨刘伶写作此篇是在思考一个人生很深重而悲怆的课题，有点接近长生永恒，以及"快乐"的问题，包括"人生所乐何事"，还有"什么是终生之乐"，而不是像纵酒一样只图一时的口腹之欲滥情之乐。这只要摘出《酒德颂》最终描写大人先生的"乐"居然用"无思无虑，其乐陶陶"此句极尽描写大人先生喝的酒可以到达如此这般高上的乐之境界，试想这岂是人间俗士在喝的俗酒，当然，更不会是二豪先生批判禁止有违礼法、易惹是非的酒。全篇《酒德颂》在精彩叙述大人与二豪的对话之后，即"议其所以"此句的"议论纷纷"之后，最终作出评断，而刘伶竟然使用"其乐陶陶"一句极为夸饰之语描述大人先生所喝的那种与人间俗酒不同的"至乐之酒"，那么刘伶心目中大人与二豪孰优孰劣、孰高孰下的比较之意，不就很清楚了吗？因此全篇透过"酒"字，而衍生俗与雅的对比，人世与天地的对比，大人与二豪的对比，酒与乐的对比，礼法是非与天地自然悠游的对比，这一连串的作品"意义链"环环相扣，牵一发动全身，隐藏很多"空隙"，有赖读者的添补与介入，即不难读出《酒德颂》极有价值的第三义。

因为《酒德颂》真正的重心是在叙述"大人"境界，而全篇描写的大人，与天地日月为心，超拔于人间利欲之外，无思无虑，天长地久。那么，这样的大人可以借助《周易·乾》卦描写的"利见大人"这种"义理性"之思考，参考《乾·文言传》描述的"夫大人者，与天地合其德，与日月合其明，与四时合其序，与鬼神合其吉凶"这种具备天地合德之特征的大人，而它是什么，恰恰正是刘伶《酒德颂》真正要探索的课题。因此，跳出"酒"的主题，吾人不妨将《酒德颂》当作是刘伶试图要为《周易》所展现的天、地、人三才的"易理"作出解释，或者说刘伶一直在思考一个人生什么是乐、什么是永恒的解答。

总之，欣赏《酒德颂》绝不能由于题目有"酒"有"颂"而误读受骗，须知此篇不是在谈酒这种俗物。果然，傅山的批语就是只字不提酒字，并且傅山把本篇"俗事"这一概念加深衍义，已经将"俗"的范围延伸到舞文弄墨写文章，还有讲经说教训别人，以及自以为是地自命为专家等，傅山的意思是这些都与"酒"作为俗物差不多。为此傅山提出作者刘伶是高人非俗士的最终解读[①]，而这一层作品"第三义"不是"酒"这个题目可以理解的，虽然，一开始读者也是要从"酒"这个字寻味而进，然而作品的"字词"只是作品的第一层涵义而已，一切作品的真正价值是潜藏在第三意义之中。

（勤益科技大学基础通识教育中心）

[①] 傅山评点《酒德颂》批语，自"刘伶处天地间"以下六十九字，整理者误植傅山原有批语。案：此六十九字出《竹林七贤论》，非傅山批语，而是傅山引述之后进行评点。《竹林七贤论》见于《世说新语》刘孝标注引，参见朱铸禹《世说新语汇校集注》，上海古籍出版社，2002年，第225页。

刘咸炘文选学新方法的启示及其开展
——论"双文学"的建构

游志诚

刘咸炘治文选学始于丁巳年一九一七年,二十二岁,距今年二〇一八年大约百年,百年文选学首发选学新声,与刘咸炘治《文心雕龙》,双文合攻皆毕,①距今亦百年,双文双百,文选文心互通合观,堪称文苑美谈,艺林胜事。② 兹据李克齐、罗体基合编刘咸炘《系年录》系民国丁巳年(一九一七)刘咸炘著述目录云:

> 是年撰《龚定庵集文句义》一卷,《定盒诗笺》一卷。其时先生方好龚氏书,笺语多引申其意旨。治《文选》毕,有《诵文记》一卷。主辨气格,间及考辨。近拟并《骈体文钞》之评语合编为书。阅《书林扬觯》,有评一卷。钞《辟袁公案》一卷。采集前人评议袁枚之语。

---

① 刘咸炘尝自白平生学术私淑章学诚,而主要得力于章氏旁通、互著之说,以及文集篇卷之识,凡有论述,例多引据。例如刘咸炘论《文心雕龙》,今又见刘咸炘诸子学,亦援章学诚谓子部成书乃专门之学,与篇卷不同,则知刘咸炘凡集部子部之学皆祖述章学诚。可参严寿澂《刘咸炘诸子学述论》此文,刊于《诸子学刊(第一辑)》,上海古籍出版社,2008年,第473—500页。

② 有关刘咸炘的研究成果至今已有六十多篇单篇论文,专书则以欧阳祯人《刘咸炘思想探微》最详。但是刘咸炘《文心雕龙》之研究目前仅得一篇,即戚良德《一部尘封百年的龙学开山之作》,此文用"百年文心学"一词标志刘咸炘在现代《文心雕龙》研究方法作为带头领羊人的开创地位。戚良德文收入《纪念中国〈文心雕龙〉学会成立30周年国际学术研讨会论文集》,济南,2013年,第969—986页。

此节著录说明刘咸炘治"文论"与治文选学大约同时间①,因而颇有"旁通互参"研究之便。其实,也同在此年刘咸炘兼治《文心雕龙》毕,将文论、文选、文心合并同观,代表刘咸炘的选学与龙学合攻并治的研究方法特点,堪称"双文双百"。

刘咸炘论《文选》首开文集文选说,援"文集"一词以概括《文选》所谓的"文",皆属隋代以前之文集概念,非唐宋以后文人之文集总杂。此刘咸炘文选学之总纲也。

其次,刘咸炘论《文选》首据章学诚《文史通义》中《文集》《诗教》二篇之文集定义,借参史家文献目录学之说,攻治选学,合文史为一家,亦即今人所谓《文选》跨界研究之方法示例。

三者刘咸炘论《文选》专门聚焦于《文选》文体,阐明《文选》源出《诗经》之诗教,而《诗经》风雅颂之分类,《诗经》皆单篇,推知为《文选》所准,故凡《文选》所收之文必单篇,非经史子专书专门之文,又必归属"诗教"之流。于是,《文选》文体之分类、次第、源流、定义等诸文体之学,皆刘咸炘涉及之课题,暂名之曰《文选》文体学。总上三项刘氏选学,凡选学理论、选学理论之应用二者皆具,尽述于刘咸炘《文选序说》庚甲此文,兹摘引其说如下:

其一,述《文选》文集说云:

> 吾既明章氏之义,乃知昭明本叙固已明言,阮氏亦未能细读,就文说之,其义可了也。书名《文选》,犹之刘义庆之《集林》,沈约之《集钞》,本专指当时之集而言。②

其二,述《文选》文体云:

> 虽然,其全书大体疆畛固甚明白,固非不知源流者所得毛举以相讥矣。而论文体者竟不推究,姚、曾诸人稍稍就所见之唐、宋文字分立目录,遂已为士林宝重,矜为特出,亦可慨矣哉。③

---

① 引自黄曙辉编校《刘咸炘学术论集:文学讲义编》,广西师范大学出版社,2007年,第248页。关于刘咸炘全集汇编,目前所见有三种,其一即1996年成都古籍书店影印本,其二即2009年上海科学技术文献出版社排印本,其三即黄曙辉2007年汇辑本。本篇论文引述刘咸炘文选学即据此本。

② 《刘咸炘学术论集:文学讲义编》,第21页。

③ 同上书,第24页。

其三,述《文选》本于诗教之源云:

　　章实斋作《诗教》《文集》二篇,发明隋前篇翰之源,正后世文集之谬,而不知《文选》之例即主《诗》教,故但表其辅史,摘其分门之误,而未明本旨。阮芸台撰《文言说》《书文选序后》二篇,发明六朝文、笔之辨,专以藻韵为文,以救后世偏尚散行之谬,而不知藻韵源于《诗》教,故偏主排偶。①

就文集之说而言,刘咸炘之所以必欲将诗赋之流的文与经史子之文分别之,谓隋以前之文即文集,而文集盖指"单一篇卷"如诗教皆以单篇为题之体例,力主所谓的文集是指单篇成集,与经史子必须整部成书、总体为一之结构不同。这是刘咸炘用章学诚定义的"篇卷"作出的文集解释,但其实这已是大大误解了章学诚《文史通义·篇卷》此篇的原始本义。

盖实斋只就书籍的构造形式"篇"之模式而言,非从"文体"分类去解。实斋主张"古人言篇不言卷",谓一篇即抄写一前后完整之作品,篇是册简定式,然作品未必尽合一册或一简,故于作品结束末端划记以识之,随即又抄另一作品,惟皆以"篇"名之,章氏特别举《汉书·艺文志》凡有著录皆作某某几篇证之,不言某某几卷。及至后世,自《隋书·经籍志》以下著录改曰某某多少卷,遂乱古例,以卷代篇矣!②皆非《汉志》所谓古书言"篇"之原义。故而刘咸炘欲解《文选》创为新说,乃据此说偶参《文选序》云:"记事之史,系年之书,方之篇翰,亦已不同。"此语有"篇翰"一词,遂遽断为昭明"篇翰"即古书"篇"意。殊不知此处"篇翰"乃修辞"代称",代替"著作写书"之语,昭明意思是说史书与其他著作比较,功用性质各有所不同。篇翰当指一切著书之文,并无只限定在"诗赋"之流皆单篇之文的意思。

因为,按照《汉志》的"篇"以及章学诚《篇卷》一文之解,隋以前,任何著述,不论诗赋或经史子之"成书"形式,皆用"篇",不言"卷",此乃"篇翰"一词之确解,可惜经由刘咸炘误解篇翰与篇卷皆同指单篇作品,遂导致刘氏必强为

---

① 《刘咸炘学术论集:文学讲义编》,第21页。
② 章学诚辨篇非卷之说,大抵近代目录学家无不承袭其说,可举余嘉锡《古书释例》此书为代表,它如吕思勉、王欣夫等各家皆是。

"牵合"文集即诗赋单篇之定义,用来解释《文选》皆选单篇作品,不选已成书之子部、史部,复又据此而说明《文选》不选"立意为宗"之子部文章的主要理由,乃知刘氏这一切的"因果"循环之《文选》理解,皆导因于对"篇卷"作为目录学知识的小小误解。真可以说,刘氏的《文选》创解既来自章实斋的文集篇卷说,同时,刘氏的《文选》偏解,也是来自对章学斋言篇不言卷的误读,堪称"一刀两刃"之文选学辨证。

若论及《文选》文体,刘咸炘文选学一大成就,厥在《文选》文类之创说,谓今本《文选》序目体类可重排之,而文体分分合合,可循"并"与"不并"尚无害也之原则,若据"不并"原则,知刘咸炘《文选》分体卅九类,而"难"体与"檄"不同类,此为最符合昭明原选之文体分类,堪称《文选》文类学之一大创解。兹述刘咸炘《文选》文体卅九类项目如下:

> 以愚臆见更定其次,当先诗次赋,分为楚辞、情志、纪行、京都宫苑、典礼、人物、物色、哀伤八类,而论文附焉,次颂,次赞,次杂扬颂,次箴,次铭,次连珠,次设词,次碑,次志,次诔,次哀,次吊,次祭,然后次诏,次册,次令,次教,次策文,次表,次上书,次弹事,次启,次笺,次奏记,次书,次移,次檄,告语之文既终,然后继以序、论、行状,则正附明矣。颂赞、令教、笺启皆可并二为一,不并尚无害。①

据此表,统计文体数目,知刘咸炘主张《文选》分体卅九类,此与旧说卅七、卅八类之说殊不同,而其辨体功夫愈进其明,颇具一家先见卓识,持与近代文选学文体分类各家说法较论之,愈益凸显刘氏创解之价值。② 今观刘氏新分类此表,立可见两项特色要义:

其一,文体排序已重排之,使符合《文心雕龙》文体论,故而刘咸炘力倡《文选》与《文心雕龙》共治相辅之学术方法,谓《文心雕龙》与《文选》皆推尊

---

① 引自刘咸炘《文选序说》庚甲,收入黄曙辉编校《推十书》,广西师范大学出版社,2007年,第24页。案:此《文选》文体排序首诗类,非昭明原选,刘咸炘自有说明。但隔年乙巳年十月有补正,谓仍当作赋为首,诗次之,与《七略》诗赋略先赋后诗同例。据此补记,则刘咸炘《文选》文体序目当首赋类。

② 关于《文选》文体分类,一直以来,为文选学界热门话题。游志诚《论文选之难体》主卅九类说,最近则有穆克宏《穆克宏文集自序》,详细列述对卅九类说之正反意见,刊于镇江图书馆编《文林》三十五期,镇江市图书馆,2017年,第92—96页。

《七略》目录学,并据之而述文体之先后。

其二,此新表不述"难"体,然亦不主"难"体与"檄"文同,攻驳选家檄难不分之非是。刘咸炘云:"难蜀父老乃设词颂德,非檄也,附于檄末,不安也。"① 细味此语,意主檄难当分,谓司马相如此篇难文主题在"颂德",而采用设问立论,自问自答之写作章法,故而用"设词"阐明此篇《难蜀父老》之文术技巧,而"颂德"则其题旨内容,自然与"文移武檄"力振天威、扫除逆凶之章法口气绝不相类,于文理当必分之,未可雷同而视,此真可谓直解而善读《文选》者,以上分述二途表明刘咸炘《文选》文体分类新表之要义。

说到《文选》文体分类,固属"类分"之学,则类分不限于文体,当旁及他物。《文选》序于诗赋即又作一重新分类,此分类又决然与文体分类不同。《文选》序云:"诗赋体既不一,又以类分。"此语即指明体与类不同,可援西论暂名之曰次分类,意指大分之下又再次分类,而类之定义已另立新目。刘咸炘有见及此,亦尝摘出《文选》诗赋次分类分合、先后之得失利弊,力主赋类次分"混乱如此",而诗类次分,首尾明白,褒诗贬赋之意,不是胡言诬评,而是自订有标准,盖刘氏仍准《七略》学术派别,作为评判原则,刘咸炘《文选序说》云:

> 赋之源出于诗骚,志、情、纪行,乃真诗、骚之遗,郊祀、耕藉、畋猎出于雅、颂,哀伤出于国风,斯当类而次之,依其源之先后为次第,今乃随意编之,以情居末,犹可云防淫,其他则混矣。京都之体最后,而乃以为首,此盖文士之见,爱其篇体广博耳。昭明于诗一类,略依风、雅、颂为次第,首尾明白,何于赋乃混乱如此。②

此节引文刘咸炘专述赋与诗二大类之再次分体,仍用"文体"一词概念,谓赋分十六,乃随意编之,不明先后,用"文士"一词带有鄙意,暗示文士只据文体广博之偏爱而选,殊不知《七略》自有诗骚源流先后之准,为此,刘咸炘重新提出一条编选原则,即依"类而次之"与"源之先后"此二项而编。所谓类而次之,可据《诗经》风雅颂之先后及其类别,例如哀伤是国风一类,而郊祀、耕藉、田猎则

---

① 《推十书》,第24页。
② 《刘咸炘学术论集:文学讲义编》,第23页。

是雅颂一类,悉按诗序、诗教为主的刘氏文选学,在此又可见一例。一旦看到十六赋类分合不符诗教体例,则必评为失序混乱。反之,若《文选》诗分二十三小类,则因其有"略依风雅颂之次第",遂赞许为诗之次分类是"首尾明白"。

由此可知刘咸炘论《文选》诗赋次分类,仍本"诗赋之流"之文体观,不但文体单篇之形式准之,即连文体先后之次第排列亦准之。此可简括为刘咸炘文选次分类学。

然而须知《文选》诗体次分二十三类、赋次分十六赋类非徒具文体"体貌"之分而已,当有文体内容、题材之别,更有文体功用之分,甚至文体篇名题目,亦据之而立一目,例如百一诗。则知《文选》所示"类"之涵义,文体类别只是其一,类之更多更广更多元指涉,用"文体"一词称之,至少已有体制、体貌、体性、体类诸名义。刘咸炘既知"双文"并治,则《文心雕龙》文体诸说当可旁参助解,可惜,未尝引之置论《文选》之分体,或疑《文选序说》太过精简,不及细述,殆亦可能。

刘咸炘解释《文选》定义之"文"谓即先秦诗教之文、即诗赋之流,非后世所谓之"文",尤其不是指唐宋古文,不能把文当作后世所谓"文集"看待之,而要上溯到隋以前的"集"概念,一语道破《文选》的文之要义,特别是将隋以前之文与唐宋以下之文作一清晰畛域之两划,刘咸炘《文选序说》云:

> 经说、史传各为成书,子家别为专门,故词赋之流专称为集,非后世杂编为集之例也。《书》《礼》《春秋》皆主质,故诗之流藻韵之作专称为文,非著述统号为文之名也。文也,集也,皆大其名而狭其实。此义不明,则六艺源流混而文体不可复别。①

此节谓"词赋之流专称为集"一语最有深悟发人深省,乃将文集与经史子书之别先行分出,经史子不得称集,惟有诗赋流变为颂、赞、箴、铭等文体之类,始可称集。此说可援《隋书·经籍志》屡见著录之论集、赞集等之作②,皆名为集而得到刘氏说之辅证,意思是说把写作"赞"这一类的各家作品集结起来就称作

---

① 《刘咸炘学术论集:文学讲义编》,第21页。
② 《隋书·经籍志》著录以"集"为书名甚夥,其他之例诸如:谢道韫集、孔琳之集、王融集、梁武帝诗赋集、梁武帝别集目录、集苑、赋集、论集、法集、杂集、书集、皇朝诏集等皆是。

"赞集"。而《文选》就是从这些"集"之中再精挑细选,选出名篇与佳作,故有"据集而选"之定义,非后世如唐宋所谓文集,盖凡一人之作,不分经史子之性质,皆集结为一书之文集,例如《韩愈文集》《欧阳修文集》《宋濂文集》《隐秀集》等这一类著作所指的文集。

刘氏先如此定义集,再推及《文选》的"文"字,则《文选》的文之定义,已再明白不过。按照刘氏之解"集",必自诗赋之流的"文体"而集之,则知《文选》的"文"亦必同属"诗赋"之性质。因此,刘氏有"诗之流藻韵之作专称为文"此句定义《文选》之文,于是《文选》的书名涵意即指"文集之选",可谓近代以来,用"文集古义"解释《文选》之首唱。为此,刘咸炘特摘出文即文集之同类著作,举刘义庆《集林》、沈约《集钞》二书为例,证明所谓的"集"就是"本指当时之集而言",意思是说刘义庆把魏晋士人言行举止、典故轶事加以收编摘录,集为一书即谓之"集林",至于沈约则摘抄各家睿语璞语,足供深省者,亦集为一编,故谓之"集钞"。今之《文选》,亦可援此例视作昭明领东宫诸子相互讨论,精评月旦,选录名篇佳作,都为一帙,集而成书,故谓之"文集之选",简称《文选》。

以上即刘氏以集领文之《文选》解。但随之问题已起,刘氏硬将"文"限定在诗赋之流的文体,凡经史子皆非此文,乃有"非著述统号为文之名"此语谈及"文"之定义,有广狭之别。刘氏此语显然与"集"字解同例,擅作"二分法",谓集有今古,文亦有广狭。此说本无可议,但衡之实情,则又未必然。依刘氏文与集这般定义,吾人即有以下两项质疑:

其一,今本《文选》非只选"文集"之文,亦选经史子之文。

其二,刘氏论文,自白宗尚刘勰《文心雕龙》与章学诚《文史通义》。然而彦和于文之定义已明言"发口为言,属翰曰笔",谓一切书写下来的文字皆是文也是笔。而章学诚《文史通义》此书已揭《篇卷》《文集》与《诗教》三篇详叙"文集"定义,亦不专主"诗赋"一体而已。则知刘勰、章实斋之"文"与"集"之说有本义,非刘咸炘所引述之"误解"。

上言二疑,须先明刘咸炘治文选学颇得力于一大利器者,即兼治《文心雕龙》,缘此而多得创解,殆即"双文跨界"之研究法。所谓双文即指《文心雕龙》与《文选》合参共治之学,姑名之曰双文学。虽然此法未必始自刘氏,但刘氏撷取于文心文论,锐精于双方异同比较,剖析明判其优劣主辅之论,终而归纳演绎,竟发出二书两大特处:其一《文心》与《文选》"貌同心异",其二《文心》与《文选》各主广狭。

"貌"意指《文心雕龙》与《文选》二书于"文体"与"文"之说如一,"心"谓二书系于写作意图并其功用对象不同,各有侧重,乃结出二书"异"之结果。如是具体揭出文心与文选双文合参之二大要义,立为双文跨界之二大纲领,不但刘氏自己大加发挥自成一家文选学,同时,亦已诚恳告示后生来学者之金针,启导文心与文选如何互参研治之门径,相较于同主双文必治,但少有具体示例,或者知双文当攻,却又不能深究端倪之泛泛谈论者,愈加显示刘氏双文学跨界方法有重要参考价值。①

先从"貌同"说起,谓文体体貌、形式、形貌,刘氏主要观点在《文心》《文选》二书的"文体"涵义是一致的。特别是从"文学流变"角度切入,刘氏将《文选序》所叙述的文体发展,自诗赋以下至诗赋之"流"的各类文体,用一语括之曰:皆合《汉志》七略的分类与发展。对照《文心》的"文体论"也是一样,《文心》文体论自《辨骚》篇以下列述各体文章之始末,首《明诗》、次《乐府》、次《诠赋》,即"诗赋"为首之文体观,皆同《文选序》与七略的作法。故而刘氏用一"貌同"说二书,盖聚焦于二书的文体形貌而论,但这并不表示二书就完全一样。

因为二书一为编者一为作者,二者之"心"截然不同,殆即今人之语"写书企图"不同之谓,故有"心异"之词,若问心异是异在何处?刘氏精简一语用"广狭"点明之。谓《文选》自"文集"而选,主狭。而《文心雕龙》诚属体大思精之作,主广义之文,刘咸炘《文选序说》云:

> 刘彦和氏《文心雕龙》兼该六艺、诸子,与昭明之主狭义不同,其上廿五篇,《宗经》《正纬》之后即继以《辨骚》《明诗》《乐府》《诠赋》《颂赞》,此皆词赋本支,又次以《祝盟》《铭箴》《诔碑》《哀吊》《杂文》,皆诗之支流,终以近诗之《谐讔》,然后次以《史传》《诸子》《论

---

① 考《文心雕龙》与《文选》合参之说,自来有之,黄季刚《黄氏文选学》已揭此论,但并未很具体说到如何切入。刘永济《文心雕龙校释》据此书引文另作补编,汇辑成一编,其文心文体类目略仿《文选》,然亦不作申论。穆克宏一系列有关文心文选比较之论述已成多篇,亦可参,见穆克宏《文心雕龙研究》,福建教育出版社,1991 年。

说》,然后次以告语之文《诏策》《檄移》《封禅》《章表》《奏启》《议对》《书记》,而于《书记篇》末乃广论经、史诸流及日用无句读之文,其叙次亦与《文选》序大略相同。此二书上推刘氏《七略》,貌同心异,端绪秩然。①

此节引文道破《文心》与《文选》异同之妙,可谓千古一大警语,振聋发聩,将《文心》《文选》二书各主"广狭"之异道出,指明其实只是"用心"之异而已。换句话说,《文选》之心改易为《文心》之心,或者用《文心》之心选编《文选》,其结果如一,并无不同。只因二书共同之相似处唯在"貌同心异,端绪秩然"而已。

再说,刘氏此节定位《文心雕龙》为"通学"之作,非专论"文"而已,谓《文心》此书四部兼述,凡经、史、子莫不涉论,则此书不就是一本《七略》之学乎?既然标举《文心雕龙》是博通、圆通之作,非只论文叙笔,而《文选》与《文心》何以又有"貌同"之处?据此推想刘氏的意思,不即隐约之中已用"通才"之观点检视《文选》?只差别在刘氏用更锐利眼光看出二书的"广狭"之别,点明《文选》侧重在"文集"之选,与《文心》的"四部"皆备,自然是范畴广狭不同。但这并不表示《文选》没有"通学"与"通史"之作法。所以,刘氏即使自"狭"切入,依旧断言《文选》与《文心》是"此二书上推刘氏《七略》",今若专注于二书的"文体"之形貌,则刘氏更有斩钉截铁之语谓《文心雕龙》文体论的排列顺序与《文选序》乃是"大略相同"。此处用"略同"与前揭"貌同"互参,乃信刘氏已应用双文学研究方法,结出文心学的创解,也开出文选学的新视野。

以上说《文心》与《文选》之异。

次论《文选》与《文心》之同。首先,刘氏此论有一大关键,即发现《文选序》与今本全书实际编录不同,间杂歧异,序则悉合《文心》,而编录文体之排次,则有颠倒、误置,以及碎乱诸弊。从而得知,刘咸炘治《文选》第一发覆之见,即看出序与本文之"异"。刘咸炘《文选序说》云:

> 序中分词赋、告语为二,划部明晰,而编录乃于赋、诗、骚、七之后遂列诏、册、令、教、文、表、上书、启、弹事、笺、书、檄诸告语文,而又继以对问、设论、辞、颂、赞、符命之出于诗赋者,又继以史论、论之旁出

---

① 《刘咸炘学术论集:文学讲义编》,第24—25页。

史、子者，又继以连珠、箴、铭、诔、哀、碑、志、吊、祭之出于诗赋者，忽此忽彼，杂乱无序，状出史家而间于志后，以与志近而附焉犹可也，序间于辞、颂之间，何说耶？①

此节引文刘咸炘分析《文选序》要义与编录之矛盾，说到《文选序》不但没有问题，且序所述文体及其排列顺次，与《文心雕龙》文体论大略悉同，且与《七略》目录一致，已见前述。乃知刘咸炘宗尚《文选序》，谓即与《文心》"貌同"。但实际编录《文选》所列文体分类及其目次则又大大不同，刘咸炘用一句"忽此忽彼，杂乱无序"痛批之，真下语极重之词。由此得知，《文选》初构当有周备而圆善之思，走的是与《文心雕龙》文体貌同之路，皆高举"通博"之学，从事选文。无奈实际编录，不知何故，率尔成书，失序倒误如刘咸炘摘出之例，每每见讥于后世，北宋苏东坡首发难，继述者代代有之，降至近代刘咸炘精通双文学，仍然持此论调，似可证明《文选》或仓促成书之说法，不无其理。

然而，须知刘氏分述《文选序》与《文选》文体为二，乃据文体大别分作二类：一曰词赋，即诗教之流，衍生为后世单篇之文体；二曰告语门，所谓告语门乃刘氏借自曾国藩《经史百家杂钞》所分之文类。曾氏谓凡著述门，皆一家一子之专门著作，而告语门别有上告下与下告上之语，属政事公文之作。曾氏此说由刘咸炘挪移至《文选序》所述文体，类分为词赋与告语二大门，其下再次分其类，遂成今本所见《文选》文体。此说堪称文选学首次借用桐城派古文理论进行骈文派文体的分析论述，一笔打消古文骈文向来尖锐对立之俗说，改从文体之"功用"解释，不作"形式"体貌之强分，此又刘氏文选学一项新解。

正由于刘咸炘自己先预设文体发展是"词赋"与"告语"两大类作为基本文体论，据之以检视今本《文选》的文体分类，凡见其不合，则必有说，且见不合之恶例，亦必出贬语，譬如指摘今本《文选》的分体有"杂乱无序""何说耶"二语即是。最终刘咸炘总括《文选》编录文体有三弊，刘咸炘云："然全书之中，亦有未安者三端，一曰序次倒，二曰立目碎，三曰选录误。"②须知此语所谓的"全书之中"是指《文选》的选文及其分体，然绝不包括《文选序》此文。

---

① 《刘咸炘学术论集·文学讲义编》，第23页。
② 同上。

由以上辨正刘咸炘说《文选序》无误,《文选》编体与选文则有未安,乃知《文选》成书过程确实存在诸多疑点。① 为此,遂导致刘咸炘尝试为《文选》的文体编录重新排列一个顺序,今观其先后安序的理由,即据《文心雕龙》文体论、《七略》目录学所见古代学术源流,以及文体词赋与告语门两大类此三项理论重新排次。其中又以《文心雕龙》文体论作为根本大纲,刘咸炘双文兼治的研究特色在此充分展现无遗,实质表明治《文选》之不二法门,亦唯有互见旁通《文心》学,按照刘咸炘此说法,《文心》与《文选》诚可谓"双文之学"。

由以上分析得知刘咸炘治文选学所获创解莫不来自细读《文选序》之所得,前文所揭示《文选序》文体次等遵《七略》学术源流即其例,已详述于前。今再发其一例,刘氏谓《文选》不选之文当有"五"类,而非"三类"。盖《文选序》明言子书以"立意为宗,不以能文为本"故不选。经书则本非文集之流,亦不可割裂使单独成篇,是必不选。至于史书之作也是同理,刘咸炘有"凡子史部成书皆非诗教一流单篇抒采之比也"之语,故亦不选史书。但于史赞一体则因有"文采",乃另立"赞论之综辑辞采,叙事之错比文华"之别准,而收录之,谓此类史书述赞之文有"藻韵",合于诗教而录之。

综上所述《文选》不录之文凡经史子三类,此千古不疑之说,及至刘咸炘则又另主"战国说辞"不选与西汉奏疏不选两项,向来皆为文选学家忽略而遗之。刘咸炘《文选序说》云:

> 不选说辞,曰"虽传之简牍,而事异篇章",斯语尤精。曾涤生讥姚姬传选太史谈《论六家要指》,谓其文乃史迁所述,非谈本有一篇,当矣,而于姚氏选《国策》诸说辞,略不讥议,且沿之焉,此岂非撰《国策》者所记非本有一篇者乎?是知一十而不知二五也。夫事异篇章,不特说辞为然,凡子、史部成书皆作《诗》教一流单篇抒采之比也,故昭明又曰:"记事之史,系年之书,方之篇翰,亦已不同。"其义亦明爽矣。②

---

① 现代选学者俞绍初特别注意此问题,参见氏著《昭明太子集校注》,中州古籍出版社,2001年,第1—10页。另外,关于《文选》成书过程,可参王立群《文选成书研究》,大象出版社,2015年,第40页。

② 《刘咸炘学术论集:文学讲义编》,第22页。

> 又云:"不取西汉奏疏,以其质也。其他各类,皆以此为断,去取之旨,犹可推寻,惟《毛诗序》《尚书序》《左传序》皆非沈思、翰藻,而亦录之,殆以本书主于《诗》教,故录《诗序》以见宗主,而《书》《春秋》二篇又以旁备文史源流耳。①

上引二节引文即刘咸炘重新揭出《文选序》另外不选两类文体,一曰战国纵横家说辞,二曰西汉奏疏。此二类不选之理由,刘咸炘仍用文集单篇标准界定,用来助解《文选序》说"事异篇章"一语的篇章定义。简单讲,刘咸炘直认为《战国策》是史部成书,不是单篇文集之流,故不选,盖据章学诚所揭隋以前文集篇卷之定义而论选文之去取。

其次,又用文质对比的"质"之标准,解释西汉奏疏不选,因奏疏初构必属单篇议政之作,则不能再援文集单篇之例以准之,遂改用"文质"之说,谓《文选》乃重文轻质之选,故而《文选序》有云"事出沉思,义归瀚藻"之语,盖指有韵藻文采之叙事乃选录。奏疏之文,议政论事,不主华采,尚质略文,故又不选。总而论之,刘咸炘别摘《文选序》于经史子三不选之余,新增两不选目,较之前人所识益精,所见愈广,其精读《文选序》之深切工夫如上。

刘咸炘论《文选》既已分《文选序》与《文选》编录而各别考察之,于《文选序》无訾言,于《文选》编录则揭次例、目碎、选录误三失。其所摘例,并其评述缺失之理,自来文选学者多见类似之论评,故不得谓刘咸炘有开创之先格。至若《文选序》刘咸炘几无訾议,赞许《文选序》自"古诗之体,今则全取赋名"此句以下详述古今文体源流,既本《七略》,又与《文心雕龙》貌同,复持清儒章学诚"文集篇卷"之说以证之,总言而评《文选序》所述乃"先后次第既已粲然",用"粲然"一词,谓清晰鲜明,符合文体流变之实,由此语可知刘咸炘深深赞许之意。刘咸炘《文选序说》云:

> 序先论《诗》,而举六义,明乎词赋一流皆源六义,又曰"古诗之体,今则全取赋名",此言后世之赋以附庸而成大国,兼该六义,足以当古之诗也。次论骚者,骚为赋祖也。次论诗,次论颂,颂名犹沿于古诗,不但义同,箴、戒起于上世,其藻韵与诗同而《抑》及《卷阿》列

---

① 《刘咸炘学术论集:文学讲义编》,第23页。

于《三百》，铭、诔固诗之流，赞亦颂之类。以上皆词赋正传，源于《诗》教者也。惟箴下铭上杂入论体，似不伦，殆以箴、戒言理而连及之与？①

此节引文首立"诗教"六义为后世"文集"单篇之本源，先说《诗三百》皆单篇，而文集也是单篇，故自此以下凡有"诗赋"而分出之文，皆貌似诗赋，刘咸炘谓之"诗赋正传"，以上即《文选序》阐述文体之定义。

又次，即从"文集演变"与"诗赋之流"双重角度，一路考察《文选序》所述文体发展，依序为诗、骚、颂、赞、箴、铭、诔，刘咸炘据此而认可之，谓符合文体先后次第。可见，到了《文选》实际编录所排的文体次序，已大为不同。例如今本《文选》目次所见分类于骚后，次七体，随即诏、册、令、教、文、表、上书、启、弹事、笺、奏记、书、移、檄、难、对问、设论、辞，自辞以下始接续刘咸炘所说的"词赋正传"，而中间插入的这几类皆非"词赋"之流，只是"单篇"而已。坐此之故，遂引发刘咸炘指摘《文选》编录有先后次序倒乱之失。

然则《文选》序论及文体实不止"词赋正传"而已，另外一类刘咸炘挪用曾国藩《经史百家杂钞》的文体分类有"告语门"一项，刘咸炘谓《文选》文体不外乎"词赋之流"与"告语门"两大类，刘咸炘解释《文选》序的告语文曰：

以下乃言告语之文，盖告语单篇，与经说、史传、子家殊途，《三百篇》中有书简哀吊之议，春秋赋《诗》酬答，其义亦取主文，而枚、马书、檄原于纵横，《东汉·文苑传》书教与赋颂并列，诏诰教令，上告下也，表奏笺记，下告上也，书誓符檄，告敌体也，吊祭悲哀，告鬼神也，末乃终以答客指事之设词，三言八字之异句，以该诸未举之例，篇辞引序碑碣志状，皆属单篇，特为统举之词，篇辞本非一体，引序则一书之附物，碑碣与志乃刻石之文，其词简浑，与铭、颂同，后世用史传法，非古也。先后次第既已粲然，乃发其选辑之例。②

此节引文刘咸炘专谈《文选序》所述"告语"之文体，排列在"诗赋一流"文体之后，可知《文选序》先诗赋次告语之文体顺序，符合《七略》系统，所以结论《文

---

① 《刘咸炘学术论集：文学讲义编》，第21页。
② 同上书，第21—22页。

选序》有"次第粲然"之佳处,可惜到了《文选》实际编撰,不知何故竟然不守此序所订,而撰乱误倒如今本之所见,乃遭后世贬评碎乱失题之讥,今幸经由刘咸炘一刀划境,谓选序为是,选文有乱,一语点醒,可称作昭明知音,亦可视作选学先见之明识。①

然而若问知音与先识背后的根源与动力为何？以本文所述刘咸炘攻治选学为例,得知不外乎"双文"之学的融会或跨界,乃暂名之曰双文学。意思是说刘咸炘根据《文选》与《文心雕龙》互参互证,两书两学双攻之方法,始克成就文选学研究的先识与知音,为此,本文试拟二语,聊作结语曰：

  两脚踏双文文化
  一心评文选文章

（台湾彰化师范大学国文系所）

---

① 历代贬评《文选》分类碎乱,陈陈相因,大抵不出李匡乂、姚宽、王楙、苏东坡等各家之说,及至清儒章学诚作《文集》《篇卷》二篇指摘《文选》分体之误等皆是,都只集中在选文类目之检讨,罕闻对照《文选序》之不误,如刘咸炘之解,乃分《文选序》与《文选》选文两层次而较论。

日本《文选》学的新成果
——读日本新出的两种《文选》学新著

李 庆

日本学者对于《昭明文选》及有关著作的研究,源远流长。而近年日本有关《文选》研究的著述,国内学界似乎介绍得有限,这里想介绍两种新出的著作,以供研究者参考,以便学界交流。

一是富永一登著《文选李善注的活用》。日本研文出版,2017年2月出版。

另一是川合康三、富永一登、釜谷武志、和田英哲、浅见洋二、绿川英树共同译注的《文选》(诗篇)。岩波书店的《岩波文库》本,到2018年3月,出版了其一、其二两册,全部预出六册。

一

《文选李善注的活用》是富永一登继他的《文选李善注研究》之后的又一部《文选》学力作。[①]

全书主要分为两大部分。第一部分:《文选》李善注的活用——文学语言

[①] 关于《文选李善注研究》(日本研文出版,1999年),笔者在拙著《日本汉学史》第五卷中,曾稍有涉及,因为体例关系和其他因素,未能充分展开。后听国内文选学界的朋友说,国内的研究者已经多有知晓,故在此不具体介绍。

的创作和继承。第二部分:《文选》版本考。

在第一部分中,作者主要探讨李善《注》引用经典中的语言,如何在继承的基础上加以创造,也就是探讨《文选》(包括李善《注》所引经典)中的词语,在历史展开的过程中,如何被有代表性的文人继承运用,这些作者,又如何在自己的作品中创造性地发展了这些词语。

富永认为:"语言和人都是活着的,其意义既有长年被继承的,也有随着时代而变化的。变化有的是因世间价值观念的不同而产生,但文学语言的变化则大多是由诗人的个性带来的。"①正是从这一基本的观念出发,作者对于《文选》中不少词语的意义和表现方式,在对李善《注》全面校勘的基础上,进行了实证性的探讨。

比如"孤"这个词的变化。富永殆根据《文选索引》等研究成果,指出,《文选》中用"孤"字的有113例,李善《注》中有45例(引证34例,释意9例,薛综旧《注》2例)。②

永富先探讨古代"孤"的意思,根据《孟子·梁惠王下》认为:"孤"本意就是"无父"之意。

他指出:虽然《诗经》中也有咏叹"孤独"感的内容,但在《诗经》中(包括《经》和《毛传》)没有这个字,只在《诗·小雅·颊弁》的《序》中,出现了"孤危"的用法。在《楚辞·离骚》中也没有出现"孤"这个字。

富永检索了先秦经书和诸子中的情况,指出:在先秦,"孤"的意义、用法主要有如下四个方面:"家族关系""王的自称""官职之称"和"特产物"。③ "孤"是指"社会生活、政治制度中的一个人的状态,而没有精神性的自我孤独意识"④。

他指出:从宋玉到建安时期,在继承了前代"孤"的意义和用法的基础上,"孤"的意思有了创造和发展。如在邹阳《狱中上书自明》等处,出现了带有和以前不同的"单独行动"意义上的"孤立""孤独"等用法。

---

① 《文选李善注的活用》,第143页。
② 同上书,第144页。
③ 同上书,第148—149页。
④ 同上书,第146页。

到三国两晋时代,作品中出现了更多的带有"孤"字的词语,尤其在陆机的《文赋》中,有了用以表现与众不同形象的、带有积极评价意义的"块孤立而特峙"这样的用法。①

再到陶渊明那里,更有了新的发展。富永指出:在陶渊明的作品中,出现了 15 处"孤"的用例,其中有 8 例,为原先未见的用法。他列举了如下的用例进行分析,那就是:

"渺渺孤舟逝"(《始作镇军参军经曲阿》)

"中宵尚孤征"(《辛丑岁七月赴假还江陵夜行途口》)

"挥杯劝孤影"(《杂诗》其二)

"鸟栖声以孤归"(《闲情赋》)

"抚孤松而盘桓"(《归去来辞》)

"因值孤生松"(《饮酒诗二十首》其四)

"或棹孤舟"(《归去来辞》)

"怀良辰以孤往"(《归去来辞》)

"总发抱孤介"(《戊申岁六月中遇火》)

"拥孤襟以毕岁"(《感士不遇赋》)

"托契孤游"(《扇上画赞》)

"下弦操孤鸾"(《拟古诗》其五)

"孤云独无依"(《咏贫士》其一)

富永吸收了当代哲学、心理学研究的成果,指出:"孤独感有 loneliness 和 solitude 两种。"②据此对上述陶渊明的用例进行了分析。认为陶渊明作品中的"孤",有着对"坚持自己独自生活方式、独立特行"加以肯定评价的内涵。③ 而这些词语的变化和用法,对其后唐代诗文创作,有很大的影响。

除此之外,他还对李善《注》中,对于《论语》中的字句词语如何加以活用的方式进行了归纳。如"把一句话稍加改变"、"把两个典故组合运用"、改变

---

① 《文选李善注的活用》,第 157 页。

② 见《文选李善注的活用》,第 169 页,注 37。富永主要参考哈比艾尔伽拉达(日语译音)《自爱和利己主义》(日本讲谈社,1989 年)中的论述:"孤独大致有两类。一类是在大众中的孤立的痛苦,即 loneliness;另一类是内心在沉默中的充实,即 solitude。"此书为日文本,作者和书名,笔者从日语翻译。

③ 《文选李善注的活用》,第 164 页。

词语典故的意义、摘取个别词、在典故词中加上字等方式来灵活地运用。他共列有六种方法，不赘引。①

作者还对李善《注》中引用的曹植作品中的词语，所引陆机、潘岳作品中文学语言的情况进行了探讨。见该书第一部第一章《文学语言的创作与继承》，第四节《注引曹植诗文所见文学语言的创作与继承》与第五节《注引陆机、潘岳诗文所见文学语言的创作与继承》。

总之，富永在文献考订的基础上，运用语言学、修辞学、哲学的各种方法，把握宏观在胸，从细部着手，提出了许多令人耳目一新的见解。

富永这部著作的第二部分《文选》版本考，重点是对于李善《注》文本本来面貌的探究。

这部分的主体，是唐抄本的《校勘记》。②

《校勘记》所用参校的文本，有北宋刻本（残本）、宋尤袤本、胡克家重雕宋淳熙本、宋赣州本（日本宫内厅书陵部藏本）、涵芬楼旧藏宋本（即《四部丛刊》影印本）、宋刻单行五臣注本（即建阳崇化书坊陈八郎宅善本，台北"中央图书馆"影印的南宋绍兴三十一年刊本）、宋明州本（日本足利学校本）、明袁褧仿宋本、韩国奎章阁本、古抄本《文选》残卷（所谓"九条本"）、抄本《文选》残卷（大阪上野精一本，所谓"上野本"）等文本。

校勘的方式，先列唐抄本的正文，下列胡刻《文选》对应之文，有异同处，根据上列诸本，同时参照十余种清代以来重要的研究著作，进行校勘考订。

笔者寡见所及，这是对唐抄本最全面的校勘成果。

在这样的实际校勘研究基础上，富永对近年有关李善《注》本来面貌的一些关键性问题，进行了探讨。

众所周知，李善《注》的本来面目如何，这在《文选》研究中，是关系到各个方面研究展开的焦点问题。

二十世纪，这个问题由日本"《文选》学"奠基者斯波六郎提出，引起了关

---

① 《文选李善注的活用》，第19—33页。
② 唐抄本此指伯希和敦煌文书的《文选》残卷，有甲、乙两种。甲种为胡刻《文选李善注》卷一的张衡《西京赋》，此本也就是所谓的"永隆二年"本，是现可见到的李善注最古的文本；乙种为胡刻《文选李善注》卷四五，从东方朔的《答客问》到扬雄《解嘲》的残卷，或认为系唐高宗时内府写本。

注。斯波认为,宋尤袤刻《李善注》(这被认为是当时流传的清代胡克家刻《文选李善注》的祖本)是从旧本《六臣注》中抽出刊行的。① 对此,中国的程毅中、白化文发现了现存的宋代刻本,对此提出疑问。② 此后,日本学者冈村繁、清水凯夫等先生,根据日本所存细川家永青文库藏《敦煌本文选注》等,进一步提出了新的补充理由。③ 把有关李善注文本研究,推向了新的阶段。

多年来,众多的学者为追寻《李善注》的本来面貌,关注刊本以前的各种抄本:如现存的《文选集注》本、敦煌文书本,以及各种其他的抄本残卷,如上野本(大阪上野静一家藏,一卷)、九条本(京都大学存照片)等,并进行了深入探讨。

其中,敦煌文书本中的甲种本,即"永隆二年本",由于是李善生前所存本,它和李善《注》本来面貌的关系,更成为学界关注的焦点。

罗振玉把它在《鸣沙石室古籍丛残》中刊布以来,高步瀛、斯波六郎、饶宗颐、伏俊连等都有论说,对此进行了探讨。④

在这一问题的研究中,引人关注的是傅刚的成果。傅刚在研究《文选》版本时,对敦煌本进行了探讨。⑤

他发现永隆本《文选·西京赋》的正文和李善《注》的文字有出入,通过十多例的对比,提出:永隆本李善《注》并非李善《注》的原本的见解。认为那是寺僧书写之际,依据薛综《注》和李善《注》的两种底本,合并而成。认为正文依据的是薛综《注》本,李善《注》是李善本。这无疑是一个新见解。(以上归纳,是笔者的理解。)

富永对傅刚此说抱有怀疑态度。他把此敦煌本和李善《注》(胡克家刻本)加以对勘,对这一现象进行了研究。他发现,在敦煌本中,《文选》正文和李善《注》有出入之处的,共有 45 处(永隆二年本有 43 处,另一唐抄本乙卷有

---

① 见《文选的版本研究》,载拙译《文选索引》上册,上海古籍出版社 1997 年。
② 见程毅中、白化文《略谈李善注〈文选〉的尤刻本》,载《文物》1976 年第 11 期。
③ 见冈村繁《文选研究》的第七章《文选集注和宋明版行的李善注》(岩波书店,1999 年),又清水凯夫《新文选学——文选的新研究》(日本,研文出版,1999 年)等。
④ 见高步瀛《文选李注义疏》(《选学丛书》所收,1929 年),斯波六郎《文选的版本研究》,饶宗颐《敦煌本〈文选〉斠证》(载香港《新亚学报》一期、二期,1957 年);还有伏俊连《敦煌赋校注》(甘肃人民出版社,1994 年)等。
⑤ 参见傅刚《文选版本研究》,北京大学出版社,2000 年。

2处)。其中傅刚论述到的有13处。他一一列出了这些不同,对产生不同的原因加以探讨。①

因为傅刚提出永隆本《文选》正文,当时书写者根据的是薛综《注》本,于是富永又按照傅刚的方法,把永隆二年本正文和薛综《注》进行对勘分析。发现二者有21处也存在文字异同。除了因形似误写等因素外,有一些显然是互相不合的。

由此,他认为:如果说注文和正文有异同,正文和《注》就不出于同一人,按照这样的逻辑,那么,存在那么多异同的永隆本,自然就不符合认为"唐抄本(按:即永隆本)以薛综《注》本为底本书写"这一傅刚的推断了②。于是,问题又回到原点,如何解释唐抄本正文和李善注文间的差异,还有如何认识唐抄本和现行刊本中的文字出入呢?

富永提出几点解释:其一,有的是抄写时的笔误,有的是所引文书的文字和正文本来有出入。其二,有的是因为李善在永隆二年时,注释《文选》的义例还没有完全确定,因此,注释和正文的对应没有那么严格。其三,此外,在永隆二年以后,李善也对自己的注释进行过补充修改。因而产生了异同。③

这样的研究,使这一问题有了新的进展,有了更定量的分析,给我们提供了新的视角,应当充分肯定。但这是否就可以完全否定永隆二年本书写时,所依据的有两种文本这一可能性呢?我以为还有再讨论的余地。

除了这个关键性问题的论说之外,富永还对近年《文选》文本研究中所涉及的"臣君"问题(即无注的上野本《西京赋》书眉间有三处标有"臣君"[两处为"臣君曰",一处为"臣君云"],九条本、集注本、永隆二年本中也都可见"臣君",或"臣君曰""臣君启"等字样。这究竟是什么意思,是否指李善?不少学者如饶宗颐、范志新都曾进行过论说),还有对李善《注》中"已见"(即"从省例")的理解等问题,富永也作了独自的研究,限于篇幅,在此就不一一评述了。

富永在评介冈村繁《文选的研究》时曾这样说过:"不应单纯地而应系统地来认识《文选》诸本系统,李善《注》的传承过程,也是从简单转为繁复,提倡

---

① 见《文选李善注的活用》,第311页以降。
② 同上书,第342页。
③ 同上书,第311—359页。

以这样的视角来认识。"①笔者认为,这是很正确的。对于他在这部新著中所涉及的诸多问题,我们也该如此对待吧。

富永的研究,为探讨李善《注》的本来面貌,开拓了新的局面;对今后的研究者,一定会有所启发;对今后的《文选》研究,对于《文选》学的展开,具有重要意义。

二

再来谈《文选》诗篇的新译本(《岩波文库》本,岩波书店,2018年)。如果前面所说的是专门的学术论著,那么,这《文库》本的《文选》译注,则是在研究基础上,面向一般读者的读本。计划译注《文选》中的诗篇部分,即卷一九到卷三一。

全书计划出六册:

第一册:卷一九(补亡、述德、劝励)到卷二一(咏史)

第二册:卷二一(咏史,接上一册)到卷二三(咏怀、哀伤)

第三册:卷二三(赠答一)到卷二五(赠答三)

第四册:卷二五(赠答三,接上一册)到卷二七(行旅下、军戎、郊庙、乐府上)

第五册:卷二八(乐府下、挽歌、杂歌)到卷二九(杂诗上)

第六册:卷三〇(杂诗下、杂拟上)到卷三一(杂拟下)

现在刚出版了第一、第二两册。

日本《文选》的译本,已经有好几种,如斯波六郎、花房英树翻译的,小尾郊一等翻译的,还有网祐次、内田泉之助、中岛千秋、高桥忠彦、竹田晃等翻译的。②

这部《文选》的译本,作为一种新的译本,仅就新出的两册来看,就反映出

---

① 《文选李善注的活用》,第302页。
② 见拙文《日本的〈昭明文选〉研究》,载《〈文选〉与〈文选学〉——第五届文选学国际研讨会论文集》,学苑出版社,2003年,第853—879页;又见拙著《海外典籍与日本汉学论丛》,中华书局,2011年,第161—187页。

一些新的特色。(笔者尚未全部细读,仅就初步翻阅的感觉而言,不到之处,敬请见谅。)

此译本在每一类诗篇之前,有解题,说明这一类诗的性质、渊源。翻译部分,先列作品正文,下面是对作品正文的直译。接下去,有对作品正文的现代语译。

后列注释。注释包括:1. 作者的生平,2. 诗中语词、典故的解说,3. 该诗歌有关的人物事件等背景的说明。

全书附有有关的人物世系、地图、对全书的解说等,条理清楚,在全书的体例和形式上,令人感到,便于读者阅读。

在第一册最后,有川合康三的《解说》,概括地介绍了《文选》是怎样的著作,它编撰的时期和背景、编纂者、选择的标准、诗歌的分类、作者的情况,以及这本新注本注释的简况。

其中有令人回味的见解。川合注意《文选》中诗歌的分类,开头的几类,不少乃是"公"(这有公开、官方的含义)的场合,在"仪式或行事时书写的",而在"私"(个人的、社交的)场合,也"作为社交的方式",盛行应酬。他指出:"诗,在这样带着和他者关联展开的场合写出,带有社会性,这可以说是在所有中国古典文学中可以见到的显著特性。"[①]

又说:"中国古典文学最显著的特性,是其文学的传统在无尽漫长的过程中,均匀地、不动摇地延续着。传统的一贯性,不仅在文学,在文化全体,甚至在社会体制上,也贯穿着代代王朝,持续连动着。"[②]这些可以说是注译者的宏观见解。这些看法,见仁见智,可供参考。

恩格斯在《反杜林论》中认为世界是一个有着内在联系并不断变化的整体,他指出:"这种观点,虽然正确地把握了现象的总画面的一般性质,却不足以说明构成这幅总画面的各个细节。而我们要是不知道这些细节,就看不清总画面。为了认识这些细节,我们不得不把它们从自然的或历史的联系中抽出来,从它们的特性、它们的特殊原因和结果等等方面逐个地加以研究。"[③]

---

① 《文选》诗篇,第一册,第394页。
② 同上书,第412页。
③ 恩格斯《反杜林论》第一章,马列编译局译本,人民出版社,1970年。

这两本《文选》诗篇的译本,在微观的注释内容方面,也多有新意。

先看对于作品语言的认识。令人感到,此译本带有新的时代气息。汉语被认为是一种以汉字为单位的"孤立语"①,但是在近代以来,现代汉语的一个重要变化,就是在实际使用中,双字或多字的词汇逐渐增多。② 在注释古代诗文作品中,注释者以怎样的单位来注释,就会产生在理解上的差异。

在《文选》诗歌的注释上,也是如此。如著名的谢灵运的《登池上楼》(此诗在《宋书·谢灵运传》中被提及,是谢氏最有代表性的作品之一),在日本老一辈学者,如入谷仙介注释"池塘生春草,园林变鸣禽"时③,基本是以单字为单位注释:池,注释为"いけyike"(水池);塘,注释为"つつみtutumi"(堤);生,生长;春草,实际上不作为一个词,而是注释为"春のno 草"(春天的草)。(按:以上引号中的英文字母,是日语的发音。)

"园柳变鸣禽"则区分为"园""柳""变""鸣""禽",分别注释、翻译。

其他如该诗的开首的"潜虬媚幽姿,飞鸿响远音"也是如此。④

与此相对,新的《文选》注本,则把"池塘""春草""园林""鸣禽""潜虬""幽姿""飞鸿""远音",都作为固定的词汇来注释和翻译。

这样,就产生了对作品意义理解的一些差异。

比如"潜虬媚幽姿",入谷的注释是:深潜的虬,幽隐着,被这样的姿态魅惑。"飞鸿响远音",注释为:飞翔着的鸿雁远去,响着鸣叫声。⑤

他认为,这是作者感到自己无力和受到束缚的同时,显现出对于潜虬、飞鸿所具有的"无限能量"向往的神情。⑥

但是,新译本《文选》的译者们注意到"潜虬媚幽姿"的"媚"字,是"在谢灵运诗中常见之词,不仅只是'美',还包含着爱怜自身美的主体(虬龙)的态

---

① 汉语属于汉藏语系,以汉字为基本单位。古代汉语,大多以一个字为单位。参见张世禄《古代汉语》,上海教育出版社,1973年,第68页。
② 即由各种关系:主谓、动宾、并列、词缀、双声等构成。参见胡裕树主编《现代汉语》,上海教育出版社,1986年,第18页。
③ 关于入谷仙介,参见拙著《日本汉学史》第五部,第八编,第六章,上海人民出版社,2010年。
④ 见入谷仙介《古诗选》,朝日出版社《新订中国古典选》之13,1971年,第368—374页。
⑤ 同上书,第368页。
⑥ 同上书,第370页。

度"①。

因此,他们的翻译和理解是:潜虬(深潜之龙)对于幽姿(隐存深渊中的完美状态),感到滋润受用;天空飞翔的鸿雁,远去的鸣叫之音回响着。②

这就和入谷的理解有所不同了。而这样的翻译,和我国国内对该诗的注释,有的地方就比较相近。

比如复旦大学朱东润主编的《中国历代文学作品选》上编第二册对这两句的注解,说"媚,有自我怜惜的意思"。把"幽姿"作为一个词,解作"潜隐的姿态"。③ 当然也有注释为"刚健婀娜的美妙姿态"的④,那也是见仁见智。

还有,"池塘生春草",这到底是"繁茂丛生"之草呢⑤,还是"刚发芽"的草呢?⑥ 两者的理解也不同。

对于此句,国内的注本或许觉得意义明确,多未加注释(见上引二种国内注本)。而有的学者则理解为"抓住初春时节景物细微而不易察觉的变化"⑦,那么,这"春草",就不是"繁茂丛生",而是萌生状态的了。

诗无达诂,学者的看法,无法强求一律。外国学者对于中国古代诗歌的欣赏、品味和理解,就更带有多种可能。

这种理解上的差异,其更深层,是否都映现着时代的变化,比如当代人更关注个人主体感受这种时代意识的影子呢?这也是应当加以关注的吧。

日本新出的这部《文选》译本,带给了我们一种新的感觉和研究领域的新鲜空气,我想,还是值得研究者同人以及读者关注的。

三

这两种著作的共同点,在笔者看来,有这样几点:

---

① 《文选》诗篇,第二册,第165页。
② 同上书,第162—165页。
③ 朱东润主编《中国历代文学作品选》,上编第二册,上海古籍出版社,1979年,第351页。
④ 见林俊荣《魏晋南北朝文学作品选》,吉林人民出版社,1980年,第90页。
⑤ 入谷说,见上引《古诗选》,第373页。
⑥ 《文选》诗篇,第二册,第165页。
⑦ 见章培恒、骆玉明主编《中国文学史》,上册,复旦大学出版社,1996年,第371页。

其一,研究的对象,主要还是把重点放到《昭明文选》的李善《注》上,尽管多年来,学界对于日本现存的古代写本、抄本,对于《文选集注》加以很大的关注,对于韩国以及国内所存的明州本、赣州本等六臣本作了很大的发掘和研究,取得了相当的成果,但是,日本学者所依据的主要文本,重点研究的主要对象还是李善《注》,这说明李善《注》在文选学研究中的位置之重要,值得重视。

其二,研究的方法,两种著作,尽管一是个人专著,一是集体研究成果,一是注重考证,一是注重翻译阐释,但是都可以看到学者们采用的方法,除了广泛收集资料,严谨的分析考证以外,多吸收了当代新的思想因素,增加了现代性。[1] 即把作品对象化的同时,也把研究者自身置于对象位置的意识,[2]阐述《文选》处于历史长河中,不断变化的特色。[3]

其三,就研究者而言,这两本著作的作者川合康三、富永一登、釜谷武志、和田英哲、浅见洋二、绿川英树,基本是二十世纪四五十年代出生的学者,多数和笔者多年相识。他们是第二次世界大战之后出生的学者,是在日本所谓"快速发展时代"之后逐步走上学术舞台的。可以说,反映着当前日本学界中国六朝文学研究的水准。而这些学者,在他们各自研究领域中多有成果的同时,在一定程度上依然继承着日本学者集体讨论、集思广益、"读书会"的优良传统。不同年龄,不同专业方向的学者定期聚会,研读作品,互相启发,互相切磋,最后不仅提出共同研究的成果,我相信也一定增长了各自的自身水平,并且带出了新的一代学人。[4]

这种坚持逐字逐句地研读文本,解读分析的研究态度,对于近年风行的大呼噜开会,拼凑一大堆充满感想的"论文",便成为"研究成果"的流行做法,对于当下浮华喧嚣的追求一时"热闹""醒目",经不起推敲的浮躁学风,是否也可算作一帖清凉剂呢?

(日本金泽大学)

---

[1] 富永《文选李善注的活用·序章》,第2—3页。
[2] 这是当代所谓"后现代"哲学的一个重要特点,参见加达默尔《真理与方法》,第384页(洪汉鼎译,上海译文出版社,1999年),同书洪汉鼎《序言》,第8页。又福柯《知识考古学》,第19—120页(谢强、马月译,生活·读书·新知三联书店,1998年)。
[3] 《文选》诗篇第一册《解说》。
[4] 同上书,第412—413页。

中国文选学研究会与当代"文选学"发展史
——以历届"文选学"年会论文为研究中心

刘志伟

导 言

自1919年"五四"运动迄今,中国"文选学"研究已经走过了近百年历程。今年又恰逢我国改革开放40周年。伴随改革开放起步、发展的当代"选学"研究,不仅是百年"选学"的重要组成部分,更具有继往开新的当代发展"史"意义。

纵观当代"选学"发展史,围绕中国文选学研究会的孕育、酝酿筹备、成立,不断发展,和与之相辅相成的年会论文研讨,构成了当代"选学"发展史的重要脉络、框架。在一定意义上,甚至可以说:由学会、承办单位主导的历届年会论文的研讨、出版,书写了一部体现主体方向和框架的当代"选学"研究史。

实际上,当代"选学"复兴,滥觞于改革开放前,勃兴于改革开放初。

1974年,中华书局影印出版了北京图书馆(现国家图书馆)所藏南宋淳熙八年尤袤刊刻李善注本《文选》;1977年,中华书局组织专家学者整理的胡刻李善注本《文选》出版;1986年,上海古籍出版社出版了重新标点的《文选》李善注本;1987年则缩印再版了《四部丛刊初编》影印宋本六臣注《文选》。1976年到1977年,北京大学古典文献专业即与中华书局合作,开展了尤刻本《文选》的标点、注释整理工作;辽宁大学徐克文开设《文选》课程,并着手编撰《昭明文选概论》教材。1984年,中华书局出版了由曹道衡、沈玉成点校的高步瀛《文选李注义疏》;1985年,上海古籍出版社出版了黄侃《文选平点》。经过北京和东北一些高校、科研机构专家学者的酝酿、准备,1986年8月,长春师范学院聘请北京师范大学陆宗达和北京大学阴法鲁为顾问,成立了国内首家《昭明文选》研究室;1988年,吉林文史出版社出版了《昭明文选译注》(第1、2册)和《昭明太子集》(点校本)、《中外昭明文选研究论著索引》;1992年,吉林文史出版社出版了《昭明文选译注》(第3、4册)。

1988年和1992年,首届《昭明文选》国际学术讨论会和第2届"文选学"国际学术研讨会在长春举行,并在会议期间,热议筹备《文选》学会事宜,首届会议推举成立以四川大学杨明照为会长的《文选》学会成立筹备委员会,启动了学会成立的相关筹备工作。这些,都对学会的正式申报、批准成立,作了学术上和组织上的重要准备、支撑工作。①

中国文选学研究会的成立,是当代"选学"发展史上具有里程碑意义的重大文化事件。从开设"选学"教学课程、基础工程建设起步和整理出版现代"选学"代表著作,到出现专门研究"选学"的机构,到筹备、召开国际"选学"学术会议,并成立专门的学会筹委会,经过自1976年到1995年这长达20年的孕育、筹备、申报,经民政部批准,1995年8月,国家一级学会"中国文选学研究会"(以下或简称《文选》学会)在郑州正式宣告成立。中国社会科学院文学研究所曹道衡任创会会长,中华书局文学室主任兼国务院古籍整理出版规划小组办公室主任许逸民任副会长兼秘书长,郑州大学中文系主任俞绍初、福建师范大学中文系穆克宏、长春师范学院赵福海任副会长。

自1988年长春举办首届《昭明文选》国际学术讨论会、筹备成立学会迄今,已成功举办了12届年会,1次专题研讨会:

首届《昭明文选》国际学术讨论会:由北京大学、北京师范大学、复旦大学、长春师范学院、吉林文史出版社、首都联合职工大学联合发起,于1988年8月1日至5日在吉林长春举行,会议主题为"昭明文选研究",会议正式代表59人,国内专家学者47人,来自日本、新加坡和美国等国外专家学者12人,会议

---

① 阴法鲁、陈宏天《我国近十年来〈文选〉研究情况述略》,载赵福海等编《昭明文选研究论文集》,吉林文史出版社,1988年,第277—278页。

收到论文60篇,结集出版32篇。

第2届"文选学"国际学术研讨会:1992年8月3日至6日在吉林长春举行,由长春师范学院与日本敬和学园大学联合举办。包括中国大陆、中国台湾地区,日本、美国、韩国的专家学者70余人与会,结集出版论文29篇。

第3届"文选学"国际学术研讨会:1995年8月3日至7日在河南郑州举行,由中国文选学研究会与郑州大学古籍整理研究所、郑州大学中文系共同举办,与会国内外专家学者共62人,中国学者58人(包括中国台湾地区学者3人),日本学者3人,美国学者1人,会议共收论文58篇,结集出版37篇。

第4届"文选学"国际研讨会:2000年8月3日至5日在吉林长春举行,由中国文选学研究会与长春师范学院《昭明文选》研究所共同举办。会议主题为"《昭明文选》与中国传统文化"。与会专家学者90余人,其中包括来自美国、日本、韩国及港台地区的专家学者20余人,会议共收论文70余篇,结集出版59篇。

第5届"文选学"国际研讨会:2002年10月23日到25日在江苏镇江举行,由中国文选学研究会和镇江市人民政府、镇江市人大常委会共同举办,会议主题为"《文选》与文选学"。来自海内外专家学者共89人,会议共收论文近90篇,结集出版68篇。

第6届"文选学"国际学术研讨会:2005年5月12—14日在河南新乡举行,由中国文选学研究会和河南科技学院、新乡市政府共同举办。共有海内外60余名专家学者与会,共收论文60余篇,结集出版52篇。

第7届"文选学"国际学术研讨会:2007年10月27日到30日在广西桂林举行。由中国文选学研究会和广西师范大学文学院共同举办,来自海内外70多位专家学者参加了研讨会,会议共收论文52篇。

第8届"文选学"国际研讨会:由中国文选学研究会和扬州大学、扬州市政协共同举办,于2009年8月28日到30日在扬州举行。国内外与会专家学者96人,其中新加坡、日本、美国等国家及中国台湾地区学者12人,结集出版论文59篇。

"竹林七贤暨中原历史文化"专题研讨会:由中国文选学研究会和新乡学院共同举办的"竹林七贤暨中原历史文化"学术论坛,于2010年11月6日—7

日在河南新乡举行。来自 30 余所高校的 68 名专家参与,共提交论文 48 篇。

第 9 届"文选学"国际研讨会:由中国文选学研究会、南京大学文学院和南京大学古典文献研究所共同举办,于 2011 年 8 月 25 日至 27 日在南京举行,会议主题为"《文选》与中国文学传统"。与会专家学者共 102 人,其中港、台地区的学者 30 人,日本、韩国、新加坡等国学者 10 余人,会议共收论文 93 篇,结集出版 36 篇。

第 10 届"文选学"国际研讨会:由中国文选学研究会、河南大学文学院和河南大学文选研究所共同举办,于 2012 年 8 月 24 日—28 日在河南开封举行,会议主题为"中国文选学年会暨成立二十周年"。国内外与会学者 110 余人,会议共收论文近百篇,结集出版 45 篇。

第 11 届"文选学"国际研讨会:由中国文选学研究会和郑州大学文学院、郑州大学古籍整理研究所共同举办,于 2014 年 8 月 15 日至 18 日在郑州大学举行,会议主题为"文选学与汉唐文化"。国内外与会学者 160 余人,共收论文 117 篇,结集出版 48 篇。

第 12 届"文选学"国际研讨会:由中国文选学研究会和厦门大学人文学院中文系共同举办,于 2016 年 11 月 4 日至 6 日在厦门举行,会议主题为"先唐文学"。国内外与会学者共 140 余人,会议共收论文 102 篇。①

全面梳理历届会议论文,可以清晰地看出《文选》学会筹备、成立、发展的历程,准确认知《文选》学会对当代"选学"研究的引领、指导意义,建构更为直观、立体、系统的当代"选学"发展史研究框架体系。

一 科学设想与"新选学"系统的理论构建

在改革开放的特定历史文化氛围中,我国当代"选学"研究进入了复苏、起步阶段。从 20 世纪 70 年代后期到 80 年代后期的更多自发、散点式研究,到 80 年代后期至 90 年代中期,凝聚海内外"选学"专家学者举办国际学术会议,整合研究力量,酝酿筹备、成立学会以有序引领"选学",当代"选学"与古代和

---

① 本文数据以已出版的历届年会论文集论文为主,部分内容参考了收入年会会议论文集的论文。

现代"选学"具有怎样的关系,应该建构怎样的当代"选学"研究系统,当代"选学"研究应该如何发展这样的"时代之问",就成为当代"选学"研究起步阶段,亟需面对、解决的核心理论课题。

令我们感佩的是,主导筹备、成立《文选》学会的前辈们,在中华民族激情澎湃和创造力迸发的时代氛围中,在文化繁荣、文学复兴期盼的感召下,不仅敏锐感知到时代的需要,而且牢牢把握住了历史机遇,以高度的历史责任感和使命担当精神,发起、推动了学会的筹备、成立工作。他们以面向现代化、国际化的文化视野,以热忱事业的情怀,以敢为人先的胆识,开拓了当代"选学"研究的新格局。更为重要的是,他们以严谨、科学、理性的眼光,冷静看待20世纪80年代的"文化热""理论热",以尊重学术自身发展规律、尊重优良学术文化传承的襟怀,指导、引领当代"选学"研究的新方向。

就"选学"自身的发展来看,民国时代高步瀛、黄侃、骆鸿凯、朱自清等学者的卓越研究,注重继承"传统选学"研究优良传统,注重科学实证精神,注重国际化发展趋势,对20世纪"选学"的继往开新,起到了关键作用。但从20世纪中期以来到改革开放之前,受特定时代氛围、视野、观念、意识的制约影响,中国内地的"选学"研究状况,不尽如人意。而在此阶段,中国香港、台湾地区和国外的"选学"研究,则体现出"新视域""新理念"的研究发展态势,并取得了一些重要成果。作为国外"选学"研究重镇的日本,表现尤其突出,在"选学"研究的内容、方法和模式上有很多新的进展。

1963年,神田喜一郎在《新的文选学》一文中,正式提出了"新文选学"概念①,其后立命馆大学清水凯夫予以响应,1976年发表《〈文选〉编辑的周围》一文,成为日本"新选学"诞生的标志。虽然在1995年第3届"选学"年会上,清水凯夫声明:他的"新'《文选》学'是对日本只搞翻译、编索引的'《文选》学'而言,并不与曹宪以来的'文选学'相干"②,但"新选学"这一概念以及"清水文

---

① 神田喜一郎《新的文选学》,载《世界文学大系月报》1963年12月。可参看清水凯夫《就〈文选〉编者问题答顾农先生》,载中国文选学研究会、郑州大学古籍整理研究所《文选学新论》,中州古籍出版社,1997年。

② 屈守元《新〈文选〉学刍议》,见中国文选研究会、郑州大学古籍整理研究所编《文选学新论》;又收入张燕瑾、赵敏俐主编《20世纪中国文学研究论文选·魏晋南北朝卷》,社会科学文献出版社,2010年,第598页。

选学"研究,引起海内外学者对"新选学"概念的热议。尤其是国内老一辈"选学"学者,对"新选学"的概念和范畴多有讨论、商榷。因为面对当代"选学"研究新阶段的到来,不仅海内外学者十分关注并积极探索和反思"选学"研究的发展方向,对于主导筹备、成立《文选》学会的前辈学者来说,在当代新的历史背景下,如何把握发展机遇,如何着眼于战略站位、顶层设计与国际格局,正确继承"选学"优良研究遗产,呼应20世纪以来中国大陆、台湾地区,日本、韩国、新加坡、欧美等国家对"传统选学"的总结,和"选学"发展方向的探讨,构建"新选学"研究系统,以引领"选学"研究继往开新的发展方向,正是念兹在兹之事。

事实上,国内"新选学"的发展历程,已有逾百年的历史。在清代传统"选学"研究中,其实已初现"新选学"的萌芽,如其中已涉足现代《文选》学的某些课题,构建现代《文选》的材料也多由传统《文选》学所提供。① 清代在《文选》的注释、校雠上成果丰硕,是继唐代之后的又一高峰,虽然在研究视野、研究模式和研究方法上,大都不出传统"选学"范围,但亦有旁枝逸出。如汪师韩《文选理学权舆》八卷四类中《撰人》统计选文作者,《注引群书目录》考察李注引书,《选注订误》《选注辩论》《选注未详》《选注质疑》探讨《文选》李善注,《前贤评论》集各家评论等,实开整体研究《文选》的先河,正如刘跃进《中古文学文献学》所评论:"实际是一部《文选概论》。"② 其后阮元、朱彝尊、孙梅等人的著作均有部分内容涉足"新选学"范畴,并对高步瀛、周贞亮、骆鸿凯等学者的"选学"研究有着重要影响。如后来朱自清《〈文选序〉"事出于沉思,义归乎翰藻"》《〈文心雕龙〉与〈文选〉》等文章,也都涉及"新选学"问题。

但是,国内一直没有"新选学"这一提法,直到日本清水凯夫教授提出"切望创建新文选学",并从四个大方面、若干个小方面论述了"新选学"包含的广阔内容,才引起了国内学者对"新选学"这一概念的聚焦与辩论。

在最初两届的"选学"年会上,已较多涉及"新文选学"命题及其研究内容的讨论。首届倪其心《关于〈文选〉和文选学》,分别就整体认识《文选》的历史文化价值、历史地辨析"文选学"的学术源流、关于《文选》和"文选学"的整体

---

① 参见王立群《清代〈选〉学与20世纪现代〈选〉学》,《河南大学学报(社会科学版)》2002年第4期。
② 刘跃进《中古文学文献学》,江苏古籍出版社,1997年。

研究，发表了对"选学"系统构建的若干思考；许嘉璐《〈文选〉黄氏学训诂探赜》对民国"新文选学"代表人物黄侃的训诂学成就予以评介，王宁《李善的〈昭明文选注〉与选学的新课题》指出开掘李善注研究的现代课题是"新选学"面临的一个重要任务，认为"用现代语言学的新的角度来研究《文选》的语言与李善的注释，将会涌现出许多新的课题，沿着这个路走下去，现代选学不仅为文学史专家、文章学家和美学家开拓了新的天地，也为语言学和汉语史的研究提供了新的场合"。阴法鲁、陈宏天、韩基国、（日）牧角悦子、（美）康达维等的文章，涉及国内和域外"新选学"的相关研究动态。① 许逸民的大会总结发言，对国内"选学"研究现状及今后围绕"新选学"课题开展研究提出建议。

第2届年会许逸民发表了《再谈〈选学〉研究的新课题》，再度就"选学"研究的新课题系统构建问题发表看法，认为"骆鸿凯先生的《文选学》②一书，应该成为中国'选学'研究的分水岭，此前可视为'传统选学'时期，此后即进入'新选学'时期"。论述了在关注传统"选学"研究的基础上，亟需"加强中外交流创建'新文选学'"的必要性。③ 中国台湾地区游志诚虽未参加首届会议，但他在章黄学派的重要继承者潘重规指导下，于1988年完成出版了《文选学新探索》博士学位论文，提出以"文选版本学""文选校勘学""文选注释学""文选评点学"为主"综观并参"、博涉多方的"新选学"以与各执一偏的"传统选学"相区别。他的主张与日本清水凯夫的"新选学"各有同异，第2届年会所发表的《"文选学"之文类评点方法》，就是实践其"新选学"理论的重要成果。④

经过两届年会思想的碰撞、交融，及会后的进一步思考，在1995年第3届"文选学"国际学术研讨会上，"新选学"遂成为本届年会的核心议题。屈守元《"新文选学"刍议》对（日）清水凯夫否定萧统编纂《文选》的"新选学"研究提出疑问，认为"'新选学'的重要议题是《文选》的编纂问题，而不是否定萧统编纂《文选》始得为新文选学"。穆克宏《文选学研究的几个问题》、俞绍初《〈文选〉成书过程拟测》等，都对"新文选学"作出了直接回应。清水凯夫《就〈文

---

① 参看《昭明文选研究论文集》；赵福海编《文选学论集》，时代文艺出版社，1992年。
② 中华书局，1937年。
③ 许逸民《再谈"选学"研究的新课题》，收入《文选学论集》，第14页。
④ 见《文选学论集》。

选〉编者问题答顾农先生》,则是继《答顾农先生并论"新文选学"的课题与方法》再倡"新文选学"之说,对自己"新选学"观点的坚持。

经过从首届、第2届到第3届年会的不断深化、完善,许逸民发表了《"新文选学"界说》,堪称廓清"新文选学"理论重重迷雾的经典之作。论文追溯"新选学"从得名于日本学者神田喜一郎《新的文选学》,到清水凯夫教授发表《〈文选〉编辑的周围》成为日本"新选学"诞生标志的历史渊源,指出清水凯夫关于"新选学"研究的范围由原先的六大问题扩展为四大课题(包含十五个问题),说明即便在日本,对"新选学"研究的认识,也有不断发展变化的情形。并以中外学者对"传统选学"都有所总结,对"新选学"的发展方向都有所探讨为思考背景,指出:"我把海内外的'选学'研究看做一个整体。认为'新选学'的兴起在本世纪三四十年代,与中国新文学的兴起大致同步或略晚。当代'选学'研究热情的复燃,不过是激其流而扬其波罢了。"许逸民提出区分"新选学"与"传统选学"的三大标准:第一表现在"新选学"有着整体性的研究形式,包括《文选》自身及其相关联的问题,力图从历史的广阔背景中寻求答案;第二表现在它具有较高的理论造诣,以文学批评为武器来探讨《文选》的产生及对当时和后世的影响;第三"新选学"没有"传统选学"的门户之见,善于利用版本、校勘、注释、评点等各类学术成果进行综合性研究。由此,他这样界定"新选学"的概念:"用一句话来概括,我以为'新文选学'的概念似可称为'以新的研究范畴来规范,以新的理论观念来指导而达到新时代学术水准的"选学"研究'。从反面来界定,则'新文选学'不能因为需要依托于旧注而混同于专门的训诂学研究,也不能因为需要对作家作品进行研究而混同于专门的文学史研究。"此原则回应了他第2届会议上的观点:"不过我在这里呼吁创建的'新选学',其研究范围要比清水凯夫先生的更广大,涉及的问题更多,而且与所谓'基础研究'又连接为一体的。"许文并将"新选学"范畴分为八个方面:"文选注释学""文选校勘学""文选评论学""文选索引学""文选版本学""文选文献学""文选编纂学""文选文艺学"。指出"'八学'只能算是'新文选学'研究的梗概,各'学'之中所含研究课题应是无穷无尽的,各'学'之间的交叉与互补亦属必然现象。我在这里只能举其大而掩其小,言其急而忽其缓,读者幸毋以'一叶障目'苛责也"。

曹道衡对《文选》的研究,也回应清水凯夫"新选学"主张,并深入研究一些"新选学"的重要问题。《有关〈文选〉编纂中几个问题的拟测》多方面考察诸如东宫学士名单、刘孝绰与萧统关系、入选作家和未入选作家等问题;《读〈文选〉札记》详考昭明太子东宫文士和昭明十学士,并商榷屈守元"十学士"设置年限问题;《〈文选〉与辞赋》探讨萧统关于赋的编选思想,认为萧统选文强调"文学的进化",其选文思想与刘勰在《文心雕龙》中表达的思想颇有异同,《文选》趋向典雅而不喜绮艳,与梁武帝后期的文学思想十分相似。① 在第3届年会论文集《文选学新论·序》中,曹道衡对研究"新选学"过于将关注点放在《文选》的编者问题的研究偏向也予以反拨,指出:"《文选》一书的出现,已经经历了一千五百年左右的时间,在文学史上产生了它不可忽视的作用。不管它是出于萧统抑或刘孝绰之手,其客观存在的内容和历史影响,都不会由此发生变化。因此过多地从事编者问题的争论,似乎是不很必要,也难于取得多少进展。我们觉得'新文选学'这个话题之所以应当重视,主要是由于时至今日,《文选》学的研究,的确面临着许多新的问题,这是前人所未曾经历的。"指出"新的材料、新的观点和方法的出现使我们对版本研究、作品研究等都发生了变化"。②

综上所论,不难看到:主导筹备、成立《文选》学会的前辈学者们,对攸关当代"选学"发展的"新选学"理论与相关实证研究课题,不仅予以热情关注,而且进行了细致、深入的研究,对各种迷雾予以廓清,对一些研究偏向予以拨正,使得当代"新选学"概念和范畴深入人心,为当代"新选学"的研究指明了方向,引领开启了"新选学"研究的新局面。

二 垂范引领:前辈学者对"新选学"系统构建的贡献

改革开放40年来,当代"新选学"研究得到迅速发展,"新选学"研究系统得以构建形成,且已蔚为大观。

这一局面形成的原因大致有三:其一,新的改革开放时代为包括"选学"在

---

① 曹道衡《〈文选〉和辞赋》,《文选学新论》,第102页。
② 曹道衡《文选学新论·序》,《文选学新论》。

内的学术研究提供了较为宽松安定的环境①；其二，现代学术研究观念和方法经过大半世纪的积累，日趋成熟，在新的良好的时代环境下，得以广泛运用，拓宽、提升了学界认识、研究《文选》的视野、水准；其三，大批《文选》新版本的发现②，提出了后世《文选》李善注、五臣注刻本存在的不少问题，特别是唐写本、钞本《文选》等的发现，也为研究认识《文选》注，甚至唐前《文选》的原貌提供了可能，为"选学"提出了新的课题。而将这些环境、条件、资源转化为"新选学"研究的实绩，无疑需要大批学者具体研究工作的展开和积累。

在这一过程中，一批20世纪初至30年代出生的前辈学者最具卓立时代潮头的条件。这批学者以曹道衡、穆克宏、许逸民、沈玉成、屈守元、俞绍初、周勋初、饶宗颐、洪顺隆、王更生、徐克文、赵福海等为代表。他们或直接、或间接受到20世纪前叶学术风气的影响，普遍具有良好的"旧"学功底和现代学术观念，学术造诣深厚，学术视野开阔，而80年代前后，他们又正值学术生涯盛年。他们感承时代之机运，开时代风气之先声，不仅在"新选学"的理论总结、体系构建方面身体力行，筚路蓝缕，作出重要贡献，也最先深入《文选》研究的各个具体领域，用具体的研究成果，逐步将"新文选学"的构建落到实处，并在研究理念、视野、领域、方法等方面，为整个"选学"界作出了示范，提供了借鉴和启示。

前辈学者的具体贡献，大致可归纳为三个方面：筚路蓝缕，开"新选学"研究视野、理念、方法与实证研究之先声；培养人才、建立平台，奠定新时期"选学"研究队伍基础；和而不同，奠定"选学"学界和谐而独立的优良学风。下面主要就第一个方面稍作具体分析，后两个方面仅略作交代。

（一）筚路蓝缕，开"新选学"研究视野、理念、方法与实证研究之先声

前辈学者们是《文选》学会和当代"选学"的倡导者和创立者。20世纪80

---

① 如曹道衡指出："长期以来，我们的研究者对这部名著（《文选》）似乎没有予以足够的重视。造成这种现象的原因比较复杂，我们可以姑置勿论。但是有一点却不容忽视，那就是《文选》产生于南北朝骈俪之风盛行的时代，而这种文风正是'五四'以来许多文学革新运动的倡导者们激烈反对的。但在今天看来，那些革新运动的倡导者，虽有其不可磨灭的历史功绩，却也不免有其局限性和片面的地方。"见曹道衡为穆克宏著《昭明文选研究》所撰之序（1995年），人民文学出版社，1998年。

② 如南宋尤袤刊李善注本（在北京图书馆［现国图］发现），南宋陈八郎刊本五臣注《文选》（在台湾发现），唐钞本《文选集注》残卷（在日本发现），奎章阁六家注《文选》（藏于韩国），以及敦煌、吐鲁番《文选》写卷等。

年代前后至 21 世纪初叶，"选学"界最活跃、成就最为卓著的学者就是曹道衡、许逸民、俞绍初、穆克宏、屈守元、周勋初、阴法鲁、白化文、倪其心、孙钦善、王宁、饶宗颐(中国香港)、洪顺隆(中国台湾)、王更生(中国台湾)等前辈学者。关于"新选学"的提出与界定，新文献的发现与研究，以及与"新选学"密切相关的一系列重要研究课题，诸如《文选》的编者、编纂时间、编纂背景，《文选》理论特点及价值，与《文选》相关的作家、作品、文体，《文选》注的原貌、李善注与五臣注的价值，《文选》的影响、学术史、接受史等，可以说多是由这批前辈学者率先提出，并身先垂范展开研究，从而引起学界的关注，引领、带动大量学者展开进一步的研究，逐渐蔚为大观。

  前辈学者对"选学"研究的引领作用，最显著的体现是关于"新选学"的争论、思考与界定。早在文选学研究会首届年会上，倪其心就撰写了《关于〈文选〉和文选学》一文，对《文选》的历史文化价值作了阐发和肯定，并对当代《文选》学的研究提出了初步的设想和期待。也正是从首届年会开始，日本清水凯夫等正在倡导和尝试的"新文选学"这一概念和问题，纳入了国内学者的视野。清水构建"新文选学"的志业，无疑是符合"选学"研究新时代需要的重大课题，但他对"新文选学"的一些具体认识及研究，却不能为国内学者所完全认同，遂引起了热烈的争议，并带动学界对"新选学"的内涵进行思考探讨的热潮。这方面，许逸民、曹道衡、屈守元、穆克宏、俞绍初等前辈及顾农等是主要参与者。清水凯夫先生等所提出的"新文选学"之"新"有两个方面争议最大，一是《文选》的编者究竟是传统上所认为的以萧统为主，还是如清水等主张的以刘孝绰为主；二是"新选学"和"旧选学"之关系问题，即是如清水所认为的那样抛弃"旧"学，与"旧"学划清界限，还是突破超越"旧"学而又不放弃其合理成分。对于这些问题，屈守元、俞绍初等前辈学者纷纷撰文表达了不同看法[1]，曹道衡、许逸民等则以此为契机，展开了对"新选学"的思考与探讨，如前所论，许逸民的两文《再谈"选学"研究的新课题》《"新文选学"界说》是最具代表性之作[2]。他在《"新文选学"界说》中论述"新选学"与传统选学的关系指

---

[1] 参看屈守元《"新文选学"刍议》、俞绍初《〈文选〉成书过程拟测》、曹道衡《文选学新论·序》，以上三文载于《文选学新论》；顾农《与清水凯夫先生论〈文选〉编者问题》，《齐鲁学刊》1993 年第 1 期。

[2] 见第二届(1992 年)、第三届(1995 年)年会论文集。

出:"实际上,我虽然鼓吹'文选学'研究要摆脱传统藩篱,扩大视野,拓宽领域,加强历史学、文艺学研究的色彩,但并不主张在'新文选学'和'传统选学'之间筑一堵墙,完全割断二者的联系。在今天,'传统选学'的研读方式,如校勘、注释、评点之类,仍可以发扬光大。老树抽新条,以适应当代读者的需要。这样的新作品也应视为'新选学'的研究成就。"①在这一认识的基础上他把"新选学"的范畴归纳为"八学":文选注释学、文选校勘学、文选评论学、文选索引学、文选版本学、文选文献学、文选编纂学、文选文艺学。许逸民的观点可以说是对20世纪以来现代《文选》研究状况、趋势的总结,代表了国内学者的普遍认识,同时也代表着首届年会以来,学者们关于这一问题争论、探讨所形成的一个结果和共识。作为"选学"中的核心问题,这样一种结论和共识的形成,无疑为"新选学"的发展扫清了障碍,指明了道路。它对新时期"文选学"的健康繁荣发展所发挥的重大引领作用,是有目共睹的。

关于"新选学"的争论,其中一个重要问题是《文选》的编者问题。**由于国内学者普遍不能认同日本学者清水凯夫等提出的"刘孝绰所编"的观点,所以也展开了对《文选》编者和编撰经过的研究**。早在首届年会上,曹道衡、沈玉成就合撰了《有关〈文选〉编纂中几个问题的拟测》,指出:"从种种迹象来看,可以认为,《文选》是按照萧统的文学观,并在他的实际主持下进行的。与后代帝王的'御制''御撰'之类纯属沽名钓誉者不同。"清水凯夫的意见进入国内后,众多学者都专门撰文,表达了对这一问题的意见,如穆克宏《〈文选〉的编者问题》②、曹道衡《文选学新论·序》、屈守元《"新文选学"刍议》③、俞绍初《〈文选〉成书过程拟测》④、顾农《与清水凯夫先生论〈文选〉编者问题》等。这些学者一致对清水先生的意见表达了异议,如俞绍初文所指出:"在《文选》编撰过程中,昭明太子的核心地位和组织作用是不能轻易否定的。至于刘孝绰,他可能起过重要作用,但不可能也不会凌驾于昭明太子和众学士之上。"另外,许逸民亦撰有《文选编撰年代新说》(第4届,2000年)、《从萧统的目录学思想看

---

① 《文选学新论》,第29—30页。
② 见穆克宏《昭明文选研究》,第90—99页。
③ 见《文选学新论》,第51—60页。
④ 同上书,第61—77页。

〈文选〉的选录标准》(第5届,2002年)两文,前者提出《文选》编撰的年代应是在天监末(天监十五年,516)至普通初二、三年间这一新的意见;后者从目录学角度论证萧统《文选》与王俭、阮孝绪等文学观念上的一致性。

《文选》版本和注释是"新选学"中的重要板块,近40年来取得的研究成果卓著,前辈学者在其中也同样发挥着主导和引领作用。前辈学者对新时期《文选》学的引领与推动,还表现对《文选》学基本文献的整理与出版上。这时期产生的基本文献整理出版,最早当数中华书局在1977年影印出版的胡克家刻尤袤本李善注《文选》,1987年则缩印再版了《四部丛刊初编》影印宋本六臣注《文选》。这和许逸民、傅璇琮等先生的推动是分不开的。曹道衡、沈玉成则点校了高步瀛《文选李注义疏》,1985年由中华书局出版。吉林文史出版社1987年出版了由陈宏天、赵福海、陈复兴主编的《昭明文选译注》(第1、2册),其背后也有阴法鲁、陆宗达等前辈学者的支持、推动。饶宗颐则整理了《敦煌吐鲁番本文选》,2000年由中华书局出版。周勋初汇集的《唐钞文选集注汇存》,也于2000年由上海古籍出版社出版。另一方面,俞绍初等与郑州大学及国内其他机构一批学者,负责《文选》学会年会的论文集出版编选。这些《文选》学基本文献的整理出版,无疑为学界开展研究提供了方便,奠定了基础。可以说其背后无不浸润着上述前辈学者的心血和汗水,体现着他们对《文选》学的引领与担当。

版本与注释研究是"选学"中的两个密不可分的核心基础课题,新版本的发现、出版、整理无疑将会带动注释学研究的活跃和开拓。屈守元《昭明文选杂述及选讲》《文选导读》两书,即较早对李善注和五臣注予以评价。[①] 孙钦善首届年会上提交的《论〈文选〉李善注和五臣注》一文,则对李善注和五臣注的特点、成就、得失作了具体的分析。虽然屈、孙主要继承传统看法,对李善注持肯定态度,而对五臣注否定较多,但他们的看法带动了学界对《文选》注问题的关注,特别是五臣注价值的研究探讨。之后陈延嘉撰写《论〈文选〉五臣注的重大贡献》(第2届,1992,长春)、《关于〈文选〉五臣注研究的回顾与反思》(第5届,2002,镇江)等文,对五臣注的价值给予了阐发和肯定。而随着南宋陈八

[①] 屈守元《昭明文选杂述及选讲》,天津古籍出版社,1988年;《文选导读》,巴蜀书社,1993年。

郎刊本五臣注《文选》、奎章阁六家注《文选》、唐钞本《文选集注》残卷、敦煌写本《文选》等新的重要版本的发现,使人们得以了解五臣注的原貌,从而也加深了对其文献价值的认识。这方面应特别提及周勋初关于日本藏唐钞本《文选集注》的研究和贡献。唐钞本《文选集注》20世纪初在日本被发现,后经国内外学者陆续整理,至2000年周勋初先生将此书现存24卷汇为《唐钞文选汇存》,由上海古籍出版社出版,给国内学者提供了一个现存残卷的较完整也颇为易得之本。这一版本的发现及在国内出版,拓展了学界对《文选》李善注、六臣注等的认识,推动了相关研究的快速发展。周勋初在这方面也起到了重要的引领作用。他曾撰写《〈文选〉所载〈奏弹刘整〉一文诸注本之分析》(第3届,1995年)、《〈文选集注〉上的印章考》(第4届,2000年)、《关于〈文选集注〉第九十八卷的流传》(第7届,2007年)等文。如他在《〈文选〉所载〈奏弹刘整〉一文诸注本之分析》中,利用新发现的日本藏《文选集注》和其他注本的任昉《奏弹刘整》一文进行详细比对,指出"从流传于日本的《文选集注》一书来看,可证目下流传的李善注本与五臣注本都与《文选》原貌不合。因为《文选集注》中附有唐代《文选注》作者陆善经和《集注》编者按语,对各家引用本状时节录多少文字和处理方式有所提示,可以据之对任昉此文作一番复原的工作。尤可注意的是,我们还可通过对各家节录与处理方式的不同窥知各种注本的差异与优劣。"①并指出:"日本无名氏《文选集注》残卷,包容不少珍贵资料,无异为《文选学》开拓了一块新天地。今日研究《文选》,不可不读此书。"②不仅拓展《文选》学的领域,也为后来学者提供了示范和启发。

这里还应提及一些前辈学者的研究。如穆克宏于1995年完成,1998年出版的《昭明文选研究》,是当代最早的"新选学"专著。全书包括"萧统的生平及著作""萧统的文学思想""《文选》产生的时代""《文选》的内容简介(上、下)""《文选》研究述略""《文选》研究的几个问题(编者问题、编选的年代问题、文体分类问题、选录标准文体问题、《文选》与《文心雕龙》的关系问题)""《文选》的文学价值""《文选》与文学理论批评""《文选》对后世的影响"九个部分,并附有《萧统年谱》、梁章钜与《文选旁证》、研习选学之津梁——骆鸿凯

---

① 见《文选学新论》,第358—359页。
② 《文选学新论》,第368页。

《文选学》简介、《文选》研究主要参考书目等内容。此著体系完备、内容丰富、视野开阔、方法新颖多样,可以说从研究实践的层面,体现了许逸民、曹道衡等学者所论述的"新选学"内涵,为新时期"选学"研究树立了典范。曹道衡在为此著所作《序》中指出:"他潜心《文心雕龙》的研究,所著《文心雕龙研究》一书,久已蜚声士林。他对魏晋南北朝文学又有着极深的研究,因此在研究《文选》时,往往能提出许多发人深省的真知灼见。"此后,他继续展开研究,在"文选学年会"及期刊上陆续提交、发表多篇相关论文,如《萧统研究三题》(第4届,2000年)、《20世纪中国〈文选〉学研究的回顾与展望》(《福建师范大学学报(哲学社会科学版)》2002年第4期)、《李详与〈文选〉学研究》(第6届,2005年)、《顾广圻与〈文选〉学研究》(《文学遗产》2006年第3期)、《阮元与〈文选〉学研究》(《福建师范大学学报(哲学社会科学版)》2007年第2期)、《刘师培与〈文选〉学研究》(第7届年会,2007年)、《高步瀛与〈文选〉学研究》(《许昌学院学报》2009年第3期)、《汪师韩〈文选理学权舆〉平议》(《文学遗产》2017年第4期)等。可以看出他近年来致力于《文选》学术史的研究,成果十分丰富,他的"新选学"研究也在继续发展和丰富。

曹道衡从20世纪80年代起直至2005年去世,对《文选》的相关问题进行了多方面的研究。如早在1988年首届年会,他就和沈玉成合撰《有关〈文选〉编纂中几个问题的拟测》,之后陆续撰写《读〈文选〉札记》(与沈玉成合撰,第2届,1992年)、《〈文选〉和辞赋》(第3届,1995年)、《望今制奇,参古定法——读〈文选〉中的几篇骈文》(第4届,2000年)、《从〈文选〉看齐梁文学思潮和演变》(第5届,2002年)、《关于〈文选〉研究的几个问题》(第6届,2005年),以及《论〈文选〉中乐府诗的几个问题》《从文学角度看〈文选〉所收齐梁应用文》《关于萧统和〈文选〉的几个问题》《论〈文选〉的李善注和五臣注》《关于〈文选〉中六篇作品的写作年代》《关于〈文选〉的篇目次第及文体分类》《昭明太子和梁武帝的建储问题》等①,内容涉及《文选》的文体、编纂、注释、作者、萧统及《文选》的文学思想等诸多方面,为"新选学"的构建、发展作出了卓越贡献,更对学界起到了重要引领作用。沈玉成因离世较早(1995年),未及过多展开

---

① 见曹道衡《中古文学史论文集续编》,中华书局,2011年。

《文选》学方面的专门研究，但他与曹道衡合作点校《文选李注义疏》，并合撰多篇论文。他独撰的《〈文选〉的选录标准》一文（《文学遗产》1984年第2期），曾提出萧统的文学思想"属于涂饰了齐梁色彩的儒家体系"，并指出，萧统并没有忽视作品的思想，在艺术上主张兼重文质，他在《答湘东王求文集及〈诗苑英华〉书》所说的"夫文典则累野，丽亦伤浮。能丽而不浮，典而不野，文质彬彬，有君子之致，吾尝欲为之，但恨未逮耳"，可为其纲领性的意见，见解深刻而中肯。

而曹道衡《从〈文选〉看齐梁文学思潮和演变》一文（第5届，2002年）则进一步比较《文选》选文标准与东汉末至三国西晋和南朝刘宋时的文风的一致性，与西汉以前盛行的散体文风及齐梁以后成熟骈体文风都有较大差别。从而指出："《文选》的这种得失，都和萧统的文学观有关，而萧统的文学观虽不全同于其前辈刘勰和钟嵘，却有不少地方反映了齐及梁初大多数人的看法。这种观点和后来'宫体诗'的倡导者萧纲就有很大差别。"把对萧统的文学思想的认识又推进一大步。于此可见两位前辈通力合作，成果卓著之一斑。

王运熙是文学批评史研究和汉魏六朝文学研究大家，他主要注重对《文选》涉及的文学理论和批评问题进行研究，《〈文选〉选录作品的范围和标准》①、《〈文选〉所选论文的文学性》（第3届，1995年）、《陆机陶潜评价的历史变迁》（第7届，2007年）等文为其代表。同时也涉及作家作品研究，如《谢庄作品简论》（第5届，2002年）等。

屈守元除完成《昭明文选杂述及选讲》《文选导读》两著外，还致力于《文选》新文献等多方面问题的关注与研究，如《绍兴建阳陈八郎本〈文选五臣注〉跋》（《文学遗产》1998年第5期）、《〈文选六臣注〉跋》（《文学遗产》2000年第1期）等文较早关注并研究学界新发现的《文选》版本。《"昭明太子十学士"和〈文选〉编辑的关系》（《四川师范大学学报（社会科学版）》1991年第3期）、《略谈〈文选〉成书前后萧梁皇室所纂辑的一些类书和总集》（《文史杂志》1991年第5期）、《产生〈昭明文选〉时代的文学氛围漫谈》（《文史杂志》1991年第3期）、《〈昭明文选〉产生的时代文学氛围漫谈（下）》（《文史杂志》1991年第4期）等文则对《文选》产生的过程及背景作了多方面的考论。

---

① 《复旦学报（社会科学版）》1988年第6期。

俞绍初多年致力于魏晋南北朝文学研究,曾出版《王粲集》①、《建安七子集》②、《昭明太子集校注》③、《曹植选集》④(与王晓东合著)、《江淹集校注》⑤(与张亚新合著)、《新校订六家注文选》⑥(与刘群栋、王翠红合著)等多部重要著作,为魏晋南北朝文学及"选学"研究作出了重要贡献。在"选学"研究方面,他除撰写《〈文选〉成书过程拟测》(第3届,1995年)一文对《文选》的成书过程作了深微的考察,肯定萧统在编纂中主导地位外,还撰写《曹植〈洛神赋〉写作的年代与成因》(第5届,2002)、《谈曹植〈赠白马王彪诗〉的几个问题》(第6届,2005年)等文,对《文选》相关作品进行了深微考察。

前辈学者饶宗颐自号"选堂",以治"选"为终生志业。他在首届年会提交的《读〈文选·序〉》,是当代较早研究《文选·序》的重要论文,涉及"《文选》编成之年代及背景""《文选》选文之标准""昭明文学见解及文质综合观""《文选》与文体分类""《文选》序之古本校勘"等多方面问题。由其收集、整理的《敦煌吐鲁番本文选》,2000年由中华书局出版,对《文选》版本研究具有重要的开拓意义。

何沛雄是当代赋学研究的先行者,1975年即在万利图书公司出版《读赋拾零》,1982年由香港三联书店出版《赋话六种》,1986年由台北学生书局出版《汉魏六朝赋家论略》。他在首届年会上所提交的《〈古诗十九首〉的名称和篇数》一文,以现存汉诗的"古诗"和"乐府"总体存量作比较,深究《古诗十九首》的名称来源及篇数,得出其"大抵是萧统从许多同一类型的汉代'古诗'甄选、收集而成,被视为当时五言诗的代表作","而'十九'一辞,或来源于《庄子》,或承自汉代"的结论,新人耳目。第2届年会上提交的论文《论〈文选〉的"畋猎"赋》,微观与宏观结合,析论《文选》五篇"畋猎"赋:《子虚》《上林》《羽猎》《长杨》《射雉》之内容、写作技巧和艺术特色,进而与六朝"畋猎"赋篇比较,以把握"畋猎"赋之发展状况。

---

① 俞绍初校点《王粲集》,中华书局,1980年。
② 俞绍初辑校《建安七子集》,中华书局,1989年。
③ 萧统著,俞绍初校注《昭明太子集校注》,中州古籍出版社,2001年。
④ 俞绍初、王晓东选注《曹植选集》,人民文学出版社,1997年。
⑤ 俞绍初、张亚新校注《江淹集校注》,中州古籍出版社,1994年。
⑥ 俞绍初、刘群栋、王翠红点校《新校订六家注文选》,郑州大学出版社,2013—2015年。

学者洪顺隆留学日本京都大学八年，曾出版《谢宣城集校注》①与《由隐逸到宫体》②，是著名的六朝文学研究专家。在第 3 届、第 4 届年会分别提交的《〈文选·咏怀诗〉论：与我的六朝题材诗中的咏怀诗观比较》《〈文选·杂歌〉〈杂诗〉〈杂拟〉》的题材类型研究》，是其以《文选》为个案进行六朝诗歌题材类型研究的重要成果。依据其历经 20 年研究六朝诗歌的丰富研究经验，洪顺隆先生以六朝诗歌中的 16 类题材类型，进行单元式的作品调查分析，将其分为抒情和叙事两大系统，其中抒情系统包括 9 大题材类型：隐逸诗、游仙诗、咏物诗、玄言诗、山水诗、田园诗、宫体诗、抒情诗、咏怀诗；叙事系统包括 7 大题材类型：建国史诗、咏史诗、家族史诗、征戍诗、边塞诗、游侠诗、游猎诗。以此为指导，前篇论文以《文选·咏怀诗》所收阮籍 17 首《咏怀诗》、谢惠连《秋怀》和欧阳建《临终诗》为个案，设定由思维形式、表现视点、感情投射、接受者、主题、题材、技巧等 7 个焦点入手，以研究 3 种诗体 19 首诗的内蕴；后篇论文细致研究《文选》之"杂歌""杂诗""杂拟"的题材类型，对《文选》文本精读精解，深具启示意义。

学者王更生一生孜孜从事学术研究，著述甚丰，他在第 2 届年会提交论文《贾谊赋小考》，深刻指出贾赋在汉初转型的特定时期，以作者的满腔热忱与经国才略熔铸而成的思想光芒和艺术风采。

还需提及的是阴法鲁、袁行霈、倪其心、白化文、孙钦善、许嘉璐、马积高等先生，他们的研究虽不以"选学"为主，但是作为前辈知名学者，也都给予《文选》学和研究会以重要支持和帮助。如 1988 年首届年会，他们即参加了会议，阴法鲁与陈宏天合撰《我国近十年来〈文选〉研究述略》，袁行霈撰《关于萧统文学思想的研究》，白化文撰《关于敦煌遗书中保留的《文选》残卷的研究》，倪其心先生撰写《关于〈文选〉和文选学》，孙钦善撰《论〈文选〉李善注与五臣注》，许嘉璐撰《〈文选〉黄氏学训诂探赜》，马积高撰《关于〈文心雕龙〉与〈文选〉之"文"的比较研究》，这些都是重要论文。阴法鲁还审定《昭明文选译注》。这些前辈学者以多种方式，对当代"选学"的发展，起到了重要推动作用。

从上面所提及的一些重大问题研究和诸位学者的研究成果情况看，这些

---

① 台北中华书局，1969 年。
② 台北文史哲出版社，1984 年。

前辈学者研究《文选》虽各有侧重、各有特点,但是综观他们的研究成果,都具有视野开阔、内容广泛、方法新颖、领域大大拓展等特点和气象。他们不仅在宏观上大力提倡、总结、构建"新选学",也在微观研究方面身体力行、身先垂范,为"新选学"做着点点滴滴、方方面面的建设工作。在多数领域和问题的研究上,前辈学者都是拓荒者、先行者,正是经过他们的率先研究和大力提倡,许多领域的课题才得以引起学界的注意,得到进一步的深入研究。纵观近40年来《文选》学会和"选学"的发展情况,很大程度上都是在他们所奠定的格局、开创的领域、践行的观念方法等基础上展开的。因此,我们说前辈学者是"新选学"或当代"选学"研究的开创者、引领者,是毫不为过的。

(二)培养人才、建立平台,奠定新时期"选学"研究队伍基础

前辈学者不仅在"新选学"的体系构建及具体研究中起到引领与垂范作用,而且在《文选》学会、"选学"平台搭建、人才培养、团队构建等方面作出了重要贡献,起到了引领作用。关于这一方面的贡献,将在第二部分详论,兹不赘述。只是强调一点:他们在这方面所作出的卓越贡献,以及对"选学"发展的重大推动作用,足可与其自身学术研究成就比肩,不容忽视。学术研究与平台及队伍建设,可以说是前辈学者推动、促成"新选学"形成及发展的重要两翼。

(三)和而不同,奠定"选学"学界和谐独立的优良学风

当代"选"学之所以取得斐然的成就,除了时代环境和人才队伍的支撑外,也离不开《文选》学会和"选学"界良好的学术风气及氛围,这种风气可概括为和谐团结,求真务实。

所谓和谐团结,是指"选学"学者,涵盖海内外不同国家与地区,构成极为广泛多样,但学者们普遍具有执着学术、不务名利的高洁情怀,相互之间有着深厚而纯粹的情谊和团结协作的精神。所谓求真务实,则是指学者们在学术上秉持自由宽松、求实而独立的精神。这方面前辈学者也发挥了重要的楷范与引领作用。前述国内外前辈学者,以其高尚纯粹的学术情怀、严谨不苟的学术精神、宽阔宽容的学术胸襟,从学会成立之初就身先垂范,树立奠定了这一风气,并薪火相传,浸润濡染于后继者,形成了数代学者所共有的优良学风。

这方面最显著者就是关于"新选学"问题的争论,可以说从"文选学"首届年会开始,"文选学"界就产生了自由争鸣、和而不同的鲜明风气。曹道衡在为

穆克宏《昭明文选研究》所作《序》中云："最后，还要声明的是，我认为学术问题本应各抒己见，朋友之间的切磋琢磨，本含有互相讨论的内容。在本文中，曾经对清水先生提出了一些不同的意见，这些意见未必都对，还请克宏兄和清水先生指正。"①他和清水凯夫、穆克宏都是志同道合、情谊深厚的老友，但在学术观点上却当仁不让，为他人之著作序亦一丝不苟。他作为首任会长，带头倡导这样的学风，真令人叹佩仰止。这可以说是整个学会中前辈学者共有的风范，实乃前辈学者馈赠给《文选》学会及后辈学者的宝贵财富。

总之，今天回顾、总结40年"新选学"的历史与成就，我们不能遗忘前辈学者所发挥的引领、推动和示范作用，不仅要铭记他们所作出的巨大贡献，更应该继承、发扬他们的学术品质与学术精神。

三　当代"选学"地理格局构建

《文选》学会对当代"选学"研究的地理布局起到重要的引领作用。尤其是"选学"年会通过会议的方式对"选学"研究力量进行科学布局，在保障"选学"研究良性发展的基础上，促生了新的学术增长点。据不完全统计，历届与会中外专家学者共计1100余人次，产生了丰硕的学术成果。历届年会共提交论文736篇，很大程度上体现出《文选》学会对"选学"发展的合理性引导力，反映了"选学"研究朝均衡性、全面性发展的态势。

根据"选学"研究的地域性特征及研究队伍的学脉传承情况，大致可将当代"选学"地理布局分为11大版块：华北、东北、中原、江南、上海、巴蜀、福建、两广、港澳台地区、域外以及其他散点地域版块②。见下列表一、表二。

（一）华北："选学"研究之渊薮

北京地区的专家学者及研究机构为推动当代"选学"复兴，作出了一系列的努力工作：1976年到1977年，北京大学古典文献专业与中华书局合作，开展了尤刻本《文选》的标点、注释整理工作；1977年，由中华书局组织专家学者整

---

① 穆克宏《昭明文选研究》曹道衡序。
② 港澳台版块和域外版块详见本文第一、五部分。

理的胡刻本《文选》李善注本出版；1984年，中华书局出版了由曹道衡、沈玉成点校的高步瀛《文选李注义疏》。1988年首届《昭明文选》国际学术讨论会召开，得到国务院古籍整理出版规划小组、全国高等院校古籍整理研究工作委员会的大力支持，北京大学、北京师范大学、首都联合职工大学、人民大学等高校起到了巨大的推动作用。前辈学人阴法鲁、曹道衡、许逸民、沈玉成、倪其心、孙钦善、袁行霈等为当代"选学"研究开疆拓宇、垂范引领，傅刚、刘跃进等则成为"选学"研究的中坚力量。在他们的辛勤努力下，逐步形成以北京大学为代表高校，中国社会科学院文学研究所、北京大学古文献研究中心、中华书局为代表性研究机构的华北"选学"研究主体力量，北京师范大学、首都师范大学、河北师范大学等高校以及人民文学出版社的专家学者也作出了重要贡献。

前辈学人在《文选》研究中发挥了引领作用。曹道衡曾担任《文选》研究会第一任会长，从研究会的筹备、"选学"发展的整体规划布局到《文选》版本、注释、编者以及选文研究均有突出贡献。倪其心在首届"文选学"国际学术研讨会上对"选学"历史文化价值、"选学"学术源流与今后发展方向进行精准把握，为当时历史条件下重振"选学"振臂一呼。许逸民副会长作为当代"选学"发展引领方向的灵魂人物之一，对国内"新选学"的界定与发展方向的设计起到了举足轻重的作用，特别是他在20世纪末期持续关注"新选学"在国内的发展问题，其《"新文选学"界说》[①]将"新选学"范畴分为八个方面，并对新选学的概念进行界定说明，成为"新选学"发展的重要参考。此外，他还与俞绍初一起制定"新选学"研究计划，合作主编《中外学者文选学论集》，为当代"选学"发展作出突出贡献。

现任会长傅刚师承曹道衡、袁行霈，专注《昭明文选》研究，以《文选版本研究》为课题，发表《文选》相关的高水准论文近30篇，其中涉及《文选》版本、编者、分体、"选学"研究史等诸多方面，他承担了2001年国家社科项目"中日《文选》学比较研究"，与曹道衡合著《萧统评传》（南京大学出版社，2001年），对"选学"建设及学术研究具有突出贡献。刘跃进弘扬曹道衡治学精神，发表《文选》相关高水准论著十余篇，涉及《文选》编者、注释、"选学"研究史等多个

---

① 参见《文选学论集》，第11—18页。

方面,出版《文选旧注辑存》(凤凰出版社,2017年)等。张亚新、王若江、范子烨、钟涛、踪凡等知名专家学者多次参与"文选学"国际学术研讨会并提交高水平论文,为"选学"发展作出了重要贡献。

正是一大批皓首穷经的老一辈学者与新一代砥砺奋进的《文选》研究者云聚于此,使北京成为《文选》研究的萃集之地。

(二)东北:"选学"研究的重要版块

1986年8月,长春师范学院成立《昭明文选》研究室,组成了15人的科研团队,为"选学"研究集聚了必要的力量。1988年首届《昭明文选》国际学术讨论会在长春举办,长春师范学院《昭明文选》研究室与吉林文史出版社等东北当地的高校与研究机构作出了极大努力。此后第2届、第4届"文选学"国际学术研讨会均选择在长春召开,在这里既表现出了前辈学者结合国际国内时局提出重振"选学"的学术敏锐力,也体现出东北中青年学者孜孜以求、深味学术使命感的担当力。

东北地区的"选学"研究以赵福海、陈延嘉、陈复兴等为代表学者,以长春师范大学为代表高校,以长春师范大学《文选》研究所、吉林省社会科学院文学研究所为代表机构,为"选学"发展作出了重要贡献。东北师范大学、哈尔滨师范大学、辽宁师范大学等高校的专家学者也同声呼应,有力推进东北地区"选学"研究事业向前发展。

《文选》学会副会长赵福海在20世纪发表3篇《文选》相关论文,另主编《昭明文选研究论文集》《文选学论集》《昭明文选与中国传统文化》《昭明文选研读》,与陈宏天、陈复兴合作主编《昭明文选译注》(第1、2册),产生了热烈反响。学会理事陈延嘉发表相关论文20篇,其中对五臣注的评价问题尤有灼见,陈复兴撰写《文选》相关论文近20篇,涉及《文选》注释、研究史、"选学"家、具体篇目考辨等方面,为"选学"研究提供了重要研究材料。

(三)中原:"选学"研究的和合之家

历史上"文选学"的兴起,即与汴、郑有深厚的地缘联系,今天"选学"研究更在中原发扬光大。迄今为止,第6届、第10届、第11届年会分别在新乡、开封、郑州三地举办,"首届竹林七贤暨中原历史文化"学术论坛于2010年在新乡举办,彰显出《文选》学会全面布局的统筹力以及对"选学"多领域发展的理性思索，体现《文选》学会对中原地区"选学"研究的重视和对中原地区"选学"科研力量发展壮大的肯定。

中原《文选》研究，以俞绍初、刘志伟、王立群、卫绍生等学者为领军人物，以郑州大学、河南大学为代表高校，以郑州大学古籍研究所、河南省社会科学院文学研究所为代表机构，以新乡学院、河南工业大学、河南教育学院、河南财政税务高等专科学校、河南科技学院、洛阳师范学院、南阳师范学院为重要组成部分，汇聚成"选学"研究的中坚力量。

《文选》学会原会长俞绍初对《文选》编纂、注释、校勘有细致缜密的考据与分析。其所撰《昭明太子萧统年谱》为研究萧统提供了宝贵的参考资料，《新校订六家注文选》填补了此前海内外《六家文选》点校本的空白，为"选学"的发展作出了重要贡献。特别是他响应许逸民的倡议，确定"新选学"的研究范畴，与许逸民一起制定了"新选学"的研究计划，并为《文选学研究集成》丛书拟定12项选题，分别是：《中外学者文选学论著索引》《中外学者文选学论集》《文选学研究资料汇编》《文选学书录》《文选集校》《文选汇注》《文选唐注考》《文选版本学》《文选学发展史》《文选编纂学》《文选今注今译》《文选学词典》①。这些为中原"新选学"的发展规划了方向。

郑州大学作为"中国《文选》学会"的挂靠单位，在文选学研究方面形成了优良的学术传统，其文学院在教学中，高度重视《文选》研究与持续性发展，成果颇丰。学科带头人刘志伟主要从事汉魏六朝文学与"选学"的科研、教学，发表《文选》相关论文10余篇，涉及《文选》的注释考论、版本、编撰思想、《文选集注》研究等多方面，承担2014年国家社科基金重点项目"《文选》李善注校理"，在教学建设和人才培育方面，以"文选"为重点之一，主编《文选资料汇编》（9卷本，国家古籍整理出版专项经费资助项目），所指导硕博论文涉及古钞《文选集注》研究、《文选》校勘研究、《文选》与南朝文学研究等多个"选学"研究领域。王书才《昭明文选研究史》、赵俊玲《文选评点研究》、刘群栋主持国家社科基金青年项目《文选唐注研究》，均取得了不俗的成绩。

开封在中原"选学"研究中占有重要地位。河南大学明伦校区校内贡院是

---

① 现已出版《中外学者文选学论著索引》《中外学者文选学论集》《文选学发展史》《文选资料汇编·总论卷》《文选资料汇编·赋类卷》等，其他一些项目或在进行中，一些则在规划启动中。

中国科举考试的终结地。在废除科举考试之地,研习与科举考试密切关联的《文选》这部经典,具有深刻的历史穿透力。河南大学王立群教授先后承担2002年国家社科基金项目"《文选》版本、注释综合研究"、2014年国家社科基金重大项目"《文选》汇校汇注"。以他为代表的"选学"学者,多年来出版颇多论著,尤其在版本、学史研究方面成就十分突出。河南省社会科学院文学研究所卫绍生出版有《魏晋文学与中原文化》、《魏晋文学与政治的文化观照》(合著)、《文化视野中的陶渊明》(合著)等著作,发表《陶诗"南山"的文化意蕴》(赵昌智、顾农主编《第八届文选学国际学术研讨会论文集》,广陵书社,2010年)等大量"选学"论文。

中原地区学者和众多研究机构凭借"天中"的地理优势、深厚的"选学"研究积淀和雄沉大气、兼容进取的优良学风,使得中原地区成为"选学"研究的和合之家。

(四)江南:"选学"研究的顶梁一柱

南京作为齐梁古都,是《文选》的诞生地,江南地区《文选》研究高水平学者云集。陈隋之际的江南孕育了以曹宪为核心的"选学"研究中心。迄今为止,江南地区举办了第5届、第8届和第9届《文选》学会。

江南地区"选学"研究在《文选》学会的引导以及当地学者的努力下,形成以周勋初、程章灿、范志新等学者为代表人物,以南京大学、苏州大学为代表高校,以南京大学古籍研究所、南京大学域外汉籍研究所为代表性研究机构,以扬州大学、浙江大学、江苏大学、阜阳师范学院、江西师范大学等高校为重要组成的研究中坚力量。

南京大学文学院程千帆、周勋初等,贯彻将文献学与文艺学相结合的研究方法,融通文史、开展综合研究,培育出大批实力强劲的"选学"研究者。周勋初在"选学"、"龙学"、唐诗学及文献学等领域均有卓然成就。20世纪90年代,他将唐钞《文选集注》迎归故土出版,为《文选》研究者提供了极其珍贵的版本材料。程章灿著有《魏晋南北朝诗》(天地出版社,1997年)、《世族与六朝文学》(黑龙江教育出版社,1998年)、《魏晋南北朝赋史》(江苏古籍出版社,2001年),对魏晋南北朝文学具有精深研究。苏州大学范志新发表相关论文近20篇,涉及文选版本、"选学"发展、地方选学研究等诸多方面,出版专著《文选版本撷英》(贵州人民出版社,2004年)、《文选版本论稿》(江西人民出版社,2003年),是《文选》版本研究的典范之作。

江南地区学者以其优良的学术传统、谨严的朴学精神成就"选学"研究的扛鼎之地,为其当代"选学"发展起到了重要的推动作用。

(五)上海:"选学"研究的开放高地

上海在传统江南文化的基础上,融合西方近现代文明进而形成独有的学术流派。形成以王运熙、杨明等学者为领军人物,以复旦大学为代表高校,复旦大学古籍整理研究所为代表性研究机构的主体研究力量,此外,华东师范大学、上海师范大学、上海大学的专家学者也作出了重要贡献。

《文选》学会顾问王运熙对"龙学"与《文选》学研究精深,代表作有《六朝乐府与民歌》(古典文学出版社,1957年)、《文心雕龙译注》(合著,上海古籍出版社,1998年)、《汉魏六朝乐府诗评注》(合著,齐鲁书社,2000年)、《中国文学批评史新编》(复旦大学出版社,2001年)。理事杨明精通魏晋南北朝和唐代文学,著有《文心雕龙精读》(复旦大学出版社,2007年)、《刘勰评传》(南京大学出版社,2001年)、《陆机集校笺》(上海古籍出版社,2016年)等重要著作,发表《文选》相关高水准论文数篇,涉及《文选》具体篇目研究、注释研究、《文选集注》研究等方面。在他们的不断努力下,上海地区学者以深厚的古代文学素养观照"选学"研究,在扎实考据的基础之上,以古代文学理论批评的精深学识思考文学作品的深刻内涵与价值,形成了鲜明的学术特色。

(六)福建:"选学"研究的坛场

第12届"选学"国际学术研讨会由厦门大学承办,在体现出福建地区"选学"研究实力的同时,彰显了《文选》学会对全国性布局的科学思索。

福建地区"选学"研究以穆克宏、陈庆元、胡旭等为代表学者,以厦门大学、福建师范大学为代表高校,形成了《文选》研究的闽地学者群和研究阵地。

穆克宏对魏晋南北朝文学,尤其是六朝文学研习精深,发表《文选》相关高水准论著近30篇,其中《昭明文选》(春风文艺出版社,1991年)与《文选学研究》(鹭江出版社,2008年)均成为《文选》研究的重要参考资料。胡旭承担2011年国家社科基金项目"《文选》李善注引文考证",发表《文选》相关高水平论文多篇,涉及《文选》选文研究、具体篇目研究等多方面,显示了闽地学者的实力。

在"选学"之风的引领下,厦门大学培育出了新一批"选学"研究者,集中对《文选》的具体文体进行辨析。在文选学研究会的引领与福建地区数辈学人的共同努力中,福建形成并不断壮大了自己的"选学"研究队伍,成为"选学"研究的纲目之地,实现了"选学"研究南北呼应的整体布局。

(七)巴蜀:"选学"研究之要冲

巴蜀地区的"选学"研究以屈守元、罗国威、常思春等学者为领军人物,以四川大学、四川师范大学为代表高校,以四川师范大学古代文学研究所为代表性研究机构。

四川师范大学古代文学研究所成立于1983年,在首任所长屈守元等一批前辈的努力下,形成了以屈守元为中心重视"选学"研究的魏晋南北朝文学研究室。他们以不懈的努力追求学术生命的传承,培育出大批后学,形成了纯正的学术之风。屈守元著有《昭明文选杂述及选讲》(天津古籍出版社,1988年),是新中国成立以来最早的一批《文选》学专著之一,《文选导读》梳理《文选》的编纂、《文选》学史和《文选》学著述提要、《文选》版本、读法等问题,为"选学"初学者提供重要参考。罗国威专精魏晋南北朝文学,尤以《文选》为主,发表《文选》相关论文数篇,集中在对《文选》注释的系统考察,代表专著有《敦煌本〈昭明文选〉研究》《敦煌本〈文选注〉笺证》《六朝文学与六朝文献》,为"选学"研究作出了突出贡献。

值得注意的是,巴蜀有其独特的地缘优势,与敦煌学有千丝万缕的联系,使其成为"选学"西扩的重要研究基地。

(八)两广:"选学"研究的重镇

随着《文选》研究的持续升温,其他地域的《文选》学研究也不断发展。其中尤以两广地区较为突出。

两广地区以广西师范大学为中心,以中山大学、钦州学院、深圳大学、韩山师范学院、佛山大学、暨南出版社等高校和出版机构为主体,形成具有岭南特色的"选学"研究力量。第7届《文选》学国际学术研讨会在广西桂林召开,2005年"《文选》研究"被列为"人文强桂工程"的重点研究项目,《文选》研究成为广西师范大学文学院博士点古代文学学科的重点研究方向,体现了《文选》学会的整体统筹与当地高校对《文选》研究的重视,这些为两广地区的"选学"研究全面发展起到了推动效果。中山大学充分发挥毗邻港澳地理优势,积极开展专项研究,成为交流合作的重要窗口。

胡大雷承担2001年度国家社科基金项目"《文选》分类研究",出版《〈文选〉诗研究》(广西师范大学出版社,2000年),发表《文选》相关高水准论文20余篇。力之发表《文选》相关高水准论文70余篇,涉及《文选》编者、成书、分类、比较研究等诸多方面。中山大学许云和出版《乐府推故》(北京大学出版社,2012年)、《汉魏六朝文学考论》(上海古籍出版社,2006年)等著作,和《仆本"恨人"与"我身如是相"——论〈恨赋〉之"恨"》等论文(香港新亚学报2013年第31卷),都代表了两广地区学者《文选》的重要研究成果。

两广作为"选学"研究的重镇,为"选学"研究新添许多学术增长点。

表一 国内当代"选学"研究地理格局简表

华北版块	
历届与会人数	58人
代表高校	北京大学
代表研究机构	中国社会科学院文学研究所、北京大学古文献研究中心、中华书局
领军学者	曹道衡、倪其心、许逸民、傅刚、刘跃进
前三届参会学者	阴法鲁、曹道衡、沈玉成、白化文、倪其心、孙钦善、袁行霈、许逸民、傅刚、刘跃进、张亚新、陈宏天、何兹全、刘文忠、吕桂珍、吕岚、王春茂、王宁、李国英、王若江、许嘉璐、易敏、钟涛、周纪彬
参会届数 (参会3次及以上)	曹道衡第1、2、3、4、5、6届
	许逸民第2、3、4、5、6、9届
	傅刚第3、4、5、8、9届
	刘跃进第2、3、5、9、10届
	张亚新第3、5、6、7、9、10、12届
	王若江第1、3、4、5届
	范子烨第9、10、11、12届
	钟涛第3、4、5、9、10、11、12届
	踪凡第8、10、11、12届
	王京州第7、8、9、10、11届

续　表

东北版块	
历届与会人数	37 人
代表高校	长春师范大学
代表研究机构	长春师范大学《文选》研究所、吉林省社会科学院文学研究所
领军学者	赵福海、陈延嘉、陈复兴
前三届参会学者	赵福海、陈延嘉、陈复兴、景献力、陈向春、韩格平、李晖、刘奉文、吴穷、徐克文、周奇文
参会届数（参会3次及以上）	赵福海第1、2、3、4、5届
	陈延嘉第1、2、3、5、6、7、8、9、10、11、12届
	陈复兴第2、3、4、5、6、8届
	李晖第1、2、4届
	孙浩宇第8、9、10、11、12届
	邹德文第9、10、11、12届
中原版块	
历届与会人数	69 人
代表高校	郑州大学、河南大学
代表研究机构	郑州大学古籍整理研究所、河南省社会科学院文学研究所
领军学者	俞绍初、刘志伟、王立群、卫绍生
前三届参会学者	俞绍初、段书伟、李之亮、宋恪震、刘志伟、王立群、王庆梅、王晓东
参会届数（参会3次及以上）	俞绍初第2、3、4、5、6、7届
	刘志伟第3、4、6、7、8、9、10、11届
	卫绍生第6、7、8、9、10、11、12届
	王立群第3、4、5、6、7、9、10、11届
	王晓东第3、4、5、6、7、8、9、10、11、12届
	宋恪震第3、4、5、6、8、10、11、12届
	孙津华第7、8、9、11、12届
	樊荣第6、7、8、11、12届
	刘群栋第8、9、10、11、12届
	郭宝军第8、9、11、12届

续　表

江南版块	
历届与会人数	68 人
代表高校	南京大学、扬州大学、苏州大学
领军学者	周勋初、范志新、程章灿
前三届参会学者	马积高、周勋初、范志新、顾农、程章灿、王存信
参会届数 （参会3次及以上）	周勋初第3、4、5、6、7、9 届
	顾农第2、3、5、6、7、8、9、11 届
	范志新第2、5、6、7、8、11、12 届
	程章灿第3、4、5、6、12 届
	丁福林第4、5、6、7、9 届
	李金坤第5、6、8、9 届
	钱永波第6、7、8 届
	胡耀震第6、7、9、11、12 届
	刘九伟第8、9、10、11 届
	吴晓峰第8、9、11、12 届
	卞东波第9、10、12 届
	于溯第9、10、11、12 届
上海版块	
历届与会人数	26 人
代表高校	复旦大学
代表研究机构	复旦大学古籍整理研究所
领军学者	王运熙、杨明、李定广
前三届参会学者	王运熙、杨明
参会届数 （参会3次及以上）	王运熙第3、5、7 届
	杨明第2、3、4、5、6、7、8、11、12 届
福建版块	
历届与会人数	12 人
代表高校	厦门大学、福建师范大学

续　表

福建版块	
领军学者	穆克宏、陈庆元、胡旭
前三届参会学者	穆克宏、陈庆元
参会届数 （参会3次及以上）	穆克宏第1、2、3、4、5、6、7、10届
	胡旭第7、8、10、11届
	王玫第4、5、6、8届
	林大志第7、11、12届
巴蜀版块	
历届与会人数	11人
代表高校	四川大学、四川师范大学
代表研究机构	四川师范大学古代文学研究所
领军学者	屈守元、罗国威、常思春
前三届参会学者	屈守元、罗国威、韩基国
参会届数 （参会3次及以上）	屈守元第1、2、3届
	罗国威第3、4、5、6、12届
	常思春第4、5、6、7、8届
	钟仕伦第4、9、10届
两广版块	
历届与会人数	21人
代表高校	广西师范大学
领军学者	胡大雷、力之
前三届参会学者	刘树清、张业敏
参会届数 （参会3次及以上）	胡大雷第4、6、8、9、10、11、12届
	力之第4、6、8、9、10、11、12届
港澳台版块	
历届与会人数	50人
代表高校	台湾大学、"中央"文化大学、香港大学、香港中文大学
领军学者	饶宗颐、何沛雄、朱晓海、游志诚、张蓓蓓

续　表

港澳台版块	
前三届参会学者	饶宗颐、游志诚、何沛雄、王更生、洪顺隆、李景溁、罗敬之、吕凯、沈鸿志、于维杰
参会届数 （参会3次及以上）	游志诚第2、3、4、5、6、7、8、9、10、11、12届
	朱晓海第4、5、6、7、9、11、12届
	廖一瑾第4、5、7、8、9、11届
	黄水云第4、7、8、9届
	徐华中第6、7、8、9、10、11、12届
	黄坤尧第8、9、10、11届
	郭永吉第9、10、11届
	陈炜舜第9、11、12届

表二　域外当代"选学"研究地理格局简表

历届与会人数	31人
领军学者	清水凯夫(日)、冈村繁(日)、芳村弘道(日)、陈翀(日)、海村惟一(日)、康达维(美)、白承锡(韩)
前三届参会学者	白承锡、冈村繁、甲斐胜二、康达维、牧角悦子、清水凯夫、小尾郊一、兴膳宏、佐竹保子
参会届数 （参会3次及以上）	清水凯夫第1、2、3、4、5、6届
	冈村繁第1、2、4、5、7届
	芳村弘道第4、5、6、9、11届
	静永健第9、10、11届
	康达维第1、2、3届
	佐竹保子第2、4、5届
	甲斐胜二第3、4、5届
	林中明第4、5、7、8届
	陈翀第8、9、10届
	栗山雅央第9、11、12届

四 当代"新选学"系统构建实绩数据分析

本部分拟通过历届"选学"年会论文的数据分析,以纵观当代"新选学"系统构建的实绩。据初步统计,从1988年首届至2016年第12届年会,共提交论文计736篇。在研究内容上,大致可分为11类,具体情况列表如下(表三)[①]:

表三 历届年会论文内容数据分析

类别	篇数	占比
作家作品研究	166	22.6%
《文选》版本与注释研究	159	21.6%
总论研究	118	16%
《文选》编纂者与编撰思想研究	71	9.6%
文体研究	62	8.4%
研究史研究	62	8.4%
文论研究	43	5.8%
《文选》与陶渊明研究	21	2.9%
接受史研究	20	2.7%
《文选·序》研究	10	1.4%
《文选》与其他总集研究	4	0.5%

从表中可以看到,11类中,"作家作品研究""《文选》版本与注释研究""总论研究"三类论文数量最多,共计443篇,约占总数的60.2%,构成当代"新选学"研究系统的主干部分。其他8类则构成了选学系统的重要部分。

(一)研究基本情况概述

通过对各类论文数据对比分析,整体来看,不难发现,当代"新选学"研究是在继承"传统选学"研究优良传统基础上,不断开拓创新发展的:

---

① 为了便于从整体上对比研究状况,特将"国外及港台地区学者所作研究"归为一类,于后文进行讨论。

1. 文本内容、版本等基础研究仍是重点

数据表明，传统的内容、版本、文体等基础性研究论文数量，在历届会议中始终占据较大比重。

有关"《文选》作家作品研究"论文，最早的是首届何沛雄的《〈古诗十九首〉的名称和篇数》。除首届、2届外，此类论文数量均居当届首位，内容涉及作家作品、作家与时代背景、作品与时代主流文风、作家群体、作家作品之间的对比、作品类型、作家作品考释、作品与时代主流思想等，基本立足传统"选学"研究基础，进行创新性研究。此类代表性论文，有俞绍初《谈曹植〈赠白马王彪诗〉的几个问题》（第6届，2005，新乡）、顾农《关于左思〈三都赋〉及其序注》（第6届，2005，新乡）、樊荣《竹林七贤评价、交往与嵇康死因真相考辨》（第6届，2005，新乡）、刘志伟《陆机研究的反思与展望》（第6届，2005，新乡）、中国台湾地区学者廖一瑾《石崇〈王明君辞〉，班婕妤〈怨歌行〉的美学意象及传递》（第11届，2014，郑州）、（日）栗山雅央《从左思〈三都赋〉的文本内容论西晋的时代性与武帝司马炎的影响》（第11届，2014，郑州）等。究其原因，《文选》作为汇集魏晋南北朝及之前重要作家作品优秀之作的总集，相关作家作品无疑是其中最丰富的资源，也是其价值的核心所在，古今研究一直集中于此，实属当然。随着新的时代需要，文学观念、研究方法的新的发展变化，新的材料和版本的发现，对之作出新的阐释和研究，也应当成为"新选学"研究范畴中的最重要板块。

"《文选》版本及注释研究"，其论文数量历届基本稳居前列，内容主要向钩沉、对比方向发展。最早发表于首届的有（日）冈村繁的《〈文选〉李善注的编修过程》、孙钦善的《论〈文选〉李善注和五臣注》、王宁的《李善的〈昭明文选注〉与选学的新课题》等9篇。此类论文聚焦于第11届、第12届，提交论文分别达20篇和21篇。其中第11届具有代表性的为（日）芳村弘道的《简介朝鲜本〈选赋抄评注解删补〉》、王立群的《六家本〈文选〉五臣注研究》、胡耀震的《李善注〈文选〉的底本》、踪凡的《从〈文选双字类要〉到〈文选类林〉》等。第12届具有代表性的论文为中国台湾地区学者游志诚的《〈文选〉抄配本——据宋刊广都本〈文选〉为例》、杨明的《〈文选〉所载陆机诗六臣注议》等。这两类研究可以说是"新选学"中最具开拓性、成就最为卓著的板块之一。之所以如此,乃得力于大量新的《文选》版本,特别是早期唐宋版本的发现,它使学者们具有了认识《文选》版本和注释原貌的可能,也同时带来其中大量以前所未曾认识到的问题,为"选学"提供了新的研究空间。再进一步深究的话,可以说这是现代社会环境下中外沟通、联系越来越紧密,文献传播利用越来越便捷的形势所带来的结果。这两类研究不断夯实着"选学"研究的基础,继续凸现着"选学"研究的特色。

2."总论、杂论研究"转向明显

总的看来,"总论、杂论研究"思想活跃,或从传统文化角度对"选学"价值进行重新评价,或从复古思潮角度对"选学"社会意义进行重新阐释,或对"选学妖孽""当时语"等进行具体剖析,大多能以宏阔的视野、深邃的思辨力,对"选学"根本性、方向性问题进行深入探讨,吹来了一股强劲的学术新风。如刘跃进《昭明太子与梁代中期文学复古思潮》(第2届,1992,长春)、穆克宏《文章渊薮 英华荟萃——论〈文选〉的文学价值》(第2届,1992,长春)、赵福海《"选学妖孽"口号之来龙去脉与反思》(第4届,2000,长春)、杨再年《做"昭明文章,展时代风采"》(第4届,2000,长春)等,令人耳目一新。尤其最近两届会议上,此类论文竟达28篇和30篇,体现了"选学"学术研究的新动态和发展的热点方向。此类内容研究的复兴,可以说典型体现了"新选学"之"新"的所在。因为,从20世纪初以来,国内文学和学术思想先后受到"五四"新文化思潮和马克思主义文艺思潮的影响,这两种思潮的功绩自高,但是它们分别提倡文学的平民化、民间化和文学的人民性、政治性,而《文选》于这两种思潮所推重的标准都不符合,长期以来遭遇着自身价值和特点被轻视和忽视的命运。改革开放以来,日趋自由、包容、理性的社会环境,以及中国港台地区及国外学者思想观念的介入,都为学者们重新认识、肯定《文学》的文学价值、理论价值及其产生原因、背景提供了条件。"新选学"之"新",对其总体价值、意义的肯定与重视乃是其关键。

3."编纂者与编纂思想研究"中心突出

《文选》编纂者与编纂思想研究,主要围绕编纂者"中心"、萧统文学思想等核心问题,进行了全方位探究,众多学者将此类问题放在时代文学、历史背景中进行全新思考,将之与士人责任、文学集团生存发展等根本问题结合起来,重新阐释经学、佛学、玄学等与文学之间的关系,其中最早发表于首届的论文有曹道衡、沈玉成《有关〈文选〉编纂中几个问题的拟测》、袁行霈《从〈昭明文选〉所选诗歌看萧统的文学思想》等5篇。第4届会议上提交此类论文数量最多,达13篇。此外,以(日)清水凯夫《从〈文选〉选篇看编纂者的文学观》(第2届,1992,长春),刘跃进《昭明太子与梁代中期文学复古思潮》(第2届,1992,长春),俞绍初《〈文选〉成书过程拟测》(第3届,1995,郑州),姜维公、姜维东《试论〈文选〉的取舍标准》(第4届,2000,长春)等论文影响较大,使这一问题研究进入新的境界。应该指出,日本学者清水凯夫等在20世纪80年代前后提出《文选》编者为刘孝绰,而非传统认为的以萧统为中心这一新的看法,并尝试以此为基础展开"新文选学"研究,对"《文选》编纂者和编纂相关问题"研究起到了很大的激发作用。为与清水先生争论,大批学者对相关问题进行了新的考证,撰写出一系列论文。20世纪80年代以来,特别是80年代后期至90年代这段时期,《文选》编者研究成为年会上及研究中一个争论热点问题,这和清水先生观点的提出有很大关系。

4. "文体研究"开始向综合性研究方向发展

在当代"新选学"框架下,对文体进行全面、系统的梳理与观照,并与其他作品进行对比,成为一个亮点。在首届会议上,吕岚发表的《〈昭明文选〉所收赋的辞格特点》为第一篇此类文章,最具代表性意义。此后相关论作频出,李金坤《从"文学观点"与"文体选目"看〈文心雕龙〉对〈文选〉的影响》(第6届,2005,新乡),郭殿忱、李红光《论〈文选〉之书体》(第4届,2000,长春),王京州《〈文心雕龙〉与〈文选〉论体观之比较》(第7届,2007,桂林),孙津华《〈文选〉与其广、续、补遗之作文体分类之比较》(第7届,2007,桂林),王立群《敦煌吐鲁番本〈文选〉与宋刻〈文选〉》(第9届,2011,南京)等作,都具有重要启示意义,使这一类型的研究取得突破性进展。

5. "研究史""接受史""文论"研究不断深入

"研究史""接受史""文论"研究,总体上沿着平稳的基调扎实迈进,其中出现了一些较有影响力的观点。

其一,"选学"研究史主要是对"选学"研究的历史与现状进行整体论述,从中发现各个时期出现的重大变化,并总结出一些特点。如(日)牧角悦子

《日本研究〈文选〉的历史与现状》(首届,1988,长春)、(美)康达维《欧美〈文选〉研究述略》(首届,1988,长春),首发先声。随后,其他学者或从地域综述、断代角度、名家研究等方面,对选学研究现状与成果进行梳理和具体分析,如中国台湾地区学者游志诚《胡克家〈文选考异〉述评——清代文选学之一》(第6届,2005,新乡)、王同策《鲁迅与〈昭明文选〉》(第4届,2000,长春)、范志新《苏州"选学"述略》(第2届,1992,长春),较有影响力。需特别指出的是,穆克宏先生从20世纪90年代起持续发表此方面研究论文达9篇之多,如《20世纪中国〈文选〉学研究的回顾与展望》《汪师韩〈文选理学权舆〉平议》等,成果尤为丰富。

其二,《文选》接受史研究,主要以后代文人、作品对《文选》的接受为主,对《文选》及"选学"传承与流变进行论述。如周勋初《李白"三拟〈文选〉"说发微》(第6届,2005,新乡)、曹胜高《论汉晋间"诗缘事"说的形成与消解》(第7届,2007,桂林)、李金坤《唐代科举考试与〈文选〉》(第5届,2002,镇江)等较有影响。

其三,《文选》文论研究,运用文学批评相关理论,对《文选》"缘情""文笔之辨""文与道"等问题进行重点分析,或对名家选学批评进行评析,或与文论专著进行比较,或于旧题进行再分析。如程章灿《〈文选〉选录碑文及其相关的文体问题》(第5届,2002,镇江)、胡大雷《"文笔之辨"与中国文章学的成立》(第10届,2012,开封)、钟涛《〈文选〉和〈文心雕龙〉"笔"之比较》(第4届,2000,长春)等,都颇具开拓创新意义。

6. "《文选》与陶渊明研究"成绩突出

陶渊明与《文选》研究保持持续热度,已构成"选学"研究的一个重要内容,并使其在"选学"研究中的地位不断隆升。从第3届刘文忠发表《萧统与陶渊明》开始,到第5届齐益寿《萧统评陶与〈文选〉选陶》、张亚新《论萧统的陶渊明研究》等4篇集中发表,标志陶渊明研究出现一个小高潮。其后卫绍生、范子烨等学者也发表了相关文章。这些论文均体现了较高的学术水准。

7. "《文选·序》研究"出现突破

对《文选·序》的研究,开始聚焦纵深性、全局性问题。一些学者就选学的本旨、"选学"研究标准、"选学"的意义等重大问题展开讨论,他们用文学研究模式审视现代"选学",从文化思想角度探究《文选》选文之标准,从时代文学观念讨论文学与非文学界限,进而对《文选·序》作出新的阐释,其论文高度与深度前所未有。如饶宗颐《读〈文选·序〉》(首届,1988,长春)、王立群《论二十世纪的〈文选序〉研究》(第4届,2000,长春)、傅刚《从〈文选序〉几种写、钞本推论其原貌》(第5届,2002,镇江),堪称力作。

8. 对比研究成为"总集研究"重心方向

"总集比较研究"将选学与"赋学""龙学"等"显学"或其他总集研究进行对比,综合比较它们在构造方面的差异,发现相互之间影响,阐释时代具体幽微,使得相关问题进一步清晰。这方面论文数量虽然不多,但其引领作用不可轻视。如最早发表于第5届的(韩国)朴三洙《试论〈古文真宝〉与〈昭明文选〉之关系》,发表于第7届的樊荣《关于〈文选〉〈玉台新咏〉与梁陈宫体诗异同的思考》、彭安湘《〈文选〉与〈古文苑〉之初步比较》,以及第10届会议上力之的《略论〈文选〉与〈翰林论〉〈集林〉等之关系》,多有新意。

总的看来,当代"选学"研究重点与格局虽然没有出现重大改变,但是研究范围在不断拓展,研究问题更加深入、具体,研究方法更加多样化,总体上向系统化方向靠拢,处在创新发展的重要时期。

(二)研究内容、方法等出现"新"变

《文选》研究的"新"变主要体现在研究视野进一步扩大、选取材料愈加广泛、研究方法不断创新等方面。

1. 研究范围进一步扩展

从整体来说,原有的针对《文选》文本内容的文学性研究,向求"新"求"变"发展,不断向其他领域研究拓展,这一点主要体现在"总论及杂论研究"论文呈现快速增长上。

其一,"选学新问题""新选学"得到进一步重视。自20世纪"新选学"概念提出以来,这一观点在"选学"界继续得到响应,越来越多的重量级学者就此进行深入开掘,并提出新的理论观点。关于这一方面的内容,本文前几部分的论述,已经有较为详细的讨论,不再赘述。

其二,交叉研究得到关注。选学研究和其他学科研究主流发展方向保持基本一致,打破学科藩篱,跳出思维窠臼,成为研究的新亮点,"他山之石,可以攻玉"已成为这一时期的广泛共识。如田彩仙的《六朝文人音乐家的审美追求与艺术贡献》(第8届,2009,扬州)、(美)林中明《〈昭明文选〉中的"气象文学"》(第8届,2009,扬州)、中国台湾地区学者游志诚《〈文选〉书法学》(第11届,2014,郑州)等文章,已经突破原有的纯选学的研究范畴,开始与美学、艺术、书法学等领域进行交叉研究,大量引用、吸收相关学科研究成果,充实、完善选学研究的不足,使得"选学"在一些边缘领域取得了重要发展。

2. 研究视野不断扩大

受整个时代与社会科学研究方法"新"变的影响,研究视野空前开阔,某种程度上说,达到了前所未有的深度与广度。

开始把《文选》放在社会、文化环境当中,放在文化史、文学史、思想史、艺术史背景中,进行全面的、鸟瞰式的审视,系统地对研究本身进行总体的反思和辩证的梳理,综述性文章不断出现。尤其可贵的是,选学研究已不再执着于纯书斋式的研究,开始出现注重应用、注重实用的研究倾向,努力开掘其社会价值、实用价值、文艺伦理等方面价值。一些论文对选学的文化价值与当下的关系进行了重新评价,一些学者已经从时代价值角度考虑,从中阐发对目前历史文化名城建设的作用,还有一些学者把"选学"拓展到气象文学领域研究。如徐苏、张爱民《试论萧统遗迹及其对历史文化名城的影响》(第5届,2002,镇江),吕正华《〈文选〉贮存的六朝"当时语"的价值》(第2届,1992,长春),赵福海、魏淑琴《试论〈文选〉的文化价值》(第5届,2002,镇江),(美)林中明《〈昭明文选〉中的"气象文学"》(第8届,2009,扬州)等,多有新意。

3. 新材料发现与使用成为共识,得到高度重视

其一,文献采用范围扩大,文物实证材料被引入具体研究中。研究者已经开始将注意力转向对新材料的发现、搜集、整理、使用上来。搜寻的范围和视野比较开阔,比如墓志、印章、风俗画等文物遗存和地方史志等材料成为重点,经过学者披沙沥金的努力,这方面已经取得一些新成果,表现出良好的发展势头。如林登顺《〈文选〉墓志文类探析》(第8届,2010,扬州)、程章灿《〈文选〉选录碑文及其相关的文体问题》(第5届,2002,镇江)、周勋初《〈文选集注〉上的印章考》(第4届,2000,长春)、刘风华《〈文选〉李善注与清华简所见"伊

尹"、"保衡"资料比对二则》(第11届,2014,郑州)、赵福海《〈选·赋〉中的风俗画》(第3届,1995,郑州)等,最具代表性。

其二,新版本的钩沉与使用。一些学者继续对《文选》基础研究进行不懈努力,尤其是继续关注20世纪发现的敦煌写本和日本早期抄本,并对馆藏残卷、域外文献进行"爬罗剔抉""刮垢磨光"式的搜寻和探佚,使一些久已沉湮的文献重新浮现在人们面前。如邹德文、董宏钰《陈八郎本〈昭明文选〉音注特点及其版本价值》(第11届,2014,郑州),中国台湾地区学者游志诚《〈文选〉抄配本——据宋刊广都本〈文选〉为例》(第12届,2016,厦门)、屈守元《跋日本古抄无注三十卷本〈文选〉》(第2届,1992,长春),罗国威《天津艺术博物馆藏〈文选集注〉残卷的文献价值》(第4届,2000,长春),范志新《俄藏敦煌写本Φ242〈文选注〉与李善五臣陆善经诸家注的关系》(第5届,2002,镇江),(日)冈村繁《重修北宋国子监本〈李善注文选〉序说》(第7届,2007,桂林),乔秀岩、宋红《关于〈文选〉的注释、版刻与流传——以日本足利学校藏宋刊明州本六臣注〈文选〉为中心》(第8届,2010,扬州),刘九伟《论明州本〈文选〉李善注的减注》(第8届,2010,扬州),(日)陈翀《〈文选集注〉李善表卷之复原及作者问题再考——以庆应义塾大学图书馆藏旧抄本〈文选表注〉为中心》(第10届,2012,开封),孔令刚《奎章阁本〈文选〉拆分五臣注研究》(第10届,2012,开封),刘九伟《赣州本〈文选〉五臣注研究》(第10届,2012,开封),(日)芳村弘道《简介朝鲜本〈选赋抄评注解删补〉》(第11届,2014,郑州)等,所用材料范围不断扩大,从最初的汲古阁本、尤刻本,到大陆所藏善本、宋明版本、敦煌本,以及域外所藏九条本、静嘉堂文库所藏古抄无注本、京都帝国大学文学部景印旧抄本等,大量选本的刊行和使用,丰富了《文选》研究材料,使文本、版本研究得到保障,也有助于"选学"研究的纠偏证伪。

4. 研究方法创新表现不俗

研究方法开始呈现多样化,传统的治学模式得到改变,许多学者不再拘泥于纸质到纸质的推绎、论证、阐释,相关学科的成熟方法,如考古学、民俗学、艺术、书法、气象、社会学等研究思路和研究办法被引入选学研究当中,解决了一些过去难以解决或研究模糊的问题。更为重要的是,一些学者更加注重大数据分析,采用系统理论定量分析,把选学引入更加科学、更加规范的轨道。如许逸民《再谈"选学"研究的新课题》(第 2 届,1992,长春)、游志诚《"文选学"之文类评点方法》(第 2 届,1992,长春)及《文选综合学》(第 4 届,2000,长春)、张蓓蓓《略谈〈文选〉牵涉的几个中国文学史问题》(第 5 届,2002,镇江)等文章,都给人以很好的启示。

(三)研究热点突出且成果丰硕

在整体推进、全面拓展的大背景下,版本、校释这些传统热点继续保持热度,同时也形成新的热点,其中有关陶渊明与《文选》的研究表现突出。许多学者围绕这一问题深入拓展开去,分别从陶渊明的思维、陶诗的文化意境、陶渊明文学的传播、陶渊明文学的评价等方面进行多视角的新阐释,使得对陶渊明的研究进入新境界。其成果之多和影响之大,在陶渊明专题研究中是不多见的,隐然出现了"陶学"研究的雏形。

此外,《文选序》研究,高手云集,在"选学"的本质论研究方面有了较大突破,引领了"选学"学科建设发展方向。

(四)国外与中国港台地区研究成为"选学"研究的重要力量

国外与中国港台地区研究成为选学研究不可忽视的重要力量,提交论文总数达 158 篇,占论文总量的 21.5%。特别是国外与中国港台地区研究在"新选学"方面多有建树,一定程度上引领了选学发展的新方向。其研究方法、研究思维方式让人耳目一新。

数据显示,在提交的 158 篇论文中,作家作品研究类 45 篇,约占此类总数 28.5%;版本与注释研究类 37 篇,约占此类论文总数的 23.4%;文体研究类 13 篇,约占此类总数 8.2%;研究史研究类 20 篇,约占此类总数 12.7%;接受史研究类 4 篇,约占此类总数 2.5%;文论研究类 8 篇,约占此类总数 5.1%;《文选》与陶渊明研究 4 篇,约占此类总数 2.5%;总论研究 11 篇,约占此类总数 7.0%;《文选》与其他总集比较研究 3 篇,比例占此类总数 1.9%;《文选》编纂者与编撰思想研究 7 篇,约占此类总数 4.4%;《文选序》研究论文 6 篇,占此类总数 3.8%。说明国外和中国港台地区研究重点与内地大体相同,其各类研究比例分布与总体分布大致相似。可以看出,其领域覆盖面与内地相比基本重合,研究进展大体同步,研究材料更加丰富,这其中尤以对新材料的使用引人注目。

（五）存在的问题与不足

数据表明，目前选学研究也存在明显不足和一些短板，主要表现在：

一是研究视野局限性没有从根本上得到改观，宏阔性研究、综合性研究数量偏少或不足，如有关总集比较研究仅4篇，有关综述研究只有14篇。说明当前研究选题过细、方向过专、视域过窄等问题普遍存在。许多论文缺乏大的气派、大的风范、宏阔视野。

二是从纸质文献到纸质文献的思维模式依然占据主导地位，与出土文献结合研究重视不够。对传世文物、文化遗存、地方方志等缺乏必要的搜集整理和对比研究，一定程度上造成新材料的遗漏。对数据分析、定量分析等新兴学科理论援引较少。

三是实地实证研究明显缺乏，少有涉及文物遗存的实地考察成果。文学地理学、文学社会学对《文选》研究的促进作用还未充分显现出来，整体研究尚未走向更为广阔的社会领域和现实当中。对选学所反映的地理、地貌、人情、自然、名物、制度等研究缺乏第一手资料，"隔"的问题依然存在并比较突出。

四是内地与境外交流合作偏少，研究新材料、研究新成果不能及时共享，研究思路不能充分、及时得到交流；选学的成果不能很快得到传播，其影响力和研究接受与其他文学研究相比优势不明显；选学的应用价值、社会价值没有得到充分发挥。

五是团队合作研究有所不足，滞后于当前学术研究专题性、项目化发展趋势。目前系统性、整体性研究是文学研究主流，传统的单打独斗已经无法解决整体性、系统性问题，也不能很好处理大数据背景下各种各样的新材料、新理论。从历届年会来看，论文成果绝大多数是独立完成的，仅有个别篇目由两人合作，其中团队合作的"大部头"少有出现。这说明选学研究一定程度上仍沿着过去的研究模式和轨迹在缓慢推进。这一问题势必会导致低层次、重复性研究大量存在，管窥之见、以偏概全势必难免，有标志性、创新性，具有较大影响力的力作难以形成，这将大大降低"新选学"突破的可能性，降低选学的影响力和社会功能的发挥，既不利于选学及研究者的发展，也不利于学科建设和选学的长远发展。

跨世纪的前12届《文选》会议延续至今，并保持勃勃生机，标志着选学研究达到了一个崭新的阶段。提交会议论文数量越来越多,总体质量越来越高,具有开创性的力作纷见,这更巩固了"选学"研究在整个学术领域的地位,使得"选学"研究具有重要号召力与学术影响力。通过分析可以发现,传统研究领域不断深入,新的研究领域不断拓展,热点研究成就不断凸现,国内与国外研究交流加快,零散研究正朝着系统性、整体性方向靠拢,交叉性、实证性等新方法也表现出其优势,"选学"研究正积蓄着力量,正处于创新发展的重要时期。同时,选学研究也存在着明显的不足,需要予以重视。

五 域外学者与当代"选学"国际化研究格局的构建

纵览历届年会论文,可以清晰地看到:域外学者的积极参与,为"选学"研究国际化作出了极大的贡献,是当代"选学"发展史的重要组成部分。

当代"选学"研究起步之初,适逢改革开放的时代潮流,这为"选学"研究的国际化提供了重要契机。同时,受改革开放前特定时代意识、观念、条件的制约,中国内地的"选学"研究相对迟滞,中国香港、台湾地区与域外的"选学"研究,有许多方面都值得学习、借鉴。因此,主导筹备"选学"会议、成立《文选》学会的前辈学者,他们的重要理念就是让《文选》走向世界;致力于构建当代"选学"研究的国际化格局成为前辈学者的使命之一。

1988年长春首届年会就是名副其实的国际学术研讨会,共有8位日本学者、1位新加坡学者、3位美国学者共襄盛事,此后每届年会都有域外学者积极参与的身影。从首届到第12届年会的研究论文,清晰呈现了当代"选学"一以贯之的国际化研究视野与格局。来自日、韩、新加坡、欧美等国家的专家学者,与中国大陆、台港澳地区的学者一道,共同参与、构建了当代"新选学"研究的话语系统,一些有关"新选学"的核心命题、主题和研究课题,也是在中外学者的相互交流、碰撞、融合过程中,或得到深入探讨,或得以圆满解决。

(一)域外前辈学者为当代"新选学"理论与研究系统构建,发挥了重要作用

日本"新选学"领袖清水凯夫以极大的热忱,参加了从首届到第6届的年会,提交论文6篇。前三届年会上,连续提交了《关于〈文选〉中梁代作品的撰录问题》《从〈文选〉选篇看编纂者的文学观》《就〈文选〉编者问题答顾农先生》,较为系统地阐述了其"新选学"的理论主张和相关实证研究成果,以极富冲击力的方式,与中国大陆学者商榷、对话,使"新选学"成为前三届会议的焦点议题。① 在前三届会议上,中国学者屈守元、穆克宏、曹道衡、俞绍初、顾农等先生的相关论文,或驳论或补充,或以实证方式,正面回应了以清水凯夫为代表的日本"新选学"理论主张,许逸民先生则在前两届会议有关"新选学"研讨的基础上,借鉴、总括中外"新选学"理论,提出了全面构建"新选学"系统的战略性设计方案。首届年会上小尾郊一的《昭明太子的文学观——以〈文选·序〉为中心》一文,是当代较早研究《文选·序》的论文,他指出在研究萧统文学观的原始资料极少的情况下,《文选·序》是最为重要的参考文本,并探究《文选·序》以"文"和"非文"标准,严格区分"纯文学"和"非纯文学",以"事出于沉思,义归乎翰藻"为"纯文学"的重要标准,进而对从阮元到朱自清关于"事出于沉思,义归乎翰藻"的相关论述予以细致考论、辨析,其对"沉思""翰藻""事""义"的考述②,对从本原意义上准确认识萧统编纂《文选》的理念及其文学创作思路,深具启示意义。

日本"选学"研究泰斗冈村繁,参加了首届,第2、4、5、7届共5届年会,提交论文5篇。首届年会论文《〈文选〉李善注的编修过程》,是当代较早讨论《文选》编修过程问题的重要论文。他对《文选》版本的研究贡献尤多,第2届年会论文《〈文选集注〉与宋明版本的李善注》,对当代《文选集注》研究具有开创之功;分别发表于第4届和第7届的《宋代刊本〈李善注文选〉盗用了〈五臣注〉》《重修北宋国子监本〈李善注文选〉序说》,代表了当代版本研究前沿水平;第5届论文《二十世纪的日本〈文选〉研究与课题》,则对日本以"新选学"为主的研究予以系统总结与展望。

兴膳宏第3届年会论文《〈文选〉选诗的基准》,以西晋至梁诗歌发展的概观为基础,探讨其对《文选》作品选择的影响,揭示《文选》选诗薄古厚今,而选

---

① 首届会议上,大陆学者韩基国也提交《日本"新选学"管窥》,评述了日本"新选学"的研究动态。
② 小尾郊一指出"沈思"也许自陆机《文赋》"耽思"一词中获得启示,指出"户田浩晓教授《自神思至沈思》(大东文化大学汉学会志十四号)文中有这样的一笔,萧子显读了《文心雕龙·神思篇》,在《南齐书·文学传论》中写道:'属文之道,事出神思。'因此,昭明创造了'沈思'这个语词"云云,独具慧眼。

赋以两汉作品为多,基本上是由两汉的长篇大赋与三国以后的短篇小赋组成,这种鲜明对照,符合《文选·序》由"质"向"文"发展的文学进化论,进而以《玉台新咏》与《文选》选收诗歌作品比较,指出《文选》的选诗基准,不能真实反映当时诗歌创作状况,可谓饶有慧思。

美国康达维是欧美"选学"研究的代表人物,对《文选·赋》的研究情有独钟。[①]他参加了首届和第3届年会,首届年会提交论文2篇,其中《欧美〈文选〉研究述略》评述了欧美20世纪以来以翻译方式起步和以翻译为主的"选学"研究发展动向,对欧美学者的翻译视角、理念、选篇翻译方式,和他们由翻译《文选》文本衍生的新论多所揭示。他对以注重训诂学详细注解为基础的欧美汉学权威海陶玮(James Robert Hightower)的推崇,令人印象深刻;《〈文选·赋〉评议》通过研读《文选》以"事出于沉思,义归乎翰藻"为选赋标准,选收包含31位赋家的55篇赋作(选收汉赋12名赋家21篇赋作和后世赋家所撰各类赋作),认为《文选》选赋"可视为一个组织不严谨,但牵涉多种题材的简明摘要",指出选收汉赋占所选全部赋作的40%左右,与《文选》选文的总体倾向"以魏晋宋齐梁为多,两汉稍略"有所不同,并对《文选》所选各类赋进行细致研读,对萧统未能区分作者序文与明显取自史书而非作者亲笔的引文的编辑缺点也予以指出。他对《文选·赋》的深入研究,来源于他翻译《文选》时深厚学术功底。第3届年会论文《班婕妤诗和赋的考辩》,认为班婕妤是汉代第一个年代可考的女作家,并详细考证了班婕妤的生平及其作品的真伪问题。

(二)域外中青年学者对当代"选学"研究系统的构建贡献良多

域外中青年学者的研究涉及"选学"的多个方面,是当代"选学"研究系统构建的重要力量,贡献良多。

"《文选序》研究"方面,继小尾郊一首届年会《昭明太子的文学观——以〈文选·序〉为中心》,甲斐胜二发表《试论〈文选序〉所体现的〈离骚〉观》(第4届),认为萧统的赋体具有参照"五经"的传统性,而没有参照骚体的传统性。萧统对赋体的这种看法,在《文选》里面排列文章体裁的方面也能看到,赋体是

---

① 早在1966年,康达维即由美国西雅图华盛顿大学出版社出版了《两种汉赋研究》专著;1982年和1987年,美国普林斯顿大学出版社分别出版了他的《昭明文选英译第一册:京都之赋》和《昭明文选英译第二册:祭祀、畋猎、纪行、宫殿、江海之辞赋》。

排在第一的,诗体是排在第二的,而骚体则排在诗体后面。

"《文选》研究史研究"方面,日本"选学"研究泰斗冈村繁的高足牧角悦子《日本研究〈文选〉的历史与现状》(首届),综述日本公元6世纪末期推古天皇时代、奈良时代、平安时代、镰仓时代、室町时代、江户时代和现代斯波六郎、小尾郊一、花房英树、冈村繁以来的研究历史,细致介绍了日本影印的6种《文选》版本:《文选集注》《敦煌本文选注》《足利本文选》《和刻本文选》《三条本五臣注文选残卷》(一卷)、《天理图书馆善本丛书所收文选三种》(无注本《文选卷第二十六》《五臣注文选卷二十》《文选集注卷第二十一,卷第百一六》)和日本《文选》的翻译历史,斯波六郎主持的《文选索引》和牧角悦子本人主编的《文选研究论著目录》,介绍了日本现代关于《文选》版本及诸注研究,《文选》李善注引书研究,《文选》编纂、作品选录以及编者研究,打开了中国学者全面了解日本"选学"研究的重要窗口。

冈村繁的高足海村惟一发表《冈村文选学发微》(第6届)、《清水文选学发微》(第7届),全面介绍两位日本当代"选学"研究代表学者的学术成就。前文就冈村"选学"概念:环绕《文选》本身载体和针对《文选》所选录的具体作品,兼顾"传统选学"和"新选学"①,冈村"选学"外延的三大体系:"周汉文学史论"体系、"汉魏六朝思想和文学论"体系、"陶渊明新论"体系,和冈村"选学"的内涵三大方面,进行了全面评介。他认为冈村"周汉文学史论"体系由十三部分组成,"汉魏六朝思想和文学论"体系由十六部分组成,"陶渊明新论"体系由六个部分组成;该文对冈村"选学"内涵的全面介绍,让人由衷感叹冈村"选学"体系的博大精深。后文认为,清水凯夫从1976年起花了23年时间全神贯注于文选学,并且从1988年开始在与中国学者就其"新文选学"所进行的争论中完成的《新文选学——〈文选〉的新研究》,乃其"选学"集大成著作。

日本学者谷口洋《片山兼山〈文选正文〉与其流行——浅谈日本江户时代的〈文选〉接受与汉文训读的变化》(第12届),是对日本古代《文选》接受史的研究。该文主要阐明了《文选正文》的基本性质,并探索其刊行与流行在日本

---

① 论文详引俞绍初、许逸民主编《中外学者文选学论著索引》(中华书局,1998年)"总论"所列冈村繁"选学"论著十种,"分论"所列论著三种,以为主要论述依据。

汉文学史上的意义。片山的训读多依汉字的日语读音而进行直读,较少使用补读,除了变换词序(由于日中两种语言结构不同,这一点无法回避)以外,他把训读全面简化。片山兼山《文选正文》不仅在日本汉学史,甚至在日本文学史也占一席之地。

"《文选》版本与注释研究",是日本当代"选学"研究的重点,年会论文有多篇。甲斐胜二《论五臣注〈文选〉的注释态度》(第3届),从各个方面论述了五臣注的价值,主张实事求是地评价五臣注。五臣注的注释强调"文学政教功利作用",五臣注比李善注更多地受到时代文学情况的影响。如果李善注是一本《文选》的研究用书,五臣注则是一本简便了解《文选》的参考书。甲斐胜二《试论〈文选〉注引用的臧荣绪〈晋书〉》(第5届),则探究了臧荣绪《晋书》编纂年代是在萧齐年代前后,李善注和五臣注引用臧荣绪《晋书》时,是选择注释了必要的部分而不是抄录,李善注从臧荣绪《晋书》文章里,选择最合适的部分来做注,五臣注为臧荣绪《晋书》注释时,是模仿李善注而注的。横山弘《旧钞本〈文选集注〉传存(流传)概略》(第4届)主要阐述了旧钞本《文选集注》在日本不同时期的流存情况。最早著录《文选集注》的是藤原道长《御堂关白记》"乘方朗臣,集注文选并元白集持来,感悦无极,是有闻书等也"(冈井慎吾博士所引)。日本现存《文选集注》的主要卷本有:罗振玉影印《唐写文选集注残本》所收诸卷、《京都帝国大学文学部影印旧钞本》第3集至第9集所收诸卷(昭和十年至十七年影印)、《唐钞本文选集注汇存》(上海古籍出版社影印本)增集诸卷(近刊)。日本金泽文库本《文选集注》的历代主要收藏人有:上杉宪实、丰臣秀次、德川家康、前日纲纪、岛田翰。陈翀《曹宪籍贯行历新证及其〈文选〉佚注汇考——〈集注文选〉成书前史研究》(第9届)通过汇录曹宪籍贯行历新证的新史资料、《新唐书》、《旧唐书》及其他地志、谱牒,考证了曹宪为江都人。通过日本古籍中所辑考出来的曹宪佚注,考辨在镰仓时期曹宪的《文选音义》在日本还未没落。陈翀《〈文选集注〉李善表卷之复原及作者问题再考——以庆应义塾大学图书馆藏旧抄本〈文选表注〉为中心》(第10届)通过梳理日本所存旧抄白文本九条本《文选》书首李善《上文选注表》的行间、纸背所录的注文,推断出李善表注均出自平安时期大学寮菅原、大江两家写本,两本同出于一源(通过对两本所施日语训读的校合,证明两本同源),可相互补证。静永键《〈京都帝国大学文学部景印旧钞本〉丛书出版始末小考》(第11届),探究了日本影印《文选集注》的始末,指出日本《文选集注》的影印出版是恩泽学界、流芳千古的盛事,开启了日本汉籍旧抄本影印事业的先河。

(新加坡)李佳《〈文选〉注中的〈国语〉》(第9届)以《文选》李善注征引《国语》为研究对象,探讨其注释体例。李善在注释《文选》时,大量征引《国语》,从侧面反映出《国语》在唐代的接受情况。李善以解释《文选》字句为核心,不追求书证的完整精确,征引不刻板拘泥。其注释积极寻求所征引书证之意涵,与被注文字的契合和共鸣。坚持简洁明确、通顺易懂的训诂原则,形成自己的注释体例,切中肯綮。杨宿珍(美国萨福克大学)《从〈重订文选集评〉论所谓的〈孙批胡刻文选〉一书》(第11届)探究了《孙批胡刻文选》与《集评昭明文选》的关系,考辨了孙矿批语置于胡刻《文选》之上的真实性以及孙批置于胡刻《文选》之上的确切时间。(美)王平《〈文选〉作为选本之结构及诗作为文体之确立》(第9届),从文选文体分类排序的角度和萧统的"怡情观"两个方面探讨了五言诗的确立及诗赋文体演变问题,认为萧统在重新肯定赋的地位的同时,以赋的亚类为模板,建立了五言诗的文体和题材分类,从而为五言诗的确立作出了不可磨灭的贡献。

"《文选》总论、杂论研究"方面,域外中青年学者也取得重要业绩。(日)俞慰慈、陈秋萍《论〈文选〉对日本江户初期文坛的影响——以林罗山〈文集〉〈诗集〉为例》(第4届)阐述了林罗山的《文选》研究源于五山文学,考证了《文选》的注本,总结了《文选》的价值研究和《文选》的文体影响。(新加坡)李佳《颜延之的作品及其语言艺术》(第8届),从公文及代笔之作、书信、唱和及个人情感的抒发等方面阐述了颜延之的作品及其语言艺术,他作文时大量娴熟使用典故,多用对偶且对仗灵活、工稳,着重词句的推敲和改造,章法绵密而注意音韵的谐美,这对六朝唯美主义文学的兴盛,起到了承前启后的重要作用。(新加坡)曲景毅《生新抑或生造?——论颜延之新鲜语汇在后世的接受》(第9届)将颜延之诗文中的新鲜语汇作为关注点,从南朝文人对颜延之创用新词的接受和创用新词对后世的影响两个方面,探讨颜延之新鲜语汇在后代的接受与生命力,展现颜延之的文坛影响力。(美)林中明《〈昭明文选〉中的"气象文学"》(第8届)以"气象文学"和计算机分析的方法研究《文选》,为今后研究

"西方气象文学"和各大文明系统中的"世界气象文学"提供了全新的研究思路。(美)蔡宗齐《阮籍的象征表现手法与咏怀体的艺术特征》(第5届)系统探讨了阮籍象征表现手法的三个主要特征:诗的形象能化为四种象征模式、四种象征模式的非线性结构以及四种用典。这三种特征都是诗人在诗形象、结构和内文本层次上创造性地采用不确定艺术手法的结果。这种诗歌创作的模糊性揭示了诗人对儒、道两种生活方式的矛盾心理,以及对生活真理的追索。(英)卢庆滨《〈文选〉乐器赋之内容与结构述要——兼论唐代乐器赋的承袭与变易》(第9届)剖析了《文选》中《长笛赋》《琴赋》《洞箫赋》《笙赋》四篇乐器赋主要的内容和结构,并择要考察其对唐代乐器赋的影响。(新加坡)苏瑞隆《李萧远〈运命论〉与刘孝标〈辨命论〉之比较研究》(第11届)将李萧远《运命论》与刘孝标《辨命论》置于中国"论"的文化传统之下,从思想、章法与写作技巧上详细比较了《文选》中这两篇专门讨论命理的论文。

"《文选》编纂者与编撰思想研究"方面,日本学者陈翀《〈文选集注〉之编撰者及其成书年代考》(第8届)一文颇有新意,该文以平安史料中关于《文选集注》及其他重要史料为突破口,探究了《文选集注》的编撰者是大江匡衡,成书时期是在其侍读期间。

"《文选》与其他总集比较研究"方面,(韩)朴三洙《试论韩国版〈古文真宝〉》(第4届)、《试论《古文真宝》与〈昭明文选〉之关系》(第5届),前篇讨论了古代韩中两国士人的学文情况,及重视选文典范性的程度。《古文真宝》是一部价值较高的选本,却在中国湮没多年,而独传韩日,风行数百年,此种现象令人深思。后篇探析了《古文真宝》与《昭明文选》之间的关系,《昭明文选》是中国文学史上现存最早的一部诗文选集,对后世文学发展影响巨大,《古文真宝》是中国选本史上具有较高价值的一部诗文选集,大约编成于元初,《古文真宝》与《昭明文选》在书名、作品标题、作者署名、文体分类编排以及选文观点上,或明显或隐约地体现出了它与《文选》之间的关系。

"《文选》与陶渊明研究"方面,有(美)林中明《陶渊明的多样性和辩证性以及名字别考》(第5届)、《陶渊明治学思维窥观——兼说〈文选〉数例(提要)》(第7届)。前篇探讨了《昭明文选》研究的新动向、陶渊明和《文心雕龙》的修订版问题、陶渊明诗文和人格的多样性和辩证性,阐明了陶渊明的文艺思想品格:淡泊而豪情、质朴而能艳情、忽进忽退、辩证的多样性、诚恳而隐晦、简短处却极重要。后篇以《文选》数例为文本个案,探析了陶渊明奇正辩证的思维方式和治学策略。

综上可见,域外学者确实是"选学"国际化格局构建的重要保证,为当代"选学"研究的系统构建作出了重要贡献。

余论

对《文选》学会与当代"文选学"发展史关系的探讨,使我们对当代"选学"研究的成就有了更系统、深入的了解,也因之对未来"选学"研究的前景满怀信心与憧憬,自然也激发我们对未来研究的展望与思考。诸如:

1. 如何在当代研究基础上,进一步深研古代之"文"、《文选》之"文"与当代之"文"的关系,以进行《文选》文学本体论研究问题;

2. 如何进一步加强"选学"基础工程建设,强化"选学"文献集成性研究、综合性、立体化研究问题;

3. 关于《文选》之"文"与中华民族文化审美心灵结构构建关系问题;

4. 关于"经学""选学"与中华民族核心价值观关系的系统研究问题;

5. 如何因应学科整合、学科跨界、学科创新需要,进一步拓展"新选学"研究系统问题;

6. 关于大数据时代与"选学"大数据系统构建及资源共享研究问题;

7. 关于纸质传世"文选"文献与"活体文献"关系研究问题;

8. 关于"选学"有声文献与语音技术建设问题;

9. 关于"选学"学科平台建设、人才培养机制与教学系统化研究问题;

10. 关于"选学"课程的具体设置、教材编写与科学布局问题;

11. 关于"选学"研究地缘版块布局的更加均衡、系统发展问题;

12. 关于中外高校、科研机构"选学"研究深度合作问题;

13. 关于"选学"国际化的科学布局与发展问题;

14. 关于"选学"研究的面向大众、社会研究问题;

……

这些，都当是题中应有之义，都可以在《文选》学会与各位专家学者的共同努力下，集思广益，群策群力，整合、凝聚、协调研究力量，合理布局、科学分工，进行专门的深入、系统研究。限于篇幅，不再赘论。

（郑州大学文学院）

何以妖孽：清代民初《文选》派的一个考古学考察

郭宝军

1917年2月发行的《新青年》第2卷第6号《通信》栏目中刊登了陈独秀与钱玄同等人有关"文学革命"的通信，钱玄同的来信最为激烈：

> 独秀先生左右：顷见六号《新青年》胡适之先生《文学刍议》，极为佩服。其斥骈文不通之句，及主张白话体文学说最精辟。公前疑其所谓文法之结构为讲求 Gramma，今知其为修辞学，亦当深以为然也。具此识力，而言改良文艺，其结果必佳良无疑。惟选学妖孽、桐城谬种，见此又不知若何咒骂，虽然，得此辈咒骂多一声，便是价值增加一分也。①

承载着新文化运动推翻旧文化宏大任务的口号"选学妖孽""桐城谬种"就这样出炉了。尽管钱玄同制作"选学妖孽"口号伊始，其最初所指实乃师出同门而主张迥异且善骂的黄侃。不过随着新文化运动的渐趋深入，这个最初有固定指向的口号逐渐跳出其狭隘所指，内涵在无需说明中逐渐扩展为整个《文选》派，进而整个骈文派，甚或等同于古代全部骈律文献，俨然成为中国文化的

---

① 《新青年》第2卷第6号《通信》，上海群益书社，1917年，第12页。

"半壁江山",理所当然地成为新文化运动的响亮口号与得力武器。① 不过,需要进一步追问的是:为什么新文化运动的先驱者最终选择将"选学"定为攻击的靶子?

法国年鉴学派史学家费尔南·布罗代尔将历史时段区分为三种时段:短时段、中时段、长时段。长时段一般是指百年以上地质学时间概念,关注在相当长的时间内起到作用的一些因素,如地理格局、文化系统等。"某些结构有很长的寿命,因而它们成为经历无数代人而稳定不变的因素。"②"长时段的优势在于它可分解为若干不断反复的事件系列,这些事件系列能持续显示出被混乱事实所掩盖的平衡和普遍原则。"③而法国另一位史学家米歇尔·福柯则强调历史学必须放弃宏观综合,转向关注零碎的知识,发掘众多不连贯的瞬间。④ 两位同样伟大的史学家,一个强调总体,一个关注碎裂。当然,本文无意弥缝布罗代尔与福柯之间的理论罅隙,而是借鉴糅合两位著名史学家的某些思想,即不但要关注长时段,还要关注不连续的瞬间。在长时段的历史中,关注稳定与不变;以考古挖掘的方式掘取几个不连续的历史碎片,力图建构系列,以此追究《文选》派被妖孽化的长时段过程。

一 天下文章出桐城

乾隆四十二年(1777)五月二十七日,戴震去世。此前十二天是刘大櫆80岁生日。远在扬州主持梅花书院的姚鼐未能亲临枞阳现场祝贺老师刘大櫆的八秩寿辰,只得远方寄书祝贺。其书云:

> 曩者鼐在京师,歙程吏部、历城周编修语曰:"为文章者,有所法而后能,有所变而后大。维盛清治迈逾前古千百,独士能为古文

---

① 有关"选学妖孽"口号生成及内涵转换的详细过程,笔者已有专文考察,详见《"选学妖孽"口号的生成及文化史意义》,《河南大学学报(社会科学版)》2018年第5期。
② [法]费尔南·布罗代尔《历史学和社会科学:长时段》,《论历史》,刘北成、周立红译,北京大学出版社,2008年,第34页。
③ [法]弗朗索瓦·多斯《碎片化的历史学:从〈年鉴〉到"新史学"》第三章《踌躇满志》,马胜利译,北京大学出版社,2008年,第105—106页。
④ [法]米歇尔·福柯《知识的考掘》,王德威译,麦田出版有限公司,1993年,第73—80页。

者未广。昔有方侍郎,今有刘先生,天下文章,其出于桐城乎?"鼐曰:"夫黄、舒之间,天下奇山水也。郁千余年,一方无数十人名于史传者。独浮屠之儁雄,自梁、陈以来,不出二三百里,肩背交而声相应和也。其徒遍天下,奉之为宗。岂山川奇杰之气有蕴而属之邪?夫释氏衰歇,则儒士兴,今殆其时矣!"既应二君,其后尝为乡人道焉。

鼐又闻诸长者曰:"康熙间,方侍郎名闻海外。刘先生一日以布衣走京师,上其文侍郎。侍郎告人曰:'如方某何足算邪?邑子刘生,乃国士尔!'闻者始骇不信,久乃渐知先生。"今侍郎没而先生之文果益贵。然先生穷居江上,无侍郎之名位交游,不足披起世之英少。独闭户伏首几案,年八十矣,聪明犹强,著述不辍,有卫武《懿》诗之志,斯世之异人也已。

鼐之幼也,尝侍先生,奇其状貌言笑,退辄仿效以为戏。及长,受经学于伯父编修君,学文于先生。游宦三十年而归,伯父前卒,不得复见。往日父执往来者皆尽,而犹得数见先生于枞阳,先生亦喜其来,足疾未平,扶曳出与论文,每穷半夜。

今五月望,邑人以先生生日为之寿。鼐适在扬州,思念先生,书是以寄先生,又使乡之后进者闻而劝也。①

这是一篇寿序。撰写寿序总得要竭力表彰过寿之人,故很容易落入俗套。姚鼐这篇寿序却写得很不平凡,"摇曳多姿""确实是绝佳礼品"。② 其不平凡处至少有二:一是为桐城文章立派,构建了桐城派的传承系统;二是文统的建构颇具"心机",均借他人之口界定桐城派的传承代表。借周永年、程晋芳之口突出方苞、刘大櫆,借方苞之口突出刘大櫆,借刘大櫆突出姚鼐自己,且隐然含有一代更比一代强、桐城派必将发扬光大之意味。

姚鼐的这篇寿序富含言外之意。虽不甚清楚程晋芳、周永年的"天下文

---

① (清)姚鼐著,刘季高标校《惜抱轩诗文集·惜抱轩文集》卷八《刘海峰先生八十寿序》,上海古籍出版社,1992年,第114—115页。
② 陈平原教授对此序有详细的文本解读,见《从文人之文到学者之文》第八讲《文派、文选与讲学——姚鼐的为人与为文》,生活·读书·新知三联书店,2004年,第202—209页。

章,其出于桐城乎"的具体语境,然其略含疑问的语气是可以感知的。此或为三人闲谈聊天时比较随意的脱口之语,说说而已。① 不过,五六年之前的一次闲聊以及当时姚鼐对桐城人杰地灵的底蕴、学术盛衰演变的解疑,经过姚鼐郑重其事的回忆,反而彻底坐实了这样的结论:天下文章出桐城。此语的言外之意即:舍桐城外无文章,只有桐城派的文章才允称文章正宗。姚鼐为什么会借此提出如此"狂妄"的断语呢?

重中之重,姚鼐通过桐城文统的构建,意欲证实两个相互关联的命题:一是华夏千古文章正宗在桐城;二是华夏千古圣道之传在桐城②。而后者从较早的方苞就开始申述。方苞为文讲"义法",标榜"学行继程、朱之后,文章介韩、欧之间"③,但他并未有为桐城文章树派的强烈意图。姚鼐借病之名辞却四库编修南归主持书院不久,就借为业师祝寿之机构建了桐城文派的传承系统,这个系统通过两年之后编纂的《古文辞类纂》以及《祭刘海峰先生文》《刘海峰先生传》,得到了强化。虽然姚鼐构建的桐城文统,未免含有牵强、夸张与虚饰之处④,但他构建的韩愈、欧阳修——方苞——刘大櫆——姚鼐的文统,为确立桐城派的正统地位,奠定了初始化根基。桐城派能够成为有清一代规模最大、影响深远的一个文派,与姚鼐的文派意识及其构建努力是分不开的。

将文人闲谈的私人话语移入公共空间,并以《寿序》得体的形式⑤,方苞似乎在不经意之间,就构建了一个流派,代表天下文章正宗的桐城派。然而,进一步考察就会发现,姚鼐的看似不经意,其实"很经意"。他出京不久,就汲汲

---

① 李详《论桐城派》中云:"乾隆中程鱼门与姚姬传先生相习,谓:'天下之文章,其在桐城乎?'此乃一时兴到之言,姬传先生犹不敢承。"《国粹学报》1908 年第 12 号(总第 49 期)。后李详收入文集时对此文有所修订:"乾隆中程鱼门与姚姬传先生善,谓:'天下之文章,其在桐城乎?'姬传至不敢承。"《李审言文集》下册,江苏古籍出版社,1989 年,第 887 页。虽李详写此文时间距姚鼐撰写《寿序》时间百有余年,文章后亦有所修订,然其所言,似颇有道理。郭绍虞亦承袭此说,认为"'桐城派'之名称,起于程晋芳、周永年诸人之戏言"。《中国文学批评史》下卷,百花文艺出版社,1999 年,第 311 页。
② 王达敏《姚鼐与乾嘉学派》,学苑出版社,2007 年,第 106 页。
③ (清)王兆符《序》,《方望溪全集》,中国书店,1991 年,第 2 页。
④ 王达敏《姚鼐与乾嘉学派》研究认为:姚鼐在构建桐城文派之前,对方苞并无多大敬意,二人的文学趣味、治经范式也颇有差异;而刘大櫆的学问与方苞是否相干,该不该在桐城文统中占据一席之地,即使在当时桐城派内部也是很有争议的。第 107—113 页。
⑤ 陈平原教授说姚鼐通过《寿序》这种文体,"既很好地表达了自己的文学理想,又不太得罪人——给我老师祝寿,多说两句好话,总不要紧吧?"《从文人之文到学者之文》,第 208 页。

营营地在程朱之学的旗帜下构建桐城文统的背后,隐然有与汉学派抗衡的直接动机。

二 汉学宋学不两容

从稍长的历史时段考察,清代学术史上的乾隆十九年可以视为一个标志①。这一年三月,早以辞章知名的姚鼐第三次礼闱报罢。而这次礼部会试,在清代科举史上"最号得人"②,此榜录取了十八世纪的五大汉学家:王鸣盛、钱大昕、王昶、纪昀、朱筠。③ 时秦蕙田寓居京师,主持《五礼通考》,嘱王昶修《吉礼》。卢文弨、翁方纲等任职京师。钱大昕、王鸣盛、王昶曾从学惠栋之门。戴震也于此年避仇入都,王鸣盛、钱大昕、朱筠、纪昀、卢文弨、王昶,皆折节与戴震交。④ 这些后来以汉学著称的乾嘉学派的代表人物,同时云集于京都,云蒸霞蔚,成为较长历史时段中宋学向汉学转变的一个标志。

此前以辞章知名的姚鼐,敏锐地触摸到了时代学术转变的脉动,深受礼部初试时结识的挚友朱筠的影响与劝勉,开始自觉地学术转型。⑤ 最能昭示姚鼐学术自觉转向者,当属他意欲师从戴震、乞列门墙之事。

乾隆二十年秋九月⑥,姚鼐呈书戴震,表达拜师之意。没想到的是,戴震婉拒了他的请求。

---

① 王达敏《姚鼐与乾嘉学派》,第12页。
② (清)纪昀《前刑部左侍郎松园李公墓志铭》中云:"公与余同以乾隆甲戌登进士。是科最号得人。"孙致中等校点《纪晓岚文集》第一册卷一六,河北教育出版社,1991年,第346页。
③ 据江庆柏编著《清朝进士题名录》乾隆十九年甲戌科著录,本榜共录245人,其中王鸣盛为一甲第二,纪昀二甲第四,王昶二甲第七,朱筠二甲第十八,钱大昕二甲第四十。中华书局,2007年,第520—521页。
④ 洪榜《戴先生行状》云:"先生以乾隆乙亥岁北上京师","先生之始至京师,当时馆阁诸公,今光禄卿嘉定王君鸣盛,今学士嘉定钱君大昕,大兴朱君筠,纪君昀,余姚卢君文弨,今大理卿青浦王君昶,皆折节交先生"。《二洪遗稿·初堂遗稿》,北平通学斋景印清道光中梅华书院刊本,1930年,第6页。杨应芹《段著东原年谱订补》以王昶《墓志铭》及钱大昕《自编年谱》证明戴震入京乃乾隆十九年。比洪氏《行状》所言早一年,今从之。戴震著,杨应芹、诸伟奇主编《戴震全书(修订本)》第七册,黄山书社,2010年,第147页。
⑤ 关于朱筠对姚鼐的劝勉与影响,王达敏有细致论述,详见《姚鼐与乾嘉学派》,第12—13页。
⑥ 参见王达敏《姚鼐与乾嘉学派》中的考证,第14—15页。

日者，纪太史晓岚欲刻仆所为《考工记图》，是以向足下言欲改定。足下应词非所敢闻，而意主不必汲汲成书。仆于时若雷霆惊耳。自始知学，每憾昔人成书太早，多未定之说。今足下以是规教，退不敢忘，自贺得师。何者？凡仆所以寻求于遗经，惧圣人之绪言暗汶于后世也。然寻求而获，有十分之见，有未至十分之见。所谓十分之见，必征之古而靡不条贯，合诸道而不留余议，巨细必究，本末兼察。若夫依于传闻以拟其是，择于众说以裁其优，出于空言以定其论，据于孤证以信其通，虽溯流可以知源，不目睹渊泉所导，寻根可以达杪，不手批枝肄所歧，皆未至十分之见也。以此治经，失不知为不知之意，而徒增一惑，以滋识者之辨之也。

先儒之学，如汉郑氏，宋程子、张子、朱子，其为书至详博，然犹得失中判。其得者，取义远，资理闳，书不克尽言，言不克尽意，学者深思自得，渐近其区，不深思自得，斯草薉于畦而茅塞其陆。其失者，即目未睹渊泉所导，手未披枝肄所岐者也。而为说转易晓，学者浅涉而坚信之，用自满其量之能容受，不复求远者闳者。故诵法康成、程、朱不必无人，而皆失康成、程、朱于诵法中，则不志乎闻道之过也。诚有能志乎闻道，必去其两失，殚力于其两得。既深思自得而近之矣，然后知孰为十分之见，孰为未至十分之见。如绳绳木，昔以为直者，其曲于是可见也；如水准地，昔以为平者，其坳于是可见也。夫然后传其信，不传其疑，疑则阙，庶几治经不害。

仆于《考工记图》，重违知己之意，遂欲删取成书，亦以其义浅，特考核之一端，差可自决。足下之教，其敢忽诸？至欲以仆为师，则别有说。非徒自顾不足为师，亦非谓所学如足下，断然以不敏谢也。古之所谓友，固分师之半。仆与足下无妨交相师，而参互以求十分之见。苟有过则相规，使道在人不在言，斯不失友之谓，固大善。昨辱简，自谦太过，称夫子，非所敢当之，谨奉缴。承示文，论延陵季子处识数语，并《考工记图》呈上，乞教正也。①

---

① 戴震《与姚孝廉廉姬传书》，《戴震全书（修订本）》第六册，第370—371页。

姚鼐拜师的书信虽不见，但通过戴震的回复，约略可知姚鼐书信的大体内容：一言戴东原不必急于刊刻《考工记图》，推测应该会说一些理由；二言拜师之意，自然要先表达对东原先生学术崇拜之意；三言附自己的作品上呈东原，请求赐正，实亦有向东原略微展示自己的才学之意。戴东原为什么会婉拒姚鼐的请求呢？

第一，戴震对姚鼐有关《考工记图》的见解及规劝不必汲汲成书并不认同。姚鼐对戴震《考工记图》的意见从此书刊成后姚鼐的《书考工记图后》亦可略见。"休宁戴东原作《考工记图》。余读之，推考古制信多当，然意谓有未尽者"，"今戴君谓较辀不重者失之矣"，"凡戴君说《考工》车之失如此。其自筑氏而下，亦间有然者，然其大体善者多矣。余往时与东原同居四五月，东原时始属稿此书，余不及与尽论也。今疑义蓄余中，不及见东原而正之矣，是可惜也"。① 姚鼐此文虽在拜师被拒之后写成，然其此前与戴震亦有一段交往时间，知戴震正撰写《考工记图》。姚鼐拜师书信中规劝东原不必汲汲成书，可能会有匆忙成书不尽完善之处之说。姚鼐此说之意图或有借此向戴震展示一下自己在学术方面略有见解、可以忝列门墙的意味。不过，戴震对此规劝并不完全认同。在自贺得师的谦虚客套后，戴震从治经有十分之见、未至十分之见说明知之为知之不知为不知，传信不传疑、疑则阙两个方面，力证治经不可能面面俱到，以不知强为知，反而徒增后人疑惑，对治经有害。此亦后人总结的乾嘉学者的精深之研究。在此之后，戴震说自己的《考工记图》虽然义理浅显，仅考证了其中的一个方面，但自己还是能够判断的。这话看似委婉，其实也不客气。因此，对于姚鼐的规劝，戴震并没有接受。当然话得说客气，说您对我的教诲我是不敢忘的，我很高兴得到了您这样的一个老师云云。显然，戴震这里就已经拒绝了姚鼐的拜师请求。

第二，戴震对姚鼐的学术趋向并不认同。如果仅仅因为姚鼐的规劝就拒绝其拜师请求，那也小瞧了戴震的器量。通过书信往复探讨学术，是乾嘉学者惯用的方法。因此，戴震拒绝姚鼐的拜师，深层的原因还是因为学术趋向、路径的差异。姚鼐拜师之前已颇有声名，不过主要还是在辞章方面。尽

---

① 《惜抱轩诗文集·文集》卷五《书考工记图后》，第76—77页。

管受到好友朱筠的规劝以及敏锐把握了当时学术转移的动向,姚鼐对以往沉溺的辞章之学有所反思,"古圣垂教宏且远,六籍具存可说诵","歧路久已深余恐,但望植学培根柢",①他欲拜戴震为师,恐亦有此意图②。此前戴震与姚鼐交往有间,对姚鼐已有所了解,学术转向不可能遽然实现,姚鼐的成就主要还是辞章。以戴震回信中提及"承示文,论延陵季子"云云推测,此文恐亦一篇典型的桐城史论或人物论。戴震对辞章之学是有所鄙视的,他在乾隆二十年写给好友方希原的信中对方希原肆力于古文之学提出了批评规劝:"仆尝以为此事在今日绝少能者,且其途易歧,一入歧途,渐去古人远矣","古今学问之途,其大致有三:或事于理义,或事于制数,或事于文章。事于文章者,等而末者也"。③ 在戴震看来,他与姚鼐的学问之途是不同的;而姚鼐所从事者,是"等而末者也"。所谓道不同不相为谋,何况要揽入门下! 所以,戴震拒绝了姚鼐的请求。当然,戴震说得客气:我谢绝您的请求,不是因为我"不足为师",更不是因为您"所学""不敏"。我们不妨做互相规劝的朋友,共同追求"十分之见"。

姚鼐满腔热情地向戴震拜师被婉拒后,对双方,尤其是姚鼐,到底有怎样的影响? 王达敏先生对此有细致的考索④,认为"拜师见拒不但没有中断他与戴震之间的学术交往,甚至毋宁说,此事坚定并推动了他从辞章向考据的转移"⑤。需进一步申述的是,虽然姚鼐、戴震之间的学术交往没有中断,姚鼐对此"心存芥蒂"的可能不是没有:他的拜师书信未见遗存,或姚鼐已经有意销毁;他从此再没提及拜师之事,而且坚定地转向考据。戴震治地学,姚鼐亦治地学;戴震研礼学,姚鼐亦研礼学;戴震发明一条,姚鼐亦补充证据。这当然可以理解为姚鼐对戴震学问的崇拜与踵武,但背后未尝没有被拒后与之"较胜"的心理因素。

---

① 姚鼐《往与长沙郭昆甫游历城西,见小千佛寺菊花甚盛。昨复过其处,残菊无几,寺僧亦亡。是时昆甫殁一年矣。适竹君又次前韵来勉仆为学,辞意甚美,中颇念及昆甫并吾乡孙汝昂。余感其事,因更答之》,《惜抱轩诗文集·诗集》卷一,第 415 页。
② 对姚鼐的早期辞章之学及朱筠、姚鼐之间的唱和、规劝以及姚鼐的个人反思,王达敏有详细考察。见《姚鼐与乾嘉学派》,第 13 页。
③ 戴震《与方希原书》,《戴震全书(修订本)》第六册,第 372—373 页。
④ 参见《姚鼐与乾嘉学派》,第 17—22 页。
⑤ 同上书,第 17 页。

随着姚鼐对考据之学的深入了解与实践，加之当时汉学家尤其是戴震釜底抽薪"诋毁"程朱理学的研究及深广影响①，戴震有"欲夺朱子之席"之势②，姚鼐对此深有警惕与反思。乾隆三十八年清廷开四库馆，戴震、姚鼐均任纂修官。时汉学已如日中天，宋学背景的姚鼐尽管也有经学考证之作，但不为当时汉学界认可。他对馆臣极力表彰汉学、排诋宋学深为不满，与以戴震为首的汉学派的论争就不可避免。姚鼐后来回忆说："然今世学者，乃思一切矫之，以专宗汉学为至，以攻驳程、朱为能，倡于一二专己好名之人，而相率而效者，因大为学术之害……鼐往昔在都中，与戴东原辈往复，尝论此事。"③其尊宋排汉，独立不惧："明末至今日，学者颇厌功令所载为习闻，又恶陋儒不考古而蔽于近，于是专求古人名物、制度、训诂、书数，以博为量，以窥隙攻难为功。其甚者欲尽舍程、朱而宗汉之士。枝之猎而去其根，细之蒐而遗其巨，夫宁非蔽与？"④在四库馆内姚鼐与戴震诸人的这场论争，从一开始就处于一种不对等的地位。从清廷来讲，乾隆皇帝是尊崇汉学的；四库馆内，汉学家云集，姚鼐心理上是孤独的。因此，姚鼐处于一种被边缘化、受排挤的窘境。姚鼐的孙辈姚莹书写姚鼐当时的处境云："纂修者竞尚新奇，厌薄宋元以来儒者，以为空疏，掊击讪笑之不遗余力。公往复辩论，诸公虽无以难而莫能从也。"⑤其撰写之提要亦被大为删改。⑥ 乾隆三十九年秋，在四库馆内孤立、无

---

① 如戴震在给段玉裁的书信中回忆总结自己的治学之路时说："仆自十七岁时，有志闻道，谓非求之六经、孔、孟不得，非从事于字义、制度、名物，无由以通其语言。宋儒讥训诂之学，轻语言文字，是欲渡江河而弃舟楫，欲登高而无阶梯也。为之卅余年，灼然知古今治乱之源在是。"《戴震全书（修订本）》第六册，第531页。
② 王国维《聚珍本戴校水经注跋》，《观堂集林》卷一二，中华书局，1959年，第580页。
③ 姚鼐《复蒋松如书》，《惜抱轩诗文集·文集》卷六，第95—96页。
④ 姚鼐《赠钱献之序》，《惜抱轩诗文集·文集》卷七，第111页。
⑤ 姚莹《姚氏先德传》卷四《儒术》，《中复堂全集》第28册，同治六年刊本。
⑥ 《惜抱轩书录》是姚鼐于四库馆撰写之提要，刊行之时李兆洛识语云："颁刊之本时有差异，盖进呈乙览时总裁官稍润色之，令与他篇体裁画一焉。先生刊文集时不以此入录，当以各书所编订业见采于总目。"《惜抱轩遗书三种》，光绪五年刊本。叶昌炽曾以他本校四库本发现"十仅采用二三"。叶昌炽《缘督庐日记》第2册，江苏古籍出版社，2002年影印本，第1178页。

助的姚鼐,借口疾病辞馆出都①。

乾隆四十一年秋,应淮南转运朱孝纯之邀,姚鼐到扬州主持梅花书院。第二年五月,戴震去世。② 就在戴震去世之前十二天,姚鼐借给刘大櫆祝寿的时机,提出了"天下文章出桐城"的口号,两年后又编纂了《古文辞类纂》,先后在扬州、安庆、南京等地致力于书院讲学,通过此后的一系列文章,全面建构韩愈——欧阳修——归有光——方苞——刘大櫆——姚鼐的桐城古文文统,孔、孟、韩、欧、程、朱以来之道统,为确立古文为文章正统的观念提供了两点理论支撑。

如果说姚鼐拜师戴震前后对汉学尚心存仰慕,自觉地由宋学转向汉学,他拜师被拒后的考据实践不被当时学界主流认可、四库馆臣时期与汉学家有关程朱之学的严重分歧以及被排挤出馆的不堪经历,促使他重新反思汉学、宋学,学术再次转向辞章,并竭尽所能地对汉学猛烈开火,甚或谩骂诅咒不遗余力:

> 儒者生程、朱之后,得程、朱而明孔、孟之旨,程、朱犹吾父师也。然程、朱言或有失,吾岂必曲从之哉?程、朱亦岂不欲后人为论而正之哉?正之可也,正之而诋毁之,讪笑之,是诋讪父师也。且其人生平不能为程、朱之行,而其意乃欲与程、朱争名,安得不为天之所恶。

---

① 姚鼐《登泰山记》云:"余以乾隆三十九年十二月,自京师乘风雪,历齐河、长清,穿泰山西北谷,越长城之限,至于泰安。是月丁未,与知府朱孝纯子颖由南麓登。四十五里,道皆砌石为磴,其级七千有余。"《游灵岩记》云:"泰山北多巨岩,而灵岩最著。余以乾隆四十年正月四日自泰安来观之。"从姚鼐辞馆不久即长途跋涉,至泰安,于除夕夜登泰山,正月初四游灵岩诸情形来看,姚鼐身康体健,因病离馆,纯属借口而已。二文见《惜抱轩诗文集·文集》卷一四,第220—222页。又翁方纲有《送姚姬川郎中归桐城序》,是同馆翁方纲送别之文,中云姚鼐以"养亲去",察其行踪,亦是借口。翁方纲文中尚云:"窃见姬川之归,不难在读书,而难在取友;不难在善述,而难在往复辨证;不难在江海英异之士造门请益,而难在得失釐厘悉如姬川意中所欲言。姬川自此将日闻甘言,不复闻药言,更将渐习之久,而其于人也,亦自不发药言矣。"姬川,即姬传。由此段文字,亦能约略了解姚鼐当时在四库馆时的处境。翁方纲《复初斋文集》卷一二,《清代诗文集汇编》第382册,上海古籍出版社,2010年,第124页。

② 据段玉裁《戴东原先生年谱》,丙申(1776)冬戴震与孔继涵书中云自三月患足疾至冬天仍不能行动,孔氏感叹盖先生用心过劳至于痿躄而不自止,病已深矣。丁酉(1777)四月二十四日戴震作札与段玉裁云,仆足疾已踰一载,不能出户。五月二十一日作书段玉裁云前月二十六日至今一病几殆云云,竟被庸医所误。《戴东原先生年谱》,乾隆五十七年重刻本。戴震离世虽早于姚鼐的《刘海峰先生八十寿序》十余天,但二者时间节点相近,因此从桐城文派的构建层面而言,戴震的离世也具备某种强烈的象征意义。

故毛大可、李刚主、程绵庄、戴东原,率皆身灭嗣绝,此殆未可以为偶然也。①

被耻笑、被边缘化、被无视的姚鼐起而辩争、抵抗、攻击、谩骂,亦成为亲立门户的直接动力。正是因为姚鼐与戴震诸汉学家的分歧与论辩的经历,促使他重新梳理桐城文章,汲汲为桐城文章扛旗立派,建门立户,以抗衡汉学;正是因为他从辞章到考据,再从考据复归辞章的学术实践经历,促使他修正桐城前辈的理论疏忽,完善桐城文章的创作理论,提出义理、考据、文章三结合的古文理论,为桐城古文创作注入了新鲜血液,为嘉、道时期的古文繁盛奠定了基础。

三 除却骈体不是文

汉、宋之争为学术之争,在文章上则表现为骈、散之争。桐城派早期代表方苞曾明确地指出古文必须雅洁,"不可入语录中语,魏晋六朝人藻丽俳语,汉赋中板重字法,诗歌中隽语,南北史佻巧语"②。其中的"魏晋六朝人藻丽俳语",说的就是骈文。在清初的文坛上,古文因其依附程朱理学与清廷倡导的思想契合,被视为文章正宗。不过,随着汉学的崛起,乾嘉学者精审研究的不断深入,宋学的缺陷愈益清晰。依附于宋儒的这种散行单句之文也因此成为抵抗的对象,于是,乾嘉学者倡导骈文,以与古文抗衡。一般而言,骈文需要征典,汉学家在此方面有其知识特长;古文多发议论,而一归于程朱,故容易蹈入虚空。所以说,汉宋之争与骈散之争,其实就是一回事,是一种冲突在不同领域的体现。

如前所言,在汉学成为时代学术主流后,姚鼐自觉地从辞章转向考据,这一时期他创作的古文数量很少。但是,随着姚鼐被排挤出当时的精英主流学术圈又重新回归辞章之后,致力于各地书院讲学,严辨骈散,倡导古文,并教育出了一批有影响的古文后劲,加之嘉道以后清廷政治思想的转移,桐城派及其古文影响甚巨。"嘉庆季年,一个以姚鼐为核心的桐城学人群体终于形成。姚

---

① 姚鼐《再复简斋书》,《惜抱轩诗文集·文集》卷六,第102页。
② 沈廷芳《隐拙斋集》卷四一《方望溪传》,《清代诗文集汇编》第298册,第539页。

鼐意欲捍卫宋学,抗衡汉学,并在辞章领域自成一宗的愿望,庶几实现。"①王先谦在梳理这一时期的古文发展脉络时说:

> 自桐城方望溪氏以古文专家之学,主张后进,海峰承之,遗风遂衍。姚惜抱禀其师传,覃心冥追,益以所自得,推究阃奥,开设户牖,天下翕然号为正宗。承学之士,如蓬从风,如川赴壑。寻声企景,项领相望。百余年来,转相传述,偏于东南,由其道而名于文苑者,以数十计。呜呼! 何其盛也!②

在此背景下,汉学家,尤其是写作骈文的汉学家,自然不会对古文的繁荣与自是正宗无视,除了在学术领域与宋学持续辩争外,在辞章领域也奋起与古文叫板,与桐城学人争夺文章正宗。

王达敏的研究认为,乾隆五十四年在姚鼐建构桐城派的历程中具有特别的意义,因为从这一年起,59 岁的姚鼐设帐江宁钟山书院。此前,卢文弨、钱大昕先后执教于此,姚鼐主持钟山书院长达 23 年,学风由汉学渐归宋学与辞章,以姚鼐为中心的桐城派文人团体,主要形成于此期。③ 颇有意味的是,后来为骈文正宗观念建立理论支持的 25 岁的阮元,也在这一年进士及第,入翰林院。

姚鼐书院讲学,其经典教材即《古文辞类纂》,这是代表姚鼐桐城派古文思想的经典选本。其《序》中有云:"昭明太子《文选》,分体碎杂,其立名多可笑者,后之编集者,或不知其陋而仍之。余今编辞赋,一以《汉·略》为法。古文不取六朝文,恶其靡也。独辞赋则晋、宋人犹有古人韵格存焉。惟齐、梁以下,则辞益俳而气益卑,故不录耳。"④这说明姚鼐是厌恶六朝的骈文的,深受骈文影响的齐梁以后辞赋也摒弃不录。陈平原说,姚鼐是位好老师,不仅因为他编纂了一本可以师范的经典教材,更是借此提供了一种由粗而精、循序渐进的可行的规矩与方法。⑤ 姚鼐尊宋抑汉,严辨骈散,且教学有方,故其弟子大都谨遵

---

① 王达敏《姚鼐与乾嘉学派》,第 197 页。
② 王先谦《续古文辞类纂序》,《虚受堂文集》卷三,《清代诗文集汇编》第 749 册,第 395 页。"如蓬从风"之"如",原文为"加",疑形近而误。
③ 王达敏《姚鼐与乾嘉学派》,第 197—198 页。
④ 姚鼐《古文辞类纂·序》,崇文书局,2017 年,第 3 页。
⑤ 陈平原《从文人之文到学者之文》第八讲《文派、文选与讲学——姚鼐的为人与为文》,第 220—226 页。

姚氏辙轨，蔑弃骈文，以古文为正宗。如弟子姚椿、梅曾亮初好骈文，拜入姚门后，弃骈学散，潜心古文。①此种影响是极大的。

此前的一些汉学家虽推重骈文，但并不否定古文，或者调和折中。这主要是因为汉学以及与之密切关联的骈文一直处于上风，居高临下，在与桐城派的交锋中占有绝对的优势。嘉道以后，此消彼长，当然这种消长背后总是因为存在一个"终极性的权力"。桐城派影响日剧，以阮元为代表的汉学家终于忍耐不住，开始从根基上彻底否定古文的正统地位，为骈文争取正统。

阮元自8岁开始研读《文选》②，长年浸淫于此，熟精《选》理。后与汪中、凌廷堪、孙梅等人交游，提倡经学，倡导骈文，成为清代乾嘉之际骈文派的中坚，仪征骈文渐有与桐城古文抗衡之势。

阮元建构骈文理论是有一个过程的，他以此对抗桐城古文亦经历了一个由不自觉到自觉的发展。乾隆五十三年，阮元为业师孙梅《四六丛话》所作的序中就表达了对骈文发展脉络的清晰认识，对唐宋古文亦未加诋斥，他说："自周以来，体格有殊，文章无异。若夫昌黎肇作，皇、李从风；欧阳自兴，苏、王继轨。体既变而异今，文乃尊而称古。综其议论之作，并升荀、孟之堂；核其叙事之辞，独步马、班之室。拙目妄讥其纰缪，俭腹徒袭为空疏：实沿子史之正流，循经传以分轨也。"③阮元对唐宋古文，以韩愈、皇浦湜、李翱、欧阳修、苏轼、王安石为纲梳理其脉络，评论甚高。"拙目妄讥其纰缪，俭腹徒袭为空疏"，似有批评当时部分汉学家对唐宋古文的指责、部分无知的古文家对唐宋古文学习不到的意味。总体而言，评骘较为客观。究其原因，大约有三：一则其业师孙梅《四六丛话》有调和骈散、骈散合一的倾向；再则阮元时年二十五，虽结交已多，尚未"主持风会"④；三则汉学正兴，骈文复兴，桐城派之影响声势尚

---

① 梅曾亮《复陈伯游书》云："某少喜骈体之文，近始觉班、马、韩、柳之文为可贵。盖骈体之文如俳优登场，非丝竹金鼓佐之，则手足无措，其周旋揖让非无可观，然以之酬接，则非人情也。"《柏枧山房文集》卷二，《清代诗文集汇编》第552册，第483页。

② 阮元《定香亭笔谈》卷三云："甘泉老儒胡西琴森年逾八十而精神强固，为里中诸老之最。余八岁时初能诗，有'雾重疑山远，湖平觉岸低'之句。先生亟赏之，即以《文选》授余，因以成诵。"《文选楼丛书》，扬州阮氏藏版。又阮元《胡西琴先生墓志铭》中云："元幼时以韵语受知于先生，先生授元以《文选》之学。"《揅经室集·揅经室二集》卷二，中华书局，1993年，第399页。

③ 阮元《后序》，孙梅《四六丛话》，李金松点校，人民文学出版社，2010年，第3页。

④ 赵尔巽等《清史稿》卷三六四《阮元传》，中华书局，1977年，第11424页。

未真正成型。

时移世易，变化亦宜。嘉庆十八年（1813）九月，阮元撰《文言说》，正式为骈文张目。阮元以"言之无文，行而不远"为理论前提，对何谓文作了考据的追究、界定：

> 孔子于《乾》《坤》之言，自名曰"文"。此千古文章之祖也。为文章者，不务协音以成韵，修词以达远，使人易诵易记，而惟以单行之语，纵横恣肆，动辄千言万字，不知此乃古人所谓直言之言，论难之语，非言之有文者也，非孔子之所谓文也，《文言》数百字，几于句句用韵……不但多用韵，抑且多用偶……凡偶皆文也。于物两色相偶而交错之，乃得名曰"文"。文即象其形也。然则千古之文，莫大于孔子之言《易》。孔子以用韵比偶之法，错综其言，而自名曰"文"。何后人之必欲反孔子之道；而自命曰"文"，且尊之曰"古"也？①

骈文、散文，一骈一散，均缀以"文"。如何从根本上瓦解古文的正统地位，阮元从"文"入手，证明什么才是真正的"文"，可谓抓住了关键。其推理逻辑是：千古文章之祖是孔子的《文言》（为什么这是文章之祖，因为孔子称之为"文"。这没人敢质疑，尤其是以道统自居者），这是大前提；《文言》不但用韵，而且多用偶（用韵、用偶，是为了易诵易记，传之久远），这是小前提；故用韵、用偶者才有资格名之曰文，这是结论。利用这个结论，可证明单行之语、纵横恣肆、千言万语者不是文，是违反孔子之道的，不但不能称之为"文"，更不能称之为"古文"。阮元在证明何谓文这个问题上，使用的还是乾嘉学者惯用的考据方法，从训诂入手，追根求源，可谓釜底抽薪。论据既征圣，又宗经，让以道统自居的古文学者哑口无言。

为了彻底证明这个问题，阮元还将历史上影响深远、古文派曾经非议过的《昭明文选》这部经典选本搬出来，以昭明太子的《序》为依据，进一步申述什么是"文"的问题。

> 昭明所选，名之曰"文"。盖必文而后选也，非文则不选也。经

---

① 阮元《揅经室三集》卷二《文言说》，《揅经室集》，第605—606页。

也,子也,史也,皆不可专名之为文也。故《昭明文选序》后三段特明其不选之故。必沉思翰藻,始名之为文,始以入选也。①

桐城派先以唐宋八家文为典范,姚鼐《古文辞类纂》编纂后,则以之为不二经典。故阮元以《文选》为依据,特明萧统选文之标准。昭明太子编纂的选本名之为《文选》,则非"文"不选,这是一个基本的立论前提。昭明太子确立的标准是沉思、翰藻,此标准就一定正确吗?事当求始,于古有征。阮元又将孔子奇偶相生、音韵相和的《文言》搬出,此即为沉思翰藻之文,"非清言质说者比也,非振笔纵书者比也,非佶屈涩语者比也"②。三个"非某某"者,机锋即指桐城派的古文,三者历史中有专有称呼"子、史、经",总之不能称之为"文",更不能名之为"古文"。该文最后云:

> 或问曰:子之所言,偏执己见,谬诋古籍。此篇《书后》,自居何等? 曰:言之无文,子派杂家而已。③

此数语不仅能说明阮元严别骈散、区划《文选》派与桐城派的界限之意,而且能展示阮元对骈文理论的深入思考以及对抗桐城古文的自觉。

> 元四十余载,已刻文集二三卷,心窃不安曰:"此可当古人所谓文字乎? 僭矣,妄矣!"一日读《周易·文言》,恍然曰:"孔子所谓文者,此也。"著《文言说》。乃屏去所刻之文,而以经、史、子区别之,曰:"此古文所谓笔也,非文也。除此,则可谓文者亦罕矣。"六十岁后,乃据此削去"文"字,只名曰集而刻之。④

阮元最初集子名为《揅经室文集》,此时的阮元对于何谓文的问题尚未深入思考,或者说他对桐城派及其古文尚未正视,当时势促使他思考这个问题的时候,他要做的不仅是理论的思考,同时还要面对自己的实践成果,将个人从前的文集"文"字去掉,而归之于经、史、子。此不仅是阮元建构《文选》派的现实理论需求,也是对抗桐城派的必要策略。故道光三年(1823)重刊《揅经室集》

---

① 阮元《书梁昭明太子文选序后》,《揅经室集·揅经室三集》卷二,第 608 页。
② 同上。
③ 同上书,第 609 页。笔者对标点略有改动。
④ (清)耿文光《万卷精华楼藏书记》卷一三一,北京图书馆出版社,1997 年,第 4312 页。

时自序说:"余三十余年以来,说经记事,不能不笔之于书,然求其如《文选序》所谓'事出沉思,义归翰藻'者甚鲜,是不得称之为文也。"因此重编写之,分为四集:说经之作、近于史之作、近于子之作、近于文者。①

骈文可谓之文,古文则没资格。阮元以此为骈文争取正统,消解桐城古文的正统地位。古文不能称为文,只能归属经、史、子,而总名为"笔"。刘勰《文心雕龙》中对文与笔的界定为"无韵者笔也,有韵者文也",而《文选》中不押韵脚者甚多,为什么还要收入,还名之曰"文"? 必须解决这个矛盾,才能使其理论真正成为对抗古文的有力工具。为此,阮元通过和其子阮福的问答,对何谓"有韵"进行了重新阐释,"梁时恒言所谓韵者,固指押脚韵,亦兼谓章句中之音韵,即古人所言之宫羽,今人所言之平仄也","昭明所选不押韵脚之文,本皆奇偶相生有声音者,所谓韵也"。② 这就从根基上解决了骈文理论建构中的矛盾。

其实,阮元的逻辑很简单。其核心在"文",通过对什么是文的重新界定,意欲将桐城古文从根本上驱逐出"文"的圈子,从而确立骈文为文章正统的理论。

以阮元为代表的扬州学派,深受《文选》传统之影响,在为骈文谋取文章正宗地位的时候,又将《文选》推向前台与中心。如要标宗立派的话,此即为名副其实的《文选》派。因阮元的政治地位与文化影响,他为骈文争取文章正统的理论,通过书院、科举的传播,产生了持久而深远的影响,一直持续到民国初期。

四 《文选》桐城皆去也

嘉道以降,骈文与古文之间的论争依旧往复激烈,双方都没有也不可能将对方彻底取缔,双方均在争辩中不断吸取、完善自己的文论。这也是桐城古文、骈文能够持续发展的重要原因。清季的京师大学堂、民初的北京大学,成为桐城、《文选》斗争的一个重要阵地。

---

① 阮元《揅经室集自序》,《揅经室集》,第1页。
② 阮元《文韵说》,《揅经室续集》卷三,第1064—1065页。

最先占领大学讲堂的是桐城派。"湘乡曾国藩以雄直之气,宏通之识,发为文章,而又据高位,自称私淑于桐城,而欲少矫其懦缓之失……一时流风所被,桐城而后,罕有抗颜行者。"①桐城古文有所变而后大,一时有中兴之势。满清末造,教育改革,时管学大臣张百熙奏请吴汝纶出任京师大学堂总教习,因吴氏不久病故,无果。继之者为张筱甫,属阳湖派领袖,阳湖派与桐城派血缘颇近。京师大学堂下设译书局总办、副总办为严复、林纾。民国改元,严复出任北京大学校长,姚永朴与姊夫马其昶、乃弟姚永概、林纾,均以绍述桐城,任教北大文科讲席,姚永概出任文科教务长。因此,从清季的京师大学堂到民初的北京大学,桐城派及其古文一统天下,占据绝对优势,在大学教育中遂举足轻重,一时主宰北大文风,影响整个世风。②

1912年,严复辞却北大校长,继任者广引太炎弟子,马裕藻、沈兼士、钱玄同、黄侃、刘文典诸人,以及沈尹默、刘师培陆续进入北大,"太炎先生门下大批涌进北大以后,对严复手下的旧人则采取一致立场,认为那些老朽应当让位,大学堂的阵地应当由我们来占领。我当时也是如此想的"③。桐城派、《文选》派遂势若水火。据朱希祖1917年11月5日的日记:"近来北京大学文科教授主持文学者,大略可分为三派:黄君季刚与仪征刘君申叔主骈文,而刘与黄不同者,刘好以古文饬今文,古训代今义,其文虽骈,佶屈聱牙,颇难诵读;黄则以音节为主,间饬古字,不若刘之甚,此一派也。桐城姚君仲实,闽侯陈君石遗主散文,世所谓桐城派者也。今姚、陈二君已辞职矣。余则主骈散不分,与汪先生中、李先生兆洛、谭先生献,及章先生(太炎)议论相同。此又一

---

① 钱基博《现代中国文学史》,上海古籍出版社,2011年,第28页。
② [美]魏定熙《北京大学与中国政治文化(1898—1920)》中云:"从1902年起,吴汝纶作了文科学长后,国立大学中的文科领域就一直被精通桐城文学的学者把持着。由于第一任大学校长——严复是吴汝纶的一个亲密朋友,而且他本人也是桐城派的创始人之一,所以改革后这种局面并没有得到立即改变。在1912到1914年间,姚永概——吴汝纶的门生,桐城派的领导人之一,文科中最有权威的学者之一——和另一位桐城派代表林纾也都就任重要的职位。由于章太炎曾激烈批评过桐城派,尤其是批评了林纾翻译的西方文学作品,所以他的门生只有不对桐城派抱有偏见才能在大学中取得一席之地。"或西方学者或翻译的因素,其中官职与表述不尽准确,然大体符合实情。北京大学出版社,1998年,第81页。
③ 沈尹默《我和北大》,《文史资料选辑(第六十一辑)》,文史资料出版社,1982年,第225页。

派也。"①

刘师培是仪征人,家学深厚,又深受其乡先贤汪中、凌廷堪、阮元诸人影响,服膺《文选》,推崇骈文。他1917年进北大之时,讲授"古代文学""中古文学史"等课程。在对抗桐城古文方面,刘申叔骈文理论最有建树,且大多发表于进入北大之前。其所持论,见诸《文说》《广阮氏文言说》《论文杂记》《文章原始》诸文,诸种理论亦处处体现于其北大讲义《中国中古文学史讲义》中。

刘申叔的骈文理论与阮元一脉相承。简言之,主要体现在两个层面:一是何谓文?二是文、笔之别。阮元《文言说》,以孔子《文言》为证,证明有韵、多偶才能称之为文。刘师培《广阮氏文言说》,从小学训诂入手,引征《说文》《广雅》《释名》等书,证明作为文体的文,需"功施藻饰,始克被以'文'称"②,凸显了文"饰"的特质。在《中国中古文学史讲义》中,刘师培通过引征六朝时有关文笔的文献记载,以类相从,加以案词,以明文轨,力证"偶语韵词谓之文""文以韵词为主,无韵而偶,亦得称文"③。因立足于具体时代发展,故刘氏所言虽亦片面,然较阮元已更为融通。刘师培以小学为文章之根基,力证骈文为文章正宗,"于是仪征阮氏之《文言》学,得师培而门户益张,壁垒益固"④。

刘申叔虽主北大文科讲席时间略晚,然其高扬骈文正宗、力诋桐城古文,则实继扬州学派之传统,由来已久。故其批驳桐城派及其古文不遗余力,"近代文学之士,谓天下文章,莫大乎桐城,于方、姚之文,奉为文章之正轨。由斯而上,则以经为文,以子、史为文。(如姚氏、曾氏所选《古文》是也。)由斯以降,则枵腹蔑古之徒,亦得以文章自耀,而文章之真源失矣"⑤,"其墨守桐城文派者,亦囿于义法,未能神明变化。故文学之衰,至近岁而极"⑥。其褒扬《文

---

① 朱偰《五四运动前后的北京大学》,《文化史料丛刊(第五辑)》,第162页,文史资料出版社,1983年。今《朱希祖日记》并无此年内容,相关内容见于《朱希祖日记》所附其女朱倩《孟鋆日记》中,语句相同,惟其中云及朱希祖者均为"家君",时朱倩十四岁,经常替朱希祖抄写日记,故日记中有如此记录。朱偰为朱希祖子、朱倩弟。其云朱希祖此日日记或不错。《朱希祖日记》,中华书局,2012年,第1389页。
② 刘师培《广阮氏文言说》,万仕国点校《仪征刘申叔遗书》第9册,广陵书社,2014年,第3960页。
③ 刘师培《中国中古文学史讲义》第二课《文学辨体》,《仪征刘申叔遗书》第15册,第6836—6837页。
④ 钱基博《现代中国文学史》,第106页。
⑤ 刘师培《文章原始》,《仪征刘申叔遗书》第11册,第4927页。
⑥ 刘师培《论近世文学之变迁》,《仪征刘申叔遗书》第11册,第4932页。

选》派及其骈文亦竭其所能:"惟歙县凌次仲先生,以《文选》为古文正的,与阮氏《文言说》相符。而近世以骈文名者,若北江、容甫,步趣齐、梁;西堂、其年,导源徐、庾。即谷人、巽轩、穉威诸公,上者步武六朝,下者亦希踪四杰。文章正轨,赖此仅存。而无识者流,欲别骈文于古文之外,亦独何哉?"①

刘师培1917年秋入主北大文科讲席之时,桐城派另一代表姚永朴宣布辞职,这象征着桐城派从北大的最终退出。故严格而言,在北大的教学中,刘申叔并未真正与北大的桐城派代表直接交锋,然其文学思想与理论主张对清除桐城派的影响仍具备重要意义。从某种程度而言,刘师培的进入北大讲坛,亦标志着《文选》派彻底在北大站稳脚跟,可视为近代学术转变的一个关节缩影。②

黄侃到北大任教,是在1914年秋天,推荐人是当时的文科学长夏锡祺,时桐城派代表人物姚永概、马其昶、林纾已于去年离开北大③。若从时间上考察,黄侃与姚永朴在北大的讲坛上确有交集。

姚永朴在北大的讲义为《文学研究法》,凡25篇,是桐城派文论的系统专著。门人张玮识语云:"先生论文大旨,本之姜坞、惜抱两先哲。然自周以迄近代通人之论,莫不考其全而撷其精。故虽谨守家法,而无门户之见存……其发凡起例,仿之《文心雕龙》。自上古有书契以来,论文要旨,略备于是。后有作者,蔑以尚之矣。"④此言虽出门人,但无虚美之嫌。此书体例仿《文心雕龙》,引用《文心雕龙》数量颇夥,单此一点,即能发现姚永朴意欲改造桐城派文论的

---

① 刘师培《文章原始》,《仪征刘申叔遗书》第11册,第4927页。
② 后人回忆这段历史时经常将刘申叔、黄季刚并称,似云二人并肩,与桐城派多有直接交锋之意,恐不尽确。如刘师培的外甥梅鹤孙云:"其时主讲文科的,是闽派独树一帜。主讲者为林畏庐、陈石遗两公。自舅氏应聘后,蔡又延黄季刚。当刘、黄二先生上课时,虽不属文科的学生,震于高名,无不齐趋讲堂,延颈跂踵,以得据隅听讲为荣,风气为之一变。由是林、陈稍不自安,未几,即相率辞职而去。"梅鹤孙、梅英超整理《清溪旧屋仪征刘氏五世小记》,上海古籍出版社,2004年,第47页。
③ 据姚永概日记记载,1913年初就不开课,学校基本不去,11月4日,"大学校行毕业式,往会,午后归",从此辞去了北大讲席。《慎宜轩日记》下册,黄山书社,2010年,第1251页。林纾则在4月即辞去北大讲席。姚永概欲南归桐城,林纾先后有《送姚叔节归桐城序》《与姚叔节书》。后者中云:"庸妄巨子,剽袭汉人余唾,以掎撦为能,以钉恆为富,补缀以古子之断句,涂垩以《说文》之奇字,意境、义法概置弗讲,侈言于众,吾汉代之文也。伧人入城,购摺绅残敝之冠服,袭之以耀其乡里人……其徒某某腾谤于京师,极力排娼姚氏,昌其说词,意可以口舌之力挠蔑正宗,且党附于目录之家,矜其淹博,谓古文之根柢在是也。"庸妄巨子,多认为指的是章太炎,这似乎没有问题。其徒某某,很多人认为是黄侃。不过从时间上考察,此时黄侃尚未入京。《林琴南文集·畏庐续集》,中国书店,1985年,第15—16页。
④ 姚永朴《文学研究法》,商务印书馆,1933年,第4页。

努力与实践。有学者研究表明,姚永朴的文论与刘师培、黄侃并非针锋相对,颇有相合之处。比如有意向汉学靠拢,论文重视小学基础;对《文选》及骈体并不像某些古文家那样愤激,对于《文选》学及历代骈文高手丝毫没有蔑视之意,有意统合文笔,有意消弭古文与骈文之间的对垒,等等。①

姚永朴对桐城文论的改造,有主动适应文学思想发展、"有所变而后大"的意图;亦与《文选》派尤其是黄侃诸人的咄咄逼人有关。毕竟,姚永朴是道地的桐城古文代表,故黄侃恐怕并不曾认真读过姚氏的著作,即视姚氏为桐城余孽,集矢于姚氏②,对其竭力贬斥。冯友兰后来的回忆说:"在当时的文界中,桐城派古文已经不行时了,代之而起的是章太炎一派的魏晋文(也可称为'文选派',不过和真正的'文选派'还是不同,因为他们不作四六骈体)。""当时北大中国文学系,有一位很叫座的名教授,叫黄侃。他上课的时候,听的人最多,我也常去听。他在课堂上讲《文选》和《文心雕龙》,这些书我从前连名字都不知道。"③

黄侃在北大讲授词章学、文学概论等课程,讲义为《文心雕龙札记》。④《文学研究法》是桐城派的文论代表,《文心雕龙札记》则是《文选》派的文论代表。

周勋初先生总结黄季刚《札记》的成就说:"季刚先生因师承的缘故,和后面的二派(刘师培代表的《文选》派、章太炎代表的朴学派)关系深切。他是《文选》学的大师,恪守《文选序》中揭橥的宗旨而论文,这就使他的学术见解更接近刘氏一边。但他汲取前人的创作经验,参照《文心雕龙》和本师章氏的'叠用奇偶'之说,克服了阮、刘等人学说中的偏颇之处,则又可说是发展了《文选》派的理论。"⑤

黄侃讲授《文心雕龙》,撰写《札记》,虽为大学讲堂之用,但其中寓含着明确的抵御桐城派及其古文的意图,故其于《札记》中,常借题发挥,在细致入微地申述彦和《文心雕龙》用意的同时,随时指向"当下"。《题辞及略例》中云:

---

① 汪春泓《论刘师培、黄侃与姚永朴之〈文选〉派与桐城派的纷争》,《文学遗产》2002年第4期,第25—28页。
② 汪春泓《论刘师培、黄侃与姚永朴之〈文选〉派与桐城派的纷争》,第25页。
③ 冯友兰《三松堂自序》,生活·读书·新知三联书店,1984年,第316、37页。
④ 栗永清《学科史视野下的中国古代文论研究——从黄侃在北京大学开设的课程谈起》,《东方丛刊》2008年第3期,第62—78页。
⑤ 周勋初《黄季刚先生〈文心雕龙札记〉的学术渊源》,黄侃《文心雕龙札记》,上海古籍出版社,2000年,第8页。

> 自唐而下,文人踵多,论文者至有标榜门法,自成部区,然纠察其善言,无不本之故记。文气、文格、文德诸端,盖皆老生之常谈,而非一家之眇论。若其悟解殊术,持测异方,虽百喙争鸣,而要归无二。世人忽远而崇近,遗实而取名,则夫阳刚阴柔之说,起承转合之谈,吾侪所以为难循,而或者方矜为胜义。①

此数语虽未有一言直言桐城,然文气、文格、文德、阴阳刚柔、起承转合之语,则处处指向桐城派。章太炎评论此段争斗时说:"余弟子黄季刚初亦以阮说为是,在北京时,与桐城姚仲实争,姚自倚老髦,不肯置辩,或语季刚,呵斥桐城,非姚所惧,诋以末流,自然心服。"②看来,黄侃对桐城派的批判是接受了"某人"的意见的。呵斥自然不免,此黄季刚个性使然;以"末流"攻之,真可谓抓住了关键。

"末流"一词,其意至少有二:一曰末期,二曰下流。桐城派从姚鼐开始着意立派,上溯至刘大櫆、方苞,甚至戴名世,迄至民国,已二百余年,虽有中兴、繁盛的时期,然以今审之,此确为桐城派之末期,大有"冲风之衰不能起毛羽"之势。对当事人而言,此别无选择。所可批者,唯有变与不变层面。故黄侃于《通变》篇札记云:

> 文有可变革者,有不可变革者。可变革者,遣辞捶字,宅句安章,随手之变,人各不同。不可变革者,规矩法律是也,虽历千载,而粲然如新,由之则成文,不由之而师心自用,苟作聪明,虽或要誉一时,徒党猥盛,曾不转瞬而为人唾弃矣。拘者规摹古人,不敢或失,放者又自立规则,自以为救患起衰。二者交讥,与不得已,拘者犹为上也……自世人误会昌黎韩氏之言,以为文必己出;不悟文固贵出于己,然亦必合于求古人之法,博览往籍,熟精文律,则虽自有造作,不害于义,用古人之法,是亦古人也。若夫小智自私,讦言欺世,既违故训,复背文条,于此而欲以善变成名,适为识者所嗤笑耳。③

---

① 黄侃《文心雕龙札记》,上海古籍出版社,2000 年,第 3 页。
② 章太炎《文学略说》,《章太炎全集·演讲集》,上海人民出版社,2015 年,第 1039 页。
③ 《文心雕龙札记·通变第二十九》,第 104 页。

如果单纯从文意上看,未尝不可理解为黄侃纯粹从总体上阐述文之发展进程中的变与不变问题,但如果留意此篇札记末所录《钱晓征与友人书》一首,黄侃的意图就彻底清晰了。钱大昕的这封书信是对桐城古文的激烈批判,其中云:"方所谓古文义法者,特世俗选本之古文,未尝博观而求其法也。法且不知,而义于何有……若方氏乃真不读书之甚者……予以为方所得者,古文之糟粕,非古之神理也。"此数语足以与此篇札记相发明,故黄侃云钱大昕此文足以"解拘挛,攻顽顿"①,所谓"拘挛""顽顿"者,非桐城其谁?

下流即下等。黄季刚批判桐城派,主要从此层面入手。一则批桐城古文执泥于法度,关注阳刚阴柔、起承转合等低级技术层面的方法,损害文章自然之美。"蔽者不察,则谓文章格局皆宜有定,譬如案谱着棋,依物写貌,戕贼自然以为美,而举世莫敢非之。"②"拘一定之势,驭无穷之体","矜言文势,拘执虚名,而不究实义"。③ 二则批桐城派不足以立派,因其所言皆老生常谈,并无新意,不足以成一家之言。黄侃常于《札记》中申述刘勰的观点时,联系"后世""近世"有人宣称的文章作法,指出其出于彦和却矜为己有云云。在《原道》篇札记中,对桐城派所标榜的"文以载道"多有不屑,"今曰文以载道,则未知所载者即此万物之所由然乎?抑别有所谓一家之道乎?如前之说,本文章之公理,无庸标榜以自殊于人;如后之说,则亦道其所道而已,文章之事,不如此狭隘也"④。三则讥桐城派学无根柢,文无丽词。"尝谓文章之功,莫切于事类,学旧文者不致力于此,则不能逃孤陋之讥,自为文者不致力于此,则不能免空虚之诮。"⑤"然自小学衰微,则文章痟削,今欲明于练字之术,以驭文质诸体,上之宜明正名之学,下亦宜略知《说文》《尔雅》之书,然后从古至今,略无蔽固,依人自撰,皆有权衡,厘正文体,不致陷于卤莽,传译外籍,不致失其本来。"⑥"奈之何后人欲去华辞而专崇朴陋哉?"⑦

---

① 《文心雕龙札记·通变第二十九》,第108页。
② 《文心雕龙札记·镕裁第三十二》,第115页。
③ 《文心雕龙札记·定势第三十》,第110—111页。
④ 《文心雕龙札记·原道第一》,第6页。
⑤ 《文心雕龙札记·事类第三十八》,第189页。
⑥ 《文心雕龙札记·练字第三十九》,第194页。
⑦ 《文心雕龙札记·征圣第二》,第14页。

总之，在1910年代北大的讲坛上，以黄侃、刘师培为代表的《文选》派，借助《文选》《文心雕龙》诸书，通过课堂讲学，对桐城派之末流猛烈开火。虽然《文选》派比姚永朴持论更偏颇，"黄侃起而攻击北大桐城派同事，在尚未知己知彼情况下，显得无的放矢、捕风捉影，他对于姚永朴的批评是站不住脚的"①，但是，黄侃借《文心雕龙札记》对整个桐城派的颓弊揭示与攻讦则大致是符合事实的。正因如此，桐城派在北大的最后一位代表姚永朴黯然离去，桐城派及其古文彻底退出了北大舞台。

以往的研究及学者回忆，几乎都认为桐城派及其古文最终放弃北大讲坛，是受了刘申叔、黄季刚等《文选》派的猛烈攻击、无力招架才黯然离去的。其实，如果从时间上仔细考究，桐城派之离去，尚有新文化运动先驱者猛烈攻击的原因。② 在新旧文化的交锋中，不仅桐城派落荒而逃，《文选》派亦未能幸免。对《文选》派起而攻击最力者，竟是与黄侃师出同门的钱玄同。

新文化运动者将中国古代文化概括为"选学妖孽"与"桐城谬种"，是对从清中叶至民国一段时期内中国文化的现状做出的反动。"八字纲领"相当准确地囊括了中国旧文化，理所当然地成为新文化运动的响亮口号与得力武器。在追忆二十世纪初的这场中国文化的新旧转型中，"选学妖孽、桐城谬种"口号对这场运动所产生的巨大作用，已成为显而易见的共识。

总　结

"一代之文章，一代之学术在焉。"③学术与文章从来就存在某些复杂的关联，将二者截然断开是不可能的，在古代尤为如此，这是由古人的多重身份（文

---

① 汪春泓《论刘师培、黄侃与姚永朴之〈文选〉派与桐城派的纷争》，第28页。
② 据沈尹默回忆说："太炎先生的门下可分三派。一派是守旧派，代表人是嫡传弟子黄侃，这一派的特点是：凡旧皆以为然。第二派是开新派，代表人是钱玄同、沈兼士，玄同自称疑古玄同，其意可知。第三派姑名之曰中间派，以马裕藻为代表，对其他二派依违两可，都以为然。"章氏弟子虽内部分歧，但对旧文学代表的桐城派的抵制上却比较一致。沈尹默《我和北大》，《文史资料选辑（第六十一辑）》，第225页。
③ （清）张祥河《国朝文录序》，姚椿《国朝文录》，扫叶山房，1900年。此《序》执笔者实为姚椿门人桐城派沈曰富，故沈曰富《受恒受渐斋集》卷一亦收录，题名为《国朝文录序（代）》，《清代诗文集汇编》第628册，第177页。

人、学者乃至官员,等等)决定的。

四库馆臣总结中国两千余年经学史时,一言以蔽之曰:"要其归宿,则不过汉学、宋学两家互为胜负。"①从大的层面而言,此判断亦适合整个有清一代。乾隆至嘉庆年间,经学考证兴起,一时风靡朝野。服膺程朱之学、致力辞章的姚鼐敏锐触摸到学风之转向,自觉地从辞章转向考据,故其有拜师戴震之举。姚鼐拜师被谢,并没有阻止其学术转向,反而对其转向汉学有直接的推动。此后相当长的一段时期,他绝少创作古文,而致力于考据。然而,深染宋学背景的姚鼐,即使能以特别的身份进入四库馆,其考据之成果仍不能被汉学家所认可,时常处于被孤立、被讪笑、边缘化的处境。考据实践以及挤进主流学术圈的失败,使姚鼐借口生病,离馆出都,致力书院讲学,学术再次转向宋学,并努力构建了桐城学派的文统与道统,以之与如日中天的汉学对抗。此消彼长,嘉道之际,时移世易,汉学已过正午,积弊日显,不仅宋学中人一致诋斥,汉学阵营中的某些学者亦多有反省。惟江藩撰《国朝汉学师承记》继续扬汉抑宋,方东树则撰《汉学商兑》针锋相对,激辞厉言,专崇程朱,排拒汉学,汉学之盛气始渐衰,桐城古文遂兴,则文章之正宗不能无争。于是扬州阮元起而撰《文言说》,以孔子《文言》为依据,以昭明《文选》为典范,力证骈文为文章之正宗,古文不能称之为"文",更不能称之为"古",只能归属于经、史、子,而总称为笔。阮元"身历乾、嘉文物鼎盛之时,主持风会数十年,海内学者奉为山斗焉"②。其地位、名望、学识影响力如此之大,毫无疑问会影响骈文繁荣。

晚清曾国藩,借给欧阳勋文集撰序之机,重新梳理桐城派之文脉传承,"扩姚氏而大之"③,对姚鼐之后桐城派之传承梳理至晰。曾国藩身居高位,以义理经济发为文章,流风所被,鲜有抗颜者,其弟子吴汝纶、黎庶昌、张裕钊、薛福成推流扬波,晚清桐城古文遂有中兴之事。清季民初的北大讲坛上,马其昶、姚永概、姚永朴,乃至严复、林纾,皆桐城后期风云人物。随着章氏弟子入主北大,《文选》派、桐城派又势若水火。黄侃及仪征刘师培,补充阐释阮元《文言》之说,以《文选》《文心雕龙》为依傍,诋以桐城末流,力证骈文乃文章之正宗。

---

① (清)永瑢《四库全书总目》,中华书局,1965 年,第 1 页。
② 《清史稿》卷三六四《阮元传》,第 11424 页。
③ 黎庶昌《续古文辞类纂·叙》,世界书局,1936 年,第 2 页。

桐城派遂退出北大讲坛。时新文化运动一张,不久,《文选》派、桐城派分别被冠以"妖孽""谬种",成为攻击的靶子,二者遂泯于无形。

大要言之,正是因为乾嘉汉学之盛,姚鼐才扛旗立派与之抗衡,遂有桐城古文之兴。阮元又起而排之,将《文选》推向前台,力证骈文为文章正宗,骈文于是兴盛。曾国藩沿波讨源,重构桐城古文脉络,复以经济入文,有所变而后大,晚清文坛则有桐城古文之兴。及章氏弟子入主北大,黄侃、刘师培远绍阮元,复以《文选》《文心》为依傍,力诋桐城末流,于是桐城古文衰。章氏弟子钱玄同,反戈一击,诋以"妖孽""谬种",倡导文学革命。有清一代"互撕"不止的两大文派,终于携手,却是一起退出了历史舞台。

曾国藩曾感叹"道之废兴,亦各有时"①,马其昶则云"激则失当,至于相非。一彼一此,犹寒暑之必至"②。大要言之,古文骈文、桐城《文选》、文笔之辨、骈散之争,不过汉宋之争而已。《文选》桐城,相斗相争,相辅相成。当二者终于被置于同一阵营的时候,则不过是文白之争、新旧之争,当然也预示着整个古典时代的终结。

汉学与宋学,古文与骈文,其冲突源于其"同时代的不同时代性"③。桐城古文的根基是宋学,推崇程朱之学,标榜韩欧文章,即远绍唐宋。骈文的根基是汉学,汉学以汉代经学为宗。二者虽共处同一时期,却远绍不同,标榜各异,此即其"不同时代性"。

清代经典考据学有个基本预设:大体是经典与圣贤的绝对正确,依此类推,越往前追溯,距离真理就愈近,就越接近经典文本,可靠性越大;反之,从文献源流上越是晚出的,就离圣贤和经典文本越远,离真理也越远,就越可能是某种意图的比附。④ 此种"愈早愈正确"的不言自明考据预设,使清代汉学家

---

① 曾国藩《曾文正公文集》卷三《欧阳生文集序》,《清代诗文集汇编》第641册,第530页。
② 马其昶《桐城耆旧传》卷一〇《方植之先生传》,毛伯舟点注,黄山书社,1990年,第397页。
③ "同时代的不同时代性"源自德国漫画家卜劳恩的《父与子》中的一幅漫画,说的是父亲给儿子量身高,找了一棵小树,并在树上钉了一个钉子作记号,以此为标记,看明年能超出多少。结果第二年再比较的时候发现,作记号的钉子比儿子高出了许多。历史学从中引申出"同时代的不同时代性"这个概念,用来描述虽处同一时代,却隶属于不同的发展阶段或层次。本文借此概念来阐释桐城派、《文选》派以及新文化运动多方面之间的冲突原因。[德]斯特凡·约尔丹主编《历史科学基本概念辞典》,孟钟捷译,北京大学出版社,2012年,第297页。
④ 葛兆光《中国思想史》,复旦大学出版社,2001年,第558页。

及与之密切关联的骈文从一开始就占据某种心理优势,在"绝对真理"在我手中的前提下,不仅对宋学的蹈空阐释大加鞭挞,而且对宋学根基的程、朱之学也一并釜底抽薪。故有清一代汉学与宋学、骈文与古文、骈与散、《文选》与桐城对阵时,后者似乎每每处于下风。

但是,毋庸置疑的是,桐城派是清代持续时间最长、影响深远的一个流派。究其原因,也正是因为其宋学根基,程朱之学一直是清代官方倡导的主流意识形态,故从至高的层面而言,桐城古文主动实现了与官方意识形态的合谋,尽管作为一种文学流派、一种文体,它不足以承担如此宏大的政治伦理使命,但并不妨碍它以"学行继程朱之后"标榜;从最低的层面讲,桐城古文主动实现了与时文的合谋,"以古文为时文","以时文为古文",[①]从而使其最大限度地获取了一般知识阶层的群众基础[②]。总之,古文是文与道之结合,骈文是文与学之结合,其基础则分别是宋学与汉学。故骈文与桐城等一系列相争,归根结底是占有知识的绝对真理与占有权力的绝对权威之间的斗争。

《文选》派被称为"选学妖孽",成为新文化运动的攻击目标,究其原因,亦因"同一代的不同时代性"。新文化运动发起者深受西方新式教育影响,提倡新文化,与追随六朝《文选》的《文选》派虽处同一时代,却存在着"不同的时代性"。新文化运动的真理预设是:凡新皆以为然,故凡旧皆须清除。所以,尽管《文选》派能够将桐城派驱逐出北大校门,但它仍然免不了被新文化运动驱逐的命运。[③]

(河南大学文学院)

[①] 钱大昕著,陈文和主编《嘉定钱大昕全集(增订本)》第9册《潜研堂文集》卷三三《与友人书》,凤凰出版社,2016年,第546页。

[②] 陈平原上课时风趣地说:"当然了,高明者并不推崇桐城文章;但没关系,桐城文章的实用性,使它拥有广大的读者。因为它有用,好学,你不服不行。所以,真正打倒桐城文章的,不是'五四'新文化人,而是废除科举。倘若不是晚清的废科举开学堂,你再骂也没用,桐城依旧是天下第一文派,原因就在于它提供了最为切实有效的教学。"《从文人之文到学者之文》,第227页。

[③] 新文化运动之后的《文选》传承情况,已有专文考察。见赵奉蓉《民国〈文选〉传播侧论——以1917—1936年〈申报〉图书广告为中心》,《文学遗产》2019年第4期,及笔者《1930年代"施鲁之争"的文选学史意义》,《中山大学学报(社会科学版)》2019年第6期。

朱绪曾《〈玉台新咏〉与〈文选〉考异》小笺

汪春泓

朱绪曾(1805—1860),南京人,潜心治学,勤于著述,身后留下《开有益斋读书志》等著作,在朱氏所著《开有益斋读书志》一书中有一篇《〈玉台新咏〉与〈文选〉考异》[①],较早对此二书进行比较研究,此种研究建立在扎实的文献学基础上,因而,今天看来,还是很有启发。

作者自目录文献学史角度看待二书,曰:"《汉书·艺文志》歌诗二十八家,三百一十四篇,《隋书·经籍志》汉魏六朝各家集今原书皆不传,其借以考汉魏六朝乐府诗歌,惟《昭明文选》及《玉台新咏》二书而已。然二书亦各有不同,所当考也。"《文选》和《玉台新咏》具有总集性质,朱氏理解此二书对保存文献的价值,且又体会到二书之不同,所以他要作一番考据工夫。

第一,考订诗歌作者。

汉末五言诗兴起,而在五言诗发端时期,一些作品存在着著作权不明的疑惑。朱氏在可以依据的资料有限的条件下,努力想清理其间的头绪。朱氏曰:"《文选·古诗十九首》无名氏,编在李陵之上。《玉台新咏》枚乘诗九首,取'西北有高楼'、'东城高且长'、'行行重行行'、'涉江采芙蓉'、'青青河畔草'、'庭前有奇树'、'迢迢牵牛星'、'明月何皎皎'八首,俱在《十九首》中,惟'兰若生春阳'一首不在其数。至'冉冉孤生竹'、'凛凛岁云暮'、'孟冬寒气

[①] 朱绪曾撰,宋一明整理,吴格审定《开有益斋读书志》,上海古籍出版社,2015年,第147页。

至'、'客从远方来'四首,《玉台》列于古诗,不云作者名氏。李崇贤《文选注》云:'古诗不知作者,或云枚乘,疑不能明也。诗云"驱马上东门",又云"游戏宛与洛",此则辞兼东都,非尽是乘明矣。'今考《玉台》取枚乘作,亦无'上东门'、'游宛洛'之篇,则徐孝穆之选择精矣。按《汉·艺文志》枚乘有赋九篇,《汉志》歌诗自高祖、临江王及车忠数家外,皆以歌诗概之,即《杂各有主名歌诗》十篇,亦未标为何人。此八首徐陵以为枚乘作,非无所据,昭明则存疑耳。《文选》苏武杂诗四首,《玉台》取'结发为夫妇'一首,标题曰《留别妻》。《文选》班婕妤《怨歌行》,《玉台》作《怨诗》,多序'昔汉成帝'二十六字,则后人所加,非原诗所有。《艺文类聚》亦云'班婕妤《怨歌行》',与《文选》同。郭茂倩《乐府解题》云:'班婕妤作赋及《纨扇》以自伤悼,后人伤之,而为《婕妤怨》也。'《文选·饮马长城窟行》无名氏,《玉台》以为蔡邕,《艺文类聚》乐府古诗《饮马长城窟》,亦无名氏。郭茂倩《乐府解题》云:'古词,伤良人游荡不归。或云蔡邕之辞。'宋《蔡中郎集》十卷、《外纪》一卷,取此诗入《外纪》,盖欧阳静据《玉台》以采之耳。"朱氏看到"《文选·古诗十九首》无名氏,编在李陵之上",但是,此与作者出现的先后并无关系,然而,《玉台新咏》标明枚乘所作共九首,计有《西北有高楼》《东城高且长》《行行重行行》《涉江采芙蓉》《青青河畔草》《庭前有奇树》《迢迢牵牛星》《明月何皎皎》八首,俱在《古诗十九首》中,惟《兰若生春阳》不属于《古诗十九首》之列,此与《文选》无名氏作的说法存在歧异,朱氏则从《汉志》著录有枚乘赋九篇,且《汉志》歌诗有《杂各有主名歌诗》十篇,亦未标为何人。故而在《古诗十九首》里的八首,徐陵认为是枚乘所作,亦非凭空无据,朱氏得出结论:"徐孝穆之选择精矣。"至于署名苏武诗的选取,《文选》取苏武杂诗四首,《玉台》则取《结发为夫妇》一首,标题曰《留别妻》,此种不同,显示了二书性质的巨大差异,留待后文讨论。

朱氏还对于署名班婕妤、蔡邕的诗作,分析其可信度。按刘勰《文心雕龙·明诗》篇云:"而辞人遗翰,莫见五言,所以李陵、班婕妤,见疑于后代也。按《召南·行露》,始肇半章;孺子《沧浪》,亦有全曲;《暇豫》优歌,远见春秋;《邪径》童谣,近在成世;阅时取证,则五言久矣。又《古诗》佳丽,或称枚叔;其《孤竹》一篇,则傅毅之词。比采而推,两汉之作乎。观其结体散文,直而不野;

婉转附物,怊怅切情:实五言之冠冕也。"[1]足见齐梁时期,关于汉代五言诗作者,各家聚讼纷纭,迄今莫衷一是,然则《怨歌行》或题作《怨诗》的作者是班婕妤,似乎较无异议。

朱氏考证曹操作品之归属及相关问题,尤显精审,朱氏曰:"《玉台》魏武帝乐府《塘上行》,此标题最确。此诗为武帝作,好事者增入'甄皇后造'四字,于是《玉台》有作魏文帝者,有作魏文帝甄皇后者。《文选》陆机《塘上行》,李善引《歌录》曰:'古辞,或云甄皇后造,或云魏文帝,或云武帝。'考沈约《宋书·乐志》,《塘上行》,歌魏武帝《蒲生曲》。所云'莫以豪贤故,弃捐素所爱。莫以鱼肉贱,弃捐葱与薤。莫以麻枲贱,弃捐菅与蒯',即此曲中语。休文作史志必有依据,不取《邺都故事》之杂说。至曹子建'浮萍寄清水'一篇,即和武帝作。黄初二年,甄后赐死之时,即灌均希旨之日,文帝日以杀植为事,敢和甄诗以速祸耶?《邺都故事》云:'甄后赐死,临终为诗。'此事陈寿《魏志》本传所无,裴松之注采掇极博,亦无此诗。梅鼎祚《古乐苑》疑诗中'犹幸得新好,不遗故恶焉',非临终诗。按此诗云'结发辞严亲',更与甄氏先嫁袁熙后为文帝纳不类。谢灵运《山居赋》:'《唐上》奏而旧爱遗。'自注:'《唐上》奏《蒲生》诗,感物致赋。'亦不云甄作。况其末四句曰:'边地多悲风,树木何修修。从军致独乐,延年寿千秋。'甄后居邺,何得云边地,又何为有从军之语耶。元左克明《古乐府》依《宋书》题为魏武,是也。"结合李善注、沈约《宋书·乐志》和谢灵运《山居赋》等材料,朱氏从多角度论证,《塘上曲》作者非曹操莫属,至于认为是曹丕或甄皇后所作,纯粹属于无稽之谈,此堪称一篇出色的考据文字。

第二,朱氏校勘两书文字之异同、追溯材料之出处,并给出可信的判断。

朱氏云:"《青青河畔草》,《文选》、《玉台》俱作'河边',《艺文类聚》本作'河畔'。'谁肯相为言',《文选》、《玉台》俱作'为',李《注》'皆不能为言也',《艺文类聚》作'相与言',则字句小异耳。张衡《四愁诗》,《玉台》无序,《文选》有序,但序非衡所自作。岂有为相斥言国王骄奢、不遵法度,自称下车治威严,郡中大治者,乃编集者约举史辞。序言'阳嘉中出为河间相',而史言永和初出为河间相。按顺帝阳嘉四年改永和,衡本传:'阳嘉中迁侍中,永和四

---

[1] 刘勰著,范文澜注《文心雕龙注》,人民文学出版社,1958年,第66页。

年卒。'诗序谓阳嘉中出为河间相者误也。五臣《文选注》曰'阳嘉元年为河间相',更误也。……曹子建'明月照高楼'一首,《文选》云《七哀》,《玉台》云《杂诗》,《艺文类聚》列于《闺情》,郭茂倩《乐府解题》列于相和楚调曲,题曰《怨诗行》,引《古今乐录》曰:'《怨诗行》,歌东阿王"明月照高楼"。'《宋书·乐志》:'《怨歌行》,七解,晋曲所奏。''贱妾常独栖'下多'念君过于渴,思君剧于饥'二句,'浊泥'下多'北风行萧萧,烈烈入吾耳。心中念故人,泪坠不能止'四句。'愿为西南风,长逝入君怀'作'愿作东北风,吹我入君怀','君若清路尘'作'君为高山柏'。又'贱妾当何依'下多'恩情中道绝,流止任东西。我欲竟此曲,此曲悲且长。今日乐相乐,别后莫相忘'六句。至若'客子妻'一作'宕子妻','孤妾'一作'贱妾',则字句之异耳。曹子建'微阴翳阳景',《文选》作《情诗》,《玉台》作《杂诗》。《美女篇》,《文选》'柔条',《玉台》作'长条'。'珊瑚间木难'与'求贤良独难','难'字重韵。宋王观国《学林》引古诗'蟋蟀伤局促',又云'弦急知柱促'两押'促'字;曹子建《美女篇》一篇押二'难'字;兼引谢灵运《述祖德》诗'展季救鲁人',又云'厉志故绝人';陆士衡《拟古诗》'思君徽与音',又云'归云难寄音';阮籍《咏怀》'磬折忘所归',又云'中路将安归'为证。《太平御览》:'《南越志》:木难,金翅鸟口结沫所成碧色珠也,大秦土人多珍之。'引曹植乐府诗'珊瑚间木难'。是各本皆作'木难'。冯己苍《玉台》本作'珊瑚间朱颜'以避'难'字,宋永嘉陈玉父《玉台》本作'木难',与《文选》同,乃知作'朱颜'者妄改耳。'西北有织妇'作《杂诗》,无异也。"朱氏仔细考校《古诗十九首》某些文字在《文选》《玉台》和《艺文类聚》中的异同,尤其关于曹植诗,作者发现在《文选》《玉台》《艺文类聚》和郭茂倩《乐府解题》中有不同的分类指称,而且将上述四书与《宋书·乐志》相比对,除了诗句文字有异,更出现句数多寡的差别;朱氏指出在曹子建、谢灵运和陆士衡的诗作之中,存在着重韵现象,就是在同一首诗内,重复押某字,此种疏忽未免是文学之瑕颣;曹植乐府诗有"珊瑚间木难"句,朱氏根据"木难"一词的解释,批评"冯己苍《玉台》本作'珊瑚间朱颜'",欲避"难"字,虽然去除了此诗重韵之弊,却属于主观妄改。

《文心雕龙·明诗》篇云:"至于张衡《怨篇》,清典可味;《仙诗缓歌》,雅有新声。"赞赏张衡四言诗《怨篇》"清典可味",此亦透露其诗学趣味,而在诗史上,张衡理当占据重要的地位。《文心雕龙·乐府》云:"昔子政品文,诗与歌别,故略具乐篇,以标区界。"①对于乐府诗,刘勰所持尺度相对较严,他为了回应刘向、刘歆《七略》之《诗赋略》所述之"歌诗"概念,虽列《乐府》一篇,却对古来属于乐府范畴的作品,始终抱持审慎态度。故而《文心雕龙·乐府》篇内,关于张衡之《四愁诗》,刘勰并无评论。而《文选》之《杂诗上》则收录了张衡七言《四愁诗》,根据刘跃进先生主编《文选旧注辑存》,观传世各本《文选》,在此诗前都有一篇序②;而《玉台》亦收此诗,却无序。朱氏认为此序非张衡所自作,乃后人之添加,其证据充分,辩驳有力!

朱氏经过比较,得出其观点:"《玉台》宋陈玉父本为佳,纪容舒有《玉台新咏考异》;《文选》宋尤延之本为善,胡克家有《文选考异》,然二书如金海玉渊,汲引不竭也。"可见朱氏深入研究《文选》《玉台新咏》,且广搜与此相关的学术著作,重视此二书各种版本优劣之比较,具备深湛的学术积累,因此善于发前人之所未发,言必有据,不作空谈,简洁明快,立论精确,作为他那个时代的学者,为《文选》和《玉台新咏》之研究,朱绪曾树立起学术范式。

第三,比较《文选》《玉台》所选作品之多寡,以反映二书性质之不同并连带政治因素之考索

朱氏似有意要对《文选》《玉台》两书作大规模的比较研究,一个侧重点就是选篇用心之考量。朱氏上文云:"其余各家诗,有《文选》多而《玉台》少者:《文选》曹子建乐府四首,《玉台》惟有《美女篇》;《文选》阮籍《咏怀》十七首,《玉台》惟有'二妃游江滨'、'昔日繁华子'二篇;《文选》潘岳《悼亡》三首,《玉台》无'曜灵运天机'一首;《文选》陆士衡乐府十七首,《玉台》惟有《艳歌行》、《前缓声歌》、《塘上行》三首,《艳歌行》,《文选》作《日出东南隅》;《文选》江文通《杂诗》三十首,《玉台》惟有古体,即《古别离》、《班婕妤》、《张司空离情》、《休上人怨别》四首。有《玉台》多而《文选》少者:魏文帝乐府《玉台》二首,《文选》惟有《燕歌行》;张华《情诗》,《玉台》五首,《文选》惟有'清风动帷帘'、'游目四野外'二首;陆云《为顾彦先赠妇往反》诗,《玉台》四首,《文选》惟有

---

① 《文心雕龙注》,第103页。
② 《文选旧注辑存》,凤凰出版社,2017年,第5500页。

'悠悠君行迈'、'浮海难为水'二首;刘铄《杂诗》,《玉台》五首,《文选》惟有《拟行行重行行》、《明月何皎皎》二首;鲍照《杂诗》,《玉台》九首,《文选》惟有《玩月城西门》、《白头吟》二首;谢朓《杂诗》,《玉台》十二首,《文选》惟有为《和王主簿怨诗》一首。至于《文选》谢惠连《七月七日夜牛女》,《玉台》作《七月七日咏牛女》;《文选》颜延年《秋胡诗》一首分九段,《玉台》作九首;石崇《王昭君辞》,陶潜《拟古诗》,则《文选》、《玉台》相同,如此之类,不复赘也。"此种选取作家作品多寡的比较,虽然尚不彻底,但是颇具开创性,从这一个视角,可以窥见此二者作为文章总集和诗歌总集编纂者审美趣味的不同,甚至观念上的差异,令后世读者就此问题,产生进一步探究的冲动。

前已述及,朱氏揭示《文选》取苏武杂诗四首,《玉台》则取《结发为夫妇》一首,标题曰《留别妻》,再结合上述朱氏经过比较所看到的《玉台》所具备的侧艳之辞的特征,它专好历代诗人书写男女情爱的作品,可以认为《玉台新咏》通篇流露出女性关怀或两性情趣的倾向,唐代李康成《玉台后集序》总结此书:"昔陵在梁世,父子俱事东朝,特见优遇。时承平好文,雅尚宫体,故采西汉以来词人所著乐府艳诗,以备讽览。"①此说十分吻合《玉台》的编撰背景。昭明太子萧统编纂《文选》,而《玉台新咏》之编订,却有不同的看法,譬如傅刚先生认为它是徐陵应萧纲之命而编,时在萧纲为太子的梁代②;而刘跃进先生则认为《玉台新咏》成书于陈代的传统记载未必不能成立③,然则萧纲与《玉台新咏》之成书,无疑有着不解之缘。笔者认为,作为同胞兄弟,萧统、萧纲的文学观念不一定存在根本性的歧异,实乃缘于身份、处境的不同,令二萧在分别编纂《文选》《玉台》时候,所呈现之旨趣,迥然有别。

首先须关注上述李康成所言的关键词:东朝、宫体及乐府艳诗。《文心雕龙·乐府》云:"若夫艳歌婉娈,怨志诀绝,淫辞在曲,正响焉生?"作为皇子萧纲身边的文学侍从,徐摛、徐陵父子和庾肩吾、庾信父子一同建构起徐庾体,萧统编纂《文选》,则与萧纲形成对照,《文选》具有文章学的规模,而且萧统提倡

---

① 晁公武撰,孙猛校证《郡斋读书志校证》卷二《乐类》,上海古籍出版社,1990年,第97页。
② 见傅刚先生《〈玉台新咏〉及其编纂研究》,《汉魏六朝文学与文献论稿》,商务印书馆,2016年,第466页。
③ 刘跃进《玉台新咏研究》第二篇《玉台新咏成书年代新证》,中华书局,2000年,第21页。

"能丽而不浮,典而不野,文质彬彬,有君子之致"①的诗风,均展现他作为王位继承者的嫡长子之风范;它与《文心雕龙》相类,深受《汉书·艺文志》所保留的刘向、刘歆《七略》之影响,刘勰祖述向、歆父子"宗经"观,而《文选》则凸显自经以后,文的价值和地位,所以尤与《七略》之《诗赋略》保持暗合的渊源关系。然而,为何徐陵所编辑的《玉台新咏》却独沽一味,特好以女性为吟咏之对象? 此确实发人深省。

此一切看似文学活动,实际上乃由于萧纲非皇太子的地位所决定的,似与当时政治语境难脱干系。首先考察萧纲身边的文士,难道此辈雅好轻艳之诗文,其流风余韵皆出自徐、庾之天性? 显然不是。当萧统死后,萧纲升为皇太子,庾肩吾被选为"兼东宫通事舍人",其人品之端重,朝野当有公认;而徐陵幼时就被惠云法师目为颜回,此说明其为人和为文并不一致,亦如萧纲《诫当阳公大心书》所谓"立身之道,与文章异,立身先须谨重,文章且须放荡"②。徐、庾涉猎朝政,则难以置身事外,长期与非皇太子的萧纲朝夕相处,这些文士深谙史籍,深知每逢朝廷风云变幻,作为文学侍从也会陷于漩涡,殃及池鱼,遭遇不测。

梁武帝在位时间颇久,皇太子和皇子之间关系变得十分微妙,厕身其间,文学侍从们就不得不谨慎处世,远祸避险。而皇位继承权之争夺,却暗流汹涌。远的不说,近者以谢朓为例,颜之推《颜氏家训·文章》说:"刘孝绰当时既有重名,无所与让,唯服谢朓,常以谢诗置几案间,动静辄讽味。"③沈约等亦推崇谢朓,可知谢朓当时文名为世所重。《南齐书·谢朓传》记载谢朓笺辞子隆称自己不过"舍耒场圃,奉笔菟园",齐末政坛多变,寄身于各种势力倾轧之间,此于谢朓而言,也是无奈的选择,而在废立昏君之际,谢朓蒙受无妄之灾,一代天才,竟死于非命! 而庾肩吾的兄长庾於陵曾与谢朓共事,谢朓才高命薄,成为此辈文士深刻的集体记忆,所产生心灵的震动,自不言而喻也。按《文选》《玉台》所选谢朓作品甚多,便大可佐证。

---

① 萧统《答湘东王求文集及诗苑英华书》,见《全梁文》卷二〇,严可均辑《全上古三代秦汉三国六朝文》,中华书局,1958年,第3064页。
② 见《全梁文》卷一一,《全上古三代秦汉三国六朝文》,第3010页。
③ 王利器《颜氏家训集解(增补本)》卷第四,中华书局,1993年,第298页。

《南史·梁武帝诸子·昭明太子传》记载,普通七年,因听信风水师所言,萧统以其生母丁贵嫔所葬墓地不利于己,故埋入蜡鹅等以厌胜之,武帝闻知而震怒,以致萧统太子地位也被动摇,萧统遂忧惧而死。即使《梁书》等为尊者讳,然而,从萧统遽然而逝来看,《南史》所述似非空穴来风。

此透露梁武帝诸子之间关系之紧张,一些相关文本当重新阅读、理解。《史记》《汉书》所记录的汉代故事对于南朝君臣发挥着深刻的影响,某些人物事迹就起到了心理暗示和符号象征之作用。按《史记·五宗世家》之《集解》引《汉名臣奏》:"杜业奏曰'河间献王经术通明,积德累行,天下雄俊众儒皆归之。孝武帝时,献王朝,被服造次必于仁义。问以五策,献王辄对无穷。孝武帝艴然难之,谓献王曰:"汤以七十里,文王百里,王其勉之。"王知其意,归即纵酒听乐,因以终'。"总之,在历史上,即使兄弟之间,因王位继承,礼让者也十分罕见,以致友于面临考验,仅以汉魏为例,譬如景帝和梁孝王,譬如戾太子巫蛊事,譬如曹丕和曹植,等等,悲剧经常重演;近世宋、齐二朝,兄弟、宗室相残,亦殷鉴不远。作为帝王,对兄弟或宗室人物,与其欣赏其政治热忱和才干,还不如乐见此辈沉湎酒色。因此,徐、庾等文体新变顽艳,究其根本,乃出于谋求自保的心理因素,堪谓"佯狂真可哀",是一种宦海求生术,他们要借助"文义"之幌子,与政治纷争相区隔,当动荡来临,就不会掉进万劫不复之深渊。《梁书·徐摛传》云:"摛文体既别,春坊尽学之,'宫体'之号,自斯而起。"关于宫体文学,徐摛有发轫之功。《梁书·庾肩吾传》云:"肩吾,字子慎。八岁能赋诗,特为兄於陵所友爱。初为晋安王国常侍……中大通三年,王为皇太子,兼东宫通事舍人,除安西湘东王录事参军……初,太宗在藩,雅好文章士,时肩吾与东海徐摛,吴郡陆杲,彭城刘遵、刘孝仪,仪弟孝威,同被赏接。及居东宫,又开文德省,置学士,肩吾子信、摛子陵、吴郡张长公、北地傅弘、东海鲍至等充其选。齐永明中,文士王融、谢朓、沈约文章始用四声,以为新变,至是转拘声韵,弥尚丽靡,复逾于往时。"梁代新变文学蔚为潮流,一则酝酿于萧纲为皇太子之时,另则由徐摛和庾肩吾推毂其间。因而,此文人集结所呈现的所谓"丽靡"文风,在多大程度上,是出自文学尚丽的审美需求?或从某种视角看,乃与此辈忧惧罹祸、力求全身以尽天年相关?此尚有待考察。

关于萧统、萧纲及萧绎之相互关系,史书记载十分简略,后世亦不甚了了。

按《梁书·元帝本纪》记载,梁普通七年,萧绎出为"荆州刺史",《梁书·刘孝绰列传》说:"时世祖出为荆州……孝绰答曰:'……当欲使金石流功,耻用翰墨垂迹。虽乖知二,偶达圣心。'"刘孝绰以曹植《与杨德祖书》为典故,深悉萧绎辈不甘于"岂徒以翰墨为勋绩"的内心世界。在侯景之乱中,湘东王萧绎,也就是后来的梁元帝,他"不急莽、卓之诛,先行昆弟之戮"①,可见在武帝诸子间,矛盾潜藏,积怨颇深,当大难临头,则暴露无遗。

《文选》之《表》选取曹子建《求自试表》,《笺》选取杨德祖《答临淄侯笺》、吴季重《答魏太子笺》《在元城答魏太子笺》,《书》则选取魏文帝《与朝歌令吴质书》《又与吴质书》、曹子建《与杨德祖书》《与吴季重书》、吴季重《答东阿王书》等,这些选篇对于厘清曹丕、曹植兄弟间之恩怨是非,提供了翔实的文献参照。曹植诗歌所展现的"慷慨以任气,磊落以使才"②,此乃深受曹丕"相煎何太急"压迫下的强力反弹。

萧统《答晋安王书》云:"昔梁王好士,淮南礼贤,远致宾游,广招英俊,非惟藉甚当时,故亦传声不朽,必能虚己,自来慕义,含毫属意,差有起予。"③梁孝王、淮南王分别是汉景帝和汉武帝时期的悲剧人物,他们与时君之间,构成挑战性的矛盾冲突,萧统此书不加避讳,隐含告诫萧纲之意。

萧统《答湘东王求文集及诗苑英华书》曰:"而事似洛滨之游,多愧子桓,而兴同漳川之赏,漾舟玄圃,必集应、阮之俦,徐轮博望,亦招龙渊之侣。"在弟萧绎面前,他要树立自己太子的权威,所以自比曹丕。

萧纲为太子时《答湘东王书》曰:"领袖之者,非弟而谁。每欲论之,无可与语,思吾子建,一共商榷。"④亦以对方为曹子建,而自己则是曹子桓。

所以审视上述《文选》所选关乎曹氏兄弟的各体文章,其中也有现实政治的寓意。

虽萧统和萧纲属一母同胞之手足,而《梁书·昭明太子列传》塑造其"孝谨"及"咸有种德"的完美形象,足见萧统以王位继承者来装饰自己;而《简文

---

① 《梁书·敬帝本纪》所引述魏征的评论,中华书局,1973年,第151页。
② 《文心雕龙·明诗》篇,《文心雕龙注》,第66页。
③ 见《全梁文》卷二〇,《全上古三代秦汉三国六朝文》,第3064页。
④ 见《全梁文》卷一一,《全上古三代秦汉三国六朝文》,第3011页。

帝本纪》文末"史臣曰"指萧纲"文则时以轻华为累,君子所不取焉"。此种"轻华"特征,太半出于涂上保护色的需要,实与萧纲身份相关,身份规训其行为举止,甚至文学趣味,他希望减少上下对自己的猜忌。《梁书·太祖五王列传》记载:"(萧恢)常从容问宾僚曰:'中山好酒,赵王好吏,二者孰愈?'众未有对者。顾谓长史萧琛曰:'汉时王侯,藩屏而已,视事亲民,自有其职。中山听乐,可得任性;彭祖代吏,近于侵官。今之王侯,不守藩国,当佐天子临民,清白其优乎!'坐宾咸服。"此反映梁代王侯无所事事,若忧心国是,反遭猜疑,然则逍遥度日,倒可以杜悠悠之口。

《梁书》记述萧统、萧纲行事风格,基本把握二者差异,萧统端重自持,萧纲颓弛疏放,此与两人身份、处境相吻合。所以在王储与非王储王子之间,隔着一条鸿沟,每人都要按照其身份预设来型塑自我、表演自我,于是,《文选》《玉台新咏》的编纂意图恰与二萧的身份若合符契。萧绎亦与萧纲如出一辙,颜之推《颜氏家训·文章》说:"吾家世文章,甚为典正,不从流俗,梁孝元在蕃邸时,撰《西府新文》,迄无一篇见录者,亦以不偶于世,无郑、卫之音故也。"作为离政治核心更远的皇子萧绎,他也借郑、卫之音来伪饰自己。

故此,重读徐陵撰《玉台新咏序》,里边大量运用汉代后戚等典故,世事波诡云谲,许多人物命运多舛,亦表达了徐陵浓重的忧患意识,其词曰:"但往世名篇,当今巧制,分诸麟阁,散在鸿都。不藉篇章,无由披览。于是燃脂暝写,弄笔晨书,撰录艳歌,凡为十卷。曾无参于雅颂,亦靡滥于风人,泾渭之间,如斯而已。"①明确申明此书以撰录"艳歌"为己任,而与《诗》之风雅颂划一界限,文士在独立于政治的"艳歌"之中,仿佛逃离了严酷的现实社会。

(香港岭南大学中文系)

---

① 徐陵编《玉台新咏》,人民文学出版社影印明小宛堂覆宋本,2010年,第2页。

黄侃——现代文选学创立者

陈延嘉

今年是改革开放四十周年。改革开放以后,以1988年在长春召开的首届《昭明文选》国际学术研讨会为标志,《文选》研究也已走过三十年历程。群贤合唱,百花竞放,硕果累累,声韵谐畅。我们完全可以说,现在的研究成果,已超过传统选学研究的高峰清代。这也从侧面反映了改革开放的成果。我们的研究正在向前推进,新的成果会不断涌现。在此情况下,有一问题值得关注,即现代文选学的创立者是何人。这是选学研究中的重要问题之一,早有人提出而有争论,故笔者进一步谈谈浅见,求教于大方。

一　两种意见

现代文选学的创立者是谁,有两种意见,一是骆鸿凯先生,一是黄侃先生。提出骆鸿凯是现代文选学创立者的是许逸民先生。许先生对新时期的选学研究贡献很大,有目共睹,无须多言。他最早于1992年提出了这个问题:"骆鸿凯先生完成于本世纪三十年代的《文选学》(中华书局1937年版),无疑是中国'选学'研究的一个分水岭。正是这部著作第一次从整体上对《文选》加以系统、全面的评介,作者不仅对《文选》自身的纂集、义例、源流、体式有独特的见解,还对如何研读《文选》指出门径。如果要把'选学'研究划分为两个不同时期的话,我认为骆氏《文选学》出版以前可称'传统选学'时期,以后即当视为'新选学'时期①。骆氏《文选学》无愧为'新选学'的开山之作。"又继续明确指出新选学的两个"主要特征":"第一表现在它有着整体性的研究形式,包括《文选》自身及其相关联的问题,都力图从历史的广阔背景中寻求答案,第二表现在它具有较高的理论造诣,以文学批评为武器来探讨《文选》的产生以及对当时与后世的影响。"以下,许先生谈了《文选学》的某些不足,其中之一是:"在理论方面,骆氏似也未能脱离史料考订的'朴学'窠臼,和当代文学批评的手段大不相同。"最后再次强调理论在新选学中的极端重要性:"'新选学'的创建必须首先做好理论准备……在研究中要以现代科学观念作为指导。"②由于许先生的文章以《再谈"选学"研究的新课题》为主旨,涉及选学研究有关全局的一些重要课题,高屋建瓴,具有指导性,而不以骆氏《文选学》为中心,故没有对问题进一步展开,但基本观点已具。对许先生之论,除了骆氏《文选学》是传统选学与现代选学"分水岭"之外,笔者完全赞同。

1993年,笔者以《黄侃——新文选学的伟大先驱者》③为题,提出黄侃先生在现代文选学中的地位问题。对于传统选学与现代选学的区别何在,黄侃弟子陆宗达先生为《昭明文选译注》撰写的序言中已初步提出:"《文选》和李善注都经过历代的开掘,但是,在漫长的封建社会里,由于种种局限,研究者都难以从文学和语言学方面找到新的角度,一般是停留在对资料本身的研讨上。二十世纪以来,文学和美学理论的发展、语言科学的研究都出现了新局面;辩证唯物的方法论,推动了各门社会科学的更新与演进。但是,如同许多传统学科一样,'选学'并没有因此而获得新的生命……不管怎么说,《文选》这个富矿,还仅仅开掘了表层,用新思想、新方法来重新认识它,选取新角度来继续挖掘它,这个工作应当说还刚刚开始。"④

---

① "新选学""新文选学"这一概念袭用了日本学者在二十世纪七八十年代的提法。许先生说:"不过我在这里呼吁创建的'新选学',其研究范围要比清水凯夫先生更广大,涉及的问题更多,而且与所谓'基础研究'又是连结为一体的。"彼时,我也用此提法。后来,王立群先生《现代〈文选〉学史》对"现代"的概念进行了辨析。笔者以为王先生的提法更科学,故用"现代文选学"(或现代选学)一语,而不用"新文选学"。
② 《再谈"选学"研究的新课题》,赵福海主编《文选学论集》,时代文艺出版社,1992年,第15—16页。
③ 中国海峡两岸黄侃学术研讨会筹备委员会《中国海峡两岸黄侃学术研讨会论文集》,华中师范大学出版社,1993年。
④ 陈宏天、赵福海、陈复兴《昭明文选译注·陆序》,吉林文史出版社,1988年,第2页。

陆宗达极为推崇季刚先生在选学研究中的杰出贡献,但似乎仍把黄侃归入传统选学之列。笔者正是在陆先生、许先生的启发下,提出了黄侃是现代文选学创立者的观点。

二 黄氏文选学

(一)黄侃研究文选学的理论

正如陆宗达、许逸民二先生指出的那样,能否用理论即新思想、新方法来研究选学,是传统与现代选学的区分标志,用许先生的话说就是"分水岭",是解决谁是现代文选学创立者的关键。那么,黄侃研究文选学是否有新文学和语言学理论支撑呢?答案是肯定的。

首先,时代背景。在谈"黄学"(包括他的全部成果)时,应与黄侃所处的时代联系起来。黄侃自青年时起,就有民主主义革命思想——反对君主专制,提倡自由平等。他既受到传统熏陶,根底深厚,应试为秀才;又经过现代教育,是湖北文普通中学堂第一期学生,交好的就有后来成为著名革命党人的宋教仁、黄兴、董必武等人。黄侃就是因为"日相与(同学田梓琴)密谋覆清之事"[①]而被开除学籍。到日本后不久,就参加了孙中山领导的同盟会,进行反清王朝的革命活动,同时从师于章太炎先生。章氏一见黄侃文章,即许为"天下奇才"[②]。他的女婿潘重规回忆说:"(黄侃)谓往年亡命日本时,与太炎先生同居东京,讲论《文选》,辄联句为文,相与大噱。"[③]并在章太炎主持的《民报》1907年10月第17期上,以笔名运甓发表《哀贫民》,提出:"宁以求平等而死,毋汶汶以生也。"[④]这就是民主主义的"不自由,毋宁死"的思想。《民报》的内容很广泛,如1905年11月的创刊号上就发表了宋执信、宋教仁等人摘译的《共产党宣言》。我的意思是当时传入中国的西方思想各种各样,很多是从日本传进来的,大量的留日学生是一个桥梁。黄侃必然会接触到各种思想,他与宋教仁

---

① 司马朝军、王文晖《黄侃年谱》,湖北人民出版社,2005年,第35页。
② 《黄侃年谱》,第9页。
③ 程千帆、唐文《量守庐学记:黄侃的生平和学术》,生活·读书·新知三联书店,2006年,第34页。
④ 《量守庐学记:黄侃的生平和学术》,第10页。

等既是好友,不会不受到他们的影响。其中包括西方文学理论。黄氏曾热衷和翻译拜伦之诗,潘重规《季刚公传》说:"是时侃与(苏)曼殊同依太炎……时时咏拜伦之诗,长歌当哭,林樾振响,天地变色,不啻荆轲之去燕,渐离之击筑,于是曼殊述其意,侃摘辞译文,尤著称于世者有《赞大海》……"①拜伦追求自由民主的思想当对黄氏有较大影响。十九世纪、二十世纪之交,西方的"文学"(literature)理论传入中国,虽理解各有不同,但"咸与维新"。民国三年(1914),黄侃受聘北京大学,讲授词章学及中国文学史,包括《文选》《文心雕龙》《诗品》等。1919年秋移教于武昌高等师范学校。"五四"运动前后,各种思想互相碰撞,而以赛先生和德先生为最响亮之口号。虽然黄侃未参与提倡新文化运动,但不可能不受到科学和民主思潮的影响。因此,他在选学研究中有科学的理论支撑是符合这个大的时代环境的。

其次,理论实证。上面是一些推论,依黄侃的思想脉络这个推论应是合理的。同时,我们也知道,有适宜的土壤而种子干枯,也不能发芽生长,所以只推测是远远不够的,必须有实证。

(1)黄侃有明确的理论自觉。他指出"夫所谓学者,有系统条理,而可以因简驭繁之法也。明其理而得其法,虽字不能遍识,义不能遍晓,亦得谓之学。不得其理与法,虽字书罗胸,亦不得名学。"所谓"学"者,理论之谓也。就目力所及,如此简明扼要、科学地定义"学"与非"学",黄侃乃第一人。又曰:"凡治小学,必具常识;欲有常识,必经专门之研究始可得之。故由专门而得之常识,其识也精;由浏览而得之常识,其识也迷。盖专门之小学,持之若网在纲,挥之若臂使指;而浏览之学,则雾中之花,始终模糊耳。"②上述引文是在其《国学讲义录》中《文字学笔记》专设之小标题《有系统条理始得谓之小学》中的一段话里,可见黄氏对此有明确的超越他人的认识。黄氏提出可称为"学"者必有两个特征:一"理",二"法"。今日仍沿用"小学"一词,黄氏指出:"古之所谓小学者,自名其舍曰学,固非今日之所谓小学也。今之所谓小学者,则中国文字、声韵、训诂之学也。"又进一步指明他对"小学"之解:"小学者,即于中国语言文字研究其正当明确之解释,借以推求其正当明确之由来,因而得其正当明确之

---

① 《黄侃年谱》,第14—15页。
② 黄侃《黄侃国学讲义录》,中华书局,2006年,第40页。

用法者也。所谓古书之启钥,古人之司阍,博乎古而通乎今者悉基于此。或以为明小学特能为读古书作古文之工器,其所见则少也。""盖训诂者,用语言解释语言之谓。"这个定义是黄氏之创见,第一次把作为经学附庸的训诂独立出来,成为专门学问,至今仍沿用之。笔者之所以引用较多,只为说明一个问题:黄氏有理论自觉,而且贯串其所有的研究之中。还必须指出的是,上述所引,皆为在北大时所讲授之内容,说明在"五四"运动前,黄氏完全是依照现代理论来讲授古代学问的。

(2)"选学"与"注学"之别。自唐有文选学之名,那么,现代文选学与传统文选学区别何在? 黄氏曰:"《文选》之学有二,一曰'文选学',二曰'文选注学'。吾辈可舍注学而不讲求,否则有床上架床、屋上架屋之弊。"①把"文选学"与"文选注学"分开,是黄氏之"发明",他说:"所贵乎学者,在乎发明,不在乎发见,今发见之学行,而发明之学替矣。"②对此,黄氏解释说:"汪韩门、余仲林……诸家书于文义有关者,并已参校。其撷拾琐屑,支蔓牵缀之辞,以于文之工拙无与,只可谓之选注,不可谓之选学,亦不偟备录也。"③黄氏强调,"可谓之选学"者,必须"于文之工拙"有关。笔者以为,此种分别在文选学研究历史上具有重大的划时代的意义,尽管尚不如后代如许逸民氏把文选学分为八学那样精细④。唐代起始的文选学实是注释学。在这里,我们还应注意者是黄氏承认注释亦是一"学",并未从文选学中排除,这有《文选平点》为证。此其一。其二,"文选注学"只是对两家注特别是李善注的是非辨析增补,是对一个个词语、典故的解释。即"床上架床,屋上架屋",而非对《文选》整体上的观照。其三,黄氏所谓之"文选学"恰恰是对《文选》的整体观照,是在文学文章理论指导下,以"有系统条理,而可以因简驭繁之法"进行研究。研究《文选》当然要有"常识",即对其诗文及其注有一定的了解。但"不得其理与法",虽《文选》罗胸,"亦不得名学"。因为"由专门而得之常识,其识也精;由浏览而得之常识,其识也迷"。此所谓"精"者,即与文义有密切之关系,且对《文选》

---

① 张晖《量守庐学记续编:黄侃的生平和学术》,生活·读书·新知三联书店,2006年,第10页。
② 《量守庐学记续编:黄侃的生平和学术》,第2页。
③ 黄侃《文选平点叙(重辑本)》,中华书局,2006年,第5页。
④ 许氏所说之"八学":注释学、校勘学、评论学、索引学、版本学、文献学、编纂学、文艺学。《"新选学"界说》,载《文选学新论》,中州古籍出版社,1997年。

有整体把握,有系统条理认识之谓也。所谓"迷"者,即"雾中之花",混沌一片之谓也,亦即缺乏理论指导下的系统条理之认识。而欲达此目的,则须以《文心雕龙》之泛文学批评理论为指导。此之谓"黄氏文选学"。

(3)以《文心雕龙》之泛文学批评理论为指导来研究《文选》。《文选平点》开宗明义:"读《文选》者,必须于《文心雕龙》所说能信受奉行,持观此书,乃有真解。若以后世时文家法律论之,无以异于算春秋历用杜预《长编》,行乡饮仪于晋朝学校,必不合矣。开宗明义,吾党省焉。"①这一段话在黄氏文选学中占有极重要的地位,可视为其纲领——解读研究《文选》的最重要的指导思想,所以要"开宗明义"。"宗"即以《文心雕龙》理论为宗,不能以其他思想为宗;"义"即《文选》之义,欲明《文选》之义,须先明《文心雕龙》之义。其"义"有二:第一,明确指出《文选》与《文心雕龙》之关系,二者相辅相成。"信守奉行"《文心雕龙》,才能"真解"《文选》,不可有丝毫怀疑。(对此有不同意见,不具。)第二,文学批评思想与时代之关系,即既不能以后世解前世,亦不能以前世解后世。如以"后世时文家法律论"《文选》,"必不合矣"。反之,以前世之乡饮仪而用于晋朝学校,以古律今,亦"必不合矣"。黄氏又指出:"夫饮食之道,求其可口,是故咸酸大苦,味异而皆容于舌函;文章之嗜好,亦类是矣,何必尽同?"②以上,黄氏提出了评文的两个重要原则:①以古还古,②审美多样性。这两者是联结在一起、密不可分的。

在《文选平点》卷一《文选序》中,黄氏又提出对信守《文心雕龙》"毋轻发难端"。此既有历史针对性,又有现实针对性。

①历史针对性内容较多,如苏轼整体否定《文选》,章学诚批判《文选》分类等,不详述。这里谈谈《文选平点叙》指出之何焯:"余仲林云:义门当士大夫尚韩愈文章,不尚《文选》学,而独加赏好,博考众本,以汲古为善,晚年评定,多所折衷,士论服其该洽。以今观之,清世为《文选》之学,精该简要,未有超于义门者也,而评文则未为精解。"为什么?"义门论文,不脱起承转合照应点伏之见,盖缘研探八股过深,遂所见无非牛耳。""义门论文,亦有精语,而有三蔽未袪:一曰时代高下之见,二曰俗文门法之见,三曰体裁朦溷之见,惜也精研数

---

① 《文选平点叙》。
② 黄侃《文心雕龙札记》,中华书局,2006 年,第 3 页。

十年,而所得廑此也。"以八股文持观《文选》,"必不合矣"。黄氏对清代特别是对何焯的批评,是从"评文"角度出发,以"文义"为中心,而非否定清代选学研究取得的其他成果。下举一例。《文选》卷二七颜延年《宋郊祀歌》,黄氏曰:"何焯云:'不采录汉郊祀房中诸篇者,于此书文体不相入。'侃谓此见不谛。自昭明视汉作,所见自较后人为真。何又云:'雅与题称,丽不病芜,扬班侪也,康乐亦复不能兼。'案非所誉而誉,非所贬而贬。"①

②现实针对性。"五四"运动前后,在北京大学除提倡新文化的陈独秀、胡适等外,主张古文的有两派:桐城派和《文选》派。桐城派重散文,轻骈文;推重唐宋古文,抹煞魏晋南北朝的骈文。黄氏指出:"文之有骈俪,因于自然,不以一时一人之言而遂废。然奇偶之用,变化无方,文质之宜,所施各别。"甚为允当。批评桐城派曰:"近世褊隘者流,竞称唐宋古文,而于前此之文,类多讥诮,其所称述,至于晋宋而止。不悟唐人所不满意,止于大同(梁武帝年号,535)已后轻艳之词,宋人所诋为俳优,亦裁上及徐庾,下尽西昆,初非举自古丽辞一概废阁之也。"②《文选》派内部亦有"轻发难端"之举,见下文。

③恪守师承与理论创新。恪守师承,尊重家法,因时代变迁,屡受诟病。但于疏通旧文,发明古义,研究传统文献是必要的一步,无根之论,会误入歧路。但止于家法,亦不能创新。黄氏守家法正是为创新,而创新必须有理论指导。黄氏是二者结合的典范。

黄氏从师于章太炎,本着"当仁,不让于师"的传统美德,对章氏的观点有所修正,又涉及阮元。阮元最早提出《文选序》"沉思翰藻"是《文选》选录标准。他在《书梁昭明太子文选序后》中说:"言必有文,专名之曰文者,自孔子《易·文言》始……孔子《文言》实为万世文章之祖。"③但章太炎《国故论衡·文学总略》提出反对意见:"文学者,以有文字著于竹帛,故谓之文;论其法式,谓之文学。凡文理、文字、文辞皆言文;言其采色发扬,谓之彣。以作乐有阕,施之笔札,谓之章。"黄氏认为此二说皆有偏颇,曰:"阮氏之言,诚有见于文章

---

① 《文选平点》,第294页。以下,凡《文选平点》有卷次、作者、篇名者,不再注明页码。《平点》与《文选》卷次同,"黄氏曰"指《平点》。
② 《文心雕龙札记》,第198、201页。
③ 阮元《揅经室集》,中华书局,1993年,第608页。

之始,而不足以尽文辞之封域。本师章氏驳之(见《国故论衡·文学总略》篇),以为《文选》乃裒次总集,体例适然,非不易之定论;又谓文笔文辞之分,皆足自陷,诚中其失矣。窃谓文辞封略,本可驰张,推而广之,则凡书以文字著之竹帛者,皆谓之文,非独不论有文饰与无文饰,抑且不论有句读与无句读,此至大之范围也。故《文心·书记》篇,杂文多品,悉可入录。再缩小之,则凡有句读者皆为文,而不论其文饰与否,纯任文饰,固谓之文矣,即朴质简拙,亦不得不谓之文。此类所包,稍小于前,而经传诸子,皆在其笼罩。若夫文章之初,实先韵语;传久行远,实贵偶词;修饰润色,实为文事;敷文摘采,实异质言;则阮氏之言,良有不可废者。即彦和泛论文章,而《神思》篇已下之文,乃专有所属,非泛为著之竹帛者而言,亦不能遍通于经传诸子。然则拓其疆宇,则文无所不包,揆其本原,则文实有专美。特雕饰愈甚,则质日以漓,浅露是崇,则文失其本。又况文辞之事,章采为要,尽去既不可法,太过亦足召讥,必也酌文质之宜而不偏,尽奇偶之变而不滞,复古以定则,裕学以立言,文章之宗,其在此乎?"①在黄氏看来,阮元之"文"太狭,排除了散体;章太炎之"文"太宽,无所不包。章氏把所有的文字"论其方式,谓之文学"的看法,在彼时有相当的代表性,与西方传来的"文学"相差甚远,黄氏不用,说明他们认识不同。此其一。其二,黄氏认为"文"这个概念的外延有三个层次,像圆中套圆,第一个是最大的圆,即所有的文字,第二是大圆里的中圆,即经传诸子,第三是中圆里的小圆,即敷文摘采的诗词骈文。黄氏纠其偏而补之正,是正确的。其他理论创新将在下文继续补充说明。

从上述可见,不仅于《文心雕龙》当"信受奉行",而且于《文心雕龙札记》亦当"信受奉行"。所以,在以下的论述中,将以《文心雕龙札记》和黄氏有关《文选》著作一并作为"翼卫"参照。

(二) 黄侃选学研究的整体性、系统性和资料准备

第一,黄氏自云评点《文选》"十过",加之博闻强识,当世无人可比。他对《文选》的评价应是最权威最可信的,有绝句曰:

八代名篇此尽储,正如乳酪取醍醐。

---

① 《文心雕龙札记》,第11—12页。

王杨尚恐难轻哂,莫逐违人海上夫。

这是在《文选平点》卷六〇结束后的题诗,是其对《文选》研究之最后总结论。此诗作于1922年,正"选学妖孽"甚嚣尘上之时。季刚先生不随风,不废《选》,表现出高度的学术主见。这在《平点》卷五五陆士衡《演连珠》亦有体现。《演连珠》五十首之第三十三[①]首云:"臣闻飞辔西顿,则离朱与蒙瞍收察;悬景东秀,则夜光与武夫匿耀。是以才换世则俱困,功偶时而并劭。"黄氏曰:"学术兴废,亦各有时,惟君子能不媕婀耳。"季刚先生借他人之酒杯浇自己之块垒,豪情万丈,怒斥"逐臭夫",时无二人。时间越久,越显示其伟大之人格!

第二,黄念容《文选黄氏学叙》云:"先君季刚先生,熟精选理,研讨至勤。凡萧《选》之文,见于诸史与本集及宋以前书,皆取以互校,所手批《文选》,丹黄烂然。凡汪韩门、余仲林、孙颐谷、胡果泉、朱兰坡、张仲雅、薛子韵诸家书,于文义有关者,并以参核。"其实,黄氏所参核者不仅黄念容所述。此叙之考校涉及两个方面,一是将《文选》与"诸史""本集"及"宋以前书"对核,二是与清代选家汪韩门等人对核。说明黄氏做了大量的准备工作,是其全面系统评点的保证。

第三,评点内容全面。举凡与文义有关之版本、李善注、五臣注、旧音、章节层次、句之特佳者、古字通用或音义相同、题目之解、作者用心、文体、风格、诗文前后传承,等等,篇篇有点评。特别应指出者,杨守敬抄日本卷子本,罗振玉影印之日本残卷子本,黄氏从徐行可过录之本借阅参校。换言之,当时能找到的版本网罗殆尽。

第四,系统性。系统性见《文选平点》全书。这里不能遍举,只举其文体评论说明之。

(1)赋。黄氏《平点》卷一曰:"《文心雕龙》:'夫京殿苑猎,述行叙志,并体国经野,义尚光大。至于草区禽族,庶品杂类,则触兴致情,因变取会。'据此,是赋之分类,昭明亦沿前贯耳。"

(2)诗。《平点》无说。《文心雕龙札记(以下称《札记》)·明诗》曰:"彦和析论文体,首以《明诗》,可谓得其统序。然篇中所论,亦但局于雅俗所称为

---

① 《文选平点》从"第二十二首"起,当作"第二十一首","二十五"当作"二十四",以下以此类推。

诗者，则时序所拘。虽欲复古而不可得也。……自我观之，诗体有时而变迁，诗道无时而可易……诗体众多，源流清浊，诚不可以短言尽。往为《诗品讲疏》，亦未卒业，兹但顺释舍人之文云尔。"①《文选序》："又少则三字，多则九言，各体互兴，分镳并驱。"黄氏引挚仲治《文章流别论》并一一予以解读。《流别论》曰："古诗之三言者，'振振鹭、鹭于飞'之属是也，汉郊庙歌多用之。"黄氏注："唐山夫人《安世房中歌》'安其所''丰草葽''雷震震'诸篇，皆三言。""五言者，'谁谓雀无角、何以穿我屋'之属是也。"黄氏注："案当举《郊特牲》伊耆氏《蜡辞》'草本归其泽'一句，为诗中五言之始见者。""六言者，'我姑酌彼金罍'之属是也，乐府亦用之。"黄氏注："如《悲歌》'悲歌可以当泣，远望可以当归'二句。《猛虎行》'饥不从猛虎食，暮不从野雀栖'二句……皆以六言成句者也。""七言者，'交交黄鸟止于桑'之属是也。"黄氏注："案从'鸟'字断句亦可，宜举'昔也日蹙国百里'二句。""古诗之九言者，'泂酌彼行潦挹彼注兹'之属是也。"黄氏注："案此仍从'潦'字断句，《诗》三百篇实无九言，当举《卜居》之'与波上下偷以全吾躯'（句末"乎"字为助声），《九辩》之'吾固知其龃龉而难入'。"②

乐府在《文选》入诗类，《文心雕龙》另辟一章，黄氏除有专论《乐府》外，在《札记·明诗》中兼论乐府，说："自建安以来，文人竞作五言，篇章日富，然闾里歌谣，则犹远同汉风，试观所载清商曲辞，五言居其什九……以此知五言之体肇于歌谣也。彦和云不见五言，此乃千虑之一失。"③《札记·乐府》言："盖诗与乐府者，自其本言之，竟无区别，凡诗无不可歌，则统谓之乐府可也；自其末言之，则惟尝被管弦者谓之乐。其未诏伶人者，远之若曹陆依拟古题之乐府，近之若唐人自撰新题之乐府，皆当归之于诗，不宜与乐府淆溷也。"④此论于《文选》归乐府入诗，有"翼卫"之用。

（3）骚。卷三二屈平《离骚经》，《平点》曰："《离骚》本称《离骚赋》，以为经者，盖淮南作传时所题。骚即愁也。《楚语》伍举曰：'德义不行，则迩者骚

---

① 《文心雕龙札记》，第31—32页。
② 同上书，第34—35页。
③ 同上书，第35—36页。
④ 同上书，第42页。

离。'注:骚,愁也。离,畔也。扬子云仿《九章》作《畔牢愁》,仍即'离骚'之意。此篇注已勘正。《楚辞》唯宜守叔师家法,不宜纷纭妄说。李氏采《章句》无所沾益,诚知训诂之精者也。"

(4)文。文之分体有三十六,不欲遍引黄氏,下举几例:

①卷三四枚叔《七发》,黄氏曰:"刘舍人以为七窍所发。"又引何焯云:"数千言之赋,读者厌倦,裁而为七,移行换步,处处足以回易耳目。"黄氏曰:"案此评缪,宁以悦观者而裁为七哉?且何以知其必当作七段也?昭明题为八首,亦据传本如此,非必枚叔之故。"

②《文心·宗经》:"论说辞序,则《易》统其首。"黄氏谓:"《系辞》《说卦》《序卦》诸篇为此数体之原也。寻其实质,则此类皆论理之文。"

③《宗经》云:"诏策章奏,则《书》发其原。"黄氏谓:"《书》之记言,非上告下,则下告上也。寻其实质,此类皆论事之文。"

④《宗经》云:"赋颂歌赞,则《诗》立其本。"黄氏谓:"《诗》为韵文之总汇。寻其实质,此类皆敷情之文。"

⑤《宗经》云:"铭诔箴祝,则《礼》总其端。"黄氏谓:"此亦韵文,但以行礼所用,故属《礼》。"

⑥《宗经》曰:"纪传铭(朱云:当作移。)檄,则《春秋》为根。"黄氏谓:"纪传乃纪事之文,移檄亦论事之文耳。"①

《文选平点》又云:

⑦卷四二阮元瑜《为曹公作书与孙权》,黄氏曰:"此亦檄耳。"

⑧卷四五孔安国《尚书序》,黄氏曰:"此与《家语》序文体相似,今世排古文者,谓之俗,则又非也。文体沿建安以来之制。"

从上例可知,黄氏"此亦檄耳",是从此"书"的实际作用论,非曰昭明有误。而昭明选文分体类很严,不名"檄"者不入檄类;《七发》或曰是赋,亦不归入赋类。《札记·颂赞》又云:"颂类至繁,而执名者不知其同然,故不可以不审察也。""颂之谊,广之则笼罩成韵之文,狭之则唯取颂美功德……其体或先序而后结韵,或通篇全作散语。(黄注:如王子渊《圣主得贤臣颂》是。)又或变

---

① 例②—⑥皆出《文心雕龙札记》,第20页。

其名而实同颂体,则有若赞,有若祭文,有若铭,有若箴,有若诔……其实皆与颂相类似。……古者圣帝明王功成治定而颂声兴……故颂之所美者,圣王之德也,则以为律吕,或以颂声,或以颂形,其细已甚,非古颂之意。昔班固为《安丰戴侯颂》,史岑为《出师颂》《和熹邓后颂》,与《鲁颂》体意相类,而文辞之异,古今之变也。扬雄《充国颂》,颂而似雅;傅毅《显宗颂》,文与《周颂》相似,而杂以风雅之意。"①上论不仅"补述"刘勰"于颂之原流变体有所未尽",于深入理解《文选》文体类亦大有裨益。总之,黄氏之论《文选》不仅条理分明,而且告诉我们读书之法:以辩证观点审视选学、文化之发展变化,非止于文体也。

(三) 具体学习《文选》方法

黄氏是杰出的教育家。他教给学生的学习方法很多,都很有用,这里只介绍《读文选法》一条:"《文选》采择殊精,都为名作……读《文选》时,应择三四十篇熟诵之,余文可分两步功夫。(甲)记字:一曰记艰涩不常见之字,二曰记最恰当之字。(乙)记句:至少须有千百句镕裁于胸,得其神髓局度,例如《高唐》《神女》两篇,则更为枚乘、司马相如二大家之所祖述。至于韩愈《平淮西碑》,亦模拟《难蜀父老》而成也。《文选》不必拘于体例,表章亦犹书疏,皆繁乎情也。《阿房宫赋》末段并韵而无之,颇类《(过)秦论》。《赤壁》两赋及《春醪赋》《秋声赋》,皆赋中变体,与汉赋不同。读《文选》一书,不如兼及《晋书》《南北史》。史载之文,非其文佳妙,即与史事有关耳。读《文选》后,当读《唐文粹》,以化其整滞。"②上述是经验之谈,吾辈学《文选》当遵从之。

(四) 从《文选》文本出发之《平点》实践

研究选学必须从文本出发,这是常识,但古今中外,离开文本论《文选》者,代不乏人。宋苏轼完全否定《文选》,对主编萧统之评论具有人身攻击的色彩,却对李善注颂扬备至。没有《文选》,何谈善注?多位学者研究证明,苏轼大受益于《文选》。其逻辑之混乱,既令人惊诧,又令人思考。清代章学诚对《文选》虽未全部否定,但对其分体却大肆攻击,见《文史通义·诗教》,不转述。再如桐城派姚鼐《古文辞类纂》斥六朝文"卑弱"。至"五四",《文选》成为"妖

---

① 《文心雕龙札记》,第88—89页。
② 《量守庐学记续编:黄侃的生平和学术》,第10—11页。

孽"。对同一部书,毁誉不一甚至截然相反,我们却能看出其相同的理解方式:根据"后世"的现实状况产生的观点,从既有的立场出发,到《文选》中找出某些或与己同或与己异的东西,然后又借这些东西来强化自己的观点。他们表面上是从文本出发,却不是把《文选》当成一个整体,而是断章取义,肢解其完整性,过分突出某些个人需要,玩弄于股掌。黄氏指出:"治学须看原书,不可误听人言。"①所以,《文选平点》不仅是我们开凿这个"富矿"(陆宗达语)的利器,亦有整肃学风之用。

《平点》从文本出发的论述内容极为丰富,此小文不能面面俱到、详加介绍,只能从现代选学创立者这个角度,择其荦荦之大者,挂一漏万之讥在所不免。

1.《文选序》解读

(1)黄氏云:"此序,选文宗旨、选文条例皆具。宜细审绎,毋轻发难端,《金楼子》论文之语,刘彦和《文心》一书,皆其翼卫也。"②这里又提出"《金楼子》论文之语",颇有启示性。许逸民先生有大作《金楼子校笺》,校勘坚明,笺解详实,确为力作。其《前言》指出:"三书是同一时代的产物,故黄侃将《金楼子》与《文心雕龙》并列,统称为《文选》之'翼卫'。黄氏之'翼卫'说,是以文学眼光看《金楼子》,对其中有关文学的言论评价极高。我服膺黄说。"之后,许氏摘其《立言》篇中五条,"聊以显现萧绎文学批评的精髓所在"。笔者摘其"四"与《文选》有直接关联者一段如下:"至如文者,维须绮縠纷披,宫徵靡曼,唇吻适会,情灵摇荡。而古之文笔,今之文笔,其源又异。……潘安仁清绮若是,而评者止称情切,故知为文之难也。曹子建、陆士衡皆文士也,观其辞致侧密,事语坚明,意匠有序,遣言无失,虽不以儒者命家,此亦悉通其义也。遍观文士,略尽知之。至于谢玄晖,始见贫小,然而天才命世,过足以补尤。任彦升甲部阙如,才长笔翰,善缉流略,遂有龙门之名,斯亦一时之盛。"③同时代之评可证"翼卫"之说。

(2)"多则九言",黄氏曰:"九言诗全篇,今所见者,宋谢庄宋明堂歌诗《白

---

① 《量守庐学记续编:黄侃的生平和学术》,第4页。
② 《文选平点》,第1页。
③ 许逸民《金楼子校笺》,中华书局,2011年,《前言》,第11—13页。

帝》一首为最先。高贵乡公九言则无考矣。"其他见前文有关文体之讨论。

(3)"若夫椎轮为大辂之始"至"随时变改,难可详悉",表达了昭明太子进步文学观。黄氏《札记·明诗》亦曰:"夫极貌写物,有赖于深思,穷力追新,亦资于博学,将欲排除肤语,洗荡庸音,于此假途,庶无迷路。世人好称汉魏,而以颜谢为繁巧,不悟规摹古调,必须振以新词,若虚响盈篇,徒生厌倦,其为弊害,与剿绝玄语者政复不殊。以此知颜谢之术,乃五言之正轨矣。"①

(4)在《札记·总术》篇,黄氏引《文选序》从"自姬汉以来"至"故与夫篇什杂而集之",在夹注中分层次予以解释,只举一例:"以上言不选史而选史之赞论序述之意。篇什,谓文章之单行者。"他的结论是:"此昭明自言选文之例,据此序观之,盖以综缉辞采,错比文华,事出沉思,义归翰藻为贵,所谓集其清英也,然未尝有文笔之别。阮君补苴以刘彦和梁元帝二家之说,而强谓昭明所选是文非笔耳。"②此论之后又引阮元、萧绎、刘勰之说并详加辨析,极有说服力,可证《金楼子》"翼卫"《文选》之说,文太多,不具。此论涉及后来长期争论不休的《文选》选录标准问题。愚以黄氏之说为的,当遵从之。

从上述可见(包括此引之前的黄氏所论)黄氏对《文选序》有全面而深入的把握。

2. 以《平点》内容分类简单介绍

(1)文义。《平点》最重视《文选》文义。

①卷二五卢子谅《赠刘琨》:"爱造异论,肝胆楚越。"李善注:"谓琨被谤也。臧荣绪《晋书》曰:'众人谓琨诗怀帝王大志。'"《平点》曰:"悬璧之篇更在其后,注引臧书,非也。且彼诗亦不得云有帝王大志。"③又,卷三一江文通《杂体诗》三十首之十五《刘太尉伤乱》:"空令日月逝,愧无古人度。"黄氏曰:"帝王大志之说,观此益信其诬。"

②卷二七古辞《乐府》三首之一《饮马长城窟行》:"枯桑知天风,海水知天寒。入门各自媚,谁肯相为言。"黄氏曰:"此四句言无情之物尚有知,岂人而无之乎,特无可告语耳。"

---

① 《文心雕龙札记》,第38—39页。
② 同上书,第259—260页。
③ "悬璧"指卷二十五刘越石《重赠卢谌》。

③卷二九曹子建《情诗》:"游子叹黍离,处者歌式微。"黄氏曰:"黍离但取行迈之义,式微但取望归之义,而或者妄传以禅代之际发服悲哭之事,不知断章赋诗之旨矣。"

④卷三〇谢惠连《七月七日夜咏牛女》何焯评:"不为高格,后半尤秽亵。"黄氏云:"殊无秽亵之语,何若读《诗》,敢谤《蔓草》《溱洧》之篇否?"

按:《蔓草》,《诗·郑风·野有蔓草》。《溱洧》,《野有蔓草》之下一首。这是两首男女相会恋爱之诗。《野有蔓草》小序云:"野有蔓草,思遇时也。君之泽不下流,民穷于兵革,男女失时,思不期而会焉。"孔颖达《疏》曰:"《周礼》仲春之月,令会男女之无夫家者。"正如黄侃云,《七月七日夜咏牛女》,"殊无秽亵之语",足见何焯封建礼教中毒之深也。

(2)释难解或易误解之词

①卷二九《古诗十九首》之十八:"著以长相思,缘以结不解。"黄氏曰:"被著以相思,'思'与'丝'音同,以为隐语,后来吴声歌曲以'碑'为'悲',以'莲'为'怜',即本于此。"(本杨慎说)

按:此句前有"客从远方来,遗我一端绮……文绥双鸳鸯,裁为合欢被","被"绣以双鸳鸯,当著以"丝",此用"思"为隐语而双关。

②卷三〇谢灵运《拟魏太子邺中集诗》八首并序:"天下良辰美景赏心乐事四者难并。"黄氏曰:"谓赏心之朋友也,后来多误用。"

③卷三二屈平《离骚》:"亦余心之所善兮,虽九死其犹未悔。"黄氏曰:"九死,支解之刑。"

按:"九死"常被误解为九次死亡。《战国策·秦三》:"(吴起)功已成矣,卒支解。"又作肢解、枝解。

④《离骚》:"夫维圣哲以茂行兮。"黄氏曰:"维,独也。"

按:《汉语大字典》"维"字不收"独"义。黄侃之释有助理解。

(3)著作之由与作者为志

①卷四八杨子云《剧秦美新》

黄氏曰:"《文心》云'诡言遹辞',得此文之真矣。"

按:对此文争议很大。李善注:"王莽潜移龟鼎,子云进不能辟戟丹墀,亢辞鲠议;退不能草玄虚室,颐性全真;而反露才以耽宠,诡情以怀禄,素餐所刺,何以加焉!"黄氏曰:"此注非崇贤之语,以是责子云,则卓茂名德,窦融功臣,张纯通侯,皆有仕莽之嫌,何止区区一郎吏乎?"在"作剧秦美新一篇"下,黄氏曰:"剧秦而非剧汉,文旨已明。"在"况尽汛扫前圣数千载功业,专用己之私,而能享祐者哉"下,黄氏曰:"此正晋莽之尽改汉制也。长卿之文,讽而已耳,子云则直攻讦之矣。"

②卷四八司马长卿《封禅文》

黄氏曰:"《封禅》亦托以讽谏,纷纷谤议,皆所谓张罗沮泽,不睹鸿雁云飞。"又,在"揆厥所元至施尊名"下,黄氏曰:"由此观之,自周而来,未有无德可以封禅者也,此讽其先治道而后鬼神,意极明白。"在"依类托寓,喻以封峦"下,黄氏曰:"此文亦依类托寓也。"此文最后"故曰于兴必虑衰,安必思危,是以汤武至尊严不失肃祗,舜在假典顾省阙遗,此之谓也"下,黄氏曰:"篇终三致意。"

按:此托讽谏针对何焯《义门读书记》:"符命谀佞之祖。"① 以上解篇章之旨。

③卷三一江文通《杂体诗》三十首之十五:《刘太尉伤乱》"虽无六奇术,冀与张韩遇"至"实以忠贞故",黄氏曰:"此为真知'悬璧'一篇之恉者。"

④卷四七袁彦伯《三国名臣序赞》:"夫时方颠沛,则显不如隐。万物思治,则默不如语。"黄氏曰:"此彦伯寄意所在。"又:"虽道谢先代,亦异世一时也。"黄氏曰:"'异世一时也',以上,作文之旨。"又:"后生击节,懦夫增气。"黄氏曰:"此段叙作赞之由。"以上解句之旨和著作之由。

黄氏特别注意揭示作者讽谏之义。其针对何焯"谀佞"之论,揭示作者良苦用心之论所在多有。如卷七杨雄《甘泉赋》本为写成帝去甘泉宫"求继嗣",《汉书》有"奏《甘泉赋》以风"之提示,但必须仔细琢磨赋所写皇帝出行的盛大排场、甘泉宫的雄伟壮观,才能体悟其用心,特别是这一句:"袭琁室与倾宫兮,若登高眇远,亡国肃乎临渊。"黄氏指出:"'亡国'据《汉书》删,不当斥言亡国也。"是。如果把"亡国"删去,上段描写讽谏意则较隐晦,故黄氏曰:"《汉书·杨雄传》自以为托风在此,使不自言,亦寻常比况语耳,故曰,比易解,兴难知,

---

① 宋志英、南江涛《〈文选〉研究文献辑刊》,国家图书馆出版社,2013 年,第 35 册,第 601 页。

由此也。""比易解,兴难知"之提示极重要。对"难知"者,必须从全文主旨去仔细体会。卷三四枚叔《七发》意在讽谏容易理解,但其"歌曰:麦秀蕲兮雉朝飞"之用意却不易理解。黄氏曰:"此以麦秀托讽也。"仍难理解。李善注引宋玉《笛赋》只有"麦秀蕲兮鸟华翼"一句,亦难理解。查严可均《全上古三代秦汉三国六朝文》宋玉《笛赋》,李善注引文之后是"夫奇曲雅乐,所以禁淫也;锦绣黼黻,所以御寒也。缛则泰过,是以檀卿刺郑声,周人伤《北里》也"①。我们终于明白黄氏为什么说"以麦秀托讽也"。从此等处亦可见黄氏学问之渊博。

那么,黄氏为什么特别重视揭示《文选》诗文的讽谏意义呢?原因可能有二:一是读者对《文选》诗文的讽谏内容认识不足,因为有些讽谏很隐晦,表面歌颂,实含讽谏,不易发现,黄氏在提醒读者。二是或与他的时代和思想有关。辛亥革命后的时代实际与清末的混乱情况差不多;又有人把《文选》当成妖孽,扣上了贵族文学的大帽子,与郭沫若后来在"文革"中把杜甫视为地主阶级文人,为封建统治者歌功颂德一样。黄氏是一位忧国忧民的学者,他要通过教学评点,研究倡导这种讽刺精神,强调《文选》的讽谏意义,也是对"妖孽"之说的反驳。

但是,必须指出的是,黄氏并非以讽谏为唯一,他也重视诗文抒情和审美愉悦:"盖恬憺之言,谬悠之理,所以排除忧患,消遣年涯,智士以之娱生,文人于焉托好,虽曰无用之用,亦时运为之矣。"②

(4)文体分类

卷四三刘子骏《移书让太常博士》黄氏曰:"题前当有一'移'字作目。"

按:胡刻本文体计37类,黄氏曰有"移",则为38类。黄氏有《在日本移汉学社书》(1910)。

(5)校勘

①卷二二谢灵运《登池上楼》:"倾耳聆波澜,举目眺岖崟。"黄氏曰:"'倾耳'上别本(笔者:指六臣本)有'衾枕昧节候,褰开暂窥临'十字。此十字必不可脱,否则'池塘生春草'亦凡语耳。何劳神助乎?沈德潜不知'池塘'二句神

---

① 严可均《全上古三代秦汉三国六朝文》,河北教育出版社,1997年,第1册,第133页。
② 《文心雕龙札记》,第38页。

理,全由'褰开'句来,故曰偶然佳句,余意沈实未喻此诗,而犹云佳句者,特无知神助之说在前何也。"

②卷三四枚乘《七发》第七首:"凌赤岸,篲扶桑,横奔似雷行。"黄氏曰:"汪中说:'郭璞《江赋》,鼓洪涛于赤岸,沦余波乎柴桑。正承用此文,然则扶桑乃柴桑之误。'案汪所举孤证,不足以改此文。"

(6) 训诂六朝语

所说六朝语,指当时俗语。在卷四〇任彦升《奏弹刘整》中有很多,黄氏以今语释之,指出:"细读此篇,如观《汉书·赵后传》。不知以此等文予今日法吏,不致瞠目结舌否,此俗语所以断不可为文也。"此文俗语已有多人谈及,另举两例。

①卷三一江淹《杂体诗》三十首之第二十四首《颜特进侍宴》:"荣重馈兼金,巡华过盈瑱。"黄氏曰:"五臣'荣重馈'作'承荣重'。'巡'与'循'通,读循省之循,犹言循省荣华之遇。六朝造语多未必合训,当以意求之。《文心雕龙》云:'字以训正,义以理宣。'而晋末篇章,依希其旨,始有赏际奇至之言,终无(当作"有",此"无"即下"抚"字误也)抚叩酬即之语。悬领似如可辨,课文了不成义。按此巡华亦其方物也。何焯云:'巡华未详所出。'案巡华与别本上之承荣对,亦一意耳,初无所出。"

②卷六〇颜延年《祭屈原文》:"藉用可尘,昭忠难阙。"黄氏曰:"'藉用''昭忠'皆代祭品也。六朝好用代语,而自颜彪益多,其用字上非故训,下异方言,大抵赏抚之类,须以意摸索之也。"

按:释六朝语,是黄氏训诂的重要贡献。如黄氏不疏解,不仅"今日法吏",而且我们也会"瞠目",或更费心思。此其一。其二,更重要的是黄氏提出了一个训诂原则。字书有义不十不立项之说,有的字词在字书里查不到,这就要根据全文的旨意和上下文,"以意求之","以意摸索之",不可仅以有无"故训"而断是非。

《文选平点》中其他训诂内容更多,笔者《黄侃——新文选学的伟大先驱者》和很多学者已谈及,此不赘。

(7) 音韵

黄氏在音韵学方面贡献极为突出,见解独到,推进古音部理论,成就斐然,名噪中外,其对《文选》旧音、声韵之研究全面、深入,前无古人。这是黄氏成为现代文选学创立者的一个重要方面,惜今人对此重视不足。

①旧音。《文选平点叙》:"余所称旧音,乃六臣本音及汲古阁本音不在善《注》中者,称为旧音,或旧注音。五臣《注》既谫陋,亦必不能为音,今检核旧音,殊无乖谬,而直音反切间用,又绝类《博雅音》之体,纵命出于五臣,亦必因仍前作。"我的学生高博以正德本音注与五臣音注比较后认为:"从音系特征来看,黄氏的这个观点是有一定道理的。"黄氏又曰:"善《注》发音虽乏简当,而有必不可阙者,亦复阙之,是知师说具存,不须觊缕也。以此二因,证知《文选》六臣本及此本注中注末之音,皆不可弃,其有单证,别发当条。"又曰:"文中音多非李善之旧。胡校以注中注末之音概为五臣,甚误人。"兹举卷一班孟坚《两都赋》所列"旧音"如下:汧(牵,原书是小字,今加括号,下同)睋(俄)沟膡(乘)棻橑(汾老)钟虡(巨)乘茵(因)釦(扣)琳珉(旻)汤汤(伤)沣鄗(浩)爒爒(药)钻镞(侯)要趹(决)虚掎(己)再控(空)力折(制)越峻崖(别本作"涯",旧音宜)鸡鹠(交)鸰舌(仓)

②声律。卷五〇沈休文《宋书·谢灵运传论》黄氏曰:"此篇未易促了,侃考之至深,别具篇札。宜取省览。(疑此篇札存先姊处,亡佚。念宁注。)"亡佚,太可惜了!不过,《文心雕龙札记》尚存有关《谢灵运传论》的残金碎玉,或可补其一二。以下,以《平点》结合《札记》谈声律问题。

《宋书·谢灵运传论》是一篇讨论声律的重要文章,亦曾引发激烈争论。昭明对此了如指掌,将其录入《文选》,可见其重视程度。黄氏亦很重视,不仅有专文"考之至深",而且于《平点》《札记》中亦反复讨论。

《札记·总术》引沈休文《宋书·谢灵运传论》曰:"夫五色相宜,八音协畅,由乎玄黄律吕,各适物宜。欲使宫羽相变,低昂舛节,若前有浮声,则后须切响。一简之内,音韵尽殊;两句之中,轻重悉异。妙达此旨,始可言文。(案此休文袭蔚宗之说,而以有韵为文也。)"[1]黄氏又在《札记·声律》中引《南史·陆厥传》云:"(永明末)时盛为文章,吴兴沈约、陈郡谢朓、琅邪王融,以气类相推毂,汝南周颙善识音韵。(封演《闻见记》:"周颙好为体语,因此切字皆

---

[1] 《文心雕龙札记》,第258页。

有纽,纽有平上去入之异。"戴君《声类考》曰:"颙无书。"梁武帝不解四声,以问周舍,舍即颙之子,盖周沈诸人同时治声韵,各有创识,议论各出,而约为尤盛。)约等文皆用宫商,将平上去入四声以此制韵,有平头、上尾、蜂腰、鹤膝,五字之中,轻重悉异,两句之内,角徵不同,不可增减,世呼为永明体。"①谢灵运又曰:"妙达此旨,始可言文。"《传论》结尾说:"自灵均以来,多历年代,虽文体稍精,而此秘未睹。至于高言妙句,音韵天成,皆暗与理合,匪由思至。张蔡曹王,曾无先觉,潘陆颜谢,去之弥远。世之知音者,有以得之,此言非谬。"以上是谢灵运声律论的主要内容。本文不展开讨论,只叙黄氏的主要观点。

黄氏在《札记·声律》中首先指出:"其说勇于自崇,而皆忘士衡导其先路(笔者按:指陆机《文赋》"暨音声之迭代,若五色之相宣"云云),所以来韩卿之议也。"在《平点》"若五色之相宣"云云下,黄氏又曰:"而云此秘未睹,不其诬乎。"可见"自崇"非仅不能崇自,反招物议也,可不慎欤!其次指出永明体盛行原因之一:"夫王(融)谢(灵运)诸贤身皆显贵,佐以词华,宜其致士流之景慕,为文苑别辟术阡。"再论谢灵运声律说之得失:"即实论之,文固以音节谐适为宜,至于襞积细微,务为琐屑,笑古人之未工,诧此秘为独得,则亦贤哲之过也。"黄氏肯定谢灵运之贡献:"自梁以来,声律之学,愈为精密,至于唐世,文则渐成四六,诗则别有近体,推原其溯,不能不归其绩于隐侯,此韩卿所云质文时异,今古好殊,谓积重难反则可,谓理本宜然则不可也。"②《平点》卷五○沈休文《谢灵运传论》"欲使宫羽相变"至"妙达此旨,始可言文"之下,黄氏曰:"声律论作,文变无穷,其所擢拔扬扢,不可胜数也,而此数语,实已总挈纲维。尝谓文士有二伟人,一则隐侯,一唯苏绰,骈文律诗小词曲子皆自声律论出者也。"但对声律论作用,不可推重太过。黄氏又云:"陈张李杜之诗,韩柳李孙之文,皆自复古论出者也。工拙之数,不系于此,纷纷争论,只在形貌间耳。"《札记》又曰:"元遗山诗云:"'少陵自有连城璧,争奈微之识碔砆。'……详文章原于言语,疾徐高下,本自天倪,宣之于口而顺,听之于耳而调,斯已矣。……亦何必拘拘于浮切,斷斷于宫徵,然后为贵乎?"对八病,黄氏曰:"令人苦之……

---

① 《文心雕龙札记》,第141—142页。
② 同上书,第142页。

记室云:'蜂腰鹤膝'间里已具。盖谓虽寻常歌谣,亦自然不犯之,可毋严设科禁也。"①窃以为,黄氏之论十分中肯,今人尚无以远过。

押韵与声韵不同,黄氏亦有揭示。

卷三一刘休玄《拟古诗》二首之一《拟行行重行行》"遥遥行远之",黄氏曰:"'远之',即'远哉',改以合韵耳。"

按:诗起句"眇眇陵长道,遥遥行远之。回车背京里,挥手从此辞。"

卷四五陶渊明《归去来》"寓形宇内复几时"至"胡为遑遑欲何之",黄氏曰:"'时'与下文'之'为韵。"

(8) 辨伪

①卷四左太冲《三都赋序》,黄氏曰:"《左思别传》称,注解皆思自为,今细核之,良信。"

②卷一六司马长卿《长门赋》,黄氏曰:"此文假托,非长卿也,《南齐书·陆厥传》'长门、上林殆非一家之赋',盖自来疑之矣。"

按:"自来"对"殆非一家之赋"是误读,《长门》是相如之作,力之先生正之,是。

③卷四一李陵《答苏武书》,黄氏曰:"此及《长门赋》皆作伪之绝工,几于乱真者,过于《尚书序》矣。任立政(笔者按:李陵故人)达言且为不易,纵有此书,谁为致之。正殆建安以后人所为,而尤类陈孔璋,以其健而微伤繁富也。刘知几以为齐梁人作,则非也。……取《汉书·苏武传》读之,便知此书之伪,较然明白。"《答书》"'昔先帝授陵步卒五千'至'故陵不免耳'",黄氏曰:"又似子卿不悉此等行事者,此段即从司马子长《报任安书》中一段化出,少卿岂能见子长书耶。"把武帝称"先帝"是明显漏洞。

④卷四三赵景真《与嵇茂齐书》,黄氏曰:"窃疑此延祖讳言也。"

⑤卷四五孔安国《尚书序》,上文已指出,不再。

按:卷四五卜商《毛诗序》,黄氏唯此篇无评点。卷二九李少卿《与苏武诗》和苏子卿《诗》之真伪有争论,黄氏未明确表态。另,对《古诗十九首》之作者,黄氏有辨析,不具。

---

① 《文心雕龙札记》,第151页。

(9) 李善注

黄氏高度评价李善注,因其分"文选学"和"文选注学",故未有专门讨论,只对李善注有关文义者有纠正和补充,各举一例:

①卷五七颜延年《陶征士诔并序》"夫璇玉致美,不为池隍之宝;桂椒信芳,而非园林之实"至"故无足而至者,物之藉也;随踵而立者,人之薄也",黄氏曰:"注非也,此及下文同意,言物因藉而至,人随踵而立,皆不足贵也。'无足而至'即承璇玉不畜池隍,桂椒不入园林,而反言之。此四句承上关下。下云,物尚孤生,则无足而至者,亦不足贵也。"此为纠正善注。

②卷四七袁彦伯《三国名臣序赞》:"夫万岁一期,有生之通途。"黄氏曰:"万岁一期,当引'万岁更相送,贤圣莫能度'注之。此则人生必有没也。"此为补改善注。

(10) 五臣本及注

黄氏否定五臣注,但偶有用五臣注者。对五臣本持有中立态度。其所谓别本与胡刻本不同处,多指五臣本。

①卷五六曹子建《王仲宣诔并序》:"谁谓不庸,早世即冥。"黄氏曰:"别本,'庸'作'痛'。"五臣本作"痛"。

②卷三〇谢玄晖《始出尚书省》"防口犹宽政",黄氏曰:"厉王防口,视郁林犹宽政也。注非。本良注。"

按:李善注:"言防众口,实由宽政。虽遇餐茶之苦,更同如荠之甘。时明帝辅政,故曰宽也。"五臣刘良注:"厉王暴虐,杀国人,以止谤者。召穆谏曰:'防人之口甚于防川。'王不听之,国莫敢言,道路以目。比之郁林王,则犹为宽政矣。"

黄氏《文选平点》,既为感谢学生吴伯阳在其丁母艰时的绸缪殷勤而作以赠之,又是讲授札记,所论尚多,上述十个方面仅勾勒其梗概,特别是"点"之重要方面没有涉及,留下诸多遗憾。但本文字数已多,加之识见谫陋,俟博雅君子有以教我。

结论:黄侃先生是现代文选学创立者

同时,我们不认为《文选平点》尽善尽美,句句是真理,一句顶一万句;不论从理论方法,抑或具体问题,以黄氏文选学之全面系统,我们有足够的理由说:

这不能撼动黄氏作为现代文选学创立者的地位。

我们又深感惋惜,天不假年,黄氏五十而殒,止留下《文选平点》。然文选黄氏学大体已具,足成一家之言,不影响其现代选学创立者之大师地位。

三 骆鸿凯《文选学》之贡献与承袭

(一)《文选学》之贡献

骆鸿凯是黄侃高足。骆氏极推崇其师:"本师黄氏,孰精文律,能为晋宋小赋,楚艳汉侈,亦在所综,沈诗任笔,靡不兼美。文采照耀一世,群彦慕其流风。晚乃斫雕为朴,郁为经师。又不得限以文辞之末矣。"①黄侃对骆鸿凯评价亦甚高。黄氏《文心雕龙札记》附《物色第四十六》,黄延祖识曰:"此篇为先君弟子骆绍宾(骆之字)先生所撰,原附于一九二七年北平文化学社刊印、先君自编之《文心雕龙札记》,故知先君对《物色》篇并未撰有札记,且对骆先生此篇之认可。"篇末有黄侃《戏题于尾》:"何尝珍敝帚,聊用饲蟫鱼。略胜王生狗,休嘲孙尉猪。文章供覆酱,时世值烧书。永杜田巴口,曾逢鹬子欤。"黄氏以己为田巴,以鹬子喻骆氏,有骆氏《物色》篇,则已杜口也。赞誉之情溢于言表。骆氏又有《文选学》,为我等学习文选学重要入门书。

《文选学》乃骆氏长期苦心经营之成果。其《文选学自叙》,发表于1931年7月第1期第2册《国学丛编》;《读选导言》,发表于1935年12月第1卷第7期《学术世界》;《选学源流》,发表于1936年1—2月第8—10期《制言》;《选学著书录》,发表于1936年2月第11期《制言》;《文选指瑕》,发表于1936年2月第11期《制言》。《读选导言》曰:"戊辰己巳(1928、1929)间,教授武汉大学。主者以《文选》设科,凯承其乏,乃为诸生讲述《文选》纂集义例,及前代研治选学者之成绩,殿以《文选读法》十六事。"②骆氏已知名,才能"承乏"。即以1928年起,至《文选学》1937年面世,可谓十年磨一剑。《文选平点》在黄氏学生中传抄,至1977年台湾出版《文选黄氏学》,1985年大陆出版《文选平点》。

---

① 骆鸿凯《文选学》,中华书局,1989年,第332—333页。
② 南江涛《文选学研究》,国家图书馆出版社,2010年,第203页。

在这么长的时间里《文选学》发挥了重要作用,并在继续发挥作用,贡献很大。它较全面系统地诠释了现代文选学的种种问题,旁征博引,时有卓见。即以《源流第三》而言,起自唐迄于近代,其内容之详赡为《文选平点》不可比拟。其中《清代文选学家述略》介绍44人及其著作。还有《平点》不具者,《撰人第五》(指129位作者及其入《选》诗文题目,脱谢灵运)及《撰人实际生卒著述考第六》《征故第七》《评骘第八》,极大丰富了现代选学内容。上述内容于清代前之著述中,仅有片言只语,无此全面系统。这都是骆氏劳作,其便于选学研究,自不待言。

(二)《文选学》之承袭

但是,从现代文选学创立者这个角度言,是黄氏而非骆氏。

首先,我们看骆氏弟子马积高《文选学·后记》之言:"先生治学门径,大抵本于黄季刚先生。平生潜研经、子,博涉文、史,尤精于古文字、声韵、训诂及《楚辞》《文选》之学。早年治学特重家法……《文选》则崇昭明之旨趣而尊李善之诠注,倘非证据确切不移,不轻改易所尊各家之说。故早年著述,大抵以旁征博引,发明古义为主。立说创义,至为矜慎。晚年尽力于声韵文字之学,著述《语原》,始脱略旧范,自出机杼,然草创未及定稿,就溘然长逝了。遗稿又在'文化革命'中被毁,已莫能问世了。"可惜了!下文叙其著述尚存者,不具。马先生推崇其师,而介绍和评价是很公允的。从中可见骆氏《文选学》撰写在其前期,"治学门径,大抵本于黄季刚先生","特重家法"。笔者要强调的是,骆氏选学研究正本黄氏家法,于其《文选学》有充分体现。

其次,看《文选学》之理论指导、主要观点和全书基本框架,多出《文选平点》,举证如下:

1. 理论指导

《文选学·源流第三》:"窃谓读《文选》,必先于《文心雕龙》之说,信受奉行,退观此书,乃有真解。若以后世时文家法律论之,是犹算春秋历用杜预《长编》,行乡饮仪于晋朝学校,必不合矣。"①这不就是《文选平点叙》黄氏的原话吗?如此重要的指导思想,岂可以"窃谓"出之?又"窃谓"之前,骆氏曰:"此

---

① 《文选学》,第119页。

外沿明人积习以著书者,亦有数家。或删原本……其书皆庸陋无足称。以其流传颇广,或经《四库》著录,特附述之。"①附述之书计10部,"窃谓"云云在介绍于光华《文选集评》中。是否"庸陋无足称"乃个人之见,尽可提出。令笔者疑惑的是这段"窃谓"为何出现在"庸陋无足称"者之中。

2. 对清代选学研究的总体评价

骆氏曰:"清世论《文选》,惟阮公为近之。义门考订虽精,而评文则吾师尝诋其弊有三:'一曰时代高下之见。二曰题材朦溷之见。三曰时文门法之见。'(笔者按:此三见之下皆有骆氏注,未录)而以起承转合点伏照应诸语示法,篇篇皆是。"②此段话骆氏明确指出"吾师"。以上与《文选平点叙》同。

3. 按《文选学》之序依次说明

第一,纂集。骆氏曰:"文籍日兴,散无友纪,于是总集作焉。或以防放佚,使零篇残什,并有所归;或以存鉴别,使莠稗咸除,菁华毕出;斯固文章之品藻,著作之渊薮矣。总集之存于今者,以《文选》为最古。鸿篇钜制,垂范千秋。"③从"文籍日兴"至"渊薮矣",原为《四库全书总目》对《文章流别集》的评价,与原文有三处不同:一是"友"《总目》作"统",二是"篇"《总目》作"章",三是"或以存鉴别"《总目》作"一则删汰繁芜"。之后,追溯总集始自"杜预之《善文》"云云。以上所论,窃以为来自黄氏,因为这是上《文选》课必讲之内容。但这不能完全抹煞骆氏之贡献,因为在下文中又录挚虞佚文,其中有严可均《全晋文》所无者:《文章流别论》从《文选注》引三条,《文章流别集》从《金楼子·立言》篇和《古文苑》注八各引一条。可见骆氏读书之广之细。

在转录《梁书·萧统传》之后,骆氏曰:"惟《文选》独存,当时撰次,或昭明手自编订,或与臣僚缀缉,史无明文,末由深考。……而《刘勰传》载其兼东宫通事舍人,深被昭明爱接;《雕龙》论文之言,又若为《文选》印证,笙磬同音,是岂不谋而合,抑尝共讨论,故宗旨如一耶。"④愚以为,此段话表达的思想亦承黄氏而来,有前文论黄氏文选学为证,所以骆氏在教学中必定提及。

---

① 《文选学》,第116页。
② 同上书,第119页。
③ 同上书,第1页。
④ 同上书,第10页。

第二，义例。骆氏曰："《文选》则不别撰论著，而惟以一序揭其义例，语简而义赅，盖元凯《春秋经传集解序》之类也。"①此亦承黄氏。骆氏下引《文选序》全文，分段而有夹注，之后总结《序》之大意，又曰："总其大旨曰：'事出于沉思，义归乎翰藻。'此昭明自明入选之准的，亦即其自定文辞之封域也。"②此又与黄氏之论为一也。下引各家对"准的"之争论，有阮元《书文选序后》《文言说》《文韵说》、章太炎、刘师培等人涉及上述争论文章。其主要观点和所引主要文章在黄氏《文心雕龙札记·原道第一》皆有，骆氏意见与黄氏相同。

骆氏曰："《文选》次文之体，凡三十有八，曰赋，曰诗……"③与黄氏同。今日学者多主张是39类，加入"难"。

在《论文选之去取》节，关于"入选之文有赝品者"一段，在《撰人第五》中又详述，与黄氏同。

第三，源流。"第三"是一部文选学小史，贡献良多。其与《平点》有关者已见上文。

第四，体式。骆氏曰："《文选》分体凡三十有八，七（笔者按："七"当作"八"）代文体，甄录略备。而持校《文心》，篇目虽小有出入，大体实适相符合。"④以下解读各文体，皆引用他人（主要是《文心雕龙》）关于文体之言，而无骆氏之论。"体式"之基本思路与黄氏同。

第五，撰人。

此文第一部分纯为资料，与今日六臣本索引姓氏部分同。

第二部分主要介绍《古诗十九首》，与《平点》《札记》基本相同。如骆氏曰："休文又言：'凡乐章古词，今之存者，并汉世街陌谣讴也。'此则十九首中虽有主名，亦属闾里相传之什。"⑤见《平点》卷二九总论《杂诗》，又见《札记·明诗》论《古诗十九首》。这段文字，"并"黄氏作"皆"，"谣讴"黄氏作"讴谣"。明确标出被引用者，字句小异，不是问题。但"此则"云云是黄氏之论，却删去黄氏之"余谓"。其"虽有主名"云云，黄氏作"纵有主名，亦必闾里流传之什"。

---

① 《文选学》，第12页。
② 同上书，第16页。
③ 同上书，第24页。
④ 同上书，第124页。
⑤ 同上书，第166—167页。

当然,学生偶尔用老师或他人的观点不是不可以,但大量使用原话(参见下文),却不加说明,则不妥。

第三部分辨伪作,与黄氏思路、观点一致。如李少卿《答苏武书》,骆氏曰:"《太平御览》四百八十九引此篇谓出《李陵别传》。详别传之体盛于汉末,亦非西汉所有也。(西汉人有别传者,惟东方朔及陵,皆后人所为。)"又曰:"恐苏李往复诸书,未必出自一时,作于一手也。"①凡引书,谁都可以引,此不为抄袭。问题在于引号中之注"西汉人"云云是黄氏之注。此则证明骆氏之论源于黄氏。

再如赵景真《与嵇茂齐书》,骆氏曰:"按《文选·思旧赋》注引干宝……干生之言为得其实。"又,此下所引《与嵇茂齐书》原文与骆氏之评,与《平点》卷四三仅个别字不同,袭用之迹明显,文多不录。②

第六,撰人事迹生卒著述考。骆氏自为。此为资料,骆氏云:"便学者检寻尔。"

第七,征故。此章皆骆氏自为。

第八,评骘。此章皆骆氏自为。最后,范蔚宗《后汉书诸传论补》,有黄先生《书后汉书论赞》一文,甚可贵。

第九,读选导言。导言计十六题,洋洋洒洒,面面俱到,为骆氏之苦心,极有利于学习《文选》。如《导言·六》论述骈体源流、发展的几个阶段与代表作家,结合《文选》之作,言简意赅,可视为骈体简史纲要。

第十,余论。"一征史"最后引"黄先生曰"云云。

第十一,附编一。《文选》分体研究举例论。

王庆元教授在《骆鸿凯〈文选学〉与周贞亮〈文选学讲义〉疑云再考辨》亦明确指出抄袭问题:"黄侃先生大量批校语、论述,包括在北大授课时的讲义中涉及篇旨的识语,往往只字不易,出现在骆书中,一方面可体现骆君治学全本其师,不敢越雷池一步,但在引用时不加附注说明,造成读其书者对所引用之处,究系黄先生语还是骆的话辨认为难。这种做法实为今人所不取。今姑举一例加以说明之。如《文选》第五二卷《六代论》一文,黄侃先生有讲义,今手

---

① 《文选学》,第 172 页。
② 同上书,第 175—176 页。

稿尚存,对作者问题、写作特色等写有很长识语(见图二)。骆书几乎全袭用于自己书中,未作任何改动。"①"图二"有八页,页中缝上有"北京大学讲义稿",中缝下有"科门用"字样,方格,竖行,字体秀美,端庄清晰,从"三国志武文世王公篇"至"国有上书献论之事矣",中有黄氏修改笔迹。见《文选学》第397—398页。王先生接着指出:"此外,关于此文文字校勘,《文选黄氏学》共有七条,骆君袭用校语中之三条,文字无任何改变。这种情况,经核对黄先生尚残存的当年讲义,还有数篇,如《博弈论》《养生论》等,袭用文字,与上举《六代论》情况大同小异。黄先生讲解《文选》,所写识语当不止此数,可惜均已丢失,无从核对了。不过笔者猜想,其他篇也不会有例外。细心阅者定会发现骆书附编的分体研究举例和专家研究举例涉及的文篇中凡校勘条目,均与黄先生《平点》及《黄氏学》两书中同篇校勘条目(指采用者)文字相同。只有极少量注明'黄先生曰',大部分都未注明。"王先生以黄氏手稿为证,极有说服力。要补充的是,王先生的"猜想"可以成立,上文指出之《文选学》大段袭用《平点》也可作为证据。

还必须指出的是,骆氏于其师的观点并非完全亦步亦趋,最显著的表现是骆氏否定评点这种研究形式。在介绍于光华《文选集评》中,骆氏曰:"至圈点之流弊,则曾涤生言之颇悉。略谓:'梁世刘勰、钟嵘之徒品藻诗文,褒贬前哲,其后或以丹黄识别高下,于是有评点之学……圈点者科场时文之陋习也,而今反以施之古书。末流之迁变,何可胜道。'(《经史百家简编序》)"对此论,骆氏曰:"此为圈点一切古书者言。读《文选》而斤斤于是,不足以示人,而徒增魔障,果何益乎?"②骆氏不知其师有《平点》乎?抑知而借题发挥乎耶?是前者?可能性不大,否则怎能在《文选学》中袭用如许多《平点》之言?是后者?岂非已矛攻己盾?笔者十分困惑!

但是,我们仍不能完全否定骆氏之贡献,原因有二:一,虽然骆氏袭用黄氏文选学的理论、基本框架和众多观点和材料,但必须承认骆氏付出了大量心血,《文选学》有他自己的而不是属于其师的部分。二,《文选学》在1937年、1939年、1941年多次印刷,而《文选黄氏学》1977年才在台湾出版,大陆更晚,

---

① 《厦大中文学报(第四辑)》,厦门大学出版社,2017年,第97—104页。以下不再注明引文页码。
② 《文选学》,第119—120页。

《平点》于1985年问世。在黄氏缺席的情况下,骆氏抢占先机,为选学普及和研究起到了填补空白的作用,而且至今仍有影响;亦在一定程度上起到光大其师成就的作用。

总括以上所有论述,我们有充足理由得出下述结论:黄侃是现代文选学创立者,骆鸿凯不是现代文选学创立者。

四 或许并非多余的话

孟子云:"诵其诗,读其书,不知其人,可乎?"但真正"知其人"有时很难。黄侃长期被误解,认为他是守旧派的代表之一。经过百年的历史曲折,我们现在可以说:黄侃先生是一个大写的人。

本文主旨已具,字数又多,但笔者在学习黄氏著作及读对其之回忆录中有所感悟,深被黄氏的事迹和人格触动,如鲠在喉,不吐不快,冀其或许并非多余的话。

黄侃,推翻帝制之革命斗士,可歌可泣;继承创新之国学大师,可敬可习。

季刚先生有如魏晋风度中人物:衔杯漱醪如阮籍,风流倜傥似嵇康;率性自然,术有崇尚;沉思翰藻,道德文章。

季刚先生一生明显分为两个阶段,以辛亥革命为分界线。黄氏自幼深受传统文化熏陶,根底笃厚。其《自叙》云:"余幼承庭诰,长事大师,六艺百家,皆非墙面,一吟一咏,劣足自娱。"①生逢乱世,忧国忧民之情强烈,民主主义思想萌生,积极参与推翻清朝专制统治的斗争,以笔为刀枪,为革命呐喊。陆敬《黄季刚先生革命事迹纪略》说:"《大江报》时评《大乱者,救中国之妙药也》,这是一篇讨伐清朝的檄文,此文一出即敲起了清廷的丧钟,而清政府进行垂死挣扎疯狂镇压,更激起了革命人民起义的决心。过去有关辛亥革命的史料,皆认为是詹大悲所撰,但实际上是出自黄季刚的手笔。"②黄氏又有组织武装,响应、支援武昌起义之举,有数百人。虽被镇压,但其义举值得铭记。

推翻帝制后,袁世凯称帝,张勋复辟,军阀混战,百姓仍处于水深火热之

---

① 《量守庐学记续编:黄侃的生平和学术》,第52页。
② 《量守庐学记:黄侃的生平和学术》,生活·读书·新知三联书店,2006年,第15页。

中。这使他大失所望,心情苦闷。加之性格刚烈,保持士人尊严,不屑阿谀逢迎。既厌恶官场腐败,又忧国忧民,遂毅然辞官,投身于教育救国事业之中。应强调者,黄氏从事教育事业绝非被迫,亦非"隐于学者",而是自愿自觉的。潘重规指出:"侃才高气盛,自度不能与世俗谐,不肯求仕宦。又亲见革命之成,实由民气,民气发扬,实赖数千年姬汉学术典柯不绝,历代圣哲贤豪精神流注,俾人心不死,文字不灭,种姓不亡,是以国祚屡斩而不殊,民族频危而复安。于时清廷虽覆而外患益深,人心益荡,民族前途隐忧未艾,将欲继绝学,明宪章,存国故,植邦本,固种姓者匪异人任,故自民国缔成,即高蹈不问政治。平生兴国爱族之心一寄于学术文辞。"此所谓"不问政治",指不仕宦,非不关心国家命运。潘氏又指出:"侃行己治学,以发扬民族精神气节为第一义。"①黄氏为《太炎先生行事纪》云:"章先生遂退居,教授诸游学者以国学。其授人国学也,以谓国不幸衰亡,学术不绝,民犹有所观感,庶几收硕果之效,有复阳之望。"②这不啻为黄氏之自画像。他发扬传统文化,延续民族血脉,实为"植邦本",固国魂。

说到这里,有一件事不得不提。钱玄同与黄氏同一师门,后成为新文化运动一员猛将。1917 年 7 月《新青年》第 3 卷第 5 号发表了钱玄同与陈独秀信,说:"惟选学妖孽所推崇之六朝文,桐城谬种所尊崇之唐宋文,则实在不必读。"黄氏当然反感,但当时未发文反驳。他骂钱玄同,嘲笑钱玄同的声韵学是他的"一泡尿"③,意谓"偷"他的,且水平太低。语虽不雅,而为事实,而且二人并未断交,钱对黄一直持尊重之意。这反映出那个时代的知识分子不因学术观点不同而交恶的美德。但黄氏在政治大原则上决不妥协。其妻黄菊英回忆:"胡适见了被废黜的溥仪仍口称'皇上',被季刚视为大逆不道,有次胡氏在中央大学演讲出门,季刚跳脚大骂。"④鲁迅亦写文讥之,形式不同而已。他也骂旧党,钱基博《现代中国文学史》云:"(黄侃)平生于当代老宿,多讥弹。"所以并非党同伐异。

---

① 《黄侃年谱》,第 10、13 页。
② 《量守庐学记:黄侃的生平和学术》,第 26 页。
③ 《量守庐学记续编:黄侃的生平和学术》,第 302 页注 9。
④ 同上书,第 18 页。

窃以为钱玄同"选学妖孽"说之影响被放大了,选学界有一种普遍的看法,即选学研究就此衰落,几乎无人问津了。这是一种误解。笔者从南江涛先生辑录之《文选学研究》发现,新文化运动之初,选学有短期沉寂。但从1924年杨鸿烈《为萧统的〈文选〉呼冤》于《京报》发表起,选学论文如雨后春笋,至1948年,据不完全统计有273篇,尚不包括专著,作者队伍强大,研究之问题应有尽有,比起清代并不衰落,清代选学著述虽多,却多为零打碎敲,就深度广度,民国时期反而大为超越,这自然与时代进步有关。我们不能忘记的是这是战乱频繁的时代,而清朝有长达270年的历史。黄季刚、高步瀛、骆鸿凯、周贞亮、朱自清等,包括吾师逯钦立先生,都是现在常常提及之名家。所以,对民国时期的选学研究不可低估,我们对这一段选学史尚缺乏深入研究。

黄氏与中共还有某些关系,较少人知,故简述一二。除董必武是其同窗外,1921年中国共产党成立之时,有十几位代表的食宿无着落。黄氏请法租界博文女校校长黄学梅帮助,解决了代表们的困难。在中央大学时,共产党员汪楚宝被逮捕,即将被杀,黄氏营救出狱。

黄氏绝非象牙塔中学者,关心国事贯彻其一生,怒然怆然,愤然怒然,非"隐于学者"。其婿潘重规先生回忆说:"季刚师讲学时,对民族大义、国势安危,随时都流露出无限的热忱和关切。有一天晚上,汪旭初师和我都在季刚师家晚餐,适闻东北义勇军抗俄死难的忠烈事迹,季刚师慷慨激昂,情不自已,饭后,要旭初师和我一同连句作诗,抒写悲愤。写成,第二天就交刊物发表。"①九一八事变发生,《黄侃日记》九月廿号载:"突闻十八夕十九晨辽东倭警,眦裂血沸,悲愤难宣。"又九月廿八号:"《八月十五日夜月食》:江国冥冥水接天,关山处处起烽烟。秋山纵好知何益,明月多情不忍圆。"②

还值得注意者,黄氏借《文选平点》议论抒怀。有关时事者:卷二七王仲宣《从军诗》五首之一:"徒行兼乘还,空出有余资。"黄氏曰:"何焯曰:如此与作贼何异云云。侃谓义门惜不生今世,不然,定不议论仲宣。劫天子称贼,夺天子亦称贼,由此言之,凡兵无非贼者。"这是对军阀混战、劫掠百姓的痛斥,所谓兵匪一家也。又,卷五五刘峻《广绝交论》之首,黄氏曰:"寻茂灌(到溉字)余

---

① 《量守庐学记续编:黄侃的生平和学术》,第68页。
② 《黄侃日记》,江苏教育出版社,2001年,第723、725页。

臭在身而绝尘致誉,若非大力,岂免寒人。然衫段之求,拒之于生前,练裙之矜,何有于身后。或谓溉率俭成性,以己恕物,己既安单床而无累,人亦著葛帔而非贫。以此宽其忘旧之愆,消是《绝交》之论,诚有别解,非余所知矣。"

此刺到溉、到洽兄弟忘恩负义,又驳为他们辩解者,愤慨之情溢于言表。《广绝交论》黄氏解说抒怀多有,再择二例:

(1)原文:"于是有弱冠王孙,绮纨公子,道不挂于通人,声未迺于云阁,攀其麟翼,丐其余论,附骥骧之旄端,轶归鸿于碣石。"黄氏曰:"载酒玄亭,如侯芭之好事,受经狱户,见吾祖之能师。过此已往,宁为西家愚夫,不知郑氏,南方畸人,颇难惠施耳。而世之择师,亦复趋势,有嘘枯之力,虽王骀可以抗乎仲尼,无进士之能,虽江公不能陵乎王式。然则心丧所施,束脩所受,可无慎乎!"原文属利交五种之三谈交,黄氏以此引论师生。黄氏在学校讲课时,"总是正襟危坐,目不旁视,语言简练而条理明晰,如果按照黄先生所讲授的一字不漏地记录下来,就是一篇很好的文章……最令同学们敬佩的是黄先生既能旁征博引,又能独抒己见,充分表现了先生的渊博学识与精辟见解。"[1]他还有另外一种学生即少数拜门弟子,须行拜师礼,呈束脩(象征性的),个别点拨解惑。但拜门者中也有不好好读书,"但打着他的招牌去找教书工作,的确有些方便"[2]。"束脩所受,可无慎乎"当是对此类沽名钓誉者而发,亦有自己收拜门弟子不慎悔恨之情。总之一句话,他希望所有的学生都学业有成,既实现个人价值,又有益国家,至于是否辱没师门倒在其次。

(2)原文:"藐尔诸孤,朝不谋夕,流离大海之南,寄命嶂疠之地。"黄氏曰:"侃幼遭天罚,晚豫人伦,追惟当年,恭承遗训,既班丧布,亦甘负薪,虽成书永愧于龙门,而仰人则殊于东里。然交道死生之际,家门荣倅之形,则又何能无慨乎!"此由任昉遗孤之无助,进而回忆其"幼遭天罚"而失怙之艰难。黄氏境况比东里(任昉之长子)稍好,但学问不佳而"永愧"于父母,自谦之甚。他是大孝子,中年丧慈母,悲伤异常。其生吴靓从数千里外来吊唁,"依庐绸缪三月",黄氏得极大慰藉。吴生将别之际,黄氏以半月时间,赠之《平点》,"助生高明"。不仅留下一段杏坛佳话,而且成为黄氏文选学的基础,虽仅为"平

---

[1] 《量守庐学记续编:黄侃的生平和学术》,第27页。
[2] 同上书,第29页。

点",而翼卫《札记》,足成一家之言。悲耶幸耶!黄氏回顾历史之曲折,面对多难之人生,借他人酒杯,浇胸中块垒,性情中人之品格毕现。予亦"幼遭天罚",况同东里,幸遇解放,得以读书,"交道死生之际","又何能无慨乎"!

今年是中国文选学研究会第十三届国际学术研讨会,与会争先,时贤毕集,"桃之夭夭,有蕡其实"。选学发展之势,如曲江之涛,勇于逆流而上之弄潮者非黄侃先生莫属。回首畴昔之衰,风雨如晦;环顾今时之盛,风和日丽。历史告诉我们:黄季刚坚持国学,植固国本;陈独秀启蒙民智,倡导革命:皆为中华民族之必须,乃殊途同归,相映成辉。黄氏门生满天下,多为文化栋梁。桃李不言,下自成蹊,继踵者代有其人,数不胜数。今日之选学研究,大陆自是主会场。海峡彼岸,亦赖黄氏弟子潘重规而薪火相传。中华文化精神是割不断的,所谓抽刀断水水更流也。

(长春师范大学《昭明文选》研究所)

王同愈批校《文选》述略

南江涛

王同愈(1855—1941),字文若,号胜之,又号栩缘,江苏元和(今苏州)人。晚清民国年间著名学者、藏书家、书画家、文博鉴赏家。清光绪十五年(1889)进士,后为江西学政、顺天乡试考官、湖北学政。曾与张謇等主持江苏省铁路事宜。辛亥革命时,隐居上海。晚年定居上海嘉定。他擅长书法,四体兼工;画擅山水,上承宋、元,下规文、唐。著有《说文检疑》《选砚刍言》《栩缘随笔》《栩缘日记》《栩缘诗文集》等。他又长于算术,著有《校士算存》等。喜题跋、目录之书,有录朱学勤批校并校跋本《四库简明目录》存世[2]。顾廷龙先生乃王氏外侄孙,撰有《清江西提学使胜之王公行状》[3],对王氏生平著述叙述颇详,后又编其遗文为《王同愈集》,收罗颇为齐备,足资参考。

王同愈是著名藏书家,王謇《续补藏书纪事诗》和吴则虞《续藏书纪事诗》卷六中均有收录。王謇将其单独立传,其诗云:"栩栩蝶缘王太史,缥缃黄卷百箧存。外孙齎曰受□日,论秤而尽辟疆园。"[4]吴则虞将其附于王颂蔚传内,云:"所藏以宋椠《五臣注文选》为最精。……则虞案:余见栩缘所藏宋范致明《岳

---

① 王同愈批校清同治金陵书局刻本《文选》藏于上海李保民老师处,经其慨允,笔者于2018年1月21日拍摄相关图片,方能撰成此文。对李老师的慷慨,深表谢意!
② 韦力《王同愈:但悲不见九州同》,《收藏》2012年第1期,第109页。
③ 顾廷龙编《王同愈集》,上海古籍出版社,1998年,第576—581页。
④ 王謇《续补藏书纪事诗》,书目文献出版社,1987年,第20页。

阳风土记》钞本,书衣墨污。就墨渍所之,绘《岳阳楼图》,帆樯无数,亦殊别致。"①这两处描述,简单说明了王同愈藏书的特色和去向,尤其是吴则虞记载的宋椠《五臣注文选》,与王氏校读《文选》有非常直接的关系,下文会有详述。

本文所述,是王同愈在清同治八年(1869)金陵书局翻刻汲古阁本《文选》之上所作之批校。下面从批校本的基本情况、卷内题识和批校内容等方面,初步揭示其概况和价值。

一　批校本的基本情况

如上所述,王同愈批校本《文选》为同治八年翻刻汲古阁本,半叶十二行,行二十五字,小字双行三十七字,左右双边。白口,单鱼尾,版心刻书名卷次、毛氏正本及页码。各卷末有"金陵书局依汲古阁本刊"木记。卷内有朱、黄二色圈点,并朱、蓝、黄三色批校,通书蝇头小楷,合卷灿然。卷内钤印有"栩缘所藏"阳文朱方印、"王胜之印"阴文朱方印、"王同愈印"阴文蓝方印、"元和王氏图书记"阳文朱长方印、"元和王同愈"阴文朱方印、"胜之一字栩缘"阳文朱方印、"栩缘印信"阴文蓝方印、"栩栩盦长物"阳文朱方印等。此本现藏上海李保民先生处。

在《文选序》天头位置,王同愈分别用三色交代了他的校例:

红笔校例:袁本者,吴郡袁氏翻雕六臣本也;茶陵本者,茶陵陈氏刻增补六臣本也;何云者何义门,陈云者陈少章(景云),两先生校语也。以上皆胡刻考异。王云者,王伯申先生引之。倬按者,陈培之丈倬。璨按者,许丈也。

蓝笔校例:宋本者,同愈所藏绍兴本,单行五臣注也。间有鄙见所及,亦用蓝笔。

黄笔校例:于沈兰台同年处借读旧批本,但论文而无校勘。因其便于读者,过以黄笔。

开宗明义,通过校例,王同愈非常清楚地说明了他校此本所用的多个参校

---

① 吴则虞撰,吴受琚增补,俞震、曾敏整理《续藏书纪事诗》,国家图书馆出版社,2016年,第230页。

本和文选学家的批点品评内容。袁本、茶陵本，何焯、陈景云校语，四种过录于胡克家刻本之《文选考异》；此外，他还利用了王引之（实应为王念孙撰，王引之整理，详下）、陈倬、许赓飏的校勘成果。这几人均是清代研读《文选》的大家，除胡刻本《文选考异》部分吸收之外，何焯数次校勘评点《文选》的成果收录于其《义门读书记》中，并且在其后的很多学者间流传着数种不同版本的"何批"；陈景云所撰《文选举正》，也有抄本传世，后被收入《〈文选〉研究文献辑刊》①印行。王念孙、王引之父子是乾嘉朴学大家，对《文选》有深入研读，成果见于《读书杂志》余编下等书中。陈倬，字培之，吴县（今苏州）人。少熟读《文选》，能背诵。②检《中国古籍善本书目》，南京图书馆有陈倬批校本《文选》一部，又国家图书馆藏有其撰《文选笔记》七卷二册（索书号：111092），民国合众图书馆抄本。许赓飏（1827—1893），即许玉瑑，字起上，号缉庭、鹤巢。刑部侍郎、词人、藏书家，室名"诗契斋"。据《中国古籍善本书目》著录，湖北省图书馆藏有一部清何惟杰跋并录许赓飏批校之《文选》，笔者于2015年曾匆匆翻阅。以上这些，均为王同愈朱笔批校所录。

王氏蓝笔批校，主要所据为其所藏宋椠《五臣注文选》，并间有己见。《栩缘日记》记载了王同愈购入宋刻《文选》的过程：（壬寅1902年，十二月）"十九……书估（锦文阁孙锡康）送书来，求售北宋本五臣注《文选》，叶廿六行，行廿五字，小字三十。索直九百元"，并用较大篇幅记录了样本的行款、印章、序跋等情况。③又，"廿八，孙书贾商售《文选》，内有旧钞配五卷云。余许以二百金，因有钞配减二十金"④。廿九日，"午后孙贾携《文选》来，减二十金，以一百八十金成贸"⑤。经过讨价还价，最终王氏以一百八十金购得的这部《文选》，即是宋刻五臣本《文选》，就是宋绍兴三十一年（1161）建阳崇化书坊陈八郎宅刻本，今藏台北"央图"。检陈八郎本《文选》，除了王氏日记中所记行款印章与之一一吻合，并有王同愈钤印多方及手书跋语二则，云"光绪癸卯（实为壬寅1902年，当为误记）得诸蒋香生家，辛亥之变，百物荡然，独行箧所携宋元椠旧

---

① 宋志英、南江涛选编《〈文选〉研究文献辑刊》，国家图书馆出版社，2013年。
② 曹允源等纂修《民国吴县志》卷六八，民国二十二年（1933）苏州文新公司铅印本。
③ 顾廷龙编《王同愈集》，第414页。
④ 同上书，第418页。
⑤ 同上。

钞本数种不甘同罹劫灰……因商诸李巨庭大令（名凤高，别字拙翁，夏口人），为赵孤之托，茫茫尘劫，事阅八年矣。己未（1919）三月，巨庭于千里外访余沪寓。旧雨重逢，藏书无恙。……己未三月既望栩缘老人挑灯书。"①王氏跋后又有吴湖帆1932年跋："忆十年前栩缘丈曾命余作千里还书图，为夏口李巨庭大令也。壬申五月读此书，识吾墨缘。吴湖帆。"②《王同愈集》有《致吴湖帆书》，写于1932年一·二八之役后，有云："此次脱险，自谓天幸，而行李则只手提箱而已，所有书籍字画一概割爱，仅携《文选》一种，尊件及他人要件则悉数取携，庶他日可以对友好也。……正月初三。"③简洁的文字，记录了宋椠《五臣本文选》传奇的经历，也表达出王同愈对此书的钟爱与重视。正是因为1902年他购得这部书，为1904年长达五个月的校读《文选》奠定了重要的版本参考基础。

王氏黄笔所录，是从其同年沈兰台处借得旧批本之内容。检《栩缘日记》附录之"壬辰春闱"名单，有"沈惟骢兰台"④，沈兰台当即沈惟骢。《清代科举人物家传资料汇编》载："沈维骢，字云麟，号兰台，行一，咸丰乙卯年二月廿五日吉时生。苏州府吴县优廪生。"⑤在沈氏的履历中，有一位肄业师"蒋心香夫子名德馨，正谊书院山长"⑥。《民国吴县志》卷六八有蒋氏小传："蒋德馨，字心芗，道光乙未进士，授工部主事。咸丰间绐吏议去官归里，历主书院讲席，泛览群籍，手不释卷。晚岁主正谊书院最久。与诸生相切磋评判课卷，动数百言。所著有《且园杂体文存》。年八十四卒（《复庵外稿》）。"⑦而今蒋德馨有手批《文选》一部存世，在上海图书馆（索书号：线善821357—66），是否与上文所提"沈兰台所藏旧批本"有直接关联，需要比对二本，作进一步考察。

---

① 台北"央图"藏（南朝梁）萧统撰，（唐）吕向等注《文选》，宋绍兴三十一年（1161）建阳崇化书坊陈八郎宅刻本。又见《王同愈集》，第45页。
② 同上。
③ 《王同愈集》，第98页。
④ 同上书，第448页。
⑤ 来新夏主编《清代科举人物家传资料汇编》第40册，学苑出版社，2006年，第391页。
⑥ 同上书，第399页。
⑦ 曹允源等纂修《民国吴县志》卷六八，民国二十二年（1933）苏州文新公司铅印本。

二　王氏校读《文选》题识

王同愈批校《文选》的题识文字，曾被顾廷龙先生编入《王同愈集》中，但笔者翻检批校本原书，发现有所遗漏，且有些没有标出所在卷次。这些文字非常完整地记载了王氏校读《文选》的全过程，历时五个月，期间不仅详细记录校读细节，还顺带记录了这几个月间的生活日常、重大事件、交游人物和行走路线，基本上可以视作王同愈在这五个月的日记。王集所收《栩缘日记》恰好没有1904年的，细致的题识，足可补上近半年的"日记"缺憾。为了更清晰了解王同愈在此期间的情况，兹不避繁琐，按卷次顺序将题识移录于此，见于《王同愈集》者，标出所其在页码。

《文选序》："甲辰三月十六日，用许鹤巢丈校勘本录校。许以旧校湖北重刻胡本点勘。"又注云："先生名玉瑑，原名赓飏，吴县人。同治甲子举人，内阁中书，署侍读，转刑部郎中。与先人交好，同为邵梦岩先生高足。"（53）

卷一："十七日校讫。"

卷二："十九日校至此。"

卷三："廿一日校至此。是日立夏。"

卷四："廿二日校至此，是日得冰纹砚。"（53）

卷五："廿三先慈诞日，停课。廿五日校至此。"

卷六："廿六日阴雨。"

"廿七日午前校毕。偕内子暨钿侄女登舟赴临安览六桥三竺之胜。"（53）

卷七："三月廿八辰初过湖州，巳刻过菱湖。朝日融融，水光荡漾，野眺之余，摊书作课。过午，阴，微雨即止。未申之交过公成桥，校至此。原名拱宸桥，误听乡音，书作公成，谓万事惟公乃成也。"（54）

"廿九日移寓昭庆寺东院，南浔张氏所营别墅也。主僧开慧。暮散步至东泠亭，夜挑灯补课。是日小建，校财一叶余，倦而思睡，即阁

笔。东院甚宏邕,南向五楹,前后有轩有厢。又东有水榭,与寺隔别。都管僧显琮时来谈。"(54)

"四月朔,泛舟至三潭印月,瞻彭公祠,憩退省庵,至曲院风荷,湖山春社,瞻左、杨二公祠,至唐家祠,归至俞楼。瞻蒋公祠,谒白公、苏公、朱公祠,至诂经精舍。登文澜阁,至平湖秋月乃归。夜补课校至此。"(54)

"二日泛舟游高庄、净慈寺、漪园,所谓花港观鱼、南屏晚钟、雷峰夕照者,皆立碑道旁,予为一驻足焉。归舟遇风雨。是日先瞻张公祠,颇擅台榭之胜。饭于仙乐处,然后荡舟而南。入夜挑灯补课,雷雨大作。"(54)

"初三日放晴,游本寺归,休息一日。补校至此,辍卷而卧。"(54)

卷八:"午后接校。主僧开慧来谭,又束阁。夜补校两叶。"(54)

"初四日至三竺,归至灵隐,徘徊于冷泉亭飞来峰间。寺门外,夹道皆茂林丛树,绿荫蓊荟,爽气挹襟袖间,极幽静之致。日下春,顺道谒岳王坟而归。接校至此。"(54)

"初五日为寺僧开慧、显琮、慧泉书屏联毕,散步至孤山,遍览胜迹。夜补课。"(54)

"初六巳刻校毕,收拾行装。饭后至拱宸桥畔,坐公司船,申正启轮,酉正至塘西,丑初过嘉兴。辰刻抵莳门。初七日记。"(55)

卷九:"初七午后补课。"

卷十:"十二日停课。十三日往哭漱侄女。十四日送漱侄女殓。皆校半日。"

"十五、十六两日停课。十七日校讫。"

卷十一:"十八日。"

卷十二:"十九日。"

卷十三:"四月二十。"

"廿一日,偕叔兄至马鞍山展拜先考妣墓,停课。廿二雨,时作时止。吴愙斋师服阕。未刻归,补课。"(55)

卷十四:"廿五日。"

卷十五:"廿八日。"

卷十六:"三十日偕允之至申江,五月十三日归,停课十四日。"(55,无"十四日"三字)

"五月十四日。"末:"十六日校毕。"

卷十七:"十七、十八、十九酷热,停课。二十日酬应。"

"廿一日座主翁叔平相国于是日薨于里第,春秋七十有五。"(55)

"廿八、廿九停课。"

卷十八:"六月初一日。"

卷十九:"六月初五停课。初八校。"

卷二十:"午后雷雨,续校。"

卷二十一:"初十日午桥中丞端方约翌日过访,辞以疾。"(55)

"廿三日。"

"初九日卧病。至廿三日始下床,病后试课,腕力犹软,捉笔不住,两眼亦微觉昏眊,旋辍业。自十七日甲子雨至今未晴,益觉闷塞。十一日大暑。"(55)

卷二十二:"廿五日朝晴暮雨,陈善余、陈士可来访,病未能见。"(55)

卷二十四:"六月二十七日校毕。是日立秋。"

卷二十五:"六月二十八日。"

卷二十九:"七月初二午前校讫。连日杜门却扫,养疴校书。天气乍晴乍雨,爽气袭人,忘其为三伏炎歊时也。"(55)

卷三十:"七月初二日午后接课。"

卷三十一:"初三日停课。"

卷三十四:"初六日胸膈气阻,病未能校。旧雨钮镜塘(家枢湖州)大令来谭。自己丑同赴礼闱,一别至今,忽忽十六年矣。"(55)

"乞巧日校至此。日既西,微雨。是日贻书端匋斋尚书方。"(55)

卷三十五:"初八日停课,出谒匋斋中丞,申甫同年,仲弢前辈,陈善余、陈士可纵谭一切。钮镜塘及杨范夫模同年,均未遇。"(55)

"七月十九日校讫。"

卷三十六:"七月初十日祀先礼毕,午后校。"

卷三十七:"七月十二日。"

卷三十八:"十三日,处暑。"

卷四十:"十四日校至此。"

卷四十一:"七月望日校讫。"

卷四十二:"七月十七日。"

卷四十五:"十九日"。

卷四十六:"廿一日校讫。"

卷四十七:"七月二十三日校毕。"

卷四十八:"七月二十四日,晨雷雨,天气凉爽,试袷衣。"

卷五十:"廿五日校至此。是日阴凉。"

卷五十二:"二十六日校讫。天气阴寒,复衣不暖。"

卷五十三:"廿七日校至此。"

卷五十四:"七月二十八日校毕。"

卷五十五:"七月三十日,晴。"

"七月二十九日白露,大雨,自朝达莫。是日为先慈大祥之期,于骑龙巷寄叶禅院诵经一天,瞻念慈容,不胜春露秋霜之痛。"(56)

"三十日。"

卷五十六:"八月丁未朔。"

"初二日校至此。"

卷五十七末:"初三校讫。"

卷五十八首:"八月初四日,是日为先大夫卒忌,自同治庚午见弃,迄今已三十五年矣。尔时同愈年十又六,懵无所知。忽忽已届知非之年。庭诰无闻,耄犹不学,思之泫然,无以慰先灵也。"(56)

卷五十九:"初五日买櫂赴虞山,翌日叔平师相开吊也。自吴至虞,水程九十里,实不过七十余里。巳初登舟,出望齐门,十里许至陆墓镇，又数里过蠡口，又二十余里至吴塔。一路北向而行，虞山隐隐在望，与我为招。舟过吴塔，渐向东北行，落日衔山，暮烟笼水。比抵南门已二鼓矣。水阔舟小，中流簸荡，摊书作课，捉管不定。途次仅校《头陀寺碑》一首而止。"（56）

"初六平明雨，移舟进东门，泊学前。雨势稍止，雇肩舆吊奠翁师。晤郎亭师、铜井丈、允之、玉行，亦自昨晚行抵也。午后登舟仍移泊南门，傍允舟，往来叙谭良便，良不寂寞。"（56）

"初七日访丁秉衡谈，旋偕允之赴余幼莱、叶茂如、曾孟朴公宴，借座东殿巷程宅，地主人号康侯，茂如之亲也。铜井及邵伯英同坐，归舟补课。"（56）

"初八日甲寅，丁秉衡学博来舟次，约游山，相与治筇屐，步行进南门，出北门，啜茗小憩。坐笋将，缘山之北麓，曲折而至兴福禅寺，即唐之破山寺。寺前唐幢二。东登救虎阁。阁前有白皮松三株，高插云表，下瞰白龙池，疑即空心潭，西院为曲径寺，寺前为龙门涧。复循山麓向西行，约三数里，上磴道，升山之半，为三峰清凉禅寺，主僧为药盦上人，年八十，道貌霭然，精熟内典，与翁相国交最契。斋阁房栊，尽庋释藏，与之谈，娓娓忘倦，亦彼教中东南一柱。予五十年来所接缁流，求一有学问无习气如药公者，殆不可得。寺极宏大，而无徒众，散僧一人，盖时下俗僧，俱不入师眼也。于寺中遍览诸胜，并登高阁眺远，隔江烟树，历历在目，即通州界。饱餐香积厨而行。磴道盘空，攀藤附葛，至拂水岩。其东稍下，为剑门，下瞰尚湖如镜，平畴如织，渔舟点点如蚊蚋，危崖壁立，极目千里，斯为虞山最胜处。至严家祠小憩，乃缘崖而下。时日已下舂矣。命舟子预于饭时移泊山下相候，偕秉衡登舟荡桨，绕西门而南，还泊原处。夜挑灯补课，校至此，并记。"（56—57）

"初九晨解维，申刻抵家。"（57）

卷六十："甲辰八月十日校毕。自三月十六日开卷，至八月十日记，计五阅月矣。游西湖、游申江、游虞山及病暑，因而辍校者，约四、五旬，实校三阅月耳。同愈识。"（57）

通过阅读以上题识,我们得知,在甲辰(1904)三月十六日到八月十日近五个月时间里,王同愈将校读《文选》作为日课,除了重大事件和生病外,基本不会间断,即便出游,也是书不离身,随时"补课",足见其勘校之勤。据《行状》:"壬寅(1902)三月抵鄂,总办学务处兼两湖大学堂监督。七月丁母忧,癸卯(1903)二月充江宁学务处参议,仍就两湖监督之席,因妻病女亡,乞假归视。旋以衰疾辞鄂事,养疴里门。"①《栩缘日记》卷二壬寅年(1902)七月廿九,"母亲神识渐衰,汤剂不受,延至巳刻,竟弃不孝而去矣"②。母亲七月廿九去世,王同愈回乡丁忧。接下来半年时间,妻子生病,长女去世,可谓祸不单行。王同愈作有《哭长女怀琬》诗:"一病侵寻未浃旬(二月初十余往省女,腑气不降耳,并无他苦),竟穷药石竟归真。百年与婿虚偕老,十日遗雏当化身。在眼仪形疑婉婉,倚憨言笑记频频。伤心怕读兰成赋,无复明珠掌上陈。"③丧母丧女之痛,让王同愈遭受双重打击,自己身体也有些经受不起,因此他辞去两湖监督之职,回乡休养,由此以读书校书为课,为其安心批校《文选》提供了充裕的时间。

三 批校内容初探

前有王氏"校例",很清楚地说明了这部批校本所用的前人成果及参校版本。其朱笔为何焯、陈景云、王念孙、陈倬、许赓飏等人的校勘成果。而蓝笔是据陈八郎本,并间有己见,黄笔则是录自沈兰台藏旧批本。

首先罗列几处例证,梳理一下蓝笔校语的内容。《文选序》"增冰为积水所成"上有:"增冰即层冰,增、层本一字。"按,检宋陈八郎本(下简称宋本),二字也作"增冰",此当为王氏己见。又卷一《东都赋》之《白雉诗》"容洁朗兮于纯精"上有:"宋本作淳精。"按,宋本如是。卷二《西京赋》"心奓体忕"上有:"宋本奓作侈。""是以多识前代之载"上有:"宋本作前世。"按,宋本如是。又

---

① 《王同愈集》,第 577 页。
② 同上书,第 405 页。
③ 同上书,第 113 页。又详李军、王慧翔《百年哭女诗,一卷砖塔铭——记顾翼东旧藏〈王同愈诗书卷〉》,《书法》2014 年第 6 期,第 142—147 页。

卷三题端上有:"宋本题文选卷第二,下又题赋乙,盖犹是昭明三十卷之旧。"卷五题端上有:"宋本题文选卷第三,下题赋丙。"按,宋本如是,王氏据以按断,认为陈八郎本犹存三十卷本之旧,既校出了宋本的不同,也表达了自己的意见。这类蓝笔校语比较单纯,主要是王氏用其所藏宋陈八郎本《五臣注文选》与同治本对校的成果,间有他自己的按断,有一定的参考价值。

其次,分析王氏黄笔所录旧批。卷一《两都赋》序"赋者古诗之流"上有:"原赋所自始。"检于光华《重订文选集评》,此句源于何焯批语。何批为:"推原赋所由来,以其本于三百篇,所以可重。"①又卷二《西京赋》题上有:"《西京赋》与《西都赋》体制略同,然《西都》主炫耀而颇饰以怀旧之思;此则全以心侈体汰为主,极力铺张将去。"检《重订文选集评》,乃俞玚之语。俞批为:"《西都》主于炫耀,而犹寓怀旧之思;此则极陈汰侈以归于讽谏。"②又《西京赋》"徒恨不能以靡丽为国华"上有:"归到侈泰,此篇之主意,乃下篇之客意。"检《重订文选集评》,乃"何曰"。何批为:"此篇之主意,为下篇之客意。宾主之法与《两都》略同。"③此类例子尚多,经比对,大多源于何焯、俞玚二人所批。但通过上述三例也可看出,在传抄过程中,文字也产生了较为明显的异同。如前所述,这些旧批,与沈惟骢之师蒋德馨批校本是否有关联,有待进一步研究。

再次,朱批中,除了何焯等人,王同愈自述引了王引之的批校,当是笔误,比对之下,他所引"王曰",实际上是源自王念孙《读书杂志》余编,乃王引之据父亲未完之稿整理而成。如《离骚》"余虽好修姱",王校删"好"字,眉批云:"王云:臧氏用中也,逸注'绝远之智'释'修'字,'姱好之姿'释'姱'字,不言'好修'。此因下文多言'好修'而衍。又云:虽与唯同。言予唯有此修姱之行,以致为人所系累也。唯,古或借作虽。《大雅》'女虽湛乐从',言女唯湛乐之从也。《庄子·庚桑楚》'唯虫能虫,唯虫能天',《释文》:'一本唯作虽。'是其证。謇,读如《惜诵》'謇不可释'之'謇'。謇,词也,非文'謇謇为患'之謇。按此不必改謇为蹇。"检《读书杂志》余编下《楚辞》"余虽修姱"条④,正与此略

---

① (清)于光华辑《重订文选集评》,国家图书馆出版社,2013年,第155页。
② 同上书,第185页。
③ 同上书,第207页。
④ (清)王念孙撰,徐炜君等校点《读书杂志》,上海古籍出版社,2014年,第2645页。

同。关于这点,黄灵庚先生于《楚辞文献丛考》中引述甚详①,可供参考,此不赘言。

综上,王同愈批校本《文选》为我们提供了一个非常有价值的版本。这个本子的校者王同愈所引述诸家何焯、陈景云、陈倬、王念孙、沈兰台等,都是苏、扬一带之人,庶几可以为有清一代江南地区研读《文选》一书的浓厚风气提供又一直接佐证。而王氏批校过程中的详细记录,无疑也是我们了解古人读书治学方法方式的有效途径。他批校的内容,则除了踵继前贤,利用当时重要成果外,更借助自己藏书,通过比勘,按下断语,是在学习前辈学者的基础上的适当发挥,这一点,值得更为深入地研究,也非常值得我们今天借鉴。

(安徽师范大学文学院,国家图书馆出版社)

---

① 黄灵庚《楚辞文献丛考》,国家图书馆出版社,2017年,第360—362页。

《文选》萧氏家学钩沉

胡耀震

关于《文选》学的起源,学人们时常引用的最早文献是唐刘肃《大唐新语》卷九《著述第十九》:

> 江淮间为《文选》学者,起自江都曹宪。贞观初,扬州长史李袭誉荐之,征为弘文馆学士。宪以年老不起,遣使就拜朝散大夫,赐帛三百匹。宪以仕隋为秘书,学徒数百人,公卿亦多从之学,撰《文选音义》十卷,年百余岁乃卒。其后句容许淹、江夏李善、公孙罗相继以《文选》教授。开元中,中书令萧嵩以《文选》是先代旧业,欲注释之。奏请左补阙王智明、金吾卫佐李玄成、进士陈居等注《文选》。先是,东宫卫佐冯光震入院校《文选》,兼复注释,解"蹲鸱"云:"今之芋子,即是着毛萝卜。"院中学士向挺之、萧嵩抚掌大笑。智明等学术非深,素无修撰之艺,其后或迁,功竟不就。①

仔细分析,这里记载江淮间为《文选》学者起自江都曹宪。并没有讲其他地方为《文选》学者也起自江都曹宪,也没讲《文选》学的名称自曹宪开始产生。事实上,这段文字还记载了有不同于江淮间为《文选》学者的学术流派,有萧氏先代旧业即梁宗室兰陵萧氏家学、东宫卫佐冯光震等学派。就现有文献看,研究《文选》,萧氏家学在江淮学派之前。《文选》萧氏家学成就主要体现在萧统萧

---

① (唐)刘肃《大唐新语》卷九《著述第十九》,中华书局,1984年,第133—134页。

纲兄弟、萧统直系子孙、非直系子孙三组萧氏群体,涉及评论、创作、注释等方面。

一 萧统、萧纲对《文选》的评论

最早对《文选》三十卷研究的应该是它的编纂者昭明太子萧统本人,他的《文选序》既是《文选》的一部分,也是对《文选》的说明和研究,萧统生前曾自誉《文选》"毕乎天地,悬诸日月"①。

萧纲《昭明太子集序》化用《文选序》;作《与湘东王书》,论古之才人、近世诗笔略同于《文选》。② 萧纲的这些文字体现了他对《文选》的思考。

二 萧统直系子孙与《文选》相关的创作

萧统直系子孙与《文选》相关的成就几乎都在创作上,文献记载稍微丰富些。萧统的第三个儿子萧詧,在西魏平梁荆州江陵后,被立为梁主。《周书》卷四八《萧詧传》载:

> 詧乃称皇帝于其国,年号大定。追尊其父统为昭明皇帝,庙号高宗,统妃蔡氏为昭德皇后。又尊其所生母龚氏为皇太后,立妻王氏为皇后,子岿为皇太子。其庆赏刑威,官方制度,并同王者。唯上疏则称臣,奉朝廷正朔。至于爵命其下,亦依梁氏之旧。其戎章勋级,则又兼用柱国等官。又追赠叔父邵陵王纶太宰,谥曰壮武。赠兄河东王誉丞相,谥曰武桓。太祖乃置江陵防主,统兵居于西城,名曰助防。外示助詧备御,内实兼防詧也。

又记载:詧耻为傀儡,"既而阖城长幼,被虏入关,又失襄阳之地。詧乃追悔……又见邑居残毁,干戈日用,耻其威略不振,常怀忧愤。乃著《愍时赋》以

---

① 《文镜秘府论·南卷·集论》,见[日]弘法大师原撰,王利器校注《文镜秘府论校注》,中国社会科学出版社,1983年,第354页。
② 萧纲《昭明太子集序》、萧统《文选序》、《梁书》卷四九《庾肩吾传》及卷三《武帝纪下》。

见意"。萧詧个人有文才,而且推高了萧统的影响力。

萧詧殂,太子岿嗣位,岿机辩有文学。隋文帝开皇五年、后梁明帝萧岿天保二十四年乙巳(585)五月,梁主萧岿殂。所著文集及《孝经》《周易义记》及《大小乘幽微》,并行于世。隋文帝命萧岿太子萧琮嗣位,琮博学有文义。①

梁明帝萧岿女萧妃与杨广。陈宣帝太建十四年、隋文帝开皇二年壬寅(582)梁明帝萧岿女为晋王杨广妃。女性婉顺,好学解属文,甚受宠敬。隋炀帝杨广大业元年乙丑(605)立萧妃为后。后见帝失德,作《述志赋》。②《述志赋》的思想和萧统《与何胤书》《陶渊明集序》有相同之处。该赋较少华丽辞采,风格与萧詧《愍时赋》也相类。

隋文帝开皇二年壬寅萧统曾孙、晋王杨广妃之弟萧瑀入长安,作《非辩命论》,驳《文选》中的刘孝标《辩命论》,学士柳顾言、诸葛颖称之。③ 重点在重文章的词采,重文章的制作。

三 萧统非直系子孙的相关成就及萧该《文选》音义

萧统非直系子孙、漂泊到北齐的梁宗室萧放、萧悫曾在北齐后主武平三年(572),与颜之推、阳休之等撰成《修文殿御览》。④ 这部类书,与《文选》按类收文,也有相似之处。不过,萧统非直系子孙中的萧该,才是《文选》萧氏家学成就最高的。

《隋书》卷七五《儒林传》:"兰陵萧该者,梁鄱阳王恢之孙也。"萧该是隋代杰出学者,他不但是《汉书》学宗匠,又通经学、音韵,撰有现在所知最早的《文选》研究著作——《文选音》。梁元帝萧绎承圣三年、西魏恭帝拓跋廓元年(554),西魏平梁荆州江陵,立萧詧为梁主。萧该与何妥、王褒、萧永等至长安。萧该性笃学,《诗》《书》《春秋》《礼记》并通大义,尤精《汉书》,甚为贵游所礼。⑤ 萧该赐爵山阴县公,拜国子博士。萧该与刘臻、颜之推、卢思道、李若、辛

---

① 《隋书·高祖纪上》《周书·萧詧传》。
② 《周书·萧詧传》、《隋书》卷三六《后妃传》。
③ 《旧唐书》卷六三《萧瑀传》。
④ 《北齐书》卷八《后主纪》、卷四五《文苑传》。
⑤ 《隋书·儒林传》。

德源、薛道衡、魏彦渊同诣陆法言宿,论音韵。后奉诏书与何妥正定经史。该后撰《汉书》及《文选》音义,咸为当时所贵。

《隋书》卷三三《经籍志二》:"《汉书音义》十二卷,国子博士萧该撰。……《范汉音》三卷,萧该撰。……梁时,明《汉书》有刘显、韦棱,陈时有姚察,隋代有包恺、萧该,并为名家。"清臧庸辑有《汉书音义》三卷《叙录》一卷,见《拜经堂丛书》,又有《汉书音义》三卷《补遗》一卷,见《木樨轩丛书》;清王仁俊辑有《汉书音义》一卷,见《玉函山房辑佚书续编》之《史编正史类》。

《隋书》卷三五《经籍志四》:"《文选音》三卷,萧该撰。"《经籍志》集部总集类:"《文选音》二卷,萧该撰。"《旧唐书》卷四七《经籍志下》:"《文选音》十卷,萧该撰。"《新唐书》卷六〇《艺文志四》:"萧该《文选音》十卷。"萧该《文选音》,或作《文选音义》,是现知最早的《文选》注,书今不传,佚文见尤刻本《文选》之《思玄赋》注及《唐钞文选集注汇存》①之卷九《吴都赋》、卷六三《离骚》、卷六六《招隐士》、卷九三《圣主得贤臣颂》中②。

今天分析,萧该《文选》音义有三项特点:1. 精于音韵。南朝人以有韵者为文。南齐四声八病说兴起后,文人们更看重音韵。萧该《文选》音义详注其中难读之音,显出其中诗文的音韵之美,便于文章的阅读、欣赏和学习写作的读者。

萧该本人是精通音韵的。隋文帝杨坚开皇初年萧该赐爵山阴县公,拜国子博士。萧该曾与刘臻、颜之推、卢思道、李若、辛德源、薛道衡、魏彦渊同诣陆法言宿,论音韵。北京故宫博物院影印唐写本王仁昫刊谬补缺《切韵》,载陆法言序:

> 昔开皇初,有刘仪同臻、颜外史之推、卢武阳思道、李常侍若、萧国子该、辛谘议德源、薛吏部道衡、魏著作彦渊等八人,同诣法言宿,夜永酒阑,论及音韵,古今声调,既自有别,诸家取舍,亦复不同。吴、楚则时伤轻浅,燕、赵则多涉重浊,秦、陇则去声为入,梁、益则平声似去。又支脂鱼虞,共为不韵。先仙尤侯,俱论是切。欲广文路,自可

---

① 佚名《唐钞文选集注汇存》,上海古籍出版社,2000 年。
② 屈守元《名著名家导读·文选》,巴蜀书社,1996 年,第 46—47 页。

清浊皆通；若赏知音，即须轻重有异。吕静《韵集》，夏侯该（巴黎国民图书馆藏敦煌写本伯希和号贰壹贰玖及伦敦博物院藏敦煌写本斯坦因号贰仟伍佰伍之切韵残卷并作"咏"。）《韵略》，阳休之《韵略》，李季节《音谱》，杜台卿《韵略》等，各有乖互。江东取韵，与河北复殊。因论南北是非，古今通塞，欲更捃选精切，除削疏缓，颜外史、萧国子多所决定。魏著作谓法言曰：向来论难，疑处悉尽。何为不随口记之。我辈数人，定则定矣。法言即烛下握笔，略记纲纪。

对音韵学名著《切韵》，萧该是有贡献的。

2. 注出事义。萧统《文选序》以"事出于沉思，义归乎翰藻"为文。事义即用事达义，是南朝、隋代人所认为的文的重要特征。《隋书·儒林传》："兰陵萧该者，……梁荆州陷，与何妥同至长安。性笃学，《诗》、《书》、《春秋》、《礼记》并通大义，尤精《汉书》，甚为贵游所礼。"萧该的注释，注出典故所出，也是便于文章的阅读、欣赏和学习写作的。

3. 与《汉书》学紧密相关。《文选》中的不少诗文赋见于《汉书》。《汉书》是六朝时可用于政治参考的史书，《文选》中的许多诗文也是用于朝廷的文字。萧该的父辈鄱阳嗣王范、《文选》的编选者昭明太子萧统都和《汉书》有密切关系。鄱阳王恢是武帝父萧顺之的第九子，其子鄱阳嗣王范得班固所撰《汉书》真本献东宫昭明太子萧统。《南史》卷五〇《刘之遴传》："时鄱阳嗣王范得班固所撰《汉书》真本献东宫，皇太子（昭明太子萧统）令之遴与张缵、到溉、陆襄等参校异同，之遴录其异状数十事，其大略云：'案古本《汉书》称永平十六年五月二十一日己酉，郎班固上，而今本无上书年月日子。又案古本《叙传》号为中篇，今本称为《叙传》，又今本《叙传》载班彪事行，而古本云"彪自有传"。又今本《纪》及《表》《志》《列传》不相合为次，而古本相合为次，总成三十八卷。又今本《外戚》在《西域》后，古本《外戚》次《帝纪》下。又今本《高五子》、《文三王》、《景十三王》、《孝武六子》、《宣元六王》杂在诸传帙中，古本《诸王》悉次《外戚》下，在《陈项传》上。又今本《韩彭英卢吴述》云："信惟饿隶，布实黥徒，越亦狗盗，芮尹江湖。云起龙骧，化为侯王。"古本述云："淮阴毅毅，仗剑周章，邦之杰子，实惟彭、英。化为侯王，云起龙骧。"又古本第三十七卷解音释义，以助雅诂；而今本无此卷也。'"萧该是梁鄱阳王恢之孙，萧该成为《汉书》

学宗匠,也有家学因素。昭明太子萧统编《文选》理应也曾参用此班固所撰《汉书》真本。今本《文选》与今本《汉书》中同有的文章文字有差异,或与此相关。

《文选》萧氏家学有评论、辞章创作、类书、音义等方面。它对当时和后代的选学发展有重要影响。曹宪、李善的注释都吸取了萧该《文选》音义的三项特点,而又有新的发展。唐代的王杨卢骆、李白、杜甫等许多文人都是辞章创作上的《文选》派。《文选》萧氏家学在盛唐和中唐还有余脉。唐刘肃《大唐新语》卷九《著述第十九》:"开元中,中书令萧嵩以《文选》是先代旧业,欲注释之。奏请左补阙王智明、金吾卫佐李玄成、进士陈居等注《文选》。……智明等学术非深,素无修撰之艺,其后或迁,功竟不就。"萧颖士为梁鄱阳王萧恢七世孙,也有辞章创作成就。李善的后裔与萧氏也有亲故。①

(江西师范大学文学院)

---

① 唐赵璘《因话录》卷三《商部下》:"梁高祖武皇帝,父讳顺之,《齐书》有传。武帝受禅,武尊文帝。文帝第三子恢,封鄱阳王,薨谥忠烈。恢生宜丰侯循。循生唐太子太保造。造生武威大将军凤。凤生雅州都督善义。善义生左卫录事参军元恭。元恭生密县主簿旻。旻生杨府功曹讳颖士,字茂挺,门人谥曰文元先生。先生一子存,字伯诚,为金部员外郎,谅直有功曹之风。……韩文公少时,常受萧金部知赏。……后余见今丞相崔公铉,说正同。崔公外祖母柳夫人,亦余族姨,即李北海之外孙也。柳夫人聪明强记,且得于其外族,可为实录。"

王念孙《读文选杂志》志疑

金少华

王念孙《读文选杂志》一百一十五条①,由其子王引之据遗稿编定,其中杂有王引之的考订札记。王氏父子精究经、史、子三部,而集部文献较少措意,故《读文选杂志》虽胜义迭出,精彩纷呈,但也不乏值得商榷的条目。今选取七条详加考辨,以求教于方家。

一 锡用此土而翦诸鹑首

张衡《西京赋》:"昔者大帝说秦缪公而觐之,飨以钧天广乐,帝有醉焉,乃为金策,锡用此土,而翦诸鹑首。"薛综注(李善注本《西京赋》采用三国东吴薛综旧注):"大帝,天也。翦,尽也。"李善注:"《汉书》曰:'自井至柳谓之鹑首之次,秦之分也。'尽取鹑首之分,为秦之境也。"王引之曰:

> 薛训"翦"为"尽","尽诸鹑首"殊为不词。李云"尽取鹑首之分",亦与"翦诸"之文不合。今案:"翦"读为"践"。(《文王世子》"不翦其类也",《周官·甸师》注引"翦"作"践"。《玉藻》"凡有血气之类,弗身践也",注:"践当为翦。")践,居也,谓居之于鹑首之虚也。

---

① 《读文选杂志》载王念孙《读书杂志》余编下卷,本文所据为江苏古籍出版社1985年影印王氏家刻本。

《方言》曰:"慰、廛、度,居也。东齐海岱之间或曰䠆。"赵注《孟子·尽心篇》曰:"䠆,履居之也。"《晏子·问篇》曰:"后世孰䠆有齐国者。"皆其证也。

按《左传》宣公十二年:"楚子围郑,克之。郑伯肉袒牵羊以逆,曰:'敢不唯命是听?其俘诸江南,以实海滨,亦唯命;其翦以赐诸侯,使臣妾之,亦唯命。'"①其"翦"字用法与张衡《西京赋》"而翦诸鹑首"基本相同。上引《左传》杜预注云:"翦,削也。"洪亮吉诂云:"《诗》郑笺:'翦,割截。'"②削、割截引申而有"尽"义,《左传》成公二年"余姑翦灭此而朝食"、襄公八年"翦焉倾覆"杜预注皆云"翦,尽也"③,是其证。两条杜预注与《西京赋》薛综注完全一致,故洪亮吉以为杜注即本诸薛注④。

"尽诸鹑首"诚然不词,不过薛综释"翦"为"尽也",并不违背张衡《西京赋》本意;李善注"尽取"云云也不无增字为训之嫌,但施诸古书注释,似无可厚非。王引之以训诂条例苛责之,不免求之过深,反而误入歧途。

二 意亦有虑乎神祇宜其可定以为天邑

张衡《西京赋》:"及帝图时,意亦有虑乎神祇,宜其可定以为天邑。"薛综注:"言高帝图此居之时,意亦以虑于天地阴阳,而思可宜定以为天邑。"王念孙曰:

"意亦"犹"抑亦"也,"抑"与"意"古字通。"宜"读曰"仪",仪,

---

① 阮元校刻《十三经注疏》,中华书局,1980年,第1878页。按此系节引。
② 洪亮吉《春秋左传诂》,中华书局,1987年,第413页。按《毛诗》郑笺无"翦,割截"之文,实为《礼记·文王世子》"不翦其类也"郑玄注,洪氏似误读《经籍籑诂》(中华书局,1982年,第1162页)。
③ 阮元校刻《十三经注疏》,第1894、1940页。
④ 洪亮吉《春秋左传诂》,第438、508页。按洪又云:"《方言》《广雅》:'翦,尽也。'煎、翦声近义同。"(此据嘉庆十八年刻本,即中华书局标点本之底本)其中"煎"字《清经解续编》本(即授经堂本,光绪四年据嘉庆本重刊)作"尽",郭鹏飞《洪亮吉〈左传诂〉斠正》据后者谓洪氏所引《方言》与《广雅》"翦,尽也"与二书原文"煎,尽也"不相符合,而"尽""翦"二字韵部相去较远,不可谓之"声近"(香港商务印书馆,1996年,第122页)。实则由嘉庆本可知洪氏引文"翦"为"煎"之笔误,"煎、翦声近义同"谓《方言》《广雅》"煎"与《左传》经文"翦"声近义同;授经堂本因上下文无"煎"字,乃臆改"煎"为"尽",遂招致郭氏"斠正"。

度也,度其可安定之地以为天邑也。《说文》曰:"仪,度也。"《周语》曰:"仪之于民而度之于群生。"又曰:"不度民神之义,不仪生物之则。""仪"与"宜"古字通。薛云"思可宜定以为天邑",失之。

按《西京赋》"意"为语词,王念孙谓"意亦"犹"抑亦",极是。但王氏又云"宜读曰仪,仪,度也",则不可遵从。

"宜"或"义"破读为"仪"而训"度也",王氏父子再三言之,参见王念孙《读管子杂志》卷六"莫人言至也不宜言应也"及王引之《经义述闻》卷一八"妇义事也"、卷二一"比义"等诸条。①

不过《西京赋》"宜其"是固定结构,"宜"谓得其所,如《左传》桓公十五年载郑厉公之言云"谋及妇人,宜其死也",又《周易·讼卦·九二》爻辞"不克讼"王弼注云"以刚处讼,不能下物,自下讼上,宜其不克",②皆是其例。张衡《东京赋》云"苟有胸而无心,不能节之以礼,宜其陋今而荣古矣","宜其"用法亦无不同。《东京赋》与《西京赋》本属同篇,可见《西京赋》"宜"并不训"度",王念孙之说非也。

考《西京赋》云:

> 自我高祖之始入也,五纬相汁,以旅于东井。娄敬委辂,干非其议。天启其心,人慕之谋。及帝图时,意亦有虑乎神祇,宜其可定以为天邑。岂伊不虔思于天衢?岂伊不怀归于枌榆?天命不滔,畴敢以渝!

当汉高祖刘邦"始入"关中之时,"五星聚于东井"(《西京赋》李善注引《汉书》),是为刘邦膺受"天命"之符瑞,"天启其心"使定都于此地。然则长安最终被确定为汉朝"天邑",是刘邦"有虑乎神祇"的结果,正得其宜也。至于"天衢"洛阳与"枌榆"故乡,诚然难以割舍,但"天命"终不可渝变。此赋上下诸句一气直贯,薛综注"思可宜定以为天邑"固非确解,而王念孙"度其可安定之地以为天邑"云云其实未出薛注窠臼,难分轩轾。

---

① 王念孙《读书杂志》,第467页;王引之《经义述闻》,江苏古籍出版社,2000年,第443、511页。
② 阮元校刻《十三经注疏》,第1758、24页。

三　乱北渚兮揭南涯

张衡《南都赋》："尔乃抚轻舟兮浮清池，乱北渚兮揭南涯。"李善注："《尔雅》曰：'水正绝流曰乱。'《说文》曰：'揭，高举也。'"五臣吕向注："揭犹指也。"王念孙曰：

> 李解"揭"为"高举"，与"南涯"二字义不相属；吕解"揭"为"指"，古无此训：皆非也。今案："揭"读为"愒"（《广韵》"愒""揭"并去例切，声相同，故字相通），愒，息也。言自北渚绝流而渡，息乎南涯也。《小雅·菀柳篇》"不尚愒焉"，毛传曰："愒，息也。"《召南·甘棠篇》作"憩"。字又作"偈"，《甘泉赋》"度三峦兮偈棠黎"（韦昭注："偈，息也。"），句法正与此同。

按李善所引《尔雅》出《释水》，郭璞注云："直横渡也。《书》曰：'乱于河。'"①张衡《南都赋》"乱北渚兮揭南涯"之"乱"谓渡水，与上句"抚轻舟兮浮清池"语意相属；而"乱""揭"对文，"揭"似不当训"息"。

蒋礼鸿先生《读〈文选〉笔记》云："'乱'与'揭'皆言涉水，而注引《说文》释'揭'为高举，误矣。《诗·邶风·匏有苦叶》：'深则厉，浅则揭。'毛传曰：'以衣涉水为厉，谓由带以上也。揭，褰衣也。''揭'之义如此，宜引毛传以解此赋。"②其说极是。《匏有苦叶》"浅则揭"谓褰衣涉水，毛传训"揭"为"褰衣也"，似与《南都赋》李善注所引《说文》"揭，高举也"无甚区别，实则毛传承上而含"涉水"之义③，而李善注稍欠分明。

又司马相如《上林赋》"涉冰揭河"之"揭"也与《南都赋》"揭南涯"用法相同。《上林赋》收载于《史记》《汉书》司马相如本传及萧统《文选》，《文选》李善注引司马彪曰"揭，举衣也"，《史记集解》引郭璞说"揭，褰衣"④，此皆本诸

---

① 阮元校刻《十三经注疏》，第 2619 页。
② 蒋礼鸿《语言文字学论丛》，《蒋礼鸿集（第三卷）》，浙江教育出版社，2001 年，第 436 页。
③ 陆德明《经典释文》出《匏有苦叶》经文"则揭"二字，注云"苦例反，褰衣渡水也"（上海古籍出版社，2013 年，第 224—225 页），可以参看。
④ 《史记（修订本）》卷一一七《司马相如列传》，中华书局，2013 年，第 3644 页。

《匏有苦叶》毛传;《汉书》颜师古注云:"揭,褰衣也。《诗·邶风·匏有苦叶》之篇曰:'深则厉,浅则揭。'揭音丘例反。"①与蒋礼鸿先生皆能明确揭示"揭"字出典,尤见高明。

对文同义,对王氏父子而言本属常识;今乃破读《南都赋》"揭"为"愒",亦求之过深之失也。

四 䟔踶而算

左思《吴都赋》:"䟔踶而算,顾亦曲士之所叹也;旁魄而论都,抑非大人之壮观也。"刘逵注(李善注本《吴都赋》采用西晋刘逵旧注):"言算量蜀地,亦是曲僻之士。旁魄,取宽大之意。王孙谓宽大之意论西都也。"王念孙曰:

"䟔踶而算"下当有"地"字,"䟔踶而算地""旁魄而论都"相对为文。刘逵注云"言算量蜀地,亦是曲僻之士",则"算"下原有"地"字明矣。

按胡克家《文选考异》云:"何(焯)校称潘稼堂末云'都'字衍,涉下'论都'而误(引者按:《吴都赋》下文有"若率土而论都,则非列国之所觖望也"句)。今案:所说是也,'旁魄而论'与上'握踶②而算'偶句,各四字,不当偏赘一字。"胡绍煐《文选笺证》在引用胡氏《文选考异》、王氏《读书杂志》二家之说后案语云:"'算蜀地'与'论西都'皆注中申明正文,故特添设'地'字、'都'字耳。王氏谓脱一'地'字,盖因与下句不相对故云。实则正文'都'字涉注误加,《考异》以为衍文,说较直截。"③

二胡氏之说皆是也,日本藏古抄本《文选集注》所载左思《吴都赋》无"地""都"二字,是其切证。另外,刘逵注"言算量蜀地"云云并不见于《集注》,而王念孙据以校补"地"字,也不足为据。

又五臣注本《吴都赋》作"旁魄而论都邑",此盖涉吕向注"言若混同而论

---

① 《汉书》卷五七《司马相如传》,中华书局,1962年,第2557页。
② 胡克家《文选考异》以为李善注本《吴都赋》当作"握踶"、五臣注本作"䟔踶"。
③ 胡绍煐《文选笺证》,黄山书社,2007年,第149页。

都邑"误衍,与上句"龌龊而算"参差不偶。

五　杂插幽屏

左思《吴都赋》:"其琛賂则琨瑶之阜,铜锴之垠。火齐之宝,骇鸡之珍。赪丹明玑,金华银朴。紫贝流黄,缥碧素玉。隐赈崴襄,杂插幽屏,精曜潜颎①,䃴陊山谷。碕岸为之不枯,林木为之润黩。隋侯于是鄙其夜光,宋王于是陋其结绿。"李善注:"幽屏,谓生处也。"五臣李周翰注:"杂插幽屏,谓杂生隐僻之处。屏,僻也。"王念孙曰:

>"幽屏"当为"幽屋",字之误也。幽屋谓山也。言众宝隐赈崴襄,杂插于山中也。幽屋犹言幽室,谢灵运《登永嘉绿嶂山》诗云"怀迟上幽室"是也。"屋"与"朴""玉""谷""黩""绿"为韵;若作"屏",则失其韵矣。

按王念孙以为"幽屋"谓山,并无确据,故不得不牵合"幽室"为证。虽然"失其韵"之说颇足以震慑人心,终嫌纡曲。

《文选集注》所载《音决》云:"属,之欲反;或作屏,必静反,非。"《音决》同样根据上下文协韵判定《吴都赋》"屏"为讹字,与王念孙之说如出一辙。不过"幽属"之义未详,所改也殊难惬人意。

胡绍煐尝驳斥王念孙之说,《文选笺证》云:

>王氏改"屏"为"屋",于韵得矣,而于义恐非。山为幽屋,书亦少见。今按张衡《温泉赋》"处幽屏以闲清"、曹植表"臣得去幽屏之城",并有"幽屏"字。"屏"(李)善音必并反,与"颎"韵协。"缥缃素玉"句与下"䃴陊山谷"为韵,"屏"与"颎"又自为韵,赋中多有此体。屏者,隐也,言杂插幽隐也。②

胡氏之说足见高明,今略加敷衍,述之于次。

---

① "颎"字传世李善注本作"颖",王念孙《读文选杂志》以为当从五臣注本作"颎"。检日本藏古抄本《文选集注》据李注本正作"颎",兹据改。

② 胡绍煐《文选笺证》,第162页。

"幽屏"指隐避之处，并非生僻词，除胡绍煐所揭张衡赋、曹植表之外，曹植《出妇赋》亦云"退幽屏于下庭"①；见于后世者如道宣《续高僧传》卷一三《唐同州大兴国寺释法祥传》"立身凝肃，不居幽屏，常处大房，开通前后"②、韩愈《秋怀诗十一首》其五"庶几遗遗悔尤，即此是幽屏"③等，其例甚夥。至于上揭《文选》李周翰注"屏，僻也"及胡绍煐说"屏者，隐也"，则可与《文选集注》所载《文选钞》云"幽，深也；屏，蔽隐处也"相互参看，所释"幽屏"之义皆是也。

从句法结构来看，《吴都赋》"其琛赂则琨瑶之阜"以下至"缥碧素玉"为主语，"隐赈"以下四句则为谓语："隐赈崴襶"总言琛赂之多（《文选集注》载李善注："隐赈，盛多也。"李周翰注："崴襶，排积貌。"），"杂插幽屏，精曜潜颎，碆陊山谷"三句平列，盛言琛赂随处皆有。（《集注》载李善注："杂插幽屏，谓相杂生于幽屏之处也。精曜潜颎，谓精色眩曜潜深而有光颎也。"《钞》："碆陊山谷，谓山石崩缺之处皆见其光彩也。"）然则"屏"与"颎"自为韵，即周祖谟先生《两汉韵部略说》所谓"前后相协，中有间韵例"④，不仅"赋中多有此体"，而且在句义表达上也不无必要（刻意强调谓语）。

传世刻本《文选》所载李善注已被后人妄加修改，如上引"幽屏，谓生处也"，不知所云。王念孙似未能检得"幽屏"一词的其他例证，辗转求解，遂致失误。

六　与夫唱和之隆响有殷坻颓于前

左思《吴都赋》："登东歌⑤，操南音。胤《阳阳》，咏《韎》《任》。荆艳楚舞，吴愉越吟。翕习容裔，靡靡愔愔。若此者，与夫唱和之隆响，动钟鼓之铿耾，有殷坻颓于前，曲度难胜。皆与谣俗汁协，律吕相应。"王念孙曰：

---

① 赵幼文《曹植集校注》，人民文学出版社，1984年，第35页。
② 道宣《续高僧传》，中华书局，2014年，第435页。
③ 钱仲联《韩昌黎诗系年集释》，上海古籍出版社，1984年，第549页。按韩愈《东都遇春》诗云"怀归苦不果，即事取幽进"（同上书，第723页），"幽进"亦即"幽屏"。
④ 载周祖谟《问学集》，中华书局，1966年，第27页。
⑤ "登东歌"之"登"字当据俄藏敦煌Дх.01502《吴都赋》写卷作"发（發）"，"登"形近而讹，参见拙著《敦煌吐鲁番本〈文选〉辑校》，浙江大学出版社，2017年，第51页。

"与夫唱和之隆响"二句,句法参差而文义不协,"与夫"二字乃一"举"字之误。举亦动也,"举唱和之隆响""动钟鼓之铿耾"句法正相对。"有殷坻颓于前","于前"二字后人所加也。"有殷坻颓"言其声殷然若坻颓也,句法与《诗》"有弥济盈,有鷕雉鸣"相似;若云"有殷坻颓于前",则不成句法。且"有殷坻颓""曲度难胜"皆以四字为句,若上句多二字,则句法参差矣。后人以李周翰注云"其声若山颓于前",故加"于前"二字,不知李注自加"于前"二字以申明其义,非正文所有也。不审文义而据注妄增,其失甚矣。

按《吴都赋》"若此者"之"此",即指上文"东歌""南音"等遐方异乐。音乐为主语而言"举唱和之隆响,动钟鼓之铿耾",殊为不词。王念孙谓"与夫"二字乃一"举"字之误,殆因经传屡言"举乐",如《礼记·杂记下》:"父有服,宫中子不与于乐。母有服,声闻焉,不举乐。妻有服,不举乐于其侧。"又《毛诗·豳风·东山》"我东曰归,我心西悲"毛传:"公族有辟,公亲素服,不举乐,为之变,如其伦之丧。"①皆是其例。或单言"举",如《周礼·秋官·大行人》:"食礼九举。"郑司农注:"举,举乐也。"②然未闻有云"举唱和"或"举钟鼓"者。王氏之说虽辩,难称定谳。

俄藏敦煌写卷 Дх.01502《吴都赋》作"若此者,与夫唱和之隆响,钟磬之铿耾,有殷坻颓于前,曲度难胜",无"钟鼓(磬)"前"动"字,当是左思原文③。"若此者,与夫唱和之隆响,钟磬之铿耾"为主语,"有殷坻颓于前,曲度难胜"为谓语,赋意谓遐方异乐与铿耾隆响之钟磬唱和相互配映,其声殷然若山之颓于前,"曲度变转不可胜记"(五臣李周翰注)。此赋所谓"唱和"盖即《汉书·律历志》"律吕唱和,以育生成化,歌奏用焉"④之"唱和",指音律相和,与"钟

---

① 阮元校刻《十三经注疏》,第 1566、396 页。
② 阮元校刻《十三经注疏》,第 891 页。
③ "磬"字六臣注本《文选》同,无校语出李善、五臣二本异同,是所见《文选》诸本皆作"磬";传世李善单注本作"鼓"者盖出后人校改。又"坻"字传世刻本《文选》皆作"坻"。《说文·氏部》:"氏,巴蜀山名(名山)岸胁之[堆]旁著欲落堕者曰氏,氏崩,声闻数百里。杨雄赋:响若氏隤。"(许慎撰,徐铉校定《说文解字》,中华书局,1963 年,第 265 页)Дх.01502 写卷"坻"即"氏"之增旁分化字。传本《文选》赋文"坻"下夹注"丁礼",实据"氏"声施注,而"氏"声、"氏"声古音并不同部,是已失《吴都赋》原貌,当据敦煌写本校正。
④ 《汉书》卷二一《律历志》,第 965 页。

磬"对文同义;下文"律吕"又照应钟磬唱和,"谣俗"则照应遐方异乐,故复云曲度与彼等"汁协""相应",不失法度礼节也。

而王念孙不知《吴都赋》"动"字实系衍文,以为此句主语仅"若此者"三字,乃更谓"有殷坻颓于前"之"于前"二字为衍文,恐怕正与左思刻意变化句法以强调谓语之本意相违背,固不可遽从也。上文"杂插幽屏"条其谓语"隐赈崴巍,杂插幽屏,精曜潜颖,硌峨山谷"亦"屏""颖"自为韵以示变化,与此异曲同工,均有文义表达上的必要性,为大赋常用技法。

黄侃《文选平点》也认为刻本《吴都赋》"若此者"至"曲度难胜"一段赋文"有误",不过黄氏但云"有殷坻颓于前"之"于前"二字为衍文①,与王念孙之说相同,而于王氏之改"与夫"为"举"似未能信从。

七 乃湮洪塞源

司马相如《难蜀父老》:"昔者洪水沸出,泛滥衍溢,民人升降移徙,崎岖而不安。夏后氏戚之,乃堙洪塞源,决江疏河,洒沉澹灾。"王念孙曰:

"乃湮洪塞源","塞"字后人所加。"湮洪源"者,湮,塞也,谓塞洪水之源也。若改为"湮洪塞源",则不特"塞"与"湮"词意相复,且"湮洪"二字文不成义矣(后人改为"湮洪塞源"者,欲其句法与下句相对,而不知其义之不可通也。《文选》中往往有此。)。《史记》《汉书》司马相如传俱无"塞"字(《史记》作"乃堙鸿水",《汉书》作"乃堙洪原")。

按《说文·水部》:"洪,洚水也。"段玉裁注云:"《尧典》《咎繇谟》皆言'洪水'。《释诂》曰'洪,大也',引伸之义也。《孟子》以洪释洚,许以洚释洪,是曰转注。"②段氏谓《尧典》等皆言"洪水",盖因古籍单言"洪"而义为"洚水"者至为罕见。不过王念孙既云"湮洪源"乃"塞洪水之源"之意,则并非不知"洪"即

---

① 黄侃《文选评点(重辑本)》,中华书局,2006 年,第 62—63 页。
② 段玉裁《说文解字注》,上海古籍出版社,1981 年,第 546 页。按《孟子·滕文公下》:"《书》曰:'洚水警余。'洚水者,洪水也。"(阮元校刻《十三经注疏》,第 2714 页)即段氏所云"《孟子》以洪释洚"。

指洪水；而又以为《难蜀父老》若作"湮洪塞源"则"湮洪"二字文不成义，殊令人费解。

王念孙释"洪源"为洪水之源，属偏正结构；若《文选》之"湮洪塞源"，则"源"指水本①，"洪"指洚水，一源一流，二字平列，与下句"决江疏河"句法一致。另外，古籍皆言"湮洪水"，如《尚书·洪范》载箕子之言云"我闻在昔，鲧陻洪水，汩陈其五行"②，《山海经·大荒北经》云"共工之臣名曰相繇，其所歍所尼，即为源泽。禹湮洪水，杀相繇"③，《庄子·天下》载墨子称道禹之功绩云"昔禹之湮洪水，决江河而通四夷九州也，名山(川)三百，支川三千，小者无数"④，皆其例；而未闻有云"湮洪水之源"者。王念孙据《史记》《汉书》谓《文选》所载《难蜀父老》衍"塞"字，似欠斟酌："堙洪塞源"纵然非司马相如原文，但绝非"其义之不可通也"。

《文选集注》所载《难蜀父老》据李善注本亦有"塞"字，其编纂者案语云："陆善经本无'塞'字，又'源'为'水'。"陆善经其实是依据《史记》校改《文选》（参见上文），不足以证成王念孙之说。

（浙江大学古籍研究所）

---

① 《说文·矗部》："矗，水本也。原，篆文从泉。"（此据段玉裁《说文解字注》，第569页。大徐等诸本《说文》作"水泉本也"。考《汉书·司马相如传》"乃堙洪原"颜师古注云："水本曰原。"段氏的删改可以信从。）"原""源"古今字。
② 阮元校刻《十三经注疏》，第187页。
③ 袁珂《山海经校注》，北京联合出版公司，2014年，第361页。按此系节引。
④ 郭庆藩《庄子集释》，中华书局，1961年，第1077页。按"湮"为《说文》正篆，《水部》："湮，没也。""堙""陻"皆"湮"之异体字。

奥地利汉学家赞克的《文选》德译初探

罗 静 林 琳 张 原

《文选》学自隋唐以来已成为中国古代传统学科之一,在东亚中国文学研究传统中占重要的位置,但在西方汉学界却未受到足够的重视。直至二十世纪初,西方研究者方认识到了《文选》,其早期研究多以翻译为主。奥地利学者赞克(Erwin von Zach)自1926年便开始用德文翻译《文选》,并于1933年至1939年在《汉学文稿》(Sinologische Beiträge)杂志刊载出版。1958年哈佛燕京学社重印了这些作品,编为德文版《中国文选:文选译文》(Die Chinesische Anthologie: Übersetzungen aus dem Wen hüsan)。在康达维(David R. Knechtges)英译《文选》出版之前,该译本曾长期作为欧美《文选》翻译的范本。本文研究了赞克的《文选》翻译及其在二十世纪欧美《文选》学流变中的意义,从而更好地理解欧美汉学现代的发展历程,充实欧美"文选学史"及欧美赋学研究史,丰富中国文化典籍外译历史与实践,为中国文化经典的域外传播贡献力量。

一 赞克其人及前人研究综述

(一)赞克其人

赞克[①]1872年出生于维也纳贵族家庭。1890—1895年在维也纳大学学习

---

① 赞克的生平主要参考文献,康达维在《欧美赋学研究概观》注释中已列出:霍福民 Alfred Hoffman, "Dr. Erwin Ritter von Zach(1872—1942) in memoriam, Verzeichnis seiner Veröffentlichungen", (转下页)

医学,同时学习汉语。赞克于 1896—1897 年因健康原因中断学业赴荷兰疗养,并在欧洲汉学重镇莱顿跟从施古德(Gustav Schlegel,1840—1903)、高延(Jan Jakob Maria De Groot,1854—1921)、耿宁(Johan Caspar Hendrik Kern,1833—1917)学习满文和藏文。

1901 年,赞克通过考试进入海关工作,作为翻译,他展现出了超凡的语言天赋,对德语、法语、俄语、荷兰语都非常熟悉,还可以说北京话,故被认为是北京最好的使馆口译员。1902 年被任命为副领事,赞克在工作中通过阅读中文信函报纸进一步扩展他对中文的了解。在北京期间,赞克分 4 册发表了论文集《词典编纂文稿》(Lexicographische Beiträge,1902—1906),并凭借这部著作于 1909 年获得维也纳大学哲学博士学位。1907 年赞克调动至上海总领事馆,1908 年负责香港领事馆,同年向奥匈外交部提出了改进汉语教学的方案。1908 年赞克谋求天津领事馆的职位未果,遂离开中国,于 1909 年开始负责新加坡领事馆。1913 年,赞克被任命为东京东亚自然与民族学研究会成员,并获得了符拉迪沃斯托克东方研究所的聘书(未就职)。一战爆发后,英国驻新加坡殖民当局没收了赞克的个人财产,其中部分满文图书及作品手稿就此散佚。1915 至 1919 年赞克任雅加达理事会名誉主席。此后赞克试图在大学中寻求职位未果,遂于 1920 年开始在驻巴达维亚(即今雅加达)荷兰领事馆税务部门工作。

1925 年初经济状况好转后,赞克即专注于语文学、数学和自然科学学术研究,并在 AM(*Asia Major*)、MSOS(*Mitteilungen des Semianrs für Orientalische Sprachen zu Berlin*)、OLZ(*Orientalistische Literaturzeitung*)、DCR(*De Chineesche*

(接上页)*Oriens Extremus* 10,1963,pp.1—60. 含赞克著作表。

骆司同 Arthur von Rosthorn,"Erwin Ritter v. Zach",*Almanach für das Jahr* 1943,pp.195—198. 赞克在北京期间曾在骆司同手下工作,与之产生诸多矛盾,此为赞克死后骆司同为他写的悼词。

佛尔克 Alfred Forke,"Erwin Ritter von Zach in memoriam",*Zeitschrift der Deutschen Morgenländischen Gesellschaft* 97,1943,pp.1—15. 赞克与佛尔克时有学术论争,批判佛尔克的哲学著作,此为佛尔克笔下的赞克。

稽穆 Martin Gimm,"Eine Nachlese kritisch-polemischer Beiträge und Briefe von Erwin Ritter v. Zach (1872—1942)",*Nachrichten der Gesellschaft für Natur und Völkerkunde Ostasiens*,1981,pp.16—59. 附霍福民所列著作表索引。傅熊 Bernhard Führer 著,王艳、儒丹墨译《忘与亡:奥地利汉学史》,华东师范大学出版社,2011 年,第 170—207 页。

本文补充一则:Georg Lehner,"Erwin Ritter von Zach in k. u. k. Diensten:Die Jahre in China(1901—1908)",*Oriens Extremus*,43,2002,pp.237—260. 关于赞克在中国的生活。

Revue)上发表了大量翻译及评论文章。赞克非常热衷于对伯希和(Paul Pelliot)、翟理斯(Herbert Allen Giles,1845—1935)、福兰阁(Otto Franke,1863—1946)、佛尔克(Alfred Forke,1867—1944)等人著作的批判。在提到伯希和、福兰阁时,赞克会用"法国的 Paul Stawisky"及"柏林的 Otto Bramat"代指这两人。伯希和非常愤怒,下达了著名的"驱逐令":"赞克作为一个学者,因其蠢笨而受到鄙视;赞克作为一个人,因其粗野而失去其为人的资格。对于《通报》,赞克已不再重要了。"①但赞克并没有放弃学术发表。他转而在《德国了望》(Deutsche Wacht)、《华裔学志》(Monumenta Serica)等杂志上发表自己的作品,并个人出资创办了杂志《汉学文稿》(Sinologische Beiträge),专门刊登其翻译作品,如杜甫诗、李白诗、韩愈诗、《文选》等。

1942年,赞克作为德国侨民(1938年德国吞并奥地利)被荷兰船只"Van Imhoff"号遣送前往斯里兰卡。船只被日本人的鱼雷击中,赞克不幸遇难。

(二)前人研究中的赞克

早在二十世纪前半叶,赞克的汉学研究就极具争议性。1929年伯希和甚至在《通报》上下达了对赞克的驱逐令。事实上,对赞克的态度使得汉学界出现了某种程度上的分裂:缪勒(F. M. K. Müller,1853—1930)、柏哈娣(Anna Bernhardi,1868—1944)、郝爱礼(Erich Hauer,1878—1935)、霍福民(Alfred Hoffman,1911—1997)对赞克的评价趋于正面,但高延、福兰阁、佛尔克、戴闻达(J. J. L. Duyvendak,1889—1954)则倾向于批评。赞克的学术成就在其身后获得了卜弼得(Peter A. Boodberg,1903—1972)的认可:"在赞克身后,学界终于对他犀利的才华和杰出的工作给予了应有的认可,这也或许可以告慰他的在天之灵。"②

1947年美国汉学家海陶玮(James Robert Hightower,1915—2006)及其助

---

① 原文为:"M. E. von Zach s'est déconsidéré comme savant par ses blourdises. M. E. von Zach s'est disqualifié comme homme par ses grossièretés. Il ne sera plus question de M. E. von Zach dans le T'oung Pao." 伯希和,TP 26(1929),p. 387.

② 原文为:"In the Valhalla of the warriors of the pen, the shadow of Erwin Ritter von Zach must be deeply gratified by the Institute's posthumous recognition of his irascible talent and prodigious industry." 卜弼得,"Review of Han Yü's poetische Werke: Ubersetzt von Erwin von Zach(1872—1942)", Journal of the American Oriental Society, Vol. 73, No. 1,1953,pp. 35—36.

手方马丁(Ilse Martin Fang)又重新整理赞克的翻译作品,于1958年经哈佛燕京学社出版为上下两册的《中国文选:文选译文》(Die Chinesische Anthologie: Übersetzungen aus dem Wen hsüan),并引发了汉学界的关注。

傅汉思(Hans H. Frankel)以赞克为"优秀的翻译家"①(1959)。而威利(Arthur Waley)则指出了赞克翻译的五种问题:(1)没有确认所用的作品是否可靠;(2)本来直译就可理解的地方却加以发挥;(3)对不懂的词语就略过;(4)不恰当地使用李善注;(5)不懂中国音乐却选了专业文章来翻译。② 康达维英译本《文选》(Wen xuan or Selections of refined literature,1982—1996)在出版后取代了赞克译本的范本地位。但康达维在第一册的序言中表达了对赞克《文选》翻译的推崇:"我经常发现他的解释有帮助,尤其是中国注释不清楚或未提之处。"③

从欧美"文选学"史及欧美赋学史的角度,康达维《二十世纪的欧美"文选学"研究》、王立群《20世纪"选学"文献述略》、傅刚《20世纪的〈文选〉学研究》均提到了赞克的《文选》翻译。康达维《欧美赋学研究概观》专门提到了赞克翻译的风格为"追求翻译的文字精确、文笔一致,而不追求流利与美观的形式"④。但康达维亦指出赞克对翻译的形式美仍有所追求,某些赋每句句尾押韵,但其译文从训诂学的角度来看却并不是完全正确的。2017年12月康达维在北京大学的系列讲座"中外《文选》学(The Wen Xuan Tradition in China and Abroad)"强调了赞克翻译"字面翻译、无注释(quite literal and have no annota-

---

① 原文为"outstanding translator". 傅汉思 Frankel, Hans H. "Review of Die chinesische Anthologie: Übersetzungen aus dem Wen hsüan von Erwin von Zach(1872—1942)". *Journal of Asian Studies*, Vol. 18(1959), pp. 496—497.

② 原文为:"(1) He took no steps to establish a sound text. …… (2) He paraphrases (without giving a literal translation) where a literal translation would be intelligible;…… (3) He omits important words when he does not understand them. …… (4) Failure to use properly the one com-mentary (that of Li Shan) that he had at his disposal;……(5) Von Zach, who evidently had no know-ledge of Chinese music, unfortunately selected for translation a number of pieces that teem with musical technicalities." Arthur Waley, Review of Die Chinesische Anthologie: Übersetzungen aus dem Wen hsüan by Erwin von Zach and Ilse Martin Fang, Bulletin of the School of Oriental and African Studies, University of London, Vol. 22, No. 1/3 (1959), pp. 383—384.

③ 原文为:"I often found his paraphrases helpful where the Chinese commentator was unclear or said nothing at all." 康达维, *Wen xuan or Selections of refined literature*, Vol. I, Preface, 1982, XI.

④ 康达维《欧美赋学研究概观》,《文史哲》2014年第6期,第110—118页。

tions)"。

近年来，赞克逐渐重新受到海外汉学家的重视。Harmut Walravens 整理了赞克翻译的李白集(*Li T'ai-po Gesammelte Gedichte*[2000])，以及赞克与朋友的部分书信，为赞克研究提供了新的史料。Harmut Walravens 的 *Erwin von Zach*（1872—1942），*Gesammelte Rezensionen：Chinesische Geschichte, Religion und Philosophite in der Kritik*（2006）整合了各国有关赞克的文献与材料。英国傅熊（Bernhard Führer）的《忘与亡：奥地利汉学史》（2011）指出在赞克的时代，《文选》及其学术与教育价值尚未在欧洲汉学家中引起足够的重视，而赞克正是欧美《文选》学研究的开创人之一。赞克翻译《文选》主要是出于学术与教育的目的，在翻译过程中也出现了诸如联绵词的翻译、翻译中混淆原文和注解等问题。傅熊还重新提出了1972年嵇穆（Martin Gimm）等人关于赞克翻译的《文选》是否部分以《文选》满文版为底本的争论，但并未给出定论。

可以看出，赞克是近代欧美最早大量翻译《文选》的汉学家，其研究具有重要的学术意义。然而，由于近代学科领域的划分，拥有明确学科意识的现代"汉学"（中国学）无法完全覆盖赞克的翻译理论与实践。因此，本文将站在国学经典研究与现代《文选》学研究的视野下，呈现赞克《文选》译本的出版与流传、分析赞克与二十世纪欧洲《文选》学研究的关系。

二 赞克《文选》翻译出版与流传

（一）1926—1939年期间赞克《文选》翻译出版与流传

1926年，赞克开始陆续从事《文选》翻译工作，第一篇翻译的是王文考《鲁灵光殿赋》，发表于《亚洲学刊》（*Asia Major*）。此后，赞克于1927至1939年陆续发表了《文选》其他篇目。其采用的系罗马+阿拉伯数字排序方式：如"VII 1"，VII 为《文选》卷数，1 为第七卷中的第1篇，即为扬雄《甘泉赋》。其译作按时间列表如下表一：

表一 赞克译作时间表

年份	译作
1926	XI 13 - 21. - In：AM 3. 1926, 467 – 476.
1927	VII 1；VII 2. - In：DCR 1. 1927, Oct., S. 76 – 88.
1928	VII 3；VIII 1. -In：DCR 2. 1928, Jan., S. 76 – 93. XIII 4. - In：DW 14. 1928, Nr. 5, S. 40. XV 1. - In：DCR 2. 1928, Juli, S. 9 – 23. XIV 2. - In：DW 14. 1928, Nr. 7, S. 46. XIX 4. - In：DW 14. 1928, Nr. 8, S. 45. XVII 3. - In：DW 14. 1928, Nr. 9, S. 41 – 42. XVI 6. - In：DW 14. 1928, Nr. 10, S. 45 – 46. XVI 1；XVI 2. - In：DW 14. 1928, Nr. 11, S. 39 – 40. IX 1. - In：DW 14. 1928, Nr. 12, S. 42 – 43. XIII 3；XIII 7；XIX 2. -In：DW 14. 1928, Nr. 6, S. 41 – 44.
1929	XVI 3；XVI 4；XVI 5. - In：DW 15. 1929, Nr. 1, S. 42 – 43. XI 2；XI 3. - In：DW 15. 1929, Nr. 2, S. 42 – 43. XIV 3. - In：DW 15. 1929, Nr. 3, S. 46 – 47. XIV 1. - In：DW 15. 1929, Nr. 4, S. 43 – 44. VII 3. - In：OR 10. 1929, S. 679 – 680. VIII 1；VII 2. - In：OR 10. 1929, S. 712 – 717. XII 1；XII 2；XIII 2. - In：DCR 3. 1929, Oct., S. 20 – 37.
1930	X (= Veröffentlichungen des China-Instituts an der Universität Frankfurt a. M. Nr. 1. 1930.) - Vgl. 8.
1932	XVIII 4；XIX 13；XX 3. - In：DW 18. 1932, Nr. 4, S. 23 – 29. XL VIII 1. - In：DW 18. 1932, Nr. 5, S. 35 – 37. LVII 4；XXI 14. - In：DW 18. 1932, Nr. 6, S. 27 – 31. XXIII 1 – 17. - In：DW 18. 1932, Nr. 7, S. 23. XXV 9. - In：DW 18. 1932, Nr. 8, S. 21 – 25. XXV 7；XXV 8. - In：DW 18. 1932, Nr. 9, S. 23 – 25. XVIII 2. - In：DW 18. 1932, Nr. 10, S. 21 – 25. XLIV 1；XLIII 4；XLIII 1. -In：DW 18. 1932, Nr. 11, S. 21 – 27. XXXIX 5. - In：DW 18. 1932, Nr. 12, S. 25. XXXIX 6；XLI 5. - In：DW 18. 1932, Nr. 13, S. 29 – 31. XLII 2；XLII 3. - In：DW 18. 1932, Nr. 14, S. 29 – 31. XL 7；XL 6；XL VIII 2. - In：DW 18. 1932, Nr. 15, S. 25 – 29. XLII 1. - In：DW 18. 1932, Nr. 16, S. 25 – 27. XL 11；XXXIX 9. -In：DW 18. 1932, Nr. 19, S. 31 – 33. XL 1. - In：DW 18. 1932, Nr. 22, S. 35 – 37. XXXIX 10；XIX 14；XXVIII 1 – 9. - In：DW 18. 1932, Nr. 23, S. 27 – 31. XXVIII 10 – 17. - In：DW 18. 1932, Nr. 24, S. 28 – 29.

续 表

1933	LV2. -In: Jubiläumsband, hrsg. von der Dt. Ges. f. Natur-u. Völkerkunde Ostasiens anläßlich ihres 60-jährigen Bestehens 1873—1933. Teil1. Tôkyô 1933, S. 1 – 13. IX 3; IX 4. - In: DW 19. 1933, Nr. 1, S. 27 – 29. LI 2. - In: DW 19. 1933, Nr. 4, S. 28 – 31. XXIV 5. - In: DW 19. 1933, Nr. 5, S. 31 – 32. XLI 4; XLIV 2. - In: DW 19. 1933, Nr. 7, S. 27 – 29. LIX 1. - In: DW 19. 1933, Nr. 9, S. 28 – 30.
1935	II; III; IV 1; VIII 2; XIX 5 – 10, 11 – 12; XX 1 – 2; XX 4 – 25; XXI 1 – 13, 15 – 30; XXII 1 – 27; XXIII 18 – 43; XXIV 1 – 4, 6 – 31; XXV 1 – 6, 10 – 17; XXVI 1 – 35; XXVII 1 – 33; XXVIII 18 – 36; XXIX 1 – 65; XXX 1 – 50; XXXI 1 – 41; XXXIV 1 – 2; XXXV 1 – 4; XXXVI 1 – 6; XXXVII 1 – 8; XXXVIII 1 – 11; XXXIX 1 – 4, 7 – 8; XL 2 – 5, 8 – 10, 12 – 13; XLIII 2 – 3, 5 – 6; XLIV 3 – 5; XLV 3, 10 – 11; XL VI 1 – 4; XL VII 5, 7; XL VIII 3; XLIX 3 – 4; L 1 – 2, 4; LI 3; LV 1; LVI 2, 7 – 8; LVIII 5; LIX 2 – 3; LX 1, 3, 6. (= Sinologische Beiträge II. 1935.) -Vgl. 7.
1936	IV 2; V; VI. (= Sinologische Beiträge III, 2. 1936, S. 133 – 147.) - Vgl. 7.
1939	XI 5. - In: MS 4. 1939/40, S. 441 – 450.

赞克《文选》所翻译的诗、文比重，其自认为 1935 年发表的有 322 篇，其他地方零星的加起来，占《文选》三分之二。① 傅汉思也认为是占三分之二，康达维认为是四分之三，又曾说为百分之九十以上。

赞克《文选》翻译的底本为精装版的湖北崇文书局(1869 年)的《新刻昭明文选李善注》，此本序云"重刻宋淳熙本"②，即为尤刻本。本书后附有胡克家的《文选考异》。除了汉语文献之外，赞克底本也参考了满语版《文选》。嵇穆也提到过满文版《文选》手稿有存于列宁格勒(圣彼得堡)的复制本，与赞克所

---

① 原文为："Im vorliegenden Bande sind weitere 322 Stüke wiedergegeben, sodas jetzt ungefähr 2/3 den ganzen Werkes übersetzt vorliegen."赞克, Vorwort, Sinologische Beiträge, 1935.
② 傅刚《〈文选〉版本研究》，世界图书出版西安有限公司，2014 年，第 159 页。

用的版本可能不尽相同。① 赞克第一篇发表在《通报》上的文章就是《论满文书目》("Notizen zur Mandschurischen Bibliographie")。其中写到"N113 自然是《昭明文选》,我在北京看到了部分内容(虽然仅在手稿中)"②。但这部手稿满文版《昭明文选》是否就是赞克《文选》翻译时所看到的满文版手稿,我们暂时无法确定。赞克1908年离开了北京,其随身行李辗转于新加坡、雅加达,1914年赞克在新加坡的个人财产以及其寄存于香港和上海银行的财物被英国殖民政府没收,这也导致了其部分手稿与文献的流失散佚,所以满文版《文选》手稿尚需进一步查验。

从现存的一些书评来看,赞克发表在《汉学文稿》(Sinologische Beiträge)等自办刊物上的翻译依然得到了当时各国汉学家的一定关注。如1935年荷兰汉学家戴闻达③及英国人类学家布克敦(L. H. Dudley Buxton)就在《汉学文稿》上发表了对《文选》翻译的书评④,1936年英国汉学家翟理斯之子翟林奈(Lionel Giles,1875—1958)在《汉学文稿》上发表了对赞克《杜甫》诗翻译的书评⑤,还有美国宗教学家施赖奥克(J. K. Shryock)在《美国东方社会杂志》发表了对赞克《文选》翻译的书评⑥。1937年还有著名汉学家、莱比锡大学东亚系教授何可思(Eduard Erkes,1891—1958)为赞克的《文选》以及杜甫诗翻译所写的书评⑦,1938年有德国汉学家石坦安(Diether von den Steinen,1903—

---

① 嵇穆 Martin Grim, "Materialien zur chinesischen Anthologie Wenxuan in der manjurischen Übersetzung zweier Manuskripte in europäischen Bibliotheken", *Oriens Extremus*, Vol. 41, No. 1/2 (1998/99), pp. 127—150.

② 原文为:"N 113 ist natuurlich das 昭明文选. Teile desselben habe ich in Peking(freilich nur im Manuscript) gesehen." Konsul v. "Zach, Notizen zur Mandschurischen Bibliographie", *T'oung Pao* 15 (1914), pp. 273—277.

③ J. J. L. Duyvendak, "Review of Übersetzungen aus dem Wen hsüan von Erwin von Zach", *Sinologische Beiträge*, 1935, pp. 166—171.

④ L. H. Dudley Buxton, "Review of Übersetzungen aus dem Wen hsüan von Erwin von Zach", *Sinologische Beiträge*, 1935, p. 680.

⑤ Lionel Giles, "Review of Übersetzungen aus dem Wen hsüan von Erwin von Zach", *Sinologische Beiträge*, 1936, p. 171.

⑥ J. K. Shryock, "Review of Übersetzungen aus dem Wên Hsüan by Erwin von Zach", *Journal of the American Oriental Society*, Vol. 56, No. 1 (1936), p. 94.

⑦ Eduard Erkes, "Sinologische Beiträge II, Übersetzungen aus dem Wên Hsüan by Erwin von Zach"; "Sinologische Beiträge III, Tufu's Gedichte (nach der Ausgabe des Chang Chin), Buch IX—XX by Erwin von Zach", *Artibus Asiae*, Vol. 7, No. 1/4 (1937), pp. 270—274.

1954)为《文选》翻译所写的书评①。显然,在伯希和为代表的《通报》"驱逐令"之下,赞克依然对欧美汉学界产生了一定影响。

(二)1958 年哈佛燕京学社重印版《中国文选:文选译文》(*Die Chinesische Anthologie:Übersetzungen aus dem Wen hsüan*)

哈佛燕京学社将赞克的翻译作品进行了重新编辑,由海陶玮(James Robert Hightower)与方马丁(Dr. Ilse Martin Fang)编辑出版了:《韩愈诗作》(*Han Yu's Poetische Werke*,1952)②、《杜甫诗集》(*Tu Fu's Gedichte*,1952)③以及上下两册的《中国文选:文选译文》(*Die Chinesische Anthologie:Übersetzungen aus dem Wen hsüan*)④。上下册的《文选》译文并没有收录赞克全部《文选》翻译之作,限于文章篇幅,此处仅列出赞克《文选》赋的篇目,如下表二:

表二 赞克《文选》赋翻译篇目

编号	赞克收录	文选编号(卷/篇)	赞克编号	作者	德文篇名	中文名
1	否	第1卷第1篇	NA	班固	NA	西都赋
2	否	第1卷第2篇	NA	班固	NA	东都赋
3	是	第2卷	II	张衡	Peotische Beschreibung der westlichen Hauptstadt	西京赋
4	是	第3卷	III	张衡	Peotische Beschreibung der östlichen Hauptstadt	东京赋
5	是	第4卷第1篇	IV 1	张衡	Peotische Beschreibung der südlichen Hauptstadt	南都赋

---

① Diether von den Steinen,"Review of Übersetzungen aus dem Wên Hsüan by Erwin von Zach",*Monumenta Serica* Vol. 3,1938,pp. 306—310.
② *Han Yu's Poetische Werke*,Cambridge,Mass.:Havard University Press,1952.
③ *Tu Fu's Gedichte*. Cambridge,Mass.:Havard University Press,1952.
④ *Die Chinesische Anthologie:Übersetzungen aus dem Wen hsüan*. Cambridge,Mass.:Havard University Press,1958.

续 表

编号	赞克收录	文选编号（卷/篇）	赞克编号	作者	德文篇名	中文名
6	是	第4卷第2篇	IV 2a	左思	Peotische Beschreibung der drei Hauptstädte Einleitung	三都赋序
7	是	第4卷第3篇	IV 2b	左思	Peotische Beschreibung der Hauptstadt von Shu	蜀都赋
8	是	第5卷	V	左思	Peotische Beschreibung der Hauptstadt von Wu	吴都赋
9	是	第6卷	VI	左思	Peotische Beschreibung der Hauptstadt von Wei	魏都赋
10	是	第7卷第1篇	VII 1	扬雄	Kan-ch'üan-fu	甘泉赋
11	是	第7卷第2篇	VII 2	潘岳	Chi-t'ien-fu	藉田赋
12	是	第7卷第3篇	VII 3	司马相如	Tzu-hsü-fu	子虚赋
13	是	第8卷第1篇	VIII 1	司马相如	Peotische Beschreibung des kaiserlichen Jagdparkes	上林赋
14	是	第8卷第2篇	VIII 2	扬雄	Peotische Beschreibung des vom Kaiser mit der Yü-lin-Garde veranstalteten Jagd	羽猎赋
15	是	第9卷第1篇	IX 1	扬雄	Die Jagd im Wildpark des Ch'ang-yang-Schlosses	长杨赋
16	否	第9卷第2篇	NA	潘岳	NA	射雉赋
17	是	第9卷第3篇	IX 3	班彪	Beschreibung meiner Reise nach Norden	北征赋
18	是	第9卷第4篇	IX 4	曹大家	Beschreibung meiner und meines Sohnes Reise nach Osten	东征赋

续表

编号	赞克收录	文选编号（卷/篇）	赞克编号	作者	德文篇名	中文名
19	是	第10卷	X	潘岳	Die Reise nach Westen	西征赋
20	否	第11卷第1篇	NA	王粲	NA	登楼赋
21	是	第11卷第2篇	XI 2	孙绰	Die Wanderung über den T'ien-t'ai-Berg	游天台山赋
22	是	第11卷第3篇	XI 3	鲍照	Die verfallene Stadt	芜城赋
23	是	第11卷第4篇	XI 4	王延寿	Der Ling-kuang-Palast im Lande Lu	鲁灵光殿赋
24	是	第11卷第5篇	XI 5	何晏	Peotische Beschreibung des Ching-fu-Palastes in Hsü-ch'ang	景福殿赋
25	是	第12卷第1篇	XII 1	木华	Das Meer	海赋
26	是	第12卷第2篇	XII 2	郭璞	Der Grosse Strom	江赋
27	否	第13卷第1篇	NA	宋玉	NA	风赋
28	是	第13卷第2篇	XIII 2	潘岳	Herbststimmung	秋兴赋
29	是	第13卷第3篇	XIII 3	谢惠连	Der Schnee	雪赋
30	是	第13卷第4篇	XIII 4	谢庄	Die Peotische Beschreibung des Mondes	月赋
31	否	第13卷第5篇	NA	贾谊	NA	鹏鸟赋

续表

编号	赞克收录	文选编号（卷/篇）	赞克编号	作者	德文篇名	中文名
32	否	第13卷第6篇	NA	祢衡	NA	鹦鹉赋
33	是	第13卷第7篇	XIII 7	张华	Der Schneidervogel	鹪鹩赋
34	是	第14卷第1篇	XIV 1	颜延之	Der Kaiserliche Scheck	赭白马赋
35	是	第14卷第2篇	XIV 2	鲍照	Die tanzenden Kraniche	舞鹤赋
36	是	第14卷第3篇	XIV 3	班固	Die Begegnung mit dem Geiste	幽通赋
37	是	第15卷第1篇	XV	张衡	Sehnsucht nach dunklen Fernen	思玄赋
38	否	第15卷第2篇	NA（遗漏?）	张衡	NA	归田赋
39	是	第16卷第1篇	XVI 1	潘岳	Mein Leben als Privatmann	闲居赋
40	是	第16卷第2篇	XVI 2	司马相如	Der Ch'ang-men-Palast	长门赋
41	是	第16卷第3篇	XVI 3	向秀	Erinnerung an alte Freunde	思旧赋
42	是	第16卷第4篇	XVI 4	陆机	Klage über den Tod	叹逝赋
43	是	第16卷第5篇	XVI 5	潘岳	In Erinnerung an alte Freunde	怀旧赋
44	是	第16卷第6篇	XVI 6	潘岳	Die Witwe	寡妇赋

续表

编号	赞克收录	文选编号（卷/篇）	赞克编号	作者	德文篇名	中文名
45	否	第16卷第7篇	NA	江淹	NA	恨赋
46	否	第16卷第7篇	NA	江淹	NA	别赋
47	否	第17卷第1篇	NA	陆机	NA	文赋
48	否	第17卷第2篇	NA	王褒	NA	洞箫赋
49	是	第17卷第3篇	XVII 3	傅毅	Der Tanz	舞赋
50	否	第18卷第1篇	NA	马融	NA	长笛赋
51	是	第18卷第2篇	XVIII 2	嵇康	Die Laute	琴赋
52	否	第18卷第3篇	NA	潘岳	NA	笙赋
53	是	第18卷第4篇	XVIII 4	成公绥	Das Pfeifen	啸赋
54	否	第19卷第1篇	NA	宋玉	NA	高唐赋
55	是	第19卷第2篇	XIX 2	宋玉	Die Fee	神女赋
56	否	第19卷第3篇	NA	宋玉	NA	登徒子好色赋
57	是	第19卷第4篇	XIX 4	曹植	Die Nixe des Lo-Flusses	洛神赋

按照《六臣注文选》赋部分的篇目,将《两都赋》算作 2 篇,《三都赋》并序算作 4 篇,则总共 57 篇;赞克翻译的篇目有 41 篇,未翻译的有 16 篇,具体为:班固《西都赋》《东都赋》、潘岳《射雉赋》、王粲《登楼赋》、宋玉《风赋》《高唐赋》《登徒子好色赋》、贾谊《鵩鸟赋》、祢衡《鹦鹉赋》、张衡《归田赋》、江淹《恨赋》《别赋》、陆机《文赋》、王褒《洞箫赋》、马融《长笛赋》、潘岳《笙赋》。① 赞克并没有说过为何在翻译过程中略过这些篇目,而我们只能猜测有些篇目未被翻译的原因是因之前已有过译作。如马古礼(Georges Margouliès,1902—1972)已翻译过班固《两都赋》、陆机《文赋》、江淹《别赋》。赞克 1928 年在《通报》上同时发表了三篇文章②分别批评了上述译文,但很可能其内心对马古礼"直译"还是认可的,故而没有再翻译。

方马丁的编辑工作历时 6 年,主要成果有:明确区分了原文(用方括号标出)与注疏(用圆括号标出)。③ 对赞克缩略或难猜的题名或者写出全称或在前言中加以解释。④ 增加了原文作者所在时代。⑤ 收录了赞克翻译的庾信诗作 51 首、宇文毓的介绍以及海陶玮教授的《文选与文类理论》(Wen hsüan and Genre Theory)、萧统《文选》序。

但是,这项编辑工作也存在一个较大的弊端——底本的调整。原本赞克

---

① 康达维在《欧美赋学研究概观》中统计赞克翻译了《文选》四十篇的赋,本文统计为 41 篇。因本文为统计方便,将左思《三都赋》序也算作一篇,导致统计数据的差异,实质上是相同的。但康达维认为赞克不曾翻译的篇目有"班固《西都赋》《东都赋》,王粲《登楼赋》,宋玉《风赋》《高唐赋》《神女赋》《登徒子好色赋》,江淹《恨赋》《别赋》,陆机《文赋》",《文史哲》2014 年第 6 期,第 115 页。本文统计则与之不同。

② 赞克,"Zu G. Margouliès Übersetzung des Liang-tu-fu des Pan Ku","Zu G. Margouliès Übersetzung des Pieh-fu","Zu G. Margouliès Übersetzung des Wen-fu",in *T'oung Pao* 25(1928),pp. 354—359, pp. 359—360,pp. 360—364.

③ 原文为:"She makes a clear distinction between sentences(now in brackets)and those which are in the nature of a commentary(now in parentheses)." Frankel, Hans H. "Review of Die chinesische Anthologie: Übersetzungen aus dem Wen hsüan von Erwin von Zach (1872—1942)". *Journal of Asian Studies*, Vol. 18 (1959),pp. 496—497.

④ 原文为:"Book titles which von Zach gave in abbreviated and often hardto-guess forms are now either written out in full or else explained in the preface." 出处同上。

⑤ 原文为:"one additional feature which would have been helpful, particularly to the non specialist reader, are the dates of the authors. These might have been inserted in the index of authors, since the anthology is arranged generically and topically, and the chronological order is followed only within each section." 出处同上。

选取的李善注《文选》被方马丁换为《四部丛刊》本的《六臣注文选》(1919 年出版)。① 而《六臣注文选》是建州刻本,卷三十至三十五为抄配。② 故此本文字上也有一些差别。但不可否认的是,1958 年赞克译作的重新整理出版对扩大赞克的学术影响力是非常重要的。直到康达维《文选》翻译出版前,赞克的版本一直在西方被看作是标准译本。

三 赞克《文选》的翻译理论与认识

(一)《文选》翻译的重要性

赞克出版《文选》时的前言中指出了翻译《文选》的重要性:

> 要明白《文选》如何重要,最好的办法就是拿过一本汉语词典,比如《康熙字典》或者当代上海出版的《辞源》,你会发现里面所引的很大一部分例子都取自《文选》。③

结合二十世纪上半叶《文选》学发展情况,1917 年钱玄同批判"选学妖孽,桐城谬种"后,黄侃、高步瀛等少数学者仍在坚持选学研究。直到 1931 年,周贞亮、骆鸿凯为"新选学"作出了杰出的贡献,选学研究进入新的阶段。而欧美《文选》学进展则主要体现在《文选》翻译。1918 年威利(Arthur Waley)《中国诗一百七十首》(*A Hundred and Seventy Chinese Poems*)选译了部分《文选》诗,1923 年《白居易游悟真寺诗和其他》(*The Temple and Other Poems*)翻译了部分《文选》赋,包括宋玉《高唐赋》、王延寿《鲁灵光殿赋》。1926 年另有两位汉学

---

① 原文为:"v. Zach benutzte dieses *Wen hsüan* Ausgabe des Hupeh ch'ung-wen shu-chü 湖北崇文书局 von 1869 mit dem Kommentar des Li Shan 李善. Seine Paginierung, die dieser Ausgabe folgt, wurde hier umgeändert, um das Nachschlagen in einer gängigeren Ausgabe zu erleichtern; wir benutzten das *Liu-ch'en chu wen-hsüan* 六臣注文选 des *Ssu-pu ts'ung-k'an* 四部丛刊. Bei genauem Vergleich der Ubersetzungen mit den chinesischen Texten ergaben sich Textverschiedenheiten."方马丁 Ilse Martin Fang,"Die Chinesische Anthologie: Übersetzungen aus dem Wen hsüan",*Vorwort*. viii. 1958.
② 傅刚《〈文选〉版本研究》,第 182 页。
③ 原文为:"Seine Bedeutung wird einem am besten klar, wenn man ein chinesisches Wörterbuch wie *K'anghsi's Tzu-tien* oder das modern Shanghaier *Tz'u-yüan* zur Hand nimmt und findet, dass ein grosser Teil der Zitate dem *Wên Hsüan* entnommen ist."赞克,"Vorwort",*Sinologische Beiträge*,1935.

家与赞克同时开始的《文选》翻译,分别是何可思翻译的《风赋》《神女赋》(英译);马古礼所著的《文选辞赋译注》(Le Fou dans le Wen-siuan),包括班固《两都赋》、陆机《文赋》、江淹《别赋》(法语)。① 赞克不太可能直接看到中国选学的最新研究成果,在他的翻译中也没有体现这些当时最新成果。但他自1926年以来对《文选》篇目不间断的翻译实践,似表明其对《文选》的学术与教育重要性有一定的认知。

(二) 赞克翻译《文选》的潜在阅读对象及其翻译目标

赞克在《文选》译文的出版前言中指出了翻译《文选》的潜在阅读对象及其翻译目标:

> 所以将这部基础性的著作准确而完整地翻译过来是汉学的一个主要任务——不只为了能让我们了解古代的文学形式,更重要的原因是,这是完成一本可用词典的前期工作……我翻译的这些文章不是给大众看的,是专给学生用的。热心于汉学的人应该把这些翻译跟原文对照来读,用这种方法,短短几个礼拜所学,就会超过使用那些有问题的词典和语法书几年的学习成果。②

我们可以看到,赞克认为他的《文选》潜在阅读对象是热心于汉学学习的学生。学生们将译文与中文原文对照阅读,就可以在几个礼拜之内掌握其他书籍几年的学习成果。在赞克的眼中,《文选》翻译只是他宏大翻译计划的阶段性成果。赞克的博士论文集名为《词典编纂文稿》,这部文稿的第三册曾经受到过沙畹(Édouard Chavannes, 1865—1918)的称赞,以之为"赞克论文

---

① 相关论述可以在以下文献中找到:何可思 Eduard Erkes, "Sinologische Beiträge II, Übersetzungen aus dem Wên Hsüan by Erwin von Zach"; "Sinologische Beiträge III, Tufu's Gedichte (nach der Ausgabe des Chang Chin), Buch IX—XX by Erwin von Zach", *Artibus Asiae*, Vol. 7, No. 1/4 (1937), pp. 270—274. 康达维《欧美赋学研究概观》,《文史哲》2014年第6期,第110—118页。王立群《20世纪"选学"文献述略》,《第一届全国高校中国古代文学科研与教学研讨会论文集》,2000,第315—333页。

② 原文为:"Eine genaue vollständige Übersetzung dieses grundlegenden Werkes ist daher eine Hauptaufgabe der Sinoligie_nicht nur um uns mit den alten Literaturformen bekannt zu machen, sondern vornehmlich als Vorarbeit für die Schaffung eines brauchbaren Wörterbuches. …… Die Übersetzungen sind nicht für das grosse Publikum bestimmt, sondern einzig und allein für den Studenten. Der Sinologie-Beflissene soll sie mit dem Text vergleichen und wird dadurch in wenigen Wochen weiterkommen, als durch jahrelange Lektüre mit Hilfe mangelhafter Lexika und Grammatiken."赞克,"Vorwort", *Sinologische Beiträge*, 1935.

的标题显示了他的目标是为未来的词典提供好的材料。事实上,他的大多数文稿都致力于纠正翟理斯字典中的错误"①。事实上,赞克拥有一个宏大的计划:

> 直到编出一本较详细的、为学术所用的词典的那一刻,研究一种东方语言才算是成功了。可是到现在还没有这样一本汉语词典,现在能见到的所有汉语词典不仅有各种错误,而且当学生们想更进一步钻研文学作品时,他们就没法使用了。随着汉学研究的往前推进,这个空白愈发明显,人们越来越感到缺少一部满足学术研究需要的汉语词典,而把大部头的《佩文韵府》翻译过来,也许是填补这个空白的最容易的办法。②

这个恢弘的计划自然没有成功,而且至今没人能成功。赞克退而求其次,对翟理斯的《汉英词典》(*A Chinese-English Dictionary*,1912)、顾赛芬(Ho Kien Fou)的《古汉语词典》(*Dictionnaire classique de la langue chinoise*,1904)、巴拉蒂(Archimandrit Palladis,1817—1878)的《汉俄词典》(*Kitajsko russky slower*,1888出版)、《辞源》(1915)、甲柏连孜(Hans Georg von der Gabelentz,1840—1893)的《汉学经纬》(*Chinesische Grammatik*)等著作中的学术错误进行纠正。赞克把这类纠错的工作也当成是一种"义务":

> ……(如果)我们以研究语文学的精细作风来对待汉学,就会发现我们缺少一本详细可靠的词典,这是我们汉学研究面临的最大障碍。……为这部大辞典能在未来完成而积累一砖一瓦,并将它们提供给同仁接受检验和评价,是汉学界每一位工作者的义务。③

赞克比较推崇巴拉蒂的《汉俄词典》,是因为其中使用了《佩文韵府》的材料,他认为这本词典"指明了一条道路,告诉人们在将来应该如何开展汉学领

---

① 原文为:"Zach intitule ses essais Contributions lexicographiques son but est donne de fournir des matériaux de bon aloi aux future auteurs de dictionnaires; en fait, la majeure partie de ses pages sont consacré à rectifier des erreurs du dictionnaire de Giles." Édouard Chavannes, "Review of E. von Zach Lexicographische Beiträge", *Bulletin de l'École Française d'Extrême-Orient*, Vol. 3, 1903, p120.
② 傅熊 Bernhard Führer 著、王艳、儒丹墨译《忘与亡:奥地利汉学史》,第178—179页。
③ 同上书,第184—185页。

域的词汇研究工作"①。由此,我们可以理解赞克《文选》翻译只是他庞大计划中的一角,是他编纂一部大辞典理想的阶段性成果。

(三)赞克翻译风格

赞克的翻译风格也是非常有个人特色的。他的翻译主要出于教育目的:"这种节省劳动力的倾向对我来说是决定性的,因此影响了翻译的特征:形象和意义高于流畅性与美丽的形式。"②赞克更多是推崇一种严格的直译,而忽视了文学的审美性。赞克似乎吸取了奥地利汉学家费之迈(August Pfizmaier, 1808—1887)翻译白居易诗的教训,并没有严格被原文句式所束缚。赞克也认识到其作品中存在着种种问题,并期望别人在他限定的范围内批评他:"当然,我的作品中也有错漏之处,尽管我一再努力也不能完全避免。这在未来必须受到批评。但是批评不应局限于目录学、编年以及语音学问题这些小细节(如伯希和),而是要针对整个句子……"③赞克所期望的批评至少是要以完整的句子为单位,而非针对某个字词。

拉脱维亚大学教授弗兰克·克劳斯哈尔(Frank Kraushaar)从一个译者的角度去理解赞克的翻译逻辑,"对文本本身的忠诚塑造了赞克个人翻译的特征。无论是抽象理论还是任何其他形式的美学或语言学上的影响都不能使西方读者与中国人有足够相似的语言经验知识。赞克的作品代表了一种无所畏惧的尝试,即将优秀作者甚至整个时期(如《文选》翻译)的完整作品以直白准确的形式呈现。……赞克翻译散文却并不遵循中国文本经常出现的复杂的节奏及格律结构,无法达到更高的审美要求,将文字的意义与诗人的个人意图相

---

① 傅熊 Bernhard Führer 著,王艳、儒丹墨译《忘与亡:奥地利汉学史》,第 184—185 页。

② 原文为:"Diese arbeitssparende Tendenz war für mich in erster Linie entscheidend und hat daher auch den Charakter der Übertragung beeinflusst, worin Wörtlichkeit und Sinngemässheit höher gestellt wurden als Flü-ssigkeit und schöne Form." 赞克,"Vorwort", *Sinologische Beiträge*, 1935.

③ 原文为:"Selbstverständlich gibt es auch für mich Stellen, die sich trotz alle Mühe meinerseits widerspenstig erwiesen haben. Hier muss eben die zukünftige Kritik einsetzen, die nicht in bibliographischen, chronologischen und phonetischen Tüfteleien (à la Pelliot) bestehen darf, sondern in der Berichtigung ganzer Sätze." 赞克,"Vorwort", *Sinologische Beiträge*, 1935.

结合。相反，他通过追溯其语源来描述诗歌语言"①。这种判断显然是非常精当的。阅读赞克的《文选》翻译，首先获得的是精准的对应，也就是对文本的忠实。当然这种翻译风格的形成自然是与赞克所谓翻译为教育而非审美、翻译如同字典编纂的学术观点有关。除此之外，这种风格也体现了自然科学的影响。赞克在维也纳大学是学医学出身，大学期间除了学习汉语还学了数学。Harmut Walravens 整理的资料集中，还有赞克对芝加哥大学数学家伦纳德·尤金·迪克森（Leonard Eugene Dickson，1874—1954）代数及数论研究的书评，可见赞克始终没有放下对数学的喜爱。反过来，在自然科学上的造诣也影响了他的翻译风格。比如前文所列出赞克所翻译的《文选》赋的篇名中即试图使用近代生物学方法对中国古诗文中的动物进行归类。

赞克的风格一直延续到他所翻译的李白诗、杜甫诗以及韩愈诗等。翟林奈认为赞克追求"最大幅度的精确"②。傅汉思认为赞克是一位认真负责的翻译者，在翻译时为了凸显一些文本特征就只能放弃另外一些特征。"他的首要目的是尽可能保证每个短语的准确性，但却牺牲了语言形式与风格。"③赞克一方面尽可能地保持语言的简洁性，但也不会吝惜在他认为有必要的时候添加

---

① 原文为："Devotion to the texts themselves characterizes von Zach's personal approach to translation. Neither abstract theories nor any other kind of aesthetic or philological bias is guaranteed to overcome the lack of empirical knowledge of a language as remote to the Western reader as Chinese. Von Zach's works represent a fearless attempt to make the complete output of outstanding lyricists or even of entire periods (as in the translations of the *Wen xuan*) accessible at the most elementary level, confronting the objective content of meaning. … The prose lines of von Zach's translations do not follow the often complicated rhythmic and metrical structure of the Chinese texts and cannot achieve an elevated aesthetic balance, blending the meaning of words with the poet's personal intentions. Instead, they describe the poetic language by tracing its semantic roots." Frank Kraushaar, "Review of Li T'ai-po: Gesammelte Gedichte", *China Review International*, Volume 8, Number 2, Fall 2001, pp. 562—565.

② 原文为："utmost possible accuracy", Lionel Giles, "Review of Übersetzungen aus dem Wen hüsan von Erwin von Zach", *Sinologische Beiträge*, 1936, p. 171.

③ 原文为："His overriding purpose is to render the prose meaning of every phrase as accurately as possible, and in this he usually succeeds, but at the expense of form, and style. He keeps his language concise wherever possible, but does not shrink from expanding where he finds it necessary to add words and ideas which are merely implied in the original." 傅汉思 Hans H. Frankel, "Tu Fu's Gedichte. by Ubersetzt Erwin von Zach, 1872—1942". *The Far Eastern Quarterly*, Vol. 13, No. 1 (Nov., 1953), pp. 83—85.

隐含在原文中的文字。且从杜甫诗的翻译来看,赞克已有辨伪的意识①,这也是他的可贵之处。具体的例证在下一部分会展开。

四　赞克翻译的得失——以《文选》赋的篇名翻译为例

前文已详,赞克《文选》赋翻译有41篇。美国翻译理论家尤金·奈达(Eugene Nida, 1914—2011)认为翻译是用最恰当、自然和对等的语言从语义到文体再现源语的信息。若源语(source language)表达的内容在目的语(target language)中存在较为接近的对应词或表达时,则可以采用"直译"。赞克翻译中大量采用了直译。奈达的功能对等理论(动态对等理论)中分为四种对等:词汇对等、句法对等、篇章对等、文体对等。本文借鉴了奈达理论的功能对等理论(或动态对等理论)来分析赞克翻译中值得探讨的方面:

首先,从名物的对译上来看,赞克都尽量找到对应的词汇。如物色赋中涉及一些中国的动物:《赭白马赋》中的"赭白马",译为"Der Kaiserliche Schecke"(御用的黑花纹马),李善注:"刘芳《毛诗义证》曰:彤白杂毛曰驳。彤,赤也。即赭白也。"而"der Scheck"在德语中就是黑花纹马的意思。尽管没法显示花纹是"赭白",但这种对译已经是非常成功的。再比如《琴赋》中的"琴",译为"Die Laute",在德语中是鲁特琴的意思。嵇康所谓的"琴"应当属古琴,而鲁特琴是一种曲颈拨弦乐器,一般是指中世纪到巴洛克时代欧洲使用的一类古乐器的总称。鲁特琴与古琴都属于拨弦乐器,且鲁特琴在赞克当时看来也是欧洲的"古琴",可见赞克为了达到精确直译的效果应当下过很多工夫。又如《鹪鹩赋》中的"鹪鹩",译为"Der Schneidervogel",在德语中为缝叶莺的学名,缝叶莺为鹟科莺亚科。鹪鹩,现一般认为属于鹪鹩科,李善注为"微小黄雀"。二者均属雀形目而分属不同科,有一定的外形差别,但赞克尚属比较接近。奈达的"词汇对等"范畴主要是指源语与目的语的意义不完全相同,但可以用不

---

① 原文为:"Erwin von Zach's is the only complete western-language version of the more than 1400 poems written by and attributed to Tu Fu. (Von Zach makes no attempt to separate the genuine from the spurious poems, except noting that one poem [XI 351 has also been ascribed to another poet].)"傅汉思 Hans H. Frankel,"Tu Fu's Gedichte. by Ubersetzt Erwin von Zach, 1872—1942". *The Far Eastern Quarterly*, Vol. 13, No. 1 (Nov., 1953), pp. 83—85.

同形式表达相同意义。从名物的对译方面来说,赞克的翻译能够较好地达到"词汇对等"。

其次,从篇名句法结构来看,赞克的翻译除去"……描述"(Beschreibung)开头,篇目,主要可以分成为三类,无定语、定语前置、定语后置。

1. 无定语类(含动名词、数词类):扬雄《甘泉赋》、潘岳《藉田赋》、司马相如《子虚赋》、木华《海赋》、潘岳《秋兴赋》、谢惠连《雪赋》、谢庄《月赋》、张华《鹪鹩赋》、司马相如《长门赋》、潘岳《寡妇赋》、傅毅《舞赋》、嵇康《琴赋》、成公绥《啸赋》(动名词)、宋玉《神女赋》、左思《三都赋序》(数词),共 15 篇,属郊祀、耕藉、田猎、江海、物色、鸟兽、哀伤、音乐、情类。

2. 定语前置:张衡《西京赋》《东京赋》《南都赋》、司马相如《上林赋》、扬雄《羽猎赋》、鲍照《芜城赋》、郭璞《江赋》、鲍照《舞鹤赋》、颜延之《赭白马赋》,共 9 篇,属京都、田猎、游览、江海、鸟兽。

3. 定语后置:左思《蜀都赋》《吴都赋》《魏都赋》、扬雄《长杨赋》、班彪《北征赋》、曹大家《东征赋》、潘岳《西征赋》、孙绰《游天台山赋》、王延寿《鲁灵光殿赋》、何晏《景福殿赋》、班固《幽通赋》、张衡《思玄赋》、潘岳《闲居赋》、向秀《思旧赋》、陆机《叹逝赋》、潘岳《怀旧赋》、曹植《洛神赋》,共 17 篇,属京都、田猎、纪行、游览、宫殿、志、情类。

这种分类方式可以体现某些翻译的逻辑性,比如纪行类赋往往是"向……的旅行"(Reise nach…)表达更为明晰,而物色类赋篇目更倾向于名词性。然而也有些地方无法用上述逻辑解释。比如司马相如《子虚赋》与《上林赋》,赞克将《上林赋》译成"Peotische Beschreibung des kaiserlichen Jagdparkes",即"皇家狩猎园的诗意描述",采用定语后置的形式,而《子虚赋》直接采取了音译。再比如同样是物色类赋,《月赋》译成"Die peotische Beschreibung des Mondes",即"月的诗意描述",《海赋》译成"Das Meer",即"大海",虽然同样属无定语类,但缺乏一种统一性。而《江赋》译为"Der Grosse Strom",即为"大江",却没能直接译为"长江"(Yangtze),反而增加了"大的"作为定语,而颜延之《赭白马赋》,译为"Der Kaiserliche Scheck",即"御用的黑花纹马",也是增加了"御用的"作为定语,破坏了源语的句法结构。再如同样为哀伤类赋的《思旧赋》与《怀旧赋》,赞克有意地区分为"Erinnerung an alte Freunde"(老友的思念)与

"In Erinnerung an alte Freunde"(在老友的思念中),意义上本无差别,都属无定语类。从区分二者的角度是有益的,但对源语句法结构也是破坏性的。我们猜测可能是由于赞克进行《文选》翻译持续时间较长,他自己没能注意到这些细节。但事实上,《子虚赋》《上林赋》在 1928 年同期杂志发表;《月赋》与《海赋》分别于 1928、1929 年发表,相差时间并不算久;《思旧赋》与《怀旧赋》在 1929 年同期杂志发表。奈达"句法对等"理论范畴要求译者清楚掌握源语句法结构及其出现频率,比如定语的次序和组合。从这个维度上,我们要承认赞克的翻译未能注意到这些句法结构细节。当然,我们并不能因为句法结构的破坏而彻底忽视赞克翻译的创造性。典型的例子是《幽通赋》,译为"Die Begegnung mit dem Geiste",即"与精神的相遇",李善注云:"幽通,谓与神遇也。"赞克通过李善注理解篇名的意义并准确地用德语表达出来,体现了赞克翻译的功力。

再次,从对原篇目的补充来看,赞克《文选》赋的篇目有以下是他补充了一些信息的,分别是:《上林赋》《羽猎赋》《长杨赋》《东征赋》《景福殿赋》。

《上林赋》译为"Peotische Beschreibung des kaiserlichen Jagdparkes",即"皇家狩猎园的诗意描述",是赞克加上了对"上林"的解释。《羽猎赋》译为"Peotische Beschreibung des vom Kaiser mit der Yü-lin-Garde veranstalteten Jagd",即"由皇帝与羽林卫组织的狩猎的诗意描述",但纵观《羽猎赋》李善注并没有提到羽林卫,因而只是赞克个人的理解。《长杨赋》译为"Die Jagd im Wildpark des Ch'ang-yang-Schlosses",即"在长杨宫的苑囿狩猎",增加对长杨宫的解释,实则来自李善注:"善曰:明年,谓作《羽猎赋》之明年,即校猎之年也。班欲叙作赋之明年。《汉书·成纪》曰:元延二年冬,幸长杨宫,纵胡客大校猎,是也。"《东征赋》译为"Beschreibung meiner und meines Sohnes Reise nach Osten",即"我和儿子东方之旅的描述",增加了东征的具体人物,来自《东征赋》的第一句"惟永初之有七兮,余随子乎东征"。《景福殿赋》译为"Peotische Beschreibung des Ching-fu-Palastes in Hsü-ch'ang",即为"许昌景福宫的诗意描述",增加了景福宫所在地许昌,也是来自李善注"《洛阳宫殿簿》曰:许昌宫景福殿七间"。由此可知,赞克为篇目增加的信息如具体人物、地点、事件等,既有来自赋文本的,也有来自李善注的,还有来自赞克个人的发挥。

奈达的"篇章对等"理论范畴要求分析语言在特定环境中所体现的意义与功能，其中包含了三个层面：上下文语境、情景语境和文化语境。在我们看来，赞克所增加的部分是比较符合事实却没有必要的，且并不符合直译原则，显得有些画蛇添足。从"篇章对等"三个具体层面来看，赞克主要体现了上下文语境中的对等。而在文化语境方面，我们可以看到赞克只能将《啸赋》翻译为"Das Pfeifen"，"Pfeifen"为动名词，意为吹口哨，无法展示其背后的文化内涵。又如他将《思玄赋》(Sehnsucht nach dunklen Fernen)译为"憧憬那黑暗的远方"，但赞克此处的翻译并不正确。《思玄赋》中"玄"，六臣注解为："玄，道也，德也。"赞克没能理解"玄"背后的文化意义，只是将"玄"译为"黑暗"。① 类似的情况并不罕见，可见其翻译方式在文化语境上捉襟见肘的时候较多。

最后，"赋"的文体对应译名问题。西方汉学家面对"赋"这种文体的时候，难以找到一个对应的概念，往往写成"fu""fuh"或"fou"。我国古代文学体裁中诗、词、曲大抵可以在西方语言中找到一一对应的单词，而赋本身的概念就众说纷纭：有人用"rhyme-prose"，有人用"song"，有人用"enumeration"，康达维教授的翻译中则多使用"rhapsody"。② 但在赞克的翻译中用的是"Peotische Beschreibung"，即"诗意的描述"。而且我们经过统计后发现，在赞克所翻译的全部《文选》赋篇目却名称不尽相同，大致有以下几类：

1. 使用"……诗意的描写(Peotische Beschreibung……)"有：张衡《西京

---

① 事实上，赞克必然看过《道德经》，还写过批评文章，这里他因未能理解《思玄赋》的深层意义而出现的错误非常令人遗憾。

② 参见郭建勋、钟达锋《赋与狂诗——从赋的译名看赋的世界性与民族性》，《中山大学学报(社会科学版)》2014年第5期，第1—6页。从赋的形式上来看，有人译为"rhyme-prose"，即"押韵的散文"，这种译法出现于二十世纪五十年代后。如方志彤 Achilles Fang, "Rhyme-prose on Literature: The Wen-fu of Lu Chi", (*Harvard Journal of Asiatic Studies*, 1951); 华兹生 Burton Watson, *Chinese Rhyme-Prose* (New York: Columbia University Press, 1971); 马约翰 John Marney, *Rhyme-prose on Resentments*, *Chiang Yen*, (Boston: Twayne Publishers, 1981)。从赋与诗的关系看来，赋即来源于诗，故用"song"，但这种译法比较少见，如何可思 Eduard Erkes《风赋》为"Song of the Wind"(*Asia Major* 3, 1926)。从赋的形式上，还有人译为"prose poem"，即散文诗。从赋的铺陈特性来看，有人主张用"enumeration"，但这种译法也比较少见，二十世纪八十年代后发展起来，如大卫·霍克斯(David Hawkes)、李德瑞(Dore Levy)。至于"rhapsody"，早在1919年Arthur Waley已使用，康达维则从"不歌而颂"的角度认为"rhapsody"更适合。但近年来，康达维教授也在讲座中表达过就用"Fu"更为恰当的意思，只是其《文选》赋都用的"rhapsody"，学界已达成共识。

赋》《东京赋》《南都赋》、左思《三都赋序》《蜀都赋》《吴都赋》《魏都赋》、司马相如《上林赋》、扬雄《羽猎赋》、何晏《景福殿赋》、谢庄《月赋》。共 11 篇。分别属于京都、田猎、宫殿、物色。

2. 使用"……描写(Beschreibung……)"的有：班彪《北征赋》、曹大家《东征赋》。共 2 篇，均属于纪行。

3. 标题直接使用"Fu"的有：扬雄《甘泉赋》、潘岳《藉田赋》、司马相如《子虚赋》。共 3 篇，分属郊祀、耕藉、田猎。

4. 其他以动名词或名词为篇题，共 25 篇。

由此可见，虽然赞克对"赋"的文体特殊性有一定的认识，但是他依然没有形成统一的翻译术语。我们尝试了从赋具体的分类如京都、郊祀、耕藉、田猎、纪行、游览、宫殿、江海、物色、鸟兽、志、哀伤、音乐、情等分析其规律，但并未发现其中的逻辑。我们也尝试了从翻译时间先后探讨是否赞克对赋的认识在不断变化，但也没有发现其中存在的逻辑。奈达的"文体对等"理论范畴要求译者在熟练掌握源语与目的语两种语言特征的前提下，创造出真实体现源语风格的翻译作品。而赞克很可能并没有鲜明的文体意识，在翻译"赋"对应术语的时候很可能是比较随意的，因此在达到"文体对等"上有所欠缺。

综上，我们使用当下的尤金·奈达的动态对等理论：词汇对等、句法对等、篇章对等、文体对等分别分析赞克翻译的不同层面，会发现其中存在的一些问题，如缺乏鲜明的文体意识、缺乏统一性，还有强加的冗余信息。但瑕不掩瑜，我们无法忽视赞克翻译过程中对准确性的追求及其翻译中的闪光之处。如《洛神赋》译为"Die Nixe des Lo-Flusses"，即"洛水女神"。在德语中"Die Nixe"来自古高地德语而词形有所变化，可以看成是水中女神的古文词，区别于《神女赋》"Die Fee"。"Fee"更侧重于精灵，与女神意思无关。而洛神，李善注《汉书·音义》如淳曰：宓妃，宓羲氏之女，溺死洛水，为神"。赞克的"Die Nixe des Lo-Flusses"与《洛神赋》复古而神秘的味道结合起来，又用"Nixe"与"Fee"区分女神与神女二词，其准确性不得不令人折服。

小　结

在石坦安的评论中对赞克的作品既有钦佩，又有遗憾，①而这正是笔者的体会。我们也能理解赞克翻译时遇到的诸多看上去无解的问题，很可能是因为他在雅加达除个人藏书外没有充足的工具书和汉学书籍可供使用，更没有吸收最新的"文选学"研究成果。

虽然尝试过进入体制之内，但赞克生前从未进入过任何大学或学术研究机构②。赞克"在《德国了望》杂志上所写的那些批评文章，是所有那些不是为了学术而生、而是学术养活着的汉学家和亚洲学家的噩梦"。而他对自己的《文选》翻译也如是自嘲："你们报仇的时候到了，可以表现优越感了。"③本文对赞克《文选》翻译的得失评价也不得不涉及对语音、字词以及文化差异对比等非整个句子层面的内容。不过，或许正如戴闻达在批评中的自我辩护："赞克在序言中限定了评论者的方向，……但是鉴于这种批评是符合专业人士的利益的，我还是要勉为其难地指出。"④这也正是本文在讨论赞克得失时的自我辩护。方志彤（Achilles Fang, 1910—1995）将卫礼贤的经书翻译、福兰阁的历史研究、佛尔克的哲学研究与赞克的诗歌翻译并称为当时德国汉学之神。⑤ 而

---

① 原文为："Reading it one is alternately filled with admiration and disappointment." 石坦安 Diether von den Steinen, "Review of Übersetzungen aus dem Wên Hsüan by Erwin von Zach", *Monumenta Serica* Vol. 3, 1938, pp. 306—310.

② 赞克生前因捐赠给维也纳皇家科学院（Kaiserliche Akademie der Wissenschaften zu Wien）而获得名誉院士（1928），但实质上赞克的词典编纂项目却从未出版过，且从未在科学院出版过作品。

③ 原文为："Diese von mir selbst in den sondern in der Spalten der Deutschen Wacht geübte Kritik war der Schrecken jener professionellen Sinologen und Asinologen, die von der Wissenschaft und nicht für die Wissenschaft leben……Nun ist der Moment gekommen, wo sie Rache nehmen und ihre Überlegenheit erweisen können." 赞克，"Vorwort", *Sinologische Beiträge*, 1935.

④ 原文为："In dem wenig erfreulichen Vorwort übernimmt es der Verfasser, dem Renzensenten vorzuschreiben, wie er Kritik üben soll. Es tut mir leid, sagen zu müssen, daß man durch dise, eines Gelehrten ganz unwürdigen Benmerkungen fast dazu gebracht wird, über eine an sich wertvolle Arbeit liber zu schweigen. Weil die Sache aber doch das Interesse der Fachgenossen verdient, lass ich einige Verbesserungen folgen, welche mir bei Stichproben aufgefallen sind." 戴闻达 J. J. L. Duyvendak, "Review of Übersetzungen aus dem Wen hüsan von Erwin von Zach", *Sinologische Beiträge*, 1935, pp. 166—171.

⑤ 傅熊著，王艳、儒丹墨译《忘与亡：奥地利汉学史》，第 204 页。

越是深入研究赞克的翻译就越能体会到其治学态度和学术贡献。

（罗静，北京外国语大学中文学院；林琳，北京大学外国语学院；张原，北京大学数学科学学院）

第三部分
《文选》文献学研究

《文选》用《汉书》证

傅 刚

《文选》一书选录作品,有据前人总集或别集,有据史书者。在汉代作家和作品中,我们发现其对班固及《汉书》的重视,远超过对司马迁及《史记》的重视。这是发生在南朝时期非常有意义的现象,《汉书》对萧统编纂《文选》产生了哪些影响?为何是《汉书》而不是《史记》?这些都是值得我们深入探讨的问题。

《文选》收录周秦以迄南朝梁八代一百三十多位作家的七百多篇作品,按照唐人提供的说法:"萧统与刘孝绰撰集《文选》,自谓毕乎天地,悬诸日月。"[①]可以见出萧统编纂此集对自己的期许及自负。《文选》在后世的影响也的确证明他们的期许和自负是有道理的。《文选》收录作品有自己的标准,这在萧统的《文选序》中是有明确的说明的,我们曾以《文选序》为基本依据,又参考萧统相关论述进行过讨论,以为《文选序》中所说"综辑辞采,错比文华""事出于沈思,义归乎翰藻"诸语,是其收录作品的标准之一,此外,他在《答湘东王求文集及〈诗苑英华〉书》中提出的"丽而不浮、典而不野、文质彬彬,有君子之致",也应视为研究《文选》收录标准的重要参考材料。[②]《文选》一书,代表了萧统对文学的理想,也是他关于什么是"文"的一种解释。对于《文选》收录标准的讨论,除了依据这些明确论述的材料外,《文选》收录的作家和作品,也是我们必须考察的对象。比如萧统偏重收录哪些时代、哪些作家、哪些作品?比较分

---

① 《文镜秘府论·南卷·集论》引。
② 参考拙著《昭明文选研究》。

析,可以看得更为清楚①,我们曾经针对《文选》收录作家作品的总体情况,作过一些讨论,得出一些结论,但其实并不全面和深入,还有许多更深入的问题有待发覆。比如,我们发现《文选》收录的汉代作品,最重视的是班固的《汉书》而不是司马迁《史记》,这给我们带来许多值得思索的内容:萧统为什么如此重视《汉书》?《汉书》与《文选》的收录标准有什么样的关系?《汉书》的影响与《文选》的编纂又有什么样的联系? 我们不妨就此问题作一探讨。

《文选》一书较重《汉书》,胡克家《文选考异》卷二《上林赋》"樗柰厚朴"条已经有过说明,其云:"善此赋,大略文同《汉书》者较多。"虽然说的是《上林赋》,其实其他汉代诗文中也是如此,这反映了萧统对班固的看重。首先,《文选》所收汉代作家,总计不过十来位,而班氏一门就有班婕妤、班彪、班固、班昭(曹大家)四人。萧统是一位比较传统的储君,《文选》基本不收女作家,但班氏一门中竟占了两人。其次,《文选》开篇以京都题材冠首,班固《两都赋》即为开篇之作,显示了萧统对班固作为赋家地位的看重。第三,在文类中,班固一人收录七篇,是汉代作家中收录最多的。这个数据最清楚不过地表明了萧统对班氏一门在文学史上地位的评价。第四,《文选》选录史书中之赞、论、叙、述,多取《汉书》,如"史论"及"史述赞"。

《文选》收录先秦的作家作品,同为《史记》《汉书》收录的主要有贾谊、枚乘、司马相如、东方朔、邹阳等,此外如武帝二《诏》,《史记》不录,亦附校于此。此列三书所选诸家之文,比其异同,以见《文选》自《汉书》取文的事实。见以下表——表十一。

表一 司马相如《子虚赋》(《文选》卷七)②

文选	汉书	史记
过奼乌有先生	姹	诧
亡是公存焉	同	而无是公在焉
今日畋乐乎	同	田

---

① 参考拙著《昭明文选研究》。
② 《文选》用中华书局1977年影印清胡克家嘉庆十四年刻本,《史记》《汉书》均用中华书局点校本。下同。

续 表

文选	汉书	史记
畋于海滨	田	田
掩兔辚鹿	同	揜
楚王之猎孰与寡人乎	同,无"乎"	何,无"乎"
又焉足以言其外泽者乎	乌、无"者"	恶、无"者"
岑崟参差	同	岩
罷池陂陀	陁	陁
硙石碱砆	武夫	武夫
衡兰芷若芎藭昌蒲	同	衡兰芷若射干芎藭昌蒲
茳①蓠蘼芜	江	江
诸柘巴苴	巴且	蔗、猼且
箴菥苞荔	析	薪
其埤湿则生藏莨	埤	卑
东墙彫胡	彫	雕
莲藕觚卢	觚	菰
菴闾轩于	于	芋
其㮆	巨	巨
櫃棃楟栗	梨	梸
其上则有鹓雏孔鸾	同	其上则有赤猨蠷蝚鹓雏孔鸾
其下则有白虎玄豹蟃蜒貙犴	同	其下则有白虎玄豹蟃蜒貙犴兕象野犀穷奇獌狿
於是乃使剸诸之伦	剸	專
驯駮之驷	駮	駁
乘彫玉之舆	彫	雕
左乌号之雕弓	号	嘷

---

① 胡克家《考异》:"茳,当作'江'。"

续　表

文选	汉书	史记
孅阿为御	孅	纎
蹵蛩蛩辚距虚	同	辚邛邛蹵距虚
轶野马(而)辚陶駼	×、駒	而、駒
(而)射游骐	×、遊	而、游
倏眒倩浰	儵、倩	儵、凄
雷动猋至	雷、猋	靁、熛
中必决眦	眦	皆
洞胸达掖	胸、掖	胸、腋
弥节徘徊	徘徊	裴回
徼矵受诎	礼	欲
被阿錫	錫	錫
纡徐委曲①	××××	纡徐委曲
扬袘戌削	戌	卹
蜚襳垂髾	襳	纎
扶舆猗靡	輿	輿
下靡②兰蕙	摩	摩
眇眇忽忽	眇眇	缥乎
若神仙③之髣髴	×	仙
上乎金堤	×	×
孅缴施	孅	纎

---

① 胡克家《文选考异》卷二以为此四字为五臣所有,而以之乱善。然日本古钞九条家本亦有此四字,则其羼入善本时期或在宋代之前。

② 此字善注作"摩",似《文选》原本亦作"摩"。今查九条本,正作"摩"字。胡克家《文选考异》卷二称张守节《史记正义》及颜师古《汉书注》作"靡",谓"靡者,古'摩'字通用。亦'靡'是'摩'非也"。

③ 胡克家《文选考异》卷二称"仙"字衍,谓"凡《史记》与此同误,皆后人所改耳"。

续 表

文选	汉书	史记
连駕①鵝	駕②	駕
扬旌枻	旌、枻	桂、枻
闻乎数百里之外	×③	之
般乎裔裔	般	班
云阳④之台	阳云	阳云
怕⑤乎无为	泊	泊
憺⑥乎自持	澹	澹
曾不下舆	曾	而
脟割轮焠	焠	淬
於是齐王(默然)无以应僕也	×、××	×、默然
来覜齊国	况	况
王悉发境内之士	×	发
与使者出畋	与使者、田	以××、田
以娱左右(也)	也	也
(有而言之是彰君之恶也⑦)	有而言之是章君之恶也	有而言之是章君之恶
是害足下之信也	也	×
彰君(之)恶(而)伤私义	章、×、×	章、之、而
其于胸中	其于	于其

---

① 駕,据李善注,字作"駕",九条本同。胡克家《文选考异》卷二以为作"驾"是。
② 《文选考异》卷二谓《史记》《汉书》皆作"驾",然殿本及中华书局点校本均作"駕"。颜注亦作"駕"。
③ 《四库全书》本引宋祁校:"江南本'里'下有'之'字。"
④ 剛案,九条本作"阳云",与《史》《汉》同。《文选》卷三一江淹《杂拟·休上人别怨》"怅望阳云台",当用《子虚赋》语。然李善注引《子虚赋》,仍作"云阳",似李善所见作"云阳"。
⑤ 九条本作"泊"。李善注:"'怕'与'泊'同。"是李善本原作"怕"。
⑥ 九条本作"澹"。李善注:"'憺'与'澹'同。"
⑦ 九条本有此句,当是尤刻本脱漏。

续 表

文选	汉书	史记
万端鳞崒	崒	萃
充牣其中(者)	牣、者	牣、者
何为无以应哉	以	用

注：1. 因涉及字形对照，表中保留部分繁体字形。

2. 表中×号表示无《文选》中加点字。"同"指同前一列中书。

3. 本文用《文选》与《史记》《汉书》校异同，仅能反映大致面貌而已。如胡刻本《文选》未必一定能反映《文选》原貌，《史记》《汉书》亦然。即如"固将制于蝼蚁"句，中华书局点校本《史记》作"蚁蝼"，但据胡克家《文选考异》说，仅单行《索隐》正文作"蚁蝼"，是中华本据《索隐》本，其他如宋本及清殿本以及《史记正义》本均作"蝼蚁"。此种情形虽不在少数，但总体上《文选》与《史》《汉》异同还是能够反映出来的。

4. 以下表格皆同。

表二 《上林赋》（《文选》卷第八）

文选	汉书	史记
徒事争於游戲之乐	於、戲	×、獵
烏足道乎	烏、乎	焉、邪
酆镐潦潏	镐	鄗
荡荡乎八川分流	乎	兮
经乎桂林之中	径	径
汩乎混流	混	浑
赴隘陿之口	陿	陕
淘涌彭湃	彭湃	滂濞
潭弗宓汩	弗宓	渤溢
偪侧泌㵠	偪侧	湢测
滂濞沉溉	溉	溢
宛潬胶盭	宛潬、盭	蜿灗、庡
沇沇下濑	沇沇	莅莅
批岩衝擁	岩、衝擁	壧、衝壅

续　表

文选	汉书	史记
沈沈隐隐	沈沈	湛湛
安翔徐回	徊	徊
鉅鱣漸離	漸	蜥
鰅鳙鰬魠	鰫	鱅
禺禺魼鰨	魼鰨	鱋魶
捷鰭掉尾	掉	擢
的皪江靡	的皪	玓瓅
鴻鷫鵠鴇	鵁鷫鵠	鴻鵠鷫
駕鵞屬玉	駕鵞屬玉	鴎鵝鵙鵙
交精旋目	交精旋	鮫鯖鰥
烦鹜庸渠	庸渠	鷛䳠
箴疵鵁盧	箴疵、盧	䴋䴇、鸕
奄薄水渚	奄、水陼	掩、草渚
崇山矗矗	矗矗	巃嵸
巃嵸崔巍	巃嵸崔巍	崔巍嵯峨
深林巨木	巨	鉅
摧①嵬崛崎	摧	摧
阜陵别隝	隝	島
丘虚堀礨	礨	嵒
掩以绿蕙	掩	掩
杂以留夷	留	流
布结缕	布	専
葴持若荪	持	橙
蒋芧②青薠	芧	芧

---

　　①　胡克家《文选考异》卷二称袁本、茶陵本"摧"皆作"摧",与《史记》《汉书》同,是尤本之误。按,九条本亦作"摧",可证是尤本之误。
　　②　胡克家《文选考异》卷二谓"苎"为讹字,作"芧"是。

续　表

文选	汉书	史记
離靡廣衍	離	麗
郁郁菲菲	菲菲	斐斐
晻薆咇茀	薆咇茀	曖苾勃
縝紛軋芴	縝紛、芴	瞋盼、汩
视之无端	端	崖
入乎西陂	虖	於
涌水跃波	涌	踊
其兽则㺒旄貘犛	其、庸、貘	×、犏、獏
其兽则麒麟角端	其、端	×、𬴊
駒騟橐駝	駞	駝
駃騠驴赢	驘	騾
岩窔洞房	突	突
頫杳眇而无见	頫	俛
青龙蚴蟉于东箱①	箱	箱
象舆婉僤于西清	僤	蟬
灵圉燕于闲館	圄、館	圉、觀
通川过于中庭	於	乎
槃石振②崖	裖	裖
玢豳文鳞	玢豳	璸斒
晁③采琬琰	鼂采	垂綏
亭④奈厚朴	亭	樗
隐夫薁棣	薁	鬱

---

① 胡克家《文选考异》卷二谓"葙"乃"箱"之误。又谓五臣改作"廂",非。按,九条家本亦作"廂"。
② 胡克家《文选考异》卷二谓当作"裖"。《高唐赋》"裖陈磑磑",李善注云:"裖已见《上林赋》。"是李善本作"裖"。按,九条本作"振"。
③ 九条本作"朝"。
④ 九条本作"樗"。

续　表

文选	汉书	史记
答遝離支	答遝離支	荅樧荔枝
垂朱荣	垂	秀
华枫枰櫨	枫枰	氾櫯
留落胥邪	邪	餘
实叶葰楙	楙	茂
连卷欐佹	欐	累
崔错癹骪	骪	骪
垂条扶疏	疏	於
纷溶箾蔘	溶箾	容蕭
猗狔从风	猗柅	旖旎
浏莅芔歙	歙	吸
㒒池㘩虒	柴	柴
旋还乎后宫	乎	×
杂襲絫辑	襲	遝
于是乎玄猨素雌	乎	×
蜼玃飞蠝①	蠝	鸓
蛭蜩蠼蝚	蠼蝚	蛭蜩蠼蝚
螹胡縠蛫	螹	螹
(於是乎)隃绝梁	×××	於是乎
掉希间	掉希	踔稀
烂漫远迁	漫	曼
若此(辈)者数百千处	×	辈
娱游往来	娱	嬉
纵獵者	獵	獠
河江②为阹	江河	江河

---

① 胡克家《文选考异》卷二谓""字误，当作"蠝"。按，九条本正作"蠝"。
② 九条本作"江河"。

续　表

文选	汉书	史记
殷天动地	殷	隐
足壄羊	壄	野
跨壄马	壄	野
径峻赴险	峻	陖
椎①蜚廉	推	推
弄獬豸	解廌	豸
罥要褭	罥	胃
弥节徘徊	徘徊	裴回
览将帅之变态	帅	率
侵淫促节	侵淫	浸潭
栎白鹿	遽	虡
先中而命处	而	×
陵惊风	陵	凌
历骇猋	猋	飚
蹵玄鹤	蔺	轔
捎凤凰	凰	皇
捷鸳鶵	鹓鶵	鸳雛
揜焦明	揜	掩
消②摇乎襄羊	消	招
晻乎反乡	揜	闇
麚石闕③	關	闕④
均獵者之所得获	钧獵	钧獠
步骑之所蹂若	×	乘

---

① 胡克家《文选考异》卷二谓作"推"是，按，九条本正作"推"。
② 九条本作"招"。
③ 胡克家《文选考异》谓李善原本作"关"，尤袤依《史记》改作"闕"。
④ 中华点校本改作"关"。此处用宋黄善夫本字。

续　表

文选	汉书	史记
人臣之所蹈籍	×	民
惊惮䧢服	䧢	慴
他他籍籍	它它	佗佗
掩平弥泽	掩	揜
颢天之台	颢	昊
膠葛之寓	膠葛	轇輵
千石之鍾	鐘	鐘
立万石之虡	虡	钜
淮南干遮	干	于
族居递奏	居	舉
铿锵闛鞈	闛	鞈
娱耳目(而)乐心意	×	而
靡曼美色(於後①)	於後	於後
妖冶娴都	妖	姣
靓粧刻饰	莊	莊
柔桡嫚嫚	嬛嬛	嬛嬛
妩媚孅弱	孅弱	姌嫋
曳独茧之褕袘	衪	袘
眇阎易以郗削	恤	戌
便姗嫳屑	便姗嫳屑	媥姺徶㛍
与俗②殊服	世	世
芬芳沤郁	芳	香
此大奢侈	大	泰
恐后世靡丽	世	葉
地可(以)垦闢	×垦辟	以垦辟

---

① 李善注："下或云'于后'，非也。"
② 九条本作"世"。

续　表

文选	汉书	史记
发仓廪以救贫穷	救	振
革正朔	革	更
与天下为更始	×	×
袭朝服	服	衣
游于六艺之囿	游于	遊乎
驰骛乎仁义之塗	驰	×
舞干戚	舞	建
次①群臣	恣	恣
乡风而听	乡	嚮
龂然兴道而迁义	龂	喟
德隆於三皇	於、皇	于、王
而功羡于五帝	×	×
若夫终日(暴露)驰骋	××	暴露
(而)贪雉兔之获	×	而
则仁者不繇也	繇	由
而乐万乘之(所②)侈	所	所
仆恐百姓(之)被其尤也	×	之
谨受命矣	受	聞

汉武帝二诏，《史记》不录，《汉书》备载，然与《文选》颇有异文。如《文选》载第一首元封五年诏"其令州县"句"县"字，《汉书》作"郡"。第二首元光元年诏异文甚夥：

---

① 九条本作"恣"。
② 九条本有"所"字。

表三　汉武帝二《诏》(《文选》卷三五)

文选	汉书
刑措不用	错
海外肃慎	育
氐羌来服	徕
呜呼何施而臻此乎	虖、与
猗欤伟欤	与、与
此子大夫之所覩闻也	睹

据此，似武帝二诏，《文选》非从《汉书》所选。

表四　司马相如《上书谏猎》(《文选》卷三九)

文选	汉书	史记
臣之愚暗	×	×
好凌岨险	陵、阻	陵、阻
人不暇施功	巧	巧
尽为难矣	同	害
中路而驰	同	中路而后驰
而况乎涉丰草骋丘墟	无"而"	而况涉乎蓬蒿驰乎丘坟
其为害也	同	祸
盖闻明者	×	×
而发於人所忽者也	"人"下有"之"	同

枚乘《上书谏吴王》(《文选》卷三九)，《史记》不载，《文选》与《汉书》略有异文。

表五　枚乘《上书谏吴王》

文选	汉书
得全者昌失全者亡	得全者全昌失全者全亡
危於累卵	絫
今欲极天命之上寿	×

续　表

文选	汉书
弊无穷之极乐	×
居泰山之安	"居"上有"以"
而欲乘累卵之危	絫
此愚臣之所大惑也	此愚臣之所以为大王惑也
迹逾多影逾疾	愈、愈
不如就阴而止	知
譬由抱薪而救火也	猶
百步之内耳	"百"上有"廼"
殫極之	單、竞
始生而蘖	如
手可擢而抓	拔
先其未形也	×
磨礲砥礪	底厲

表六　枚乘《上书重谏吴王》（《文选》卷三九）

文选	汉书
昔秦西举胡戎之难	昔者
而富實於天子	實富
軍行数千里	運
不绝于郊	道
山東之府	東山
所为大王乐也	所以
吳有吞天下之心	"心"下有"也"
梁王飾车骑	飭
以偪滎陽	偪
今大王已去千里之国	×

表七　邹阳《狱中上书自明》(《文选》卷三九)

文选	汉书	史记
太白食昴	同	蚀
昭王疑之	同	"昭"上有"而"
夫精诚变天地	×	×
而燕秦不寤也	同	悟
愿大王熟察之	孰	孰
昔玉人献宝	同	卞和
楚王诛之	同	刖
箕子阳狂	同	详
接舆避世	同	辟
恐遭此患	"患"下有"也"	同《汉书》
大王察玉人	同	卞和
毋使臣为箕子接舆所笑	同	無
愿大王熟察	孰	孰
语曰	同	谚
故樊于期逃秦之燕	同	"故"下有"昔"
以奉丹事	同	"丹"下有"之"
为燕尾生	同	"为"上有"而"
苏秦相燕人恶之於燕王	同	苏秦相燕燕人恶之於王
燕王按剑而怒	同	×
白圭显於中山人恶之於魏文侯	同	白圭显於中山中山人恶之魏文侯
文侯投以夜光之璧	赐	投之
剖心析肝	析	坼
司马喜膑脚	同	髌
挟孤独之交	同	位
申徒狄蹈雍之河	同	自沈於河
不容身於世	×	×

文选	汉书	史记
此二人	"人"下有"者"	同《汉书》
岂素官于朝	宦	借宦
合于意	行	行
坚如胶漆	同	親於
昔鲁听季孙之说	同	昔者
宋信子冉之计	同	罕
积毁销骨	"骨"下有"也"	同《汉书》
齐用越人子臧	同	齐用越人蒙
系奇偏之辞	同,又"之"下有"浮"	阿
垂明当世	同	名
由于子臧是矣	同	越人蒙
骨肉为雠敌	同	出逐不收
用齐秦之明	明	義
五霸不足侔	伯、侔	伯、稱
三五易为比也	×	×
是以圣王觉悟	寤	寤
故功业覆於天下	同	復就
而彊霸诸侯	×	×
诚嘉於心	加	加
此不可以虚辞借也	×	×
立彊天下	同	兵
而霸中国	同	×
遂诛其身	同	而卒
嚓肝胆	堕	堕
桀之狗	犬	狗
跖之客	同	蹠
何况因万乘之权	同	×

续　表

文选	汉书	史记
荆轲湛七族	同	"湛"上有"之"
要离燔妻子	同	之烧
岂足为大王道哉	同	×××
以暗投人于道	闇、道路	闇、道路
轮囷离奇	同	诡
故无因而至前	同	×
虽出隋侯之珠夜光之璧	虽出隋珠和璧	同《文选》
衹足结怨	衹怨结	猶怨结
则枯木朽株	同	"则"下有"以"
今天下	"今"下有"夫"	同《汉书》
虽竭精神	同	思
必襲按剑相眄之迹矣	同	有、×
是使布衣之士	同	××
而不牵乎卑辞之语	同	於、亂
不夺乎众多之口	同	於
周文猎泾渭	"文"下有"王"	同《汉书》
秦信左右而亡	同	故秦、杀
以其能越挛拘之语	拘挛	拘挛
沈谄谀之辞	同	沈於
牵于帷墙之制	同	裳
不以私汙义	同	利
不以利伤行	同	欲
里名胜母	同	郡
墨子回车	同	"墨"前有"而"
恢廓之士	寡	寡
诱于威重之权	籠	摄
胁于位势之贵	同	主

续　表

文选	汉书	史记
回面汙行	同	"回"前有"故"
则士有伏死	同	×
安有尽忠信	同	安肯

表八　司马子长《报任少卿书》(《文选》卷四一)

文选	汉书
太史公牛马走再拜言	×
顺于接物	慎
勲勲	勤勤
而用流俗人之言	×
非敢如此也	是
僕虽罴驽	×
长者之遗风	×
是以独鬱悒而與谁语	×悒鬱、無谁
士为知己者用	×
女为悦己者容	×
适足以见笑	發
会東從上来	從東
得竭至意	指
薄从上雍	上上
恐卒然不可爲諱	×
阙然久不报	×
幸勿爲过	
智之符也	府
取與者义之表也	予、符
而诟莫大于宫刑	×
与雍渠同载	×

续　表

文选	汉书
袁丝变色	爰
夫以中才之人	×
事有关于宦竖	×
而况慷慨之士乎	×
朝廷虽乏人	×
积日累劳	累日积劳
可见如此矣	於
嚮者	鄉
仆常厕下大夫之列	仆亦
今以亏形	已
仰首伸眉	卬、信
不羁之行	才
亡家室之业	忘
接慇懃之餘	歡
自守奇士	×
取與义	予
今举事一不当	壹
十有余日	×
所杀过半当	×
引弓之人	民
然陵一呼	李陵、壹
躬自流涕	×
更张空拳	×
北嚮争死敌者	首、×
惨怆怛悼	悽
能得人死力	人之
虽古之名将	×

续　表

文选	汉书
不能过也	×
推言陵之功	×
明主不晓	深晓
货赂不足	财
不为一言	壹
此真少卿所亲见	正
岂不然乎	邪
佴之蚕室	茸
仆之先	先人
倡优所畜	畜之
与蝼蚁何以异	×
而世又不能与能死节者	"者"下有"比"
使然也	×
或重於太山	死有
不可不勉励也	厲
猛虎处深山	在
及在槛穽之中	及其、穽槛
故有画地为牢	故士有
势不可入	×
议不可对	×
正惕息	心
拘於羑里	×、牖
具於五刑	×
南面称孤	乡
系狱抵罪	具
衣赭衣	×
受辱於居室	×

续　表

文选	汉书
引决自裁	财
何足怪乎	曷
夫人不能早自裁	且、蚤、财
以稍陵迟	已
念父母	亲戚
乃有所不得已也	×
早失父母	二亲
由能引决	猶
幽於粪土之中	函
文彩不表于后世也	×
倜儻	俶儻
文王拘而演周易	西伯
乃如左丘无目	及、左丘明
退而论书策	×
略考其行事	考之
综其终始	××××
兴坏之纪	理
"上计轩辕"二十六字	阙此二十六字
會遭此祸	適會
已就极刑	是以
下流多谤议	上
遇此祸	遇遭
为乡党所笑	戮
以汙辱先人	×
父母丘墓	"丘"上有"之"
不知其所往	所如往
宁得自引於深藏岩穴邪	×

续　表

文选	汉书
且从流欲浮沈	湛
与僕私心刺謬乎	僕之私指謬乎
適足取辱耳	祇
略陈固陋	"略"上有"故"
谨再拜	×××

表九　司马相如《喻巴蜀檄》(《文选》卷四四)

文选	汉书	史记
安集中国	集安	辑安
屈膝请和	同	諷
重译納貢	同	请朝
稽顙来享	同	首
不敢惰怠	同	怠堕
皆嚮風慕義	同	争歸義
巴蜀之十	同	士民
議不反顧	同	義
居位甚安佚	同	逸
三老孝悌	弟	弟
咸喻陛下之意	諭	知
無忽	毋忽	唯毋忽也

表十　司马相如《难巴蜀父老文》(《文选》卷四四)

文选	汉书	史记
群生霑濡	同	
进曰	同	因进曰
牧夷狄也	於	於
乌谓此乎	同	邪

续 表

文选	汉书	史记
僕常恶闻若说	僕尚	余尚
夫非常者	×	×
固常人之所异也	同	×
洪水沸出	同	鸿
民人升降	同	登
崎岖而不安	同	陭㠊
乃堙洪塞源	堙洪源	堙鸿水
决江疏河	同	流
灑沈澹灾	同	漉沈赡菑
恭媵胝无胈	傂	×
脩诵习传	循	循
呟议	詃	阋
浸潭衍溢	淫	浔
异党之域	同	地
舟车不通	同	舆
则时犯义	×	×
放殺其上	同	弑
父老不幸	兄	兄
孤为奴虏	同	×
係缧号泣	絫	纍
戾夫为之垂涕	螫	螫
又焉能已	乌	乌
为闭匓爽	同	阻深
中外褆福	同	提
反衰世之陵夷	同	遅
天子之亟务也	急	"天子"上有"斯乃"、急
且夫王者	同	事

续　表

文选	汉书	史记
逸乐	佚	佚
在於此	同	"此"下有"矣"
上减五	咸	咸
廖廓之宇	××	××
百姓虽劳	同	怠

表十一　贾谊《弔屈原文》(《文选》卷六〇)

文选	汉书	史记
恭承嘉惠	恭	共
侧闻屈原	仄	侧
呜呼哀哉	乌虖	呜呼
世谓随夷为溷兮	×、随	世、伯
谓跖蹻为廉	谓跖蹻廉	谓盗跖廉
莫邪为钝	钝	顿
吁嗟默默	于、默默	于、嘿嘿
斡弃周鼎宝康瓠兮①	斡弃周鼎宝康瓠兮	斡弃周鼎兮宝康瓠
訊曰	諝曰	讯曰
国其莫我知兮独壹鬱其谁语	国其莫我知兮子独壹鬱其谁语	国其莫我知独堙鬱兮其谁语
凤漂漂其高逝兮	逝	遭
×固自引而远去	夫、远	夫、缩
汩深②潜以自珍	渊	深
偭螾獭以隐处	偭螾獭	彌融爈
夫豈从蝦与蛭螾	蝦	螘
使骐骥可得係而羁兮	麟、×、而	驥、得、×

① 案，以下五句皆如此句，《史记》以"兮"字置句中，《汉书》与《文选》置句末。
② 案，"深"当因讳"渊"改字。

续 表

文选	汉书	史记
般纷纷其離此尤兮	郵	尤
亦夫子之故也	故	辜
歷九州而相其君兮	歷、其	睠、×
凤凰翔于千仞兮	千仞	千仞之上
遥曾击而去之	遥增击	摇增翩逝
岂能容夫吞舟之巨鱼	×、×、×	能、×、×
横江湖之鱣鲸兮	鲸	鱄
固将制于蝼蟻	蝼螘	蟻蝼

又，东方朔《答客难》，《史记》节选，《汉书》《文选》则备载其文，是《文选》取自《汉书》，不待明言。

以上我们选取了几篇《史记》《汉书》都收录的汉文章，通过校勘，可以见出《文选》收录之文来源于《汉书》，而非《史记》。

《文选》为何依据《汉书》而不依据《史记》呢？这与《史记》《汉书》在魏晋南北朝时期的不同遭遇有关。总的说来，魏晋南北朝时期重《汉书》而轻《史记》。我们据《隋书·经籍志》著录的当时人对这两种书的注释情况可以见出。《隋书》卷三三著录《史记》《汉书》书录情况如下：

史记一百三十卷（汉中书令司马迁撰）、史记八十卷（宋南中郎外兵参军裴骃注）、史记音义十二卷（宋中散大夫徐野民撰）、史记音三卷（梁轻车录事参军邹诞生撰）。

汉书一百一十五卷（汉护军班固撰、太山太守应劭集解）、汉书集解音义二十四卷（应劭撰）、汉书音训一卷（服虔撰）、汉书音义七卷（韦昭撰）、汉书音二卷（梁浔阳太守刘显撰）、汉书音二卷（夏侯咏撰）、汉书音义十二卷（国子博士萧该撰）、汉书音十二卷（废太子勇命包恺等撰）、汉书集注十三卷（晋灼撰）、汉书注一卷（齐金紫光禄大夫陆澄撰）、汉书续训三卷（梁北平咨议参军韦棱撰）、汉书训纂三十卷（陈吏部尚书姚察撰）、汉书集解一卷（姚察撰）、论前汉事一卷（蜀丞相诸葛亮撰）、汉书驳议二卷（晋安北将军刘宝撰）、定汉书疑二卷（姚察撰）、汉书叙传五卷（项岱撰）、汉疏四卷、目录一卷（梁有汉书孟康音九卷、刘孝标注汉书一百四十卷、陆澄注汉书一百二卷、梁元帝注汉书一百一十五卷,并亡)。

《隋书·经籍志·史部叙》:"唯《史记》、《汉书》,师法相传,并有解释。《三国志》及范晔《后汉》,虽有音注,既近世之作,并读之可知。梁时明《汉书》有刘显、韦棱,陈时有姚察,隋代有包恺、萧该,并为名家。《史记》传者甚微,今依其世代,聚而编之,以备正史。"

《隋志》言《史记》传者甚微,而《汉书》研读之盛,于此可见。据《隋志》著录,注《史记》者仅三家,《汉书》则有十八家,加上梁时有初唐时亡之四家,共二十二家之多。为什么出现这样的情况呢?这与汉魏六朝时人对司马迁个人及其所撰《史记》的态度有关。据《西京杂记》记:"司马迁作《景帝本纪》,极言其短及武帝之过,帝恨,削而去之。"班固《典引》记明帝说:"司马迁著书,成一家之言,扬名后世,至以身陷刑之故,反微文刺讥,贬损当世,非谊士也。"《汉书·东平思王传》载宣帝子刘宇于成帝时来朝:"上疏求诸子书及太史公书。上以问大将军王凤,对曰:'……太史公书,有战国纵横权谲之谋,汉兴之初谋臣奇策,天官灾异,地形厄塞,皆不宜在诸侯王,不可予。'"又,《后汉书·蔡邕传》记王允说:"昔武帝不杀司马迁,使作谤书,流于后世。"《三国志·王肃传》载魏明帝说:"司马迁以受刑之故,内怀隐切,非贬孝武,令人切齿。"以上皆可见当时人对司马迁及其《史记》的批评意见,这影响了《史记》的地位,萧统编《文选》,当是受到这种意见的影响,故据《汉书》而不从《史记》。

(北京大学中文系)

新出墓志所见《文选》注者李善世系事迹考述

胡可先

唐代《文选》学兴盛,李善之功厥大。李善的《文选注》,使得"文选学"成为一门显学而延续至今。因而古往今来研究《文选》者无不对李善予以关注。① 笔者曾撰《新出石刻与唐代文学家族研究》一书,其第十章为《洛阳出土唐代李邕家族墓志考论》②,其中对于与李善相关之新出墓志进行清理。但该章所述以李邕为主,对于李善的论述较为疏略,故仍有另撰专文之必要。洛阳出土的唐代墓志当中,李邕家族的墓志多达二十余方(见附录《新出土李善家族墓志一览表》)。这些墓志,蕴涵着以家族为单元的文化群体的多种因素。就学术而言,从李邕之父李善注《文选》开始,著述繁富,传承不断,这在新出土墓志中多有记载。本文就有关李善家族的新出墓志进行清理,钩稽《文选》注者李善的相关事迹与家族传承情况。

一 新出墓志所见李善世系

笔者近年来研究出土墓志,关注到李善族系的墓志二十余方,其中直接记载李善者有八方。见表一。

---

① 对于李善生平事迹的研究文章,我们注意到罗国威有《李善生平事迹考辨》,《文献》1999年第3期,第44—53页;石树芳有《江夏李氏考索——以李善家族为检讨中心》,《河南师范大学学报(哲学社会科学版)》2013年第1期,第124—128页;刘群栋有《李善生平及其著述考略》,《殷都学刊》2017年第4期,第80—86页。

② 胡可先《新出石刻与唐代文学家族研究》,北京大学出版社,2017年,第624—661页。

1. 李昂撰《唐故北海郡守赠秘书监江夏李公(邕)墓志铭并序》:"公讳邕,字太和,本赵人也。烈祖恪,随晋南迁,食邑于江,数百年矣。其出未大,及公前人讳善,显而不荣,宜公兴之。"①

2. 李郦撰《唐故江夏李府君(岐)墓志》:"公讳岐,字伯道,广武君左车之后,赵人也。至九代孙就徙江夏,后汉会稽太守高阳侯。高祖赎,隋连州司马;曾祖元哲,皇朝沂州别驾;祖善,皇朝兰台郎、集贤殿学士,注《文选》。考邕,皇朝北海郡太守,赠秘书监,有文集一百八卷行于代。《囗书》有传。公即北海之第二子也。……嗣子虔州刺史正臣。"②

3. 李正卿撰《唐故大理评事赠左赞善大夫江夏李府君(翘)墓志铭并叙》:"公讳翘,字翘,本赵郡人也。曾祖元哲,皇括州括苍令;祖善,皇秘书郎,崇贤、弘文馆学士。父邕,皇北海太守,赠秘书监。公即北海第三子。……公长子增、次子觐、正叔、觊、正卿五人。"③

4. 李褒撰《唐故绵州刺史江夏李公(正卿)墓志铭并序》:"曾祖善,贯通坟史,注《文选》六十卷,用经籍引证,研精而该,博学者开卷自得,如授师说,官至秘书郎、弘文馆学士、沛王侍读。祖邕,文学优宏,以风概然诺自任,落落有大节,为一时伟人,官至北海太守,赠秘书监。考翘,履道葆光,绰有余裕,皇任大理评事,赠太常少卿。公讳正卿,字肱生。"④

5. 张道符撰《唐故西川观察推官监察御史里行江夏李君(潜)墓志铭并序》:"生吾唐,为李氏第二子,讳潜,字德隐。父讳正卿,绵州牧。绵州父讳翘,为真评事,赠少常。评事父讳邕,理北海郡,有能声。当时言语,鲁弟子无能列墙仞者。而又好义,不俾玉帛,故君子多之。迄今不名,寔曰北海。北海父讳善,秘书郎、弘文馆学士。弘文父曰元哲,沂州别驾。别驾世祖广武君,左车在赵,说赵王。赵王不能用,故败。广武九代孙就,有崇庸于汉中兴,三封高阳侯,为会稽太守。其先派于赵郡。会稽与赵郡三祖昆弟,指武昌江山相谓曰:'邯郸岂有是乎?'深慕之,遂徙家于此。就七代孙通,通孙颙,颙子翼,皆嗣封

---

① 周绍良《唐代墓志汇编》,上海古籍出版社,1992年,第1766页。
② 吴钢《全唐文补遗》第四辑,三秦出版社,1997年,第71页。
③ 周绍良《唐代墓志汇编》,第1998页。
④ 周绍良《唐代墓志汇编》,第2240页。

江夏公,故望归江夏焉。"①

6. 庾承宣撰《前黔中经略观察等使检校左散骑常侍兼御史大夫崔公(元略)故夫人博陵县君江夏李氏(保真)墓志铭》:"夫人讳保真,其先大赵人也。远祖通,曹魏时著节忠义,立功淮汝,封侯江夏,食户四百,其后族望遂归江夏焉。高祖讳善,皇朝秘书郎,崇文、弘文两馆学士。曾祖讳邕,北海郡太守,赠秘书监。王父讳岐,秘书省校书郎。皇考讳正臣,大理卿。夫人,大理府君之女也。"②

7. 李师稷撰《唐故朝散大夫试大理司直兼曹州考城县令柳府君(均)灵表》:"公讳均,河东解梁人也。……夫人江夏李氏,秘书郎崇贤馆学士之孙,北海郡太守之女。"③

8. 柳颇撰《唐故柳氏(均)江夏李夫人墓志》:"有唐故大理司直、兼□□□考城县令柳公讳均夫人江夏李氏,唐故秘书郎、弘文□学士讳善之孙,故北海郡太守、赠秘书监讳邕之季女。"④

以新出土墓志为依据,参照陈尚君《〈新唐书·宰相世系表〉订补二则》⑤和赵超《新唐书宰相世系表集校》⑥、王其祎《唐书献疑》⑦的相关考证,我们将李邕家族世系重新梳理如下:

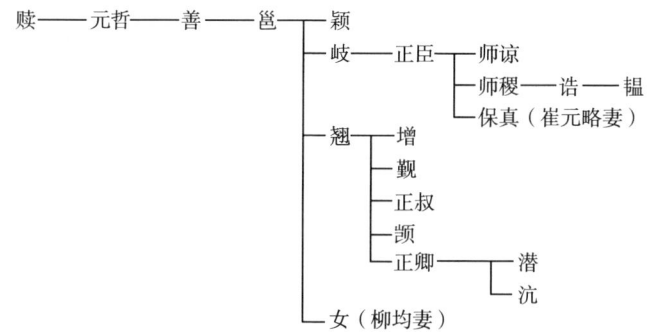

图一 李善家族世系图

---

① 赵文成、赵君平《秦晋豫新出墓志蒐佚续编》,国家图书馆出版社,2012年,第1223页。
② 洛阳市第二文物工作队《唐崔元略夫妇合葬墓》,《文物》2005年第2期,第61页。
③ 周绍良《唐代墓志汇编》,第1922页。
④ 吴钢《全唐文补遗》第四辑,第71页。
⑤ 陈尚君《〈新唐书·宰相世系表〉订补二则》,《中华文史论丛》1986年第4期,第108页。
⑥ 赵超《新唐书宰相世系表集校》卷2,中华书局,1998年,第260页。
⑦ 王其祎《唐书献疑》,《碑林集刊(第2辑)》,陕西人民美术出版社,1994年,第180—182页。

二 新出墓志所见李善注释《文选》

李善是唐代学术成就和学术影响最为卓著的人物,同时也是一位"显而不荣"的人物,即《李邕墓志》所称"及公前人讳善,显而不荣,宜公兴之"①。所谓"显而不荣"就是指李善因著书和讲学而名声显赫,但其官位并不很高。他一生中最为显赫卓著者就是注释《文选》,故新出墓志也常提到其注《文选》的情况。《李岐墓志》云:"祖善,皇朝兰台郎、集贤殿学士,注《文选》。"②《李正卿墓志》云:"曾祖善,贯通坟史,注《文选》六十卷,用经籍引证,研精而该,博学者开卷自得,如授师说,官至秘书郎、弘文馆学士、沛王侍读。"③《李潜墓志》:"北海父讳善,秘书郎、弘文馆学士。"④而传世的《王俊神道碑》也称:"夫人江夏李氏祔焉。李门多奇才。父暄,起居舍人。暄子廓,门下侍郎、平章事。高叔祖善,兰台郎、崇文馆学士,注《文选》行于时。善子邕,北海郡太守,有重名,四方之士求为碑志者倾天下。故夫人于盛宗礼范可法,累赠至江夏郡夫人。"⑤

李善注释《文选》六十卷,出土文献与传世文献也可以相互印证。据《唐会要》卷三六《修撰》:"(显庆)六年正月二十七日,右内率府录事参军、崇贤馆直学士李善上《注文选》六十卷,藏于秘府。"⑥这是指李善《文选》注释完成后表奏朝廷并被藏于秘府的情况。日僧圆仁《入唐求法巡礼行记》卷一载:开成三年十一月,"廿九日,天晴。扬州有四十余寺,……法进僧都本住白塔。臣善者,在此白塔寺撰《文选》矣。"⑦说明李善初注《文选》,是在扬州的白塔寺。唐李匡乂《资暇集》卷上《非五臣》条记载:"代传数本李氏《文选》,有初注成者、覆注者,有三注、四注者,当时旋被传写之。其绝笔之本,皆释音训义,注解甚多,余家幸而有焉。尝将数本并校,不唯注之赡略有异,至于科段,互相不同,

---

① 周绍良《唐代墓志汇编》,第1766页。
② 吴钢《全唐文补遗》第四辑,第71页。
③ 周绍良《唐代墓志汇编》,第2240页。
④ 赵文成、赵君平《秦晋豫新出墓志蒐佚续编》,第1223页。
⑤ (唐)刘禹锡《刘禹锡集》,中华书局,1990年,第594页。
⑥ (宋)王溥《唐会要》卷三六,上海古籍出版社,1991年,第766页。
⑦ [日]圆仁《入唐求法巡礼行记》卷一,上海古籍出版社,1986年,第22页。

无似余家之本该备也。"① 李匡乂还对李善注与五臣注《文选》进行对比，以突出李善注之价值："世人多谓李氏立意注《文选》，过为迂繁，徒自骋学，且不解文意，遂相尚习五臣者，大误也。所广征引，非李氏立意。盖李氏不欲窃人之功。有旧注者，必逐每篇存之。仍题元注人之姓字。……而量五臣者，方悟所注，尽从李氏注中出。开元中进表，反非斥李氏，无乃欺心欤！……学者幸留意，乃知李氏绝笔之本，悬诸日月焉。方之五臣，犹虎狗、凤鸡耳。"② 又说明李善之注本有多次稿本，除了前面所说的藏于秘府之外，藏于私人的稿本也有多种。李匡乂又从李善注与五臣注的对比中突出李善注特有的学术价值。

三 新出墓志所见李善授徒讲学

就授徒讲学而言，《李正卿墓志》的记载最值得重视："既罢归荥阳墅，修复秘书公讲习遗址，偃仰自遂。"③《李潜墓志》有这样的一段记载："初为学，先府君奇之，乃亲授《三百篇》《左氏》《戴氏》书，文窍旁开，义府中启，故遗训曰：'汝必大其门，无忘理故宅于郑。盖大王父弘文学士注《文选》之所。'"④ 说明李善在郑州授徒讲学，注释《文选》，并在此有故宅，其后各代对于其讲学旧址，常有修缮，直至大中时已历二百余年，还成为其家族的重要文化依托。墓志的这些叙述也可以和史传相参证。《旧唐书·李善传》："明庆中，累补太子内率府录事参军、崇贤馆直学士，兼沛王侍读。尝注解《文选》，分为六十卷，表上之。赐绢一百二十匹，诏藏于秘阁。除潞王府记室参军，转秘书郎。乾封中，出为经城令。坐与贺兰敏之周密，配流姚州。后遇赦得还，以教授为业，诸生多自远方而至。又撰《汉书辩惑》三十卷。"⑤《新唐书·李邕传》："父善，有雅行，淹贯古今，不能属辞，故人号'书簏'。显庆中，累擢崇贤馆直学士兼沛王侍读。为《文选注》，敷析渊洽，表上之，赐赉颇渥。除潞王府记室参军，为泾城

---

① （唐）李匡乂《资暇集》卷上，《丛书集成初编》，第 5 页。
② （唐）李匡乂《资暇集》卷上，《丛书集成初编》，第 4—5 页。
③ 周绍良《唐代墓志汇编》，第 2240 页。
④ 赵文成、赵君平《秦晋豫新出墓志蒐佚续编》，第 1223 页。
⑤ （后晋）刘昫《旧唐书》卷一八九上，中华书局，1975 年，第 4946 页。按"明庆"即"显庆"，因避唐中宗讳改。

令,坐与贺兰敏之善,流姚州,遇赦还。居汴、郑间讲授,诸生四远至,传其业,号'《文选》学'。"①隋唐之际《文选》学之弘扬,得力于李善在汴郑讲学之推广。"《文选》学"的产生,也来源于李善在郑汴之间的授徒讲学。李善的讲学与著书是密切联系的,因其注《文选》而使他达到学术上的崇高地位并且引领了唐代学术的发展,又因其在郑汴间授徒讲学,吸引了四方诸生以传授《文选》之业,而使得"《文选》学"在唐代奠基。

关于李善讲学的时间与地点,我们可以将传世文献与出土文献结合起来进行探讨。根据《李正卿墓志》记载,李善的讲学地点即在"荥阳墅";《李潜墓志》记载,李善的讲学地点是在郑州故宅。也就是说,李善是在郑州讲学的,其讲学地点,其后世子孙还在不断地修葺营缮。由墓志的记载,我们对于李善的讲学地点就能够完全确定。而其讲学时间,我们则需要进一步研讨。对于这个问题,前贤曾予以关注,屈守元先生认为:"上元元年八月壬辰(十五日),改咸亨五年为上元元年,大赦。李善得还即在此次赦中。他此后寓居汴、郑之间,以讲授《文选》为业,到载初元年他逝世的时候,共有十六年。"②屈先生没有注意到李善遇赦后先回扬州的经历,因而推测的时间并不很准确。刘群栋先生认为:"李善寓汴、郑的时间不可确考,但大致在其遇赦还扬州以后的几年。"③这是对李善经历的一个补充。这里涉及李善贬官与遇赦后的活动,有关李善的贬官,屈守元、罗国威与刘群栋等先生都考订为与贺兰敏之有关,因为新、旧《唐书》李善本传都记载其"坐与贺兰敏之周密,配流姚州",自无可疑。屈氏以为"李善遇赦得还,可能是上元元年"④,罗氏对于其遇赦时间是上元元年还是上元二年没有确定,刘氏进一步考证其在上元元年。综合起来看,李善遇赦回到扬州应该在上元元年。其后的十六年中,李善先在扬州讲学,而后又在郑州讲学,而在郑州讲学时影响更大,以至于郑、汴、宋四方诸生投奔习业。

新出墓志言李善晚年在郑州授徒讲学,盖其时传授范围更广,影响更大,故特地彰显之。而李善在遇赦回到扬州之后即有授徒讲学之举。《旧唐书·

---

① (宋)欧阳修、宋祁《新唐书》卷二〇二,中华书局,1975年,第5754页。
② 屈守元《文选导读》,巴蜀书社,1993年,第55页。
③ 刘群栋《李善生平及其著述考略》,《殷都学刊》2017年第4期,第85页。
④ 屈守元《文选导读》,第55页。

马怀素传》记载:"马怀素,润州丹徒人也。寓居江都,少师事李善。家贫无灯烛,昼采薪苏,夜燃读书,遂博览经史,善属文。举进士,又应制举,登文学优赡科……病卒,年六十。"①《新唐书·马怀素传》:"客江都,师事李善,贫无资,昼樵,夜辄然以读书,遂博通经史。擢进士第,又中文学优赡科,补郿尉。"②《册府元龟》卷七九八云:"马怀素,少师事李善,贫无灯烛,昼采薪苏,夜燃读书,遂博览经史,解属文。开元中为秘书监兼昭文馆学士。怀素虽居吏职而笃学,手不释卷。"③按,据《至顺镇江志》卷一九《科举》:"马怀素,调露二年进士第,又应制举中文学博赡科。"④以马怀素开元六年卒年六十推之,其生于唐宗显庆四年(659),至调露二年(680)为二十二岁。而唐代举子应举,必于前一年秋冬抵达长安,因而马怀素离开扬州应进士举又必在调露元年以前。由此推论,李善在郑汴间授徒讲学的时间大约不晚于调露元年,此前则在扬州授徒讲学。李善在汴宋讲学的情况,传世文献亦有记载。《宋高僧传》卷二九《唐鄂州开元寺玄晏传》云:"释玄晏,江夏人,姓李氏。祖善,而博识多学,注《文选》,行讲集于梁宋之间。"⑤

表一 新出土李善家族墓志一览表

序号	墓主	题名	出处	备注
1	李邕	唐故北海郡守赠秘书监江夏李公墓志铭并序	唐代墓志汇编,第1766页	李善子
2	李岐	唐故江夏李府君墓志铭	全唐文补遗,第四辑,第71页	李善孙

---

① (后晋)刘昫《旧唐书》,第3163—3164页。
② (宋)欧阳修、宋祁《新唐书》卷一九九,第5680页。
③ (宋)王钦若《册府元龟》卷七九八,凤凰出版社,2006年,第9271页。
④ (元)俞希鲁《至顺镇江志》卷一九,《宋元方志丛刊》,中华书局,1990年,第2847页。然《马怀素墓志铭》云:"幼聪颖,六岁能诵书,一见不忘。气韵和雅,乡党以为必兴此宗。十五,遍诵诗、礼、骚、雅,能属文,有史力,长史鱼承瑾特见器异,举孝廉,引同载入洛。□尚书仓部河东裴炎之博学深识,见名知人,音旨仪形,海内籍甚。公年甫弱冠,便蒙引汲,令与子□研覃,遂博游史籍,无不毕综,以文学优赡,对策乙科,乃尉单。"并未言其举进士。然新、旧《唐书》与《至顺镇江志》均记载其登进士第,似亦不应怀疑。盖其十五岁以后举孝廉,又于二十二岁举进士。
⑤ (宋)赞宁《宋高僧传》卷二九,中华书局,1987年,第732页。

续 表

序号	墓主	题 名	出 处	备注
3	李翘	唐故大理评事赠左赞善大夫江夏李府君墓志铭并叙	唐代墓志汇编，第 1998 页	李善孙
4	李邕女	柳氏江夏李夫人墓志	全唐文补遗，第四辑，第 71 页	李善孙女
5	柳均	唐故朝散大夫试大理司直兼曹州考城县令柳府君灵表	唐代墓志汇编，第 1922 页	李善孙女婿
6	李睦	唐故郓州司户参军李府君墓志铭并序	唐代墓志汇编，第 1765 页	李善族侄
7	李正卿	唐故绵州刺史江夏李公墓志铭并序	唐代墓志汇编，第 2240 页	李善曾孙
8	李潜	唐故西川观察推官监察御史里行江夏李君墓志铭并序	秦晋豫新出墓志蒐佚续编，第 1223 页	李邕曾孙
9	李保真	前黔中经略观察等使检校左散骑常侍兼御史大夫崔公故夫人博陵县君江夏李氏墓志铭	文物 2005 年第 2 期，第 61 页	李邕曾孙女
10	王柔	大唐故陇西李氏（师谅）琅琊王夫人墓志铭并序	网络公布	李邕曾孙媳
11	李氏	唐故江夏李氏室女墓志铭并叙	唐代墓志汇编，第 2322 页	李邕玄侄孙女
12	李昂	唐故检校仓部员外郎赵郡李府君墓志铭并叙	洛阳出土鸳鸯志辑录，第 143 页。	李善族孙
13	韦氏	唐故仓部员外郎赵郡李公夫人京兆韦氏墓志铭并序	秦晋豫新出墓志搜佚续编，第 933 页	李昂妻
14	李节	唐故资州司仓参军李君墓志铭并序	全唐文补遗第八辑，第 325 页	李昂叔父

续　表

序号	墓主	题　　名	出　　处	备注
15	李震	唐故朝议郎行大理寺丞李公墓志铭并序	全唐文补遗，第八辑，第70页	李昂弟
16	李妻	唐故大理丞赵郡府君夫人太原王氏合葬铭并序	全唐文补遗，第八辑，第77页	李昂弟媳
17	郑氏	故刑部郎中兼侍御史知杂事（李胃）夫人荥阳郑氏改葬志	新出唐墓志百种，第254页	李昂媳
18	李戎	唐故太常寺协律郎赵郡李公墓志铭并序	全唐文补遗·千唐志斋新藏专辑，第291页	李震子李昂侄
19	李方乂	唐故试秘书省秘书郎兼河中府宝鼎县令赵郡李府君墓志铭并序	唐代墓志汇编，第2003页	李昂孙
20	李群	唐故亳州司兵参军赵郡李府君墓志铭	唐代墓志汇编续集，第875页	李昂孙
21	李虞仲	唐故正议大夫守尚书吏部侍郎赞皇县开国男食邑三百户赐紫金鱼袋赠吏部尚书赵郡李公墓志铭并序	秦晋豫新出墓志搜佚续编，第1159页	李昂侄孙
22	李氏	大唐郑氏（枢）故赵郡东祖李氏夫人墓志铭并序	全唐文补遗·千唐志斋新藏专辑，第407页	李虞仲女

（浙江大学中文系）

读《文选集注》札记

静永健

图一 《文选集注》勉诚出版

仅传承于日本的贵重典籍《文选集注》中的部分卷轴，最近得到了新的整理出版——《国宝：文选集注卷第四十八·第五十九·第六十八·第八十八·第百十三》（东洋文库善本丛书第十二卷，勉诚出版2015年10月版），这部图录收录了日本东京东洋文库所藏五卷《文选集注》的全部高清数字彩色摄影图版（图一）。更值得一提的是，此书所有的照片都保持了原卷轴的尺寸，可谓原卷的一个忠实的复印本。这套东洋文库善本丛书共分十二卷，收录了同文库所藏的诸多古钞古刊贵重典籍，如丛书第一卷收《国宝：史记夏本纪·秦本纪》、第三卷收《重要文化财：乐善集 宋版·圆尔旧藏》、第五卷收《国宝：毛诗/重要文化财：礼记正义卷第五残卷》、第七卷收《国宝：古文尚书卷第三·第五·第十二/重要文化财：古文尚书卷第六》、第九卷收《国宝：春秋经传集解卷第十/重要文化财：论语集解文永五年写卷第八》、第十一卷收《重要文化财:论语集解正和四年写》,均为汉文典籍中的惊世之珍,具有极高的文献价值。

众所周知,《文选集注》曾于1935年至1942年间由京都大学以《京都帝国大学文学部景印旧钞本》(下称京大本)为名出版过一套十分精致的玻璃板影印本。二十世纪初,上海古籍出版社又据此本之再复印本,稍作增补汇总为《唐钞文选集注汇存》(2000年初版,2011年增补再版,下称汇存本)。然而,此次勉诚出版社所刊行的乃是使用了最新的摄影及复印技术根据原卷翻制而成的高清彩色原尺寸版,可谓是一部再也理想不过的古籍复印本。虽然其价格不菲,还很难"飞入寻常百姓家",不过,此书各大图书馆及稍具规模的研究机构均有收藏,可称得上是一部值得向学者大力推荐的《文选》新底本。

下文谨以本书所收《集注文选》卷第五十九,也就是李善注《文选》第三十卷前半《杂诗下》为例,做一些具体的文字考证,阐明其文献价值,同时抛砖引玉,以求海内外同仁郢正。

一

首先让我们来看看谢灵运的五言诗《南楼中望所迟客一首》。此诗题下李善注引谢灵运《游名山志》片段,胡克家等通行本作:

> 谢灵运《游名山志》曰:始宁又北转一汀七里,直指舍下园南门楼。自南楼百许步,对横山。

旧影印本《文选集注》此处文则作:

> 谢灵运《游名山志》曰:始宁又背转一汗七里,直指舍下园南门楼。自南楼百许步,对横山。

无论是集注本的"一汗七里",还是胡本的"一汀七里",均不成文,难以理解。查勉诚出版新刊高清本该处照片如下(图二):

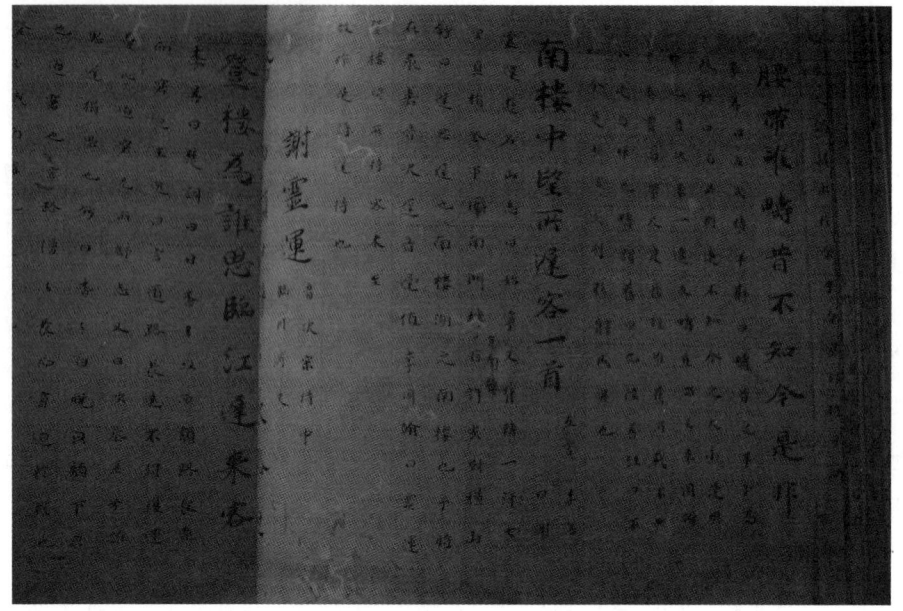

图二

不难看出,原卷"汗七"二字右边标注了"〃〃"两个符号。这是一种用来标示移除手钞本误字抹消的记号。要之,"汗七"二字乃手钞之误入,《游名山志》此处原文当为:

  谢灵运《游名山志》曰:始宁又背转一里,直指舍下园南门楼。自南楼百许步,对横山。

如此一来,这段文章便变得文意顺畅,毫无疑义了。当然,此例还并非孤证,由此可以看出《文选集注》所钞本文及注释,较现在通行的《文选》诸本来说,其文本质量更为精良,文献价值不容忽视。

二

  毫无疑问,《文选集注》所保留的《文选》本文及李善注、五臣注固然非常重要,然更为重要的是《文选集注》还保存了诸如《文选钞》《文选音决》《陆善经注》等唐代《文选》佚注。不过,这些仅存于《文选集注》的《文选》古注中,也经常会出现一些令人烦恼的缺字脱文。这是因为《文选集注》原卷已历经了近千年的时间,难免出现很多墨色褪消和由于虫蛀或撕裂而出现的破损。更令学者烦恼的是,由于这些《文选》旧注已是天下孤珍,很难通过其他校本来对其进行校勘与补字。如何推测还原这些已经缺损的文字,已经成为学界亟待解决的一个难题。

兹举一例,据京大本可将《文选集注》卷第五十九录陶渊明《杂诗二首·其一》(即通行本陶渊明集录收《饮酒二十首》其五《结庐在人境》诗)"山气日夕佳,飞鸟相与还"句下《文选钞》文整理于下:

　　《钞》曰,以鸟为喻也。日夕谓向晚也。□□晚山气清美,故言佳。相与还,夕南□也。

这两行《文选钞》旧注,由于原卷纸张的破损,□所示大约三处文字无法辨认。而上海古籍出版社版(《汇存》第1册273页)由于是京大本的再影印本,文字不鲜明处则更多。此前由于没有相关的校勘资料,我们一直无法还原出此处缺损的三处文字。然而,令人惊讶的是,翻开此次出版的高清照片本,□处竟然还隐约留有原字之痕迹,照片如下(图三)。

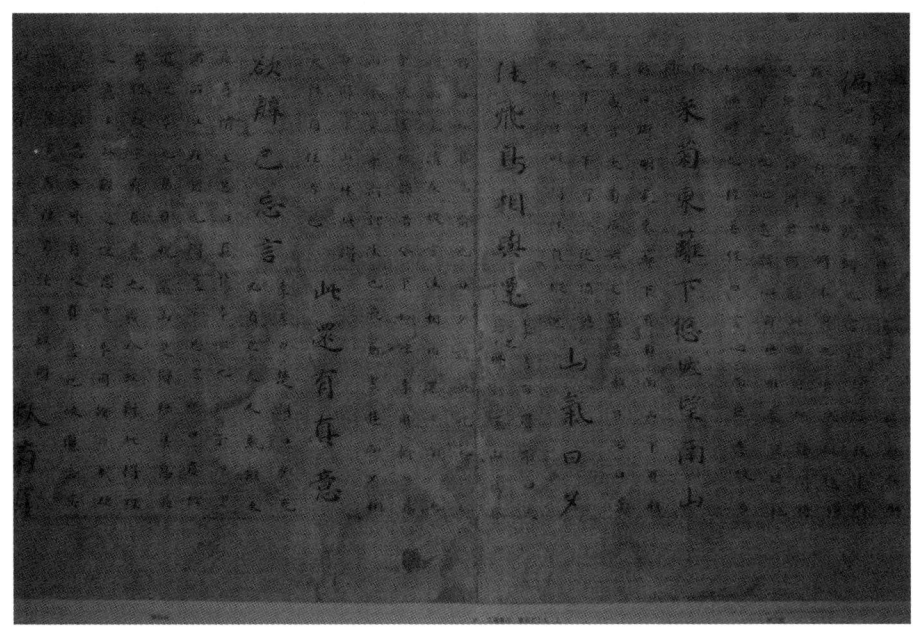

图三

这样一来,今后可总诸多学者知见(尽可能包括中日两国学者),借助此次出版的高清照片所留下的原字痕迹,或可以校补出集注本诸多缺文。如上文所举的□三字,便可参照高清照片,将其原文字推测补于括号内:

  《钞》曰,以鸟为喻也。日夕谓向晚也。□□(日向/日已)晚山气清美,故言佳。相与还,夕南□(山)也。

另外,我们亦可借助传统文献来对《文选集注》的缺字脱文进行校补,如卷第五十九中破损最为严重的当属卷头卢谌(子谅)《时兴一首》的题下注(图四),其文大致如下:

  □(钞?)曰,名谌,范阳方城□(人?),□□清敏,善属文。□□□□□,□(洛)阳没,北投刘琨,为从□□□(事中郎?)。段匹䃅自号幽州刺史,□(取)谌□□(别驾)。

  □(匹)䃅败,投段波(段末波)。元帝累徵中书侍郎。散骑常侍。波不遣。后于胡中遇害,年□(六十七)。

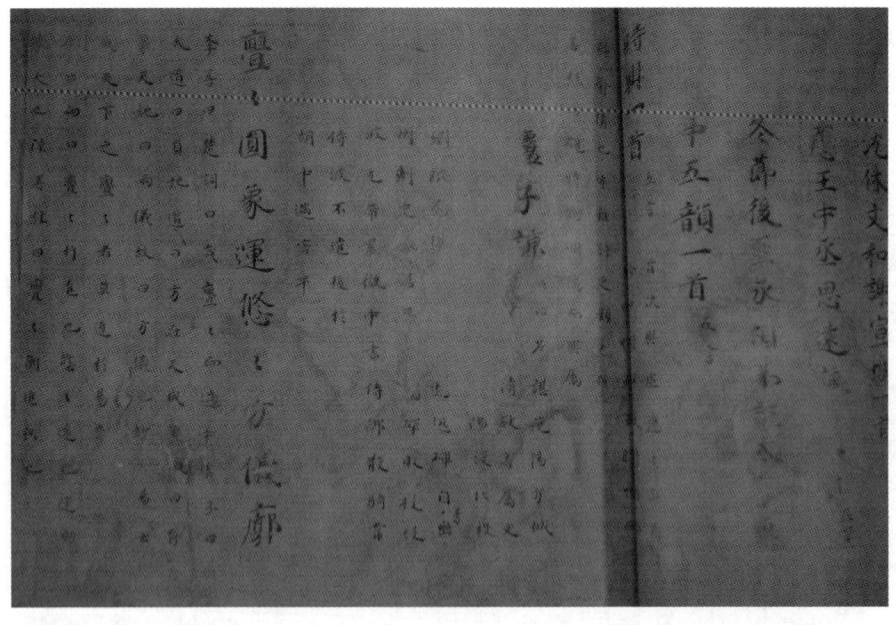

图四

考卢谌生平，见《晋书》卷四四收以卢钦为传主的三代传记之中。根据《晋书》所载，我们可对上文破损字来做一些补校推定（见括号内文字），然而即使如此，文头的"□□清敏，善属文"二字，以及之后的七字脱文还是无法补填。希望今后能就此得到方家指教。

生活于晋朝南迁之悲剧时期的士人卢谌及其主人刘琨，作品散见于《文选》之中，《文心雕龙·才略篇》及钟嵘《诗品·中品》中对其文学才能亦有不菲之评价，上录《文选集注》存《文选钞》所引的卢谌别传，无疑也是一则我们管窥六朝后期之晋朝文学的贵重史料。

三

此外，我们还可以借用《文选集注》结合传统文献来对部分古代佚书佚文作一些复原性探索。可以新刊《文选集注》卷第五十九所收谢惠连《七月七日夜咏牛女一首》诗的题下注为例，新出集注本所录此处照片（此处亦是《文选钞》引文）如下（图五）：

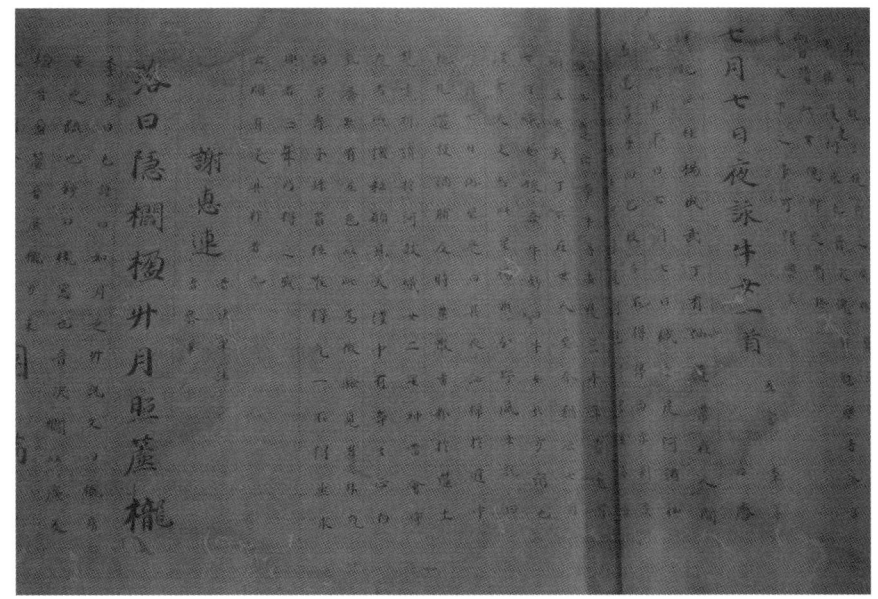

图五

此处《文选钞》引文之所以值得我们重视,盖是因其引用了记录七月七日乞巧节风俗的晋人周处《风土记》的佚文。

按,周处《风土记》,《隋书·经籍志》录其"凡三卷",《旧唐书·经籍志》及《新唐书·艺文志》则录为"凡十卷",原书早已散佚,今仅存明代《重校说郛》所录集佚本(参见图六)。

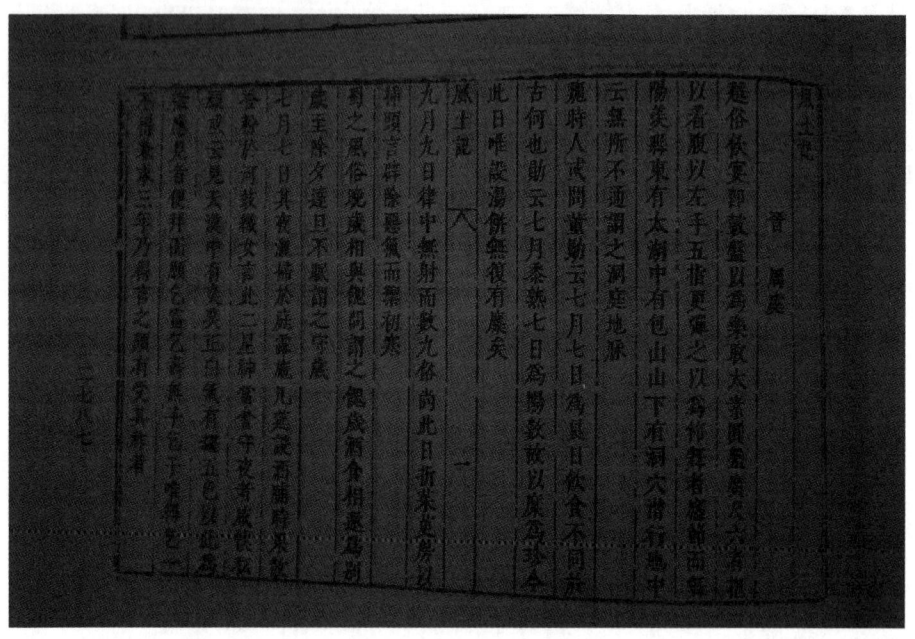

图六

对校上面两幅图片,我们可以将《文选集注·文选钞》所引文章校补于下:

> 《风土记》曰:俗至是日,其夜洒扫于庭中,施几筵,设酒脯及时菓,散香粉于筵上,楚(当作焚)香祈请于河鼓、织女。二星神当会守夜者,咸怀私愿。见天汉中有奕奕正白气灌然有五色,以此为征验。见者拜之,愿富寿、子孙贵位。唯得乞一,不得兼求。见者三年乃得之。或云颇有受其祚者也。

这是一则记录古代七夕传统的贵重佚文。另外,旧有的京大本(第七集)黑白版及汇存本(第一册486页)所录第一行"散香粉于筵上"似为"散香粉于筵土",从新出勉诚高清照片本可以确认出,"上"字左旁有一小虫损处,正因如此,京大本此处才会出现一个类似于"土"字的字形,这或许可以称得上此次校勘的一个小小的收获吧。

(日本·九州大学中文系)

(翻译:日本·广岛大学中文系　陈　翀)

宋玉《九辩》的语音技巧

孙玉文

我们区分诗歌的格律和语音技巧。格律是诗歌写作的一套规定,包括押韵的规定。押韵按韵例进行,韵例是关于用韵的格律,指什么地方用韵,什么地方不用韵,以及怎样用韵,其中的"韵"指押韵,又作压韵,指创作韵文时,在某些句子的最后一个字或虚字脚前面的一个字,使用主元音和韵尾(如果有韵尾的话)相同或相近的字,使音调和谐优美。韵例对韵文具有强制性。有时候,古人在押韵之外,为了读音和谐,也使用一些非强制性手段,有意安排一些语音手段。这种安排,我们叫语音技巧。例如杜甫《八阵图》:"功盖三分国,名成八阵图。江流石不转,遗恨失吞吴。"这是一首五绝诗。它的平仄和押韵的规定,属于格律的范畴。但是"功盖"双声,"名成"叠韵,却不是格律的要求,而是杜甫本人格外运用的语音技巧。

古代某些散文中也有安排语音技巧之处,但韵文则必然要安排语音技巧,诗歌尤甚。古人安排语音技巧,在声律上有不可忽视的作用。这是易于发现和理解的。这种语音技巧安排,对于研究汉语语音史和汉语诗律学都有启示作用。

还要强调:这种语音技巧安排,对粘连句子的各个组成部分、分割或组配不同的句子和句群、表达不同层次的语义等方面,都能起到一种形式上的标志作用。古代诗歌,特别是长诗,大量运用语音技巧,这甚至可以说是古代诗歌的一个形式特点。阅读古代诗歌时,我们很多时候可以借助古人对语音技巧的安排,去划分诗歌的表意层次,了解诗句之间的关系。这是值得研究的一项内容。例如上文所举《八阵图》,一二两句开头两字有语音技巧安排,三四两句没有。这反映出杜甫组织该诗时,是将一二两句作为一个表达层,跟三四两句隔开。也就是说,杜甫的这种语音技巧安排具有分割或组配不同的句子和句群、表达不同层次的语义的标志作用。汉语是一种孤立型的语言,没有构形形态;汉语诗歌的语句构造和句群常常溢出常态。通过一些形式上的标志,将语义和内容表现出来,对于沟通言者的表达和听者的理解是一种有效的方式。为了表现和帮助理解语句和句群,古代作家在语音上动脑筋,设置一些形式上的标志,是完全可能的。

对于古代诗歌中语音技巧安排在诗歌分层、达意方面所起的作用,既往研究得不够,人们多关注从句法的铺排、语义的粘连等句法、语义角度去认识诗歌的内容表达,这些角度的探讨当然非常重要,而且这些非语音手段,有些具有形式上的标志作用;但是人们往往忽视了语音技巧安排在这方面的重要作用。《九辩》在安排语音技巧方面煞费苦心,其篇幅较大,安排语音技巧的地方不少,很便于我们探讨古人安排语音技巧对于诗歌表意、分层的作用。因此我们选择《九辩》来研究这一问题,试图通过具体分析,证明《九辩》有大量的语音技巧,不少语音技巧安排对于了解《九辩》中句和句之间的关系、所表达的意义之间的分层都有积极作用。这种探讨还是初步的,期待以后能更加深入。

一

宋玉《九辩》,《楚辞》卷八、《文选》卷三三《骚下》都有收录,文字略有异同。《九辩》是模仿《离骚》的作品,继承了《诗经》的美刺传统和赋比兴的创作手法。今传《楚辞》的篇次排序是后人根据作者先后改动所致。它的原序,据陈振孙《直录书录解题》,早先的《古文楚辞释文》,《离骚》为第一篇,接着就排《九辩》。洪兴祖《楚辞补注·楚辞目录》也说:"按《九章》第四,《九辩》第八,而王逸《九章》注云'皆解于《九辩》中',知《释文》篇第盖旧本也,后人始以作者先后次叙之尔。"《文选》将《九辩》放到"骚下",说明萧统认为《九辩》是骚体。《楚辞》早期排序便于我们理解《九辩》和《离骚》的关系。

王逸注释说:"《九辩》者,楚大夫宋玉之所作也。辩者,变也,谓陈道德以变说君也。九者,阳之数,道之纲纪也……宋玉者,屈原弟子也,闵惜其师忠而放逐,故作《九辩》以述其志。"据此,宋玉《九辩》是代屈原游说楚襄王的作品,充分肯定屈原的道德,对他的放逐表达惋惜之情。其时,怀王已客死秦国,襄王执政,他放逐了屈原。《文选》吕向注补充王逸注说"宋玉……皆代原之意",这是说宋玉是以屈原的口气来行文的。这个补充很重要。宋玉是在仔细体会他的老师屈原作品的基础上,代屈原立言的,真实再现了屈原被放逐到楚国南部时的心态历程。

《九辩》是一篇韵文,对于它的押韵情况,古音学家早就注意到了。例如东汉王逸注《楚辞》,就用韵语来作注,这大概受到了《九辩》的感染;吴棫《韵补》多处引用《九辩》作为他判断古韵的证据。

《九辩》中,不是押韵的部分也有语音讲究,王引之《经义述闻》卷七"古诗随处有韵"条作了一些揭示,但只是举例性质的。他说:

《九辩》:"萧瑟兮草木摇落而变衰。憭栗兮若在远行,登山临水兮送将归。泬寥兮天高而气清,寂寥兮收潦而水清。憯凄增欷兮,薄寒之中人。怆恍懭悢兮,去故而就新。"瑟、栗为韵,衰、归为韵,寥、寥为韵,高、潦为韵,清、清、人、新为韵,(原注:"此以真庚通用。"文按:"庚"以作"耕"为安。)凄、欷为韵,恍、悢为韵。

《九辩》中有多处这样的语音安排,这些语音技巧,深受屈原的影响,有些语音安排的语句,甚至直接借用屈原的作品。《史记·屈原贾生列传》说:"屈原既死之后,楚有宋玉、唐勒、景差之徒者,皆好辞而以赋见称;然皆祖屈原之从容辞令,终莫敢直谏。"这里的"从容"意指婉转曲折地劝诱,跟后来的"怂恿"是同源词,《方言》卷一〇:"怂恿,劝也。南楚凡己不欲喜而旁人说之,不欲怒而旁人怒之,谓之食阎,或谓之怂恿。"从容辞令,指以辞令相劝导。宋玉写这篇作品,诚如司马迁和王逸所言,是"祖屈原之从容辞令,终莫敢直谏"的,他要通过《九辩》来委婉地劝谏楚王。既然是"从容辞令",就有可能在语音技巧等方面做一些安排。下面继承以往的成果,对《九辩》的语音技巧试作进一步的推阐。

二

为便于讨论《九辩》的语音技巧，我们先讨论一下它的分章问题。《九辩》到底有多少章（《文选》称多少首），有不同看法。王逸等早期注家的意见值得重视。《四库全书总目》卷一四八《集部一·楚辞类》说："注家由东汉至宋，递相补苴，无大异词。迨于近世，始多别解。割裂补缀，言人人殊。错简说经之术，蔓延及于词赋矣。"此为知言。

《楚辞补注》中，《九辩》分了十章，不是九章。《文选》只选了《九辩》的前五章内容，注明"《九辩》五首"，后面几章略去了。《文选》胡刻本分章刚好是五章，也就是萧统所说的"五首"，跟《楚辞补注》的分章完全相同；日本足利学校藏六臣注《文选》，第四、五两章误排在一起，显然不是《文选》之旧。李善《文选注》中，选自《楚辞》的部分都采用王逸注，《九辩》即如此；五臣注《文选》，也是采用王逸注，时有补充。这说明，对于《九辩》前五章的分章，汉代至宋，大家基本有共识。《九辩》的最后，"愿赐不肖之躯而别离兮"至结尾为一章，各家也没有分歧。

不过，从第五章开始至"妒被离而鄣之"，各家对分章的看法就有分歧，有九、十、十一章之异，看来是大同小异。《文选》第五章从"何时俗之工巧兮"至"冯郁郁其何极"止，没有选"霜露惨凄而交下兮"以下。这有两种可能性：一是反映了对于分章小有分歧；二是第五章太长，《文选》没有选全。我认为，《文选》是采用前一种看法，据此《九辩》可能有十一章。

《楚辞补注》"恐溘死不得见乎阳春"后注："一本自'霜露惨凄而交下'至此为一章。"按《补注》，"霜露惨凄而交下兮"至"信未达乎从容"仍然是接着"何时俗之工巧兮"那一章，即第五章；按照这种分章，《补注》第五章的下半部分以及第六章，成为一章，即第六章。如果按照今传《九辩》的分章，再根据这个调整，《九辩》仍然是十章，只是第五、第六两章的起讫点不同。《补注》在"塞淹留而踌躇"后注："旧本自'霜露惨凄而交下兮'至此为一章。"这种分章，第五章的下半部分从"霜露惨凄而交下兮"至章尾、第六章、第七章合为一章，即第六章。如果按照今传《九辩》的分章，再根据这个调整，《九辩》是九章。

这种分章可能是想到,"九辩"的"九"字跟分章有关。《补注》在"妒被离而鄣之"后注:"旧本自'何泛滥之浮云兮'至此为一章。"按照这种分章,《补注》本的第八、第九两章合为一章,即第八章。如果按照今传《九辩》的分章,再根据这个调整,《九辩》是九章。

我们取最有影响力的十章之说。以《楚辞》本为底本,《文选》与之不同者间亦指出,将原文抄下来,主要依据汉唐人的旧注,《楚辞》的读音方面主要采用洪兴祖《楚辞补注》的注音,依次重点阐发这种语音技巧安排在研究上古音、诗律史等学科中的价值。洪兴祖的音韵学水平一般,但是他态度谨严,注音多采《文选》的旧音、《楚辞音义》等著作,参见他在《楚辞补注》卷一前面的小序。因此其注音多有可采。

三

《九辩》一共有多少诗句?这跟第一章中"坎廪兮贫士失职而志不平,廓落兮羁旅而无友生,惆怅兮而私自怜"的"坎廪兮"和"廓落兮"是否跟后面的话断开有关。如果断开,《九辩》就有 259 句;如果不断开,则有 257 句。我们从王力先生《楚辞韵读》的断句,断为 259 句。这 259 句,是个奇数。除开第一章的"惆怅兮而私自怜"没有相配的奇数句,其他各句都是奇偶相配,成为一个语法上的复句,偶数句的最后一个字是入韵字;这个复句也是一个语义群。我们在分析时,将此句除开,其他的复句都按一奇一偶的脉络进行分析。如果将"惆怅兮而私自怜"点断为"惆怅兮,而私自怜",全诗就有 260 句。也许点断开更好,但为了照顾传统的点断,这里还是算作一个诗句。

(一)句式的长短。《九辩》句式长短不齐,最长的诗句有 10 字,如"萧瑟兮草木摇落而变衰";最短的只有 3 字,如"坎廪兮"。这是极端的情形,《九辩》中各只有 2 句。其他较少用到的诗句:5 字者 5 句,如"去故而就新";9 字者 4 句,如"窃美申包胥之气盛兮"。这些在 259 句中比重甚小,加起来只有 13 句。8 字者 36 句,如"登山临水兮送将归",比其他的 3 字、10 字、5 字、9 字的比重大多了,但也不是《九辩》诗句的常态。《九辩》中常态的诗句是 6 字句和 7 字句:6 字者 99 句,如"蝉寂寞而无声";7 字者 111 句,如"悲哉秋之为气也"。这种 7 字句的诗句在《九辩》中数量最多,对后来的七言诗很难说没有影响。

我们现在统计一下"惆怅兮而私自怜"之外的 258 个诗句。这 258 个诗句,从第一句算起,每一个相邻的奇数句和偶数句成为一个相配的复句,共 129 个复句。经过统计,可以看出:《九辩》中,每一个相配的复句,前后两个诗句长短不齐者有 108 组,诗句长短相同的有 21 组。据此,我们基本可以推定:宋玉有意将一奇一偶相配的诗句的音节长短弄得不一致,也就是在每一个表意群中,宋玉常常让前后两句形成音节数的参差,避免板滞。

这 108 个各分句音节长短不一的复句中,前后两个分句之间的长短有没有大致的趋势呢?有的。其中,前长后短者 98 组,前短后长者只有 10 组。可见《九辩》中每一个复句,一般是前长后短。这显然是宋玉的有意安排。这种参差不一的诗句,常常是奇数句长,偶数句短,形成前长后短的格局,这是一。前面说,这种安排,在每一个复句之内,形成参差;这里还要注意:不同的复句之间,往往奇数句音节数多,偶数句之间音节数少,又能形成复叠的语音效果。

这种句式的长短安排,跟《离骚》是一致的。只要分析一下《离骚》,就可以看出《离骚》有这种特点。因此,《九辩》不仅在内容和思想情感上跟《离骚》一脉相承,而且在形式上也有模仿。

(二)声调的交错和复叠。1. 一诗句之内声调的同与不同。上古汉语已经有声调,一诗句用同一个声调的字,读起来就显得板滞,不同声调的字交错使用能使诗句读起来抑扬顿挫。《九辩》259 句诗,每一句声调全同的只有"枝烦挐而交横、桓公闻而知之、通飞廉之衙衙"3 句都是平声字。也就是说,其余的 256 句,每一句内部声调必有参差。另有一句要说明一下,"前轻辌之锵锵兮"中,"轻"是上古长入,中古去声。旧注:"轻,一作轻。"如果作轻,则这一句都是平声。前人可能考虑到了《九辩》每一诗句尽量避免使用同一声调的字的这一讲究,以作"轻"者为首选,以作"轻"者为或作。《补注》:"轻,音致。《诗》曰:如轻如轩。《说文》云:辌,卧车。音凉。《招魂》云:轩辌既低。注云:轩、辌,皆轻车名。则作轻辌,亦通。"朱熹《楚辞集注》就是采用"轻辌"。尽管采用"轻辌"也能讲通,但是在语音上不合《九辩》通例,属于为数甚少的几例之一(加上这句,共 4 句)。

这种在一句之内安排不同声调的字可能是基于语言的自然属性,也可以看作是一种语音技巧,还需要作进一步的研究。这种情况在《楚辞》中是常态,这跟《九辩》多为长的诗句有关。《诗经》多四言,诗句较短,因此一个诗句中同声调的情况就会多一些。这种常态,后代也沿袭了下来。后代近体诗每一句之内的平仄律,与此不无关系。

2. 一奇一偶相配的两诗句之间。近体诗一联之内,每句诗的第二个字平仄相反。这是格律要求,还不只是语音技巧。《九辩》的情况如何?当时没有形成平仄的概念,我们可以具体调类的同异来分析。前面已经说到,《九辩》有129组相配的诗句。相配的奇数句和偶数句,第二字同声调的有39组,声调不同的有90组。同声调的占有较大比例,但是不同声调的仍然占有绝对优势。后代近体诗一联之内平仄相反,在《九辩》中已有端倪。不过,近体诗是将平声作为一类,上去入合并为一类,对非平声的要求宽了一些。

这90组中,平声字和短入字用得多。具体情况是:第二个字一平一上者有21个,例如"悼余生之不时兮,逢此世之俇攘","余"平声,"此"上声;一平一去者有11个,一平一长入者有10个,一平一短入者有28个,一上一去者有3个,一上一长入者有2个,一上一短入者有5个,一去一长入者有4个,一去一短入者有3个,一长入一短入者有3个。其中,平声跟非平声字出现在每一个相配的奇偶句中的次数多,有70个;上去入之间有20个。可见平声和非平声之间容易形成用字相反的格式,上去入之间没有平声和非平声之间那么容易形成相反的用字格式,这既有使用汉语写作诗歌的自然因素,也有语音技巧的追求。后代近体诗形成平仄两种范畴,将平声作为一类,上去入并成一类。除了利用语音的高低升降,还有用字是否最大限度地表情达意方面的考虑。古人对语音技巧的追求,绝非以牺牲内容表达而实现。

尽管有39组不合近体诗的平仄律,但是它们也有技巧的要求。就是:相配的奇数句和偶数句第二个字一般不同音。39组声调相同的例子,同音的只有3例,它们是第一章的"寥、漻",第三章的"其、其",第六章的"不、不",这些应该都只是为了内容的表达而有意安排的。剩下的则有36组,第二字读音不同。前面的90组声调不同,自然读音不同,因此相配的奇数句和偶数句读音不同者有126组。

3. 相邻的两诗句之间。近体诗上联偶数句和下联奇数句的第二字平仄相同，《九辩》一奇一偶的偶数句跟下面相邻的奇数句第二字是怎么样的呢？统计时，我们注意到这样一些情况：(1)"惆怅兮而私自怜"一句，根据一般的处理，没有点断成两句；第六章"窃美申包胥之气盛兮，恐时世之不固"，王力先生处理为无韵，这三句不计算在内。(2)分章的问题。上一章末尾一句的第二个字跟下一章开头的第二个字不纳入计算，因为它们是不同的诗章。(3)韵段的问题。上一个韵段末尾一句的第二个字跟下一个韵段开头的第二个字不纳入计算，因为它们是不同的韵段。这样，所谓上一偶数句和下一奇数句第二个字的有效统计诗句，《九辩》中只有 84 句。

这 84 句中，一奇一偶的偶数句跟下面相邻的奇数句第二字声调异同情况是：同者 33 句，不同者 51 句。例如"白日晼晚其将入兮，明月销铄而减毁。岁忽忽而遒尽兮，老冉冉而愈弛"这个韵段中，"月"和"忽"声调相同；"心摇悦而日幸兮，然怊怅而无冀。中憯恻之凄怆兮，长太息而增欷"这个韵段中，"怊"和"憯"声调有别。根据统计数据，异调的情况略微居多，但是同调的情况也不少。如果就二者之间的比例来看，似乎可以说近体诗"粘"的格律在《九辩》中还没有露出端倪。由于例证较少，这里还不能说定。

据此，我们又考察了《离骚》《天问》的情况。《离骚》原有 375 句，减去大家公认为衍文的两句，有 373 句，仍然是奇数。《离骚》的最后一章，有"乱曰：已矣哉"不参与《离骚》的语音安排，纯粹是为了达意而安排进去的。除此，有 372 句，正好四句一个韵段，必然有一个一奇一偶的偶数句跟下面相邻的奇数句第二字声调异同的部分，即 135 组有效例子，很便于统计。统计显示，上下两句第二字声调相同者有 38 组，不同者有 97 组。《天问》共 373 句，符合奇数句和偶数句第二字声调分析的有 89 组，其中同声调的有 28 组，不同声调的有 61 组。可见，不同者占绝对优势。因此，我们可以假定：近体诗中那种"粘"的格律，在《楚辞》中还没有任何端倪；相反，《楚辞》中以不同声调为常。

(三)"积韵"问题。所谓积韵，指同一个韵段的押韵字中有同音字。古人从先秦开始，押韵就避免积韵，这在《九辩》中也突出地反映出来了。根据王力先生《楚辞韵读》的归纳，《九辩》有 42 个韵段。这些韵段中，有积韵的只有 5 个。一个是第三章，"秋、楸、悠、愁"是一个韵段。"秋、楸"《广韵》《集韵》都是同音字,《广韵》七由切,《集韵》雌由切。逆推至上古,也是同音字。上下两个韵脚字同音,则为"积韵"。宋玉大概是有意用积韵来表达"楸"和"秋"的关系,《补注》说:"梧桐、楸梓,皆早凋。"前面用"秋",后面用"楸",正好能表现凛秋凋杀梧桐、楸梓的萧瑟之气。下文"霜、藏、横、黄、伤、当、伴、将、攘、堂、方、明"连用了12个阳部平声字,读音都有分别,没有积韵现象。第二个是第五章,"食、得、德、极"是一个韵段,"得、德"同音,是积韵。剩下的三个有积韵的韵段是第八章1个,第九章2个,都是"之、之"相押。这些可能都是为了表达的需要而使用的积韵。因此,《九辩》没有积韵的韵段有37个,占绝对优势。这说明,后代诗歌中力图回避积韵的现象,《九辩》已体现出来了。

对于《九辩》回避积韵,第一章的一个韵段需要加以说明。从押韵来说,"清、清、人、新、平、生、怜、声、鸣、征、成"是一个韵段,主要押平声韵。"兮收潦而水清"前面的一句"沆寥兮天高而气清",有"清"字。这个"清"跟后一句的"清"不能算"积韵",因为这个"清"要读瀞,洪兴祖《补注》:"清,疾正切。《说文》云:无垢薉也。古本作瀞。"指天之气澄净。两个读音不同的"清"在相应的位置上出现,尽管字形相同,但实不同音,形成错综与回环。有的注明《九辩》用韵的著作,以为两个"清"读音相同,这是不准确的,忽视了前人的音义配合。据《补注》,有的本子将"气清"作"气平",跟后面的"平"字形成积韵,应该不是宋玉之旧,可能是后人所改。

这种回避积韵的技巧,对于认识古音有意义。例如"横、黄"用在同一个韵段,"洽、合"用在同一个韵段,"教、高(去声)"用在同一个韵段。这里有最小对立的三组字,它们的声母、韵部、声调以及开合相同,不同只能在介音上:前一个是二等,后一个是一等。如果上古汉语没有一二等的分别,这三组字只能看成是上古的同音字。既不能解释好《九辩》回避积韵的语音技巧,也不能合理解释它们中古何以分化为不同的读音。

四

《九辩》第一章原文:

悲哉秋之为气也,萧瑟兮草木摇落而变衰。憭栗兮若在远行,登山临水兮送将归。沉寥兮天高而气清,寂嵺兮收潦而水清。憯凄增欷兮,薄寒之中人。怆怳懭悢兮,去故而就新。坎廪兮贫士失职而志不平,廓落兮羁旅而无友生,惆怅兮而私自怜。燕翩翩其辞归兮,蝉寂漠而无声。雁雝雝而南游兮,鹍鸡啁哳而悲鸣。独申旦而不寐兮,哀蟋蟀之宵征。时亹亹而过中兮,蹇淹留而无成。

本章以寒秋喻楚国黑暗的政治现实,以秋气喻屈原之悲伤;这一章是假托屈原的口吻,写屈原未遇明君,遭受谗言,在寒秋独自被楚襄王放逐至楚南陌生的草泽之地时的情状。此时的屈原穷愁潦倒,内心只有忧愤不平,彻夜不眠,惋惜未能建功立业,担心虚度一生,希望重返故都政治舞台。

分析:"沉寥兮天高而气清,寂嵺兮收潦而水清"在相同的位置上复叠,"沉"质部,"寂"觉部,都是短入。"寥、嵺"同音;"高、潦"都是宵部,叠韵。

在相应的位置上,用了"萧瑟、憭栗、沉寥、寂嵺、憯凄、怆怳、懭悢、坎廪、廓落、惆怅、寂寞、鹍鸡、啁哳、蟋蟀"等14个联绵词,"翩翩、嚌嗺、亹亹"等3个叠音词,没有重复。其中双声或准双声的,有"萧瑟、憭栗、憯凄、惆怅、鹍鸡、啁哳、蟋蟀"7个,叠韵或准叠韵的有"怆怳、懭悢、坎廪、廓落、寂嵺"5个,"沉寥、寂寞"2个。

句群是可以分层级的。自"憭栗"至"水清"是一个句群,"萧瑟"则属于上一个句群。但"萧瑟"和"憭栗"在相同的位置上复叠,"萧"幽部,"憭"宵部,读音相近;洪兴祖《楚辞补注》:"憭,旧音流,又音了。"指出所采读音为"旧音",据此,"憭"在方言中可能读幽部,这就跟"萧"同部了;或者宵幽二部音值极近。"瑟、栗"都是质部,严格的叠韵。"憭栗"和"沉寥"则处在相同的节奏点上。

大部分时候,同一个韵段不能分属于不同的语义层。但是个别时候,韵段和语音技巧显示的语义层不一致。从押韵看,自"憭栗"至"将归"应该属上,"衰、归"是一个韵段。但从语音技巧、句子的内容看,自"憭栗"至"将归"应该属下。因为它跟自"沉寥"至"水清"的语义联系无疑更密切一些,是一个语义层,开头两句跟这四句构成更上一个语义层。这种情况表明,语音技巧的安排,比韵段有时更有约束力。

自"憯凄"至"就新"是一个句群。"憯凄增欷"和"怆怳懭悢"在相同的节奏点上复叠,是一个表意群。"憎"和"憯"声母相近,"憎"和"憯"都是阳声韵,都是一等字,主元音相同。"凄"脂部,"欷"《补注》:"虚毅切。"上古微部,二字韵部相近。"怆恍懭悢"四字叠韵,都是阳部。《补注》:"怆恍,上许两,下许昉切。"两字都是上声,也都是三等字。又:"懭悢,上口广切,下音朗,又音亮。"其中"悢"《广韵》只收了力让切,但这是"悢悢"的读音,《集韵》收了两个读音,里党切,这是"懭悢"的读音,力让切,跟《广韵》同。《补注》给"懭悢"的"悢"注"又音亮",音义不匹配,也没有充分注意到宋玉的语音技巧:"懭悢"都是上声,也都是一等。"怆恍懭悢"四字,都是上声,前一词三等,后一词一等。《文选》旧注"懭悢"分别注"口广"和"朗"的音,比洪兴祖注音准确。

"坎廪兮贫士失职而志不平,廓落兮羁旅而无友生,惆怅兮而私自怜"是一个复句,每一个分句开头的两个字在相同的节奏点上复叠,是一个表意群。"坎廪"和"廓落"均内部叠韵,也都是一等字。"廪"《广韵》只收力稔切,这是仓廪的"廪",没有反映坎廪的"廪";《集韵》卢感切则反映了坎廪的"廪"。今天有人没有明白古代的音义配合关系,给这个"廪"选择力稔切的音,音义配合失误。"坎"和"廓"双声,"廪"和"落"双声,"惆怅"则为双声,三等字,跟"坎廪"和"廓落"相参差。有的本子没有"生"字,必然是脱义,如此则这一句就失韵了。

"燕翩翩其辞归兮,蝉寂漠而无声。雁廱廱而南游兮,鹍鸡啁哳而悲鸣"是一个复句。每一个分句的打头的一个词在相同的节奏点上复叠,是一个表意群。作者选用的几个表示鸟类的词"燕、蝉、雁"刚好都是元部字;"鹍鸡"是一种似鹤的鸟,两个音节都是见母双声。每一个分句的第二个词也在相同的节奏点上复叠,"翩翩、廱廱"重言,都是阳声韵;"寂漠"非双声叠韵,但都是入声;"啁哳"双声,都是开口二等字,跟"鹍鸡"连用,其内部也形成复叠。因为"鹍鸡啁哳"都是双声,它们之间是主谓关系,所以"憯凄增欷"和"怆恍懭悢"这样的语音技巧运用,似乎并不能证明两个联绵词之间是并列关系。要证明它们之间的关系,还得看语义。但是,这种情况极为罕见,因此我们还是可以利用这种复叠形式,确定两个联绵词之间是主谓关系。

五

《九辩》第二章原文：

> 悲忧穷戚兮独处廓，有美一人兮心不绎。去乡离家兮徕远客，超逍遥兮今焉薄？专思君兮不可化，君不知兮可奈何？蓄怨兮积思，心烦憺兮忘食事。愿一见兮道余意，君之心兮与余异。车既驾兮揭而归，不得见兮心伤悲。倚结軨兮长太息，涕潺湲兮下沾轼。忼慨绝兮不得，中瞀乱兮迷惑。私自怜兮何极，心怦怦兮谅直。

本章就屈原和楚怀王的关系来写。写屈原远离郢都而放逐到沅、湘时，孤独无依，前途渺茫，一心怀念楚襄王，但襄王不了解他。他心情极度郁闷，寝食难安，他希望能见上襄王一面，当面表明襄王行事以是为非，跟自己相异。可是他的努力没有实效，痛苦不已，只好折回流放地，非常失意，心情烦乱，顾影自怜，但仍然心存谅直。

分析：就押韵来说，这里"廓、绎、客、薄"是一个韵段，其中"廓"和"客"声母、声调也相同，但是"廓"是合口一等，"客"是开口二等，两字既有复叠回环，也有错综。"化"晓母，"和"是匣母，声母同部位。"思"是去声，"事"也是去声，它们韵母和声调都相同，声母有别，但都是齿音，有相同之处。"意、异"韵母和声调相同，但是声母有别，一为影母，一为余母。可见，在押韵字的选择上，除了押韵的要求，也有其他的语音技巧。"息、轼、得、惑、极、直"是一个韵段，但是里面还有讲究，"息、轼"均为三等，"得、惑"均为一等，"极、直"又回到三等。本章多用入声韵，能更好地表现屈原的急切心情。

上一章安排语音技巧很密致，这一章则较少运用语音技巧。前一章重在烘托气氛，显示屈原处境恶劣，适合运用语音技巧；此章重在写屈原摆脱恶劣环境所作的真诚努力，不宜过多安排语音技巧。两章一比较，显得疏密有致。全章用了"逍遥、潺湲、忼慨"等3个联绵词，叠音词有"怦怦"，没有重复。前两个叠韵，都是三等字；后一个双声，都是一等字。

"悲忧穷戚"的"忧"幽部，"戚"《文选》作"慼"，觉部，韵部读音相近。"车既驾兮揭而归"中"车、驾、归"是见母双声，"揭"是溪母，跟上举三个字准双声,这样使用,有复叠之效。

六

《九辩》第三章原文:

> 皇天平分四时兮,窃独悲此廪秋。白露既下百草兮,奄离披此梧楸。去白日之昭昭兮,袭长夜之悠悠。离芳蔼之方壮兮,余萎约而悲愁。秋既先戒以白露兮,冬又申之以严霜。收恢台之孟夏兮,然欲傺而沉藏。叶烟邑而无色兮,枝烦挐而交横。颜淫溢而将罢兮,柯仿佛而萎黄。萷櫹槮之可哀兮,形销铄而瘀伤。惟其纷糅而将落兮,恨其失时而无当。揽騑辔而下节兮,聊逍遥以相佯。岁忽忽而遒尽兮,恐余寿之弗将。悼余生之不时兮,逢此世之俇攘。澹容与而独倚兮,蟋蟀鸣此西堂。心怵惕而震荡兮,何所忧之多方。印明月而太息兮,步列星而极明。

本章就屈原跟奸臣的关系来写。奸臣和怀王都危害百姓,残害忠良,给楚国带来深重灾难。屈原对楚王重用奸臣,变本加厉地祸害国家,贤才被抑制,屈原本人寒秋被单独放逐深感不满,孤独悲愁。他在流放时,为自己没有遇到明君圣主,遭遇浊世而不能展露才华,为远离家乡和国君,深感遗憾,辗转不寐,愁病加身,惋惜没有遇到明时,只好向明月表明心迹。

分析:在相应的位置上,用了"离披、萎约、恢台、烟邑、烦挐、淫溢、仿佛、櫹槮、逍遥、相佯、俇攘、容与、蟋蟀、怵惕"等14个联绵词,叠音词有"昭昭、悠悠、忽忽"3个,没有重复。其中双声或准双声有"萎约、烟邑、淫溢、仿佛、櫹槮、容与、蟋蟀、怵惕"8个,叠韵或准叠韵有"离披、恢台、逍遥、相佯、俇攘"5个,非双声叠韵有"烦挐"1个。

本章跟第二章不同,又回到第一章的行文思路上,有不少语音讲究。这些语音技巧,都跟章旨密切相关,用来渲染朝廷奸臣对屈原的谗毁,以及屈原被放逐时的透亮心境,宁折不弯的贫士气概:

"白露既下百草兮,奄离披此梧楸"中,前一句"白、百"音近,"白"并母,"百"帮母;后一句的"楸"跟前一句的"此、草"双声,都是清母字。

"去白日之昭昭兮,袭长夜之悠悠"中,"昭昭"和"悠悠"处在同一个节奏点上,可证这两句是一个表意群。前者章母宵部,后者余母幽部,同为三等、平声,声韵母均相近。

"离芳蔼之方壮兮"中,"芳、方、壮"都是阳部字,"芳"和"方"只有声母不同,韵母、声调都相同,这说明宋玉那里帮母、滂母是不同的声母。

自"秋既"至"沉藏"是一个大的表意群。"收恢台之孟夏兮,然欿傺而沉藏"中,"台"字,《楚辞释文》注音:"他来切。"这个"台"在别的古书中也写作"炱",洪兴祖对"恢台"的理解有游移。《补注》:"《舞赋》云:'舒恢炱之广度。'注云:'恢炱,广大貌。'炱与台,古字通。黄鲁直云:'恢,大也。台,即胎也。言夏气大而育物。'……《集韵》:'炱,煤炱也。'台、胎二音。"《文选》旧注给傅毅《舞赋》"恢炱"的"炱"注音:"徒来。"因此,洪兴祖说"台"有"台、胎"二读,有他的根据,但"恢台"都是一等,也都应该处理为叠韵联绵词,不必拆开来解释。"恢、台"都是之部一等平声字。

自"叶烟"至"无当"是一个大的表意群,承上文"秋、冬"而生发开来。"颜淫溢而将罢兮,柯仿佛而萎黄"中,"淫溢"和"仿佛"处在相同的节奏点上,都是双声,三等;这是一个表意群。两个词尽管不同声母,但是开头的音素回环。"淫溢"都是开口,"仿佛"都是合口。

"萷櫹椮之可哀兮,形销铄而瘀伤"中,"櫹椮"和"销铄"处在相同的节奏点上,是一个表意群。"櫹椮"准双声,"销铄"是并列式,但也准叠韵。但是"櫹"和"销"同声母、声调,韵部为幽、宵,音近。"萷櫹椮"中,"萷"字,《文选》和《楚辞释文》注音"朔",《补注》"音梢"。梢、朔都是生母,跟后面的"櫹"声母相近,"椮"声母相同。

自"挛骈辔"至章末是一个大的表意群。其中的语音技巧主要安排在一句之内,偶尔安排在两句之间。"挛骈辔而下节兮,聊逍遥以相佯"中,"挛"和"聊"都是来母字。这个"挛"《文选》足利本和《楚辞补注》本均如此,足利本《文选》旧注:"逸本作'览'字。"胡克家本《文选》作"览"字。但《楚辞补注》引旧注:"挛,一作'擎',音启妍切。"洪兴祖说:"挛,力敢切,持也。擎,启妍切,亦持也。其字从臤,作'挛'者误矣。"说得斩钉截铁,可能有其根据。如果作"擎",跟"聊"就没有双声关系。不过,他并没有申述原文作"挛"或"览"为什么是错误的理由。"逍遥以相佯"连用两个叠韵联绵词,都是开口三等平声字,形成回环;"逍"和"相"声母相同,"遥"和"佯"声母相同,也形成回环。

"岁忽忽而遒尽兮"中,"忽忽"叠音,"遒、尽"都是齿音,《补注》:"遒,即由、即秋二切。"这两个反切读音相同,其中必有一讹。对照《广韵》可知,"即秋"的"即"应该是"自"的讹字。《广韵》"遒"音即由、自秋二切,都是"尽也"的意思。可能是洪兴祖受前面"即"字的影响抄错了。《九辩》的这个"遒",应该取自秋切的那个音,"遒、尽"都是从母字,形成严格的双声。《补注》将"遒"的两个读音都收进来,而且将"即由"一读摆在前面,大概是忽略了宋玉的语音技巧。

"悼余生之不时兮,逢此世之俇攘"中,在相同的节奏点上,"不时"都是之部三等平声,形成叠韵(余忠有《"不"字入声读音考》一文,考证出"不"在汉代韵文中始见入韵,《陌上桑》《陇头行》各一次,押平声,之部);《补注》:"俇,音匡。攘,而羊切。"可见"俇攘"是叠韵联绵词,也是三等,平声。这里也都是利用叠韵关系形成回环,是一个表意群。

"心怵惕而震荡兮,何所忧之多方"中,前一句"怵惕"都是透母,入声;"震荡"都是阳声韵,"震"章母,"荡"定母,跟"怵惕"声母音近;"荡"字不入韵,但跟"方"字同韵部,可能因为它不是入韵字,所以有意用一个上声字,跟入韵字区隔开。

七

《九辩》第四章原文:

> 窃悲夫蕙华之曾敷兮,纷旖旎乎都房。何曾华之无实兮,从风雨而飞飏。以为君独服此蕙兮,羌无以异于众芳。闵奇思之不通兮,将去君而高翔。心闵怜之惨凄兮,愿一见而有明。重无怨而生离兮,中结轸而增伤。岂不郁陶而思君兮,君之门以九重。猛犬狺狺而迎吠兮,关梁闭而不通。皇天淫溢而秋霖兮,后土何时兮得漧?块独守此无泽兮,仰浮云而永叹。

本章大量运用赋的艺术手法,"蕙华"喻在位的贵臣,"众芳、猛犬"喻佞臣,从楚王起先重用贤才而后来改变初衷、奸臣华而不实、奉承楚王、忠臣无由进言写起,继续揭露楚王和奸臣沆瀣一气的黑暗政治,屈原在流放时仍然对楚王难舍难分,重申想拜见楚王剖白正伪,但是奸人当道,无法面见怀王进谏;屈原只好独守穷愁,他仰天长叹,长叹朝廷之不公。后面"皇天"至章末,五臣注承王逸注而来,将四句的言外之意表达出来了:"众人皆蒙恩泽,而我独不沾,故仰望而长叹也。"

分析:就押韵来看,"房、飏、芳、翔、明、伤"是一个韵段,也都是三等的平声字。可能是宋玉想多让一些音素复叠,从而形成更多的回环,增加美感。后面"重、通"是一个韵段,"潏、叹"是一个韵段,都是平声,开口一等。这三个韵段都是阳声韵。这三个韵段,实际上是三个表意群。

在相应的位置上,用了"旖旎、惨凄、郁陶、淫溢"等4个联绵词,叠音词有"猎猎"1个。"旖旎"《文选》作"猗柅",旧注:"上音倚,下女绮切。"这里都是三等字。《楚辞》洪兴祖《补注》本引五臣之后,有注音:"旖,一作旑,于可切。旎,乃可切。"这个注音不见于五臣本《文选》,不知何人所注,都是三等字。洪兴祖《补注》:"《集韵》:旑,倚可切。其字从可……旎,音倚。其字从奇。"这是顾及谐声字的声符定的音,一三等混注,不大合乎联绵词的语音结构。"旖旎"要么均注一等字,要么均注三等字,这是联绵词的一般规律,《文选》旧注符合这个规律。

前一章运用了大量的语音技巧,这一章则减少很多,从而显得各章之间语音安排错落有致,疏密有度。本章"闵怜之惨凄",前面"闵怜"可能是复合词,是文真二部准叠韵,后面"惨凄"双声,这是双声和叠韵交错运用。第一句"华"和"敷"都是鱼部合口字,也叠韵。

八

《九辩》第五章原文:

> 何时俗之工巧兮,背绳墨而改错。却骐骥而不乘兮,策驽骀而取路。当世岂无骐骥兮,诚莫之能善御。见执辔者非其人兮,故駶跳而远去。凫雁皆唼夫梁藻兮,凤愈飘翔而高举。圆凿而方枘兮,吾固知

其龃龉而难入。众鸟皆有所登栖兮,凤独遑遑而无所集。愿衔枚而无言兮,尝被君之渥洽。太公九十乃显荣兮,诚未遇其匹合。谓骐骥兮安归?谓凤皇兮安栖?变古易俗兮世衰,今之相者兮举肥。骐骥伏匿而不见兮,凤皇高飞而不下。鸟兽犹知怀德兮,何云贤士之不处?骥不骤进而求服兮,凤亦不贪喂而妄食。君弃远而不察兮,虽愿忠其焉得?欲寂漠而绝端兮,窃不敢忘初之厚德。独悲愁其伤人兮,冯郁郁其何极?霜露惨凄而交下兮,心尚幸其弗济。霰雪雰糅其增加兮,乃知遭命之将至。愿徼幸而有待兮,泊莽莽与野草同死。愿自往而径游兮,路壅绝而不通。欲循道而平驱兮,又未知其所从。然中路而迷惑兮,自压案而学诵。性愚陋以褊浅兮,信未达乎从容。

本章从腐败官场的常态写起,屈原深知忠奸不两立,怒斥奸臣得势,替贤才因不改其节操,因此受到压制,远离政坛而抱屈。屈原想到自己以前曾受到重用、古代贤才的遭际、当时的黑暗现实,想到鸟兽也知道报恩,因此遭遇浊世而不改其节气,不采取沉默无语的消极处世态度。面对楚国黑暗日甚的现实,宁折不屈,仍然想建功立业;继续重申屈原想面见楚王进言却被奸臣阻隔。他以《诗经》的相关内容相砥砺,为楚王不明白其苦心而叹惋。

分析:就押韵来说,自"愿自往"至于"从容","通、从、诵、容"四字押韵。但据《补注》,一本作"然中路而迷惑兮,悲蹭蹬而无归。性愚陋以褊浅兮,自压案而学《诗》。兰荪杂于萧艾兮,信未达其从容",这应该是后人妄改。据此语句,这六句诗不能押韵,"归、诗、容"三字上古音均甚远,"归"微部,"诗"之部,"容"东部,不可能押韵。又"蹭蹬"可能是魏晋以后出现的一个联绵词,见于杨衒之《洛阳伽蓝记》和木华《海赋》。朱熹《集注》:"今按:归、诗与容不韵,俗本误也。"

在相应的位置上,用了"骐骥、龃龉、寂漠、惨凄"等4个联绵词,其中"骐骥、惨凄"为双声或准双声,"龃龉"叠韵。叠音词有"遑遑、郁郁、莽莽(《补注》:'莽莽,莫古切。')"3个。关于"龃龉",《补注》:"龃,状所、床举二切。龉,音语。"这里"龃"的注音,"状、床"同声母,"所、举"同韵母,这两读同音。《广韵》龃龉的"龃"只有一个读音,床吕切:"龃,龃龉,不相当也。"《集韵》语韵"龃"有两个音:壮所切:"龃,龃龉,齿不正。"状所切:"龃,龃龉,齿不相值。"

而"鉏铻"的"鉏"放在状所切:"鉏,鉏铻,相距貌。"可见鉏铻的"鉏"《广韵》《集韵》只有一个读音,《文选》旧注:"(鉏,)床举。(铻,)语。"可见"鉏"也是只注一音。洪兴祖注异读,但这两个异读,按照《切韵》音系,只能是一个音。其注音不妥,可能有两个方面的原因:一是他采纳不同的旧音时,就有这种字面不同的注音;二是当时他的方言中,这两个字面不同的旧音,其声母或韵母已经有了不同,所以洪氏误认为是两种的音,是异读,从而反映了时音。

自"圜凿"至"所集"是一个表意群。"鉏铻"和"違違"虽未用在同一个节奏点上,但也间隔不远,仍有复叠作用。"圜凿而方枘",《补注》:"凿,音造,錾也。"这个"凿"指榫眼,《集韵》读在到切:"凿,穿空也。"其中"穿空"指孔穴。据《切韵》音系,"凿、造"不同音。洪兴祖这里取的是"造"的昨早切一读,上声。"凿"是去声,用上声"造"来注音,不妥,但是反映了洪兴祖那个时候"造"已经全浊上声变去声了,跟"凿"同音,所以他拿"造"来注"凿"的音。后文"灭规矩而改凿"《补注》:"凿,音造。"其失误同于此处。

"性愚陋以褊浅兮,信未达乎从容"中,"褊浅"和"从容"处在相同的节奏点上,"褊浅"都是上声,"从容"都是平声,"褊"真部,"浅"元部,韵部相近,而且都是阳声韵;"从容"则是东部的叠韵联绵词。

九

《九辩》第六章原文:

> 窃美申包胥之气盛兮,恐时世之不固。何时俗之工巧兮,灭规矩而改凿。独耿介而不随兮,愿慕先圣之遗教。处浊世而显荣兮,非余心之所乐。与其无义而有名兮,宁穷处而守高。食不偷而为饱兮,衣不苟而为温。窃慕诗人之遗风兮,愿托志乎素餐。蹇充倔而无端兮,泊莽莽而无垠。无衣裘以御冬兮,恐溘死不得见乎阳春。

本章写屈原追慕前贤,忧虑时世,信守道义,至死不渝;不同流合污,不追求荣华富贵,宁可困穷,但要保持节操,以至于独居荒野,穷愁潦倒,他担心寿命不长,不能实现自己的抱负。

分析:就押韵看,"固、凿、教、乐、高"是一个韵段,除了"固"是鱼部字,其他几个字都是宵部去声、药部长入的字,也就是中古去声字。鱼部和宵药二部关系很远。朱熹《集注》:"固,当作同,叶通、从、诵、容韵。"江有诰《楚辞韵读》从之,以为"固"字"当作'同',东部"。按照朱、江说,"窃美申包胥之气盛兮,恐时世之不固"两句应该属于第五章,这就跟传统的分章不同了。王力《楚辞韵读》以为"固"不入韵,这又跟《九辩》乃至《楚辞》的韵例有不合。"固"可能是一个讹字。

"乐"作"喜欢,喜爱"讲,《补注》:"乐,五孝切。"音义契合。王力《楚辞韵读》取"快乐"义,未安。"高"字作"崇尚"讲,用作名词,指所崇尚的道德。参看拙作《汉语变调构词考辨》(上册)318—319页。《补注》:"孤到切。一苦浩切,即枯槁之槁。"后面这个注音,是将"高"假借为"槁"。拙作《考辨》指出:"作'枯槁'讲不妥,大概是看到'高'不读平声,又不知'高'的去声有'崇尚'之义。苦浩切是上声。"

后文"温、餐、垠、春"为一个韵段。除了"餐"是元部,其余几个字都是文部。江有诰、王力的两种《楚辞韵读》都处理为文元合韵。江有诰说"餐""叶音飧"。这个处理就有矛盾了,既然"叶音飧",那就是换了一个字,就是文部自押了。"愿托志乎素餐",这是用《诗·魏风·伐檀》"彼君子兮,不素餐兮"的典。"素餐",《补注》:"《释文》作食,音孙。"白化文等点校本小字注:"食疑当作飧。"所疑很有道理。如果"素餐"作"素飧",则这一韵段就是文部自押。

"无衣裘以御冬兮"的"御",是"抵御"义,有的本子作"禦",两种写法同词。《补注》:"御,鱼据切。《诗》云:'我有旨蓄,亦以御冬。'注云:'御,禦也。以御冬月乏无时也。'"抵御的"御",无论作"御"还是"禦",原来只读上声,不读去声。大约南北朝中后期开始读去声,至晚到了北宋,就读去声了。详参拙作《考辨》(上册576—580页)。洪兴祖注去声,有来历,但反映的是后来的读音。所引《诗·邶风·谷风》"御冬",《释文》:"鱼据反,下同,御也。徐鱼举反。一本下句即作'御'字。"

本章用了"耿介、充倔"等2个联绵词,前者双声,后者非双声叠韵;"莽莽"1个是叠音词,"充倔"和"莽莽"用在相应的节奏点上,也就形成一个表意群。"充倔"的"倔",《补注》:"俱物、巨物二切。"又作"充诎",《礼记·儒行》:"儒有不陨获于贫贱,不充诎于富贵。"《释文》:"充诎,求勿反。注同。徐丘勿反。充诎,喜失节之貌。"可见洪氏注二音有来历,不过《释文》没有注见母而注溪母,洪氏注见母没有注溪母。充倔的"倔"不读溪母,洪氏注音不确,可能跟当时的方音有关。

十

《九辩》第七章原文:

> 靓杪秋之遥夜兮,心缭悷而有哀。春秋逴逴而日高兮,然惆怅而自悲。四时递来而卒岁兮,阴阳不可与俪偕。白日晼晚其将入兮,明月销铄而减毁。岁忽忽而遒尽兮,老冉冉而愈弛。心摇悦而日幸兮,然怊怅而无冀。中憯恻之凄怆兮,长太息而增欷。年洋洋以日往兮,老嵺廓而无处。事亹亹而觊进兮,蹇淹留而踌躇。

本章继续写屈原秋末夜长时的痛苦心情。他担心岁月白白流逝,老去荒野,希望建功立业,但是无可奈何,只能孤独彷徨。

分析:在相应的位置上,用了"缭悷、惆怅、晼晚、摇悦、怊怅、憯恻、凄怆、嵺廓、踌躇"等9个联绵词,叠音词有"逴逴、忽忽、冉冉、洋洋、亹亹"5个。其中,"缭悷、惆怅、摇悦、怊怅、憯恻、凄怆、踌躇"7个为双声或准双声,"晼晚"1个为叠韵,"嵺廓"为非双声兼叠韵。

本章有四个韵段,意思也可以分成四层。自开头至"俪偕"为一层,从季节方面写。自"靓杪秋之遥夜兮,心缭悷而有哀"中,"杪秋"准叠韵,"杪"宵部,"秋"幽部;"遥夜"都是余母,双声。"杪秋"和"缭悷"用在相同的位置上,前者准叠韵,后者双声。

"春秋逴逴而日高兮,然惆怅而自悲"中,"逴逴"和"惆怅"用在相同的位置上,前者是端母叠音,后者是透母双声。这两个词的声母读音相近。

"白日晼晚其将入兮,明月销铄而减毁"中,"晼晚"和"销铄"用在相同的位置上,前者是元部叠韵,后者是并列式合成词,为宵药准叠韵。

"岁忽忽而遒尽兮,老冉冉而愈弛"中,"忽忽"和"冉冉"用在相同的位置上。"岁忽忽而遒尽兮"已见于第三章,这里是重申前面的话。

"心摇悦而日幸兮,然怊怅而无冀"中,"摇悦"余母双声,"怊怅"透母双声;这四个字都是三等开口。

"中憯恻之凄怆兮,长太息而增欷"中,"憯恻"准双声,"憯"清母,"恻"初母;"凄怆"准双声,"凄"清母,"怆"初母。"憯恻"和"凄怆"之间也有语音关联,"憯"和"凄"、"恻"和"怆"对举,分别都是严格的双声。"增"和"憯、恻、凄、怆"声母相近。"凄"脂部;"欷"《补注》:"虚毅切。"上古微部,二字韵部相近。

"年洋洋以日往兮,老嵺廓而无处"中,相同的位置上,用了叠音词"洋洋"和非双声兼叠韵联绵词"嵺廓"。"洋洋"和"嵺廓"之间不在语音关联,而在意义关联。语音上的关联应该是两个词都讲语音技巧,也同为一个节奏点。

十一

《九辩》第八章原文:

何泛滥之浮云兮,猋壅蔽此明月。忠昭昭而愿见兮,然霠曀而莫达。愿皓日之显行兮,云蒙蒙而蔽之。窃不自聊而愿忠兮,或黕点而污之。尧舜之抗行兮,了冥冥而薄天。何险巇之嫉妒兮,被以不慈之伪名。彼日月之照明兮,尚黯黮而有瑕。何况一国之事兮,亦多端而胶加。

本章写屈原继续抨击奸臣谗害忠良,再次重申希望进见楚王,表达忠心,但是奸臣当道,进谏之路不通。对于奸臣的污蔑、陷害,屈原没有妥协;他从历史上举证尧舜也遭到诟病,表明圣王也会被人诬为有瑕疵,因此楚王在位时不免有奸臣当道,陷害屈原。

分析:就押韵来说,其中有"瑕、加"押韵,"瑕"先秦鱼部,"加"先秦歌部;但它们中古都是麻韵开二。一般认为,东汉鱼部的麻韵字转入歌部,因此将这里处理为鱼歌合韵。《楚辞》中,鱼歌合韵仅此1例,但很有意义,说明原来鱼部麻韵的牙喉音字,至晚在战国时期就跟歌部很接近了。清成蓉镜《心巢文录》卷下《鱼麻之转必由歌部考》:"瑕古音胡,而《楚辞·九辩》瑕韵加(古音居歌切),《淮南子·说林训》瑕韵亐(古音柏歌切。文按:'柏'可能是讹字)……此以瑕韵加、亐、呵、和,则已转入歌部,读如何矣。"他敏锐地捕捉到了这种现象。

　　在相应的位置上,用了"泛滥、雾曀、险巇、黯黮、胶加"等5个联绵词,叠音词有"昭昭、蒙蒙、冥冥"3个。其中,"雾曀、险巇、胶加"3个为双声或准双声,"泛滥、黯黮"2个为叠韵。

　　"胶加"《补注》:"《集韵》:胶加,戾也。胶,音豪。加,丘加切,王逸说。"考《集韵》乎刀切:"胶,戾也。"丘加切:"加,胶加,戾也。王逸说。"《集韵》和《补注》都说王逸读"胶加"的"加"为"丘加切"是来自王逸。按,"胶加"在《楚辞》中仅见于这一处,王逸并没有专门解释它,"亦多段而胶加"下王逸注:"贤愚反戾,人异形也。"《大招》有"白皓胶只",王逸注:"皓然正白,回错胶戾,与天相薄也。"《集韵》编者和洪兴祖大概由此理解"胶"为"戾也",而这个意思的"胶加"分别读乎刀切和丘加切,由此折合出来的。当然,这种折合不会是《集韵》和《补注》才开始的,应该前有所承,南北朝以来,为《楚辞》注音者有好几家。

　　"忠昭昭而愿见兮,然雾曀而莫达",在相应的位置上,前一句用叠音词"昭昭",后一句用"雾曀",两字都是影母,"雾",有的本子作"雰",应该是后人所改或后人所误,语音技巧就没有传达出来。

　　"或黕点而污之"的"黕点"《补注》:"黕,《说文》都感切,滓垢也。又陟甚切,污也。"当取前一个读音,"黕点"的"黕"从"冘"声,从"冘"声的字,有人归侵部,有人归谈部;"点"从"占"声,从"占"声的字,也是有人归侵部,有人归谈部。看来,"黕点"必然是叠韵或准叠韵,它们都是上声。"或黕点而污之"跟前面的"云蒙蒙而蔽之"处在相同位置上。"或"和"云"都是匣母,处于相同的节奏点;"黕点"和"蒙蒙"处在相同的节奏点,一联绵,一叠音,也有复叠的效果。

　　"何险巇之嫉妒兮,被以不慈之伪名"中,前一句"何、险、巇"都是喉音字,"险巇"是晓母双声;后一句"以、不、慈、之"都是之部三等字,可能都是开口。这两句都有复叠的效果。

　　"彼日月之照明兮,尚黯黮而有瑕。何况一国之事兮,亦多端而胶加"中,第三句承第一句,第四句承第二句。第三句特多牙喉音字,有"何、况、一、国、兮"五字。第二句和第四句,在相应的节奏点上,有语音技巧:"黮"和"端"都是舌头音字,"有瑕"和"胶加"都是牙喉音字。

十二

《九辩》第九章原文:

> 被荷裯之晏晏兮,然潢洋而不可带。既骄美而伐武兮,负左右之耿介。憎愠惀之修美兮,好夫人之忼慨。众踥蹀而日进兮,美超远而逾迈。农夫辍耕而容与兮,恐田野之芜秽。事绵绵而多私兮,窃悼后之危败。世雷同而炫曜兮,何毁誉之昧昧!今修饰而窥镜兮,后尚可以窜藏。愿寄言夫流星兮,羌儵忽而难当。卒壅蔽此浮云兮,下暗漠而无光。尧舜皆有所举任兮,故高枕而自适。谅无怨于天下兮,心焉取此怵惕?乘骐骥之浏浏兮,驭安用夫强策?谅城郭之不足恃兮,虽重介之何益?邅翼翼而无终兮,忳惛惛而愁约。生天地之若过兮,功不成而无效。愿沉滞而不见兮,尚欲布名乎天下。然潢洋而不遇兮,直怐愗而自苦。莽洋洋而无极兮,忽翱翔之焉薄?国有骥而不知乘兮,焉皇皇而更索?宁戚讴于车下兮,桓公闻而知之。无伯乐之相善兮,今谁使乎誉之?罔流涕以聊虑兮,惟着意而得之。纷纯纯之愿忠兮,妒被离而鄣之。

本章先集中批评楚王刚愎自用,穷兵黩武,任人唯亲,贤人受压,农耕不修,楚王行事不以公心,屈原担心这样楚国会亡国。接着写楚王不辨忠奸,以致奸臣当道,屈原被黜。然后针对楚王的行为,举出古代圣君明主的成功事例,与楚国现实进行对比,对楚王的治国作进一步的批评,重在写楚国有贤人,但楚王任用奸臣,遗弃贤人。

分析:在相应的位置上,用了"潢洋(2次)、耿介、愠惀、忼慨、踥蹀、容与、炫曜、儵忽、怵惕、骐骥、怐愗、翱翔、聊虑"等13个联绵词,叠音词有"晏晏、绵绵、昧昧、浏浏、翼翼、惛惛、洋洋、皇皇、纯纯"9个。其中,"耿介、忼慨、容与、怵惕、骐骥、聊虑"6个为双声或准双声,"潢洋、愠惀、踥蹀、怐愗"4个为叠韵,"炫曜、儵忽、翱翔"3个为非双声兼叠韵。

"既骄美而伐武兮,负左右之耿介。憎愠惀之修美兮,好夫人之忼慨"的批评对象都是楚王，它们是一个节奏群，从而也是一个语义群。一三句对应，二四句对应。二四句的"耿介"和"慷慨"处在相应的节奏点上，都是双声联绵词，前者见母，后者溪母。见溪声母相近而不同。这四个字既有同，也有异，异者是同中之异。

"众踥蹀而日进兮，美超远而逾迈。农夫辍耕而容与兮，恐田野之芜秽"是一个节奏群和语义群。一三句对应，二四句对应。一三句都有联绵词，但没有安排在相应的节奏点上，一句的"踥蹀"是叠韵联绵词，三句的"容与"是双声联绵词。尽管两个联绵词没有安排在相应的节奏点上，但仍然起到帮助识别对应句的作用。

"遭翼翼而无终兮，忳惛惛而愁约"是一个并列复句，"遭"和"忳"相应，都是舌音字；"翼翼"和"惛惛"相应，都是叠音词，它们也都有复叠的效果。前者入声，后者阳声韵的平声字。

"然潢洋而不遇兮，直怐愁而自苦"是一个并列复句，"潢洋"和"怐愁"都是叠韵联绵词。前者阳声韵的上声字，后者阴声韵的去声字。

"莽洋洋而无极兮，忽翱翔之焉薄？国有骥而不知乘兮，焉皇皇而更索"是句群，由两个复句组成，"翱翔"是非双声叠韵联绵词，"洋洋"和"皇皇"是叠音词。它们都是平声字，"洋""翔"和"皇"都是阳部字，能形成复叠之效。

"罔流涕以聊虑兮，惟着意而得之"中，"流涕"和"聊虑"都是舌音字，其中"流、聊、虑"都是来母字。这两句特多之职部的字，有"以、意、而、得、之"，形成多字回环。

"纷纯纯之愿忠兮，妒被离而鄣之"是一个复句，"纯纯"和"被离"相应，前者是叠音词，后者是叠韵联绵词，它们都是平声字，形成复叠。前者是阳声韵，后者是阴声韵，形成参差。

十三

《九辩》第十章原文：

  愿赐不肖之躯而别离兮，放游志乎云中。乘精气之抟抟兮，骛诸神之湛湛。骖白霓之习习兮，历群灵之丰丰。左朱雀之茇茇兮，右苍龙之躍躍。属雷师之阗阗兮,通飞廉之衙衙。前轻辌之锵锵兮,后辎乘之从从。载云旗之委蛇兮,扈屯骑之容容。计专专之不可化兮,愿遂推而为臧。赖皇天之厚德兮,还及君之无恙。

这一章是《九辩》的结尾,分章诸家均没有异议,这种结尾别出心裁,想象奇特,是写想象中屈原退出楚国官场,超脱现实,而云游天空,与百神交往,畅游周天,但屈原对楚国仍然念念不忘,希望到了天上继续为善,也希望楚国风调雨顺,楚王康宁。

这一章在语音技巧安排上也反映出本章自成一体:重在用叠音词。分析:在相应的位置上,只用了"委蛇"这1个叠韵联绵词,而叠音词有"抟抟、湛湛、习习、丰丰、芰芰、躍躍、阗阗、衙衙、锵锵、从从、容容、专专"12个,读音全部不同,涉及定、余、邪、滂、并、群、疑、清、初、章等多个声母,元、冬、缉、月、鱼、真、阳等多个韵部。"抟抟"和"阗阗"都是定母平声,但上古"抟"元部,"阗"真部;"湛湛"和"容容"都是余母平声,但"湛"战国属冬部,"容"东部。看来,宋玉是有意用叠音词,"委蛇"大约是找不到合适的叠音词才选用的。这些叠音词或联绵词都用在每一诗句的末尾,"名词+'之'"之后,在相同的位置上复叠。

"乘精气之抟抟兮,骛诸神之湛湛"中,"抟抟"和"湛湛"都是阳声韵,也都是平声,声母读音也是相近的。"湛",《补注》:"旧音羊戎切。"洪兴祖(1090—1155)和吴棫(约1100—1154)是同时代的人,吴棫《韵补》卷一《一东》"湛"下注音:"羊戎切。"所引例证正是《九辩》此例。因此,"羊戎切"一读颇有来历。"湛"和前后的"中、丰"押韵,孔广森《诗声类》卷五以为"中、湛"是"冬侵通韵",没有管后面的"丰"字,不妥当;江有诰《楚辞韵读》、王力先生《楚辞韵读》处理为冬("中",江有诰叫"中部")侵("湛")东("丰")合韵,但据"湛"的羊戎切一读,"湛"在春秋以前可以归侵部,战国时期应该归冬部。这里是[-ŋ]尾的东冬部的字合韵。

"前轻辌之锵锵兮,后辎乘之从从"中,《补注》:"从,楚江切。"这里"锵锵"是清母,"从从"是初母,声母读音相近。王力先生《楚辞韵读》据疾容切一读折合上古音,未安。

"载云旗之委蛇兮,扈屯骑之容容"中,"云"和"屯"都是文部平声,"旗"和"骑"都是群母;"蛇"和"容"都是余母,形成多方面的回环美。

"计专专之不可化兮,愿遂推而为臧"中,"专专"和"遂推"处在同一个节奏点上,"专专"叠音;"遂"是物部,后来变入微部,"推"是微部,"遂推"可以看作叠韵,因此跟"专专"能构成复沓的语音技巧。

十四

现在对上文的分析做一个总结和讨论:

(一)《九辩》中,讲究语音技巧的地方有不少,表现在句子的长短、声调的交错和复叠、韵脚字的安排、双声叠韵在相同的节奏点上的回环等诸多方面。宋玉的这些语音技巧的安排,煞费苦心,在形式上非常有利于《九辩》内容的表达,常常是参差与复叠交织在一起,读起来抑扬顿挫,朗朗上口;而且这种语音技巧的安排,对于我们研究汉语语音史和诗律史等学科,也都有重要价值。

(二)就研究语音史来说,诸如先秦汉语的帮并有别、一二等有别,等等,都在《九辩》中有所显示。诗中还有不少反映当时语音现象的材料,都很珍贵,对于我们扩大研究上古音的材料,进一步深化上古音研究,都很有意义。

(三)就研究汉语诗律史来说,汉语近体诗一句之内的声调有别,一联之内两句的第二个字平仄有别,避免出现积韵现象等,都在《九辩》中看出端倪。近体诗上联末句和下联首句的第二个字平仄相同的格式在《九辩》中完全没有反映;不但没有反映,而且先秦组织声调的语音技巧,多与近体诗相反,有上一个复句的第二个分句和下一个复句的第一个分句,在第二个字使用声调时,稍带声调参差的趋势。

南北朝时期,周颙、沈约等人将四声用"平、上、去、入"的叫名来标识,并开始有意识地运用于诗歌创作,不完全是人为的规定,而是总结了先秦以来的诗歌讲求语音技巧的成果、加进个人的判断而推衍开的。四声的叫名不仅仅是找一个代表字,这四个代表字还有对调值描写的意味在里面。《文镜秘府论》载陆善经《四声论》说,"魏定州刺史甄思伯,一代伟人,以为沈氏《四声谱》不依古典,妄自穿凿,乃取沈君少时文咏犯声处以诘难之"。甄思伯说沈约"不依古典",看来是批评过头了,沈约提出"一简之内音韵尽殊,两句之间轻重悉异",以及四声八病之说不是凭空产生的。

（四）汉语诗歌中复句内部各分句的切分，以及句群的切分，有时候是有形式标志的，不仅仅使用意合法。这些形式标志，有的是排比、骈偶，凡用排比、骈偶等方式，类聚在一起的句子或句群，它们往往是一个表意群。在诗歌中，常常用到韵段及一些语音技巧。凡同一韵段，或者在相同的节奏点上安排的语音技巧，往往具有分表意群的效用。《九辩》中很鲜明地表现出了这一点，值得重视。德国语言学家威廉·冯·洪堡特在《论汉语的语法结构》中说："汉语……相互关联的句子之间大都不要联系词，所以，句子以什么方式相互依赖，只有从它们的意义和相互关系上才能看出来。"这话有一定道理，但不完全是这样。他对上述这些分离话语的表意群的形式标志有所忽略，其说法有以偏概全之嫌。

附记：本文在写作过程中，蒙王东、李建强、郑妞、赵团员等先生提出宝贵的修改意见，谨致谢忱。

（北京大学中文系）

《文选》的语料价值

吴晓峰

太田辰夫(1916—1999)曾经说过:"在语言的历史研究中,最主要的是资料的选择。资料选择得怎样,对研究的结果起着决定性的作用。"[1]这强调了语言研究中数据的重要作用。《文选》的语料价值更是不容低估。正如陆宗达先生所说,《文选》为我们保存了先秦至齐梁时期具有文学价值的各类作品,特别是魏晋南北朝的当代作品占有相当的比例[2];故而它也为我们贮存了这些特定时期的文学语言,其中"书面语和口语夹杂,历史上的经典文献语言和作家的习惯语并存,全民惯用语和文学专用语并出"[3],因此,要研究汉语的发展演变过程,绝不可以忽视《文选》的存在。

《文选》收录了从战国至南朝梁代131位知名作家和无名氏的各类体裁的文学作品,分为赋、诗、骚、七、诏、册、令、教、文、表、上书、启、弹事、笺、奏记、书、檄、对问、设论、辞、序、颂、赞、符命、史论、史述赞、论、连珠、箴、铭、诔、哀、碑文、墓志、行状、吊文、祭文等37类。各类之中以作者所处时代先后为序,反映出文学发展、文体演变的历史脉络,同时,也清楚地标识出汉语的发展轨迹。

而专门研究《文选》的"文选学",自隋唐之际产生至今也已经历了1400

---

[1] 转引自王云路、方一新《六朝史书与汉语词汇研究》,王云路、方一新《中古汉语研究》,商务印书馆,2000年,第143页。
[2] 陈洪天、赵福海、陈复兴《昭明文选译注》第一册,吉林文史出版社,1988年,卷首《陆宗达序》。
[3] 同上。

多年的发展历程,由注重文字音韵训诂学、考据学、注释学等方面研究的传统选学,逐渐转变为用新思想、新方法、新角度进行研究的新选学,取得了多方面的研究成果。而历代选学家的研究成果本身也就是研究汉语演变的活的数据库。因此,总体而言,《文选》以及"文选学"是保存了汉语自上古至当代汉语语料的重要宝库,具有重要的开采价值。

(一)完整呈现了汉语的历时性的演变过程

《文选》收录了战国至齐梁时期的历代作家的作品,也就为我们保存了这一漫长历史时期的丰富的语言材料。而"文选学"的成果又是历代"选学"家对这些作品的解释、阐发,因此,无论《文选》中的作品还是"文选学"的成果本身,都是研究历代汉语演变的活化石。"由于时代的局限性,中国历代学者没有能从历史发展的全程上来看汉语的历史,他们只着眼在先秦两汉;他们没有企图探寻汉语发展的内部规律。"[1]王力先生的批评本身表达了一种愿望,他是从汉语研究的角度提出要注重探寻汉语发展的内部规律,要从历史发展的全程上来看汉语的历史,而不应仅仅局限在对先秦两汉语言的研究。事实上,许多产生于先秦时期的语词,在后世的长期演变中发生了变化。主要表现为有的词语经过汉魏六朝的继承、沿用,在现代汉语中仍承袭下来;也有许多语词则产生了新的意义而失去了本来面貌;也有的则是汉魏六朝时期及其以后产生的新词……上述词语的演变情况在《文选》的作品中、在"文选学"的发展中都是有迹可循的,因此,从语言学的角度关注《文选》,有助于了解汉语由上古到中古演变的全过程。

汉语史研究中,有学者把先秦时期的文献语言称为上古汉语,而将东汉魏晋南北朝隋定为"中古汉语"时期,"中古汉语实际上是先秦文言文向唐宋白话文过渡阶段的语言,但又与前后两个时期的语言有明显区别,时间上也有东汉魏晋南北朝隋这样长的历史跨度,将其独立出来,对深入研究汉语史是大有好处的"。[2] 主要因为在汉语史的研究中,历来把重点集中在先秦一段,因为这时期离我们最远,语言障碍最大,许多先秦文献如果不加注释可能根本就无法

---

[1] 王力《汉语史稿》上册,中华书局,1980年,第13页。
[2] 王云路《中古汉语词汇史》,商务印书馆,2010年,第2页。

读懂。比较而言,读汉魏以后的作品就顺畅得多,至唐宋以后的作品又更加易读得多。所以说东汉魏晋南北朝时期的文献语言正处于一种承前启后的阶段,它在汉语研究中占有重要的地位是不言而喻的。《文选》及其李善注、五臣注在收录先秦文献的同时,大量保存了汉魏南北朝乃至隋唐时期的文献语言,这些语言是这些时代的语言大师们在全体人民所使用的语言的基础上高度加工的结果,如果能系统地加以梳理研究,无疑会为完整揭示汉语发展的全过程提供线索和依据。

(二)突出体现了中古汉语语词的基本特征

《文选》所收录的作品尤以汉魏以后的占大多数,所以,这部著作更是研究中古汉语发展状况的最宝贵资料。汉语史研究,语料的使用是最为重要的问题,而对于语料时代真伪的鉴别,又是最为关键的内容。因为时代清楚无误的语料对于研究当时的语言更具真实性。"从事汉语史的研究,首要的是所研究的语料具有真实性。相对来说,出土文献比传世文献更为真实,口语语料比书面语语料更为真实,有确定的创作时间、作者的比没有确定的时间、作者的更为真实;有较为确定的创作时间,才能与前代、同时代、后代的语料进行对比研究;有了较为确定的作者,才可以利用与其身份相关的各种信息。"[①]《文选》既非出土文献,也不是典型的口语语料,但是其中绝大多数产生于魏晋时期的作品的创作时间和作者都是比较明确。因此,从语料使用的角度来看,《文选》无疑对于研究中古汉语的发展演变具有更为重要的价值。

在上文所列《文选》的37种文体中,无论诗歌、散文还是赋体,魏晋时期作品占绝大部分,因此也保存了当时的汉语语词、语法等语言数据,可以帮助我们了解当时的语言特色,特别是通过历时的比较,也可以使我们对汉语在中古以后的发展演变轨迹有所了解。其价值要比史书等其他语料就有更特殊的优越性。因为,史书等其他语料往往会存在年代不明确等复杂问题。以史书为例,东汉至唐前的正史有《后汉书》《三国志》《晋书》《宋书》《南齐书》《梁书》《陈书》《魏书》《北齐书》《周书》《南史》《北史》《隋书》等十三种,但这当中问题就比较复杂。如《后汉书》《三国志》《宋书》《南齐书》《魏书》五种为魏晋六

---

① 陆广《〈法言〉〈扬雄集〉词类研究》,高等教育出版社,2011年,第6页。

朝人所编撰,而其他八种,则是唐代人所作不能视为六朝作品。即使是六朝人所写的史书,书之中的语料情况也很复杂。如王云路先生所言:"对史书材料的使用问题,过去有一些不同的看法。有学者认为应以史书所记载的事件年代时间判定,也有学者认为应以作者写作的时间为依据,还有学者提出应将史料分为记言与记事两个部分,记事部分可以断为成书时代,记言部分则应断为说话人所处的时代。其实,把记言部分断为说话人所处的时代的语料来处理也需要审慎。因为记言部分也并非实录,而是经过了史书作者的抄录、润色,而这种修改往往是不经意的,自然而然的。《世说新语》书后有南宋广川人董弅题跋:'晋人雅尚清谈,唐初史臣修书,率意窜定,多非旧语。'此类情形很多。"①可谓一语中的。而其他文献语料在成书和流传过程中窜入或杂糅的情形可能比史书还要复杂些,但《文选》中的作品即为作者本人的创作,就避免了史书或其他文献语料的这些麻烦。因为他们的创作时代基本是准确的。

(三) 保存了大量的中古汉语语言的实际材料

认为《文选》对于研究汉语发展史具有语料价值,更主要的原因还在于其所录作品中确实保存了许多生动的中古语言材料。除了上文已经提过的相关学者的研究发现以外,还有大量的当时产生的词汇语料等待挖掘。读过《文选》卷五三嵇康《养生论》的人也许都记得其中的一段话:"心战于内,物诱于外,交赊相倾,如此复败者。"对于"交赊"二字,李善没有加注,黄季刚先生解释说:"这是六朝的惯用语。交是近,引申为内;赊是远,引申为外。'交赊相倾'就是远近相倾。也可以说是内外相倾。与前两句'心战于内,物诱于外'恰相应。"②黄季刚先生以"近"释"交",以"远"释"赊",并认为这是六朝习语,确实很有见地。"交"字的甲骨文字形像一个人交胫而立之形,有交叉、交错、结交、互相等义,故可引申出近的意思;《字汇·贝部》:"赊,不交钱而买曰赊。"赊就是赊欠,即买物延期交款。因为延期,也可引申出时间的长、远的意思。因此,"交赊"解释为远近是对的。至于为什么认为它们是六朝惯用语,这就需要做进一步考察。

---

① 王云路《中古汉语词汇史》,商务印书馆,2010年,第59—60页。
② 陈宏天等《昭明文选译注·陆宗达序》,吉林文史出版社,1988年。

我们先后检索了《史记》《汉书》《后汉书》《三国志》《宋书》《晋书》等几部史书,发现在《史记》《汉书》《后汉书》《三国志》中的"交"除常用义外,还没有作"近"义的用例,而"赊"字除常用义外,也没有"远"的用例。只在沈约的《宋书》与房玄龄等编著的《晋书》中,除了常用义以外,有新义出现。先看《宋书》中的"赊"字新义用例:

(1)事有如赊而实急,此之谓也。(《志第四·礼一》))

(2)今古既异,赊促不同。(《志第五·礼二》))

"赊"与"急""促"相对而言,就有了"缓""远"的意义。

《宋书》中的"交"字新义用例:

(3)今若减其米课,虽有交损,考之将来,理有深益。(《宋书·良吏》)

"交损"与"深益"相对而言,指眼前的损失,"交"就有"近"的意思了。

《晋书》中未见"交"作"近"义的用例,但却有"赊"作"远"义的用例:

(4)反旧之乐赊,而趣死之忧促(《晋书·孙楚传》)

死后魂归故土的欢乐太遥远了,而趋死的忧愁却很快就到了。"赊"与"促"对言,"赊"也是"远"的意思。

沈约《宋书》产生于齐梁时期,房玄龄的《晋书》为唐代的作品,从几部史书的用例情况可以看出,"交赊"二字的"远近"意义确实是在六朝时期产生的。这个结论也得到相关文献的证明:

嵇康《答难养生论》:"远虽大,莫不忽之;近虽小,莫不存之。夫何故哉?诚以交赊相夺,识见异情也。……此以所重而要所轻,岂非背赊而趣交耶?智者则不然矣,审轻重然后动,量得失以居身。交赊之理同,故备远如近,慎微如着,独行众妙之门,故终始无虞。"嵇康《答释难宅无吉凶摄生论》:"药之已病,其验又见,故君子信之。宅之吉凶,其报赊遥,故君子疑之。今若以交赊为虚,则恐所以求物之地鲜矣。吾见沟浍,不疑江海之大;睹丘陵,则知有泰山之高也。若守药则弃宅,见交则非赊,是海人所以终身无山,山客曰无大鱼也。"南朝宋宗炳《明佛论》:"物无遁形,但或结于身,或播于事,交赊纷纶,显昧渺漫,孰睹其际哉?"《文选》卷二三阮籍的《咏怀》之六(登高临四野),沈约注曰:"岂不知进趋之近祸败哉?常以交利货赊祸,故冒而行之,所谓求仁得仁也。"俱以"交"作"近","赊"作"远"解。故"交赊"作"远近"解,为六朝惯用语之说可谓证据充分。

《文选》卷三六任昉《宣德皇后令》:"辩析天口,而似不能言;文擅雕龙,而成辄削稿。"诸如此类的词语在《文选》中保存的例子很多。如江淹《别赋》中"赋有凌云之称,辩有雕龙之声"的"雕龙",本是取义于《史记》中"雕龙奭"的典故,魏晋时期却赋予了新的含义,成为赞美文章词采优美的代名词;陆机《文赋》中"心牢落而无偶,意徘徊而不能掬"的"牢落",表明孤独无聊的心境。亦是魏晋以后产生的新词义。凡此类的词语甚多,这里就不一一列举了。

总之,《文选》是一部具有重要语料价值的文化矿藏,从语言学角度挖掘它的价值还刚刚起步,如果能够认真地梳理、研究,必将对汉语发展史的研究有所贡献!

(江苏大学文学院)

论正德本《文选》音注的声调系统特征

邹德文

现存《五臣注文选》单行本达11种以上。其中抄本1种,宋刻本2种,朝鲜刊本达8种以上。上述各种《五臣注文选》单行本,大部分残缺不全且难以得见。陈八郎本虽是全本,但其抄配部分较多,且为书坊刊刻,王立群先生认为"陈八郎本本身校勘不精,亦有不少李善注阑入其中"[①],傅刚先生则认为"以杭州本与陈八郎本比较,杭州本更能保存五臣注原貌"[②]。目前,正德本已成为学界认同度较高的比较接近五臣注原貌的优良版本。本文以日本东京大学东洋文化研究所藏朝鲜正德四年本三十卷《五臣注文选》(以下简称正德本)为研究对象,研究五臣单注本音注的声调系统。正德本是现存的比较完整的五臣单注本,其音注仍不能代表五臣音注的原貌,音注含有一些后人根据当时韵书或音注资料修改而成的内容。即便如此,正德本《文选》五臣单注本的音注,仍然是研究中古声调不可多得的材料,其所揭示的声调系统的特征,能为中古声调研究提供重要参照。

一 正德本音注声调系统研究概说

正德本《文选》声调部分的有效音注,包括直音、反切、声调标注三个部分,

---

① 王立群《〈文选〉版本注释综合研究》,大象出版社,2014年,第334页。
② 傅刚《〈文选〉版本研究》,世界图书出版公司,2014年,第171页。

不计入叶韵音注及相同音注。由声调标注情况及与切韵音系的对比可知,正德本音注的调类有四,即平、上、去、入,其具体调值调型已不可考。平、上、去、入四个声调之间有少量互注现象,现举例说明如下:

以上注平。如:浑,胡本(《七启》);矇,莫孔(《思玄赋》);茸,如勇(《吊屈原文》);珂,力可(《吴都赋》);唌,音诞(《洞箫赋》);螾,音引(《吊屈原文》)。

以去注平。如:洪,胡贡(《洞箫赋》);梧,五故(《长门赋》);姁,足具(《七发》);贻,丑吏(《鲁灵光殿赋》);乡,音向(《难蜀父老》);嫫,音暮(《四子讲德论》)。

以入注平。如:鴂,胡葛(《七发》);殟,乌骨(《舞赋》);锃,音的(《过秦论》);蔉,音觅(《南都赋》)。

以平注上。如:摧,臧回(《上林赋》);菌,去筠(《洞箫赋》);瀺,仕咸(《闲居赋》);緷,所宜(《甘泉赋》);飨,音香(《东都赋》);聊,音留(《江赋》)。

以去注上。如:爌,土浪(《鲁灵光殿赋》);莾,谋谤(《吴都赋》);啡,符沸(《九歌》);渱,他见(《文赋》);刎,音问(《别赋》);眇,音妙(《长杨赋》)。

以入注上。如:逦,力式(《西京赋》);脥,许劫(《射雉赋》);袅,音若(《舞赋》);弛,音失(《七启》)。

以平注去。如:碓,丁回(《长笛赋》);渗,所今(《海赋》);袅,古尧(《羽猎赋》);嫚,于员(《上林赋》);震,音真(《吴都赋》);喻,音俞(《圣主得贤臣颂》)。

以上注去。如:撼,胡感(《长门赋》);旷,苦广(《长笛赋》);拖,徒可(《西都赋》);朓,土了(《啸赋》);靓,音静(《三月三日曲水诗序》);悢,音朗(《九辨》)。

以入注去。如:惮,丁达(《恩幸传论》);踶,之日(《长笛赋》);溧,音栗(《风赋》);桔,吉(《西京赋》)。

以平注入。如:核,胡华(《蜀都赋》);倏,直由(《答何劭》);裼,音阳(《思玄赋》)。

以上注入。如:縠,胡本(《七启》);笏,亡粉(《长笛赋》);嶭,音递(《鲁灵光殿赋》)。

以去注入。如:籍,慈夜(《逸民论》);比,毗志(《景福殿赋》);结,音计(《魏都赋》)。

二　正德本音注声调系统总体分布情况

声调部分有效音注的总体分布情况见表一。因多音字等复杂因素的影响,表一以百分比的形式表现各部分音注所占比例,表中数据仅反映各部分音注分布的大致情况。如,被注音字为平声字的有效音注共有2263个,其中注音字为平、上、去、入四个声调的音注所占比例分别约为:82.31%、9.69%、7.56%、0.49%。

表一　声调系统总体分布情况

被注音字	注音字			
	平	上	去	入
平(2263)	约82.31%	约9.69%	约7.56%	约0.49%
上(1074)	约8.66%	约81.70%	约8.78%	约0.58%
去(986)	约7.40%	约7.69%	约80.53%	约4.27%
入(1145)	约1.39%	约0.70%	约3.27%	约94.29%

从表中可以看出,大部分注音字与被注音字声调一致,其中入声音注中注音字与被注音字声调一致的比例最高。平、上、去三个声调之间互注的比例相对偏高,入声与去声互注的比例相对偏高。李华斌先生认为"对入声和去声的互注,要审慎对待。如果互注的入、去声字,上古在同一韵部,则与上古韵部的演化有关,不能认为入声韵尾发生消变"。①

三　正德本音注声调系统规律和特点

中古音与普通话在声调上的区别主要表现在三个方面,即平分阴阳、浊上变去、入派四声。本文亦从这三个方面入手,简要分析正德本音注声调部分的规律和特点。

---

① 李华斌《〈昭明文选〉音注研究》,巴蜀书社,2013年,第691页。

唐作藩先生认为平分阴阳现象，"大约在唐代就开始了"，在现代普通话和大多数方言中其分化条件是"（古）清音（反切上字或直音，含全清和次清）字（今）读成阴平，（古）浊音（反切下字或直音，含全浊和次浊）字（今）读成阳平"。经统计，在正德本音注声调部分，依反切下字或直音声母清浊今音分阴阳的音注总比例高达90%以上。这里仅举数个例子作为说明，详见表二：

表二　平分阴阳

被注音字	反切上字	上字声母	反切下字	篇目	作者
炰（阳）	步	并（全浊）	包	《西京赋》	张衡
咆（阳）	蒲	并（全浊）	包	《西征赋》	潘安
冯（阳）	皮	并（全浊）	冰	《东京赋》	张衡
飔（阴）	楚	初（次清）	持	《初发石首城》	谢灵运
谆（阴）	之	章（全清）	纯	《封禅文》	司马相如
猱（阳）	乃	泥（次浊）	刀	《吴都赋》	左思
艚（阳）	徂	从（全浊）	刀	《恩幸传论》	沈约
崚（阳）	卢	来（次浊）	登	《钟山诗应西阳王教》	沈约
嶒（阳）	在	从（全浊）	登	《钟山诗应西阳王教》	沈约
栌（阳）	力	来（次浊）	都	《甘泉赋》	扬雄
抟（阳）	徒	定（全浊）	端	《思玄赋》	张衡
行（阳）	胡	匣（全浊）	刚	《吴都赋》	左思
螺（阳）	力	定（全浊）	戈	《江赋》	郭璞
蘅（阳）	胡	匣（全浊）	庚	《洛神赋》	曹植
茸（阳）	如	日（次浊）	恭	《长门赋》	司马相如
眭（阳）	胡	匣（全浊）	圭	《招魂》	宋玉
坑（阴）	苦	溪（全清）	行	《上林赋》	司马相如
他（阴）	徒	透（次清）	何	《上林赋》	司马相如
赢（阳）	亦	以（次浊）	精	《魏都赋》	左思

"浊上变去"中的"浊上"指的是"全浊声母上声字",次浊声母不变。唐作藩先生认为"全浊上声变去声,大约在唐代就开始了"。正德本音注中,注音字为去声,被注音字为全浊声母上声的有效音注(含疑似)详细分布情况如表三、表四:

表三　浊上变去一

被注音字(上)	注音字(去)	全浊声母	所在篇目	作者
颃	胡贡	匣	《吴都赋》	左思
骇	行戒	匣	《蜀都赋》	左思
懈	胡卖	匣	《七命》	张协
泫	县	匣	《思玄赋》	张衡
澥	解	匣	《西京赋》	张衡
睆	患	匣	《长笛赋》	马融
澣	汗	匣	《咏霍将军北伐诗》	虞羲
澣	扞	匣	《江赋》	郭璞
懈	解	匣	《吴都赋》	左思
远	去(声)	匣	《洞箫赋》	王褒
永	去(声)	匣	《毛诗序》	卜子夏
琲	补对	并、奉	《吴都赋》	左思
俳	符沸	并、奉	《九歌》	屈平
摽	避曜	并、奉	《七命》	张协
蔀	部	并、奉	《魏都赋》	左思
摽	骠	并、奉	《哀永逝文》	潘安
辩	遍	并、奉	《东京赋》	张衡
遁	徒寸	定	《江赋》	郭璞
掉	徒吊	定	《七启》	曹植
澹	徒滥	定	《七发》	枚乘
袒	徒旦	定	《四子讲德论》	王褒
殄	电	定	《洞箫赋》	王褒
町	定	定	《西京赋》	张衡

续　表

被注音字(上)	注音字(去)	全浊声母	所在篇目	作者
迨	大	定	《乐府诗十七首·长歌行》	陆机
阰	慈性	从	《西征赋》	潘安
沮	慈预	从	《琴赋》	嵇康
朕	迟胤	澄	《魏都赋》	左思
偫	值	澄	《羽猎赋》	扬雄
视	食至	禅	《马汧督诔》	潘安
竖	树	禅	《江赋》	郭璞
脤	慎	禅	《褚渊碑文》	王俭

表四　浊上变去二

被注音字全浊声母		定	并、奉	匣	从	澄	禅	群	邪	崇	船	合计
被注音字上声总数		40	26	89	15	24	16	30	8	21	5	274
注音字	去声总数	7	6	11	2	2	3	0	0	0	0	31
	去声比例	17.5%	23.08%	12.36%	13.33%	8.33%	18.75%	0%	0%	0%	0%	11.3%

在被注音字为全浊声母上声字的音注中,注音字为去声的总比率在11.31%左右,可见正德本音注中,浊上变去现象已有比较明显的表现。

唐作藩在《音韵学教程》一书中指出"现代普通话没有入声字,古代入声字,到了普通话里都已分别转到阴平、阳平、上声、去声去了,这就叫做'入派四声'。"李华斌先生根据唐人王梵志所著《富者办棺木》中以"角、笞、杲、狱、觉、袄、调"为韵,推测"入声韵尾的消变"可能已经发生。由前文所作说明及声调部分音注总体分布情况可知,入声与其他声调的混用现象在正德本音注中亦有所体现,但其总混用率远低于其他声调之间的混用率,除去"入去混用"的音注外,入声与其他声调之间的总混用率不到1%,而入声间互注的比例则高达94%以上,因此,"入派四声"现象在正德本音注中尚无明显表现。

综上所述,我们认为在正德本音注中,有比较明显的"平分阴阳"迹象,"浊上变去"现象已初见端倪,"入派四声"现象则尚无明显表现。

(长春师范大学文学院)

《文选·两都赋》题下李善注辨证
——兼论李善题注之适用度与整体观照及潜意识诸问题

力 之

《文选》卷一"班孟坚《两都赋》二首"下,李善曰:

> 自光武至和帝,都洛阳,西京父老有怨。班固恐帝去洛阳,故上此词以谏,和帝大悦也。

于《两都赋序》之"班孟坚"下,李善与张铣分别注云:

> 范晔《后汉书》曰:"班固……显宗时,除兰台令史,迁为郎,乃上《两都赋》。……宪败,固坐免官,遂死狱中。"

> 《汉书》云①:"班固……至明帝时,为兰台令史,迁为郎,后窦宪出征匈奴,以固为中护军。宪败,坐免官,死狱中。"明帝修洛阳,西土父老怨帝不都长安,固作《两都赋》以讽。②

由于范晔《后汉书·班固传》有"显宗……时京师修起宫室,浚缮城隍,而关中耆老,犹望朝廷西顾。固感前世相如、寿王、东方之徒,造构文辞,终以讽劝,乃上《两都赋》。……及肃宗雅好文章,固愈得幸……永元(和帝年号)初……遂

---

① 张铣注的"《汉书》云",实为"《后汉书》云"。其前一"明帝",《后汉书》作"显宗";"明帝修洛阳"以下,非《后汉书》语,盖其檃栝《两都赋序》的"京师修宫室……折以今之法度"而来。

② 韩国奎章阁藏本六臣注《文选》,韩国正文社1983年影印本,第23页上栏。此处为行文之便,将原先"铣曰"而后"善曰"的顺序作了调整。又,文中凡不标明出处及仅标页码者,均此本。

死狱中"①之说,而李善节引以为班固小传,即"和帝大悦"云云与这里的显宗(明帝)时"上《两都赋》"存在着不可调和的矛盾。不言而喻,在正常的情况下,一家之说自然不可能如此龃龉。因之,入清以还异议渐多,且"否定说"自"嘉庆"(1796—1820)中期始便几成定势。然笔者之看法异于是,认为此注仅"和帝"为"明帝"之笔误,"否定说"难以成立。今鉴于探讨这一问题不仅于"选学"具多方面之意义,如有助于进一步考察李善题注注例以至其他之注例的适用度问题,有助于更实在地弄清楚《两都赋》创作之下限,并进而在此基础上更好地思考就作品内容辨其作时之相关问题,等等;而且在研究方法的层面上,会促使我们进行学术反思——被认为是"否定说"中最出色之胡克家《文选考异》②说,其关键支撑怎么会是一难以想象之疏忽所致者?而如此易知之疏忽,何以在其后的二百年间似竟无学者觉之?故此,笔者不揣谫陋,为此小文以说之。不当处,祈海内外之方家不吝以斧之云。

一 关于否定之说及其他

就"自光武至……和帝大悦也"言,清前期已有"注'和帝',误"与"未详所据"说,至胡克家(1756—1816)《文选考异》出后,"非善注"说更是几成定论(许巽行《文选笔记》刊刻晚于《文选考异》),而认为其是李善注者之声音甚微,且几乎是被动的。这后者主要体现在"非善注"说几成定论的背景下,是之者往往不加辨析便以其作为自己观点之文献支撑。下面,别而说之。

(一)关于否定之说(包括类"注'和帝',误"者)

"注'和帝',误"说,出康熙时之何焯(1661—1722),其校曰:

> 案《后汉书·班固传》,则《两都赋》明帝世所上,注"和帝",误。

又,何焯弟子陈景云(1670—1747)校曰:

> 赋作于明帝之世,注中"故上此以谏,和帝大悦"语,未详所据。③

---

① 王先谦《后汉书集解》上,中华书局,1984 年,第 470—485 页。
② 《文选考异》,乃胡克家延请顾广圻(1766—1835)及彭兆荪(1769—1821)撰,然这里仍沿旧惯。
③ 陈氏说与何氏说本不是一回事,然其后的学者往往等而同之,故引之于此。

其后,胡氏《文选考异》卷一引上述何、陈二家说后,"案"云:

> 此一节,非善注也。善下引《后汉书》"显宗时,除兰台令史,迁为郎,乃上《两都赋》",不得有此注甚明。即五臣铣注,亦言"明帝"云云,然则并非五臣注也。且此是卷首所列子目,其下本不应有注,决是后来窜入。①

此乃"否定说"中影响之至巨者,其否定之理由有二:一,"不得"与"善下"二者云云不合(这实际上是就题注与作者注之例说的);二,即"卷首所列子目,其下本不应有注"说("卷首所列子目"确实是没有注的)。于此,就通常之意义言,这前者带有某种程度之主观性,故存在着或多或少之辨析空间,然关键在于"有""无"而非其"量"之多少(后面说到的李详、王礼卿二先生,均注意到后者而忽乎前者);后者则是客观的,问题只在乎这"卷首所列子目"是否真的是"卷首所列子目"(而这一至关重要者,向来似竟无学者"验"其如何,遂致此名家之偶失被当作"是"以迄于今)。

从史之角度看,义门之后而前于胡氏或与胡氏同时的其他学者说此注之是非,多本义门及陈少章说。如孙志祖(1737—1801)《文选李注补正》卷1"两都赋序"条云:

> 题注"自光武至和帝……大悦也"。正曰:余萧客《文选音义》曰:"按《后汉书·班固传》'自为郎后,渐见亲近,乃上《两都赋》。及肃宗雅好文章,固愈得幸。'则《两都赋》明帝世所上。注误。"②

其实,余萧客(1732—1778)"注误"(余氏原作"注'和帝',误")云云,乃本"何曰"(或即漏写"何曰")③。至于许巽行(1727—?)之"班作赋在明帝时,下文

---

① 李善注《文选》,中华书局,1977年(影印胡刻本),第841页下栏。又,黄季刚先生云:"凡题下注皆有可疑,而《洛神赋》题下注尤缪。"(氏著《文选平点》,上海古籍出版社,1985年,第4页)于此,笔者认同邹国平先生之"因为其中内容'可疑'而否定它们是李善注,这样的论证难免有本末倒置之嫌,其理由并不充分"(氏作《文学训诂与自由释义——以李善注〈文选〉作为考察对象》,《中山大学学报(社会科学版)》2012年第3期)说。

② 许逸民主编《清代文选学名著集成》7,广陵书社,2013年,第5页。

③ 余氏自序《文选音义》云:"据何为本。"钱泰吉《曝书杂记》卷上说余氏是书"载义门校语颇详",的然。

引《后汉书》云'显宗时上赋',诸书无'和帝大悦'事,后人妄加。削"①说,则略早于胡氏之论。

而后于胡氏及与胡氏同时的学者,则往往既本何、陈师弟校语,又多从胡氏《考异》,而以后者之影响为大。如张云璈(1747—1829)曰:

> 何义门、陈少章皆以为考本传,赋作于明帝之世,而云"和帝",未详此注所据。云璈按:今胡中丞校本谓:"此一节,非善注也。善下引《后汉书》'显宗时,除兰台令史,迁为郎,乃上《两都赋》',不得有此注甚明。即五臣铣注,亦言明帝。然则并非五臣注也。且此卷所列子目,其下本不应有注,决是后来窜入。"据此,则所云非五臣而阑入李注者。此类是也。②

即本何、陈、胡三家说,尤其是后者;而说"赋作于明帝之世"与"未详此注所据"者,仅陈少章,然其疏忽而牵及义门。又如梁章钜(1775—1849)曰:

> 《两都赋》明帝时所上,此注云"和帝"者误。此一节注,恐是后来窜入。观李注下"《后汉书》:'显宗时,除兰台令史,迁为郎,乃上《两都赋》'",不得有此注甚明。即铣注亦言"明帝"云云,然则并非五臣注也。且此是卷首所列子目,其下本不应有注。③

此显然是本胡氏说,而无自己之新"增"。又,晚清吴汝纶(1840—1903)《文选点勘》卷一:"注'自光武'至'和帝大悦也',依《考异》校删。"④即纯以胡氏所说为"删"之依据。

再如近人李详(1859—1931)《文选萃精说义·〈两都赋〉》云:

> 孟坚《两都赋》,和帝时上。和帝十岁即位,即位四年,孟坚坐窦

---

① 许巽行《文选笔记》卷一"两都赋序"条,宋星五等辑《文渊楼丛书》本。又,许氏玄孙嘉德于此处有案曰:"何义门、陈少章皆云'和帝。误'。胡云:'此并非五臣注,后人窜入甚明。'"按:陈少章之"未详所据"说,被误作"和帝。误"。同理,缪钺先生《〈文选〉赋笺》(原载《中国文化研究汇刊》第七卷,1947年)自注之"何焯、陈景云并谓《两都赋》作于明帝时,注谓和帝误"(氏著《冰茧庵丛稿》,上海古籍出版社,1985年,第128页)说,亦未尽合两家原意,尤其是陈氏的。
② 《选学胶言》卷一"《两都赋》作于明帝时"条,《清代文选学名著集成》7,第280—281页。
③ 梁章钜《文选旁证》,福建人民出版社,2000年,第1页。
④ 吴汝纶点勘《文选点勘》,同治九年(1870)刊本。

党死。焉有"和帝大悦"之事？此注不引书名，亦与善注例不符，显为后人羼入。胡氏《考异》云："子目下，本不应有注。"是也。①

显而易见，就"为后人羼入"说，在胡氏之外，李氏添了"不引书名"作为否定的又一理由，然此可谓明于"例"而忽乎"例外"，即仍说明不了什么实质性问题（详后）。同样，其辨和帝之情况，虽有言人之所未言者在，然仍未触及问题之关键。又，近人高步瀛（1873—1940）引胡氏是说后，"案"云："胡氏说是。许巽行《文选笔记》亦斥此注为后人妄加。……今削去。"②显然，高氏于此无所"发明"而同样有是非所当是者在③。而与李、高二氏大致同时的缪楷（1865—?）说此虽未言所本，然要不出此前许巽行、胡克家说之域，而非能在前贤研究的基础上有所推进。其《经余随笔》第 20 条云："《文选》卷一《两都赋》题下注云：'自光武至和帝……大悦也。''班孟坚'下注，则引范氏《后汉书》：'班固显宗时除兰台令史，迁为郎，乃上《两都赋》。'显宗系明帝，两注自相违异，恐题下注非李善原本，为后人所增益也。"④即为明证。

其后，我国台湾学者王礼卿先生（1908—1997）在其发表于《幼狮学志》第七卷第 2 期（1968 年 4 月）的《〈选〉注释例》一文中，亦认为胡氏"所考是"，并进以"李注解题之例"更具体地证胡氏说之得当（详下）。其后。今人曹道衡先生（1928—2005）在其发表于《文学评论》1992 年第 3 期的《略论〈两都赋〉和〈二京赋〉》一文中云：

> 那条注文（引按：即"自光武"云云）的真伪是存在问题的。因为从清初何焯起，就对它提出疑问。后来胡克家《文选考异》云："今按，此一节非善注也。善下引《后汉书》，显宗时除兰台令史，迁为郎，乃上《两都赋》。不得有此注甚明，即五臣铣注亦言明帝云云，然则并非五臣注也。且此是卷首所列子目，其下本不应有注，决是后来窜入。"这说法颇为中肯，所以近人高步瀛在《文选李注义疏》中，引用

---

① 李详《李审言文集》上，江苏古籍出版社，1989 年，第 143 页。
② 高步瀛《文选李注义疏》第一册，中华书局，1985 年，第 3 页。
③ 高氏学养十分深厚，然于这一问题的研究，并不像同时而年事稍早的李详与后来的王礼卿那样，在胡氏《考异》说的基础上有自己之"添加"。实际上，高氏于此仅有判断而无所"增"。
④ 缪幸龙主编《江阴东兴缪氏家集》中，上海古籍出版社，2014 年，第 1370—1371 页。

了胡克家的话而把这条注文删去。……看来,这条注文之非李善注,大致可以断定。①

"大致可以断定"说,代表着当今主流之普遍看法②;"中肯"云云,据上所说,则有所未照。其后,郭宝军《〈文选考异〉辨证举例》引《文选考异》此说后,有"辨证"云:

> 《考异》是。清人自何焯后,陈景云《文选校正》、孙志祖《文选李注补正》、胡克家《文选考异》、梁章钜《文选旁证》、徐攀凤《选注规李》、许巽行《文选笔记》、张云璈《选学胶言》,至今人高步瀛《文选李注义疏》、黄侃《文选平点》诸家均斥此注为后人妄加。然则韩国奎章阁本既已如此,奎章阁本乃翻刻秀州州学本,秀州州学本的李善注源自北宋国子监本,由此可以推测,所谓"后人妄加",很可能起于抄本时代。据晚唐李济翁《资暇集》所云,其时李注《文选》至少有五种繁简不一的本子,基于不同的学习目的,《文选》李注在传播过程中可能阑入了既非善注亦非五臣的内容。③

郭君推测"所谓'后人妄加',很可能起于抄本时代",在前贤时彦研究的基础上"探源"更远。④ 然《考异》是"说,显非圆照。又,陈景云《文选校正》仅说"未详所据",即不在"斥此注为后人妄加"之列。此盖其一时疏忽。

此外,清嘉庆、道光间的徐攀凤《选注规李》"班孟坚《两都赋序》"条曰:

---

① 曹道衡《中古文学史论文集续编》,中华书局,2011 年,第 3 页。又,在《论〈文选〉的李善注和五臣注》与《读〈资暇录〉兼论〈文选〉李善注与五臣注异同》二文中,曹先生亦有类似的说法(氏著《汉魏六朝文学论文集》,广西师范大学出版社,1999 年,第 104—105、117 页)。
② 刘锋博士颇见功力的《〈文选〉题注与作者注辨证》之"此注之误显然,不须多辨"说(《中国典籍与文化》2014 年第 1 期),亦一例也。又,在这样的背景下,刘志伟先生主编之《文选资料汇编》(赋类卷)录此注而冠以"佚名"(中华书局,2013 年,第 144 页),未足怪也。
③ 郭宝军《胡克家本〈文选〉研究》,河南大学出版社,2014 年,第 173—174 页。
④ 于此,我们不当忽略俞绍初先生关于此注的意见。俞先生等《新校订六家注文选》卷一本篇"校勘记"[二]云:"此一节非后人窜入,疑为李善所用底本原有,即其所称之'旧注'也。……明州本、赣州本此条注首亦冠有'善曰'二字,盖合并两家时所误添耳。"(第 11—12 页)这是很有价值之说,值得我们重视。问题是,何以"明帝世所上"而注"和帝大悦"这一难题,至此仍未能破解。另外,如果是"旧注"如此,据李氏于卷二《二京赋》的"薛综注"下之"旧注是者,因而留之,并于篇首其姓名。其有乖缪,臣乃具释,并称臣善以别之。他皆类此"说,其便很有可能辨之。又,可参王礼卿先生《〈选〉注释例》之"三十七订误例"。

前注"自光武至和帝……大悦",后注"《后汉书》:'固,显宗时,除兰台令史,迁为郎,上《两都赋》。'"案:后注为是。李氏此书,类援前人之书为注。前注失所引书名,历考史传,亦无"和帝大悦"事。其为五臣妄加,而非李元本可知。①

徐氏注意到李氏此书之特点而"历考史传"以求其解,有其得者(当然,前引许巽行说中,已有"诸书无"云云)。然"亦无"云云则未为得,因为不仅其时所能见到的"史传",远比李氏当时少,而且更重要的是,其没有注意到问题是否亦会出在李氏注这里。此其一。其二,"五臣妄加"说,完全罔顾事实,未免有过于情绪化地斥"五臣"而捍"李"之嫌(其"规李"是另一回事)。当然,徐氏如是说,或忘记了张铣有"明帝修洛阳……固作《两都赋》以讽"说。然即使如此,仍是不妥——断"五臣妄加"前,无论如何都应先看一下"五臣注"。

(二)关于无疑之说及以此注证《两都赋》之作时问题

与"否定说"不同,清于光华(1727—?)《重订文选集评》卷一"班孟坚《两都赋》"下,有曰:

> 汉高祖都长安曰西都,光武都洛阳曰东都。明帝修洛阳城,西京父老怨思,班固恐帝去洛阳,作《两都赋》以讽。至和帝时赋成,上于帝,帝大悦。②

不过,此亦殊非。因为李善于班孟坚名下引范晔《后汉书》曰:"班固……显宗时……乃上《两都赋》",而这与今传范晔《后汉书》所说同。当然,若据陈景云说的"赋作于明帝之世",或有至和帝时"成"之可能。问题是,陈说虽没有错,然至少是不够准确的。况且,就探究作赋之下限言,此可谓"差之毫厘,谬以千里"。又,殷孟伦(1908—1988)云:"《两都赋》……在当时曾经起过阻止和帝迁都,避免劳民伤财的作用。"③显然,是说所据乃李善此注,然不知其何以同样未说李善此注与其于"班孟坚"下所引"范晔《后汉书》曰"之异?且这二者只能有一是。其后,今人龚克昌《班固赋论》认为,"这篇巨赋虽展卷于永平之

---

① 徐攀凤《选注规李》,中华书局,1985年,第1页。
② 《重订文选集评》,国家图书馆出版社,2012年(影印乾隆四十三年启秀堂重刻本)。
③ 《中国古典文学名著题解》,中国青年出版社,1990年,第164页。

际,但完篇却拖到章、和以后;标明所写的是永平之治,但却又混入章、和之事"。其云:

> 所以唐朝李善在《文选·两都赋》题注里才说:"自光武至和帝都洛阳,西京父老有怨,班固恐帝去洛阳,故上此词以谏,和帝大悦也。""和帝"云云,不知所自。但李善是唐代著名的博洽学者,他看到的书比起我们今天能看到的当然要多得多,他的话当不会是妄说的吧?①

在笔者看来,龚先生此说一样是难以成立的。就赋文本身言,"混入章、和之事"说,因不仅"忽略了汉大赋艺术夸张和班固的颂美激情"②,而且赋文明确说到明帝的年号③却无任何章、和二帝之信息等,故有所未照;而就李善此注言,"所以……才说"云云,既没有注意到这与其所引范晔《后汉书》之"显宗时……乃上《两都赋》"说矛盾,也没有注意这与其注《两都赋》本身之不合。确实,"李善是唐代著名的博洽学者",然除了笔误——非正常情况下之所致者,他会犯如此低级的错误吗? 不言而喻,答案自然是否定的。即"才说"云云,断非李善本意(详后)。其实,凭常识便可判断,在正常的情况下,稍具专业知识而略注意整体观照者,谁都不可能出现这样的问题。而从研究方法的层面上说,以上三家似均忽乎整体之观照,未能跳出研究对象来考察研究对象。同理,今人赵逵夫先生引李善此注后所之"李善以为《两都赋》作于和帝时"④说,同样有所未照(赵先生用胡刻本而似没有注意到其《考异》之说)。⑤

总之,用李善此注作为证明《两都赋》创作时间之文献支撑,前提是先证明

---

① 龚克昌《中国辞赋研究》,山东大学出版社,2003 年,第 490 页。
② 参韩晖《〈文选〉编辑及作品系年考证》,群言出版社,2005 年,第 160 页。
③ 如《东都赋》之"今将语子以建武之治,永平之事"等。而这"永平"之称,其何以"恰恰也是《两都赋》作于永平的一条旁证",可参王珏《论〈两都赋〉的创作时间与创作意图》,载《沈阳师范大学学报(社会科学版)》2012 年第 3 期。
④ 赵逵夫《〈两都赋〉的创作背景、体制及影响》,《文学评论》2003 年第 1 期。
⑤ 他如林纾(1852—1924)之"东汉自光武及和帝,均都洛阳,西都父老颇怀怨望。故孟坚作《两都赋》,归美东都,以建武为发端,详叙永平制度之美,力与西都穷奢极侈之事相反,以坚和帝西迁之心,虽颂扬,实寓讽谏"(《春觉斋论文·流别论·二》,王水照编《历代文话》第 7 册,复旦大学出版社,2007 年,第 6339 页)说,虽不说所自,然实本李善是注而来。又,朱碧莲、沈海波《秦汉文学史五十论》引此(甘肃人民出版社,2009 年,第 133 页),似未觉其有失。

其没有问题。然而,相关学者却省了"验"这一至关重要之环节,故其结论之可信度如何,可想而知。如上所述,此注早已几被"选学"界判定为"伪注";然笔者认为"伪注"说不能成立,而"和帝"则为"明帝"之误(详后)。即《两都赋》创作与所"上"的时间,均同在明帝朝。① 再验以《两都赋序》之"臣窃见海内清平,朝廷无事,京师修宫室,浚城隍,起苑囿,以备制度。西土耆老,咸怀怨思,冀上之眷顾,而盛称长安旧制,有陋雒邑之议。故臣作《两都赋》,以极众人之所眩曜,折以今之法度"说,更能说明问题。作赋的目的如此明确,从常理上看,是不可能有太多的时间留给班固"拖"的。因之,既然"展卷于永平之际",便不可能"拖到章、和以后"。

二 否定说之检讨——兼论李善题注之适用度与整体观照及潜意识诸问题

关于"自光武至和帝"云云,笔者认为,迄今为止的种种否定其为李善注之理由,均实难以成立。具体言,这些理由主要有二:(一)"和帝大悦"与"显宗时……上",可谓"风马牛不相及";(二)不合李善题注之例,即所谓"此是卷首所列子目,其下本不应有注"及"此注不引书名,亦与善注例不符"。下面,别而说之。

(一)关于"和帝大悦"与"显宗时……上"之矛盾

不言而喻,"显宗时……上"与"和帝大悦"二者,无论如何也不可能凑到一起——和帝刘肇(79—105;89—105 在位)出生时,其皇大父明帝刘庄(28—75;58—75 在位)已死数年。问题是,仅由此便断"自光武至和帝"云云"非善注",是极值得商榷的。首先,就文献层面言,找不到任何证据证明其非李善注,反之至迟北宋国子监本②已如此。其次,《两都赋》虽"明帝世所上",然班

---

① 另外,刘勰《文心雕龙·史传》云:"至于后汉纪传,发源《东观》。袁(山松)、张(莹)所制,偏驳不伦。薛(莹)、谢(沈)之作,疏谬少信。若司马彪之详实,华峤之准当,则其冠也。"而范晔《后汉书》虽成于刘宋时,然其既以东汉之《东观汉记》为蓝本(参王先谦《后汉书集解·述略》),又参之华峤所撰者(参章宗源《隋经籍志考证》卷一"《汉后书》十七卷"条)。

② "奎章阁本"所据的秀州州学本,其李善注源于北宋国子监本。

固死于和帝时,且明帝与和帝的年号分别为"永平"与"永元",故将"自光武至明帝"疏忽而误为"自光武至和帝"便不足怪。怪的是,向来之涉及此问题者,无论是否定还是肯定,似均没有注意到这一点。而一旦出现了这样的情况,后面的"明帝大悦"就很容易涉上而误作"和帝大悦"①。实际上,类此之涉上误者,古书之例不少②。即就李善言,其注《文选》虽十分严谨,然类似之失亦时而有之。如其注卷二三潘安仁"《悼亡诗》三首"之题,注卷二八陆士衡《豫章行》"悼别岂独今",注卷三五张景阳《七命》"悼望舒之夕缺"等三处引"郑玄《诗笺》(郑玄《毛诗笺》)"之"悼,伤也",即均为毛苌《毛诗传》之误③。又如其注卷五九王简栖《头陀寺碑文》"亦研几于六位"曰:"(《周易》)又曰:'……故《易》六位而成章。'王弼曰:'六位,爻之文也。'"按:《周易正义》之"经"为王弼注,"传"为韩康伯注,而"故《易》六位而成章"出《说卦》。即"王弼"乃"韩康伯"之误。然稍加留意便知,这里的"张冠李戴",均是有前提的。即《郑笺》接于《毛传》,而辅嗣《易经注》与韩氏《易传注》均在《周易正义》中④。

而就断"注'和帝',误"之何氏与说"今削去"之高氏言,二者均有类此之

---

① 此前,陆侃如已有"和帝恐系明帝之误"说(氏著《中古文学系年》上,人民文学出版社,1985年,第89页),然没有说出任何理由。故其再传高足韩晖教授辨之曰:"二字相去甚远,恐此解不妥。从现存文献看,找不出此说立足的直接证据。"(氏著《〈文选〉编辑及作品系年考证》,第159页)陆先生不说理由,自然是找不出。不过,"和""明"二字虽"相去甚远",然"和帝"必是"明帝"之误(详后)。

② 这里举几例如下:一,胡绍煐《文选笺证》("聚学轩丛书"本)卷二二"曹子建《赠白马王彪》"之"郁纡将难进"条云:"六臣本'难进'作'何念',《〈魏志〉注》同。……此涉上'犹能进'句而误。"二,胡绍煐上揭书卷二九"钟士季《檄蜀文》"之"兴隆大好"条"按":"'兴'字恐涉上'兴兵'而误。《魏志》作'与',是也。"范志新先生曰:"绍煐《笺证》说是。"(氏著《文选何焯校集证》下编,河南大学出版社,2016年,第1041页)三,刘渊林注左太冲《吴都赋》之"武林水所出龙川",胡氏《文选考异》卷一云:"袁本、茶陵本作'武陵龙川出其埛'。案:各本皆非也,当作'武林水出其山'。谓《汉书·地理志》钱唐之武林山,武林水所出也。二本涉上节正文而误。尤所校改未是。"(《文选》,中华书局,1977年,第855页上栏。)

③ 见《卫风·氓》"静言思之,躬自悼矣"之"传"(《十三经注疏》上册,中华书局,1980年,第325页中栏)。

④ 据《旧唐书》卷四《高宗本纪上》载,唐高宗永徽四年(653)三月"颁孔颖达《五经正义》于天下,每年明经令依此考试"(中华书局,1975年,第71页)。而李善《上文选注表》撰于高宗"显庆三年(658)九月",故李氏应看到《毛诗正义》与《周易正义》。即使其不用此二书,据《隋书·经籍志》著录之"《周易》十卷"(原注:"魏尚书郎王弼注《六十四卦》六卷,韩康伯注《系辞》以下三卷,王弼又撰《易略例》一卷")与"《毛诗》二十卷"(原注:"汉河间太傅毛苌传,郑氏笺。"分别见《隋书》,中华书局,1973年,第909、916页),亦很能说明问题。又,李善引《子虚赋》与《上林赋》而互误者,亦有多例(另文详之,兹不赘)。

"张冠李戴"者。孙志祖《文选考异》卷一"子虚赋"条云:"'纡徐委曲',《汉书》无此四字。何云:'《上林》又有"纡徐委蛇"之文,则此处无者为胜。'"其实,《上林赋》并无"'纡徐委蛇'之文",这毫无疑问的是何氏将《子虚》笔误为《上林》。而其所以误此,恐同样是"有前提"的。即在很大程度上,盖因乎《子虚》与《上林》二赋之特殊关系。不仅如此,稍后于孙氏,梁章钜《文选旁证》卷一〇与胡文英(1792—1860)《文选笺证》卷九,其"司马长卿《子虚赋》"之"纡徐委曲"条所说均与孙氏同,然各家皆没有指出何氏这一笔误。无独有偶,高氏疏《西都赋》"琳珉青荧"与李善注云:"本书《上林赋》'□'作'□',郭、张二注以已见此。"①按:"郭、张二注"即李善注之"郭璞《上林赋注》曰'珉,玉名也'"与"张揖《上林赋注》注'珉,石次玉也'"。问题是,"郭、张二注"之对象乃《子虚赋》的"琳珉昆吾",即高氏在另一处说的"所引《上林赋》注实见《子虚赋》,或系误记"。故此,这毫无疑问的是一笔误。而其情形则不难推想:高氏当时看到的或想到的自然是"本书《子虚赋》",然由于有其出现的提前之"潜意识"②作怪,结果莫名其妙的竟成了"本书《上林赋》"。

另一方面,正是由于明帝年号"永平"与和帝年号"永元"相近,故学者时或配错之,即学养深厚者亦难免偶有此失。今拟举数例以见其概。先举说误为"明帝永元"之例,即误将"明帝"套"永元"或误将"永元"贴"明帝",如清倪璠注庾信《反命河朔始入武州》③引《后汉书》之"班超……明帝永元七年,封定远侯"(此为倪氏之失)、丁杰(1738—1807)有"明帝永元八年"一语而桂馥(1736—1835)与王筠(1784—1854)均引之而未之正④,吕思勉先生(1884—1957)与马积高先生(1925—2001)分别有"后汉明帝永元六年"与"《两都赋》作于汉明帝永元中"说⑤,张大可先生有"杨终卒于明帝永元十二年,即公元69年"⑥之语等;次举误"和帝永元"为"和帝永平"之例:郦道元(470?—527)

---

① 《文选李注义疏》第一册,第95页。
② 关于"潜意识"所致之误的厘定问题,殊为复杂,而这里所用的这一概念所指之义是明确的,故暂不细说之。
③ (清)倪璠《庾子山集注》第1册,中华书局,1980年,第327页。
④ (清)桂馥《说文解字义证》卷一九" "条;(清)王筠《说文解字句读》卷六下" "条。
⑤ 吕思勉《秦汉史》下,上海古籍出版社,1983年,第672页;马积高《赋史》,上海古籍出版社,1987年,108页。
⑥ 张大可《史记文献研究及选讲》,商务印书馆,2013年,第48页。

《水经注》卷三九"赣水"之"又东北过石阳县西"下有"汉和帝永平九年,分庐陵立"注①,季羡林(1911—2009)、来新夏(1923—2014)与朱维铮(1936—2012)等学养深厚者分别有"据《后汉书》和帝永平三年(91年)""东汉和帝永平五年至七年(公元93—95年)"与"依据袁宏《后汉纪》和帝永平四年纪"说②,等等。又,韩连琪先生(1909—1990)《汉代的田租、口赋和徭役》有云:"与田租并免者,有明帝永平五年,和帝永元六年;与田租、刍藁并免者,有和帝永平十四年,③永元十四年。"韩先生为我国当代著名之先秦秦汉史专家,而在这样的情况下尚有如此之疏忽。

因之,何氏的"注'和帝',误",若说"和帝"为"明帝"之"误",自然是没有问题的;然若因此便断其非李善注,如许巽行之"后人妄加"、徐攀凤之"五臣妄加"、缪楷之"恐……为后人所增益也"等,则均未免轻率而勇于自是了,尤其是徐氏。结合笔者前面所述,从客观上说,此类说法显然是说者因未能很好地将问题置于"网络"中考察所致。另外,陈氏"未详所据"说,恐亦未达一间。即"和帝大悦也",当非因于李氏所"据"而应是因其笔误所致。此其一。其二,胡氏之"善下引《后汉书》'显宗时……乃上《两都赋》',不得有此注甚明"说,同样显非缘"整体观照"所得。其实,李善注之"自光武至和(应为"明")帝,都洛阳,西京父老有怨。班固恐帝去洛阳,故上此词以谏"与所引范晔《后汉书》之"显宗时,除兰台令史,迁为郎,乃上《两都赋》",两者正可互为补充。而"互为补充",未尝不可称之为"题注"之一"准体例"。即这关涉到李善题注之例的问题。下一节,拟细而辨析之。

(二)关于所谓不合李善题注之例问题

这里,我们要讨论的是"否定说"的另一主要理由,即此注不合李善题注之例的问题。我们前面提到的王礼卿先生《〈选〉注释例》一文,其"解题例"一节即在胡氏说的基础上,以"李注解题之例"更细致地证胡氏所说的"此一节"为

---

① 杨守敬、熊会贞《水经注疏》下册,江苏古籍出版社,1989年,第3232页。又,后世如洪亮吉《东晋疆域志》卷二"庐陵郡"、卢弼《三国志集解》卷四六"孙策传"注等引此,均未觉其失。
② 季羡林《佛教传入龟兹和焉耆的道路和时间》,《社会科学战线》2001年第2期;来新夏《古籍整理讲义》,鹭江出版社,2003年,第312页;朱维铮《班固与〈汉书〉:一则知人论世的考察》,《复旦学报》2004年第6期。
③ 氏著《先秦两汉史论丛》,齐鲁书社,1986年,第514页。

后人"妄加"。其云：

> 胡克家校本云："善下引《后汉书》：'显宗时除兰台令史，迁为郎，乃上《两都赋》。'不得有此注甚明。五臣铣注亦言明帝云云。且此是卷首所列子目，其下本不应有注，决是后来窜入。"张云璈《选学胶言》、梁章钜《文选旁证》，并据其说，其所考是也。

> 更据胡氏子目之说，进求李注解题之例，得四例焉。兹就赋类析而举之。例一：注于题下。引书或自注，明所以作此文之故。……例二：注于名下。亦引书或自注，明所以作此文之故，与第一例同。惟间有评骘之词。……例三：注于题下。亦引书或自注，但训题义，或但释文意，不及所以作文之故。与一、二例异。……例四：注于篇中。亦引书或自注，明所以作此文之时。题下名下则不注，与前三例并异。……准上注例，知《两都赋》解题属弟二例，在"班孟坚"下引书已具。"两都赋二首"子目下、不应更有解。此系后人疏于注例，所妄加者。又误为和帝，其谬甚明。①

王立群先生说："王礼卿的《〈选〉注释例》是现代《文选》学史上对《文选》李善注注例研究最高水平的代表。"②笔者认为，这是符合实际的。然尽管如此，王先生之"四例"说，断以原则上如此，自然是没有问题的。即"活看"可以，而断以"一定如此"则未必然。如卷一〇《西征赋》下，李善注曰："臧荣绪《晋书》曰：'岳为长安令，作《西征赋》，述行历，论所经人物山水也。'"于"潘安仁"下，其又注曰："岳，荥阳中牟人。晋惠元康二年，岳为长安令，因行役之感而作此赋。岳家在巩县东，故言西征。"又如"文"部分之《辨命论》下，李善注曰："刘璠《梁典》曰：'孝标《辨命论》，盖以自喻云。'"于"刘孝标"下，其又注曰："孝标植根淄右，流寓魏庭，冒履艰危，仅至江左。负材矜地，自谓坐致云霄。岂图逡巡十稔，而荣惭一命。因兹著论，故辞多愤激，虽义越典谟，而足杜浮竞

---

① 俞绍初、许逸民主编《中外学者文选学论集》下，中华书局，1998年，第644—645页。
② 王立群《现代〈文选〉学史》，中国社会科学出版社，2003年，第383页。

也。"①因之,"不应更有解"云云,是难以成立的。况且,王先生之"四例"说是以"赋类"为限的,然考察题(作者)注是否"一定如此",则须"整体观照"而难以部分为限。即就这一层面言,"赋""诗""文"间并无清晰之分界线以使其各自自足。因之,以"赋类"为限仅可证其"有",却无法证其"无"。实际上,类此者,"诗"的部分同样有之。如卷二〇《九日从宋公戏马台[集]送孔令诗》下,李善曰:"沈约《宋书》曰:'孔靖……辞事东归,高祖饯之戏马台,百寮咸赋诗以述其美。'"其作者"谢宣远"下,李善又曰:"《[今]书七志》曰:'谢瞻……高祖游戏马台,命僚佐赋诗,瞻之所作冠于时。'"又如卷二一《百一诗》下,李善曰:"据《百一诗序》云:'时谓曹爽曰:"公今闻周公巍巍之称,安知百虑有一失乎?"'百一之名,盖兴于此也。"其作者"应璩"下,李善又曰:"《文章录》曰:'璩字休琏,博学好属文,明帝时历官散骑侍郎。曹爽多违法度,璩为诗以讽焉。典著作,卒。'"②退一步说,仅此处如此,若无其他文献支持,仍是难以说明问题的,因为我们断不了崇贤一定无疏忽。由胡氏而有"且此是卷首"云云之误,便可推而想之。至于李详"此注不引书名,亦与善注例不符,显为后人羼入"说,同样是难以服人的——前面引卷一〇《西征赋》之"潘安仁"下,李善注之"岳,荥阳中牟人"云云,即"不引书名"。又,前面引卷五四《辨命论》之"刘孝标"下,李善注之"孝标植根淄右"云云,同样"不引书名"。可见,李氏此说多少似有些凭"印象"而非细细考察而来之嫌。而于此,万万不可忽略一切如此与原则上如此(或几乎如此)之异。因为这两者间,存在着一条无法逾越的"有"与"无"之鸿沟。

当然,不仅题注之例如此,文中其他注例亦多有"破"者。关于这一点,在

---

① 俞绍初先生等认为:"此一节似非善自注,疑亦是刘璠《梁典》文,善析出而入注于作者名下耳。"(《新校订六家注文选》第六册,第3521页[二])若然,即说明崇贤亦有节引相关书文的文字为"自撰"语。

② 他如黄永武《〈昭明文选〉李善注摘例》"校定篇次之例"之"以前卷篇次例之,以明其错乱者"条说:"如曹子建《公䜩诗》一首,位次王仲宣之前,善注云:'赠答、杂诗,子建在仲宣之后,而此在前,疑误。'又如左太冲《招隐诗》二首,位次陆士衡之前,善注云:'杂诗,左居陆后,而此在前,误也。'"(《中外学者文选学论集》下,第817—818页)问题是,并非所有此类"误",崇贤均指出。如卷二一"咏史"亦"子建在仲宣之后"也,崇贤则未之说;卷二一"杂诗"之曹子建、嵇叔夜与卷二三"哀伤"之嵇叔夜、曹子建的"失照",亦然。高步瀛先生云:"诗之各类中,先后间有错见者,李善皆订其失。"(《文选李注义疏》第一册,卷首第32页)学者往往引以为己说之支撑,而未觉此"皆"者实非皆也。

《〈选〉注释例》所说的"已见者不复引例"中,王先生已指出,其云:"李氏亦未能严守,注中殊不画一。即就《两都赋》所引考之,复引者已十余处。"①这是符合实际的。我们这里再另举数例以广之。如在《东都赋》"光汉京于诸夏,总八方而为之极"下,李善注云:"诸夏,已见《西都赋》。其异篇再见者,并云'已见某篇'。他皆类此。"然其于卷三七孔文举《荐祢衡表》"英才卓跞"与卷五六陆佐公《石阙铭》"摄袂而朝诸夏",又分别有"西都宾曰:'卓跞诸夏。'卓跞,绝异也"与"《论语》,子曰'夷狄之有君,不如诸夏之亡也'"之注;其注卷一《东都赋》"又沐浴于膏泽"云"沐浴膏泽,已见《西都赋》",然于卷六《魏都赋》"沐浴福应"与卷三七曹子建《求自试表》"沐浴圣泽",又均注云"《史记》,太史公曰:'成王作颂,沐浴膏泽'"(后者无"曰"字)②。再如注卷三八庾元规《让中书令表》"沐浴玄风下"云:"沐浴,已见上《求自试表》注",然于卷四五班孟坚《答宾戏》"沐浴玄德"与同卷皇甫士安《三都赋序》"二国之士,各沐浴所闻",又分别注云:"《史记》,太史公曰:'沐浴膏泽'","《史记》,太史公曰:'成王作颂,沐浴膏泽'";等等。故此,据李善注之注例以定"是非",适用度把握是否准确,至为关键。③

其实,由李善题注之例切入考察以否定"自光武至和帝"云云为李善注者,更是本之前引胡氏《考异》的"且此是卷首所列子目,其下本不应有注,决是后来窜入"说。乍一看,是说似无懈可击,其固稳如泰山。然实际上,此毫无疑问的乃学养殊为深厚者之一疏忽。确实,"卷首所列子目,其下本不应有注"。问题是,"自光武至和帝"云云在卷一"班孟坚《两都赋》二首"下,即此非"卷首所列子目",而是卷一篇目(篇题)。或曰:此"卷首"乃"首卷"(卷一)之倒误。然即使如此,由于文中各卷(自然包括"首卷")之篇目下均可加注,故其失依然。不仅如此,更不可思议的是,胡氏《考异》这一本极易知之疏忽,二百年来之学者如张云璈、梁章钜、李详、高步瀛、王礼卿、曹道衡、穆克宏④诸学养深厚

---

① 《中外学者文选学论集》下,第 658 页。
② 按:《魏都赋》"沐浴福应"下,奎章阁本、明州本与赣州本均无李善注。此据胡刻本,胡氏《考异》卷一曰:"盖无者脱,而尤得之。"是也。又,参《新校订六家注文选》第一册第 418 页[二六四]。
③ 黄怡慈《李善注〈文选〉义例说略:以胡克家〈文选考异〉赋类校语为例》"重见不复引,但云已见上文例"说(吴晓峰主编《〈文选〉学与楚文化》,武汉出版社,2008 年,第 170—171 页),有所未照。
④ 参《顾广圻与文选学研究》,穆克宏《文选学研究》,鹭江出版社,2008 年,第 547 页。

者,竟莫不以此作"否定说"之关键支撑(其中,只是张云璈引此三语之首句作"且此卷所列子目",而李详则将其首两句略作"子目下,本不应有注"罢了)。而且,目力所及,迄今为止尚未见有学者觉之。

于此,我们尤当注意的是,情理与事实时或会出现殊异。如《考异》这一问题,从情理角度言,就很难想象其会出在顾广圻等清代第一流专门家之精心工作的成果中,很难想象上述那么多之名家竟无一注意到其"本来面目"如何;然就事实层面言,这却是千真万确之存在。而由"已知"反观未知——李善有"自光武至和帝"云云之失,便不难理解。难以理解的,只是这类问题何以出现?

余 论

综上所述,可得如下二点结论:

一、《两都赋》虽上明帝,然由于班固死于和帝朝,且明帝与和帝之年号分别为"永平"与"永元"诸潜因,故致使"此一节"("此注")之"明帝"易笔误作"和帝"。本来,在正常之情况下,"和帝"与"明帝"是绝不可能共时的,然在"潜意识"作怪之非常态中却变成了可能。"此一节"之"和帝"与"善下引《后汉书》'显宗时'"之"显宗"并见,即一显例。换言之,"此一节"为李善注是没有问题的;问题只在于李氏误"明帝"为"和帝"与后人何以轻易地以此为"非善注"。

二、胡氏《考异》之"善下引《后汉书》'显宗时……上《两都赋》',不得有此注甚明"说的前提,本来只是或然,却被胡氏及其后之持"否定说"者认作是必然——即将大多(几乎)如此当作一切如此,而没有注意到这二者间存在着"有可能"与"了无可能"之绝异;至于其"此是卷首所列子目,其下本不应有注"说,更是一不可思议之疏忽,而这一疏忽又进而大大地加强了其对"此注"之错误否定,所谓"决是后来窜入"。不仅如此,这竟还被其后之持"否定说"者当作至为关键之文献支撑。其后,能在《考异》此说之基础上有所"拓展"者,目力所及,仅有李详与王礼卿两先生,然仍均以"或然"推断"必然"。总之,就目前所能看到之相关文献考察,否定"此一节"为李善注之种种理由,均似是而非，无一能够成立。

  这里的问题是，由于何谓"卷首"仅仅是常识，故只要略知《文选》者，便知胡氏之"此是卷首所列子目"云云为笔误，然何以二百年来似竟无觉之者，反而被此间的学者（其中不乏专门之名家）当作"否定说"之关键性支撑？笔者认为：因学者过于崇李而忘记常识与忽乎"验"之所致。首先，因过于崇李而忘记常识，故见"此注"与"善下引"不合便轻易地否定其出于李善，却忽略了这样一个本属常识之关键性问题：在正常的情况下，别说李善，就是稍具相关常识者谁都不会出现这样之硬伤；反之，在"潜意识"作怪（记忆"失灵"或"短路"等等）时，至为博洽者与才"入门"者比，亦无什么不同，遑论其他——博洽与否，其差别仅见于正常之状态中。其次，正因过于崇李，故对胡氏这一望便知之笔误便易熟视无睹而忽乎"验"。不仅如此，即胡氏之这一疏忽，恐亦未尝不是缘崇李之潜因焉。概言之，以"此注"与胡氏之"此是卷首"云云比观，思过半矣。另外，前述高氏之欲说原是"本书《子虚赋》"，然写出的却成了"本书《上林赋》"，这同样是"潜意识"作怪所致之又一典型例子。明乎此，便知由于"潜意识"作怪本身如何向为研究者所忽视，故其所致之非，或往往被误以为是。因之，"潜意识"作怪一事，亟待我们予以应有之重视。此其一。其二，关键之支撑材料是不能错的，故在通常之情况下，须"验"而后才可然否。其三，类此之研究，需注意跳出研究对象来考察研究对象，注意整体之观照。然就当下之相关研究言，后二者，却均常常为学人所忽略。而这不能不说是一十分严重之问题。

（广西师范大学文学院）

宋明州刊六家注《文选》发微

刘　明

宋明州刊六家注本《文选》,是存世《文选》版刻谱系中的重要版本,它的存在解决了《文选》版本传承中的一些重要问题,比如早期《文选》版本中李善注与五臣注是如何合编的？李善五臣合注的所谓六臣注本是否属最早的两家合注本？在五臣李善两家合注的南宋裴氏本之外是否还有更早的版本？此类问题在存有绍兴二十八年卢钦题记的明州本中得到了基本的解释。但遗憾的是,对于明州本自身版本的认识则稍显局限,直至日本足利学校藏明州本《文选》的公布始有所改观。主要关注点在此部《文选》"系原版早印,无一缺叶,无一补版"[1],并成为《文选》学界的共识。足利学校藏本的公布,带来的有关《文选》版本研究的最大启示是印次和印本的研究,即该本与绍兴二十八年题记本属明州本的两种印本,它们之间属何种关系。此外,还可以明州本为考察对象反观北宋秀州州学本《文选》的版本生成及文本形态；并在更为外延的语境中讨论作为先唐诗文的"渊薮",明州本《文选》自身所具备的辑录诗文的"母本"功能。

---

[1]　参见《日本足利学校藏宋刊明州本六臣注文选出版说明》,载《日本足利学校藏宋刊明州本六臣注文选》,人民文学出版社,2008年影印本,第6页。

一　明州本《文选》的印本之别

国家图书馆藏有两部明州本《文选》,版本定为"宋绍兴明州刻递修本",一部是明晋藩朱钟铉旧藏本,存二十四卷(3—5、9—11、15—17、21—23、27—35、45—47);另一部是清宫天禄琳琅旧藏本,存九卷(20—28,其余卷第藏在台北故宫博物院)。除中国国家图书馆藏本外,日本的东洋文库(全帙)、宫内厅书陵部(全帙,但有抄配)及私家、寺院等亦有藏(或残帙)[1]。此为该本存藏的大致情况。其行款版式为十行行二十一至二十二字不等,小字双行三十字,白口、左右双边,单鱼尾。版心鱼尾下镌"文选"卷次及叶次,下镌刻工姓名,间记本版重刊字数。卷端题"文选卷第一",次行、第三行分别低七、八格各题"梁昭明太子撰"、"五臣并李善注",是为六家注本《文选》。

版本界定的依据是卷六〇末所镌卢钦题记,云:

> 右《文选》板岁久漫漶殆甚,绍兴二十八年(1158)冬十月直阁赵公来镇是邦,下车之初以儒雅饬吏事,首加修正,字画为之一新。俾学者开卷免鲁鱼三豕之讹,且欲垂斯文于无穷云。右迪功郎明州司法参军兼监卢钦谨书。

据此知绍兴二十八年之前明州即旧有刊本《文选》,绍兴二十八年又据旧版再加修正刷印。"赵公"即赵善继,据《(宝庆)四明志》是年十月以直秘阁知明州任,至二十九年(1159)六月罢任。赵万里称:"此书刻版当在南宋初年,修版则在赵善继知明州时,与卢钦题记正合。"[2]又检书中避讳至"构"字,刻工如洪明、李珪、陈忠、李显、王寔、杨昌、蔡忠、陈才、蒋椿、方祥、李良、施俊等,皆加以"重刁"或"重刊"字样,皆可与卢钦修版题记相印证,故将其版本定为"宋绍兴明州刻递修本"符合事实。至于原版的刻年,赵万里称"当在南宋初年",而

---

[1] 参见傅增湘《藏园订补郘亭知见传本书目》,傅氏又称:"或以为明州宋时为通倭口岸,故彼国所存独多也。"中华书局,2009年,第1506页。又傅刚老师称:"宋时在此设置市舶司,为对高丽、日本的贸易港。日本所藏明州本《文选》,当与此有关。"参见《〈文选〉版本研究》,北京大学出版社,2000年,第178页。

[2] 参见北京图书馆编《中国版刻图录》,文物出版社,1961年,第21页。

傅增湘则据"原刻之版雏,慎皆不避",而称"盖北宋刊本",且相应地将此修版印本定为"北宋刊本绍兴时补修"①。北宋版的定法,当发端于清人张金吾,即《爱日精庐藏书志》著录的"北宋刊版南宋重修本"。都是将此有绍兴二十八年卢钦题记的印本,视为北宋明州原版(即初刻本)在南宋的修版再印本。实际明州本是否存在北宋初刻本,并不存在切实的证据得以定谳,故定为"宋绍兴明州刻递修本"还是比较允当的。此明州刻递修本亦即绍兴二十八年修版印本《文选》,颇受古籍界及学术界的重视(特别是在日本足利学校藏本公布之前)。2007年,国家开始实施"中华古籍保护计划",甄选并申报"第一批国家珍贵古籍名录"。在"名录"目录初稿的征求意见中,国家文物鉴定委员会委员也是退休于国家图书馆的资深古籍鉴定专家丁瑜先生建议增补此部明州本《文选》。理由是该本解决了《文选》早期版本传承中的一些问题,不可不选,最终入选名录。

2008年,人民文学出版社影印出版日本足利学校藏本明州刊《文选》,使学界具备了认识明州本《文选》初刻的早期印本与修版印本之别的机会。乔秀岩、宋红两位学者撰文称:"宋刻明州本《文选》,是现存最早的《文选》完帙刻本。"②又称:"系原版早印,无一缺页,无一补版。"③足利学校藏本(以下简称"足利本"),可能是由于藏在日本且很少对外开放的原因,中国的古籍版本学家或文献研究者几乎未曾提及,如傅增湘的《藏园订补邵亭知见传本书目》《藏园群书经眼录》,及傅刚先生的《〈文选〉版本研究》等。足利本,著录在涩江全善、森立之等撰《经籍访古志》卷六,云:

> 首有李善上表。卷首题"文选卷第一",下记"五臣并李善注"。每半板十行,行廿一字,注三十余字,疏密不整,界长七寸三分,幅五寸一分,左右双边。字画精严,镌刻鲜朗,宋刻中尤精妙者。签题篆书"李善五臣文选"六字,下为界格,夹书卷数,乃为当时装潢之旧。

---

① 参见傅增湘《藏园群书经眼录》,中华书局,2009年,第1230页。
② 乔秀岩、宋红《关于〈文选〉的注释、版刻与流传——以日本足利学校藏宋刊明州本六臣注〈文选〉为中心》,载《东南大学学报(哲学社会科学版)》2009年第2期,第73页。
③ 乔秀岩、宋红《关于〈文选〉的注释、版刻与流传——以日本足利学校藏宋刊明州本六臣注〈文选〉为中心》,第76页。

每卷首尾有"金泽文库"印记。第三、第六、第十二、第十五、第三十、第三十九诸卷末有九华叟跋记,永禄三年(1560,明嘉靖三十九年)学庠寄进平氏政朝臣。捺"福寿应稳"朱印。末又有三要加朱墨点记。卷中点校颇密。

足利本同样出自明州刊,且属明州本中的一个印本,它与绍兴二十八年修版印本的关系自然成为首先需要厘清的问题。日本书志学家集中讨论印次层面的印本界定。如长泽规矩也称:"此明州刊本或许是后世所谓六臣注本之祖本","阿部教授(即阿部隆一)详查刻工,认为刊刻时间当在绍兴十年(1140)至二十年(1150)前后","此本亦非初印本,有些地方疑经补刻"①。长泽又据避讳至"构""觳"诸字,称足利本是"现存明州刊本中之最早印本"②。阿部隆一版本考订甚详,称:"本版的现存本中,只有金泽文库旧藏足利学校现藏本阙卷末的绍兴二十八年跋,且完全没有出现参与'重刊'的刻工名。虽然过去一般认为足利学校本是剜去跋文的后修本,但和其他诸本比较,其他本子的版心附有'重刊'字样的书叶,足利本为原刻叶,可知其他本子是其(足利本)覆刻的补刻本。同时,这些本子的版心中显示并非重刊而为原刻的叶面,与足利本相比,其中有很多都经过后来的部分修补。足利本刀法、字画皆端严精妙,与后修本迥异,对照之下,一望而知是原刻的早印本。因此,绍兴二十八年不是本版的刊刻年,而是修补年。"③又尾崎康称足利本"刊刻时间在绍兴二十八年以前,或不宜称初印,仍不失为早印本"④。总之,"足利"本是现存明州本《文选》最早的印本,但在明州本自身的版本谱系里宜定为"早印本",此为日本书志学界界定足利本印次的基本判断。

避讳的存在,一种指向是版刻,包括原刻和补刻(递修)等;另一种指向是刷印,即并不反映版刻之年,只是印证印本基于雕版的刷印时间。足利本的避讳至高宗赵构止,则或其刊刻(含修版)的下限在高宗朝;或刷印在高宗朝,而

---

① 长泽规矩也《足利学校遗迹图书馆藏明州刊本六臣注文选略说》,载《日本足利学校藏宋刊明州本六臣注文选》,人民文学出版社,2008年影印本,第20页。
② 长泽规矩也《足利学校遗迹图书馆藏明州刊本六臣注文选略说》,第21页。
③ 阿部隆一《中国访书志》(增订本),汲古书院,昭和五十八年(1983),第290—291页。
④ 尾崎康《补说》,载《日本足利学校藏宋刊明州本六臣注文选》,人民文学出版社,2008年影印本,第24页。

刻版之年存在上溯至北宋的可能性（这是张金吾、傅增湘定为"北宋版"的逻辑之一），当然阿部隆一根据刻工已否定了此种可能性。由于明州本早期版印史料的阙佚，的确不能断定足利本属明州本的初刻初印本，而是属宋明州初刻本的早期印本，即绍兴二十八年修版之前的印本。它与修版印本，构成明州本《文选》存世的两种印本系统。按照版本学一般的理解，修版印本属版刻的"后印本"范畴，后印一般存在改订文字的现象。那么，足利本即早期印本与修版印本是否存在文字上的差异，便是一个值得讨论的问题。讨论的目的正在于廓清两种印本的文献地位，以避免文献使用中的偏差。兹以日本宫内厅书陵部藏本即修版印本为底本（以下简称"宫内厅本"），以卷三《东京赋》为例，校以足利本。会发现两种印本基本是相同的，存在差异主要表现为三类：

第一类是避讳情况的不同，如：

"武有大启土宇，纪禅肃然之功"，"综曰……肃，敬也。"足利本"敬"字阙笔。

"殷辛之琼室也"，足利本"殷"字阙笔。

"敬慎威仪"，足利本"敬"字阙笔。

第二类是明显的改字，如：

"既春游以发生，启诸蛰于潜户"，"向曰：春至发生仲春之月，蛰虫咸动，启地户而出"。足利本"至"作"为"。按南宋陈八郎本同足利本，推断作"为"字是，作"至"字当出于修版时擅改。

"植华平于春圃，丰朱草于中唐"，足利本"于"作"之"。按南宋陈八郎本同足利本，尤袤本同宫内厅本。

"虽系以颓墙填堑，乱以收置懈罘"，足利本"懈"作"解"。按南宋陈八郎本、尤袤本同足利本，作"懈"字当出于修版时擅改。

第三类是修版印本中出现的明显讹误，如：

"宜无嫌于故旧"，"故旧"两字下有校语："善作本往初。"足利本亦有校语，作"善本作往初"。显然宫内厅本中"作"与"本"两字颠倒为文。

"睿哲玄览，都兹洛宫"，"善曰……河止公曰：'心居玄冥之处，览知万物,故谓之玄览。'"足利本"河止公"作"河上公",宫内厅本显误。

"四灵懋而允怀","济曰……允,信也。怀,安也"。足利本"怀"作"怀",宫内厅显误。

"悉率百禽,鸠诸灵囿","善曰……郑玄曰'率,循也',悉率驱禽兽,顺其左右之宜,以安待正之射灵囿"。足利本"正"作"王",宫内厅本显误。

"坚冰作于履霜,寻木起于蘖栽","善曰:……故乘尚书曰'千围之木,始生而蘖'"。足利本"故乘尚书"作"枚乘尚书"。宫内厅本将"枚乘"改为"故乘"显误,但足利本作"枚乘尚书"亦非,当作"枚乘上书"。

修版印本将有些避讳阙笔改为本字,如"敬"(宋太祖匡胤之祖名敬)和"殷"(匡胤之父名弘殷)两字,似印证避讳"氛围"的宽松。改字的不足为据,则说明修版时存在一些"臆改"。当然有些改动也存在版本依据,如"植华平于春圃"句中的"于"字,即与尤袤本相同,可推测出南宋以来李善注本一系在《文选》版刻中地位的提升,故修版以李善注本作为参校本。至于宫内厅本存在的显误字诸例,则有悖于卢钦题记所称的"免鲁鱼三豕之讹"①。这透露出所谓有卢钦题记的绍兴二十八年修版印本,又存在是年之后的再次修版,此即阿部隆一所提出的"有绍兴跋文的修本经过了绍兴二十八年之后的递修"②。换言之,此类显误字很可能并没有出现在绍兴二十八年修版印本中,而是产生在此后的再次修版印本中。以此再审视"宋绍兴明州刻递修本"的版本定法,尤觉其高明。它没有使用"绍兴二十八年"的字眼,即类似"宋绍兴明州刻(绍兴)二十八年递修本(或修版印本)"的定法,正是注意到了该印本存在着不断递修的事实。

总之,绍兴二十八年之后的修版印本存在有别于足利本的文字改易现象,在文本的选择上还是以足利本为准的。选择典籍整理或研读的底本,有"书贵

---

① 以宫内厅藏本与足利本比对,发现的确改正了足利本中因书版漫漶而存在的笔画残缺、讹误等类型的文字,兹不赘述。

② 阿部隆一《中国访书志》(增订本),第290页。

重印"的说法,即认为再印会修订之前印本中存在的讹误,有一定道理。但此明州刻两种印本的比对,印证此说也不尽然(当然仅以卷三《东京赋》的校理为例,但已说明问题的倾向性),而通过比对得出结论的过程表明区分印本及印次的关系将是今后《文选》版本研究的一项重要任务。

二 明州本《文选》版本生成中的文本选择

所谓明州本《文选》的"版本生成",指该本的文本面貌是如何形成的,即文献自身的构成;而"文本选择"指在版本形成过程中,对来源不同的版本载体中文献的倾向性选择,表现在异文的选定、文献片段的拼合,以及重构中产生的文本错置等。使用这一新的思路,运用版本对校的基本方法,考察明州本《文选》的文献构成,既与上述诸类现象若合符契,又可深入认识印本时代(雕版印刷)《文选》面貌产生歧异的原因。

明州本《文选》的初刻不管是在南宋初年,还是难于证实的北宋,它自身也是有底本来源的。傅刚先生指出:"明州本全依秀州州学本,故其特点与秀州本同。"[1]也有学者依据明州本与韩国首尔大学图书馆奎章阁所藏朝鲜活字本《六家文选》(以下简称"奎章阁本",以秀州州学本为底本的活字排印本)存在的差异(明州本有所改动),称:"(明州本)遵循了秀州本的整理体例……秀州本有删省不尽之处,所以明州本自然会循着秀州本的原则做进一步的整理。"[2]上述判断整体而言是准确的,即明州本基本保留了秀州州学本的文本面貌(奎章阁本似乎更忠实地保留了秀州州学本的旧貌),因此通过考察明州本以反观秀州州学本的文本形态。所谓秀州州学本(以下简称"秀州本"),指北宋哲宗元祐九年(1094)在秀州州学(今属浙江嘉兴)的刊刻之本,是有记载可知的最早的五臣李善一系的六家注本,今已不传。至于秀州本的版本生成,奎章阁本中的秀州州学刊刻题记,很明确地交代是以"诠次"的方式将五臣本和李善本相拼合而成,云:

---

[1] 傅刚《文选版本研究》,第178页。
[2] 乔秀岩、宋红《关于〈文选〉的注释、版刻与流传——以日本足利学校藏宋刊明州本六臣注〈文选〉为中心》,第75—76页。

秀州州学今将监本《文选》逐段诠次,编入李善并五臣注,其引用经史及五家之书,并检元本出处对勘写入。凡改正舛错脱剩约二万余处。二家注无详略,文意稍不同者,皆备录无遗。其间文意重叠相同者,辄省去留一家,总计六十卷。元祐九年二月日。

学界引用此段文字,一般标点如上。实际如此点断,存在费解,尤其表现在"秀州州学今将监本《文选》逐段诠次,编入李善并五臣注"之句。理由是秀州州学采用五臣注本作为底本,复将国子监所刻李善注本按"段"诠次编入,缘何又称编入"五臣注",文意矛盾。故应点断为"秀州州学今将监本《文选》逐段诠次编入,李善并五臣注其引用经史及五家之书,并检元本出处对勘写入",可谓文从字顺。所谓"五家之书"盖指五臣注文的典源、出处之类的书籍,或为"百家之书"之讹。"诠次"则指根据语句的段落(相当于全篇内的若干句组)而相应将所从属的李善注编入五臣注之后。如北宋本"正紫宫于未央,表峣阙于閶阖","疏龙首以抗殿,状巍峨以岌嶪","自雄虹之长梁","结棼橑以相接"诸句,是四个句组,每句组下相应有李善注文。而明州本则将此合并为一个句组,相应将李善注本合并为一条李善注。当然也有可能并非合并句组,而是作为底本的平昌孟氏本即如此,只是相应合并注文。秀州州学对于两家注文经核检后"对勘写入",以改正讹误,同时做了两种处理手段:其一,李善与五臣注不管孰为详略,只要文意不同,皆悉数载录;其二,如两家注文意"重叠相同",则省去一家,或"省去"但有所注明。如《西京赋》"似閶风之遏坂,横西洫而绝金墉"句,吕延济注云:"閶风,昆仑山也。金墉,城也。言珍台之高,阁道之长,有似閶风之山也。横,越也,谓越洫过城也。"李善注云:"东方朔《十洲记》:昆仑其北角曰閶风之巅。洫,已见上文。"或直接"省去"不再注明,只有通过版本比对才能发现所"省去"的文字,如"五纬相汁,以旅于东京"句,李善注云:"五纬,五星也。《汉书》曰:'汉元年十月五星聚于东井,沛公至灞上。'"明州本李善注文中无"五纬,五星也",按吕向注即如此,当即因重复而删去李善之注,而保留五臣一家,取舍仍重在五臣本。最后,秀州本《文选》编为六十卷,众所周知五臣注本是三十卷本,监刻李善注本是六十卷本,意味着秀州本尽管以五臣注本为底本,但在卷次上则采用了李善注本一系,反映了两种注本系统之间的相互"调和"。

据奎章阁本保留的天圣四年(1026)沈严序,知五臣本以平昌(今属山东安丘)孟氏本为底本①,其文本面貌辗转保留在今明州本中。而监本,据所列"李善本"题衔,知即为天圣、明道间国子监所刻者。监本李善注的文本面貌也辗转保留在今明州本中,所幸尚存北宋刻递修本李善注《文选》,国家图书馆、台北故宫博物院均藏有残帙。该本著录为"北宋刻递修本",但书中"通"字阙笔,曾被视为天圣、明道间刻本②(暂预设该本即秀州本依据的监本李善注《文选》)。兹以卷二《西京赋》为例,以存世北宋本与明州本中的李善注及正文进行对校,发现将李善注"诠次编入"五臣注后而形成的新形态的李善注,还是产生了一些变异。比如主要缘于"句组"区分的差异,而致编入之后的李善注有所不同,包括两种情形:其一,李善注中有关音注文字的移置,即由注文位置调整至正文中相应的注音之字下,以小字夹注的方式呈现;其二,原本属薛综的注文,窜入李善注中。"诠次编入"之外本来就存在的文字差异,比如正文的差异,基本并未采纳北宋本(监本)文字,而是通过小注校记的方式保留监本异文。对于北宋本(监本)中存在的讹误,明州本也有所订正,即刻书题记所称的"改正舛错脱剩约二万余处"。

两本之间的句组区分的差异,如"于前则终南太一,隆崛崔崒,隐辚郁律,连冈乎蟠冢",北宋本作"于前则终南太一""隆崛崔崒,隐辚郁律""连冈乎蟠冢",共三个句组。当然由于所祖之秀州本依据的是平昌孟氏刻五臣本,应该属遵照底本的结果(下同)。"于是量经轮,考广袤,经城洫,营郭郛。取殊载于八都,岂启度于往旧",北宋本作"于是量经轮,考广袤""经城洫,营郭郛""取殊载于八都,岂启度于往旧",共三个句组。正视此差异,导致李善注文在合并时出现问题,主要即薛综注窜为李善注,如:

"于是钩陈之外,阁道穹隆,属长乐与明光,径北通乎桂宫",北宋本作"于是钩陈之外,阁道穹隆"和"属长乐与明光,径北通乎桂宫"两个句组,注文分别是"善曰:钩陈,已见《西都赋》。穹隆,长曲貌""长乐、桂宫,皆宫名。明光,殿名也。《汉书》:武帝故事……至神明台"。后一条注文未标"善曰",当属薛

---

① 参见傅刚《〈文选〉版本研究》,第174—175页。
② 北宋本《文选》,鉴定为天圣、明道间所刻的诸意见,参见拙文《北宋刊李善注文选的版本》,载日本古典研究会编《汲古》杂志第70号,第10—11页。

综注文。而秀州本合并时则误接在上一条善注之后,造成属善注之误。

"恣意所幸,下辇成燕。穷年忘归,犹弗能编。瑰异日新,殚所未见",北宋本作"恣意所幸,下辇成燕。穷年忘归,犹弗能编"和"瑰异日新,殚所未见"两个句组,注文分别是"善曰:《孙卿子》曰'知物之理,没世穷年,不能编也'"。"环,奇也。殚,尽也。言奇异之好,日月变易,皆所未尝目见之物也"。后一条注文未标"善曰",当属薛综注文。而秀州本合并时则误接在上一条善注之后,造成属善注之误。

再者,合并时在李善注中音注的处理上存在不统一,稍显混乱,即有的音注从善注中脱离移置正文中,有的则没有,如:

"于前则终南太一,隆崛崔崒,隐辚郁律,连冈乎嶓冢",北宋本作三个句组(参上文),分别有李善注文。涉及音注的为后两条(两个句组),分别是"善曰:《埤苍》曰'崛,特起也',鱼勿切。崔,徂回切。崒,情律切。辚,怜轸切"。"善曰:《尔雅》曰'山脊曰冈'。《尚书》曰'导嶓冢至于荆山'。嶓,音波"。而秀州本合并时,则仅将"崒""嶓"两字的音注移置于正文中该两字下,作"情聿""波"。

"娄敬委辂,干非其议。天启其心,人荩之谋。及帝图时意,亦有惑乎",北宋本作三个句组,即每两句为一组。涉及的音注在第一个句组,"善曰:……《汉书音义》应劭曰'辂谓以木当胸以挽辇也'。辂,胡□切。干音干"。秀州本合并时,将"辂""干"两字的音注移置于正文该两字下,作"胡格""干"。

秀州州学对北宋本(监本)中存在的讹误进行订正者,如:

"帝有醉焉,乃锡用此土",李善注云:"虞志《志林》曰'喙曰:天帝醉秦暴,金误陨石坠'。"明州本"虞志"作"虞喜"。

"陈宝鸣鸡在焉",李善注云:"《汉书》曰'……以太牢祠之,名曰陈宝。'"明州本"太牢"作"一太牢",尤袤本同明州本,推断监本漏"一"字,秀州本补之。

"九户开辟",李善注云:"《说文》曰'辟,门也'。"明州本"门"作"开"。

秀州州学对于存在的异文,其一,未采纳北宋本(监本)且不出校记者,如"隆崛崔崒",明州本"崛"作"窟"。"于是则高陵平原",明州本"于是"作"于后"。"飨之钧天广乐",明州本"之"作"以"。"而翦诸鹑首",明州本"翦"作

"剪"。"天命不滔",明州本"滔"作"諂"。"于是量经轮",明州本"经轮"作"经纶"。"乃览秦制",明州本"乃"作"尔乃"。"设切崖隒",明州本"切"作"砌",李善注云："切与砌古字通。""嵯峨捷业",明州本"捷"作"嶀"。"大夏眈眈",明州本"夏"作"厦"。"内有常侍谒者,奉命当御。兰台金马,递宿迭居",明州本"兰台"前有"外有"两字。"周戒不虞",明州本"周"作"用"。"故其宫室次舍",明州本"宫"作"馆"。"径北通乎桂宫",明州本"乎"作"于"。"后宫不移乐,不徙悬",明州本"后宫"前有"于是"两字。"翔鹥仰而不逮",明州本"不"作"弗"。"伏檻槛而颎听",明州本"颎"作"俯"。"声烈弥楸",明州本"声"作"馨","楸"作"茂"。其二,未采纳北宋本(监本)但出校记者,如"五纬相汁",明州本"汁"作"叶",校语称："善本叶作汁。""岂启度于往旧",明州本"启"作"稽",校语称："善本作启。""通天訬以竦峙",明州本"訬"作"眇",校语称："善本作訬。""状亭亭以岩岩",明州本"岩岩"作"迢迢",校语称："善本作岩岩。""反宇丛丛",明州本"反"作"及",校语称："善本作反。""传闻于未闻之者",明州本"者"作"口",校语称："善本作者。""此何与于殷人",明州本"与"作"异",校语称："异,善本作与。"通过现存北宋本与明州本的对校,可以看出明州本有关监本异文的校语,一一与北宋本相合。所称监本有"舛错脱剩"者,也可印证于北宋本中,推断今存北宋本当即天圣间所刻之监本。北宋本中大量存在的异文,只是部分出现在明州本的校语中,推知监本虽属中央国子监刻书,但并未获得权威性的地位。这说明北宋时李善本一系尚未在《文选》传本中取得支配性的地位,较为士人普遍接受并流通的还是五臣注本,正如国子监敕节文所称的"五臣注《文选》传行已久"(见于明嘉靖袁褧所刻《六家文选》卷首李善进表后)。

三 明州本作为辑录先唐诗文的"母本"功能

五臣本自五代,至少延续到南宋初期还是比较流行的;而明州本虽编入李善注,而其反映的底本及主体仍是五臣本,从它保留大量五臣本自身的文字面貌已足以说明此点。南宋淳熙八年(1181)尤袤跋池州刻《文选》即云:

> 今是书流传于世,皆是五臣注本。五臣特训释旨意,多不原用事

所出。独李善淹贯该洽,号为精详。虽四明、赣上各尝刊勒,往往裁节语句,可恨!

跋所云的四明"刊勒"本即明州本,应当指的就是绍兴二十八年修版后的印本。这里讨论的是明州本所具备的"母本"功能,指由于唐前别集、总集等的大量散佚,明州本《文选》成为辑录先唐诗文的第一手文献。尽管在理论层面,先唐诗文的辑录并不在乎《文选》是五臣注本系还是李善注本系,但在实际操作中往往是针对某一具体的《文选》版本而展开。况且《文选》由于两种注本系在文字面貌上的差异,更使得先唐诗文的辑录工作似乎要讲求《文选》的版本。一般而言,五臣注本更接近萧统《文选》原本之貌,而李善注本则与原本"有所距离"。实际上,先唐诗文的辑录本与《文选》比对,文字面貌更多地与五臣注本系接近,包括明州本在内,而与李善注本系稍远。而这些先唐诗文辑录本主要是宋人重编的六朝人别集,如曹植集、陆机集、嵇康集等。兹以陆机集为例,陆机集是南宋初据总集、类书等辑出陆机诗文的重编本,而依据的总集主要即《文选》[1]。宋人重编陆机集的文字面貌,基本保留在国家图书馆藏清影宋抄本《陆士衡文集》中(宋徐民瞻刻华亭县学本《陆机集》已佚,该本即据宋徐民瞻刻本影抄,自文本内容而言可视为"宋本"),即以之为底本,校以明州本。因为明州本附有李善本的异文校语,实际是以五臣本为底本(偶有五臣本校语,主体则是反映的五臣本面貌),故该本直接反映五臣本和李善本之别。而且明州本的现存两种印本均产生在南宋初,从时间断限上而言存在陆机集重编以之为依据本的完全可能性,故作为校本是很合适的(少数又校以尤袤本,一并统计在内)[2]。校勘结果如下:

《文赋》出校勘记 25 条:影宋抄本与明州本相同者 13 条,与李善本相同者 9 条,与两本均不同者 3 条。

《叹逝赋》出校勘记 11 条:影宋抄本与明州本相同者 10 条,与李善本相同者 1 条。

《豪士赋》出校勘记 19 条:影宋抄本与明州本相同者 12 条,与李善本相同

---

[1] 参见拙文《晋二俊文集流传及版本述略》,载《中国典籍与文化》2015 年第 4 期,第 40 页。
[2] 参见拙文《读近年来出版的两种陆机集校注整理本——以底本的选择问题为中心》,载《古籍整理出版情况简报》2018 年第 5 期,第 15—16 页。

者3条,与两本均不同者4条。

《汉高祖功臣颂》出校勘记19条:影宋抄本与明州本相同者13条,与李善本相同者3条,与两本均不同者3条。

《辨亡论》出校勘记38条:影宋抄本与明州本相同者8条,与李善本相同者24条,与两本均不同者6条。

《演连珠》出校勘记19条:影宋抄本与明州本相同者8条,与李善本相同者7条,与两本均不同者4条。

《五等诸侯论》出校勘记24条:影宋抄本与明州本相同者7条,与李善本相同者11条,与两本均不同者6条。

《吊魏武帝文》出校勘记19条:影宋抄本与明州本相同者11条,与李善本相同者6条,与两本均不同者2条。

可见,影抄之宋本陆机集的文字面貌,总体而言与明州本,实际是五臣本更为接近。再以曹植集为例。以《文选》所载曹植部分诗文为校勘对象,版本选择明州本、陈八郎本、赣州本和尤袤本,校勘结果如下:

卷三《洛神赋》"对楚王说神女之事",明州本有"说"字(校语称"善本无说字"),陈八郎本、赣州本同,尤袤本无"说"字。

卷三《洛神赋》"睹一丽人于岩之畔尔",明州本有"尔"字,陈八郎本、赣州本同,尤袤本无"尔"字。

卷三《洛神赋》"则君王之所见也",明州本、陈八郎本、赣州本同,尤袤本作"然则君王所见"。

卷三《洛神赋》"秾纤得中",明州本同宋本作"中"(校语称"善本作衷字"),陈八郎本作"衷",赣州本作"中",尤袤本作"衷"。

卷三《洛神赋》"愿诚素之先达",明州本同宋本"先达"后无"兮"字,陈八郎本、赣州本同,尤袤本有"兮"字。

卷三《洛神赋》"解玉佩而要之",明州本同宋本作"而",陈八郎本、赣州本同,尤袤本"而"作"以"。

卷三《洛神赋》"御轻舟而上泝",明州本同宋本作"泝"(校语称"善本作愬字"),陈八郎本、赣州本(校语同明州本)同,尤袤本作"遡"。

卷五《应诏诗》"载寝载兴",明州本同宋本作"载""载",陈八郎本、赣州本同,尤袤本作"再寝再兴"。

卷五《责躬诗》"率由旧章",明州本"章"作"则",陈八郎本、赣州本、尤袤本同。

卷五《责躬诗》"伊尔小子",明州本同宋本作"尔",陈八郎本同,赣州本作"余"(校语称"五臣本作尔"),尤袤本同。

卷五《责躬诗》"哀予小子",明州本同宋本作"子"(校语称"善本作臣字"),陈八郎本、赣州本(校语同明州本)同,尤袤本作"臣"。

卷五《责躬诗》"剖符受玉",明州本同宋本作"玉"(校语称"善本作土"),陈八郎本作"玉",赣州本同宋本(校语同明州本),尤袤本作"土"。

卷五《责躬诗》"启我小子",明州本同宋本作"启"(小注"善本作咨字"),陈八郎本同,赣州本作"咨"(校语称"五臣本作启"),尤袤本同。

卷五《送应氏诗》"侧足不行径",明州本同宋本作"不"(校语称"善本作无"),陈八郎本同,赣州本作"无"(校语称"五臣作不"),尤袤本同。

卷五《送应氏诗》"念我平生居",明州本同宋本作"生"(校语称"善本作常"),陈八郎本同,赣州本作"常"(校语称"五臣作生"),尤袤本同。

卷五《送应氏诗》"亲暱并集送",明州本同宋本作"暱"(校语称"善本作昵字"),陈八郎本同,赣州本作"昵"(校语称"五臣作暱"),尤袤本同。

卷八《上责躬诗表》"切感相鼠之篇",明州本"切"作"窃",陈八郎本、赣州本、尤袤本同。

卷八《上责躬诗表》"则为古贤夕改之劝",明州本"为"作"违",陈八郎本、赣州本、尤袤本同。

卷八《上责躬诗表》"并献诗二首",明州本同宋本作"首"(校语称"善本作篇字"),陈八郎本同,赣州本作"篇"(校语称"五臣作首字"),尤袤本同。

通过比对,今宋本曹植集与明州本和陈八郎本总体上比较接近,而与赣州本有部分的接近,与尤袤本异文较多[①]。上述两例均印证了国子监敕节文及尤袤跋所称五臣本为流行之本的说法,明州本由于以五臣本为主体且基本反映五臣本的文字面貌,自然亦属流行之本。此种五臣注本系为《文选》主要传本

---

① 参见拙文《宋本〈曹子建文集〉考论》,载《中国典籍与文化》2018年第2期,第17页。

的事实,赋予了明州本《文选》辑录先唐诗文的"母本"功能。

结　论

　　通过本文的考察,主要形成以下六条结论:(一)足利本和绍兴二十八年修版印本属明州本系统内的两种印本。通过比对,绍兴二十八年印本存在文字上的改动,印证后出的印本对早期的印本会有所"修订"。同时绍兴二十八年印本中存在讹误,推断属该印本又经修版时产生,从文字面貌而言不及足利本,足利本更具版本及文献价值。(二)明州本祖出北宋秀州本,秀州本的版本生成是以平昌孟氏刻五臣本为底本,以逐段诠次的方式编入李善注,但在卷次上采用李善注本系的六十卷,反映了两种注本系之间的相互调和。(三)以明州本为依据,以之与现存北宋本对校,反观秀州本版本生成中所产生的文本变异。如诠次编入李善注,由于监本与五臣本分段句组的不同,导致合并李善注文时出现薛综注窜为李善注的现象。此外在李善注中的音注处理上,也不尽统一,或移置入正文中相应的注音之字下,或仍保留在李善注中。(四)秀州州学在两家注合编中,对于监本的异文绝大多数并不采纳,采纳者也只是以校语的形式注出,而并未改动底本的文字,印证北宋时监本尚不具备权威性的文本地位。(五)通过明州本和北宋本的对校,印证现存之北宋本当即天圣间所刻之监本。(六)明州本虽属五臣李善两家合注,但正文反映的仍是五臣注本之貌,在广义上属五臣注本系的文字面貌。五臣本自身的流行,明州本相应为受欢迎的《文选》版本,从而成为辑录先唐诗文的依据性文本,而具有了"母本"的功能。

(国家图书馆古籍馆善本阅览室)

从《文选》李善注论《列子》并非伪书

刘群栋

引 言

列子,名御寇,战国初期郑国人,是先秦时期著名的思想家、文学家,他生活在老子之后,庄子之前,是道家学派承上启下的重要人物。《列子》是先秦道家典籍,是列子门人记录列子思想的著作。《列子》一书"不仅具有较高的理论思维水平,更有着相当的文学价值"[1],刘勰在《文心雕龙》中称赞"列御寇之书,气伟而采奇"[2],该书对于我国古代哲学、文学、科技、宗教等具有重要影响。该书在后来的传抄过程中出现了一些讹误[3],在流传过程中,又经过后人的整理附益,增加了一些晚出的内容。这些导致后世学者对《列子》一书的真伪存

---

[1] 严北溟、严捷《列子译注》,上海古籍出版社,1986年,第19页。
[2] 范文澜《文心雕龙注》,人民文学出版社,1958年,第309页。
[3] 比较典型的错误是柳宗元所见《列子叙录》本中,将"郑缪公"之"缪"误作"穆",这导致柳宗元对《列子》一书的质疑。他在《辨列子》中说:"刘向古称博极群书,然其录《列子》,独曰郑穆公时人。穆公在孔子前几百岁,《列子》书言郑国,皆云子产、邓析,不知向何以言之如此?"(《柳宗元集》,中华书局,1979年,第107页)早于柳宗元的唐初成玄英在其《庄子疏》中注引有列子身世,其《庄子·逍遥游》"夫列子御风而行,泠泠然善也"下疏曰:"姓列,名御寇,郑人也。与郑缪公同时,师于壶丘子林,著书八卷。"(郭庆藩:《庄子集释》,中华书局,1961年,第19页)由此可知,唐初尚有不误的《列子叙录》传世,成玄英尚及见之,柳宗元所见本及今传本《列子叙录》是有错误的,其误主要在于将"郑缪公"之"缪"误作"穆"。

在争议。自中唐疑古思想的代表人物柳宗元对列子生活时代及《列子》一书进行质疑并认为其内容有后人增窜以来，其观点得到后世学者的呼应、继承、发扬甚至误读，学术界对《列子》真实性的怀疑有增无减，出现了"后人荟萃说"①，"后人附益说"②，"魏晋人委托说"③等，甚至直接将其判定为"伪书"④，认为其"最不可信"⑤。这种怀疑导致中国哲学史、思想史、文化史、文学史对《列子》一书很少提及或避而不谈，不仅影响到对《列子》一书地位和价值的评估，也直接影响到对《列子》及列子思想的深入研究。

综合分析以上"伪书说"，虽皆云《列子》为后人附益的伪作，但实际上对何人、何时作伪并没有达成共识，主要原因是其并没有坚不可摧的证据。正如管宗昌所言："在态度上，许多伪书说论者存在先入为主的态度，即先认定《列子》为伪书，而后再搜罗'证据'支持其说，或直接没有任何证据和论证。伪书说普遍存在的问题是，缺乏系统深入的论证和具体的论据，很多结论往往是感受性的或者是直接得出的。在方法上，伪书说往往存在越级思维、自相矛盾、偷换概念、循环论证等一系列问题。"⑥因此，破解《列子》的真伪问题这一学术公案，必须从新的视角寻找新的证据。我们可以采取抽样调查的方法，从《文选》李善注引用《列子》条目来分析《列子》在两汉魏晋南北朝时期的流传情

---

① 南宋著名学者高似孙提出了《列子》系后人荟萃而成的说法。其《子略·列子》引刘向《列子叙录》论《穆王》《汤问》两篇之诡诞，又疑列子或为寓言人物，《列子》书合于《庄子》者有十七章，其浅近迂辟者乃后人荟萃成之。这一说法在后代得到不少人的响应，发展出不同的假说。明代宋濂《诸子辩》中因《列子》书中记载有列子身后之事，而断言《列子》一书本黄老之言，非列子自著，必后人荟萃而成。

② 南宋学者叶大庆《考古质疑》认为张湛所言《列子》有后人增益是实，《列子》书中所记公孙龙、宋康王等列子身后事乃后人增益。清代姚际恒《古今伪书考》以《列子》书中有列子身后事，认为战国时有《列子》书，但所存无多，余多后人附益。

③ 姚际恒的"后人附益说"受到清代学者的普遍重视，不少学者在此基础上进一步发挥，出现"魏晋人伪托说"。如顾实《重考古今伪书考》据张湛序文认为《列子》系东晋张湛依托；钱大昕《十驾斋养新录》认为《列子》恐即晋人依托；清代吴德旋《辨列子》认为《列子》书非列子所自作，殆后人剽剥老庄之旨而兼采杂家言傅合成之，世所传《列子》书多有汉魏后人加之者；俞正燮《癸巳存稿》认为《列子》乃晋人王浮、葛洪以后之书；李慈铭《越缦堂日记》以为《列子》乃后人缀辑，盖出东晋以后。

④ 如梁启超《古书真伪及其年代》认为是张湛依据《汉志》假造八篇，并载刘向一序；马叙伦《列子伪书考》中举二十个例子证明其书必出伪造，叙录亦伪作；吕思勉《列子题解》以为向序、张序俱不可信，乃张湛伪造。

⑤ 胡适《中国哲学史大纲》卷上，上海书店，1989年，第176页。

⑥ 管宗昌《〈列子〉伪书说述评》，《古籍整理研究学刊》2006年第5期，第14页。

况,从而说明《列子》在这期间并未亡佚,而是流传有序,很多人都曾见到并阅读、引用过《列子》,由此证实《列子》并非伪书。

一 《文选》李善注的引典特征

《文选》是我国现存最早的诗文总集,编成于南朝梁代,全书共分三十卷,收录了从先秦至梁代一百三十余位作家的三十九类 479 篇 751 首作品①,在中国文学史和文学批评史上具有深远而巨大的影响。《文选》在隋唐之际发展成为一种专门学问——"文选学",支撑"文选学"在唐代及以后一千余年长盛不衰的核心文献是《文选》及李善注、五臣注。《文选》李善注发凡起例,开创了集部注释的典范,在我国注释学上具有重要的地位。李善注因其原原本本、引经据典逐条注释文本词汇或典故出处而著称于世,后世学者好评如潮。

李善曾孙李正卿《唐故绵州刺史江夏李公墓志铭并序》云:

> 公实赵人,其先食采武昌,子孙因家焉,今为江夏李氏。曾祖善,贯通文史,注《文选》六十卷,用经籍引证,研精而该博,学者开卷自得,如授师说……②

其中关于六十卷《文选》李善注"用经籍引证,研精而该博,学者开卷自得,如授师说"的评论非常恰当,准确点出了李善注释《文选》的一种最具特色的体例,即引用词语和典故出处。该评语同时反映出李善非常善于总结中国古代文学作品的写作特点,即文学作品都是在作者阅读和学习大量前代典籍文献基础上的模拟和创新。李善在注释《文选》时尽量注明典出、追溯典面来源、文句渊源,以便读者能够更深切地体味文学作品的内涵。

关于注释《文选》时引用词语和典故的体例,李善在注释中特意交代。他在《文选》开篇卷一赋类京都赋第一篇东汉班孟坚《两都赋序》的第一句"或

---

① 《文选》所收作品的作者有名有姓者共计 130 人,其中《古诗十九首》《古乐府》作者佚名,未统计人数,合计在 130 人以上。篇目统计方法以同题为 1 篇,如《古诗十九首》,算 1 篇 19 首,又如陆士衡《乐府十七首》算 1 篇 17 首,又如江文通《杂体诗三十首》算 1 篇 30 首,如此类推。李善注本是 751 首,而五臣注本《古乐府》为四首,所以五臣注本实际为 752 首。

② 周绍良《唐代墓志汇编》,上海古籍出版社,1992 年,第 2240 页。

曰:赋者,古诗之流也"注中先征引《毛诗序》,以说明班固此语之出处,然后交代了这一类引典的体例:

《毛诗序》曰:诗有六义焉,二曰赋。故赋为古诗之流也。诸引文证,皆举先以明后,以示作者必有所祖述也。他皆类此。①

"诸引文证,皆举先以明后,以示作者必有所祖述也。他皆类此"即是李善注《文选》引用典故的体例。这是李善注的根本特征,也是李善注区别于五臣注的一大特色。所谓"举先以明后",就是指后来的文学作品创作者所使用的词语或典故都不是无根之木、无源之水,而是渊源有自,多出自各家典籍或前人的作品,或者化用以前的典籍,或者活用前人的词语。

正因为这一注释特色,李善注中引用大量今日已经亡佚的书籍。也正因如此,李善注成为后世辑佚之渊薮,我们借此可以了解很多亡佚典籍的大概状况。此外,通过李善注引用典籍来注释前代作品的方法,我们还可以了解文学作品作者的知识构成,即作者曾经阅读学习过哪些典籍,由此也可以知晓某些典籍的流传状况。因此,我们可以从《文选》李善注引用《列子》条目来分析《列子》在两汉魏晋南北朝时期的流传情况。因为《文选》编选的是周、秦、汉、魏、晋、宋、齐、梁八代的文学作品,属于选编,历代作者分布比较均匀,符合抽样调查样品的标准,所以从李善注引用《列子》的具体状况也可以看出《列子》的流传情况。

二 《文选》李善注引用《列子》情况统计

笔者通过对《文选》李善注引《列子》条目逐条统计,发现其中引用《列子》内容注释作品处共有182条,另外,引用《列子》张湛注12条。再统计作者的朝代分布可以知道,除了其中选取周、秦人作品比较少,没有发现注引《列子》,从西汉至南朝梁代共计58人次作品中有引用《列子》之处。从西汉至梁,平均每人引用《列子》3.13次。

为了方便大家了解李善注所引《列子》在各个朝代作家作品的分布情况,

---

① 俞绍初、刘群栋、王翠红《新校订六家注文选》第一册,郑州大学出版社,2013年,第8页。

我们分别列出其各个时期的引用人数和次数。为了细化分别,汉代分为西汉和东汉,晋代分为西晋和东晋,共计 8 个时期。其中所统计皆为李善注引《列子》处,不包含引张湛注之条目。

再进一步分别统计西汉到梁 8 个时期的引用人数和次数,则分别是:西汉 6 人,13 次;东汉共计 7 人,21 次;三国魏:8 人,31 次;西晋 18 人,66 次;东晋 4 人,9 次;南朝宋 6 人,24 次;南朝齐 3 人,5 次;南朝梁 6 人,13 次。

西汉共计 6 人,13 次,平均每人引用次数 2.2 次,分别是:贾谊 2 条,东方朔 1 条,西汉司马迁 1 条,枚乘 3 条,王褒 3 条,扬雄 3 条。

东汉共计 7 人,21 次,平均每人引用次数 3 次,分别是:傅毅 2 条,班固 3 条,张衡 6 条,马融 2 条,王延寿 3 条,蔡邕 1 条,古诗十九首 3 条。

三国魏 8 人,31 次,平均每人引用次数 3.9 次,分别是:陈琳 1 条,阮瑀 1 条,应璩 3 条,曹植 14 条,何晏 1 条,李康 1 条,阮籍 1 条,嵇康 9 条。

西晋 18 人,66 次,平均每人引用次数 3.7 次,分别是:向秀 1 条,左思 10 条,张协 8 条,孙楚 1 条,羊祜 1 条,成公绥 1 条,张华 2 条,何劭 1 条,赵至 1 条,枣据 1 条,潘岳 10 条,陆机 18 条,陆云 1 条,司马彪 1 条,木华 2 条,刘琨 1 条,卢谌 4 条,王康琚 2 条。

东晋 4 人,9 次,平均每人引用次数 2.3 次,分别是:郭璞 4 条,袁宏 2 条,孙绰 2 条,陶渊明 1 条。

南朝宋 6 人,24 次,平均每人引用次数 4 次,分别是:谢瞻 1 条,谢灵运 8 条,鲍照 4 条,颜延年 8 条,袁淑 1 条,王僧达 2 条。

南朝齐 3 人,5 次,平均每人引用次数 1.7 条,分别是:王融 1 条,王俭 1 条,谢朓 3 条。

南朝梁 6 人,13 次,平均每人引用次数 2.2 条,分别是:王简栖 2 条,任昉 1 条,江淹 3 条,沈约 5 条,陆倕 1 条,刘峻 1 条。

因为《文选》为选集,此属抽样调查,但每个朝代平均引用数都在 2—4 之间,符合平均分布的规律,因此,从西汉到南朝梁代,至少有 58 位作家的作品不同程度地引用过《列子》,这充分说明《列子》在西汉到魏晋直至南朝梁代是流传有序的。换句话说,从西汉贾谊、东方朔、司马迁到东汉的班固、张衡、马融、蔡邕,再到魏陈琳、阮瑀、曹植、阮籍、嵇康,再到西晋的向秀、左思、张协、张华、潘岳、陆机、陆云,以至东晋的郭璞、袁宏、孙绰、陶渊明,还有南朝的谢灵运、鲍照、王融、谢朓、江淹、沈约等,都曾阅读学习和引用过《列子》。

三 李善注引《列子》条目分析

李善注《文选》引用典故特征前已说明,我们对李善注中西汉、东汉、曹魏、西晋、东晋、南朝宋、齐、梁八代的作家收在《文选》中的作品引用《列子》情况做了统计。因为持《列子》伪书说者最晚认定作伪者系东晋人,下面我们用具体的引用条目来说明《列子》在西汉到南朝宋时期的引用情况,以表明《列子》从西汉到东晋这一时期的实际接受状况。因为引用条目过多,我们仅摘取其中有代表性的来说明问题。

1. 西汉贾谊、司马迁、扬雄等皆引用过《列子》

《文选》卷一三贾谊《鹏鸟赋》"千变万化兮,未始有极"句下,李善注曰:

《列子》曰:千变万化,不可穷极。

此处引文仅见于《列子·周穆王第三》。贾谊灵活化用了《列子》中的"千变万化,不可穷极"之句,故李善注此出处,此语未见诸其他任何贾谊之前的典籍,仅见于《列子》。

《文选》卷六〇贾谊《吊屈原文》"侧闻屈原兮,自沉汨罗"句下,李善注曰:

《列子》曰:吾侧闻之。

此处引文仅见于《列子·天瑞第一》。李善注说明了贾谊的"侧闻"一词最早见于《列子》,也就是交代"侧闻"一词的来源。稍后的司马迁《报任少卿书》亦有"仆虽疲驽,亦尝侧闻长者之遗风矣",善注引与此同。我们可以认为,司马迁"侧闻"一词或出于贾谊,或也出于《列子》,但这个词语最早出于《列子》当无可疑。这两条贾谊的引文足以说明,汉初的贾谊曾经见到并阅读过《列子》中的《天瑞》《周穆王》两篇,也符合刘向《列子叙录》述及的《列子》书在汉代的流传状况,即或有"三篇",或有"四篇",或有"六篇",或有"二篇"。且疑《列子》伪书者,多认为《列子·周穆王第三》或因为晋代汲冢竹书《穆天子传》出土后有人窃其内容置入《列子》。今可知西汉初贾谊即已见到并阅读过《周穆王篇》,则此怀疑可以冰释。

《文选》卷七扬雄《子虚赋》"被阿缌"下,李善注曰:

> 《列子》曰:郑卫之处子,衣阿缌。

此条引文仅见于《列子·周穆王第三》。扬雄此处化用《列子》之文,只是改易"衣"为"被",意思相同。扬雄与刘向、刘歆父子同时,也曾在天禄阁校书,他也可以见到刘向所见《列子》,扬雄曾见到并阅读过《列子》,并在作品中引用。

2. 东汉傅毅、班固、张衡、王延寿、蔡邕等皆引用过《列子》

《文选》卷一七东汉傅毅《舞赋》"在山峨峨,在水汤汤"句下,李善注曰:

> 《列子》曰:伯牙鼓琴,志在登高山,钟子期曰:善哉!峨峨乎若太山。志在流水,钟子期曰:善哉!汤汤然若江河。伯牙所念,钟子期必得之。

此条引文见《列子·汤问第五》。《吕氏春秋·本味》、《说苑·尊贤》、《韩诗外传》卷九亦有伯牙鼓琴的记载,但三书"峨峨"皆作"巍巍",《本味》《尊贤》"汤汤"相同,《韩诗外传》"汤汤"作"洋洋"。故李善注引《列子》而不引其他三书,明其文出自《列子》也。另李善注引《列子》"汤汤",今传本作"洋洋",可知今传本《列子》文字在传写中有改动。

《文选》卷一东汉班固《西都赋》"滥瀛洲与方壶,蓬莱起乎中央"句下,李善注曰:

> 《列子》:渤海之中有大壑,其中有山,一曰岱舆,二曰员峤,三曰方壶,四曰瀛州,五曰蓬莱。

此条引文见《列子·汤问第五》。《史记》《山海经》等仅言及蓬莱、方丈、瀛洲三神山,传说有神仙,但班固这里说到"方壶",这和《列子》中说到的五神山相合,所以李善引《列子》来注其出处,足以说明班固采用的是《列子》的说法。不然,班固文中当依《史记》作"方丈"。又"采游童之欢谣,第从臣之嘉颂"句下,李善注曰:

> 《列子》曰:昔尧理天下五十年,不知天下治欤,乱欤。尧乃微服游于康衢,闻儿童谣曰:立我蒸民,莫匪尔极。不识不知,顺帝之则。

此条引文仅见于《列子·仲尼第四》，他书所引皆云见《列子》。班固"采游童之欢谣,第从臣之嘉颂"属于使用《列子》中的典故,故李善注引《列子》点名其事典出处。班固既然文中屡次引及《列子》,则班固亦见有《列子》。且傅毅、班固所见很可能是刘向整理过的《列子》。

《文选》卷二张衡《西京赋》"翡翠火齐,络以美玉"句下,李善注曰：

> 《列子》曰：穆王为中天之台,络以珠玉。

此条引文仅见于《列子·周穆王第三》。此句乃张衡化用《列子》"络以珠玉"句式,而改"珠"为"美",其句式文意皆相同,故李善注引《列子》此句以点明张衡此句所出。

又《西京赋》"蒲且子余发,弋高鸿"句,李善注曰：

> 《列子》曰：蒲且子之弋,弱弓纤缴,乘风而振之,连双鹣于青云也。

此条引文见于《列子·汤问第五》,亦见于《淮南子·览冥训》,作"蒲且子之连鸟于百仞之上"。我们再联系《文选》卷四张衡《南都赋》"仰落双鹣"句下李善注：

> 《列子》曰：蒲且子连双鹣于青云之上。

由此可以明确为什么李善注引《列子》而不是《淮南子》,因为《列子·汤问第五》作"连双鹣于青云",与张衡文本"仰落双鹣"最为契合。也就是说,张衡文本的出处是《列子》,而非《淮南子》。

《文选》卷一五张衡《归田赋》"仰飞纤缴,俯钓长流。触矢而毙,贪饵吞钩。落云间之逸禽,悬渊沉之魦鰡"句下,李善注曰：

> 《列子》曰：詹何以独茧为纶,芒针为钩,引盈车之鱼于百仞之渊。
> 楚王问其故,詹何曰：蒲且子之弋,弱弓纤缴,连双鹣于青云之际,臣因学钓,五年,始尽其道。

这条引文也出自《汤问第五》。由此可见,东汉的张衡多次引用《列子》之文,他应该见到并阅读过《列子》。

《文选》卷一一王延寿《鲁灵光殿赋》"千变万化,事各缪形"句下,李善注曰：

> 《列子》曰：千变万化，不可穷极。

此条引文见《周穆王第三》，前此贾谊已化用过，此处王延寿又使用其"千变万化"一词，李善交代其原始出处。当然也有可能王延寿是用贾谊的，但贾谊确实使用的《列子》。又"贤愚成败，靡不载叙"句下，李善注曰：

> 《列子》曰：但伏羲以来，贤愚好丑，成败是非，无不消灭也。

此条引文仅见《列子·杨朱第七》。李善注点出王延寿之"贤愚成败"出处，王延寿化用其词。可见王延寿是见到并阅读过《列子》的。

《文选》卷五八蔡邕《陈太丘碑文》"先生曰：绝望已久，饰巾待期而已。皆遂不至"句下，李善注曰：

> 《列子》：林类曰："吾老无妻子，死期将至。"

此条引文仅见于《列子·天瑞第一》。李善注引用《列子》点出该文中"待期"之"期"即为"死期"。此条如果是陈寔原话，则陈寔见过《列子》；如果是蔡邕在撰写碑文中替陈寔文言，则蔡邕见到并阅读过《列子》。史载蔡邕精通音律，才华横溢，曾参与熹平石经的书丹校勘，平生集书至万余卷，则其藏书中有《列子》不足为奇。后来蔡邕将自己的藏书运送数车赠送给王粲。

3. 汉末到三国魏人陈琳、阮瑀、曹植、何晏、阮籍、嵇康等人也曾多次引用《列子》

《文选》卷四一陈琳《为曹洪与文帝书》"夫骐骥垂耳于坰牧，鸿雀戢翼于污池"句下，李善注曰：

> 《列子》：杨朱谓梁王曰：鸿雁高飞，不集污池。

此条引文仅见于《列子·杨朱第七》。陈琳此处化用《列子》"鸿雁高飞不集污池"为"鸿雀戢翼于污池"，表明陈琳也见到并阅读过《列子》。

《文选》卷四二阮瑀《为曹公作书与孙权》"荆土本非己分，我尽与君，冀取其余，非相侵肌肤，有所割损也"句下，李善注曰：

> 《列子》：孟孙阳谓禽子曰：有侵若肌肤、获万金者，若为之乎？

曰:为之。

此条引文仅见于《列子·杨朱第七》。阮瑀文中使用了《列子》中"侵若肌肤"的典故,李善注点名其词语出处,则阮瑀亦应见到并阅读过《列子》。

《文选》卷二七曹植《箜篌引》"久要不可忘,薄终义所尤"句下,李善注曰:

> 《列子》曰:或厚之于始,或薄之于终。

此条引文仅见于《列子·力命第六》。曹植诗歌化用《列子》之文。《文选》卷三四曹植《七启》"南威为之解颜,西施为之巧笑"句下,李善注曰:

> 《列子》曰:列子师老商氏,五年之后,夫子始一解颜而笑。

此条既见于《列子·黄帝第二》,又见于《仲尼第四》,其他书则未见。李善注引此条以解曹植"解颜"之出处,说明曹植"解颜"一词本于《列子》。

又《七启》"长裾随风,悲歌入云"句下,李善注曰:

> 《列子》曰:薛谈学讴于秦青,辞归,青饯于郊,抚节悲歌,响遏行云。

此条见于《列子·汤问第五》。李善注点出曹植"悲歌入云"出自《列子》"抚节悲歌,响遏行云"。《淮南子·泛论训》虽有提及秦青,仅作"及至韩娥秦青薛谈之讴,侯同曼声之歌,愤于志,积于内,盈而发音,则莫不比于律而和于人心",明显不是曹植此语之出典。可知曹植文字乃化用《列子》,而非《淮南子》。

《文选》卷一一何晏《景福殿赋》"物无难而不知,乃与造化乎比隆"句下,李善注曰:

> 《列子》曰:穆王见偃师,叹曰:人之巧乃与造化同功。

此条引文仅见于《列子·汤问第五》。李善注点名何晏"乃与造化乎比隆"化用自《列子》"人之巧乃与造化同功"。

《文选》卷四〇阮籍《奏记诣蒋公》"负薪疲病,足力不强"句下,李善注曰:

> 《列子》曰:非足力之所及也。

此条引文仅见于《列子·黄帝第二》。李善注点名阮籍文中"足力"一词乃出自《列子》,可知阮籍曾见到并阅读过《列子》。

《文选》卷一八嵇康《琴赋》屡次用到《列子》典故。如其"状若崇山,又象流波。浩兮汤汤,郁兮峨峨"句下,李善注曰:

> 《列子》曰:伯牙鼓琴,志在登高山,钟子期曰:善哉!峨峨兮若泰山。……(已见上文)

此处引文已见前文东汉傅毅《舞赋》所引。嵇康此处文中作"峨峨",明其与傅毅文同用《列子·汤问第五》典故,而非《吕氏春秋》《说苑》或《韩诗外传》,其说同上。

又"歌曰:陵扶摇兮憩瀛洲,要列子兮为好仇"句下,李善注曰:

> 《列子》曰:渤海之中有山曰瀛洲。刘向《上列子表》曰:列子者,郑人,与郑缪公同时。《汉书》曰:列子,名御寇,先庄子,庄子称之。

此处引文见《列子·汤问第五》。嵇康文中提及瀛洲,或有人怀疑《史记》等也有瀛洲的记载,但其接着说"要列子兮为好仇",也就是说要和列子一起扶摇而上瀛洲等海中神山,则其所引出自《列子》无疑。

又"不能自禁……抃舞踊溢"句下,李善注曰:

> 善曰:《列子》曰:喜跃抃舞,不能自禁。

此条引文仅见于《列子·汤问第五》。李善注点出其中"不能自禁""抃舞"的出处皆为《列子》。

又卷四三嵇康《与山巨源绝交书》文末有"野人有快炙背而美芹子者,欲献之至尊,虽有区区之意,亦已疏矣",李善注曰:

> 《列子》曰:宋国有田父,常衣缊黂,至春,自暴于日,当尔时不知有广厦隩室、绵纩狐貉,顾谓其妻曰:负日之暄,人莫知者,以献吾君,将有赏也。其室告之:昔人有甘戎菽、甘枲茎与芹子,对乡豪称之,乡豪取尝之,蜇于口,惨于腹,众哂之。

此条引文仅见于《列子·杨朱第七》,李善注系节引。《艺文类聚》卷三及《太平御览》卷一九、卷二七、卷四九一并引《博物志》,《太平御览》卷三引《列子》皆有此文,然比李善注引更为节略。《博物志》为晋代张华在晋武帝时期所编,则其所引之来源应该与嵇康同源,但嵇康早于张华,其所引必非出自张华《博物志》。张华在魏末曾受阮籍称誉,博览群书,曾任著作郎,其所编《博物志》收录有"两小儿辩日"的故事,称"亦出《列子》",则张华亦曾见《列子》之书。要之,嵇康此处所引乃《列子》中故事,用成典,后世常称"芹献"典故者即出于此。综上而言,则魏代嵇康曾见到并熟读《列子》可无疑问。

4. 西晋时期的成公绥、潘岳、陆机、陆云、刘琨、王康琚皆引用过《列子》之文

《文选》卷一八成公绥《啸赋》"发征则隆冬熙蒸,骋羽则严霜夏凋,动商则秋霖春降,奏角则谷风鸣条"句下,李善注曰:

> 《列子》曰:郑师文学琴于师襄,师襄曰:子之琴何如?师文曰:请尝试之。于是当春而叩商弦,以召南吕,凉风总至,草木成实。及秋而叩角弦,以激夹钟,温风徐回,草木发荣。当夏而叩羽弦,以召黄钟,霜雪交下,川池暴沍。及冬而叩征弦,以激蕤宾,阳光炽烈,坚冰立散。师襄曰:虽师旷之清角,邹衍之吹律,无以加之。张湛曰:商,金音,属秋。南吕,八月律。角,木音,属春。夹钟,二月律。羽,水音,属冬。黄钟,十一月律。征,火音,属夏。蕤宾,五月律。

此引文仅见于《列子·汤问第五》。李善注引《列子》正点明了成公绥此处所用之典故。说明成公绥应该见到并阅读过《列子》。

《文选》卷七潘岳《藉田赋》"而观者莫不抃舞乎康衢,讴吟乎圣世"句下,李善注曰:

> 《列子》曰:一里老幼,喜跃抃舞。

此条引文出《汤问第五》,嵇康条已经说明。

《文选》卷九潘岳《射雉赋》"昔贾氏之如皋,始解颜于一箭"句下,李善注曰:

> 《左氏传》曰:昔贾大夫恶,取妻,三年不言不笑,御以如皋,射雉获之,其妻始笑始言。《列子》曰:列子师老商氏,五年之后,夫子始一解颜而笑也。

此条引文见《黄帝第二》,曹植条已经说明。

《文选》卷一〇潘岳《西征赋》"虽勉励于延吴,实潜恸乎余慈"句下,李善注曰:

> 《列子》曰:魏有东门吴者,子死而不忧。其相室曰:公之爱子也,天下无有,子死而不忧者,何也?东门吴曰:尝无子,无子之时不忧。今子死,乃与向无子时同,吾奚忧也?《战国策》以吴为吾。

此条引文见《列子·力命第六》。《战国策·秦策》亦有此故事。然据李善注可知,《战国策》作"东门吾",而潘岳引作"吴",同时《文选》卷二三潘岳《悼亡诗》"上惭东门吴,下愧蒙庄子"下,李善注亦曰:

> 《列子》曰:魏有东门吴者,子死而不忧。

则潘岳文应该出自《列子》。

《文选》卷一八潘岳《笙赋》"乐声发而尽室欢,悲音奏而列坐泣"句下,李善注曰:

> 《列子》:秦青曰:昔韩娥为曼声哀哭,一里老幼悲愁,垂涕相对。复为曼声长歌,一里老幼喜跃忭舞,不能自禁。

此条引文见《列子·汤问第五》。李善注点明潘岳文中典故出自《列子》。

《文选》卷二三潘岳《悼亡诗》"荏苒冬春谢,寒暑忽流易"句下,李善注曰:

> 《列子》曰:寒暑易节。

此条引文出自《列子·汤问第五》愚公移山故事,此事仅见于此。综合以上潘岳文中引用情况及李善注可知,潘岳也见到并阅读过《列子》。

《文选》卷二八陆机《短歌行》"置酒高堂,悲歌临觞。人寿几何?逝如朝霜"句下,李善注曰:

> 《列子》曰:秦青抚节悲歌。

又"哀音绕栋宇,遗响入云汉"句下,李善注曰:

> 《列子》:秦青曰:昔韩娥东之齐,鬻歌假食,既去,而余响绕梁,三日不绝。又曰:薛谈学讴于秦青,辞归,青饯于郊衢,抚节悲歌,声震

林木,响遏行云。

此两条皆出《汤问第五》,曹植条已说明。李善注引《列子》分别注其"悲歌""哀音绕栋宇""遗响入云汉"典故出处。

《文选》卷二五陆云《为顾彦先赠妇》"华容溢藻幄,哀响入云汉"句下,李善注曰:

> 《列子》曰:薛谈学讴于秦青,辞归,青饯于郊衢,抚节悲歌,声震林木,响遏行云。

此条同上陆机条出处。李善注表明陆机、陆云兄弟所本皆《列子》。

《文选》卷二五刘琨《赠卢谌》"远慕老庄之齐物,近嘉阮生之放旷,怪厚薄何从而生,哀乐所由而至"句下,李善注曰:

> 《列子》曰:身非爱之所能厚,身亦非轻之所能薄。爱之或不厚,轻之或不薄,此似反也。自厚自薄,或爱之而厚,或轻之而薄,此似非顺也。亦自厚自薄,信命者亡寿夭,信理者亡是非,信心者亡逆顺,信性者亡安危,则谓都亡所信,亡不信。真矣悫矣,奚去奚就,奚哀奚乐之谓也。

此条引文仅见于《列子·杨朱第七》。李善注点明刘琨此文化自《列子》。

《文选》卷二二王康琚《反招隐》"推分得天和,矫性失至理"句下,李善注曰:

> 刘向《列子目录》曰:至于《力命篇》,一推分命。《列子》:公孙朝曰:矫性命以招名,弗若死矣。又曰:均,天下之至理。

此处所引文分别出自《杨朱第七》和《汤问第五》。李善注点明王康琚此两句一句化自刘向《列子叙录》对《列子》的评论,一句化自《列子》,说明王康琚曾见到并阅读过《列子》。

5. 东晋时期郭璞等人也曾引用过《列子》

如《文选》卷一二郭璞《江赋》"或渔或商"句下,李善注曰:

> 《列子》曰:中国之人,或农或商,或佃或渔。

此条引文仅见于《列子·汤问第五》。李善注点明郭璞此句"或渔或商"正化用自《列子》"或农或商,或佃或渔"。

又《文选》卷二一郭璞《游仙诗》"姮娥扬妙音,洪崖颔其颐"句下,李善注曰:

> 《列子》曰:颔其颐,则歌合律。

此条引文亦见《汤问第五》。如上所列,则说明郭璞曾见到并阅读过《列子》。

以上所列举的仅仅是其出处在他书中无而仅见于《列子》者,其他内容为他书所共有者不再一一列出,即便如此,也可以看出《列子》在西汉至魏晋时期一直流传有序。东晋的袁宏、孙绰,晋宋之际的陶渊明,南朝宋代谢瞻、谢灵运、鲍照、颜延之、袁淑、王僧达,南朝齐代王融、王俭、谢朓,南朝梁代王简栖、任昉、江淹、沈约、陆倕、刘孝标等亦曾引用《列子》,但因其时代晚于《列子》伪作论者所推测的作伪时期,故不赘述。

根据以上《文选》中所收西汉、东汉、魏、西晋、东晋作家作品中李善注引用《列子》情况可以说明,《列子》一书在这期间流传有序,不同时代的很多作家都曾阅读过《列子》,并且经常使用书中典故。其中,尤以东汉张衡,三国魏曹植、嵇康,西晋左思、张协、潘岳、陆机引用次数为多,分别引用达 6、14、9、10、8、10、18 次之多。由此足以说明《列子》在西汉末年经刘向校勘整理之后,一直在社会上流传,不少人见到并阅读、使用,则《列子》在魏晋间有人作伪之说难以成立。

四 对《列子》一书的再认识

中国古代典籍的成书与学术传承有其独特规律。余嘉锡先生认为:"古人著书,不自署姓名,惟师师相传,知其学出于某氏,遂书以题之,其或时代过久,或学未名家,则传者失其姓名矣。即其称为某氏者,或出自其人手著,或门弟子始著竹帛,或后师有所附益,但能不失家法,即为某氏之学。古人以学术为公,初非以此争名,故于撰著之人,不加别白也。"[①]这是在对我国古代的书籍署

---

① 余嘉锡《古书通例》,中国人民大学出版社,2004 年,第 191 页。

名以及成书特征的深刻认识基础上得出的客观结论,对古代学术书籍具有比较普遍的适用性。《列子》一书应该也适用这种结论。如同《论语》记载的都是孔子的话,但却不是孔子所著,而是孔门弟子及其再传弟子听闻于夫子之言,后来记之于竹帛,传承于后世,但不影响《论语》是我们了解孔子思想的最可靠资料。

因此,《列子》极有可能不是列子本人所著,而是其弟子门人记录的结果;《列子》中所表现的思想可以视为列子思想,也可以说是列子学派的学术思想。张湛在《列子》第一篇《天瑞第一》开篇"子列子居郑圃"下注曰:"载子于姓上者,首章或是弟子之所记故也。"①正因为如此,"子列子"的称呼几乎贯穿全书,尤其是《天瑞第一》《周穆王第三》《仲尼第四》《说符第八》提到列子时几乎都称"子列子",《黄帝第二》则或称列子或称子列子,《汤问第五》《力命第六》《杨朱第七》没有涉及列子。

导致《列子》被怀疑为伪书的主要原因之一,是《列子》中有很多与其他书(如《庄子》《荀子》《韩非子》《战国策》《吕氏春秋》《淮南子》《说苑》《新论》等)相似的材料。其实,不同书中出现相似的材料不一定就是《列子》抄其他书,也有可能它们有共同的来源,更何况,《列子》中尚有许多内容仅见于该书而不见诸他书。以《吕氏春秋》《淮南子》而论,它们成于众人之手,难免有列子后学参与其中并使用《列子》中的内容。江世荣先生认为,《淮南子》取材的先秦古书"以子书来说,有《老子》《列子》《庄子》《公孙尼子》《子思子》《荀子》《管子》《晏子春秋》《孙子》《墨子》《邓析子》《尸子》《邹子》《韩非子》《吕氏春秋》等,其中也包括《文子》在内,此外,还有一些不知道出于何书的古代资料"②。《淮南子》引用了这么多书籍,又多未标明出处,其中取自《庄子》和《吕氏春秋》的最多,但仅有一处交代取自《庄子》,而没有一处明言引用《吕氏春秋》。其他如汉代的《韩诗外传》《说苑》《新论》等其实也多取自先秦资料,其中与《列子》有相同记录,应该说明《列子》资料之可靠,而不应该先入为主认为是抄袭。再以《列子·周穆王篇》与《穆天子传》相较,后者属晋太康中出土

---

① 杨伯峻《列子集释》,中华书局,2013年,第1页。
② 江世荣《先秦道家言论集、〈老子〉古注之一——〈文子〉述略》,《文史》第十八辑,1983年,第250—251页。

文献,怀疑论者以为前者抄录自出土的《穆天子传》,但由上文李善注引《列子》情况可知,《列子·周穆王篇》在两汉之间常有人引用,或使用其中事典,或使用其语典,则其不是抄录西晋出土文献当明白无疑。

怀疑论者因有许多问题得不到圆满答复,又转而怀疑刘向《列子叙录》是伪作。但《别录》《七略》著录有序,《隋书·经籍志》《旧唐书·经籍志》《新唐书·艺文志》仍著录《别录》20卷,《七略》7卷,郑樵《通志·艺文略》仍之,即便郑志不可靠,但唐代尚存有《别录》《七略》是没有疑问的,则《列子叙录》不论在《列子》中或在《别录》中都不应有不同,和张湛同时代的人直至唐代的柳宗元,在当时仍可见到《别录》,他们都未怀疑其真伪,则《列子叙录》不应有假,疑《列子叙录》是伪作者盖未深考耳。

需要注意的是,在印刷术普及之前,书籍传播主要靠传抄,刘向在《叙录》中说"中书《列子》五篇,臣向谨与长社尉臣参校雠太常书三篇,太史书四篇,臣向书六篇,臣参书二篇,内外书凡二十篇,以校除复重十二篇,定著八篇。中书多,外书少,章乱布在诸篇中。或字误,以尽为进,以贤为形,如此者众"。由此可见《列子》传世之本并非唯一,所存篇数亦不一。即便经过刘向的校雠,社会上流传的版本亦不见得都是其所校雠八篇本;即使家家所存之本皆其八篇本,在漫长的流传岁月中亦难免缺脱损坏。而到东晋张湛重新缀辑成八篇的过程中,有讹脱衍倒也是在所难免的。这样作为新注本的《列子》有可能因为残损而需要补全文义,从而出现汉代或魏晋时期的个别词语。但这不影响该书的绝大部分内容仍是原本《列子》,也即刘向校定的八篇本。

结　语

综合而论,论《列子》及《列子叙录》为伪书者多为误会之言,并无真凭实据,今传张湛所注《列子》应为刘向所校八篇本,其中极个别字句容有因残损、蠹坏而改变者,这种现象在各先秦古书中皆有,不足为伪书之证。我们从《文选》李善注引用《列子》条目可以看出《列子》在两汉魏晋直至南朝宋齐梁时期的流传情况,从而说明《列子》在此期间流传有序,很多人都曾见到并阅读、引用过《列子》,其间不容有人作伪。

诚如周书灿先生所言,"经过学术界的深入系统的探讨,除极少数学者仍继续坚持《列子》伪书论,'先秦旧籍,非六朝人伪撰','《列子》基本上是一部先秦道家典籍,基本保存了列子及其后学的思想',乃至'《列子》是一部真正的先秦典籍'等观点逐渐为当今学术界广泛接受,与此同时,《列子》对于古代哲学、历史、文化、军事、科技等的学术价值也在新的学术背景下不断得到彰显。"①《列子》并非伪书既然得到确认,《列子》在中国哲学史、思想史、文化史、文学史上的地位与价值也应该重新评价。我们应该加强对《列子》的研究,还原其在中国文化史上应有的地位。

(郑州大学文学院)

---

① 周书灿《再论中国古典学重建问题——以列子时代考订与〈列子〉八篇真伪之辨为例》,《浙江社会科学》2017 年第 8 期,第 131 页。

《文选集注》中江淹《杂体诗》的研究价值
——兼论先唐文本研究的方法

宋展云

唐钞本《文选集注》有很高的史料价值和广阔的研究空间。该书最早在日本发现,后经周勋初先生整理成《唐钞文选集注汇存》出版①。目前,学界对《文选集注》的关注多在版本、《文选》学等方面。《文选集注》保留了唐代钞本的《文选》正文,并且汇集了李善注、五臣注、公孙罗《文选钞》、陆善经注等注文,这些正义及注文对于文本校勘、理解作品主旨及文意、保留文学史料等方面皆具有较高的参考价值,充分利用这些材料,对中古文学研究大有裨益。江淹《杂体诗三十首》虽为模拟之作,却是汉魏晋宋诗歌体式的总结,萧统将其编为诗歌"杂拟"类最末,意味深远,值得深入研究。本文参考刘跃进先生主编的《文选旧注辑存》②相关成果,并以《文选集注》所录《江文通杂体诗》残卷为例,挖掘其中不同正文、注本的文学研究及文献价值,并探析文本演变背后的深层文化内涵。通过对《文选集注·江文通杂体诗》正文、注文、评点等文本的综合研究,思考先唐经典文本研究之路径,以期探索古代文学研究新的范式。

---

① 参见周勋初辑《唐钞文选集注汇存》,上海古籍出版社,2000年。本文所引《文选集注》材料皆出自此书,文中不一一列出。
② 参见刘跃进著、徐华校《文选旧注辑存》,凤凰出版社,2017年。本文所引《文选》不同版本的校文,大多出自此书,文中不一一列出。

一 陆善经《序》注之价值

江淹在《杂体诗三十首》序中阐发其写作宗旨及文学理论,尤其对诗歌体制流变多有发挥,具有较高的文学研究价值。北宋监本、尤袤本李善注《文选》未录此序,陈八郎本五臣注《文选》有序而无注,建州本六臣注《文选》据五臣本辑录此序。遗憾的是,五臣并未对此序作注。《文选集注》载有《文选音决》关于序文的音注及陆善经的注文,尤其是陆注,对于深入理解江淹序文颇有帮助。

江淹《杂体诗》序曰:"夫楚谣汉风,既非一骨。魏制晋造,固亦二体。"陆善经曰:"诗赋本于风谣也。骨体,文之梗概。屈原、宋玉,楚人,好词赋,为文章唱始。历汉、魏、晋,体制皆殊。"陆善经指出,诗赋源于民间歌谣,此解虽然与清人解读"楚谣汉风"①未必完全一致,但亦有文体溯源之意味。陆注指出骨体为文章大要,并将先秦歌谣作为诗赋源流,汉、魏、晋诗歌体制随时代而不同,此解较为契合江淹序文的辨体观念。序文曰:"譬犹蓝朱成采,杂错之变无穷。宫商为音,靡曼之态不极。"陆善经曰:"言变体多也。"陆注进一步指出此句序文中比喻的用意:文体和五色、五音一样变化多端。"故蛾眉讵同貌,而俱动于魂。芳草宁共气,而皆悦于魄。不其然欤?"陆善经曰:"言皆然,喻文体虽殊,其感于人一也。"和香草美人一样,虽然样貌、气味各不相同,但感动人心的作用颇为一致;文体虽多样,然而动人的效果一样。

由于文体多样、风格各异,也造成了审美标准不一。江淹序文曰:"至于世之诸贤,各滞所迷,莫不论甘则忌辛,好丹则非素,岂所谓通方广恕、好远兼爱者哉。"陆善经注:"言偏滞者则非通方之士。江生自以兼能,故托此以见意。"江淹所述文坛状况与钟嵘《诗品》序中"朱紫相夺,喧议竞起,准的无依"的描述颇为相似,不过,与钟嵘品评诗歌高下不同,江淹则试图通过模拟经典诗作,达到融会众体的主观追求。陆注指出"江生自以兼能,故托此以见意",此解进

---

① 楚谣:屈、宋等。汉风:苏、李、班、马等。见(清)方廷珪评点,(清)陈云程增补,(清)邵晋涵等批校《增订昭明文选集成详注》,国家图书馆出版社,2005年。

一步揭示出江淹《杂体诗》的创作意图,这和钟嵘"诗体总杂,善于模拟"①的评判较为相符,表明江淹通过拟作呈现出多元艺术风貌。江淹序曰:"及至公干、仲宣之论,家有曲直。安仁、士衡之评,人立矫抗。况复殊于此者乎?"陆善经曰:"言评论文体,好尚各殊,情有偏党。刘、王、潘、陆为绝伦,犹被讥评,况异于此者,则纷竞弥甚。"陆注指明后世对作家体制风格的评论好尚不同,造成了众说纷纭的局面。江淹序文又进一步指出世俗流弊:"贵远贱近,人之常情。重耳轻目,俗之恒蔽。"但他同时也看五言诗诗体的多样性:"然五言之兴,谅非复古。关西、邺下,既已罕同。河外、江南,颇为异法。"陆善经曰:"谅,信。复,远也。五言起于李陵。汉都长安,在关之西。魏氏居邺,后汉都洛阳,在河之南。水南为外。晋宋齐梁,皆居建业,在江之南。"陆注较为准确地阐明江淹所指,将江淹所言文学创作的地域中心转换为后汉、建安、西晋、东晋南朝等几个时段,这与五言诗诗体演变的时代特点较为一致。

在指出文体多样、审美不一之后,江淹最后点明自己的"兼善"的文体观以及"品藻渊流"的写作意图,陆善经注对此详加揭示。江淹序文曰:"故玄黄经纬之辨,金碧沉浮之殊,仆以为亦各其美,兼善而已。"陆善经曰:"玄黄,以彩饰为喻。经纬,以组织为喻。金碧,以珍宝为喻。沉浮,以轻重为喻。惣而论之,皆兼善。"陆注揭示出江淹序文的比喻义,说明江淹以"兼善"为总归的文体及审美追求。江淹最后指出:"今作卅首诗,效其文体,虽不足品藻渊流,亦无乖于商榷云尔。"陆善经曰:"言所作之诗,虽不足品藻源流,但商略众体,庶于义无乖也。"陆注指明江淹希望"商略众体",企慕达到"品藻源流"的写作意图及现实意义。

总之,江淹此序围绕汉魏晋宋时期五言诗诗体演变而发,并阐明其兼容并蓄的文体观念及美学追求。江淹序文与曹丕《典论·论文》"文非一体,鲜能兼善,是以各以所长,相轻所短"、钟嵘《诗品》序"朱紫相夺,喧议竞起,准的无依"以及萧统《文选序》"众制锋起,源流间出"等诸多观点前后相通而有所创建,他试图通过模拟前代诗作,探寻"品藻源流"的诗歌辨体之径,②并以此总结汉晋五言诗的艺术风格。陆善经注充分意识到江淹的辨体观念及写作意

---

① 曹旭《诗品集注》,上海古籍出版社,1994年,第306页。
② 葛晓音《先秦汉魏六朝诗歌体式研究》,北京大学出版社,2012年,第374—392页。

图,同时训释字义、解释文中比喻义并注明典故,对于准确理解江淹文意及其创作意图颇有帮助。在江淹序文及陆善经注的基础上,后世对于汉晋时期诗歌体式及风格流派的讨论也延续不息。一方面,《文选》文本的评点中,诸多话题较为充分地展开。如孙月峰对江淹拟作似与不似等方面的探讨,其中融会句法、意象、辞藻、写景等方面的品评,实际上也是对汉晋经典诗作风格生成机制的讨论。又如陈伯海指出建安诗歌有三派:"王仲宣、刘公干诸家质直和厚、法明体正,曹子桓轻清隽永、骨秀神冲,曹子建排奡顿挫、气雄力厚。"此处标举建安诗作的典范意义,并指明建安诗歌流派的风格特色及其影响。此类评点,拓宽了《文选》文本的话语范围,为后世阅读、评析经典文本以及中古诗歌风格的接受研究提供了参照。另一方面,在历代诗文评类文献中,相关话题也得以继续探讨。如宋代严羽《沧浪诗话》特设《诗体》一章,文中指出,以人而论,先唐诗歌有"苏李体""曹刘体""陶体""谢体""徐庾体"等,此与江淹《杂体诗》所拟诗人可以互参,也显示出宋人对于六朝经典诗人及其诗作风格的体认。明代许学夷《诗源辩体》指出:"文通五言《拟古三十首》,多近古人,而他作每每任情。"其在此书序言中又明言:"拟古不足以辩诸家之体也。"①此可洞见许学夷对于江淹拟作的复杂认识。从《江文通杂体诗》通过模拟辨体,到陆善经注揭示江淹的辨体意识,到宋明诗话有关汉晋诗体的辨析及拟作的态度,再到明清《文选》评点著作对于《杂体诗》的评点及汉晋诗歌体式的总结……以江淹《杂体诗》为中心,汉晋诗歌史诸多话题得以呈现,而拟作的源流谱系也变得复杂多变,值得深入探析。

二 各本正文、注文之比较及其价值

作为先唐集部文献经典的《文选》,其文本具有不稳定性。利用唐钞本《文选集注》及其他诸本,可以对《文选》正文、李善注、五臣注进行校勘,其中保留的陆善经与公孙罗注,对于理解诗作颇有意义。在探寻经典文本原貌的同时,其中文本流变背后的文化信息以及注本衍生出的多元意义也值得我们

---

① (明)许学夷《诗源辩体》,人民文学出版社,1987年,第3页。

关注。

1.《文选集注》的校勘价值

（1）校正文

李善本与五臣本《文选》正文文字常存在差异，利用《文选集注》及相关材料，可对此作出甄别与勘定。如《王侍中怀德》"蟋蟀依桑野，严风吹若茎"一句，北宋监本、尤袤本、《江文通集》作"若"，唯有集注本作"苦"。《文选集注》引贾逵《国语注》曰："苦，木脆也。"北宋监本引贾逵《国语注》曰："若，木晚矣。"尤袤本同。陈八郎本、朝鲜正德本、《汉魏六朝百三家集》作"枯"。集注本吕向曰："枯茎，枯木之茎，喻脆也。"陈八郎本吕向曰："枯茎，枯木之茎，喻危脆也。"《文选集注》编者按："五家、陆善经本'苦'为'枯'。"据上述诸注，李善本作"若"，集注本作"苦"，五臣本作"枯"，三者孰是孰非？汪师韩《文选理学权舆》卷八："此以若茎对桑野，恐是杜若之若。""若"可释为杜若，香草名，考之句式特点，作"若"似乎稍合理，但无法解释"若"的"木脆"之意。考之诸本，唯有集注本作"苦"。《康熙字典》引《国语·齐语》"辨其功苦"，《注》："苦，脆也。""脆"古同"脆"，如此，当以"苦"为是。"苦"字作"脆"解不常用，后将"苦"字换成音近字"枯"，遂有吕向之解。北宋监本等作"若"，并释为"木晚"，可能形近而讹。又如，《王侍中怀德》"去乡三十载，幸遭天下平"一句，北宋本、尤袤本、《江文通集》、《汉魏六朝百三家集》等作"三十"，陈八郎本、朝鲜正德本作"二十"，集注本作"廿十"。胡克家《文选考异》曰："各本所见非也。仲宣以初平西迁后之荆州，至建安十三年刘琮以荆州降，垂二十年，故云尔。至注所引'去乡三十载'，但取语意相同为证，不限二、三互异也。或因此改正文作'三'，遂与仲宣去乡年数弗符，非善如此。其五臣无说，反存诗旧，今借以正之。"《考异》以为"三"字或据注文所改，并为李善注辩护。考之王粲生平及《文选集注》等诸本，作"二十载"似乎更妥。又如《陆平原羁宦》"徂没多拱木，宿草凌寒烟"一句，"没"，北宋监本、尤袤本、集注本作"没"，陈八郎本、正德本作"役"，《文选集注》编者按："五家本'没'为'役'也。"刘良注据"役"字强加训解："行役在路，但见坟墓拱木。"《文选集注》陆善经曰："言殂殁者年已深远，坟多拱抱之木，宿草森辣，上凌寒烟。""徂没"同"殂殁"，陆注为是。本句当以"徂没"为是。

先唐文学作品的篇题也常常出现异文,《文选集注》还有助于校定篇题。如《潘黄门悼亡》中的"悼亡",尤袤本作"悼亡",刘良注:"谓悼妇诗。"集注本、九条本、陈八郎本、朝鲜正德本作"述哀",《江文通集》亦作"述哀"。又,《郭弘农游仙》"道人读丹经,方士炼玉液"一句,李善注:"已见《拟潘黄门述哀诗》。"结合诸本及李善注所引,作"述哀"为是。作"悼亡"者,或因江淹所拟潘岳《悼亡诗》,编者因以命题。江淹此篇所拟更重述哀之情,并未按具体作品名篇,因此当作"述哀"。又如《孙廷尉杂述》,"孙",北宋监本、尤袤本等作"张",集注本、九条本、陈八郎本、朝鲜正德本为"孙"。《文选集注》引《文选钞》曰:"孙绰,字兴公,太原人也。"孙绰为东晋玄言诗代表作家,据集注本等诸本及《文选钞》,当作"孙"为是。

(2)校李善注

《文选集注》与后世刻本相比,留下一些刻本没有的文本信息,对于探寻李善注原貌及文字校勘颇有价值。如《陈思王赠友》"延陵轻宝剑,季布重然诺"一句,北宋监本李善注:"延陵,已见上。"尤袤本同。集注本:"李善曰:曹子建《赠丁仪诗》曰:'思慕延凌子,宝剑非所借。'"刻本为了避免重复,通过"已见上"提醒读者,虽然前文已见,然具体所指难以明确。集注本指明出自《赠丁仪诗》,似更加接近李善注原貌。又如《嵇中散言志》"柳惠善直道,孙登庶知人"一句,北宋监本李善注:"柳下惠,已见《西征赋》。孙登,已见嵇康《幽愤诗》。"尤袤本同。集注本李善曰:"嵇康《幽愤诗》曰:'昔惭柳下,今愧孙登。'《论语》:柳下惠曰:'直道而事人,焉往而不三黜。''知人',见《幽愤诗》。《尚书》曰:知人则哲。"集注本保留了李善注援引《论语》《尚书》中关于柳下惠及"知人"的语源资料,可补北宋监本、尤袤本之不足。再如《王侍中怀德》"福履既所绥,千载垂令名"一句,北宋监本李善注:"王粲《公宴诗》曰:古人有遗言,君子福所绥。《左氏传》子产曰:令名,德之舆也。"集注本李善注中多出"《毛诗》曰:'恺悌君子,福履绥之'"一句,可能因为前已有《公宴诗》释"福履既所绥",然最早语源当出自《毛诗》,《文选集注》保留此注,更可探其本源。

《文选集注》还可正刻本李善注之误。如《左记室咏史》"当学卫霍将,建功在河源"一句,尤袤本李善注引《山海经》曰:"昆仑之东北隅,实河海源也。""实河海源也",北宋监本作"实唯海源也",集注本作"实惟河源"。考之《山海经》原文,尤袤本及北宋监本皆误,集注本是。又如《刘太尉伤乱》"皇晋遘阳九,天下横芬雾",尤袤本李善注引《汉书音义》曰:"《易传》所谓阳九日厄会也。"北宋监本作"《易传》所谓阳九之厄会也",集注本作"《易传》所谓阳九之厄、百六之会者也"。尤袤本"日"当为"之",而北宋监本文字有删节,当以集注本为是。此外,集注本还保留了一些李善注中的疏解文字,如《许征君自序》"张子暗内机,单生蔽外像"一句,北宋监本、尤袤本李善注:"张毅、单豹,并已见《幽通赋》。"建州本六臣注《文选》多出《庄子》一段引文,此段引文与《幽通赋》引文同,故北宋监本、尤袤本略之。集注本除《庄子》一段引文之外,前面还多出"言所行虽殊,而伤生一也"的疏解,此为诸本所无。盖后世多以为李善注仅引典故,而疏解乃五臣所为,故删之。

(3)校五臣注

《文选集注》本五臣注可与其他诸本互校。将陈八郎本等五臣注《文选》与《文选集注》五臣注相比,二者互有缺漏,《文选集注》多出的文字可补刻本五臣注之不足。如《古离别》"黄云蔽千里,游子何时还"一句,陈八郎本刘良曰:"黄云,谓埃尘,与云相连而黄也。蔽,暗也。何时还,言未还也。"集注本刘良曰:"黄云,谓埃尘,与霜相连而黄也。蔽,暗也。何时还,言未还也。边塞未宁,故还期无日。"此处,集注本"与霜相连"疑为笔误,考之明州本刘良注亦作"与云相连",当以"与云相连"为是。不过,《文选集注》多出"边塞未宁,故还期无日"一句,此为五臣疏解之语,为他本所无,对于还原五臣注及理解诗意颇有帮助。利用集注本与他本对校,可校正五臣注本中一些文字的讹误。如《陆平原羁旅》"游子易感忾,踯躅还自怜"一句,陈八郎本吕向曰:"游客感此拱木宿草,易为人叹。"集注本及朝鲜正德本皆作"易为慨叹",可知"人叹"当作"慨叹"。

由于出自手钞,集注本亦存在不少问题,使用时需详加甄别。其中钞写缺漏与讹误较为明显。如《嵇中散言志》"处顺故无累,养德乃入神"一句,李善注引《庄子》"欲勉为形者,莫如弃世,弃世则无累",集注本作"欲勉为形者,莫如弃世,则无累",其中"弃世"二字漏钞。又,集注本张铣曰:"至妙,乃通神明也。陈八郎本作:"道德至妙,乃通神明。"集注本"道德"二字漏钞。《文选集注》钞写时因形近、音近而误的情况也时有出现。如《潘黄门悼亡》"日月方代序,寝兴何时平"一句,尤袤本及北宋监本李善注"寝兴自存形",集注本作"寝兴自在形","在"当为"存",形近而讹。又如《左记室咏史》"太平多欢娱,飞盖东都门"一句,陈八郎本吕延济注"谓供帐以送疏广、疏受",集注本作"谓供帐以送疏广、疏寿也","寿"当为"受",音近而讹。

总之,利用《文选集注》及其他诸本,可以勘定《文选》文本,并可重新审视清代学者如胡克家《文选考异》等《文选》考证著作的学术成就,另外,对汉魏六朝集部文献的整理与校订也有帮助。

2.《文选钞》及陆善经注的价值

五臣注重在训释字义、串讲文意,对于江淹拟作的创作意旨较为重视。如《文选·杂拟诗》题下刘良注曰:"杂,谓非一类也。拟,比也。比古志,以明今情。"五臣注重视阐发拟作所体现的"古志"与"今情"。五臣于江淹拟作题下,多明确指出其所拟对象,如《魏文帝游宴》题下,济曰:"此拟《芙蓉池作》。"此篇即为模拟曹丕《芙蓉池作》,如此,则将曹丕诗作中的"古志"与江淹拟作的"今情"联系起来。五臣注侧重在解释字义的基础上揭示拟作所寄托的情志,而李善注则较为重视诗句的源流及援引典故。如《古离别》"黄云蔽白日"一句,李善注:"江之此制,非直学其体,而亦兼用其文。故各自引文而为之证,其无文者乃他说。"通过援引所拟对象的诗句,李善试图揭示出江淹拟诗的诗学源流。

相比于李善注及五臣注而言,公孙罗《文选钞》及陆善经注各具特色,对于理解文意及作品意旨皆有裨益。《文选钞》训释字义较为详细,如《卢中郎感交》"英俊著世功,多士济斯位"一句,李善注仅援引《左传》及卢谌《答魏子悌》一诗,分别对应"世功"及"多士",虽指出语源,而对字句并未训释。《钞》曰:"草为英,木为华。亦喻人中之秀异者,千人为英。俊,大也。人中才德强大者,万人为俊也。多,众也。济,成也。斯,此也。位,列位也,天子之官也。《诗》云:'济济多士,文王以宁。'"《钞》逐字训解,且援引《诗经》以示语源,更能揭示字句背后的比喻义,对于读者读懂字句及其内蕴颇有帮助。

《文选钞》在一首作品之前,多有一段解题式的文字,重在揭示作品的写作意旨。如《刘太尉伤乱》题下,《钞》曰:"于闵怀之间伤其乱离,故作之。"《文选钞》能够结合刘琨原作的写作背景,阐明其中的伤乱主旨,为读者进一步理解江淹的拟作意旨指明了方向。又如该诗"秦赵值薄蚀,幽并逢虎据"一句,《钞》曰:"谓姚泓称秦,石勒称赵。日月薄食,祸乱之微,此二处百姓皆为此二人所破,逢灾害也。刘聪、石勒破幽并二州自据之,如虎狼之为也。"《文选钞》结合史事背景,揭示出作品的现实意义。再如《许征君自序》题下,《钞》曰:"征为司徒掾不就,故号'征君'。好神仙游乐隐遁之事,故自序本怀所好之事,在《集》,文通今拟之。"本段解题,将许询为何号称"征君"、自序何事及江淹拟作对象皆有阐发,这对于理解许询原作及江淹拟作的创作主旨皆有帮助。《文选钞》还能够对具体诗句进行疏通,并深入揣摩作者创作心态及写作意图。如《卢中郎感交》"逢厄既已同,处危非所恤"一句,《钞》曰:"言己虽逢祸难,不以为忧,北边处于危地也。自此以下,皆自叙也。"所谓"自叙",实际即为作者生活经历及内在情志的反映。又如《殷东阳兴瞩》"求仁既自我,玄风岂外慕"一句,李周翰曰:"求为仁道,则从我身,玄远之风,岂在外慕而得之也。"《钞》曰:"仲文发此语者,欲明己不助桓玄,以忠言谏不得也,故云守于道教,岂可外慕于世事荣华哉。玄,道也。风,教也。仲文被出为东阳太守,不得志,故发此言也。"李注仅是疏通句意,而《钞》能够结合相关史事背景,揭示出殷仲文内心的不得志。读者结合注解,更能体会到诗作的情志所在。

相比而言,陆善经注后出,也能够在因袭李善及五臣注的基础上,有所补充、时有创建。陆注充分吸收了五臣注长于训释句意的注释特点,有些注解直接延续五臣说。如《古离别》"菟丝及水萍,所寄终不移"一句,济曰:"菟丝,草名,感茯苓而生。薜草饮水而长,亦犹妇人之附于夫,言此心终不移易。"陆善经曰:"菟丝附草,浮薜随水,犹妇人依于夫,故寄之以表志。"陆注大体依据五臣注,仅改变个别字句。又如《潘黄门悼亡》"俯仰未能弭,寻念非但一"一句,吕延济曰:"弭,止也。言寻思哀念,非但一涂。"陆善经曰:"弭,止也。俯仰之间,哀情未止,寻念平生,非但一事。"陆注释字及疏通文义亦大体承袭五臣注。不过,一些注解陆注与五臣注也有不同。如《潘黄门悼亡》"明月入绮窗,仿佛想蕙质"一句,吕向曰:"仿佛,相见貌。蕙质,言体质芬芳如兰蕙。"陆善经曰:"蕙质,柔蕙之质。"吕向注从字面出发,将"蕙质"解释为体质芬芳,而陆注则深入解释其中温柔贤惠的比喻义,更加贴近诗作意旨。

陆注还会征引其他前注未引文献,或是揭示写作背景,或是疏通字句意旨。如《左记室咏史》题下李善及五臣皆无注,陆善经曰:"《晋书》云:齐王冏命为记室,辞疾不就也。"又如《张黄门苦雨》题下,陆善经曰:"《晋书》云:永嘉初征为黄门郎,托疾不就。"此类解题补充前代注解之缺,交代作家生平,对理解诗意也有帮助。《陈思王赠友》"眷我二三子,辞义丽金膆"一句,李善曰:"扬雄《解难》曰:'昔人之辞,乃玉乃金。'王仲宣诔曰:'吾与夫子,义贯丹青。'《说文》曰:'膆,善丹也。'"吕向曰:"金膆,雕饰也。言此子皆以辞义自雕饰而为美丽也。""金膆"二字,李善注分别援引典故,然意义未明,吕向注释义则较为准确。陆善经曰:"丽金膆,言可尚也。《书》云:'或作杍材,既勤朴斫,惟其斁丹膆。'"陆注前半部分承袭吕向注,后半部分引用《尚书》,对吕向注起到了补充说明的作用。陆注也偶有对不同版本文字的校勘及考辨,如《张黄门苦雨》"夑夑凉叶夺,戾戾飇风举",陆善经曰:"'夺'当为'脱',因借音而误也。"今五臣本均作"夺",陆注可能依据五臣本为底本,另参校李善本。《文选集注》编者按:"《音决》、五家本'夺'为'脱'也。"陆注为《文选集注》编者提供了校勘参考。

陆注长于探析诗意,尤其重在揭示诗句的比兴手法及深层意旨,这对于准确理解诗意颇有益处。如《嵇中散言志》"灵凤振羽仪,戢景西海滨"一句,吕向曰:"言得出天域、越常辈、同灵凤、匿光景、食琼树之实、饮玉池之水者,喻高洁也。"陆善经曰:"不与俗群,思比于凤。"相比于吕向注,陆注简明精当,准确揭示出诗句的比喻义及嵇康的个性特点。又如《嵇中散言志》"旷哉宇宙惠,云罗更四陈"一句,翰曰:"言天地之惠,如云之罗列,陈布于四方也。"陆善经曰:"云罗四陈,为俗所牵羁也。"翰注仅从字面出发,理解也未必准确,而陆注则准确把握住字面背后竹林名士的不羁人格。再如《潘黄门悼亡》"驾言出远山,徘徊泣松铭"一句,刘良曰:"山,坟也。铭,碑也。"陆善经曰:"松铭,铭志在松柏间。喻逝者不返。"刘注仅训释字义,而陆注将诗句中的深层情感揭露无遗。

李善注、《文选钞》、五臣注、陆善经注互为补充,共同汇集在《文选集注》中,为我们理解文意、洞悉作者情志,提供了多元的参考。此外,《文选集注》还保留了《文选音决》等音注,不仅利于读者识别古音,对于字词音训及中古语音研究也颇有意义。江淹《杂体诗》原文文本与诸多注本融为一体,便于读者了解诗作源流、艺术风格、写作背景以及情感表达等多元文化内蕴。

三 《文选钞》征引文献之文学史料价值

先唐文学文本的注本所征引文献,与正文互为补充,形成了更为广阔的知识空间,值得关注与深入研究。唐前集部文献的搜罗与整理有类似《文章志》的传统,这些"文章志"通过援引史料来阐述作者生平及作品写作背景,还有对作家、作品的批评,这对于深入理解作家、作品颇有意义。然而,颇为遗憾的是,中古时期很多相关文献未能保存,仅有少量留存在注解中。在李善注的题下及作者注中,常出现关于作者生平事迹及文集情况的解题性文字,其中不乏一些稀见文献,可能参考诸多"文章志"相关体例和史料。可贵的是,在《文选集注·江文通杂体诗》卷六二《刘太尉伤乱》至《谢仆射游览》中,存有公孙罗的《文选钞》,其中数则题下注保留了不少亡佚文献,不仅具有文献辑佚的价值,而且对于中古作家生平及作品研究颇有意义。

如《刘太尉伤乱》题下《文选钞》引《续文章志》云:"琨既有勇气,兼善文章。初,元皇虽茸济江东,犹谦让未即位。琨遣长史混峤奉表劝进,其略曰:'天未绝晋,必将有主。晋祀者非陛下而谁。'王敦见而大忿,曰:'读《左传》卅年,而今见刘琨得其语矣。'初,江左建创,英贤毕集,时人犹恨琨不过焉。周伯曰:江东地狭,不容琨气。"据《隋书·经籍志》载:"《续文章志》二卷,傅亮撰。"可见,傅亮的《续文章志》在隋代尚存有两卷,如今存下的条目寥寥无几。鲁迅先生对"文章志"类文献颇为重视,他曾辑录《众家文章记录》①,其中收录《续文章志》五则,《文选钞》此条可补鲁迅辑本之遗漏。刘师培研究汉魏六朝文学,也非常重视搜集文章志材料,充分利用《文选集注》相关材料,可对文章志文献进一步整理与汇集。就此条《续文章志》而言,特别提到刘琨的《劝进表》,此表为六朝章表名篇,被《文选》收录。《文心雕龙》评价曰:"刘琨《劝进》……文致耿介,并陈事之美表也。"②《文选钞》此则材料对于了解刘琨《劝进表》的写作背景、王敦的政治态度及其对刘琨的评价颇有益处。王敦所言刘

---

① 顾农《读鲁迅辑本〈众家文章记录〉》,《书品》,2003年第2期。
② 詹锳《文心雕龙义证》,上海古籍出版社,1989年,第839页。

琨得《左传》之语，与《文选》李善注引《左传》不谋而合①，足见《左传》文风及典故对于刘琨此表的影响。将《文选钞》所引材料与李善注、五臣注、《文心雕龙》等文本相互印证，刘琨《劝进表》的经典化历程也由此跃入读者阅读视野。《晋书》有关刘琨的记载与《文选钞》所引材料有相似亦有不同之处，其中出现的异文，对于探究《晋书》编撰时的材料取舍亦有参考意义。又如《郭弘农游仙》题下《文选钞》引雷次宗《豫章记》，此段文字记载郭璞与吴猛二人之间的故事，最后提到"庆即干宝之兄，宝因之作《搜神记》，故其序曰：'建武中，所有感起，是用发愤焉。'"此段叙述对于了解干宝因何事而感并因此创作《搜神记》颇有参考价值。雷次宗《豫章记》作为六朝方志文献如今已经亡佚，刘纬毅《汉唐方志辑佚》一书中辑有数条，此则注文可补其遗漏。通过阅读上述史料，加上《钞》曰："郭景纯好仙方，作《游仙诗》十七首，在集中，今文通拟之。"通览《文选钞》注引材料之余，读者在细读江淹拟作时，会对上述灵异故事及游仙诗的"仙气"有着强烈的阅读期待。江淹拟作以"崦山多灵草，海滨饶奇石"开头，出手不凡，全篇充满了绝尘脱俗之气。因此，《文选钞》征引郭璞其人其事，为《游仙诗》及江淹拟作做了较好的铺垫。巧妙的是，《文选钞》在注文中，还对郭璞念念不忘，江淹拟作"偃蹇寻青云，隐沦驻精魄"一句，《钞》曰："璞当时为预知死，故作诗以自解。"如此，则打破了拟作与原作的壁垒，强化了郭璞《游仙诗》所述情感，郭璞《游仙诗》的经典地位得以凸显。

唐人在《晋书》编撰时，一些信息往往容易遗漏甚至变异。《文选钞》所引材料与《晋书》互参，有些细节则可以豁然明了。如《晋书》记载孙绰："少以文才垂称，于时文士，绰为其冠。"《孙廷尉杂述》题下《文选钞》征引《文录》曰："于时才笔之士，有伏滔、庾阐、曹毗、李充，皆名显当世，绰冠其首焉。"此处，《晋书》仅称文士，而忽略"才笔之士"，六朝时期有"文笔"之分，"笔"多为应用文章。而其他伏滔、庾阐等人，皆善写文章，《晋书》也略而不提。再如《许征君自序》题下，《文选钞》征引《隐录》云："询总角奇秀，众谓神童，隐在会稽幽究山，与谢安、支遁游处，以弋钓啸咏为事。"又引《杂说》云："询性好山水，而

---

① 如江淹拟作"伊余荷宠灵"一句，李善注引刘琨《劝进表》"荷宠三世"，又引《左氏传》"宠灵楚国"，可见刘琨此语出自《左传》。此处，李善注本强化了刘琨《劝进表》的经典意义，读者阅读视野容易从江淹拟作移开，进而对刘琨的《赠卢谌诗》及其经典文章《劝进表》倍加关注。

涉是游。时人谓许掾非止有胜情,亦有济世之具。"《隐录》及《杂说》皆为佚失文献,此可补充相关史料对许询生平记载之不足。此处,《文选钞》又引檀道鸾《论文章》曰:"自王褒、扬雄诸贤尚赋颂,皆体则《诗》《骚》,傍综百家之言。及至建安,而诗章大备。逮至西朝之末,潘、陆之徒,虽复时有质文,而宗归一也。正始中,王弼、何晏尚《老》《庄》玄胜之谈,世遂贵焉。至江左,李充尤盛,故郭璞五言诗始会合道家之言而韵之。爰及孙兴公,转相祖尚。又加以释氏三世之辞,而《诗》《骚》之体尽矣。至义熙,谢混改焉。"此段叙述与《世说新语·文学篇》注引檀道鸾《续晋阳秋》除个别字外大体一致。余嘉锡《世说新语笺疏》认为,各本"至过江,佛理尤盛"误,当为《文选集注》中"李充尤盛"。① 余嘉锡先生利用《文选集注》进行文字校勘,并联系诗史相关材料,作出了言之有理的推论。然而,如果我们避开是非不论,钞本所引《论文章》中"李充尤盛"为何变为"佛理尤盛"？檀道鸾《论文章》中所述诗歌演进历程与《诗品》《文心雕龙》等相关论述有无关联？对于文本流变及其影响的追问,往往容易看到文字背后的复杂文化现象。

　　充分利用《文选钞》所引亡佚文献,结合《文选》文本及其他存世文献互相比参,诸多研究会变得更加深入。如注文与正文的关注点及相互关联,传世文献与亡佚文本出现的异文,其中流露出的文本取舍与价值取向等问题,此皆值得深入思考。

四　先唐经典文本综合研究之方法论意义

　　通过上文所论我们可以发现,《文选集注》对于中古文献及文学研究的价值所在,我们同时也需要注意其中的文本演变机制及其文化意蕴,进而为先唐经典文本研究提供方法论依据。以《江文通杂体诗》为例,其中通过模拟前代经典诗作来总结诗歌体式与艺术风格的意识较为明显。与之前拟作多拟古诗与建安诗歌相比,江淹诗作扩大了模拟范围,实际上是对汉晋刘宋时期诗歌艺术风格的总结。因此,文本本身蕴含着对汉晋诗歌艺术经典化历程的体认。

---

① 余嘉锡《世说新语笺疏》,中华书局,2007年,第313—314页。

以此思路展开研究,再结合《诗品》《沧浪诗话》《诗源辨体》等诗文评著作,梳理先唐诗歌体式的流变进程,不失为研究诗歌艺术的经典方法。然而,我们不能忽视先唐文本的多样性与流变性特征,亦不可无视注本中体现出的文化语境及诠释旨趣。如篇题出现的异文,《潘黄门悼亡》中的"悼亡"当作"述哀"为是,后世编者选取篇题时,或许意识到潘岳《悼亡诗》的经典范式,继而忽略江淹拟作并非纯粹参照原题,而是取其诗意命题。循此思路,考察先唐诗歌题目的流变,其中体现出的更为复杂的文化取舍意味和编者的主观意图,值得深入探究。又如,《文选》正文中出现的异文,除了参照诸本、考订是非之外,我们还可以思考钞本与刻本时期文学文本呈现出的不稳定性,钞本时代与刻本时代的物质形态对文本样貌也存在着复杂影响。我们反观《文选集注》中出现的钞写讹误,其中一卷中往往集中出现几处讹误,这与个别钞工的钞写态度有很大关联。此外,刻本时期的五臣本与李善本正文存在的异文,背后是否也具有某些层面的文化考量?

就注文而言,李善注援引典故及诸多经史子集文献,除了传统注释学角度的思考,其中对于经典的取舍,亦不可不察。与《诗品》直接追溯源流不同,李善注通过出典探寻诗歌源流。如《李都尉从军》中的"樽酒送征人"一句,李善注引苏武诗"我有一樽酒,欲以赠远人"。此则注解,是否暗示着江淹拟作实际上是对苏李赠答诗的推崇,也标志着南朝时期汉代五言赠答诗经典地位的确立?钟嵘《诗品》论王粲"其源出自李陵。发愀怆之词",李陵诗歌除了凄怆的风格特色之外,苏李赠答诗的典型范式亦不可忽视。此处,苏李诗作的真伪似乎并非最为重要,而是在征引过程中流露出的对于汉代古诗经典以及五言诗发端的认同,需要挖掘与考索。我们从李善注中,还可发现诸多类似考镜源流的信息,值得进一步思考。因此,李善注与正文文本一起,形成了多元互补的文本空间,令读者有了新的阅读体验和知识认同。此外,五臣注重视作品写作意旨的阐发,陆善经注对五臣注的补充发挥以及对诗句的串讲,公孙罗援引诸多亡佚文献,众多文本汇集在《文选集注》中,衍生出新的文本形态,丰富了本文本身的内在意义。如《殷东阳兴瞩》一首,题下《文选钞》曰:"瞩,眺也。兴,起也,谓晨旦早起。仲文于时为东阳太守。山逼海故旦起,眺望而作是诗也。在本集中,文通拟之。"又引《晋安帝纪》:"仲文自以名辈先达,常怏怏失志,乃出为东阳郡守,照镜不见其面。"此处将原作写作背景及拟作缘由说明清楚,便于读者了解原作意旨。江淹拟作中的"求仁既自我,玄风岂外慕"一句,李善注引《论语》曰:"求仁而得仁,又何怨乎?"此注典故,以点明诗句缘起。李善又引谢灵运《忆山中诗》曰:"得性非外求。"此注说明诗歌源流,或许江淹无意间化用谢灵运诗句。《文选钞》曰:"仲文被出为东阳太守,不得志,故发此言也。"此注对于读者理解江淹拟作的情感表达颇有帮助。李周翰曰:"求为仁道,则从我身,玄远之风,岂在外慕而得之也。"此为疏通诗句,利于一般读者理解诗意。上述诸条注文围绕正文展开,或是提示背景,或是考镜源流,或是补充材料,或是疏通字句,注文与正文形成了互补融通的关系,使得《文选》文本成为开放的意义空间,我们从中可以读到殷仲文的失意,体悟江淹拟作的巧妙,追寻东晋玄言诗的意趣,远慕孔子的坦荡不拘……可见,由原始文本,到次生文本,文本形态变得更加开放,文本层次更加丰富,注者、读者与文本之间的互动也更加显著。

从《文选》白文出现,到李善注、五臣注,到唐钞《文选集注》,再到北宋刻本六臣注,再到明清的《文选》考证、评点著作,《文选》的文本形态日益多元化,同时也意味着其传播与受众更加广泛,文本本身有因袭、有革新、有取舍、也有变异①。面对丰富多元的文本形态,我们一方面需要还原文本的原貌,通过早期钞本及刻本的比勘,尽量复原文本的最初形态,并通过《文选》诸本,对汉魏六朝集部文献进行校勘与注解。另一方面,我们也应当考察文本演变的进程,从李善注、五臣注刻本内容的删改、文字的变异,到后世的《文选》考证专书的诠解,再到《文选》评点专著中文本篇目次序改变、读者主观情感的融入,以及明人重新整理汉魏六朝集部文献的文化取舍等多元进程中,考察《文选》

---

① 美国学者宇文所安认为,早期古典诗歌文本中的标题、作者、文字等常常发生变化与流动,其中隐含着历史叙述。参见[美]宇文所安著,田晓菲译《中国早期古典诗歌的生成》,生活·读书·新知三联书店,2014年。田晓菲研究《陶渊明集》的文本流变,希望唤醒人们对中古文本流动性的注意。她认为,文本被改动,删改,重写,充满了由意识形态决定的校改。参见田晓菲《尘几录——陶渊明与手抄本文化研究》,中华书局,2007年。近年来,国内一些学者也开始关注先唐经典文本的流变问题,关注正文、注文、评点等文本的多系统性。参见孙少华、徐建委《从文献到文本——先唐经典文本的抄撰与流变》,上海古籍出版社,2016年。我们研究《文选》从钞本到刻本的流变,从单注本到集注本再到评点本的演进等问题,也要注意其中的文化取舍与读者视域的不断融入,文本作为敞开的意义空间,被不断地书写与充实。

文本多样性、流动性背后的深层文化内涵。因此,《文选》的文本研究不仅限于文字的对比校勘,更要探寻在文本形态演变背后的话语方式、文化语境以及文本重塑等诸多问题。当下各种版本及相关文献日益丰富,我们不应仅局限于文字校勘、考辨等层面的研究,古代文学研究也可以立足于文本进行综合研究,探索文本生成与演变的机制,追溯经典产生与取舍的过程,从中思考并开拓古代文学研究新的范式。当然,文本综合研究不可生搬硬套西方理论和研究实践,需要回归到文本生成的历史语境,考察文本流变及其物质存在,综合文献、文学史、诠释史、接受史诸多研究视域,做出多元而细微的客观研究。

(扬州大学文学院)

汉代文赋校释拾零

郜同麟

汉代文赋流传至今已有两千年左右,历代学者的校释成果至为繁夥,但似乎仍有些问题没有解决。笔者在阅读中对个别词句提出了新的看法,现向各位方家请教。

【臘】

王褒《僮约》:"垂钓刈刍,结苇臘纑,汲水酪,佐酤醼。"①章樵注:"臘,缉治也。"汪维辉(2006)校"臘"作"蹋",云:"盖将麻类植物的茎干变成丝缕状的纤维需要浸泡践踏(即所谓'沤麻'),故曰'蹋纑'。"

按:章说虽句意可通,但似于故训无征。今检各农书,未见有沤麻需踩踏之事②,汪说恐亦未当。另外,"纑"一般指麻缕,而非未沤的麻株。今疑"臘"当读作"擸"。《说文·手部》:"擸,理持也。"《玉篇》:"擸,择持也。"《史记·日者列传》:"宋忠、贾谊瞿然而悟,獵缨正襟危坐。"索隐:"獵犹揽也。"彼"獵"即此处之"擸"。又作"蹋",崔骃《达旨》:"当其无事,则蹋缨整襟。"《后汉书》李贤注:"蹋,践也。此字宜从'手'。《广雅》云:'擸,持也。'言持缨整襟,修其容止。"擸与正、整对文,是为理治之义。前揭《僮约》之文"擸纑"与"结苇"对

---

① 《古文苑》卷一七,《四部丛刊》本。本文所引《古文苑》材料,主要依据二十一卷本,并参考了九卷本。
② 《东鲁王氏农书》卷二○说麻苎沤浸之事甚详,亦未见有践踏之事。笔者曾以此事访及乡老,彼亦未闻沤麻需踩踏。

文,撒亦当训为整治,或即指将麻纺成纑。

【闠】

扬雄《蜀都赋》:"万端异类,崇戎总浓般旋,闠齐嗒楚,而喉不感概。"张震泽(1993)释"闠"为"市外门"。

按:张释恐误。汉赋一句之中,前后两截往往意义相关。释"闠"为"市外门"不但意义上不可通,且与"嗒"字亦不相关。从句意来看,"闠"当与"嗒"一样为言语纷乱之貌,颇疑"闠"当作"嘖"。《说文·口部》:"嘖,大呼也。"《左传·定公四年》"嘖有烦言",杨伯峻(1990)注:"忿怒而责备之义。"《荀子·正名》"愚者之言,芴然而粗,嘖然而不类,諔諔然而沸",杨倞注:"嘖,争言也。"又据此例可知"嘖"与"諔"义近。《管子》卷一八《桓公问》有"嘖室之议",房玄龄(尹知章)注:"谓议论者言语欢嘖。"蔡邕《短人赋》:"嗰嘖怒语,与人相距。"是自先秦至东汉末,"嘖"均有"争言"之义。而"责"旁、"贵"旁形近易讹,或"嘖"初误为"嘳",后人又以义不可通而改作"闠"。

【罗畏弥澥】

扬雄《蜀都赋》:"罗畏弥澥,蔓蔓汹汹。"朱谋㙔《骈雅》:"罗畏、弥澥,纷沓也。"张震泽(1993):"畏:疑为罔字之讹。罗罔即罗网。弥:满。《史记·司马相如传》《子虚赋》:'浮勃澥。'《索隐》:'海旁曰勃,断水曰澥。'"林贞爱(2001):"弥澥:纷纭杂沓。"

按:恐诸说皆非。"畏"当读作"隈",《说文·阜部》:"隈,水曲隩也。""澥"非指勃澥,而是指小水。张衡《西京赋》"摘漻澥,搜川渎",薛综注:"漻澥,小水别名。""罗畏弥澥",即指水中即便水曲、小水之处亦罗列弥满。

【樛流】

扬雄《甘泉赋》:"览樛流于高光兮,溶方皇于西清。"李善注:"樛流,高曲之貌也……方皇,即彷徨,观名也。"张铣注:"樛流,长远皃。"颜师古注:"樛流,屈折也。溶然,闲暇貌也。方皇,彷徨也。"胡绍煐《文选笺证》:"《汉书》颜注'樛流,曲折也',与善注合。而于'望昆仑而樛流'注'樛流,犹周流'。'周流'亦曲折之意。"王先谦《汉书补注》:"樛流与周流同意,方皇犹旁皇也。善注以方皇为观名,则文义不通。"

按：胡、王谓"樛流"与"周流"同意，其说是。而胡释"周流"之义则稍有未当。"樛流"与"方皇"对文，义亦相近。班固《西都赋》："既惩惧于登望，降周流以徬徨。""周流"犹"徬徨"。扬雄《长杨赋》："驰骋秔稻之地，周流梨栗之林。""周流"与"驰骋"相对，正当释作徘徊，与"驰骋"相对。扬雄《羽猎赋》："章皇周流，出入日月，天与地沓。"李善注："章皇，犹彷徨也。周流，周匝流行也。"其注"章皇"义是，注"周流"则非。"周流"与"章皇"义同。扬雄《甘泉赋》："据轪轩而周流兮，忽坱圠而亡垠。"颜师古注："周流，周视也。"其说是，"周流"既可形容行动之徘徊不定，又可指视线之往返不定。李善注："周流，流行周遍也。"分释联绵词，其说非是。"樛流"又作"刘流"，张衡《思玄赋》："倚招摇摄提以低徊刘流兮，察二纪五纬之绸缪遹皇。""刘流"即低徊之貌。前揭"览樛流"之"樛流"与"据轪轩而周流"之"周流"同，亦谓视线流移不定，正与下"方皇"义近对偶。而胡绍煐所引扬雄《反离骚》"望昆仑而樛流"之"樛流"亦为此义，用来形容前之"望"字。

【聊戾】

刘歆《遂初赋》："遭阳侯之丰沛兮，乘数波以聊戾。"章樵注："使己聊戾而莫前。"龚克昌、苏瑞隆等（2011）："聊戾：指船在水中动荡不前。"

按：二说当非，水既丰沛，不当动荡不前。"聊戾"犹"漻淚""飂戾"，皆疾貌。朱谋㙔《骈雅》："漻淚，漂疾也。"张衡《南都赋》"长输远逝，漻淚减汩"，胡绍煐《文选笺证》："漻、淚，皆急疾貌。'漻淚'犹'飂戾'，本书《思玄赋》作'飘戾'，《西征赋》'吐清风之漻淚'，作'漻淚'。漻、飂音同。水急疾谓之漻淚，犹风急疾谓之飂戾，今俗犹呼水急疾为戾矣。"胡说是，"飂戾"用例极多，除胡举例外，又如鲍照《代櫂歌行》："飂戾长风振，摇曳高帆举。"《太平御览》卷二五引孙绰诗："萧瑟仲秋月，飂戾风云高。"字又作"寥戾"，王褒《四子讲德论》："故虎啸而风寥戾，龙起而致云气。"又作"聊戾"，胡举潘岳《西征赋》例，六臣或本即作"聊戾"。刘歆赋之"聊戾"亦同此义，谓行疾也。

【旁】

张衡《东京赋》："于是孟春元日，群后旁戾。"薛综注："旁，四方也。"

按：薛说非，"旁"当读作"并"。古音旁、并皆并母阳部，音近可通。《道德经》"万物并作，吾以观其复"，马王堆帛书甲乙本"并"皆作"旁"。《汉书·武帝纪》"遂北至琅邪并海",颜师古注:"并读曰傍。"是可证旁、并可通,此处"群后旁戾"即"群后并至"。

【轵】

张衡《思玄赋》:"抚轸轵而还眄兮,心灼爍其如汤。"李善注引《说文》曰:"轵,车轮小穿也。"张铣注:"轸轵,车墙间横木也。"胡绍煐《文选笺证》:"《说文》'轵'训'车轮小穿',谓毂末也,与'轸'义不相属。且就车言之,轵在车下,亦非及抚之处。'轵'当为'轩'字之误也。"

按:李、胡二说均非,张说差是。轸、轵分别为车箱板之纵横木。《礼记·玉藻》"君羔幭虎犆",郑玄注:"幭,覆笭也。"《释文》:"笭,本又作轸。"孔颖达疏:"笭即式也,但车式以笭为之,有竖者,有横者,故《考工记》注云:'軹,式之植者衡者也。'"是"轸(笭)"为车箱上横木,可供凭倚,故以羔皮覆盖。《考工记·舆人》"参分较围,去一以为轵围",郑玄注:"轵,輢之植者衡者也,与毂末同名。"又,"参分轵围,去一以为轛围",郑司农注:"轛读如系缀之缀,谓车舆轸立者也。立者为轛,横者为轵。书'轛'或作'轸'。"是"轸"即"轛"。二注之义虽稍异,但"轵"指车箱板之木,正与"轸"相属。《楚辞·九辩》"倚结轸兮长太息,涕潺湲兮下沾轼",洪兴祖补注:"轸,音零,车轖间横木。"《思玄赋》句意与此类似,"轸轵"义与"结轸"相近。

【偃蹇】【夭矫】

张衡《思玄赋》:"偃蹇夭矫娩以连卷兮,杂遝丛领颯以方骧。纚汩飂戾沛以罔象兮,烂漫丽靡藐以迭递。"李贤注首句曰:"并翱翔自恣之貌也。"《文选》李善本"娩"作"姽",李善注:"偃蹇,骄傲之貌也。夭矫,自纵恣貌也。姽,跳也。连卷,长曲貌。"刘良注:"皆二纪五纬运行也。"胡绍煐:"姽,当读如'婉婉'之婉……婉,曲也。连卷亦曲貌。此云'婉以连卷',盖辞重语复以形容耳。"

按:胡绍煐说"姽""连卷"之义皆是,然于全句犹未达一间。"偃蹇""夭矫"皆曲貌。《楚辞·九歌·东皇太一》"灵偃蹇兮姣服,芳菲菲兮满堂",王逸注:"偃蹇,舞貌。"洪兴祖补注:"偃蹇,委曲貌。"《淮南子·本经》:"偃蹇寥纠,曲成文章。""偃蹇""寥纠"皆曲貌。淮南小山《招隐士》:"桂树丛生兮山之幽,偃蹇连蜷兮枝相缭。""连蜷"犹前引《思玄赋》之"连卷",亦与"偃蹇"连用,皆曲貌。扬雄《羽猎赋》"腾空虚,距连卷,踔夭蟜,娭涧门",颜师古注:"夭蟜亦木枝曲也。"何晏《景福殿赋》"栾栱夭蟜而交结",李善注:"夭蟜,栾栱长壮之貌。"恐亦非,"夭蟜"亦状"栾栱"之曲。又作"蚴虬",司马相如《上林赋》:"青龙蚴蟉于东箱,象舆婉僤于西清。""蚴蟉"亦状青龙之屈曲。又作"伆侨",《广韵·小韵》:"伆,伆侨,不伸。""不伸"即曲貌。可知"偃蹇""夭矫"皆可训曲。而《思玄赋》此处四句,每句皆说一义,如"杂遝丛顇飒以方骧",李善注:"众多之貌。"实皆众多杂乱之貌。"械泪飃庡沛以罔象",李善注:"皆疾貌。""烂漫丽靡藐以迭邅",李善注:"分布远驰之貌。"均一句以说一义,则首句亦然,偃蹇、夭矫、虬、连卷,皆屈曲之貌。

【暗蔼】

张衡《思玄赋》:"据开阳而頫盼兮,临旧乡之暗蔼。"李贤注:"暗蔼,远皃也。"

按:"暗蔼"当指昏暗遮蔽视不明之貌。字又作"晻蔼",《离骚》"扬云霓之晻蔼兮",王逸注:"晻蔼,犹翁郁,阴貌也。"李周翰注:"晻蔼,旌旗蔽日貌。"洪兴祖注:"晻蔼,暗也,冥也。"谢灵运《征赋》:"冒沈云之晻蔼,迎素雪之纷霏。"又作"奄蔼",《艺文类聚》卷九一引王粲《鹦鹉赋》:"日奄蔼以西迈,忽逍遥而既冥。"又作"掩蔼",《南史·后妃传·高昭刘皇后》:"家人试察之,常见其上掩蔼如有云气。"又作"阇蔼",《无上秘要》卷二四《天瑞品》引《洞玄赤书经》:"是时无天无地,幽幽冥冥,灵文阇蔼,无有祖宗。"《元始五老赤书玉篇真文天书经》则作"晻蔼"。又作"晻霭",陆云《九愍·修身》:"山嵩高以藏景,云晻霭而荒野。"朱谋㙔《骈雅》卷一:"晻霭,隐蔽也。"又作"晻暧",王延寿《鲁灵光殿赋》:"遂排金扉而北入,霄霭霭而晻暧。"是"暗蔼"即视不分明之貌,张赋谓自天视旧乡不分明,故云"临旧乡之暗蔼"。

【暗暧】

张衡《思玄赋》:"云菲菲兮绕余轮,风眇眇兮震余旗。缤连翩兮纷暗暧,儵眩昡兮反常闾。"吕延济注:"缤连翩,盛下来貌。纷暗暧,犹恍忽间也。"

按:"缤纷""连翩"均盛多之貌,"暗暧"亦当与之同。"暗暧"同"暗蔼",除前文所说昏暗不明貌外,又有盛多之义。扬雄《甘泉赋》:"傧暗蔼兮降清坛,瑞穰穰兮委如山。"李善注:"暗蔼,众盛貌也。"字又作"菴蔼",左思《蜀都赋》:"丰蔚所盛,茂八区而菴蔼焉。"左思《魏都赋》:"权假日以余荣,比朝华而菴蔼。"又作"晻蔼",潘岳《藉田赋》:"琼钑入蘩,云罕晻蔼。"又作"晻薆",司马相如《上林赋》:"肸蠁布写,晻薆咇茀。"颜师古注:"晻薆咇茀,皆芳香意也。"实即芳香盛貌。又作"阇蔼",扬雄《羽猎赋》:"车骑云会,登降阇蔼。"李善注:"阇蔼,众盛貌。"又作"晻暧",张衡《南都赋》:"其香草则有薜荔蕙若,薇芜荪苌,晻暧翁蔚,含芬吐芳。"《思玄赋》"暗暖"亦与此同,"缤连翩兮纷暗暖"一句皆状云、风之盛。

【并粮推命】

张衡《髑髅赋》:"子将并粮推命以夭逝乎?"张震泽(2009):"并,并兼,并吞。推命,不要性命。"

按:张说不误,但全句之义仍不可通。此实用左伯桃、羊角哀之典。刘孝标《广绝交论》"庶羊左之徽烈",李善注引《烈士传》:"羊角哀、左伯桃为死友,闻楚王贤,往寻之。道遇雨雪,计不俱全,乃并衣粮与角哀,入树中死。"所谓"并粮推命以夭逝",即指左伯桃。

【杪】

马融《广成颂》:"或轻訬趬悍,廋疏嵝领,犯历嵩峦,陵乔松,履修樠,踔殷枝,杪标端。"李贤注:"杪音亡少反,标音必遥反,并木末也。"

按:本文自"陵乔松"以下四句并列,"杪"当同"陵""履""踔"皆为动词,李贤释为木末,当非。"杪"当读作"抄掠"之"抄",谓"轻訬趬悍"之徒搜索禽兽及于标端。张衡《西京赋》"杪木末,攫猕猴",薛综注:"杪犹表也……在木表攫,谓掘取之。"此"杪"与《广成颂》之"杪"同,薛注虽释为动词,似仍稍曲,当亦读作"抄"。

【瀺】

马融《长笛赋》:"酾淡滂流,碓投瀺穴。"李善注:"瀺,水注声也……瀺穴,瀺注隙穴也。"

按:《文选》所选诸文,"瀺"字多用于"瀺灂"这一联绵词,义为水声,"瀺"字单用仅此一例。"瀺"字训为水注声不但没有其他例证,且于此处亦不可通,故李善又转训为"瀺注",然似有过度引申之嫌。今疑"瀺"当读作"搀"或

"剿",刺也。张衡《西京赋》"叉蔟之所攙捔",薛综注:"攙捔,贯刺之。"胡绍煐《文选笺证》:"攙、捔皆刺也。《说文》'攙,刺也'……是攙为刺也。"早期佛教翻译作品中也好用"攙"字,如昙无谶译《大般涅槃经》卷一一:"宁以铁锥遍身攙刺,不以染心听好音声。"又或作"剿"字,如求那跋陀罗译《杂阿含经》卷一四:"遍身四体,剿以百矛。"《长笛赋》之"瀺"亦刺义,谓水流如碓投而刺入穴中。①

【寥壑】

蔡邕《述行赋》:"迫嵯峨以乖邪兮,廓岩壑以峥嵘。"邓安生(2002)注:"此句费解,且'壑'字与上文'溪壑'之'壑'重复。活本、钞本'廓岩壑'作'廓寥壑',亦费解。疑此三字当作'岩廓廖'。廓廖同'廖廓',高远貌。"

按:邓氏校改并无确据,且上句"迫"为形容词,若下句作"岩廓廖"与之不成对。今疑当从活字本作"廓寥壑","寥壑"犹"寥豁",广大空旷貌。马融《广成颂》:"徒观其垌场区宇,恢胎旷荡,貌复勿罔,寥豁郁泱,骋望千里,天与地莽。"李贤注:"并广大貌。"徐陵《册陈王九锡文》:"双阙低昂,九门寥豁。"又犹"沉寥",《楚辞·九辩》"沉寥兮天高而气清",王逸注:"沉寥,旷荡空虚也。""来-晓"系联绵词多有广大开阔之义,又如"寥寥",陆云《晋故豫章内史夏府君诔》:"丘陵竦麽,阁闼寥寥。"②又作"寥寥",《艺文类聚》卷七引潘岳《登虎牢山赋》:"崇岭巉以崔崒,幽谷豁以寥寥。"蔡文之"寥壑"当亦同此义。

【䫇】

蔡邕《短人赋》:"其余尫幺,劣厥偻䫇。"邓安生(2002):"䫇:相貌丑陋。"龚克昌、苏瑞隆等(2011):"䫇:贫寒缺乏教养。《诗·邶风·北门》:'终䫇且贫。'毛传:'䫇者,无礼也。贫者困于财。'或释'䫇'为䫇数。刘熙《释名》:'䫇数犹局缩,皆小意也。'亦通"。

按:诸说似皆未为的当。邓释"䫇"为"相貌丑陋",于故训无征。"劣厥偻䫇"四字皆指外形,"劣"即弱、小;"厥"读作"蹶",亦短也;"偻"即驼背。而龚、苏二氏释"䫇"为"贫寒缺乏教养",乃指道德,与其余三字不相类。至于

---

① 胡绍煐谓"碓"读作"堆","堆投"指"山水盛至而堆为之掷",恐未必是。
② "阁"原作"闍",系"阁"字讹体,今径校改。

"窭数",文献中也没有以之形容外貌的例子。今疑"窭"当作"䙝",《说文·女部》:"䙝,短面也。"《方言》卷一三"䫂,短也",郭璞注:"蹶䫂,短小儿。"《广雅·释诂》"䫂,短也",王念孙疏证:"《说文》'䙝,短面也',《广韵》'䫂,头短也',《众经音义》卷四引《声类》云'㦗,短气貌',义亦与䫂同……'䫂'与'侏儒'语之转也。"可知"䙝"即短,与厄、幺、劣、厥、倭均状侏儒之貌。如此解,则此句方可读。

(中国社会科学院文学研究所)

征引书目

《十三经注疏》,中华书局,1980。

(周)荀卿撰,(唐)杨倞集解,《荀子集解》,中华书局,1988。

黎翔凤校注,《管子校注》,中华书局,2004。

(西汉)刘安《淮南子集释》,何宁集释,中华书局,1998。

(西汉)司马迁撰,《史记》,中华书局,1959。

(西汉)扬雄撰,华学诚汇证,王智群、谢荣娥、王彩琴协编,《扬雄方言校释汇证》,中华书局,2006。

(东汉)班固撰,《汉书》,中华书局,1962。

(东汉)王逸章句,(宋)洪兴祖补注,《楚辞补注》,中华书局,1983。

(东汉)许慎撰,《说文解字》,中华书局,1963。

(三国魏)张辑撰,(清)王念孙疏证,《广雅疏证》,中华书局,1983。

(晋)陆云撰,《陆云集》,中华书局,1988。

(北凉)昙无谶译,《大般涅槃经》,《中华大藏经》第14册。

(南朝宋)范晔撰,《后汉书》,中华书局,1965。

(南朝宋)谢灵运撰,《谢康乐集》,《续修四库全书》第1304册。

(南朝宋)鲍照撰,钱仲联增补集说校,《鲍参军集注》,上海古籍出版社,1980。

(南朝宋)求那跋陀罗译,《杂阿含经》,《中华大藏经》第32册。

(南朝梁)顾野王撰,《宋本玉篇》,北京市中国书店,1983。

(南朝梁)萧统编,(唐)李善注,《文选》,中华书局,1977。

(南朝梁)萧统编,(唐)李善、吕延济、刘良、张铣、吕向、李周翰注,《六臣注文选》,中华书局,2012。

(南朝陈)徐陵撰,许逸民校笺,《徐陵集校笺》,中华书局,2008。
(北周)宇文邕主纂,《无上秘要》,中华书局,2016。
(唐)李延寿撰,《南史》,中华书局,1975。
(唐)欧阳询编,《艺文类聚》,上海古籍出版社,1982。
(宋)李昉编,《太平御览》,中华书局,1960。
(宋)章樵注,《古文苑》,《四部丛刊》初编本。
(明)朱谋㙔撰,《骈雅》,《丛书集成初编》第1174册,商务印书馆,1936。
(清)胡绍煐撰,《文选笺证》,黄山书社,2014。
(清)王先谦补注,《汉书补注》,书目文献出版社,1995。
《马王堆汉墓帛书(壹)》,文物出版社,1980。
余逎永校,《新校互注宋本广韵》,上海辞书出版社,2000。

参考文献

杨伯峻《春秋左传注》,中华书局,1990。
张震泽《扬雄集校注》,上海古籍出版社,1993。
林贞爱《扬雄集校注》,四川大学出版社,2001。
邓安生《蔡邕集编年校注》,河北教育出版社,2002。
汪维辉《〈僮约〉疏证》,载《古代文献的考证与诠释——海峡两岸古典文献学国际学术会议论文集》,上海古籍出版社,2006。
张震泽《张衡诗文集校注》,上海古籍出版社,2009。
龚克昌、苏瑞隆等《两汉赋评论》,山东大学出版社,2011。

《文选》李善音注的版本演变
——从敦煌本到胡刻本

韩 丹

《文选》之学,始于音义。早期治《文选》者,如萧该、曹宪、许淹、公孙罗之流,皆有《音义》之作。这既是中古前期经史音释方法向集部的渗透,也是文选学家在训解之初,面临辞赋中诸多繁难文字,不得不做的选择,李善亦是如此。他不仅有专门的《音义》书行世①,而且在以征引语典为主的《文选注》中,随文注音也处处可见,甚至在某些保留旧注的篇目中,注音就成了李善的主要工作。

我们在对敦煌 P2528 写本残卷的音注进行整理时发现,由于此卷所钞内容为《文选》卷二《西京赋》,在李善之前已有薛综旧注,因而他在作注时大量保留了底本中旧注的内容②,不再复注,或仅有少许增补,却于每句注末加入大量的音注,并以"臣善曰"别之,以示自作。据统计,本卷共有"臣善曰"210 次,"臣君曰"2 次③,包含音注的出注节点有 106 个,占李善总出注次数的 50%。其中,引辞书并注音的有 76 次,仅出音注的有 30 次④。这个数据说明,对于不

---

① 《日本国见在书目》有李善《文选音义》十卷的记载,新旧唐志皆未录,当早亡佚。
② 篇首"薛综注"下,李善自述体例云:"旧注是者,因而留之,并于篇首题其姓名。其有乖缪,臣乃具释,并称臣善以别之。他皆类此。"
③ 北宋监本"臣君曰"作"善曰"。
④ 其中两次在"臣善曰"后直接注音又加引书释义,因不符合李善于句末注音的体例,可视为累加型的注解,恐非李善注之初貌。故暂将其归入仅注音的类型。

少条目,李善认为薛综旧注已足训解之用,需要补充的仅是疑难字之音读,故仅于句末增音。另外,全卷共注218字之音,全在"臣善曰"之后,意味着李善所见有薛综注的底本并无音注,所有音注皆为李善所引或所加。① 可见,标注读音,扫清阅读障碍,是李善注解的一大任务,他对注音的重视程度应该不输于引典释义。

据此,李善音注应该是音主明确、时代清晰、态度严谨的中古音注材料。可为什么在使用李善音注进行音韵研究、音系系联时,总是难以直接讲明哪些是李善音注呢? 这要先从现存李善音注形成与后世传本的复杂性说起。

一 李善音注与李善本音注

所谓"李善音",仔细考量,其实是一个不甚清晰的概念。究竟是李善所作之音? 还是李善注中所存之音? 抑或是某一李善注本中的音?"李善音"在实际所指上的不同,就如"善曰"在单注本与合注本中意义指向不同类似②。为了方便考察,我们应该区分李善音注与李善本音注。

所谓"李善音注"就是李善作注时认可的音,从来源上可以细分为三个层次:(1)李善从旧注底本中承袭的音注,(2)李善所引经籍类书之音,(3)李善自作之音。最早提出应注意李善旧音层次问题的是吴承仕《经籍旧音序录》,他认为:"《经典释文》而外,引证旧音较为繁夥者,无过于颜注《汉书》、李注《文选》。见行《汉书》未经矫乱,故易于董理。而《文选》李注自昔已无善本,杂糅沿袭,间失本真。"③并提出了五条区分李善自作音与李善所存前人旧音的方法。我们认为这些音注虽然来源复杂,可能包含了更早的语音层次,但都是经过李善之手的,反映了李善作注的初始面貌,可视为"李善音注"。

---

① 此写卷世称"永隆本",抄写于李善在世之时,是学界公认的李善注早期钞本的代表,以其自述体例判断音主应该是可行的。

② 单注本中"臣善曰"或"善曰"的主要作用是区分旧注与李善自注,无旧注出则可省略。合注本中"善曰"的主要功能是区分李善本所存之注与五臣注,"善曰"不能省略。并且在不同的合注本中"善曰"的实际功用亦有区别:五臣-李善本中,"善曰"出现在旧注之后,致使部分旧注归入五臣注中;李善-五臣本中,"善曰"出现在旧注之前,完全等同于"李善本曰"。

③ 吴承仕《经籍旧音序录》,《经典释文序录疏证:附经籍旧音二种》,中华书局,2008年,第165—166页。

所谓"李善本音注"就是李善单注本所存音注。这些音未必与李善有关，只是存在于李善注本中，很容易被当成李善的音注。对传世李善单注本中非李善音注的部分，如正文中的夹注的音切，清人已有关注。清初余萧客称之为"旧音"，后顾广圻《考异》以之为五臣音，并考出其中200多条本属李善，清末黄侃则认为这些"旧音"绝非五臣为之，当是早期选学音义之作。应当注意的是，此"旧音"与吴承仕所言"旧音"完全是两个概念，关于《文选》旧音的问题，笔者将另行撰文讨论，兹不敷述。总之，"李善本音注"既包含李善音注，也掺杂了他家音注，以及后世阑入的音注，这是一个以版本为基点的概念，可以从某种程度上反映李善注本的演变历程。

那么是什么因素导致李善音注的文本如此复杂，不易厘清呢？根本原因在于习《文选》之人多，治《文选》之人多，抄刻《文选》之人多，且历经千载经久不衰。而"注以文显，文以注行"的李善注自诞生之日，便与《文选》的传习息息相关，《文选》不亡，李注不佚。因而，每次《文选》注本的传抄与刻印都可能引起李善音注文本的改变。下面我们就从形成与传播两个方面简要梳理李善音注的演化脉络。

（一）层垒形成的李善音注

李善一生治《文选》，早年从学于江都曹宪，入仕后上呈六十卷《注》本于朝廷，晚年又在汴洛之间延馆授徒，前后历经几十年，根据实际需要，其注本之音的多寡自然会有变化，总体来说，是层层累积，逐渐增加的。简单来说，可以分为两个系列：

1. 初注本音注

以显庆三年（658）李善上表之本为代表。以"臣善曰"为标志，体例谨严，音注多集中在注文之末，按文中出字的顺序逐一施注。注释较简洁，音注相对较少，与敦煌P2527所呈现的情况类似。这可能是上呈朝廷时预设读者的知识层次决定的，故要言不烦。

2. 增补本音注

应该涵盖抄写时代的各种李善注本。不仅李善仕途受挫后自己增补前注，以供教学之需，还可能有来自其子嗣、后生等他人的增补，即所谓"李善绝笔本"①"李邕补益本"②"讲学传习本"③等。其特点是体例始有变乱，音释训解增多。这种变化在敦煌 P2528 中已初露端倪，如在句末李善自注音之后又加训释和引音，也有可能是这种增注倾向的表现。④

  置互摆牲，颁赐获卤。……臣善曰：摆，芳皮切。《汉书音义》曰：卤与虏同。

  突倒投而跟絓，譬陨绝而复联。……臣善曰：投，他豆切。《说文》曰：跟，足踵也，音根。

而且，李善《文选》音义之学的根基同于曹宪一脉，除其师外，同门公孙罗、许淹等也都有《音义》书行世。李善注本在增补过程中是否参考了这些音注⑤，以及他本人的《音义》是否并入注中⑥，由于诸书亡佚，今已无明证，或可从今存《音决》、五臣同出之音作些许推想。总之，李善之音前有所承，后有所继，在形成之初就是一个变动的文本，《文选》的传习是李善音注累加的主要动因。

（二）错综变化的李善本音注

  刻本是古代文献文本定形的主要途径，也是文本经典化的过程，从某种意义上说比钞本更为可靠。而且文本一旦经校理付梓，便固定了下来，版本的系统性才能显示出来，因而，也更为可考。《文选》李善音注的文本也是如此，钞本虽然保存了李善音注形成过程中的某些特征，但真正意义上的李善音注还是在进入版刻之后才固定下来的。

1. 李善音注的定型

  据史料记载，北宋国子监校勘雕刻李善注本前后两次，始于景德四年（1007）终于天圣七年（1029），中间第一次雕版毁于宫火，后又整理重雕，前后

---

  ① 《资暇录》李匡乂言："代传数本李氏《文选》，有初注成者、覆注者，有三注四注者，当时旋被传写之。其绝笔之本皆释音、训义，注解甚多。"

  ② 《新唐书》记载：邕少知名。始善注《文选》，释事而忘意。书成以问邕，邕不敢对，善诘之，邕意欲有所更，善曰："试为我补益之。"邕附事见义，善以其不可夺，故两书并行。

  ③ 《旧唐书》云"诸生多自远方而至"，《新唐书》云"诸生四远至，传其业，号'文选学'"。

  ④ 虽然这两例出注仍是按正文顺序，符合李善的出注规律，但对于全卷其他104次李善自作音，与训释不混，全在句末来说，仍是变例，可进一步考究。

  ⑤ 屈守元持此说。

  ⑥ 汪习波持此说。

历时二十二年。① 这也李善音注第一次大规模的整理。由于宋初建国之时,收后蜀、南唐、吴越等各国所藏之书,纳于崇文馆内,整理者就有机会看到各种钞本中的李善音注,并在此基础上去芜存菁,集其大成,李善音注的数量基本上就固定了,同时被固定下来的还有:

(1) 被注音字异文

后世所言"善本作某",等同于"监本作某",由《文选集注》钞本中的"今案"所记五家本异文可知,这并非必然,也有可能只是监本整理者面临李善注钞本诸多异文中的一种选择。

(2) 反切术语

后世作为李善反切特征的"某某切",也应该是在这次官方刻印中统一修改的,并非如前人所言因避安史之乱而讳,参之五臣本即可印证。五臣本首刻于后蜀,虽献版于宋庭,但国子监并未雕版刊刻,民间刻印时对"某某反"或删或存,并无刻意修改。就钞本而言,无论李善还是五臣反切都用"某某反",没有改反为切的,"某某切"作为李善音注异于五臣音注的标志,这其实只是北宋监本的特征。

此时,李善音注在李善注中,李善本音注等同于李善音注。

2. 李善音注的变异

北宋元祐九年(1094)秀州州学合并平昌孟氏五臣注与北宋监本李善注为一本。由于合注体例,存在于李善注中的李善本音注就有因与正文夹注的五臣本音注完全相同而被删的可能性。虽然秀州本自述体例时仅提及"文意重叠相同者,辄省去留一家",未言及音注,但同音,特别是完全相同的反切在同一语段内重复出现,毕竟不符合经济原则。故而,在之后广都裴氏本、明州本以及颠倒两家注文顺序的赣州本、建州本的历次整理刊刻中,李善音注作为合注本的一个组成部分,难免会产生移位、删并,以便刻印与诵读。

此时,有些李善音注从李善注中移位到正文中,有些依然保存在注文中,一般而言,变异是有迹可循的,并不会无端消失。虽非李善本音注,但部分保存了李善音注的原貌。

---

① 详参《文选》版本的相关研究,兹不敷述。

3. 李善音注的羼乱

说到底,李善音注的羼乱不清,根本原因在于:北宋监本出,而诸唐钞本亡,后监本之版又毁于靖康战火。故淳熙八年(1181)尤袤刻印李善注本时自言"今是书流传于世,皆是五臣注本","虽四明赣上各尝刊勒,往往裁节语句,可恨"。他没有明言手中有无北宋监本或其他李善注钞本,但仅从尤刻本正文中夹杂音注来说,就明显不是李善注的原本特征。

此时,李善音注不一定在李善注中,而李善注中的音也未必都是李善音,虽然注是李善单注,但音却非一家之音。因而,仅能称之为"李善本音注",其中哪些是李善音注则不易辨别。

(三)李善音注今存版本

治文献者常陷于"文献不足征"的困境,《文选》李善注本几经变乱,已无单纯存有李善音注的版本,但好在《文选》版刻众多且系统性强,现将代表性的版本简要梳理如下:

1. 存有李善音注的钞本

今所见《文选》李善注钞本包括单注本与集注本,都有音注留存。敦煌钞本残卷有 P2528 和 P2527 两号。P2528 保存了卷二张平子《西京赋》的大部分内容,共出音注 218 次,是提炼李善音注体例、考察李善音注变迁的重要材料。P2527 是卷四五东方曼倩《答客难》与杨子云《解嘲》的残本,共存 5 处音注,可与他本李善注文之音比较。日藏古钞本《文选集注》残卷是以李善注本为基础的集注本,其正文依李善本,首列李善注,被认为是"存李善本之旧为最多"①的版本。今存百二十卷本中的近二十五卷,约占总卷数的五分之一,但李善注中之音则仅余 100 多条,其他音注可能因与《音决》重复而省略。由此可见,删除重复,仅余一家,大概是音注合并时一贯采取的处理方式。

2. 存有李善音注的刻本

(1)单注本系列

今存早期李善注本包括台北故宫博物院藏的北宋监本残卷的前半部,共

---

① 斯波六郎《文选索引》第一册,第 136 页。

计十一卷和北京国家图书馆藏的北宋监本的后半部,共计二十一卷。据研究此为同一本书,为北宋递修本。只是由于历史原因分藏两地,今国图所藏部分收入中华再造善本书库影印出版,而台藏原卷目前仍不易得见,《文选旧注辑存》将此本排印收入,可供参考。

今存晚期李善注本包括尤袤刻本,国家图书馆藏有全帙,并于1974年由中华书局影印,据影印说明此本为初刻本,但王立群等学者认为此本有递修痕迹①,我们核查此本音注时发现不仅有挖补痕迹,很可能还有缺页配补,故认同王说。今见属于尤刻本系列的有明汲古阁本和清胡克家重刻宋淳熙本。这两种清代多有刻印,存世较多,且汲古阁本钞入四库之中。胡刻本1977年经中华书局标点影印,且附入胡氏《考异》,治《文选》者可谓人手一册。另外,胡刻本1986年经上海古籍出版社点校排印,其文本也收入"中国基本古籍库"等电子文库中,四库汲古阁本也已电子化,为检索其中的音注研究提供了很大的方便。当然,使用这些材料时还是必须一一核对影印原本。

(2) 合注本系列

今存五臣 – 李善合注本(六家注本)最有价值的版本是韩国汉城大学中央图书馆奎章阁所藏朝鲜时期翻刻的秀州本和日本足利学校藏的明州初刻本,以及胡克家《文选考异》中所使用的明代袁褧所翻广都裴氏本,皆为全帙。足利本2008年经人民文学出版社影印出版,奎章阁本除了由韩国正文社影印出版外,还有日本东京大学东洋文化研究所藏一部,收入东文研汉籍善本全文影像资料库中,可供全文下载。

今存李善 – 五臣合注本(六臣注本)全帙有日本宫内厅所藏宋元递修的赣州本,又称"书陵本",今可见宫内厅网站公开的高清电子照片;还有商务印书馆涵芬楼四部丛刊所收建州本,由浙江古籍出版社1999年影印出版,以及《考异》所用的茶陵陈子仁刻本。另外,文渊阁四库所抄六臣本底本也属于赣州本,国内研究中提及赣州本多指此本,但此本与宫内厅赣州本差别较大②,应单独考察。

总之,上述刻本中都存有李善音注,而且诸刻本中李善音注的多寡和位置

---

① 王立群《文选版本注释综合研究》,大象出版社,2014年,第188页。
② 范志新比较了四库本与书陵本,认为四库本底本是赣州初刻本,刘锋将其底本与明吴勉学本核对认为"很可能是与吴本相近的明翻本"。

也有不同,很难简单指出哪个版本里的李善音注完全是李善音注的原貌,这为学界利用李善音注进行中古音的研究制造了障碍,但是,诸多版本的留存却为我们厘清李善音注的变迁、恢复李善音注原貌提供了可能性,这也是本研究的起点和价值所在。

(四)李善音注今之研究

当前学界对李善音注的研究和利用主要建立在胡刻本的基础上,甚至默认《文选》音注就是李善音注,李善音注就是胡刻本中的注音。主要原因是胡刻本印刷精良、版本易得,又经名家整理,"虽尤氏真本,殆不是过焉"①。我们比较了中华书局影印的胡刻本与国图所藏尤刻本,发现其中音注几乎是一样的,不同之处量少且相当集中,主要是胡刻本中李善注下之音,在尤刻本的正文下,而汲古阁本则同胡刻本在注文中,这显示国图所藏尤刻本可能有零星补版。就音注而言,我们认为胡刻本可以完全复现尤刻本的原貌,故径称"尤-胡刻本"或以胡刻本代替尤刻本。

由于尤-胡刻本的正文和李善注文中都有音注,学界在以此本为基础研究李善音系时,首先面临的问题就是剥离李善音注。各家筛选的标准不同,现撷取数家,列表如下(表一):

表一 音注材料的评判标准

		善曰前	善曰后	正文中	考异补
大岛正二	1976	+	+	*	+
李长庚	1989	−	+	−	−
徐之明	1990	−	+	−	−
李沙白	1990	+	+	*	+
张洁	1998	+	+	*	+
李丹	2008	*	+	−	−
李华斌	2012	+	+	*	+
吴琼	2012	*	+	+	−
李培	2013	*	+	−	−

注:+代表取,−代表舍,*部分取。

---

① 胡克家重刻宋淳熙本文选序。

由上表可知部分学者认为胡刻本中"善曰"之后的音才是严格意义上的李善音,部分学者将胡刻本注文中的全部注音作为"李善所认可"①的音,也有将李善引音按时代划分,将汉末之后的视为他家之音,予以剔除的。而胡刻本正文中的音,各家基本认为不属于李善音注,或单独考察,如李长庚;或从《考异》取部分归入李善音注中,如大岛正二、李沙白、张洁、李华斌;但也有将正文音全部视为李善音注的,如吴琼②。说明各家对李善音注与李善本音注的认识仍有参差。

当然,对于尤-胡刻本中李善音注的认定,多数学者的取舍是合理的,即使宽严标准不一,对音系系联的结果可能也不会产生大的影响。但是,就《文选》音注版本的整理和利用李善音进行个别音注研究时,甄别李善音注和尤-胡刻本中所留存的他家音注就显得相当重要,不然,其可信性总是要打个折扣。

(五)对各本李善音注的重新考察

为全面考察《文选》诸版本音注的变迁,我们将今存钞本、刻本③所载的李善和五臣的全部音注,按照出注位置分别列入数据库中,所注为同句同字之音的算作一条,以便分析、比较和统计。限于篇幅,本文仅选取与监本残卷同出较多的前八卷进行比较,这八卷基本可以涵盖《文选》音注版本演变的各种类型,这是因为:

1. 总体而言,《文选》音注主要集中在前半部分,这部分所收赋文繁难字多,出音密集。且遵从首见原则,《文选》后半部分有些字大概因前卷已注,故不复出音。《文选》全书共注音8700多次,前八卷就有3100多次,占全书音注的三分之一。

2. 北宋监本《文选》前十六卷为台北故宫博物院所藏,由于此本珍稀难寻,目前大陆学者基于此本的研究多数仅限于转引张月云(1985)文中所举例

---

① 张洁《李善的直音与反切》,《语言研究》音韵学研究专辑,第216页。
② 吴琼《胡刻本〈文选〉李善音注研究》,武汉大学硕士学位论文,2012年,第33页。
③ 《文选》今存世刻本数量可观,除北宋国子监本李善注为残卷外,皆择善本全帙录入。李善单注本有尤-胡刻本(少量不同处作有标记),合注本有奎章阁本、赣州本、文渊阁四库本。同时也录入陈八郎本、朝鲜正德本的五臣音注,以便于考察合注本与尤-胡刻本中正文音注的来源。奎章阁本与诸本歧异之处参考明州本,以观秀州本原貌。

证。我们有幸得此原卷复印本,故可对其全部音注和异文进行整理,逐一录入库中。因使用第一手材料,或许可以有新的发现。而且,这前八卷出音密集,共存注音872次,占全部监本残卷的三分之二。除此之外,这八卷中除了第七卷完全亡佚外,其余各卷均有多寡不一的留存,便于我们以卷为单位进一步切分考察。

3. 涵盖了卷二永隆本与北宋监本同出的部分,是考察李善音注从钞本到刻本变迁最有价值的材料。当前的研究多直接对比敦煌残卷与胡刻本,时间跨度过大。我们尝试按照所见版本出现时间顺序,从李善注钞本到第一次刻印的北宋监本,再到六家合注本、六臣合注本,最后回到尤-胡刻本一步一步地考察,几乎可以涵盖《文选》注本分合演化的全过程。

4. 有无旧注底本的李善注往往表现出差异。这八卷既有旧注篇目(薛综《二京赋》注、刘渊林《三都赋》注),也有与《汉书》同出集注篇目(《甘泉赋》《子虚赋》《上林赋》)以及李善自注篇目,可进一步细化李善对待不同类型底本的注音倾向。

以北宋监本残卷的同出篇目为基础,对今存各版本所存李善音注进行考察,既可以从宏观上把握各本李善音注的变化,推测今存最可靠的李善音注版本,也有助于从微观上考证每一个李善注中之音的正讹及其来源与演变。下面就以各卷音注在诸版本的分布为纲,分析考证李善音注的变迁。

二 李善音注的定型——从钞本到刻本

钞本时代,文本是变动不居的,每经一次抄写,就会形成一个新的版本。从李善注诞生到北宋监本刊刻,经历了371年,其间被传写了多少次,今无从得知。但从自唐至宋初"文选烂,秀才半"的热度来看,数量一定是惊人的。如果以敦煌永隆本作为李善初注本代表的话,北宋监本应该算是李善诸多增补本的集合。通过两个本子的对比,不仅可以反映李善音注从钞本到刻本的变化,还能折射出钞本时期的李善音注是如何层层累积增补的。

(一)音注数量的变化

今存北宋监本残卷恰好涵盖了永隆本残卷的全部内容,为我们比较两本音注提供了最大的可能。总体而言,李善注文中的音注数量有变化,统计结果如下:P2528 共注 218 字之音,相同篇幅内北宋监本共注 252 字。为方便对比,我们还参考了其他版本李善注中的出音情况,分别是胡刻本注文音(以下简称胡注)254 个,奎章阁本注文音(以下简称奎注)134 个,宫内厅藏赣州本注文音(以下简称赣注)135 个。各本李善注中之音的增删趋势如图一所示:

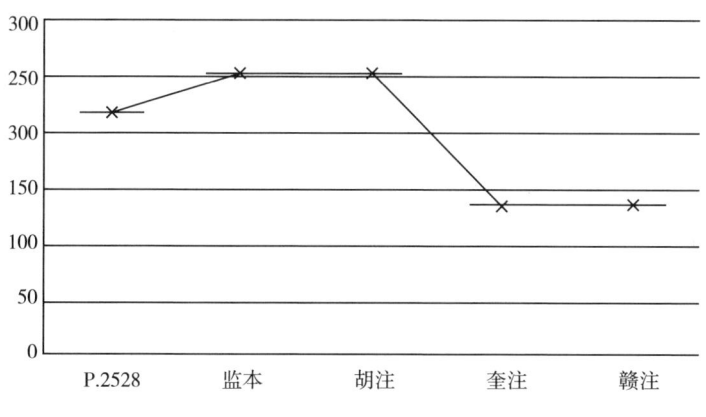

图一　钞本到刻本李善音注增删

可见,从永隆本到监本有明显增加音注的趋势,胡注与监本的中音注几乎一致,两家合注本中李善音注一致,与单注本比,删减了不少音注。就本卷而言,李善单注本的注文音接近李善音原貌,合注本的注文音与李善音注原貌产生了不小的差异。我们对各本音注的增删现象进行了详细的考察,具体如下:

1. 敦煌本无监本有

监本添入的音注共 37 个,其中 17 个与五臣音全同,1 个与五臣音异字,19 个与五臣音无关。关于增入的与五臣音相同的音注,我们认为其来源有两种可能:一种是受《文选集注》的影响,近年来的研究都显示了北宋监本中有羼入钞本陆善经注的现象,认为监本可能参考了集注钞本。集注本五家之音多存于《音决》,监本如取《音决》之音,就有可能和五臣本之音同。另外一种是,李善本和五臣本可能都部分地继承了早期《文选》音义的成果,李善本在传抄增补的过程中,可能添入的部分恰好与五臣本所取前人之音同。

关于这部分恰与五臣相同的音注,恰好可以解释合注本李善注中减少的那部分音。见下表二：

表二

	音同五臣	李善独有
添入总数	17	20
奎注删复	14	2
奎注重出	3	0
移入奎正	0	2

这17个音注中有15个在奎章阁本中因正文已有而删除，当然也有例外，还有3个未删仍保留在注文中。另外，李善注中与五臣不同的音，不明原因被删减了2个，移入正文中两个，其他的则都留在奎注中。关于非音复而删的问题，之后我们还会选取更多的样本以寻找规律。

接下来我们进一步考察李善注本中累加音注的去向。由于本卷是有薛综旧注的底本，上文已提及敦煌写卷中薛综旧注无音，可今存尤-胡刻本确有音，那么添入的音注是尤本所添还是监本已有呢？下表一目了然（表三）。

表三

	总数	薛综注	李善注
监注	37	12	25
尤注	38	13	25

尤注除了多添入一个五臣音来源的音注（展，丁谨切）外，完全与监本相同。也就是说李善音注增音主要还是发生在钞本流传的过程中，这种累加破坏了李善注早期的体例，也改变了旧注的面貌。早期李善注本严格区分自作之注与底本旧注，以"臣善曰"标记，后来传抄增补旧注之音的现象提示我们，增补不仅发生在善注中，也发生在所有传抄者认为有必要注释的任何位置上。我们进一步细分添入李善注中的音注，有添入李善注中同李善引音的，如：

【1】其中则有鼋鼍巨鳖，鳣鲤鱮鲖。……
善曰：……郑玄诗笺曰：鱮，似鲂，（翔与切）……①

---

① 所据例证皆依北宋监本，括号内为监本中添加的内容。

与此相同的还有 3 例。有添入李善注末同李善自注音的,如:

【2】鸟则鹔鹴鸹鸨,驾鹅鸿鶤。

　　善曰:……凡鱼鸟草木,皆不重见。他皆类此。鹔,音肃。驾,音加。(鶤,音昆。)

与此类似的还有 20 例。另外,还有 2 条添入音注后形成李善注中一字重注二音的情况。

【3】天子乃驾雕轸,六骏駮,戴翠帽,倚金较,琼弁玉缨,遗光儵爚。

　　善曰:毛诗曰:猗重较兮。(音角。)说文曰:较,车輢上曲钩也。较,工卓切。輢,一伎切。

案:"较"陈八郎本、正德本正文夹注"音角",奎章阁本正文同,是五臣本有此音。敦煌本引《毛诗》原无音注,北宋监本添入,与李善自作之音①形成又音。检《经典释文·毛诗音义》"较"有"古岳反"之音,但《尚书音义》《周礼音义》等则多作"音角"。盖此音确有来源,或李善增注本钞入,监本从之,又恰与五臣所袭之音相同。奎注中无此音,当是两家合注因音复而删。

【4】但观罝罗之所羂结,竿殳之所揎毕。

　　……揎毕,谓撞柲也。善曰:羂,古犬切。揎,音横。毕,于笔切。(又音笔)。

案:"毕"《广韵·质部》"卑吉切"与"笔"音同,无又音,敦煌本李善音"于笔反"是注"羂"字的匣母一读。五臣本作"羂"正文夹注"于笔",与李善初注音同。奎本注文有校语"综本羂作毕"。"羂"字《广韵》存二音,监本补入帮母一读,盖因正文作"毕"之故?

就今存《文选》音注总体而言,又音并不多见。P2528 无一处又音,而监本中添入两处,或许提示我们今所见李注又音多非李善初注原貌,李善本人随文音释,务求精准,以音别义,便于诵读。后人传抄或版刻过程中因各种原因阑

---

① 《说文》无"较"字,"较"字下注"车輢上曲铜也"与李善引文同,下注"古岳切",《玉篇》"较"注"古学切",故"工卓切"当为李善自注之音。

入它音,故而数量极少。

2. 敦煌本有监本无

与从钞本到刻本增添音注的总体趋势相反,还有 3 例 P2528 有而监本无的,列表如下(表四):

表四

字头	敦煌本	陈本	正德本
蹍	女展反	女展	女展
鞲	音沟	音沟	沟
鰋	音偃	音偃	偃

如上文所言,钞写文本无后世刻本的系统性,不能完全据之考察后世刻本的变化,只是提供了一种参照。这里三例音注虽全与五臣音同,可能两家在施注之时,或钞本流传增补的过程中,都一定程度地承袭了前人所作之音,如果来源恰同,则会出现音切用字全同的情况,这也是后世两家合注本音注删重的主要原因。

(二)音注文本的变化

除了数量有异外,钞本到刻本的音注文本也发生了一些变化,主要表现在两个方面:

1. 被注字异

P2528 与北宋监本之间的异文,前贤已有讨论,今仅就被注音字有异文的情况进行考察。列表如下(表五):

表五

P2528		监本		备注
毃	音吾	聕	音吾	钞本形近讹
㢉	张栗反	厔	张栗切	正俗字
否	音鄙	駓	音鄙	通假字
軯	芳耕反	耕	芳耕切	异体字

续　表

P2528		监本		备注
柲	房结反	拁	房结切	异写字
彙	音谓	猬	音谓	通假字
里	音独	罜	音独	钞本形近讹
欲	音鱼	敏	音鱼	钞本涉上文讹
凸	敕亮反	畅	敕亮切	通假字
鱺	音而	鱺	音而	正俗字
辟	敷赤	礔	敷赤切	通假字

以上各例虽被注字有异，但音注皆同，可从音注考察正文的讹误。另有一例，敦煌本作"菺音肩"，监本作"菖音眉"，是各本注其所见字之音，就不易从音注定其异文的是非了。

2. 注音字异

P2528 与监本注音字有异的共有 26 处，其中文字歧异不涉及语音的简单可分三类：(1) 仅字形有异的 7 条，钞本多用简俗字，如"萬"作"万"，"縣"作"绵"，"怪"作"恠"之类；(2) 钞写讹误的 5 条，如："闗，胡关切"，钞本作"胡开反"，"棫，音域"，钞本作"棫"；(3) 异字同音的 3 条，如"窾，五告切"钞本作"五到反"，"貌，五奚切"钞本作"五兮反"，"罼，中立切"钞本作"中十反"。

另外实际注音可能有别的 9 条，经考证有反映语音变化的，如："擂，芳麦反"监本改为"普麦切"，前者类隔，后者音和，可能是唇音分化的结果。也有不易确定到底是钞写错误还是语音变化的，如："罛，许孤反"监本作"计狐切"。案：钞本"许孤反"与五臣音"呼"同，而监本"计狐反"又合于《广韵》"古胡切"。只是前者是常见的反切类型（上字多喜用遇摄字），后者是比较特殊的切语（通常遇摄字不用蟹摄上字），因而，不宜轻下断语，还需结合李善反切的用字习惯、注音特点等进一步推断。

通过比较永隆本与北宋监本，可以发现《文选》李善音注从早期钞本到首次刊刻整理，这中间无论从宏观数量，还是微观细节上都有变化，但其音注主体是稳定的，虽屡经传写，变化不大。少量变化也主要体现在丰富音注，满足诵读，规范用字，订正讹误等。总之，北宋监本中李善音注是真实可信的，是李善和李善注本研读者以及校理刊刻者共同作用的结果。

三　李善音注的变异——从单注本到合注本

胡克家言"文选之异，起于五臣"。本来李善、五臣各是一家之注，读者定位不同，互无牵扯。可就是因为过于互补，就产生了合注本。五臣上表时自言"并具字音"，且五臣本于后蜀之时便已勒刊，形成了固定的文本，正文夹注音切应该就是五臣注本原貌，今存五臣注单行本与日藏三条家本五臣注钞本残卷也都证明了这一点。对于两家来说，其音注都是自足的，可以满足诵读的需要。合注的形式，从注解角度上，确实是"兼美"的，可对于音注来说却难免会有冲突，因而不得不使用相应的办法，来解决这种冗余和冲突。解决的结果，就是两家音注都会产生一定形式的变异，不复原貌。我们甚至可以说李善"音注之异，起于合注"。

目前学界对诸合注本中的音注关注不多，仅有的几篇研究也只是基于某个版本大致描述其音注表层形式的变化，加之对五臣音研究和认识不足，导致这项研究仍存空白难以深入。我们以奎章阁六家注本为基础，以陈八郎本和正德本作为五臣音辨别标准，选取监本残卷同出篇目，考察李善音的来源和变化，试图清晰描摹出合注本中两家之音变异的原因和轨迹，同时考察合注本在后期刊刻中两家音注的走向。为免枝蔓，选取宫内厅藏赣州本与汲古阁钞赣州本，作为六臣注本的代表。

（一）变异的开端——秀州本

上节在李善音注从钞本到刻本变化的考察中，已经提及了合注本中注文之音减少的情况。现扩大范围考察奎章阁本所代表的秀州本注文对其底本北宋监本音注的保存情况。

前八卷监本共有音注871个，奎本注文有588个。总体来说，奎本中的李善音注被删去了三分之一，这是一个不小的改变，与其注文最存监本原貌的情况不同。下面我们分卷对比两本音注的情况。

由图二可知，虽然奎本各卷注文音与监本相比都有减少的趋势，但各卷分布不一。卷一、卷三和卷六音注减少不多,可能与其取样较小有关。而音注较为密集的第二、四、五、八卷还是呈现了两种不同的趋势。卷二、卷八大量删减,卷四、卷五则基本予以保留。

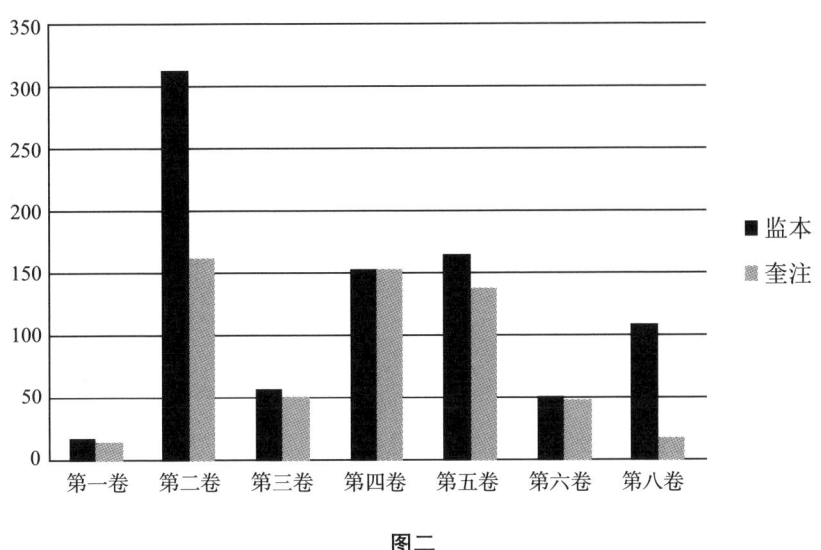

图二

接下来我们将分组讨论:

第一组:卷二、卷八。

奎注共删音注242个,其中与五臣音注完全相同者156例,反切用字不同而实际切音相同者15例,因正文五臣本未注音而移入正文者53例。另外还有其他类型,如因李善音注讹误而删的、因异文直音而删的,还有不明原因正注皆缺的,但都是零星出现。

第二组:卷四、卷五。

奎注共删音注45例,其中与五臣音注全同者36例,实际切音同而删的7例,其他类型零星出现。

两组比较,我们发现最大的差异在于第一组中有不少的注文音移入正文,而第二组则没有此类变化。造成这种差异的原因,我们还有待进一步考察。从这些音注的变化中我们总结出了秀州本合注时音注改变的类型,主要有三种:

1. 删复

卷二《西京赋》

> 飞甲楯【音肃,善本作潚】箭【朔】,流镝擂【普麦】㩴【朴】。
> 善曰:《说文》曰:甲,网也。(潚,音肃。擂,普麦切。)㩴,芳逼切。

2. 重出

卷一《西都赋》

> 若摛【敕离】锦与布绣,爓燿乎其陂。善曰:……《说文》曰:摛,舒也。敕离切。……

3. 移位

卷八《羽猎赋》

> 蚩尤【并步】浪毂,蒙公先驱。晋灼曰:此多说天子事。如说是也。(并,步浪切。)

秀州本是最重要的本子,这是因为:

一、所选底本精良。其中李善注来自北宋监本,五臣注来自平昌孟氏本。

二、所经变乱不多。秀州本是两家音注的首次合并,通过与其所用底本的比较,可以在一定程度上归纳其合并原则;同时,也是考察合注本变化的起点,通过各合注本的对比可以考察合并原则在诸合注本中有没有进一步深化发展。

而今所见秀州本的代表是朝鲜 300 年后翻刻的奎章阁本,虽然朝鲜刻书非常严谨,但也难免会有小的讹误和变迁。因而,在使用奎章阁本时,要区分秀州本的变化和奎本重雕的变化。如:卷二《西京赋》

> 妖蛊【古】豔夫夏姬,美声畅于虞氏。
> 善曰:……《左氏传》:子产曰:在《周易》,女惑男谓之蛊。
> 音古。……

案:正德本、明州本、赣州本正文皆作"蛊【也】",奎章阁本另有两处正文作"蛊【冶】",唯此处改为"古"当非秀州本原貌。或不识此处五臣注"妖冶"之训读音,因而受李善音影响,将形近的"也"字改为"古"。

那么如何确定秀州本原貌呢？我们采取的原则是，如果与明州本、赣州本同，则为秀州本原貌，如与诸合注本皆异，则可能是朝鲜翻刻时的改动。比如一些唯独奎本缺，而诸合注本皆有的音注。

（二）变异的深化——赣州本

秀州本出现后，合注本就成为《文选》注本刊刻的主流。不仅有承此体系的广都裴氏本、明州本，还产生了一种新的合注本，即将李善注放在五臣注之前的赣州本，以及承此本的建州本。不过，赣州本根据范志新的研究似乎有两个系列，一是初刻本，他认为就是四库馆臣所钞六臣注的底本；一是递修本，就是日本宫内厅藏的书陵本。① 我们对这两种赣州本的音注都进行了考察，统计如下（图三）：

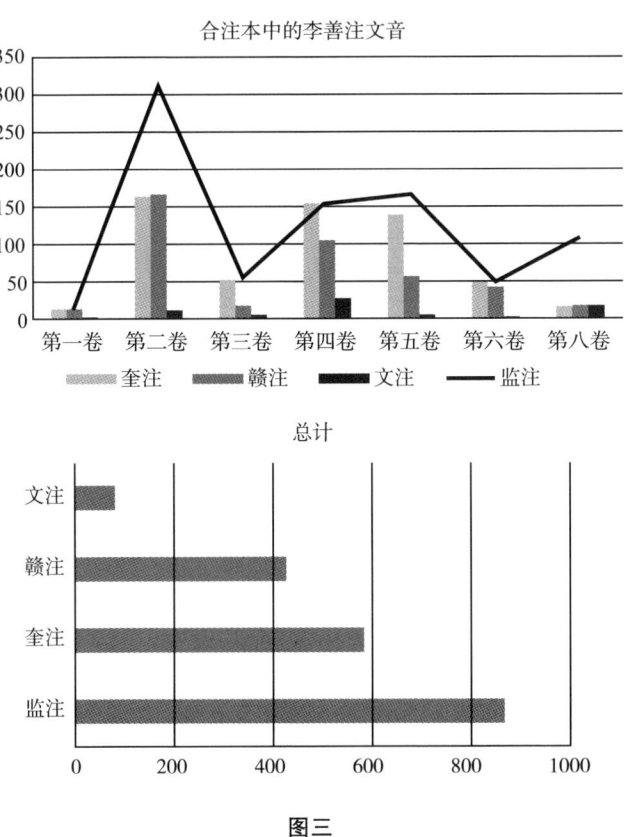

图三

---

① 范志新《文选版本论稿》，江西人民出版社，2003年，第30页。

从图三中可看出，以监本音注作为李善注文音的标准的话，各合注本注文总的音都呈现减少的趋势。而且很可能随着时代的推移，在每次版刻中都逐步减少。从这个意义上说，文渊阁所藏赣州本，一定不是赣州初刻本，因为音注的删减一般是不可逆的，若是已经删了的，再无端复原是不太可能的。总体而言，宫内厅赣州本的音注的变化表现为进一步删复，因而，注文中的音注越来越少。文渊阁赣州本表现出了删注文音的极端倾向，不仅删音切字面相同或相近的音注，同一字的注音，倾向于只留一个。

为了更全面地把握各合注本音注变化的趋向，我们统计了各本正文音注的数量，并以单五臣本的音注为参照，具体情况详见下图（图四）。

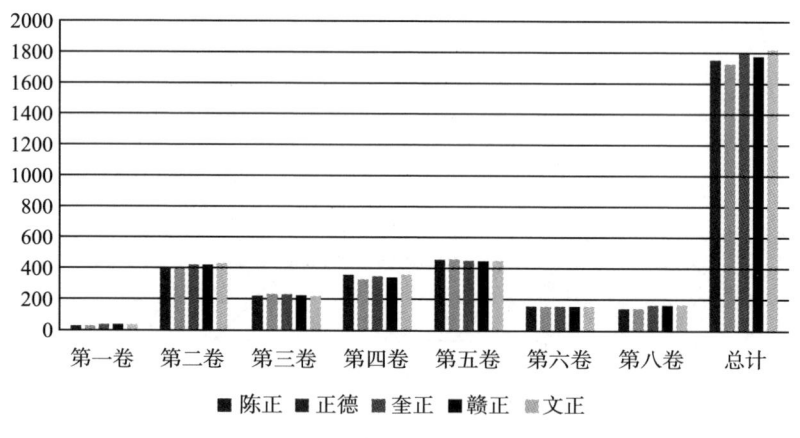

图四　五臣音与合注本正文音

通过考察我们发现：

（1）五臣单注本陈八郎本与正德本在前八卷中音注基本相同，这说明五臣音确实存在，就是五臣本正文夹注之音。

（2）奎章阁本的正文音基本保存了五臣音的面貌，有少量的增加，从增加的音注上来看，基本上是从李善注文中移入的。

（3）赣州本的正文音注的数量基本保持不变，但较奎章阁本有少量减少，主要表现在有以正文校语代替音注的情况。

（4）文渊阁本有少量增加，多来源于李善注文音。

（5）在这七卷中诸本正文中的音注数量变化不大，基本稳定。各本在正文中的出注位置基本保持了五臣出注的原貌。我们对音注进行了比较，发现总的来说合注本中的正文音还是以五臣音为主体的。

(三) 音注增删的启示

综上所述,合注本虽然改变了原五臣与李善音注的面貌,但其演变脉络是清晰可考的。通过与早期的李善版本的比较,可以归纳出合注原则,这为我们厘清李善五臣两家音注的全貌提供了可能。

另外,合注本音注的变化还是主要发生在文本内部的,主要表现在两个方面,一是位置的变动,一是删减音注总量,但被注字的数量基本保持不变,非李善五臣系列外来音的添入也是很少见的。所以,各合注本中所存的音,无论多寡,其来源都是李善音和五臣音,而李善音注和五臣音注本来有些部分就是重合的。

而将《文选》李善音注定形的阶段与变异阶段进行对比,似乎可以引发我们更多的思考:

(1) 与从钞本到刻本的添音倾向不同,合注各本演变的倾向是删音。看起来是相逆的过程,实际上本质是不同的。

(2) 钞本增补音注,增补的是被注字的个数,也就是说,出音注的节点未能满足诵读文本的要求,还有不易读的字,因而需要注音,这表现在钞本音注的层垒上。这各阶段累积的成果通过刻本保存下来,如北宋监本对各种李善注钞本的集合。

(3) 经过抄写时期文本自由生长的过程,最终在版刻时固定下来的出注基点与实际需要是匹配的。也就是说,无论是五臣注的后蜀毋昭裔刻本,还是李善注的北宋国子监刻本都是内部自足的整体。

(4) 各家音注的总量与预期读者的知识阶层相关。因而面对一般知识阶层的五臣本出音位置七千多,而面对精英知识阶层的李善本只需要三四千的量。这也可以从一个方面解释为什么李善上表本的音注总量更少,根本原因是预设读者——皇帝不需要李善给他注那么多的音。

(5) 由于文本的难度是固定的,所需音注的数量可能会根据读者的水平上下波动,但基本来说应该也是一定的。因而,合注本面临的最大问题就是两个自洽的系统,要合并为一个系统,就会产生大量的冗余。处理这种冗余的原则,实际上就是音注合并的原则。因而,合注本删音,删的只是音注,而非出音注的节点。

(6) 对注音来说,恰好满足诵读需要永远是最终的衡量标杆。音注增删的内在动力,永远是为了达到一种理想状态,那就是在尽可能量少又尽可能足用上寻找平衡。

四 李善音注的羼乱——从残佚本到复原本

上文已知合注本的出现导致了李善音注的变化,但事实上合注本对李善音注和五臣音注的影响是不同的。首先,首次合注五臣注居前,正文从五臣本,五臣音注几乎完整地保存在合注本中,就算变成了李善注居前,正文从李善本,但正文夹注的音依然是以五臣音为主体的。其次,合注本的变迁中,音注变化的方向是从李善注中音移向五臣音原有的正文音,无论是最后占位的是原李善音还是原五臣音,五臣本原有的出音位置不变。第三,五臣注本自诞生之初对音注的态度就是"并具字音",放入正文,不具注者姓名,所以即使替换成他家音注,只要注音正确就对五臣注本没有影响。第四,合注本出现以后,五臣单注本就鲜有刻印,南宋之后更完全绝迹,当然邻国刻印另当别论。应该说合注本已经完全取代了原五臣本的功能,可谓是五臣本的升级版。

而对于李善本来说,合注的影响就比较消极了。尤袤复刻李善本时说"虽四明赣上各尝刊勒,往往裁节语句,可恨"。可见因刻佚失原貌最多的是李善本,音注也是如此。而根本上导致后世无缘得见李善单注本原貌的则是北宋监本之版毁于战火,印成之书也渐亡佚,不然尤袤直接以原书覆刻岂不容易?下面,我们就来探讨这个羼入了正文音注的李善单注本中的音注到底是不是李善音。

(一)注文音的羼乱

尤刻本与合注本都有属于五臣音特征的正文音,是尤刻本所存音注非李善单一来源的显著特征,但如果仅是如此,把正文中的音删去,剩下的不就是李善音了吗?胡克家《考异》中早就指出还要把"善音之可考者,悉皆订正"[1],

---

[1] 《考异》:注"于叹辞"袁本、茶陵本辞下有"于孤切"三字,是也。其正文下"乌"字乃五臣音也。凡合并六家之本,于正文下载五臣音,于注中载善音,而善音之同于五臣者每被节去。袁、茶陵二本,又各多寡不齐,盖合并不一,故所节去不一耳。至尤本于正文下五臣音,往往未尝区别刊正,而注中善音,则节去弥甚,其失善旧,亦弥甚矣。今取二本善音之可考者,悉皆订正。其二本已节去在前,则末由考之。间有可借正文下五臣音推知崖略者,然既非明文,难以称说,当俟再详。全书善音之例,均准此。

不过他可考的只有六家注袁本和六臣注茶陵本。而当我们参照了更多的版本时,发现尤－胡刻本中注文音羼乱的情况,远比《考异》所言更为复杂。下面先对比奎章阁本,看合注本注文音是否可以考证出与《考异》类似的结果。然后再对比北宋监本,考察合注本与尤－胡刻本注文中的音哪种与李善本原貌更接近。

1. 合注本注文音是否可补尤本李善音之不足?

与监本同出的前七卷的李善注文中,奎章阁有而胡刻本无的音注共168条,就此而言,合注本注文中的一部分音注比晚期李善单注本更存李善音原貌。《考异》的方法正确,今之学者在胡刻本基础上研究李善音注加入胡氏《考异》200多条的音注,是正确的选择。但数量上跟我们还有些差异,我们所用的仅是监本残卷同出的篇目,仅占全部音注的百分之二十多,就有168条,如果是全本的话,考出的条目应该多于《考异》的量。

从另一个角度来看,奎章阁本无而胡刻本有的注文音共323条,这部分音注属于合注本音删复的类型。因而,这样来讲,奎本的注文中保存的李善音并不优于胡本注文音。

2. 究竟是合注本还是后期李善单注本更存李善音原貌呢?

以北宋监本为标准,列图(图五)如下:

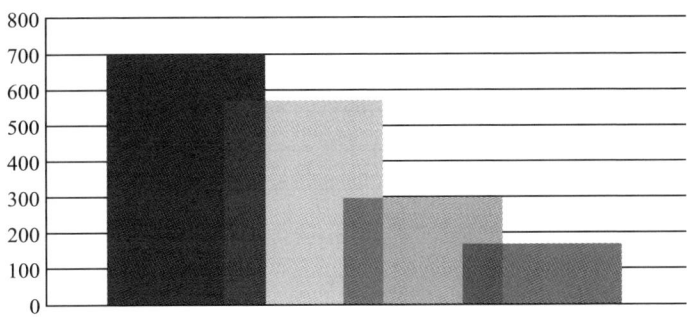

图五　监本、奎本、胡本注文音比较

总体而言,与监本同出的注文音,胡本多于奎本;未出的注文音,胡本少于奎本,因此,从前八卷与监本残卷同出篇目的音注总数上来说,胡本注文音比奎本注文音更接近北宋监本。

3. 胡刻本真的比合注本注文音更接近李善原貌吗？

我们再次提出这个问题是因为,胡本注文中另有 39 例其他各本皆无的音注。这提示我们胡刻本可能有其他外源音注的羼入,非仅仅与五臣音掺杂,这就使得胡刻本中的音注更为复杂了。还有一些数据也显示出胡刻本音注与他本的各种参差,限于篇幅,此处从略。

(二)注文音的波动

由于胡刻本中正注文音注羼乱太过严重,下面试从音注所存位置与卷目两个角度,对照李善音注原貌进行考察。

根据各卷音注统计结果,为方便对比胡刻本注文音与北宋监本出音数量的重合度,我们绘制了图六。

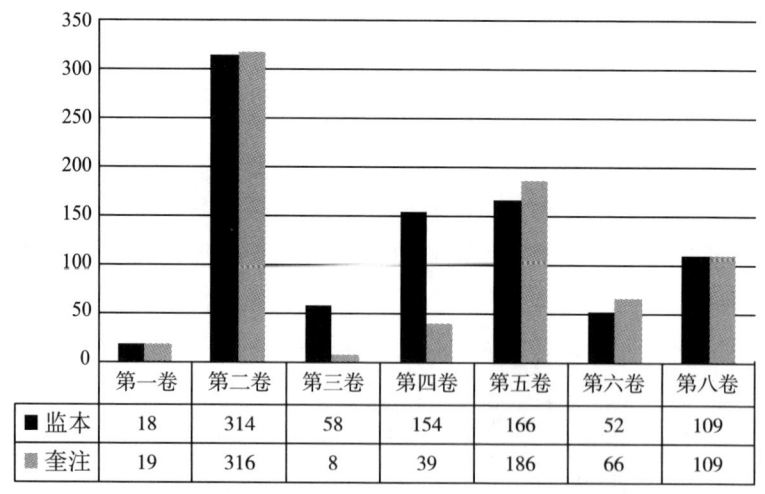

图六

以监本为标准可以将胡本七卷分成三组:

第一组:卷一、二、八,特点是注文音与监本音注持平。

第二组:卷三、四,特点是注文音几乎被删削殆尽,仅有少量存留。

第三组:卷五、六,特点是注文音溢出监本原音注数。

经具体音注核查,我们发现第一组音注几乎保存了监本的原貌,奎注无而胡注有的音注多出于此类。也就是说合注本中因与五臣相同而删的音注,胡本完好地保存在李善注文中,比奎本注文更接近善本原貌。第二组胡刻本注文中的音少得可怜,大量出现在正文里,也就是奎注有而胡注无的那类,《考异》对照袁本、茶陵本辑佚出的李善音注就属此种。这显然不是李善单注本的特征,但也不是奎章阁本、赣州本的特征。第三组注文音超出李善原本,不仅有一些各本皆无,来历不明的音注,而且正文中也保存了大量音注,极其错综复杂,需要从新的角度进行深入剖析和观察。

(三)正文音与注文音的互补

核对具体音切材料时,我们发现正文音的多寡似乎与注文音也有关系,于是将胡刻本各卷注文音数与正文音数分别绘制图表(图七),发现果然各卷注文音与正文音呈互补分布的状态。注文音多的卷目,正文音少,反之亦然。

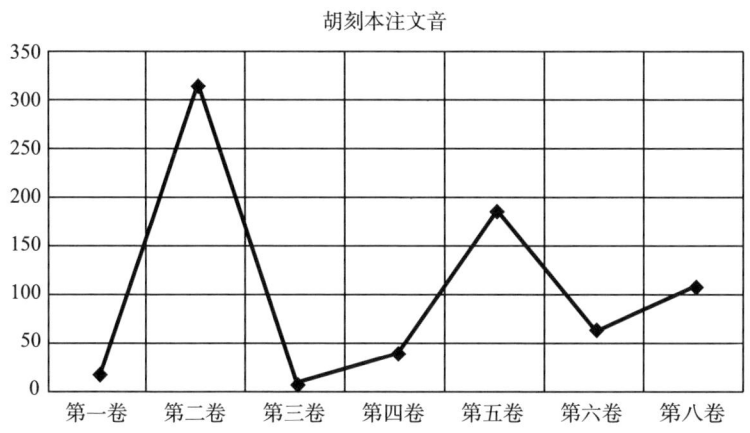

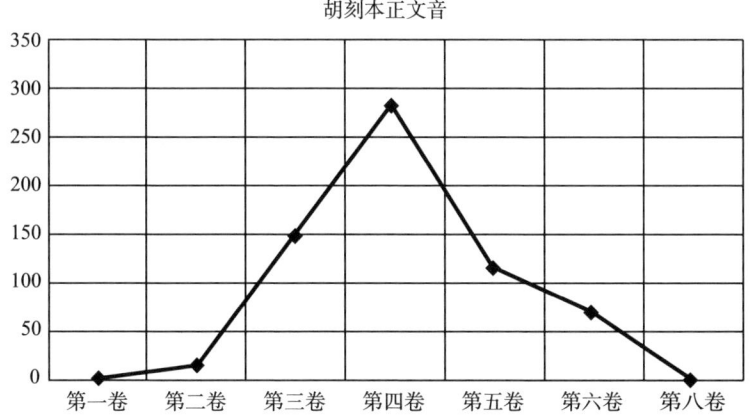

图七

由图七可见,胡本注文音与正文音在各卷分布的两条曲线大致是可以拼合的。下面我们再换一个角度考察,以北宋监本各卷音注的总量为参照,以卷为单位将胡刻本注文音与正文音的分布做成了百分比对照表。见图八。

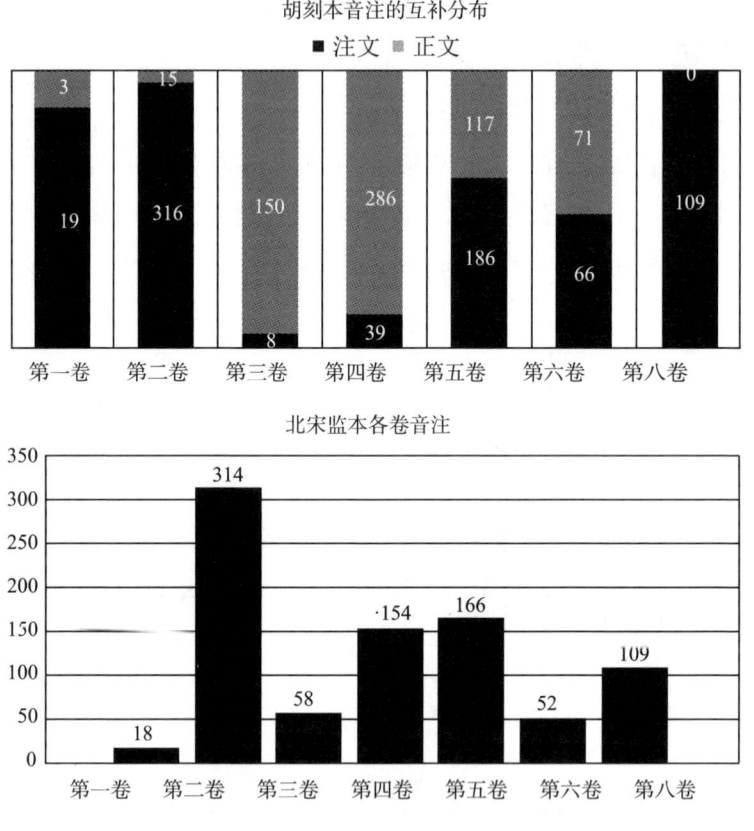

图八

通过上图我们可以清晰地看出胡刻本注文音与监本音注吻合度越高的卷目里,正文音注越少。相反,胡刻本注文音留存很少而监本中原本音注并不少的卷目中,正文音注则占绝对优势。显然,第一组(卷一、二、八)比较接近北宋监本原貌,第二组(卷三、四)就与李善单注本差异较大。而第三组(卷五、六)体现出另外一种倾向,就是不仅注文音注溢出原李善本,正文中也有相当音注,其总和要远远超出监本。

就李善音注而言,北宋监本之后,音切字面就比较稳定了。即使是音注数量有变化,也有痕迹可寻,主要方式是注音位置的转移和两家重复之音的删削,而添入新的音切这样的情况已经很少了。一般来说,合注本李善音注的变异仅限于合注本文本内部,其实就是在五臣音与李善音之间转换。但是尤袤复原的李善单注本,情况却很复杂,有比合注本李善注中之音更接近李善音注原貌的,也有几乎没什么李善音注特征的,甚至还有一些不明来源的音注。但由于它是现存唯一的李善单注本全帙,今之《文选》音注的音韵学研究又多建立在此本之上,是我们不得不搞清楚的李善音注版本,特别是尤刻本的来源,一直都是治《文选》学者经久不衰的话题。

余 论

关于尤刻本的底本到底是从六臣本中摘出李善注,还是尤袤手中有李善单注底本,只是参考了当时的六臣本,一直众说纷纭,未成定论。我们从尤刻本中的音注来看尤刻本的来源,或许可以独辟蹊径,得窥真貌。因为古人一般不会擅改音注,尤刻本的近5000个音切分布各卷,就像定位明确的坐标点,让我们可以以卷为单位,甚至以页为单位,通过与今存各版本音注的对比,来推测尤袤所用底本的情况。

从目前宏观数据分析的结果来看,尤刻本各卷对李善注本原貌的存真程度是不同的。从尤本音注分布的情况来看,正文中音注少的篇目所存李善本旧貌更多(与北宋监本相似度高),而正文音注多的篇目则更接近合注本。同时,正文音注还有聚合的倾向,集中出现在某几卷,或某卷的某几页上,这或许可以使我们作出一个推测:尤袤手中必然有李善单注本,这个单注本是一个残卷,他是以此残卷作为首选底本的,无残卷处不得已才使用合注本,将之补为全帙。这也从另外一个角度上解释了为什么他可以断言四明与赣上"往往裁节语句,可恨"。

剩下的两个问题是:一、尤袤所见的李善单注本残卷是钞本还是刻本,与今存监本是否等同? 二、他用来备补的合注本最接近今存的哪个本子? 我们将在接下来的研究中进一步讨论。

(郑州大学文学院)

参考文献

范志新《文选版本论稿》,江西人民出版社,2003。

傅刚《文选版本研究》,世界图书西安出版公司,2014。

王立群《文选版本注释综合研究》,大象出版社,2014。

郑州大学古籍所编《中外学者文选学论文集》,中华书局,1998。

从"母本"到"变本":萧《选》旧貌之构建尝试
——以敦煌善注写本与日藏白文古钞的对校为中心

高 薇

一 问题缘起与研究路径

在传统的选学研究当中,由于前人所见多为刻本,从各刻本的异文出发,以推求"崇贤旧观"及"萧《选》旧貌",是比较普遍的做法。从附于南宋淳熙八年(1181)尤袤池阳郡斋刊刻善注本之后的《李善与五臣注同异》,到清代嘉庆十四年(1809)胡克家覆刻宋尤袤本而推出的《考异》十卷,均是利用刻本以校勘《文选》之成果代表。至若梁章钜、胡绍煐、张云璈、何焯等人的意见,亦是基于刻本提供了丰富的异文判断依据。如今更多稀见刻本和写本、钞本的发现,一方面让刻本的整理和校勘工作愈发后出转精,另一方面也让写本、钞本的价值得到更多重视,[1]促使我们跳出原先刻本校勘意见的限制,以重新理解《文选》各本之间的异文。

众所周知,《文选》的善注刻本、五臣注刻本、六臣注刻本(包括六家注刻本)各成谱系。一些正文用字和注文的差异,往往被用来作为区分不同谱系的特征,比如奎章阁本、明州本、赣州本等的校语会明确表示"李善作某""五臣作某"。但是,排除这些区别特征的异文,各个谱系其实呈现出更多的一致性,

---

[1] 案,前者代表如俞绍初先生主编的《新校订六家注文选》,是为目前《文选》刻本整理的新高峰,后者则以刘跃进先生主持的《文选旧注辑存》、金少华先生整理的《敦煌吐鲁番本〈文选〉辑校》为代表。

包括相同的篇目、编排次序、文本内容、用字等。因此以往的研究多着墨于各个刻本的异文,而多忽视其一致性,且确实在原有的文献条件下,各刻本谱系的共同点也无甚可言。但是有意思的是,一旦拥有更早材料(如敦煌吐鲁番写本、日藏钞本),不但刻本谱系的异文区别特征受到质疑,就连刻本之间一致的地方,也在早期写、钞本面前土崩瓦解。换言之,存在一批异文,光从刻本内部难以被察觉,目前唯有通过刻本与早期写、钞本的校勘,才会暴露出来。正是从这批异文入手,本文开始了追踪萧《选》旧貌之旅。

本文用以讨论的材料以敦煌本 P2528(《西京赋》)与 P2527(《答客难》部分、《解嘲》)为主,以之为早期《文选》注本的代表。这两个卷子都有明确的"臣善曰"标记,学界基本认为"臣善曰"所表明的注文属于李善注,且代表了善注初期的面貌。蒋斧《文选残卷题记》称两个残卷"此为崇贤初次表上本",冈村繁也基本认可该说法,认为"正是唐朝秘阁收藏的该李善初次上呈本系统的残卷"。① 尽管我们无法否认敦煌本中也存在善注与他注相混的可能性,但考虑到这种可能性在目前的条件下无法被证实,因此下文的讨论对此不予过分细究,但会尽量更为审慎地作出任何一个判断。不过比较遗憾的是,上述三篇文章没有《文选集注》可以对勘,但有日藏白文无注三十卷本系统的多个钞本可供参校。② 此外,P2527 和 P2528 的整理成果亦足参考,包括:饶宗颐《敦煌本〈文选〉斠证(一)(二)》(《新亚学报》1957 年)、罗国威《敦煌本〈昭明文选〉校释》(黑龙江教育出版社 1999 年)、富永一登《唐钞李善单注本文选残卷校勘记(一至六)》(《中国学研究论集》1998—2000 年)、金少华《敦煌吐鲁番本〈文选〉辑校》(浙江大学出版社 2017 年)。

本文经由敦煌写本和日藏白文钞本的对校,并参校后世刻本之后,重点讨论三种异文现象:

---

① [日]冈村繁《从〈文选〉李善注中的纬书引用看其编修过程》,《文选之研究》,陆晓光译,上海古籍出版社,2009 年,第 323 页。又,王立群先生《〈文选〉李善注变迁综述》一文则认为"P2527 应该是李善注早期的面貌,P2528 卷或为士子学习抄写的增订之本",能够反映"李善注在传播与增补过程中的变迁",但仍然承认"可以作为李善注的起点来使用"。参《河南大学学报(社会科学版)》2013 年第 3 期,第 14—15 页。

② 案,与 P2527 对校的日藏白文钞本有:九条本、古钞本(即杨守敬在日本发现的二十卷本)。可与 P2528 对校者有:九条本、古钞本、上野本、猿投神社藏正安本、弘安本。本文所使用的日藏白文钞本均由傅刚师提供,特此致谢。

1. P2528、P2527 同于日藏白文钞本、且不同于诸刻本之处;

2. P2528、P2527 同于日藏白文钞本、又同于五臣注刻本之处;

3. P2528、P2527 中正文不同于注文用字,但注文用字多同于日藏白文钞本、又同于五臣注刻本之处。

异文讨论以正文用字为主,如果注文有异,也会列入说明,引文使用胡刻本。

二 "母本":萧《选》旧貌之构建

(一) P2528、P2527 同于日藏白文钞本,且不同于诸刻本之处

在 P2528、P2527 这两个唐代善注写本当中,存在一批既不同五臣注又不同善注的异文,却又呈现出与日藏白文钞本的共同之处。比如:

1.《西京赋》濯灵芝以朱柯,"以"上野本、九条本、正安本、弘安本、P2528 作"之"。奎章阁本、正德四年本、陈八郎本作"于"。北宋本、尤袤本作"以"。赣州本作"以",校语云:五臣作"于"。

薇案:赣州本将"以"和"于"作为李善注本和五臣注本的区别标志。但这个结论似乎只能局限于刻本范围,如果考虑早期写、钞本的话,则经不起推敲,因为还存在第三个异文:之。"之"不但出现在 P2528 写本,这一写本有明确的抄写时间(永隆二年,681),远远早于目前所知的任何一个刻本,而且得到四个日藏白文钞本的印证。《新校订六家注文选》校订者据薛综注"朱柯乃芝草茎赤色"怀疑当作"之"字。[①] 用五个早期写钞本为证,大概可以说明"之"代表早期写本的一个面貌。但是"以"和"于"又是从何而来呢,或是"之"的形近而误。

2.《答客难》駷纩充耳所以塞聪也,"充"P2527、古钞本、九条本作"塞"。陈八郎本、正德四年本、奎章阁本作"蔽"。奎章阁本校语云:善本作充字。尤袤《李善与五臣异同》:五臣充作蔽。

---

① 俞绍初、刘群栋、王翠红点校《新校订六家注文选》第一册,郑州大学出版社,2014 年,第 116 页,注释第 95 条。以下简称《新校订》。

薇案:"充"和"蔽"能否作为善注与五臣注的区别,同样值得怀疑,因为还存在第三个异文:塞。P2527、古钞本、九条本均作"塞"。首先可以确认的是,"塞"并不是偶然讹误所致。P2527没有明确的抄写时间,但是它发现于中国的敦煌,其传抄行为的发生可以被限定在中国的唐代。至于日本的古钞本、九条本,尽管它们的底本源自中国隋唐时期,确与P2527具备广泛的同源关系,但是就具体抄写行为来看,这两个钞本的抄写者,不可能直接根据P2527进行完整的复制。因此,敦煌本和日藏白文钞本可以认为具有"相对独立性",既然后者不太可能直接从前者传抄所得,则足以证明三个本子作"塞耳"均不是偶然的共同讹误所致,而是暗示了某一个共同的源头。乍一看我们容易认为"塞"是下文"所以塞聪也"所致,可能未必。张衡《东京赋》"黈纩塞耳",《淮南子·主术训》"黈纩塞耳所以掩聪",也均作"塞耳"。本句在奎章阁本中的吕向注也说"于冠两边以塞耳"。因此,"塞耳"可能是某一早期写本的面貌。然则所谓的善注作"充"、五臣注作"蔽",又是从何而来呢?就目前材料来看,善注作"充"可能是受《汉书》影响所致。"蔽"则可能是承上文"冕而前旒,所以蔽明"的影响所致。因此,"充"和"蔽"许是在李善注和五臣注的传抄或刊刻过程中产生的异文,可以算是二注刻本的区别特征,但非早期《文选》旧貌。

3.《答客难》脩学敏行而不敢怠也,P2527、古钞本、九条本、《汉书》无"脩学"。《史记》作"修学行道不敢止也"。

4.《答客难》块然无徒,九条本、《汉书》、P2527作"魁然无徒"。《汉书》黄善夫本颜师古注:魁读曰块。《史记》作"崛然独立,块然独处"。古钞本作"块"。

薇案:这两个例子显示,P2527、古钞本和九条本的内容多同《汉书》。但刻本似乎还受到《史记》的影响,恐怕是在刊刻过程中参校所致。

5.《西京赋》丽美奢乎许史,"美"P2528、上野本、正安本、弘安本作"靡"。九条本作"美"。

6.《西京赋》缇衣韎鞈,"鞈"作P2528、上野本、正安本、弘安本作"韐"。九条本作"鞈"。

7.《答客难》得信厥说,"得"下P2527、古钞本、九条本有"明"。

8.《解嘲》下谈公卿,"卿"P2527、古钞本、九条本作"公王"。

薇案:如果不是确实存在两个以上的早期写、钞本可供证明,上述异文在二注的刻本系统中完全无法被识别出来,我们甚至可能会草率地认为仅是个别讹误所致。

上述 8 例异文有以下共同点:第一,超出现有刻本提供的异文范围,甚至是刻本之间相同,但写、钞本却不同于刻本。第二,同时存在于敦煌本和日藏白文钞本。第三,基本能够得到两个及以上日藏白文钞本的印证。概言之,发现自善注写本的这批异文,异于善注刻本,而同于日藏白文钞本。

如何理解这批特殊的异文,本文稍作推测,先就善注问题提出两点:

第一,善注刻本已失善注写本原貌。即,以 P2527 和 P2528 为全部善注写本的代表,后人在传抄或刊刻的过程中改变了善注原有面貌。我们承认在合并六臣注的刊刻过程中,善注面貌确实会受到五臣注的影响,但是考虑到这 8 例异文既不见于善注刻本,也不见于五臣刻本,因此无从谈起五臣乱善的现象,反而如第 3、4 例可能在抄写或刊刻过程中因《史记》而有所更改,并被刻本继承下来。后人可能根据其他文献校改善注,但未必会极大地改变善注刻本的面貌。校勘结果表明 P2527 和 P2528 与善注刻本的面貌也基本相同。

第二,善注写本与善注刻本的底本不同。即,P2527 和 P2528 仅仅代表了唐代若干善注写本其中的两个,北宋本、尤袤本等善注刻本,或采用了不同于 P2527 和 P2528 的善注写本为底本。鉴于北宋本等的底本无法被确认,再加上刻本出现之前写、钞本数量众多这一现象,我们从常理上指出了这一可能性,既难证明完全成立,也不易被推翻。

上述两个可能性构成了对立与补充的关系,恰好指向了学界关于善注刻本究竟属于"单线传承式"或是"复线传承式"的论证。① 这两个可能性都是针

---

① 例如,斯波六郎先生持"单线传承式"观点,认为《文选集注》"最存李善本之旧",在校勘过程中发现后世刻本有不同《集注》者,一律以《文选集注》本为是。冈村繁强调"复线传承式":"集注本李善注与现存版本李善注之关系就不是以往所认为的那种单线上的前后关系,而毋宁说是复线的、各处不同系统位置的关系。又就李善注的承传过程而言,它并非由完整向不完整的脱落方向延续,而毋宁说是由简素向繁复的增殖方向发展。"更多内容可参:[日]森野繁夫《关于〈文选〉李善注——集注本李善注和刊本李善注的关系》,俞绍初、许逸民主编《中外学者文选学论集》,中华书局,1998 年,第 1027 页。[日]冈村繁《〈文选集注〉与宋明版行的李善注》,《文选之研究》,陆晓光译,第 369 页。

对善注而发,毕竟P2527和P2528首先呈现了善注写本的情况,前人的研究也多有发明。然而校勘结果还显示,存在一批更加特殊的异文,来自P2527和P2528善注写本,竟异于善注刻本,反同于五臣注刻本,也同于日藏白文钞本。

(二) P2528、P2527同于日藏白文钞本,又同于五臣注刻本之处

作为带有"臣善曰"的敦煌写本P2527和P2528,不同于善注刻本的异文,竟然同于五臣注刻本,这样的结果无疑令人感到震惊。综合两个写卷,这种同于五臣注刻本(正德四年本、陈八郎本)的异文一共18例,且多同于日藏白文钞本。

首先,从这18例异文来看,再次验证上文的判断,前人关于善注和五臣注的区分特征意见具有局限性。反映二注有别的用字,只适用于刻本系统中的二注关系。例如:

1.《西京赋》奋隼归凫,"奋"尤袤本同。P2528、上野本、九条本、正安本、弘安本、正德四年本、陈八郎本、奎章阁本作"集"。

《考异》:袁本"奋"作"集",校语云善作"奋"。茶陵本校语云五臣作"集"。案:各本所见,皆非也。薛自作"集","集隼"与"归凫"对文,承上四句而言,犹杨子云以"雁集"与"凫飞"对文也。善必与薛同,则与五臣亦无异,传写伪"奋"耳。二本校语,但据所见而为之。凡如此例者,全书不少,详见每条下。

又,"奋迅声也",奎章阁本、明州本、赣州本无此注。P2528、北宋本、尤袤本有。

《考异》:袁本、茶陵本无此四字。案:无者最是。详袁、茶陵所载五臣济注有"沸卉砰訇,鸟奋迅声"之语。既不得于奋字读断,亦不得移作上句之解,尤不察所见正文"奋"为"集"之误乃割取五臣增多薛注以实之。斯误甚矣。

薇案:针对正文与注文的异文现象,《考异》分别发表了两条意见。就正文来看,"奋"作"集"是早期写本的特征,因此茶陵本校语说这是五臣所改并不准确。《考异》虽然没有见到早期写本,然其根据"集隼"与"归凫"的对文形式,肯定"集"字,意见也是很中肯。就注文来看,《考异》指责尤袤割取五臣注而增薛综注的做法。不过从刻本内部来看,似乎难以很好地解释"奋迅声也"这句注文的来源。只有查之 P2528,才能发现薛综注在早期写本中已是如此,可见并非五臣注之误,亦非尤袤之错。另外,《考异》还提到"善必与薛同"的理念,结合写钞本中的正、注文来看也未必准确。比如 P2528 薛综注"奋迅声也"正作"奋",不同于 P2528 正文之"集",又"臣善曰"引《周易》却作"集"。

2.《答客难》时虽不用,P2527、古钞本、九条本、《汉书》、陈八郎本、正德四年本、奎章阁本无"时虽不用"。尤袤本有。奎章阁本、明州本注记:善本有时虽不用一句。

尤袤《李善与五臣同异附见于后》:五臣无此一句。赣州本校语:五臣无。

薇案:就尤袤和奎章阁本等的整理者而言,他们所见的五臣注刻本没有"时虽不用"这句话,相反善注刻本才有,所以得出了"善本有时虽不用一句"(奎章阁本、明州本注记)和"五臣无此一句"(尤袤《李善与五臣同异》、赣州本)。显然这一结论只适用于刻本的情况,我们今天所见的刻本中,陈八郎本、正德四年本、奎章阁本、明州本便无,而尤袤本、赣州本、胡刻本等则有,的确也印证了这一结论。但是,通过考察 P2527、古钞本和九条本,尤其是善注写本 P2527 也没有这句话,有力地证明校勘意见只是部分准确,"时虽不用"这条异文不能完全作为二注有别的标志。

至于善注刻本为何会出现"时虽不用"这句话,无法一概而论。富永一登认为:"案唐写李善注本无此句,疑板本增补。朝鲜本(笔者案,指奎章阁本)袁本明州本四部本所据板本非李善本原貌。《史记》褚补引有此句。"[1]认为是刊刻过程中受到《史记》影响所致,则善注刻本已失善注写本的面貌。当然,根据上文第二个可能性,P2527 代表早期善注写本之一种,善注刻本的底本反映的是另一种早期善注写本的面貌,甚至这一未知的底本,也可能受到《史记》影响而增加句子,那么这一特征就不是因刊刻所致,反倒产生于传抄的过程中。

而仔细考察那些被认为是五臣注刻本的特征,基本可以从 P2527 和 P2528

---

[1] [日]富永一登《唐钞李善单注本文选残卷校勘记(六)》,《中国学研究论集》2000 年 6 号,第 130 页。以下引文出处省略。

善注写本和日藏白文钞本当中找到依据。比如:

5.《解嘲》雄解之,"雄"上尤袤本同无"而",《汉书》、P2527、古钞本、九条本、陈八郎本、朝鲜正德四年本、奎章阁本、袁本、明州本有"而"。奎章阁本注记:善本无而字。明州本、四部丛刊本校语同。

薇案:富永一登认为"案唐写本有'而'字,李善注原本有此,六家、六臣本据此所脱'而'字李善注刻本校也"。从尤袤本无"而"字,以及奎章阁本、明州本、四部丛刊本的校语来推断,较有可能是在比对善注和五臣注的过程中确立了以"而"字作为二注的区别特征。但是 P2527 善注写本有"而"字,日藏白文古钞也有,五臣注刻本也有。由此可知不但善注写本当有"而"字,甚至五臣注写本也当有,故它们的共同底本也当有。

6.《解嘲》细者入无间,尤袤本同作"细",P2527 作"孅"。《汉书》、《艺文类聚》卷二十五、古钞本、九条本、陈八郎本、朝鲜正德四年本、奎章阁本、袁本、明州本作"纤"。奎章阁本注记:善本作细字。明州本、赣州本校语同。

薇案:"纤"是五臣注的特征,也同于日藏白文钞本乃至《汉书》《艺文类聚》的用字。P2527 作"孅",又与"纤"是异体之别。段注称"孅与纤音义皆同,古通用",《正字通》《古今正俗字诂》等书均承认了二字可通。故罗国威《校释》称:"'孅'乃'纤'之别体。"至于善注刻本为何作"细",恐怕混淆了本字和释义所致。据《说文解字》"孅兑细也",《玉篇》"孅细也",可知"细"为"孅"之释义,但善注刻本反以释义为本字。

7.《解嘲》人人自以为皋陶,"陶"P2527、古钞本、《汉书》、陈八郎本、朝鲜正德四年本、奎章阁本作"繇"。尤袤本、九条本作"陶"。奎章阁本校语云:善本作陶字。袁本、明州本校语同。

又善注"契暨皋陶",P2527 作"契臮咎繇"。

薇案:同理"陶"为善注特征、"繇"为五臣注特征也并不完全成立,显然善注写本和《汉书》均作"繇"。P2527 正文及注引《尚书》"契臮咎繇",也作"繇"。甚至,正德四年本、奎章阁本的吕向注,校之陈八郎本多"稷契皋繇,皆古直贤臣也"一句,注文也作"鯀"。至于善注刻本的正文及注引《尚书》均改作"陶"的现象,《新校订六家注文选》的校订者以为是"后人依今《虞书》改"①。富永一登《校勘记》进一步指出:"案《说文》云'臮,众与词也。从㐺自声。虞书曰,臮咎繇'。《史记》夏本纪'淮夷蠙珠臮鱼'索隐云'臮,古暨字,与也'。斯波博士《文选李善注所引尚书考证》以唐写本为是。"即承认"繇"为用字原貌。

在早期材料有限的情况下,异文讨论及现象结论具有难以证明或证伪的开放性,因而只能通过扩大比对范畴、寻求文献佐证等途径加以限定。幸运的是,在善注写本和善注刻本出现矛盾的时候,我们非但找到了支持善注写本的第一种版本依据——日藏白文钞本,甚至就连与善注系统对立的版本——五臣注刻本,也出现在善注写本的支持阵营当中。因此,由于出现了支持 P2527 和 P2528 的白文本和五臣注刻本,便打破了开放性的局面,而倾向于表明:善注写本、日藏白文钞本、五臣注刻本的共同异文,源自一个共同底本——萧《选》旧貌。本文称之为"母本"。这也是本文考虑的第三种可能性,暗示了构建萧《选》旧貌的途径。

承前所述,上述两类异文一共 26 例均不是偶然讹误所致。首先,共同异文来自三个性质不同的版本谱系。P2527 和 P2528 属于善注写本,且被学界认为是早期善注写本,距离分萧《选》为三十卷这一过程,可能尚不是很远。而日本的上野本、正安本、弘安本、九条本、古钞本均属于白文三十卷本系统,也与萧《选》颇有渊源。陈八郎本和朝鲜正德四年本则属于中国的刻本,且是在内容上与善注不同的五臣注本。其次,具体各本之间保持着相对的独立。日藏白文钞本并非直接抄自 P2527 和 P2528,不可能直接根据 P2527 和 P2528 加以修订,②加上有 8 例异文已经在目前可见的刻本中消失,又有 18 例仅出现在五臣注刻本,日藏白文钞本在后来的传抄过程中根据刻本校改的几率也非常

---

① 俞绍初、刘群栋、王翠红点校《新校订六家注文选》第五册,第 2961 页。
② 案,就广泛的继承关系来看,日藏白文钞本也有可能根据接近 P2527 和 P2528 特征的古本进行校改,比如根据笔者通过校勘发现弘安本与 P2528 的特征更为相似。但是这个发现只是丰富了钞本的传抄过程,并不影响 P2527、P2528 和日藏白文钞本之间的相对独立性。

低。① 因此就现有情况分析可知,这批出自三个不同的版本谱系、且源自多种具有相对独立性的具体版本的共同异文,很大程度上指向了它们的底本。换言之,P2527 和 P2528 的作注底本、五臣注刻本的作注底本,可能与上野本、正安本、弘安本、九条本、古钞本的底本均比较接近。于是,这些底本便指向了那一个最高层次的"母本",即萧《选》旧貌。这个结论,也是笔者曾经提出的"无注本是注本的底本"原则的实践。

萧《选》旧貌的存在,在上述现象中得以逐渐清晰化、明确化、具体化。总结来说,一个异文若有两个以上分属不同版本谱系且相对独立的早期写、钞本为证,或许基本可以被认定为出自萧《选》旧貌。而刻本中二注有别的区别特征,目前来看可能仅适用于刻本范围,未必能够代表善注和五臣注在刻本出现之前的特点;相反,这些特征更可能直接承袭自早期写、钞本,甚至反映了萧《选》旧貌。根据这个标准,我们或许可以找到反映萧《选》旧貌的用字。

但在这种情形下,刻本产生差异的原因其实不尽相同,可能是传抄或刊刻过程中造成。在过去的研究当中,饶宗颐、斯波六郎等学者普遍认为是由于六臣注合并而导致善注刻本面貌被篡改。但这个看法的前提是先承认善注刻本从六臣注本抽出,然后才会发生"乱善"现象。实际上,经过程毅中、白化文、张月云、傅刚师等学者的研究,已经推翻了这个大前提。故而,受六臣注影响的说法,也需重作检讨。至于篡改善注面貌的罪魁祸首,尤袤往往被抓去背起了这个大黑锅。比如:

  1.《西京赋》橧桴重棼,"橧"P2528、上野本、九条本、正安本、弘安本、奎章阁本、明州本、赣州本、正德四年本、陈八郎本同作"增"。北宋本、尤袤本作"橧"。

  《考异》:袁本、茶陵本"橧"作"增"。案:此尤误。

  2.《西京赋》轵辐轻鹜,"轵"P2528、上野本、九条本、正安本、弘安本、正德四年本、陈八郎本、奎章阁本皆作"枃"。

  《考异》:袁本、茶陵本"轵"作"枃"。案:此尤误,注作为"枃",未

---

① 案,根据笔者对日藏白文钞本的分析,九条本存在根据刻本改字的情况,但传入日本的《文选》刻本以李善注和六臣注为主,因此白文本专门根据五臣注钞本或刻本改字的现象暂未发现。

改也。

《考异》认为由于尤袤的原因所导致的异文,其实完全可以从P2528及日藏白文写钞本中找到依据。甚至由第一条可知,尤袤本之前的北宋本,也已经异于P2528,尤袤不一定是那个始作俑者。但是北宋本为何会与P2528不同,甚至为何北宋本与《文选集注》及敦煌本各有不同,恐怕不是后人刊刻过程中的篡改行为可以解释得通的。为此,本文尝试从"变本"的角度再作进一步的分析。

三 "变本":萧《选》旧貌在传抄过程中的改动

承上文所述,敦煌善注写本、日藏白文钞本及后世五臣注刻本,一定程度上在它们的共同底本,也即"母本"——萧《选》旧貌,得到和平的共处。基于此,"萧《选》旧貌"这一参考模型得以被构建出来。作为一个人为的参考模型,它势必可以随着参数的增加而得到验证或微调,从而达到趋近"原貌"的程度。在本文的讨论中,"参数"指的是发现自不同版本的异文现象,"萧《选》旧貌"——该"母本"能否合理地解释各类异文现象,则为验证过程。为此,这一部分,本文将要讨论第三类异文现象:P2528、P2527中正文不同于注文用字,但注文用字多同于日藏白文钞本、又同于五臣注刻本之处。

表一

上野本	永隆本	永隆本薛综注	永隆本善注	九条本	猿投神社藏正安本	猿投神社藏弘安本	北宋本	尤刻本	奎章阁本正文	奎章阁本五臣注	奎章阁本李善注	陈八郎本	正德四年本
墱道丽倚以正东	墱	墱	隥(《西都赋》)	隥(旁注:墱,善)	墱	墱	墱	墱	隥①	隥	墱(一共两处:《西都赋》;注音)	隥	墱

① 奎章阁本薛综注作"隥"。《新校订》校订者依据唐写本(指P2528,以下同)、北宋本,改"隥"作"墱",以与善本正文相应。按校订者的理解,李善作"墱",五臣作"隥"。第116页,注释第89条。

续　表

上野本	永隆本	永隆本薛综注	永隆本善注	九条本	猿投神社藏正安本	猿投神社藏弘安本	北宋本	尤刻本	奎章阁本正文	奎章阁本五臣注	奎章阁本李善注	陈八郎本	正德四年本
羡往昔之松喬	槗	喬(指王子喬)	喬	喬(旁注槗)	喬			喬	喬	喬		喬	喬
期不陀陊	陀	陁(《方言》)	陁	陁	陁(分辨不清)		陁					陁	陁
缭亘绵联	亘	亘	垣(亘当为垣)	亘	亘	垣	垣	垣	垣①	垣(今并以亘为垣)		垣	垣
黑水玄沚	阯	阯	沚(《汉书》)	阯	阯	趾	阯	阯	沚	阯②(《汉书》)		沚	沚
麕兔联猭	獂	獂	遻(《毛诗》)	獂(旁注遻)	獂	譿		遻	遻	獂		遻	遻
揎鬻汇	鬻	鬻	觲	狒(可能参校过刻本)	鬻	髯	狒③	狒	狒	髯	狒	髯	髯
凌重巘	巚	巚	巘	巘	巚	巚			巘④	巘		巘	巘
操鲲鲕	昆	昆	鲲(《国语》)	鲲	鲲	鲲		鲲	鲲	鲲(《国语》)		鲲	鲲

① 奎章阁本薛综注"垣"。《新校订》校订者依据唐写本改为"亘"。第 120 页，注释 129 条。

② 奎章阁本薛综注与善注作"沚"。《新校订》校订者认为善本作"阯"，五臣作"沚"，故据唐写本、北宋本、尤袤本，将"沚"改为"阯"，以与善注正文相应。第 121 页，注释第 142 条。

③ 北宋本薛综注作"鬻"。鬻、汇并见《尔雅·释兽》，与狒、蜩为古今字。参《新校订》第 125 页，注释第 188 条。

④ 奎章阁本薛综注作"巘"。

续　表

上野本	永隆本	永隆本薛综注	永隆本善注	九条本	猿投神社藏正安本	猿投神社藏弘安本	北宋本	尤刻本	奎章阁本正文	奎章阁本五臣注	奎章阁本李善注	陈八郎本	正德四年本
張甲乙而襲翠被	張		帳(《汉书赞》)	張	張	張	張	張	帳①	帳	帳(《汉书赞》《音义》)	帳	帳
增蟬蜎以此②豸	蟬#	蟬蜎	嬋娟(《笛赋》)	嬋娟	蟬	嬋蜎			嬋娟	嬋娟	嬋娟	嬋娟	嬋娟
奋长袖之飒纚	褎	褎	袖(《韩子》)	袖	袖(旁注褎)	褎		袖				袖③	袖

关于表格(表一)所展示的异文现象,原先从"永隆本正文与善注用字不同"这一角度,经傅刚师首次发现而受到学界重视。这也是论证 P2528 底本是否为李善注本的重要依据。如何理解这一异文现象,不但关乎对 P2528 底本的理解,也指涉李善作注底本、善注刻本底本等选择问题,故而本文必须正面作出判断。为此,本文扩大了讨论范畴:使用日藏白文钞本及五臣注刻本④,从而形成上述参照系丰富且规律清晰的异文表格。由此可知"永隆本正文与善注用字不同"不是一个孤立而偶然的现象,善注用字,在日藏白文钞本和五臣注刻本均可以找到版本依据。具体分析如下:

---

① 《新校订》根据唐写本、北宋本、尤袤本作"張",判定李善作"張",五臣作"帳"。第 127 页,注释第 215 条。

② "此",北宋本、尤袤本同。赣州本亦同,校语云:五臣作"趾"。奎章阁本正文、五臣注济曰,均作"趾"。

③ 陈八郎本"长袖"作"红袖"。

④ 金少华《P2528〈西京赋〉写卷为李善注原本考辨》所论五臣本仅以明州本为据。参《敦煌研究》2013 年第 4 期。

第一，P2528正文用字确实存在与李善注文用字不同的情况，且P2528正文用字多与薛综注文一致，因而薛综注与李善注用字确实也有所不同。那么，P2528正文与薛综注、萧《选》旧貌、李善注之间的关系令人深思。

第二，较多异文属于征引其他文献所致，但也存在不属于该种情况的异文。P2528涉及善注征引文献的情况都已经标识在表格当中，比如"隥道丽倚以正东"之引《西都赋》作"隥"，"黑水玄趾"之引《汉书》作"沚"，"撡昆鲕"之引《国语》作"鲲"等，是为这种情况，一共8例。又，金少华从P2528中一共找出42例善注征引异文符合该现象，而在P2527中亦不乏此类例子。比如，《答客难》"譬若鹡鸰"中"鹡鸰"，注曰："臣善曰毛诗曰题彼脊令。"相反，《汉书》作"鹏鸰"，P2527、九条本作"鹏（上下结构）鸰"。古钞本、胡刻本注文作"鹡鸰"。① 从P2527反映的信息来看，李善作注所见《毛诗》作"脊令"，查之南宋刻十行本《毛诗注疏》及南宋刊《毛诗正义》单疏本均作"脊令"。② 而刻本系统作"鹡鸰"，则是刊刻者有意将正文与注文进行统一的行为，是较晚发生的现象。而参看P2527、九条本、《汉书》，显然早期当作"鹏"，之所以变作"鹡"，恐怕是后人据"脊"所改。这也可以看出后人在刊刻《文选》时其实经过了一番深思熟虑，往往牵一发而动全身，修订十分缜密、周全。因此，我们恐怕不能完全依据晚出的精心校改之刻本，以归纳早期写钞本体例。

另一个可证李善引书"各依所据本"注例的例子：

《答客难》"以筦窥天"之"筦"，P2527、古钞本、九条本、陈八郎本、正德四年本、奎章阁本、赣州本正文均作"管"。P2527、尤袤本的善注："服虔曰筦音管。"

查之黄善夫本《汉书》："服虔曰筦音管。颜师古曰筦古管字。"正是善注的出处。P2527还有一条注：

《庄子》：魏牟谓公孙龙曰：子乃规规而求之以察，索之以辩，是直

---

① 金少华认为该例可证李善注引书"各依所据本"。参《李善引书"各依所据本"注例考论》，《文史》2010年第4辑，第83—91页。又参金少华《敦煌吐鲁番本〈文选〉辑校》，浙江大学出版社，2017年，第418页。

② 《毛诗注疏》（南宋刊十行本），《足利学校秘籍丛刊第二》，汲古书院，1973年，第二册，第979页。《南宋刊单疏本毛诗正义》卷一五，人民文学出版社，2012年，第152页。

[用]管闚天……

所以,引《汉书》注作"筦",引《庄子》作"管",各依所据本,并无统一。至于尤袤本作"筦",恐怕是后人所改。案,胡刻本将这条《庄子》注混入文颖注,其实前面当有"善曰",因为 P2527 正有"臣善曰"三字。

因此,针对此类善注征引现象,饶宗颐提出"李善引书各依所据本"的观点,范志新"援引之书板有别本",金少华"各依所据本"皆是类似的看法。清人王引之《经义述闻》提出一条古书通例"写从所注之书",但相较这一经由刻本系统归纳的通例,"各依所据本"的现象在刻本产生之前的时代恐怕更为普遍。

但即便如此,李善作注"各依所据本"的原则,仍然无法很好地解释所有异文的产生。排除上述征引情况,的确还存在一些由李善直接出注的例子。只要达到两个及以上的例子,应当可以表明:李善作注所见正文,与永隆本存在不同。

第三,上述异文基本同于日藏白文钞本,从注文层次上升为正文层次。换言之,李善的注文用字,多与日藏白文钞本的正文用字相同。由此令人怀疑,这批异文是否经历了由正文层次,下降为注文层次的过程,从而可进一步推测李善作注之际,使用或参考了某个正文带有这些异文的底本。

第四,上述异文存在与五臣注刻本的正文相合的情况。这一情况与第三点共同呈现出异文在正文与注文之间的升降变化过程。如何理解上述四种情况,本文提出以下两点思考。

首先,上述部分异文或可归之于"母本",属于萧《选》旧貌的用字。比如:

1. 美往昔之松乔,"乔"永隆本正文作"桥"。永隆本善注作"乔"。上野本、九条本、正安本、弘安本作"乔"。正安本旁注"桥"。正德四年本、陈八郎本做"乔"。

2. 期不陁移,"陁"永隆本、上野本作"陀"。永隆本善注作"陁"。九条本、正安本、弘安本、正德四年本、陈八郎本作"陁"。

3. 攃昆鲕,"昆"永隆本及薛综注作"昆"。P2528 善注作"鲲"。上野本、九条本、正安本、弘安本作"鲲"。正德四年本、陈八郎本、奎章阁本"鲲"下注音"昆"。

4. 奋长袖之飒纚,"袖"永隆本及薛综注作"裹"。永隆本善注作"袖"。上野本、九条本、正安本、正德四年本、陈八郎本作"袖"。正安本旁注"裹"。弘安本作"裹"。陈八郎本"长袖"作"红袖"。

这四个例子,有两个以上日藏白文钞本同 P2528 善注用字。众所周知,在依靠抄写的时期,每一个写本都是独一无二的,其特征往往也具有独特性。但这个独特性,并不能完全抹杀文本的稳定性,以及版本谱系内部的继承关系。假若一个异文特征,能够被两个以上的本子共享,且该两个以上本子的性质相同、拥有不止两个以上的共同异文特征、可被判定为同一系统,则上述异文特征,或可被认为该版本谱系的特征。因此,"乔""陁""鲲""袖",既见于善注写本,也见于日藏白文钞本,那么也可以视为"母本"即萧《选》旧貌的特征。

然而,即便上述四个例子使"母本"得以成立,尚有一些异文现象指向一个问题:永隆本及薛综注,为何与李善注、五臣注乃至白文本不同,应当如何理解永隆本及薛综注所呈现出来的面貌,与"母本"、李善注,乃至五臣注之间的差异。

请先看一些日藏白文钞本不一致的例子:

1. 隥道丽倚以正东,"隥"上野本作"磴",九条本作"隥",旁注:磴,善。正安本、弘安本作"磴"。永隆本及薛综注、北宋本、尤袤本、正德四年本、奎章阁善注作"磴"。永隆本善注、陈八郎本、奎章阁本及薛综注作"隥"。

2. 黑水玄阯,"阯"上野本、正德四年本、陈八郎本作"沚",九条本、正安本皆作"阯",弘安本作"趾"。永隆本、薛综注、北宋本、尤袤本作"阯"。赣州本作"阯",校语云:五臣作"沚"。正德四年本、奎章阁本及其中薛综注、善注作"沚"。永隆本李善注作"沚"。

3. 麂兔联猭,"猭"上野本作"猭",九条本、正安本同。九条本旁注"遽"。弘安本、正德四年本、陈八郎本作"遽"。永隆本及薛综注作"猭"。永隆本善注作"遽"。奎章阁本作"遽",校语云:善本作"猭"。奎章阁本善注作"猭"。

4. 攎狒猡,"狒"上野本、弘安本作"髴",九条本作"狒",正安本作"髯"。永隆本及薛综注作"髯猡",永隆本善注作"髴猡"。北宋本薛综注仍作"嚻"。北宋本、尤袤本、奎章阁本作"狒猬"。赣州本作"狒",校语云:五臣作"髹"。正德四年本、陈八郎本、明州本作"髹"。

5.陵重巘,"巘"永隆本及薛综注、正安本、弘安本作"巇"。永隆本善注作"巘"。上野本、九条本、正德四年本、陈八郎本、奎章阁本作"巘"。

6.增婵蜎以此豸,"婵"上野本作"蝉",九条本作"蝉",正安本作"蝉",弘安本作"蝉"。永隆本作"蝉蜎"。永隆本善注、正德四年本、陈八郎本作"婵娟"。

上述例子是,一般有两个或一个日藏白文钞本,同于善注用字。与之相对,也有一到两个日藏白文钞本,同于永隆本正文。由此可以推测,在P2528当中至少能够剥离出两个底本:永隆本及薛综注所据的底本,善注底本。前者甚至可以认为是一个能够同善注底本相抗衡的本子。

在上述异文之外,永隆本及薛综注也有不少被日藏白文钞本或后世刻本继承的异文,比如"毚兔联獜"中永隆本及薛综注作"獜",善注刻本"獜"。又比如"攎狒汇"中永隆本及薛综注作"嚻汇",永隆本善注作"髹汇"。北宋本薛综注仍保留"嚻"的写法。由此可见,永隆本及薛综注的底本,显然不是一个随便抄写所得的本子,而较可能是一个由来已久,且在不断流传的本子,乃至北宋本的刊刻时期。更具体说,永隆本及薛综注的底本,是一个与李善注文、五臣注刻本以及日藏白文钞本所呈现出来的"母本",存在略微差异的版本。而之所以说"略微差异",是因为永隆本也呈现出非常多同于李善注、五臣注及日藏白文钞本的面貌,永隆本与"萧《选》旧貌"的共同之处是难以被忽视的。但是,无论是鸿济寺僧所抄,还是李善注本所用,这两个底本之间显然并不完全吻合,也便反映了萧《选》之不同面貌。这恰是本文所一再表明的:"萧《选》旧貌"是由李善注、五臣注及日藏白文钞本所构建出来的一个参考维度。在没有发现更早的萧《选》白文本的情况下,永隆本焉得不能参与到这个建构的过程中。正是在这个推论下,本文认为,永隆本的底本,代表了萧《选》旧貌的一个变本。

关于萧《选》存在"变本"的问题,我们一直在设想存在某个完美的母本,可以代表萧《选》的原貌。无论从历史上,还是逻辑上来看,这个母本应当曾经存在过。假定存在一个编纂完成的时间,以该时间为界,那一瞬间诞生的本子,便是我们所设想的原貌,可以姑且称之为"唯一母本"。但是我们又清楚地明白,在写钞本时代,一旦传抄行为介入文本,文本发生复制,那一刻也便分裂出无数个以母本为底本的崭新的传抄本,姑且称之为"母本的变本"。由于抄写行为不具有完美复制的特点,因此无数个崭新的传抄本与母本,或多或少存在一点点的差异,其关系非常微妙。随着时间的推移,传抄行为不断发生,崭新传抄本不断诞生,一般情况下晚出的本子,距离母本的差异可能会越来越多;除非能够与"唯一母本"进行校勘,则晚出的本子也可减少异文,但这种情况的发生概率相对比较小。因此,晚出的不同变本,即便分享了"唯一母本"的诸多共同特征,但它们之间的差距也可能会越来越大。这也就是说,永隆本、李善注本、五臣注本及日藏白文钞本,即便分享了不少共同特征,可追溯至一个源头,但也仍然存在各自独有的特征。它们或可以被视为萧《选》旧貌的变本。但反过来,我们却不能因这些独有特征,而忽视各本之间的密切关联及共同源头。因为它们只是萧《选》旧貌的变本罢了;李善注与五臣注的区别,也不过是不同变本的区别罢了。

如果用 α 表示母本,用 β 表示母本的变本,则日藏白文古钞均可统一在 $β_1$(变本中的白文本)之下,再用 $β_2$(变本中的注文本)表示注本谱系,则 A 表示善注谱系,B 表示五臣注谱系,再姑且以 C 统称其他注谱系,可形成下边示意图(图一)。

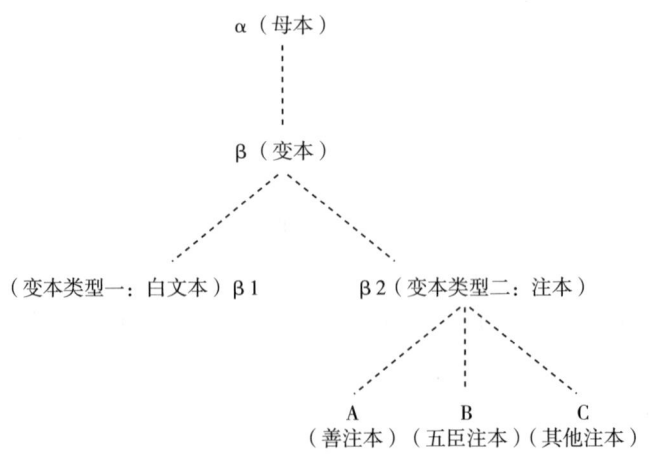

图一

四 "母本"到"变本"的裂变过程:二注底本蠡测

我们一般认为在刻本产生之前,"母本"之"变本"的产生大部分是由于抄写过程中发生的问题所致。但借由考察李善作注和五臣作注的底本问题①,我们不难发现从"母本"到"变本"的裂变因素较为复杂。"变本"的存在方式、存在数量、存在规模等信息,除了李匡乂《资暇录》就李善注情况披露一角之外,我们一无所知,也尚未触及。为此,直接考察李善作注和五臣作注的底本问题,或许能够提供不一样的信息。

(一)五臣作注之底本

在构建"母本"及"变本"的过程中,多与五臣注刻本相合的异文现象,已经暗示了五臣注刻本与"萧《选》旧貌"之间存在的密切联系。

我们可以重新回顾一下前文讨论的异文现象是如何被发现的。使用带有善注的敦煌写本与善注刻本进行对校,发现存在8例完全不同于诸刻本,18例不同于善注刻本,反同于五臣注刻本的异文。而这些异文,又能够从日藏白文钞本处找到版本依据。按照前文已经确立的"萧《选》旧貌"之"母本"及"变本"的参考模型,面对五臣注刻本多同于该模型的现象,一个可能性由此逐渐浮现出来:五臣作注的底本直接源自萧《选》三十卷本。

假若五臣直接在白文无注三十卷本上进行注解,那么便能最大程度地保留底本的特征;如此一来,将五臣注本与接近底本系统的文本进行校勘,也能够获得相较于其他系统文本反映更多底本特征的异文。因此,我们使用一个不同的文本系统——P2528 和 P2527,确认了一批能够反映日藏白文钞本与五臣注刻本共同点的异文。那么,即便没有 P2528 和 P2527 作为参照,这个推论能否同样成立? 答案是肯定的。校勘结果依旧显示:日藏白文钞本异于善注

---

① 案,讨论李善注和五臣注的底本问题,尚可细分出不同的角度,包括:善注刻本的底本,善注写本的底本,李善作注的底本。其中,李善作注的底本,旨在考察李善注解《文选》的过程,与考察刻本写本的底本来源稍有不同,已然越过版本研究的范畴。同理,五臣注刻本的底本,五臣注写本的底本,以及五臣作注的底本,同样值得分而究之。而在本文的讨论中,主要侧重"李善作注"与"五臣作注"的层面展开。

刻本之处,则多同于五臣注刻本,一共有 14 例。比如:

1.《西京赋》流景曜之韡晔,"韡"上野本、九条本、正安本、弘安本、陈八郎本、朝鲜正德四年本、奎章阁本同作"暐"。北宋本、尤袤本作"韡"。赣州本作"韡",校语云:五臣作"暐"。

2.《答客难》外有仓廪,"仓廪"古钞本、九条本、《汉书》、陈八郎本、朝鲜正德四年本、奎章阁本作"廪仓"。奎章阁本校语云:善本作仓廪。《史记》无"珍宝充内,外有仓廪"句。

3.《解嘲》或立谈而封侯,"谈"下古钞本、九条本、《汉书》、陈八郎本、朝鲜正德四年本、奎章阁本有"间"。奎章阁本校语云:善本无闲字。

五臣注刻本包括陈八郎本、朝鲜正德本,用字多同于日藏白文钞本,而第 2、3 例还同于《汉书》。许是后人根据《汉书》同时校改了五臣注刻本和日藏白文钞本,但窃以为要达到该"同时性"的可能性较低,除非各本之间共有类似的底本。学界基本认定奎章阁本以五臣为底本,与朝鲜正德四年本同属北宋平昌孟氏刻本系统,不同于陈八郎本,故分属两个不同的五臣注刻本底本,至于古钞本、九条本属于白文无注三十卷系统,因此要统合这些来自不同系统不同底本的异文,同样只能上升到更高的层次,即各底本的来源"母本",也即"萧《选》旧貌"。由此或可推知,五臣作注之际应直接使用了萧统白文无注的三十卷本作为底本。

吕延祚《进集注文选表》"记其所善,名曰《集注》,并具字音,复三十卷",虽没有明确表明自己的底本,但其"复"字,仿佛是在暗讽李善六十卷本,一股针锋相对的意味,兼指向《文选》原貌——萧《选》白文无注三十卷本。前辈学者也曾提出过类似的模糊说法,清人钱曾《读书敏求记》指出五臣注本"不失萧统之旧",这一意见为栩缘老人王同愈书于陈八郎本卷首的跋文所引。曹道衡先生也肯定了五臣注刻本的版本价值:"现在流行的李善注本在版本上不及现存的'五臣注'本。"[①]马朝阳提出"五臣本是有自己的底本的,五臣本也是对李善本的继承与积极发展,对选学的发展研究是向前大大地推进了一步,绝非

---

① 曹道衡《论〈文选〉的李善注和五臣注》,《江海学刊》1996 年第 2 期,第 147 页。

倒退"①。傅刚师进一步推测："我们怀疑五臣不仅依据的《文选》音可能就是萧该的《文选音义》，他们所依据的三十卷底本也同样出于萧该。"②此处萧该本所用本即指萧统白文无注三十卷本。

本文以 P2528、P2527 和日藏白文古钞为限，分析了《西京赋》《答客难》《解嘲》三篇校勘异文，当可以明确一个结论：五臣作注之时选择的底本恐怕直接选用了萧统的白文无注三十卷为底本，由此肯定五臣注刻本在保存萧《选》旧貌上的版本价值。

（二）李善作注之底本

善注底本的论争，曾在二十世纪的日本"文选学"界泛起涟漪，即前文所说"单线传承式"与"复线传承式"之争，中国学者包括傅刚师、王立群先生也有相关讨论。这个问题相当于在讨论善注写本与善注刻本的底本同异现象，前文"变本"的构建即是对该问题的回应。而考察李善作注的底本问题，能否也从其他角度作出一些回应呢？此为下文的讨论重点。实际上关于该问题，近年来学界出现了怀疑李善作注的时候径直以旧注本为底本的声音。③换言之，李善注本，可能使用了非萧《选》的文本为底本。观点从两个现象入手分析：一是李善采用旧注，一是李善注使用《汉书》《史记》等非萧《选》文献。本文使用

---

① 马朝阳《〈昭明文选〉五臣本与李善本文本异同考》，长春师范大学2015年硕士学位论文，第68页。

② 傅刚《〈文选〉学研究史论》，陈飞主编《中国古典文学与文献学研究（第二辑）》，学苑出版社，2003年，第2页。

③ 关于李善作注的底本，学界一直有一些零星的讨论，刘志伟《李善注〈文选〉底本与旧注本关系试探》一文较为集中地分析了该问题。该文提到俞绍初先生据李善本正文不避讳，如"渊""世"径书不改等，推测李善所用《文选》底本当是一带有旧注的本子。而这"'旧注'当为李善所用底本原有，如张衡《西京》、《东京》赋之薛综注，左思《三都赋》之刘逵、张载注，阮籍《咏怀诗》之颜延之、沈约注等皆是也，只未详此类旧注为何人何时所加"。也有一些"旧注"中出现有隋唐之际的地名，俞绍初先生推测这些旧注很可能出现在李善前不久，系与李善同时而稍早之人所作，而非李善本人所搜集过录。刘志伟先生的论文则从李善多同于旧注本原字，李善多同于《汉书》旧注本原字两个角度，并综合前人的看法指出："李善注《文选》采用旧注本的可能性较大，并推测李善作注所用《文选》底本可能原有部分旧注。这为《文选》异文的产生原因提供了一个源头性的解释，为《文选》李善注的校勘整理提供了一个重要参考。"（刘志伟《李善注〈文选〉底本与旧注本关系试探》，《河南师范大学学报（哲学社会科学版）》2016年第4期，第159页）其实，根据本文的校勘结果，起码就永隆本的异文来看，李善注不一定同于薛综注，因此李善注不一定完全同于旧注原字。所以，这方面的异文现象可能未必适用于作为探讨李善作注底本的材料。

的 P2528 和 P2527 两个敦煌写卷,恰好对应了上述两个问题,因此下文将分别从旧注和《汉书》注两个角度作一些探讨。

1. 李善注与薛综注

据 P2528 可知,薛综注与《西京赋》正文的黏合度更高,鲜少出现李善注同正文而薛综注不同的情况。而按上文判断,附有薛综注的底本,与李善作注的底本,都属于萧《选》旧貌的"变本"。如果说李善可能依据旧注底本作注,则一般说来,排除那些征引文献的情况之后,似乎不会出现正文与薛综注一致,而李善自注用字有别的情况。所以,就 P2528 这一单一残卷来看,李善似乎没有直接使用薛综注这一变本为底本作注的情况。

不过,令人在意的是,薛综注为何多与永隆本底本一致,反异于善注?本文推测:薛综注作为旧注,与白文的黏合度,要高于一些晚出的注解。

薛综(约176—243),三国时期沛郡竹邑人。《三国志·吴志》卷八记载其"凡所著诗赋难论数万言,名曰《私载》,又定《五宗图述》、《二京解》,皆传于世"①。而薛综注确实也流传甚广,刘宋时裴骃《史记集解》,萧梁时刘昭注司马彪《后汉书》、沈约《宋书》等书都加以引用。《隋志》著录薛综注"《二京赋注》",新旧《唐志》则载有"《二京赋音》",可知唐代还存有薛综注《二京赋》的单行本。因此,我们很难想象,萧统在阅读《二京赋》的时候是没有参考薛综注的。此处还有一个旁证。作为与萧统(501—531)同时期的刘勰(约465—约520),所著《文心雕龙·指瑕》曾批评过薛综在《西京赋》中的注文:"若夫注解为书,所以明正事理,然谬于研求,或率意而断,《西京赋》称中黄育获之畴,而薛综谬注,谓之阉尹,是不闻执雕虎之人也。"遗憾的是,刘勰所说这条注文,不见于今天的《文选·西京赋》薛综注。由此可推知,萧统阅读《二京赋》自然也参考过薛综注。而且他所见的薛综注,恐怕与 P2528 中的薛综注、后世善注刻本中的薛综注,都有一些差距。既然注文如此变动都可能发生,何况一些可能只是关乎不同写法的异文。也许一开始薛综注《二京赋》每字必合,也许其用字与底本不同,然而时间漫漫,殊不知中间经历了多少人的学习,萧统等人又

---

① 张珊指出"此段中华书局点校本《后汉书》标点似有误,当为'又定《五宗图》、述《二京解》'"。参《〈文选〉赋类李善注所收旧注解题》,《古籍整理研究学刊》2010年第6期,第96页。

做过什么工作,也许将正文与注文都进行了统一也未可知。唐代尚有《二京赋》薛综注的单行本,李善许将晚出的单行本内容,以校勘萧《选》赋中内容也未可知。这就好比后人在刊刻过程中,喜好依照所注之书对正文和注文进行整理,故而经过精心整理的刻本一般正文与注文的几乎用字相同。

另外,本文尚有一个怀疑:薛综注可能附于白文之后,随白文本流行。换言之,李善、五臣等人所见的萧统《文选》,不是一个彻底的无注本,可能有部分篇目自带旧注。甚至萧统所编之白文本,也部分带有旧注。① 但这仅仅是一个猜测,因为就目前材料来看,还没有这方面的证据。一是敦煌本左思《吴都赋》存二十三行白文,似在唐代以白文本单行,但《吴都赋》是有旧注的,一是从日藏白文钞本来看,确实仅仅抄了白文而已。至于《隋志》和两《唐志》所著录的一些旧注本,亦难以证实是否附于正文之后。比如:《幽通赋注》一卷;《子虚》《上林》赋注一卷(《隋志》);曹大家《幽通赋注》一卷(新旧《唐志》);张载、刘逵与綦毋邃《三都赋》注,徐爱注《射雉赋》(《隋志》)等等。如果存在这些带有旧注的白文本,不知是否会混为《文选》所本。而诸家作注,是否可能采用此类带有旧注的白文本,作为参考,甚至为底本?这些都是待解之谜。

2. 李善注与《汉书》注

《汉书》与《文选》共同选录的文章一共35篇,如果算上题、序的引用,李善《文选注》共计37篇采纳《汉书》旧注。清人汪师韩《文选理学权舆》曾统计出李善注所引《汉书》旧注共29家,包括应劭、韦昭、文颖、张晏、张揖、傅瓒(臣瓒)、晋灼、服虔、如淳、苏林、孟康、邓展、李奇、刘德、项岱、姚察、颜师古、徐广、胡广、蔡邕、李斐、吕忱、伏俨、郑德、刘兆、郭璞、司马彪、顾野王、《汉书音义》等。但是,通过考察《隋书·经籍志》《旧唐书·经籍志》《新唐书·艺文志》,《汉书》旧注的书籍大部分在李善作注之际已经散佚②,因此学界一般认为李

---

① 王德华《李善〈文选〉注体例管窥》也有类似推论:"此集注本最大的可能就是萧统编撰《文选》时,把一些文章有集注的也一并录入,以便参阅"。《〈文选〉与"文选学"》,学苑出版社,2003年,第734页。

② 存者有:应劭等集解《汉书》一百一十五卷、臣瓒《汉书集解音义》二十四卷、服虔《汉书音训》一卷、韦昭《汉书音义》七卷、孟康《汉书音义》九卷、晋灼《汉书集注》十三卷、姚察《汉书训纂》三十卷、姚察《汉书集解》一卷、姚察《定汉书疑》二卷、项岱《汉书叙传》五卷、颜师古《汉书注》一百二十卷等九种七家。

善所用旧注来自《汉书》集注本,且可能主要以蔡谟集注本为主,而以颜师古注本为辅。比如王重民《敦煌古籍叙录》认为"盖有唐初叶,师古注未大行,蔡谟《集解》颇行于世;《索隐》《正义》所征,郦元、李善所引,均据蔡谟旧本,故所见古注,能溢出于颜籀以外也"①。段凌辰《〈文选〉注引〈汉书〉注非袭用颜师古注本说》一文详列众多溢出颜师古注之《汉书》旧注异文,指出"诸家皆非颜注所取,而李氏并见甄采。其非袭用颜氏注本,章章明矣"②。而徐建委《蔡谟〈汉书音义〉考索》一文也指蔡谟注本是"南朝至唐代以来《汉书》最为通行的注本……促进了《汉书》学在南朝和唐初的发展,从裴骃、司马贞、张守节、李贤到颜师古,甚至李善,都在不同程度上受益于《汉书音义》"③。

那么,从李善使用《汉书》集注本的行为,能否推导出如下结论:李善在注解《文选》的时候,直接选择《汉书》与《文选》共同收录的文章作为底本呢？金少华根据 P2527 认为"李善所据《答客难》底本应为《汉书》集注本而非萧统《文选》原帙"④。刘志伟考察善注与《汉书》旧注用字一致情况,认为"李善很可能以《汉书》旧注本为作注底本,若这些作品中有非出于《汉书》而与《汉书》有异者,则李善本即可能有异于萧统《文选》原本"⑤。对此,本文的意见如下。

首先,李善在注解《汉书》与《文选》共同收录的作品时,参考过《汉书》注本,而且可能是以蔡谟注本为主的集注本,而非颜师古注本。李善在引用颜师古注时会称"颜监",仅有若干条,其余刻本中出现的"颜师古曰""师古曰",按胡克家《考异》说法当是后人的批注意见羼入。而从 P2527 也可证李善注本的底本用字,与《汉书》颜师古注的底本有所不同。比如:

1.《解嘲》后椒涂,"椒"古钞本、陈八郎本、正德四年本、奎章阁本作"陶"。

奎章阁本校语云:善本作椒字。明州本、赣州本校语同。

---

① 王重民《敦煌古籍叙录》卷二,中华书局,2010 年,第 78 页。
② 《儒效月刊》1946 年 6 月第 2 卷第 2—3 期,转引自《文选学研究》第一册。案,段氏另有一文《李注〈文选〉中〈汉书〉诸文多足证颜注所本说》(《河北大学学术丛刊[复刊]》1946 年 12 月第一期)。
③ 徐建委《蔡谟〈汉书音义〉考索》,《古籍整理研究学刊》2006 年第 3 期。
④ 金少华《敦煌吐鲁番本〈文选〉辑校》,第 416 页。
⑤ 刘志伟《李善注〈文选〉底本与旧注关系试探》,《河南师范大学学报(哲学社会科学版)》2016 年第 4 期,第 164 页。

P2527、九条本、尤袤本作"椒"。

《汉书》颜师古注：有作椒者，乃流俗所改。

胡氏《考异》：袁本、茶陵本"椒"作"陶"，云善作"椒"。何校云"椒"《汉书》作"陶"。师古曰："有作椒者，乃流俗所改。"陈同。今案：何、陈所校非也，颜本作"陶"，具见彼注。善此引"应劭曰：在渔阳之北界"，与颜义迥别，盖应氏《汉书》作"椒"，颜所不取，而善意从之也。若以颜改善，是所未安。凡选中诸文，谓与他书必异亦非，必同亦非，其为例也如此。

薇案：《汉书》颜师古所用底本作"陶"，但又见过他本作"椒"。《考异》怀疑被颜师古斥为"流俗"的本子可能是应劭《汉书》底本，因为李善此处注文引应劭说法，那么作"椒"也可能是参校应劭本而来。我们看 P2527 确实也作"椒"。《考异》还进一步指出不必用颜师古之说，改变善注底本的面貌，故胡刻本仍然保留原来尤袤本的"椒"。根据早期写卷、善注刻本、五臣注刻本的异文情况来看，既然 P2527 同善注刻本作"椒"，五臣注刻本则作"陶"，古钞本和九条本作"陶"和"椒"也并不统一，所以我们姑且可以将"椒"与"陶"，作为二注的区别标志。当我们追溯其源头，可以发现二者之别，可能还在于《汉书》底本之别，即应劭注本与颜师古注本之别。不过王先谦对此不置可否，饶宗颐《斠证》指出"《考异》谓善从应劭作'椒'，而不从颜监作'陶'。王先谦谓当阙疑"。而富永一登则认为"案唐写本李善单注本作'椒'字，六家、六臣本所校李善本，盖后人所改也"。基于此，我们可以有两个判断：首先，写本和刻本中有些用字之异可以追溯到《汉书》注本底本之别。其次，《汉书》底本存也在"变本"的现象，因此，使用《汉书》变本来讨论《文选》变本，很难操作。

因此，考察李善作注是否使用了《汉书》底本问题，尚有诸多可商榷之处。

1) 有无相关文献记载为证。就《上文选注表》来看没有直接的证据，然而众所周知隋唐"文选学"的兴起，的确离不开《汉书》的带动。萧该、曹宪、李善除《文选》之外，同样熟悉《汉书》。使用《汉书》等注解材料为《文选》作注，是很正常的现象。比如：

2.《解嘲》渤澥之岛，"渤"P2527 作"勃澥"，古钞本作"㴾澥之岛"，九条本作"渤海之嶋"。

《汉书》作"勃解",萧该《音义》曰:案《字林》渤澥,海别名也,字旁宜安水。

薇案:目前所见善注和五臣注刻本均作"渤澥",均有水旁,恰好遵循了萧该《汉书音义》的说法"字旁宜安水"。我们不知道是后人刊刻过程中自行修正,还是所据底本遵从了萧该的意见。萧该除了注《汉书》音义之外,也注过《文选》音义,或许《文选》部分也仍然沿用了这一判断。而萧该的说法还存在潜在的对话者,即萧该所见涉及这一句"渤澥之岛"中"渤澥"二字不一定全有水部。根据目前材料来看,既有作"勃解"者,如《汉书》颜师古注本,也当有作"勃澥"者,如P2527善注本。萧该当时注解所见或亦如是。由此推测,从萧该、曹宪以来,《文选》与《汉书》多有互通,未必自李善始。

2)异文能否提供有说服力的证据。刘志伟先生的工作正是为此而展开。但是这方面的证据最好能够以早期材料为依据,越早越好,刘先生的统计虽以目前所见二注的最早刻本(李善为北宋监本,五臣为奎章阁本之底本平昌孟氏本)为依据,确保反映早期特征,但是我们都知道即便是最早的刻本,与目前发现的写卷也有一些差距,因此,刘先生就《二京赋》得出善注与薛注一致的结论,也仅限于刻本范围。本文所利用的P2528和P2527,显然没有呈现出李善注必与旧注一致的规律。因此,从正文异文的角度来讨论,可能尚需更多材料。

3)考察李善作注的痕迹。王德华先生猜测:"李善之所以用'臣善曰'以别'旧注'与'自注'之间的关系,并非简单的是指'旧注'是引自他人,而是标识出李善所用的底本是有'旧注'的底本,李善在此基础上复又作注,为了以示区别,故以'臣善曰'以标识。"[①]这个角度充分考虑到李善作注的体例和过程,让人感到李善依据旧注底本进行注解是很合情合理的。而徐建委先生也曾经发现:"李善在注解《汉书》收录作品时没有加以特别说明,就直接在文中采用前人的《汉书》注解,而在注解非《汉书》原文时,就先引用《汉书》原文,后直接引用前人《汉书》注。所以可以推测出李善所使用的《汉书》注解是一个《汉

---

① 王德华《李善〈文选〉注体例管窥》,《〈文选〉与"文选学"》,第735页。

书》的注本,而不是集注集解的单行本。"① 这个证据,用来推测李善作注的底本,也是颇有启发性。假若李善直接在一个带有旧注的白文本上进行注解,上述行为的确合情合理。然而反过来,假如李善在一个完全无注的白文本上开始注解工作,他在审视旧注进行选取的时候,上述行为难道无法合情合理吗?

关于这一点,P2527 的注文现象提供了不少有用的信息。整理 P2527 与刻本的注文内容,有以下五类异文现象:刻本增注 5 例;P2527 无注而刻本有注 9 例;P2527 已见从省而刻本复见 6 例;P2527 有注而刻本无注 4 例;还有一种情况是刻本将善注混入他注,表现为丢了"臣善曰",P2527 一共 3 例,P2528 一共 2 例。② 在刻本增注的一些异文当中,有 2 例恰好与《汉书》注有关。比如:

3.《解嘲》是故邹衍以颉颃而取世资,此句 P2527 以下不分节,无善注。

尤袤本善注:"应劭曰:齐人,著书所言多大事,故齐人号谈天邹衍,仕齐至卿。苏林曰:颉,音提挈之挈。颉颃,奇怪之辞也。邹衍著书虽奇怪,尚取世以为资,而己为之师也。言资以避下文也。颃,苦浪切。"

4.《解嘲》今大汉左东海,此句 P2527 以下不分节,无善注。

尤袤本善注:"应劭曰:会稽东海也。"

薇案:用《汉书》注比对上述两条增注,第一条讹误较多,误"天事"为"大事","谈天邹衍"多"邹"字。饶宗颐《斠证》以为"此种错误,两刻本相同,亦可证尤氏善单注本乃从六臣注中剔出",而罗国威《校释》则以为"殆后人混入者也"。其实观察增注中"言XX"的句式,似确非李善注解体例,或可排除李善自己增注的可能性,而较有可能是后来发生的讹误。假若李善作注以《汉书》为底本,则漏掉上述应劭、苏林的注释,该如何理解呢?是因为使用了一个不同于今本《汉书》的底本,还是李善认为不重要而在初次作注时省略了?其实

---

① 徐建委《李善〈文选注〉引书试探》,《长春师范学院学报(人文社会科学版)》2009 年第 4 期,第 81 页。

② 冈村繁发现 P2527 当中刻本增注的内容有几例援引了纬书,包括《春秋运斗枢》《春秋元命苞》《春秋命历序》《春秋保乾图》,说明李善作注"从仅依类书检出典故到广据古典著作"的补订过程。参[日]冈村繁《从〈文选〉李善注中的纬书引用看其编修过程》,《文选之研究》,陆晓光译,第 334 页。

我们可以回顾一下李善自述的作注过程：

>《西京赋》"薛综注"下善曰："旧注是者，因而留之，并于篇首题其姓名。其有乖谬，臣乃具释，并称'臣善'以别之。他皆类此。"

李善的作注工作的确审视了旧注的内容，先留旧注，再具释之，用"臣善"来区分两个层次。从这点来看，上述异文似乎不是省略应劭、苏林之注，而是李善作注之时，此处《文选·解嘲》没有分节，显然与《汉书》此处分节下注的情况不一样。如果直接依据一个带有旧注的底本作注，最起码会遵照原来的分节形式，而且一般只会增加科段以下注，但不会专门合并科段。由此可以说明，李善作注使用的不应是以《汉书》注本为底本。本文承认，类似《解嘲》这样为《汉书》收录的作品，一句之下往往直接出示"如淳曰""服虔曰""应劭曰""张晏曰""晋灼曰"，看起来确实与正文的黏着度很高，然而除了李善使用《汉书》注本作注这一解释之外，李善使用集注集解单行本同样可以说得通，从集注集解本中抄出各家旧注，羼入各科段，同样可以达到上述效果。其次，李善也有直接出示"《汉书》曰"的时候，例如《解嘲》首句"哀帝时丁傅董贤用事"，P2527 正作"臣善曰《汉书》曰"如何如何。为此，本文猜测善注提到"如淳曰""服虔曰""应劭曰""张晏曰""晋灼曰"而不谈及《汉书》出处，可能是唐人引用《汉书》集注本的一种习惯，即对《汉书》注解十分熟悉的表现。因此，意欲论证李善使用《汉书》为底本作注的可能性，尚有可讨论余地。

当然萧《选》的作品，确实多选自《汉书》。尤其结合《史记》《汉书》来看，可以证明萧《选》的文本多以《汉书》为准。这个现象，不但可以从《解嘲》的四个例子得到印证，也可以从《答客难》多从《汉书》而得到印证。《文选》的文本跟《史记》所收录的相差有点大，反而与《汉书》更接近。《文选旧注辑存》跃进案："《文选》卷四十五收录的《答客难》，与《汉书》基本出于同一系统，而与《史记》不同，则其所选或直接出于《汉书》，远源则在刘向整理的《东方朔书》。"[①] 这个意见实际指向了《文选》作品来源更为深远的问题。退一步讲，假若萧《选》便是直接从其所见《汉书》中择取作品，甚至萧该、曹宪使用《汉书》为底本来学习《文选》，则李善作注也就相当于在为某个《汉书》底本作注，甚至说

---

① 刘跃进著，徐华校《文选旧注辑存》第十四册，凤凰出版社，2017年，第8910页。

李善以《汉书》为底本,其本质上似无太多差别,都可以统一为萧《选》之"变本"。同理,《文选》又收录了不少别集所见作品,难道李善也会直接采用别集篇目作为底本吗？如此一来,李善的工作量到底是增加了,还是减少了呢？

上述种种现象,本文更愿意将其归之为从"母本"到"变本"的裂变,即从"萧《选》旧貌"这个"母本"出发,衍生出的各种"变本"的过程。也正是基于此,我们才了解到,"变本"的产生并不是单纯的抄写讹误所致,还可能因为其他文献的介入,而发生了变异。《考异》曾说:"凡《选》中诸文,谓与他书必异亦非,必同亦非,其为例也如此。"在这一点上,刻本的经验,与写、钞本的经验,又是如此融洽共存。

（中山大学中文系）

尤袤本《文选》的刊刻及选学价值

王 玮

《文选》在中国文学史上具有举足轻重的地位。自萧梁流传至今,"文选学"史上产生过多种版本,有抄本、刻本之分,有白文与注文之别,还有李善、五臣、六家、六臣之异,种类繁多。在这些版本之中,南宋尤袤于淳熙八年(1181)在池阳郡斋所刻李善注本《文选》(下文简称尤袤本)是现存完整的最早单李善注刻本,值得深入研究。本文拟从刊刻缘由、底本选择、选学价值三个方面对尤袤本《文选》作简要分析。

一 尤袤本《文选》的刊刻缘由

(一)宋代选学背景概述

众所周知,《文选》自诞生伊始一直受到追捧。自五臣注产生之后,因其更加迎合科举考试的需要,较李善注更为流行。然自北宋开始,"选学"走向发生了改变。这种改变主要表现在两个方面。

首先,"文选学"的发展已由最初的学习诗赋创作、汲取文学养料转向学术考证与研究层面。宋神宗熙宁年间,王安石实行变法,对科举考试进行了重大改革,罢诗赋、帖经、墨义,专以经义、论、策取士,目的在于通经致用。后变法失败,司马光执政,虽废除了变法的诸多内容,但科举制度仍继承王安石的政策。宋哲宗亲政后,更是使"进士罢诗赋,专习经义"。《文选》不再是科考的内容,士子也纷纷从诗赋转向经义。从这个层面看,无疑意味着《文选》的衰落。除此之外,宋代古文运动的发展也对《文选》的传播产生了冲击。以王安石、苏轼等为代表的古文学家,提倡平易自然,"惟陈言之务去","词必己出",反对声律、辞藻、对偶、典故以及绮靡的文风,《文选》因而遭受冷落。虽然如此,《文选》仍然具有其影响力。屈守元先生曾说:"然修(欧阳修)亦非不重《文选》者,观其《集古录跋尾》卷七,谓颜真卿书《东方朔画赞》有二字与《文选》不同,可知其校读亦不鲁莽……宋景文(祁)则自言手钞《文选》三过矣。"①苏轼虽批评萧统浅陋,亦称赞"李善注《文选》,本末详备,极可喜"②。两宋时期的文学大家无论是否支持古文运动都熟习《文选》,宋人笔记中常能见到关于《文选》的记载。因此,宋代"文选学"只是在科举领域衰退,在学术考证与研究层面正逐渐走向兴盛。

其次,李善注的地位被重新提升。北宋天圣中,刘崇超上书言:"李善《文选》援引该赡,典故分明,欲集国子监官校定净本,送三馆雕印。"在刘崇超的建议下,北宋国子监刊刻了首部李善注《文选》。苏轼亦赞赏"李善注《文选》,本末详备,极可喜",批评五臣注"真俚儒之荒陋者"。洪迈也批评五臣"狂妄注书,所谓小儿强解事也。唯李善注得之"③。李善注地位的提升与此时"选学"转向学术研究有较大关系;五臣注较通俗、浅显,适合考试,而李善注重训诂,学术性强,更符合宋代"文选学"走向。尤袤本《文选》正是这种"选学"背景之下的产物。

(二)尤袤的个人因素

尤袤,南宋著名文学家、文献学家。少颖异,胸中甚富,学识博通,人称"尤书橱",这自然让人联想到有着"书簏"之称的李善,二人不仅均与《文选》联系密切,连嗜好都如此相通。叶寘《坦斋笔衡》中曾记曰:"杨廷秀(万里)因举河纯所原起,古书未见有载叙者,以问尤延之,曰:左太冲《吴都赋》叙王鲔鲢鲐。刘渊林注:鲢鲐,鱼状,如科斗,大者尺余,腹下白胝微,背上青黑,有斑文,性有毒,虽水獭大鱼不敢啖之,蒸煮食之肥美。以是考之,河纯本原莫明白于此。

---

① 屈守元《〈昭明文选〉杂述及选讲:选学椎轮初集》,贯雅文化,1990年,第24页。
② (宋)苏轼《东坡题跋》,商务印书馆,1936年,第29页。
③ (宋)洪迈《容斋随笔》,上海古籍出版社,1996年,第7页。

廷秀检视之,言无殊,因叹曰:延之真书府也。人目为橱,何以胸中著数万卷乎?予不及,予不及。"此条不仅说明尤袤学识渊博,也反映出他对于《文选》的熟悉程度,某些篇目甚至包括注文都烂熟于心,张口既来。难怪杨万里称"延之于书靡不观,观书靡不记"。他酷爱藏书,家有"遂初堂""万卷楼"等专供藏书之用,陈振孙曾说他"藏书为近世冠",陆游评其"异书名刻堆满屋,欠伸欲起遭书围"。尤袤将所藏书籍编为《遂初堂书目》,此目被视作第一个著录版本的目录学著作,开启了版本目录学的先河。尤袤爱藏书的同时也爱抄书,书载"每公退,则闭门谢客,日计手抄若干古书"。除此之外,他还喜欢收藏金石字画,有较高的鉴赏能力。《研北杂志》卷上记:"淳熙、绍熙间,尤常伯延之、王左曾顺伯两公,酷好古刻,以收储之富相角,皆能辨别真赝。"以上种种均有益于之后他对《文选》的校勘与刊刻。

(三) 地理因素

贵池,今安徽省池州市,在两宋时属池州池阳郡。此地曾为萧统封邑,尤袤在《文选跋》中说道:"贵池在萧梁时寔为昭明太子封邑,血食千载,威灵赫然。水旱疾疫,无祷不应。庙有文选阁,宏丽壮伟,而独无是书之板,盖缺典也。"尤袤感于此地有"文选阁",而无《文选》刻板,故发愿刊刻《文选》,历时一年半便完工,故而袁说友在《文选跋》中云"则所以敬事于神者厚矣"。跋文又继续解释为何选择李善注本的原因:"今是书流传于世,皆是五臣注本。五臣特训释旨意,多不原用事所出。独李善淹贯该洽,号为精详。虽四明、赣上各尝刊勒,往往裁节语句,可恨!"总结起来原因有三。首先,五臣之所以做注正是因李善注仅有用事出处,无旨意疏讲。而此时,尤袤选择李善弃用五臣的原因恰恰是欣赏李善做注的方式,这当与尤袤的性格与学术习惯有关。其次,求新。尤袤称当时流传于世者皆五臣注本,所以,他应该有推陈出新的考虑。然这句话却与实际情况不符。据现存资料可知,在尤袤本《文选》产生之前,单李善注刻本至少有北宋国子监本,由此可知,尤袤在刊刻时并不知道有北宋国子监本的存在。第三,明州本、赣州本在合并五臣注、李善注时,删节了许多李善注的内容,这让尤袤十分不满,因而希望刊刻一部尽可能还原李善注原貌的版本。

正是由于以上诸种因素,才有了尤袤本《文选》的诞生。

二 关于尤袤本《文选》的底本选择

关于尤袤本《文选》的底本问题,一直是学界讨论的焦点,但限于资料不足,始终莫衷一是。最早流行的说法是以四库馆臣、顾广圻等为代表的六臣本摘出说,随着日本学者斯波六郎的翔实比勘数据的问世,更增加了这一观点的可信度。第一个对六臣本摘出说提出否定意见的是清代陆心源[①],他认为尤袤本所据应为善注单行本(写本的可能性更大),但并未继续做出深入、详细的探讨。直至二十世纪七十年代后期,随着更多《文选》版本的发现,程毅中、白化文撰《略谈李善注〈文选〉的尤刻本》,再一次重新将尤袤本的底本问题提出来讨论,他们提出三点证据否定六臣本摘出说,但是也没有给出自己的答案。继此,屈守元先生提出新观点:即尤袤本当出自北宋国子监本[②]。自此,治选者多从此说。与此同时,日本学者森野繁夫发现尤袤本不少注文与集注本中《文选抄》、陆善经注相合,因而判断尤袤本的底本当与集注本有关[③]。这个观点较有启发性,把之前局限于底本为刻本的讨论伸展至抄本系统中。之后,刘跃进先生首先发现尤袤本《洛神赋》题下李善注引"《(感甄)记》曰"一段为其他版本所无,提出尤袤本所据之本,"应当是唐代以来流传的另一版本系统"[④]。范志新先生在此基础上,发现《四库全书》所收《六臣注文选》中的《洛神赋》里有与"《(感甄)记》曰"相近的文字记录,《四库提要》说这个《六臣注文选》是袁本(即袁褧刻六家本),但考察实际所收内容却是一个李善注在前,五臣注在后的六臣注本,从而提出"尤本可能主要以赣州初刻本为其底本"[⑤]的观点,这又回到了斯波六郎等人主张的"六臣本摘出说"。随着更多《文选》版本的发现,尤袤本的底本问题也在不断向前推进。傅刚先生通过对日本九条本《文选》的校

[①] (清)陆心源《仪顾堂续跋》,《宋元明清书目题跋丛刊》第九册,中华书局,2006年,第352页。
[②] 屈守元《文选导读》,巴蜀书社,1993年。
[③] [日]森野繁夫《关于〈文选〉李善注——集注本李善注和刊本李善注的关系》,《中外学者文选学论集(下)》,中华书局,1998年,第1020页。
[④] 刘跃进《从〈洛神赋〉李善注看尤刻〈文选〉的版本系统》,《文学遗产》1994年第3期,第114页。
[⑤] 范志新《〈文选〉版本论稿》,江西人民出版社,2003年,第45页。

勘与研究，发现"其特征往往与李善本相合，而尤与尤袤刻本多合，是证尤袤本确有底本，非如清儒所说，是尤袤刻书时以五臣乱善所致"①。

以上诸位学者的观点都有其合理性，但或多或少都有值得反复推敲的地方。在此，笔者想结合尤袤本《文选》本身浅谈一下关于此问题的看法。

尤袤本正常行款是一页十行，行二十一字。但仔细阅读会发现，其中有很多修版痕迹。通过对这些修版痕迹的仔细研究，我们可以发现一些关于底本的蛛丝马迹。这些修版痕迹大致可分三类。

（一）单字剜改

如卷九《长杨赋》"于是上帝眷顾高祖，高祖奉命，顺斗极，运天关"句注文"《春秋元命苞》曰：命者，天之令"。案：尤袤本"令"字明显有描改痕迹，北宋本此处虽阙，然考奎章阁本、赣州本、明州本并作"命"字。盖尤袤本底本与赣州本等同作"命"，后不知据何本改作"令"。这里需要指出一个问题，尤袤本修版前的样子应该就是它底本的样子，那个样子越接近于某个版本，那个版本就越可能是它的底本。而修版后的样子则是尤袤在参考了其他版本或内容之后的改后面貌，我们不能以此貌去寻求尤袤本的底本。

（二）局部版面的修改

如卷一〇第十三页有五列有明显断版、补版痕迹。断版从正文"吐清风之飋戾，纳归云之郁翁"句注文"望嶤谷兮瀹郁"始，至"浸决郑白之渠，漕引淮海之粟"句注文"控引淮湖与海"止。考此段注文，尤袤本与北宋本、赣州本②的差异主要体现在"浸决郑白之渠，漕引淮海之粟"句的注文上。尤袤本该句注文较北宋本、赣州本多"郑玄《周礼注》曰：浸者，可以为陂灌溉者"。尤袤本或为增补此句而补版。换言之，尤袤本的底本应该与北宋本、赣州本等相同，无"郑玄《周礼注》"句，后不知据何增补。

（三）增删剜改

如卷一《两都赋序》"臣窃见海内清平，朝廷无事"句注文"蔡邕《独断》或曰：朝廷亦皆依违。尊者都举朝廷以言之"。案："尊者都举"四字占六个字

---

① 傅刚《〈文选〉版本研究》，世界图书出版西安有限公司，2014 年，第 448 页。
② 奎章阁本、明州本此处李善注作"郑白已见上文"。

格，明显少两字。北宋本此处阙，考奎章阁本、赣州本、明州本"都"上有"所"字，"举"上有"连"字，是。盖尤袤本底本与赣州本等同，作"尊者所都连举"，后不知据何本改作"尊者都举"。

再如卷二《西京赋》"譬众星之环极"。案：尤袤本"譬众星之环极"间距较疏。北宋本与尤袤本同，然检奎章阁本、赣州本、明州本"极"作"北极"。奎章阁本、赣州本并以北宋本为李善注部分的底本，然以其与现存的北宋本比勘，存在差异，它们的底本应该不是现存的北宋国子监递修本。此处，尤袤本底本或与赣州本等同，作"北极"，后据某版本改作"极"。

再如卷二《西京赋》"掩长杨而联五柞"句。敦煌本、尤袤本注作"云有五株柞树"，北宋本、奎章阁本、赣州本、明州本作"云有株柞树"。案：尤袤本"云有五株"挤在一处，较正常行款多一字，北宋本、奎章阁本、赣州本、明州本恰少一"五"字，盖尤袤本底本此处即与北宋本、赣州本等同，无"五"字。虽然不能说敦煌本就是尤袤校勘时的参校本，然可以说尤袤本在校改时确有版本依据，而非随意修改。

再如卷三《东京赋》"回行道乎伊阙，邪径捷乎轘辕"。尤袤本注作："伊阙，山名也。轘辕，阪名也。回，曲也。捷，邪也。谓大道迂曲，乃当伊阙之外，邪径趣疾，当历轘辕。善曰：贾逵《国语注》曰：道，由也。《史记》吴起曰：桀之居伊阙。王逸《楚辞注》曰：捷，疾也。《左氏传》注曰：捷，邪出也。《汉书》曰：沛公从轘辕。薛综曰：轘辕坂十二曲，道将去复还，故曰轘辕。臣瓒曰：在缑氏东南。"案：尤袤本李善注"邪也……捷疾也左"，两列各二十六字，较正常行款各多五字。"氏传注曰……在缑氏东南"，两列各二十一字，正常应十七字，各超四字，总计多十八字。考北宋本、奎章阁本、赣州本、明州本洽无"薛综曰：轘辕阪十二曲，道将去复还，故曰轘辕"十八字。尤袤本底本当无此句薛综注。"善曰贾逵"前面部分注文其实正是薛综注。为何两段薛综注之间要夹一条李善注呢？不知尤袤本据何增补，又为何增补。

再如卷三七《求自试表》"冀以尘露之微，补益山海。萤烛末光，增辉日月"句注文"款诚至情，犹不敢嘿也"。案：尤袤本李善注文末空两格，正常最多空一格，因而此处至少缺一字。考北宋本、奎章阁本、赣州本、明州本作"嘿嘿也"。尤袤本底本应同于北宋本、赣州本等，作"嘿嘿也"。考集注本作"嘿也",可知尤袤本删一"嘿"字应该有其版本依据,非凭己意随意删改。

再如卷五二《博弈论》:"百行兼苞,文武并骛"句,尤袤本李善注作:"引兴摘暴,一字管百行。"案:尤袤本李善注"暴一字"挤在一处,较正常行款多一字。考北宋本、奎章阁本并与尤袤本同。然赣州本、明州本作"引兴摘暴,学管百行"。盖尤袤本原依据其底本刻作"学管",后依据其他版本改作现在所见的"一字管"。这条资料很重要,就现有版本考察,尤袤本确与赣州本关系最为密切。尤袤在《文选跋》中曾说"四明、赣上各尝刊勒,往往裁节语句,可恨"。因此,尤袤本很有可能以赣州本中的李善注为底本,但因不满赣州本对李善注的"裁节",故而再校以其他版本来"补充""还原"李善注,通过以上所举诸例便可发现,尤袤本较其底本的"增注"现象还是比较明显的。又因赣州本本身就是李善与五臣的合并本,故而尤袤本中难免有"五臣乱善"的现象。

通过以上诸例,我们可以发现尤袤本中那些有修改痕迹的地方对于说明尤袤本的底本问题很有帮助。根据现有版本,我们可以部分还原修改前的面貌,而还原出的内容与北宋本系统十分接近,或许尤袤本确实是以北宋本系统的某个版本为底本进行刊刻的,笔者认为据现有资料考察,赣州本的可能性较大,与此同时尤袤又参考了其他版本或内容进行了修版,因此造成了现在我们所见的这个跟现存任何版本都有很多不同的尤袤本。

三 尤袤本《文选》的选学价值

尤袤本《文选》并非第一个单李善注刻本,然却是影响力最大的一个。在其之后,历朝历代的单李善注刻本并以其为底本,如元代延祐间张伯颜刻本以及以张本为底本进行翻刻的明成化间唐藩重刊本与明嘉靖间晋藩刊本、明嘉靖癸未全台汪谅翻元本;再如明毛晋汲古阁本以及以毛本为底本进行翻刻的清康熙二十五年钱士谧重校汲古阁本、清乾隆四年汪由敦校录何焯评校汲古阁本、清乾隆三十七年长洲叶树藩海录轩刻何焯评阅本;再如清嘉庆己巳胡克家刻本等。这些足以证明尤袤本的影响力。除此之外,尤袤本《文选》也曾流播至日本。据日本学者岛田翰(1879—1915)《古文旧书考》记载,他曾见过一个覆刻尤袤本。该本是由福建道兴化路莆田县仁德里人俞良甫刊刻,该本卷尾题识曰："(俞良甫)顷得大宋尤袤先生之书于日本嵯峨,自辛亥四月起刀,至今苦难始成矣。甲寅十月谨题。……四周单边,半页八行,行十九字、二十字,注双行二十一二三字,界长七寸五分,幅五寸八分。"①辛亥、甲寅指应安四年(1371)与七年(1374)。考察现存的尤袤本、张伯颜本、汲古阁本、胡克家本等并非半页八行,不知其所据为何种尤袤本,或为俞良甫所改亦不可知。岛田翰曾将此本与胡克家本比勘,间有异同。由此可知,在明朝时期,尤袤本《文选》曾流传至日本,但岛田翰时应该已经见不到了。现在俞良甫覆刻本不知是否还在? 若在,可能还会给尤袤本底本问题提供新的线索。

关于尤袤本的价值问题,学界一直存在争议。有的学者认为尤袤本是汇聚众家之长的集大成的版本②,有的学者则认为尤袤本是一个很不值得信赖的本子,"利用这个本子对李善注研究得越深入,离《文选》李注之学就'渐行渐远渐无穷'"③。笔者认为,历朝历代的单李善注本并以尤袤本《文选》为底本,肯定与其自身的价值密不可分,否则,张伯颜、毛晋、胡克家、顾广圻、黄尧圃为何不选择其他版本,偏偏要选尤袤本呢? 尤袤本《文选》确实存在不足,但其价值同样不容忽视。尤袤本《文选》④的问题主要有三。首先,存在描改痕迹。其次,正文夹有音注,不符合李善注传统体例。据集注本与北宋本可知,李善注本系统的正文中应无音注。正文夹音注属五臣注本的特征,陈八郎本、朝鲜正德本等均可证。最后,尤袤本《文选》存在据五臣本改易的现象(包括夹注位置),尤其是注文部分。虽然如此,尤袤本在"文选学"史上仍有其不可或替的价值。

首先,尤袤本保存完整,无残缺、补刻内容。

其次,我们现在所见之本当为尤袤本《文选》的早期印本,在《文选》版刻史上十分珍贵。程毅中、白化文两位先生曾指出此本应为"初版的早期印本",

---

① [日]岛田翰《古文旧书考》,上海古籍出版社,2014年,第271—272页。
② 王书才《论尤刻本〈文选〉的集大成性质及其成因》,《楚雄师范学院学报》2007年第1期,第11页。
③ 王立群《尤刻本〈文选〉增注研究——以〈吴都赋〉为例的一个考察》,《河南大学学报(社会科学版)》2011年第5期,第31页。
④ 此尤袤本《文选》是指藏于国家图书馆的南宋淳熙八年池阳郡斋刻本《文选》,而非尤袤初刻本《文选》。换言之,我们现在所见尤袤本并非初刻本,其中有多处描改痕迹。

但森野繁夫先生提出反对意见,认为尤袤本中"多处明显地出现尤氏以后的人所做的增删,也就是说中华书局本成了尤本初刻本以后几度补刻的版本"①。此处的中华书局本就是指我们所讨论的尤袤本。仔细查阅尤袤本《文选》可以发现,该本除目录与附录外,正文中仅卷四五第二十一页为乙丑重刊,其余并是初刻。而且确实存在修版痕迹,如个别字的剜改、两字间有空格、某处文字挤在一处,或一个字占两个字格等现象,前文已经提及,但是我们认为不能据此便认定是后人所为。因为此本的版心处仅有一页为乙丑重刊,其他页中并未发现重刊字样,这与计衡本、理宗本②等递修本存在明显差异。另外,比勘尤袤本与计衡本、理宗本等递修本发现,递修本在行款上往往比尤袤本更符合标准,即两字间有空格、文字的拥挤现象,一字占两字格等现象减少了许多。这说明递修本在刊刻时改善了一些尤袤本中的问题。换言之,行款有问题的版本或者有错误的版本有可能是更早的版本。据袁说友《文选跋》可知,尤袤本《文选》从校勘到刊刻完毕仅用时一年半。尤袤本《文选》于淳熙八年(1181)刊刻完毕。又据现有资料可知,尤袤淳熙七年刊刻过十八卷《山海经》与两卷《隶续》。尤袤本《隶续》现已不存,而《山海经》现存一帙。检《山海经》版心,未发现重刊字样,当为初刻。然版心刻工处较为模糊,一些刻工姓名难以辨别,其中可以辨认的有李彦、曹但、金大有、张拱、王明、刘彦中等。这些刻工并为尤袤本《文选》的刻工。由此可知,尤袤在淳熙七年、八年时雇用同一批刻工同时校勘并刊刻了三部书。又据尤袤《山海经跋》可知,他校勘十八卷的《山海经》花费了三十年的时间,而六十卷《文选》从校勘到刊刻仅用时一年半。因此,我们大胆猜测,尤袤应该是采用了校勘与刊刻同时进行的方式,在发现错误时,通知刻工进行修改,但考虑到时间与成本问题,不能整版换掉,故而造成了我们现在所见到的修版痕迹。其实,查看尤袤本《山海经》也可发现类似现象。如:《山海经上》③第六页注文"槀茇香草"四字占两字格,明显较周围拥

---

① [日]森野繁夫《宋代的李善注〈文选〉》,《山西师大学报(社会科学版)》1986年第4期,第70页。
② 计衡本指北京大学图书馆所藏宋淳熙八年尤袤池阳郡斋刻光宗绍熙间至宁宗嘉定间计衡修补本《文选》。理宗本指台北故宫博物院藏宋淳熙八年尤延之贵池刊理宗间递修本《文选》。
③ 文清阁编委会编《历代山海经文献集成》,西安地图出版社,2006年。其中,尤袤本《山海经》是依据国家图书馆藏南宋淳熙七年池阳郡斋刻本影印。

挤。又,第十页"滂水出焉"注文"音滂沱之滂",其中"沱之滂"三字占两字格,挤在一处。但因《山海经》特殊的段落格式以及注文内容较少、较为简单等因素,许多内容即使修改也很难看出痕迹。结合以上诸条,我们认为国家图书馆所藏宋淳熙八年池阳郡斋刻本《文选》当是早期印本,其中的修版痕迹系尤袤所为的可能性更大。

最后,曹植《洛神赋》题下李善注"《(感甄)记》曰"一段给我们提供了更多线索。在刘跃进先生发现《西溪丛语》中亦有类似记载之前,学界普遍给尤袤扣上"随意增注"的帽子,在此之后,才认为"改有所据"。这个问题类似于顾广圻等校勘胡克家本《文选》,顾、黄仅据当时所见的袁本、茶陵本,便断定为"尤袤所改",往往是容易出问题的。我们现在虽能见到更多版本,但与历史上真实存在过的《文选》版本相比,还是九牛一毛。所以尤袤本《文选》给我们提供了关于当时李善注版本的更多线索。另外,这其实也反映出了《文选》注的发展演变历史。

(华侨大学文学院)

李善注引《论语》及各家注考论

吴相锦

一 绪论

  南朝梁昭明太子萧统所主持编纂的诗文总集《文选》三十卷,唐高宗时期,李善(627—690)曾对《文选》加以注释,并将原书三十卷析为六十卷。骆鸿凯先生在《文选学》中曾将《文选》学综括为五类:一曰注释,二曰辞章,三曰广续,四曰校雠,五曰评论。李善注《文选》作为《文选》注释的代表和典范之作,对后世的《文选》学产生了深远的影响。李善注《文选》作为唐以前《文选》注释的集成之作,一方面继承了前代各家旧注,另一方面又作新注。其注释的特点是详于释事并兼顾释义。《文选》所收作者众多,选文时间跨度大,兼备各体诗文,李善注既然详于释事,那么必然"弋钓书部",广征博引,方能实现。因此,《文选》李善注的另一个特点就是注引文献多,保存了丰富的佚文文献及传世文献的早期文本。汪师韩《文选理学权舆》曰:"其中四部之录,诸经传训且一百余,小学三十七,纬候图截七十八。正史、杂史、人物别传、谱牒、地理、杂术艺、凡史之类几及四百。诸子之类百二十,兵书二十,通释经论三十二;若所引诏、表、笺、启、诗、赋、颂、赞、篇、铭、七、连珠、序、论、碑、诔、哀词、吊祭文、杂文、集几及八百。其即入选之文互引者不与焉。"则《文选》所引文献共1587多种。根据骆鸿凯先生在《文选学》的统计,可以发现

《文选》李善注共引经部215种、史部352种、子部217种、集部798种，另有旧注29种，总共1611种。① 因此，自清代以来，研究辑考李善注引文献就成了《文选》研究的一个重要方面。辑考李善注引文献比较有代表性的是清代学者汪师韩的《文选理学权舆》，该书详细列出了《文选》李善注引的书目，对今天的相关研究具有筚路蓝缕的开创之功，因体例原因，汪著仅列书目而未详考具体文本与今本之异同及李善注引各书的具体特点，此外所列书目亦不乏遗漏讹误的情况。同时清代辑佚和校勘学者，亦多利用李善注引的文献来服务于相关研究，但因研究目的不同，所以多零散不成系统。今天，随着《文选》学研究的深入发展，越来越多学者在汪师韩的基础上深入研究《文选》李善注引文献，并取得了较多的成就。② 笔者通过调查发现，研究者较少关注李善注引《论语》类文献的情况，实则据李善注可进行考索。

在《文选》的三十九类文体类目里③，李善注引《论语》类文献出现在其中的三十二类中，即赋、诗、骚、七、册、令、教、文、表、上书、启、弹事、笺、奏记、檄、难（《难蜀父老》）、设论、辞、序、颂、赞、符命、史论、史述赞、论、连珠、铭、诔、哀、碑文、行状、吊文。不难想象，《论语》类文献作为中国古代的重要文献，也是李善在作《文选》注释时主要征引的文献。李善注引《论语》类文献，笔者根据中华书局1977年影印清嘉庆十年（1805）胡克家刻本考察统计，发现总共有

---

① 卞仁海《李善的征引式注释》，《信阳师范学院学报（哲学社会科学版）》2005年第3期，第78—82页。
② 目前针对《文选》李善注引文献的研究，从考察李善注所引的文献数量与其特征作为主要框架，扩展到研究李善注引经、史、子、集类，再至神话、通俗文等书籍。如徐兴无《〈文选〉李善注引纬考论——兼及谶纬与汉魏六朝文学的关系》（《西北师大学报（社会科学版）》2013年第4期），叶云霞《〈文选〉李善注引〈后汉书〉〈东观汉记〉〈晋书〉考》（华中师范大学硕士学位论文，2014年），郭淑娴《〈文选〉李善注引〈楚辞〉考》（华中师范大学硕士学位论文，2016年）等，可供参考。
③ 傅刚师《〈昭明文选〉研究》："《文选》实际文体类目就应该是三十九类了。""移体与书体分开，单列一类。"又，"《文选》卷四十四'檄'类中司马相如《难蜀文老》一文，无论如何不应排列在钟会的《檄属文》之后。司马相如是西汉人，而钟会却是曹魏时人，这两人都是名人，照理是不应出错的。因此，《难蜀父老》一文也应单独标类，即'难'与'移'一样，都是《文选》中单独的文体。"（《〈昭明文选〉研究》，中国社会科学出版社，2000年，第187页）笔者按：书体中的"移"与"檄"体中的"难"单独标类，那么《文选》的文体类目一共是三十九类。

756条。① 由于前人还未曾对李善注引《论语》类文献做过较详细的考论,故本文从调查分析李善注引《论语》及《论语》各家注,再对从中所发现的较重要问题做了考察。

二 李善注引《论语》及《论语》各家注情况概要

在深入考察研究李善注引《论语》及各家注之前,我们有必要先对其引用《论语》及各家注的大致情况进行分类说明。首先,笔者通过调查分析,发现李善注引《论语》原文可以分为三小类:

(一)直接引用《论语》原文

此类形式为"论语曰+原文"。李善注引《论语》原文的目的主要是为了注明事典和语典。关于李善注引书释事之例,《两都赋序》:"或曰:赋者,古诗之流也。"②李善注:"《毛诗序》曰:'诗有六义焉,二曰赋。'故赋为古诗之流也。诸引文证,皆举先以明后,以示作者必有所祖述也。他皆类此。"此条虽然是针对引《诗序》而发,但实际上是李善注引书的通例,其引《论语》自然也适用。例如《文选·报孙会宗书》:"君子游道,乐以忘忧。"李善注:"《论语》曰:'乐以忘忧。'"又同篇:"故道不同不相为谋。今子尚安得以卿大夫之制而责仆哉?"李善注:"《论语》曰:'道不同不相为谋。'言今我亲行贾竖之事,安得责我卿大夫之制乎?"又如《京都上·两都赋序》:"以兴废继绝,润色鸿业。"李善注:"《论语》:'子曰:兴灭国,继绝世。'然文虽出彼而意微殊,不可以文害意。他皆类此。"又《哀伤·幽愤诗》:"实耻讼免,时不我与。"李善注:"《论语》曰:'阳货曰:日月逝矣,岁不我与。'文虽出此,而意微殊,亦不以文害意也。"此两处李善注引《论语》释语典,但是语典之意与《论语》原意有差别,为了避免以

---

① 此数据的统计,笔者对《文选》一篇作品的一段文字中出现李善两次引《论语》的条目进行了分开计算。
本论文是根据中华书局1977年影印的清嘉庆十年(1805)胡克家刻本来考察李善注,但在特殊条例上,可能存在文字异同,有必要考察其他版本,因此笔者参考了日本足利学校藏宋刊明州本六臣注《文选》。

② 本文引用李善注《文选》皆出自中华书局1977年影印清嘉庆十年(1805)胡克家刻本,为避免烦琐,不一一出注,特殊情况将随文加以说明。

文害意，李善注于此又发凡起例。即《文选》文章虽化用前代典籍的语句或故事，但用法和意义与原书不尽相同，李善作注时除注明出处外，又提醒读者不要拘泥原书之意去理解《文选》的用典，而以文害意，此亦可作为李善注引书释事之通例。此外，倘若典故虽出自《论语》，但是《论语》所载某人之言语，所注引的原文部分不能看出是出自谁口，李善一般会补充人名，例如《文选》卷二八《乐府下·乐府十七首·齐讴行》："鄙哉牛山叹，未及至人情。"李善注："《论语》荷蒉曰：'鄙哉，硁硁乎。'"按，此处李善引《论语·宪问》荷蒉之言以注"鄙哉"之典，而《论语·宪问》原文作"既而曰：'鄙哉，硁硁乎！'"此句脱离了原文，读者可能不知道是荷蒉所说，故李善补充了"荷蒉"二字。又如同卷《乐府下·乐府十七首·日出东南隅行》："暮春春服成，粲粲绮与纨。"李善注："《论语》曾点曰：'暮春者，春服既成。'"按，此处李善注引《论语·先进》篇曾点对答孔子之问以释"暮春春服成"。《先进》原文于孔子问后作"曰：'莫春者，春服既成，……'"李善注引时补充了"曾点"。

（二）节要撮述大义

《文选》所收文章有时候化用自《论语》的典故或词句所涉及的原文内容较长，李善为了更准确、更精简地加以注释，会对引用《论语》的原文进行删节或者概述所引《论语》文字的大义。例如《文选》卷三《让中书令表》："随侍先臣，远庇有道，爰客逃难，求食而已。"李善注："《论语》：季康子以就有道。"（日本足利学校藏宋刊明州本六臣注同）此处李善注实际上是删节撮述了《论语·颜渊》季康子问政于孔子一段之文，原文作："季康子问政于孔子曰：'如杀无道，以就有道，何如？'孔子对曰：'子为政，焉用杀？子欲善而民善矣。君子之德风，小人之德草。草上之风，必偃。'"①季康子之句原为问句，而孔子教以正身、就有道以化民。李善大概是为了注释简洁准确而有所删并，为读者提供最核心的要素。

（三）"《论语》文也"

"《论语》文也"，此为《文选》所收作品中出现引用《论语》语句时，李善注明出处的一类注释方式。而在这里，李善又用两种方法来标示其文出自《论

---

① 高华平《论语集解校释》，辽海出版社，2007年，第237页。

语》:第一,"《论语》+原文",即标明文章出处,重复《论语》章句,其例有两条,如《文选·运命论》:"子夏曰:'死生有命,富贵在天。'"李善注:"《论语》:'子夏曰:商闻之,死生有命,富贵在天。'"此条李善之所以不直接说"《论语》文也",实际上"死生有命,富贵在天"并非子夏所说,而是子夏陈述所听闻之语,故李善注引《论语》原文以补足相关信息,此亦可见李善注之严谨。第二,"《论语》文也"或"《论语》孔子之辞",即不引原文而仅说明出处,如《文选·藉田赋》:"不亦远乎,不亦重乎!"李善注:"《论语》文也。"又如《文选·博弈论》:"故曰:'学如不及,犹恐失之。'"李善注:"《论语》孔子之辞。"

以上李善注引与《论语》原文有关的内容,从功用上讲,其目的在于注明出自《论语》的事典、语典等化用自《论语》的内容。具体来分,(一)类应该兼有事典和语典,(二)主要是事典,(三)说明引自《论语》的语句的出处。

其次,李善注引《论语》各家注,可分为两种情况:

(一)注引《论语》原文之后附带的各家《论语》注

为了读者能够理解清楚李善注引《论语》及《文选》文章的字词,李善引《论语》原文之后有时候会附带前人对《论语》的注释。此类形式为"《论语》曰+正文。某人曰+注文"。包括马融、孔安国、郑玄、包咸、何晏、王肃等人的注,总共64条。李善注凡是同时引用《论语》原文和《论语》注的时候,《论语》原文用来解释《文选》典故(包括语典、释典),《论语》注则主要是注释《论语》相关字词之意,同时也兼有注释《文选》相关字词的功用。其内容多半是解释词义、人物、地名等,例如:

(1)解释词义。《文选·报孙会宗书》:"恽材朽行秽,文质无所底。"李善注:"《论语》曰:'文质彬彬,然后君子。'包氏曰:'彬彬,文质相半之貌也。'"这里引包咸注,主要是注释"彬彬"之义,但是"彬彬"和"文质"可以构成互训,所以也兼有释《文选》正文"文质"之意。

(2)解释人物。《文选·答何劭二首》:"周任有遗规,其言明且清。"李善注:"《论语》:孔子云:'周任有言曰:陈力就列,不能者止。'马融曰:'周任,古之良史。'"此处引马融注则兼有解释《论语》和《文选》"周任"之功用。

(3)解释地名。《文选·永明十一年策秀才文五首》:"下邑必树其风,一乡可以为绩。"李善注:"《论语》曰:'子之武城,闻弦歌之声。'郑玄曰:'武城,鲁之下邑。'"此处引郑玄注《论语》之"武城"。但是，武城作为鲁之下邑，即鲁国都曲阜以外之成邑，比类而观，在某种程度上亦兼有注释《文选》"下邑"的作用。

（二）不带《论语》原文的《论语》各家注

李善引《论语》注释，采用最多的是"某人《论语》注曰"的形式，即无《论语》原文，只引《论语》之注，总共有 80 条。李善注单纯引《论语》各家注的作用主要是解释《文选》被注释部分的字句。例如《文选·赠答四·和谢监灵运》："寡立非择方，刻意借穷栖。"李善注："孔安国《论语》注曰：方，道也。"又如《文选·汉高祖功臣颂》："风睎三代，宪流后昆。"李善注："包咸《论语》注云：'三代，夏、殷、周也。'"此两条分别引孔安国和包咸之《论语》注以注释"方""三代"之义。尽管李善注单独引各家《论语》注基本上是释《文选》字句之义，但也有例外，即兼有注明典故之意，如《文选·运命论》："其徒子夏，升堂而未入于室者也。退老于家，魏文侯师之，西河之人肃然归德，比之于夫子而莫敢间其言。"李善注："陈群《论语》注曰：'不得有非间之言也。'"（六臣注曰："陈群《论语》注曰：'不得有非间之言者也。'"）①按，《论语·先进》何晏集解引陈群曰："言子骞上事父母，下顺兄弟，动静尽善，故人不得有非间之言也。"李善注引此，既有释义，亦有释语典的作用。又《文选·头陁寺碑文》："穿凿异端者，以违方为得一。"李善注："孔安国《论语》注曰：'妄作穿凿，以成文章，不知所以裁制。'"（六臣注同）《论语·公冶下》何晏集解载："孔曰：简，大也。孔子在陈，思归欲去。故曰吾党之小子狂简者，进趋于大道，妄作穿凿，以成文章，不知所以裁制，我当归以裁制之耳。遂归。"李善注引孔安国之注，亦兼有释义和释语典的作用。

三　李善注引《论语》的若干问题

汪师韩在《文选理学权舆》卷二《注引群书目录》中详列了李善注引各书目，其经部体例是先载李善注引某经，再列注家，再列逸篇。其于《论语》一经，

---

① 按："者"字应该是六臣注本误加。各本论语引陈群注都无"者"字。

除《论语》本书及各注之外,还有"《逸论语》(神女赋注)"①。事实上,除《逸论语》外,李善注中还出现了《鲁论语》、孔安国《论语》。我们在考察李善注引这些《论语》来源和版本问题之前,需要弄清楚李善《文选》注引的《论语》、《鲁论语》、《逸论语》、孔安国《论语》分别指什么。据文献记载,《论语》在唐以前的流传情况如下:

(1)汉代有三家《论语》,即"汉兴,传者则有三家,《鲁论语》者,鲁人所传。……《齐论语》者,齐人所传。……《古论语》者,出自孔氏壁中"②。可知,《论语》有齐、鲁之殊③,再有《古论语》,共分"三家《论语》"。

(2)各派特征与后人注释情况,即《鲁论》,《隋书》载张禹"本授《鲁论》,晚讲《齐论》,后遂合而考之,删其烦惑。除去《齐论·问王》《知道》二篇,从《鲁论》二十篇为定,号'张侯论',当世重之"。汉末,郑玄"以《张侯论》为本,参考《齐论》《古论》而为之注"。三国魏何晏,"又为集解"。《齐论》,"别有《问王》《知道》二篇,凡二十二篇,其二十篇中,章句颇多于《鲁论》"。《古论语》,"凡二十一篇,有两《子张》,篇次不与《齐》《鲁论》同。孔安国为传,后汉马融亦注之"④。

(3)各派流传情况,即《鲁论》,唐朝"《鲁论》二十篇,即今所行篇次是也"⑤。《齐论》,三国魏时诸儒多为《鲁论》注,"《齐论》遂亡"⑥。《古论语》,"孔安国为《古论》作传,《史》《汉》无文,何晏《集解序》始言安国为之训说而世不传,而《集解》颇引孔传文,未详其所自出也"⑦。三家《论语》,"张侯据《鲁》为本,而择《齐》《古》之善者而从之。郑玄又据张本,而复以《齐》《古》校之,则谓之《张论》《郑论》可也。三家之辨于是益微矣"⑧。可见在张禹突破

---

① (清)汪师韩撰《文选理学权舆》卷二,许逸民主编《清代文选学名著集成》,广陵书社,2013年,第43页。
② (唐)陆德明撰,吴承仕疏证,张力伟点校《经典释文序录疏证》,中华书局,2008年,第122—123页。
③ 《隋书》卷三二《经籍志》,中华书局,1973年,第3页。
④ 《经典释文序录疏证》,第123页。
⑤ 《经典释文序录疏证》,第123页。
⑥ 《隋书》卷三二《经籍志》,第44—45页。
⑦ 《经典释文序录疏证》,第123页。
⑧ 《经典释文序录疏证》,第125页。

《论语》今古文家法后,三家《论语》合一,纯粹的今文、古文《论语》已不传。

根据上述可知,三家《论语》里,《齐论》在三国魏时早已亡佚,《古论语》因"孔安国传《古论语》之书"不传于后,何晏所引"孔安国注"也未详载其出处。经张禹以《鲁论》为本编定的今本《论语》,经郑玄校注,何晏集解之后,成为主要的《论语》通行本。而我们再从李善征引《论语》注中的"郑玄《论语》注,王肃《论语》注,何晏《论语集解》"里可发现,三者皆以《鲁论语》为基本框架。另外,唐朝前,早在南朝梁代文人皇侃即谓何晏《论语集解》"集季长等七家,又采《古论》孔注,又自下己意,即今所重者"①,可知其书在梁代已是广泛流行的通行本,到了唐朝亦作为《论语》的主要通行本。总而言之,自从南朝梁至唐朝李善在世时,"今日所讲即是《鲁论》,为张侯所学,何晏所集者也"②。通过上面的考论,我们基本上可以确定李善注引的《论语》应该是以《鲁论》为本,经张禹、郑玄编订校注的《论语》,但是版本上与今传的《论语集解》、《开成石经》本《论语》是否相同,还有待进一步考察。此外李善注引的《鲁论语》、《逸论语》、孔安国《论语》也有必要一一考察。

(一)《鲁论语》

李善注引《论语》中有《鲁论语》一条,《赋乙·东京赋》:"夫君人者,黈纩塞耳,车中不内顾。"李善注:"《鲁论语》曰:'车中不内顾。'"(《六臣注文选》同)李善引此条《鲁论语》,又见今传本《论语·乡党》,但文字历来颇有争议。笔者先搜集了有关"车中不内顾"具有代表性的引文,并整理成表格③,如表一。

---

① (三国魏)何晏《论语序》,(梁)皇侃《论语义疏》卷首,中华书局,2013 年,第 5 页。
② 《论语序》,《论语义疏》卷首,第 5 页。
③ 高步瀛著,曹道衡、沈玉成点校《文选李注义疏》卷三,中华书局,1985 年,第 741 页。(三国魏)何晏集解,(宋)邢昺疏《论语注疏》卷第十附《校勘记》,(清)阮元校刻《十三经注疏》,中华书局,2009 年,第 5425 页。
《汉书》,中华书局,1962 年。《汉书》卷一〇《成帝纪》颜师古注:"《今论语》云:'车中不内顾,不疾言,不亲指。'"
徐世昌等编纂,沈芝盈、梁运华点校《清儒学案》,中华书局,2008 年。《清儒学案》卷四四《玉林学案上》"论语古文今文"条载:"古《论语》'车中不内顾',《鲁论语》'车中内顾'。"(宋)王应麟撰《玉海艺文校证》,凤凰出版社,2013 年。《玉海艺文校证》卷七,"鲁读"载"车中不内顾,《鲁》读'车中内顾'。"(汉)班固撰,(清)陈立疏证《白虎通疏证》,中华书局,1994 年。《白虎通疏证》卷一二"阙文":"车中不内顾何? 仰即观天,俯即察地,前闻和鸾之声,旁见四方之运,此车教之道。《论语》曰:'升车必正立执绥,车中不内顾。'"

表一

类别	依《古论语》"不内顾"				《古论语》"不内顾"今《论语》(《鲁论语》)"内顾"		《鲁论语》"内顾"	与史料异《鲁论语》"不内顾"
出处	《风俗通·过誉篇》	《白虎通·车旗篇》	《论语集解》	崔骃《车左铭》	《经典释文》	《汉书·成帝纪赞》	卢文弨《钟山札记》卷二	《文选·东京赋》
车中不内顾	不内顾	不内顾	不内顾包咸注：不内顾	车中不顾	《古论语》：不内顾	不内顾		不内顾李善注：《鲁论语》曰：车中不内顾
车中内顾					《鲁》读"车中内顾"	《汉书颜师》古注：今《论语》云"车中内顾"	车中内顾	

其中，可发现"古今《论语》"或《鲁论语》"之说只见《经典释文》与《汉书》颜师古注。根据《论语注疏校勘记》载："《释文》出'车中不内顾'云：'《鲁》读"车中内顾"，今从古也。'案：《鲁论》《古论》虽所传不同，然究以无'不'字为是。卢文弨《钟山札记》云：'《文选·东京赋》云："夫君人者，黈纩垂耳，车中内顾。"李善引《鲁论》及崔骃《车左铭》"正位受绥，车中内顾"以为注。又《汉书·成帝纪·赞》云："升车正立，不内顾，不疾言，不亲指。"颜师古注云："今《论语》云'车中内顾，不疾言，不亲指。'内顾者，说者以为'前视不过衡轭，旁视不过辀毂'，与此不同。"然则师古所见之《论语》亦无"不"字。"说者"云云，乃包咸注，是包亦依《鲁论》为说也。'惟《集解》既从《古论》而又采包注以附之，不知者并增'不'字，误益误矣。"①即，《古论语》作"车中不内顾"，《鲁论语》为今《论语》，作"车中内顾"。但阮元从卢文弨说，认为无论是《古论语》还是今《论语》即《鲁论语》，都以无"不"字为是，那么"不"字就是后人所加之字。另外，如果李善注引《鲁论语》内容与今本《论语》相同，都有"不"字，似没

---

① 《论语注疏》卷一附《校勘记》，(清)阮元校刻《十三经注疏》，中华书局，2009 年，第 5425 页。

有必要另引《鲁论语》。因此笔者也认为李善注"《鲁论语》曰：车中不内顾"应无"不"字，作"《鲁论语》曰：车中内顾"。在解决文字之后，另外一个问题就是李善注引《鲁论语》来自何处？是直接引用自《鲁论语》，还是转引自他书。我们知道今本《论语》就是在《鲁论语》基础上，经张禹、郑玄、何晏等编次校订而成，虽然以《鲁论语》为主，但是已经打破了各家师法。根据《经典释文·论语音义》所引《鲁论》之异文异读，大多出自转引郑玄注、《皇览》等旧注、类书，说明陆德明实际上并没有见到过未经张禹等编次过的《鲁论》，很可能当时也没有传本。因此笔者倾向于李善注引《鲁论语》应该来自他书转引。

（二）《逸论语》

李善注引《论语》经文中有《逸论语》一条，《文选·神女赋》："须臾之间，美貌横生。晔兮如华，温乎如莹。"李善注："《逸论语》曰：'如玉之莹。'"（《六臣注文选》同）此条不见今本《论语》，而见于《说文解字》和《初学记》所引。许慎《说文解字·玉部》"莹"字引"《逸论语》曰：'如玉之莹。'"《初学记》卷二七《宝器部》云："《逸论语》曰：'玉如莹也。璑，三采玉也。'"①关于《逸论语》是一个什么样的文本，及此条的出处，后人对此有些论述。例如：

> 五代南唐徐锴《说文解字系传》卷一："《逸论语》，谓今《论语》中词古者口授有遗漏之句。汉兴购得有此言，谓之《逸论语》，诸言逸者，皆如是也"。

> 南宋王应麟《汉艺文志考证》："许氏《说文》有所谓《逸论语》，是康成之说未行而《论语》散逸已有不传者。（自注：《初学记》亦谓《逸论语》之文。愚谓"问王"疑即"问玉"也，篆文相似。）"②

> 清朱彝尊《经义考》卷二一一："今《逸论语》见于《说文》《初学记》《文选注》《太平御览》等书，其诠玉之属特详，窃疑《齐论》所逸二篇，其一乃《问玉》，非《问王》也。考之篆法，三画正均者为王，中画近上者为玉，初无大异，因讹'玉'为'王'耳。王伯厚亦云：'问王疑即问玉。'亶其然乎！"

---

① （唐）徐坚《初学记》卷二七《宝器部》，中华书局，1962年，第652页。
② （宋）王应麟《汉书艺文志考证》，中华书局，2011年，第182页。

清段玉裁《说文解字注》卷一:"张禹《鲁论》所无,则谓之《逸论语》,如十七篇之外为《逸礼》,二十九篇之外为《逸尚书》也。"

根据上引材料,后人对《逸论语》有两种看法:其一,《逸论语》为不见于今传《论语》的篇章,见徐锴、王应麟、段玉裁之说;其二,《逸论语》为《齐论语》所佚之篇章,并古籍所引《逸论语》佚文多与玉有关,因推测出自《齐论》的《问玉篇》,且据小篆字形认为《齐论》的《问王篇》系《问玉篇》,见王应麟、朱彝尊之说。① 根据《论语序》邢昺疏:"《齐论》者,别有《问王》《知道》二篇。"阮元《校勘记》云:"北监本作'问玉'。"②由此而言,似乎以今所见《逸论语》佚文为出自《齐论》逸篇《问玉》,是有道理的。回到李善注此条引《逸论语》之文,从文字上看与《初学记》略不同,而与《说文》全同,并且李善注此条引《逸论语》后即引《说文》之解释云:"《说文》曰:'莹,玉色也。'"这些迹象表明李善注引《逸论语》可能是转引自《说文解字》。因此,从严格的引书角度来说,汪师韩将《逸论语》作为单独的引书列出,实为失误。当然,这也不仅仅是汪师韩一人之误,实际上清代如朱彝尊《经义考》卷二六二《逸经》下辑《论语》逸篇《问玉》,此条即辑自《文选》李善注,大概是偶尔失检③,而没有发现最早出处是《说文》,李善实转引自《说文》。

(三)孔安国《论语》

除了《论语》《鲁论语》和《逸论语》外,李善注中还出现了所谓的孔安国《论语》一条。《文选·赠答三·于安城答灵运》:"比景后鲜辉,方年一日长。"李善注:"孔安国《论语》曰:'子路、曾晳、冉有、公西华侍坐。子曰:以吾一日长乎尔。'"(《六臣注文选》同)此文亦见于今本《论语》,为《论语·先进》篇文,文字全同。《论语集解》所载孔安国对此文的注释曰:"言我问汝,汝无以我长,故难对。"一般所说的孔安国《论语》,实际上就是《古论》,孔安国为之训,如《孔子家语后序》云:"孔安国为《古文论语训》,二十一篇。"根据《隋书·经籍志》言"《古论》先无师说,梁陈之时,唯郑玄、何晏立于国学,而郑氏甚微。

---

① 郭沂《〈论语〉源流再考察》,《孔子研究》1990年第4期,第33页。
② 《论语注疏》卷一,第5340页。
③ 朱彝尊另外一条"玉粲之璱兮,其璊猛也",即辑自《说文》。

周、齐,郑学独立。至隋,何郑并行,郑氏盛于人间"①,可见当时有郑、何本而无孔安国本。且何晏《集解序》中说"《古论》,唯孔安国为之训解,而世不传",《集解》所引孔安国注也出处不明,后世多有怀疑②。因此,从流传来看,李善注《论语》不可能参考孔安国本《论语》。又前面在谈到《鲁论语》时,李善之所以引《鲁论》,是因为二者文字确实不同,而此处文字与通行本《论语》全同,李善没有任何理由要单独引无文字差别的孔安国《论语》。且此句之孔安国注亦见《集解》,他处经文及孔安国注皆出《集解》,此条无任何理由别引孔安国《论语》。又,按照李善引《论语》各家注体例来分析此条,如果是"孔安国《论语》注曰",而脱漏了"注"字,那么其内容应该是孔安国的注,而不应引用《论语》原文。又考《六臣注》本,此处并无"孔安国"三字。因此,笔者倾向于认为"孔安国《论语》"的"孔安国"三字为衍文。汪师韩先生《文选理学权舆·注引群书目录》中无孔安国《论语》,而有孔安国《论语》注,其孔安国《论语》注是否也是将孔安国《论语》经文纳入？如果是,那么这种做法也可以说是失误；如果不是,于此处孔安国《论语》虽然不误,但是李善注引孔安国注实出自《集解》,也不当作为单独征引之书。

综上所述,李善征引《论语》经文,除通行本《论语》外,还征引了《鲁论语》《逸论语》,汪师韩在《文选理学权舆》所列《论语》书目有"孔安国《论语》注"与"《逸论语》",但并未列"《鲁论语》",孔安国《论语》注出自《集解》,《逸论语》李善转引自《说文》,实不当单独列出,而根据《经典释文》,当时应该是没有未经张禹等编次过的《鲁论语》流传。

四 李善注引《论语》各家注的若干问题

李善注引《论语》各家注是一个比较复杂的问题,汪师韩在《文选理学权舆·注引群书目录》中列了孔安国《论语》注、郑康成《论语》注、马融《论语》

---

① 《隋书》卷三二《经籍志一》,第939页。
② 清儒颇怀疑孔安国《论语训解》,如吴承仕先生总结说:"孔安国为《古论》作传,《史》《汉》无文,何晏《集解序》始言安国为之训说而世不传,而《集解》颇引《孔传》文,未详其所自出也。刘台拱、陈鳣、臧庸等始疑之,沈涛又专为一书以明其伪。"《经典释文叙录疏证》,第123页。

注、包咸《论语》注、何晏《论语》注、陈群《论语义说》六家,而通过笔者的考察,除了上述六家之外,还有王肃《论语》注。这七家注文的出处,李善是真的参考了各家注本,还是直接从何晏《论语集解》中抄出,这是研究李善注引《论语》各家注及当时《论语》各家注流传的一个重要问题。

笔者为了对李善征引《论语》注文作进一步的考察,首先需要对唐以前《论语》各派的发展与流传情况以及《论语》各家注在隋唐时期的存佚情况做一个梳理。关于唐以前《论语》各派的发展和流传如表二。

表二

		两汉	汉末	魏	梁陈	至隋	唐
齐	二十二篇	《张侯论》二十篇:鲁+齐	郑玄注(张侯论+齐+古论)	(郑玄注)陈群、王肃、周生烈皆为义说 何晏为集解	齐论遂亡	何、郑并行,郑氏盛于人间	何晏《集解》今以为主
鲁	二十二篇	周氏、包氏为之章句 马融为之训			唯郑玄、何晏立于国学。而郑氏甚微。周、齐,郑学独立。		
古论语	二十一篇	孔安国为之传	马融注古论语		古论先无师说		

关于隋唐时期《论语》各家注的存佚情况,目前可以通过《经典释文叙录》《隋书·经籍志》《旧唐书·经籍志》《新唐书·艺文志》等的记载,来判断唐代各家《论语》注本的流传和存佚情况,从文献流传的角度来研究李善注引《论语》各家注哪些可能是参考的单行本,哪些只可能从《论语集解》中抄出。隋唐时期有关《论语》各家注的记载:

《隋书·经籍志》:"《论语》十卷,郑玄注。梁有古文《论语》十卷,郑玄注;又王肃注《论语》十卷,亡。……《集解论语》十卷,何晏集。《论语孔子弟子目录》一卷,郑玄撰。梁有《论语释驳》三卷,王肃撰;亡。"①《经典释文叙录·注解传述人》:"郑玄注十卷。王肃注十卷。何晏集解十卷。"②《旧唐书·经籍志》:"《论语》十卷,何晏集

---

① 《隋书》卷三二《经籍一》,第40—45页。
② 《经典释文序录疏证》,第126页。

解。又十卷王肃注。又十卷郑玄注。……《论语释义》十卷,郑玄注。《论语篇目弟子》一卷郑玄注。"①《新唐书·艺文志》:"《论语》郑玄注十卷、又注《论语释义》一卷,《论语篇目弟子》一卷,……王肃注《论语》十卷,……何晏《集解》十卷……。"②

为了能够更清晰理解各史志目录记载《论语》各家注与汪师韩所列《论语》各家注的情况,笔者梳理如表三。

表三

朝代	隋朝	唐朝				附
书目	《隋书》	《经典释文》	《旧唐书》	《新唐书》	李善引《论语》注	汪师韩《文选理学权舆》
存	郑玄注《论语》十卷	郑玄注十卷	郑玄注《论语》十卷 郑玄注《论语释义》十卷	郑玄注《论语》十卷 《论语释义》一卷	郑玄	郑康成论语注
存	何晏集《集解论语》十卷	何晏集解十卷	《论语》十卷 何晏集解	何晏《集解》十卷	何晏	何晏论语注
存	郑玄撰《论语孔子弟子目录》一卷		郑玄注《论语篇目弟子》一卷	《论语篇目弟子》一卷		
存		王肃注十卷	王肃注《论语》十卷	王肃注《论语》十卷	王肃	无
亡	南朝梁有王肃注《论语》十卷 郑玄注古文《论语》十卷 王肃撰《论语释驳》三卷	《隋书》载已亡之书当中,惟王肃注《论语》在唐朝史料皆录其内。			包咸 马融 孔安国 陈群	包咸论语注 马融论语注 孔安国论语注 陈群论语注

---

① 《旧唐书》卷四六《经籍上》,中华书局,1975年,第1981—1982页。
② 《新唐书》卷五七《艺文志》,中华书局,1975年,第1443—1444页。

从上表中我们可以发现，根据《隋书·经籍志》来看，只有郑玄《论语》注、何晏《论语集解》有存，而王肃注《论语》、郑玄注《古论语》亡。到《旧唐书·经籍志》《新唐书·艺文志》记载唐朝官方藏书，大概承平之后，佚书复出，所以在郑玄、何晏之外有王肃《论语》注。而汪师韩所列包咸、马融、孔安国、陈群的《论语》注，在记录隋唐时期官方藏书的史志目录中并没有记载。因此，从文献流传和存佚情况来看，李善注引《论语》各家注中，只有郑玄、王肃、何晏三家有单行本可以参考，而包咸、马融、孔安国、陈群四家无单行本可参考①，因此只可能转引自同时期的其他文献。

又何晏《论语集解》一书，集"何晏、孔安国、马融、苞氏、周氏、郑玄、陈群、王肃、周生烈义，下己意思"②而成，而李善注引各家《论语》注的人名皆出现在《论语集解》中，从名录来看二者所引《论语》各家注的重合度很高，那么当时不传的这包咸、马融、孔安国、陈群四家是否出自《论语集解》呢？当时有单行本流传的郑玄、王肃注《论语》，李善《文选注》引此二家是参考的单行本还是抄自《集解》？对此我们需要一家一家分别进行考察，当能解决这个问题。

（一）李善引包咸《论语》注

根据《隋书·经籍志》《经典释文叙录》《旧唐书·经籍志》《新唐书·艺文志》，即当时重要的几部记载古籍流传的文献记载，李善注《论语》时应该已无"包咸《论语》注"的单行本流传。尽管代表官方藏书的史志目录无包咸《论语》注，不排除民间尚有传本，并为李善所利用，但这种情况的可能性极低。因此，李善能查阅到的包咸《论语》注，只可能在当时流行的何晏《论语集解》里。李善注《文选》共引用包咸注 26 条，但是在考察这些包咸注时，笔者发现一个问题。根据李善注引书的通例，涉及人物时一般会全写人名，但李善注引《论语》包咸③之注时，写全包咸人名共 18 条，只写包（氏）姓氏共 8 条。对于包咸的称呼问题，《论语义疏》有所解释，曰："何集注皆呼人名，唯苞独云氏者，苞

---

① 从逻辑上讲，不能排除当时民间尚有这四家书流传而没有被官方收藏，因此史志目录失载。但是这种可能性极小，而且还能被李善参考引用，其可能性就更小了，且无任何证据。
② 何晏《论语序》，《论语义疏》卷首，中华书局，第 14 页。
③ 东汉文人包咸，字子良，少时拜博士从细君为师，学习《鲁诗》《论语》。光武帝建武年间，入朝教授皇太子《论语》，又作《论语》章句。其子包福，亦以《论语》入朝教授汉和帝。

名咸,何家讳咸,故不言也。"①由此可见,文人包咸在后世称呼不一的情况出自何晏的《论语集解》,由于何晏之父名咸,为了避讳其父之名,改"包咸"为"包""苞"等,所以"包曰""包氏曰"等皆谓"包咸"。但是李善无需讳包咸,为何会出现既有"包咸",又有"包""包氏"之称呼呢？笔者逐条考察"包咸""包氏"之说是否有出自《论语集解》之外的内容,或者文字是否有明显的差异。但通过笔者考察,李善引包咸《论语》注的每一条皆不出《论语集解》引包说的范围,其中有24条除了"也""者"等虚词的有无,与《论语集解》并无差别。另外有三条需要特别说明一下：

(1)《文选·五等论》："夫然,则南面之君,各务其治。"李善注："《论语》：'子曰：雍也,可使南面也。'包氏曰：'可使南面,言王诸侯治之也'。"按,《论语·雍也》之集解载包氏说作"可使南面者,言任诸侯治"。李善注引"王"字,《集解》作"任",另外句末李善注引多"之也"二字。"王"与"任"形相近,容易讹误,考六臣注《文选》,所载李注正作"包氏曰：'可使南面,言任诸侯治之也。'"

(2)同样出自《文选·五等论》的"三代所以直道,四王所以垂业也"一句,李善注："《论语》：'子曰：三代之所以直道而行也。'包氏曰：'三代,夏、商、周也。'"

(3)《文选·高祖功臣颂》："风晞三代,宪流后昆。"李善注："包咸《论语》注云：'三代,夏、殷、周也。'"

按,《论语·卫灵公》"三代之所以直道而行也",《集解》载："包曰：'所誉者辄试以事,不虚誉而已。'马曰：'三代,夏、殷、周。'"可知李善注"包咸"似当作"马融",所引内容为马融注。又《文选·两都赋序》："而后大汉之文章,炳焉与三代同风。"李善注："《论语》：'子曰：三代之所以直道而行。'马融曰：'三代,夏、殷、周。'"又《南都赋》："固灵根于夏叶,终三代而始蕃。"李善注："三代,已见班固《两都序》。"可见此两处李善则以为马融之说。结合《论语集

---

① (梁)皇侃《论语义疏》,第4页。苞氏曰："同门曰朋也。"疏："郑玄注司徒云：'同师为朋,同志为友。'然何集注皆呼人名,唯苞独云氏者,苞名咸,何家讳咸,故不言也。"此处另外又出现"苞"字,按《论语集解校释》曰："阮元校曰：'皇本作"苞氏曰"。'《四库》本《义疏》作'苞氏曰：同门曰朋也';《注疏》作'包曰：同门曰朋'。"覆正平本同《义疏》。敦煌本同《注疏》。"

解》,可以判断出《文选·五等论》《文选·高祖功臣颂》注引两条包咸注当为马融注之误。

通过考察,以上三条内容也不足以说明李善注引包咸注有出于《集解》之外,或者文字有明显不同于《集解》的内容。那么我们可以认为,李善注引"包咸""包氏"的内容皆出自《论语集解》,而且反过来还可以说明李善注引《论语集解》中包注的内容称"包曰""包氏曰"正是抄自《论语集解》而没有改尽的痕迹。但作"包咸",正因李善又无需避讳"包咸"二字,而且根据《文选》注称引文献作者名的通例,所以直接改称了原名。由此再来审视汪师韩《文选理学权舆·注引群书目录》将包咸《论语》注作为单独书目列出,是欠妥的。

(二)李善引马融《论语》注

根据前面笔者梳理的隋唐时期《论语》各家注的流传存佚情况可知,马融注《论语》并无存世,目前所能见到保存马融注最丰富的就是何晏的《论语集解》。那么,李善注《文选》所引马融注是否出自《论语集解》呢?根据笔者考察,李善引马融注总共二十九条,其中有二十七条与《集解》所收马融注同,有两条为《集解》所无。在与《集解》相同的二十七条中,有一条内容文字与《集解》略有差异,即《文选·励志》:"复礼终朝,天下归仁。"李善注:"《论语》:'颜渊问仁,子曰:"克己复礼为仁。一日克己复礼,天下归仁焉。"'马融曰:'一日犹见归,况于终身。'"今传《集解》《义疏》《注疏》皆为"一日犹见归,况终身乎",句中少一"于"字,句末多一语气词"乎"字,可能为李善注引时删改的。另外,不见于《集解》的两条马融注如下:

(1)《文选·四子讲德论》:"此臣子于君父之常义,古今一也。今子执分寸而罔亿度。"李善注:"马融《论语》注曰:'罔,诬也。'"《论语》中涉及"罔"字有三处:其一为《学而篇》"学而不思则罔,思而不学则殆",此处《集解》引包氏之说云:"学不寻思其义,则罔然无所得。不学而思,终卒不得,徒使人精神疲殆。"其二为《雍也篇》"人之生也直,罔之生也幸而免",《集解》引包氏曰:"诬罔正直之道而亦生者,是幸而免。"其三为《雍也篇》"可欺也,不可罔也",《集解》引马融之说曰:"可欺者,可使往也;不可罔者,不可得诬罔,令自投下。"可见《集解》并无马融之说直接作"罔,诬也"者,而且笔者检阅当时及之前的经疏、类书、史注均没有马融《论语》注作"罔,诬也"的情况。《义疏》载:"又一通云:'罔,诬罔也。言既不精思,至于行用乖僻,是诬罔圣人之道也。'"皇侃集前人旧说,有些不具名氏,仅仅标"师说""旧云""旧说云""旧通云""一通云""又一通云",因此我们也无法确定此条是否为马融旧说。但是关于"罔,诬也"之训,实为旧训,《汉书·扬雄传》"不可奸罔",苏林注:"罔,诬也。"①但此次李善明确注明"马融《论语》注",是否有可能因为李善此处仅注"罔"字之义,而截取撮述马融《论语》注之文?笔者认为是有这个可能性的,因为涉及第二条不见于《集解》的马融注也存在同样情形。如果是这样,那么也不能认为此条是出自《集解》之外。

(2)《文选·四子讲德论》:"于是文绎复集,及始讲德。"李善注:"马融《论语》注曰:'绎,寻绎也。'"《论语》涉及"绎"字者有两处:其一,《八佾篇》"纯如也,皦如也,绎如也",此谈音乐,与《四子讲德论》"绎"字不同,且此处《集解》所载惟何晏之说。其二,《子罕篇》"巽与之言,能无说乎?绎之为贵",《集解》引马曰:"巽,恭也。谓恭孙谨敬之言,闻之无不说者,能寻绎行之,乃为贵。"此"绎"字用法与《四子讲德论》所用同,李善注引马融《论语》注当为此句之注。但是此句并无直接作"绎,寻绎也"之文。皇侃《义疏》云"巽,恭逊也。绎,寻绎也",即根据马融说而疏解。马融原注重在串释《论语》文义,在释文义中释字,而李善此处则只释"绎"字,因此完全有可能是摘出马融注中"寻绎"二字,而将注释写为"马融《论语》注曰:绎,寻绎也"。此条与上条情况类似,应该都是截取、删改马融原注而成,并非马融注原文。因此,也不可直接认为是出自《集解》之外。

通过对李善引马融注的考察,可以发现在29条马融注中,26条完全与《集解》相同,一条仅无句末虚辞,而另外两条虽然原文不见《集解》,但是根据《文选》注释对象和《集解》所载马融原注的分析,笔者倾向于认为是李善根据注释对象而对马融注进行了截取删改,并不能说明是出自《集解》之外。因此,我们基本上可以认为李善注引马融《论语》注是出自《论语集解》,汪师韩在《文选理学权舆·注引群书目录》中将马融《论语》注作为单独的书列出不妥,只能说是李善注引之一家,但不能说是注引的单独一书。

---

① 《汉书》卷八七,第3581页。

(三)李善引郑玄《论语》注

根据《隋书·经籍志》载《论语》"至隋,何、郑并行,郑氏盛于人间",而《经典释文》载何晏《集解》"盛行于世,今以为主"。不难想象,李善在世时,《集解》应是最受重视的《论语》注本,而与此同时,郑玄注亦是当时盛行于民间的《论语》注本。李善注中引郑玄《论语》注数量众多,根据笔者考察,李善注引"《论语》原文 + 郑玄曰"共 15 条,"郑玄注《论语》曰"共 18 条。在"郑玄注《论语》曰"18 条中,有一条在《文选·百辟劝进今上笺》里,作"《论语》注曰:'控怹,诚悫也。'"并没有注明是郑玄注,但据笔者所查,当以郑玄注为妥。那么这 33 条郑玄《论语》注与《论语集解》所引郑玄注是什么关系呢,李善是否参考的是郑玄《论语》注单行本,这里将其分为三小类来加以分析考察:第一,与《集解》同;第二,与《集解》文字有差异;第三,《集解》所无。

第一,与《集解》同。李善引《论语》郑玄注当中,有十条也见于《集解》所载郑注,并且文字无异,所以无法判断李善是通过《集解》、还是通过郑玄注《论语》单行本征引其文的。如下:

(1)《文选·藉田赋》:"于是我皇乃降灵坛,抚御耦。"李善注:"《论语》曰:'长沮、桀溺耦而耕。'郑玄曰:'耜广五寸,二耜为耦。'"按,此条为《论语·微子》注文,与《集解》所载郑注同。

(2)《文选·西征赋》:"值庸主之矜愎,殆肆叔于朝市。"李善注:"《论语》:'子服景伯曰:"吾力犹能肆诸市朝。"'郑玄曰:'陈其尸曰肆。'"按,此条为《论语·宪问》注文,与《集解》所载郑注全同。

(3)《文选·夏侯常侍诔》:"如彼锦缋,列素点绚。"李善注:"《论语》:'子夏问曰:"巧笑倩兮,美目盼兮,素以为绚兮',何谓也?"子曰:"缋事后素。"'郑玄曰:'缋,画文也。'"按,此条为《论语·八佾》篇注文,与《集解》所载郑注全同。

(4)《文选·闲居赋》:"尚何能违膝下色养,而屑屑从斗筲之役乎。"李善注:"《论语》:'子曰:噫,斗筲之人,何足算也。'郑玄曰:'筲,竹器也,容斗二升。'"(《六臣注文选》无郑注)按,此为《论语·子路》篇注文。《集解》引郑注,"竹器"后较李善多一虚辞"也"字,实无关文义。

(5)《文选·西都赋》:"辍而弗康,寔用西迁,作我上都。"李善注:"郑玄

《论语》注曰:'辍,止也。'"

(6)《文选·东京赋》:"咸用纪宗存主,飨祀不辍。"李善注:"郑玄《论语》注曰:'辍,止也。'"

(7)《文选·五等论》:"皇统幽而不辍,神器否而必存者,岂非置势使之然与?"李善注:"郑玄《论语》注曰:'辍,止也。'"

(8)《文选·魏都赋》:"刳居绮劂罔掇,匠斫积习。"李善注:"郑玄《论语》注曰:'辍,止。'"按,以上四条为《论语·微子》"耰而不辍"之郑玄注,与《集解》所载同,只是最后一条省略了虚辞"也"。

(9)《文选·拜中军记室辞隋王笺》:"眺实庸流,行能无算。"李善注:"郑玄《论语》注曰:'算,数也。'"按,此为《论语·子路》"子曰:'噫!斗筲之人,何足算也?'"之郑注,与《集解》同。

(10)《文选·五等论》:"是故侵百姓以利己者,在位所不惮。"李善注:"郑玄《论语》注曰:'惮,难也。'"此为《论语·学而》"过,则勿惮改"句郑注,与《集解》同。

综上所知,李善征引"郑玄《论语》注"的 33 条注释当中,有 10 条与《集解》所载郑玄注内容一致。此十条虽然与《集解》所载郑玄注内容相同,但并不足以说明李善注引郑玄《论语》注就出自《集解》,事实上还有更多内容是或者不见于《集解》,或见于《集解》,但文字有差异。

第二,《集解》所无。李善征引的 33 条"郑玄《论语》注"当中,笔者考察发现有 10 条是《集解》所无,而见于李善注。那么这十条是出自郑注《论语》单行本,还是转引自前代或同时代其他文献,下面笔者将一一对其进行考察:

(1)《文选·思玄赋》:"盍远迹以飞声兮,孰谓时之可蓄?"李善注:"郑玄《论语》注曰:'盍,何不也。'"李善此注引《论语·公冶长》"颜渊季路侍。子曰:'盍各言尔志?'"之郑注,《集解》《义疏》惟载孔注,无郑玄此注。且郑玄《论语》此注亦不见同时或前代之书引用。又吐鲁番阿斯塔那三六三号墓八/一号唐写本郑注作"盍,何",而一九号墓三二一三四号写本郑注作"盍,何不也",与李善注引郑注同①。又《礼记·檀弓上》"公子重耳谓之曰'子盖言子之志于

---

① 王素《唐写本论语郑氏注及其研究》,文物出版社,1991 年,第 45、54 页。

公乎'",郑注:"盍,皆当为'盇'。盇,何不也。"①此"盇"用法与《论语》同,而郑两处注亦同。

(2)《文选·七命八首》:"抚促柱则酸鼻,挥危弦则涕流。"李善注:"郑玄《论语》注曰:'危,高也。'"按,此条大概为《论语·宪问》"邦有道,危言危行;邦无道,危行言孙"之郑注,而《集解》只载包咸注:"包曰:'危,厉也。'"此处《论语》及郑注文,吐鲁番唐写本残缺。与李善同时略后的李贤《后汉书注》,于《第五伦传》"又况亲遇危言之世哉"句注云:"《论语》曰:'邦有道,危言危行,邦无道,危行言逊。'郑玄云:'危,犹高也。'"②李善注《文选》在李贤注《后汉书》前,自然不可能抄《后汉书注》,那么很有可能二者皆参考当时流传的郑玄《论语》注单行本。又《礼记·缁衣》"民言不危行而行不危言矣",郑玄注"危,犹高也",此处"危"字用法与《论语》同,而李贤注引郑注同,较李善注多一"犹"字,可能所据版本不同,或者引文有删略,如《礼记·缁衣》郑注"危,犹高也",而《一切经音义》卷二三"危楼迥带"下注《礼记》郑注作"危,高也"。

(3)《文选·百辟劝进今上笺》:"不任悾款,悉心重谒。"李善注:"《论语》注曰:'悾悾,诚悫也。'"按,此为《论语·泰伯》"悾悾而不信,吾不知之矣"之注,李善注不云为郑玄注,但清代及近代学者辑郑注,多以李善此注所引为郑玄注,如陈鳣《论语古训》卷四、刘宝楠《论语正义》、程树德《论语集释》卷一六等。程树德云:"《文选·劝进笺》注引郑注:'悾悾,诚悫也。'"③伯希和二五一〇号写本《泰伯》经文作"空空而不信",郑玄注作:"空空,信悫貌也。"④"诚悫也"与"信悫貌也"相近,或者当时有不同之本,或亦李善注引有删改,但基本可以确定为郑玄注。《集解》不载郑玄注而载包注:"悾悾,悫也,宜可信。"《义疏》载包注作"悾悾,悫悫也,宜可信也",斯〇八〇〇号《集解》载包曰:"悾悾,悫也,宜可信也"⑤。此注李善虽未写注释者名,但根据敦煌写本和清儒辑佚可以推断其为郑玄之注。

---

① (汉)郑玄注,(唐)孔颖达正义《礼记注疏》卷六,(清)阮元校刻《十三经注疏》,中华书局,2009年,第2764页下。
② 《后汉书》卷四一《第五伦传》,中华书局,1965年,第1401页。
③ 程树德《论语集释》卷一六,中华书局,1990年,第545页。
④ 《唐写本论语郑氏注及其研究》,第96页。
⑤ 张涌泉主编《敦煌经部文献合集》第4册,中华书局,第1611页。

（4）《文选·辩命论》："仲任蔽其源，子长阐其惑。"李善注："郑玄《论语》注曰：'蔽，塞也。'"按，此为《论语·为政》"子曰：《诗》三百，一言以蔽之"句之郑注，《经典释文·论语音义》于"蔽"字下云："包云：'当也。'郑云：'塞也。'"①可以确定李善注引此条为《论语》郑注，但不见于《集解》《义疏》，二书只载："包（苞）曰：'蔽，犹当也。'"

（5）《文选·登楼赋》："惧匏瓜之徒悬兮，畏井渫之莫食。"李善注："《论语》：'子曰：吾岂匏瓜也哉，焉能系而不食！'郑玄曰：'我非匏瓜，焉能系而不食者，冀往仕而得禄。'"此处所引《论语》为《阳货篇》文，《集解》《义疏》未收郑玄此注，仅载何晏之说："匏，瓠也。言瓠瓜得系一处者，不食故也，吾自食物，当东西南北，不得似不食之物系滞一处。"郑玄此注于今存文献中最早即见于此，未见同时代及之前他书所引，故清儒辑郑玄此注皆据李善注。

（6）《文选·思旧赋》："将命适于远京兮，遂旋反而北徂。"李善注："《论语》曰：'将命者出。'郑玄曰：'将命，传辞者。'"按，此条为《论语·阳货》郑注，《集解》《义疏》不载郑玄此注，只有何晏说："孺悲，鲁人也。孔子不欲见，故辞之以疾。为其将命者不已，故歌。令将命者悟，所以令孺悲思之。"郑玄此注于今存文献中最早即见于此，未见同时代及之前他书所引，故清儒辑郑玄此注皆据李善注。

（7）《文选·七发八首》："山梁之餐，豢豹之胎。"李善注："《论语》：'子曰：山梁雌雉，时哉时哉。'郑玄曰：'孔子山行，见一雌雉，食其梁粟。'"按，伯希和二五一〇号唐写本《论语·乡党》"山梁雌雉，时哉时哉"句，郑玄注曰："孔子山行，见雌雉，食其梁粟。"吐鲁番阿斯塔那二十七号墓三五、一八／一〇(a)号写本正作"孔子山行，见一雌雉，食其梁粟"，与李善此注所引同，而《释文》引无"其"字，末多一"也"字②。《集解》《义疏》不载郑玄此注，载何晏说："言山梁雌雉得其时，而人不得其时，故叹之。子路以其时物，故共具之。非本意，不苟食，故三嗅而作。作，起也。"

（8）《文选·永明十一年策秀才文五首》："下邑必树其风，一乡可以为绩。"李善注："《论语》曰：'子之武城，闻弦歌之声。'郑玄曰：'武城，鲁之下

---

① 《经典释文序录疏证》卷二四，中华书局，2008年。
② 《唐写本论语郑玄注及其研究》，第133页。

邑。'"按,《论语·阳货》"子之武城,闻弦歌之声",《集解》《义疏》载孔安国说:"子游为武城宰。"不载郑玄此注。《集解》不载郑玄此注,大概是因为《雍也篇》"子游为武城宰"下已有"包曰:'武城,鲁下邑。'"与郑玄此注几乎相同,为免重复,而载孔安国说,且安国说与前包说正好互见。如此,正好可以说明李善引郑玄此注并非参考《集解》。又郑玄此注虽与包说略同,但是除《文选》李善注外,并不见于同时或之前的他书所引。

(9)《文选·运命论》:"似天动星回,而北辰常居其所而不改也。"李善注:"《论语》:'子曰:为政以德,譬如北辰,居其所而众星拱之。'郑玄曰:'北极谓之北辰。'"此为《论语·为政篇》之郑玄注,此注本自《尔雅·释天》①。《集解》于"居其所而众星拱之"有"包曰:德者无为,犹北辰之不移,而众星共之"。而《义疏》则云:"郑玄曰:'德者无为,譬犹北辰之不移,而众星拱之也。'"《集解校释》曰:"包曰,阮元校曰:'皇本作"郑元曰"。'《四库》本《义疏》作'郑玄曰';《注疏》作'包曰'。覆正平本作'苞氏曰'。敦煌本作'☐☐'。"②根据《文选》李善注引郑注及《集解》《义疏》各本情况来判断,似当作"包氏曰"为是。即便作"郑玄曰",李善注引此条郑注亦在《集解》之外。

(10)《文选·陶征士诔》:"黔娄既没,展禽亦逝。"李善注:"《论语》:'柳下惠为士师。'郑玄曰:'柳下惠,鲁大夫也。展禽食采柳下,谥曰惠。'"郑玄此注亦见《太平御览》卷四〇二,作"柳下惠,鲁士师展禽也。其邑名柳下,谥曰惠也"③,文字略有不同。《集解》于《论语·微子》此处注载:"孔曰:'士师典狱之官。'"《义疏》同,惟末多一"也"字,皆无郑玄注。郑玄此注亦不见同时或之前著作引用,最早见于李善注。

以上十条李善注引《论语》郑玄注皆不见于《集解》,虽然不能完全确定李善参考的是当时流传的郑玄《论语》注单行本,至少可以确定肯定不是抄自《论语集解》。又这十条不见于《集解》的郑玄注,大部分也不见于流传至今的与李善同时或早于李善注的文献如经疏、史注、类书等,因此李善转引自他处

---

① 《尔雅·释天》曰:"北极谓之北辰。"刘宝楠曰:"郑注云:'北极谓之北辰。'此本《尔雅·释天》文。"(清)刘宝楠《论语正义》卷二,中华书局,1990年,第37页。
② 高华平《论语集解校释》卷二,辽海出版社,2007年,第15页。
③ (宋)李昉等撰《太平御览》卷四〇二,中华书局,1960年,第6192页。

的文献的可能性也不大。故笔者倾向于认为李善注引郑玄注是出自当时流传的郑玄注单行本。

第三,与《集解》文字有明显差异。李善引《论语》郑玄注的33条当中,有11条虽见于《论语集解》,但是文字上有明显差异,占了整个李善注引郑玄《论语》注的三分之一。尽管可能存在李善删改或后世流传中致误的情况,但是通过李善注引其他出自《论语集解》的各家《论语》注在文字上都比较忠实于《集解》文字的特点,也可以排除李善对其大幅删改及流传致误的可能性。下面对这十一条郑玄注一一进行考释:

(1)《文选·闲居赋》:"此里仁所以为美。"李善注:"《论语》曰:'里仁为美。'郑玄曰:'里者,人之所居也。居于仁者之里,是为善也。'"(《六臣注文选》同)按,吐鲁番阿斯塔那三六三号墓八/一号唐写本,郑玄注曰:"里仁(人)者之所居。任(人)欲修德,当居仁者之里,是为美。"校勘记按:"里人者之所居,'人者'二字倒。伯三九七二号《集解》引'人'作'民'。当居仁者之里是为美,《御览》卷四一九引同。伯三九七二号《集解》引'居仁'间多一'于'字,末多一'也'字。"①又《集解》载"郑曰:'里者,仁之所居。居于仁者之里,是为美。'"《义疏》作"郑玄曰:"里者,民之所居也。居于仁者之里,是为善也。"其疏云:"文云'美'而注云'善'者,夫美未必善,故郑深明居仁者里必是善也。"是皇侃所依据的《集解》引郑注作"善",与李善注同,而与今传本《论语集解》不同,与吐鲁番唐写本差异更大。因此,此条笔者更倾向于是出自《集解》,而文字与《义疏》所据《集解》本文字同。

(2)《文选·七发八首》:"于是背秋涉冬,使琴挚斫斩以为琴。"李善注:"《论语》曰:'师挚之始,关雎之乱,洋洋乎盈耳哉。'郑玄曰:'师挚,鲁太师也。'"伯希和二五一〇号写本,郑玄曰:"师挚,鲁太师之名也。"又按校勘记:"斯〇八〇〇号《集解》引同。《史记·十二诸侯年表》集解引无'鲁'与末'也'二字。伯三一九四号《集解》引无末'也'字。"②今本《集解》载"郑曰:师挚,鲁大师之名",《义疏》载"郑玄曰:师挚,鲁大师之名也",《集解校释》曰:"《四库》本《义疏》作'郑玄曰:师挚,鲁太师之名也';《注疏》作'郑曰:师挚,

---

① 《唐写本论语郑玄注及其研究》,第36页。
② 同上书,第95、101页。

鲁太师之名'。覆正平本作'郑玄曰:师挚,鲁太师之名'。敦煌本作'郑曰:师挚,鲁太师之名也'。案:'大'同'太'。"由此可知,敦煌唐写本郑注与敦煌唐写本《集解》及今传本《集解》、《义疏》多同。那么李善注引条郑注可能是经过删改。

(3)《文选·座右铭》:"行行鄙夫志,悠悠故难量。"李善注:"《论语》曰:'闵子侍侧,訚訚如也。子路,行行如也。子曰:"若由也,不得其死然。"'郑玄曰:'行行,刚强貌。'"按,《论语·乡党》,《集解》载"郑曰:乐各尽其性。行行,刚强之貌",《义疏》载"郑玄曰:乐各尽其性也。行行,刚强之貌也",李善注引郑注无虚辞"之"字和"也"字,或为李善省改。

(4)《文选·头陀寺碑文》:"是以掩室摩竭,用启息言之津。"李善注:"郑玄《论语》注曰:津,济渡水之处"(《六臣注文选》同)按,此为《论语·微子》"使子路问津焉"注文,唐慧琳和玄应两《一切经音义》引郑注皆作"津,济渡之处也"。《集解》《义疏》载郑注作"津,济渡处",与李善注引不同之处在于《集解》《义疏》缺少"水"字和虚辞"之"字。但两《一切经音义》与李善引郑玄注非常接近,惟句末"也"字为李善注所无,当时或有作"津,济渡之处(也)"之本郑注单行本。

(5)《文选·北使洛》:"伊谷绝津济,台馆无尺椽。"李善注:"郑玄《论语》注曰:'津济,渡处也。'"(《六臣注文选》同)按,这一条郑玄《论语》注,"津济,渡处也",与第(5)"津,济渡水之处"应该都是《微子》篇"孔子过之,使子路问津焉"之注。但文字不同者,大概是李善根据注释内容的特点,对文字略有改动。上一条注"津"字之义,此条注"津渡"之义,句读不同,如果还原李善此条引郑注,当为"津,济渡处也",与《集解》《义疏》相近,根据《集解校释》,《四库》本《义疏》正作"济渡处也"。这里有个问题,同出郑注,此条文字与上条存在差异,而且上条并非独见,两《一切经音义》所引亦与之同,而此条却与《集解》《义疏》更近。是不是存在李善根据注释对象的特点而同时参考《集解》和单行本郑玄注? 此点暂存疑。

(6)《文选·册魏公九锡文》:"棱威南厉,术以殒溃,此又君之功也。"李善注:"郑玄《论语》注曰:'厉,严整也。'"(《六臣注文选》同)按,此可能为《论语·子张》"即之也温,听其言也厉"句注。《集解》载郑注作"厉,严正",《集解校释》曰:"《四库》本《义疏》作'郑玄曰:厉,严正也';《注疏》作'郑曰:厉,严正'。覆正平本同《义疏》。敦煌本作'郑曰:厉,严正也。'"①"正"与"整"虽故训可通,如慧琳《一切经音义》卷一二"严整"引《考声》云:"整,齐也,正也,理也。"但是李善注以故训改字,还是本有作"整"之本,暂时无法断定。又清儒刘宝楠以为李善引此注为《述而》"子温而厉"之郑玄注,云:"《文选·册魏公九锡文》注引《论语》郑注云:'厉,严整也。'当即此文之注。《后汉·崔骃传》注:'厉谓威容严整。'"②不知何据。如果真如刘宝楠所说,那么此条可归入不见于《集解》一类。

(7)《文选·魏都赋》:"有虞作绘,兹亦等竞。"李善注:"郑玄《论语》注曰:'绘,画也。'"(《六臣注文选》同)按,此为《论语·八佾》"绘事后素"之郑注,《集解》《义疏》载郑注作"绘,画文也",多一"文"字。唐慧琳《一切经音义》六引郑玄此注,五作"绘,画也",一作"绘,画文也",玄应《一切经音义》两引郑注皆作"绘,画也",唐宗密《圆觉经略疏之抄》卷一一引郑此注作"绘,画文也"。又吐鲁番阿斯塔那三六三号墓八/一号写本郑注作"绘,画文"③。"绘,画也"与"绘,画文也"皆非一见,因此笔者倾向于认为是出自不同版本的郑玄注。

(8)《文选·江赋》:"动应无方,感事而出。"李善注:"郑玄《论语》注曰:'方,常也。'"(《六臣注文选》同)

(9)《文选·啸赋》:"唱引万变,曲用无方。"李善注:"郑玄《论语》注曰:'方,常也。'"(《六臣注文选》同)

(10)《文选·南楼中望所迟客》:"即事怨睽携,感物方凄戚。"李善注:"郑玄《论语》注曰:'方,常也。'"(《六臣注文选》同)

(11)《文选·演连珠五十首》:"臣闻应物有方,居难则易。"李善注:"郑玄《论语》注曰:方,常也。"(《六臣注文选》,同)

按,以上四条当为《论语·里仁》"父母在,不远游,游必有方"句之郑注。《集解》《义疏》载郑注作"方,犹常也",较李善注多一"犹"字。清代余萧客

---

① 《论语集解校释》卷一九,第377页。
② 《论语正义》卷八,第284页。
③ 《唐写本论语郑氏注及其研究》,第19页。

《古经解钩沉》辑郑玄此注以为《先进篇》"且知方也"之注,并无依据。王仁俊据《逸玉篇》"方"字下引郑注而辑"游必有方"之郑注作"方,常也"。所谓《逸玉篇》即《原本玉篇》残卷,其"方部第二百八十四"之"方"字下云:"(《论语》)又曰'游必有方',郑玄曰:'方,常也。'"①吐鲁番阿斯塔那三六三号墓第八/一本写本郑注作"方,由常也"②,由与犹同,是吐鲁番唐写本同《集解》本。

又李善注引郑玄此注皆作"方,常也",而《文选》卷四五《答兵戏一首》李善注引孔安国《论语》注一条曰:"方,犹常也。"按此条不见《集解》,也不见唐代其他类书史注,而《集解》引郑玄注作"方,犹常也",因此很可能此条孔安国《论语》注实际上是《集解》引郑玄注而误为孔安国。如果真是这样,那么此处李善未删节"犹"字,没有理由其他地方引郑玄此注就全部删除"犹"字。因此,笔者倾向于李善注引郑玄注"方,常也"是不同于《集解》的单行本郑玄注。

根据上面的分析,可以发现李善征引"郑玄《论语》注"的33条注释当中,有11条虽然见于《集解》,但文字上却有不同的差异,除了少部分是虚辞差异外,还有存在实词差异的,如第(2)、(6)、(7)条。这里,有两种可能性:第一、李善参考的是郑玄《论语》单行注本,因为版本的差别,存在《集解》与《文选》郑玄注出现文字不同的情况。第二、李善也参考了《集解》所引郑注,但是删改了文字。

第四,关于李善注引郑玄注还有两条特殊例子:

(1)《文选·古诗一十九首·明月皎夜光》:"昔我同门友,高举振六翮。"李善注:"《论语》曰:'有朋自远方来,不亦乐乎?'郑玄曰:'同门曰朋。'"(《六臣注文选》无郑玄注)按,《学而》篇之《集解》作"包曰:同门曰朋",《集解校释》曰:"阮元校曰:'皇本作"苞氏曰",后放此。'……《注疏》作'包曰:同门曰朋'。覆正平本同《义疏》。敦煌本同《注疏》。"是各本《集解》《义疏》均无作"郑玄曰"。然而,郑玄《论语》注实有"同门曰朋"之文。《周易·蹇卦》"九五大蹇朋来",孔颖达正义曰:"郑注《论语》云:'同门曰朋,同志曰友。'此对文

---

① 顾野王《原本玉篇残卷》,中华书局,1985年,第350页。
② 《唐写本论语郑氏注及其研究》,第35页。

也,通而言之,同志亦是朋党也。"①《周礼·地官》"司谏掌纠万民之德而劝之朋友",贾公彦疏:"郑注《论语》'同门曰朋,同志曰友',则彼其共在学者,切磋以道义。"②因此,李善注引郑玄此注,是不见于《集解》。根据此条,我们可以做如下推测,《集解》已于"有朋自远方来,不亦乐乎"下载包氏"同门曰朋"之说,李善如果参考《集解》为何不直接引包说而引郑玄?很有可能,李善此条直接就参考的郑玄注《论语》,而非《集解》。

(2)《文选·七命八首》:"皆象刻于百工,兆发乎灵蔡。"李善注:"《论语》:'子曰:臧文仲居蔡。'郑玄曰:'蔡,谓国君之守龟也。'"(《六臣注文选》同)按,《公冶长》篇之《集解》载包氏曰:"蔡,国君之守龟。"《义疏》作"苞氏曰:蔡,国君之守龟也",与李善注引郑玄注内容相近。又吐鲁番阿斯塔那三六三号墓八/一号唐写本郑玄注曰:"蔡,(位)谓国君之守龟。"校勘记:"此注同于包注。伯三六四二号《集解》引包曰:'蔡,国君之守龟。'包注仅少一'谓'字。"③由此可知,是郑玄注与包咸注同。包咸时代早于郑玄,或为郑玄承袭包氏旧说。按理说《集解》载包说与郑注相同,而且包说早于郑玄注,如果李善此注参考了《集解》,应该引包说,而非引郑玄注。但事实并非如此,可能李善此注直接就是依据的郑玄注《论语》,并加以引用,并没有参考《集解》。那么,此条可作为"《集解》无"的例子,视为李善参考了郑玄《论语》注单行本的旁证。

结合前面四种情况的郑玄注来看,我们可以肯定李善注引郑玄《论语》注并不都来自《论语集解》,因为有近三分之一的内容是《集解》所没有的,如果算上第四种情况的两条郑玄注,那么有十二条郑玄注为《集解》所无;完全相同或仅个别句末语气词不同的,仅占三分之一;而虽见于《集解》,但文字有比较明显差异的,也有三分之一。在李善注《文选》的时代,尚有郑玄注《论语》单行本的流传,今天也可看到如敦煌吐鲁番出土的残卷,虽然我们不能排除李善也部分引用了《集解》所载郑玄注,但更倾向于李善是参考的单行本郑玄《论语》注。因此,汪师韩在《注引群书目录》中列出郑玄《论语》注是没有问题的。

---

① (三国魏)王弼、(晋)韩康伯注,(唐)孔颖达正义《周易正义》卷四,(清)阮元校刻《十三经注疏》,中华书局,2009年,第106页。
② (汉)郑玄注,(唐)贾公彦疏《周礼注疏》卷一四,(清)阮元校刻《十三经注疏》,中华书局,2009年,第1576页。
③ 《唐写本论语正氏注及其研究》,第44页、第51页。

(四)李善引王肃《论语》注

汪师韩《文选理学权舆·注引群书目录》不载王肃注《论语》,但《文选》卷六〇《齐竟陵文宣王行状》"诱接恂恂,降以颜色",李善注云:"《论语》曰:'孔子于乡党,恂恂如也,似不能言者。'王肃曰:'恂恂,温恭之貌。'"此为李善注引唯一一条王肃《论语》注,并同时见于《论语集解》①,文字全同。《经典释文叙录》《旧唐书·经籍志》《新唐书·艺文志》皆有王肃注《论语》十卷的记载,当时应该确实有其书流传,所以我们可以推测李善是能够看到王肃《论语》注的单行本的。但是因为所引内容只有一条,且见于《集解》,因此我们无法判断李善此条是引自《集解》还是单行本。如果将汪师韩所列看作注引家数,那么此条实可补其阙。

(五)李善引孔安国《论语》注

前文我们已经谈到,孔安国《论语》注在隋唐两代并不存,即便何晏所录孔安国之说亦来源不明,但李善注中引孔安国《论语》注总共达到了四十二条。通过考察,这四十二条中有十四条文字与《集解》所载存在差异。导致这些差异的原因,笔者认为有两种可能:第一,李善引《集解》文而误写导致与《集解》文字不同。第二,由于李善引孔安国《论语》注与《集解》在字词上出现不同,而又有载相近文章却注释者不同的情况,或许可认为是李善参考过孔安国的《论语》单行本?

(1)《文选·登楼赋》:"人情同于怀土兮,岂穷达而异心?"李善注:"《论语》:'子曰:小人怀土。'孔安国曰:'怀,思也。'"《论语·里仁》:"君子怀德,小人怀土;君子怀刑,小人怀惠。"《集解》孔曰:"怀,安也。重迁。安于法。"李善此注所引与《集解》文字不同,又《文选·东征赋》:"小人性之怀土兮,自书传而有焉。"李善注:"《论语》:'子曰:君子怀德,小人怀土。'孔安国曰:'怀,安也。'"此则与《集解》文字同。刘宝楠认为"《文选·登楼赋》注引此注作'怀,思也'。以下句'安于法'例之,'思'字误。"②结合《西征赋》注,笔者认为《登楼赋》注当涉《尔雅》《说文》而误,按《尔雅·释诂》:"怀,思也。"《说文·心

---

① 《论语集解校释》,第1页。
② 《论语正义》卷五,第148页。

部》:"怀,思念也。"

（2）《文选·文赋》:"游文章之林府,嘉丽藻之彬彬。"李善注:"《论语》曰:'文质彬彬,然后君子。'孔安国注曰:'彬彬,文质见半之貌。'"按,《考异》曰:"文质见半之貌,袁本、茶陵本'见'作'相',是也。"《雍也篇》之《集解》载:"包曰:'彬彬,文质相半之貌。'"《义疏》《注疏》皆以此为包咸之说。又《报孙会书》:"恽材朽行秽,文质无所底。"李善注:"《论语》曰:'文质彬彬,然后君子。'包氏曰:'彬彬,文质相半之貌也。'"此处所引,李善即作包咸之说。又六臣注《文选》于"游文章之林府,嘉丽藻之彬彬"下云:"善曰:包咸《论语》注曰:'彬彬,文质相半之貌。'"由是可以确定此处李注引文之所以与《集解》异,乃是后世传本之误,六臣注本不误,而《考异》虽然校出"见"当为"相",但对"孔安国"当为"包咸"则失校。

（3）《文选·啸赋》:"钟期弃琴而改听,孔父忘味而不食。"李善注:"《论语》曰:'子在齐闻韶,三月不知肉味。'孔安国曰:'不图于韶乐之至于斯。'"按,《论语·述而》之《集解》载:"王曰:'不图作韶乐至于此。'"李善注引孔安国之说与《集解》载王肃之说,内容一致,只是文字略有差异,虽然不排除孔安国注有此语,但是根据孔注的流传情况来看,笔者更倾向于李善注此条"孔安国"为"王肃"之误。

（4）《文选·笙赋》:"弛弦韬钥,彻埙屏篪。"李善注:"孔安国《论语》注曰:'彻,去也。'"

（5）《文选·公燕诗》:"凉风撤蒸暑,清云却炎晖。"李善注:"孔安国《论语》注曰:'撤,去也。'"

按,《论语·乡党》"不撤姜食",《集解》云:"孔曰:'撤,去也。'"文字与（5）同。又《敦煌经部文献合集》所载敦煌写卷《集解》作"孔曰:'彻,去'",《敦煌经部文献合集》之校勘记曰:"彻去,戊卷同,丁卷'彻'作'撤',丁卷、戊卷、刊本下有'也'字。阮元《论语校勘记》云:'《说文》无"撤"字,"撤"乃"彻"之俗字。'钱大昕《经典文字考异》云:'撤,当作"彻"。《说文》作"𢭏",俗作"撤"。'戊卷经文已残泐,由注文知经文亦作'彻'也。"①因此,此条李善注引孔

---

① 张涌泉主编《敦煌经部文献合集》第4册,中华书局,2008年,第1668—1669页。

说实出自《集解》。

(6)《文选·游仙诗》:"奇龄迈五龙,千岁方婴孩。"李善注:"孔安国《论语》注曰:'方,比方也。'"(六臣注同)

(7)《文选·责躬诗》:"奄有海滨,方周于鲁。"李善注:"孔安国《论语》注曰:'方,比方也。'"

按,《论语·宪问》:"子贡方人。子曰:'赐也贤乎哉?夫我则不暇。'"《集解》载孔曰:"比方人也。"孔安国注之"比方人"是为了解释"方人",而李善注则为了解释"方"字之义,其引孔安国注应该有所删改,不能直接引"比方人",故删除"人"字,因此李善此两处引孔安国注虽与《集解》文字有异,但不能说不出自《集解》。

(8)《文选·与山巨源绝交书》:"简与礼相背,懒与慢相成。"李善注:"孔安国《论语》注曰:简,略也。"按,《论语·公冶长》:"子在陈,曰:'归与!归与!吾党之小子狂简,斐然成章,不知所以裁之。'"《集解》引孔曰:"简,大也。"文字上与李善注引有异。考《为贾谧作赠陆机》:"虽简其面,分着情深。"李善注:"孔安国《尚书传》曰:'简,略也。'"又《君子行》:"天道夷且简,人道崄而难。"李善注:"孔安国《尚书传》曰:'夷,平也。'又曰:'简,略也。'"又《永明十一年策秀才文》:"为网罗之日尚简。"李善注:"孔安国《尚书传》曰:'简,略也。'"又《褚渊碑》:"执五礼以正民,简八刑而罕用。"李善注:"孔安国《尚书传》曰:'简,略也。'"所谓"孔安国《尚书传》"即今传伪《孔传》,其《汤誓》:"简贤附势,实繁有徒。"孔安国传曰:"简,略也。"① 那么第(8)李善所引孔安国之说,就可能存在两种可能性:其一,"孔安国《论语》注"当为"孔安国《尚书传》"之误;其二,李善此处本引孔安国《论语》注"简,大也",但涉《尚书》孔传作"简,略也"而误。不管哪种情况,皆不足以作为李善注引孔安国《论语》注出自《集解》之外的证据。

(9)《文选·和谢监灵运》:"寡立非择方,刻意借穷栖。"李善注:"孔安国《论语》注曰:'方,道也。'"

(10)《文选·七发》:"客曰:将为太子奏方术之士有资略者。"李善注:"孔

---

① (汉)孔安国传,(唐)孔颖达正义《尚书正义》卷八,(清)阮元校刻《十三经注疏》,中华书局,2009年,第348页。

安国《论语》注曰:'方,道也。'"

按,《论语·雍也》:"夫仁者,己欲立而立人,己欲达而达人。能近取譬,可谓仁之方也已。"《集解》载孔曰:"更为子贡说仁者之行方道也。"《集解校释》:"阮元无校。《四库》本《义疏》作'更为子贡说仁者之行也,方道也';《注疏》作'更为子贡说仁者之行方道也'。覆正平本同《义疏》。敦煌本阙。"①据此,可知李善此注引孔安国《论语》注与《义疏》和覆正平本《论语》所载孔说文字同。又孔安国《尚书传》亦有"方,道也"之训,《舜典》"五十载陟方乃死",孔传曰:"方,道也。"②

(11)《文选·入华子岗是麻源第三谷》:"图牒复摩灭,碑版谁闻传?"李善注:"孔安国《论语》注曰:'版,邦国之图籍也。'"按,《论语·乡党》:"式负版者。有盛馔,必变色而作。"《集解》载孔曰:"负版者,持邦国之图籍。"对比李善注引和《集解》所载,《集解》"持邦国之图籍"是解释"负版"之义,"负"谓"持","版"谓"邦国之图籍",李善注则仅释"版",故截取"邦国之图籍"为释。因此,此条视为出自《集解》,应该没什么问题。

(12)《文选·答宾戏》:"且吾闻之:一阴一阳,天地之方。"李善注:"孔安国《论语》注曰:'方,犹常也。'"按,《论语·里仁》:"子曰:'父母在,不远游,游必有方。'"《集解》载郑曰:"方,犹常也。"孔安国此注仅见《文选》李善注所引,未见他书所引,后世引用"方,犹常也"皆以之属郑玄,故笔者以为此处"孔安国"当为"郑玄"之误。

(13)《文选·晋纪总论》:"悠悠风尘,皆奔竞之士。"李善注:"孔安国《论语》注曰:'悠悠,周流之貌。'"按,《论语·微子》:"滔滔者天下皆是也,而谁易之?"《集解》载孔曰:"滔滔,周流之貌,言当今天下治乱同,空舍此适彼,故曰谁以易之。"按《论语集释》云:"滔滔,郑本作'悠悠'。《史记·世家》'是'作'子','滔滔'亦作'悠悠'。翟氏《考异》:'《史记·世家》注引孔安国曰:"悠悠者,周流之貌也。"《文选·晋纪总论》注亦引孔氏《论语》注曰:"悠悠,周流之貌。"'今《集解》本所用孔注已改随正文作'滔滔'。《读书丛录》:《鲁读》作

---

① 《论语集解校释》卷六,第117页。
② 《尚书正义》卷三,第278页。

'慆慆',《古论》作'悠悠'。"①孔安国《论语》为古文,理应作"悠悠,周流之貌",《论语集解》参酌古今,已经突破了家法,故随文改正,将"悠悠"改作"滔滔",李善当明《论语》今古文家法,故此注引孔安国《论语》注。或者当《集解》尚有未随文改字之本,所载孔安国注仍作"悠悠"。虽然文字有今古之别,但因注释对象的限制,且此条并非《集解》之外的内容,因此此条不能作为证明当时有孔安国《论语》注单行本的充分条件。

(14)《文选·励志》:"复礼终朝,天下归仁。"李善注:"《论语》:'颜渊问仁,子曰:"克己复礼为仁。一日克己复礼,天下归仁焉。"'孔安国曰:'复,及也。身能及礼,则为仁也。'"按,《颜渊》篇之《集解》载孔曰:"复,反也。身能反礼,则为仁矣。"可见李善注引孔安国《论语》注之"及"字,《集解》作"反"。"反""及"二字形近,古籍多讹混,根据文意及各本《论语》,李善注之二"及"字当为"反"。《考异》于此失校,可补其阙。

根据上面的分析,李善注引孔安国《论语》注的内容全部未超出《集解》所收录孔注的范围,虽然上述十四条文字与《集解》有不同程度的差异,但是除了李善注引时或流传中产生将书名、人名弄错的情况,如(8)、(12),其他或者是因为注释对象与《论语》不同,李善不得不对孔安国注文进行删改,或者是今古文之别、流传过程中产生义字讹误等情况,总之这些文字差异都能得到合理的解释。因此,结合孔安国《论语》注的流传存佚、与《集解》关系以及文字的差异等情况来判断,基本上可以确定李善注引孔安国《论语》注是来自于《论语集解》。因此孔安国《论语》注可以作为李善注引的一家,但是不能如汪师韩在《注引群书目录》中将其作为单独引书标出。

(六)李善陈群《论语》注

前面叙述《论语》各家注的流传存佚情况,可以知道在隋唐时期应该是没有单行的陈群《论语》注留存。但是李善注《文选》中引用了一条陈群注,而且汪师韩在《文选理学权舆·注引群书目录》中也将陈群《论语》注列出。那么李善注引陈群注来自何处?汪师韩作为引书目录标出是否合理呢?《文选·运命论》:"其所游历诸侯,莫不结驷而造门;虽造门犹有不得宾者焉。其徒子

---

① 《论语集释》卷三六,第1268页。

夏,升堂而未入于室者也。退老于家,魏文侯师之,西河之人肃然归德,比之于夫子而莫敢间其言。"李善注:"陈群《论语》注曰:'不得有非间之言也。'"按,《论语·先进》:"子曰:'孝哉闵子骞！人不间于其父母昆弟之言。'"《集解》载陈曰:"言子骞上事父母,下顺兄弟,动静尽善,故人不得有非间之言。"对比李善注和《集解》,李善截取了《集解》引陈群注的最后一句,多句末"也"字,其他文字全同。但是这并不能完全确定李善取自《集解》,因为南朝宋裴骃于《史记·仲尼弟子列传》"闵损字子骞"句《集解》亦引陈群此注,文字全同《论语集解》。不过根据其他当时无单行本流传的《论语》注的情况来看,笔者还是比较倾向于认为陈群注亦出自《论语集解》。因此,汪师韩在《注引群书目录》中单独列出陈群《论语》注亦不妥。

通过上面对李善注引包咸、马融、郑玄、王肃、孔安国、陈群等《论语》注的考察,可以发现除了郑玄以外,李善所引其他各家《论语》注的内容都不超出《论语集解》的范围,而且文字上也并无多大的差异,即便像马融、孔安国等有较多文字差异,但都能结合李善注和《论语集解》得到合理解释。而王肃和陈群因李善注只引用一条,且陈群注还见于《史记集解》,因此很难断定其出自《论语集解》,但是根据包咸、马融、孔安国三家的情况来看,笔者认为李善引王肃和陈群《论语》注也是出自《论语集解》。郑玄《论语》注,因当时有传本,而且有三分之一左右的内容不见于今本《论语集解》,三分之一左右的内容虽见于《论语集解》,但是文字上或多或少有差异,不同于包咸、马融、孔安国等能够得到很合理解释,所以笔者认为李善注引郑玄《论语》注应该是来自当时单行的郑玄《论语》注,至于是否还参考了《论语集解》所引的内容,因为材料限制,暂时无法确定。通过李善注引各家《论语》注的分析,在弄清楚各家《论语》注来源之外,一方面还发现并校订了一些李善注本的错误,可补《文选考异》等前人校勘之缺;另一方面,纠正了《文选理学权舆·注引群书目录》不恰当之处,对于今后李善注《文选》引书的研究应该会有所裨益。

(北京大学中国语言文学系)

《文选》李善注引《汉书》刍议

张 珊

《文选》李善注所引古书中《汉书》是数量最多的一部,除了卷三二、卷三三"骚"类是王逸注而未征引外,其他大量的征引散于各篇。自清代至今,很多学者对李善注引书的品种与数量多有探讨,统计也千差万别,而对于李善注及其征引的最重头著作《汉书》的关系研究却是偏少的。如赵玉芳《〈文选〉李善注引〈汉书〉考校》[①]和王小霞《〈文选〉李善注引〈汉书〉研究》[②]这两篇硕士论文曾对二书重合之处进行文句辨析,对征引现象进行初步探究;徐建委先生《李善〈文选注〉引书试探》一文重点研究李善注引《汉书》注问题,指出李善注引书复杂,尤以引《汉书》注问题最为突出,并推测李善基本引自蔡谟集注本。[③] 因李善注引《汉书》涉及面广,所以可继续研究的问题还有很多。

李善注引《汉书》的数量,目前并没有理想的统计。其中的原因是,李善注所引《汉书》实际上包括了《汉书》中的班固叙事、班固所作赞述、《汉书》收录他人文章、《汉书》注解、汉赋旧注等层级,并不能机械地用带有"汉书"或"班固"字样的方法去统计,而许多某篇曰、某人曰、某文体曰、某注家曰等征引法里虽然没有"《汉书》"或"班固"字样,实际内容却来自《汉书》。而且李善的征引时常在一条结束之后再接一条或数条的"又曰","又曰"的文字有时与前引

---

① 赵玉芳《〈文选〉李善注引〈汉书〉考校》,南京师范大学2008年硕士学位论文。
② 王小霞《〈文选〉李善注引〈汉书〉研究》,广西师范大学2011年硕士论文。
③ 徐建委《李善〈文选注〉引书试探》,《长春师范学院学报(人文社会科学版)》2009年第7期。

之文并非同篇,这些都造成了李善注引《汉书》的复杂,对其真实数量作统计非常困难。因之,造成统计《文选》引书数量差异很大的部分原因,恐怕与《汉书》及其相关文献有关。本文针对李善注引《汉书》出现的一些典型问题,探讨其引《汉书》的几个层级和表现形式,进而探讨李善何以征引《汉书》最多的原因。本文以中华书局影印尤袤刻本为底本来进行考察,虽然《文选》版本众多,但不同版本的征引法则差别不大,而李善注所引所有古书都是节引,本文亦不追究其节引的省略及与《汉书》原文的差异,仅就整体征引现象而谈。

一 《文选》引《汉书》的数个层级

由于《汉书》是个综合体,不仅包括班固抄录或改写《史记》的部分,还包括班彪、班固、班昭、马续等人创作的部分,书中大量征引的汉代文书资料,以及《汉书》成书后附带的中古时期的多人作注,这样综合的体量使其成为一部带有司马迁和班固等创作的史传,又是汉代文章与六朝古注荟萃于一体的全书。在《文选》盛行之前,《汉书》在中古最为流行。对《汉书》的熟识与研究,使得李善注中征引最多的典籍便是《汉书》。其实李善注征引《汉书》,可以分解为李善注引《汉书》的班固叙事与创作部分、李善注引《汉书》旧注部分、李善注引《汉书》析出篇目部分这三个大的层级。

(一)李善注引《汉书》的班固叙事与创作部分

《汉书》中的班固叙事或创作的部分,在李善注的征引中有如下形式:

1. "《汉书》曰"或"班固《汉书》曰"

"《汉书》曰"是常见形式,但"班固《汉书》曰"用例很少,常指《叙传》或班固所作赞述。如卷五三陆机《辩亡论》:"宾礼名贤,而张昭为之雄。"注:"班固《汉书》曰:班伯诸所宾礼,皆名豪。又《述》曰:宾礼故老。"这出自《叙传》。

2. "《汉书》+某人曰"

这是详细而完备的征引,精确到《汉书》中这段言论的说话者。李善注经常细化到《汉书》中字句出自谁口,比如"《汉书》"二字后带上楚王使武涉说韩信曰、韩信谓广武君、娄敬说高祖曰、田肯贺上曰、叔孙通曰、高祖曰、文帝曰、贾山曰、贾谊曰、武帝曰、武帝谓狄山曰、公孙弘曰、东方朔曰、疏广曰、平当曰、孙宝曰、谷永曰、谷永谢王凤曰，等等，不胜枚举。当然，不仅《汉书》，其他典籍亦然，譬如《左氏传》王孙满曰、《史记》冯欢曰、范晔《后汉书》陈蕃曰等，这是善注通例。但这种引用容易与《汉书》析出文章的引用相混，都可以用"《汉书》+某人曰"的形式，倘若是班固记录的人们的正常言谈就属于班固创作的部分，但若是班固收录的较长篇的文书则属于《汉书》析出篇目，详见下文。

3. "《汉书·某篇》曰"

带有《汉书》篇目的征引也较多，如《汉书·文纪》《汉书·成纪》《汉书·律历志》《汉书·地理志》《汉书·天文志》《汉书·五行志》《汉书·沟洫志》《汉书·灌夫传》《汉书·王吉传》《汉书·儒林传》《汉书序》等。

4. 不言《汉书》或班固，而直言"某篇曰"

这种情况较多的是《地理志》，如《高唐赋》："姊归思妇，垂鸡高巢。"注："《地理志》曰：夷通乡北过仁里有观山，故老相传云：昔有妇登北山，绝望愁思而死，因以为名。"其他篇目很少，如卷四一李陵《答苏武书》："而贼臣教之，遂便复战。"注："贼臣，谓管敢也。《李陵传》云：军候管敢为军旅候，被校尉笞之五十，乃亡入匈奴……"但这篇本来就是李陵所作，所以单称《李陵传》即知为《汉书》。

5.《汉书》或《汉书·某篇》有××

这种情况多指《汉书》的志，如《芜城赋》："吴蔡齐秦之声。"注："《汉书·艺文志》有齐歌、秦歌。"又《东京赋》："西包大秦，东过乐浪。"善曰："《汉书》有乐浪郡。"乃指《地理志》。又如《琴赋》："若乃华堂曲宴，密友近宾。兰肴兼御，旨酒清醇。"注："《汉书》有秦倡员。"乃指《礼乐志》。又如《吴都赋》："轻舆按辔以经隧，楼船举帆而过肆。"善曰："《汉书》有楼船将军。"武帝元鼎五年以杨仆为楼船将军，先后击南越、朝鲜，则纪、志、传中都有提到。

6. 班固所作赞、述被特意标出

班固在每篇之后的论赞及《叙传》中对每篇的"述"都作为独立部分而引用，常称"班固《汉书赞》曰""班固某传赞曰""班固传赞曰""班固述曰""班固某传述曰""班固述某传/某人曰"等形式，强调"班固"二字。如卷二八鲍照

《东武吟》:"始随张校尉,占募到河源。"注:"《汉书》曰:张骞,汉中人也。骞以校尉从大将军击匈奴,知水草处,军得以不乏。……班固《汉书》曰:自张骞使大夏之后,穷河源也。"第一处"《汉书》"指《张骞传》,第二处"班固《汉书》"则指《张骞李广利传》的班固赞。

7.《史记》《汉书》重合或差异不大的部分,李善注常引《汉书》

《汉书》乃依傍《史记》体例、内容而作,尤其是武帝之前的部分,常直接引用或作字句的轻微修改。但李善征引时,对于武帝之前的历史,面对《史》《汉》二书,往往直接用《汉书》。当然,汉代之前的三代到秦的历史,理所当然要用《史记》。比如高祖、司马相如这些人物的事迹都来自司马迁的撰结,但李善注中却喜用《汉书》。此类例子实在太多,《西征赋》乃用事较多之一篇,其中的汉史大多用《汉书》,如:"忽蛇变而龙擩,雄霸上而高骧。曾迁怒而横撞,碎玉斗其何伤?"注:"《史记》曰:褚先生曰:丈夫龙变。《传》曰:蛇化为龙,不变其文;家化为国,不变其姓。《汉书》曰:元年十月,沛公至霸上。邹阳《上书》曰:蛟龙骧首奋翼。《汉书》曰:沛公献璧,羽受之。又献玉斗于范曾,曾怒,撞其斗,曰:吾属今为沛公虏矣!"此注中除了第一处因为有褚先生而只在《史记》中有,其他几处都是《史》《汉》都有的,李善都用了《汉书》。其中的原因是,其一,因有时是要用《汉书》的古注而舍弃《史记》。其二,有时采用《汉书》修改过的《史记》语句。如卷四九范晔《后汉书·皇后纪论》:"终于陵夷大运,沦亡神宝。"注:"《汉书》,张释之曰:秦陵夷至于二世,天下土崩。《史记》作'陵迟'。"《史》《汉》二书本有字句不同,李善强调班固修改过的文本字句才能解释《文选》的这段原文。其三,在隋唐之际由《汉书》学转向《文选》学的发展过程中,李善的《汉书》学功底及长久以来抑《史记》尊《汉书》的学术导向也使他多用《汉书》的文本。

(二) 李善注引《汉书》旧注部分

《汉书》成书后便得到了广泛的研读,在六朝地位极高,管雄先生评价其作用为"或以之证经术","或以之证误文","或以之考音读","或以之得字诂","或以之征史例","或以之资言谈"。[①] 由于阅读的需求而产生了注解,注家辈

---

① 管雄《魏晋南北朝文学史论》,南京大学出版社,1998年。

出,如东汉的许慎、胡广、蔡邕、延笃、服虔、应劭、刘熙等,三国的张揖、苏林、孟康、如淳等,两晋的晋灼、蔡谟、臣瓒等,南北朝的萧绎、姚察等,隋的萧该等,至唐颜游秦、师古,始集其大成。① 按照颜师古《叙例》的说法,一开始各家分别注释,到东晋臣瓒、蔡谟,始成集注的形式。这些前人的汉书注,很多在李善注中都有征引。虽然中古时期的史注很多是单行流传而未必与《汉书》本文合于一起,但因涉及《汉书》,故也属于李善注引《汉书》的问题。李善征引《汉书》注的形式,有如下几种:

1.《汉书》/《汉书》某人/文体曰……注家曰……注家曰……,或随文而注释善注中提到的《汉书》部分,或与善注提到的《汉书》无关,乃解释另外字词

并列注家所注内容可以共同解释前文,但也有时解释不同字词而无隶属关系,有时《汉书》注纯粹当作字书来用。如卷二七颜延年《宋郊祀歌》:"告成大报,受厘元神。"注:"《汉书》曰:上方受厘坐宣室。臣瓒曰:厘,谓祭祀余胙也。如淳曰:厘音僖。"

2."《汉书注》曰",而不言注家

这也许是征引时注家脱漏的原因,或李善所据《汉书》这段即未言注家。如《羽猎赋》:"麒麟臻其囿,神爵栖其林。"善曰:"《汉书注》曰:神雀,大如鸡,斑文。"

3."《汉书》某篇注曰"

此亦不提及注家,原因同前。如《南都赋》:"割周楚之丰壤,跨荆豫而为疆。"注:"《汉书·地理志注》曰:南阳属荆州。又曰:荆州,楚故都。"

4."××《汉书》注曰"

在尤刻本中这类注家有服虔、应劭、韦昭、如淳、张揖、文颖、张晏、李奇、苏林、孟康、晋灼、臣瓒、邓展、刘德、郑德,但没有用"《汉书》××注曰"的例子。也有精确到篇名的,如卷一一《报任少卿书》"而仆又佴之蚕室"注引"苏林注《景纪》"即是。

---

① 关于《汉书》的中古注家中日学界探究较多,最新研究参陈君先生《〈汉书〉的中古传播及其经典意义》,《上海大学学报(社会科学版)》2017年第2期。

5. "《汉书》曰……《音义》曰……"

如《东京赋》:"摄提运衡,徐至于射宫。"善曰:"《汉书》曰:摄提失方。《音义》曰:摄提随斗杓所建十二月也。杓,匹遥切。"李善对此书到处征引,但已不知其作者,徐建委先生认为蔡谟《汉书音义》是南朝至唐代《汉书》最通行注本,即《隋志》著录的《汉书》一百一十五卷本。① 刘志伟先生也推测李善注采用了旧注本的可能性较大。② 面对这么多的注家,李善应不是一家一家地看,他选取集注本的可能性很大。冠以《音义》,说明此条来自该书,也可能是蔡谟之语,也可能是脱略姓名的无名注者。

6. "《汉书音义》曰",不言注家

如果没有提到《汉书音义》的注家,而单说《汉书音义》,往往只是充当字书来使用。如《南都赋》:"其水则开窦洒流,浸彼稻田。"注:"《汉书音义》曰:洒,分也。"如果前文李善提到《汉书》,则《音义》的注与《汉书》原文是一体的。

7. "《汉书音义》某注家曰……某注家曰……"

由于《音义》的集注性质,自然其中囊括了很多注家。但这些注家出现在《音义》前后,则说明这些注解来自李善看到的《音义》。如《洛神赋》:"采湍濑之玄芝。"注:"《汉书音义》,应劭曰:濑,水流沙上也。傅瓒曰:濑,湍也。"

8. 未说明《汉书》的征引《汉书》注

李善有时只言《汉书》注家而不说《汉书》。如《文赋》:"乱曰:状若捷武,超腾逾曳,迅漂巧兮。"注:"状,声之状也。捷武言捷巧。曳,亦逾也,或为跇。郑德曰:跇,度也,弋制切。漂,疾也,妨妙切。"郑德为《汉书》注家之一。

9. 李善常用同时收入《汉书》《文选》的汉赋篇目的单行赋注

赋是汉代以来最流行的文体之一,因其繁难而常带注解,且汉赋及其注解可脱离《汉书》而单行,如《隋志》著录了"梁有郭璞注《子虚上林赋》一卷",又有"项氏注《幽通赋》"等,这些都由《汉书》析出。《文选》赋类有些采用了旧

---

① 徐建委《蔡谟〈汉书音义〉考索》,《古籍整理研究学刊》2003 年第 6 期。
② 刘志伟《李善注〈文选〉底本与旧注本关系试探》,《河南师范大学学报(哲学社会科学版)》2016 年第 7 期。

注,李善在旧注基础上再继续注解,《子虚上林赋》便选取了郭璞的注。除了篇首指出要用前人旧注,旧注的字句在其他篇目中也常被李善引用,当作如同《汉书》注一样的字书,李善注常征引某人注某赋,如《子虚赋》的张揖注、司马彪注、晋灼注、郭璞注、伏俨注,《上林赋》的应劭注、张揖注、司马彪注、韦昭注、郭璞注,《甘泉赋》的服虔注、晋灼注、张晏注、孟康注,《幽通赋》的曹大家注、项岱注。这些古赋注有的单行流传,有的则来自《汉书》,注家因注《汉书》顺带注其中的赋。当然有的据说只是注解了部分《汉书》,比如郭璞只注过《司马相如传》,自然连带其中的相如赋,项岱只注解了《叙传》,自然连带了其中的《幽通赋》《答宾戏》和各种述赞。还有曹大家,她不曾注过《汉书》,但注过其兄的《幽通赋》,故而也时常被征引。这些被《汉书》收录的赋的注具有特殊性,既可单行流传,又属于《汉书》析出部分,一定意义上也是《汉书》注。

值得注意的是,虽然李善选取《汉书》注有时只为了解释某个字词之意而无全文的连贯性,类似于选取字典,但对《汉书》的征引与《汉书》注的征引是不可分割的,李善征引注家中较多者为应劭、服虔、如淳、张揖、韦昭、晋灼、文颖、苏林、李奇、臣瓒、郭璞等,较少者则为邓展、胡广、刘德、郑德、项岱、李斐、颜师古、姚察等。

(三)李善注引《汉书》析出篇目部分

《汉书》不仅包括班固的史传创作,其中又以广泛征引汉代文章著称,有学者统计数量可达千余种。① 对于班固征引的汉代文献资料,其实李善有明确的作者归属意识,正如李善对于班固叙事的内容往往会精确到具体说话人一样,李善在征引《汉书》收录文章时也会精确到篇章或作者,其形式有如下数种:

1. "(班固)《汉书》+作者+文曰"

这是最完整的征引,既有熟悉的名篇,如《赭白马赋》:"盖乘风之淑类,实先景之洪胤。"注:"《汉书》扬雄《河东赋》曰:六先景之乘。"卷四五石崇《思归引序》:"家素习技,颇有秦赵之声。"注:"班固《汉书》杨恽《报孙会宗书》曰:家本秦人,能为秦声。妇,赵女也,雅善鼓瑟。"又有相对不太出名的篇目,如卷二三欧阳坚石《临终诗》:"执纸五情塞,挥笔涕汍澜。"注:"《汉书》息夫躬《绝命

---

① 姚军《〈汉书〉采摭西汉文章研究》,西北师范大学 2010 年博士学位论文。

辞》曰:浂泣流兮萑兰。"甚至不同传记中所征引的同篇异名,如《恨赋》:"郁青霞之奇意,入修夜之不旸。"注:"《汉书》,武帝《李夫人赋》曰:释舆马于山椒,奄修夜之不旸。"而卷二四曹植《赠丁仪》:"初秋凉气发,庭树微销落。"注则称:"《汉书》孝武《伤李夫人赋》曰:桂枝落而销亡。"

2."《汉书》+作者+文体曰"

《汉书》收录的各种汉代诏策书疏歌赋等文体,李善在征引时常在"《汉书》"二字后再说诸如武帝制曰、武帝诏册曰、元帝诏曰、司马相如上疏曰、枚乘上书曰、徐乐上书曰、董仲舒对策曰、广陵王胥歌曰、乌孙公主作歌曰、班婕妤赋曰、刘向上疏曰、贾捐之上书曰、翼奉上书曰、侯应上书曰、杜邺上书曰、扬雄上书曰、班嗣与桓生书曰等。当然,其他典籍亦然,如《左传》师旷谏晋悼公曰、《史记》乐毅与燕惠王书曰、《东观汉记》杜诗上书曰,等。

3."《汉书》+某文曰"

这种形式一般是名篇,故可省去作者。如《文赋》:"诗缘情而绮靡,赋体物而浏亮。"注:"《汉书》,《甘泉赋》曰:浏,清也。"又《高唐赋》:"东西施翼,猗狔丰沛。"注:"《汉书》,《大人赋》:猗狔以招摇。"又如经常称引的《汉书》房中歌曰、《汉书》天马歌曰等。

4."《汉书》+文体曰"

李善注有时只说《汉书》某文体曰,而没有出现人名,如《藉田赋》:"正其末者端其本,善其后者慎其先。"注:"《汉书》,诏曰:农,天下之本也,而人或不务本而事末,故生不遂。"这是文帝《劝农诏》,却未言文帝。《西征赋》:"岂时王之无僻?赖先哲以长懋。"注:"《汉书》策诏曰:大禹能亡失德,夏以长懋。"这是《晁错传》中文帝时贤良方正策诏之语。

5."作者+篇名曰"

此种及以下的几种都是没有提《汉书》二字的,未说明引用却实为引用。如《魏都赋》:"风俗以韰果为婳,人物以戕害为艺。"善曰:扬雄《反骚》曰:何文肆而质韰。"又如何晏《景福殿赋》:"彰天瑞之休显,照远戎之来庭。"注:"司马相如《封禅书·驺虞颂》曰:厥涂靡从,天瑞之征。"倘若邹阳《上梁孝王书》、枚乘《上书》、汉武帝《李夫人赋》、班孟坚《答宾戏》这些一看就知《汉书》中有,一些生僻的篇章则容易忽略取自《汉书》,这些从《汉书》中析出又未必单篇流传的作品,则是很隐蔽的征引。如卷二七《伤歌行》:"伫立吐高吟,舒愤诉穹苍。"注:"谷永《与王谭书》曰:抑于家不得舒愤。"出自《谷永传》的这封书信更是流传不广。

此外,书信体有时直接称"某人书",如司马迁《报任安书》常称"司马迁书",杨恽《报孙会宗书》或称杨恽《书》,同样,还有李陵书、苏武书等。比如《东京赋》:"走虽不敏,庶斯达矣。"善曰:"司马迁书曰:太史公牛马走。"《南都赋》:"于是齐僮唱兮列赵女。"注:"齐、赵,二国名也。杨恽书曰:妇,赵女也。""移"类的刘歆《移太常博士》也可称书,如卷二九曹摅《曹颜远思友人诗》:"微言绝于耳"注:"刘子骏书曰:夫子没而微言绝。"

6. "作者+文体曰"

这种形式与李善引《汉书》班固叙事部分精确到说话人类似,但区别是说话人的引用来自班固创作或代言,而收录的较长文辞则应当算汉代文献了。如《羽猎赋》:"六白虎,载灵舆。"善曰:"杜业奏事曰:辌车驾白虎四。"卷二五刘琨《答卢谌诗并书》:"备辛酸之苦言,畅经通之远旨。"注:"汉董仲舒对策曰:天地之常经,古今之通义。"无论"奏事"还是"对策",都说得过于笼统。杜业奏事不太有名,但董仲舒对策被后人称为《天人三策》,而此处只言对策。

7. 直称篇名,不言作者,不说明来自《汉书》

但凡《鹏鸟赋》《过秦论》《吊屈原》一类的名篇,是《文选》与《汉书》都选入的篇目,李善引用时可直称篇名。对未入《文选》但《汉书》收录了文辞中的名篇,李善引用时同样经常不言作者,比如司马相如《大人赋》《吊二世》这些。

8. 直称作者,不言篇名,不说明来自《汉书》

李善征引往往精确到《汉书》中的说话人,但这种精确若是省略《汉书》二字而直言说话人,则同样隐蔽。以贾捐之上书为例,常见的征引是《汉书》贾捐之上书曰",但《魏都赋》"一自以为禽鸟,一自以为鱼鳖。"善曰:"汉贾捐之上书曰:骆越之人,譬犹鱼鳖,何足贪也!"有学者认为是脱略了"书"字,但其实即使脱略也能讲通,但容易被认为是另外的文献了。又如卷二三嵇康《幽愤诗》:"欲寡其过,谤议沸腾。"注:"汉贾山曰:古者庶人谤于道,商旅议于市。"

这是贾山《至言》的语句,但未说来自《汉书》,也无篇名。

当然,这些可从《汉书》中析出的汉代文章的隐蔽征引也可互相通用,如杨恽《报孙会宗书》可称"杨恽书",也可称"杨恽曰",如《魏都赋》:"林薮石留力又而芜秽。"善曰:"《汉书》杨恽曰:芜秽不治。"卷二六范彦龙《赠张徐州稷》:"田家樵采去,薄暮方来归。"注:"《汉书》,杨恽曰:田家作苦。"这都是同一篇作品,但从中可见李善注形式多样而不拘一例。

以上是对李善注引《汉书》义例的分析,由于征引太多,又分为几个层次,而且很多征引具有隐蔽性,所以实际征引总数更多而须细细辨析。面对《汉书》这样复杂的文本,李善具有明确的作者分类意识,正规引用都是较为详细的。但也不可否认,李善的引用体例没有完全统一,甚至有些凌乱。其中的原因与《文选》卷帙浩繁,各篇注解时间不一样,在写本时代很多注解是靠记诵,未必所有都对照原文,且相传李善注本也有数次改动,各处征引有不同也在情理之中。

二　李善注博引《汉书》之原因

何以《汉书》成为《文选》征引最多的典籍,实与隋唐之际学术背景与李善个人师承和专业有关,众多《汉书》注解为注《文选》提供了巨大便利,本文试以下列数点简略论之。

(一)李善可资借鉴的旧注很多

二书重合篇目共三十五篇,包括汉高祖《歌》、韦孟《讽谏诗》、贾谊《鹏鸟赋》《过秦论》《吊屈原文》、枚乘《上书吴王》、邹阳《狱中上书自明》《上书谏吴王》《上书重谏吴王》、司马相如《子虚赋》《上林赋》《喻巴蜀檄》《难蜀父老》《上书谏猎》《封禅文》、东方朔《非有先生论》《答客难》、司马迁《公孙弘传赞》《报任安书》、武帝《贤良诏》《诏》、杨恽《报孙会宗书》、扬雄《羽猎赋》《长杨赋》《甘泉赋》《解嘲》《赵充国颂》、班彪《王命论》、班固《幽通赋》《答宾戏》、班固《答宾戏》《述成纪》《述高纪》《述韩英彭卢吴传》、王褒《圣主得贤臣颂》。这些篇章借鉴《汉书》注解很容易,当然,李善选择了在借鉴的基础上取舍各家并重新作注。《汉书》是中古以来被注解最多之典籍,其注解极为完备,使得选入《文选》而未选入《汉书》的其他作品也可取资。充分利用《汉书》注为注释《文选》在音义训诂上带来了极大便利,所以才会出现李善注对《汉书》古注信手拈来,甚至如同《仓颉》《尔雅》《说文》《字林》《埤雅》这类字书的使用一样。

中古时期由注《汉书》延伸到注《汉赋》再延伸到注释著名辞赋的注释之学,也为李善注提供了榜样。以赋而言,这是《文选》中分量最重的部分,掌握了《汉书》及汉赋之注,训释名物时可以以赋证赋,注解其他赋就会易如反掌。从李善注的征引中可以看出,《三都赋》的注释方法与李善最为接近,既有大量的援引古典,也有注音释义。而《三都赋》刘逵、张载的注中都侧重援引《汉书》而非《史记》,这与长久以来《史记》地位没有《汉书》高有关,而且征引古典侧重源出,精确到说话人,解释地名时最重要参考书是《汉书·地理志》而非《禹贡》《职方》及各种地理书。虽然《三都赋》不属于《汉书》注,但它侧重征引《汉书》的方法对李善注有很大影响。此外,李善之前的类书也可能有使用这样的体例,但因失传而不得其详。

(二)李善的学术师承与借重《汉书》注释《文选》

最早大力提倡《文选》的萧该著有《汉书音义》与《文选音义》,后曹宪又教授《文选》,且精研张揖的《博雅》,最初的《文选》注释都是侧重音义,到了李善才重视典故的征引。按照《旧唐书·儒学传·李善》的记录,李善撰有《汉书辨惑》三十卷。此书已亡佚,且卷帙颇丰,内容应该很多,从《文选》注中对《汉书》文本屡屡考订来看,可以推测《汉书辨惑》的一部分思想可能保存在李善《文选注》之中。试举数例:

> 卷八扬雄《羽猎赋》:"三军芒然,穷尢阏与。"注:"孟康曰:尢,行也。阏,止也。言三军之盛,穷阏禽兽,使不得逸漏也。善曰:孟康之意,言穷其行止,皆无逸漏。如淳曰:穷,音穹。尢者,懈怠也。晋灼曰:阏与,容貌也。如、晋之意,言三军芒然懈倦,容貌阏与而舒缓也。今依如、晋之说也。"

> 卷九扬雄《长杨赋》:"尢鋋瘢耆、金镞淫夷者数十万人。"注:"如淳曰:尢,括也。孟康曰:瘢者,马脊耆创瘢处。善曰:如氏之说,以为箭括及鋋所中,皆为创瘢于马者。孟氏以为耆被金镞过伤者甚众也。"

卷三九邹阳《上书吴王》:"大王不忧,臣恐救兵之不专。"注:"孟康曰:不专救汉也。如淳曰:皆自私怨宿愤,不能为吴也。若吴举兵反,天子来讨,谓四国但有意,不敢相救也。以孟康解其文,故言不专救汉;如淳解其意,故云不能为吴。二说相成,义乃可明。"

"胡马遂进窥于邯郸,越水长沙,还舟青阳。"注:"苏林曰:青阳,水名也。言胡、越水陆共伐汉也。善曰:此同孟康之义也。张晏曰:还舟,聚舟也。言胡为赵难,越为吴难,不可恃也。善曰:此微同如淳之说。《秦始皇本纪》曰:荆王献青阳之田,已而背约,要击我南郡。"

卷三九枚乘《上书重谏吴王》:"齐王杀身以灭其迹。"注:"晋灼曰:齐孝王将闾也。吴、楚反,坚守距三国不从。后栾布等闻初与三国有谋,欲伐之,王惧自杀。善曰:《汉书》曰:齐王闻吴、楚平,乃自杀。今乘已言之,《汉书》与此,必有一误也。"

卷四四司马相如《难蜀父老》:"及臻厥成,天下晏如也。昔者洪水沸出,泛滥衍溢。"注:"张揖曰:溢,溢也。郭璞《三苍解诂》曰:溢,水声也。《字林》云:匹寸切。古《汉书》为溢,今为衍,非也。"

卷四七王褒《圣主得贤臣颂》:"聚精会神,相得益章。虽伯牙操递钟,蓬门子弯乌号,犹未足以喻其意也。"注:"晋灼曰:递音迭递之递。二十四钟,各有节奏,声之不常,故曰递钟。瓒以为《楚辞》曰:奏伯牙之号钟。马融《长笛赋》曰:号钟高调。号钟,琴名也。谓伯牙以善鼓琴,不说能击钟也。且《汉书》多借假,或以递为号,不得便以迭递判其音也。"

卷四七夏侯湛《东方朔画赞》:"大夫讳朔,字曼倩,平原厌次人也。"注:"《汉书》曰:朔为太中大夫。又曰:朔字曼倩,平原厌次人。《汉书·地理志》无厌次县,而《功臣表》有厌次侯爰类,疑《地理》误也。"

卷五〇范晔《后汉书·宦者传论》:"及高后称制,乃以张卿为大谒者,出入卧内,受宣诏令。"注:"《汉书·高后纪》曰:太后临朝称制。蔡邕曰:天子命令之别,二曰制书,然制非皇后所行,故曰称也。《汉书·刘泽传》,田生求事吕氏所幸大谒者张释卿。如淳曰:奄人曰。吕后纪云张释,刘泽传又曰张卿。然则张释字子卿。今《汉书》或为释卿,误也。仲长子昌言曰:宦竖傅近房卧之内,交错妇人之间。"

卷五〇沈约《宋书·恩幸传论》:"东方朔为黄门侍郎,执戟殿下。"注:"《汉书》曰:东方朔初为常侍郎,后奏泰阶之事,拜为太中大夫、给事中。尝醉,小遗殿上,诏免为庶人。复为中郎。《百官表》,郎中令属官中有郎,比六百石;侍郎,比四百石。又黄门有给事黄门。《汉官仪》云:给事黄门侍郎,位次侍中、给事中,故曰给事黄门。然侍郎、黄门侍郎二官全别,沈以为同,误也。《答客难》曰:官不过侍郎,位不过执戟,非黄门侍郎,明矣。"

卷五三嵇康《养生论》:"是由桓侯抱将死之疾,而怒扁鹊之先见,以觉痛之日,为受病之始也。"注:"《韩子》曰:扁鹊谓桓侯曰:君有疾在腠理,犹可汤熨。桓侯不信。后病,迎扁鹊,鹊逃之。桓侯遂死。《史记》曰:扁鹊疗简子,东过齐,见桓侯。束晳曰:齐桓在简子前且二百岁。小白后无齐桓侯。田和子有桓公午,去简子首末相距二百八年。《史记》自为舛错。韦昭曰:魏无桓侯。臣瓒曰:魏桓侯。《新序》曰:扁鹊见晋桓侯。然此桓侯,竟不知何国也。"

卷五七谢庄《宋孝武宣贵妃诔》:"晨辒解凤,晓盖俄金。"注:"葬讫,故车解凤饰。盖,斜金爪也。《汉书》曰:载霍光尸以辒辌车。如淳曰:辒辌车形广大,有羽饰。《甘泉赋》曰:乃登夫凤凰。然羽饰则凤凰也。杜延年奏曰:载霍光枢以辌车,以辒车为倅也。臣瓒曰:秦始皇崩,秘其丧,载以辒辌车,百官奏事如故。此不得是轜车类也。然辒车吉仪,瓒说是也。"

这些对《汉书》的辨析,有可能与《汉书辨惑》某些观点一致,由传世的颜师古《匡谬正俗》的著作体例来推测,这种可能不是没有。而李善注所征引的其他古书中这样的辨析就很少,这不得不说他在《汉书》上最为用功。

(三)李善注侧重典故溯源的注释方法加强了对博引汉事的需求

正如《新唐书·李邕传》所载:"始善注《文选》,释事而忘意。书成以问邕,邕不敢对,善诘之,邕意欲有所更,善曰:'试为我补益之。'邕附事见义,善以其不可夺,故两书并行。"可见,"释事"的确是李善的注释理念。汪习波先生指出:"综述唐人对《文选》的注释,皆以经学式的音义训释为手段,但李善注更着力于典故的清理,注重追溯文本形成前的质料即语言来源,在文献的铺排中,自能见出作者的深心雅意和创造功力。"①李善的注释方法之一是重视典故的源出,为此借鉴汉事尤其多。其实除了《史记》《汉书》,李善对《独断》《通俗文》《汉官解诂》《西京杂记》《汉武故事》等涉及汉事之书也了如指掌。《文选》选文中,与《汉书》重合篇目都有典故,其他篇目也多涉汉事。《文选》中有很多汉代人物的作品,邹阳枚乘的上书、李陵苏武的书信、司马相如《长门赋》、王褒《洞箫赋》、刘安《招隐士》、枚乘《七发》、扬雄《剧秦美新》这些要知人论世而征引汉代。而描写汉代的作品同样要涉及汉事,如班固《两都赋》、张衡《二京赋》描绘了长安洛阳的繁华,王延寿《鲁灵光殿赋》描绘了鲁恭王之宫殿,潘岳《西征赋》等纪行类辞赋则以行程与地理为纲且处处征引古事。后人歌咏汉代之作也多涉汉事,如陆机《汉高祖功臣颂》、夏侯湛《东方朔画赞》、虞羲《咏霍将军北伐》、傅亮《为宋公修张良庙教》等。此外,江淹《恨赋》《别赋》、曹冏《六代论》、陆机《五等诸侯论》,乃至诗歌中咏史题材更是讲汉代很多。

关于隋唐之际《文选》学实乃导源于《汉书》学,饶宗颐、许逸民等先生都有精彩论述,已成共识。其实从《文选》李善注中寻找内证,同样可以佐证这一结论。通过对李善注因《汉书》的体例分析,本文推测,《汉书》兴盛时,它是一部兼有史书与文章总集性质又带有最丰富的注解的百科全书。李善师从《汉书》学者,又处在由《汉书》学到《文选》学大兴的关键链条上,他早年对《汉书》用力颇深且独有精研。他注释《文选》采用的众多文献中,有一部类似《汉书音义》的集注《汉书》之本是最重要的参考书之一,他将各家注解当作与《说文》《字林》一样功效的字书来用,并借鉴《三都赋注》侧重注解典故侧重源出的方法,同时兼释音义,考校不同。为了简便省力,也为了文辞需要,在《史记》不被重视且注解相对少的情况下,对汉前期事件李善常舍《史记》篇章而径用《汉书》。李善对《汉书》文本,有着明确的分类意识,对《汉书》的征引时常精确到说话人,并带有对前人注解的辨析,这也许与其《汉书辨惑》的著作有关。

---

① 汪习波《隋唐文选学研究》,上海古籍出版社,2005年,第21页。

李善还看重《汉书》诸志，尤其是《地理志》，也看重班固所作赞述之文。李善虽然引用《汉书》时总体上较为详细，但因篇幅过大，难免各篇用力不均，且抄本时代图书翻检不便，时常依助记忆而注，其注又号称曾有过数次改易，故而在征引上并没有完全固定为一种格式，而是有详有略，甚至不同地方有不一致现象。所以，对于二书之关系的继续的深入考察，还是需要再去进行的。

（苏州大学文学院）

李善《文选注》引书义例考

赵建成

钱大昕云:"读古人书,须识其义例。"①据笔者考证,李善《文选注》引书共1997家,数量居"四大名注"(裴松之《三国志注》、郦道元《水经注》、刘孝标《世说注》、李善《文选注》)之首。如此众多的引书,必有较为完善之义例系统以统摄之,方能有条而不紊。对于学者与读者而言,如能把握其义例系统,则有益于把握李善注乃至《文选》本文。然就笔者浅见,一些研究者在利用李善注引书文献时,对其引书义例并不了解,加之《文选》自身的复杂性(如版本问题),有时是非莫辨,所以存在不小的问题,甚至闹出笑话。实际上,李善在注中曾多处随文标示其义例,但既分散而又仅存其大略,尚不足以全面把握。顾炎武《日知录》卷二〇"书家凡例"条曰:"古人著书,凡例即随事载之书中。"②李详云:"古人著书,例即见于注中。李善《文选注》,首举'赋甲',存其旧式,《两都赋序》以下继之,皆例也。"③此是言李善注书之例,李善引书之例,实亦见于注中。

---

① (清)钱大昕《潜研堂集》,《潜研堂文集》卷一六《秦三十六郡考》,上海古籍出版社,2009年,第260页。
② (清)顾炎武著,黄汝成集释《日知录集释》(全校本),上海古籍出版社,2013年,第1165页。
③ 李详《李善〈文选〉注例》,见赵昌智、顾农主编《李善文选学研究》,广陵书社,2009年,第1页。原载《制言月刊》第50期,1939年3月。

在此之前,李详有《李善〈文选〉注例》,李维棻有《〈文选〉李注纂例》①,皆考李善注之例,稍涉其引书之例且较简略。日本学者斯波六郎有《李善〈文选注〉引文义例考》②,从引文之目的、引文之态度、引文之记载法三个方面对李善注引文义例进行考索,细致深入,但也颇为烦琐,难于把握。其中一些内容,如"引文之记载法"中已见之例等,似非引文之例,而是善注之例。另外,此文在一定程度上将李善为《文选》作注这一学术活动程式化、精密化;将李善这一学者理想化,所以在一些问题的理解上存在偏颇。实际上,李善注之义例包括其引书义例并未一以贯之,在具体实践中也会有各种偶然情况发生,不能作绝对化的理解。

基于李善《文选注》及其所标示,本文拟对李善《文选注》之引书义例作一系统、深入的考察。文中若干例证,受到李详、李维棻二文所用例证的启示,特此说明。

甲　引用目的例

一、举先以明后,追溯语源

班孟坚《两都赋序》"或曰:赋者,古诗之流也"下,李善注引《毛诗序》曰:"诗有六义焉,二曰赋。故赋为古诗之流也。"并云:

> 诸引文证,皆举先以明后,以示作者必有所祖述也。他皆类此。

《两都赋序》"赋者,古诗之流也"之语应出于《毛诗序》,故李善引之以证。这实际就是在追溯作品的语源③。李善《文选注》引书对作品语源的追溯,又包括两个方面的内容。

---

① 李维棻《〈文选〉李注纂例》,见赵昌智、顾农主编《李善文选学研究》,第4—19页。原刊于台北《大陆杂志》第十二卷第七期,1956年。
② [日]斯波六郎撰,权赫子、曹虹译《李善〈文选〉注引文义例考》,《古典文献研究》第十四辑,凤凰出版社,2011年,第191—213页。
③ 需要说明的是,本文所说的语源,指的是作品中词语、句子的出处或来源,并不是语言学上的语源。语言学上的语源,指的是我们今天所使用的语言一部分是从古代语言演变而来,一部分是由几种古代语言混合形成的,这些古代语言称为语源。通过对一些古代文本的解读以及与其他种类语言的比较,研究一种语言的产生、变化和消亡,致力于揭示词语的历史的学科,便是语源学。

1. 追溯词源，即追溯作品中词语的最早出处。如：

【祢正平《鹦鹉赋》】愿先生为之赋，使四坐咸共荣观，不亦可乎？

【李善注】《老子》曰：虽有荣观，燕处超然。

这是追述"荣观"一词的语源。

2. 追溯句源，即追溯作品文句的来源。如：

【谢希逸《月赋》】歌曰：美人迈兮音尘阙，隔千里兮共明月。

【李善注】《楚辞》曰：望美人兮未来。陆机《思归赋》曰：绝音尘于江介，托影响乎洛湄。《淮南子》曰：道德之论，譬如日月驰骛，千里不能改其处也。

【潘安仁《射雉赋》】清道而行，择地而住。

【李善注】司马相如上疏曰：清道而后行。班固《汉书赞》曰：冯参鞠躬履方，择地而行。

【江文通《杂体诗三十首·古离别》】黄云蔽千里，游子何时还？

【李善注】《古诗》曰：浮云蔽白日，游子不顾反。

关于李善注举先明后之例，有时李善于所举之"先"有疑，则作说明。如谢惠连《雪赋》"愁云繁"下李善注引傅玄诗曰："浮云含愁色，悲风坐自叹。"班婕妤《捣素赋》曰："伫风轩而结睇，对愁云之浮沉。"对于班婕妤《捣素赋》，李善颇疑其为伪托，因曰："然疑此赋非婕妤之文，行来已久，故兼引之。"李详《李善〈文选〉注例》案语云："善于此不敢援举先明后之例，盖其慎也。"①建成案：李善此处慎则慎矣，然仍为举先明后之例。

又，"后"对"先"具有语源上的继承关系，但是由于语境的变化，其文句内涵与语源原文可能有所不同。对于这种情况，为避免理解上的歧异，李善亦作说明。如：

【班孟坚《两都赋序》】以兴废继绝，润色鸿业。

【李善注】《论语》子曰：兴灭国，继绝世。然文虽出彼而意微殊，不可以文害意。他皆类此。

---

① 李详《李善〈文选〉注例》，见赵昌智、顾农主编《李善文选学研究》，第2页。

李善注引《论语》追溯"兴废继绝"一语之语源,但班固之语指的是西汉武、宣之世建立文章、礼乐制度,"发起遗文,以光赞大业",与《论语》孔子之语有所不同,故加以说明,以为义例。又如:

【陆士衡《辩亡论》下】于时大邦之众,云翔电发。

【李善注】《战国策》顿子说秦王曰:今楚、魏之兵,云翔而不敢拔。然此云翔,与《战国》微异,不以文害意也。

【陆士衡《乐府十七首·君子行》】天损未易辞,人益犹可欢。

【李善注】言祸福之有端兆,故天损之至,非己所招,故安之而未辞。人益之来,非己所求,故受之可为欢也。《庄子》孔子谓颜回曰:无受天损易,无受人益难。郭象曰:无受天损易者,唯安之故易也。所在皆安,不以损为损,斯待天而不受其损也。无受人益难者,物之傥来不可禁御。至人则玄同天下,故天下乐推而不厌,相与社而稷之,斯无受人益之,所以为难矣。然文虽出彼,而意微殊,彼以荣辱同途,故安之甚易。此以吉凶异辙,故辞之实难。

李善举先明后之例,有时确可说明其为学之博、学术判断之准确。如《两都赋序》"奚斯颂鲁"下李善注引《韩诗·鲁颂》曰:"新庙弈弈,奚斯所作。"薛君曰:"奚斯,鲁公子也。言其新庙弈弈然盛。是诗,公子奚斯所作也。"李善所引为《鲁颂》之《閟宫》一诗,其意明言奚斯所作者为新庙,而非此诗,故班固"奚斯颂鲁"之说实误。然此说影响颇广,东汉曹褒(其说见《后汉书》卷三五《曹褒传》)、王延寿、晋李轨、宋司马光等皆承之。唐颜师古《匡谬正俗》卷七已指斥其误,但仅举王延寿《鲁灵光殿赋》"奚斯颂僖"、曹植《承露盘铭序》"奚斯颂鲁"之语,谓其无据,未言班固之说①。此说之源头,后世聚讼颇多。王楙《野客丛书》卷一四②、毛先舒《诗辩坻》卷一以为此说自班固始。宋洪迈《容斋续笔》卷一"公子奚斯"条以为其说始于扬子《法言》③。王煦《昭明文选李善注拾遗》附《文选剩言》认为其说本于《韩诗》,并引薛君《章句》之语,云杨子从

---

① 据文渊阁《四库全书》本。
② 据文渊阁《四库全书》本。
③ 据文渊阁《四库全书》本。

之。建成案：洪迈、王煦以扬雄有"奚斯颂僖"之说，其根据在《扬子法言·学行篇》，扬子曰："昔颜常睎夫子矣，正考甫常睎尹吉甫矣，公子奚斯常睎正考甫矣。"晋李轨注云："奚斯，鲁僖公之臣，慕正考甫作《鲁颂》。"宋司马光承之，曰："扬子以谓正考甫作《商颂》，奚斯作《閟宫》之诗，故云然。"吴秘曰："睎，睎慕也。"则"公子奚斯常睎正考甫"意谓奚斯睎慕正考甫，以之为榜样，并无"奚斯颂僖"之意。李轨、司马光等还是承袭成说，想当然而注之。诸家惟吴秘得之，其说曰："正考甫《商颂》盖美禘祀之事，而鲁大夫公子奚斯能作僖公之庙，亦睎诗之教也。而《鲁颂》美之曰：'松桷有舄，路寝孔硕。新庙奕奕，奚斯所作。'"① 又薛君即薛汉，据《后汉书·儒林列传·薛汉传》，薛汉字公子，世习《韩诗》，薛汉少传父业，父子以章句著名②。则《韩诗章句》成于薛汉父子两代之手。薛汉建武（25—56）初为博士，永平中（58—75），为千乘太守，则其出生应在公元前后。其父子皆应晚于扬雄（前53—18），扬雄从之之说似难成立。若言扬雄所从为《韩诗》早期师说，则无文献上的依据。班固（32—92）晚于薛汉父子，刘跃进先生《秦汉文学编年史》认为班固《两都赋》约作于汉明帝永平十二年（69），班固时年38岁③。其时薛氏《韩诗章句》久已流行，则班固"奚斯颂鲁"之说应出自薛氏《韩诗章句》。李善注引薛君《韩诗章句》，乃举先以明后之例，判断十分准确。

二、引后以明前，据源溯流

《两都赋序》"朝廷无事"下李善注引蔡邕《独断》或曰："朝廷亦皆依违。尊者都举朝廷以言之。"④并云：

> 诸释义或引后以明前，示臣之任不敢专。他皆类此。

这是以后世之著述来解释先代之礼制。李详云："前已见举先以明后之例，此又举引后以明前之例，统观全注，此二例最多，实开注书之门径。"⑤此义例亦分

---

① 《法言》本文及诸家之注均据文渊阁《四库全书》本《扬子法言》卷一。
② 《后汉书》卷七九下，中华书局，1965年，第2573页。
③ 刘跃进《秦汉文学编年史》，商务印书馆，2006年，第399页。
④ 刘跃进先生《文选旧注辑存》按语云："今本《独断》及诸六臣本《文选》李善注所引，'都'上有'所'字，'举'上有'连'字，是。尤本此处脱误。"
⑤ 李详《李善〈文选〉注例》，见赵昌智、顾农主编《李善文选学研究》，第1页。

两种情况。

1. 举后世典籍以明前代文章之历史、文化背景。前《两都赋序》引蔡邕《独断》即是。再举一例：

【曹子建《求自试表》】使得西属大将军，当一校之队。

【李善注】《魏志》曰：太和二年，遣大将军曹真击诸葛亮于街亭。司马彪《汉书》曰：大将军营伍部校尉一人。

陈寿与司马彪皆是晋人，晚于曹植。李善引其书以注曹植文之历史文化背景。

2. 溯作品文辞之流。李善《文选注》引书不仅有追源，也有溯流的内容，即后世作品在文辞上以所注内容为语源。如：

【曹大家《东征赋》】谅不登樔而椓蠡兮，得不陈力而相追。

【李善注】陈思王《迁都赋》曰：览乾元之兆域兮，本人物乎上世，纷混沌而未分，与禽兽乎无别。椓蠡蛰而食疏，摭皮毛以自蔽。然陈思之言盖出于此也。

【干令升《晋纪·论晋武帝革命》】尧舜内禅，体文德也。汉魏外禅，顺大名也。

【李善注】谢灵运《晋书禅位表》曰：夫唐、虞内禅，无兵戈之事，故曰文德。汉、晋外禅，有翦伐之事，故曰顺名。以名而言，安得不僭称以为禅代邪？灵运之言，似出于此，文既详悉，故具引之。

【木玄虚《海赋》】若乃大明摛辔于金枢之穴。

【李善注】伏韬《望清赋》曰：金枢理辔，素月告望。义出于此。

对此义例，清倪思宽《二初斋读书记》举上列最后一例申说之，其说云："《海赋》注引伏韬《望清赋》，乃是引后人之文反证前人之语。凡注书欲求文义明晰，亦须有此例。读此知唐人已开其端矣。"①

三、引同时之作，转以相明

何平叔《景福殿赋》"温房承其东序，凉室处其西偏"下李善注引卞兰《许

---

① （清）倪思宽《二初斋读书记》卷三，清嘉庆八年涵和堂刻本。

昌宫赋》曰："则有望舒凉室，羲和温房。"并云：

然卞、何同时，今引之者，转以相明也。他皆类此。

即征引与《文选》本文同时代之作品为注，以使读者之理解更为明晰。如：

【颜延年《赭白马赋》】岂不以国尚威容，军馺趫迅而已。

【李善注】庾中丞《昭君辞》曰：联雪隐天山，崩风荡河澳，朔障裂寒茄，冰原嘶代骐。颜、庾同时，未详所见。

【曹子建《洛神赋》】践远游之文履，曳雾绡之轻裾。

【李善注】繁钦《定情诗》曰：何以消滞忧，足下双远游。有此言①，未详其本。

【王仲宣《赠蔡子笃诗》】风流云散，一别如雨。

【李善注】《鹦鹉赋》曰：何今日以雨绝。陈琳《檄吴将校》曰：雨绝于天。然诸人同有此言，未详其始②。

【曹子建《七启》八首】挥袂则九野生风，慷慨则气成虹蜺。

【李善注】刘邵《赵郡赋》曰：煦气成虹蜺，挥袖起风尘。文与此同，未详其本也。

四、释义之例

李善《文选注》引书的一个重要目的也是重要功能是解释《文选》本文中字、词、句之意义。如：

【班孟坚《西都赋》】是故横被六合。

【李善注】《汉书音义》文颖曰：关西为横。孔安国《尚书传》曰：被，及也。《吕氏春秋》曰：神通乎六合。高诱曰：四方上下为六合。

【陆士衡《吊魏武帝文》】于台堂上施八尺床，穗帐。

【李善注】郑玄《礼记注》曰：凡布细而疏者谓之穗。

【左太冲《咏史》八首其一】左眄澄江湘，右盼定羌胡。

【李善注】《广雅》曰：眄，视也。《方言》曰：澄，清也。马融《论语

---

① 有此言，奎章阁本李善注作"然此言"。
② （清）朱铭《文选拾遗》卷五："《晏子》下篇曰：夫往者维雨乎？不可复已。其言盖本于此。"

注》曰：盼，动目貌。

【扬子云《长杨赋》】酯允铄，肴乐胥。

【李善注】张揖曰：允，信也。铄，美也。言酯信美以当酒，帅礼乐以为肴。

五、补充史料之例

对于《文选》本文所涉之人物（包括《文选》著者）、史实、名物等，有必要者，李善往往引书以补充相关史料，以明人物所出与行迹、史实之来龙去脉以及名物典制等。如：

【嵇叔夜《琴赋》】若次其曲引所宜，则《广陵》《止息》《东武》《太山》。

【李善注】《广陵》等曲今并犹存，未详所起。应璩《与刘孔才书》曰：听《广陵》之清散。傅玄《琴赋》曰：马融覃思于《止息》。魏武帝乐府有《东武吟》。曹植有《太山梁甫吟》。左思《齐都赋注》曰：东武、太山，皆齐之士风经歌，讴吟之曲名也。然引应及傅者，明古有此曲，转以相证耳，非嵇康之言出于此也。他皆类此。

【任彦升《为范尚书让吏部封侯第一表》】在魏则毛玠公方，居晋则山涛识量。

【李善注】《魏志》曰：毛玠，字孝先，陈留人也，为尚书仆射，典选举。《先贤行状》曰：玠雅量公正。《魏氏春秋》曰：山涛为选曹郎，迁尚书。

【荆轲《歌》】荆轲（著者）

【李善注】《史记》曰：荆轲，卫人，其先齐人，徙于卫，卫人谓之庆卿。之燕，燕人谓之荆卿。荆卿好读书击剑。

【司马子长《报任少卿书》】韩非囚秦，《说难》《孤愤》。

【李善注】《史记》曰：韩非者，韩之公子也。见韩稍弱，以书谏王，王不能用。非心廉直，不容于邪枉之臣，观往者得失之变，故作《孤愤》《五蠹》《说难》十余万言。秦王见《孤愤》《五蠹》之书曰：嗟乎！寡人得见此人与游，死不恨矣！李斯曰：此韩非所著书。秦因急攻韩,韩乃遣非使秦。秦王悦之,未信用。李斯、姚贾毁之曰:韩非,韩之诸公子也。今王欲并诸侯,非终为韩不为秦,此人情也。今王不用,久留而归之,此自遗患也,不如以过法诛之。秦王为然,下吏治非。李斯使人遗药,使自杀。韩非欲自陈,不得见。秦王后悔之,使人赦,而非已死矣。

【陆士衡《辩亡论》下】拔吕蒙于戎行,识潘濬于系房。

【李善注】《吴志》曰:吕蒙年十五六,随邓当击贼,策见而奇之,引置左右。张昭荐蒙,拜别部司马。又曰:潘濬,字承明,武陵人也。《江表传》曰:权克荆州,将吏悉皆归附,而濬独称疾不见。权遣人以床就家舆致之。濬伏面着席,不起,涕泣交横,哀哽不能自胜。权慰劳与语,呼其字曰:承明,昔观丁父,鄀俘也,武王以为军帅。彭仲爽,申俘也,文王以为令尹。此二人,卿荆国之先贤也。初虽见囚,后皆擢用,为楚名臣。卿独不然,未肯降,意将以孤异古人之量邪?使亲近以巾拭面。濬起,下地拜谢。即以为治中,荆州诸军事,一以咨之。

六、考校《文选》本文之例

李善《文选注》引书,亦致力于对《文选》本文的校正。这包括两个方面的内容,一是篇题考误。如:

【曹子建《赠丁仪》题下李善注】《集》云:与都亭侯丁翼,今云仪,误也(集注本作"恐误也")。

【曹子建《又赠丁仪王粲》题下李善注】《集》云:答丁敬礼、王仲宣。翼字敬礼,今云仪,误也。

【陆士衡《为顾彦先赠妇二首》题下李善注】《集》云:为全彦先作,今云顾彦先,误也。[①]

【刘越石《扶风歌一首》题下李善注】《集》云:《扶风歌》九首,然以两韵为一首,今此合之,盖误。

---

① 尤袤本李善注"全彦先",奎章阁本作"令彦先"。(清)张云璈《选学胶言》卷一一:"按《三国志》吴有全琮,字子璜。彦先或其后裔。"

二是考校正文,包括正讹、补充脱文等。如:

【宋玉《高唐赋》】有方之士,羡门高谿。

【李善注】《史记》曰:秦始皇使燕人卢生求羡门高誓。谿,疑是"誓"字。(北宋本同)

【司马长卿《难蜀父老》】昔者洪水沸出,泛滥衍溢。

【李善注】张揖曰:溢,溢也。郭璞《三苍解诂》曰:溢,水声也。《字林》云:匹寸切。古《汉书》为溢,今为衍,非也①。

【诸葛孔明《出师表》】责攸之、祎允等咎,以章其慢。

【李善注】《蜀志》载亮表云:若无兴德之言,则戮允等以章其慢。今此无上六字,于义有阙误矣。

【阮元瑜《为曹公作书与孙权》】昔苏秦说韩,羞以牛后。韩王按剑,作色而怒。虽兵折地割,犹不为悔,人之情也。

【李善注】《战国策》:苏秦为楚合从,说韩王曰:臣闻鄙谚曰:宁为鸡尸,不为牛从。今西面交臂而臣事秦,何以异于牛从也!夫以大王之贤也,挟强韩之名,臣切为大王羞之。韩王忿然作色,攘臂按剑仰天曰:寡人虽死,其不事秦!延叔坚《战国策注》曰:尸,鸡中主也。从,牛子也。从或为后,非也。

【沈休文《应王中丞思远咏月》】网轩映珠缀,应门照绿苔。

【李善注】《楚辞》曰:网户朱缀刻方连。下云绿苔,此当为朱缀,今并为珠,疑传写之误。

有时也有对《文选》文本编辑加工工作的考察。如卷四二曹子建《与吴季重书》云:

夫君子而知音乐,古之达论谓之通而蔽。墨翟不好伎,何为过朝歌而回车乎?足下好伎,值墨翟回车之县,想足下助我张目也。("家有千里,骥而不珍焉;人怀盈尺,和氏无贵矣"下)

而篇末李善注引《植集》此书别题云:

---

① 据李善注,衍,当作"溢"。然黄侃《文选平点》卷五云:"此乃'溢'讹作'溢',非讹'衍'也。"

夫为君子而不知音乐,古之达论谓之通而蔽。墨翟自不好伎,何谓过朝歌而回车乎?足下好伎,而正值墨氏回车之县,想足下助我张目也。今本以墨翟之好伎,置和氏无贵矣之下,盖昭明移之,与季重之书相映耳。(相映,奎章阁本作"相应")①

顾农云:"由此可知《文选》本《与吴季重书》乃是经过编辑加工的,实际上原来是两封信,这里给合为一信了。这条校勘性注释不仅澄清了事实真相,而且也有利于人们认识'古人选本之精审者,亦每改消篇什'(建成按:语出钱钟书《管锥编》,原有注)这一重大事实,从而在依据选本立论时有所戒备。"②所言甚是。

七、纠谬之例

对于《文选》本文与旧注或其他典籍中出现的错误,如史实、用典、名物等,李善通过征引相关典籍予以考辨、纠正。

1. 纠《文选》本文之谬。

【陈孔璋《为曹洪与魏文帝书》】盖闻过高唐者,效王豹之讴。

【李善注】《孟子》淳于髡曰:昔王豹处淇而西河善讴,绵驹处高唐而齐女善歌。按:此文当过高唐者效绵驹之歌。但文人用之误。(案:此为注明典故出处并纠谬)

【陆韩卿《中山王孺子妾歌》】安陵泣前鱼。

【李善注】《战国策》曰:魏王与龙阳君共船而钓,龙阳君钓得十余鱼而弃之,泣下。王曰:有所不安乎?对曰:无。王曰:然则何为涕出?对曰:臣始得鱼甚喜,后得益多而大,欲弃前之所得也。今以臣凶恶,而得拂枕席,今爵至人君,走人于庭,避人于途。四海之内,其美人甚多矣,闻臣之得幸于王,毕褰裳而趋王,臣亦同曩者所得鱼也,亦将弃矣,得无涕出乎? 王乃布令曰:敢言美人者族。然泣鱼是龙阳,非安陵,疑陆误矣。

【夏侯孝若《东方朔画赞》】魏建安中。

---

① 建成案:李善所云"与季重之书相映",指的是与《文选》卷四二吴季重《答东阿王书》的对应或呼应。吴书有语云:"墨子回车,而质四年,虽无德与民,式歌且舞。儒墨不同,固以久矣。"

② 顾农《李善与文选学》,见赵昌智、顾农主编《李善文选学研究》,第63页。

【李善注】范晔《后汉书》曰：献帝改兴平三年为建安元年，今云魏，疑误也。

【沈休文《恩幸传论》】东方朔为黄门侍郎，执戟殿下。

【李善注】《汉书》曰：东方朔初为常侍郎，后奏泰阶之事，拜为太中大夫、给事中。尝醉，小遗殿上，诏免为庶人。复为中郎。《百官表》，郎中令属官中有郎，比六百石。侍郎，比四百石。又黄门有给事黄门。《汉官仪》云：给事黄门侍郎，位次侍中、给事中，故曰给事黄门。然侍郎、黄门侍郎，二官全别，沈以为同，误也。《答客难》曰：官不过侍郎，位不过执戟。非黄门侍郎，明矣。

【任彦升《齐竟陵文宣王行状》】又诏加公入朝不趋，赞拜不名，剑履上殿。萧傅之贤，曹马之亲，兼之者公也。

【李善注】《汉书》曰：上赐萧何带剑履上殿，入朝不趋。又曰：上欲自行击陈豨，周绾泣曰：始秦攻破天下，未曾自行。今上常自行，是无人可使者乎！上以为爱我，赐入殿门不趋。而绾与傅宽同传，宽无不趋之言，疑任公误也。①

2. 纠旧注或其他典籍之谬。

【司马长卿《上林赋》】听葛天氏之歌。

【李善注】张揖曰：葛天氏，三皇时君号也。其乐，三人持牛尾，投足以歌八曲：一曰《载民》，二曰《玄鸟》，三曰《育草木》，四曰《奋五谷》，五曰《敬天常》，六曰《彻帝功》，七曰《依地德》，八曰《总禽兽之极》。……善曰：《吕氏春秋》云：葛天氏之乐，以歌八阕：一曰《载民》，二曰《遂草木》，六曰《建帝功》。今注以阕为曲，以民为氏，以遂为育，以建为彻，皆误。

【潘安仁《射雉赋》】彳亍中辍，馥焉中镝。

【徐爰注】彳亍，止貌也。辍，止也。镝，矢镞也。馥，中镞声也。彳，丑亦切。亍，丑录切。馥，被逼切。

---

① （清）胡绍煐《文选笺证》卷三二："太傅，汉初无此官。若以'萧傅'为萧何，则'傅'字凑合。本书《西征赋》'非所望于萧傅'，谓萧望之也。彦升盖误袭之"。

【李善注】善曰:今本并云彳于中辄。张衡《舞赋》曰:寋兮宕往,彳兮中辄。以文势言之,徐氏误也。

【夏侯孝若《东方朔画赞》】大夫讳朔,字曼倩,平原厌次人也。

【李善注】《汉书》曰:朔为太中大夫。又曰:朔字曼倩,平原厌次人。《汉书·地理志》无厌次县,而《功臣表》有厌次侯爰类,疑《地理》误也。①

八、辨异与兼存异说之例

李善在注释《文选》时,常常兼采众说并有所辨正。其有异说而疑不能判者,则兼存异说以存疑。如:

【司马长卿《子虚赋》】勺药之和具,而后御之。

【李善注】服虔曰:具,美也。或以芍药调食也。文颖曰:五味之和也。晋灼曰:《南都赋》曰归雁鸣鵽,香稻鲜鱼,以为芍乐,酸恬滋味,百种千名之说是也。善曰:服氏一说,以芍药为药名,或者因说今之煮马肝,犹加芍药,古之遗法。晋氏之说,以勺药为调和之意。枚乘《七发》曰:勺药之酱。然则和调之言,于义为得。

【杨子云《羽猎赋》】三军芒然,穷尢阕与。

【李善注】孟康曰:尢,行也。阕,止也。言三军之盛,穷阕禽兽,使不得逸漏也。善曰:孟康之意,言穷其行止,皆无逸漏。如淳曰:穷,音穹。尢者,懈怠也。晋灼曰:阕与,容貌也。如、晋之意,言三军芒然懈倦,容貌阕与而舒缓也。今依如、晋之说也。

【鲍明远《乐府八首·放歌行》】岂伊白璧赐,将起黄金台。

【李善注】《史记》曰:虞卿说赵孝成王,一见赐黄金百镒,白璧一双。王隐《晋书》曰:假匹䃅讨石勒,进屯故安县故燕太子丹金台。《上谷郡图经》曰:黄金台,易水东南十八里,燕昭王置千金于台上,以延天下之士。二说既异,故具引之。

---

① (清)何焯《义门读书记》卷四九:"《地理志》:平原郡富平县。应劭曰:明帝更名厌次。小颜注本传云:《高祖功臣表》有厌次侯袁类,是则厌次之名其来久矣。而说者乃云后汉始为县,于此致疑,斯未通也。或汉初本名厌次,中更富平。至明帝乃复其故,中间曲折失其传耳。"

乙　书名标举例

李善《文选注》引书标举书名有多种格式。今条列如下：

一、但称书名

一般而言，李善注在征引经书本文如《周易》《尚书》《毛诗》《论语》等，纬书本文如《河图龙文》《春秋元命苞》《尚书刑德放》等，小学本文如《尔雅》《说文》《埤苍》等，诸子如《庄子》《缠子》《抱朴子》等，诗文集如《东方朔集》《陈琳集》等，佚名著作如《括地图》《穆天子传》《古君子行》《古豫章行》等，佛经本文如《法华经》《华严经》等，或者不至于引起误解之著作如《列仙传》《典引》《列异传》《江表传》等时，但称书名。

另有一种特殊的情况，即某些典籍有同名之作，但其著者已不可考，故仍但称书名。这种情况李善在注中有相应的说明。

【班孟坚《西都赋》】昭阳特盛，隆乎孝成。……随侯明月，错落其间。金釭衔璧，是为列钱。翡翠火齐，流耀含英。

【李善注】《汉书》曰：孝成赵皇后弟绝幸，为昭仪，居昭阳舍。其璧带，往往为黄金釭，函蓝田璧，明珠翠羽饰之。《音义》曰：谓璧中之横带也。引《汉书》注云《音义》者，皆失其姓名，故云《音义》而已。

除《音义》(或作《汉书音义》《汉书注》)外，《汉纪》《晋书》《高士传》等书，李善在征引时皆有但称书名者，可能与《汉书音义》是相同之情况。

二、著者+书名

李善所引各类典籍，同名异书者众多，这类典籍，李善在征引时一般采用"著者+书名"的形式，如王弼《周易注》、郑玄《周易注》、王肃《周易注》、韩康伯《周易注》、刘瓛《周易注》、郭璞《尔雅注》、郭舍人(犍为舍人)《尔雅注》、孙炎《尔雅注》、李巡《尔雅注》、马融《琴赋》、傅毅《琴赋》、蔡邕《琴赋》、傅玄《琴赋》、闵洪《琴赋》、成公绥《琴赋》等①。不存在同名异书情况的典籍，也往往以

---

① 但李善征引嵇康《琴赋》时，但称《琴赋》。

此种形式征引,如蔡邕《月令章句》、曹子建《白马篇》、张载《安石榴赋》、戴凯之《竹谱》等。

还有一种不太规范的格式,即"注者名+所注书名",如:

【司马长卿《上林赋》】务在独乐,不顾众庶。

【李善注】郑玄《毛诗》曰:顾,念也。

李善所引"郑玄《毛诗》",实为郑玄《毛诗笺》,郑玄为注者,《毛诗》为其所注之书。这显然是不规范的标举格式,但很可能是李善的笔误或者是传抄刊刻中产生的错误。此外如高诱《吕氏春秋注》亦有被称引为"高诱《吕氏春秋》"者。

三、书名+作者

这种格式主要是征引《汉书》诸注时所采用,如《汉书音义》韦昭、《汉书音义》文颖、《汉书音义》应劭、《汉书音义》如淳、《汉书音义》臣瓒、《汉书音义》晋灼等。

还有一种不太规范的格式,即"书名+该书注者名",如:

【班孟坚《西都赋》】肇自高而终平,世增饰以崇丽。

【李善注】高,高祖。《汉书》张晏曰:为功最高,而为汉帝太祖,故特起名焉。

李善所引"《汉书》张晏",实为张晏《汉书注》,张晏是注者,《汉书》为其所注之书。这显然是不规范的标举格式,应作"《汉书音义》张晏"为是,但这很可能是李善的笔误或者是传抄刊刻中产生的错误。

四、但称作者

此类情况所征引之典籍一般皆为注书,作者为注书之注者。李善在征引此注书之前,一般已征引其所注典籍之原文。故此时但称作者,实是承前而省书名。如:

【班孟坚《西都赋》】历十二之延祚,故穷泰而极侈。

【李善注】《国语》曰:天地之所祚。贾逵曰:祚,禄也。

李善注所引贾逵之语为其《国语注》,由于前面已引《国语》,故省略书名而但称作者。这种情况很多,如先征引《尚书》,再引孔安国《尚书注》,一般便但称孔安国；先征引《周礼》，再引郑玄《周礼注》，一般亦但称郑玄；先征引《庄子》，再引郭象《庄子注》，一般亦但称郭象，等等。

五、作者+文体

很多情况下，李善《文选注》引书只标举作者及其作品的文体。这些作品，有些今天已亡佚，只存李善注佚句，我们无法判断李善征引时其存佚状况以及李善是否可知其篇名。如：

【嵇叔夜《赠秀才入军》五首】愿言不获，怆矣其悲。

【李善注】张衡诗曰：愿言不获，终然永思。

【陆士衡《谢平原内史表》】事踪笔迹，皆可推校。

【李善注】蔡邕《书》曰：惟是笔迹，可以当面。

【任彦升《为齐明帝让宣城郡公第一表》】臣本庸才，智力浅短。

【李善注】毌丘俭《表》曰：禹、高之朝，不畜庸才。

此类例子还有很多，如引蔡邕诗（暮宿何怅望）、王仲宣诗（探怀授所欢，愿醉不顾身）、张翰诗（单形依孤影）等皆是。还有些作品，其篇名确切可知，但李善仍只以其文体称之。如：

【鲍明远《苦热行》】毒泾尚多死，渡泸宁具腓。

【李善注】诸葛亮《表》曰：五月渡泸，深入不毛。

【傅季友《为宋公修楚元王墓教》】本支之祚，实隆鄙宗。

【李善注】杨修《笺》曰：述鄙宗之过言。

以上两例，李善所引诸葛亮《表》，即是其《出师表》；杨修《笺》，即是其《答临淄侯笺》。此类例子还有很多，如引蔡琰《悲愤诗》二首，皆不著篇名，而引作"蔡琰诗""蔡邕女琰诗""蔡雍女琰诗"，吴质《在元城与魏太子笺》引作吴质《书》，曹植《自诫令》引作曹植《令》等。

六、书名简称之例

李善《文选注》引书，时有书名简称之例。这种简称，一般承上下文可以明确判断出为何书。如曹子建《赠白马王彪》题下注引《集》曰："于圈城作。"则此《集》为《曹子建集》之简称。此外，《嵇康集》《谢玄晖集》《沈休文集》等皆有简称为《集》的情况。再如屈平《离骚经》题下注引《序》曰:"《离骚经》者,屈原之所作也……"由于李善注楚辞所采为王逸旧注,故此《序》为王逸《离骚经序》。此外王逸《九歌序》《九章序》《渔父序》等亦皆简称为《序》。其他如郑玄《毛诗笺》简称为《笺》《诗笺》,《木华集》简称为《华集》等,都很常见。

七、兼及篇名例

有时,李善引书亦兼及篇名,如:

【班孟坚《西都赋》】披飞廉,入苑门。

【李善注】《汉书·武纪》曰:长安作飞廉馆。

【扬子云《羽猎赋》】丽哉神圣,处于玄宫。富既与地乎侔訾,贵正与天乎比崇。

【李善注】《礼记·月令》曰:季冬,天子居玄堂右个。

其他如引《尚书·舜典》《庄子·养生篇》《汉书·地理志》等皆是此类。

李善《文选注》征引典籍,对同一引书书名的标举方式往往并不相同,因而同书异名的情况比较多,如《毛诗序》,李善征引时标举之书名有《毛诗序》、《诗序》、《序》、子夏《序》四种;如司马迁《报任少卿书》,李善征引时标举之书名有司马迁《报任少卿书》、司马迁《答任少卿书》、司马迁《书》三种;潘岳《哀永逝赋》,李善征引时标举之书名有《哀永逝》、潘岳《哀永逝》、潘岳《哀永逝赋》三种等。

另外,李善《文选注》在连续征引同一部典籍时,则省略书名,而云"又曰"。如:

【扬子云《羽猎赋》】齐桓曾不足使扶毂,楚严未足以为骖乘。

【李善注】《史记》曰:齐公子小白立,是为桓公。又曰:楚穆王卒,子庄王侣立。

【陆士衡《皇太子宴玄圃宣猷堂有令赋诗》】自昔哲王,先天而顺。

【李善注】《周易》曰:大人者先天而天弗违。又曰:汤武革命,顺乎天而应乎人。

丙　引文处理例

经典注释征引文献,非以亦步亦趋于原典为高,当随注释之需要而灵活处理。卢文弨《十三经注疏正字跋》云:"且凡引用他经传者,必据本文以正之。虽同一字而有古今之别,同一义而有繁省之殊,亦备载焉。此则令读者得以参考而已,非谓所引必当尽依本文也。盖引用他书有不得不少加增损者,或彼处是古字,或先儒之义定从某字,若一依本文,转使学者读之不能骤晓,则莫若即用字义之显然者为得矣。"[①]确为高明之论。

李善征引数量众多的典籍为《文选》作注,其对引书原文的处理是一个非常重要的基本问题,因为这不仅涉及对李善《文选注》自身的理解,还涉及对李善所引文献的认识,以及利用《文选注》进行辑佚、校勘的工作。笔者通过对李善注引书存世者与李善所引内容进行较为系统的比对,总结出李善《文选注》引文处理之例,条列如下:

一、引文以《文选》本文为依归

《文选》本文是李善引书的出发点和最终归宿,在《文选注》中,李善对引书原文的处理方式不尽相同,但其根本原则在于注释《文选》本文。如:

【左太冲《魏都赋》】延广乐,奏九成。冠韶夏,冒六茎。倘响起,疑震霆。天宇骇,地庐惊。亿若大帝之所兴作,二嬴之所曾聆。

【李善注】《史记》曰:赵简子病,扁鹊视之曰:昔秦穆公尝如此,七日而寤。寤之日,告公孙支曰:我之帝所甚乐。帝告我晋国且大乱。今主君之疾与之同。二日,简子寤曰:我之帝所甚乐,与百神游于钧天,广乐九奏万舞,不类三代之乐。又曰:赵氏之先,与秦同祖。然则秦、赵同姓,故曰二嬴也。

李善所引《史记》之内容,见于《赵世家》,原文如下:

---

① (清)卢文弨《抱经堂文集》卷八,清乾隆六十年刻本。

赵氏之先,与秦共祖。①

……

赵简子疾,五日不知人,大夫皆惧。医扁鹊视之,出,董安于问。扁鹊曰:"血脉治也,而何怪!在昔秦缪公尝如此,七日而寤。寤之日,告公孙支与子舆曰:'我之帝所甚乐。吾所以久者,适有学也。帝告我:"晋国将大乱,五世不安;其后将霸,未老而死;霸者之子且令而国男女无别。"'公孙支书而藏之,秦谶于是出矣。献公之乱,文公之霸,而襄公败秦师于殽而归纵淫,此子之所闻。今主君之疾与之同,不出三日疾必间,间必有言也。"居二日半,简子寤。语大夫曰:"我之帝所甚乐,与百神游于钧天,广乐九奏万舞,不类三代之乐,其声动人心。有一熊欲来援我,帝命我射之,中熊,熊死。又有一罴来,我又射之,中罴,罴死。帝甚喜,赐我二笥,皆有副。吾见儿在帝侧,帝属我一翟犬,曰:'及而子之壮也,以赐之。'帝告我:'晋国且世衰,七世而亡,嬴姓将大败周人于范魁之西,而亦不能有也。今余思虞舜之勋,适余将以其胄女孟姚配而七世之孙。'"董安于受言而书藏之。以扁鹊言告简子,简子赐扁鹊田四万亩。②

比对李善引文与《史记》原文,能够发现,李善引文在文字上并不完全遵从于原文,且对原文多有删削,引文仅及原文篇幅的四分之一左右,同时也割裂了原文叙述的完整性与准确性。其原因即如前述,李善引书之目的在于注释《文选》本文,而不需要对《史记》原文负责。此处李善引文所注内容主要是《魏都赋》"亿若大帝之所兴作,二嬴之所曾聆"二句,李善所引已足以使读者对此二句产生较为明晰的理解。征引一切文献皆以原文为出发点的原则,是李善引书的基本原则,也是我们理解李善引书的基础。又如:

【李少卿《答苏武书》】终日无睹,但见异类。

【李善注】《家语》孔子曰:舜之为君,畅于异类。

【《孔子家语·好生》】孔子曰:"舜之为君也,其政好生而恶杀,

---

① 《史记》卷四三,中华书局,1963年,第1779页。
② 《史记》卷四三,第1786—1787页。

其任授贤而替不肖。德若天地而静虚,化若四时而变物。是以四海承风,畅于异类。"①

《孔子家语》原文本是对舜为君之德的一段完整的表述,但由于李善所注只是李少卿《答苏武书》"异类"一词,故对这一段内容仅取其首尾,以最节约的方式引用之。

有时,同一注释对象在不同的作品中出现,因具体语境不同而可能具有不同的意义,李善在征引文献加以注释时亦会有不同的取舍。如卷七司马长卿《子虚赋》"被阿緆,揄纻缟"下郭璞旧注引张揖曰:阿,细缯也。緆,细布也。揄,曳也。司马彪曰:缟,细缯也。李善注引《列子》曰:郑卫之处子,衣阿緆。《战国策》鲁连曰:君后宫皆衣纻缟。而卷三九李斯《上书秦始皇》"阿缟之衣"下李善注云:徐广曰:齐之东阿县,缯帛所出者也。此解阿义与《子虚》不同,各依其说而留之。

建成按:张揖注《子虚赋》,以"阿"为缯名;徐广注《史记》,以"阿"为地名。张揖注为郭璞旧注所采,李善又引《列子》以证之。李斯《上书秦始皇》注则是直接征引徐广《史记注》。"此解阿义与《子虚》不同,各依其说而留之"乃李善自述体例之语,意即凡所印证皆出于《文选》本文之需要。

二、引文有完全遵从于引书原文者

李善引书之目的在于注释《文选》本文,其引文不会刻意与引书原文保持完全一致,也不会刻意有所区别,一切依注释之需要而定。其中有很多引文与引书原文完全一致的情况。一般来说,李善在征引诗类文献如《毛诗》《韩诗》以及汉代古诗、乐府与东汉以后文人诗时引文与原文完全一致的情况较多。如:

【魏文帝《与吴质书》】古人思炳烛夜游,良有以也。

【李善注】《古诗》曰:昼短苦夜长,何不秉烛游。

李善所引《古诗》为《古诗十九首》之"生年不满百"一首,《古诗十九首》收录于《文选》卷二九,李善所引与原诗完全一致。

---

① 陈士珂《孔子家语疏证》卷二,上海书店,1987年,第61页。

【魏文帝《与吴质书》】惜其体弱,不足起其文。

【李善注】《典论·论文》曰:文以气为主,气之清浊有体。

魏文帝《典论·论文》,《文选》卷五二收录,李善所引与本文全同。

【魏文帝《与吴质书》】昔伯牙绝弦于钟期,仲尼覆醢于子路,痛知音之难遇,伤门人之莫逮。

【李善注】《礼记》曰:孔子哭子路于中庭。有人吊者,而夫子拜之。既哭,进使者而问故。使者曰:"醢之矣。"遂命覆醢。

李善所引《礼记》之内容见《礼记·檀弓上》,内容完全一致①。

【魏文帝《与吴质书》】以犬羊之质,服虎豹之文,无众星之明,假日月之光。

【李善注】《法言》曰:敢问质?曰:羊质而虎皮,见草而悦,见豺而战。《文子》曰:百星之明,不如一月之光。

【《法言·吾子》】或曰:"有人焉,自云姓孔,而字仲尼。入其门,升其堂,伏其几,袭其裳,则可谓仲尼乎?"曰:"其文是也,其质非也。""敢问质。"曰:"羊质而虎皮,见草而说,见豺而战,忘其皮之虎矣。"②

李善所引《文子》之内容,见《文子·上德》,亦与原文完全一致③。

三、引文有与原文基本一致,略有差异者

如:

【张平子《西京赋》】多历年所,二百余期。

【李善注】《尚书》曰:殷礼配天,多历年所。

【《尚书·周书·君奭》】故殷礼陟配天,多历年所。④

---

① 《礼记正义》卷六,北京大学出版社,2000年,第202—203页。
② 汪荣宝《法言义疏》四,中华书局,1987年,第71页。
③ 王利器《文子疏义》卷六,中华书局,2000年,第265页。
④ 《尚书正义》卷一六,北京大学出版社,2000年,第522页。

【魏文帝《与吴质书》】年一过往,何可攀援!

【李善注】《庄子》北海若曰:年不可攀,时不可止,消息盈虚,终则又始。

【《庄子·秋水》】北海若曰:"年不可举,时不可止;消息盈虚,终则有始。"①

【魏文帝《与吴质书》】昔伯牙绝弦于钟期,仲尼覆醢于子路,痛知音之难遇,伤门人之莫逮。

【李善注】《吕氏春秋》曰:子期死,而伯牙乃破琴绝弦。

【《吕氏春秋·孝行览·本味》】钟子期死,伯牙破琴绝弦,终身不复鼓琴,以为世无足复为鼓琴者。②

【张平子《东京赋》】方相秉钺,巫觋操茢。

【李善注】《周礼》曰:方相氏,黄金四目,玄衣朱裳,执戈扬盾也。《国语》曰:在男谓之觋,在女谓之巫也。《说文》曰:操,把持也。《左传》曰:襄公乃使巫以桃茢先祓殡。杜预曰:茢,乃黍穰也。

【《周礼·夏官司马下》】方相氏掌蒙熊皮,黄金四目,玄衣朱裳,执戈扬盾,帅百隶而时难,以索室驱疫。③

【《左传·襄公二十九年》】乃使巫以桃、茢先祓殡。杜预注曰:茢,黍穰。④

【《国语·楚语下》】在男曰觋,在女曰巫。⑤

以上诸例,李善注引文与引书原文基本一致,只有少量的字、词、句略有差异。这种差异产生的原因,不可一概而论,有的可能是李善所见本与今本有异,有的可能是李善《文选注》在传抄、刊刻过程中产生了歧异甚至为人所改,等等。

---

① (清)郭庆藩《庄子集释》卷六下,中华书局,1961年,第585页。
② 陈奇猷《吕氏春秋新校释》卷第十四,上海古籍出版社,2002年,第745页。
③ 《周礼注疏》卷三一,北京大学出版社,2000年,第971页。
④ 《春秋左传正义》卷三九,北京大学出版社,2000年,第1251页。
⑤ 三国韦昭解《国语》卷一八,清嘉庆五年(1800)黄丕烈重刊天圣明道本(明道二年),上海锦章图书局石印(年份不详),第三册,第13页。

四、概括、略引原文

由于李善引书之目的仅在注释《文选》本文,而所引典籍之原文往往具有自身的有机完整性,内容含量大于甚至远远大于注释所需,因此李善在征引时往往删略原文而仅取所需。如:

【班孟坚《两都赋序》】而公卿大臣……宗正刘德……等,时时间作。

【李善注】(《汉书》)又曰:刘德,字路叔,少修黄老术,武帝谓之千里驹,为宗正。

【《汉书·楚元王传·刘德传》】德字路叔,修黄、老术,有智略。少时数言事,召见甘泉宫,武帝谓之"千里驹"。昭帝初,为宗正丞,杂治刘泽诏狱。父为宗正,徙大鸿胪丞,迁太中大夫,后复为宗正,杂案上官氏、盖主事。①

《汉书》原文篇幅虽不长,但内容完整充实,而李善引文则简略引之,仅取其主干。

【张平子《东京赋》】经途九轨,城隅九雉。

【李善注】《周礼》:国中经途九轨。郑玄曰:途容九轨,谓辙广也。又《周礼》曰:王城隅之制九雉。郑玄云:雉,度也。谓高一丈,长三丈为雉。

【《周礼·冬官考工记下》】国中九经九纬,经涂九轨。郑玄注曰:国中,城内也。经纬谓涂也。经纬之涂,皆容方九轨。轨谓辙广,乘车六尺六寸,旁加七寸,凡八尺,是为辙广。九轨积七十二尺,则此涂十二步也。②

【《周礼·冬官考工记下》】王宫门阿之制五雉,宫隅之制七雉,城隅之制九雉。郑玄注曰:阿,栋也。宫隅、城隅,谓角浮思也。雉长三丈,高一丈。度高以高,度广以广。③

---

① 《汉书》卷三六,第1927页。
② 《周礼注疏》卷四二,第1346页。
③ 《周礼注疏》卷四二,第1351页。

李善引文对《周礼》原文多所删略,而直取所需。

【任彦升《王文宪集序》】有一于此,蔚为帝师。

【李善注】《汉书》曰:张良从容步游下邳圯上,有一老父出一编书曰:读是则为王者师。

【《汉书·张良传》】良尝闲从容步游下邳圯上,有一老父,衣褐,至良所,直堕其履圯下,顾谓良曰:"孺子下取履!"良愕然,欲殴之。为其老,乃强忍,下取履,因跪进。父以足受之,笑去。良殊大惊。父去里所,复还,曰:"孺子可教矣。后五日平明,与我期此。"良因怪,跪曰:"诺。"五日平明,良往。父已先在,怒曰:"与老人期,后,何也?去,后五日蚤会。"五日,鸡鸣往。父又先在,复怒曰:"后,何也?去,后五日复蚤来。"五日,良夜半往。有顷,父亦来,喜曰:"当如是。"出一编书,曰:"读是则为王者师。后十年兴。十三年,孺子见我,济北谷城山下黄石即我已。"遂去不见。旦日视其书,乃《太公兵法》。良因异之,常习读诵。①

原文二百余字,而李善引文取其头尾,仅二十余字,才及原文十分之一。这是因为李善所注为《文选》本文"帝师"一词,故中间张良与黄石公(即老父)来往之经过径行略去而不取。但需要注意的是,排除省略的因素,李善注引文实已改变《汉书》本文原意。

【张平子《东京赋》】建象魏之两观,旌六典之旧章。

【李善注】《周礼》曰:太宰掌建邦之六典:一曰治典,二曰教典,三曰礼典,四曰政典,五曰刑典,六曰事典。

【《周礼·天官冢宰·太宰》】大宰之职,掌建邦之六典,以佐王治邦国:一曰治典,以经邦国,以治官府,以纪万民;二曰教典,以安邦国,以教官府,以扰万民;三曰礼典,以和邦国,以统百官,以谐万民;四曰政典,以平邦国,以正百官,以均万民;五曰刑典,以诘邦国,以刑百官,以纠万民;六曰事典,以富邦国,以任百官,以生万民。②

---

① 《汉书》卷四〇,第2024页。
② 《周礼注疏》卷二,第28页。

李善所引《周礼》原文是对太宰所掌建邦之六典及其内涵的说明。而其所注《东京赋》本文为"六典"一词,故删略原文对六典内涵之解说而仅取六典之概念。

五、"某书有某"之例

李善《文选注》引书,常有"某书有某"之例,即指出某一名物见于某书。如:

【班孟坚《西都赋》】商洛缘其隈,鄠、杜滨其足。

【李善注】《汉书》,弘农郡有商县、上雒县。扶风有鄠县、杜阳县。

李善注所及四县均见《汉书·地理志》。商、上雒二县,见于弘农郡十一县(案实为十县),鄠、杜阳二县,见于右扶风二十一县。①

【张平子《西京赋》】便旋间阖,周观郊遂。

【李善注】《周礼》有六遂也。

李善注所云《周礼》之"六遂"见《周礼·地官司徒·遂人》:"大丧,帅六遂之役而致之,掌其政令。"② 再举数例:

【班孟坚《东都赋》】尔乃盛礼兴乐,供帐置乎云龙之庭。

【李善注】《洛阳宫舍记》有云龙门。

【班孟坚《东都赋》】今论者但知诵虞夏之《书》,咏殷周之《诗》。

【李善注】《尚书》有《虞书》《夏书》。《毛诗》有《周诗》《商颂》。

【张平子《西京赋》】麒麟朱鸟,龙兴含章。

【李善注】《汉宫阙名》有麒麟殿、朱鸟殿。

六、改动引书原文以就《文选》本文

李善《文选注》引书有时会改动原文以就《文选》本文。如:

【任彦升《王文宪集序》】望衢军窥其术,观海莫际其澜。

【李善注】《孟子》曰:观海有术,必观其澜。赵岐曰:澜,水中大

---

① 《汉书》卷二八上《地理志上》,第 1549、1547 页。
② 《周礼注疏》卷一五,第 467 页。

波也。

【《孟子·尽心章句上》】观水有术,必观其澜。赵岐注曰:澜,水中大波也。①

《孟子》"观水有术"之"水",李善注引作"海",当是由《文选》本文"观海莫际其澜"作"海"之故。

【魏文帝《与吴质书》】以犬羊之质,服虎豹之文,无众星之明,假日月之光。

【李善注】《贾子》曰:主之与臣,若日月之与星也。

【贾谊《新书·服疑》】于是主之与臣,若日之与星以。②

李善引《贾子》"若日月之与星",贾谊《新书》原文作"若日之与星",少一"月"字。一般而言,古人以皇帝为日,故原文无"月"当是。则"月"字应是李善所加,因为其所注正文"假日月之光"句有"月"字。

【曹子建《与杨德祖书》】昔尼父之文辞,与人通流,至于制《春秋》,游、夏之徒乃不能措一辞。

【李善注】《史记》曰:孔子文辞有可与共者,至于《春秋》,丁游、子夏之徒不能赞一辞。

【《史记·孔子世家》】孔子在位听讼,文辞有可与人共者,弗独有也。至于为《春秋》,笔则笔,削则削,子夏之徒不能赞一辞。③

【杨德祖《答临淄侯笺》】《春秋》之成,莫能损益。

【李善注】《史记》曰:孔子在位,听讼文辞有可与共者,弗独有也。至于为《春秋》,笔则笔,削则削,子夏之徒,不能赞一辞。

【陈八郎本五臣注】翰曰:孔子在位,听文辞,有可与共也,不独有也。至于为《春秋》,笔则笔,削则削,子夏之徒,不能赞一辞。

---

① 《孟子注疏》卷一三下,北京大学出版社,2000年,第430页。
② 阎振益、钟夏《新书校注》卷一,中华书局,2000年,第54页。建成按:句末"以"字疑衍,或应作"已""也"。
③ 《史记》卷四七,第1944页。

【日古抄五臣注本】翰曰：孔子在位，听讼文辞，有可与共者，不独有也。至于为《春秋》，笔则笔削，子夏之徒，不能赞一辞。

建成案：今本《史记》无"子游"二字，杨德祖《答临淄侯笺》李善注引《史记》也无"子游"二字，陈八郎本、日古抄五臣张翰注应出自李善注，亦无"子游"。则《史记》本文应无"子游"二字，曹子建《与杨德祖书》李善注引《史记》之"子游"应是李善因《文选》正文"游、夏之徒"所加。清梁章钜《文选旁证》云："今《史记》无'子游'二字。本书杨德祖《答临淄侯笺》注引《史记》亦无'子游'二字。疑此注因正文'游夏'而衍也。"①梁氏较早注意到李善注引文与《史记》本文之差别，但疑"子游"乃因正文"游夏"而衍，似不当，这应是李善有意为之的结果，而非衍文。又胡绍煐《文选笺证》卷二八云："《论语》记文学有子游、子夏，当如善所据《史记》，有'子游'为是。今本删去'子游'，则'之徒'二字为赘语矣。《史通·辨惑篇》引太史公云'游夏之徒不能赞一辞'，与善此引合。本书《答临淄侯笺》注引《史记》无'子游'二字，疑后人以今本《史记》删之。"②案《论语》所记与《史记》此处之内容没有直接的关系，不能作为判断《史记》文本的标准，而有无"子游"皆不影响"之徒"一语的使用，胡绍煐之说颇为牵强。唐刘知几《史通》所引太史公语，见其《外篇·惑经》："太史公云：夫子'为《春秋》，笔则笔，削则削，游（一作"子"）、夏之徒，不能赞一辞'。"③由浦起龙校语可知，此处文字有两个版本，一作"游夏"，一作"子夏"，故不能以之证《史记》版本之是非。因此，曹子建《与杨德祖书》李善注引《史记》是改动引书原文以就《文选》本文之例。

【江文通《杂体诗三十首·陶征君（潜）田居潜》】日暮巾柴车，路暗光已夕。

【李善注】《归去来》曰：或巾柴车。

【陶渊明《归去来》】或命巾车，或棹孤舟。

---

① （清）梁章钜《文选旁证》卷三五，清道光刻本。
② （清）胡绍煐《文选笺证》卷二八"游、夏之徒乃不能措一辞"条，见宋志英、南江涛选编《〈文选〉研究文献辑刊》第56册，国家图书馆出版社，2013年，第631页。
③ （清）浦起龙《史通通释》卷一四，上海古籍出版社，2009年，第383页。

李善注引陶渊明《归去来》之"或巾柴车",其本文作"或命巾车",实是李善所改,以就江文通诗"日暮巾柴车"之句。李详云:"此善各随所用而引之之例,与《琴赋》引宋玉《对问》同。"①案:此与《琴赋》引宋玉《对问》不同。各随所用而引之之例是指某一作品有两个或以上的版本,且有差别,李善在征引时根据《文选》本文之内容选择与其一致或接近之版本(各随所用而引之之例及《琴赋》引宋玉《对问》,详见下文)。此处是李善据《文选》本文改动引文之例。

清桂馥《札朴·匡谬》,"巾车"条:"陶公《归去来辞》:'或命巾车。'案江文通《拟陶田居诗》:'日暮巾柴车。'李善注云:《归去来》曰:或巾柴车。郑玄《周礼注》曰:巾犹衣也。是李善本原作'或巾柴车',后人改之。张景阳《七命》'尔乃巾云轩'与'巾柴车'同。"②黄侃《文选平点》卷五亦云:"据江文通引陶征君诗注所引,改或巾柴车。"建成案:陶渊明《归去来》李善注引《孔丛子》孔子歌曰:巾车命驾,将适唐都。是证《归去来》"或命巾车"无误。桂馥、皇侃未明李善引书有据《文选》本文改动引文之例,故以江文通诗李善注所引为《归去来》原貌,误。

七、引书异本之选择——各随所用而引之之例

相同著作之异本,其文字亦往往有异。对于这样的情况,李善在对所引文本的选择上采取的是各随所用而引之的原则,即依所注《文选》本文而确定引用文本。此例也可视为例一之特殊情况。

【嵇叔夜《琴赋》】绍《陵阳》,度《巴人》。

【李善注】宋玉《对问》曰:既而曰《陵阳》《白雪》,国中唱而和之者弥寡。然集所载与《文选》不同,各随所用而引之。又对曰:客有歌于郢中者,始曰《巴人》。

【宋玉《对楚王问》】客有歌于郢中者,其始曰《下里》《巴人》,国中属而和者数千人。其为《阳阿》《薤露》,国中属而和者数百人。其为《阳春》《白雪》,国中属而和者不过数十人。引商刻羽,杂以流徵,国中属而和者,不过数人而已。是其曲弥高,其和弥寡。

---

① 李详《李善〈文选〉注例》,见赵昌智、顾农主编《李善文选学研究》,第3页。
② (清)桂馥《札朴》卷七,清嘉庆十八年李宏信小李山房刻本。

李善此处不引《宋玉集》而引《文选》之宋玉《对楚王问》,是由于二者文字有异,而后者与所注《文选》本文一致。但李善所引宋玉《对问》之"陵阳",今《文选》作"阳春",其余一致。由于《宋玉集》已佚,其此处文字之面貌我们不得而知。

【陆士衡《演连珠》】臣闻绝节高唱,非凡耳所悲。肆义芳讯,非庸听所善。是以南荆有寡和之歌,东野有不释之辩。

【李善注】《宋玉集》楚襄王问于宋玉曰:先生有遗行欤?宋玉对曰:唯,然,有之。客有歌于郢中者,其始曰《下俚》《巴人》,国中属而和者数千人。既而《阳春》《白雪》,含商吐角,绝节赴曲,国中唱而和之者弥寡。

此处李善注引《宋玉集》而不引《文选》之《对楚王问》。李详云:"善引《宋玉集》,不引本选宋玉《对问》者,以此有'绝节赴曲'可证士衡祖述有自,不轻以未见、未详所出了事。书簏之称,信不虚也。"①

【江文通《杂体诗三十首·潘黄门(岳)悼亡》】我惭北海术,尔无帝女灵。

【李善注】《宋玉集》云:楚襄王与宋玉游于云梦之野,望朝云之馆,有气焉,须臾之间,变化无穷。王问此是何气也?玉对曰:昔先王游于高唐,怠而昼寝,梦见一妇人,自云我帝之季女,名曰瑶姬,未行而亡,封于巫山之台。闻王来游,愿荐枕席。王因幸之。去,乃言妾在巫山之阳,高丘之阻,旦为朝云,暮为行雨,朝朝暮暮,阳台之下。旦而视之,果如其言。为之立馆,名曰朝云。

【宋玉《高唐赋》】昔者楚襄王与宋玉游于云梦之台,望高唐之观。其上独有云气,崪兮直上,忽兮改容,须臾之间,变化无穷。王问玉曰:此何气也?玉对曰:所谓朝云者也。王曰:何谓朝云?玉曰:昔者先王尝游高唐,怠而昼寝。梦见一妇人,曰:妾巫山之女也。为高唐之客,闻君游高唐,愿荐枕席。王因幸之。去而辞曰:妾在巫山之

---

① 李详《李善〈文选〉注例》,见赵昌智、顾农主编《李善文选学研究》,第3页。

阳,高丘之阻。旦为朝云,暮为行雨。朝朝暮暮,阳台之下。旦朝视之如言,故为立庙,号曰朝云。

显然,李善此处引书所注为江文通诗"帝女"一词,而《宋玉集》之《高唐赋》有"自云我帝之季女"之语,《文选》之《高唐赋》无,故引《宋玉集》。

（黑龙江大学文学院）

《文选集注》传入日本后的流传与保管
——以金泽文库所藏《文选集注》为中心

郑月超

被称为天下孤本的《文选集注》是流传于日本的抄本,在选学界颇受瞩目,收录了李善注、《文选抄》、《文选音决》、五臣注以及陆善经注。这一抄本也是唯一保留了部分《钞》、《音决》、陆善经注的《文选》注本。原本应有一百二十卷,可江户时期前田纲纪(1643—1724)派津田光吉调查称名寺藏书时,《文选集注》仅存"廿三卷外半物少々"①。此后又逐渐散佚②,目前称名寺所藏共十九卷(神奈川县立金泽文库保管③);东洋文库、御茶之水图书馆成篑堂文库等分别藏有一到三卷;个人藏书家手中也有少许留存(见附录)。

《文选集注》在中国现有文献中尚未找到相关记载,并且现存的各部分残缺不全,既无序跋也未保留识语,因此学术界对其编者、成书年代及来历还没有形成一致的看法。《文选集注》的现存诸残卷虽流散在日本、中国大陆、台湾

---

① 关靖《金泽文库的研究》,大日本雄辩会讲谈社,昭和二十六年(1951)。附录第二《称名寺书物之觉书》调查目录中有"一文选昭明太子撰集注。不足本御座候。无点御座候。廿三卷外半物少々"一条。此处的文选即《文选集注》,调查时间应不晚于贞享三年(1686)。

② 最新一次散佚在明治时期,书志学学者岛田翰以借为名骗出了部分《文选集注》,转卖给了各大收藏家。因此岛田被关押,1915 年自杀。

③ 金泽文库,一指金泽北条氏(一说北条实时)所建书库,一指昭和五年(1930)建于金泽文库旧址的神奈川县立金泽文库。方便起见,本文中金泽文库一词只指金泽北条氏时期的书库,而昭和五年修建的金泽文库称为神奈川县立金泽文库。

地区等处,但究诸源头,应该都是金泽文库所藏本。金泽文库作为金泽北条氏的家藏书库,始建于镰仓时代中期,藏有北条实泰(1208—1263)、北条实时(1224—1276)、北条显时(1248—1301)、北条贞显(1278—1333)、北条贞将(1302—1333)等五代人的藏书、书信、画像等文物。金泽北条氏没落之后,藏书被移到其菩提寺(家庙)的称名寺,金泽文库的藏库仓到江户时期已经废为农田①,无迹可寻。

《文选集注》的先行研究是以考证作者、成书(抄写)年代、注解内容等为中心,几乎没有提到金泽北条氏一族。镰仓中期,日本的文化中心仍是朝廷所在的京都,金泽偏居一隅,地处蛮荒,其私家藏书却对后世产生了深远的影响,这与金泽北条氏家族深厚的文化修养密不可分。本文试以金泽北条氏一族为线索,对其所藏的《文选集注》之根源以及流传路径进行探寻,并试图阐明《文选集注》一书流入日本后的传承过程。

金泽北条氏的藏书渊源

贞应三年(1224),北条实泰继承武藏国六浦庄(现神奈川县金泽区),开启了金泽北条氏的历史。北条实泰二十三岁时担任小侍所别当,四年后将职位让给当时年仅十一岁的长子实时,自己隐居出家。关于实泰的史料记载比较鲜见,但《北条系图》将其注为"歌人",可见北条氏虽在镰仓幕府时曾掌控大权,实泰本人则远离政治,以读经吟歌为业。这样的生活自然对其后人有所影响,奠定了金泽北条氏的文学修养,亦给收藏书籍设立文库指明了方向。

关于金泽北条氏收藏书籍,尤其是汉籍的起始时间,我们可以从部分抄本或转写本的识语中窥到一些端倪。下表(表一)依照识语中出现的时间顺序进行排列。

---

① 《日本名所图绘全集·江户名所图绘》,名著普及会,昭和五十年(1975)复刻版,第550—551页。所见"金泽文库旧址"图绘则是一片农田。

表一　金泽文库汉籍收藏表

年份	书名	识语(部分)
1202	论语集解抄	(卷一尾) 书本——建仁二年(1202)十二月十八日书了。本二条石见介殿御本也。于□。 (卷十末) 文永六年(1269)七月晦日、于羽州村山郡□书之了。依卒尔不及校合,又写本点颇□□不审也。前十九篇抄出、后一篇全写□□之。
1231 (宽喜三年) (第六尾)	白氏文集	(第六十八尾) 贞永元年(1233)十月十九日书了。同廿八日一校了。 　　　　　　　　　　右金吾校尉原奉重 (朱)同十一月十九日朱了。 　　同廿五日移点了。 嘉祯二年(1236)四月十五日,比校于唐书讫。 建长四年(1252)廿四日酉初,传下贵所之御本重点了。
1242	六韬	(箱书横云) 六韬,仁治三年(1242)卯月。参河守真人。卷末沙门印。
1247	古文孝经	宽元五年(1247)三月九日,以清家累叶秘说,奉授洒扫少尹合毕。 　　　　　　　　　　前参河守清原教隆(花押)
1253	群书治要	(第二尾) 建长五年(1253)七月十九日,依洒扫少尹尊阁教命,校本书加愚点了。 　　　　　　　　　　前参河守清原(花押:教隆) (第十五尾) 此书壹部,先年于京都书写了。而当卷诹右京兆茂范加点了。 爰去文永七年(1270)十二月,当卷已下少少烧失了。然间以康有之本,重书写点校了。康有者,以予之烧失之本,所书写也。于时建治二年(1276)八月廿五。

续　表

年份	书名	识语（部分）
1254	春秋经传集解	（第一尾） 建长八年（1256）正月廿四日，以家秘说，奉授越州太守尊阁了。 　　　　　　　　　　　前参河守清原　在判 （第八尾） 建长六年（1254）七月十七日，以清家累叶秘说，奉授洒扫少尹合了。 　　　　　　　　　　　前参河守清原　在判
1270	帝王略论	（第一尾） 本云、文永七年（1270）六月廿日，总州菅公之本，书写点校了。
1276	司马法讲义	（卷第十八尾） 建治二年（1276）六月七日，以兵库之助□□。 　　　　　　　　　　　　　　　　　　越州刺史
1312	增广注释音辨唐柳先生集（全）	（第四十三尾） （朱）此诗两卷漏谈后，移朱点而已。 　　　正和元年（1312）十一月九日，志于武州金泽之学校。 　　　近江州人事聪达行年三十三。 （附录尾） （朱）正和元年十月三日讲毕，遗四十二三之卷。 正和元年九月廿七日，于武州六浦金泽学校书写毕。但中间四十二三遗之，追可书欤。江州贯人破衲聪达志之。

参考：关靖编《金泽文库古文书》第十、十一、十二辑，金泽文库发行，昭和三十一、三十二、三十三年（1956、1957、1958）。

从《论语集解抄》的识语"建仁二年十二月十八日书了"一文可知，此抄本的成书时间早于金泽北条氏初代北条实泰的出生年（1208），可能是北条氏的先代所遗的藏书。北条义时，即北条实泰的父亲对子女的教育非常重视，镰仓中期编撰的《东撰和歌六贴》中就收录有北条实泰与其兄长泰时的和歌作品，其中还有一首是实泰十二岁时所作①。兄弟双双吟歌并且十二岁时就有相当水准的作品问世,北条氏族的家学传统可见一斑。

在先代的影响下,北条氏从1202年抄写《论语集解抄》到1312年抄写《增广注释音辨唐柳先生集》,时间跨越已逾百年,金泽北条氏五代人,即:北条实泰、北条实时、北条显时、北条贞显、北条贞将均对藏书的完善及保管做出了贡献。《群书治要》的识语中有"爰去文永七年十二月,当卷已下少々烧失了。然间以康有之本,重书写点校了。康有者,以予之烧失之本,所书写也。于时建治二年八月廿五"一条。据此可知,1270年尾(或1271年初)金泽文库失火,部分书籍烧失。失火前的抄本抄于北条实时时代,1276年补抄时,实时已退居养病,应是其子北条显时当政时期完成的。再度抄写的时候,所用的底本是以烧失的版本为底本转抄的"康有之本"。从这一识语详尽的记录中也可看出历代子女对藏书保管与整理的细致程度。

文库所藏书籍除收藏目的之外,更多的是为了满足家族中子女教育的需要。在各条识语中"教隆"或"前参河守清原"的名字反复出现,此人是平安末期明经道大家清原赖业之孙,也是清原家家学的传承者清原教隆(1199—1265)。还有一位《群书治要》识语中出现的"茂范"则是书香门第藤原南家的藤原茂范(1236—?,1294年出家),此人作为宗尊亲王的侍读当时被后嵯峨上皇派到镰仓,也应是在此时为金泽北条氏的书籍加点。源自京都的平安时代各大氏族的家学传承者陆续来到镰仓为士人讲学(参见"以家秘说,奉授越州太守尊阁(北条实时)了,前参河守清原在判(《春秋经传集解》)","以清家累叶秘说(《古文孝经》)"等诸条目),引起了南方文化入北的潮流。而这一潮流也客观上促进了金泽文库的发展。

---

① 《东撰和歌六贴》(一说后藤基政编)是一部私人类题和歌集,采录了多首关东地区的武士、歌人的作品。与其他敕撰和歌集不同,此书地域性较强,现只剩残卷。祐德稻荷神社本保留了较多首和歌,此本收录了三首实泰的和歌。
185. 伊勢嶋や汐ひのかたの夕闇に猶玉見えて飞蛍哉　实泰(一二才)
263. 明わたるかたのと沖の波まより見えて近つく初雁の声　实泰
445. 山風に霰おちくるたましまのこの河上深雪降らし　实泰
参考:福田秀一《祐德稻荷神社寄托中川文库本〈东撰和歌六贴〉(解说与翻刻)》,《国文学研究资料馆纪要》第二号,1976年。

金泽金库所藏手抄本与《文选集注》

以歌人知名的金泽北条氏初代家主实泰,对其后人的文学修养有着积极的影响。上文提到的《东撰和歌六贴》中,也收录了其子实时的作品①。和歌的创作与汉诗的修养密不可分,对汉诗文化修养的需求促进了其家族对汉籍集部书籍的收藏。

金泽文库所藏汉籍集部书籍如下:

1. 楚辞集注(刊)
2. 文选(刊)
3. 文选集注(抄)
4. 昌黎先生文集并外集(刊)
5. 唐柳先生文集并外集(刊)
6. 增广注释音辨　唐柳先生集(抄)
7. 元氏长庆集(刊)
8. 白氏文集(写)
9. 新板增广附音释文胡曾诗注(刊)
10. 景文宋公集(刊)
11. 欧阳文忠公集(刊)
12. 王文公文集(刊)
13. 东坡集并后集(刊)
14. 王狀元集诸家注分类　东坡先生诗(刊)
15. 增刊校正王狀元集分类　东坡先生诗(刊)
16. 崔舍人玉堂类稿并西垣类稿(刊)

---

① 实时的作品共三首。
376. 庭の面の□をたにも見るへきに猶さそふ也山嵐の風　　　実时
379. 玉串の葉分の霜をふく風にゆふしてなひくかもの神山　　　実时(二四才)
384. さをしかの妻とふ声も絶はてぬ真野の荻原霜枯しより　　　実时

17. 文苑英华(刊)①

当然,十七种并不是一个完整的数字,后期又出现过不少托名为金泽文库的藏书,真伪颇为难辨;更有多种书籍仍在藏书家箧底沉眠,尚未为世人所知。单从此十七种可以看出,藏书分为两种:宋刊本(十四种)与抄本·转写本(三种)。这两种不同形态的书籍来源于两个不同的渠道。金泽北条第二代实时执政时期,南宋的贸易船数次经停金泽北条氏管领的六蒲津,随着贸易船的来往,实时收集了陶瓷、佛经等大量从南宋渡来的贵重品,其中更有珍贵的宋刊本汉籍。此时收入的大量藏书奠定了金泽文库的基础,因而后代视实时为金泽文库的开宗之祖。

而上列的集部作品中,本文更加关注的并非宋刊本,而是三部手抄本:《文选集注》、《白氏文集》以及《增广注释音辨唐柳先生集》。首先来看《增广注释音辨唐柳先生集》(蓬左文库藏,无金泽文库藏书印)。从识语入手:

(第四十三尾)

(朱)此诗两卷漏谈后,移朱点而已。

　　正和元年(1312)十一月九日,志于武州金泽之学校。近江州人事聪达行年三十三。

(附录尾)

(朱)正和元年十月三日讲毕,遗四十二三之卷。

　　正和元年九月廿七日,于武州六浦金泽学校书写毕。但中间四十二三遗之,追可书欤。江州贯人破衲聪达志之。

按照时间顺序,正和元年(1312)九月廿七号于金泽学校抄写完成,同年十月三日讲授完毕,十一月九日补抄之前遗漏的第四十二与四十三两卷。这两卷起初漏抄,所以未及讲授,只加了标点。从识语推断,此书是由近江籍的破衲聪达(或是和尚)所抄,供金泽学校讲授之用,与金泽北条氏并无直接关联。除去这一部教学用的抄本,金泽文库所藏的抄本只剩《文选集注》与《白氏

---

① 参考:关靖编《金泽文库古书目录》,凸版印刷株式会社,昭和十四年(1939),76—86页。

文集》。

金泽文库所藏《白氏文集》虽已流散在日本各地①,但保留了一百条左右的识语。从识语中可以得知抄写工作始于宽喜三年(1231),终于贞永元年(1233)。开始抄写的前一年宽喜二年(1230)三月四日,初代实泰(23岁时)就任小侍所别当;抄写完毕的一年后天福二年(1234)六月三十日,实泰辞去小侍所别当一职,归隐出家。这部《白氏文集》正是在实泰任职时期开始抄写并完成的。作为小侍所别当侍奉在将军左右,此时的实泰入手这样一部抄本《白氏文集》应该并非难事。

另一部抄本《文选集注》,笔者判断也应是初代实泰所藏。这与《文选集注》的流传有着密切的关联。《文选集注》首次出现在文献中是在平安中期,当时最具代表性的人物藤原道长(966—1028)的日记《御堂关白记》中,共出现两次,列举如下②:

(1) 宽弘元年(1004)十月三日:"乘方(源乘方)朝臣。集注文选。并元白集持来。感悦无极。是有闻书等也。"

(2) 宽弘元年(1004)十一月三日:"癸丑,奉仕美羹次,乃酪酊间,渡御中宫御方。上达部侍臣候,巡行数度,有歌笛声。时御出,垂母屋御帘,上厢御帘。候上达部责子敷,殿上人候渡殿,管弦侍五六人许候遣水边。召御笛数曲后,宫御衣赐上卿等,主上御衣赐余,殿上人雅见。事○。间集注文选内大臣(藤原公季)取之,右大臣(藤原显光)问,内大臣申云,被奉宫《集注文选》云々。事○还御。"

宽弘元年十月三日,也应该是藤原道长首次看到《集注文选》及《元白集》的时间。所以"有闻书",并"感悦无极"。集注文选即《文选集注》,道长的正室是"乘方(源乘方)朝臣"的哥哥雅信的女儿,源乘方投其所好带来这两部道长早已有闻的书卷。第二次出现是在一个月后的十一月三日,集注文选由中宫(藤原道长之女彰子皇后)奉给一条天皇。

---

① 根据《金泽文库古文书》,现在由大东急文库、田中忠三郎等所藏。
② 《御堂关白记》,(日)正宗敦夫编纂,日本古典全集刊行会发行,昭和四年(1929)。

当时为一条天皇讲授《文选》的是平安中期的著名学者大江匡衡（952—1012）。《本朝文粹》所收大江匡衡的启文中有如下一段①：

> 今当时匡衡为侍读之间，男举周为秀才，对策及第，天之福江家，可继家尘。匡衡以《毛诗》《庄子》《史记》《文选》奉授天子，以易筮、表翰、愿文、祭文发明东阁（一说指藤原道长）之旨意，儒者之采用，儒者之功效，可谓勤矣。然则赏之及子孙，谁敢嫉之，谁又谤之。

文中写到大江匡衡为一条天皇讲授《毛诗》《庄子》《史记》《文选》，其次子举周又得举拔，家族传统得到继承的欣慰②。

长德四年（998）九月大江匡衡奉一条天皇侍读，举拔举周应在宽弘三年（1006）③，根据启文此时匡衡仍"为侍读之间"讲解《文选》。匡衡应当目睹过在这之前宽弘元年（1004）由中宫献给一条天皇的《集注文选》。大江匡衡嗜好藏书并以《文选》为家学，择机抄写一部为自身所藏也在情理之中。其曾孙大江匡房的言行录《江谈抄》中提到过家传的"累代之书"，并在家中设立大江文库，从中也可以看出其家历代藏书、嗜书之风。

镰仓时期，大江氏后人大江广时是大江匡房以降第六代，大江匡衡以降第九代。广时（？—1262）娶金泽北条氏初代实泰之女为妻，这两个家族的结缘，应是《文选集注》抄本辗转流入金泽文库的一个契机。而北条实泰对《白氏文集》与《文选集注》的收藏也正与其歌人身份相吻合。

北条实泰的藏书意识与《文选》、《文集》

歌人离不开平安文化的影响与熏陶，实泰对《白氏文集》及《文选》的向往也是由此而来。

---

① 《本朝文粹注释》卷七，大江匡衡《可被上启举周明春所望事》。
② 藤原实资（957—1046）《小右记》长元四年（1031年）七月廿五日有"举周奉授《文选》、《史记》已了"一条。可知举周继承了大江氏家学，奉授《史记》及《文选》而得以加阶。《小右记》，东京大学史料编纂所，1959年。
③ 见《御堂关白记》宽弘三年三月四日条记载："……取文台，讲文讲书。序宜作出，仍序者，男举周，被捕臧人了。"

《文选》成书后随遣隋使、遣唐使的往来传入日本，受到了日本广大士人的推崇，对日本文化、文学的影响无需赘言，其影响最早可以追溯到推古天皇时代。成于七世纪的《宪法十七条》中"有财之讼如石投水。乏者诉似水投石"一段援用了魏李康《运命论》。以此为旁证，冈田正之等学者认为拟稿《宪法十七条》时《文选》已经传入日本①。

稍后的奈良时代（710—794）有《文选》流入日本更直接的证据。传世的《正仓院文书》中存有部分手抄的李善注②，平城宫出土断简中也保留了《文选》传入日本被抄写的痕迹。这一出土断简中屡次出现"臣善"的字样，东野治之认为应是《文选》注者李善的自称；其中一处在"臣善"之外另有"言窃"二字，可与《上文选注表》的开头"臣善言，窃"相对应③；此外更有以墨书写在断简上的"文选五十六卷"等字样。

其后的平安时代，都城由奈良迁到京都，京都成为新的政治与文化中心，形成了全新的平安文化。在《御堂关白记》中包括上文所示两条，有五次提到《文选》。现列于下：

(1) 宽弘元年（1004）十月三日："乘方（源乘方）朝臣，《集注文选》并《元白集》持来。感悦无极，是有闻书等也。"

(2) 宽弘元年（1004）十一月三日："癸丑，奉仕美羮次，乃酪酊间，渡御中宫御方。上达部侍臣候，巡行数度，有歌笛声。时御出，垂母屋御帘，上厢御帘。候上达部责子敷，殿上人候渡殿，管弦侍五六人许候遣水边。召御笛数曲后，宫御衣赐上卿等，主上御衣赐余，殿上人雅见。事○。间集注文选内大臣（藤原公季）取之，右大臣（藤原显光）问，内大臣申云，被奉宫《集注文选》云々。事○还御。"

(3) 宽弘三年（1006）十月廿日："唐人令文（曾令文）所及苏木茶院等

---

① 关于《宪法十七条》的具体成立时间，《日本书纪》推古天皇十二年四月三日条有载："夏四月丙寅朔戊辰，皇太子亲肇作宪法十七条。"推古天皇十二年，即604年。
② 《正仓院文书》续々修第四十四帙第十卷。
③ 《平城宫出土木简所见〈文选〉李善注》，《万叶》76，1971年。随后被收录到《正仓院文书と木简の研究》，塙书房，1977年。

持来,《五臣注文选》、《文集》等持来。"

(4) 宽弘七年(1010)八月廿九日:"作棚橱子二双,立旁,置文书、三史、八代史、文选、文集、御览(修文殿御览)、道々书、日本记具书等,令、律、式等具。并二千余卷。"

(5) 宽弘七年(1010)十一月廿八日:"次御送物,折本注文选同文集,入莳绘笘一双、袋象眼包、五叶枝。事了御入。"

奈良时代的平城宫断简及正仓院古文书中目前能够确定的《文选》注本均是李善注本。而平安中期的《御堂关白记》则涉及《集注文选》、《五臣注文选》、《折本注文选》等更多注本,可以看出作者对不同的注本有着意的区分。由宽弘七年八月廿九日条可知藤原道长对自己收藏的书籍如数家珍。而每每看到、得到不同注本的《文选》都会一一标明,对注本的关注更在《文选》学习者的身份之外,完善了其作为藏书家的另一侧面。

值得关注的是五条材料当中有四条《文选》与《文集(白氏文集)》都是同时出现,几乎是一对固定搭配。同时(5)中《文选》、《文集》是作为一条天皇的赠品,可以推知当时的宫廷显贵与藏书人对《文选》以及《文集》的重视程度。

清少纳言(966—1025)与藤原道长是同时代人,所作《枕草子》是平安时代的代表著作。书中第二百十一段有"书は文集、文选、新赋、史记、五帝本纪、愿文、表、博士の申文",作为"书(文章)"的代表也将《文集》《文选》并称。可见《文集》与《文选》是平安时代文学教养类的必读书目,对歌人来说尤为重要。可以说这样的趋势也一直延续到镰仓时代,也正是这样的氛围深深影响了金泽北条氏初代、歌人北条实泰的藏书意识。

小　结

金泽文库作为金泽北条氏的家藏书库,始建于镰仓时代中期,收藏了大量的宋刊本、手抄本等珍贵书籍。偏居一隅的金泽私人书库至今仍存有影响力,与其氏族的文化修养是密不可分的。

初代家主实泰十二岁时便有和歌作品问世,二十七岁时隐居出家,以读经吟歌为业,诗歌创作一直伴随着他的人生。金泽文库所藏汉籍集部当中,去除供金泽学校讲授之用,与金泽北条氏并无直接关联的《增广注释音辨唐柳先生集》之外,仅存两部手抄本:《文选(集注)》与《(白氏)文集》。常常以固定搭配形式出现的这两部著作,初步推断均应是以歌人自居,深受歌人文化传统熏陶的初代家主实泰所藏。

从《白氏文集》的识语判断,《白氏文集》抄本应是实泰作为小侍所别当侍奉在将军左右时所得。而另一部抄本《文选集注》,也应来自实泰与大江氏族的结缘。平安时代围绕《文选》的训读与解读产生了不同的家学传统。其中重要的一门就是大江匡衡的后代大江氏族。根据《御堂关白记》记载,一条天皇是《文选集注》的最终收藏者,一条天皇得到《文选集注》时,为其讲授《文选》的正是实泰的女婿大江广时的先祖大江匡衡。

区别于大量刊本,只有《文选(集注)》《(白氏)文集》以抄本形式出现在金泽文库,究其渊源,不难发现背后均有初代家主实泰的身影。任小侍所别当的权限、与大江家族的姻亲关系以及北条氏的人脉等诸多便利条件,实泰得以将《文选(集注)》《(白氏)文集》双双纳入怀中,实现了身为歌人的追求与向往。

通过对周边资料的整理可以大致梳理出关于金泽文库藏《文选集注》的传承脉络:

源重信〔宽弘元年(1004)十月三日〕→**藤原道长**→**藤原道长之女彰子皇后**〔宽弘元年(1004)十一月三日〕→**一条天皇**→**大江匡衡**(一条天皇侍读讲解《文选》,长德四年(998)九月—1006年或更晚)→**大江文库**〔承历二年(1078)大江匡衡之曾孙大江匡房所设立〕→**大江广时**(?—1262,娶实泰三女为妻)→**金泽北条氏初代家主北条实泰**(1208—1263)→**金泽文库**(13世纪中期—元弘三年(1333)五月廿二日,第四代贞显第五代贞将父子自尽。)〔称名寺第三代长老"湛睿(1271—1347)书状"中提到"金泽文库随年朽损",应此后不久将藏书转移到称名寺〕→**称名寺**〔昭和五年(1930)八月十日〕→**现保管者神奈川县立金泽文库(称名寺藏)**

《文选集注》一书流入日本的过程尚待进一步的考察。但其进入日本后的传播过程,可在金泽文库所藏《文选集注》的流传中窥见一斑。世易时移,文本被不断抄写、转写,其中的一部流入北条实泰手中,随即收入金泽文库、称名寺,继而流传至今。

最后关注一下目前的神奈川县立金泽文库与《文选集注》的关系。1333年镰仓幕府覆灭,金泽北条氏沦落后,菩提寺(家庙)称名寺接收了大量金泽文库的藏书,将其与称名寺原藏的佛教书籍一起保存在寺中。这一举措可以说初步防止了金泽文库藏本的破损与流失。时隔六百年后,昭和五年(1930)神奈川县立金泽文库成立,同年八月九日对外公开。据神奈川县立金泽文库日志,对外公开的次日亦即八月十日,称名寺所藏和书、汉籍、佛籍及古文书等移交至新成立的神奈川县立金泽文库。藏于称名寺的《文选集注》也应当是于此时随其他书籍移入县立金泽文库。目前藏于县立金泽文库的十九卷《文选集注》的所有权仍属称名寺,神奈川县立金泽文库是其保管者。

最后,在收集有关资料时得到了神奈川县立金泽文库学艺员山地纯老师的大力帮助,在此表示感谢。

附录
文选集注收藏一览

第8	九条道秀
第9	九条道秀
第43(残)	元山元造
第47(残)	称名寺
第48 上(残)	兵库上野淳一
下	佐佐木信纲、东洋文库、天津艺术博物馆
第56	渡边昭
第59 上(残)	东洋文库
下	东洋文库
第61 上(残)下(残)	称名寺、里见忠三郎、天理图书馆、土方民植、御茶之水图书馆成篑堂文库
第62(残)	称名寺
第63	京都小川雅人
第66	称名寺

第 68	东洋文库
第 71	称名寺
第 73 上(残)	称名寺
下	称名寺、中国国家图书馆(?)
第 79(残)	称名寺
第 85 上(残)	称名寺
下	称名寺
第 88(残)	称名寺、京都小川雅人、东洋文库
第 91 上(残)	称名寺
下(残)	称名寺
第 93	京都小川雅人
第 94 上(残)	元山元造、称名寺
中	称名寺
下	称名寺
第 98	台北"中央"图书馆(?)
第 102 上(残)	称名寺
下	称名寺
第 113 上	东洋文库
下	东洋文库
第 116(残)	天理图书馆、称名寺、御茶之水图书馆成簣堂文库

参考文献：

周勋初《唐抄文选集注汇存·前言》，上海古籍出版社，2000 年。

傅刚《〈文选集注〉的发现、流传与整理》，《文学遗产》，2011 年第五期。

静永健《〈京都帝国大学文学部影印旧钞本〉丛书出版始末小考》，《文学研究》112 辑，2015 年。

从蒙古国发现《封燕然山铭》来考察 《昭明文选》的文本变迁

董宏钰

《封燕然山铭》是有史料记载最早的边疆纪功刻石,代表了大汉王朝军威的燕然勒功之举,又因班固的文章,千古流传,成为"边塞纪功碑"的源头。"燕然刻石""燕然勒功"成为后世重要的典故以及文人、功臣名将对于大汉王朝赫赫战绩的追思和立功塞外的精神寄托,其中最为有名的当属范仲淹《渔家傲·秋思》:"浊酒一杯家万里,燕然未勒归无计。""燕然未勒"写出了范仲淹长期戍边而破敌无功的无奈的慨叹。

2017 年在蒙古国杭爱山发现班固为大破匈奴所书的摩崖石刻——《封燕然山铭》,《封燕然山铭》得以重见天日,这是非常重要的考古发现,其意义不容小觑。从学术研究上说,《封燕然山铭》的发现,最直接的意义是正本清源,证明了现在我们所见到所谓的《封燕然山铭》拓片为赝品,彻底清除了以假乱真的赝品对学术研究所造成的误导。并且此次发现的《封燕然山铭》对重新校勘其文本也有重要价值。这篇作品不论是《后汉书》的载述,还是《文选》的收录,都经过了后人的抄写、刻印,不可避免地出现衍文、脱文、形讹等错误,而校订这种讹误的最好的方法,就是找到班固所书写的原文加以对校。从历史研究上看,《封燕然山铭》的发现,证实了中国史书的严谨性和可信性。我们将《后汉书》《文选》中收录的《封燕然山铭》全文与此次发现的石刻铭文进行对校,其结果可以说是相似程度非常高。这充分说明了源远流长的中国史书和史料的记录是一脉相承交相辉映的。从地理位置上来讲,《封燕然山铭》的发现,确定了燕然山的准确坐标,从中可以看出燕然山是当时匈奴的核心地域,并且也可以确定燕然山的山名是匈奴语的汉译。所以,《封燕然山铭》的发现,不仅佐证了华夏民族昔日的赫赫武功,而且还见证了中华文明正朔的薪火相承。

在蒙古国杭爱山发现《封燕然山铭》的报道已经快一年了,虽然详细的资料和高清的拓片还在整理中,但据内蒙古大学在网上公布的视频以及见诸网上铭文拓片的照片来看,亦可对《封燕然山铭》石刻铭文进行考辨。原石表面凹凸不平,磨泐相当严重,字面剥泐残损,漫漶难辨。同时,对于石刻铭文中无法识别判读的字迹,就需要参考传世铭文加以分析。所以,我将依据《后汉书》《文选》的多个传世版本,最大限度地还原石刻铭文的原貌,并且根据石刻铭文的文献信息,我们可以清晰地证明、修正、补充《文选》文本在流传过程中出现的讹误,启发和帮助我们重新思考对于《文选》文本的认识,从而作出有效的修订。《后汉书》主要依据:北宋刻递修本(简称北宋递修本一)[1]、北宋刻递修本(简称北宋递修本二)[2]、南宋黄善夫刻本(简称黄善夫本)[3]、南宋绍兴江南东路转运司刻宋元递修本(简称江南路本)[4]、南宋王叔边刻本(简称王叔边本)[5]、南宋白鹭洲书院刻本(简称白鹭洲本)[6]。《文选》主要依据:五臣单注本:建阳崇化书坊陈八郎刻本(简称陈八郎本)[7]、朝鲜正德年间刻本(简称正德本)[8];李善单注本:尤袤刻本(简称尤刻本)[9]、胡克家刻本(简称胡刻本)[10];

---

[1] 据中国国家图书馆藏北宋刻递修本影印,北京图书馆出版社(中华再造善本·唐宋编·史部)。

[2] 据中国国家图书馆藏北宋刻递修本影印,北京图书馆出版社(中华再造善本·唐宋编·史部)。

[3] 据北京大学图书馆藏黄善夫刻本影印,北京图书馆出版社(中华再造善本·唐宋编·史部)。

[4] 据中国国家图书馆藏宋绍兴江南东路转运司刻宋元递修本影印,北京图书馆出版社(中华再造善本·唐宋编·史部)。

[5] 据中国国家图书馆藏宋王叔边刻本影印,北京图书馆出版社(中华再造善本·唐宋编·史部)。

[6] 据中国国家图书馆藏宋白鹭洲书院刻本影印,北京图书馆出版社(中华再造善本·唐宋编·史部)。

[7] 南宋绍兴三十一年(1161)建阳崇化书坊陈八郎刻本,中国台湾"中央图书馆"1981年影印本。

[8] 朝鲜正德四年(1509)刻本,日本东京大学东洋文化研究所藏。

[9] 南宋淳熙八年(1181)尤袤刻本,中华书局1974年影印本。

[10] 清嘉庆十年(1805)胡克家刻本,中华书局1977年影印本。

六家注本：明州州学刻本（简称明州本）①、韩国奎章阁藏本（简称奎章阁本）②、明吴郡袁褧嘉趣堂覆刊宋广都裴氏本（简称广都裴氏本）③；六臣注本：赣州州学刻本（简称赣州本）④、建州州学刻本（简称建州本或《四部丛刊》本）⑤、茶陵陈仁子刻本（简称茶陵本）⑥等版本，对石刻铭文加以初步判读和补充。

石刻铭文（图一、图二）的开头部分模糊不清，并且第一行、第二行没有占满，第一行可能仅有 8 字；第二行约有 14 字。铭文中"金吾"二字清晰可辨，"吾"字位于行末，"校""乌""万""三"等字清晰可辨依次位于行末。我们可以推断，石刻铭文每行 15 字（第一行、第二行除外），共有 20 行，末尾铭文无"兮"字。在下文中"□"表示模糊不清、无法识别的文字。现以石刻铭文书写的原始形态为基准，共分 20 行进行讨论：

图一

---

① 南宋绍兴二十八年（1158）刻本，日本足利学校藏，人民文学出版社 2008 年影印本。
② 韩国奎章阁藏，韩国正文社 1986 年影印本。
③ 明嘉靖十三年至二十八年（1534—1549）吴郡袁褧嘉趣堂覆刊北宋广都裴氏刻本，日本国立国会图书馆藏。
④ 南宋绍兴三十二年（1162）赣州州学刻宋元递修本，日本宫内厅书陵部藏。
⑤ 南宋庆元（1195—1200）年间建州州学刻宋元递修本，上海涵芬楼藏，中华书局 1987 年影印本。
⑥ 元大德（1297—1307）年间茶陵陈仁子刻本，中国台湾"中央研究院"历史语言研究所藏。

图二

◎□永元元年□□□

案:石刻铭文的第一行模糊不清,仅仅能辨别"永元元年"四字,考察原石留下的残迹空隙,再结合《后汉书》《文选》等多个版本来看,各个版本对于此句话的记录都是相同的,所以应补充为"惟永元元年秋七月"。但对于"秋"字,北京大学辛德勇先生认为,应根据《隶韵》①作"龝"字。"秋"与"龝",为字形不同的异体字关系。辛先生在《赵家那一朝人看到的〈燕然山铭〉》②一文中通过考证得出:《隶韵》中收录的《封燕然山铭》(图三)基本上可以从内证方面排除假冒伪充的可能,刘球是通过当时的官私贸易渠道,请托当地的商人代为寻求,获取《封燕然山铭》的拓本或是摹本,即所谓刘球之书所依据的碑刻拓本乃多从宋金榷场贸易得来。③

笔者对于"秋"字的写法(图四),考察了两汉碑文,就目前我所能见到的汉碑写作"龝"字的碑文,仅见于东汉建宁元年(168)杨著墓碑文:"是以黎庶爱若冬日,畏如龝旻。"毛远明校注:"'龝',同'秋'。《隶释》洪注:'龝'即'秋'

---

① 《隶韵》是宋代刘球编辑的一部汉隶字汇。全书共十卷,以楷体为字头,计三千二百七十五个,并依韵排列。楷体字头下,辑录了两汉以来庙碑、墓碣、遗经残石、镫、钲、盆、镜等上的隶字,并分别注明出处,所引诸碑凡二百六十一种,今已大多不存。《隶韵》收集《封燕然山铭》中四十左右隶字。

② 《辛德勇漫谈〈燕然山铭〉:赵家那一朝人看到的〈燕然山铭〉》,澎湃新闻,2017 年 8 月 26 日。

③ (清)翁方纲《复初斋诗集》卷六三《石画轩草》六《书隶韵后五首》之二:"淳熙初二载,榷场埶取皆。汉碑萃兖济,陕洛通江淮。"

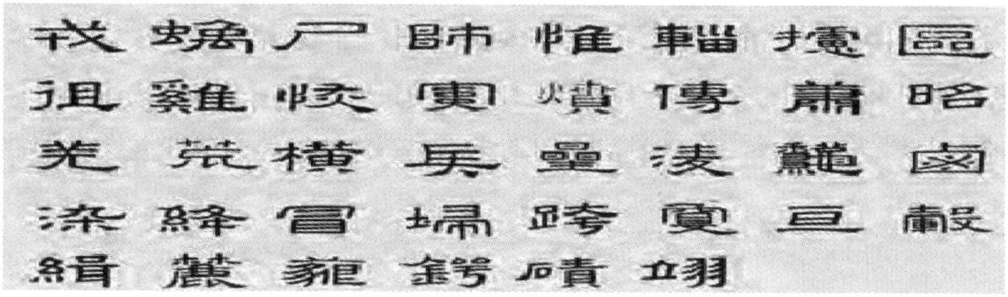

图三 《隶韵》中所辑《封燕然山铭》①

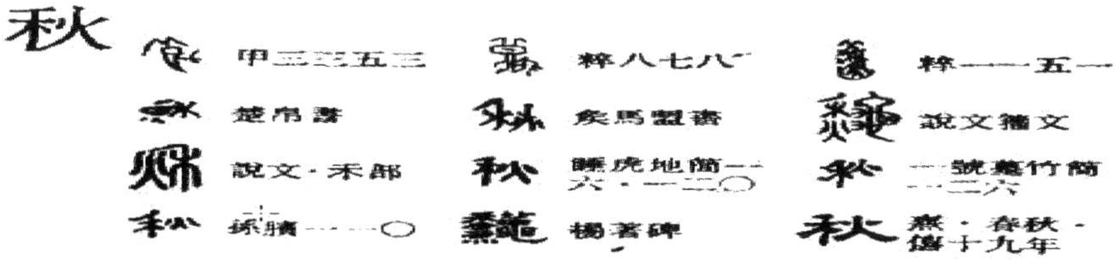

图四 "秋"字的几种写法

字。"②杨著碑文以前"秋"字的这种写法几乎没有找到,而《封燕然山铭》写作于东汉永元元年(89),早于杨著碑文近80年。再有《隶韵》中有些文字的字形与《封燕然山铭》石刻铭文是有差距的,对于这一点辛德勇先生也有说明。如铭文中"摅高文之宿愤,光祖宗之玄灵",《隶韵》写作"燌"字,《封燕然山铭》写作"愤",《后汉书》《文选》各个版本都与铭文相同写作"愤"字。辛先生认为:竖心旁与火旁差距并不是很大,本来就很容易混淆互讹,而宋拓本《隶韵》中类似的文字讹误,颇有一些类似的情况。愤:《说文》,愤,懑也;从心贲声;房吻切。燌:《广韵》,符分切,古同"焚",烧,音汾。"愤""燌"二字无论是在字形,还是字义上都是有区别的。并且《隶韵》中"惟""恢"都是竖心旁的写法,而不是写作火字旁,可见竖心旁与火字旁的差距还是很大的。鉴于以上的原因,对于辛德勇先生"秋"字的考证,笔者持保留的态度。

所以石刻铭文应补充为"惟永元元年秋七月"八字。

---

① 转引自张清文《历代〈燕然山铭〉流传版本源流略论》,《中国书法》2017年第24期。
② 毛远明校注《汉魏六朝碑刻校注》,线装书局出版社,2008年,第286页。

◎有元舅曰□□□□窦宪,寅亮□□

案:《后汉书》各版本都为"有汉元舅曰车骑将军窦宪,寅亮圣明";《文选》五臣本为"有汉元舅车骑将军窦宪,夤亮圣皇",李善本为"有汉元舅曰车骑将军窦宪,寅亮圣皇",六家本为"有汉元舅车骑将军窦宪,寅亮圣皇",六臣本为"有汉元舅曰车骑将军窦宪,寅亮圣皇"。石刻铭文与《后汉书》《文选》各版本有四处不同:

1.《后汉书》与《文选》各版本都有"汉"字,石刻铭文无"汉"字。"有"字是助词。名词词头,多用在国名、族名、物名之前,无实际意义。清王引之《经传释词》卷三:"有,语助也。一字不成词,则加有字以配之。若虞、夏、殷、周皆国名,而曰有虞、有夏、有殷、有周是也。"对于石刻铭文无"汉"字,笔者认为一种可能是班固书写此铭文是东汉永元元年,自己身处于汉代,故有意省略"汉"字;第二种可能是班固当时写完此文,时间比较仓促没有工夫润色,等回到国内对《封燕然山铭》重新整理润色,加上了"汉"字,所以流传下来的文献都是有"汉"字的。对于此句有无"汉"字,句意都通顺,不影响所要表达的意思,这种情况在下文中也有表现。

2. 石刻铭文有"曰"字,《后汉书》各版本都有"曰"字,《文选》李善注、六臣注各版本也都有"曰"字,而仅仅五臣单注(陈八郎本、朝鲜正德本)和六家注(明州本、奎章阁本、广都裴氏本)各版本都无"曰"字。根据石刻铭文此处应该有"曰"字,五臣注本、六家注本漏,不可从。

3. 对于"寅"字,仅五臣注本(陈八郎本、朝鲜正德本)为"夤"字,其余的《文选》各版本、《后汉书》各版本与石刻铭文相同,都为"寅"字。《说文》:夤,敬惕也。段玉裁注:"《释诂》云:寅,敬也。凡《尚书》'寅'字,皆假'寅'为'夤'也。汉唐碑多作'夤'者。""寅"与"夤"为通假字关系,石刻铭文为"寅"字,故从之。

4. 石刻铭文"寅亮"之后的字难以辨认,但明显留有两字的空位置。《后汉书》各版本为"寅亮圣明",《文选》各版本为"寅亮圣皇"。此处是"圣明"还是"圣皇"? 对于此二字的取舍,笔者认为应该结合当时的历史背景,班固此文写于东汉和帝永元元年,时和帝(刘肇)初即位,窦太后(章帝刘炟皇后)临朝。古人遣词造句是非常有讲究的,查《汉语大词典》,"圣明":英明圣哲,无所不知。封建时代称颂帝、后之词。"圣皇":对皇帝的尊称。查《词源》,"圣明":封建时代称颂皇帝或临朝皇后、皇太后的套词,言英明无所不知。东汉和帝永元年间,是窦太后垂帘听政把持朝政,外戚窦宪由于一些原因领兵北伐匈奴,班固作为窦宪的部下,这些情况是不可能不了解的,所以笔者认为此处用"圣明"比较稳妥,表达了对皇帝、皇太后的称颂,这是其一。其二,班固在《东都赋》中先后四次出现"圣皇"一词:"故下人号而上诉,上帝怀而降监。乃致命乎圣皇。于是圣皇乃握乾符,阐坤珍。披皇图,稽帝文","圣皇宗祀,穆穆煌煌","圣皇莅止,造舟为梁"。李善注:圣皇,谓光武也。这里的"圣皇"一词仅仅是指汉光武帝刘秀,这与班固所要表达的对当下统治者的称颂有些不符。并且几乎与班固同时代的张衡,在《东京赋》《南都赋》中也出现了"圣皇"一词,李善注:圣皇,谓光武也。"圣皇"也是指汉光武帝刘秀。故此处遵循《后汉书》,暂定为"寅亮圣明"。

所以,石刻铭文应补充为"有元舅曰车骑将军窦宪,寅亮圣明"十四字。

◎□□□□,□□□□,惟清。廼与执金吾

案:《后汉书》《文选》各版本都为"登翼王室,纳于大麓,惟清缉熙。廼与执金吾"十七字。石刻铭文与《后汉书》《文选》有三处不同:

1. 此行"登翼王室,纳于大麓"八字模糊不清,较难以辨认。辛德勇先生认为:"翼"字应从《隶韵》,作"翊"。笔者考证,翼,《说文》作𩙺,掖也。从飞异声。《广韵》与职切,掖者,翼也。翼必两相辅,故引申为辅翼。翊,《说文》飞貌,从羽立声。《广韵》与职切。翊,通"翼",辅佐,辅助。唐慧琳《一切经音义》卷二三:翊,又作"翼","翊"与"翼"义古别今通。清朱骏声《说文通训定声·临部》:翊,假借为翼。可见,"翊"与"翼"是可以相互通用的关系。此处用"翊"与"翼"皆可,不影响语义的表达,笔者暂定为"翼"字。

2. "惟清缉熙"一句,《后汉书》《文选》各版本都为"惟清缉熙"四字,而石刻铭文却仅有"惟清"二字。"惟清缉熙"是《诗经·周颂·惟清》中的原文,《文选》李善注引毛诗曰:惟清缉熙,文王之典。五臣注:缉熙,光明也。笔者认为,根据句意石刻铭文此处应脱"缉熙"二字,原因有二:一是《封燕然山铭》为班固在战场上所写,时间仓促,无暇校改,以至产生脱文现象;二是古时石匠刻工大多没有文化,甚至有些还不识字,他们只能依据文本照葫芦画瓢,并且是在摩崖之上,时间紧促,就有可能产生漏刻、错刻的现象。故此行应补充"缉熙"二字。

3. 石刻铭文"廼与执金吾"中的"廼"字,《后汉书》《文选》各版本都为"乃"字。廼:《说文》,曳词之难也。象气之出难。徐铉等曰:今隶书作"乃"。《玉篇》:与"乃"同。语辞也。"廼"与"乃"是异体字的关系,今依石刻铭文作"廼"字。

所以石刻铭文为"登翼王室,纳于大麓,惟清。廼与执金吾"十七字。

◎□□,述□巡圉,□兵于□□。□□之校,

案:此行石刻铭文与《后汉书》《文选》有三处不同:

1. 石刻铭文"述职巡圉"句中"圉"字模糊不清,仔细辨认隐约有方框笔画,应不是"御""禦"二字。《尔雅·释言》:圉,禁也。《字汇·口部》:圉,与"御"同。止也,扞也,拒也。清朱骏声《说文通训定声·豫部》:圉,假借为御。"圉"通"御"。阻止,抵御。高步瀛先生认为:"《后汉书》禦作御,御禦皆通圉。《庄子·列御寇篇》作御,《让王篇》作禦,《韩策二》及《新序·节士篇》作圉,即其证。《左传·隐十一年》杜注曰:圉,边垂也。"①"御""禦""圉"三字同用,不影响句意,笔者以石刻铭文定为"圉"字。

2. 石刻铭文"治兵于朔方"句,仅能辨认"兵""于"二字,其余三字无法辨认。依《文选》《后汉书》补充为"治兵于朔方"。《后汉书》各版本都为"理兵於朔方",《文选》各版本都为"治兵于朔方"。两书"治""于"二字不同,《后汉书》写作"理""於",《文选》写作"治""于"。

《后汉书》的"理"字应是避唐高宗正讳"治"字,以"理"代"治"。查王彦坤先生的《历代避讳字汇典》一书,就会发现《后汉书》中有许多以"理"代"治"的用法,如"《后汉书·光武帝纪上》建武五年六月:'先理兵任城,乃进救桃城。''理兵'本'治兵',当章怀注书时改。又《光武帝纪下》建武十年:'修理长安高庙。''修理'本为'修治'。十七年:(帝)大笑曰:'吾理天下,亦欲以柔道行之。''理天下'本为'治天下'"等②,故此处应为"治"。

---

① 高步瀛《两汉文举要》,中华书局,1990年,第262页。
② 参见王彦坤《历代避讳字汇典》,中州古籍出版社,1997年,第649—652页。

石刻铭文"治兵于朔方"句,能辨认"于"字,此字《后汉书》写作"於",《文选》写作"于"。《说文》:于,於也。象气之舒于。段玉裁注:于、於为古今字。凡经多用于,凡传多用於。《博雅》:於,于也。盖于、於古通用。凡经典语辞皆作于。"於"与"于"二字通用。此处《文选》与石刻铭文同,故此处应为"于"。

所以石刻铭文应补充为"耿秉,述职巡围,治兵于朔方。鹰扬之校,"十五字。

◎□□□□,□□六师,暨南单于、东胡乌

案:石刻铭文与《文选》各版本都为"东胡乌桓",《后汉书》各版本都作"东乌桓",漏"胡"字。

"东胡"一词最早可能见于先秦的《逸周书》,《逸周书·王会》篇提到"东胡黄罴,山戎戎菽"。其后《史记》《后汉书》《三国志》均有记载。《史记·匈奴列传》:"东胡,乌丸(桓)之先……在匈奴东,故曰东胡。"《后汉书·乌桓鲜卑列传》:"乌桓者,本东胡也。汉初,匈奴冒顿灭其国,余类保乌桓山,因以为号焉。"《三国志·魏书·乌丸鲜卑东夷传》:"乌丸(乌桓)、鲜卑即古所谓东胡也。"可见,东胡、乌桓是同一个民族在不同时期的不同称谓。石刻铭文此处有些模糊,笔者认为此处应有"胡"字,其原因有二:其一,统观整篇铭文,"东胡乌桓"与下文"西戎氐羌"是并列结构的对文关系,语句规整,顺畅合理。并且在班固《车骑将军窦北征颂》中一句"羌戎相率,东胡争鹜"出现了使用"东胡"一词对文用法,这也可以内证《封燕然山铭》中书作"东胡"的可能性。其二,石刻铭文每行 15 字(第一行、第二行除外),共有 20 行,此行末依稀可辨为"乌"字,若无"胡"字,此行为 14 字,则石刻铭文将错位,故《后汉书》误,此处应有"胡"字。

所以石刻铭文应为"螭虎之士,爰该六师,暨南单于、东胡乌"十五字。

◎桓,□戎氐羌,侯王君长之群,骁骑三万。

案:石刻铭文与《后汉书》各版本同,都作"骁骑三万",《文选》各版本都为"骁骑十万",《文选》误。

《后汉书·窦宪传》记载窦宪此次出兵的规模:"发北军五校、黎阳、雍营、缘边十二郡骑士,及羌胡兵出塞。明年,宪与秉各将四千骑及南匈奴左谷蠡王师子万骑出朔方鸡鹿塞,南单于屯屠河,将万余骑出满夷谷,度辽将军邓鸿及缘边义从羌胡八千骑,与左贤王安国万骑出稒阳塞,皆会涿邪山。"从《后汉书》的记载中我们可以看到:窦宪、耿秉各率四千骑兵,计八千骑兵;南匈奴左谷蠡王率万骑;南单于率万骑;度辽将军邓鸿等率羌胡八千骑;左贤王安国率万骑。这几支队伍总计兵力约四万六千骑兵,其中匈奴、羌胡骑兵约有三万八千骑兵。辛德勇先生经过考证认为:石刻铭文与《后汉书》所记载的出征部队"骁骑三万",应该是指随同窦宪北征的南匈奴兵马,即南匈奴左谷蠡王、南单于、左贤王安国各自率领的一万骑兵,这三万骑兵可以证明班固所说"侯王君长之群,骁骑三万"的说法是符合历史史实的。至于《文选》中所说的"骁骑十万",笔者认为有两个方面的原因:其一,正如前面所言,班固在当时由于时间比较紧迫,完成此文之后没有工夫润色,返回京城之后对《封燕然山铭》重新加以整理润色,把"骁骑三万"夸饰为"骁骑十万",显示了北征所用的骑兵数量众多,向世人传达了此次北征是"得道多助"的正义之战。其二,萧统选录此文时,有意渲染参战部族之众,兵力之盛,显示是正义之战。这实质上是从数量、形式的角度塑造了此文的气势美,并且烘托渲染出下文"玄甲耀日,朱旗绛天"。

所以石刻铭文应为"桓、西戎氐羌,侯王君长之群,骁骑三万"十五字。

◎ **元戎□武,□□四分,雷辎蔽路,万有三**

案:石刻铭文"雷辎蔽路"中的"雷"字,较为模糊,仔细辨识隐隐约约近似"雷"字。《文选》各版本都为"雷辎蔽路",《后汉书》各版本都为"云辎蔽路"。

齐木德道尔吉教授认为:此处应为"云"字[①];辛德勇先生认为:此处应为"雷"字[②]。《后汉书》李贤注:辎,车也。称云,言多也。谓车辆盛多如云。《文选》五臣注张铣曰:辎,车也,言兵车之众如雷声也。蔽,塞也。李善注引:杨雄河东赋曰:奋电鞭,骖雷辎。笔者认为此处"雷""云"皆可,不影响句意的表达。石刻铭文作"雷"字与《文选》同,今从《文选》。如内蒙古大学的相关学者将来能公布高清的拓片,可根据高清的拓片重新作出修订。

所以石刻铭文应为"元戎轻武,长毂四分,雷辎蔽路,万有三"十五字。

---

① 齐木德道尔吉、高建国《蒙古国〈封燕然山铭〉摩崖调查记》,《文史知识》2017 年第 12 期。
② 辛德勇《〈燕然山铭〉的真面目》,澎湃新闻之《私家历史》栏目,2017 年 10 月 10 日。

◎千余乘。□以八阵,涖以威神,玄甲燿日

案:此行石刻铭文与《后汉书》《文选》有二处不同:

1. 石刻铭文"涖以威神",此处较为模糊不清,从所留存的残迹推测,似为"蒞"或"苙"或"涖"。"涖以威神"句中的"涖"字,《后汉书》各版本都为"苙"字;《文选》各版本(除了尤刻本、胡刻本)都为"涖",尤刻本、胡刻本作"苙"。《说文》:"埭,临也。从立从隶。力至切。"段玉裁注:"埭,临也。临者,监也。经典蒞字或作涖。注家皆曰临也。道德经释文云:古无苙字。说文作埭。按苙行而埭废矣。凡有正字而为假借字所敚者类此。"《正字通·草部》:"蒞,俗苙字。苙,同'蒞'。"《龙龛手鉴·水部》:"涖,临。与苙同。"高步瀛考证:"五臣本苙作涖。吕向注:涖,临也。谓勒八阵之势以威神临之。步瀛案:苙涖字同,《说文》作埭,曰,埭,临也。"齐木德道尔吉教授认为此处应为"蒞"。辛德勇先生认为:"'苙'、'蒞'二者正变无以区分,不过清人薛传均以为其本字应即《说文》之'埭',俗写成'涖',因'涖'而讹为'苙',复因'苙'而讹为'蒞'(薛传均《说文答问疏证》卷三)。因知作'涖'尚较质而近古,而《后汉书》和六臣注本《文选》均已有变易,姑依据对原石拓本的揣摩,暂定作'涖'。"①笔者认为"涖""苙""蒞"三字为异体字关系,在句意中都是临的意思,今从辛德勇先生"'涖'尚较质而近古"的考证,且以《文选》"涖"字为准。

2. "玄甲燿日"句中,石刻铭文为火字旁的"燿"字;《后汉书》《文选》各版本都为光字旁的"耀"字。《说文·火部》:燿,照也。徐灏注笺:俗作耀。燿,同"耀"。今从石刻铭文作"燿"字。

所以石刻铭文应为"千余乘。勒以八阵,涖以威神,玄甲燿日"十五字。

◎朱旗□天。遂□高阙,下□鹿,经□□,绝

案:此行石刻铭文与《后汉书》《文选》有三处不同:

1. "遂陵高阙"句中"陵"字,石刻铭文此处的字迹十分模糊,无法辨别。《后汉书》各版本都作"陵",五臣单注本(陈八郎本、朝鲜正德本)、六家注本(明州本、奎章阁本、广都裴氏本)同《后汉书》作"陵",李善单注本(尤刻本、胡刻本)、六臣注本(赣州本、建州本、茶陵本)都为"凌"。笔者考证:凌,通"陵",

---

① 辛德勇《〈燕然山铭〉的真面目》,澎湃新闻之《私家历史》栏目,2017 年 10 月 10 日。

在逾越、超过之意时,是异体字关系,"陵"字应为本字,此处用"陵"字应更为稳妥。清朱骏声《说文通训定声·升部》:夌,经传多以陵、以凌、以凌为之。《后汉书》各版本、五臣单注本(陈八郎本、朝鲜正德本)、六家注本(明州本、奎章阁本、广都裴氏本)作"陵"字,今从之。

2. 石刻铭文"下鸡鹿"句中"鸡(雞)"字无法辨认。《后汉书》各版本都作"鸡(雞)鹿",其中北宋递修本一、江南路本、王叔边本写作"鸡",北宋递修本二、黄善夫本、白鹭洲本写作"雞";李善单注本(尤刻本、胡刻本)、六臣注本(赣州本、建州本、茶陵本)同《后汉书》北宋递修本二、黄善夫本、白鹭洲本作"雞鹿";五臣单注本(陈八郎本、朝鲜正德本)、六家注本(明州本、奎章阁本、广都裴氏本)都为"雞漉"。雞鹿塞,古塞名。在今内蒙古磴口西北哈隆格乃峡谷口,是古代贯通阴山南北的交通要冲。汉时筑城塞于此。后亦泛指西北少数民族地区。亦省作"雞鹿""雞塞"。"雞鹿"之名最早见于《汉书·地理志》:"呼遒,窳浑,有道西北出雞鹿塞。"《汉书·匈奴传》:"汉遣长乐卫尉高昌侯董忠、车骑都尉韩昌将骑万六千,又发边郡士马以千数,送单于出朔方雞鹿塞。"《后汉书·南匈奴列传》亦有记载:"南单于复上求灭北庭,于是遣左谷蠡王师子等将左右部八千骑出鸡鹿塞,中郎将耿谭遣从事将护之。""夏六月,车骑将军窦宪出雞鹿塞,度辽将军邓鸿出稒阳塞,南单于出满夷谷,与北匈奴战于稽落山,大破之,追至私渠比鞮海。"班固《车骑将军窦北征颂》也有提及:"冲雞鹿,超黄碛。"《文选》五臣刘良注:陵,上也。高阙、雞漉,皆山名。李善注:《汉书》曰:遣将军卫青出云中,至高阙。臣瓒曰:山名也。范晔《后汉书》曰:窦宪与南匈奴万骑,出朔方雞鹿塞。笔者认为:"鸡(雞)鹿"是否为匈奴语音译,由于匈奴语失传,今已不可考译音了。雞,同"鸡",异体字的关系。鸡(雞),籀文从鸟,奚声;篆文从隹,奚声。隶变后分别写作"鸡""雞",两字无差别。所以,此处用"鸡"或"雞"都可以。

3. "鸡(雞)鹿"中的"鹿"字,石刻铭文依稀可辨,五臣单注本(陈八郎本、朝鲜正德本)、六家注本(明州本、奎章阁本、广都裴氏本)都为"漉",不可取。

所以石刻铭文应为"朱旗绛天。遂陵高阙,下鸡(雞)鹿,经碛卤,绝"十五字。

◎大漠,斩温禺以衅鼓,血尸逐以染锷。然

案:石刻铭文此行与《后汉书》《文选》各版本相同,故从之。

所以石刻铭文应为"大漠,斩温禺以衅鼓,血尸逐以染锷。然"十五字。

◎后四□□□,星流彗□,萧条乎万里,野

案:此行石刻铭文与《后汉书》《文选》有二处不同:

1. 此行《后汉书》各版本都为"后四校横徂,星流彗埽,萧条万里,野";《文选》各版本多为"后四校横徂,星流彗扫,萧条万里,野"。不同之处在于:《后汉书》写作"埽"、《文选》写作"扫"。《说文》:埽,弃也。从土,从帚,以帚却土也。段玉裁注:会意。帚亦声也。笔者认为:"埽"字亦作"扫"。"埽"是本字。"埽"与"扫"是异体字的关系,两者在用法上没有区别,都表示"除掉、消灭"的意思。所以,此处用"埽"或"扫"都可以。

2. 石刻铭文此处隐约可以辨认写作"萧条乎万里",多一个"乎"字,而《后汉书》《文选》都没有"乎"字。《说文》:乎,语之余也。从兮,象声上越扬之形也。前面我们已经谈到过,石刻铭文通常每行 15 字,若依《后汉书》《文选》此处无"乎"字,本行则少一个字,为 14 字。笔者认为:《后汉书》《文选》中无"乎"字,必属后世在传抄过程中的脱文。并且此处若无"乎"字,则石刻铭文将错位。故此处遵从石刻铭文加"乎"字。

所以石刻铭文应为"后四校横徂,星流彗埽(扫),萧条乎万里,野"十五字。

◎□□□。□是域灭区落,反斾而还,考传

案:此处石刻铭文参考《后汉书》《文选》各版本应补充为"无遗寇。于是域灭区落,反斾而还,考传"。石刻铭文与《后汉书》《文选》各版本有三处不同:

1. "域灭"。石刻铭文此处为"域灭",与《文选》《后汉书》各版本(除北宋递修本二、黄善夫本外)同,《后汉书》北宋递修本二、黄善夫本为"城灭"。《说文》:或,邦也。从口,从戈以守一。一,地也。域,或又从土。段玉裁注:既从口从一矣,又从土,是后起之俗字。或,通作域,古音同域。《说文》城,以盛民也。从土从成,成亦声。"域"字表示疆界,疆域、领土之意,此处可以理解为整个国家的疆域、领土,"域灭"即为灭亡匈奴之国家、荡平匈奴之疆域。笔者窃以为,"城"字的意义用在此处,概念外延有些狭小,不能表现出此次战役对匈奴打击的力度之大;还有一种可能,"域""城"二字字形相近,在后世传抄的过程中,因形近而讹。故此处从石刻铭文作"域"字,《后汉书》北宋递修本二、黄善夫本误。

2."域灭区落"。石刻铭文作"区落",《后汉书》各版本都为"区单",《文选》各版本都作"区殚"。《文选》五臣注刘良曰:区,亦域也。"灭"与"落"义同,"域灭"与"区落"此处应该是并列的对文关系,"域灭"是荡平匈奴之疆域,而"区落"即为扫清匈奴之部落的意思。《后汉书》与《文选》中的"区单"与"区殚"二词中,"单"与"殚"在"竭、尽"的意象上,"单"通"殚"。清朱骏声《说文通训定声·乾部》:单,假借为殚。但是查阅古籍、工具书都没有找到对其词义的诠释,在不明其词义的情况下,我们是无法判断其正误的。故此处从石刻铭文作"区落"。

3."反斾而还"。石刻铭文作"还"字,《后汉书》《文选》各版本都作"旋"字。旋,《广韵》似宣切,平仙邪,元部。还,《广韵》似宣切,平仙邪,元部,音旋,与旋同。"还""旋"音义俱近,古多通用,两者是通假字的关系。今从石刻铭文作"还"字。

所以石刻铭文此句应为"无遗寇。于是域灭区落,反斾而还,考传"十五字。

◎验图,穷□□山川。隃涿邪,跨安侯,乘燕

案:此处石刻铭文参考《后汉书》《文选》各版本应补充为"验图,穷览其山川。隃涿邪,跨安侯,乘燕"。石刻铭文与《文选》《后汉书》各版本有二处不同:

1. 石刻铭文"山川"之后无"遂"字,《文选》《后汉书》各版本都有"遂"字。"遂",副词。于是,就。在句中表示顺承关系。石刻铭文每行15字(第一行、第二行除外),共有20行,若依《文选》《后汉书》此处有"遂"字,此行16字,多一字,则石刻铭文将错位。故《文选》《后汉书》中的"遂"字或为后世衍文,此处从石刻铭文无"遂"字。

2. 石刻铭文"隃涿邪"句中"隃"字,《文选》《后汉书》各版本作"蹃"字。

隃,通"踰"。逾越,超过。隃、踰:《广韵》羊朱切。隃,读为踰,同音通借。清朱骏声《说文通训定声·需部》:隃,假借为踰。石刻铭文"隃"字比较清晰,虽"隃""踰"二者为通假字的关系,但此处从石刻铭文作"隃"字。

所以石刻铭文此句应为"验图,穷览其山川。隃涿邪,跨安侯,乘燕"十五字。

◎然,蹑冒顿之逗略,焚老上之龙庭。将上

案:此处石刻铭文字迹较为清晰,应为"然,蹑冒顿之逗略,焚老上之龙庭。将上"十五字。石刻铭文与《文选》《后汉书》各版本有二处不同:

1. 石刻铭文"蹑冒顿之逗略"句中的"逗略"一词,《文选》《后汉书》各版本都为"區(区)落"。石刻铭文上的"逗略"一词清晰可辨,这就意味着《文选》《后汉书》中的"區(区)落"一词,是在后世传抄流传过程中产生的讹误。"逗"与"區(区)"二字因字形相近而讹。"略"与"落"二字在中古时期读音相同,略,《唐韵》离灼切,入药来,铎部;落,《唐韵》卢各切,入药来,铎部。二字都为来母药韵入声字,因读音相同而产生讹误。对于"逗略""区落"两语的含义,笔者比较认同辛德勇先生的看法。辛德勇先生通过缜密的考辨认为:"区落"一语作为一个普通的汉语词汇,而非是匈奴或其他北方族属的外来语,在战国秦汉以迄魏晋的文献中,却别无所见,而唐代以后人使用这一词语,则明显是承用《后汉书》和《文选》中《燕然山铭》的典故,而仅仅是唐人五臣之一张铣为其注释,这一点是十分令人费解的。"逗略"一语,也当作普通的汉语词汇,而非是匈奴或其他北方族属的外来语。逗,可依其常义,解作"停"或"止"义;略,亦依其基本语义,解作"封略",亦即疆界,而在这里的具体语境下,可稍加引申,释为居地、住地。这两个字连属成为"逗略",意即"停留的居所"。从修辞角度审度"逗略"一语,也有一些要比"区落"更为合理的地方。这就是"蹑冒顿之逗略,焚老上之龙庭"这两句话,不仅上下相对,同时还与下文"上以摅高文之宿愤,光祖宗之玄灵"相互照应,即如清朝学者何焯所点明的那样,系以"冒顿对高,老上对文,非苟下语"(何焯《义门读书记》卷五)。冒顿成为匈奴单于,正值西汉开国的高祖时期,接下来继承其位的老上单于,则与汉文帝同时。这一点,尤为凸显了"蹑冒顿之逗略"与"焚老上之龙庭"这两个句子骈俪相对的性质。"龙庭"的组合,是一个偏正结构,即以"龙"饰"庭",若是按照上文所作论述,"逗略"也是这样,即"逗"是"略"的限定成分,而要是像传世文献那样把这两个字书作"区落",两字之间则属平行并列的关系。如果此处为"区落"一语,则与上文重复。故两相比较,书作"逗略",应该更为合理。① 总之,根据笔者对石刻铭文的辨识和辛德勇先生的考证,以"逗略"来取代《文选》《后汉书》中的"区落"较为合理。

2. 石刻铭文"龙庭"之后有些模糊不清,但略存似"将"字笔画的残形。《文选》各版本有"将"字,《后汉书》各版本都无"将"字。将,此处为助词,发语词。孙经世《经传释词补》:将,或为发语词。石刻铭文通常每行 15 字,若依《后汉书》此处无"将"字,本行则少一个字,为 14 字,石刻铭文将错位,故从《文选》补出"将"字。

所以石刻铭文此句应为"然,蹑冒顿之逗略,焚老上之龙庭。将上"十五字。

◎以摅高、文之宿愤,光祖宗之玄灵;下以

案:石刻铭文此行与《后汉书》《文选》各版本相同,故从之。

所以石刻铭文应为"以摅高、文之宿愤,光祖宗之玄灵;下以"十五字。

◎安固后嗣,恢拓疆寓,震大汉之天声。兹

案:此处石刻铭文可以隐约辨认为"安固后嗣,恢拓畺寓,震大汉之天声。兹"十五字。石刻铭文与《后汉书》《文选》各版本有三处不同:

1."畺寓"。石刻铭文可以隐约辨认为"畺寓",《后汉书》与《文选》各版本都为"境宇"。对于此句的解读,齐木德道尔吉教授认为,此处应为"疆寓"②;辛德勇先生认为,此处应为"畺寓"③。笔者比较认同辛德勇先生的对此句看法。(1)疆,《说文》本作畺,界也。境,《说文》,疆也。两者为异体字的关系,"畺"与"疆"仅仅只是在字形上有所差别,在意义上没有什么实质区别。畺,《广韵》居良切,平阳见,阳部;境,《广韵》居影切,上梗见,阳部。从《广韵》中看,"畺"与"境"声母都为见母、韵部都为阳部,二者唯一不同之处就是在声调上,"畺"为平声,"境"为上声,两者读音相似,语义也都为"界也",故《文选》

---

① 参见辛德勇《〈燕然山铭〉的真面目》,澎湃新闻《私家历史》栏目,2017 年 10 月 10 日。
② 齐木德道尔吉、高建国《蒙古国〈封燕然山铭〉摩崖调查记》,《文史知识》2017 年第 12 期。
③ 辛德勇《〈燕然山铭〉的真面目》,澎湃新闻之《私家历史》栏目,2017 年 10 月 10 日。

《后汉书》衍化讹误为"境"字。(2)"寓"与"宇"的关系。寓,同宇。《说文·宀部》:寓,籀文宇从禹。"寓"与"宇"是异体字的关系,词义没有差别,清人薛传均在《文选古字通疏证》中对"寓"与"宇"二字作了详细论证①。对于"寓"与"寓"的关系,辛德勇先生引用了清人王念孙在《读书杂志》中对"寓"与"寓"的考辨:对这个"寓"字,清人王念孙尝有考释云:"寓"当为"寓"字之误也。《说文》:寓,籀文"宇"字。闽越东瓯,皆在汉之南徼外,故曰"外寓",犹下文言"燕之外区"也。若作"寄寓"之"寓",则义不可通。刘逵《吴都赋》注引此作"悠悠外宇",故知"寓"为"寓"之讹(张衡《思玄赋》"怨高阳之相寓兮",《风俗通义·祀典》篇"营寓夷泯",今本"寓"字并讹作"寓"),而此字师古无音,则所见本已讹作"寓"矣。②"疆寓",表示统辖区域的界限或边界。故此处从石刻铭文书作"疆寓"。

2."震大汉之天声"。石刻铭文"震"字,《后汉书》《文选》各版本都作"振"字。"振",通"震",兴起,振作。《易·杂卦》:震,起也。在这个语义上,"振"与"震"是同源字通用,古人经常通用"振"与"震"二字。故此处据石刻铭文书作"震"字。

3."兹"字,石刻铭文作"兹"字。《后汉书》同石刻铭文作"兹"字。五臣本(陈八郎本、朝鲜正德本)、六家本(明州本、奎章阁本、广都裴氏本)作"咨"字,李善本(尤刻本、胡刻本)、六臣本(赣州本、建州本、茶陵本)同石刻铭文和《后汉书》作"兹"字。兹,指示代词。相当于"此""这里""这个"。咨,通"兹"。《尔雅·释诂下》:兹,此也。邢昺疏:咨与兹同。郝懿行义疏:咨者,与兹音近同字通。"咨"与"兹"二字用作"此"义时,二字通用。《后汉书》各版本、《文选》李善本(尤刻本、胡刻本)、《文选》六臣本(赣州本、建州本、茶陵本)同石刻铭文作"兹"字。故从之暂定为"兹"字。

---

① "张衡《东京赋》:威振八寓。注:八寓,八方区宇也。善曰:《苍颉篇》曰:宇,边也。《说文》曰:寓,籀文宇字。傅均案:本赋下文:德寓天覆。善曰:国语,勃鞮曰:君之德宇何不宽裕也。寓与宇同。江文通《杂体诗》:旷哉宇宙惠。注:文子曰:四方上下谓之寓。谢玄晖《和伏武昌登孙权故城》:霸功兴寓县。注:苍颉篇曰:宇,边也。《一切经音义七》,宇,古文作寓,皆寓即宇之证。"许逸民主编《清代文选学名著集成》第12册《文选古字通疏证》,广陵书社,2013年,第42—43页。

② 辛德勇《〈燕然山铭〉与汉代经学以及史学家班固》,《澎湃新闻》之《私家历史》栏目,2017年4月27日。

所以此行石刻铭文应为"安固后嗣,恢拓疆宇,震大汉之天声。兹"十五字。

◎所谓壹劳而久逸,暂费而永宁者也。迺

案:此行石刻铭文可以辨认为"所谓壹劳而久逸,暂费而永宁者也。迺"十五字。石刻铭文与《后汉书》《文选》各版本有四处不同:

1."所谓"。石刻铭文隐约可见为"所谓壹劳而久逸",《后汉书》各版本、五臣本(陈八郎本、朝鲜正德本)、六家本(明州本、奎章阁本、广都裴氏本)同石刻铭文书作"所谓",李善本(尤刻本、胡刻本)、六臣本(赣州本、建州本、茶陵本)作"可谓"。对于虚词"所"与"可"的关系、用法问题,辛德勇先生引用了清人王引之《经传释词》对"所"字的用法叙述①。王引之在论证"所"字的用法时,以班固的《封燕然山铭》为例:"可,犹'所'也。《后汉书·窦宪传·燕然山铭》'兹所谓一劳而久逸,暂费而永宁者也',文选'所'作'可','可'与'所'同义,故'可'得训为'所','所'亦得训为'可'。"②通过石刻铭文我们可以确定此处应为"所"字,而非《文选》李善本(尤刻本、胡刻本)、六臣本(赣州本、建州本、茶陵本)所书的"可"字。"可"字替代"所"字是《文选》李善本(尤刻本、胡刻本)、六臣本(赣州本、建州本、茶陵本)在传抄、刊刻过程中所作的同义替换而已。

2."壹劳"。石刻铭文为"壹劳而久逸",《文选》《后汉书》各版本都作"一劳"。辛德勇先生在对"壹"与"一"使用情况的分析中认为:"《汉书·匈奴传》、《熹平石经》残石的后记,其中都有语云'壹劳而久逸'句,整个句子与此《燕然山铭》几乎一模一样,具体文字的写法,则如我对《燕然山铭》的辨识一样,是镌作'壹',而同一块碑石上前面另镌有'经本各一通'云云字样,可见书写者对'壹'之与'一',做有明显区分。这在很大程度上可以认定,'壹劳久逸'应该更符合东汉时期比较正规的用法。"③笔者同意辛德勇先生的看法,此

---

① 参见辛德勇《〈燕然山铭〉与汉代经学以及史学家班固》,《澎湃新闻》之《私家历史》栏目,2017年4月27日。
② (清)王引之撰,黄侃、杨树达批本《经传释词》,岳麓书社,1985年,第102页。
③ 辛德勇《〈燕然山铭〉与汉代经学以及史学家班固》,《澎湃新闻》之《私家历史》栏目,2017年4月27日。

处应作"壹"字,《文选》《后汉书》各版本此处都误。

3. "永宁者也"。石刻铭文有"者"字,《后汉书》各版本同石刻铭文有"者"字,《文选》各版本均无"者"字。此行石刻铭文可以辨认出"者"字,石刻铭文每行15字(第一行、第二行除外),共有20行,若无"者"字,此行则为14字,石刻铭文将错位,故《文选》误,此行应有"者"字。

4. "廼"。石刻铭文作"廼"字,《后汉书》《文选》各版本都为"乃"字。在上文"廼与执金吾"句中石刻铭文作"廼"字,此处应与上文呼应,且石刻铭文此处"廼"字隐约可辨,故依石刻铭文"廼"字。

此行石刻铭文应为"所谓壹劳而久逸,暂费而永宁者也。廼"十五字。

◎□封山刊石,昭铭上德。其辝曰:

案:此行石刻铭文可以辨认为"遂封山刊石,昭铭上德。其辝曰"十五字。石刻铭文与《文选》各版本有二处不同:

1. "昭铭上德"。《后汉书》各版本同石刻铭文作"上"字,《文选》各版本都为"盛"字。齐木德道尔吉教授①和辛德勇先生②都认为:此处应为"上"字。齐木德道尔吉教授认为:窦宪举行的封山之礼原为祭天之礼,石刻铭文所言"昭铭上德"当即此意,而"盛德"则失去了祭天的意义。辛德勇先生则从班固《窦车骑北征颂》中阐述观点:班固《北征颂》,开篇文曰:"车骑将军,应昭明之上德,该文武之妙姿。"用法正与《后汉书》载《燕然山铭》相同。故今从石刻铭文作"上"字,即班固所书写的原始形态,而非《文选》各版本的"盛"字。

2. "辝"字。石刻铭文此处作"辝"字,《文选》《后汉书》各版本都为"辞"字。"辝"与"辞"是异体字的关系。辝,同辞,《说文·辛部》:辝,不受也。从辛,从受。受辛宜辝之。辞,籀文辝从台。《广韵》:辝,同辞。此处恢复作"辝"字,以应班固铭文之原始形态。

此行石刻铭文应为"遂封山刊石,昭铭上德。其辝曰"十二字。

◎□王师征荒裔,勦匈虐截海外,敻□□

案:此行石刻铭文可以辨认为"铄王师征荒裔,勦匈虐截海外,敻其邈"十

---

① 齐木德道尔吉、高建国《蒙古国〈封燕然山铭〉摩崖调查记》,《文史知识》2017年第12期。
② 辛德勇《〈燕然山铭〉的真面目》,澎湃新闻之《私家历史》栏目,2017年10月10日。

五字。石刻铭文与《文选》《后汉书》各版本有三处不同：

1. 石刻铭文"铄王师"与"征荒裔"之间没有"兮"字，"剿匈虐"与"截海外"之间也没有"兮"字，《文选》《后汉书》各版本都有"兮"字。石刻铭文可以清楚地看到无"兮"字。再结合我们前面的推测，石刻铭文每行15字（第一行、第二行除外），共有20行，后面仅剩下两行的位置，除去四个"兮"字，剩余30字，恰好每行15字。故依石刻铭文此处无"兮"字，仅为3字一句。

对于此处无"兮"字的原因，辛德勇先生认为：《燕然山铭》石刻每行15字的镌制形式，很有可能就是依据篇末这30个字的"铭"辞来安排的。这30个字的"铭"辞，因需要提行另刻，不必与前面的序文相连，像现在看到的这样，每行15字，正好刻满两行，可以最合理地利用特地凿平的石面。这一点也可以反过来印证其"铭"辞中本不带有"兮"字，而不会是石工上石时对班固原稿有所省略。至于《后汉书》和《文选》等传世文献中载录的《燕然山铭》何以会增衍一系列"兮"字，从东汉时期的"铭"辞形式的另一种形态，也能够作出说明。这就是东汉时期也有很少一部分"铭"辞的形式，是上三字、下三字而在中间夹以一个"兮"字，和《后汉书》《文选》载录的《燕然山铭》，完全一致，如《孔耽碑》之"君之德兮性自然"云云，《张表碑》之"于穆君兮焕流芳"云云。从"铭"辞文体本身的发展历程来看，这种夹带"兮"字者应是从前述三言韵句的基础上衍变而来。从而进一步证实《燕然山铭》刻石中三字"铭"辞的合理性，说明《后汉书》《文选》所载《燕然山铭》的"兮"字，应当是在世间流传的过程中，因倚声唱诵而衍增，或是钞录者受到《孔耽碑》《张表碑》式"铭"辞的影响而妄自添加。① 辛德勇先生的说法，笔者完全赞同。班固当时书写的原稿应该没有"兮"字，至于后世的文献如《文选》《后汉书》对此铭的选录都有"兮"字，我想不外乎两种原因：一为班固当时书写完此铭以后，回到京师，对此铭文根据当时"铭"辞的形式加以修改、润色，在三言韵语之间加入"兮"字，对整篇铭文的格局、句意没有改变。一为班固没有对铭文修改、润色，而《后汉书》《文选》的编者在选录此铭文时，根据后世"铭"辞的影响而自行添加"兮"字。

2. "匈虐"。石刻铭文作"匈虐"，《文选》《后汉书》各版本都为"凶虐"。

---

① 参见辛德勇《〈燕然山铭〉的真面目》，澎湃新闻之《私家历史》栏目，2017年10月10日。

凶、匈：《广韵》许容切，二字可以为同音通假字。我们结合班固《封燕然山铭》，此次汉王朝北征的目的就是打败北方的匈奴，"匈"在这里就是特指北方的匈奴。《文选》《后汉书》中的"凶虐"泛指凶恶暴虐的人，石刻铭文中的"匈虐"特指匈奴这一暴虐的人，两词所要表达的意思没有太大的区别，只是一个表示泛指，一个表示特指。《汉书·礼乐志》载《郊祀歌》十九章，其十七云："图匈虐，熏鬻殛。"熏鬻亦汉人对匈奴的旧称，"匈虐"也是特指匈奴。故《文选》《后汉书》中的"凶"字，与石刻铭文中的"匈"字是同音通假的关系。

3."截海外"的"截"，石刻铭文作"截"，五臣本（陈八郎本、朝鲜正德本）、广都裴氏本同石刻铭文，《后汉书》各版本作"截"字，李善本（尤刻本、胡刻本）、六家本（明州本、奎章阁本）、六臣本（赣州本、建州本、茶陵本）作"截"字。《说文·戈部》：截，断也。截本字。清朱骏声《说文通训定声》：截，亦作截。俞绍初先生认为："《说文》有'截'而无'截'字，其曰：'截，断也。'今字通作'截'。王应麟《诗考》谓《汉书》引《诗·长发》'海外有截'，出《齐诗》。按，班固正习《齐诗》，则此文自当作'截'。《后汉书》亦作'截'。是五臣作'截'最得班之真。盖合并两家者不知，依善本改用今字，失五臣旧矣。"①笔者同意俞绍初先生的考证，此处石刻铭文作"截"字，故从之。

此行石刻铭文应为"铄王师征荒裔，剿匈虐截海外，敻其邈"十五字。

◎□□□，封神丘建陆嶺，熙帝载振万世。

案：此行石刻铭文可以辨认为"亘地界，封神丘建陆嶺，熙帝载振万世"十五字。石刻铭文与《文选》《后汉书》各版本有三处不同：

1. 石刻铭文"敻其邈"与"亘地界"之间没有"兮"字，"封神丘"与"建陆嶺"之间没有"兮"字，"熙帝载"与"振万世"之间也没有"兮"字，《文选》《后汉书》各版本都有"兮"字。根据上文所论，三处均无"兮"字。

2. 石刻铭文"建陆嶺"，《文选》《后汉书》各版本都为"建隆嶺"。陆，《广韵·屋韵》：陆，高也。《玉篇》：隆，中央高也。《尔雅·释山》：宛中，隆。郝懿行义疏：山形中央蕴聚而高者名隆。"陆"与"隆"都有"高"的意象，石刻铭文

---

① （梁）萧统选编，（唐）吕延济等注，俞绍初等点校《新校订六家注文选》，郑州大学出版社，2015年，第3606页。

作"陆"字,《文选》《后汉书》各版本都为"隆"字,二字因形近而讹误,今从石刻铭文作"陆"字。

3."封神丘"。五臣本(陈八郎本、朝鲜正德本)、六家本(明州本、奎章阁本、广都裴氏本)、李善本(胡刻本)同石刻铭文和《后汉书》作"封神丘",而独独尤刻本、六臣本(赣州本、建州本、茶陵本)为"封神兵"。"神丘",五臣张铣注:神丘,燕然山也。而尤刻本、六臣本(赣州本、建州本、茶陵本)为"神兵","神兵"在句中不符合句意,故尤刻本、六臣本(赣州本、建州本、茶陵本)误,根据石刻铭文,应为"神丘"。

此行石刻铭文应为"亘地界,封神丘建陆碣,熙帝载振万世"十五字。

以上就是对《封燕然山铭》石刻铭文与《后汉书》《文选》的比勘和解读,由于是在拓片不十分清晰的条件下所作的辨识,自然而然地会存在一些瑕疵和遗憾,但是总体上应该是靠得住的,与实际情形不会有太大的异同。

通过对《封燕然山铭》的石刻铭文原始形态、《后汉书》、《文选》三个版本系统的细致辨析,我们可以发现一些难得的文本细节:

1.《封燕然山铭》的石刻铭文原始形态与《文选》较为接近,但两者之间还存在一些差异。如:

(1)"将上以摅高、文之宿愤,光祖宗之玄灵"句,石刻铭文与《文选》各版本同,都有"将"字,而《后汉书》各版本都没有"将"字。

(2)"东胡乌桓、西戎氐羌"句,石刻铭文与《文选》各版本都为"东胡乌桓",《后汉书》各版本都作"东乌桓",漏"胡"字。

(3)"述职巡圉,治兵于朔方"句,石刻铭文与《文选》各版本都为"治兵于朔方",而《后汉书》各版本都为"理兵于朔方"。《后汉书》的"理"字应是避唐高宗正讳"治"字,以"理"代"治"。

(4)"长毂四分,雷辐蔽路"句,石刻铭文与《文选》各版本都为"雷辐蔽路",而《后汉书》各版本都为"云辐蔽路"。

(5)"有元舅曰车骑将军窦宪"句,石刻铭文无"汉"字,《后汉书》与《文选》各版本都有"汉"字。

(6)"穷览其山川。隃涿邪,跨安侯"句,石刻铭文"山川"之后无"遂"字,

《文选》《后汉书》各版本都有"遂"字。

　　从以上的例证可以说明,石刻铭文原始形态虽然与《文选》较为接近,但是两者之间还存在一些差异。这反映了萧统在"选文"的过程中,对文本的选录从时间段而言,尽量选取接近文本写作时代的文本。萧统选录的《封燕然山铭》或来自班固本集,或出自其他的文本,比如当时的总集,这可以大大提高编选的效率和质量,但是在编选的过程中萧统可能对其文本进行了有意识的考订工作,以便符合"事出于沉思,义归乎翰藻"的选文标准。

　　2. 从《封燕然山铭》的石刻铭文原始形态来比较,《后汉书》"选文"的文本与《文选》"选文"的文本分属两个不同的版本系统,两者差异较大。

　　(1)"于是域灭区落,反旆而还"句,石刻铭文作"区落",《后汉书》各版本都为"区单",《文选》各版本都作"区殚"。

　　(2)"骁骑三万"句,石刻铭文与《后汉书》各版本同,都作"骁骑三万",《文选》各版本都为"骁骑十万"。

　　(3)"昭铭上德"句,《后汉书》各版本同石刻铭文作"上"字,《文选》各版本都为"盛"字。

　　《后汉书》文本与《文选》文本的差异性,可以说明《文选》选录的《封燕然山铭》应该不是根据《后汉书》编选的,而是应该来自其他的文本,《文选》与《后汉书》两者并不具备完全一致的关系,其中既有文本来源不同的因素,也有萧统在选录此文的过程中,对其进行一番改造、更新、移位之可能,这似乎是我们今后在《文选》文本研究中应注意的一个问题。

　　3. 从《文选》的版本系统来看,《封燕然山铭》的石刻铭文原始形态与五臣本(陈八郎本、朝鲜正德本)、六家本(明州本、奎章阁本、广都裴氏本)系统较为接近,而与李善本(尤刻本、胡刻本)、六臣本(赣州本、建州本、茶陵本)系统"距离"较远。

　　(1)"剿匈虐截海外"中的"截"字,石刻铭文各版本作"戳",五臣本(陈八郎本、朝鲜正德本)、六家本(明州本、奎章阁本、广都裴氏本)同石刻铭文作"戳",李善本(尤刻本、胡刻本)、六臣本(赣州本、建州本、茶陵本)作"截"字。

　　(2)"封神丘建陆崛"中的"封神丘",五臣本(陈八郎本、朝鲜正德本)、六家本(明州本、奎章阁本、广都裴氏本)、李善本(胡刻本)同石刻铭文作"封神丘",而独独尤刻本、六臣本(赣州本、建州本、茶陵本)为"封神兵"。可见,此处尤刻本讹误为"神兵",而影响了六臣本系列都作"神兵"。

(3)"所谓壹劳而久逸"句中的"所谓",五臣本(陈八郎本、朝鲜正德本)、六家本(明州本、奎章阁本、广都裴氏本)同石刻铭文书作"所谓",李善本(尤刻本、胡刻本)、六臣本(赣州本、建州本、茶陵本)作"可谓"。

(4)"遂陵高阙"句中"陵"字,五臣单注本(陈八郎本、朝鲜正德本)、六家注本(明州本、奎章阁本、广都裴氏本)同石刻铭文作"陵",李善单注本(尤刻本、胡刻本)、六臣注本(赣州本、建州本、茶陵本)都为"凌"。

(5)"涖以威神"句中的"涖"字,《后汉书》各版本都为"莅"字;《文选》各版本(除了尤刻本、胡刻本)都为"涖",尤刻本、胡刻本作"莅"。

我们知道,六家本以五臣注为基础,减省李善注;六臣本以李善注为基础,省略五臣注。两个版本系统由于关注的角度不同,所呈现给世人的内容也就不同。一般认为五臣本《文选》与萧统《文选》旧貌更为接近,而李善注《文选》则较多地改变了萧统《文选》旧貌,主要表现为析三十卷为六十卷,在卷次的改易过程中难免对文本带来一定的影响。从上面的例证我们可以看出,五臣本、六家本系统较为接近石刻铭文的原貌,而李善本、六臣本系统与石刻铭文原貌的"距离"较远。这可以反映出五臣本、六家本系统源出于石刻铭文,或更接近石刻铭文的原貌。

综上所述,经过我们对班固《封燕然山铭》的石刻铭文原始形态的辨析,可以发现《文选》在选录《封燕然山铭》文本时,萧统有意或无意对文本进行一番改写、移位、深化的过程,使得两种文本之间存在差异。我们揭示文本背后的这种差异,可以为校勘《文选》的研究者提供一些不同于以往的文献证据,足以修正、补充错误信息的干扰,启发《文选》研究者要注重考察《文选》文本选录的途径。同时,我们也应该看到,两种文本之间的差异,形成"互文性"的关系,这就是中国古代典籍文本演变、发展的重要内容。

根据上文所作辨识考订,将石刻《封燕然山铭》的全部文字最大限度复原以供参考,如下:

惟永元元年秋七月,有元舅曰车骑将军窦宪,寅亮圣明,登翼王室,纳于大麓,惟清。廼与执金吾耿秉,述职巡圉,治兵于朔方。鹰扬之校,螭虎之士,爰该六师,暨南单于、东胡乌桓、西戎氐羌,侯王君长之群,骁骑三万。元戎轻武,长毂四分,雷辎蔽路,万有三千余乘。勒以八阵,莅以威神,玄甲燿日,朱旗绛天。遂陵高阙,下鸡(雞)鹿,经碛卤,绝大漠,斩温禺以衅鼓,血尸逐以染锷。然后四校横徂,星流彗埽(扫),萧条乎万里,野无遗寇。于是域灭区落,反旆而还,考传验图,穷览其山川。隃涿邪,跨安侯,乘燕然,蹑冒顿之逗略,焚老上之龙庭。将上以摅高、文之宿愤,光祖宗之玄灵;下以安固后嗣,恢拓疆寓,震大汉之天声。兹所谓壹劳而久逸,暂费而永宁者也。廼遂封山刊石,昭铭上德。其辞曰:

铄王师征荒裔,勦凶虐截海外,夐其邈亘地界,封神丘建陆嵑,熙帝载振万世。

(长春师范大学《昭明文选》研究所)

第四部分
《文选》与先唐文学史研究

竹林之游分期考

张亚新

一

关于竹林之游的记载,较早的有以下数条:

《三国志》卷二一《魏书·王粲传》裴松之注引孙盛《魏氏春秋》:"康寓居河内之山阳县,与之游者,未尝见其喜愠之色。与陈留阮籍、河内山涛、河南向秀、籍兄子咸、琅邪王戎、沛人刘伶相与友善,游于竹林,号为七贤。"①

陶渊明《集圣贤群辅录》下:"魏步兵校尉陈留阮籍字嗣宗,中散大夫谯嵇康字叔夜,晋司徒河内山涛字巨源,建威参军沛刘伶字伯伦,始平太守陈留阮咸字仲容籍兄子,散骑常侍河内向秀字子期,司徒琅琊王戎字浚冲。右魏嘉平中,并居河内山阳,共为竹林之游,世号竹林七贤。见《晋书》、《魏书》。袁宏、戴逵为《传》,孙统又为《赞》。"②

《世说新语·任诞》第一条:"陈留阮籍、谯国嵇康、河内山涛三人年皆相比,康年少亚之。预此契者,沛国刘伶、陈留阮咸、河内向秀、琅邪王戎。七人常集于竹林之下,肆意酣畅,故世谓'竹林七贤'。"③

---

① 《三国志》,中华书局,1982年,第606页。
② 袁行霈《陶渊明集笺注》,中华书局,2008年,第593—594页。
③ 徐震堮《世说新语校笺》,中华书局,1984年,第390页。

《世说新语·伤逝》第二条:"王浚冲为尚书令,着公服,乘轺车,经黄公酒垆下过。顾谓后车客:'吾昔与嵇叔夜、阮嗣宗共酣饮于此垆。竹林之游,亦预其末。自嵇生夭、阮公亡以来,便为时所羁绁。今日视此虽近,邈若山河。'"①

《文选》卷一六向秀《思旧赋》"余与嵇康、吕安,居止接近"句李善注引臧荣绪《晋书》:"嵇康为竹林之游,预其流者,向秀、刘灵之徒。"②

《文选》卷二一颜延年《五君咏·向常侍》"流连河里游,恻怆山阳赋"句李善注引《魏氏春秋》:"康寓居河内之山阳,与河内向秀相友善,游于竹林。"③

《水经注》卷九《清水》:"清水出河内修武县之北黑山……又径七贤祠东,左右筠篁列植,冬夏不变贞萋,魏步兵校尉陈留阮籍、中散大夫谯国嵇康、晋司徒河内山涛、司徒琅邪王戎、黄门郎河内向秀、建威参军沛国刘伶、始平太守阮咸等同居山阳,结自得之游,时人号之为竹林七贤也,向子期所谓山阳旧居也,后人立庙于其处。庙南又有一泉,东南流,注于长泉水,郭缘生《述征记》所云:白鹿山东南二十五里,有嵇公故居,以居时有遗竹焉,盖谓此也。"④

《晋书》卷四三《山涛传》:"山涛字巨源,河内怀人也。父曜,宛句令。涛早孤,居贫,少有器量,介然不群。性好《庄》《老》,每隐身自晦。与嵇康、吕安善,后遇阮籍,便为竹林之交,着忘言之契。"⑤

又《王戎传》:"戎少籍二十岁,而籍与之交……戎每与籍为竹林之游。"⑥

《晋书》卷四九《阮咸传》:"咸任达不拘,与叔父籍为竹林之游。"⑦

又《嵇康传》:"盖其胸怀所寄,以高契难期,每思郢质。所与神交者,唯陈留阮籍、河内山涛,豫其流者河内向秀、沛国刘伶、籍兄子咸、琅邪王戎,遂为竹

---

① 徐震堮《世说新语校笺》,第348页。刘孝标注引《竹林七贤论》:"俗传若此。颍川庾爰之尝以问其伯文康,文康云:'中朝所不闻,江左忽有此论,皆好事者为之耳。'"既"俗传若此",岂非毫无根据?且《晋书·王戎传》等典籍亦载之。余嘉锡《世说新语笺疏》:"黄垆所以喻人死后归土,犹之九京黄泉之类也。此疑王戎追念嵇、阮云亡,生死永隔,故有黄垆之叹。传者不解其义,遂附会为黄公酒垆耳。"不难看出,余氏虽认为"黄公酒垆"乃"黄垆"之附会,但却认为"王戎追念嵇、阮云亡,生死永隔,故有黄垆之叹"的事情可能还是存在的。
② 《文选》,中华书局影印胡克家刻本,1977年,第229页。
③ 《文选》,第304页。
④ 王国维《水经注校》,上海人民出版社,1984年,第301页。
⑤ 《晋书》,中华书局,1974年,第1223页。
⑥ 《晋书》,第1231—1232页。
⑦ 《晋书》,第1362页。

林之游,世所谓'竹林七贤'也。"①

又《刘伶传》:"刘伶字伯伦,沛国人也。身长六尺,容貌甚陋。放情肆志,常以细宇宙齐万物为心。淡默少言,不妄交游,与阮籍、嵇康相遇,欣然神解,携手入林。"②

《太平御览》卷五七引《晋书》:"嵇康以高契难期,每思郢质,所与神交者,唯阮籍、山涛,遂为竹林之游。务预其流者,向秀、刘伶、阮咸、王戎。"又引臧荣绪《晋书》:"王戎少阮籍二十余年,相得如时辈,遂为竹林之游。"③

关于竹林之游的时间,以上资料除陶渊明《集圣贤群辅录》下语焉不详地说了一句"魏嘉平中"外④,其余均未涉及此一问题。《三国志》特别是其卷二一《魏书·王粲传》及裴松之注、《世说新语》及刘孝标注、《文选》李善注、《晋书》等所载其他有关竹林七贤的史料,也都没有涉及此一问题。《集圣贤群辅录》下谓"袁宏、戴逵为《传》,孙统又为《赞》",今所见袁宏《七贤序》(当即其所作《竹林名士传序》,但《竹林名士传》已佚)、戴逵《竹林七贤论》(尚存26则,散见《世说新语》《艺文类聚》《北堂书钞》《太平御览》《水经注》诸书,严可均辑入《全晋文》卷一三八;但不见戴逵有《竹林七贤传》)同样如此。至于孙统,今已不见其有《赞》;而且颇疑孙统乃"孙绰"之误,因孙绰作有《道贤论》,以天竺七僧方竹林七贤,其文见《高僧传》卷一、卷四,但其中也未涉及竹林之游的时间问题。可见,要探讨竹林之游的时间问题,乃至要探讨竹林之游的分期问题,难度是可想而知的。但是,对这一问题加以探讨又实在很有必要,我们不能采取回避态度;而且,根据相关资料,对竹林之游的时间乃至其分期加以探讨,得出一个大致可信的结论还是可能的。

---

① 《晋书》,第1370页。
② 《晋书》,第1375—1376页。
③ 《太平御览》,文渊阁四库全书本。
④ 《集圣贤群辅录》一曰《四八目》。据北齐阳休之《陶集序录》,此文梁以前的两种《陶集》(一为八卷本,萧统所编;一为六卷本,编者不详)均未收录,而阳休之所编《陶集》则收之,所据当为其他《陶集》旧本。其后诸《陶集》也多予收录。至《四库全书总目提要》,却断此文为"伪托"。袁行霈《陶渊明集笺注·外集》经考证,认为"未可轻易断定其为伪作"。

二

要探讨竹林之游的时间及其分期问题,有以下两点是需要首先弄清楚的:一是参与竹林之游的人主要都有哪些。从以上资料不难看出,参与竹林之游的主要人物是号称"竹林七贤"的阮籍、嵇康、山涛、刘伶、阮咸、向秀和王戎七人。换句话说,标准的竹林之游,应是"七贤"都在场(或客观上都能参与)的竹林之游。而七人中,又以阮籍、嵇康、山涛为最重要、最具有代表性,或者说他们就是竹林之游的核心,而其余四人皆为"预此契者",处于从属的地位。当然,实际参与了竹林之游的并不止这七人,至少还应有吕安和吕巽。向秀《思旧赋序》:"余与嵇康、吕安居止接近,其人并有不羁之才。"[1]嵇康《与吕长悌绝交书》:"昔与足下年时相比,以故数面相亲,足下笃意,遂成大好,由是许足下以至交。虽出处殊途,而欢爱不衰也。及中间少知阿都,志力开悟,每喜足下家复有此弟。"[2]可见,嵇康由于与吕安"居止接近",并具才情,情性相投,很早就熟识并成了好朋友。而吕巽为吕安之兄,嵇康与之自也"居止接近",加之年龄相仿,情性必也有相投之处,因此"虽出处殊途,而欢爱不衰也",甚至因此而结成了"至交";嵇康还是先认识吕巽,两人熟识后,才又结识了吕安的。三人"居止接近",附近即为竹林,既为"至交",同为竹林之游,自是情理中事。此外,嵇康的好友阮种[3]、阮侃[4]等人也极有可能参与过竹林之游。

二是竹林之游的地点。从上述资料不难看出,竹林之游的地点毫无疑问是"竹林",而"竹林"在嵇康所"寓居"的"河内之山阳县",一段时间除嵇康外,阮籍等六人也"并居河内山阳",遂"共为竹林之游,世号竹林七贤"。所说"河内山阳",即今地处太行山南麓的河南修武县;嵇康山阳寓所之具体所在,为地

---

[1] 《文选》,第229页。
[2] 戴明扬《嵇康集校注》卷二,中华书局,2014年,第230页。
[3] 《晋书》卷五二《阮种传》:"阮种字德猷,陈留尉氏人,汉侍中胄卿八世孙也。弱冠有殊操,为嵇康所重。康著《养生论》,所称阮生,即种也。"见《晋书》,第1444页。
[4] 《世说新语·贤媛》第六条:"许允妇是阮卫尉女,德如妹。"刘孝标注引《陈留志名》:"阮共字伯彦,尉氏人。清真守道,动以礼让。仕魏至卫尉卿。少子侃,字德如,有俊才,而饬以名理,风仪雅润。与嵇康为友。"见(徐震堮《世说新语校笺》,第365页。

处山阳城东北(一说为西北)的天门山百家岩,如《艺文类聚》卷六四《居处部四·宅舍》引《述征记》所云:"山阳县城东北二十里,魏中散大夫嵇康园宅,今悉为田墟,而父老犹谓嵇公竹林地,以时有遗竹也。"①又如《元和郡县志》卷二〇《怀州修武县》所云:"修武县本殷之宁邑,汉以为县,属河内郡。天门山今谓之百家岩,在县西北三十七里,以岩下可容百家,因名。上有精舍,又有锻灶处所,即嵇康所居也。"②由于"竹林"就在嵇康山阳寓所的附近,因此嵇康的山阳寓所必然也会成为七贤聚会、出入的地点,嵇康在聚会中必然地就具有了东道主、召集人乃至组织者的身份,甚至可以说没有嵇康,也就可能没有竹林之游,没有"竹林七贤"。嵇康人格清峻,风度标举,学问渊深,当时颇得人们仰慕、叹服,他也无愧于召集人乃至组织者的身份。嵇康又死得比阮籍早,而死时又是那样的气度从容、场面壮烈、震撼人心,对后人也有颇深刻的影响。综合以上因素,"竹林七贤"虽以嵇康、阮籍、山涛为主,但在前人的心目中,三人的地位并非没有差别,三人中实以嵇康和阮籍的地位更为重要。至于嵇、阮,虽总的说来地位不相上下,但在不同时期仍有所差别。在魏末两晋时期,前人有时将阮籍排在前,有时将嵇康排在前。而到《世说新语》,则几全以"嵇、阮"的顺序排列,如《言语》第四十条:"王公曰:'卿欲希嵇、阮邪?'答曰:'何敢近舍明公,远希嵇、阮!'"③《贤媛》第十一条:"山公与嵇、阮一面,契若金兰。"④《排调》第四条:"嵇、阮、山、刘在竹林酣饮。"⑤这对后世产生了很大的影响,其后就常能见到以"嵇、阮"为序排列的例子,如刘勰《文心雕龙·明诗》:"嵇志清峻,阮旨遥深。"⑥《文心雕龙·时序》:"嵇、阮、应、缪,并驰文路矣。"⑦《文心雕龙·才略》:"嵇康师心以遣论,阮籍使气以命诗。"⑧许学夷《诗源辨体》卷

---

① (唐)欧阳询《艺文类聚》,上海古籍出版社,1982年,第1144页。
② (唐)李吉甫《元和郡县志》,文渊阁四库全书本。
③ 徐震堮《世说新语校笺》,第56页。
④ 徐震堮《世说新语校笺》,第369页。
⑤ 徐震堮《世说新语校笺》,第418页。
⑥ 范文澜《文心雕龙注》,人民文学出版社,1958年,第67页。
⑦ 范文澜《文心雕龙注》,第674页。
⑧ 范文澜《文心雕龙注》,第700页。

四："正始体,嵇、阮为冠。"①陆时雍《诗镜总论》："嵇、阮多材,然嵇诗一举殆尽。"②等等。因此,嵇康实际上被视作"七贤"之首,我们探讨"竹林之游"的时间及分期,嵇康的活动轨迹便成为一个重要的考量因素。

关于"竹林"的所在,还有别的一些说法。周际华、戴铭《辉县志》卷四《地理志·古迹》："竹林在县西南六十里,晋七贤游隐处。旧属河内,元以山阳县并入辉州,今属辉县。"又卷九《祠祀志·正祠》："七贤祠一名七贤观,一名尚贤寺,在县西南山阳镇。晋嵇康、阮籍、刘伶、阮咸、山涛、向秀、王戎同为竹林之游,号竹林七贤,后人立祠祀之。康熙十八年,知县陈谟重建。今名竹林寺。"③不同说法的产生,除行政区划变动等因素外,还有一个重要的原因,即当年嵇康等人除天门山百家岩外,还曾到附近的一些地方,如今河南辉县市吴村镇的山阳村、鲁庄村一带游历、栖息,其游历、栖息因而被认为是竹林之游的一部分,甚至就被认为是竹林之游。竹林之游的地点变了,但竹林之游的实质未变,仍将其视作竹林之游,自是有其合理性的。我们可据此推而广之,"七贤"在别的地方所进行的具有与"竹林之游"的特点及内容相似的活动,也可以认为是竹林之游的一个组成部分。这里所说的"别的地方",主要指的是当时魏国的都城洛阳。嵇康在山阳寓所居住一段时间后,即与魏宗室婚,迁郎中,拜中散大夫。嵇康迁郎中、中散大夫后,理应居洛阳。此后,他在山阳、洛阳皆有居所,不时往来两地之间。更重要的是,嵇康是到洛阳后,才与阮籍相识并成为契友的,之后,又通过阮籍认识了阮籍的侄子阮咸和刘伶,具有指标意义的竹林七贤团体才得以正式形成。"七贤"固有"并居河内山阳"、"共为竹林之游"的时候,但他们可能"并居洛阳"的时候更多,"共为洛阳之游"自是必不可少,因此,这理应看作是竹林之游的一个有机组成部分。据《水经注》等典籍记载,河洛地区的竹当年是普遍存在的,山阳有竹林,洛阳也必有竹林,七人在洛阳也可以"共为竹林之游",这不是难以想象的事情。嵇康作有《酒会诗七首》,中有"乐哉苑中游,周览无穷已。百卉吐芳华,崇基邈高跱。林木纷交错,玄池戏鲂鲤。轻丸毙翔禽,纤纶出鳣鲔。坐中发美赞,异气同音轨。临川献清

---

① 许学夷《诗源辨体》,人民文学出版社,1987 年,第 85 页。
② （清）丁福保《历代诗话续编》,中华书局,2006 年,第 1405 页。
③ （清）周际华、戴铭《辉县志》,清光绪二十一年刻本。

酤,微歌发皓齿。素琴挥雅操,清声随风起。斯会岂不乐,恨无东野子"等句;又作有《杂诗》,中有"兴命公子,携手同车。龙骥翼翼,扬镳踟蹰。肃肃宵征,造我友庐。光灯吐辉,华幔长舒。鸾觞酌醴,神鼎烹鱼。弦超子野,叹过绵驹。流咏太素,俯赞玄虚"等句,两诗当作于与诸贤聚游之时,清孙灏、顾栋高等所编纂的《河南通志》卷五一《古迹上·卫辉府·七贤乡》在交代七贤乡的由来、罗列"七贤"姓名后即引"乐哉苑中游"一首,说明编纂者也持这种看法。而从所描写的情景看,所聚游之地当为洛阳,正是洛阳竹林之游情景的生动写照。

以上,我们就参与竹林之游的人物、竹林之游的地点及由此折射出的竹林之游的范围等作了探讨,据此,我们可以将竹林之游的特点(或其基本性质)和探讨竹林之游时间及分期的基本原则确定下来,这就是:其一,竹林之游为两人以上的聚游,而最具标志性的,是嵇康、阮籍、山涛、向秀、刘伶、阮咸、王戎七人同时在场甚至就只有七人在场的聚游。其二,聚游的地点主要是山阳,但也不局限于山阳,还包括洛阳等地;聚游的场所主要在竹林中,但也可能在嵇康的寓所内或别的一些地方。其三,嵇康在聚会中具有东道主、召集人乃至组织者的身份,我们探讨"竹林之游"的时间及分期,嵇康的活动轨迹应成为一个重要的考量因素。其四,聚游活动的内容主要为饮酒清谈、弹琴赏乐,而清谈多以《老》《庄》为主旨,但也应有例外,如吕巽对《老》《庄》不一定感兴趣,嵇康与之"出处殊途",却能一度许之以"至交",两人"欢爱不衰",就是一个突出的例子。明确了竹林之游的特点(或其基本性质)和探讨竹林之游时间及分期的基本原则之后,接下来我们就可以就竹林之游的时间及分期进行探讨了。

三

由于嵇康在聚会中具有东道主、召集人乃至组织者的身份,因此我们的探讨必然地要以嵇康作为切入点、重点和主轴。由于嵇康的生年史无记载,而卒年存在歧说,因此我们有必要先就嵇康的生卒年这个大坐标做一些探讨。

嵇康是遭时任司隶校尉的钟会谮毁而被司马昭杀害的。关于嵇康被杀的时间,其说不一。《三国志》卷二一《魏书·王粲传》附《嵇康传》云为"景元中",据《王粲传》附《嵇康传》裴松之注,干宝、孙盛、习凿齿等则"皆云正元二年",《资治通鉴》卷七八《魏记十·元皇帝下》、《众家编年体晋史》载曹嘉之《晋纪》及孙盛《晋阳秋》则将嵇康被杀事系于景元三年。"正元二年"说难于成立,裴松之注对此辨之甚详。其说云:"臣松之按《本传》云康以景元中坐事诛,而干宝、孙盛、习凿齿诸事,皆云正元二年,司马文王反自乐嘉,杀嵇康、吕安。盖缘《世语》云康欲举兵应毌丘俭,故谓破俭便应杀康也。其实不然。山涛为选官,欲举康自代,康书告绝,事之明审者也。案《涛行状》,涛始以景元二年除吏部郎耳。景元与正元相较七八年,以《涛行状》检之,如《本传》为审。又《钟会传》亦云会作司隶校尉时诛康;会作司隶,景元中也。干宝云吕安兄巽善于钟会,巽为相国掾,俱有宠于司马文王,故遂抵安罪。寻文王以景元四年钟、邓平蜀后,始授相国位;若巽为相国掾时陷安,焉得以破毌丘俭年杀嵇、吕?此又干宝之疏谬,自相违伐也。"①此说的主体部分,言之有理,可从。"景元三年"说较"景元中"说具体,但其说亦未尽妥。据裴松之注引《涛行状》,山涛始于景元二年除吏部郎,欲举康自代,康作《与山巨源绝交书》,《书》中明言"女年十三,男年八岁",《晋书》卷八九《忠义·嵇绍传》又明言康子绍"十岁而孤"②,则嵇康之死理应在作《书》之后的两年即景元四年(263)。

又《三国志》卷二八《魏书·钟会传》:"(会)迁司隶校尉。虽在外司,时政损益,当世与夺,无不综典。嵇康等见诛,皆会谋也……景元三年冬,以会为镇西将军,假节都督关中诸军事。文王敕青、徐、兖、豫、荆、扬诸州,并使作船,又令唐咨作浮海大船,外为将伐吴者。四年秋,乃下诏使邓艾、诸葛绪各统诸军三万余人,艾趣甘松、沓中连缀维,绪趣武街、桥头绝维归路。会统十余万众,分从斜谷、骆谷入。"③或据此认为钟会任司隶校尉在景元三年冬以前,而前引裴松之注又有"会作司隶校尉时诛康"的说法,则嵇康被杀只能在景元三年。其实这样理解不是没有问题,因钟会完全有可能在司隶校尉任上兼任"镇西将军,假节都督关中诸军事"。据《三国志》卷一《魏书·武帝纪》及裴松之注引《献帝纪》、《后汉书》卷九《孝献帝纪》,建安元年曹操即曾自领司隶校尉、录尚书事,同时先后任镇东将军、大将军。据《三国志》卷一三《魏书·钟繇传》,钟

---

① 《三国志》,第607页。
② 《晋书》,第2298页。
③ 《三国志》,第787页。

会的父亲钟繇也曾被曹操表"以侍中守司隶校尉,持节督关中诸军"①,只不过没有将军的名号而已。钟会当时已位极人臣,以司隶校尉领镇西将军、假节都督关中诸军事是完全可能的。从景元三年冬到次年秋,钟会大部分时间应仍在洛阳,他完全有谋害嵇康的时间和机会,因此嵇康最终被杀的时间在景元四年,应是合于情理的。

据《晋书》卷四九《嵇康传》,嵇康被杀时"时年四十",从景元四年上推四十年,可知嵇康当生于魏文帝黄初五年(224)。

四

在竹林七贤中,嵇康最早认识的人当为王戎。《世说新语·德行》第十六条:"王戎云:'与嵇康居二十年,未尝见其喜愠之色。'"又刘孝标注引《康别传》:"康性含垢藏瑕,爱恶不争于怀,喜怒不寄于颜。所知王浚冲在襄城,面数百,未尝见其疾声朱颜。"②所谓"与嵇康居二十年",不等于就真的与嵇康比邻而居了二十年,只能理解为两人相识,结交了二十年,来往很多,有时居处比较接近。景元四年嵇康四十岁时被杀,往前推二十年,两人应相识于正始五年(244),这年嵇康二十一岁。两人相识的地点为襄城。襄城为秦置县名,其地在今河南平顶山市东北、许昌市西南,晋泰始二年(266)于县置郡。其时王戎或即寓居襄城,嵇康也因故来到襄城,两人得以在此相识。两人能够"面数百",说明嵇康在此停留的时间不会太短,有可能长达数月。《晋书》卷四三《王戎传》:"永兴二年,薨于郏县,时年七十二。"③从永兴二年(305)上推七十二,王戎当生于青龙二年(234),与嵇康相识时年方九岁。二十一岁的嵇康能与九岁的王戎交往,原因在于王戎早慧。《晋书·王戎传》:"戎幼而颖悟,神彩秀彻。视日不眩,裴楷见而目之曰:'戎眼烂烂,如岩下电。'年六七岁,于宣武场观戏,猛兽在槛中虓吼震地,众皆奔走,戎独立不动,神色自若。魏明帝于阁上见而奇之。又尝与群儿嬉于道侧,见李树多实,等辈竞趣之,戎独不往。

---

① 《三国志》,第392页。
② 徐震堮《世说新语校笺》,第10页。
③ 《晋书》,第1235页。

或问其故，戎曰：'树在道边而多子，必苦李也。'取之信然。"①《世说新语·赏誉》第六条："王浚冲、裴叔则二人总角诣钟士季，须臾去，后客问钟曰：'向二童何如？'钟曰：'裴楷清通，王戎简要。后二十年，此二贤当为吏部尚书，冀尔时天下无滞才。'"又刘孝标注引《晋阳秋》："戎为儿童，钟会异之。"②如此有识见、有胆量，因此王戎这年虽才九岁，却能得到嵇康的青睐并与之交往，这与后来嵇康在洛阳太学抄写石刻经文时遇到年方十四岁的赵至而与之成为至交的情形颇为类似③。而王戎必然也十分欣赏、仰慕嵇康的学识风度，因而主动与之结识并早晚追随，从而两人在一个不算太长的时间内得以"面数百"成为可能。

嵇康在襄城与王戎相识的事情仅见于《世说新语·德行》第十六条刘孝标注引《康别传》，不见于他书记载，推测嵇康很有可能在襄城停留的时间并不长，之后他就来到山阳寓居，时间当为正始六年（245），其时嵇康二二岁。到山阳后，嵇康先后与山涛、向秀及吕巽、吕安兄弟等相识。《晋书》卷四三《山涛传》："山涛字巨源，河内怀人也。父曜，宛句令。涛早孤，居贫，少有器量，介然不群。性好《庄》《老》，每隐身自晦。与嵇康、吕安善。"又："涛年四十，始为郡主簿、功曹、上计掾。"又："（涛）以太康四年薨，时年七十九。"④从太康四年（283）上推七十九年，知山涛当生于汉建安十年（205），上一年（正始五年）正好四十岁，其时始任郡主簿，或正始六年改任功曹。功曹掌人事，负责本郡人才的选拔，故得结交当地名士。据《晋书·地理志》，怀与山阳均属河内郡，也许就在山涛调查本郡人才状况的过程中，结识了寓居本郡的嵇康、吕安。又《晋书》卷四九《向秀传》："向秀字子期，河内怀人也。清悟有远识，少为山涛所知，雅好《老》《庄》之学。"⑤又向秀《思旧赋序》："余与嵇康、吕安居止接近，其人并有不羁之才。"⑥向秀因与山涛同为怀人，少时即"为山涛所知"，其与嵇康、吕安结识，可能由于山涛介绍。嵇康与山涛、向秀、吕安成为契友后，必然地

---

① 《晋书》，第1231页。
② 徐震堮《世说新语校笺》，第230页。
③ 《晋书》卷九二《赵至传》："年十四，诣洛阳，游太学，遇嵇康于学写石经古文，徘徊视之不能去，而请问姓名。康曰：'年少何以问邪？'曰：'观君风器非常，所以问耳。'康异而告之。后乃亡到山阳，求康不得而还。……年十六，游邺，复与康相遇，随康还山阳。"见《晋书》，第2377页。
④ 《晋书》，第1223、1227页。
⑤ 《晋书》，第1374页。
⑥ 《文选》，第229页。

会常在一起聚游(吕巽等有时也会参加),而由于与向秀、吕安"居止接近",所游之地必为嵇康寓所及其附近竹林,因此这一年可视为竹林之游的发轫之年。

不久,嵇康与魏宗室婚,所娶为曹操之子沛穆王曹林孙女(一说为曹林之女)长乐亭主。嵇康《与山巨源绝交书》:"女年十三,男年八岁。"《书》作于景元二年(261),其时其女十三岁,上推十三年,其女生于嘉平元年(249)。据此,嵇康结婚的时间当为正始七年(246)或正始八年(247),其时嵇康二十三岁或二十四岁。嵇康与魏宗室婚后,即迁郎中,拜中散大夫。《通典》卷二五《职官七》:"两汉自光禄、太中、中散、谏议等大夫,及谒者仆射、羽林郎、郎中、侍郎、五官、武贲、左右等中郎将,奉车、驸马二都尉,车、户、骑三将,并属光禄勋。"①《汉书》卷一九上《百官公卿表》:"郎掌守门户,出充车骑,有议郎、中郎、侍郎、郎中,皆无员,多至千人。"②《后汉书·百官志》:"凡大夫、议郎皆掌顾问应对,无常事,唯诏令所使。"③据此,嵇康迁郎中、拜中散大夫后理应居洛阳。此后,嵇康在山阳、洛阳两地皆有居所,从《元和郡县志》卷二〇《怀州修武县》"又有锻灶处所,即嵇康所居"④和《太平御览》卷四〇九引《向秀别传》"常与康偶锻于洛邑"⑤的记载,也不难看出这一点。此后,嵇康应不时来往于两地之间。

嵇康来到洛阳后,始与阮籍等人相识,并成为契友。《水经注》卷一六《谷水》:"谷水又东南,转屈而东注,谓之阮曲云,阮嗣宗之故居也。"⑥《世说新语·任诞》第十条:"阮仲容、步兵居道南,诸阮居道北;北阮皆富,南阮贫。"⑦据此,可知其时阮籍居洛阳城郊谷水转弯处,嵇康结识阮籍,显然应是他到洛阳之后。又《太平御览》卷四〇九引袁宏《山涛别传》:"陈留阮籍、谯国嵇康,并高才远识,少有悟其契者。涛初不识,一与相遇,便为神交。"⑧《晋书》卷四三《山涛传》:"(涛)与嵇康、吕安善,后遇阮籍,便为竹林之交,著忘言之契。"⑨

---

① (唐)杜佑《通典》,文渊阁四库全书本。
② 《汉书》,中华书局,1962年,第727页。
③ 《后汉书》,中华书局,1965年,第3577页。
④ (唐)李吉甫《元和郡县志》,文渊阁四库全书本。
⑤ (宋)李昉等《太平御览》,文渊阁四库全书本。
⑥ 王国维《水经注校》,第551—552页。
⑦ 徐震堮《世说新语校笺》,第393页。
⑧ (宋)李昉等:《太平御览》,文渊阁四库全书本。
⑨ 《晋书》,第1223页。

从"涛初不识"特别是"后遇阮籍"句可知,嵇康结识阮籍确是在结识山涛、向秀、吕安诸人之后。"便为竹林之交"云云,说明前人认为此时竹林之游已经开始。但正如前文所说,竹林之游在前一两年已经开始,只不过由于阮籍的加入,竹林之游的实力和影响得以大大加强。

阮咸(字仲容)为阮籍侄子,嵇康与之相识,亦当在此时。阮咸追随阮籍,也成为竹林之游的热心参与者。《太平御览》卷三七六引《晋书》:"阮咸与籍为竹林之游,太原郭奕高爽,为众所推,见咸而心醉,不觉叹焉。"①

嵇康或在结识阮籍之后不久,又结识了刘伶,刘伶随之也成为竹林中人。《晋书》卷四九《刘伶传》:"(刘伶)淡默少言,不妄交游,与阮籍、嵇康相遇,忻然神解,携手入林。"②

前面已提到,王戎当生于青龙二年(234)。当他十五岁即正始九年(248)时,阮籍与其相识,王戎参与竹林之游。《世说新语·简傲》第二条刘孝标注引《晋阳秋》:"戎年十五,随父浑在郎舍,阮籍见而说焉。每适浑,俄顷辄在戎室。久之乃谓浑:'浚冲清尚,非卿伦也。'"又引《竹林七贤论》:"初,籍与戎父浑俱为尚书郎,每造浑,坐未安,辄曰:'与卿语,不如与阿戎语。'就戎,必日夕而返。籍长戎二十岁,相得如时辈。"③《晋书》卷四九《阮籍传》:"景元四年冬卒,时年五十四。"④从景元四年(263)上推五十四年,知阮籍当生于汉建安十五年(210),与王戎认识时三十九岁,实大王戎二十四岁,《太平御览》卷五七引臧荣绪《晋书》说"王戎少阮籍二十余年,相得如时辈,遂为竹林之游"⑤,其"王戎少阮籍二十余年"的说法更符合实际。王戎参与竹林之游,从而使"竹林七贤"得以悉数登场,最具指标意义的竹林之游时期正式开始。从时间上看,王戎是"七贤"中最后加入竹林之游的,《世说新语·伤逝》第二条载王戎自称"竹林之游,亦预其末"⑥,恐并非全为自谦之词,诸书在排列"七贤"时,确也大抵将他排于末位。

---

① (宋)李昉等《太平御览》,文渊阁四库全书本。
② 《晋书》,第1375—1376页。
③ 徐震堮《世说新语校笺》,第411页。
④ 《晋书》,第1361页。
⑤ (宋)李昉等《太平御览》,文渊阁四库全书本。
⑥ 徐震堮《世说新语校笺》,第348页。

这一时期,"七贤"皆有较多时间参与竹林之游。嵇康即使做了郎中和中散大夫,但因"无常事"(即使有事他也不去做),他也是有时间参与竹林之游的。阮籍虽曾任尚书郎等职,但其人也常任职而不任事,因此他也有时间参与竹林之游。据《三国志》卷二一《魏书·王粲传》附《阮籍传》裴松之注引《魏氏春秋》:"太尉蒋济闻而辟之,后为尚书郎、曹爽参军,以疾归田里。岁余,爽诛,太傅及大将军乃以为从事中郎。"①曹爽被诛于正始十年春正月,阮籍既"以疾归田里,岁余"后才"爽诛",可知他做尚书郎和参军的时间都极短,在连挂名的职务都没有的一年间,他更有时间参与竹林之游。做司马懿父子从事中郎期间,阮籍参与竹林之游的时间和次数会有所减少,但因他仍是任职而不任事或任事不多,因此还会在一定程度上参与竹林之游。山涛始任郡主簿、功曹、上计掾,公务在身,竹林之游不可能次次参加,但因他在本郡任职,与本郡人才经常保持联系,大约这也是其职责所在,因此他仍会不时参与竹林之游。据《晋书》山涛本传,山涛被"州辟部河南从事"后不久,"与石鉴共宿,涛夜起蹴鉴曰:'今为何等时而眠邪!知太傅卧何意?'鉴曰:'宰相三不朝,与尺一令归第,卿何虑也!'涛曰:'咄!石生无事马蹄间邪!'投传而去。未二年,果有曹爽之事,遂隐身不交事务。"②"太傅卧"指正始八年司马懿因曹爽专权而"称疾避爽"③事,山涛强烈地感觉到了政治形势的险恶,因而果断地"投传而去"。"未二年,果有曹爽之事"。山涛"隐身不交事务"后,积极地参与竹林之游更有条件了。至于向秀、刘伶、阮咸、王戎,这一时期本来就没有任何官职,因此他们参与竹林之游更是毫无问题。七人出入竹林,饮酒清谈,一时产生很大影响,如《世说新语·任诞》第一条刘孝标注引《晋阳秋》所说:"于时风誉扇于海内,至于今咏之。"④

《晋书》卷二《景帝纪》:"魏嘉平四年春正月,迁大将军,加侍中,持节、都督中外诸军、录尚书事。"⑤卷四三《山涛传》:"未二年,果有曹爽之事,遂隐身不交事务。与宣穆后有中表亲,是以见景帝。帝曰:'吕望欲仕邪?'命司隶举

---

① 《三国志》,第604—605页。
② 《晋书》,第1223页。
③ 《三国志》卷九《魏书·曹爽传》,第284页。
④ 徐震堮《世说新语校笺》,第390页。
⑤ 《晋书》,第26页。

秀才，除郎中。转骠骑将军王昶从事中郎。"①山涛正始八年因政局险恶而"隐身不交事务"；至嘉平四年(252)司马师独掌大权，专擅朝政，知大局已定，加之与司马懿之妻有中表亲关系，于是主动去找司马师，重新步入官场，此后步步高升，成为司马氏集团的重要成员。可以说从嘉平四年起，山涛不再可能参与竹林之游。由于山涛是竹林七贤集团的重要成员，他的缺席不能视作是一件小事，因此我们将这一年定为具有指标意义的"七贤"都能同时参与的竹林之游时期的终结之年。

此后，竹林之游仍会延续，参加者主要为除山涛之外的六人，经常参加者应为嵇康、向秀、刘伶，《文选》卷一六向子期《思旧赋》李善注引臧荣绪《晋书》："嵇康为竹林之游，预其流者，向秀、刘灵之徒。"②反映的应是这一时期的情况。这一局面，一直维持到景元四年(263)嵇康被杀、紧接着向秀出仕之后方彻底终止。

综上所述，竹林之游实可分为三个时期，即竹林之游前期、竹林之游时期和竹林之游后期。竹林之游前期，参加者为嵇康、山涛、向秀、吕安等人，时间从正始六年(245)起至正始七年(246)或正始八年(247)止，聚游的地点主要在山阳嵇康寓所及其附近的竹林之中，以及山阳附近地区。竹林之游时期，为最具标志性的所谓"竹林七贤"即嵇康、阮籍、山涛、向秀、刘伶、阮咸、王戎七人常常同时在场甚至就只有七人在场聚游的时期（当然，在这一时期内，也会有七人没有全部在场及除七人外尚有其他人在场的时候），时间从正始七年(246)或正始八年(247)起至嘉平四年(252)止，聚游的地点主要在山阳和洛阳两地。竹林之游后期，参加者主要为嵇康、向秀、阮籍等人，时间从嘉平四年(252)起至景元四年(263)嵇康被杀、向秀出仕止，聚游的地点也主要在山阳和洛阳两地。

(北京教育学院中文系)

---

① 《晋书》，第1223—1224页。
② 《文选》，第229页。

《文选·王简栖头陁寺碑文》及寺碑文论

胡大雷

康有为曰:"昭明太子选文有特识,其父武帝学佛,所造不及僧、道之文,惟《王简栖头陁寺碑文》耳。"①"昭明之为《文选》,其别裁最精。梁武帝三度舍身同泰寺,于时佛教最重,而《文选》不登佛碑一字,惟登一《弥勒寺碑》,止取其人最微而轻者,以示佛教之不足重,其识高矣。"②此称梁武帝时最重佛教,称《文选》所录佛教文字仅《弥勒寺碑》,即《文选》卷五九"碑文下"《头陁寺碑文》,但由此得出萧统《文选》"以示佛教之不足重,其识高矣",则有可深入论述之处。以下从萧统的佛教活动、佛教文字的选入总集两方面,对寺碑文体作一些探讨。

一 萧统的佛教活动与撰述

萧统,字德施,小字维摩。维摩,维摩诘的省称,梵语音译,意译为"净名"或"无垢称",为佛经中的人名。《维摩诘经》中说他和释迦牟尼同时,是毗耶离城中的一位大乘居士。尝以称病为由,向释迦遣来问讯的舍利弗和文殊师利等宣扬教义。为佛典中现身说法、辩才无碍的代表人物。以"维摩"为小字,

---

① 康有为著,吴熙钊、邓中好校点《南海康先生口说》下册,中山大学出版社,1985年,第89页。
② 康有为《万木草堂遗稿》,引自马洪林、何康乐编《康有为文化千言》,花城出版社,2008年,第108页。

即表示其家长对其子崇信佛教的期望。

萧统确实也崇信佛教，《梁书·昭明太子传》载："高祖大弘佛教，亲自讲说；太子亦崇信三宝，遍览众经。乃于宫内别立慧义殿，专为法集之所。招引名僧，谈论不绝。太子自立二谛、法身义，并有新意。普通元年四月，甘露降于慧义殿，咸以为至德所感焉。"①此处综述萧统参加的佛教活动与著述如下：天监十六年(517)，萧统引名僧十人入玄圃讲经，亦谈论文外，于释法云尤加礼敬。天监十七年，萧统于玄圃园讲经，作《解二谛义令旨(并问答)》《解法身义令旨(并问答)》二文；又作《玄圃讲诗》一首。《广弘明集》卷二一载萧统有关本次佛教活动的文章：《答云法师请开讲书》《又答法云师书》，为云法师请皇太子萧统讲佛经经义，萧统的回信。《谢敕赉制旨大涅槃经讲疏启》《谢敕赉制旨大集经讲疏启》，是梁武帝把自己的《大涅槃经》讲疏、《大集经》讲疏送给太子萧统，萧统的感谢启文。《谢敕赉水犀如意启》，为萧统讲佛经经义，梁武帝送萧统水犀如意，萧统的感谢启文。《谢敕赉看讲启》，为萧统讲经完毕，梁武帝派人慰问，萧统的感谢启文。《谢敕赉参解讲启》，为梁武帝派人询问考索验证萧统的讲经，萧统的感谢启文。天监十八年，梁武帝受菩萨戒，萧统脱度为约法师弟子。普通元年(520)，萧统作《和武帝游钟山大爱敬寺诗》。普通二年秋，萧统往游钟山开善寺，预法会，参讲席，作《开善寺法会诗》《钟山解讲诗》。普通四年，释僧旻时在虎丘，萧统慕其重名，遣东宫通事舍人何思澄衔命致礼；又处士何胤居虎丘讲经论，钦其德，亦遣何思澄致手书褒美之。普通八年，梁武帝舍身同泰寺，萧统作《同大僧正讲诗》；释僧旻卒，萧统悲而为制墓碑文(亡)。大通三年(529)，释法云卒，萧统悲惜之。②

由是可见，萧统确实是崇信佛教的。

二 《头陁寺碑文》分析

《文选》卷五八、五九为"碑文"，录蔡伯喈《郭有道碑文(并序)》《陈太丘碑文(并序)》、王仲宝《褚渊碑文(并序)》、王简栖《头陁寺碑文》、沈休文《齐

---

① 《梁书》，中华书局，1973年，第166页。
② 以上录自俞绍初《萧统年谱》，俞绍初《昭明太子集校注》，中州古籍出版社，2001年。

故安陆昭王碑文》五文。寺碑文仅《头陁寺碑文》一篇。李善注王简栖曰："《姓氏英贤录》曰：王巾（中），字简栖，琅邪临沂人也。有学业，为头陁寺碑，文词巧丽，为世所重。起家郢州从事征南记室。天监四年卒。碑在鄂州，题云：齐国录事参军琅邪王巾制。"李善又注寺名"头陁"曰："天竺言头陁，此言斗薮，斗薮烦恼，故曰头陁。"即去掉尘垢烦恼。王中《头陁寺碑文》中称："以法师景行大迦叶，故以头陀为称首。"①意即寺的创始者释慧宗景仰遵奉"头陁"戒行的大迦叶，故以"头陁"为寺名。

《头陁寺碑文》②，起首曰："盖闻挹朝夕之池者，无以测其浅深；仰苍苍之色者，不足知其远近，况视听之外，若存若亡；心行之表，不生不灭者哉！是以掩室摩竭，用启息言之津；杜口毗邪，以通得意之路。"此用连珠体笔法，以"盖闻"句式论证，先是两个前提与结论，以喻"道"的神秘而为人难知，所以佛祖静修、维摩不言。作者接着又称："然语彝伦者，必求宗于九畴；谈阴阳者，亦研几于六位。是故三才既辨，识妙物之功；万象已陈，悟太极之致。言之不可以已，其在兹乎。"虽称语言能够"识妙物""悟太极"，只限于人间"此域"，而"引之于有"而"推之于无"，更是名目言谈所不及，这就是"涅槃"。"涅槃"属"彼岸"世界，而如来的说法，则"一音称物"，于是"玄关幽揵，感而遂通。遥源浚波，酌而不竭"，一切都豁然开朗，这也就是佛教的诞生以及佛教的魅力。以下述说佛教西来及头陁寺的建立，先述选"楚都之胜地"为址，所谓"南则大川浩汗，云霞之所沃荡。北则层峰削成，日月之所回薄。西眺城邑，百雉纡余。东望平皋，千里超忽"，写来颇有可观之处，令人神往。再述历代建设，从"始立方丈茅茨，以庇经像"，到"薙草开林，置经行之室"，再到"复为崇基表刹，立禅诵之堂"与"篡修堂宇"，以及后来的破败——"榱橡毁而莫构"。重点在述头陁寺的齐代重建及其盛况："于是民以悦来，工以心竞。亘丘被陵，因高就远。层轩延袤，上出云霓。飞阁逶迤，下临无地。夕露为珠网，朝霞为丹雘。九衢之草千计，四照之花万品。崖谷共清，风泉相渙。金资宝相，永借闲安。息心了义，终焉游集。"于是作者称自己"敢寓言于雕篆，庶仿佛于众妙"，撰作碑文，并作铭，其中叙西天佛境："帝献方石，天开渌池。祥河辍水，宝树低枝。通庄

---

① （南朝梁）萧统编，（唐）李善注《文选》，中华书局，1977年，第810页上。
② 同上书，第810—816页。

九折,安步三危。川静波澄,龙翔云起。耆山广运,给园多士。金粟来仪,文殊戾止。"并述胜景:"丹刻翚飞,轮奂离立。象设既辟,睟容已安。桂深冬燠,松疏夏寒。"又称"神足游息,灵心往还",称在头陁寺中,诸僧自在游憩,灵心自由往还。碑文最后落实到"胜幡西振,贞石南刊",佛旗胜幡在西天飘扬,头陁寺碑在南方刻立,以弘扬佛法结束。

总的来说,该文叙述头陁寺创建、兴废及重修的经过,但也述说了佛教产生、传布、兴衰及在中土国传播的历史,目的在弘扬佛法。以佛教的传说典故力宣其伟大,宣扬信奉佛教可以超渡苦海,摆脱生老病死苦一切烦恼,登升极乐的彼岸。

三　寺碑文体在僧、俗两界的定位

佛教文字本独立成类,《隋书·经籍志》以四部录书,道、佛的图书附于四部之后,"道、佛者,方外之教,圣人之远致也。俗士为之,不通其指,多离以迂怪,假托变幻乱于世,斯所以为弊也。故中庸之教,是所罕言,然亦不可诬也。故录其大纲,附于四部之末"[①]。

我们来看唐前佛教总集载录寺碑文的情况。

《高僧传》,梁代慧皎(497—554)法师著,将所载僧人分为"译经、义解、神异、习禅、明律、忘身、诵经、兴福、经师、唱导"等10类。他在序言中自称记了257人事迹,又有附见者200余人,无载僧人撰作寺碑文之事。

《弘明集》,南朝梁僧祐撰于天监年间,收录自东汉至南朝齐、梁时代五百年间教内外人士弘道明教及与之相关的论文、书信、诏令、奏表、檄魔等各类文论共185篇,但未录山寺碑铭文字。

《续高僧传》,唐释道宣(596—667)撰,道宣认为慧皎《高僧传》中记载梁代的高僧过少,需要作补辑的工作,所录僧人从梁代初叶开始,到唐贞观十九年(645)止,144年间,共写正传331人,附见160人,其中少有僧人作寺碑文者,只有卷九《隋常州安国寺·释慧頵》载寺碑:"安国寺者,陈武所营,基址仍

[①]《隋书》,中华书局,1973年,第1099页。

存,房庑凋坏",慧弼"蒙犯霜露,振锡扬烟,广率良朋,愿言修理,故得寺宇光华,门房俨丽。故真观法师制寺碑曰:'花砖锦石,更累平阶;夏藻秋莲,环庄竦塔。月临月殿,粉壁照于金波;云映云台,画梁承于玉叶'是也。"[1]此为《安国寺碑》。释真观,字圣达,俗姓范,吴郡钱唐人。陈时,住泉亭光显寺。入隋,住灵隐山天竺寺,大业中卒。卷一〇载沙门明则制觉观寺碑,未载碑文。另,卷一载常景作永宁寺碑,未载碑文。

《广弘明集》三十卷,唐京兆释道宣撰。这是继承、并扩大梁僧祐《弘明集》而作的书,亦未录山寺碑铭文字。

《历代三宝纪》,或作《开皇三宝录》,简称《三宝纪》《长房录》,十五卷,隋代费长房撰。作者在《总目序》(卷一五)中,曾说明本书的编写缘起,认为过去的佛经目录有的散佚,有的记录不完备,作者处在南北统一的隋代,又参加国立译场,接触到更多的经籍。于是在这种条件下,总结前人的成果,把目录编纂得更全面和系统化,自有必要。只是提及常景制《永宁寺碑铭》,又数次提及建立伽蓝并"建碑颂德""立碑纪事"之事。

再来看僧祐《出三藏记集》。其体例有四,都涉及佛教文体。一为"撰缘记",记述佛典结集和翻译的起源,分为论、律、经三种文体,而论藏、律藏、经藏是论、律、经三种文体各自的总和。二为"诠名录",为"经藏、律藏、论藏"下的次级文体,主要如口解、偈、品、咒、戒、赞、记。三为"总经序",主要是序、记,其卷一二为佛教杂事杂记著述"杂录",其"序"中"并杂碑记,撰为一帙",其中有传、记、碑、铭诸文体。四为"述列传",为历代译家和义解僧人的生平事略。僧祐《出三藏记集》中的《法集杂记铭目录序》目录:"《佛牙记》一卷、《胡音汉解传译记》一卷、《钟山定林上寺碑铭》一卷(刘勰)、《钟山定林上寺绝迹京邑五僧传》一卷、《建初寺初创碑铭》一卷(刘勰)、《献统上碑铭》一卷(沈约)、《僧柔法师碑铭》一卷(刘勰),右七卷共帙。"《梁书·文学传》载:"(刘勰)依沙门僧祐,与之居处,积十余年,遂博通经论,因区别部类,录而序之。今定林寺经藏,勰所定也。"即僧祐《出三藏记集》为刘勰协助编定,故《法集杂记铭目录序》中多有刘勰所作,如《广弘明集》中,作者道宣自撰的叙述与辩论的文章编

---

[1] (唐)道宣《续高僧传》,台北文殊出版社,1988年,第257—258页。

入甚多。

《出三藏记集》记述山寺碑铭集的情况,但未录其文字(例不载录文字)。僧祐对"法集杂记铭"的录入有个说明:一称"是以三宝胜迹,必也详录,四众福缘,每事述记",是所必录;二称"山寺碑铭"之类,称其"文自彼制,而造自鄙衷",即文体非释氏正宗,所谓"彼制"就是指其凡俗性质;但所谓"鄙衷",即出之崇信者的真情实感,所以"窃依前古,总入于集,虽俗观为烦,而道缘成业矣"。① 这应该是"寺碑"文体在佛教文字的定位:即"寺碑"文体非正宗佛教文字,故"俗观为烦";但与佛家有因缘,与成就佛家事业有关。

既然僧祐对佛教寺碑文有如此定位,故汤用彤述"南北朝释教撰述"之"史地编著"部分,把"山寺碑铭"列入"史料之保存"部分,称:"则特可注意者,为梁僧祐,集《诸寺碑文》四十六卷(《隋志》著录,另有《众僧行状》四十卷,亦祐撰),及梁元帝《内典碑铭集林》,三十卷之作。历史之根本原料为同时人著述,而碑文自为其一种。元帝《内典碑铭集林》实佛教史料之宝藏,惟其书不传。……惜哉!(僧祐有《法集杂记铭》,其内亦收入碑铭四篇。)"②

僧祐对佛教寺碑文的如此定位,也就确定了萧统《文选》的著录《头陀寺碑文》。《文选序》曾称"经、子、语、史"文字不入总集,释教文字例不入总集,而佛教总集视"山寺碑铭"为"彼制",不作为正宗佛教文字,故有录入的可能。

下面附带讲一下《艺文类聚·内典》载录与佛教有关文字的情况。

《内典》所录文体皆为中土文体,有:诗、颂、赞、碑(像碑、像碑铭)、寺碑(碑铭、碑序、碑[或含铭]、法师碑、放生碑、众食碑)、铭(佛像铭、石像铭、刹下铭、钟铭、文襄王帝金像铭、献武皇帝寺铭)、墓志(实为墓志铭)、表、启、序、书。也就是说,佛教翻译文体不录。如《内典》所录宋谢灵运《无量寿佛颂》,与佛教文体"颂"不同,佛经"颂"为"偈",是梵语"偈佗"(Gatha)的简称,即佛经中的唱颂词。通常以四句为一偈。慧远《阿毗昙心序》对"颂"体的论述:"《阿毗昙心》者,三藏之要颂,咏歌之微言,管统众经,领其宗会,故作者以心为名焉。……始自《界品》,讫于《问论》,凡二百五十偈,以为要解,号之曰

---

① (南朝梁)释僧祐撰,苏晋仁、萧炼子点校《出三藏记集》,中华书局,1995年,第498—499页。
② 汤用彤《汉魏两晋南北朝佛教史》,中华书局,1983年,第421—422页。

心。"①此称佛经的"颂"体,总括了众经的纲领性的精神内涵,这就是把佛经的"颂"称之为"心"的原因。《阿毗昙心序》又有对"颂"体音乐性的论述,称"颂声"的"拟象天乐",一是"仪形群品"的以声状物,或"状鸟步兽行",或类似诸种物理人情,可谓"极自然之象趣"。二是"触物有寄"的情感寄托,"颂声"之"情",随着乐声所拟对象的变化而变化,综合而为歌。三是"气与数合",乐气与乐数相合,宫商律吕相互配合,可谓"穷音声之妙会"。"颂声"奏之于金石管弦,百兽率舞,人神同感,达到极致。②《内典》所录"启、书、表、序"等,多为凡俗间的佛教活动、佛教事物的叙说,如梁简文帝《上大法颂表》,又如梁武帝《小亮法师涅槃疏序》、梁元帝《法宝联璧序》、梁沈约《内典序》。另外,《内典》所引文体的作品作者,仅后秦鸠摩罗什法师《十喻诗》、梁释慧《令和受戒诗》而已。

四　南北朝时代甚重寺碑文体

现在所见到的时代较早的寺碑文字,为前赵的《中丘城寺碑》。唐人封演曰:"邢州内丘县西,古中丘城,寺有碑,后赵石勒光初五年(322)所立也,碑云:'大和上佛图澄愿者,天竺大国罽宾小王之元子,本姓湿,所以言湿者,思润理国,泽被无外,是以号之为湿。'……大历中,予因行县,憩于此寺,读碑见之。"③严可均说:"光初,赵刘曜年号,是时石勒尚奉赵朔,故碑题光初五年也。"④

刘勰《文心雕龙·诔碑》:"夫属碑之体,资乎史才,其序则传,其文则铭。标序盛德,必见清风之华;昭纪鸿懿,必见峻伟之烈。此碑之制也。"⑤《文章辨体序说》称:"秦汉以来,始谓刻石曰碑,其盖始于李斯峄山之刻耳。萧梁《文选》载郭有道等墓碑,而王简栖《头陁寺碑》亦厕其间。"⑥《文选》载录寺碑文,给后世留下深刻的印象。

南北朝士人对寺碑撰作非常看重,如南朝庾信称赏北朝温子升的寺碑之

---

① 《出三藏记集》,第378页。
② 同上。
③ (唐)封演《封氏闻见记》卷八,中华书局,1985年,第103—104页。
④ 严可均《全上古三代秦汉三国六朝文》,中华书局,1958年,第2312页上。
⑤ (南朝梁)刘勰撰,詹锳义证《文心雕龙义证》,上海古籍出版社,1989年,第457页。
⑥ (明)吴讷著,于北山校点《文章辨体序说》,人民文学出版社,1962年,第52页。

文:"时温子升作《韩陵山寺碑》,(庾)信读而写其本,南人问信曰:'北方文士何如?'信曰:'唯有韩陵山一片石堪共语。'"①

南北朝史书则多有寺碑文撰作的记载,如:

《魏书·外戚传上》:冯熙"为政不能仁厚,而信佛法,自出家财,在诸州镇建佛图精舍,合七十二处","其北邙寺碑文,中书侍郎贾元寿之词。高祖频登北邙寺,亲读碑文,称为佳作"②。

《南史·文学·周兴嗣传》:"时武帝以三桥旧宅为光宅寺,敕兴嗣与陆倕各制寺碑,及成俱奏,帝用兴嗣所制。"③

《北齐书·祖珽传》:"会并州定国寺新成,神武谓陈元康、温子升曰:'昔作《芒山寺碑》文,时称妙绝,今《定国寺碑》当使谁作词也?'元康因荐珽才学,并解鲜卑语。乃给笔札就禁所具草。二日内成,其文甚丽。神武以其工而且速。"④称《定国寺碑》为祖珽在狱中所为。此处有二疑问,一是既荐作寺碑,又称其"解鲜卑语",莫非此寺碑文以鲜卑语所作? 二是《艺文类聚》载录温子升《定国寺碑》,似《定国寺碑》有二文;不过据上文《光宅寺碑》有二,一用一不用,《定国寺碑》有二文也是可能的,只是一存一不存。另,《续高僧传》卷一〇载沙门明则制觉观寺碑,《艺文类聚》录温子升《大觉观寺碑》,亦似二文。

南北朝史书还多记载寺碑的书写,如:《南史·恩幸·徐爰传》:"(徐)爰子希秀,甚有学解,亦闲篆隶,正觉、禅灵二寺碑,即希秀书也。"⑤

《周书·艺术·赵文深传》:"至于碑榜,余人犹莫之逮。""世宗令至江陵书景福寺碑,汉南人士,亦以为工。梁主萧察观而美之,赏遗甚厚。"⑥

《洛阳伽蓝记》记载寺碑撰作的情况最为详细,如:

卷一永宁寺,"诏中书舍人常景为寺碑文"。常景碑云:"须弥宝殿,兜率净宫,莫尚于斯也。"⑦卷二正始寺:"百官等所立也。正始中立,因以为名。在

---

① (唐)张鷟《朝野佥载》卷六,《丛书集成初编》本,中华书局,1985年,第80页。
② 《魏书》,中华书局,1974年,第1819页。
③ 《南史》,中华书局,1975年,第1780页。
④ 《北齐书》,中华书局,1972年,第515页。
⑤ 《南史》,第1919页。
⑥ 《周书》,第849页。
⑦ (北魏)杨衒之撰,范祥雍校注《洛阳伽蓝记校注》,上海古籍出版社,1978年,第4、3页。

东阳门外御道西,……有石碑一枚,背上有侍中崔光施钱四十万,陈留侯李崇施钱二十万,自余百官各有差,少者不减五千已下,后人刊之。"①卷二平等寺:"永熙元年,平阳王入篡大业,始造五层塔一所。……诏中书侍郎魏收等为寺碑文。"②卷三景明寺:"宣武皇帝所立也。……至正光年中,太后始造七层浮图一所,去地百仞,是以邢子才碑文云'俯闻激电,旁属奔星'是也。""至永熙年中,始诏国子祭酒邢子才为寺碑文。"③卷四大觉寺:"广平王怀舍宅也,在融觉寺西一里许。北瞻芒岭,南眺洛汭,东望宫阙,西顾旗亭,神皋显敞,实为胜地。是以温子升碑云'面水背山,左朝右市'是也。"④

《水经注》卷一六:"(谷水)其水北乘高渠,枝分上下,历故石桥东,入城,径瑶光寺,中有碑,碑侧法《子丹碑》,作龙矩势,于今作则佳,方古犹劣。"述碑的形制,《水经注》中郦道元访碑数百,佛教寺碑仅此一耳。⑤

又,西安碑林藏北魏《晖福寺碑》,碑石原在陕西澄城县,北魏太和十二年(488)刻,额下有穿,下部作束腰形,碑阴刻有许多少数民族的姓氏,为中国名碑之一。隋《龙藏寺碑》,楷书,无撰书人姓名,开皇六年(586)刻,碑在河北省正定县。隋代丁道护《启法寺碑》,有拓本。

由王简栖《头陀寺碑文》的叙写以及史著对南北朝寺碑文的记载,可知寺碑文常常是著名文人所作,常常是敕作;虽然其文字追求工整、叙写讲究华丽,且不闻有所谓"谀碑"之讥——如为人而作的碑文,撰碑者为迎合死者亲属称美死者的心理需求,在为死者撰饰终之文,刊述死者生前操行、履历时多夸大、溢美之辞;而寺碑文不存在这样的问题,但对佛教寺庙建筑的描摹,则需要夸张浓饰之词,方显佛教佛法之伟大与神秘。

(广西师范大学文学院)

---

① 《洛阳伽蓝记校注》,第 99 页。
② 同上书,第 108 页。
③ 同上书,第 132、133 页。
④ 同上书,第 234 页。
⑤ (北魏)郦道元著,谭属春、陈爱平点校《水经注》,岳麓书社,1995 年,第 248 页。

从"五柳先生"到"六一居士"
——中国传统文人的一种处世心态

卫绍生

如果把仕途比作一座"围城"的话,中国传统文人都有一种纠结不已、挥之不去的"围城"心态:没有进入城内的人,千方百计要挤进去。学成文武艺,货与帝王家。没进入城内,怎么证明你是学优之人?学而优则仕嘛!已进入围城的文人,不论自觉不自觉,情愿不情愿,总是有意无意地向人诉说着逃出围城的心愿。在传统文人的笔下,官场龌龊黑暗,泯灭人性,留恋官场,如何证明你没有助纣为虐,如何证明你是清白之身?传统文人的"至圣先师"孔子就曾表示过"凤鸟不至,河不出图,吾已矣夫!"(《论语·子罕》)孔子尚且如此,何况尊奉其学说的后学儒生呢!

在中国古典文学中,传统文人这样一种处世心态有迥然不同的表现,其中以传记形式出现者亦不少,最为典型且最具代表性的,是陶渊明的《五柳先生传》和欧阳修的《六一居士传》。陶渊明归隐后,以"门前有五柳树",自号"五柳先生";欧阳修晚年退居颍上,自号"六一居士"。陶渊明年轻时曾多次流露出进入官场这座围城的愿望,而且确实也曾多次进入这座围城,但他终于还是逃出了这座围城。《五柳先生传》就是他逃出围城之后的自述身世之作。欧阳修的仕宦经历与陶渊明有很大差异,他24岁步入仕途,前后历40年,官至参知政事,算是仕途上的得意者。他不仅已经进入城内,而且可以说已经站在城楼上,有登高临远之便利,但他却在晚年创作了《六一居士传》,表示要避地而居,做一名远离官场喧嚣的居士。从陶渊明到欧阳修,时间跨越600余年,一个借隐居而逃身,一个借避地而逃心,形式不同,表现也有差异,但他们却同样怀有走出围城的心态。这种心态正是传统文人或多或少都曾流露过的心态,对传统文人有很大影响。

一 借逃身以逃心

超然尘外,洁身自好,是中国文士由来已久的传统。《庄子·让王》中的巢父、许由等远古高士窜身山林,隐居岩穴,"不事王侯,高尚其事"[1],受到了后世文人的称赞。巢父、许由虽然算不上文人,但他们以逃身的方式拒绝尘世的烦扰,追求心的宁静,深得文人的嘉许。春秋战国以降,传统文人大都信奉"天下有道则仕,无道则隐"的处世原则。可是,即使在出仕之时,许多人仍然是外儒而内道,以进取之心处世,以守恒之心修己。若生逢乱世,不少人则选择避地而居,或栖身山林,或窜身海滨,乐得个眼不见为净,做起了隐士。西晋皇甫谧《高士传》就记载了不少这样的隐士。

真正以文人身份而"逃身"的,陶渊明可算第一个。他自辞彭泽县令,高歌"归去来兮",挂冠而去,回故乡柴桑做起了隐士。他和巢父、许由等远古高士不同,没有选择穴处岩栖,而是"结庐在人境",开创了文人隐居尘世的一条新路子。中国古代的隐士大抵可以分为三类,即所谓大隐、中隐和小隐。"小隐隐陵薮,大隐隐朝市"[2],说的是大隐和小隐;"大隐住朝市,小隐入丘樊。丘樊太冷落,朝市太嚣喧。不如作中隐,隐在留司官。似出复似处,非忙亦非闲。"[3]说的是中隐。可是,陶渊明"结庐在人境"式的隐居,不仅无朝市的喧嚣,又无丘樊的孤寂,同时亦无"似出复似处,非忙亦非闲"的俗务。这种隐居是通过"逃身"而达到"逃心"。逃离龌龊的官场,远离是非之地,官场的勾心斗角、尔虞我诈不入眼入心,便会眼不见、心不烦。从积极方面来说,这是不愿随波逐

---

[1] (宋)朱熹注《周易本义》卷之一"蛊"卦上九爻辞,北京书店1985年据世界书局影印本影印。
[2] (东晋)王康琚《反招隐诗》,萧统《文选》第二二卷,中华书局1977年影印清嘉庆十四年胡克家刻本。
[3] (唐)白居易《白氏长庆集》卷二二《中隐》。

流,不屑于同流合污,欲以此保持自己高洁的人格;从消极方面来说,这是退让,是逃避。但不论怎样,其结果是一样的,那就是"逃身"。但陶渊明的"逃身"不是栖身山林、窜身海滨,而是在"而无车马喧"的乡村。但仅仅"逃身"是不够的,还必须做到"心远地自偏",使自己的思想、情怀、意趣远离名利场,挣脱名缰利锁的束缚,真正摆脱功名利禄的诱惑,回归自然,回归心的宁静。这就是"逃心"。

正因为陶渊明能够由"逃身"而至"逃心",才能像他在《五柳先生传》里所描写的那样,达至"环堵萧然,不蔽风日。短褐穿结,箪瓢屡空,晏如也"的境界,才能像前代高士黔娄那样"不戚戚于贫贱,不汲汲于富贵",才能真正"忘怀得失,以此自终"。

陶渊明之后,文士"逃身"而为隐士者甚多,但真正能够做到由"逃身"而至"逃心"者鲜矣。其中不少人是身在江海之上,心存魏阙之下,以隐逸为终南捷径,名为隐逸,实则是借隐逸来邀求功名。孔稚圭的《北山移文》,就是为声讨这类沽名钓誉的假隐士而作。这类隐士形式上做到了"逃身",但他们把"逃身"当作终南捷径,以此沽名钓誉,时刻幻想着朝廷安车蒲轮前来征聘。这些人依然"心存魏阙",未能做到"逃心"。与此相反,不少身在官场的文人虽然未能"逃身",却是身系尘世、心存物外,试图"逃心"。两晋之际那些身居高位而热衷谈玄清议的人,有不少都是试图"逃心"者。其最为典型者是名列"中朝名士"之首的王衍。他位居台辅之重,却是不膺于世务,仕不事事,终日与所谓的"中朝名士"侈谈玄理,信口雌黄。王衍这样做虽然有明哲保身的意图,但他也是以此作为"逃心"的一种方式。

隋唐以后,随着科举制的实行,文人进入官场者越来越多,但受儒、道、佛等文化的影响,进入官场的文人在生活或仕途遭遇挫折之时,纵然没有选择"逃身",通常也会采取"逃心"或"逃名"的方式来进行自我排遣、自我调节。这种情况在北宋文人中表现得十分突出。北宋是文人最受重视的时期,同时也是文人之间相互倾轧最为严重的时期。这一时期的文人不仅要防备来自政敌的攻击和暗算,也要防备来自不同政见或不同派系的文人的攻击和暗算。北宋时期许多文人深陷党争的漩涡不能自拔,就深刻地说明了这一点。

作为北宋曾经叱咤一时的文坛领袖,欧阳修同样也曾深陷"逃身"与"逃心"的痛苦选择之中。景祐三年(1036),天章阁待制权知开封府范仲淹因言事忤宰相,被贬为饶州知府。时任大理评事兼监察御史的欧阳修刚满三十岁,他仗义执言,致书司谏高若讷,严词切责,信中有"足下犹能以面目见士大夫,出入朝中称谏官,是足下不复知人间有羞耻事尔"之语①,可谓只字片语,严于斧钺。高若讷以其书示宰相吕夷简,欧阳修因此被划入范仲淹一党,贬为夷陵县令。庆历五年(1045),欧阳修因再次为范仲淹、富弼等人辩解而被贬知滁州。欧阳修屡屡不由自主地身陷朝廷党争的漩涡,身心经历了巨大痛苦。然而,欧阳修毕竟是一个有着极强政治责任感的文人,他既不能像陶渊明那样借"逃身"来实现"逃心",只好是虽不能之、心向往之,所以其诗文常常不自觉地流露出超然尘世、寄情物外之想:

> 伊川不到十年间,鱼鸟今应怪我还。浪得浮名销壮节,羞将白发见青山。野花向客开如笑,芳草留人意自闲。却到谢公题壁处,向风清泪独潸潸。(《再至西都》)

此诗写于庆历三年,欧阳修从西京留守推官任上已离职十年。十年之后,欧阳修再至洛阳,已然生出"浪得浮名销壮节,羞将白发见青山"之慨。游宦十余年,欧阳修经历了人生许多坎坷和官场风波,对"浮名"已是兴趣索然,而面对"野花向客开如笑,芳草留人意自闲"的景象,却表现出无限爱怜之意,其超然物外之情表露无遗。

在经历了更多的人生磨难和官场挫折之后,欧阳修退居颍水之上,终于能够像陶渊明那样由"逃身"而"逃心"。述及此事,他不无释重之感:"俯仰二十年间,历事三朝,窃位二府,宠荣已至而忧患随之,心志索然而筋骸惫矣。其思颍之念未尝少忘于心,而意之所存亦时时见于文字也。今者幸蒙宽恩,获解重任,使得待罪于亳,既释危机之虑,而就闲旷之优,其进退出处,顾无所系于事矣。谓可以偿夙志者,此其时哉!"②官场荣宠固然令人羡慕,但伴随而来的忧患灾祸,同样令人有临深履薄之感。所以,即使是荣宠之事,亦不免让人心志索然。欧阳修退居颍上,如今终得"释危机之虑,而就闲旷之优,其进退出处,

---

① (宋)欧阳修《文忠集》卷六七《与高司谏书》,影印文渊阁四库全书本。
② 欧阳修《文忠集》卷四四《思颍诗后序》。

顾无所系于事矣",怎能不大快于心呢!

二 "身闲爱物外,趣远谐心赏"

欧阳修与陶渊明一样,自出仕之时起就有"逃心"之想。宋仁宗天圣八年(1030)三月,24岁的欧阳修以贡举第一的身份参加殿试,取得甲科第十四名的好成绩,五月出任西京留守推官。次年,欧阳修迎娶恩师之女胥氏为妻,正可谓洞房花烛夜,金榜题名时。更值得高兴的是,在西京留守钱惟演幕府,欧阳修结识了尹洙、梅尧臣等名士,"日为古文歌诗,遂以文章名冠天下"①。欧阳修幼年坎坷,经历了诸多磨难,如今一举成名天下知,理应风帆正举,快意人生。可是,读一读欧阳修此时的诗作,不仅看不到诗人鹏程万里的壮志,反而看到了诗人寄心物外的远趣。

欧阳修在西京洛阳为官,前后四年。这四年,正是欧阳修声誉鹊起的四年。从他留下的诗作来看,多是描写西京的自然风物。我们看一看下面几首小诗:

> 北阙望南山,明岚杂紫烟。归云向嵩岭,残雨过伊川。树绕芳堤外,桥横落照前。依依半荒苑,行处独闻蝉。(《雨后独行洛北》)

> 一雨郊圻迥,新秋榆枣繁。田荒溪溜入,禾熟雀声喧。烧出空槎腹,人耕废庙垣。闲追向城客,落日隐高原。(《陪府中诸官游城南》)

> 秋色满郊原,人行禾黍间。雉飞横断涧,烧响入空山。野水苍烟起,平林夕鸟还。嵩岚久不见,寒碧更屏颜。(《又行次作》)

诗人笔下的山川景物不仅给人荒芜孤凄之感,而且还隐然流露出诗人的孤寂之意。此时是诗人刚刚走上仕途之时,又是新婚燕尔,心情理当阳光明媚,灿若朝霞,笔下的自然风物亦当清新明丽,秀美可人。可是,诗人笔下的景物,除"树绕芳堤外,桥横落照前"和"野水苍烟起,平林夕鸟还"外,其余多属残、荒、独、废、断、寒之景。读到这些诗,人们不禁要问:这是洞房花烛夜、金榜题名时

---

① (宋)周必大编《文忠集》卷前载《文忠集年谱》。

的欧阳修所写的诗吗?的确,这些残败荒凉的景物,与诗人此时志得意满的境遇是很不相称的。

不仅如此,诗人此时的诗作还流露出浓浓的寄情物外之意。如《缑氏县作》:"亭候彻郊畿,人家岭坂西。青山临古县,绿竹绕寒溪。道上行收穗,桑间晚溉畦。东皋有深趣,便拟卜幽栖。"缑氏县,秦时所置,在今河南偃师东南,因山而得名。缑氏山传为王子乔升仙之地,有"传王子晋控鹤斯阜,灵王望而不得近,举手谢去"之说①。另据《嵩高山记》,西汉初年有一个名叫王彦的人隐居缑氏山,汉景帝多次征召,王彦皆不出仕,景帝就亲自来缑氏山封其为侯②。尾二句则流露出超然物外、绝迹尘世之想。既然"东皋有深趣",诗人萌生卜居幽栖之想,不也是很正常的吗?

欧阳修风帆正满之时,为何会萌生超尘绝世之想呢?《巩县陪祭献懿二后回孝义桥道中作》透露了其中的消息:

> 落日汉陵道,初寒惨暮飙。遥看山口火,暗渡洛川桥。不见新园树,空闻引葬箫。林鸦栖已定,犹此倦征镳。

宋仁宗明道二年(1033)九月,庄献刘皇后、庄懿李皇后祔葬巩县定陵,欧阳修至巩县陪祭。然而,在参加了这一重大活动返回洛阳的途中,欧阳修却流露出已倦仕途之意。生前再显赫、再辉煌又如何?最后不是同样要成为一掊黄土吗?"落日汉陵道,初寒惨暮飙"所绘之景已经是凄凄惨惨了,而"不见新园树,空闻引葬箫"就更可见诗人心境的悲凄了。再看林中鸦,根本不理会世间的烦恼,悠然栖息于树丫之上。人鸟对比,诗人"倦征镳"之情油然而生,对仕途产生了倦怠之意。

欧阳修厌倦仕途,萌生尘外之想,若是在仕途屡遭挫折之后,尚可理解,但此时此刻,欧阳修竟然生出这种念头,就有点不合情理了。不过,如果读一读下面这首诗,就不难发现诗人为何会在风华正茂之际、风帆正满之时萌生超然尘外之想了:

> 东郊渐微绿,驱马欣独往。梅繁野渡晴,泉落春山响。身闲爱物

---

① (清)景日昣《说嵩》卷八"少室阴",《嵩岳文献丛书》(三),中州古籍出版社,2003年,第149页。
② 同上书,第38页。

外,趣远谐心赏。归路逐樵歌,落日寒川上。(《伊川独游》)

早春时节,诗人策马独游伊川,入眼而来的皆是初春充满生机的景象。尤其是"梅繁野渡晴,泉落春山响"二句,一静一动,既给人美的享受,又引人无限遐想。当此之时,诗人真切地感受到"身闲爱物外,趣远谐心赏"的美妙。可以说,正是出于对自然美的热爱和对闲暇生活的向往,同时也是出于对凡尘琐事的厌倦与懈怠,欧阳修才在刚刚步入仕途之时,就情不自禁地时时流露出超然尘外的想法。在欧阳修此后的仕途生活中,这种念头时时萦绕于心,并在他退居颍上之后占据了压倒性优势。

三　从感性行为到理性选择

陶渊明不愿为五斗米折腰,自辞彭泽县令,回归田居,借"逃身"实现了"逃心"。他"逃心"的主要方式是诗酒文章。他写了许多咏酒诗,以至于有人怀疑他"篇篇有酒,吾观其意不在酒,亦寄酒为迹者也"①。他"结庐在人境",终日以诗酒自娱,有时则与乡党"奇文共欣赏,疑义相与析"②。对于陶渊明来说,为文赋诗和饮酒只是他"逃心"的一种手段或寄托,正像他在《五柳先生传》中写的那样:"好读书,不求甚解,每有会意,便欣然忘食。性嗜酒,家贫不能常得;亲旧知其如此,或置酒而招之。造饮辄尽,期在必醉。既醉而退,曾不吝情去留。"中国传统文人超然物外,寻求心灵港湾的方式有很多种。陶渊明借"逃身"而"逃心",并在"逃身"之后,通过诗酒文章来实现"逃心",为传统文人超然尘世之外、寻求心灵的宁静开辟了一条新路,对传统文人的处世方式产生了深远影响。

欧阳修之"逃心",既远承陶渊明之神韵,又鲜明地体现出个人的兴趣、爱好与习惯,形成了独具个性特色的"逃心"方式。欧阳修被贬谪滁州时,曾自号"醉翁"。退居颍水之上,则又更号"六一居士"。他的《六一居士传》对"六一"作了这样的解释:

---

① (梁)萧统《陶渊明集序》,引自俞绍初《昭明太子集校注》,中州古籍出版社,2001年,第200页。
② (东晋)陶渊明《陶渊明集》卷二《移居二首》其一。

> 六一居士初谪滁山,自号醉翁。既老而衰且病,将退休于颍水之上,则又更号六一居士。客有问曰:"六一何谓也?"居士曰:"吾家藏书一万卷,集录三代以来金石遗文一千卷,有琴一张,有棋一局,而常置酒一壶。"客曰:"是为五一尔,奈何?"居士曰:"以吾一翁,老于此五物之间,是岂不为六一乎?"

藏书一万卷,金石录一千卷,琴一张,棋一局,酒一壶,再加上优游乎此五物之间的一老翁,刚好是六个一,所以称为"六一居士"。其中的五物,都是欧阳修这位"既老而衰且病"的老翁忘情人世、超然物外的道具,是欧阳修"逃心"借用的工具和选择的方式。

传统文人超然尘外的方式有很多,有的放情山水,有的寄意园田,有的优游世外,有的沉湎醉乡,有的以琴棋书画为伴,有的以松竹梅菊为友。欧阳修超然尘外的方式很特别,藏书一万卷、金石录一千卷,表现出他对古代文献和文物的特别嗜好,同时也表明他对文化知识和学术文章的执着与热爱;琴和棋则是文人雅士的必备之物。陶渊明蓄素琴一张,曾言"但识琴中趣,何劳弦上声"。他追求的是一种高情雅趣,至于素琴能否弹出声音,弹出怎样的声音,都不重要。围棋最讲究阴阳相生,追求的是均衡与和谐,是中国人智慧的体现,所以传统文人非常喜爱对弈手谈。东晋谢安在淝水之战打得不可开交的时候,仍手谈不辍,足见文人对围棋的钟爱程度是如何之高了。欧阳修琴一张,棋一局,既是为了与文友切磋琴艺和棋艺,同时也是为了在研讨古文化之余必要的自我消遣。至于酒一壶,那就更是传统文人必不可少之物了。传统文人不论喜饮嗜饮者,还是不胜酒力者与根本不能饮者,对酒都有特殊的感情,这不仅因为"酒能祛百虑"[①],可以消除各种烦恼,也不仅因为酒是诗朋文友交际之物,更因为酒至微醺能够让人达到一种非常独特的审美境界,故宋代文人邵雍有"美酒饮教微醉后,好花看到半开时"之说[②]。欧阳修的"酒一壶",与琴一张、棋一局一样,是他摆脱世俗缠绕、超然物外、寻求心之宁静所必不可少之物。

也许正是因此,有人以为欧阳修屡易其号、以此五物为伴,是为了"逃名",

---

① 《陶渊明集》卷二《九日闲居》其一。
② (宋)邵雍《伊川击壤集》卷一〇《安乐窝中吟》,文渊阁四库全书影印本。

以为"此庄生所诮畏影而走乎日中者也,予将见子疾走大喘渴死,而名不得逃也"。但在欧阳修看来,名不可逃,亦不必逃。他之所以对这五物情有独钟,则是因为它们是"志吾之乐"罢了。正如欧阳修在《六一居士传》中所写的那样:

> 吾之乐可胜道哉!方其得意于五物也,太山在前而不见,疾雷破柱而不惊,虽响九奏于洞庭之野,阅大战于涿鹿之原,未足喻其乐且适也。然常患不得极吾乐于其间者,世事之为吾累者众也。其大者有二焉:轩裳珪组劳吾形于外,忧患思虑劳吾心于内,使吾形不病而已痊,心未老而先衰。尚何暇于五物哉?虽然,吾自乞其身于朝者三年矣,一日,天子恻然哀之,赐其骸骨,使得与此五物皆返于田庐,庶几偿其夙愿焉。此吾之所以志也。①

欧阳修在官场,前后达40年,对官场有深刻体会和感受。在他看来,不能让他极乐于五物之间的原因虽然很多,但最主要的却只有两点:一是官服冠带让他劳形于外,忙于官场各种应酬,这和嵇康不堪于"危坐一时,痹不得摇。性复多虱,把搔无已,而当裹以章服,揖拜上官"②,有相似之处;二是职责所在使他不得不在其位而谋其政,忧患思虑,劳心于内。内外交困,致使他"形不病而已痊,心未老而先衰"。仕途的悲喜,职责的要求,使每一个进入官场的传统文人都不免劳形烦心,因为他们不是政客,而是有社会责任感的文人,充当社会脊梁、保持做人良知的基本教育,使他们不可能像纯粹的政客那样违心地去为政与为人。所以才有了陶渊明的挂冠而去,有了范仲淹等人的一次次被贬谪。尝遍了仕途的酸甜苦辣,经历了宦海的起伏坎坷,欧阳修越发感到"极吾乐于其间"之可贵,于是决定以五物为伴,老于其间。

欧阳修作出这样的选择,固然是因为在他的观念中应该是"士少而仕,老而休",他已是年过花甲之人,可以"老而休",颐养天年了。更主要的是他认为有"三宜去":"盖有不待七十者矣,吾素慕之,宜去一也;吾尝用于时矣,而讫无称焉,宜去二也;壮犹如此,今既老且病矣,乃以难强之筋骸,贪过分之荣禄,是将违其素志,而自食其言,宜去三也。吾负三宜去,虽无五物,其宜去

---

① (宋)欧阳修《文忠集》卷四四。
② (西晋)嵇康《嵇康集》卷二《与山巨源绝交书》。

矣。"欧阳修是一个有自知之明的人。他一向仰慕那些不到七十就告老还乡的人,所以他不想已是古稀之年仍滞留官场,这是其一;其二,为官已经多年,迄今为止没有多好的名声,所以,也应该离开了;其三,如今老且病,若仍然恋栈,便有贪图荣禄之嫌,也违背自己的志向,是自食其言,所以也必须离开了。因为这三个原因,即使没有那五种可以"逃心"的东西,也是要离开的。可见,欧阳修是非常明智的,是真正的知进退之人。

陶渊明"不能为五斗米折腰向乡里小人"而自解引绶去职,似乎是外在因素更多一些,但实际上却是他不慕荣利、质性自然的性格使然。可以说,陶渊明由"逃身"而至"逃心",是由其自身性格决定的。而欧阳修的"三宜去",不论是"素慕之""讫无称焉",还是"将违其素志,而自食其言",都是出于自省,是对自己人生志向与经历的反思。其中虽不乏客观因素的作用,但主要的还是欧阳修深刻的自省。两相比较不难看出,陶渊明选择归隐,通过"逃身"来实现"逃心",是一种非常直接的感性行为,而欧阳修借五物以"逃心",则更多的是理性选择的结果。

从陶渊明到欧阳修,由感性行为到理性选择,折射出中国传统文人心态演进的轨迹。应该说,自巢父、许由而来的隐逸行为,都经过了隐居者的理性思考。巢父和许由等远古隐士不愿受天下之累,辞天下之尊而不受,虽是理性选择的结果,但实际上是他们欲逍遥于天地之间的性格使然。三代以降,尤其是春秋战国以后,随着儒家与道家文化的形成,传统文人或服膺道家,或笃信儒家。道家文化本来就是以出世为特征的,道家所提倡的任情自然和返璞归真,为传统文人的隐居提供了思想理论依据;同时,儒家主张的"邦有道则仕,邦无道则可卷而怀之"(《论语·卫灵公》),"隐居以求其志,行义以达其道"(《论语·季氏》),以及"贤者辟世,其次辟地,其次辟色,其次辟言"(《论语·微子》)等,实际上对隐逸也持肯定态度。尤其是"隐居以求其志",更成为后世文人远离尘世所高扬的一面旗帜。

魏晋之前,文士隐居的具体原因虽然多种多样,各不相同,但总体来说多是性格使然。正如范晔《后汉书·逸民传序》所说:

《易》称"遁之时义大矣哉",又曰:"不事王侯,高尚其事。"是以尧称则天,不屈颍阳之高;武尽美矣,终全孤竹之洁。自兹以降,风流弥繁,长往之轨未殊,而感致之数匪一。或隐居以求其志,或回避以全其道,或静己以镇其躁,或去危以图其安,或垢俗以动其概,或疵物以激其清。然观其甘心畎亩之中,憔悴江海之上,岂必亲鱼鸟乐林草哉,亦云性分所至而已。故蒙耻之宾,屡黜不去其国;蹈海之节,千乘莫移其情。适使矫易去就,则不能相为矣。①

"性分所至"四字,道出了文士隐逸的深层文化原因。正是因为包括个人性格、人生态度、处世原则等在内的"性分"不同,不少文人才选择了隐居这条道路。这是"性分"使然,也是一种感性行为。魏晋以后,尤其是到了北宋,许多文人常常徘徊于"独善己身"与"兼济天下"之间,但不论选择兼济还是选择独善,大都跻身仕途。"学成文武艺,货于帝王家"。不然的话,空有一身本领,岂不可惜! 所以,北宋时期的文人,如魏野、林逋者少,如范仲淹、欧阳修者多。他们身在官场,虽向往隐居求志,却难以割舍社会责任,无法丢弃知识分子的良知,故而也就难以真正远离官场。即使最终像欧阳修这样离开了官场,也多是理性的选择,而非感性行为。可以说,在实行文人治国的北宋,文人获得的厚爱已经无可复加了。但不论官场还是人生,文人总有失意的时候,总免不了坎坷与挫折。当此之时,经过理性思考而选择急流勇退,也是完全可以理解的。从这个意义上说,欧阳修最后的选择,实际上反映出当时文人的一种心态,这就是与其劳形烦心而无益于国家和百姓,不如隐居以求其志,通过隐居来独善其身,实现个人性格与心灵的自我完善。

从陶渊明到欧阳修,传统文人的人生态度和处世原则并没有发生太大的变化,但他们的处世心态却发生了重要变化,表现之一就是他们对待隐逸的态度以及选择隐逸的方式发生了重要转变——由感性行为到理性选择。这既是选择的变化,同时也是心态的变化。这种变化揭示出了中国传统文人的心路历程,反映出中国传统文人处世心态演进的轨迹。

(河南省社会科学院文学研究所)

---

① 《后汉书·逸民传序》,中华书局,1965 年,第 2755 页。

汉魏六朝"诗赋"整体论抉隐

钱志熙

汉代文学术语中有两个重要的组合式概念,一个是"辞赋",一个是"诗赋"。它们不仅是目录学两类文体的连称,还是具有文学概念性质的称呼。它们在中国古代纯文学理论的发展乃至文学发展史本身的意义上,一直未被充分阐述。关于前一概念,费振刚先生曾做过详细的分辨,认为辞赋原为两体,各有源流,至汉人始以辞赋互称。① 笔者在《论辞与赋》一文中也提出了自己的看法,主要阐述汉赋内部的辞与赋两种类型的分合关系。② 相比"辞赋","诗赋"是更重要的、更高层面上的概念。"诗赋"一词,不只是简单地指陈诗与赋两种文体,还凝结着文学史上诗、赋两种文体之间的复杂关系,以及汉魏六朝批评家对这些关系的陈述。他们对诗赋关系的论述,有哪些是事实的描述?哪些只是理论的推演?这是需要深入探究的问题。更为重要的一个事实是,诗、赋两词有相互渗透、乃至彼此替代的关系,并因此而实际上凝结为一个文学术语。其内涵甚至大于诗、赋两体本身,作为一个在中古时代人们理解、把握纯文学艺术的一个最重要文学概念而存在。

---

① 费振刚《全汉赋校注》卷首"前言",广东教育出版社,2005年,第1—17页。
② 钱志熙《论辞与赋——从文体渊源与文学方法两方面着眼》,《文艺理论研究》2004年第2期。

一

　　诗、赋两体在产生及发展的历史上,存在着互有先后、互为渊源的关系。这种关系,概括地说是两点:一、辞赋是继"古诗"而兴起的一种文体,赋体的创作群体、文体形式、创作观念与文学传统诸方面受到以《诗经》为主的"古诗"系统的哺养。汉代学者"赋出古诗""赋者古诗之流"之说,所指陈的就是这一基本事实。当然,这里面也有理论阐释的成分。二、在汉代发生至魏晋确立的文人诗的创作传统,是汉代辞赋系统之后的文人文学的第二个发展阶段,同样在创作的群体、文体某些形式要素、修辞艺术等方面,大量地接受了辞赋传统的影响。这些事实,近代以来的文学史家曾用"诗的赋化"等观点加以概括。

　　上述诗、赋互有先后、互为渊源的关系,体现在汉魏六朝文献著录的体例上,即在刘《略》、班《志》"诗赋"类的著录中,诗居赋前;而具体的编排序列上,《汉书·艺文志》又列赋于歌诗之前,以至形成后世集部编纂的一种体例。如《昭明文选》的"次文之体",列赋于诗歌之前,后来诸家别集的文体排列,也多以赋居首。如《庾子山集》《杨盈川集》等,都是赋居诗前。又如李白的别集,现在所见有两种形式,一种是传为宋咸淳本的《李翰林集》[①],以古风、乐府、五七言杂歌诗居前,列古赋、杂文于后。据郁贤皓之说,咸淳本源出于乐史所编的《李翰林集》三十卷[②];另一种则如萧士赟本《分类补注李太白集》,其本"拔古赋八篇列于前为一卷,次以歌诗二十四卷"[③]。王琦所编《李太白文集》,也是列古赋于先,次以古风、乐府、五七言歌诗,再次以杂文。据王氏跋,其本所据是姑苏缪氏获昆山传是楼所藏宋刊本。以上两种,笔者认为列古赋于歌诗之前是太白手定、付魏颢所编的《李翰林集》及付李阳冰所编的《草堂集》的原来面貌。这是因为太白是依《文选》赋列诗前的体例来编定手稿的。后来宋人以太白之诗高于其古赋,贬古赋于杂文之类,其实有违李白自己的原意。这很

---

　　① 李白《李翰林集(当涂本)》,黄山书社2004年影印宣统元年贵池刘世珩《景宋咸淳本李翰林集》。
　　② 同上书,郁贤皓序。
　　③ 王琦《李太白全集》附序跋,中华书局,1977年,册3,第1689页。

可能是汉魏以来"诗赋"观念的一种失传,蕴藏着文学史演变的重要环节。所以,像后来精熟刘、班目录学及刘勰《文心雕龙》的章学诚,也对刘、班文体分类称"诗赋"而以诗居赋后表示不满:

> 赋者古诗之流,刘勰所谓"六义附庸,蔚成大国"者是也。义当列诗于前,而叙赋于后,乃得文章承变之次第。刘、班以赋居诗前,则标略之称诗赋,岂非颠倒与?每怪萧梁《文选》,赋冠诗前,绝无义理,而后人竟效法之,为不可解。今知刘、班著录,已启之矣。①

章氏讲究辨章学术、考镜源流,认为赋出诗,而诸家列赋于诗之前,而合称时又惯说"诗赋",不但混淆文体承变的源流,而且自相矛盾。事实上是他未解刘、班及《文选》编者的深意。后来论者也有据"赋居诗前"来论定汉魏六朝赋的地位高于诗,虽然与事实相差不远,但也是未深解其中之理。

二

赋出于古诗的说法,见于班固等人。一是认为战国时代辞赋家群体出于学诗之士,《汉书·艺文志·诗赋略》:

> 传曰:"不歌而诵谓之赋,登高能赋可以为大夫。"言感物造端,材知深美,可与图事,故可以为列大夫也。古者诸侯卿大夫交接邻国,以微言相感,当揖让之时,必称《诗》以谕其志,盖以别贤不肖而观盛衰焉。故孔子曰"不学《诗》,无以言"也。春秋之后,周道浸坏,聘问歌咏不行于列国,学《诗》之士逸在布衣,而贤人失志之赋作矣。大儒孙卿及楚臣屈原离谗忧国,皆作赋以风,咸有恻隐古诗之义。②

班固先是根据"传"说,追溯赋体发生的渊源,即赋的本义为不歌而颂,与诗的入乐可歌有别。赋的这一本义,与赋出于六义,构成汉人对赋体体裁特征的基本认识。前一义即"不歌而诵"侧重于赋源,即从功能区分诗赋两体。后一义

---

① (清)章学诚著,叶瑛校注《文史通义校注·附校雠通义·汉志诗赋第十五》,中华书局,1985年,第1065页。
② 《汉书·艺文志第十》,中华书局,1962年,第1756页。

即赋出于六义,则是侧重于写作方法。不歌而诵而赋义立,学诗之士逸在布衣而贤人失志之赋作。这两义都是与诗相关的,不歌而诵是从歌诗中分出的一种功能;《春秋左传》等文献所记载的春秋士大夫各种赋诗行为,从本质上说,都可称为赋。所以刘勰《诠赋》"至如郑庄之赋《大隧》,士荐之赋《狐裘》,结言短韵,词自己作,虽合赋体,明而未融。"①虽明而未融,但不碍其可归于赋体。不仅如此,引《诗》以赋的一种,虽原本为诗,但从"不歌而诵"这一点来讲,又可直接称为赋。这正证明,诗赋两体,在早期是密切难分的。从"学《诗》之士逸在布衣,而贤人失志之赋作矣"来讲,正是因为聘问歌咏不行,歌诗之法衰落,故布衣之士使用不歌而诵之法来写作、诵咏,大大地突破了歌诗的成法,而促使赋体趋于独立。这可以说是文体上的一种解放。

从"不歌而诵谓之赋""赋出于六义"这两义来看,赋其实不能简单地理解为一种体裁,而是根于不歌而诵、铺陈体物、"铺采摛文"②等表达及写作上的特点而立义成体的。从赋体的发展历史来看,也是这样。赋史上存在过各种体制,有学者将其分为诗体赋、散体赋、辞体赋等多种类型③,到了后代,更有律赋、文赋、骈赋等各种体裁。它们在形式上是不断变化的,但在文体特征与写作方法上有共同的地方。有学者在论律赋时说:"律赋不仅同其他赋类如大赋、抒情小赋、文赋一样具有铺采摛文的特点,更显著的表征在于其独特的形式,那便是重视韵律谐协,受题下韵字限制,讲究对偶,以四六隔句对式为主等。"④不光律赋是这样,其他赋体如骈赋、文赋也都是这样。甚至在汉代,赋也并非一种体裁形式。或者说,汉人称赋为"赋",主要不在体裁形式,而在不歌而诵、铺陈体物这些表达方式与写作特殊性等方面。有时候光从体裁形式上,我们甚至很难将赋与其他文体加以明确的区分。如南朝时期使用五七言的诗体赋,与同期的五七言歌行几乎没有什么区别。又如李白《剑阁赋》体制与其

---

① 黄叔琳注,李详补注,杨明照校注拾遗《增订文心雕龙校注·诠赋第八》,中华书局,2012年,第95页。

② 同上。

③ 参见马积高《赋史》(上海古籍出版社,1987年),郭建勋《辞赋文体研究》(中华书局,2007年)等书所论。

④ 郭建勋《辞赋文体研究》,第66页。

《蜀道难》相近，而篇幅更短，清人浦铣认为"绝似古风"①。同样，一些四言赋，与箴、铭、颂等，也很难区别。从这种情况来看，赋体文学的实质，在于写作的方法而不在于体裁，可以说赋体文学的本质在于有定法而无定体。当然赋的定法如不歌而诵、铺陈体物等，它本身也是在发展变化的。但万变不离其宗，存在某种定数。所以，赋体与诗体的根本区别，不在于某些体裁特征，而在于艺术的观念与方法。

班固不仅在溯理赋源时强调赋与诗的各方面关系，在披寻赋流即论述汉赋的创作时，也强调其与古诗的渊源关系，《两都赋序》言：

> 或曰：赋者，古诗之流也。昔成、康没而颂声寝，王泽竭而诗不作。大汉初定，日不暇给。至于武宣之世，乃崇礼官、考文章，内设金马石渠之署，外兴乐府协律之事，以兴废继绝、润色鸿业。是以众庶悦豫，福应尤盛。《白麟》《赤雁》《芝房》《宝鼎》之歌，荐于郊庙；神雀、五凤、甘露、黄龙之瑞，以为年纪。故言语侍从之臣，若司马相如、虞丘寿王、东方朔、枚皋、王褒、刘向之属，朝夕论思，日月献纳；而公卿大臣，御史大夫倪宽、太常孔臧、大中大夫董仲舒、宗正刘德、太子太傅萧望之等，时时间作。或以抒下情而通讽谕，或以宣上德而尽忠孝，雍容揄扬，著于后嗣，抑亦雅颂之亚也。故孝成之世，论而录之，盖奏御者千有余篇，而后大汉之文章，炳焉与三代同风。②

他这里主要是从"颂"的角度来论证汉赋为古诗之流的事实。颂为《诗经》三体之一，自成康之后颂声不兴，此后整个《诗经》文学的传统也衰落了。到武宣之世，诗颂再次兴起。但再次兴起的诗颂，其体制与《诗经》已有不同，乐府协律如司马相如等人所作的《郊祀歌十九章》，是歌诗之体，但用骚体与雅颂结合的形式；而言语侍从之臣"朝夕论思，日月献纳"之作，则继春秋士大夫九能之职，其体不歌而诵，故名为赋。而其功能，"或以抒下情而通讽谕，或以宣上德而尽忠孝"，与风雅颂是完全一致的。所以，班固认为武宣时代诸家所作的赋，实为雅颂之亚。这说明，赋是继诗而作的，汉人名这类"朝夕论思，日月献纳"

---

① 浦铣《复小斋赋话》，何沛雄《赋话六种》本，香港生活·读书·新知三联书店，1982年，第62页。
② 《文选·两都赋序》，中华书局，1977年影胡刻本，第21—22页。

的作品为赋,正是因为其"不歌而诵"的特点。班固的关于汉赋源流的这一番论述,很难说只是一种将赋附庸雅颂的理论的阐述,而是有它所对应的赋出于古诗的事实。

汉人"赋者古诗之流,赋取六义而成体"的观点,应是魏晋以降文学家的常识。但具体观点诸家有所不同。刘勰是"赋者古诗之流"理论的重要推衍者,也可以说是此说之集成者。《文心雕龙·诠赋》:

> 诗有六义,其二曰赋。赋者,铺也;铺采摛文,体物写志也。昔邵公称公卿献诗,师箴赋。传云:登高能赋,可为大夫。诗序则同义,传说则异体,总其归途,实相枝干。刘向云明不歌而诵,班固称古诗之流也。至如郑庄之赋《大隧》,士蒍之赋《狐裘》,结言扼韵,词自己作。虽合赋体,明而未融。及灵均唱骚,始广声貌。然赋也者,受命于诗人,拓宇于楚辞也。于是荀况礼智,宋玉风钓,爰锡名号,与诗画境,六义附庸,蔚成大国。遂客主以首引,极声貌以穷文,斯盖别诗之原始,命赋之厥初也。①

刘氏以比较科学的方法,区判了诗赋的合离关系。其"别诗之原始,命赋之厥初",实为指示赋体研究的原则性的观点。在论列具体的文体时,刘勰在《宗经》《正纬》之后,依次为《辨骚》《明诗》《乐府》《诠赋》。刘《略》、班《志》合辞赋为一,称屈原作品为《屈原赋》。这其实反映了西汉辞赋家的观点。但自汉初以来,"楚辞"即成专门之学,拟骚亦为独立一流,至东汉王逸为《楚辞章句》,为此学之大成。于是"楚辞"就与赋体别流,南朝诸家如刘勰、萧统都是将骚体与赋体两分。这就是形成骚赋关系的两种不同看法。后人宗刘、班之说者,以辞(骚)赋为一;沿王逸之流者,别辞(骚)、赋为二。但后者也始终难将辞、赋完全分开。刘勰《诠赋》,仍认为赋体是"受命于诗人,拓宇于楚辞"。至于刘氏论经典之外的文体,首之以"骚",是因为他认为《楚辞》是继风雅之作:"自风雅寝声,莫或抽绪,奇文郁起,其离骚哉!固已轩翥诗人之后,奋飞辞家之前。"②他说的"诗人"是诗三百篇的作者,这是"诗人"一词的本义。

---

① 《增订文心雕龙校注·诠赋第八》,第 95 页。
② 《增订文心雕龙校注·辨骚第五》,第 50 页。

至《明诗》篇,虽然刘勰列论三代之诗,但重点实在于汉魏以来的文人创作,故列于《辨骚》之后,也是按照文体的发生时间与地位而定的。但刘氏将《诠赋》放在《明诗》《乐府》之后,其处理办法与刘《略》、班《志》显然有所不同。大凡汉魏六朝文献家、文论家之处理诗赋诸体与今人之最大不同,在于除了文体本身之外,还有经典与非经典的一重关系。他们必须在经典的体制中处理文体问题,但又希望尽量体现文体本身的统一性,所以就会出现种种今人难以理解的现象。刘勰在经典与非经典及不同文体的界面中论述诗歌,将诗歌问题分别置于《宗经》《辨骚》《明诗》《乐府》《诠赋》诸篇来论述,其间可以看出他对诗歌的一贯思想及诗歌史的整体认识。他将《辨骚》《明诗》《乐府》三篇放在一起,是想尽可能呈现诗歌体裁的全貌。将《诠赋》置于这三篇的后面,也是体现赋出古诗之流的基本观念。但刘勰将"骚"即楚辞体从赋体中抽绎出来,而且置于《明诗》《乐府》与《诠赋》之前。概括地说,是骚列诗前,赋置诗后,赋体的地位相对下降。这可能反映了南朝时期实际的文学发展中诗地位的提高,而赋的地位相对下降。这对于我们认识南朝时代诗赋观念相对魏晋时代的变化这一问题是很重要的。

萧统《文选序》在"次文之体"方面,宗刘、班之意,列赋于诗前,但又置"骚"于诗后,其对诗歌及辞赋文体关系的认识,应该说是偏向于汉代人的。其论赋之说,主要取用赋出于诗之六义的说法:

> 《诗序》云:诗有六义焉,一曰风,二曰赋,三曰比,四曰兴,五曰雅,六曰颂。至于今之作者,异乎古昔;古诗之体,今则全取赋名。荀宋表之于前,贾马继之于末,自兹以降,源流实繁。述邑居,则有"凭虚""亡是"之作;戒畋游,则有《长杨》《羽猎》之制。若其纪一事,咏一物;风云草木之兴,鱼虫禽兽之流,推而广之,不可胜载矣!又楚人屈原,含忠履洁,君匪从流,臣进逆耳,深思远虑,遂放湘南。耿介之意既伤,壹郁之怀靡愬;临渊有怀沙之志,吟泽有憔悴之容。骚人之文,自兹而作。①

萧统认为赋取古诗,但诗有六义,而赋体只取其一义而用之。但事实上赋体并

---

① 《文选》,第1页。

非只用"赋"的一种方法,其中也有雅颂比兴之义。至骚辞,萧统从赋出古诗的立场出发,认为这是辞赋体发展中的一种变体。所以在次序上他不把骚归在赋类,次序列于诗歌之后。应该说,在《文选》体系中,赋的地位得到了最大程度的推崇,这与汉赋润色鸿业的功能有直接的关系。① 这也说明萧统《文选》在文体及文艺的思想方面趋于正统、推崇隆汉的倾向。

后世赋论者,对赋出古诗之流、赋为六义之一等说法,基本上不持异议,这也一直是后世赋家宗尚的基本创作思想。在理论上,他们所做的工作,主要是进一步论述辞赋与古诗的关系。清人刘熙载的观点最为透彻。他强调赋源于古诗,辞赋在创作上原本与诗相同:

> 班固言"赋者,古诗之流",其作《汉书·艺文志》论孙卿、屈原赋"有恻隐古诗之义"。刘勰《诠赋》谓赋为"六义附庸",可知六义不备,非诗即非赋也。
>
> 赋,古诗之流。古诗如《风》、《雅》、《颂》是也,即《离骚》出于《国风》、《小雅》可见。
>
> 言情之赋本于《风》,陈义之赋本于《雅》,述德之赋本于《颂》。
>
> 李仲蒙谓:"叙物以言情谓之赋,索物以托情谓之比,触物以起情谓之兴。"此明赋、比、兴之别也,然赋中未尝不兼具比兴之意。
>
> 诗为赋心,赋为诗体;诗言持,赋言铺,持约而铺博也。古诗人本合二义为一,至西汉以来,诗赋始各有专家。②

刘氏这几条,在班固、刘勰诸家之后,更加透彻地论述了赋源于诗的事实。在执着赋别有源流、赋取六义之一者的论者看来,未免骇异;但是它符合汉代辞赋家的创作意识。

三

辞赋作为文人文学的一个重要特点,在于作者艺术经营意识的自觉,包括

---

① 钱志熙《〈文选〉"次文之体"杂议——〈文选〉在文体学与文学史学上的贡献与局限》,《文艺理论研究》2009 年第 6 期。
② 刘熙载《艺概·赋概》,上海古籍出版社,1978 年,第 86 页。

对《诗》《骚》为主的文学传统的继承。赋与骚体的关系,历来学者论述较多。其与《诗经》的关系,则尚未得到充分的论述。原则上说,汉赋中的"诗体赋"及各类赋中四言句的运用,其渊源皆出《诗经》。在具体写作上,辞赋多援《诗经》名物事义。如公孙乘《月赋》:"月出皦兮,君子之光。鹍鸡舞于兰渚,蟋蟀鸣于西堂。"①是用《陈风·月出》语,蟋蟀也是《诗经》中常见之物。又如司马相如《长门赋》:"众鸡鸣而愁予兮,起视月之精光。观众星之行列兮,毕昴出于东方。"②此用《诗经·郑风·女曰鸡鸣》:"女曰鸡鸣,士曰昧旦。子兴视夜,明星有烂。"③又兼用《陈风·月出》"月出皎兮,佼人僚兮"④。崔篆《慰志赋》"懿《氓》蚩之悟悔兮,慕白驹之所从"兼用《卫风·氓》《小雅·白驹》之义⑤。班婕妤《自悼赋》:"勉虞精兮极乐,与福禄兮无期。《绿衣》兮《白华》,自古兮有之。"⑥用《邶风·绿衣》《小雅·白华》之义,以为自伤其离索。又如班婕妤《捣素赋》:"若乃窈窕姝妙之年,幽闲贞专之性,符皎日之心,甘首疾之病,歌《采绿》之章,发《东山》之咏。"⑦取《小雅·采绿》《豳风·东山》思妇念征夫之义。而赞颂人物窈窕、幽闲贞专,则又取于《周南·关雎》毛《传》"窈窕,幽闲也"及"幽闲贞专之善女,宜为君子之好匹"之说⑧。李尤《东观赋》:"臣虽顽卤,慕《小雅·斯干》叹咏之美。"⑨则取《斯干》以立本篇雅颂之意。这些现象说明,辞赋家在创作中,经常据《诗》立义,并且在具体的形象创造方面,也多借鉴《诗经》。

赋体在体裁与方法两方面,都受到《诗经》的影响。马积高《赋史》提出诗体赋这一概念,并且认为诗体赋是由《诗经》演变过来的⑩,郭建勋《辞赋文体研究》中对此做了更加充分的论述。早期赋作中多四言之体,西汉中期骋辞为

---

① 费振刚等编《全汉赋》,北京大学出版社,1993年,第40页。
② 同上书,第101页。
③ 孔颖达《毛诗正义》,阮元校刻《十三经注疏》,中华书局,1980年,第340页。
④ 《毛诗正义》,第378页。
⑤ 《全汉赋》,第250页。
⑥ 《全汉赋》,第241页。
⑦ 《全汉赋》,第244页。
⑧ 《毛诗正义》,第273页。
⑨ 《全汉赋》,第386页。
⑩ 马积高《赋史》,第6页。

特征的大赋成为赋的主流文体后,诗体赋相对衰落,然而在整个汉魏六朝时期,诗体赋始终存在,并由四言衍生为五言、七言①。这一点,可以说是赋出古诗的最直接的体制上的证据。当然,辞赋受《诗经》的影响,更主要的是在文学传统与创作观念方面,在汉人的意识中,辞赋为《诗》、骚之嫡生。楚辞在体制上对汉赋的影响更大,但从写作的观念上,汉人对《诗经》及汉儒诗学理论,有更多的继承。赋体虽然以敷陈体物为特征,但言志同样是辞赋创作的基本宗旨。汉人作赋,以讽喻为旨,虽然后来流于劝百讽一。但整体上看,赋体的讽谕正是"诗言志"观念的实践。汉赋也多用来自言其志,但多用隐讥、反讽的方法,如董仲舒等人的《士不遇赋》、司马迁《悲士不遇赋》、赵壹《刺世疾邪赋》等。至于崔篆《慰志赋》、冯衍《显志赋》,更是直接标明"言志"的宗旨。所以,从汉人正统观念上看,辞赋在言志、讽喻乃至吟咏情性等方面,与《诗经》无异,而辞赋理论家也正是以这一标准来批评其当代创作的。挚虞《文章流别论》说:

> 古之作诗者,发乎情,止乎礼义。情之发,因辞以形之;礼义之指,须事以明之。故有赋焉,所以假象尽辞,敷陈其志。②

所谓"假象尽辞,敷陈其志"正是赋应有的旨义,符合这一旨义,就是诗人之赋丽以则,丧失这一旨义就是没其讽喻的辞人之赋,辞人之赋丽以淫。当然,赋体在发展过程中,突出了敷陈、辨博、"穷侈极妙"③的一面,而在抒情言志方面有所丧失。其实这正是诗体兴起的一个原因,最早的汉魏文人五言诗,正是在言志这方面接续辞赋,并纠正其不足。

四

与赋出古诗相对,汉魏六朝的文人诗与辞赋的渊源关系,是一个更加复杂的、综合性的事实。最主要的一点,是在创作群体上的接续关系。两汉时代,

---

① 参见郭建勋《辞赋文体研究》第一章第二节《诗体赋的界定与文体特征》,第21—36页。
② (唐)欧阳询撰,汪绍楹校《艺文类聚·杂文部二·赋》,上海古籍出版社,2007年,第1018页。
③ (三国魏)曹丕《典论》,见(唐)虞世南《北堂书钞·艺文部六·论文二十》,天津古籍出版社,1988年,第417页。

辞赋为文学之重心,这种情况,恐怕至少到魏晋时期,仍然没有根本的变化。文人创作诗歌,在体制上直承汉代乐府歌诗,体现了由歌谣至乐章、由乐章至徒诗的发展规律①。文人诗创作群,是紧接着辞赋创作群而兴起的文人文学的第二个阶段②。所以,从创作主体的性质来看,汉魏晋的五言及乐府的作者,其基本的身份是辞赋家。在魏晋时期,写作辞赋是一种更为普遍的艺能,当时所崇尚的属辞比事、博学善属文的文人之艺,辞赋是其主体。其原因包括汉代辞赋的兴盛及"登高能赋可以为大夫"的传统观念的影响。相对而言,文人作五言或拟乐府辞,则为一种新颖的艺能,所以当时以诗擅长者,多特为表明,如曹丕称刘桢五言诗"妙绝时人"③,至东晋许询,仍以五言诗"妙绝时人"④而获誉。这种情况,正说明辞赋杂文的写作,原为属辞比事之基本能力,而五言诗的写作,却被视为一种特殊的艺能。如果说,辞赋家出于"学诗之士"这个环节,尚是一个隐性的事实,文人诗创作群体最初寓于辞赋家群体中,则是一个十分明显的事实。晋宋以降,诗歌创作更形强大,至钟嵘作《诗品》的齐梁时代,"才能胜衣,甫就小学"⑤者即学为诗,徐、庾及萧氏兄弟无不如此,可说是文人诗创作传统的进一步发展,近于普及,而诗艺之多歧与形于表面化、技巧化的弊病也随之出现。这个时期,才可以说文人诗创作群体的独立,文学发展由辞赋时代进入诗歌的时代。但是,尽于六朝,辞赋始终是文人创作的重要一艺。

至于唐赋的成就,历来存在争议。明清人有赋亡于唐、唐后无赋的说法。如胡应麟即认为:"骚盛于楚,衰于汉,而亡于魏。赋盛于汉,衰于魏,而亡于唐。"⑥程廷祚亦认为:"唐以后无赋。其所谓赋者,非赋也。君子于赋,祖楚而宗汉,尽变于东京,沿流于魏、晋,六朝以下,无讥焉。"⑦元明人喜持文体正宗之说,他们的这种说法当然值得商榷。但是从诗赋两体的消长来看,唐赋成就究

---

① 钱志熙《歌谣、乐章、徒诗——论诗歌史的三大分野》,《中山大学学报(社会科学版)》2011 年第 1 期。
② 钱志熙《文人文学的发生与早期文人群体的阶层特征》,《北京大学学报(哲学社会科学版)》2009 年第 5 期。
③ 《文选·书中·与吴质书》,第 591 页。
④ 余嘉锡笺疏,周祖谟等整理《世说新语笺疏·文学第四》,中华书局,2007 年,第 310 页。
⑤ (南朝梁)钟嵘著,曹旭集注《诗品集注·诗品序》,上海古籍出版社,1994 年,第 54 页。
⑥ (明)胡应麟《诗薮》内编卷一,上海古籍出版社,1979 年,第 6 页。
⑦ (明)程廷祚撰,宋效永校点《青溪集·骚赋论中》,黄山书社,2004 年,第 68 页。

竟无法与诗歌相比。虽然由于科举考试,律赋创作较盛,但是从辞赋传统来说,毋宁说已经完全让位于诗歌。律赋与文赋的相继兴起,可以说是以体制之变来济赋体之穷。南朝作家如陶、谢、颜、鲍、徐、庾,虽然主要成就在于诗歌,但都有辞赋方面的经典之作。到了唐代,李、杜虽然极力拟作古赋,但其赋作的成就,即从质的一方面来说,终究不及于诗歌。这反过来可说明魏晋为辞赋时代、南朝辞赋稍衰而诗转盛这样的事实。这是文人诗出于辞赋的基本情况。至于具体的创作中诗歌对辞赋的继承,即近世学者喜爱讨论的诗的赋化,作为诗歌发展的一个重要规律,则可以展开更多方面的深入研究。

五

在两汉魏晋时代,"诗赋"合论代表了人们对纯文学的基本认识,在文人纯文学的发展史上具有重要的意义。就这一点来说,"诗赋"一词的真义,一直未被发现。我们看汉魏人是在什么意义下使用这个词的。

汉人的认识中,辞赋是"古诗"的一种变化形态,即辞赋家恻隐古诗之义,赋者古诗之流。所以,在汉魏人的使用习惯上,单举诗、歌诗,是专指诗歌之类,单举赋、辞赋,是专指赋类。但当诗赋二字连用时,即可专指诗歌,也可专指辞赋,甚至包括铭颂之类。当然,也可同时指歌诗与辞赋两体。

汉人常用"诗赋"一词来指辞赋(包括箴、颂、铭)之类。《汉书·元后传》:

> 大将军凤用事,上遂谦让无所颛。左右常荐光禄大夫刘向少子歆通达有异材。上召见歆,诵读诗赋,甚说之,欲以为中常侍,召取衣冠。①

刘歆未见有诗歌创作,所谓诵读诗赋,未必有诗有赋,而是指辞赋箴颂之类。又《汉书·王贡两龚鲍传》载薛方:

> 方居家以经教授,喜属文,著诗赋数十篇。②

---

① 《汉书》,第 4018—4019 页。
② 《汉书》,第 3096 页。

又《后汉书》卷四二《光武十王列传》载琅琊孝王刘京：

> 数上诗赋颂德,帝嘉美,下之史官。①

以上几例中所说的诗赋,恐怕主要是指赋颂之类,并不包括我们今天所说的诗歌。又《汉书》卷八七《扬雄传》载：

> 雄以为赋者,将以风也,必推类而言,极丽靡之辞,闳侈巨衍,竞于使人不能加也,既乃归之于正,然览者已过矣。往时武帝好神仙,相如上《大人赋》,欲以风,帝反缥缥有陵云之志。繇是言之,赋劝而不止,明矣。又颇似俳优淳于髡、优孟之徒,非法度所存,贤人君子诗赋之正也,于是辍不复为。②

这一段话中,我们看得很清楚,扬雄所说的就是赋,但是他却说劝而不止的这类作品,"非法度所存,贤人君子诗赋之正"。可见,赋在广义上是被包括在诗里面的。又王符《潜夫论·务本》云：

> 诗赋者,所以颂善丑之德,泄哀乐之情也;故温雅以广文,兴喻以尽意。今赋颂之徒,苟为饶辩屈塞之辞,竞陈诬罔无然之事,以索见怪于世。愚夫憨士,从而奇之,此悖孩童之思,而长不诚之言者也。③

其所说是诗赋,但下面所举却是赋颂,而不及诗歌。其实他所说的诗赋,即是赋颂之类。

汉魏人的习惯用法,不仅诗赋一词可以作辞赋箴颂之类的名称,而且也可以直接作为诗歌的名称。其时人有仅说诗歌而以诗赋名之者。如《汉书·礼乐志》中记载汉武帝时候举行郊祀、立乐府之事云：

> 以李延年为协律都尉,多举司马相如等数十人造为诗赋,略论律吕,以合八音之调,作十九章之歌。④

今天来看,《十九章》是诗歌,并且配乐歌唱。但《汉书》作者却说"造为诗赋"。

---

① 《后汉书》,中华书局,1965年,第1451页。
② 《汉书》,第3575页。
③ （汉）王符著,（清）汪继培笺,彭铎校正《潜夫论笺校正》卷一,中华书局,1985年,第19页。
④ 《汉书》,第1045页。

是不是连类而及呢？还是当时所造，有诗有赋呢？但我们并没看到赋，并且后面明明说"略论律吕，以合八音之调"，是入乐的歌辞。如果说赋，怎么入乐呢？其实，这里所说的"诗赋"，指的就是十九章之歌。又如《三国志·魏书·三少帝纪》载：

> 五月辛未，帝幸辟雍，会命群臣赋诗。侍中和迪、尚书陈骞等作诗稽留，有司奏免官，诏曰："吾以暗昧，爱好文雅，广延诗赋，以知得失，而乃尔纷纭，良用反仄。其原迪等。主者宜敕自今以后，群臣皆当玩习古义，修明经典，称朕意焉。"①

这里说的明明是赋诗，但高贵乡公还是说"广延诗赋"。我们了解了汉代诗赋通称的用法，方才知道这里所说的"广延诗赋"，其实就是指作诗一事。从以上两例可知，以汉魏人的使用习惯，单说诗歌时，也可用"诗赋"一词来指称。

当然，"诗赋"也有实指诗歌与辞赋两体的。最典型的当然就是刘、班的《诗赋略》。另如《汉书·艺文志》称：

> 诏光禄大夫刘向校经传诸子诗赋……②

《后汉书》卷四〇《班彪列传》载班固

> 年九岁，能属文诵诗赋。③

又《汉书·楚元王传》：

> 歆字子骏，少以通《诗》《书》能属文召，见成帝，待诏宦者署，为黄门郎。河平中，受诏与父向领校秘书，讲六艺传记，诸子、诗赋、数术、方技，无所不究。④

这些用例中，诗赋当然是诗与赋两种。但也并不明确分开的，像箴、铭、颂之类，凡是属于韵文之体，也都包括在里面。从这个意义说，在汉魏时代，诗赋一词即今人所说的纯文学，亦即古人所说的辞章的代名词。

---

① 《三国志》，中华书局，1959年，第139页。
② 《汉书》，第1701页。
③ 《后汉书》，第1330页。
④ 《汉书》，第1967页。

出现上面这种情况,是因为赋出古诗之流,在汉人看来,赋是由古诗衍生的一体,所以,广义上辞赋仍然属于诗歌。虽自赋名立后,诗赋名别,赋不可以直称为"诗",诗当然也不能直接称为"赋"。但"诗赋"一名,却可以用来指其中的任何一种。这里所透露出来的更重要的信息,是汉魏时期,尤其是在汉代,诗赋两体关系十分的紧密。我们经常遗憾于《诗经》传统在汉代的衰歇无传,也感叹汉代文人缺乏诗歌创作,使得《诗经》《楚辞》两大诗歌传统在汉代衰落。但是站在"赋者古诗之流"的立场上,就可以发现,汉代正是以"诗赋"这样的新概念延续着两大传统。只是其主流已经从合乐的歌诗,转为不歌而诵的辞赋。所以,从完整性来看,有必要将汉魏的辞赋纳入诗歌史的整体中。"诗赋"一词,即是理解这个问题的关键。

六

　　从文学批评理论发展的角度来看,我国最早成熟的是乐的理论体系,诗论包括在乐论之中。自春秋至两汉"诗三百篇"经典化后,围绕《诗经》所建立的儒家诗论,标志着诗歌理论的独立。辞赋创作发生并发展之后,汉代的辞赋理论形成,与"赋出古诗"相应,辞赋的批评,也是从诗歌的批评中发展出来的。而当文人诗歌发生、发展后,逐渐地形成了文人诗的批评理论系统,这个系统,即以儒家诗论为基本纲领,同时也继承汉人的辞赋理论。这种诗赋理论复杂交织、互相影响的情况,同样体现在魏晋人运用的"诗赋"这一范畴中。汉人已经对"诗赋"进行批评,前引扬雄、王符诸家之论即是代表。曹丕《典论·论文》继承汉人的诗赋批评观点,又加自己的发展:

　　　　夫文本同而末异,盖奏议宜雅,书论宜理,铭诔尚实,诗赋欲丽。①

曹丕以"丽"以论诗赋,渊源于扬雄之论。《法言·吾子》曰:

　　　　或问景差、唐勒、宋玉、枚乘之赋也益乎?曰:必也淫。淫则奈何?曰:诗人之赋丽以则,辞人之赋丽以淫。②

---

① 《文选·论二》,第720页。
② (西汉)扬雄《法言》,中华书局,1985年,第5页。

扬雄这里通诗赋而言,诗人之赋是指从古诗之流发展过来的辞赋,它秉承了诗的原则,而辞人之赋单纯地发展了侈陈的艺术,走向淫丽的一面。明白了汉魏诗赋通用的事实,我们对于曹丕"诗赋欲丽"之说有新的理解。着眼于汉魏重辞赋的事实,则可知诗赋欲丽的观点,更主要是概括辞赋的特点。因为在汉人的观念里,诗赋实为一类,所以诗也分享了辞赋的丽的特点。到了陆机《文赋》"诗缘情而绮靡,赋体物而浏亮"①,虽然大旨与"诗赋欲丽"相近,但做了明显的分判。其中反映了魏晋文人五言诗发展、诗体在创作上更趋于独立的事实。但是,不能说陆机已经完全摆脱汉魏诗赋一词的使用习惯,他将诗赋分开,是为着对仗的需要,事实上"诗缘情而绮靡,赋体物而浏亮"是带有互文性质的。

汉魏之际兴起的文人诗创作观念,其起点仍是"诗言志"说。汉末人作五言诗,多倡言志之论,曹操尤其典型。其诗作多次提到"歌以言志""歌以咏志"。这并非其一家之言,而是汉人谈诗的习常之论。到了曹丕提出"诗赋欲丽",对诗歌下了新的定义。到了陆机,在曹丕的基础上进一步发展为"诗缘情而绮靡,赋体物而浏亮"之论。这可说是在儒家诗论之外,另辟一说,其作为六朝尚丽、重情的诗歌思想的起点,是很清楚的。然而上面已经论述过,"诗赋欲丽"不仅渊源于扬雄"诗人之赋丽以则,辞人之赋丽以淫",而且从"诗赋"整体论的事实来看,"丽"这一特点,主要来自辞赋。建安诗人对诗之"丽"的体认,正是受到了辞赋之丽的启发。而陆机所说的"绮靡""浏亮",其实质正在于丽。从一般的观念来说,"绮靡"更适合于形容辞赋的特点。而陆机移以称"诗",这其实是将辞赋的审美特征扩大到诗歌的范畴。其前提正在于上述所论的汉魏晋人的诗赋整体观。由此可见,文人诗论之所以能在儒家经典诗论之外,开拓出注重绮丽、重视艺术本身的理论,是接受了辞赋创作的实践与理论方面的成果的。而这一理论上的嬗移,是在汉魏晋诗赋整体论的大前提下得以完成的。

汉代的赋论,是文人创作论的第一次出现,居于整个中国古代文人创作理论之首。但是汉代关于辞赋的批评理论,如强调讽喻、提倡赋出于古诗、强调

---

① (东晋)陆机著,杨明校笺《陆机集校笺》,上海古籍出版社,2016年,第17页。

赋言志等,本来就是用诗的评价标准来论辞赋。从这个意义上,可以说赋论出于诗论。辞赋创作论是汉儒第一次用诗教理论来批评当代的文学,但它同时也局部摆脱了儒家经典理论,建立起一种侧重艺术本身的批评标准。而等到文人诗兴起后,又自然地继承辞赋的理论。从这种复杂的关系来看,辞赋论其实正是属于诗论的范畴。正是由于楚辞、汉赋的批评理论的引入,中国古代的纯文学理论得以发生。汉代学者对楚辞的抒情的强调,赋论对"丽"的强调,有力地推动了魏晋诗歌本体论的发展。

从以上论述可知,"诗赋"并非简单的目录学分类的一对组合性名词,而是凝结着诗歌与辞赋之间的复杂的关系的汉魏文学的核心概念,它所指向的是以诗赋为核心的一个纯文学的共同体。正是这个诗赋核心共同体,构成中国古代文人文学前期发展的态势,并且规定了中国古代文学的基本体性。我们研究汉魏时期的文学与文学观念、批评理论,应该从诗赋整体的观点出发,才能把握住它的基本事实。但是从引进西方的四分法体系之后,加上"五四"新文论对古典主义的批评,诸家在把握汉魏六朝文学时,都将诗赋明显分开,扬诗歌而贬辞赋。这不仅妨碍了辞赋研究本身,同时也难以呈现文人诗与辞赋的复杂关系,影响了诗歌史的完整把握。事实上,不仅是汉魏六朝,即使在整个中国古代文学史中,诗、赋两体也是一直联系着。单纯地梳理诗歌史,或者单纯地梳理辞赋史,恐怕都是有所不足的。

(北京大学中文系)

两汉辞赋文明与文集"首赋"体制
——兼释萧统《文选》"甲赋乙诗"问题

吴光兴

作为中国历代文学主要载体的"文集"(含别集、总集),其体制之建立,时间点在两汉之交以下的时期,以刘向、刘歆划时代的《别录》《七略》目录体系之中没有"文集"的位置为据,可谓"铁证如山"①。参考《隋书·经籍志》别集小序"别集之名,盖汉东京之所创也"的叙述,又可知"文集"主体的"别集"体制,实质建构在东汉②。历代文集尽管规模浩大,但是,鉴于事物总是从无到有、由滥觞而巨流地演变,本文试自唐代上溯至两汉之际,并将这一历史时期截为一个长时段,围绕"文集"制度当中关键的"首赋"体制,探索文集制度之建构问题。

历来的相关论述一般从文献与目录学的层面观察,证据有限,剩义无多。本文试以两汉辉煌灿烂的辞赋文明为基础与背景,从文献目录学、文学史、学术文化史的多维的、互相关联的、具有互动关系的综合角度重新审视这一问题,采取"典籍—文学—文化"三位一体的新思路,力求对滥觞时期的"文集"体制奠基与建构状况的认识有所推进。为汉唐文学研究廓清一块文献方面的

---

① 汉成帝河平三年(前26),刘向奉诏校中秘书。《资治通鉴》叙刘歆奏《七略》事于绥和二年(前7)。参见钱穆《刘向刘歆年谱》(《钱宾四先生全集》之《两汉经学今古文平议》,联经出版,1998年),第42页、第67—68页。又,古今图书在《七略》体系之中分为"六略",其中刘向主持的"六艺""诸子""诗赋"是三个主要部分,其余"兵书""数术""方技"是较为专门化的科目。

② 从书籍名目上看,别集标明"集"字,大约在魏晋之交郑默、荀勖先后主持官方校书的时期,参见吴光兴《以"集"名书与汉晋时期文集体制之建构》,《文学遗产》2016年第1期。

"地基",打开一片观念方面的"天空"。

一 唐人文集"首赋"现象追踪

据《隋书·经籍志》(以下简称《隋志》)反映的唐初藏书情况[①],有别集437部、总集107部,合计文集554部[②]。然而,就传世文献来看,先唐别集的存留比较零碎,已经不足以支撑系统的研究。而唐人原编文集流传者尚有数十部(其中部分为单纯诗集),这一规模比较适合作为探讨的基础。探讨文集制度的前沿研究,注意力多集中于汉魏晋之际的相关文献记载,下涉唐代者较少;由于近现代学科分类的限制,唐代文学研究领域,昧于先唐制度渊源或无法引起研究者兴趣的现象也较为常见;融合别集、总集,通过揭发《文选》《文章流别集》的关联,注意由齐梁上溯魏晋。以上各项,都是本节撰文立意创新的条件与方向。

对于流行的文集"首赋"体制,唐代中晚期之交,诗人刘禹锡(772—842)发表过著名的问难。长庆元年(821),他为吕温遗集作序,曰:

> 古之为书者,先立言而后体物。贾生之书首《过秦》,而荀卿亦后其赋。和叔(按:吕温字和叔)年少遇君而卒以谪,似贾生;能明王道,似荀卿。故余所先后,视二书,断自《人文化成论》至《诸葛武侯庙记》为上篇,其他咸有为而为之。[③]

大意曰,古人著书重视立言"成一家之说",贾谊著作以《过秦》之论为全书首,《荀子》一书也将赋作排在后面。吕温生平轨迹类似贾谊,明察王道又像荀子,以故,编者刘禹锡声言参考《荀子》《贾谊集》二书,采用一种新方式编次吕温的全部文章,将《人文化成论》至《诸葛武侯庙记》这些"立言"的论体文章排列在前,作为"上篇",以突显吕温的见识。刘禹锡编《吕温集》的这种新方式,如他本人所说,原则集中在"立言""体物"谁先谁后(即谁的价值更优越)的关键

---

① 一般认为《隋志》主要依据隋代书目并参考唐初隋代遗书编纂而成,主其事者为名臣魏征。参见王重民《中国目录学史论丛》,中华书局,1984年,第88—89页。前沿研究也有提出异议的,参见张固也《唐代文献研究》,中州古籍出版社,2014年,第87页。
② 《隋书》,中华书局,1973年,第1081页、1089页、1090页。按:《隋志》三类统计数目有十卷差错。
③ 刘禹锡《唐故衡州刺史吕君集序》,瞿蜕园《刘禹锡集笺证》,上海古籍出版社,1989年,第509页。

点上。所谓"立言",指论说文;而"体物"即辞赋的代名词,陆机《文赋》曰:"赋体物而浏亮。"(《文选》卷一七,清胡克家本)文集中辞赋、论说文谁先谁后的辨析,反映了那个时代流行体制与理想体制之间的矛盾与竞争。

耐人寻味的是,刘禹锡按照理想体制编次的吕温文集究竟有无流传还有疑问。宋人所见十卷本《吕温集》"先赋诗后杂文",非刘氏之旧①,反而与唐代的流行体制一致。传世的影宋钞本《吕和叔文集》十卷(《四部丛刊》本),也是如此。唐代文集流行的甲赋乙诗的"首赋"体制,下面表列唐人旧编的更多例证(表一),借此反映稍全面一点的情况:

表一 唐人原编部分文集体类次序表

作者	文集	版本	文体序次	备注
王绩	《王无功文集》五卷	清朱筠抄本(存唐编旧次)	赋(卷一)、诗(卷二、卷三)、书(卷四)、杂著(卷五)	(唐)吕才《王无功文集序》:"君所著诗赋、杂文二十余卷,多并散逸,鸠访未毕,且编成五卷。"
骆宾王	《骆宾王文集》十卷	清秦恩复覆宋本(存唐编旧次)	赋·颂(卷一)、诗(卷二至卷五)、表·启·书(卷六、卷七)、杂著(卷八至卷一〇)	(唐)郗云卿《骆宾王文集序》:"中宗朝降敕,搜访宾王诗笔,令云卿集焉。"
张说	《张说之文集》三十卷	清椒花吟舫影宋抄本(存唐编旧观)	赋·诗(卷一)、杂诗(卷二至卷七)、律诗(卷八)、杂诗(卷九)、诗(卷一〇)、颂(卷一二)、赞·铭·箴·记(卷一三)、碑(卷一四)、表(卷一五)、碑(卷一六至一九)、碑铭(卷二〇)、碑(卷二一)、墓志(卷二二)、杂著(卷二三)、表(卷二四)、碑铭(卷二五)、墓志铭(卷二六)、表(卷二七)、序(卷二八)、制诰(卷二九)、杂著(卷三〇)	

---

① 孙猛《郡斋读书志校证》,上海古籍出版社,1990年,第885页。

续　表

作者	文集	版本	文体序次	备注
独孤及	《毗陵集》二十卷	《四部丛刊》影印亦有生斋校刊本	赋·诗(卷一)、诗(卷二、卷三)、表(卷四、卷五)、议·行状(卷六)、铭·颂·碑·论(卷七)、颂·碑(卷八)、碑铭(卷九)、灵表·墓志(卷一〇)、墓志墓表(卷一一)、墓志(卷一二)、集序·赞(卷一三)、序(卷一四至卷一六)、记述(卷一七)、策书(卷一八)、祭文(卷一九、卷二〇)	(唐)李舟《毗陵集序》："常州讳及，有遗文三百篇，安定梁肃编为上、下帙，凡二十卷。"
韩愈	《昌黎先生集》四十卷	通行本(存唐编旧次)	赋·古诗(卷一)、古诗(卷二至卷七)、联句(卷八)、律诗(卷九、卷一〇)、杂著(卷一一至一四)、书(卷一五至一八)、书·序(卷一九)、序(卷二〇、二一)、哀辞·祭文(卷二二)、祭文(卷二三)、碑·志(卷二四至卷三五)、杂文(卷三六)、行状·状(卷三七)、表·状(卷三八至卷四〇)	(唐)李汉《昌黎先生集序》："收拾遗文，无所失坠。得赋四、古诗二百一十、联句十一、律诗一百六十、杂著六十五、书启序九十六、哀辞祭文三十九、碑志七十六、笔砚鳄鱼文三、表状五十二,总七百。"(按：各数目旧本如此，难以深考。)
杜牧	《樊川文集》二十卷	《四部丛刊》影印明翻宋本(存唐编旧次)	赋·诗(卷一)、律诗(卷二至卷四)、杂著(卷五、卷六)、碑·志(卷七至卷九)、序·记·志(卷一〇)、书(卷一一至卷一三)、祭文·行状(卷一四)、表·状(卷一五)、启·状(卷一六)、制(卷一七至卷二〇)	(唐)裴延翰《樊川集序》："得诗赋传录论辩碑志序记书启表制，离为二十编，合为四百五十首，题曰《樊川文集》。"

以上六部按文体编撰的文集，大致保留了唐人旧编的原次序。从唐初至晚唐，也具有一定代表性。粗看诸文集的文体排列次序，似乎有点凌乱，但在与本文主题相关的"首赋"体制方面，或者用刘禹锡"立言""体物"先后的观点看，却遵守得很好，"体物"的"赋"体作品一律排在全集首位。如此整齐的现象，表示在唐人的观念之中，文集"首赋"不过是个流行的惯例与常识。而刘禹锡编次《吕温集》式的个别例外与挑战，反而可以印证"首赋"体制基本定律之"无理流行"。

按之"近古曰古"的规律，唐集遵循的"首赋"体制，应该普遍承袭自前人，即前揭《隋志》记载的数百部先唐文集。鉴于可供研讨的先唐别集完整样本缺乏，下面尝试以唐人喜爱的文学总集《文选》为例进行探索。以单一文学书籍论，《文选》对于唐代文学的哺育、影响，具有无与伦比的地位。而历代评论家对于《文选》的不满，与"首赋"体制类似的"甲赋乙诗"总是个经常性的问题①。

《文选》入选文章按文体编次，共计有：（一）赋、诗、骚、七，（二）诏、册、令、教、文、表、上书、启、弹事、笺、奏记，（三）书、移、檄、难，（四）对问、设论、辞，（五）序，（六）颂、赞、符命，（七）史论、史述赞、论，（八）连珠，（九）箴、铭、诔、哀、碑文、墓志、行状、吊文、祭文。上述39类②，文体品目略显繁杂。通过"以类相从"的方式，将全部入选文体组合成9个文体群，则可以看得简明一些。9个群又可以进一步整合为下表所示的4大部分（表二）：

表二 《文选》文体整合分类表

大类	性质	包括
诗赋类	主要文学文体	（一）（四）（六）（八）
诏令奏议类	朝廷实用文体	（二）
书论类	论说叙事文体	（三）（五）（七）
铭诔类	追悼哀伤文体	（九）

---

① 比如：清章学诚曰："后世编次文集，不知校雠之学，但奉萧梁陋例，一概甲赋乙诗而癸吊、祭文。"引自王重民《校雠通义通解》，上海古籍出版社，1987年，第117—118页。
② 按：通行《文选》文体多作37类，稽之史料，或在传刻当中遗漏"移""难"二目，据补应作39类。参见傅刚《〈昭明文选〉研究》，中国社会科学出版社，2000年，第190—191页。

经过一番整合，《文选》的 39 个文体，竟然完全符合建安时期曹丕《典论·论文》论述的"文章四科"（奏议、书论、铭诔、诗赋）的基本分类(《文选》卷五二）。按之《文选》编者萧统同时代人（也是他的府僚）刘勰《文心雕龙·总术》篇提示的"无韵者笔也，有韵者文也"的标准，则《文选》纷纭的文体，又未尝不可进而整合为文（诗赋、铭诔）、笔（诏令奏议、书论）两大阵营。

《文选》9 个文体群错杂排比有何缘由或意义，与本文主题关系不大，不遑深究。仅就文集"首赋"的主题而论，《文选》"甲赋乙诗"是其中重要代表。如上所述，《文选》文体系统既是齐梁时代的，同时与汉魏时代又大体一致，这就提示我们要开阔视野，来解析《文选》相关的"甲赋乙诗"现象。

《文选》是先唐总集的典型代表，而先唐总集的基本体制，实创始于西晋挚虞《文章流别集》（本文以下简称《流别集》）。《流别集》尽管早佚（大约在宋代），它的规模、特别是以"诗赋"为首的特征，却有案可稽。《隋志·集部·总集》大序："晋代挚虞……自'诗赋'下，各为条贯，合而编之，谓为《流别》。""诗赋"作为《七略》以来的专称名词，遵循《七略·诗赋略》的成规，在文体排列方面，体现为"赋、诗……"式的次序。所谓"自'诗赋'下"，明确表示《流别集》"甲赋、乙诗、丙……"，与《文选》完全一致。参考《隋志·总集》分体排列的次序：赋颂、诗乐府、/铭箴诫、赞、七、碑、/论、连珠、/诏、表奏启、书（含杂笔）、策、/诽谐。可知在诗赋体、铭诔体、书论体、奏议诏令体，四大类的总次序方面，《流别集》大致正好将《典论·论文》"四科"次序进行了倒置，四大类与《文选》不完全一致。但是，文集以"诗赋"居首（"甲赋、乙诗、丙……"），从《流别集》至《文选》，俨然是项毋庸置疑的基本原则。显然，备受质疑的《文选》"甲赋乙诗"，实质上是因袭、继承而来的，创始"总集"体制的《流别集》早已如此。这就将"首赋"暨"甲赋乙诗"难题的解决推展至西晋之前的时期。

《流别集》"自'诗赋'下"的编例渊源于何方？《隋志·总集》大序："总集者，以建安之后，辞赋转繁，众家之集，日以滋广。晋代挚虞……合而编之，谓为《流别》。"由"建安之后"云云的提示，当然要将注意力投向"建安"时代的汉魏典籍。

今将《后汉书》《三国志》相关史料与《流别集》等交互参证，"首赋"体制的建构具有贯穿东汉、三国、西晋的线索。今引证据，仍以追溯的方式。西晋《流别集》上溯数十年,汉魏时期首屈一指的文学人物曹植(192—232),他身后遗集之编撰,《三国志·魏书·陈思王传》载魏明帝景初(237—239)中诏:

> 陈思王植……自少至终,篇籍不离于手,诚难能也。……撰录植前后所著赋、诗、铭、杂论凡百余篇,副藏内外。

景初年间撰录《陈思王(集)》以"赋、诗、铭、杂论"等为次,"副藏内外"。同类证据,《三国志·王粲传》还有一些。由此再行上溯约一百二十年,又有东汉安帝元初末班昭(50—120)①《曹大家(集)》之例。《后汉书·列女传》本传载:

> 所著赋、颂、铭、诔、问、注、哀辞、书、论、上疏、遗令,凡十六篇。子妇丁氏为撰集之,又作《大家赞》焉。

班昭博学高才,适曹世叔,数奉诏入宫,为皇后诸贵人师,著有历代誉为"女《孝经》"的《女诫》,宫中称为"大家(家音姑)"。遗著不可能直斥嫌名,既然篇末缀"大家赞",则书名作《曹大家(集)》符合情理。"所著赋、颂、铭……凡十六篇",这也是东汉中期文人文集"首赋"体制的一个强证。比之《流别集》已经早出约一百六十年。由此来看,范晔《后汉书·文苑传》"所著……"的著录方式,是忠实于东汉实际的;如果说范书对西晋相关著作有所参考,那也表明西晋的相关著作同样比较忠实于东汉史实。因此可见,以"首赋"为特征的文集制度,于东汉一朝关系最大。

由班昭《曹大家(集)》上溯数十年,有汉章帝建初八年(83)《东平王(集)》之例。《后汉书》卷四二《光武十王·东平宪王传》记载:

> 明年(按:建初八年)正月薨,诏告中傅,封上苍自建武以来章奏及所作书记、赋颂、七言、别字、歌诗,并集览焉。

史文曰"集览",则汉《东平王集》与一百数十年之后的魏《陈思王集》之撰录如出一辙,叔父诸侯的遗集由侄子皇帝下诏撰录。然而,前揭史料叙述诸文次序曰"章奏……书记、赋颂、七言、别字、歌诗",似乎与文集"首赋"规则有矛盾。略作辩证,如下数端需要注意:一者,东平王刘苍是明帝、章帝两朝倚重的贤

---

① 班昭生卒年,参见朱维铮《班昭考》,载《中华文史论丛》总第82辑。

王,本传多处引用到他有关朝政国计的章奏,因而,传末承接上文,"封上苍自建武以来章奏及所作"云云,列"章奏"于前,叙述语气方面自然延伸。二者,前曰"诏告……",则这节文字或是转述汉章帝诏文。三者,这节是叙述文字,与《后汉书·文苑传》"所著……"的直接条列式的方式,要区别看待。四者,"章奏"既然列前,续以"书记",也有文体"以类相从"的惯例问题,"章奏""书记"多为散体,"赋颂"等则系韵文,连类叙述也是常例①。总之,《后汉书·东平王传》条列东平王遗文体裁的史文,未必证明当初《东平王(集)》没有按照"赋……"的次序编次,从而构成与文集"首赋"体制的矛盾,应予存疑。总之,《东平王(集)》构成文集的一个基点、"首赋"的一个疑点。

景初《陈思王集》、元初《曹大家集》、建初《东平王集》继续往前追溯,文集制度的渊源越发扑朔迷离。直接证据不多,更需要钩沉发隐,连缀整合多方面因素。首先,据《隋志》载录,《汉志·诗赋略》殿军的扬雄以下、后汉东平王刘苍之前,大致还有崔篆、史岑、桓谭、冯衍、陈元、王隆、朱勃、班彪等人有别集传世②,这些集子是后人汇辑,还是当时撰录?其次,汉魏晋之际文集整理、流传,所谓"内外(内廷外府)藏书"多扮演关键角色。这又牵扯出史书中经常可见的"典校秘书"活动。而东汉一朝,特别东汉前期的"校书"活动,也颇有线索可寻。

东汉藏书始于创业之主光武帝刘秀时代。"光武中兴,爱好经术,未及下车,而先访儒雅,采求阙文,补缀漏逸。"(《后汉书·儒林传序》)宫廷藏书,又以历经新莽战乱之余的西汉藏书为基础。"初,光武迁还洛阳,其经牒秘书,载之二千余两。"(同前)东汉前期的藏书之所,以兰台、东观为主,闻名于史的"典校秘书"活动于汉明帝永平年间达至第一个高潮,令人瞩目的代表人物有"由兰台令史而校书郎"③的班固等人。"兰台令史"本来只是隶属于理官系统的一个百石小官职位,但是,或许是资借着东汉初期兰台的大量藏书,汉明帝时代崛起的"兰台令史"御用文人群体完全成了历史上的特例,位卑才秀名美,

---

① 如曹丕著名的《典论·论文》举文章"四科",曰"奏议……书论……铭诔……诗赋……",其实也可整合为奏议书论、铭诔诗赋两个大类。
② 《隋书》,第1057页。
③ 参见葛立斌《"兰台令史"与"东观校书郎"》,《广东教育学院学报》2007年第6期。

引领起一个时代的文化前沿。班固(32—92)的例子最为突出,《汉书·叙传》:"(班固)永平中为郎,典校秘书。"自述比较概括,详细的情形,始于班固居丧期间继续其父班彪(3—54)续《史记》而作《后传》(即后来的《汉书》)之作,被人告发私改《史记》而被捕下狱,经他弟弟班超赴阙陈情申辩,汉明帝也看到了所写书,反而欣赏起班固的才华。《后汉书》卷七〇本传:

> 显宗甚奇之,召诣校书部,除兰台令史,与前睢阳令陈宗、长陵令尹敏、司隶从事孟异(引按:孟冀),共成《世祖本纪》。迁为郎,典校秘书。固又撰功臣、平林、新市、公孙述事,作列传、载记二十八篇,奏之。帝乃复使终成前所著书。

班固因祸得福的崛起过程,始于永平五年(62)①召诣校书部(一作郎)、除兰台令史,从事史书《世祖本纪》的撰述。《世祖本纪》书成,进入下一个阶段,"迁为(校书)郎",职事"典校秘书";同时,又撰《列传》《载记》二十八篇。奏上《列传》《载记》之后的第三阶段,皇帝令班固继续未完的《汉书》写作。"固自永平中始受诏,潜精积思,二十余年,至建初中乃成。"(《汉书》)"当时甚重其书,学者莫不讽诵焉。"(同前)所谓"二十余年"可能自建武、中元之际居丧期间始从事之时算起,至章帝建初年间《汉书》初成。

与本文主旨有关系的"永平校书"一事,据前揭《汉书·叙传》、《后汉书》本传,有三个共同因素:明帝永平、为郎、校书。当时与班固同职校书的,史载还有贾逵②、杨终③、傅毅④、孔僖⑤等人。事实上,永平年间的官方校书也完全被章帝继承并发扬光大,相关活动称为"永平—建初校书"更为稳妥。《隋志·序》曰:"(明、章帝)又于东观及仁寿阁集新书,校书郎班固、傅毅等典掌焉。并依《七略》而为书部。固又编之,以为《汉书艺文志》。"文学典籍史上,

---

① 《后汉书》卷四七《班超传》:"永平五年,兄固被召诣校书郎,超与母随至洛阳。"
② 《后汉书》卷三六本传:"(明帝时)拜为郎,与班固并校秘书,应对左右。"
③ 《后汉书》卷四八本传:"显宗时,征诣兰台,拜校书郎。"
④ 《后汉书·文苑传》本传:"建初中,肃宗博召文学之士,以毅为兰台令史,拜郎中,与班固、贾逵共典校书。"
⑤ 《后汉书·儒林·孔僖传》:"(章帝)拜僖兰台令史……(元和二年)遂拜僖郎中……从还京师,使校书东观。"

一世纪六十至八十年代二三十年间的"永平—建初校书"①,可能是文集制度的"发源阶段"。

下面简要辨析,官方校书史上的"第一代文集"究竟可能是哪些文人的作品。以汇编、奏上、征集文人著作之举多为晚年定论或盖棺论定,永平、建初书库当初聚集的应主要是东汉初期建武时代文人的著作,而那一批文人多数经历过西汉哀、平、王莽时代。以上文引述的《隋志·集部》有文集著录的列于扬雄、刘苍间的八位文人为例,大略可分为以下三种情形:

《六安郡丞桓谭二十六篇》

按:《隋志》注文:"梁有……后汉《桓谭集》五卷,亡。"是梁代目录书中登记有《桓谭集》五卷。两汉之交,桓谭为一代文学名流,年轻时与扬雄、刘歆过从;仕建武朝,以非毁谶纬,触怒光武帝,险些丧命,贬六安郡丞卒,年七十余。桓谭文学时誉之高,大臣宋弘比方为司马相如②,此其一;桓谭作《新论》,献光武帝,其中《琴道》一篇尚未完成,《后汉书·桓谭传》曰"肃宗使班固续成之"云云,此其二。由此推论,桓谭"所著赋、诔、书、奏,凡二十六篇"(《后汉书》本传)之作,在章帝时代(或之前)的藏书之中,书名或署"六安郡丞桓谭(集)二十六篇"。

《司隶从事冯衍五十篇》

按:冯衍与桓谭类似,名重当世,范晔《后汉书》以二人合传。《隋志》:"后汉司隶从事《冯衍集》五卷。"冯衍卒于永平世,史载"肃宗甚重其文"(《后汉书》本传),肃宗读到冯衍文章,则建初时代宫廷藏书之中有冯衍"所著赋、诔、铭、说、问交、德诰、慎情、书记说、自序、官录说、策五十篇"。唐章怀太子李贤注:"《(冯)衍集》见有二十八篇。"当初书名或为"司隶从事冯衍(集)五十篇"。

《徐令班彪九篇》

按:《隋志》:"后汉徐令《班彪集》二卷。"注:"梁五卷,亡。"班彪年岁比上述桓、冯小很多,但是,论辈分,他的姑姑为汉成帝婕妤,其父班稚与扬雄、刘

---

① 按:前揭《后汉书·孔僖传》曰"元和",则校书活动终章帝之世应都在进行。为求整齐概括,故曰"永平—建初校书"。

② 《文心雕龙·才略》篇:"宋弘称荐,爰比相如。"

歆、王莽等朋辈交游,且班彪本人卒建武末,以故,也应列为东汉第一代文人。班彪大有文名,于易代纷扰之际,著《王命论》,以汉室承尧,天命所在;又续《史记》作《后传》。班固参与"永平—建初校书"一二十年,其父班彪文集于公于私,没有理由不在典校之列。《后汉书》本传载:"所著赋、论、书记、奏事合九篇。"依例,或名"徐令班彪(集)九篇"。

以上桓谭、冯衍、班彪三位,名高当世,前两位都有汉章帝阅读其文的记载,班彪则班固之父。三位"所著"文章入藏中秘,名列史上"第一代文集"可能性最大。此为第一种情形。

《王莽建新大尹崔篆(集)》

按:《隋志》注:"梁有《王莽建新大尹崔篆集》一卷,亡。"事迹见《后汉书·崔骃传》,骃为篆孙。篆仕王莽朝至二千石,入东汉惭愧不仕,隐居玩《易》。《慰志赋》经冯衍、班固等历代模拟,后来成为辞赋中的一个系列。其裔孙亦代有文学闻人。遗集必成于东汉,可能在建武、永平之世即入中秘。

《王莽中谒者史岑四篇》

按:《隋志》注:"梁有《(王莽)中谒者史岑集》二卷,亡。"史岑事迹见《后汉书·文苑·王隆传》。史岑文名,永平年间以为可比司马相如、扬雄[①],则"(所)著颂、诔、复神、说疾,凡四篇"可能早已入藏。

以上崔篆、史岑两位,仕于王莽朝,然而本人事迹载在《后汉书》(而非《汉书》)之中。二者文名盛于东汉初,以前辈遗民名列"第一代文集"可能性也大。此为第二种情形。

《司徒掾陈元(集)》

按:《隋志》注:"梁有后汉司徒掾《陈元集》一卷,亡。"陈元为东汉初名儒,与范升辩难《左氏春秋》立博士。相关文字多载史册,则后代流传的《陈元集》一卷,可能辑自史书,也可能原有文集。

《云阳令朱勃(集)》

按:《隋志》注:"梁有云阳令《朱勃集》二卷,亡。"朱勃事,散见于《马援

---

① 《东观汉记》:"上(引按:明帝)以所自作《光武皇帝本纪》示东平宪王苍,苍因上《世祖受命中兴颂》。上甚善之,以问校书郎,此与谁等,皆言类相如、扬雄、前代史岑之比。"吴树平《东观汉记校注》,中华书局,2008 年,第 242 页。

传》。史载章帝表彰朱勃为马援理谗,有烈士之风。可见文在秘藏之中。南朝流传《朱勃集》可能辑自史书,也可能原有文集。

《新汲令王隆二十六篇》

按:《隋志》注:"梁有《王隆集》二卷,亡。"王隆曾仕新莽,建武中为新汲令,事迹见《后汉书·文苑传》本传。王隆传世有小学《汉官》之作,本传载:"能文章,所著诗赋、铭、书凡二十六篇。"

以上陈元、朱勃文章见载史册,陈元擅《左氏春秋》、王隆著《汉官》,各有专业。他们的文章在东汉初汇编成集,只属可能。此为第三种情形。

总之,《七略》图书目录系统以降,"文集"这一新生事物的萌芽,两汉之际、东汉初叶文人著作原本就有最大的嫌疑。而其建构的机缘,则与于史可征的"永平—建初校书"活动有关。在建初八年(83)东平王遗集得到整理之前,桓谭"所著赋、诔、书、奏,凡二十六篇",冯衍"所著赋、诔、铭、说、问交、德诰、慎情、书记说、自序、官录说、策五十篇",班彪"所著赋、论、书记、奏事合九篇",以及史岑"(所)著颂、诔、复神、说疾,凡四篇",王隆"所著诗赋、铭、书凡二十六篇",诸家之中有其先例,可决其必。而各家文章之排比,以"诗赋"、赋(颂)居诸体之首位,大约也是一个基本定律。东汉的第二代文人群体,包括班固、崔骃、傅毅、东平王刘苍在内的新一代作者,其生平文章之撰集体例,可能更多的只是因循。

综本节考述,可得如下结论:一、唐人文集"首赋",因袭先唐别集、总集之惯例而已。二、辩证《文选》《流别集》之间的关系,逆流而上,文集"首赋"又可溯源至西晋。三、魏景初《陈思王》、东汉元初《曹大家》皆"首赋"文集之强证,建初《东平王》则可证更早之文集。大体上,汉魏以下渐成流俗,渊源实在东汉前期。四、《东平王》结集之建初八年及其之前二十年间,"永平—建初校书"活动,似乎丛聚了关联"文集"的最大奥秘;班固《汉书》的主要部分(包括《汉书·艺文志》)亦完成于这一时段。五、因而可推断,两汉之际与建武朝前辈文人(如桓谭、冯衍、班彪等)生平所著文章之汇编辑录,或为史上官方校理的"第一代文集"。六、东汉没有当代著作的目录书流传,由范晔《后汉书》保留的"所著赋……"格式看来,大约永平校书开始不久,班固、傅毅等在实际操作之中,就将流品较杂的文人文章汇总于《诗赋略》集中处置,而非散入《诸子略》九流各家之下,这一因时制宜的处置方式,不经意间划分出一条"鸿沟"。文集及其"首赋"体制,大约因此而发端。

二 文学"辞赋化"及其根源

上节通过目录、典籍方面的研究,将"首赋"文集的体制溯源至扬雄的下一代、班固的上一代,即班彪与比他年长一些的同辈文人。他们所著文章在东汉明、章帝时期,经班固及其"典校秘书"的同事整理,成为典籍中的"第一代文集"。然而,如同产品之与生产,典籍虽然具体可考,但是仅属一种表层现象,文学风尚才是具有生成能力的深层结构。文集以"首赋"为体制特征,与文学史上辞赋对于文学的主导性影响,关系非常密切。下面重点探讨文学"辞赋化"、司马相如"典范化"、辞赋文学"去《楚辞》化""雅颂化"等相关问题。

研习两汉魏晋南北朝隋唐文学,辞赋为文学根源,其影响几于无处不在。近人王梦鸥分析陆机《文赋》所代表的文学观念时,论述过"辞赋化"问题。

> 自汉以下,古诗(引按:《诗经》)成为教育的课本,而帝室侯门所倡导的则全是辞人的作业。这些作业本为娱耳悦目而设,所以他们的作品很容易受到读者的欢迎,而作家的名誉同时也得到大众的欣慕。东汉以下,学为辞赋的文人,依《后汉书·文苑传》抽样的记载,其人数即已远超西汉,倘更据张衡、蔡邕所亲见当时诸生竞利,争为辞赋的情形,就可以推知文士是怎样熟习辞赋的写作方法。至于因熟习这种写作方法,以之应用于各种文章的制作,则可从流传及今的后汉以来文人的著述中加以省察,便不难看出各种文章之构词造句如何渐染辞赋的作风,也就是整个文辞趋于辞赋化的倾向。因此,无论是说理、叙事、抒情之文,都添上妍巧的功夫;同时又似乎唯有这样妍巧的功夫,才被认为合乎文之所为"文"的观念。①

陆机《文赋》已经将这一文学习惯内化为一种观念,上升至一家理论。而与陆

---

① 王梦鸥《古典文学论探索》,台北:正中书局,1984年,第105—106页。

机同时代的挚虞,《文章流别论》以"古赋""今赋"的比较作为架构,平议古今,留下了一番最经典的探本之论。曰:

> 古之作诗者,发乎情,止乎礼义。情之发,因辞以形之;礼义之指,须事以明之。故有赋焉。所以假象尽辞,敷陈其志。古诗之赋,以情义为主,以事类为佐。今之赋,以事形为本,以义正为助。情义为主,则言省而文有例矣;事形为本,则言富而辞无常矣。文之烦省,辞之险易,盖由于此。夫假象过大,则与类相远;逸辞过壮,则与事相违;辩言过理,则与义相失;丽靡过美,则与情相悖。此四过者,所以背大体而害政教。是以司马迁割相如之浮说,扬雄疾辞人之赋丽以淫。①

按之挚虞的观点,诗是个大名,其中包含赋,"赋者古诗之流"。他从批评的角度立论,与古诗相比,指出今赋"四过"。论其"祸首",则引述司马迁、扬雄,将主要矛头指向司马相如。司马迁、扬雄都堪称相如的知音、追随者,爱而知其"过"。所以,这一引述就显得很有分量了。

司马相如之所以要为今赋的"四过"承担一定责任,那是因为他成为一种文学类型的典范。追踪司马相如"典范化",有必要回顾汉代辞赋文学兴起的历程。按照《七略》《汉志》的载录,辞赋(或"诗赋")之首本来是屈原。"楚辞"作为一种文学样式,最初以诵读为主要传播方式,是战国时期楚国的创造,主要代表作家屈原,经屈原及楚国后学发扬光大。西汉前期,特别文、景之世,旧楚疆域内的诸侯国接连掀起辞赋创作的热潮,也走出一批成就卓著的辞赋家,其中"后起之秀"司马相如后来居上,很快成为新时代辞赋文学最高成就的代表者。以《子虚赋》为代表的司马相如的辞赋作品继往开来,成为文学史上一座顶天立地的丰碑。近人对此阐释颇完备。司马相如立身行事有战国风范,徐复观论《子虚赋》对于战国秦汉之际"新体诗"辞赋文体的推陈出新之功,曰:

> 《子虚赋》散起散结。骈体则由三字一句到十三字一句,把各种句型间杂使用,在极度变化中,开阖跌荡,而又前后匀称谐和,形成浑

---

① 《艺文类聚》卷五六,《宋本艺文类聚》,上海古籍出版社影印本,2013年,第1540页。

然一气的统一体。其中更用有六个"于是",八个"于是乎",很技巧地把散文结构的关节,融合到骈文之中,遂使这样巨制的骈文,如长江大河,浩瀚澎湃,极巨丽之壮观。①

鲁迅《汉文学史纲要》引述明王世贞的评论,与前后辞赋名家比较,见出司马相如成就之难以企及。曰:

> 汉兴,好楚声,武帝左右亲信,如朱买臣等,多以《楚辞》进。而相如独变其体,益以玮奇之意,饰以绮丽之辞,句之短长,亦不拘成法,与当时甚不同。……不师故辙,自擅妙才,广博闳丽,卓绝汉代。明王世贞评《子虚》《上林》,以为材极富,辞极丽,运笔极古雅,精神极流动,长沙(按:贾谊)有其意而无其材,班张潘(按:班固、张衡、潘岳)有其材而无其笔,子云(按:扬雄)有其笔而不得其精神流动之处云云,其为历代评骘家所倾倒,可谓至矣。②

日本汉学家吉川幸次郎认为,司马相如的横空出世,标志着中国文学史脱离史前状态,从而正式揭开了自觉建设的大幕。曰:

> 修辞历来被认为是使传达有效的手段,在这种认识之下积累起来的修辞技巧,至司马相如为之一变。他认为它不仅是手段,而且本身也是目的。基于这种认识,不属于历来语言范畴的新范畴语言确立了,这就是纯粹以美的快感为目的的语言。如果说以美的快感为目的的语言就是文学的话,就必须认为中国文学史的正式开幕是在司马相如的时代。③

司马相如辞赋耸动人心是一个不争的事实。从历史连续性的角度看,首先,司马相如的出现也是《楚辞》以降辞赋文学史推陈出新的阶段性成果。其次,相如以其天才,充当了一个杰出代表,他的同路人有一个群体。再次,关于司马相如"典范化"的问题。他同时与后起的接受者们,是怎样记载并言说各自的

---

① 徐复观《中国文学论集》,台湾学生书局,1985 年,第 362 页。
② 《鲁迅全集》第 9 卷,人民文学出版社,1982 年,第 418 页。
③ 吉川幸次郎《中国诗史(第二版)》,章培恒、骆玉明等译,复旦大学出版社,2012 年,第 76—77 页。

体验的呢？辞赋文学的"合法性"论述，涉及两汉文人思想观念、意识形态上对辞赋的"接受""认同"以至"建构"。

同时稍晚的司马迁，历来被认为是相如的知音。《史记·司马相如列传》采相如《自序》为文，传末赞语表达了对于相如辞赋的评价：

> 太史公曰：《春秋》推见至隐，《易》本隐之以显，《大雅》言王公大人而德逮黎庶，《小雅》讥小己之得失，其流及上。所以言虽外殊，其合德一也。相如虽多虚辞滥说，然其要归引之节俭，此与《诗》之风谏何异？……余采其语可论者著于篇。

司马迁引述《春秋》《易》《大雅》《小雅》的经验，表示他对相如的认同。以东周战国以降时代流行的"变风变雅"的"讽谏"系统（所谓"《诗》之风谏"）来建立对于相如辞赋的价值认同。同时，"虚辞滥说"云云，又有所保留。这一处置方式，历刘向、扬雄大体保持，价值存疑方面的声音反而越发响亮。《七略·诗赋略》大序曰："竞为侈丽闳衍之词，没其风谕之义。"扬雄则反思："赋者，将以风也，……往时武帝好神仙，相如上《大人赋》，欲以风，帝反缥缥有陵云之志。"（《汉书·扬雄传》）又在《法言·吾子》篇反问："诗人之赋丽以则，辞人之赋丽以淫。如孔氏之门用赋也，则贾谊升堂，相如入室矣。如其不用何？"可见，以讽喻传统认同司马相如代表的辞赋文学成就，有时难免陷入捉襟见肘，又似乎自相矛盾之窘境。

峰回路转时刻，要以班固完成《汉书》以及写作《两都赋》为标志。《汉书·司马相如传》基本承袭《史记》，传赞也引述司马迁、扬雄的评论，但是，《汉书·叙传》传达出辞赋文学观念的新信息：

> 文艳用寡，子虚乌有，寓言淫丽，托风终始，多识博物，有可观采，蔚为辞宗，赋颂之首。述司马相如传第二十七。

班固以"多识博物，有所观采"为辞赋文学的"虚辞滥说"设置了安身立命之所，因而誉司马相如"蔚为辞宗，赋颂之首"，对相如辞赋的推崇，比司马迁、刘向、扬雄更少保留。《汉书·礼乐志》又有一段有关历史认同的大论述：

> 昔殷周之《雅》《颂》，乃上本有娀、姜原、高、稷始生、玄王、公刘、古公、大伯、王季、姜女、大任、太姒之德，乃及成汤、文、武受命，武丁、

> 成、康、宣王中兴,下及辅佐阿衡、周、召、太公、申伯、召虎、仲山甫之属,君臣男女有功德者,靡不褒扬。功德既信美矣,褒扬之声盈乎天地之间,是以光名著于当世,遗誉垂于无穷也。

通过超越"变风""变雅",一举回到《雅》《颂》正声的文学,大家耳熟能详的《两都赋序》所谓"或以抒下情而通讽喻,或以宣上德而尽忠孝,雍容揄扬,著于后嗣,抑亦雅颂之亚也。……而后大汉之文章,炳焉与三代同风。"(《文选》卷一)由此,一举将歌功颂德的雅颂文学传统凌驾到变风变雅时代讽喻文学的正统价值之上。在如此塞天地、亘古今"正大光明"的文学新观念之中,"哀怨起骚人"(李白《古风》其一)的《楚辞》作为辞赋文学的"引导者""规范者"的地位被弱化。"赋颂"占据文学的首座①。"首赋"的文学史逻辑大约与此相关。

近人时有将辞赋雅颂化观念归过于班固一人②,其实,类似西汉司马相如代表辞赋文学之崛起那样,推动辞赋文学雅颂化,一时文化风潮之起,在创作与批评方面,同样存在着一个共同体的。上自汉明帝、章帝之喜好与提倡,下有在朝文学侍从班固、贾逵、傅毅、崔骃、杨终等之积极从事,甚至居乡文人如王充《论衡·齐世》《宣汉》《恢国》《须颂》诸篇亦大声疾呼③。班固充其量只是其中表现最突出一员而已。"文章乃政化之黼黻"(语见《隋志》),经历过莽篡短暂的"灭国"之痛,光武中兴,汉朝血脉再续,历史枢机如何运转,东汉明帝、章帝时代文人,心有归向,挥舞如椽彩笔,歌颂帝国声威,对于巩固新王朝统治,以及中古社会文化制度之建构,是有建设意义的。同时这种神化帝室血统、歌功颂德的思潮在价值高度方面显然存在局限。

司马相如"典范化"进程,如上所述,至辞赋文学"雅颂化"观念建构,始尘埃落定。而文学"辞赋化"更是一段浩浩洪流。经历过战国策士纵横游说的历史时期之后,为强化感染力,整饬、夸张等手段渐次由言语领域而影响至文字

---

① "去《楚辞》化"等背景问题,参见吴光兴《诗赋·辞赋·赋颂——两汉辞赋文学的方向性及其认同问题》,《文学评论》2015年第6期。
② 钱穆曰:"故知以汉赋上媲《雅颂》,仅孟坚一家之私言耳。"《钱宾四先生全集·中国学术思想史论丛(三)》,第200页。
③ 参见何新文、王慧《班固的"赋颂"理论及其〈两都赋〉"颂汉"的赋史意义》,《中南民族大学学报(人文社会科学版)》2015年第2期。

著述。战国秦汉之际,各家著述多有此种倾向。对枚乘、司马相如等有重要启示的宋玉辞赋更为其中弄潮儿。伴随汉代辞赋文明的发扬壮大,"辞赋化"日趋普及。例如,吉川幸次郎注意到,司马相如《喻巴蜀檄》是篇"檄"体文,但修辞性与辞赋完全相同,"这不外是由于语言已不单被看作是传达思想与感情的工具,而且也被看作是组成音乐美或建筑美的更为重要的工具了"①。某种意义上,普通的实用文章,一入文人之手,似乎也不过供给修辞骋才的素材而已。

两汉之际,"辞赋化"风潮之下的文体变迁有愈演愈烈之势。比如,西汉时代仍有部分论、书类作品较少染有雕饰排偶之风,然东汉以降,论辩之文,大多也以单行运排偶,奇偶相生,变为新局②。班固《汉书》之于司马迁《史记》也是一个具体的例证,《汉书》改写了许多《史记》的篇章,创造了比《史记》远为典雅的风格。论其原因,从文字文风角度观察,多拜班固超凡的辞赋写作功力。当然,魏晋以下,尚有持续新变。然而,论其格局之奠基,则两汉之际文体文风之变迁尤其关键。作为文学思潮的"风标",文学"辞赋化"强化了以辞赋为基础的文学写作模式,"首赋"文集之编撰,正呼之欲出。

总之,文学观念史上司马相如"典范化"进程的终结,文学史上"辞赋化"进程的加强,其关键落点都与班固著《汉书》、献赋颂的东汉明帝、章帝时代在时间点方面隐然契合。这一同步现象,有助于探索"首赋"文集体制诞生的时代问题。进而,对于思考《文选》体制及其文学观念的渊源也是有益的③。

三 "六艺—诸子—文集"之学术变迁

东汉初期,辞赋引领的文学意识与文学创作热潮的空前高涨,这一文学史"巨变",如果从学术文化史的更高的观察点鸟瞰,则俨然形成"百家争鸣"的

---

① 吉川幸次郎《中国诗史》,第75页。
② 刘师培论汉魏文体变迁有四端,参见氏著《中国中古文学史·论文杂记》,人民文学出版社,1984年,第116—117页。
③ 近人徐复观精研两汉思想史,他从批评的角度立论,也指出了班固与《文选》的关系。曰:"两汉思想、文学的转盛为衰,班氏父子,实为关键人物,……要之,班氏好贡谀而缺乏时代批评精神,故其文章之胸怀气象,远不足与西汉诸公相比。但《文选》中所录两汉人文字,独以班氏一人为最多,更足以增加后人对班氏在两汉文学真正地位之误解。"氏著《中国文学论集》,第374—375页。

诸子学之后中国文化史上又一座绵延的高峰。梁元帝萧绎《金楼子·立言》篇:"诸子兴于战国,文集盛于两汉。至家家有制,人人有集。"

大义凛然的论辩学("诸子")演变而为摛藻雕绘的文艺学("文集"),传统论者对此动向则颇有非议。清章学诚曾经勾勒出"六艺—诸子—文集"的学术序列,他斥文集之兴,为学术败坏。按照章氏论述,"六艺"为古代官学;官学不守,流至民间,衍变为春秋战国诸子学,中国的私人学术、民间教育因而兴起。而重视"成一家之言"的诸子学,以言论为本位,传其徒、显其业,尚不在意乎著作。"初未尝有汇次诸体,裒焉而为文集者也。""夫治学分而诸子出,公私之交也;言行殊而文集兴,诚伪之判也。势屡变则屡卑,文愈繁则愈乱。"(《文史通义·文集》)今天研判章氏论断,要扬弃他大道之散、江河日下的崇古讽今的价值立场,而探索其所揭发的学术变迁大势背后的真相。

章氏论学,强调同情地理解古人,以为所处之境各有不同。然而,为何一定要以诸子绳文集呢?两汉之际与东汉以下,文集的流行,实与辞赋文明的价值普及与泛滥有关。而章氏却主观地"以诸子解辞赋":

> 然而赋家者流,犹有诸子之遗意,居然自命一家之言者,其中又各有其宗旨焉。殊非后世诗赋之流,拘于文而无其质,茫然不可辨其流别也。……然而汉廷之赋,实非苟作,长篇录入于全传,足见其人之极思,殆与贾疏董策,为用不同,而同主于以文传人也。是则赋家者流,纵横之派别,而兼诸子之余风,此其所以异于后世辞章之士也。故论文于战国而下,贵求作者之意指,而不可拘于形貌也。①

照章氏的理解,西汉辞赋诸家献赋,原本也都有各自的宗旨,类似于贾谊的上疏、董仲舒的对策,绝非苟且妄作,因此,可以说上承"成一家之言"的诸子遗风,与后世文集专注于形式有别。其实,变迁的历史宛如一条大河,认同与变异都在潜移默化之中进行。不仅西汉辞赋家熏染了许多战国诸子的风气,即使扬雄作"四赋",甚至东汉许多辞赋家之作赋,原本都是怀着讽谏或颂德等主观意愿的。然而,辞赋作为新生的具有高度形式要求的表达方式,在一定的条件之下,自然引导出日渐浓重的新著述风气,从而将文人士大夫的智慧由论说

---

① (清)章学诚著,叶瑛校注《文史通义校注》,中华书局,1985年,第80页。

引向藻饰。辞赋文学之由屈原、司马相如演进至扬雄、班固,事物的定性或规律,大体上不以任何个人的意志为转移。讽新兴的文集为"玩物丧志",换一个角度看,又未尝不是成见太深,跳跃不出自己所处的窠臼。

那么,辞赋在何等形势之下,引导出学术史上新兴的"首赋"文集之体制建构的呢?还可以继续与"诸子"学术进行一番关联的探究。通过诸子学术的变迁,来看学术史上"诸子""文集"的此消彼长。西晋《中经新簿》提供了一条线索。《隋志·序》叙述《中经新簿》"分为四部,总括群书"曰:"一曰甲部……二曰乙部,有古诸子家、近世子家……三曰丙部……四曰丁部……"按:"乙部"经东晋初李充书目与"丁部"对调,后来大体相沿不变,即为四部系统中的"子部"。这里特别值得瞩目的是"子部"当中"古诸子家"与"近世子家"区别概念的提出,意味着同属论说系列的"诸子"文明在西晋之前的某个时期发生了一次历史性的"断裂",因而区别为"古诸子家""近世子家"两个阵营。照章氏的论断,"诸子"微而"文集"兴,那么,"诸子"内部的"断裂"可能与"辞赋""文集"等外缘因素的撞击有关。也就是说,可以借"近世子家"概念来比况文集"首赋"体制之建构。

可惜《七录》《隋志》都没有继承《中经新簿》前揭相关处置与理念,使得西晋目录学家眼中的"近世子家"如堕雾中。但是,仍可辨析而得之。清张之洞编《书目答问》以示初学,于目录编例颇有创见,为学界称道。其特见之一,于"子部"首列"周秦诸子"新目,此下则儒、兵、法、农、医……编者于"子部"下解题曰:"周秦诸子,皆自成一家学术,后世群书,其不能归入经史者,强附子部,名似而实非也。若分类各冠其首,愈变愈歧,势难统摄,今画周秦诸子聚列于首,以便初学寻览,汉后诸家,仍依类条列之。"[①]这提示我们,"诸子"系列当中"周秦诸子""后世诸子"二者之间是有区别的。这与一千六百年前《中经新簿》的处置相似。然而,《中经新簿》书目无传,"近世子家"究竟包括哪些内容,无从确指;《书目答问》"周秦诸子""后世诸子"的分际究竟是否完全暗合了《中经新簿》,似乎也可以再斟酌。鉴于大体上扬雄是《七略》《汉志》所收入作者中的"殿军",笔者推测《中经新簿》两"子家"之分野,实在"后扬雄"的两

[①] 范希曾《书目答问补正》,上海古籍出版社,1983年,第187页。

汉之际,而不应像《书目答问》那样,放在秦、汉之际。

请作申论:一者,《汉书》已经将西汉以迄王莽时期的历史经验作了成功了断,断代为史的概念,随着东汉列朝不断续写《(东观)汉记》已经逐步建构起来。以西晋(或魏)为本位的"近世",义指二百年东汉,于义为长。二者,秦朝灭学、书籍破败之余,刘向、刘歆父子传承,于西汉末期奉诏校书,数十年心血,凝成《别录》《七略》划时代伟业。班固复采《七略》为《汉志》,魏晋目录大规模解散《七略》《汉志·诸子略》而另起炉灶的可能性极小,"近世子家"只能以《法言》以下、未入《七略》《汉志》者为主。三者,西汉武帝朝,于制度建立最多,然而,学术风尚之变,实以元帝以降最亟,那正是学术史上"刘向、扬雄的时代"。《文心雕龙》论文学,《才略》篇曰:"卿、渊之前,多俊才而不课学;雄、向以后,颇引书以著文。"①以王褒、刘向之间为才、学区隔的界限所在,颇见识力。史上所谓"划时代"者,一般有两义,于古则为总结,于后,则开先河。尽管刘向、扬雄联袂叙述,实质上,向之业绩多总结,雄之成就在"开先"。四者,有关扬雄《法言》,《汉书·扬雄传》记载:

> 时大司空王邑、纳言严尤闻(扬)雄死,谓桓谭曰:"子尝称扬雄书,岂能传于后世乎?"谭曰:"必传。顾君与谭不及见也。凡人贱近而贵远,亲见扬子云禄位容貌不能动人,故轻其书。……今扬子之书文义至深,而论不诡于圣人,若使遭遇时君,更阅贤知,为所称善,则必度越诸子矣。"……自雄之没,至今四十余年,其《法言》大行……

以上是东汉明帝永平初年班固的史笔。桓谭的预言已经成真,《法言》大行于时。若从权宜之变,魏晋目录家将扬雄《法言》微调至"近世子家"序列之首,也能顺理成章。五者,随着扬雄典范地位的建立,辞赋方面,地域本土色彩较浓的《楚辞》的影响渐退,在文学古典主义氛围之中,班固的时代,完全建构出"赋颂"文学的价值体系(已见上节)。同时,祖《法言》、宗桓谭《新论》的新兴的"论书"系列亦蓬勃兴旺。"论书"系列、辞赋领衔的文章系列,二分著述天

---

① 按:司马相如字长卿,王褒字子渊。王褒与刘向同时崛起,然早逝,卒于元帝之前。钱穆叙王褒卒于《刘向刘歆年谱》"神雀元年(前61)"下。

下的态势,于东汉初期基本形成①。由此来看,《中兴新簿》"近世子家"之名,指实,应以东汉魏晋新兴的"论"书为基础。开端不晚于东汉光武帝建武年间桓谭《新论》。这也是战国"诸子"面临变化的一大标志,"诸子"微而"文集"兴,因而,可以旁证"文集"制度始建构之时机。

  撰述于汉明帝、章帝时代的王充《论衡》亦可以为这方面问题的解决提供进一步的线索与旁证。《论衡·佚文篇》曰:"文人宜遵五经六艺为文,诸子传书为文,造论著说为文,上书奏记为文,文德之操为文。立五文在世,皆当贤也。"王充概括的"五文"(六艺、诸子、论说、奏记、文德),大要又分古、今两类,六艺、诸子为古书,"造论著说""上书奏记""文德之操"大体属"时文",东汉初期文人主要写作的即后三类:论书、奏疏、赋颂。三类当中,王充自觉推崇的首推"论书"之作,他本人志在《论衡》,而追随的典范为桓谭《新论》。《论衡·案书篇》:"质定世事,论说世疑,桓君山莫上也。"《定贤篇》则将桓谭之作《新论》与孔子之作《春秋》类比,尊奉桓谭"素丞相"亦以比拟孔子之"素王"。除了"论书"这块"自家的营地"之外,王充对他本人并不擅长的"赋颂""文德之文"的重视更具有公信力,《佚文篇》曰:"永平中,神雀群集,孝明诏上《神爵颂》。百官颂上,文皆比瓦石,唯班固、贾逵、傅毅、杨终、侯讽五颂金玉,孝明览焉。夫以百官之众,郎吏非一,唯五人文善,非奇何也?"《宣汉篇》曰:"使汉有弘文之人,经传汉事,则《尚书》《春秋》也。儒者宗之,学者习之,将袭旧六为七,今上上至高祖,皆为圣帝矣。观杜抚、班固等所上汉颂,颂功德符瑞,汪濊深广,滂沛无量,逾唐、虞,入皇域。"总之,汉朝的盛德,需要凭借班固等人所作赋颂文章的歌颂,才能一举超越尧、舜,进入神圣之域。可见赋颂文体对于文明建设的价值与意义之大。三类文章之中,对于通常实用的"奏记"文的评价稍逊一筹,《佚文篇》曰:"上书陈便宜,奏记荐吏士,一则为身,二则为人。"《超奇篇》述"儒生""通人""文人""鸿儒"四个层级的品目,也将作"奏记"之人抑为"文人",居于作论书、赋颂的"鸿儒"之下一等。由此看来,东汉明帝、章帝时代,文学士大夫著作文章的事业,论书、赋颂所得评价最高,俨然可拟为"双峰并峙"。若再深入一步思考,"论书"是"诸子"之转型,而"赋颂"乃"辞赋"之

---

① 篇幅所限,不遑具论。参见吴光兴《"文"与"论":文本位"文章"新概念的一次分化——著述"文章"向修辞"文章"观念的演变》,《中国社会科学院文学研究所所刊》2012年卷。

提升,二者相较,在章学诚描绘的学术史框架之中,似乎又略呈一定的此消彼长的变迁之势。

"辞赋""赋颂"之进而扩容、成长为"文集",《论衡》亦有迹象可寻。《案书篇》:"今尚书郎班固,兰台令(史)杨终、傅毅之徒,虽无篇章,赋颂记奏,文辞斐炳,赋象屈原、贾生,奏象唐林、谷永,并比以观好,其美一也。"①值得注意者,"赋颂""奏记"被连贯论述于"文辞斐炳"标准之下,证明赋颂、记奏不同文体可以类聚为一。这恰是一种"甲赋、乙诗……某奏、某记……"不断扩容的"文集"模型。而按之文词体制的关系亲疏,在"赋颂(诗赋)""奏记"联类之前,则"诗赋""铭诔"联类相关,理应已经完成。颜之推《颜氏家训·勉学篇》记载:

> 吾初入邺,与博陵崔文彦交游,尝说《王粲集》中《难郑玄〈尚书〉》事。崔转为诸儒道之,始将发口,悬见排蹙,云:"文集只有诗赋铭诔,岂当论经书事乎?且先儒之中,未闻有王粲也。"崔笑而退,竟不以《粲集》示之。②

这则笑料故事,嘲讽六世纪五十年代南北朝后期的北朝邺下儒生之孤陋寡闻。这些浅儒据为口实的常识"文集只有诗赋铭诔,岂当论经书事",意谓"文集"里面只收"诗赋铭诔"体裁,论经书(《尚书》事)的文章,怎么可能在文集(《王粲集》)当中呢?由这一后出的陋儒口实,亦证"诗赋""铭诔"二者在"文集"体制内部的关系之密切。

虽然写作了一本传世名著,东汉初期,《论衡》作者王充长期乡居,与文学中心仍有一定距离。由他的论述所反映的相关信息判断,章帝时代兼括"诗赋、铭诔、奏记、杂论……杂文"等的"文集"体制大约已经建构并流行。建初八年(83)的《东平王(集)》具有"首赋"特征也是可以进而推定的。

下面再取证本文第一节,《后汉书》本传记载桓谭、冯衍、班彪、史岑、王隆等著书"所著"之例:

> (桓谭)"所著赋、诔、书、奏,凡二十六篇"

---

① 黄晖《论衡校释》,中华书局,1990年,第1174页。
② 王利器《颜氏家训集解》,上海古籍出版社,1980年,第176页。

（冯衍）"所著赋、诔、铭、说、……五十篇"

（班彪）"所著赋、论、书记、奏事合九篇"

（史岑）"著颂、诔、……凡四篇"

（王隆）"所著诗赋、铭、书凡二十六篇"

以次序检验层级，大体上"诗赋"（含辞赋、赋、颂、诗）为第一层，"铭诔"为第二层，"奏记""书论"（杂论）为第三层，其他杂文散篇为第四层。总之，四个层次逐次扩容叙录，汇为总篇数，撰成"文集"。

综本节所述，与"诸子"转型为"论书"相呼应，"诗赋"扩容为"文集"，士大夫专业转向，这一学术文化史大势变迁的枢纽阶段，要以扬雄、桓谭开其端，班固时代总其成。与前述典籍史、文学史趋向大体协调一致。

结 论

第一，唐刘禹锡《吕温集序》争辩的文集"首赋"现象，与学者聚讼的萧统《文选》"甲赋乙诗"问题实质上一致。关键在于辞赋与文集、文学的关系究竟如何？应该如何？前一问辨真假，后一问争是非。本文致力于前一问所涉历史迷雾的考辨。后一问是个文学理论问题，与题旨不相关。

第二，由唐代文集"首赋"现象上溯其渊源的探索，由于书缺有间，接近终局时，奇迹般地被置换为《七略》《汉志·诗赋略》"'诗赋'扩容"这一看起来颠倒了方向的另一个问题。

第三，兼收诸体文章的"文集"体制流行了数百年之后，它在目录体系中的位置仍以"诗赋"为标签。鉴于名、实不完全符合，王俭易之为"文翰"（《七志》），阮孝绪改之曰"文集"（《七录》）①，实至名归，后来相沿成习。"首赋"体制、"文集"制度渊源的探索，最终落实至《七略》《汉志·诗赋略》，颇有一种狐死首丘、落叶归根的惬意。

第四，《七略》《汉志·诗赋略》内容（屈原）赋、（孙卿）赋、（陆贾）赋、杂

---

① 《七录序》曰："王以诗赋之名，不兼余制，故改为文翰。窃以顷世词人，总谓之集，变翰为集，于名尤显。"《广弘明集》卷三。

赋、歌诗,共五类;即使去除"歌诗",仍可命名为"诗赋"。"诗赋"云云,本以辞赋(赋)为主体,"赋"前缀"诗"字,"赋者,古诗之流"(班固《两都赋序》),标榜辞赋为古诗(《诗经》)之流裔。标其渊源、明其正统而已。因此,"甲赋乙诗"更主要仍是"首赋"问题。

第五,共时性地观察,文集"首赋",辞赋列众文体之首,具有价值观意义。刘禹锡的争辩由之而起。然而,在历时性的维度上,"诗赋—(首赋)文集"完全是个客观的建构问题。其时段,则可限制在《七略》(前7)之下,《曹大家》(120)、《东平王》(83)以上的这段时期。一世纪六十、七十、八十年代汉明帝、章帝时期的官方校书可能是其契机。

第六,辞赋为主、兼收歌诗的《诗赋略》,有机会扩容为"首赋"的、多文体汇编的文集,系历史条件使然,"条条大路通罗马",都与两汉空前发达的辞赋文明相关。《七略》之特设"诗赋"为独立一略,得以与"六艺""诸子"相次列,原本就是辞赋篇章众多使然,无法依例附录于《六艺·诗》之下①。

第七,作为与《楚辞》分庭抗礼的文学代表,司马相如"典范化"之建构起起伏伏,至东汉班固时代"赋颂"文学理念出现,方宣告完全成功。文学"辞赋化"是文学史上文集"首赋"体制的大本营。

第八,两汉学术思想史上"诸子""文集"巅峰交接,战国"诸子"之转化为汉魏晋"论书"("近世子家"),同样创造了多文体汇编的"首赋"文集体制建构的重要条件②。

第九,继"诸子"而兴的"首赋"文集体制,在"尊王"的大原则之下,致力于装饰、唯美的修辞学,于道义原则有所疏离。这对于下迄北宋初年③的文学史"辞赋化大时代"的文学传统有所规定。

第十,追踪、探索"首赋"文集体制之建构历程,"集大成"者的地位要授予班固(32—92),他的事业则多方面继承自扬雄(前53—18)。因此,中国中古

---

① 《七录序》:"《七略》诗赋不从六艺诗部,盖由其书既多,所以别为一略。"
② 按:本来"'史前'之'文集'",一家一人之著述,汇为一编,颇有系于"诸子"各家之下的例子(如《东方朔》)。"诸子"变身为"书论",遂鲜此方便。兹事体大,容笔者另作专论。
③ 陆游曰:"国初,尚《文选》。当时文人专意此书,故草必称'王孙',梅必称'驿使',月必称'望舒',山水必称'清晖'。至庆历后,恶其陈腐,诸作者始一洗之。方其盛时,士子至为之语曰:'《文选》烂,秀才半。'"《老学庵笔记》(中国书店影印世界书局《陆放翁全集》本),1986年,第49页。

文学的世界,可以称之为"扬雄—班固"体制;他们开辟的千年文学史亦可概括为"《汉书》+《文选》"时代。

(中国社会科学院文学研究所)

汉魏六朝诗歌韵脚字异文校考①

杜晓勤

中国古代的诗歌虽然用韵方式复杂多样,有通篇一韵与篇中转韵之分,有隔句用韵与每句用韵之别,有首句入韵与首句不入韵之异,而且各时期韵部之分合,与各人用韵之宽严,也并不完全相同,不过还是具有明显的规律性和用韵的限定性②,所以我们在对诗赋等韵文的韵脚字进行校勘时,也可以从音韵学和诗律学的角度,对之进行分析判断。实际上,早在大半个世纪之前,音韵学家罗常培、周祖谟就已在此方面做过有益的尝试,他们在合著的《两汉诗文韵字校记》一文中,分韵部对两汉诗文(主要是赋、颂、诔、文、七等体)中韵字的异文作了校改③。文献学家王叔岷则在《校雠学》中总结了"因字脱而失韵""因字坏而失韵""因误倒而失韵""因互误而失韵""因改字而失韵""因加字而失韵""因妄乙而失韵""因误断句而失韵""依他篇而失韵""依他书改而失韵""依他书删而失韵""注文误入正文而失韵""既倒且误而失韵""既倒且脱而失韵""既加且改而失韵""既互误且改而失韵"等十六种因后世传抄或雕版时校雠不精以至失韵的情况④。今效先贤之法,扩大考察范围,主要从诗

---

① 此文在写作和修改过程中多承孙玉文、胡敕瑞两位教授不吝指教,特此致谢。
② 参拙稿《汉魏六朝五言诗"篇中转韵"现象之考察》,《文学评论》2017年第6期。
③ 罗常培、周祖谟《两汉诗文韵字校记》,罗常培、周祖谟合著《汉魏晋南北朝韵部演变研究》,科学出版社1958年初版,此据北京中华书局,2007年,第241—245页。
④ 王叔岷《校雠学(补订本)》,附《校雠别录》),中华书局,2007年,第395—410页。

歌用韵①的角度,再结合辞义、诗意、对仗等因素,对逯钦立编《先秦汉魏晋南北朝诗》②所收汉魏六朝诗作中失韵之处,尤其是一些韵脚字的异文,多方比勘,综合分析,进行校考。

1.《古诗十九首》其十九("明月何皎皎")(《汉诗》卷一二,上册第334页)

明月何皎皎,照我罗床纬。
忧愁不能寐,揽衣起徘徊。
客行虽云乐,不如早旋归。
出户独彷徨,愁思当告谁。
引领还入房,泪下沾裳衣。

此诗第二句"照我罗床纬"之"纬"字,《玉台新咏》卷一、《文选六臣注》卷二九、《太平御览》卷八一六均作"帷";《文选》卷二七曹丕《燕歌行》李善注引、《艺文类聚》卷二九、《古诗纪》卷二〇、《古诗镜》卷二均作"帏"。按,《古诗十九首》,学界大多认为是东汉中后期的作品。依罗常培、周祖谟所编《两汉诗文韵谱》,此诗下文四、六、八、十句韵脚字,在汉代均属平声脂部韵:"徊",脂部,平声,灰韵;"归",脂部,平声,微韵;"谁",脂部,平声,脂韵;"衣",脂部,平声,微韵。本诗第二句韵脚字,若作"帏"字,则亦属脂部,平声,微韵;若作"帷"字,则属脂部,平声,脂韵;若作"纬"字,则属脂部,去声,微韵。③"帏""帷"语义相通,且均与下文诸韵脚字相押,通篇平声韵,未转韵。若作"纬",则去声、平声转韵,韵颇不叶。故此诗第二句韵脚字当以"帏"或"帷"为是,"纬"

---

① 本文判断韵脚字声调、所属韵部的依据,主要是自己研制的《中国古典诗歌声律分析系统》(计算机辅助研究工具软件,国家社科基金项目成果,项目批准号:04BZW022)中的"中古诗韵数据库"。此系统之研制,主要利用了李珍华、周长楫编撰《汉字古今音表(修订本)》(中华书局,1999年1月),《宋本广韵》(中国书店,1982年影印本)和《宋刻集韵》(中华书局,2005年);也参考了王力《汉语语音史》(中国社会科学出版社,1985年),于安澜著、暴拯群校改《汉魏六朝韵谱》(河南人民出版社,1989年),罗常培、周祖谟《汉魏晋南北朝韵部演变研究》(中华书局,2007年),周祖谟《魏晋南北朝韵部之演变》(东大图书股份有限公司,1996年),刘纶鑫《魏晋南北朝诗文韵集与研究·韵集部分》(中国社会科学出版社,2001年),刘冠才《两汉韵部与声调研究》(巴蜀书社,2007年)等现当代音韵学成果。

② 此文所引诗歌文本除特殊说明,均据逯钦立辑校《先秦汉魏晋南北朝诗》(中华书局,1983年)。

③ 罗常培、周祖谟《汉魏晋南北朝韵部演变研究》,第162、163页。

应为"帏"之形近而误,疑逯钦立原稿笔误或中华书局排印错误。

2. 王粲《诗》("荆轲为燕使")(《魏诗》卷二,上册第366页)

> 荆轲为燕使,送者盈水滨。
> 缟素易水上,涕泣不可挥。

此诗系逯钦立辑自宋吴棫《韵补》卷一,疑为残篇。逯氏于此诗末句后所加按语云:"滨、挥不叶,滨盖湄之讹,才老所据本有误。"郁贤皓、张采民《建安七子诗笺注》卷二此诗注释,亦持与逯钦立相同之观点,谓:"滨,或为'湄'之误。"[①]而俞绍初辑校的《建安七子集》则将此诗作为《咏史诗二首》其二收入,且于"涕泣不可挥"出校语云:"'挥'当读作'浑',与今音不同。"[②]按,两说均有一定的道理。"滨""湄"二字形义均相近,致误的可能性很大。而吴棫《韵补》将"挥"字列于卷一"十七真"下,说明他认为"挥"字可押"真"韵。顾炎武《韵补正》也同意吴棫的观点[③],且于《唐韵正》"平声"卷之二"八微"下作进一步的说明:"挥,许归切。古音熏。(引王粲诗,略)《说文》:'挥,从手,军声。'"[④]按,"挥"在上古确读"军声",从"军"的字,先秦时期属文韵,《诗经·小雅·庭燎》即以"晨、煇、旂"相押[⑤]。然"挥"字在中古时期已经转入微韵,汉魏晋人均将"挥"字与"微"韵、"之"韵、"脂"韵字相押。如《李陵录别诗二十一首》其六("黄鹄一远别")中"泪下不可挥"之"挥"字,与"徊""依""乖""怀""悲""哀""摧""归""飞"相押,且此诗与王粲之作时代相近、句意相似[⑥],句中之"挥"与王粲"涕泣不可挥"语义、用法全同。再如,王粲自己的另一作品《从军诗五首》其一("从军有苦乐")中"良苗实已挥"之"挥"字,亦与"谁""师""威""夷""遗""坻""肥""资""飞""违""归""私""姿""犁""非"相押。两晋诗中用"挥"作韵脚字的作品,如潘岳《金谷集作诗》,陆机《百年

---

① 郁贤皓、张采民笺注《建安七子诗笺注》,巴蜀书社,1990年,第140页。
② 俞绍初辑校《建安七子集》,中华书局,2005年,第88页。
③ (清)顾炎武撰,刘永翔校点《音学五书·韵补正》,上海古籍出版社,2012年,第1187页。
④ (清)顾炎武撰,刘永翔校点《音学五书·韵补正》,第373页。
⑤ 此则语料承同事胡敕瑞教授惠示。
⑥ 逯钦立辑校《先秦汉魏晋南北朝诗》"汉诗"卷十二,第338页。此组诗虽不是李陵所作,然从题旨、内容、用语、修辞等方面看,可证明为东汉末年灵献时文士之作。参逯钦立《汉诗别录》,原载《历史语言研究所集刊》第十三本,1948年;今据《逯钦立文存》,中华书局,2010年,第2、16页。

歌十首》其九（"九十时"），陆云《大将军宴会被命作诗》其三（"在昔奸臣"）、《赠汲郡太守诗》其七（"乐只君子"），陶渊明《时运诗》其二（"延目中流"）、《和胡西曹示顾贼曹诗》《还旧居诗》等亦概莫能外，更不用说六朝隋唐时期的诗了。故二说相较，我更倾向于认为，王粲此诗中的"挥"字不误，也不读"浑"音、"军声"（其在上古音中应该是读"军声"，但到东汉末年已不读）。此诗第二句"送者盈水滨"中之"滨"字，当为"湄"字，因形义均近而误①。"湄"，平声，脂韵，与"挥"适相叶韵。故逯钦立、郁贤皓等说更为合理，吴棫、顾炎武将王粲此诗中之"挥"归于"真"韵，语料疑误，依据不足。

3. 阮瑀《七哀诗》（《魏诗》卷三，上册第 380 页）

> 丁年难再遇，富贵不重来。
> 良时忽一过，身体为土灰。
> 冥冥九泉室，漫漫长夜台。
> 身尽气力索，精魂靡所能。
> 嘉肴设不御，旨酒盈觞杯。
> 出圹望故乡，但见蒿与莱。

此诗第八句"精魂靡所能"之"能"字，《古今诗删》卷六、《御定渊鉴类函》卷一七八引诗同，《艺文类聚》卷三四、《广文选》卷九、《古诗纪》卷二七注、《汉魏六朝百三家集》校语均云"作回"。按，"能"字，《广韵》有四种读音：一为奴登切，平声，登韵；一为奴来切，平声，咍韵；一为奴代切，去声，代韵；一为汤来切，平声，咍韵。然，据顾炎武《唐韵正》"下平声"卷六所考，"能"字在上古时期只有奴来切、奴代切二读，且读奴来切时，多与之部平声咍韵、灰韵字相押②。至阮瑀所处的汉魏之际，亦复如此。如《后汉书·黄琬传》："时权富子弟多以人事得举，而贫约守志者以穷退见遗，京师为之谣曰：'欲得不能，光禄茂才。'"李贤太子注："能，音乃来反。"此"能"字，即与之部咍韵"才"字相押。又

---

① 在古籍中，"湄""滨"形近而讹的例子很多。如唐王湾《晚夏马嵬卿叔池亭即事寄京都一二知己》诗中"竹绕清渭滨"之"滨"字，《全唐诗》小注云："滨，一作湄。"再如，《列仙传》卷二《江妃二女》中"出游于江汉之湄"的"湄"字，钱熙祚校记云："《文选·咏怀诗》注、《初学记》六又二十六、《书钞》百二十八、《御览》六十又六百九十二并无'汉之'二字，湄作滨。"

② （清）顾炎武撰，刘永翔校点《音学五书·韵补正》，第 507—511 页。

如魏文帝曹丕《秋胡行》:"朝与佳人期,日夕殊不来。嘉肴不尝,旨酒停杯。寄言飞鸟,告余不能。"黄节《魏文帝诗注》于此诗"能"字下注引《汉书·赵充国传》颜师古注和《后汉书·天文志》苏林注谓,此"能"与"台""耐"声相通,"告余不能,谓寄言与所期之人以不耐也"①。此诗"能"字,亦与之部平声咍韵"来"字、之部平声灰韵"杯"字相押。再如,阮瑀之子阮籍的《咏怀诗八十二首》其五十:"清露为凝霜,华草成蒿莱。谁云君子贤,明达安可能。乘云招松乔,呼嚵永矣哉。"此诗中的"能"字,亦当读奴来切,与之部平声咍韵的"莱""哉"二字相押。再看阮瑀此诗,"能"字之前的韵脚字分别为"来"(之部平声咍韵)、"灰"(之部平声灰韵)、"台"(之部平声咍韵),"能"字之后的韵脚字分别为"杯"(之部平声灰韵)、"莱"(之部平声咍韵),均为平声韵,咍灰通押。则此诗中"能"字亦当读奴来切,"义为有能力做到"②。与上下文韵相叶,辞义亦无扞格之处。至于异文"回"字,在两汉时期属脂部平声灰韵,与之部咍韵、灰韵殊不相押。此异文之出现,当因"能"字变读为奴登切后,后人不知古音,为了叶韵而改。顾炎武云,"能"读为奴登切,始自宋齐之际。然至唐时,"能"字古音尚未消失,唐代诗文中仍有不少音奴来切之韵例③。宋代以后,人们渐渐只知"能"字音奴登切,很少知道"能"在中上古曾读为奴来切。故"能"之被改为"回"字,疑在明清时。顾炎武在《答李子德书》中即已指出,因古音久已失传,世人好以今音改经及先秦以下之书,并举阮瑀此诗为例:"若夫近日之锓本,又有甚焉。阮瑀《七哀诗》:'冥冥九泉室,漫漫长夜台。身尽气力索,精魂靡所能。'今本改'能'为'回',不知《广韵》十六'咍部'元有'能'字。"④故此处韵脚字,当如顾炎武所云应为"能"字。

4. 程晓《嘲热客诗》(《晋诗》卷二,上册第578页)

平生三伏时,道路无行车。
闭门避暑卧,出入不相过。
今世褦襶子,触热到人家。

---

① 黄节《曹子建诗注(外三种)·阮步兵咏怀诗注》,中华书局,2008年,第240页。
② 孙玉文《汉语变调构词考辨》,商务印书馆,2015年,第15页。
③ (清)顾炎武撰,刘永翔校点《音学五书·韵补正》,第510页。
④ 同上书,第14页。

主人闻客来,颦蹙奈此何。
　　谓当起行去,安坐正跘跨。
　　所说无一急,嗜啥一何多。
　　疲瘵向之久,甫问君极那。
　　摇扇臂中疼,流汗正滂沱。
　　莫谓此小事,亦是人大瑕。
　　传戒诸高朋,热行宜见诃。

此诗第十句"安坐正跘跨"之"跘跨",《太平御览》卷三四"时序部"十九"热"条下收此诗,亦作"跘跨",且注:"跘音盘,跨音夸。"《岁时杂咏》卷二二收此诗,题作"伏日",亦作"跘跨",《文苑英华》卷一五七收此诗,署名郑晓,作"踞跨";而《太平广记》卷二五三"程季明"条下《启颜录》引此诗、《古文苑》卷八、《御定佩文斋咏物诗选》卷二二、《能改斋漫录》卷五引诗、《毛诗古音考》卷二引诗,均作"咨嗟"。按,此诗前文韵脚字为"车""过""家""何",后文韵脚字为"多""那""沱""瑕""诃",均平声歌部韵。其中"车""家""瑕"为上古鱼部转入麻韵者,其他诸字为上古歌部字。现存汉魏晋南北朝诗中,"跨"作韵字,惟见此,然由其音"夸"(亦为上古鱼部转入麻韵)可知,汉魏时当亦属平声麻韵。《广韵》中"跨"字有四种读音,若读平声,则为苦瓜切,鱼部麻韵,吴人云坐为跨。据罗常培、周祖谟考察,西汉时期"鱼部的麻韵字有跟歌部字相押的例子,可知鱼部麻韵字读音与歌部接近",到东汉时,"阴声韵鱼部的麻韵字转入歌部","东汉时期包括歌戈麻三韵字,魏晋宋时期也是如此",两汉时这样的韵例越来越多①,魏晋时期则更多②。则此处若作"跨"字,与上下文韵叶。然现存汉魏诗文中未见他处"跨"作韵脚字的用例。"嗟",平声麻韵,汉魏晋时期存在更多此字与歌部歌韵相押的诗例③。故此处作"嗟",与全诗用韵亦不违。不过,如果结合上下文诗意来分析的话,则此二字似应为"咨嗟"。因为

---

① 参罗常培、周祖谟《汉魏晋南北朝韵部演变研究》,第57、86、156、157页。
② 参周祖谟《魏晋南北朝韵部之演变》上篇,第五章,"魏晋宋北魏诗文韵谱和合韵谱",东大图书公司,1996年,第189—199页。
③ 参罗常培、周祖谟《汉魏晋南北朝韵部演变研究》,第154、155页;周祖谟《魏晋南北朝韵部之演变》,第195页。

若作"跸跨",与本句首二字"安坐"意重,后句首二字"所说"无着落。若作"咨嗟",则为热客来主人家安坐后不断感慨叹息之意,正与后句"所说无一急"之首二字"所说"相接续。再后一句"嗜啥一何多"之"啥",亦为诸诸多言之义,也与"咨嗟"相互照应。总之,此二字虽作"跸跨""咨嗟"并通,然窃以为"咨嗟"更优。

5. 陆机《折扬柳行》(《晋诗》卷五,上册第659页)

> 邈矣垂天景,壮哉奋地雷。
> 丰隆岂久响,华光但西隤。
> 日落似有竟,时逝恒若催。
> 仰悲朗月运,坐观璇盖回。
> 盛门无再入,衰房莫苦开。
> 人生固已短,出处鲜为谐。
> 慷慨惟昔人,兴此千载怀。
> 升龙悲绝处,葛藟变条枚。
> 寤寐岂虚叹,曾是感与榷。
> 弭意无足欢,愿言有余哀。

此诗第十八句"曾是感与榷"之"榷"字,《广文选》卷一三作"推",陈书良编校《六朝十大名家诗》中《陆机诗集》收此诗亦作"推"[①];《乐府诗集》卷三七、《古诗纪》卷三四、《古乐苑》卷一九、《汉魏六朝百三家集》卷四九、金涛声点校《陆机集》卷七[②]、杨明校笺《陆机集校笺》[③]卷七均作"摧"。按,此诗前文韵脚字分别为"雷""隤""催""回""开""谐""怀""枚",后为"哀",均系平声之部咍韵。"榷",入声,觉韵,明显与上下文不叶韵。"推",平声,灰韵,倒是与上下文韵叶,然句义不通。"摧",亦为平声,灰韵,与上下文韵叶,且有悲伤义,"曾是感与摧",意即曾经感慨心伤,与上句"寤寐岂虚叹"恰好相承,与后两句"弭意无足欢,愿言有余哀"也相合。而且,此处似化用了本文前曾论及

---

① 陈书良编校《六朝十大名家诗》,岳麓书社,2001年,第66页。
② 金涛声点校《陆机集》,中华书局,1982年,第76页。
③ 陆机著,杨明校笺《陆机集校笺》,上海古籍出版社,2016年,第403页。

《李陵录别诗二十一首》其六("黄鹄一远别")中"丝竹厉清声,慷慨有余哀。长歌正激烈,中心怆以摧"这四句,而在李陵原诗中,"摧"正与"哀"相押,故此诗当以"摧"为是。异文"榷""推"均系形近而讹,其中"榷",他处未见,疑逯钦立稿本笔误或中华书局排印错误。

6. 傅玄《晋鼓吹曲二十二首·唐尧》(《晋诗》卷一〇,上册第 833—834 页)

> 唐尧谘务成,谦谦德所兴。
> 积渐终光大,履霜致坚冰。
> 神明道自然,河海犹可凝。
> 舜禹统百揆,元凯以次升。
> 禅让应天历,睿圣世相承。
> 我皇陟帝位,平衡正准绳。
> 德化飞四表,祥气见其征。
> 兴王坐俟旦,亡主恬自矜。
> 致远由近始,覆篑成山陵。
> 披图按先籍,有其证灵液。

此诗最后一句"有其证灵液",在《宋书》中作"有其证灵",而《晋书》卷二三《乐志下》和《乐府诗集》卷一九均作"有其证灵液"。中华书局校点本《宋书》卷二二《乐志四》于此句下出校语云:"'有其证灵液',各本并脱'液'字,据《晋书·乐志》、《乐府诗集》一九改。殿本考证云:'按原文当有"液"字,后人疑此二句韵不谐,故去一"液"字,以"灵"字合于上文绳、征、矜、陵等字为一韵。不知古人诗歌,凡今庚、青部之字,皆不与蒸部同用。若存此"液"字,则与上句"籍"字别为一韵,更合也。'"① 逯钦立则云:"案当作'灵液有其证'。"诸说之中,窃以为殿本考证和中华书局校点本《宋书》校记最当。因为此诗并非一般的五言诗,而是乐府歌诗。拙稿《汉魏六朝五言诗"篇中转韵"现象之考察》曾经指出,汉乐府作品尤其是相和歌辞,当时大多是分"解"演唱的,这些歌辞在各"解"之间,及"解"与"艳""趋""乱"之间,也即不同的乐段之间,常

---

① 《宋书》卷二二《乐志四》,中华书局,1974 年,第 669 页。

常选用不同的韵部来区别彼此,就形成了不同的韵段。同样,魏晋时期文人仿作的乐府歌诗尤其是相和歌行也多转韵①。傅玄《晋鼓吹曲二十二首》亦复如此。《晋书》卷二三《乐志下》云:"及(晋)武帝受禅,乃令傅玄制为二十二篇,亦述以功德代魏。"②傅玄此组宫廷乐府歌诗系按汉乐府短箫铙歌的古曲改写而成③,不仅体式多样,既有三言诗,也有五言诗,更多的则是三、四、五杂言诗;而且韵式也不统一,篇中转韵者占绝大多数。如,其二《宣受命》用古曲《思悲翁行》,三、四杂言,前四句用平声微韵,后十六句换平声阳、唐、庚、清、青韵;其四《宣辅政》用古曲《上之回行》,三、四、五杂言,前六句用平声侵、庚韵,第七句至篇末换平声支、寘韵;其六《景龙飞》用古曲《战城南行》,三、四、五杂言,一篇三转韵,前八句用平声微、脂韵,第九句至第十八句换平声东、换、桓、阳、庚韵,最后四句又换平声之韵;其八《文皇统百揆》用古曲《上陵行》,三、四、五杂言,韵式也较复杂,前十句是整齐的五言,偶句用韵,押平声唐、阳韵,第十一句至十九句,三、五句间用,且有复沓,转去声泰、废、祭等韵;其十《惟庸蜀》用古曲《有所思行》,三、四、五杂言,前十六句押平声虞、模韵,后十句转平声文、魂、真韵;其十一《天序》用古曲《芳树行》,三、四、五、六杂言,前七句押上声姥韵,第八句至篇末转平声阳、真韵;其十三《金灵运》用古曲《君马黄行》,三、四、五杂言,转韵次数甚多,前四句用入声月韵,第五至十二句换去声劲、映、蒸韵,第十三句转上声麌、姥韵,从第十五句开始换去声御、祃、个韵,第二十一句至篇末又转平声阳、唐韵;其十五《仲春振振》用古曲《圣人出行》,三、四、五杂言,前三句用真韵,第四至第八句转上声姥、语韵,第九句至十四句换去声祭韵,第十五句至篇末押平声青、庚韵;其十七《仲秋狝田》用古曲《远期行》,四、五言杂用,前六句用平声唐、阳韵,第七句至篇末换上声麌、姥韵;其十八《从天道》用古曲《石留行》,三、四、五杂言,换韵次数多达六次,前四句用去声志、寘韵,五、六两句转入声薛、铎韵,第七至十句用去声送韵,第十一至十六句换上声语、姥韵,第十七至二十三句,换平声文韵,第二十四句至篇末用平声先韵;

---

① 杜晓勤《汉魏六朝五言诗"篇中转韵"现象之考察》,《文学评论》2017 年第 6 期。
② 《晋书》卷二三《乐志下》,中华书局,1974 年,第 702 页。
③ 《宋书·乐志》为收录傅玄此组歌诗的现存最早文献,且载明每首所依汉古曲名,下文韵式分析所据文本即依之。

其二十《玄云》用古曲《玄云行》,虽为整齐的五言诗,但也换韵了,前十句用去声泰、祭韵,后二十句换平声微、脂韵;其二十一《伯益》用古曲《黄爵行》,亦为整齐的五言诗,全篇换韵三次,前十句用平声仙、山、元韵,第十一至十八句换平声歌、戈韵,第十九句至篇末又转平声文韵;其二十二《钓竿》用古曲《钓竿行》,系三、四、五、六、七杂言,句式最为复杂,换韵次数也很多,前十句押平声仙、先、山韵,第十一至二十句换平声清、青韵,第二十一至三十二句转平声唐、阳韵,第三十三至三十六句用平声庚韵。而这首《唐尧》用古曲《务成行》,与其二十《玄云》、其二十一《伯益》一样,均为整齐的五言诗,也应是换韵之作。前十八句均押平声蒸韵,末句若作"有其证灵液",则属篇末两句换韵,"液"与上句末字"籍"均为入声昔韵。至于逯钦立所改的"灵液有其证",似欲倒文以合韵,实则又因不明"证"之古音而事与愿违,并不能达至与上文叶韵的目的。"证"在《广韵》中收在去声蒸韵,现存的魏晋南北朝诗文中未发现"证"做韵脚字的韵例①。若"证"在当时亦只读去声,则此句不仅与上文诸韵脚字均不叶,与上句"披图按先籍"亦不押韵;若云"证"在此处转读平声通"征",则又与上文第十六句的"征"字形成积韵。更何况,逯钦立此说并无版本依据,属于臆改。因而,诸说之中,殿本校记较为近是,此诗末句文本应作"有其证灵液",此诗与同组其他十二首杂言、两首五言一样,均系乐府歌诗中的换韵之作。

7. 郭璞《诗》(《诗纪》作《赠潘尼》)(《晋诗》卷一一,中册第868页)

杞梓生荆南,奇才应出世。
擢颖盖汉阳,鸿声骇皇室。
遂应四科选,朱衣耀玉质。

此诗第二句"奇才应出世"之"出世",《诗纪》卷三一作"世出"。按,此诗后四句用入声质韵,则此句末二字当为"世出"。"出"字,《广韵》中收在入声术韵,与下文"室""质"可押。另,就诗意观之,亦以"世出"为优。汉魏六朝时期,"世出"一词,多用来称赞应时而出的旷世之才。如袁宏《三国名臣序赞》:

---

① 汉代现存诗文中只有王符《潜夫论》卷二《考绩第七》引谚语中"证"为韵脚字:"曲木恶直绳,重罚恶明证。"此处"证"与"绳"(平声,蒸韵)押韵。然民间谚语用韵素不严谨,不一定都是同声相押,此处"证"很可能也是读去声,属于平、去相押。

"才为世出,世亦须才。"《文选》李周翰注云:"贤才为乱世而生。"丘迟《与陈伯之书》:"将军勇冠三军,才为世出。"《文选》吕延济注云:"世出,谓应时而出也。"而"出世"一词,在当时则鲜有应时而出之义,多指出生或出家。故此处应为"世出",系二字误倒而失韵。

8. 无名氏《子夜歌四十二首》其四十二(《晋诗》卷一九,中册第1042页)

> 朝日照绮钱,光风动纨素。
> 巧笑蓓两犀,美目扬双蛾。

此诗第二句"光风动纨素"之"素"字,《玉台新咏》收录此诗"素"作"罗"。从字义上讲,"纨素""纨罗"皆通,且均为当时习用语词。然从音韵上讲,"素",《广韵》作去声暮韵。第四句韵脚字"蛾",则为平声歌韵。"素""蛾"二字韵颇不叶,现存魏晋南北朝韵文中,亦未见"素""蛾"(或"峨",音同)相押的例子。若作"罗",则为平声歌韵,与"蛾"恰好相押。晋宋齐梁诗歌作品中,"罗"与"蛾"字(或"峨")相押的作品有不少,如:晋傅玄的《云中白子高行》("陵阳子")、《轻薄篇》("末世多轻薄"),晋陆机的《从军行》("苦哉远征人")、《吴趋行》("楚妃切勿叹")、《前缓声歌》("游仙聚灵族"),晋曹摅的《答赵景猷》("泛舟洛川"),晋王鉴《七夕观织女诗》("牵牛悲殊馆"),晋苏若兰《中经》其一("钦岑幽岩峻嵯峨"),晋杨羲《九华安妃见降口授作诗》("云阙竖空上"),梁王筠《早出巡行瞩望山海诗》("王生临广隰")等作品,均系"罗"与"峨"相押。刘宋刘铄《白纻曲》("仙仙徐动何盈盈")、刘宋鲍照《代堂上歌行》("四坐且莫喧")、刘宋吴迈远《楚朝曲》("白云萦蔼荆山阿")、梁沈约《昭君辞》("朝发披香殿")、梁吴均《楚妃曲》("春妆约春黛")等诗,均有"罗"与"蛾"相押。故此句当以"光风动纨罗"为是。

9. 支遁《咏禅思道人诗》(《晋诗》卷二〇,中册第1083页)

> 云岑竦太荒,落落英峙布。
> 回壑伫兰泉,秀岭攒嘉树。
> 蔚荟微游禽,峥嵘绝蹊路。
> 中有冲希子,端坐摹太素。
> 自强敏天行,弱志欲无欲。

玉质凌风霜，凄凄厉清趣。
指心契寒松，绸缪谅岁暮。
会衷两息间，绵绵进禅务。
投一灭官知，摄二由神遇。
承蜩累危丸，累十亦凝注。
悬想元气地，研几革粗虑。
冥怀夷震惊，怕然肆幽度。
曾筌攀六净，空同浪七住。
逝虚乘有来，永为有待驭。

此诗第十句有异文，碛砂版大藏经本《广弘明集》、邵武徐氏本《支遁集》、宛委别藏本《支遁集》、吴家骝本《支道林集》、《古诗纪》卷四七、《古今禅藻集》卷一及逯钦立《先秦汉魏晋南北朝诗》本、张富春《支遁集校注》均作"弱志欲无欲"，而《中华大藏经》本、《大正新修大藏经》本《广弘明集》卷三〇《统归篇》第十则作"弱志欲无去"。逯钦立在此句后加校语云："《广弘明集》作去。注云：宋、元、宫本作欲，喻音。明本作欲，音喻。"张富春为此句所作校记则更详："慾：《中华大藏经》本《广弘明集》作'欲'，《大正新修大藏经》本《广弘明集》亦作'欲'，校记：'欲＝慾（三）（宫）。'欲：《中华大藏经》本《广弘明集》作'去'，校勘记：'四三五页上九行第八字"去"，（碛）、（普）、（南）、（清）作"欲喻音"；（径）作"欲音喻"。'《大正新修大藏经》本《广弘明集》亦作'去'，校记：'去＝欲喻音（宋）（元）（宫），欲音喻（明）。''欲'下夹注'喻音'，《古诗纪》、《古今禅藻集》作'音喻'。"①若要讨论此句韵脚字的异文，尚需结合全句及上下文统合起来分析。此句若作"弱志欲无欲"，则前"欲"字当为动词，后"欲"字为名词。据孙玉文考察，从上古到六朝早期韵文中，"欲"作名词特指情欲、贪欲（多含贬义），均读喻音，叶去声，魏晋时期潘岳《西征赋》中"红鲜纷其初载，宾旅竦而迟御。既餐服以属厌，泊恬静以无欲。回小人之腹，为君子之虑"的"欲"，即与"御""虑"相押，均为去声②。故支遁此句"弱志欲无欲"之"欲"，

---

① （东晋）支遁撰，张富春校注《支遁集校注》卷上，巴蜀书社，2014年，第175页。
② 孙玉文《汉语变调构词考辨》，第429、430页。

亦当读去声喻音,与上下文诸韵脚字均叶,系暮、遇、御通押。而且,此句作"弱志欲无欲",句意亦通,是称赏"冲希子"(即所咏之禅思道人)弱志虚心,超然物外,绝尘累,无贪欲。若作"弱志欲无去","去"为去声御韵,虽与上下文叶韵,然句意似乎扞格难通。此句前半既言"弱志",即弱志空心,恬静淡泊,无俗世之欲望;后半又云"欲无去",即贪欲尚未去除,前后矛盾。故二者相较,窃以为此句作"弱志欲无欲"更当。

10. 颜延之《五君咏·向常侍》(《宋诗》卷五,中册第 1236 页)

向秀甘淡薄,深心托毫素。
探道好渊玄,观书鄙章句。
交吕既鸿轩,攀嵇亦凤举。
流连河里游,恻怆山阳赋。

此诗一二联韵脚字"素"(去声,暮韵)、"句"(去声,遇韵),及第四联韵脚字"赋"(去声,遇韵),均为去声,暮部韵字。惟第三联韵脚字"举",《广韵》只标注了一个读音,为上声,语韵。若然,则"举"字与上下文不相押,似失韵。然遍查现存收录此诗的各类文献,"举"字均未见有异文。再一一检核今存的先秦两汉魏晋南北朝诗歌,发现"举"确实绝大多数与上声字相押。但是,也有几首"举"与去声字叶韵的诗例。如:《魏诗》卷五邯郸淳《赠吴处玄诗》中,"举"与"遇"(去声,遇韵)相押。《晋诗》卷一二卢谌《赠刘琨诗》其十四,"举"与"顾"(去声,暮韵)、"步"(去声,暮韵)、"露"(去声,暮韵)相押。《晋诗》卷一六陶渊明《咏二疏诗》中,"举"与"去"(去声,御韵)、"趣"(去声,遇韵)、"傅"(去声,遇韵)、"路"(去声,暮韵)、"顾"(去声,暮韵)、"誉"(去声,御韵)、"务"(去声,遇韵)、"素"(去声,暮韵)、"悟"(去声,暮韵)、"虑"(去声,御韵)、"著"(去声,御韵)等去声字相押。《梁诗》卷二六刘孝胜《冬日嘉园别阳羡始兴诗》中"举"字,亦与"处""遽""御""誉"等去声字相押。因此,"举"字在中古时期除《广韵》所收读上声语韵外,亦可读为去声。故颜延之此诗中之"举"字,亦应读去声,与上下文未为失韵。《广韵》阙收"举"之去声一读,可补。

11. 鲍照《代陆平原君子有所思行》(《宋诗》卷七,中册第 1263 页)

西上登雀台,东下望云阙。

　　　　层阁肃天居,驰道直如发。
　　　　绣甍结飞霞,璇题纳行月。
　　　　筑山拟蓬壶,穿池类溟渤。
　　　　选色遍齐代,征声匝卭越。
　　　　陈钟陪夕宴,笙歌待明发。
　　　　年貌不可还,身意会盈歇。
　　　　蚁壤漏山阿,丝泪毁金骨。
　　　　器恶含满欹,物忌厚生没。
　　　　智哉众多士,服理辨昭昧。

　　此诗最后一句"服理辨昭昧"之"昧"字,宋人郭茂倩《乐府诗集》卷六一、《广文选》卷一四均作"晣"。按,此诗上文九韵均押入声,"昧"则为去声,泰韵,明显不叶。若作"晣",则亦为入声字,《广韵》收于入声,薛韵。另,考之词义,亦以"昭晣"为当。"昭晣"一词,汉代即有,多写作"昭晢"。如司马迁《史记·司马相如列传》:"首恶湮没,暗昧昭晢。"再如,许慎《说文解字》解"晢"字:"昭晢,明也。"魏晋南北朝文献中"昭晢"用例更多,达数十条,难以枚举。而"昭昧"一词,遍检现存先秦两汉文献均未见,若再扩大检索范围至魏晋南北朝时期的文献,则除鲍照此诗,仍然未见其他用例。《汉语大词典》虽然收有此词,但也只举了鲍照此诗一条语料。故,此诗之"昧"字,当为后世传抄或雕版时形近而讹。

12. 鲍照《山行见孤桐诗》(《宋诗》卷九,中册第 1310 页)

　　　　桐生丛石里,根孤地寒阴。
　　　　上倚崩岸势,下带洞阿深。
　　　　奔泉冬激射,雾雨夏霖浮。
　　　　未霜叶已肃,不风条自吟。
　　　　昏明积苦思,昼夜叫哀禽。
　　　　弃妾望掩泪,逐臣对抚心。
　　　　虽以慰单危,悲凉不可任。
　　　　幸愿见雕斫,为君堂上琴。

此诗前后均押平声侵韵,惟第六句"雾雨夏霖浮"之韵脚字"浮",为平声尤韵,殊为不叶,然逯钦立未出校记。按,明张溥《汉魏六朝百三名家集》卷六九《鲍照集》和《古诗纪》卷六二,"浮"皆作"霪",明毛晋校宋本《鲍氏集》、清王闿运《八代诗选》卷九、《四部丛刊》影宋本《鲍明远集》卷六,"浮"皆作"淫"。"霪"与"淫"通,《广韵》均收于平声侵韵,在此诗中适与上下文叶韵。此处之"浮"字,疑逯钦立原稿或中华书局排版时,"淫"字形近而讹。

13. 刘绘《同沈右卫率诸公赋鼓吹曲二首》(《齐诗》卷五,中册第 1468 页)

> 高唐与巫山,参差郁相望。
> 灼烁在云间,氛氲出霞上。
> 散雨收夕台,行云卷晨障。
> 出没不易期,婵娟以怅惘。

此诗前三联均押去声漾韵,惟末句"婵娟以怅惘"之韵脚字"惘",为平声尤韵,颇为不叶。按,此诗《谢宣城诗集》卷二、《乐府诗集》卷一七亦收,尾句末二字皆作"惘怅"。"怅惘""惘怅",词义相同。然"怅"字,去声漾韵,与上文恰相叶韵。故此处韵脚字当以"怅"为是,系"惘怅"倒文而失韵。

14. 顾恖《望廨前水竹诗》(《齐诗》卷六,中册第 1473 页)

> 萧萧丛竹映,淡淡平湖净。
> 叶倒涟漪文,水漾檀栾影。
> 相思不会面,相望空延颈。
> 远天去浮云,长墟斜落景。
> 幽疴与岁积,赏心随事屏。
> 乡念一遭回,白发生俄顷。

此诗二、三、四、五、六联,均押上声韵(梗、静、梗、静、静),惟第一联"淡淡平湖净"之韵脚字"净",平声耕韵,与下文不相叶韵。按,此诗《何逊集》诸种版本亦载,作何逊诗。李伯齐校注的《何逊集校注》题云《望廨前水竹答崔录事》,第二句韵脚字有异文,作"淡淡平湖静"①。"静",上声静韵,正与下文诸

---

① (南朝梁)何逊著,李伯齐校注《何逊集校注》,中华书局,2010 年,第 8 页。

韵脚字相押。故此诗首联韵脚字当以"静"为是。

15. 梁武帝萧衍《子夜四时歌·夏歌四首》其一(《梁诗卷一》,中册第1516页)

> 江南莲花开,红光复碧水。
> 色同心复同,藕异心无异。

此诗虽然只有四句二十字,却有两个文本系统,两个韵脚字更存在异文。《玉台新咏》卷一〇、《乐府诗集》卷四四及明嘉靖刻本《六朝诗集》本《梁武帝集》,均与逯钦立所采用的这个文本系统相同。第二句韵脚字"水",上声,旨韵;第四句韵脚字"异",去声,志韵,全诗用韵不叶。

而《艺文类聚》卷四三、《古诗纪》卷七四、《古乐苑》卷二三、《采菽堂古诗选》卷二二、《玉台新咏考异》卷一〇及《渊鉴类函》卷一八五,则存此诗的另一版本:

> 江南莲花水,红光复碧色。
> 同丝有同藕,异心无异荝。

此版本中第二句韵脚字"色",入声,职韵;第四句韵脚字"荝",入声,锡韵。二字可通押,韵亦叶。

虽说此诗系梁武帝萧衍仿作的吴歌,当时的吴语也有上、去声不分的声韵特点[①],而且萧衍本人似亦不明平、上、去、入四声为何[②]。但是,通过对现存吴歌西曲等南朝民歌进行全面的声律分析,可以发现其中上、去声通押的例子寥寥无几[③],

---

① (唐)李涪《刊误》卷下"《切韵》"条云:"吴音乖舛,不亦甚乎?上声为去,去声为上。"明刻《百川学海》本。

② 《梁书》卷一三《沈约传》云:"又撰《四声谱》,以为在昔词人,累千载而不寤,而独得胸衿,穷其妙旨,自谓入神之作,高祖雅不好焉。帝问周舍曰:'何谓四声?'舍曰:'天子圣哲'是也,然帝竟不遵用。"窃以为萧衍可能不懂四声之目,更不愿遵用沈约《四声谱》写作避忌永明声病的新体诗,但不表示他的诗就可能四声混用。其现存诗作也表明他在作诗时是严分四声用韵的。

③ 在逯钦立所辑《晋诗》卷一九总计298首吴声西曲中,只有5首上去声通押的诗例:《子夜四时歌七十五首·欢闻变格六首》其一,"柱"(上声麌韵)与"顾"(去声暮韵)相押;《子夜四时歌七十五首·阿子歌三首》其三,"暴"(去声号韵)与"饱"(上声巧韵)相押;《子夜四时歌七十五首·桃叶歌》,"橹"(上声姥韵)与"渡"(去声暮韵)相押;《子夜四时歌七十五首·欢好曲三首》其一,"子"(上声止韵)与"爱"(去声代韵)相押,《子夜四时歌七十五首·懊侬歌十四首》其六,"者"(上声马韵)与"诈"(去声祃韵)相押。而《宋诗》卷一一所收155首吴声西曲中,则无一首上去通押的诗作。

且除此诗外,在萧衍本人现存其他作品中,均是平自韵平,上自韵上,去自韵去,入自韵入,亦无上、去通押的情况。其实,南朝人在作诗用韵时,正如陈寅恪所言:"除民间谣谚之未经文人删改润色者以外,凡东晋南朝之士大夫以及寒人之能作韵者,依其籍贯,纵属吴人,而所作之韵语则通常不用吴音,盖东晋南朝吴人之属于士族阶级语者,其在朝廷论议社会交际之时尚且不操吴语,岂得于其模拟古昔典雅丽则之韵语转用土音乎?至于吴人之寒人既作典雅之韵语,亦必依仿胜流,同用北音,以冒充士族,则更宜力避吴音而不敢用。"①因此,从诗歌用韵角度考察,此诗第二个版本的文字应更优善。或许,前者为萧衍所作较早的版本,吴语土音痕迹较重,后者系其本人或朝臣后来修改润色之新版本,二者并传于后?抑未可知。

16. 范云《饯谢文学离夜》(《梁诗》卷二,中册第1545页)

> 阳台雾初解,梦渚水裁渌。
> 远山隐且见,平沙断还绪。
> 分弦饶苦音,别唱多凄曲。
> 尔拂后车尘,我事东皋粟。

此诗第一、三、四联均押入声烛韵,惟第二联下句"平沙断还绪"之韵脚字"绪",上声,语韵,颇为不叶。此诗宋本《谢宣城集》卷四及《古文苑》卷九亦收,"平沙断还绪"句均作"平沙断还续"。按,"续",入声,烛韵,与上下文正相押。而且,上句"隐"与"见"词义相反而相对,此句"断"与"续"亦词义相反而相对,上下句正是工对,故以"续"为是。而"断而绪"则不成语,应系元明时因"续"字变为去声后,"续""绪"音近兼形近而讹。

17. 沈约《从齐武帝琅琊城讲武应诏诗》(《梁诗》卷六,中册1631页)

> 九功播桃埤,七德陈武悬。
> 展事昌国图,息兵由重战。
> 皇情咨阅典,出车迨辰选。

---

① 陈寅恪《东晋南朝之吴语》,《"中央"研究院历史语言研究所集刊》第七本第一分,"中央"研究院历史语言研究所,1936年,第4页。

饰徒映寒照,翻绥临广甸。

飒沓佩吴戈,参差腰夏箭。

风旆舒复卷,云霞清似转。

轻舞信徘徊,前歌且遥衍。

秋原嘶代马,朱光浮楚练。

虹銎写飞文,岩阿藻余绚。

发震岳灵从,扬旌水华变。

凭高训武则,中天起遐眷。

凤盖卷洪河,珠旗扫长汧。

方待翠华举,远适瑶池宴。

  此诗第二句,《古俪府》卷一〇、《古诗纪》卷八三、《古诗源》卷一九、《汉魏六朝百三家集》本《梁沈约集》均作"七德陈武悬",今人陈庆元《沈约集校笺》则作"七德陈舞悬"①。而《文苑英华》卷二九九、《御定渊鉴类函》卷二〇九收此诗,均作"七德陈武县"。按,"悬"与"县"可通。《说文解字注》徐铉注解"县"字云:"此本是县挂之县,借为州县之县。今俗加心,别作悬,义无所取。"在此诗中,似以作"县"为优。"县"在《广韵》中有平、去二读:通"悬"之"县",《说文解字》谓"系也",悬挂义之"县",平声,先韵;"郡县"义之"县",去声,霰韵。此诗自第二联至尾联,均押去声韵:"战"(去声,线韵)、"选"(去声,线韵)、"甸"(去声,霰韵)、"箭"(去声,线韵)、"转"(去声,线韵)、"衍"(去声,线韵)、"练"(去声,霰韵)、"绚"(去声,霰韵)、"变"(去声,线韵)、"眷"(去声,线韵)、"汧"(去声,霰韵)、"宴"(去声,霰韵),霰、线通押。若作"县",正与下文相押。且从此诗题目、创作本事和此联上句考之,亦应作"县"。据《南齐书》卷三《武帝纪三》:"(永明六年,488)九月壬寅,车驾幸琅邪城讲武,习水步军。"王融此时亦有同题之作《从齐武帝琅琊城讲武应诏诗》,诗云:"白日映丹羽,颓霞文翠旃。凌山炫组甲,带水被戎船。"明言齐武帝此次到琅琊城乃治兵讲武,非为观舞。且沈约诗此句前有"七德"语,系用《左传·宣公十二年》"武有七德"典。"七德"之成为舞曲名,则是陈朝太建六年(574)之后事。《隋

---

① (南朝梁)沈约著,陈庆元校笺《沈约集校笺》,浙江古籍出版社,1995年,第337页。

书·音乐志上》云:"帝(宣帝,陈顼)御茶果,太常丞跪请进舞《七德》,继之《九序》。"唐贞观年间,太宗君臣亦作有《七德舞》。《旧唐书·音乐志一》云:"(贞观七年,633)癸巳,奏《七德》《九功》之舞,观者见其抑扬蹈厉,莫不扼腕踊跃,凛然震竦。"沈约此诗作于萧齐朝,当时尚未有《七德舞》,故此句第四字不当言"舞",应系"武"字音近而讹。另,此联上句末二字为"桃墠","桃"为远义,"墠"则为祭祀或会盟的场所,此二字合指京城之外的讲武地点琅琊城——当时琅琊郡治所在地①。与之相对,下句末二字当为"武县"。"县",即郡县之县,为押韵故,沈约用"县"字代指"郡"。"武县"者,讲武之郡县也,与上句"桃墠"辞异而所指同,均指此次讲武之地,即王融、沈约诗题中所云之琅琊城。

18. 沈约《正阳堂劳凯旋诗》(《梁诗》卷六,中册第 1632 页)

> 凯入同高宴,饮至均多祜。
> 昔往歌采薇,今来欢杕杜。
> 善战惟我皇,胜之不窥户。
> 推毂授神谟,余壮终能贾。
> 浩荡金罍溢,周流玉觞傅。

此诗末句"周流玉觞傅",《古今通韵》卷三、《佩文韵府》卷九三及汪绍楹整理校订本《艺文类聚》卷五九均作"周流玉觞传"②,文渊阁《四库全书》本《艺文类聚》卷五九"武部"、《古诗纪》卷八三、《御定渊鉴类函》卷二一一、《御定佩文斋咏物诗选》卷一三五及陈庆元校笺《沈约集校笺》③均作"周流玉觞傅",明张溥的《汉魏六朝百三家集》卷八八《梁沈约集》作"周流玉觞溥"。"傅""传""溥",形近而义别。按,此诗前四联皆押上声姥韵,然"傅"为去声遇韵,"传"为平声仙韵,或去声线韵,然此当读为平声仙韵,均失韵。惟"溥"字,《广韵》收两读,其中上声姥韵一读,适与上四联之韵脚字相叶。故此处异文,当以"溥"为是。"溥"者,广也,遍也。"周流玉觞溥",即酒觞遍流于席上诸

---

① 时为白下城,在今之江苏南京城西北江边幕府山麓。《南齐书》卷一四《州郡志上》:"南琅邪郡,本治金城,永明徙治白下。"《南齐书》卷四〇《南海王子罕传》:"上(齐武帝)初以白下地带江山,徙琅邪郡自金城治之,子罕始镇此城。"
② 汪绍楹校订《艺文类聚》卷五九,上海古籍出版社,1999 年,第 1067 页。
③ (南朝梁)沈约著,陈庆元校笺《沈约集校笺》,第 342 页。

人,与首联"凯入同高宴,饮至均多祜"恰成照应。其他版本之"傅""传",均为"溥"之形近而讹。

19. 何逊《苦热诗》(《梁诗》卷九,中册第1699页)

昔闻草木焦,今窥沙石烂。
瞠瞠风逾静,曈曈日渐旰。
习静闷衣巾,读书烦几案。
卧思清露涓,坐待高星灿。
蝙蝠户中飞,蠛蠓窗间乱。
实无河朔饮,空有临淄汙。
遗金不自拾,恶木宁无干。
愿以三伏晨,催促九秋换。

此诗第十二句"空有临淄汙"之"汙"字,平声虞韵,而上下文全押去声(翰、换通押),明显失韵。然此诗其他版本,如明洪瞻祖刻本《何水部集》、《艺文类聚》卷五"岁时下"、《文苑英华》卷二一〇、《古诗纪》卷九三、《汉魏六朝百三家集》卷一〇〇《何逊集》,及李伯齐校注《何逊集校注》,均作"空有临淄汗"。按,"汗",去声翰韵,正与上下文相押。且,"临淄汗",系用典。《晏子春秋》卷六《内篇杂下》第六:"临淄三百闾,张袂成阴,挥汗成雨。"故此"汙"字,当为"汗"形近而讹,疑逯钦立原稿手民之误或中华书局排版错误。

20. 吴均《采药大布山诗》(《梁诗》卷一〇,中册第1739页)

我本北山北,缘涧采山麻。
九茎日反照,三叶长生花。
可用蠲忧疾,聊持驻景斜。
景斜不可驻,年来果如驱。
安得昆仑山,偓佺三珠树。
三珠始结荄,绛叶凌朱台。
玉壶白凤肺,金鼎青龙胎。
韩众及王子,何世无仙才。
安期傥欲顾,相见在蓬莱。

此诗第十句"偃蹇三珠树"后三字"三珠树"有异文,《艺文类聚》卷八一"草部上"、《初学记》卷二〇、《古诗纪》卷九一、《汉魏六朝百三家集》卷一〇一《吴均集》、《渊鉴类函》卷三九二"方术部一"、《御定佩文韵府》卷六六之二均作"三株树"。而《文苑英华》卷三二七、《古俪府》卷一二和《(雍正)浙江通志》卷二七一,则作"树三株"。按,此诗系吴均所作有意别于永明新体之古体诗,是"清拔有古气"①的吴均体的典型代表。其诗体特征之一是篇中转韵,前三联押平声,麻韵;第六联开始押平声,咍韵。第四联韵脚字为"驱",平声,虞韵。第五联韵脚字若为"树",则是去声,遇韵,与上联不韵;若为"珠"或"株",则均是平声,虞韵,与上联皆相押。然此乃游仙诗,诗中"三珠树"系用典,为古代神话传说中的珍木,《山海经·海外南经》:"三珠树在厌火北,生赤水上。其为树如柏,叶皆为珠。"魏晋之后,"三珠树"则多指仙山上的神异之树。如晋陶潜《读山海经》诗其七:"粲粲三珠树,寄生赤水阴。"庾信《伤心赋》:"至如三虎二龙,三珠两凤,并有山泽之灵,各入熊罴之梦。"而"三株树"则为"三珠树"形近而讹。故此处韵脚字,当为"珠"字,"树三珠"系"三珠树"为押韵故之倒装句法。而且,此句后两字为"三珠",下句复以"三珠"二字起首,系顶针手法,这正是当时带有民歌风格的五言古诗的又一典型特征。

21. 庾肩吾《八关斋夜赋四城门更作四首·北城门沙门》(《梁诗》卷二三,下册第2005页)

<blockquote>
俗幻生影空,忧绕心尘曀。
于兹排四缠,去矣求三涅。(殿下)
下学辈留心,方从窈冥别。
已悲境相空,复作泡云灭。(中庶府君)
</blockquote>

此系联句诗,前四句为萧纲所作,后四句为庾肩吾赓续。第二句"忧绕心尘曀"之韵脚"曀"字有异文,《广弘明集》卷三〇作"噎"。按,此诗下文均押入声韵,若作"曀",则为去声,霁韵,显然失韵;若作"噎",入声,屑韵,则与下文相押。且"噎"有郁闷、压抑之义,如噎塞(气结难言)、噎喑(沉默,忍气吞声)等词。在此句中,"噎"亦表示忧愁郁结、心情压抑。而"曀",则为天阴沉之

---

① 《梁书》卷四九《吴均传》。

义,《说文》释云:"阴而风也。"故此处异文,从用韵和词义两方面较之,均以"噎"字为优。"暍"当为"噎"之形近而讹。

(北京大学中国语言文学系)

喉转、胡笳与长啸
——对繁钦《与魏文帝笺》和成公绥《啸赋》的音乐学阐释

范子烨

引 言

《昭明文选》作为我国中古时代的文学宝典,不仅具有重大的文学价值,而且具有极高的文化含量,音乐就是其中一个重要方面。《文选》收录了很多以音乐为主要题材的经典作品,同时,在《文选》的许多经典作品中也常有关于音乐的描写。从音乐角度来审视《文选》作家,其中有很多是著名的音乐家,如蔡邕、马融、王褒、嵇康、阮籍和潘岳等,甚至有一些人在其生活的时代,其音乐家的声名要远远高于其文学家的声名。事实上,学艺双修乃是中古士人的一个突出特点,很多诗人都具有很好的音乐修养,无论是乐器演奏,还是音乐欣赏,均在我国音乐史上留下了华彩乐章和优美作品。这种情况足以表明,《文选》选录作品并非仅仅局限于文学的标准,在客观上还有一个文化的标准。因此,从音乐的角度解读《文选》经典,通过音乐进入《文选》的文化世界,对《文选》进行艺术文化学的研究,不失为一条有效的学术途径。基于此种理念,本文试图结合有关的历史文献、音乐遗存和个人学习音乐的体悟,对繁钦《与魏文帝笺》和成公绥《啸赋》进行音乐学阐释,借以彰显汉晋时代来自草原的喉音艺术的特殊风采,也由此彰显《文选》的特殊魅力和特殊价值。

一 喉转与胡笳:繁钦的《与魏文帝笺》

柏拉图(Plato)说:"节奏与和声根植于灵魂深处。"①当我初次听到潮尔(Throat Singing)之声和胡笳之音的时候,我感到自己的心灵受到了强烈的震撼。这种震撼是有生以来从未体验过的,它来自俄罗斯卡尔梅克共和国蒙古族潮尔歌唱家查干扎木(Okna Tsahan Zam)演唱的《萨满的声音:大草原之旅》(SHAMAN VOICES, A Journey in The Steppe),来自我国新疆天山深处的图瓦老人叶尔德西用胡笳吹奏的《美丽的喀纳斯湖的波浪》②。那神秘的静穆的声音,从皓齿丹唇之间,从悠悠笳管之内,时升时沉,时缓时急地飘出——仿佛是林壑的鸟鸣,温馨而温情;仿佛是煦日的风语,轻柔而轻盈;仿佛是高柳的蝉唱,悠远而悠扬;仿佛是巫峡的猿啼,悲怨而悲伤;仿佛是深山的虎啸,清雄而清壮;仿佛是沧海的龙吟,广袤而广远……种种杳渺、空灵、淳厚、深邃的音乐胜境,来自艺术家的灵魂深处。这人间的天籁,这天国的异响,无疑具有一种使人神共舞使天地同悲的大自然的伟力!在极度的惊讶、惋愕、迷茫、困惑和愉悦中,我被深深地吸引了。

(一)

浩林·潮尔(Holin-Chor),俗称呼麦(图瓦语 Хөөмей,蒙古语 Хөөмий,古蒙古语 kцgemi,英文 khoomei);胡笳,即冒顿·潮尔(Wooden-Chor)。所谓"潮尔(Chor)",蒙古语意为和声。"浩林",蒙古语本意为喉咙,由此引申为喉音之意。关于呼麦的唱法,莫尔吉胡指出:"先发出主音上的持续低音,接着便同时在其上方(相差三个八度)发出一个音色透明的大调性旋律,最后结束在主音上。同胡笳曲一样,全曲是单乐句构成的乐段。"③下面是他于1985年4月在新疆阿尔泰山罕达嘎图乡蒙古自治区现场记录的几位牧民的呼麦和胡笳的

---

① 转引自[美]Roger Kamien《听音乐》第一部分《要素》目录页,世界图书出版公司,2008年。
② 当地的图瓦人称为"楚吾尔"。详见邱翔《楚吾尔——奏响在喀纳斯的天籁之音》,2005年7月22日"新疆天山网"(http://www.tianshannet.com.cn)。
③ 莫尔吉胡《"浩林·潮尔"之谜》,《追寻胡笳的踪迹——蒙古音乐考察纪实文集》,上海音乐学院出版社,2007年,第33页。

乐谱(图一):

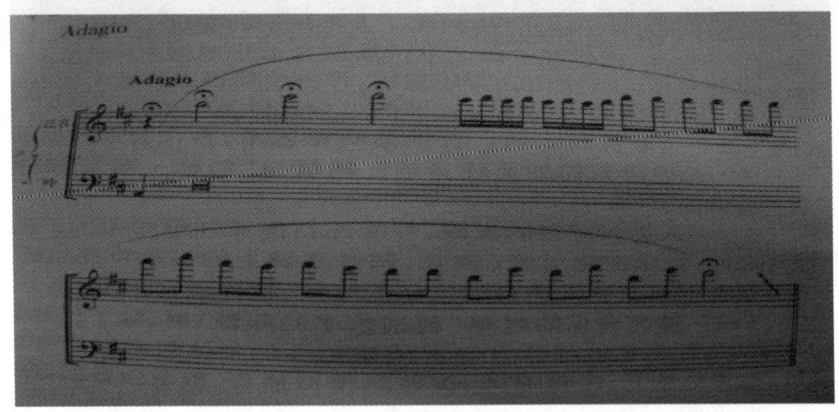

图一

莫尔吉胡指出,其中的"吟","是持续的低音,一直延续到全曲结束"。"泛音旋律线与持续低音的有趣结合,构成了奇妙的二重结构的音乐(原始多声部音乐),其音响多彩,令人感到空旷而神奇"。他又指出:"在吹奏筲管之前,演奏者先要发出持续的低音。"而这就是呼麦的"吟"。在"吟"的基础上,"再用突出的气息吹奏筲管,构成一种双重结构的音乐织体"①。因此,"二声

---

① 莫尔吉胡《追寻胡笳的踪迹》,《追寻胡笳的踪迹——蒙古音乐考察纪实文集》,第43—44页。

部音乐产生在吹管的独奏过程中,形成人声(主音持续低音)与笳管音乐的结合。在低沉、浓重而稳定的调性主音的衬托下,几乎相隔二至三个八度上面奏出清晰而圆润的笳管旋律"①。根据莫尔吉胡的研究(图二),胡笳的基本吹奏方法是:

> 将笳管的上端顶在上腭的牙齿上;其次,上下唇将管子包起来;吹奏前,人声先发出主音的持续低音,然后,同时吹奏笳管旋律,构成二重结构的音乐织体。②

图二　著名音乐家莫尔吉胡和天山深处吹奏胡笳的蒙古族老人

---

① 莫尔吉胡《追寻胡笳的踪迹》,《追寻胡笳的踪迹——蒙古音乐考察纪实文集》,第56—57页。
② 同上书,第48页。

至于胡笳的形制①，以上所列举的胡笳与古代典籍的记载并不完全一致，但无论其形制如何，我们对胡笳本身可以有这样的基本认识，那就是它是一种吹管乐器，上下开口，无簧；喉音之发声技巧是演奏胡笳的重要基础，胡笳显示了人声潮尔与器乐潮尔的密切关联性。胡笳在我国北方游牧民族中尚有比较丰富的遗存。1983年，北京音乐工作者王曾婉发表了《汉代胡笳与斯布斯额》②一文，提出哈萨克民族的吹管乐器斯布斯额乃是汉代胡笳的遗存；1986年，蒙古音乐家莫尔吉胡发表了《追寻胡笳的踪迹》③一文，又提出蒙古人的吹管乐器莫顿·潮尔就是古代汉人所说的胡笳。斯布斯额和莫顿·潮尔是两个不同民族对同一种乐器的不同称谓。目前，这种乐器主要分布在我国新疆、内蒙古，蒙古国、哈萨克斯坦、吉尔吉斯斯坦、俄罗斯巴什基尔共和国、塔塔尔共和国、阿尔泰共和国、图瓦共和国以及伊朗、土耳其、土库曼斯坦、塞尔维亚等国家和地区，涉及的民族主要有蒙古人、哈萨克人、柯尔克孜人、图瓦人、巴什基尔人、土库曼人和中亚诸多民族以及欧洲巴尔干草原的一些游牧民族；图瓦人称之为苏尔或楚吾尔，巴什基尔人称之为库拉依（Kurai），塔塔尔人称之为"立啸"，柯尔克孜人称之为潮尔，伊朗人称之为奈依（Ney），土库曼人称之为推达克（Tuiduk），而古代汉人一般称之为胡笳。王氏和莫氏在新疆所发现的吹管乐器是一种原始胡笳，也就是《胡笳十八拍》描写的胡笳。原始胡笳的长度一般在58—79厘米，分为三孔、四孔、五孔和六孔，上下通透，无簧无哨片。《钦定皇舆西域图志》卷四〇"绰尔"："形如内地之箫，以竹为之。通体长二尺三寸九分六厘。凡四孔……以舌侧抵管之上口，吹以成音。"基本的吹奏方法有喉音吹奏法和清气吹奏法两种，前一种吹奏法比较古老。蒙古人传统的胡笳以三孔为主，一般在60厘米左右，能够发出11个音；巴什基尔人的胡笳最长可达到79厘米，音域非常宽广。其他民族的胡笳也各具特色。制作原始胡笳的材料有扎拉特草、河榴木、松木、山榉木、竹子、铜管乃至PVC管等。清代宫廷使用的一种胡笳非常华美，前端置喇叭状牛角，末端置哨状吹口（见《御制

---

① 关于这个问题，参见蔡文玲《从汉匈关系的视域讨论胡笳在汉文化中的意义展演》，《徐州师范大学学报》2007年第3期。
② 王曾婉《汉代胡笳与斯布斯额》，《新疆艺术》1983年第3期。
③ 莫尔吉胡《追寻胡笳的踪迹》，《音乐艺术》1986年第1期。

律吕正义后编》卷七四)(图三),使用起来更方便,艺术效果更好。

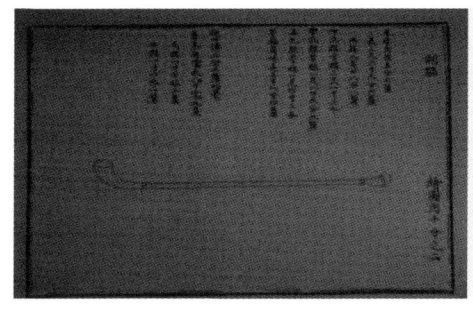

图三　清代宫廷胡笳　　　　图四　郎世宁《塞宴四事图》局部

当然,原始胡笳依然存在于清宫的蒙古乐队中,这在意大利画家郎世宁于乾隆二十五年(1760)创作的《塞宴四事图》(图四)中有清晰的描绘(第一排右一),这与《钦定大清会典事例》卷四一四《乐部》的记载完全吻合:"蒙古乐曲有二:一曰笳吹,司笳一人,司筝一人,司胡琴一人,司口琴一人,又司章四人,皆服蟒服,凡筵燕豫立于丹陛左旁,届时进殿内一叩,屈一膝奏蒙古曲。"乾隆《塞宴四事》中《什榜》诗提到的"曲长朔管如鞭吹","鸣羽发徵气内运",说的就是这种胡笳。这种原始胡笳是人类吹管乐器的鼻祖,现代音乐学界通常把它界定为边棱气鸣乐器,它作为人类史前音乐的活化石,具有重要的文化学、历史学、音乐学和人类学价值。

宋陈旸《乐书》卷一三〇对胡笳有比较集中的记载,值得我们给予特别的关注:

> 胡笳似觱篥而无孔,后世卤簿用之,盖伯阳避入西戎所作也。刘琨尝披而吹,杜挚尝序而赋,岂张博望所传《摩诃兜勒》之曲邪?晋有大箛、小箛,盖其遗制也。沈辽集《大胡笳十八拍》,世号为沈家声;《小胡笳十九拍》,末拍为契声,世号为祝家声。唐陈怀古、刘光绪尝勘停歇,句度无谬,可谓备矣。楚调有《大胡笳鸣》《小胡笳鸣》,并琴、筝、笙,得之亦其遗声欤?杜德曾序《笳赋》,以为老子所作,非也。

> 胡人卷芦叶为笳,吹之以作乐,《汉笭篪录》有其曲,李陵有"胡笳互动"之说是也。

> 汉有吹鞭之号,笳之类也,其状大类鞭焉者,今牧童多卷芦叶吹

之。《晋先蚕仪注》:"凡车驾所止,吹小箛,发大箛。"其实胡笳也。古之人激南楚,吹胡笳,叩角动商,鸣羽发徵,风云为之摇动,星辰为之变度,况人乎?刘畴尝避乱坞壁,贾胡欲害之者百数,畴援而吹之,为《出塞》之声,动游客之思,群胡卒泣,遁而去。刘越石为胡骑围之者数重,越石中夜奏之,群胡卒弃围而奔。由此观之,笳声之感人,如此其深,施之于戎貉可也。晋之施于车驾仪注,不几乎变夏于夷邪?

没有按孔的胡笳是比较原始的,因为它虽然借助喉音的震动能够发声,却不能形成旋律;有按孔的胡笳则有丰富的五音表达,是音乐思维发展到一定阶段的产物。但人类文化的复杂性和趣味性在于:并不是先进的东西一出现,落后的东西就马上消失,而往往是各种形态的东西在不同的文化环境中兼容并存,胡笳就是如此。而尤可注意者,是陈旸关于"胡人卷芦叶为笳"的记载,此说实际上来自唐白居易、宋孔传之《白孔六帖》卷六二:

> 胡笳者,胡人卷芦叶吹之以作乐也,故曰胡笳。①

这种记载似乎是荒谬的,因为胡笳是一种管乐器,要比较结实耐用,并且要有一定的承重能力,芦叶脆弱易断,如何适应游牧民族的艺术需求?但是,这种记载的本身又有其合理的内核,因为所谓"卷芦叶吹之",实际上是说用韧性比较好的芦叶卷起葭管,以此来吹奏音乐,在这里,芦叶所起的作用大致与绳子相近。但是,由于这种胡笳的外表确实缠绕了许多芦叶,所以就很容易给人以胡笳乃是由芦叶卷制而成的错觉。《全三国文》卷四一魏杜挚(生卒年不详)《笳赋并序》:

> 唯葭芦之为物,谅絜劲之自然。托妙体于阿泽,历百代而不迁。

这里说的就是用葭芦的"妙体"制作胡笳,而不是用芦叶卷成胡笳。《乐府诗集》卷六一《杂曲歌辞一》北周庾信《出自蓟北门行》诗有曰:

> 笳寒芦叶脆,弓冻绲弦鸣。

"笳"与"弓"相对,"芦叶"与"绲弦"相对,则芦叶为胡笳的外包装形式卓然可

---

① (唐)白居易、(宋)孔传《白孔六帖》,《四库类书丛刊》,上海古籍出版社,1992年。

见。其实无论哪种形制的胡笳,只要是胡笳,其发音原理都是相同的;加簧的管乐器,可能是筚篥,也可能是其他乐器,但绝对不是胡笳,因为它的发音之原理与喉音震动无关。胡笳是中空,上下开口,且无簧的管乐器,必须依靠喉音震动才能发声,必须依靠按孔的调节才能产生五音旋律。因此,《白孔六帖》和《乐书》关于胡人卷芦叶为胡笳之记载,适可为本文之观点提供一个强有力的佐证。由于这种胡笳是彻头彻尾的自然妙物,所以我国魏晋时期的中原士人常常为之叹赏称奇,也就无足惊怪了。李世相指出:

> 胡笳,蒙语称"冒顿·潮尔","冒顿"蒙语意为"树木",即以木管为震动体来获得音响共鸣之意,竖吹,三孔,类似箫。奏时先以人声哼鸣发出长低音持续音,然后再利用按孔发出高声部的管奏旋律。特点是人声与器乐结合,有一人发出高低双声部的"二重结构"音响,音色圆润而动人。①

可见呼麦与胡笳是兄弟艺术,"是姊妹艺术"②,而同属于潮尔艺术的大家庭③。但呼麦"有明显的自娱性音乐属性"④,胡笳不仅有自娱性,更具娱他性或者说表演性。可见呼麦与胡笳确实是非常独特的音乐艺术。南飞雁在《喉音演唱与呼麦》一文中非常自豪地说:"西方的经典声乐理论不可想象一个人可以同时发出两个或更多的声音。"⑤而这也正是潮尔艺术的特殊价值之所在。

近年来,我一直怡情于潮尔艺术,并在中国古代文化的千山万壑中苦苦追寻它的鸿影,试图在蒙古民族正式走上历史舞台之前的历史云烟中窥见它的一缕芳踪。众里寻他千百度,蓦然回首之际,著名诗人繁钦在建安十七年(212)正月写给曹丕的一纸短笺跳入了我的视线,这就是见于《昭明文选》卷

---

① 李世相《蒙古族长调民歌概论》,内蒙古人民出版社,2004年,第10—11页
② D.布贺朝鲁《喉音艺术——呼麦初探》,C.巴音吉日嘎拉编《潮尔歌及浩林·潮尔》,香港天马出版有限公司,2006年,第212页。
③ D.布贺朝鲁将潮尔艺术划分为五种形态,见其《喉音艺术——呼麦初探》一文,《内蒙古大学艺术学院学报》1992年第2期;C.巴音吉日嘎拉《也谈潮尔》(C.巴音吉日嘎拉编《潮尔歌及浩林·潮尔》,第235—246页),李世相《"潮尔"现象对蒙古族音乐风格的影响》(《中国音乐学》2003年第3期)皆承续此说。莫尔吉胡将潮尔艺术划分为四种形态,详见其《"潮儿"现象及"潮儿"音乐——试论阿尔泰蒙古古音乐文化圈》一文,《音乐艺术》1998年第1、2期。
④ 李世相《蒙古族长调民歌概论》,第2页。
⑤ 南飞雁《喉音演唱与呼麦》,《天津音乐学院学报》2005年第2期。

四〇的《与魏文帝笺》(图五)：

> 正月八日壬寅,领主簿繁钦,死罪死罪。近屡奉笺,不足自宣。顷诸鼓吹,广求异妓,时都尉薛访车子,年始十四,能喉啭引声,与笳同音。白上呈见,果如其言。即日故共观试,乃知天壤之所生,诚有自然之妙物也。潜气内转,哀音外激,大不抗越,细不幽散,声悲旧笳,曲美常均。及与黄门鼓吹温胡,迭唱迭和,喉所发音,无不响应,曲折沉浮,寻变入节。自初呈试,中间二旬,胡欲傲其所不知,尚之以一曲,巧竭意匮,既已不能。而此孺子遗声抑扬,不可胜穷,优游转化,余弄未尽;暨其清激悲吟,杂以怨慕,咏《北狄》之遐征,奏《胡马》之长思,凄入肝脾,哀感顽艳。是时日在西隅,凉风拂袵,背山临溪,流泉东逝。同坐仰叹,观者俯听,莫不泫泣殒涕,悲怀慷慨。自左騄史妠、謇姐名倡,能识以来,耳目所见,佥曰诡异,未之闻也。窃惟圣体,兼爱好奇;是以因笺,先白委曲。伏想御闻,必含余欢。冀事速讫,旋侍光尘,寓目阶庭,与听斯调,宴喜之乐,盖亦无量。钦死罪死罪。①

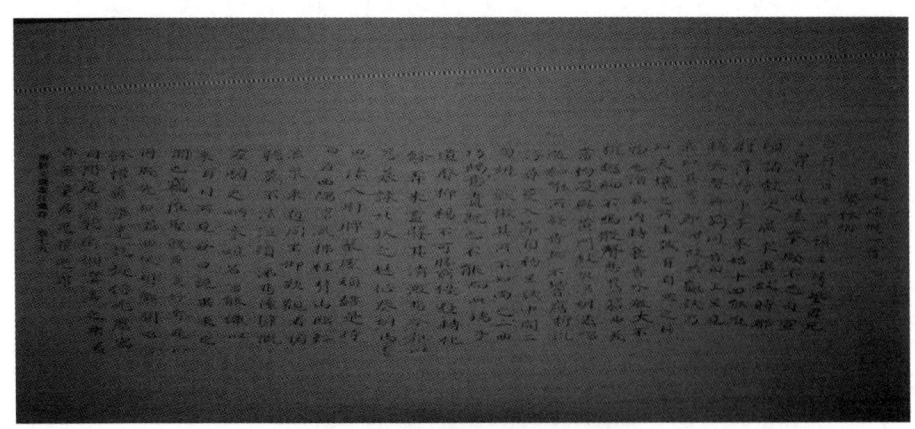

图五　唐代写本繁钦《与魏文帝笺》全文

毫无疑问,这位"车子"乃是建安时代(196—219)的"呼麦之杰":他没有留下

---

① 建安十七年,曹操58岁,曹丕26岁,曹植21岁。笺云"正月八日壬寅","八"为"九"字之讹。建安十七年正月九日为壬寅。"冀事速讫,旋侍光尘"说明繁钦"尚在归途而未抵邺"。说详张可礼《三曹年谱》,齐鲁书社,1983年,第113—120页。

名字,仅仅是曹操西征大军中的一个普通御手。所谓"喉啭引声,与笳同音",我们可以引述松迪的精彩观点加以解释:"潮尔(指胡笳)实际上就是呼麦在作响。没有胡笳管子,呼麦本身也可以发出胡笳的效果。吹奏胡笳,其持续音还是原来呼麦的低音部,只是把高声部吹入管子里,成为胡笳的上声部而已。"[①]《与魏文帝笺》实在太重要了。就研究中亚的潮尔艺术史,考察阿尔泰音乐形态,乃至探讨中国音乐史而言,繁氏此笺实为核心性的文献。倘若没有这篇文献传世,有关我国音乐史的若干重大关节将难以明了,而面对音乐史中的许多问题,我们将要永远一头雾水。但是,迄今为止,人们对这篇文献并未作深入的开掘[②],它犹如暗藏于一只沧海老蚌中的一颗璀璨的明珠,其光辉其莹彻尚未显现于人间。有鉴于此,本文拟参照音乐学界的相关研究以及田野调查的成果,全面考察其特殊的文化背景,而着重从音乐学的角度阐发其文化特质与艺术价值。

(二)

建安十六年(211)秋七月,曹操西征马超,繁钦领主簿于军中。《艺文类聚》卷三〇曹丕《感离赋并序》:

> 建安十六年,上西征,余居守,老母诸弟皆从,不胜思慕,乃作赋曰:秋风动兮天气凉,居常不快兮中心伤。出北园兮仿徨,望众慕兮成行。……

北园在邺城(今河北临漳西南),曹操西征时曹丕即留守于此。而他的胞弟曹植则随军而行。《全三国文》曹植《离思赋并序》:

> 建安十六年,大军西讨马超,太子留监国,植时从焉。意有忆恋,遂作《离思赋》云:……在肇秋之嘉月,将曜师而西旗。余抱疾以宾从,扶衡轸而不怡。

---

① 转引自 D. 布贺朝鲁《喉音艺术——呼麦初探》,C. 巴音吉日嘎拉编《潮尔歌及浩林·潮尔》,第 212—213 页。
② 关于繁氏《与魏文帝笺》的学术论文极少,以笔者之所见,有欧阳艳华《汉魏文论辨要:繁钦与曹丕文气说疏论》,中山大学、《文学遗产》编辑部《中国文体学国际学术研讨会、〈文学遗产〉论坛论文集》下卷(2008 年 12 月,广州),第 426—442 页;高华平《繁钦〈与魏文帝笺〉的写作时间及相关问题》,《古典文献研究(第十二辑)》,凤凰出版社,2009 年,第 572—576 页。

曹道衡、沈玉成《中古文学史料丛考》"曹植从曹操西征在建安十六年"条：

> 《魏书·武帝纪》载，建安十六年秋七月，操西征。曹丕《感离赋序》："建安十六年，上西征，余居守，老母诸弟皆从，不胜思慕，乃作赋。"曹植《离思赋序》："建安十六年，大军西讨马超，太子留监国，植时从焉。意有忆恋，遂作《离思赋》云。"是行也，从者尚有丁仪、王粲、阮瑀、徐幹、繁钦。①

在这次西征的途中，繁钦似乎并没有什么实际的建树。建安十七年正月，在大军凯旋，即将抵达邺城之际，他迫不及待地以短笺的形式向曹丕汇报自己发现的"车子"这样一位音乐奇才②。曹丕在给繁钦的回信中说："披书欢笑，不能自胜，奇才妙伎，何其善也。"③对他的发现给予了充分的肯定。从文学的角度看，《与魏文帝笺》是一篇驰誉千古的美文。其文辞之美，亦可谓"文采委曲，晔若春荣，浏若清风"④，曹丕也说"其文甚丽"⑤。昭明太子萧统赏其佳词丽句，所以收入《文选》中。由此，"薛访车子"的"喉啭引声"便成为善歌者的代名词。如清朱彝尊《曝书亭集》卷一九《虎山桥夜泊》诗："薛家车子十四，白傅歌童一双。"同书卷二四《红娘子》词："唤薛家车子近前歌，胜名倡謇姐。"繁钦不仅是一位富有才情的诗人，还知音审律，长于鉴赏。《三国志》卷二一《王卫二刘傅》南朝宋裴松之注引《典略》曰：

> 钦字休伯，以文才机辩，少得名于汝、颍。钦既长于书记，又善为诗赋。其所与太子书，记喉转意，率皆巧丽。为丞相主簿。建安二十三年卒。

《文选注》卷四〇李善注引《文章志》说他"少以文辩知名，以豫州从事稍迁至丞相主簿"。建安之前，他"避乱荆州"，受到刘表的赏识⑥。大约在建安三年

---

① 曹道衡、沈玉成《中古文学史料丛考》，中华书局，2003年，第43页。
② 曹道衡、沈玉成《中古文学史料丛考》"繁钦《与魏文帝笺》作年"条，第86—88页。
③ （清）严可均《全三国文》卷七《答繁钦书》，《全上古三代秦汉三国六朝文》，中华书局，1958年影印本，第1088页。
④ 《文选》卷四二曹植《与吴季重书》。
⑤ 《全三国文》卷七曹丕《叙繁钦》，《全上古三代秦汉三国六朝文》，第1091页。
⑥ 事见《三国志》卷二三《杜袭传》和《赵俨传》。

之后,繁钦归投曹操①。繁钦的代表作是宋郭茂倩《乐府诗集》卷七六《杂曲歌辞》十六著录的《定情诗》:

> 我出东门游,邂逅承清尘。思君即幽房,侍寝执衣巾。时无桑中契,迫此路侧人。我既媚君姿,君亦悦我颜。何以致拳拳,绾臂双金环;何以致殷勤,约指一双银;何以致区区,耳中双明珠;何以致叩叩,香囊系肘后;何以致契阔,绕腕双跳脱;何以结恩情,佩玉缀罗缨;何以结中心,素缕连双针;何以结相于,金薄画搔头;何以慰别离,耳后玳瑁钗;何以答欢悦,纨素三条裙;何以结愁悲,白绢双中衣。与我期何所,乃期东山隅,日旰兮不至,谷风吹我襦。远望无所见,涕泣起踟蹰。与我期何所,乃期山南阳,日中兮不来,飘风吹我裳。逍遥莫谁睹,望君愁我肠。与我期何所,乃期西山侧,日夕兮不来,踯躅长叹息。远望凉风至,俯仰正衣服。与我期何所,乃期山北岑,日暮兮不来,凄风吹我衿。望君不能坐,悲苦愁我心。爱身以何为,惜我华色时,中情既款款,然后克密期。褰衣蹑花草,谓君不我欺。厕此丑陋质,徒倚无所之。自伤失所欲,泪下如连丝。②

在诗题下,郭茂倩引唐吴兢《乐府解题》曰:"《定情诗》,汉繁钦所作也。言妇人不能以礼,从人而自相悦媚,乃解衣服玩好致之,以结绸缪之志,若臂环致拳拳,指环致殷勤,耳珠致区区,香囊致叩叩,跳脱致契阔,佩玉结恩情,自以为志而期于山隅、山阳、山西、山北。终而不答,乃自伤悔焉。"诗中接连十一个"何以"(22句诗),四个"与我期何所"(24句诗),以自问自答的抒情歌诗将女主人公的悲怨情怀渲染得淋漓尽致,充分表现了繁钦的文学才能和音乐修养。清田雯《古欢堂集》卷一三《无题》诗曰:"凤尾香罗红豆蔻,繁钦合作《定情》词。"足见推许之意。又如严可均《全后汉文》卷九三繁钦《愁思赋》:

> 听鸣鹤之哀音,知我行之多违。怅俯仰而自怜,志荒咽而摧威。
> 聊弦歌以厉志,勉奉职于闺闱。

---

① 曹道衡、沈玉成《中古文学史料丛考》"繁钦年岁"条,第85—86页。
② (宋)郭茂倩《乐府诗集》卷七六,中华书局,1979年,第1076—1077页。

诗人对自然界的声音是非常敏感的,鹤的哀音与人的弦歌相应相和,别有一番情味。宋邓名世《古今姓氏书辩证》卷一二"繁":

> ……汉魏间有繁钦,文集十卷。又汴州人繁氏世居梁孝王吹台之侧,其家富盛,人谓吹台为繁台,今东都天清寺即其地也。……

梁孝王吹台是战国时代的著名音乐建筑,繁氏聚居于此台之侧,可能与其家族对音乐的爱好不无关系。这种音乐文化背景足以表明为什么在大军凯旋之际,繁钦没有赞美曹操的赫赫武功,却津津乐道于一个无名小卒"喉啭引声"的绝技。

在汉魏时期,胡笳之乐已经广泛渗透于高层人士的风雅生活当中。东汉后期,胡风极盛,胡乐自然如影随形。南朝宋范晔《后汉书·五行志》:

> 灵帝好胡服、胡帐、胡床、胡坐、胡饭、胡箜篌、胡笛、胡舞,京都贵戚皆竞为之。①

上行下效,蔚然成为一时的风气。这无疑为潮尔艺术的发展提供了一个良好的文化温床。而建安时期蔡文姬从匈奴单于的王庭返回阔别已久的中原,又将潮尔艺术推向了一个新的高峰。《乐府诗集》卷五九《琴曲歌辞》三蔡琰《胡笳十八拍》解题曰:

> 《后汉书》曰:"蔡琰,字文姬,邕之女也。博学有才辩,又妙于音律,适河东卫仲道。夫亡无子,归宁于家。兴平中,天下丧乱,文姬没于南匈奴。在胡中十二年,生二子。曹操痛邕无嗣,乃遣使者以金璧赎之,而重嫁陈留董祀。后感伤乱离,追怀悲愤,作诗二章。"《蔡琰别传》曰:"汉末大乱,琰为胡骑所获,在右贤王部伍中。春月登胡殿,感笳之音,作诗言志,曰:'胡笳动兮边马鸣,孤雁归兮声嘤嘤。'"唐刘商《胡笳曲序》曰:"蔡文姬善琴,能为《离鸾》《别鹤》之操。胡虏犯中原,为胡人所掠,入番为王后,王甚重之。武帝与邕有旧,敕大将军赎以归汉。胡人思慕文姬,乃卷芦叶为吹笳,奏哀怨之音。后董生以琴写胡笳声为十八拍,今之《胡笳弄》是也。"《琴集》曰:"《大胡笳》十八

---

① 《后汉书》志第十三《五行》,中华书局,1965 年,第 3272 页。

拍,《小胡笳》十九拍,并蔡琰作。"①……

我们试读《胡笳十八拍》之末拍:

> 胡笳本自出胡中,绿琴翻出音律同。十八拍兮曲虽终,响有余兮思未穷。是知丝竹微妙兮均造化之功。哀乐各随人心兮有变则通,胡与汉兮异域殊风。……

继李延年之后(参见下文),蔡文姬是第二位改编胡笳之乐为汉乐琴曲的音乐家。她的不幸身世,她的旷世才情,她的优雅风度,她的纯洁品格以及她在文学和音乐领域的卓越造诣,使她的胡笳之音和古琴之曲缭绕在历史的天际,人们异代相感,千秋洒泪。

建安时期,以曹氏兄弟为核心的邺下文人集团对潮尔音乐具有浓厚的兴趣。《全三国文》卷七曹丕《答繁钦书》:

> 披书欢笑,不能自胜,奇才妙伎,何其善也。顷守宫王孙世有女曰琐,年始九岁,梦与神通,寤而悲吟,哀声急切,涉历六载,于今十五。近者督将具以状闻,是日戊午,祖于北园,博延众贤,遂奏名倡。曲极数弹,欢情未逞,白日西逝,清风赴闱,罗帏徒袪,玄烛方微。乃令从官引内世女,须臾而至,厥状甚美,素颜玄发,皓齿丹唇。详而问之,云善歌舞,于是振袂徐进,扬蛾微眺,芳声清激,逸足横集,众倡腾游,群宾失席。然后修容饰妆,改曲变度,激清角,扬白雪,接孤声,赴危节。于是商风振条,春鹰度吟,飞雾成霜,斯可谓声协钟石,气应风律,网罗韶濩,囊括郑卫者也。今之妙舞,莫巧于绛树,清歌莫善于宋腊,岂能上乱灵祇,下变庶物,漂悠风云,横历无方,若斯也哉?固非车子喉转长吟所能逮也。吾练色知声,雅应此选,谨卜良日,纳之闲房。

这里提到的女歌舞家王琐(生卒年不详),实际上是一位女子呼麦手,所谓"梦与神通,寤而悲吟,哀声急切",正是典型的潮尔声乐(卡基拉唱法,详见下文)特征。她不仅善歌,而且善舞,所以,曹丕认为她要远远胜过"车子喉转长吟"。对于王琐的魅力,曹丕在《善哉行》一诗中更是称扬有加:

---

① 《乐府诗集》卷五九,第 860—861 页。

> 有美一人,婉如清扬。妍姿巧笑,和媚心肠。知音识曲,善为乐方。哀弦微妙,清气含芳。流郑激楚,度宫中商。感心动耳,绮丽难忘。离鸟夕宿,在彼中洲。延颈鼓翼,悲鸣相求。眷然顾之,使我心愁。嗟尔昔人,何以忘忧。①

黄节《汉魏乐府风笺》卷一二引清朱乾(字秬堂,生卒年不详)《乐府正义》曰:"魏文《答繁钦书》云:'守宫王孙世有女曰琐,年……十五。……素颜、玄发,皓齿,丹唇。……善歌舞,……芳声清激,……可谓声协钟石,气应风律……。吾练色知声,雅应此选,谨卜良日,纳之闲房。'诗当指此。'离鸟夕宿'以下,乃其'纳之闲房'之意欤?"②朱乾认为曹丕的《答繁钦书》和《善哉行》描写的是同一个人物,此说可谓卓见。曹丕不仅对潮尔声乐有浓厚的兴趣,而且对于潮尔器乐也颇具妙赏。《文选》卷四二曹丕《与朝歌令吴质书》曰:

> ……每念昔日南皮之游,诚不可忘。既妙思六经,逍遥百氏,弹棋闲设,终以六博。高谈娱心,哀筝顺耳。驰骛北场,旅食南馆,浮甘瓜于清泉,沉朱李于寒水。白日既匿,继以朗月,同乘并载,以游后园,舆轮徐动,参从无声,清风夜起,悲笳微吟,乐往哀来,凄然伤怀。……

《文选》卷四二曹植《与吴季重书》:

> 若夫觞酌陵波于前,箫笳发音于后;足下鹰扬其体,凤观虎视,谓萧曹不足俦,卫霍不足侔也。

足见曹氏兄弟对胡笳的赏爱。在建安之后,著名作家杜挚在魏明帝曹睿青龙年间(233—236)因奏上一篇优美的《笳赋》而获得官位③。《全三国文》卷四一载其《笳赋并序》曰:

> 昔李伯阳避乱,西入戎,戎越之思,有怀土风,遂造斯乐,美其出入戎貉之思,有大韶夏音。

---

① 《乐府诗集》卷三六,第538页。
② 黄节《黄节注汉魏六朝诗六种》,人民文学出版社,2008年,第148—149页。
③ 《三国志》卷二一《王卫二刘傅传》称"郎中令河东杜挚等亦著文赋,颇传于世",裴松之注引《文章叙录》曰:"挚字德鲁。初上《笳赋》,署司徒军谋吏。后举孝廉,除郎中,转补校书。"

> 唯葭芦之为物,谅絜劲之自然。托妙体于阿泽,历百代而不迁。于是秋节既至,百物具成,严霜告杀,草木殒零,宾鸟鼓翼,蟋蟀悲鸣,羁旅之士,感时用情,乃命狄人,操笳扬清。吹东角,动南徵,清羽发,浊商起。刚柔待用,五音迭进。倏尔却转,忽焉前引。或缊缊以和怿,或凄凄以噍杀,或漂淫以轻浮,或迟重以沉滞。

说胡笳为老子所造,纯粹属于无稽之谈。但胡笳来自西域,故杜挚之说亦有其合理的内核。赋中说"乃命狄人,操笳扬清",则说明胡笳乃是草原游牧民族创造的乐器。事实上,中古时代的古典诗文更多地显示了胡笳与草原游牧民族的关系。《文选》卷四一李陵《答苏武书》:

> 凉秋九月,塞外草衰,夜不能寐,侧耳远听。胡笳互动,牧马悲鸣,吟啸成群,边声四起。晨坐听之,不觉泪下。

这封书信无疑是中国散文史上最动人的作品之一。宋范仲淹《渔家傲·秋思》"塞下秋来风景异""羌管悠悠霜满地"的凄美意境,则几乎全从此文化出。杰出的诗人庾信在由南入北以后,常常被胡笳之音所感动,从而被唤起他深沉的故国之思:

> 闻鹤唳而虚惊,听胡笳而泪下。(《全后周文》卷八庾信《哀江南赋并序》)

> 胡风入骨冷,汉月照心明。方调琴上曲,变入胡笳声。(《乐府诗集》卷二九《明君辞》)

我们再读以下诗文:

> 边风落寒草,鸣笳坠飞禽。越情结楚思,汉耳听胡音。既怀离俗伤,复悲朝光侵。日当故乡没,遥见浮云阴。(《乐府诗集》卷五九《琴曲歌辞三》南朝宋吴迈远《胡笳曲》)

> 垄树饶风,胡天少色。……闻繁钲之韵冰,听流风之入笳。(《全梁文》卷八梁文帝萧纲《阻归赋》)

> 胡雾连天,征旗拂日,时闻坞笛,遥听塞笳。(同上书,卷一一梁文帝萧纲《答张缵谢示集书》)

  闻羌笛之哀怨,听胡笳之凄切。(同上书,卷一五梁元帝萧绎《玄览赋》)

  胡笳屡凄断,征蓬未肯还。妾坐江之介,君戍小长安。相去三千里,参商书信难。四时无人见,谁复重罗纨?(《玉台新咏》卷六吴均《闺怨》)

  杂虏客来齐,时余在角抵。扬鞭渡易水,直至龙城西。日昏笳乱动,天曙马争嘶。不能通瀚海,无面见三齐。(《乐府诗集》卷五八《琴曲歌辞》二吴均《渡易水》)

这些文字荡漾着凄美、哀怨、缠绵、缥缈的胡笳之音,几乎都与遥远的边塞密切相关。陈旸《乐书》卷一二六《夷乐论》说:"东夷之音怨而思,南蛮之音急而苦,西戎之音悲而冽,北狄之音雄以怒,四夷之声也。"陈氏在这里提到了环绕中原文明的"四大音乐集团",而以呼麦和胡笳为代表的潮尔艺术无疑来自西方和北方。"车子"的民族属性,也足以证明这一点。

(三)

  都尉薛访(生卒年不详)的这位"车子"是一个年仅十四岁的匈奴少年。《后汉书》卷八九《南匈奴传》说"居车儿一心向化","单于居车儿立","车儿"就是"车子"。匈奴人通晓马性,善于驾车,如金日䃅本为匈奴休屠王的太子,入汉后被武帝"拜为马监,出则骖乘",后来又担任车骑将军①,即是一个显证。又如《三国志》卷八《张绣传》引《傅子》曰:"绣有所亲胡车儿,勇冠其军。太祖爱其骁健,手以金与之。绣闻而疑太祖欲因左右刺之,遂反。"曹操对"胡车儿"赏识和馈赠,居然导致了张绣的一场叛乱。而"胡车儿"的"胡"乃其民族属性,即匈奴,"车儿"也就是"车子"——善于驾车的人。这种非个性化的通名常常见于中古时期的历史文献。繁钦能够发现车子那样的音乐人才不是偶然的。《全后汉文》卷九三繁钦《三胡赋》曰:

  莎车之胡,黄目深精,员耳狭颐。康居之胡,焦头折頞,高辅陷口,眼无黑眸,颊无余肉。罽宾之胡,面象炙蝟,顶如持囊,隅目赤眦,

---

① 见《汉书》卷六八《金日䃅传》。

> 洞頞仰鼻。……额(原误硕)似鼬皮,色象娄橘。

又《嘲应德梿文》云:

> 应德温云:"昔与季叔才俱到富波,饮于酒肆,日暮留宿。主人有养女,年十五,肥头赤面,形似鲜卑。……"

可见繁钦对胡人是比较关注,也比较了解的。乔玉光说:"呼麦(浩林·潮尔)是北方草原民族最为古老的艺术形式,远在匈奴,至少在蒙古民族形成时期,就已经是北方草原民族艺术的重要构成。"①而根据以上对车子的民族属性的分析,现在我们可以肯定地说,在匈奴时代,呼麦在我国西部和北部的草原地区,已经是广泛流行,且达到高度成熟的声乐艺术了(参见下文的讨论)。

潮尔音乐之进入中原,与张骞出使西域的壮举有绝大的关系。《晋书》卷二三《音乐志》:

> 胡角者,本以应胡笳之声,后渐用之横吹,有双角,即胡乐也。张博望入西域,传其法于西京,惟得《摩诃兜勒》一曲。李延年因胡曲更造新声二十八解,乘舆以为武乐。后汉以给边将,和帝时,万人将军得用之。魏晋以来,二十八解不复具存,用者有《黄鹄》《陇头》《出关》《入关》《出塞》《入塞》《折杨柳》《黄覃子》《赤之杨》《望行人》十曲。

又《白孔六帖》卷六二"出塞入塞"条:

> 胡笳者,张博望入西域,传其法于西京,唯得《摩诃兜勒》一曲,李延年因胡曲更造新声二十八解,以为武乐,有《出塞》《入塞》《杨柳》等十曲。

"摩诃兜勒"在今日的蒙古语中为"颂赞"之意。著名宫廷音乐家李延年所作武乐十曲就是在《摩诃兜勒》的基础上产生的,其核心腔或者说主旋律肯定是胡笳曲《摩诃兜勒》的翻版。而随着胡笳以及胡笳曲的进入中原,呼麦也自然进入了中原。张骞是朝廷的使节,他从西域带回了潮尔音乐,在政治和文化上都具有权威的意义。这对呼麦的传播与普及无疑具有极大的推动作用。《乐

---

① 乔玉光《"呼麦"与"浩林·潮尔":同一艺术形式的不同称谓与表达——兼论呼麦(浩林·潮尔)在内蒙古的历史承传与演化》,《内蒙古艺术》2005年第2期。

府诗集》卷二一《横吹曲辞一》：

> 横吹曲，其始亦谓之鼓吹，马上奏之，盖军中之乐也。北狄诸国，皆马上作乐，故自汉已来，北狄乐总归鼓吹署。其后分为二部，有箫笳者为鼓吹，用之朝会、道路，亦以给赐。汉武帝时，南越七郡，皆给鼓吹是也。

这表明在汉武帝时代，潮尔音乐已经走进宫廷，走进乐府机关，因而可以赏赐给南越七郡（今浙东一带，因此，在西晋时代有会稽人夏统擅长呼麦和胡笳，就不是偶然的，详见下文）。这意味着以胡笳为代表的潮尔艺术已经成为汉民族国家礼乐的一个有机组成部分。此后历代相承，莫不如此。《晋书》卷九四《隐逸列传》说贾充对隐士夏统"欲耀以文武卤簿，觊其来观，因而谢之，遂命建朱旗，举幡校，分羽骑为队，军伍肃然。须臾，鼓吹乱作，胡葭长鸣，车乘纷错，纵横驰道"，这里的"胡葭长鸣"，就是"文武卤簿"的一部分。又如内蒙古艾博云集博物馆张海波馆长收藏的一套元代黑陶人物、车马俑，乃是表现元代的一位高官出行的壮观场景，其中有一位掌控整个随从队伍行走节奏的人物，可能就是以低音呼麦的持续性基音来调节队伍的节奏，他虽然有着与演唱蒙古长调相近似的手势、动作，却不是演唱长调。因为长调既不能在走路的时候演唱，更不能在那样庄重的气氛中演唱。

尤其值得注意的是，《与魏文帝笺》"黄门鼓吹温胡"云云，这意味着来自草原的艺术家已经被吸收到当时朝廷的黄门鼓吹署之中。这是一个非常重要的文化史和音乐史的信息。在"及与黄门鼓吹温胡迭唱迭和"句下，唐吕向（生卒年不详）注曰：

> 黄门，乐官名。温胡，姓名也。迭，更也。变，曲会也。《汉书》曰："郑声尤集黄门。"集，乐之所，已见《长笛赋》。桓谭《杂论》曰："汉之三主，内置黄门，工倡也。①

黄门鼓吹主要演奏郑声，属于当时的俗乐，一般用在天子宴乐群臣的场合。《乐府诗集》卷八四《杂歌谣辞》二《黄门倡歌》解题：

---

① 《六臣注文选》卷四〇。

《汉书·礼乐志》曰:"成帝时,郑声尤甚。黄门名倡丙强、景武之属,富显于世。"《隋书·乐志》曰:"汉乐有黄门鼓吹,天子宴群臣之所用也。"

《乐府诗集》卷五六《舞曲歌辞》五《杂舞》四《散乐附》:

> 《周礼》曰:"旄人教舞散乐。"郑康成云:"散乐,野人为乐之善者,若今黄门倡。"即《汉书》所谓黄门名倡丙强、景武之属是也。汉有黄门鼓吹,天子所以宴群臣。然则雅乐之外,又有宴私之乐焉。

黄门鼓吹乐是东汉四品乐中的一品,是由黄门鼓吹乐人演奏的音乐。《东观汉记》卷五《乐志》引汉蔡邕《乐志》曰:

> 汉乐四品:一曰《大予乐》,典郊庙、上陵殿诸食举之乐;二曰《周颂》雅乐,典辟雍、飨射、六宗、社稷之乐;三曰《黄门鼓吹》,天子所以燕乐群臣;四曰《短箫铙歌》,军乐也。①

所以,王运熙指出:

> 汉代的黄门鼓吹乐,……包括了相和歌杂舞曲,其中尤以相和歌为首要部门,它是宴乐嘉宾时娱心意悦耳目的最美妙的乐歌。
>
> 所谓相和歌,包括相和曲、平调、清调、瑟调、楚调等曲调,是黄门鼓吹最重要的一部门。应璩《百一诗注》说:"马子侯为人颇痴,自谓晓音律。黄门乐人更往嗤诮。子侯不知,名《陌上桑》,反言《凤将雏》,辄摇头欣喜,多赐左右钱帛,无复惭色。"(《百三名家集·应休琏集》)黄门乐人即黄门鼓吹乐人,《陌上桑》系相和曲调名。原诗云:"汉末桓帝时,郎有马子侯。"这记载直接证明了汉代相和歌属于黄门鼓吹。②

因此,车子与温胡的"迭唱迭和",实际上属于汉代相和歌的新形式。而由《与魏文帝笺》"顷诸鼓吹,广求异妓","即日故共观试"三语推断,温胡显然是在

---

① 吴树平《东观汉记校注》,中华书局,2008年,第158页。
② 王氏以上所论出自《说黄门鼓吹乐》《汉代鼓吹曲考》两篇论文,分别见王运熙《乐府诗述论》(上海古籍出版社,1996年)第210—217页、第218—226页。

以竞赛的方式对车子进行"音乐考试"。"考试"分为初试和复试两次进行："自初呈试,中间二旬。"可知两次考试的时间间隔为"二旬"。在此二十天内,"胡欲傲其所不知,尚之以一曲",也就是说,温胡为了取胜进行了精心的准备,宿构了一个车子绝对没有接触过的考试曲目。如此严格、苛刻的考试,目的在于选拔优秀的音乐人才,而繁钦自然因为通晓音乐全程参与了这次活动。但是,温胡面对稚嫩的车子,虽然穷尽了歌唱的技巧("巧竭"),但在感情的音乐表达上还是非常匮乏("意匮"),因而不能挽回败局。因为温胡的歌唱是普通唱法,即依靠主声带震动发音的唱法,而车子则是有假声带参与的呼麦唱法。车子的"引声"相当于胡笳演奏的持续低音,而"喉啭"则是同时用气流冲击口腔、震动声带而不断形成泛音的循环性发声过程,相当于笳音的高声部。因此,古人常用"啭"字来描写胡笳之声:

  视华鼓之繁挎,听边笳之嘶啭。(《全宋文》卷三七颜延之《七绎》)
  胡马哀吟,羌笳凄啭。(《全后周文》卷九庾信《竹杖赋》)
  驱四牡之低昂,响繁笳之清啭。(《全梁文》卷二五沈约《郊居赋》)

而最能够为车子的"喉啭"提供佐证的是《晋书·夏统传》关于会稽隐士夏统为当时的显贵贾允等人所作的潮尔音乐表演。那是某一年春天的三月三日(上巳节),夏统到洛阳为母亲买药,与贾充率领的士女、贵人们在洛水浮桥相遇。贾充得知他是会稽人,便问他:"昔尧亦歌,舜亦歌,子与人歌而善,必反而后和之,明先圣前哲无不尽歌。卿颇能作卿土地间曲乎?"统曰:"先公惟寓稽山,朝会万国,授化鄙邦,崩殂而葬。恩泽云布,圣化犹存,百姓感咏,遂作《慕歌》。又孝女曹娥,年甫十四,贞顺之德过越梁宋,其父堕江不得尸,娥仰天哀号,中流悲叹,便投水而死,父子丧尸,后乃俱出,国人哀其孝义,为歌《河女》之章。伍子胥谏吴王,言不纳用,见戮投海,国人痛其忠烈,为作《小海唱》。今欲歌之。""统于是以足叩船,引声喉啭,清激慷慨,大风应至,含水漱天,云雨响集,叱咤欢呼,雷电昼冥"。而《太平御览》卷五八一引《夏仲御别传》曰:

  激南楚,吹胡笳,风云为之摇动,星辰为之变度。①

---

① 又见宋潘自牧《记纂渊海》卷七八,影印本文渊阁《四库全书》本。

可知夏统不仅用呼麦唱法唱了三首动人的歌曲，还吹奏了胡笳。他的"引声喉啭"，正与车子无别，因为在本质上这是任何吹奏胡笳的人都必须掌握的技巧。"引声喉啭"是使用最基本的喉音技法（khoomei）的呼麦，是抒情式的，而"叱咤欢呼"则显然是粗犷、豪放式的，两种风格的呼麦的交叉使用，取得了震人心魄的艺术效果。就艺术风格而言，车子的呼麦也是属于粗犷型和抒情型兼有的呼麦，而且他能够将这两种类型的呼麦自由地转化，所谓"此孺子遗声抑扬，不可胜穷，优游转化，余弄未尽"即指此而言。这也表明车子的呼麦大量运用了旋律拖腔，每个乐句都比较长，各个乐句衔接得自然、巧妙，构成一个又一个浑成、和谐的二重结构的音乐织体。他内力强大，底气充足，技巧高绝，绝不是一般呼麦手所能望其项背的①。年仅十四岁的车子，有如此高超的艺术水准，肯定与他的"童子功"及其所依托的草原原生态的潮尔艺术背景分不开。

就发声的技法而言，车子运用了三种呼麦技法。第一是最基本的呼麦技法（khoomei）。钟明德对这种技法描述道："khoomei 这个字原义为'喉咙'，一方面泛指各种喉音，另一方面，同时也指喉音技法中偏中到高泛音的特殊唱法。根据图瓦人的说法，'呼麦'乃风卷过岩石峭壁所发出的声音。'呼麦'的发声技法近似元音，演唱时口腔形状仿佛'呜'（u）的发声，据说其他各种特殊的喉音唱法均源自'呼麦'。'呼麦'作为喉音之母，虽然不像其他唱法那么璀璨炫丽，但是，平实之中自有一种洗净铅华的兼容并蓄、淡远悠长。"②繁氏《笺》中所谓"大不抗越，细不幽散"即指这种呼麦技法。

第二是西奇（sygyt）。钟明德指出："sygyt 原义为'挤出来的声音'，一般直译为'哨音'。这种演唱技法能产生像口哨、笛子一般高而尖锐透明的泛音，经

---

① 李世相说："呼麦音乐从一口气的单句体乐段发展为可换气演唱的多句体乐段，音调变化也更丰富多彩。"见其《从"呼麦"中寻觅长调音乐风格的成因》一文，载《内蒙古大学艺术学院学报》2004 年第 1 卷第 1 期；并参见李世相《蒙古族长调民歌旋律的拖腔体特性探析》，《中国音乐》2007 年第 1 期。他又指出："近年来的研究成果表明，呼麦这种古老的音乐形态在自身发展中，已按演唱方式及效果分为粗犷呼麦与抒情呼麦两大类别。其中粗犷呼麦是利用整个喉管来作为共鸣体，是呼麦发声的基本形式。而抒情呼麦则有更为细致的分类，按其侧重发音位置的不同而分为鼻腔呼麦、硬腭呼麦、嗓音呼麦、咽喉呼麦、胸腔呼麦五种类型。可见，是充分利用了人体的发声器官及其各部位相互协调的可能性，使音乐表现更为细腻，具有更强的艺术表现力。"见李世相《蒙古族长调民歌概论》，第 4 页。这些论述都有助于我们加深对车子呼麦的理解。

② 以上论述见钟明德《呼麦：泛音咏唱乃入神的上道》，《OM：泛唱作为艺乘》，台北艺术大学，2007 年，第 33—34 页。

常是呼麦演唱会上最受欢迎和最叫人惊艳的喉音风格。图瓦人认为'西奇'模仿夏天吹过大草原的轻风或鸟鸣,演唱时嘴形略如'哦'(ö)的发声。'西奇'似乎荡漾着西伯利亚萨满巫术的魔力……"繁氏《笺》中所谓"曲折沉浮,寻变入节"说的就是这种技法。蔡振家说:"sygyt 原意为吹口哨,这种演唱技巧的重点是将舌头拱起,在口腔前端隔出一个小的共鸣腔,同时喉部发出紧而扁的嗓音(这种嗓音的高泛音比较明显),经由舌头的前后移动,改变共鸣最强的泛音,共鸣腔越小,则所强调的泛音越高。"下面是他从物理学和发声学的角度对 sygyt 所进行的科学测试与解析(图六):

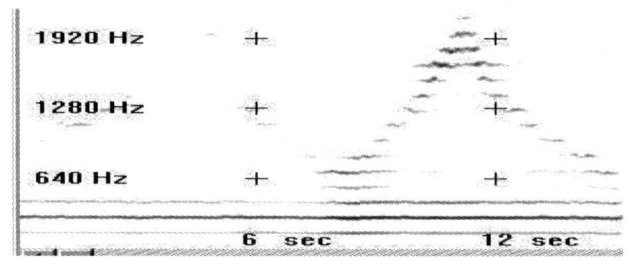

sygyt 泛音唱法,舌头由后向前、再由前向后移动,可得此旋律线

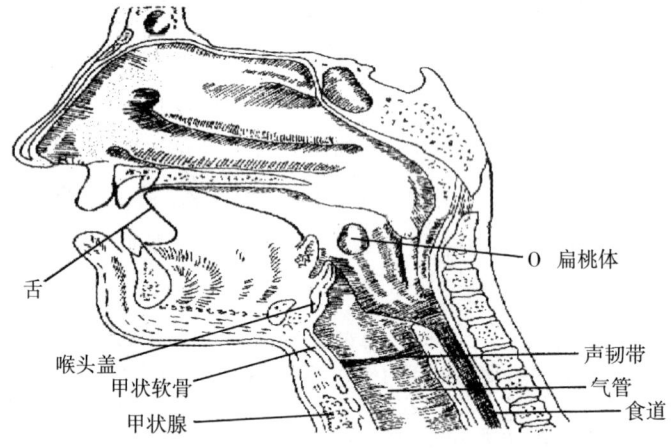

sygyt 唱法的技巧,舌头拱起,在前端造出共鸣腔①

图六

---

① 以上并见蔡振家《泛音唱法的物理基础》,见 http://www.sciam.com/1999/0999issue/0999levinbox6.html.2018 年 12 月 2 日。

第三是卡基拉（kargyraa）。钟明德指出："kargyraa 原义为'哮喘'或'咆哮'，图瓦人以为其在模仿咆哮的冬风或失子骆驼的哀号声。'卡基拉'发声时口形如'啊'（a）的发声，关键在于假声带必须有规则地振动。'卡基拉'能同时发出三、四个高低泛音，尤以低于基础音八度的颤动低音允为特色。"繁氏《笺》中"清激悲吟"以下六句就是这种技法的表现。总的看来，车子的呼麦首先是作为温胡歌唱的伴音而出现的。温胡故意唱出许多艰难而陌生的歌曲，试图使车子的呼麦迟滞、停顿，无法跟进，但车子却游刃有余，不仅为他伴唱了他唱出的所有歌曲，而且还在他黔驴技穷之后，独立运用复杂的泛音歌唱技巧来演唱《北狄征》和《胡马思》这些古老的草原歌曲①。《全晋文》卷六〇孙楚《笳赋并序》曰：

> 顷还北馆，遇华发人于润水之滨，向春风而吹长笳，音声寥亮，有感余情，爰作斯赋。
>
> 衔长葭以泛吹，嗷啾啾之哀声。奏《胡马》之悲思，咏《北狄》之遐征。顺谷风以抚节，飘逸响乎天庭。尔乃调唇吻，整容止，扬清胪，隐皓齿。徐疾从宜，音引代起，叩角动商，鸣羽发徵。若夫《广陵散》吟，三节《白纻》，《太山》长曲，哀及《梁父》。似鸿雁之将雏，乃群翔于河渚。

赋中"奏《胡马》"二句，即来自繁钦的《与魏文帝笺》。由"尔乃"句至"鸣羽"，则是对"华发人"呼麦的描写。在潮尔艺术的实践中，呼麦和胡笳常常是交替运用的，由此而将音乐的整体性艺术表现不断推向高潮。这种情形，我们可以在夏统的潮尔艺术中看到，在今日图瓦共和国、蒙古国和我国内蒙古自治区的潮尔艺术表演中也经常可以看到。

就整体的艺术风格而言，车子的呼麦更偏向于深沉的抒情性的那一类型。在他自由、轻灵、缅邈、哀怨的呼麦声里，在"日在西隅，凉风拂衽，背山临溪，流泉东逝"的无限美好的自然背景中，人们或"仰叹"，或"俯听"，无不为之"泫泣殒涕，悲怀慷慨"。车子的呼麦所具有的艺术感染力真是令人遐想不已！

---

① 唐吕延济（生卒年不详）注云："《北狄征》《胡马思》，皆古歌曲，皆能喉啭为之，凄伤也，顽钝艳美者皆感之。"见《六臣注文选》卷四〇繁钦《与魏文帝笺》。

曹操西征的赫赫功业已经在历史的秋风中烟消云散了,然而他浩浩大军中的一个小小的车子却以自己的呼麦之音穿越了历史的长空,带着"天苍苍,野茫茫"的大草原气息一路雀跃着向我们走来。车子的呼麦确实让我们体验到了马克·范·汤可邻(Mark van Tongeren)在《泛音咏唱》①一书中所说的"一般状态下无法感受到的强烈感动、灵视和情感",并"让我们瞥见另一种真实"②。所以,车子是伟大的,车子是不朽的。

二 长啸艺术:成公绥的《啸赋》

晋人成公绥的《啸赋》既是中古赋史上的名作,也是我国音乐文学史上的绝唱,其对长啸艺术的精彩绝伦的描写以及由此表达的崇尚自然与中和的音乐美学思想具有极高的文化价值。乾隆皇帝曾说"天然佳赋注公绥",又说"子安体物为长赋"③,对《啸赋》可谓称扬备至。关于这篇名赋,前人及时贤的研究已经有所讨论④,但是,有两个核心性的问题一直鲜有触及者:(一)《啸赋》的文本是否有其特殊的渊源?(二)《啸赋》描写的长啸艺术究竟是一种怎样的声乐艺术?就啸史研究而言,这既是学术难点之所在,也是学术价值之所在。本文试从文本解构和乐理阐释两个方面对以上两个问题作出回答,从而初步揭开长啸艺术的神秘面纱。

(一)以《啸赋》为核心的"互文性"作品群的文本建构

《艺文类聚》卷五六引陈沈炯《六甲诗》:"丁翼陈诗罢,公绥作赋成。"南齐画家王奴的《啸赋图》,流行于当时⑤,足见六朝人对《啸赋》的重视。而《啸赋》进入昭明太子主编的《文选》(今本卷一八),不仅确定了这篇作品的经典地

---

① *Overtone Singing: Physics and Metaphysics of Harmonics in East and West*, Amsterdam: Fusica, 2002.
② 转引自钟明德《呼麦:泛音咏唱乃入神的上道》,《OM:泛唱作为艺乘》,第 36 页。
③ 分别见《御制诗集·五集》卷一四《清啸亭》诗和《御制诗集·五集》卷六四《清啸亭得句》诗,文渊阁《四库全书》本。
④ 如彭岩《成公绥〈啸赋〉的音乐美学思想初探》,《湖南科技学院学报》2007 年 11 期;孙鹏《论成公绥〈啸赋〉的时代美学追求》,《山花》2012 年第 2 期。
⑤ (明)顾起元《说略》卷一六《书画》:"王奴有《啸赋图》。"《御定佩文斋书画谱》卷四五《画家传一》"王奴"条:"王奴有《啸赋图》,行于代。"(清)王毓贤《绘事备考》卷二:"王奴画《啸赋图》。"(明)朱谋垔《画史会要》卷一:"王效有《啸赋图》。""效"或为"奴"字之讹。

位,而且彰显了长啸在我国文化史上的特殊意义。由此可见,《文选》的选录标准具有多元性:除了文学的标准、审美的标准和政治的标准外,还有一个文化的标准。凡治《选》学者,皆当深明之。而《文选》卷四〇繁钦《与魏文帝笺》也是这种文化标准的反映。这是一封写于建安十七年(212)正月的书信,信中详细记述了一位十四岁的匈奴少年"车子""喉啭引声,与笳同音"的歌唱艺术。此时的曹丕尚未称帝,所以作品的题目是后来追加的。成公绥创作《啸赋》的具体时间不明,但可以肯定这篇作品最迟完成于晋武帝泰始九年(273年,成公绥在这一年辞世)之前。因此,我们可以确定《与魏文帝笺》问世的时间大约比《啸赋》早六十年。我们试将这两篇文本加以拆分,并进行对比:

1. 窃惟圣体,兼爱好奇(《与魏文帝笺》)/逸群公子,体奇好异(《啸赋》)

2. 是时日在西隅,凉风拂衽(《与魏文帝笺》)/于时曜灵俄景,流光蒙汜(《啸赋》)

3. 哀音外激(《与魏文帝笺》)/发妙声于丹唇,激哀音于皓齿(《啸赋》)

4. 潜气内转(《与魏文帝笺》)/响抑扬而潜转,气冲郁而熛起(《啸赋》)

5. 乃知天壤之所生,诚有自然之妙物也(《与魏文帝笺》)/良自然之至音,非丝竹之所拟,信自然之极丽(《啸赋》)

6. 迭唱迭和,喉所发音,无不响应,曲折沉浮,寻变入节(《与魏文帝笺》)/动唇有曲,发口成音。触类感物,因歌随吟(《啸赋》)

7. 大不抗越,细不幽散(《与魏文帝笺》)/大而不洿,细而不沉(《啸赋》)

8. 曲美常均(《与魏文帝笺》)/音均不恒(《啸赋》)

9. 暨其清激悲吟(《与魏文帝笺》)/清激切于竽笙(《啸赋》)

10. 自初呈试,中间二旬,胡欲傲其所不知,尚之以一曲,巧竭意匮,既已不能。而此孺子遗声抑扬,不可胜穷,优游转化,余弄未尽(《与魏文帝笺》)/唱引万变,曲用无方。和乐怡怿,悲伤摧藏。时幽散而将绝,中矫厉而慨慷。徐婉约而优游,纷繁骛而激扬(《啸赋》)

11. 凄入肝脾,哀感顽艳(《与魏文帝笺》)/情既思而能反,心虽哀而不伤(《啸赋》)

12. 咏《北狄》之遐征,奏《胡马》之长思(《与魏文帝笺》)/奏胡马之长思,向寒风乎北朔(《啸赋》)

13. 背山临溪,流泉东逝(《与魏文帝笺》)/若乃游崇岗,陵景山。临岩侧,望流川。坐盘石,漱清泉(《啸赋》)

14. 能喉啭引声,与笳同音(《与魏文帝笺》)/若夫假象金革,拟则陶匏。众声繁奏,若笳若箫(《啸赋》)

15. 自……史妠、謇姐名倡,能识以来,耳目所见,佥曰诡异,未之闻也(《与魏文帝笺》)/羌殊尤而绝世,乃知长啸之奇妙,盖亦音声之至极(《啸赋》)

16. 同坐仰叹,观者俯听,莫不泫泣殒涕,悲怀慷慨(《与魏文帝笺》)/于时绵驹结舌而丧精,王豹杜口而失色。虞公辍声而止歌,宁子检手而叹息。钟期弃琴而改听,孔父忘味而不食。百兽率舞而抃足,凤皇来仪而拊翼(《啸赋》)

这种情况足以表明《与魏文帝笺》是《啸赋》的写作蓝本,用西方后解构主义的观点对此加以审视,我们可以确认这两篇作品具有"互文性"(intertualité,intertextuality)关系。所谓"互文性",又叫"文本间性",按照法国后解构主义的文本理论,"互文性"是指任何一个单独的文本都是不自足的,它的意义在与其他文本交互参照、交互指涉的过程中产生。因此,任何文本都是一种互文,都是对其他文本的吸收与转化,这种被吸收与转化的文本称为"底文"(soustexte,也就是"文下之文")或"隐文"①。《与魏文帝笺》正是《啸赋》的"底文"。这种"互文性"关系的建立,是成公绥有意创作、刻意追求的结果,其本质是依拟或模拟,属于狭义的"互文性"写作,亦即典型的"互文性"写作。狭义"互文性"主要关注文际关系,属于诗学的范畴②,正如法国学者蒂费纳·萨莫瓦约所言,"一篇文本对另一篇文本的吸纳就是以多种形式合并和粘贴原文被借用的部

---

① 蒂费纳·萨莫瓦约《互文性研究》,邵炜译,天津人民出版社,2003年,第85页、第30—31页。
② 参见蒋寅《拟与避:古典诗歌文本的互文性问题》,《文史哲》2012年第1期。

分","引用完全隐含并融于受文(texte d'accueil)。它绝对是深藏不露的,要想发现这种引用的存在,要么由作者给出别的迹象,要么就靠诠释者自己的洞察力了"①。尽管《与魏文帝笺》是《啸赋》的主要"底文",却并非唯一的"底文",也就是说,《啸赋》所吸纳的前人文本具有多元性,其次要性的"底文"也是非常丰富、不可或缺的。我们试对比传为楚国宋玉所作的《笛赋》②和成公绥的《啸赋》:

> 于是天旋少阴,白日西靡。命严春,使午子。延长颈,奋玉手,摛朱唇,曜皓齿。頩颜臻,玉貌起。吟清商,追流徵。歌《伐檀》,号《孤子》。发久转,舒积郁。(《笛赋》)

> 于时曜灵俄景,流光蒙汜。逍遥携手,踟蹰步趾。发妙声于丹唇,激哀音于皓齿。响抑扬而潜转,气冲郁而熛起。协黄宫于清角,杂商羽于流徵。……若乃游崇岗,陵景山。临岩侧,望流川。坐盘石,漱清泉。……舒蓄思之悱愤,奋久结之缠绵。(《啸赋》)

显然,上引两篇作品的语言、语义和句式都非常相似。在"杂商羽于流徵"一句下,李善注就征引了宋玉《笛赋》"吟清商"一句,客观上已经表明了这些语句之间的"互文性"关系。尤其是"发久转,舒积郁"二句,"转"通"啭",如《啸赋》所谓"潜气内转""响抑扬而潜转"(参见下文),就是"喉啭引声"的歌唱技巧③。这种情况也足以表明,所谓宋玉的《笛赋》不过是出自东汉作家之手的一篇托名之作而已④。

《啸赋》的出现,在中国文化史上具有极其特殊的意义。这种文化意义在《啸赋》李善注所揭示的次要"底文"中有充分的体现。《啸赋》首先强调了长啸的玄学品格和理性特征,具有明显的玄学化的倾向,东晋时代桓玄和袁山松

---

① 蒂费纳·萨莫瓦约《互文性研究》,第48页、第49页。
② (宋)章樵注《古文苑》卷二,文渊阁《四库全书》本。
③ 中古时代的佛经转读,实际上就是喉音诵经,参见范子烨《鱼山声明与佛经转读:中古时代善声沙门的喉音咏唱艺术》,《中国文化》2011年第1期。
④ 也有许多学者认为不应剥夺宋玉享有此赋的著作权,参见高秋凤《宋玉〈笛赋〉真伪考》,《刘正浩教授七十寿庆荣退纪念文集》,台北文史哲出版社,1999年,第165—205页。但仅以"转"指代"喉啭"的语言现象而言,此赋也绝对不可能出自先秦作家的手笔,即使在先秦时代已经产生了"喉啭"式的声乐艺术,参见下文关于"喉啭"的讨论。

关于长啸的学术讨论,则进一步突显了啸的玄学品格,这无疑是对《啸赋》玄学思想的进一步发挥①;其次,成公绥还强调了长啸的儒学品格及其与传统儒家精神的一致性,表现了玄学与儒学合流的文化倾向,我们试观察以下八例:

1. 浮沧海以游志(《啸赋》)/子曰:"道不行,乘桴浮于海,从我者其由欤?"(李善注引《论语》)

2. 于是延友生,集同好(《啸赋》)/与我同好(李善注引《尚书序》)

3. 精性命之至机,研道德之玄奥(《啸赋》)/乾道变化,各正性命(李善注引《周易》)

4. 愍流俗之未悟,独超然而先觉(《啸赋》)/不从流俗(李善注引《礼记》)虽有荣观,燕处超然(李善注引《老子》)伊尹曰:"天生斯民,使先知觉后知,使先觉觉后觉也。"(李善注引《孟子》)

5. 近取诸身(《啸赋》)/近取诸身(李善注引《周易》)

6. 玄妙足以通神悟灵,精微足以穷幽测深(《啸赋》)/玄之又玄,众妙之门(李善注引《老子》)夫礼乐通乎鬼神,穷高远而测深厚(李善注引《礼记》)

7. 心涤荡而无累,志离俗而飘然(《啸赋》)/圣人无天灾,无物累(李善注引《庄子》)

8. 情既思而能反,心虽哀而不伤(《啸赋》)/《关雎》哀而不伤(李善注引《毛诗序》)

《周易》《老子》和《庄子》,正是魏晋时代盛行的"三玄";而《论语》《尚书》《礼记》《孟子》和《毛诗》都属于儒家经典。在成公绥看来,长啸是玄学精神和儒学精神的统一,在这一前提下,他重点表明长啸是符合儒家传统的"中和"的音乐观的:

收激楚之哀荒,节北里之奢淫(《啸赋》)/纣使师涓作淫声,北里之舞,靡靡之乐(李善注引《史记》)

---

① 详见《艺文类聚》卷一九桓氏《与袁宜都书论啸》和袁氏《答桓南郡书》,参见范子烨《中古文人生活研究》,山东教育出版社,2001年,第482—483页。

但是，成公绥对长啸艺术的这种儒学式的文本解读和价值界定，李善注并未能充分展现出来，因为他忽略了《左传》襄公二十九年所载季札观乐于鲁的故事：

> 吴公子札来聘……请观于周乐。……为之歌《豳》，曰："美哉，荡乎！乐而不淫，其周公之东乎！"……为之歌《颂》，曰："至矣哉！直而不倨，曲而不屈，迩而不偪，远而不携，迁而不淫，复而不厌，哀而不愁，乐而不荒，用而不匮，广而不宣，施而不费，取而不贪，处而不底，行而不流。五声和，八风平。节有度，守有序，盛德之所同也。"①

以及托名宋玉所作《笛赋》的相关描写：

> 夫奇曲雅乐，所以禁淫也；锦绣黼黻，所以御暴也。缛则泰过，是以檀卿刺郑声，周人伤北里也。

"美哉，荡乎！乐而不淫"，"迁而不淫"和"哀而不愁，乐而不荒"正是上引《啸赋》"收激"二句的"底文"，"行而不流"一句直接被《啸赋》吸纳。而"节北里之奢淫"的"底文"正是上引宋玉赋的这个片段。可见成公绥对长啸的儒学品格进行了非常充分的"赋态"阐释。不仅如此，《啸赋》还确立了长啸在道教文化系统中的特殊地位，长啸的"通神悟灵"的法术品格被大力张扬。《啸赋》"济洪灾于炎旱，反亢阳于重阴"二句，李善注引《灵宝经》曰：

> 禅黎世界，坠王有女，字姓音。生仍不言。年至四岁，王怪之，乃弃女于南浮桑之阿，空山之中。女无粮，常日咽气，引月服精，自然充饱。忽与神人会于丹陵之舍，柏林之下。姓音右手题赤石之上。语姓音：汝虽不能言，可忆此文也。遣朱宫灵童，下教姓音治灾之术，授其采书八字之音，于是能言。于山出，还在国中。国中大枯旱，地下生火，人民焦燎，死者过半。穿地取水，百丈无泉。王悕惧，女显其真，为王仰啸，天降洪水至十丈。于是化形隐景而去。②

在《啸赋》问世以后，长啸艺术逐渐渗透于中古时期的上清派道教中，成为道教

---

① 杨伯峻《春秋左传注》，第三册，中华书局，1990 年，第 1161—1164 页。
② 《灵宝经》是中古道教的重要经典之一，关于它的流传和影响，可参看王承文《敦煌古灵宝经与晋唐道教》，中华书局，2002 年。

文化的一种特殊的声音呈现方式①。因此,这首《啸赋》实际上就是一篇"啸论",通过对长啸艺术所蕴含的多元文化品格的赋体展演,成公绥最终确立了它在华夏音乐文化系统中的地位,为其流传与发展开辟了广阔的人文空间。

就《啸赋》整体的艺术结构和艺术手法而言,它明显是对汉代大赋的模拟。艺术形式的模拟也是"互文性"建构的一个重要方面②。《啸赋》"逸群公子,体奇好异"云云式的发端,常见于汉赋的开篇。如《文选》卷二张衡《西京赋》"有凭虚公子者,心奢体忕",《文选》卷四左思《三都赋》"有西蜀公子者,言于东吴王孙",《文选》卷三四汉枚乘《七发》"楚太子有疾,而吴客往问之",等等,皆是其例。从《啸赋》结尾"于时绵驹结舌而丧精……凤凰来仪而拊翼"(详见上文)一段,我们也明显看到了《七发》中音乐描写的痕迹:"于是背秋涉冬,使琴挚斫斩以为琴,野茧之丝以为弦,孤子之钩以为隐,九寡之珥以为约。使师堂操畅,伯子牙为之歌。歌曰:……飞鸟闻之,翕翼而不能去;野兽闻之,垂耳而不能行;蚑蟜蝼蚁闻之,拄喙而不能前。"这种极富夸饰性的描写无疑对《啸赋》的"互文性"建构产生了重要影响。

成公绥笔下的"逸群公子"明显带有阮籍的影子。吴宗济在《阮啸新探》一文中指出:"此赋也如汉赋体裁,托名一个'逸群公子'。他的性格是'傲世忘荣,绝弃人事。晞高慕古,长想远思';这和阮籍的性格:'傲然独得,任性不羁';'旷达不羁,不拘礼俗'是相同的。又逸群公子的学问是'精性命之至机,研道德之玄奥';而阮籍的学问是:'博览群籍,尤好庄老';他对孙登大讲其黄帝、神农、老子及三代圣贤等人的道德;两者又是这样的雷同。还有,逸群公子好游,'将登箕山以抗节,浮沧海以游志'。阮籍的游兴也是'登临山水,经日忘归',我们有理由这样认为:成公绥笔下的逸群公子,很可能是以阮籍为原型的。"③而从"互文性"的写作规律出发,我们可以确证这一点。宋宋庠《元宪

---

① 参见台湾学者李丰楙《啸的传说及其对文学的影响——以"啸旨"为中心的综合考察》,《中国古典小说研究专集5》,台北联经出版社,1982年版,第21—67页;此文后来收入李丰楙《六朝隋唐仙道类小说研究》第五章《道教啸的传说及其对文学的影响——以孙广〈啸旨〉为中心的综合考察》,台北学生书局,1986年,第225—278页。

② 参见范子烨《春蚕与止酒——互文性视域下的陶渊明诗》,社会科学文献出版社,2012年,第211页。

③ 吴宗济《阮啸新探》,《吴宗济语言学论文集》,商务印书馆,2004年,第560—575页。

集》卷一《啸台赋》和元王沂《伊滨集》卷一《啸台赋》都以阮籍为主人公。我们试将这两篇作品与成公绥的《啸赋》加以比较,可以发现12个具有"互文性"关系的例证,这足以表明宋庠和王沂的作品确实是以成公绥的《啸赋》为"底文"的。这种"互文性"关系的构建,不仅由于成公绥的《啸赋》是写啸的名篇,而且还由于阮籍就是这篇赋主人公的原型,即使这并非宋、王两位赋家的主观意识,他们的"互文性"写作在客观上也足以表明这一点。案《啸赋》最后两句"乃知长啸之奇妙,盖亦音声之至极",李善注引《晋书》曰:"阮籍,字嗣宗,陈留尉氏人。容貌瑰杰,志气宏放,尤好庄、老,嗜酒能啸。籍尝于苏门山遇孙登,与商略终古,栖神道气之术,登皆不应,籍因长啸而退至于半岭,闻有声若鸾凤之音,响乎岩谷,乃登之啸也。"可见李善在客观上已经彰显了《啸赋》与阮籍的关系。《晋书》所谓"尤好庄、老"以及"栖神道气之术",这在李善所揭示的《啸赋》的"底文"中有非常充分的体现(详见上文)。

《啸赋》曰:"若夫假象金革,拟则陶匏,众声繁奏,若笳若箫,磞硠震隐,訇磕唧嘈。""唧嘈"一词,又作"嘲嘈""嘹嘈"。《艺文类聚》卷一九《孙登别传》曰:

> 孙登魏末处卬北山中,以石室为宇,编草自覆。阮嗣宗闻登而往造焉,适见苫盖被发,端坐岩下鼓琴。嗣宗自下趋之,既坐,莫得与言。嗣宗乃嘲嘈长啸,与鼓琴音谐会,雍雍然,登乃迪尔而笑,因啸和之,妙响动林壑。

《太平御览》卷三九二亦引《孙登别传》曰:

> 孙登字公和,汲郡共县人。清静无为,其情志悄如也。好读《易》弹琴,颓然自得,观其风神,若游六合外。当魏末,共处北山中,以石室为宇,编草自覆。阮嗣宗闻登而往焉,适见公和苫盖被发,端坐岩下鼓琴。嗣宗自下趋进,既坐,莫得与言,嗣宗乃嘹嘈长啸,与琴音谐会,雍雍然,登乃迪尔而笑,因啸和之,妙响动林壑,风清太玄。

"嘲嘈"之"嘲",可能是"唧嘈"之"唧"的讹字,而"嘹嘈"之"嘹"可能是"唧嘈"之"唧"的异写。这个词在《孙登别传》中是用来描写阮籍之啸的,成公绥在《啸赋》中也使用这个词,恐非偶然的巧合。

阮籍比成公绥大 21 岁,正好差了一代人。但可以想见,阮籍辞世后的二十年,其长啸的流风遗韵仍然强烈地影响着士林。可能出于政治上的顾忌,成公绥乃以暗写的方式歌咏阮籍的长啸;但令人回味的是,其作品所吸纳的主体性"底文"却出自侍奉曹魏权贵的文人繁钦之手。因此,长啸艺术的高绝、壮美与政治寓意的深沉、巧妙在《啸赋》中珠联璧合,交融无间,由此使之成为中国赋史上的杰作。

《啸赋》问世后不久,即在文坛上产生了广泛的影响,晋人孙楚的《笑赋》和《笳赋》以此为"底文",实现了新的文学突破。《全晋文》卷六〇孙楚《笑赋》:

> 有度俗之公子,总万物之细故,心仿佛乎巢由。以得意为至乐,不拘恋乎凡流。会亲戚于高宇,结宗盟于绸缪。所以交颈偃仰,推胸指掌。亢洪声于通谷,顺长风以流响。气参谭以相属,若将颓而复往。或颐䫻俯首,状似悲愁,怫郁唯转,呻吟郁伊。或携手悲啸,嘘天长叫。迟重则如陆沉,轻疾则如水漂。徐疾任其口颊,圆合得乎机要。①

以上为孙氏此赋的残存片段,我们试将其与成公绥《啸赋》加以对比:

1. 有度俗之公子,总万物之细故,心仿佛乎巢由。以得意为至乐,不拘恋乎凡流(《笑赋》)/逸群公子,体奇好异。傲世忘荣,绝弃人事。睎高慕古,长想远思。将登箕山以抗节,浮沧海以游志(《啸赋》)

2. 会亲戚于高宇,结宗盟于绸缪(《笑赋》)/于是延友生,集同好(《啸赋》)

3. 亢洪声于通谷,顺长风以流响(《笑赋》)/济洪灾于炎旱,反亢阳于重阴(《啸赋》)/逸气奋涌,缤纷交错。列列飘扬,啾啾响作(《啸赋》)

---

① (清)严可均《全上古三代秦汉三国六朝文》,第二册,中华书局,1958 年,第 1800 页。笔者案:孙氏此赋下有"或中路背叛,更相毁贱。倾偷巨我,雕声迄乎日晏。信天下之笑林,调谑之巨观也"诸句,与上文绝不相属,可能此赋有残佚;而赋题亦当作"啸赋",而非"笑赋"。参见钱钟书《管锥编·全上古三代秦汉三国六朝文》第一一八条"《全晋文》卷六十",《管锥编》,第三册,中华书局,1979 年,第 1143 页。

4. 气参谭以相属,若将颓而复往(《笑赋》)/怫郁冲流,参谭云属。若离若合,将绝复续(《啸赋》)

5. 或嚬蹙俯首,状似悲愁,怫郁唯转,呻吟郁伊。或携手悲啸,嘘天长叫(《笑赋》)/或舒肆而自反,或徘徊而复放。或冉弱而柔挠,或澎濞而奔壮(《啸赋》)

6. 或携手悲啸,嘘天长叫(《笑赋》)/逍遥携手,踟蹰步趾。发妙声于丹唇,激哀音于皓齿(《啸赋》)

7. 迟重则如陆沉,轻疾则如水漂(《笑赋》)/发征则隆冬熙蒸,骋羽则严霜夏凋。动商则秋霖春降,奏角则谷风鸣条(《啸赋》)①

8. 徐疾任其口颊,圆合得乎机要(《笑赋》)/是故声不假器,用不借物。近取诸身,役心御气。动唇有曲,发口成音。触类感物,因歌随吟。大而不洿,细而不沉。清激切于笙竽,优润和于瑟琴(《啸赋》)

显而易见,孙氏的《笑赋》与成公绥的《啸赋》也具有"互文性"关系,后者乃是前者的"底文",而《全晋文》卷六〇孙楚《笳赋》尤其值得注意(见前引)。

我们试将其与繁钦《与魏文帝笺》和成公绥《啸赋》加以对比:

1. 向春风而吹长笳,音声寥亮(《笳赋》)/喟仰抃而抗首,嘈长引而慘亮(《啸赋》)

2. 衔长葭以泛吹,嗷啾啾之哀声(《笳赋》)/逸气奋涌,缤纷交错。列列飘扬,啾啾响作(《啸赋》)

3. 奏《胡马》之悲思,咏《北狄》之遐征(《笳赋》)/咏《北狄》之遐征,奏《胡马》之长思(《与魏文帝笺》)/奏胡马之长思,向寒风乎北朔(《啸赋》)

4. 顺谷风以抚节,飘逸响乎天庭(《笳赋》)/逸气奋涌,缤纷交错。列列飘扬,啾啾响作(《啸赋》)

5. 尔乃调唇吻,整容止,扬清胪,隐皓齿(《笳赋》)/发妙声于丹唇,激哀音于皓齿(《啸赋》)

6. 徐疾从宜,音引代起(《笳赋》)/是故声不假器,用不借物。近

---

① 《曹子建文集》卷九《七启》:"弹征则苦发,叩宫则甘生。"此文也是《啸赋》这四句的底文。

取诸身,役心御气。动唇有曲,发口成音。触类感物,因歌随吟。大而不洿,细而不沉。清激切于笙,优润和于瑟琴(《啸赋》)

7. 叩角动商,鸣羽发徵(《笳赋》)/发徵则隆冬熙蒸,骋羽则严霜夏凋。动商则秋霖春降,奏角则谷风鸣条(《啸赋》)

8. 若夫《广陵散》吟,三节《白纻》,《太山》长曲,哀及《梁父》(《笳赋》)/若夫假象金革,拟则陶匏。众声繁奏,若笳若箫(《啸赋》)

9. 似鸿雁之将雏,乃群翔于河渚(《笳赋》)/又似鸿雁之将雏,群鸣号乎沙漠(《啸赋》)

10. 潜气内运,浮响外盈(《佩文韵府》卷二三之七引孙楚《笳赋》)潜气内转,哀音外激(《与魏文帝笺》)/响抑扬而潜转,气冲郁而熛起(《啸赋》)

上举孙楚《笑赋》之例 3 和《笳赋》之例 4 也是非常相似的,它们具有同源性,那就是成公绥的《啸赋》。由上述可知,以《啸赋》为核心,在我国古代文坛上形成了一个颇具规模的"互文性"作品群。这一作品群主要由繁钦的《与魏文帝笺》、孙楚的《笑赋》《笳赋》、宋庠的《啸台赋》以及王沂的《啸台赋》等六篇作品构成。

(二) 以《啸赋》为中心的"互文性"作品群文本建构的乐理背景

在"互文性"建构方面,成公绥的《啸赋》与陶渊明的《九日闲居》非常相似,那就是既有一个主要的"底文",又有比较丰富的次要性"底文",这就是上文所说的"底文"的多元性。《陶渊明集》卷二《九日闲居》:

余闲居,爱重九之名。秋菊盈园,而持醪靡由,空服九华,寄怀于言。

世短意常多,斯人乐久生。日月依辰至,举俗爱其名。露凄暄风息,气澈天象明。往燕无遗影,来雁有余声。酒能祛百虑,菊为制颓龄。如何蓬庐士,空视时运倾。尘爵耻虚罍,寒华徒自荣。敛襟独闲谣,缅焉起深情。栖迟固多娱,淹留岂无成?[①]

[①] 古直《陶靖节诗笺定本》卷之二,台北广文书局,1964 年,第35—36 页。

这首诗的底文是相当丰富的。在"日月"二句和"酒能"二句的笺注中，古直节引了曹丕的《九日与钟繇书》，而这封信的全文正是本诗的主要"底文"：

> 岁往月来，忽复九月九日。九为阳数，而日月并应。俗嘉其名，以为宜于长久，故以享宴高会。是月律中无射，言群木庶草，无有射地而生。至于芳菊，纷然独荣，非夫含乾坤之纯和，体芬芳之淑气，孰能如此！故屈平悲冉冉之将老，思餐秋菊之落英。辅体延年，莫斯之贵。谨奉一束，以助彭祖之术。①

诗题《九日闲居》的底文是"岁往"三句，"斯人"一句的底文是"以为"句，"日月"二句的底文是"日月并应"二句，"露凄"二句的底文是"乾坤""芬芳"二句，"酒能"二句的底文是"辅体延年"。这些情况表明，陶渊明《九日闲居》诗乃是对曹丕《九日与钟繇书》的重写。这种重写的实现，是以核心性的描写对象的绝对一致为前提条件的。譬如，描写牡丹花的文学作品，绝对不会成为陶渊明描写菊花之作的主要"底文"。事实上，在我国古典文学的传统中，狭义的互文性的建立，通常是以描写对象的一致性为前提的。譬如程毅中曾经指出，张衡的《骷髅赋》和曹植的《骷髅说》都是"依据《庄子·至乐》篇的寓言再创作的故事"，只是文体形式不同而已②。又如最近有论者指出，在韩愈的古文创作中，"《论佛骨表》并非作者别出心裁的一己独创之作，而是檃栝隋唐之际著名的反佛之士傅奕的《请除释教书》而足成之"③。后者对前者的语言和词句颇多因袭，尽管这两篇文章的内容不尽相同，而拒斥佛教则是其共同的思想主题。后世的许多经典之作，如元稹的《莺莺传》，王实甫的《西厢记》和董解元（生卒年不详）的《西厢诸宫调》，其间的"互文性"关系莫不如此，所以我们很容易发现其语言、情节的相似性。既然如此，在以《啸赋》为核心的"互文性"作品群中，贯穿于其中的具有一致性的东西又是什么？换言之，支撑这一"互文性"作品群的音乐文学文本建构的统一的乐理根基究竟是什么？让我们先将这组作品所描写的主要形象陈列于下：

---

① 《全上古三代秦汉三国六朝文》，第四册，第1088页。
② 程毅中《叙事赋与中国小说的发展》，《中国文化》2007年第1期。
③ 见沈文凡、张德恒《韩愈贬潮心迹考论——从比较昌黎〈论佛骨表〉与傅奕〈请除释教书〉展开》，《兰州大学学报（社会科学版）》2011年第1期。

1. 成公绥《啸赋》——"逸群公子"的长啸
2. 繁钦《与魏文帝笺》——"车子"的"喉啭引声,与笳同音"
3. 孙楚《笑赋》——"度俗公子"的长啸
4. 孙楚《笳赋有序》——"华发人"的胡笳(葭)吹奏
5. 宋庠《啸台赋》——阮籍的长啸
6. 王沂《啸台赋》——阮籍的长啸

我们对以上情况加以绅绎,实际上这些具有"互文性"关系的作品主要描写了"喉啭"、长啸和胡笳这三种音乐艺术。案《晋书》卷九四《隐逸列传·夏统传》载:"统于是以足叩船,引声喉啭,清激慷慨,大风应至,含水漱天,云雨响集,叱咤欢呼,雷电昼冥,集气长啸,沙尘烟起。王公已下皆恐,止之,乃已。"据此,台湾学者徐恩广指出:

> 夏统在《晋书》中的形象是一位身怀奇术又绝意仕进之传奇隐士,贾充要求夏统演唱家乡民谣,夏统除了高歌之外,更展现了神奇的声音技艺,他"引声喉啭"、"含水漱天"、"叱咤欢呼"、"集气长啸",可说已将一切音声口技融于歌唱之中,成为一种综合性的音乐艺术。关于夏统集气长啸之相关记载,在《记纂渊海》卷七十八"笳"条引《夏仲御别传》中更加入了"激南楚,吹胡笳,风云为之动摇,星辰为之变度"①等充满了"啸吹意向"描述——用最能代表啸吹音乐的古歌"激楚"和最能将啸之音色具象化的"胡笳"突显夏统"啸歌"的形象,无形中强调了其并非一般的歌者,而是身怀绝技的"啸者"。啸、喉啭、胡笳的联系再一次显现此三者关系的密切,而且同属一个音声技艺系统的可能。……"喉啭"最具特色的重要技巧就是"潜气内转",繁钦在《与魏文帝笺》中提到:"潜气内转,哀音外激,大不抗越,细不幽散。"与西晋成公绥《啸赋》中描述啸的发声部位与技巧的重要句子非常类似——《啸赋》曰:"发妙声于丹唇,激哀音于皓齿。响抑扬而潜转,气冲郁而熛起。"……《与魏文帝笺》向来不为研究啸的学者所注意,繁钦这篇赞赏一位喉啭少年之奇技的短文写在《啸赋》之前,文

---

① 这段文字别见于《太平御览》卷五八一所引《夏仲御别传》,夏统字仲御。

采虽不及成公绥,然而经过解读,却可以在其中发现啸技的蛛丝马迹。①

他所说的"啸、喉啭、胡笳的联系再一次显现此三者关系的密切,而且同属一个音声技艺系统的可能",这一观点与上述所谓"描写对象的一致性"这一"互文性"文本建构原则相吻合,由此我们不仅能够揭示喉啭和胡笳的真相,而且长啸的奥秘也随之得以破解。因为在这种狭义的"互文性"的视域下,我们可以断定繁钦《与魏文帝笺》所描写的匈奴少年"喉啭引声"的歌唱艺术就是成公绥在《啸赋》中倾情描写的长啸,否则,我们对上文列举的《啸赋》和《与魏文帝笺》之间的16个"互文性"例证就无法解释,因为当一个文学文本对另一个文学文本以生吞活剥式的全盘吸纳的时候,其描写的主体对象也必然具有高度的一致性。关于"喉啭"与长啸的对等关系,我们还可以援引另外两条材料作为旁证。宋叶廷珪《海录碎事》卷一六《音乐部·啸门》著录了七条有关长啸的材料,其第六条是出自《与魏文帝笺》的"与笳同音":"薛访车子,年十四,能啭喉引声,与笳同音。"此前的三条均见成公绥《啸赋》。此后是"舒啸"条:"登东皋而舒啸。舒,发也,缓也。《归去来辞》。"这种情况表明,叶氏是将"啭喉"视为长啸的。而根据《晋书》的记载,夏统的"引声喉啭"和"集气长啸"实际上也是一回事,所以长啸乃是我国古代的喉音艺术。不仅如此,作为西北游牧民族的常用乐器(参见下文),胡笳的吹奏也是采用"啭喉引声"的发声方法,我们读以下文字:

> 视华鼓之繁桴,听边笳之嘶啭。(《全宋文》卷三七颜延之《七绎》)
> 胡马哀吟,羌笳凄啭。(《全后周文》卷九庾信《竹杖赋》)
> 驱四牡之低昂,响繁笳之清啭。(《全梁文》卷二五沈约《郊居赋》)

所谓"嘶啭""凄啭"和"清啭"都是对"啭喉引声"的形容之词,所以,《夏仲御别传》说善于"引声喉啭"的夏统也善于"吹胡笳",实非偶然,因为吹奏胡笳乃是以喉音为根基的管乐艺术。而《与魏文帝笺》所描写的车子的"喉啭引声",相当于胡笳演奏的持续低音,而"喉啭"则是同时用气流冲击口腔、震动声带而

---

① 见徐恩广《从"吹声"到"异响"——论上古至魏晋啸的音乐文化》,成功大学艺术研究所硕士论文,2003年,第52—54页。这篇学位论文承蒙台湾清华大学朱晓海教授惠示,特此致谢。

不断形成泛音的循环性发声过程,相当于笳音的高声部(参见下文)。因此,"喉啭"的技法乃是贯穿上述"互文性"作品群的第一个乐理根基。

"喉啭"就是浩林·潮尔(Holin-Chor),俗称呼麦(khoomei),而胡笳则是蒙古人通常所说的冒顿·潮尔(Wooden-Chor,卫拉特蒙古人称为楚吾尔)。根据前文莫尔吉胡的研究,胡笳的基本吹奏方法是:"将笳管的上端顶在上腭的牙齿上;其次,上下唇将管子包起来;吹奏前,人声先发出主音的持续低音,然后,同时吹奏笳管旋律,构成二重结构的音乐织体。"①所谓"将笳管的上端顶在上腭的牙齿上"和"上下唇将管子包起来",就是孙楚《笳赋》所说的"衔长葭以泛吹"。以下是莫氏对浩林·潮尔和冒顿·潮尔的比较(表一):

表一

	浩林·潮尔(呼麦)	冒顿·潮尔(胡笳)
形态	人声	人声,胡笳
结构	二重结构(泛音旋律/吟、持续低音)	二重结构(笳管旋律/吟、持续低音)
调式	大调、五声音阶	大调、五声音阶
旋法	一口气唱完	一口气吟、奏完
内容	无标题、无词	有标题内容、无词

由此我们可以肯定,繁钦《与魏文帝笺》记述的"车子""喉啭引声,与笳同音"的歌唱艺术就是至今仍然在蒙古、哈萨克以及俄罗斯等民族中流行的呼麦艺术。呼麦是匈奴人的声乐艺术,但其歌唱技法和艺术传统并未随匈奴的覆亡而消失,而是沉积在其他游牧民族的文化当中,代代相续,从未间断,在隋唐之际崭露头角的蒙古人即是这种声乐艺术的继承者和发展者。

通过对呼麦和胡笳的深入研究,莫尔吉胡于1990年10月在蒙古国召开的"国际民族民间研讨会"上首次提出了"啸即浩林·潮尔"的观点,他指出:"作为东方文明发源地之中国,在她洪荒时代抑或称之为文明曙光年代,曾经历过'啸'乐文明时期。……农业经济走向成熟高峰,随着整个文明程度的发展,音乐文化也进入成长发达时期,'啸'乐渐渐失传,历史发展到今天,'啸'

---

① 莫尔吉胡《追寻胡笳的踪迹》,《追寻胡笳的踪迹——蒙古音乐考察纪实文集》,第48页。

乐便在封闭的地区,例如阿尔泰地区保存下来。"①1999年5月,莫氏又撰《"啸"的话题》一文②,进一步论证了他的上述观点。赵磊对长啸与"浩林·潮尔"的对等关系也作了别具匠心的论证:"对于啸的声响《啸赋》如是说:'声不假器,用不借物。近取诸身,役心御气。动唇有曲,发口成音。触类感物,因歌随吟。大而不洿,细而不沉。'这里已隐含了二重音响之意。在该文中如'发妙声于丹唇,激哀音于皓齿'、'或冉弱而柔挠,或澎濞而奔壮'、'逸气奋涌,缤纷交错',这类对高低两种声响的对比描述比比皆是。……这里(指《世说新语·栖逸》第1条)所说的'数部鼓吹'除声音响亮的含义外,还应有多重声部之意。"同时,根据《晋书》卷六二《刘琨传》所载西晋著名诗人和音乐家刘琨啸退胡兵的历史故事,赵氏非常果断地指出:"根据当代人对浩林·潮尔的考察与古籍中对啸的记载的比较,我们仍然可以作出这样的推断:浩林·潮尔即是古籍中所说的啸。"③这一观点在2000年后得到了更多音乐学者的支持。尤其是格日勒图发表的两篇论文④,他不仅对有关啸的两条核心材料进行了有力的申论,甚至还直接提出了"啸性呼麦"作为呼麦在音乐表现形态上的分类;此外如包铁良⑤和贾威⑥,都沿袭了这一观点。二重结构的音乐织体是长啸与浩林·潮尔最主要的吻合之点,这也是二者最本质的艺术特征。成公绥《啸赋》所说的"若箎若箫",既是强调长啸与胡笳具有同质性的品格,也是凸显其二重音乐织体的艺术特征。针对《啸赋》"乃慷慨而长啸……随事造曲"一段,莫尔吉胡指出:"这段记述已相当清晰地描绘了啸。首先,啸的结构是由'丹唇'发出的'妙声'同'皓齿'激出的'哀音'同时发出,其次,双声之间又有着和谐的音程关系。即宫音与角音相谐(三度关系),商音羽音夹杂徵音(五度、四度关系);第三,二声部结构的音乐自始至终运作在同宫系统之内(即自然大调

---

① 莫尔吉胡《"潮儿"现象及"潮儿"音乐——试论阿尔泰蒙古古音乐文化圈》,莫尔吉胡《追寻胡笳的踪迹——蒙古音乐考察纪实文集》,第202—226页。
② 莫尔吉胡《追寻胡笳的踪迹——蒙古音乐考察纪实文集》,第136—145页。
③ 赵磊《啸与浩林·潮尔》,《草原艺坛》1996年第1期。
④ 格日勒图《呼麦艺术初探》,《内蒙古大学艺术学院学报》2007年第2期;格日勒图《试论呼麦的种类及其发声技巧》,《中国音乐》2007年第3期。
⑤ 包铁良《图瓦、蒙古呼麦演唱艺术论析》,《乐府新声》(《沈阳音乐学院学报》)2008年第4期。
⑥ 贾威《呼麦艺术的音乐心理学研究》,首都师范大学2009年硕士学位论文。

式）。"①《啸赋》所说的"大而不洿,细而不沉。清激切于笮笙,优润和于瑟琴"也是对长啸多声部特质的生动表述:"大"是高音部,"细"是低音部,"清激"是高音部,"优润"是低音部。因此,二重结构的音乐织体乃是贯穿上述"互文性"作品群的第二个乐理根基。此外,卷舌作为长啸的根本发声技法,也正是呼麦所独有的,这使二者处于一对一的等同状态。演唱呼麦的基本要领是将舌头拱起,将口腔一分为二,制造出一个密闭的共鸣腔,同时喉部发出紧而扁的嗓音,经由舌头的前后移动,改变共鸣最强的泛音,共鸣腔越小,则所强调的泛音越高,反之,则所强调的泛音越低。宋释觉范《石门文字禅》卷六《王仲诚舒啸堂》诗:"齿应衔环舌卷桂。"明《（万历）卫辉府志》卷一引元刘赓《啸台》诗:"舌如卷叶口衔环。"唐孙广的《啸旨》强调"和其舌端",他所讲述的十种啸法都有对用舌之法的描述,如"外激":"以舌约其上齿之里,大开两唇而激其气,令出入,谓之外激也。""用舌以前法""用舌如上法"乃是《啸旨》最常见的技法表述②。而冒顿·潮尔的吹奏,也是用舌头调节风门,在发出持续喉音的基础上形成泛音旋律。就乐理而言,浩林·潮尔与冒顿·潮尔（胡笳）既有密切的关联,又有高度的相似。在这种意义上,它们是孪生的兄弟艺术。因此,舌位的控制乃是贯穿上述"互文性"作品群的第三个乐理根基。这三个乐理根基就是上述"互文性"作品群赖以建构其音乐文学文本的乐理背景。

  长啸来自我国西部和北部的茫茫草原③。长啸的"原生态"固然可贵,但

---

① 莫尔吉胡《"啸"的话题》,《追寻胡笳的踪迹——蒙古音乐考察纪实文集》,第 136—145 页。
② 孙广《啸旨》,《丛书集成初编》,第 1680 册,中华书局,1985 年,第 2 页。
③ 《文选》卷四一汉李陵《答苏武书》:"远托异国,昔人所悲,望风怀想,能不依依！……凉秋九月,塞外草衰。夜不能寐,侧耳远听,胡笳互动,牧马悲鸣,吟啸成群,边声四起。晨坐听之,不觉泪下。"这封可能出于后人的拟托的书信足以说明"胡笳"与"吟啸"都是塞外匈奴人的音乐艺术。胡笳的哀怨,骏马的悲鸣,牧人的吟啸,构成了诗意盎然、如泣如诉的塞外边声。《晋书·刘琨传》载:"在晋阳,尝为胡骑所围数重,城中窘迫无计,琨乃乘月登楼清啸,贼闻之,皆凄然长叹。中夜奏胡笳,贼又流涕歔欷,有怀土之切。向晓复吹之,贼并弃围而走。"就发生在西晋末年的这场太原保卫战而言,刘琨率领的晋军实际上已经陷入了绝境,他既没有与匈奴人对抗的实力,也没有实施诸葛亮式空城计的机会,然而,他的音乐艺术却创造了军事史上的奇迹:他的一声清啸以及胡笳的吹奏,使匈奴人愀然动容,凄然长叹,深受感动的侵略者们带着一颗颗悲哀的心悄然退走了。如果说垓下之战中的四面楚歌是以敌军的乡音作为瓦解敌军斗志的手段而颇有落井下石的意味的话,那么,刘琨却是纯粹以一位个体的音乐家的情怀凭借敌军的乡音征服强敌的。这个故事也足以表明长啸和胡笳本来就是匈奴人的音乐艺术,以及这两种音乐艺术在乐理上的关联性。参见拙文《论长啸艺术与西北游牧民族之关系——以刘琨之啸为中心》,《中国文化》2012 年第 2 期。

长啸的雅文化意味和真正的艺术成就却来自"次生态"①,那就是由魏晋名士所铸就的啸史的辉煌。而在魏晋时代,长啸之所以成为魏晋风度的声音符号,正是缘于其草原游牧文化的特殊背景。音乐是文化的先行者,语言之隔阂与民族之争战,赖音乐之传播得以化解,而音乐之传播,乃是实现异域文化之总体输入的重要前提。在人类的所有艺术形式中,音乐是心灵化程度最高的距人类心灵最近的一种艺术形式,在沟通地域不同、种族不同、风俗不同、文化不同、信仰不同和语言不同的各种人类群体方面,音乐艺术占有绝对的优势,因为音乐常常能够超越这些差异,成为维系人心、建立人类心灵秩序的基石,由此而创造一个又一个人类文化的奇迹。当然,长啸既是一个音乐史问题,也是一个文学史问题,音乐史与文学史的交叉乃是这一问题的特质;研究这一问题不仅需要高强的文学文本解读能力,而且需要相当专业的甚至生冷的音乐知识,并能够将两方面的研究成果科学地嫁接。这是啸史研究的基础。在此基础上,本文采取了一个特殊的研究路径,那就是借助西方的"互文性"理论与蒙古民族音乐学的研究方法,彰显并进一步证明了长啸艺术在现代人类社会中的文化遗存。美国学者哈罗德·布鲁姆(Harold Bloom)说:"一首诗的意义只能是另一首诗。""批评是摸清一首诗通达另一首诗的隐蔽道路的艺术。"②"互文性"的场域确实是无限广大的,唯有"诗人中的强者"③才能出奇制胜,布鲁姆的观点是深刻而令人回味的。同时,倘若我们借用前苏联理论家巴赫金的著名对话理论对成公绥的《啸赋》加以观照的话,便可以发现这篇本来就以长啸这种多声部喉音艺术为描写对象的作品,实际上也是一部充满了众声喧哗的"多声部文本"——"由具有充分价值的不同声音组成真正的复调"④,儒学、道学、玄学乃至神仙等各种"声音"都通过长啸传达出来,而作为作品主人公的

---

① 关于呼麦的"原生态"与"次生态"问题,可参看博特乐图《"潮尔——呼麦"体系的基本模式及其表现形式——兼谈蒙古族呼麦的保护》,《中国音乐学》2012 年第 2 期。
② 哈罗德·布鲁姆《影响的焦虑》,徐文博译,生活·读书·新知三联书店,1989 年,第 101 页、第 102 页。
③ 布鲁姆说:"所谓诗人中的强者,就是以坚忍不拔的毅力向威名赫赫的前代巨擘进行至死不休的挑战的诗坛主将们。"同上书,第 3 页。
④ 巴赫金《陀思妥耶夫斯基诗学问题》,白村仁、顾亚玲译,《巴赫金全集》,第五卷,河北教育出版社,1998 年,第 4 页。

"逸群公子","不仅仅是作者议论所表现的客体,而且也是直抒己见的主体"①,其直抒己见的方式就是长啸。如此包含众胜、蕴藏大美、臻于至道的音乐艺术况味居然呈现在晋人的一篇小赋中,真是惊心动魄,匪夷所思。让我们向"诗人中的强者"致敬②!

结　语

文本是文学研究的基石。真正的文学研究者必然是坚定的文本主义者。解读文学文本需要多种文化视角,诸如音乐学、艺术学、文化学、宗教学、语言学、历史学和民俗学等。因此,我们必须切实提高自身的文化水准,在某一文化领域进行刻苦的修炼,成为真正的行家里手,如刘勰所言:"凡操千曲而后晓声,观千剑而后识器。"(《文心雕龙·知音》)亦如曹子建所言:"盖有南威之容,乃可以论于淑媛;有龙泉之利,乃可以议于断割。"(《文选》卷四二《与杨德祖书》)不懂音乐的人自然也读不懂音乐文学,更不可能有深入的研究。即以《与魏文帝笺》和《啸赋》而论,关于这两篇作品的古今注释、校勘、解析乃至翻译,大都错误百出,甚至荒唐可笑,主要是不懂相关的乐理(包括器乐和声乐)所致。当然,这种情况也意味着对《文选》经典的解读和研究尚有很大的开拓空间。

（中国社会科学院文学研究所）

---

① 巴赫金《陀思妥耶夫斯基诗学问题》,白村仁、顾亚玲译,《巴赫金全集》,第五卷,第5页。
② 关于成公绥的文学创作成就,可参看范子烨《魏晋之赋首——成公绥考论》,袁行霈主编《国学研究(第十一卷)》,北京大学出版社,2003年。

[附录]

陆云笔下的曹魏遗音
——说《为顾彦先赠妇往返》四首其四的音乐描写

范子烨

陆云《为顾彦先赠妇往返》诗共有四首,徐陵《玉台新咏》收录之①,而《文选》卷二五"赠答"类选录了其中二首,题作"为顾彦先赠妇"。李善所作解题说:"《集》亦云为顾彦先,然此二篇,并是妇答,而云赠妇,误也。"所谓"集",就是《陆云集》。《隋书》卷三五《经籍志》载"《晋清河太守陆云集》十二卷,梁十卷,录一卷"。李善所见,或即此本。看来《文选》的题误,由来已久。李善的意见是正确的。其实,这组诗在东晋时代就已经是驰誉诗坛的名篇了。其一之"我在三川阳,子居五湖阴。山海一何旷,譬彼飞与沉",为陶渊明《庚子岁五月中从都还阻风于规林》二首其二所本:"自古叹行役,我今始知之。山川一何旷,巽坎难与期。"其一之"目想清慧姿,耳存淑媚音",为陶渊明《始作镇军参军经曲阿》"目倦川途异,心念山泽居"所本。其二之"悠悠君行迈,茕茕妾独止。山河安可逾?永路隔万里",为陶渊明《赠羊长史》"岂忘游心目?关河不可逾。……闻君当先迈,负疴不获俱"所本。可见陶渊明对陆云的这组诗是非常欣赏的。后来其中的第二、第四两首进入《文选》和整组诗进入《玉台新咏》,更标志着其诗歌经典地位的确立。

刘运好先生所撰《陆士龙文集校注》择善而从,也以《为顾彦先赠妇往返》

---

① (清)吴兆宜《玉台新咏笺注》,上册,中华书局,2017年,第119—122页。

这一诗题为正。对于这四首诗,刘先生的校勘、注释、赏析与汇评,都非常全面、深刻,能够集文献整理的功夫与诗学审美的精髓于一身,实在令人叹服。这里,我仅就此组诗第四首所反映的音乐史问题略陈管见。全诗共 20 句,其中有 10 句是对音乐的描写:

> 西城善雅舞,总章饶清弹。鸣簧发丹唇,朱弦绕素腕。轻裾犹电挥,双袂如雾散。华容溢藻幄,哀响入云汉。知音世所希,非君谁能赞?

这 10 句诗隐含着关于魏晋音乐史的重要文化信息。

首先是"西城善雅舞,总章饶清弹"二句。李善注:

> 陆机《洛阳记》曰:金墉城在宫之西北角,魏故宫人皆在中。崔豹《古今注》曰:魏文帝宫人尚衣,能歌舞,一时冠绝。孙盛《晋阳秋》,傅隆议曰:其总章技,即古之女乐。

据此可知,所谓"西城"是指金墉城,在皇宫的西北角,当然,皇宫在西晋首都洛阳。在魏晋易代以后,曹魏的宫人居住在这里,其中包括曹魏的宫廷乐人。崔豹说的魏文帝宫人尚衣是其中之一。"雅舞"是宫廷乐舞。陆机《日出东南隅行》:"悲歌吐清响,雅舞播幽兰。"又《百年歌》:"罗衣绰䌽金翠华,言笑雅舞相经过。"宋陈旸《乐书》卷一八三"雅舞"条:

> 古者雅舞用之郊庙燕享,莫不以金石奏之,大抵不过文、武二舞而增损之,所以示不相袭也。三代之际,更增缦乐野舞夷乐而兼奏之,迨至秦汉,用之宴私,率多哇淫,而雅舞废矣。

曹魏宫人之雅舞自然属于文舞,属于曹魏时期的宫廷宴乐。"总章"是乐官名。《后汉书·献帝纪》:"八年冬,十月己巳,公卿初迎冬于北郊,总章始复备八佾舞。"李贤注:"总章,乐官名。"北周庾信《华林园马射赋》:"总章协律,成均树羽。"女乐属于总章的管辖范围。"总章饶清弹"说的是居住在西城中曹魏女乐的首领。"饶",是多有的意思。"清弹"是指清美的琴曲。陆机《拟今日良宴会》:"齐僮梁甫吟,秦娥张女弹。"又《拟西北有高楼》:"玉容谁能顾,倾城在一弹。""一弹"即一曲。潘岳《笙赋》:"辍《张女》之哀弹,流《广陵》之名散。"

"哀弹"即情调哀伤的琴曲。

其次是"鸣簧发丹唇,朱弦绕素腕"二句。李善注:

> 《毛诗》曰:吹笙鼓簧。《神女赋》曰:朱唇的其若丹。《礼记》曰:清庙之瑟,朱弦而疏越。《洛神赋》曰:攘皓腕。

刘良注:

> 簧,笙也;朱弦,谓筝琴也。素腕在上弹,故云绕也。①

刘氏认为陆诗中之"簧"是笙的代名词,而"朱弦"是筝琴的代名词。吴兆宜注:

> 晋张骏《薤露》:义士扼素腕。案:《汉武内传》:许飞琼鼓震灵之簧。又,邢疏:簧者,笙中金薄叶也。笙必有簧,故或谓笙为簧。《乐记》郑注:朱弦,练朱弦也。不练则体劲而声清,练则丝熟而声浊。②

吴氏所引《乐记》的原文是:"清庙之瑟,朱弦而疏越,一倡而三叹,有遗音者矣。"清陈澔注:

> 鼓清庙之诗之瑟,练朱丝以为弦,丝不练则声清,练之则音浊。疏,通也;越,瑟底之孔也。疏而通之,使其声迟缓,瑟声浊而迟,是质素之声,非要妙之音也。③

可知吴氏认为陆诗中的"朱弦"是指瑟。琴、瑟、筝是三种不同的乐器。在以上各家训释的基础上,刘运好对此二句诗概括如下:

> 此二句言鸣簧之声,发于朱红之唇;筝瑟之弦,绕于洁白之腕。④

但"筝瑟之弦",如何"绕于洁白之腕"呢?如果琴弦缠绕在手腕上,还能够演奏吗?在琴、筝、瑟这三种乐器的演奏中,这种情况是闻所未闻见所未见的。其实,这两句诗描写的是另一种特殊乐器的演奏,这种乐器叫做口簧,俗称口

---

① 《六臣注文选》,中册,中华书局,1987年,第464页。
② (清)吴兆宜《玉台新咏笺注》,上册,中华书局,2017年,第121页。
③ 《礼记》,上海古籍出版社,1987年,第205—206页。
④ 刘运好《陆士龙文集校注》,上册,凤凰出版社,2010年,第617页。

弦琴,古人又称为口琴或嘴琴(西方人称为 Jew's Harp 或者 Jawharp)。具体说来,陆诗所写是一种拉线式竹簧,又称绳振式竹簧(图一)。这种乐器在演奏时如果在拉线上没安装横棍,那么,将拉线缠绕在手腕上是比较稳固的,能够很好地震动簧舌,产生音乐。

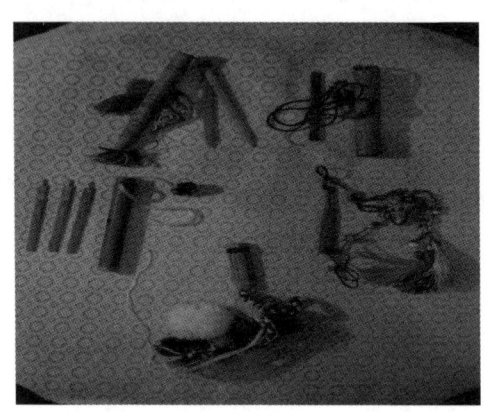

附图一

范子烨鼓簧斋藏品:左二为弹拨式竹簧,分别是彝族和普米族的;
右三为拉线式竹簧,分别是羌族、回族和台湾地区雅美人的。

对口簧的基本形制和演奏方式的正确理论表述在汉代就已经产生了。汉刘熙(生卒年不详)《释名》卷七:

> 竹之贯匏,象物贯地而生也,以匏为之,故曰匏也。竽亦是也,其中洼空以受簧也。簧,横也,于管头横施于中也;以竹、铁作,于口横鼓之,亦是也。①

在这里,刘熙明确记载了两种簧:一种是管乐器内的簧片,即笙簧和竽簧,这是笙、竽发声的关键性部件,前人对陆云这两句诗基本是按照笙簧来解释的;另一种是作为独立乐器的口簧,或用竹制,或用铁制。所谓"于口横鼓之",正是口簧的基本演奏方式。在汉代著名的建章宫中,曾有一座独具特色的鼓簧宫。《三辅黄图》卷三《建章宫》:

---

① 王先谦撰集《释名疏证补》,上海古籍出版社,1984年,第333—334页。

> 鼓簧宫,《汉宫阙疏》云:"鼓簧宫周匝一百三十步,在建章宫西北。"①

足见汉代贵族对口簧的重视。这里说的是口簧,而不是笙簧。

在民间艺术的层面上,口簧艺术的主要功能在于它的娱乐性,即为歌舞伴奏;同时,口簧多用于男女社交活动,特别是青年男女的爱情生活,表达爱情也是口簧的基本功能之一。陆云在诗中对口簧的描写,正是这些功能的体现,而笙则不具备这种艺术表达功能。宋陈旸《乐书》卷一三一"雅簧"条:

> 《三礼图》有雅簧,上下各六声韵谐律,亦一时之制也。……唐乐图以线为首尾,直一线,一手贯其纽,一手鼓其线,横于口中,嘘吸成音,直野人之所乐耳。②

这里说的是拉线式竹簧。对这种竹簧的制作和演奏技巧,清檀萃《滇海虞衡志》卷之五《志器》"口琴"条记载颇详:

> 剖竹成篾,取近青,长三寸三分,宽五分,厚一分,中开如笙之管中簧,约二分。簧之前笋相错处,状三尖大牙,刮尖极薄,近尖处厚如纸。约后三分渐凹薄,至离相连处三四分,复厚。两头各凿一孔,前孔穿麻线如缫,以左手无名指、小指挽之,大、食二指捏穿处如执柄,横侧贴腮近唇,以气鼓簧牙。其后孔用线长七、八寸,尾作结,穿之线过结。阻以右手之食、中二指,挽线头徐牵动之,鼓顿有度,其簧闪颤成声。民家及夷妇女多习之,且和以歌。③

这是关于清代云南地区彝族妇女演奏绳振式口簧的准确记载。"嘘吸成音""闪颤成声"的说法足以表明,古代正统的口簧音乐与演奏者的口腔气息有密切关系,即在持续低音(基音)的基础上不断调整口腔、唇、颊、舌的位置而发出闪颤的实音与泛音交替的旋律,从而形成二重或三重结构的复音音乐。

口簧是一种自三代以来就流行于宫廷和民间的乐器。《诗经》有四首诗涉

---

① 何清谷《三辅黄图校释》,中华书局,2005 年,第 180 页。
② (宋)陈旸《乐书》,《影印文渊阁四库全书》第 211 册,台湾商务印书馆,1997 年,第 588 页。
③ 云南图书馆 1914 年重校刊《云南丛书》本。

及了这种乐器。其中最著名的是《小雅·巧言》的"巧言如簧"。这个比喻蕴含着非常专业非常精准的乐理机制。牛龙菲指出:"所谓'巧言如簧',是说巧伪人之舌像口弦那样,可以发出变化多端的音调。如若是指笙中之簧,那只能是一簧一音,哪里还有什么'巧舌'可言。"①曾遂今说:"人的口腔、咽腔仿佛是一根一端闭合的开口管,平均长度约17厘米。……当口形一定时,舌面向里收缩,位置放低,固有频率相应变小;舌面外延,向上抬起,固有频率相应变大。……变化嘴形与口腔舌位,口腔的固有频率有产生变化。"②他的解释非常具有科学性。

最后是"轻裾犹电挥"等六句。前二句写舞蹈之美丽,次二句写歌声之悠扬;后二句写"知音"之难觅,唯君可以当之。就本诗文本的生成而言,这六句诗实际上导源于陆机的诗作:

> 馥馥芳袖挥,泠泠纤指弹。悲歌吐清响,雅舞播幽兰。丹唇含九秋,妍诗陵七盘。赴曲迅惊鸿,蹈节如集鸾。绮态随颜变,沈姿无定源。俯仰纷阿那,顾步咸可欢。(《日出东南隅行》)
>
> 哀音绕栋宇,遗响入云汉。(《拟今日良宴会》)
>
> 佳人抚琴瑟,纤手清且闲。芳气随风结,哀响馥若兰。玉容谁能顾,倾城在一弹。(《拟西北有高楼》)

由于历代注家都忽略了这一点,故特为捻出之。

以上10句诗,涉及了器乐演奏——琴(清弹)和口弦琴(鸣簧),还有舞蹈(雅舞)和声乐(哀响)。这些乐人均在总章的统摄之下。可见陆云这首诗反映这支前朝宫廷乐队的大致情况。这支乐队在当时应当有很大的名气,所以能够进入"洛阳三俊"(二陆一顾)这些出自江南望族的文化名人的视野。当然,这也说明曹魏的文化影响力还是很大的。

在曹魏(220—265)覆亡24年后,即西晋太康十年(289),二陆入洛,此时距曹操辞世也已有60年之久。但是,魏武帝的流风遗韵依然回荡在历史的长空。陆机在《吊魏武帝文并序》中写道:"元康八年,机始以台郎出补著作,游

---

① 牛龙菲《古乐发隐》,兰州人民出版社,1985年,第293页。
② 曾遂今《口弦的发音原理初探》,《乐器》1986年第4期、第5期。

乎秘阁,而见魏武帝遗令,慨然叹息伤怀者久之。"元康八年就是公元298年,陆机在秘阁见到了曹魏的机密档案,"魏武帝遗令"也就是曹操的临终遗言,他提到了曹操的四条遗言,其中的一条是:

> 吾婕好妓人,皆着铜雀台。于台堂上施八尺床、穗帐,朝晡上脯糒之属,月朝十五日,辄向帐作妓。汝等时时登铜雀台,望吾西陵墓田。

据此,陆机写道:"悼穗帐之冥漠,怨西陵之茫茫。登雀台而群悲,眝美目其何望。"铜雀台正是著名的邺城"三台"之一(还包括金凤台和冰井台)。陆云在《登台赋并序》中说:

> 永宁中,参大府之佐于邺都,以时事巡行邺宫三台。登高有感,因以言崇替,乃作赋云:承后皇之嘉惠兮,翼圣宰之威灵。肃言而述业兮,乃启行乎北京。巡华室以周流兮,登崇台而上征。……曲房荣而窈眇兮,长廊邈而萧条。于是迴路逶夷,邃宇玄芒,深堂百室,曾台千房。

永宁年间(301—302),陆云任职于邺都(今河北临漳县)。根据他的描写,"三台"是非常雄伟壮丽的,其中长廊回绕,栋宇萧森,有成百上千的房间,不仅如此,他在这里还亲眼看到了曹操的许多遗物并且偷走了几个小物件,具体情况见于他的《与兄平原书》。由此,我们可以推断,陆云诗中所写的曹魏宫廷女乐即发源于当年曹操对酒当歌的邺城铜雀园(即西园)的女乐。这就是陆云此诗所写"西城总章"的历史背景。

"凄凉蜀故妓,来舞魏宫前。""商女不知亡国恨,隔江犹唱后庭花。"历史总有一些惊人的相似。

邹、枚谏吴王书文本生成考辨

胡　旭　刘美惠

《文选》"上书"类选文七篇,其中邹阳的《上书吴王》《狱中上书自明》与枚乘《上书谏吴王》《上书重谏吴王》,共占该类的二分之一强,足见邹、枚上书在编选者心中的地位。《狱中上书自明》首见载于《史记》。司马迁与邹阳相距时代不远,此文的真实性似没有什么疑问。然其余三篇,皆不见载于《史记》,而为《汉书·贾邹枚路传》所收。见于彼而不见于此者,如赵翼在《廿二史札记》中指出的那样,《汉书》所增"皆系经世有用之文"[1],本无所疑。但后三文与相关史料之间,龃龉之处颇多,其能否作为可靠的汉初文献加以使用,尚可讨论。故本文不避浅陋,试就历史、文献、文本三方面,逐一考察三文署名邹、枚的成因。

一　时代背景:七国之乱与"由吴之梁"

《史记》中只有邹阳传而无枚乘传,对二人的记述仅从入梁开始,前此之事无及。史迁将邹阳与鲁仲连合传,采其《狱中上书自明》一文,称赞他"辞虽不逊,然其比物连类,有足悲者,亦可谓抗直不桡矣"[2],其用心与《乐毅列传》之全录《报燕王书》类似,重点在于同情士人被不白之冤,感慨得知遇之难,其中

---

[1] （清）赵翼著,王树民校正《廿二史札记校正》,中华书局,1984年,第30页。
[2] 《史记》,中华书局,1963年,第2479页。

未尝没有自己的心迹。

《汉书》中则增添了二人入梁前的部分,叙述重心也从"士不遇"转移到了"忠君直谏",为新增的三篇文章提供了看似合理的背景:二人均曾游吴,皆以文辩著名,早看出刘濞因太子被杀而生的谋反之心便加以劝谏,邹之《上书吴王》与枚之《上书谏吴王》就作于此时。吴王不从,于是二人之梁,转投"贵盛,亦待士"的孝王。景帝即位后任晁错而削诸侯,七国遂反,枚乘又作《上书重谏吴王》,仍不见从,吴终破灭。枚乘因忠谏得景帝授官,但很快又回到梁国。此后与《史记》略同。传赞中"邹阳、枚乘游于危国,然卒免刑戮者,以其言正也"①的"言正"所指显然并非《狱中上梁王书》这样的作品,而是劝谏吴王勿反的几封上书。在班固看来,二人的主要历史价值是能"以礼谏君"。

在全盘接受《汉书》提供的历史背景前,需要回答下面几个问题。首先,吴王想招揽的是什么样的门客?是否为邹、枚、严一类以文辩著名的言语侍从之臣?其次,梁孝王何时开始"贵盛,亦待士",邹、枚何时入梁?最后亦最关键的是,刘濞的反叛过程中,究竟有没有给邹、枚劝谏留下足够的时间?其谋反之心是否路人皆知?邹、枚这类非核心幕僚能否得知其谋反的详细内容?试一一论之。

汉初诸侯王的属官除相、太傅等少数二千石高官为朝廷派驻外,其余皆自行任免。因此,诸侯王多有招贤纳士之举,如河间献王刘德"好儒学",则"山东诸儒多从之游"②;淮南王刘安"好书""善为文辞",则"所招致率多浮辩"③,"招致宾客方术之士数千人"④,所形成的门客集团面貌,往往体现了诸王的个人喜好。

邹阳与公孙诡、羊胜等皆为齐人,是典型的"游说之士"。《史记·田敬仲完世家》中说:"宣王喜文学游说之士,自如驺衍、淳于髡、田骈、接子、慎到、环渊之徒七十六人,皆赐列第,为上大夫。"⑤《货殖列传》也称齐地"其俗宽缓阔达,而足智,好议论"⑥。可见齐地自古以来有"不治而议论"的学风。《汉书·

---

① 《汉书》,中华书局,1964 年,第 2372 页。
② 《史记》,第 2093 页。
③ 《汉书》,第 2410 页。
④ 《汉书》,第 2145 页。
⑤ 《史记》,第 1895 页。
⑥ 《史记》,第 3265 页。

艺文志》中有《邹阳》七篇在纵横家,观《狱中上书自明》即可清楚地了解其精于纵横游说之术。

而吴人枚乘、庄(严)忌的思想渊源则与邹阳不甚相同。《汉书·艺文志》中有《枚乘赋》九篇与《庄夫子赋》二十四篇在"屈原赋"之属。观其《七发》,则为典型的文赋家。之所以与邹阳并称,无非是与其有旧,且同游于梁。

邹、枚所代表的两类士人,恰为梁孝王所好的对象。纵横家邹、羊、公孙之流主要关涉现实事务(如谋立汉嗣与刺杀袁盎),文赋家枚、庄之徒则以辞藻文章供其玩赏。《汉书》称"梁客皆善属辞赋",所指正是这一批文人。然梁孝王何时开始广为延揽士人?邹、枚又是何时入梁的?

从《汉书·文三王传》可以看出,尽管梁孝王早在文帝十二年(前168)就徙封于梁,但真正大为受宠的时间是在景帝前元三年(前154)七国之乱之后。因刘武抵御吴楚有功,在平乱中发挥了至关重要的作用,又为窦太后爱子、景帝少弟,所以才能蒙恩受赏,筑东苑招揽四方豪杰。《史记·韩长孺列传》亦可看出,邹、羊、公孙入梁也是在七国之乱后,虽未提及枚乘,援例亦大致可推①。《汉书·枚乘传》将枚乘等人去吴之梁事置于景帝即位之前,与《汉书·邹阳传》中将梁孝王贵盛招士之时推至七国乱前,都很难令人信服。梁孝王的贵盛本在吴王谋反破灭之后,时间并不相合。如果二人于七国乱后才由吴之梁,《上书重谏吴王》就不可能作于乱时梁国。因此,《汉书》给定的背景缺乏足够的说服力。

那么,入梁前二人是否会在吴国任职呢?吴王刘濞少时即以"有气力"著称,并无喜好文艺之名。观《史记·吴王濞列传》可知他所得之人如周丘等多为群盗壮士、亡命大猾。靠金钱能招揽亡命死士,恐怕不能使文学之士翕然从之,就算邹、枚入梁前曾在吴国逗留,也不太可能受到刘濞亲遇。

七国之乱,以后世眼光观之,易形成一种错觉,即刘濞从其子被皇太子(景

---

① 束景南在《司马相如游梁年代与生平的再考辨——答刘开扬先生》一文中说"马、班只说胜、诡、阳在景帝四年入梁,独独未提枚乘,是否偶然在疏忽呢? 按《枚乘传》'汉既平七国,乘由是知名。景帝召拜乘为弘农都尉。'又《汉纪》卷八:'景帝七年,枚乘以数谏王,上拜乘弘农都尉……后自免,游于梁。'是枚乘于景帝三年六月七国反平后已召拜弘农都尉,至景帝七年方再游梁,景帝四年不在梁。"(《文学遗产》,1987年第1期,第133页)然而,《汉书》召拜都尉之言实无明确时间,所引《汉纪》更是将此条记录系于景帝六年邹阳谏梁孝王事后,称"后自免游于梁",不可谓枚乘复归梁即在景帝六年。

帝)用棋盘击杀后,就处心积虑地谋划反叛,但事实恐不全如此。观《史记·吴王濞列传》①可知,吴太子被杀后,刘濞托病不朝,文帝对吴国使者"辄系责治之",刘濞害怕自己因此被杀才"为谋滋甚"。而后文帝赦吴使、赐不朝,刘濞知其诈病之罪不会被深究,也就"谋亦益解",放松了图谋。可见其子被杀一事虽让刘濞心生怨恨,却不至于让他铤而走险。

而在《史记·袁盎晁错列传》中,袁种劝即将任吴相的叔父说:"吴王骄日久,国多奸。今苟欲劾治,彼不上书告君,即利剑刺君矣。南方卑湿,君能日饮,毋何,时说王曰毋反而已。如此幸得脱。"②袁盎照做后果然得到吴王厚遇。所谓"彼不上书告君",正如后世赵王刘彭祖"得二千石失言,中忌讳,辄书之。二千石欲治者,则以此迫劫;不听,乃上书告,及污以奸利事"③。称其跋扈独专则有之,称其欲谋反作乱则近诬。吴王多年经营本国,必多有与中央意志忤逆之事,袁种劝袁盎不要苛求小过,只劝其不要谋反即可,正可于反面见出此时吴王有谋反实力而无谋反打算。若真有反意,劝其勿反只会招来杀身之祸,而不可能得到厚遇(观七国乱中的楚相张尚、太傅赵夷吾;赵相建德、内史王悍等劝谏被杀可知)。

因此,《汉书·邹阳传》中将邹、枚谏书的背景定于"久之,吴王以太子事怨望,称疾不朝,阴有邪谋,阳奏书谏。……吴王不内其言。……于是邹阳、枚乘、严忌知吴不可说,皆去之梁,从孝王游",与事实不符。倘若二人是在刘濞因太子事"为谋滋甚"时劝谏,那时刘武尚为淮阳王,何谈去而从梁孝王游?倘若二人是在景帝即位后才写下谏书,那时距太子事已过二十余年,恐怕此时再为此"怨望""阴有邪谋"为时太晚。

而吴王谋反的真正原因恐怕是朝廷无尽无休地削地制裁,渐呈赶尽杀绝之势。晁错在其中起到了关键作用。汉文帝时期,晁错为太子家令时就曾上书削吴,文帝宽厚而未予采纳。景帝即位后,晁错为御史大夫,楚、赵、胶西等诸侯皆被削地,刘濞担心削地不休,始谋举事。于是从听闻削楚到接到削吴诏

---

① 《史记》,第 2823—2833 页。
② 《史记》,第 2741 页。
③ 《史记》,第 2098 页。

书间的短短数月准备后①,就仓促起兵。其后不到三月又迅速覆灭。

景帝前元三年(前154)冬,梁孝王来朝,此时吴尚无反心。倘若吴于此前已大举备战,邹、枚之徒已明见其欲反,为何去梁时竟不告知梁王,位于要地的梁国如何会毫无防备、梁王照常至京,见景帝又如何会一言不及东方欲乱?此亦证明邹、枚入梁,最早也不过前元三年初。《汉书》所记二作背景有误。

刘濞起兵之初,发书遗诸侯,包括胶西王、胶东王、菑川王、济南王、赵王、楚王、淮南王、衡山王、庐江王、故长沙王子,但实际在谋划过程中主要只联络了胶西王,胶西王再联络其他兄弟五国(即所谓"六齐")。书中对九王的战略协同,显然不是同声共气的声明("未得诸王之意"),而是一种心理期许。也就是说在起兵之日,刘濞能确认与之共反的大概只有楚王与胶西王,声称的"燕王北定代、云中","淮南三王与寡人西面","王子定长沙"②等场面根本没能发生。由《史记·淮南衡山列传》可知,吴王反后才派使者去联络淮南、庐江、衡山。对于这三王能不能有所助力,其实并未抱太大希望。而"南使闽越、东越"也在本国征兵同时或稍后,匈奴更是在赵王反后由刘遂联络。可见当时刘濞对各方力量的使用全赖一封反书号召,起兵前除胶西国外实无确切的外交规划。

反观《上书吴王》中居然可在刘濞反前"道胡、越、齐、赵、淮南之难",言"强赵责于河间,六齐望于惠后,城阳顾于卢博,三淮南之心思坟墓。大王不忧,臣恐救兵之不专,胡马遂进窥于邯郸,越水长沙,还舟青阳",倒早在吴王有举动前就预见了吴近交三淮南、六齐、越、赵,远交胡等合纵之策,令人怀疑其文实作于七国反后。

二 文献来源:《说苑》之拼合

传为枚乘作《上书谏吴王》目前可见的最早来源并非《汉书》,而是刘向

---

① 《汉书·高帝纪》:"令诸侯王、通侯常以十月朝献。"楚王入朝为三年冬十月,削地为其后事。《汉书·孝景本纪》云:"三年正月乙巳,赦天下。"应为闻七国初反之举。刘濞于三年正月初(由丙午至乙巳均在正月可推知该月丙午必在月初)接到诏书,则中间最长不过两月。

② 《史记》,第2825—2829页。

《说苑·正谏》。关于此书,《汉书·楚元王传》云:"采传记行事,著《新序》、《说苑》凡五十篇奏之。数上疏言得失,陈法戒。"①《说苑序奏》又云:"所校中书《说苑杂事》,及臣向书、民间书、诬校雠。……令以类相从,一一条别篇目,更以造新事十万言以上,凡二十篇,七百八十四章,号曰《新苑》,皆可观。"②

由此可见,刘向所著书皆有现实目的,不乏针对君主的强烈劝谏。其书多有所本,但绝非照录而已,而是在编选、删录、取舍等方面体现出个人的意志,故可视为著作而不仅是辑录。所谓"新事"即西汉当代之事,刘向以"造"字称之,可见其中必多新添造作③。

汉代新事既为刘向所"造",标准又在义理而不在真伪,则不得不寻《说苑》一书主旨所在。该书实为一大谏书,体例类目安排,也都围绕劝谏的主题展开。如首篇《君道》中写纳谏从善之君国昌、不听忠言之君身死。《臣术》篇所言人臣之行"六正"之五皆与劝君有关。《立节》篇借孔子口言"国亡而不知,不智;知而不争,不忠;忠而不死,不廉"④,颇有死谏以成忠信之意。诸如此类,不胜枚举。特别值得拈出者是录有《上书谏吴王》的《正谏》,该篇胪列古来劝谏故事,篇首自陈大旨称智者应当"上不敢危君,下不以危身,故在国而国不危,在身而身不殆"⑤,重点在于人臣要在劝君的同时保全自身。故其主要叙述模式为:君主失行,言"凡劝者死",此时一位兼具智慧与胆识的臣子进谏,人主遂悟而改正,谏者也获得了优厚的报偿。亦有少数特例如吴王夫差、齐简公、吴王濞等,因一意孤行而身死国灭。以茅焦劝始皇帝迎回太后之事为例,《史记》中只用53个字简略带过,而《正谏》中用646个字敷演出一大段极具现场感的情节和戏剧性的对话,而且套路亦十分典型:秦始皇有迁太后之过,且

---

① 《汉书》(第七册),1948年,第1957—1958页。
② (汉)刘向撰,向宗鲁校正《说苑校正》,中华书局,1987年,第1页。
③ 刘知几贬抑刘向"自造《洪范》、《五行》及《新序》、《说苑》、《列女》、《列仙》诸传,而皆广陈虚事,多构伪辞。……至于故为异说,以惑后来,则过之尤甚者矣!"参刘知几原著,姚松、朱恒夫译注《史通全译》(上册),贵州人民出版社,1997年,第326页。徐复观有"我以为刘向所录者皆系先秦旧录,间或加入汉代言行,绝非出自臆造,观其'删去其浅薄不中义理者'之言,可知其取舍之标准,在义理不在真伪,此与作史不同"之语,较为允当。参徐复观《两汉思想史》(第三卷),华东师范大学出版社,2001年,第42页。
④ 《说苑校正》,第79页。
⑤ 《说苑校正》,第206—207页。

一副拒不纳谏的姿态,茅焦成功劝谏,获得了爵赏与太后的称赞。这四个要素缺一不可:人主无过则无劝谏必要,无拒谏姿态则不能突出大臣的机智,君未纳谏则不见"上不敢危君",臣未受赏则不显"下不以危身"。至于茅焦到底有没有说过这样一段话,有没有因此而封爵受赏,则非刘向关注之处。只要塑造这样一个故事能达到他的目的,真实性并不重要。

回顾《汉书》中关于枚乘的记录,可以发现那正是对《正谏》篇叙述模式的模仿或改良:吴王有反心,枚乘作书劝谏,吴王不听,身死国灭,枚乘见机早早离去,不仅身不危,还得到景帝授官以荣身。赞语中说邹、枚"游于危国,然卒免刑戮者,以其言正也",实际上展现的是深受刘向叙述模式影响的历史人物判断标准。正如汪春泓在《论刘向、刘歆和〈汉书〉之关系》一文中所言:"刘氏父子观点多为《汉书》叙述确定基调,具有导向意义。"[1]可以说,《正谏》篇的叙述方式在根本上决定了《汉书·枚乘传》的价值取向。这个故事或许有其来源,但真实性存疑。倘若枚乘在吴时能做到多次劝谏,还因此受赏,何以在"梁王始与胜、诡有谋"时,就"枚先生、严夫子皆不敢谏"[2]了呢?大概与茅焦劝谏始皇帝一文类似,重要的是通过历史人物传递某种观念,造作新增亦无不可。

众所周知,《汉书》多与刘氏父子有思想和文本渊源。班固的叔祖父班斿曾与刘向一起在中秘校书,《汉书·叙传》称:"每奏事,斿以选受诏进读群书。上器其能,赐以秘书之副。"[3]这批赐书与刘向直接相关,对其后班彪著史有重要的影响。

刘知几在《史通》中说:"《史记》所书,年止汉武,太初以后,阙而不录。其后刘向、向子歆及诸好事者……等相次撰续,迄于哀、平间,犹名《史记》。"[4]汪春泓指出,"刘向《说苑》、《新序》和刘歆《西京杂记》都已出现记述前汉中后期人物的文字,它们自然早于《汉书》,可以视为《汉书》汲取了刘氏父子劳绩,再踵事增华,以成今本《汉书》各传面貌"[5]。赵翼更在《陔余丛考》中引葛洪之

---

[1] 汪春泓《史汉研究》,上海古籍出版社,2014年,第24页。
[2] 《汉书》,第2353页。
[3] 《汉书》,第4203页。
[4] (唐)刘知几原著,姚松、朱恒夫译注《史通全译》(下册),第54页。
[5] 《史汉研究》,第21页。

言,称:"乃知《汉书》全取于歆也。"①此言或过甚,但《汉书》文献常有采自刘氏父子著作者当不虚,《汉书》中的《上书谏吴王》来自《说苑》,并无多少疑问。

问题在于,《汉书》此处并非完全照抄《说苑·正谏》,而是作了重大的调整。《说苑》这样记述《上书谏吴王》的创作背景:"孝景皇帝时,吴王濞反,梁孝王中郎枚乘字叔闻之,为书谏王,其辞曰:'君王之外臣乘,窃闻……'"向宗鲁曰:"承周案:《汉书》云:'为吴王濞郎中,谏王不纳,去而之梁,从孝王游。'则此乃谏吴王书时,未尝仕梁也,'梁孝王'三字疑衍。"②向氏反以《汉书》校《说苑》,未为精审。就算"梁孝王"是衍文,难道"外臣"也是衍文吗?倘若枚乘当时不是在梁,又何须"闻之"才能得知吴王已反?故此非衍文明矣。《说苑》中对《上书谏吴王》的背景设定正是枚乘在梁作,这就与《史记》一脉相承(因其中无枚乘在吴事),而与《汉书》叙述的背景有所冲突。《汉书》特意将此作放在枚乘尚在吴时,并塑造了一个劝谏而能不危身的故事。就文献流传而论,《说苑》中的背景更贴近早期邹、枚故事流传的实际,正如本文第一章所论,枚乘游吴的故事较晚才添入。但就叙事逻辑而言,《汉书》似乎更为圆融,这样的改动不仅能凸显邹、枚游于危国、卒免刑戮的"言正",区分系名于枚乘的两封谏书并营造递进感,更为关键的是,还可以解释一个重大的文本缺陷:这篇谏书的言论实在太过泛泛,完全看不出任何针对性。作为一封本应所起有因、所指明确的谏书,在论述时定要在旁征博引后回到现实事务中来,这样才能令人知晓所谏之事为何。正如李乃龙在《"上书"的文体特征与〈文选〉"上书"的劝谏模式——兼论上书体兴衰的政治土壤》中所说:"现存事实为众所知,其说服力与史实同等重要,也常为诸家着意分析,并常常以之作为历史的类比或反比,历史与现实成为上书劝谏力的两翼。"③然而此篇谏书全无一字涉及现实,只反复说王所欲为十分危险,一定要回到正道,这样的言论放在任何一个劝谏环境中几乎都是成立的。普适性恰恰证明其非就事论事而发。

更应指出的是,此文几乎全为拼凑而成(对比见表一)。

---

① (清)赵翼《陔余丛考》,中华书局,2006年,第106页。
② 《说苑校正》,第234页。
③ 李乃龙《"上书"的文体特征与〈文选〉"上书"的劝谏模式——兼论上书体兴衰的政治土壤》,《湖南文理学院学报(社会科学版)》2006年第6期。

表一

《上书谏吴王》	其他复见材料		
窃闻得全者全昌,失全者全亡。	《史记·田敬仲完世家》:淳于髡曰:"得全全昌,失全全亡。"①		
舜无立锥之地,以有天下;禹无十户之聚,以王诸侯。汤武之地,方不过百里,……有王术也。	《战国策·赵策二》:臣闻尧无三夫之分,舜无咫尺之地,以有天下。禹无百人之聚,以王诸侯。汤、武之卒不过三千人,车不过三百乘,立为天子。诚得其道也。②	《淮南子·泛论》:舜无置锥之地,以有天下;禹无十人之众,汤无七里之分,以王诸侯。文王处岐周之间也,地方不过百里,而立为天子者,有王道也。③	
上不绝三光之明,下不伤百姓之心者	《文子·上仁》:若上乱三光之明,下失万民之心。④	《淮南子·泛论》:若上乱三光之明,下失万民之心,虽微汤、武,孰弗能夺也!⑤	
故父子之道,天性也。	《孝经·圣治》:父子之道,天性也,君臣之义也。⑥		
忠臣不避重诛以直谏,则事无遗策,功流万世。	《史记·平津侯主父列传》:忠臣不敢避重诛以直谏,是故事无遗策而功流万世。⑦		

---

① 《史记》(第六册),第1890页。
② 何建章注释《战国策注释》,中华书局,1990年,第656页。
③ 何宁集释《淮南子集释》(中册),中华书局,2011年,第945页。
④ 王利器《文子疏义》,中华书局,2000年,第453页。
⑤ 《淮南子集释》,第950页。
⑥ (唐)李隆基注,(宋)邢昺疏,邓洪波整理《十三经注疏:孝经注疏》,北京大学出版社,2000年,第40页。
⑦ 《史记》,第2954页。

续 表

《上书谏吴王》	其他复见材料		
臣乘愿披腹心而效愚忠，	《史记·淮阴侯列传》：臣愿披腹心，输肝胆，效愚计，恐足下不能用也。①		
夫以一缕之任系千钧之重，上悬之无极之高，下垂之不测之渊，虽甚愚之人犹知哀其将绝也。马方骇鼓而惊之，系方绝又重镇之；系绝于天不可复结，坠入深渊难以复出。	《韩非子·奸劫弑臣》：是犹负千钧之重，陷于不测之渊而求生也，必不几矣。②	《孔丛子·嘉言》：夫以一缕之任系千钧之重，上悬之于无极之高，下垂之于不测之深。旁人皆哀其绝，而造之者不知其危，子之谓乎。马方骇鼓而惊之，系方绝重而填之。马奔车覆，六辔不禁；系绝于高，坠入于深，其危必矣。③	《盐铁论·周秦》：夫负千钧之重，以登无极之高，垂峻崖之峭谷，下临不测之渊，虽有庆忌之捷，贲、育之勇，莫不震慑悼栗者，知坠则身首肝脑涂山石也。④
其出不出，间不容发。	《大戴礼记·曾子天圆》：其间不容发。⑤		
能听忠臣之言，百举必脱。	《荀子·仲尼》：故知兵者之举事也，……是以百举而不陷也。⑥		

---

① 《史记》，第2623页。
② （清）王先慎撰，钟哲点校《韩非子集解》，中华书局，1998年，第100页。
③ （旧题）孔鲋撰《孔丛子》，上海古籍出版社，1990年，第5页。
④ 王利器校注《盐铁论校注》（下册），中华书局，1992年，第585页。
⑤ 黄怀信主撰，孔德立、周海生参撰《大戴礼记汇校集注》（上册），三秦出版社，2005年，第631页。
⑥ （清）王先谦撰，沈啸寰等点校《荀子集解》，中华书局，2010年，第112页。

续 表

《上书谏吴王》	其他复见材料	
必若所欲为,危于累卵。	《战国策·赵策一》:君之立于天下,危于累卵。君听臣计则生,不听臣计则死。①	《史记·范睢蔡泽列传》:秦王之国危于累卵,得臣则安。然不可以书传也。②
人性有畏其影而恶其迹,却背而走,迹逾多,影逾疾,不如就阴而止,影灭迹绝。	《庄子·渔父》:人有畏影恶迹而去之走者,举足愈数而迹愈多,走愈疾而影不离身,自以为尚迟,疾走不休,绝力而死。不知处阴以休影,处静以息迹,愚亦甚矣!③	《荀子·解蔽》:夏首之南有人焉,曰涓蜀梁。其为人也,愚而善畏。明月而宵行,俯见其影,以为伏鬼也;卬视其发,以为立魅也。背而走,比至其家,失气而死。④
欲人勿闻,莫若勿言;欲人勿知,莫若勿为。	《说苑·谈丛》:欲人勿知,莫若勿为;欲人勿闻,莫若勿言。⑤	
欲汤之沧,一人炊之,百人扬之,无益也。	《吕氏春秋·尽数》:夫以汤止沸,沸愈不止,去其火则止矣。⑥	
不如绝薪止火而已。不绝之于彼,而救之于此,譬由抱薪而救火也。	《文子·精诚》:不治其本而救之于末,无以异于凿渠而止水,抱薪而救火。⑦	《淮南子·主术》:不直之于本,而事之于末,譬犹扬堁而弭尘,抱薪以救火也。⑧

---

① 《战国策注释》,第625页。
② 《史记》(第七册),第2403页。
③ (清)王先谦撰,沈啸寰校注《庄子集解》,中华书局,2010年,第275页。
④ 《荀子集解》,第405页。
⑤ 《说苑校正》,第397页。
⑥ 许维遹撰,梁运华整理《吕氏春秋集释》,中华书局,2010年,第69页。
⑦ 《文子疏义》,第83页。
⑧ 《淮南子集释》,第614页。

续　表

《上书谏吴王》	其他复见材料		
养由基,楚之善射者也,去杨叶百步,百发百中。杨叶之大,加百中焉,可谓善射矣。	《战国策·西周策》:楚有养由基者,善射。去柳叶者百步而射之,百发百中。左右皆曰:"善。"有一人过曰:"善射,可教射也矣。"①		
福生有基,祸生有胎。	《说苑·谈丛》:福生于微,祸生于忽。②		
夫铢铢而称之,至石必差;寸寸而度之,至丈必过。石称丈量,径而寡失。	《文子·上仁》:寸而度之,至丈必差;铢而称之,至石必过。石称丈量,径而寡失;大较易为智,曲辩难为慧。③	《淮南子·泰族》:寸而度之,至丈必差;铢而称之,至石必过。石秤丈量,径而寡失。简丝数米,烦而不察。故大较易为智,曲辩难为慧。④	
夫十围之木,始生如蘖,足可搔而绝,手可擢而抓,据其未生,先其未形。	《文子·道德》:十围之木始于把,百仞之台始于下,此天之道也。⑤	李善注引《尸子》:千丈之木始若蘖,足易去也。⑥ 今本《尸子·贵言》:干霄之木始若蘖,足易去也。⑦	李善注引《庄子》:橡樟初生,可抓而绝。

---

① 《战国策注释》,第54页。
② 《说苑校正》,第395页。
③ 《文子疏义》,第437页。
④ 《淮南子集释》(下册),第1396—1397页。
⑤ 《文子疏义》,第219页。
⑥ (梁)萧统编,(唐)李善等注《六臣注文选》,中华书局,1987年,第733页。
⑦ 李守奎、李轶译注《尸子译注》,黑龙江人民出版社,2004年,第12页。

续 表

《上书谏吴王》	其他复见材料		
磨砻砥砺,不见其损,有时而尽。种树畜养,不见其益,有时而大。	《淮南子·修务》:是故生木之长,莫见其益,有时而修;砥砺靡坚,莫见其损,有时而薄。①		

  战国至秦汉时期,有一批流行于士人阶层的"公共素材"②,常常以大同小异的面目出现在各家论述中,故在文章中见到与他书相似的段落实属正常。但几乎"无一字无来历",就十分可疑了。应指出,鉴于文本的流动性和共用素材库的可能性,上文所给出的相似部分未必就是《上书谏吴王》的出处,但归纳后可发现,其材料主要见于《文子》《荀子》《战国策》《史记》《淮南子》等书,还有复见于《说苑》的章节。对于今本《孔丛子》的真伪,学界尚有争议③,不过复见段落并非仅见于此,而是有着《韩非子》等早期典籍的影子。徐建委指出:"《吕氏春秋》——《淮南子》——《说苑》,《大戴礼记》——《新书》——《说苑》,《文子》——《淮南子》——《说苑》"这几组以《说苑》为中心的典籍有互见关系④。此外,《说苑》也常与《吕氏春秋》《战国策》《史记》《荀子》《韩非子》等互见。巧合的是,这一文献范围也大体与《上书谏吴王》的材料来源范围略同。

  倘若接受《汉书》给定的创作背景,《上书谏吴王》的成文应早于《淮南子》与《史记》,更不用说《盐铁论》与《说苑》了。然而,倘若《史记》能抄撮其文,史迁何以竟不载入,一言不及枚乘在吴之事?且《淮南子》中能明显看出对《吕氏春秋》《战国策》的承继,文本差异不大,《上书谏吴王》反而多有改动(如将

---

  ① 《淮南子集释》(下册),第1369—1370页。
  ② 见徐建委《战国秦汉间的"公共素材"与周秦汉文学史叙事》,《中山大学学报(社会科学版)》2012年第6期,第1—9页。
  ③ 如洪迈在《容斋随笔三笔》(卷一〇)中指出《孔丛子》与《上书谏吴王》的相似,并说:"《汉书》注诸家皆不引证,唯李善注《文选》有之。予按《孔丛子》一书,《汉·艺文志》不载,盖刘向父子所未见。……唐以前不为人所称,至嘉祐四年,宋咸始为注释以进,遂传于世。今读其文,略无楚、汉间气骨,岂非齐、梁以来好事者所作乎?"
  ④ 徐建委《〈说苑〉研究——以战国秦汉之间的文献累积与学术史为中心》,北京大学出版社,2011年,第280页。

文王之地不过百里改成汤武之地不过百里),不符合文献流传先后的规律。

实际上,这些材料在原本的上下文中虽不一定是首见但各有作用,拼合成此文后往往有衔接不畅之处。如"得全者全昌,失全者全亡",未必就出自淳于髡,可能是当时俗语,在《史记》中乃是指邹忌作为臣子,侍奉君王要做到万无一失。而放在此处,意义难明。对于吴王来说,难道谋反就是不全吗?铢称至石而过、寸度至丈而差,讲的是不可苛察微细,与上下文防微杜渐的文意正好相反。枚乘何至于不明如此浅显句意而误用①?养由基之例也颇为突兀,仿佛意在强调枚乘的远见卓识,实则伤害了上下文劝谏的连贯性。因此,更大的可能性是《上书谏吴王》出于《淮南子》与《史记》之后,也就远在七国之乱后了。

或许正是看出了此文的问题,《汉书》将其系于枚乘在吴之时,但这一背景本身又很可能是向壁虚造的。王先谦在《汉书补注》中说:"《说苑》言梁孝王中郎枚乘为书谏吴王,称君王之外臣乘云云,是乘在梁寓书吴王,实有其事,特所录书异耳。"②事之有无姑且不论,所录之书不同,已然可见枚乘故事在流传过程中的添饰变形。而经过了刘向和班固的至少两重改写(如果不是创作的话),这个文本的来源以及内容都显得十分可疑。当它被赋予的背景多次变化以符合作者的目的时,不禁令人三思其作为"枚乘"作品的可靠性。枚乘或许真的曾在吴国或梁国劝谏过刘濞,但流传至今的这篇谏书,恐怕并非当时原本的谏言。

三 文本内部:时代错乱与劝谏逻辑

传为枚乘前后作《上书谏吴王》与《上书重谏吴王》间的巨大差异,早有前人发现。何焯云:"前篇(《上书谏吴王》)儒者之文,此作(《上书重谏吴王》)迥别高下。刘氏以为后人以吴事寓言,是也。"③王文濡也在《重校古文辞类纂评注》中说《上书重谏吴王》"似后人模拟为之,无论事实未合,即文气亦迥异

---

① 钱钟书指出:"然乘虽袭《文子》语,而命意似不相蒙,观上下文可知也。……然语意终觉乖张,与上下文不顺不贯,虽前后两节夹持推挽,仍倔强不肯和同从众。……于词徒生枝节,于理全无伦次,恐未可援'石称丈量'之喻,为之解嘲。"(见《管锥编》,中华书局,第902页)
② (清)王先谦补注《汉书补注》,书目文献出版社,1995年,第1090页。
③ 同上书,第1090页。

前篇(《上书谏吴王》)"①。可惜他们均将《上书谏吴王》作为标准加以参考,不曾深察。但《上书重谏吴王》之伪,历来有学者提及,可为定论。

如其中出现的"遣羽林黄头循江而下,袭大王之都",沈钦韩《汉书疏证》卷二八"羽林黄头"条言:"羽林骑自太初以后始有,此篇盖出武帝末年假托。"②黄头郎一职虽早见文帝时邓通,但那时的黄头郎只是宫廷杂役之流,绝非一支武装水军。直到武帝于昆明池大练水军,汉朝才有足够的水上力量。《上书重谏吴王》竟能在景帝初年预言水师,就算不用"羽林黄头"之名,也颇错谬。此外,刘攽指出"此枚乘说吴王后,是后人以吴事寓言尔,故言齐王杀身等事不同,又邛筰武帝始通,此已云南距筰之塞,益知其非"③。齐王何时自杀,《史记》两处记载不同④,就算枚乘当时的确可知齐王身死,也无从知晓七国之乱的后续发展。除前人所言及的疑点外,此处再增补两点证据:

其一,其中言"鲁、东海绝吴之饷道"。按吕后于公元前187年置鲁国(原楚国薛郡),封外孙张偃为鲁王。公元前180年被废。如《西汉政区地理》所说,文帝即位后"废外戚诸王,复齐、楚、赵同姓故地"⑤。鲁重并入楚国,直至七国乱后才又析出。《史记·五宗世家》:"鲁共王余,以孝景前二年用皇子为淮阳王。二年,吴楚反破后,以孝景前三年徙为鲁王。"⑥因此,枚乘不可能在当时分言鲁与东海,景帝三年后才会有此二称。

其二,书中有"张、韩将北地,弓高宿左右"之语。按《史记·吴王濞列传》云:"初,吴王之度淮,与楚王遂西败棘壁,乘胜前,锐甚。梁孝王恐,遣六将军击吴,又败梁两将,士卒皆还走梁。梁数使使报条侯求救,条侯不许。又使使恶条侯于上,上使人告条侯救梁,复守便宜不行。梁使韩安国及楚死事相弟张

---

① (清)姚鼐著,王文濡校注《重校古文辞类纂评注》(第四册),台北中华书局,1972年,卷二七,第5—6页。
② (清)沈钦韩撰《汉书疏证》,上海古籍出版社,2006年,第803页。
③ (清)王先谦补注《汉书补注》,第1090页。
④ 《齐悼惠王世家》云:"汉将栾布、平阳侯等兵至齐,击破三国兵,解齐围。已而复闻齐初与三国有谋,将欲移兵伐齐。齐孝王惧,乃饮药自杀。"则其死乃乱平后事。《吴王濞列传》又云:"吴王先起兵……齐王后悔,饮药自杀,畔约。"则其死在乱初。
⑤ 周振鹤《西汉政区地理》,人民出版社,1987年,第12页。
⑥ 《史记》,第2095页。

羽为将军,乃得颇败吴兵。"①《绛侯周勃世家》云:"梁上书言景帝,景帝使使诏救梁。太尉不奉诏,坚壁不出,而使轻骑兵弓高侯等绝吴楚兵后食道。"②足见张羽、韩安国和弓高侯为七国乱晚期发挥作用之人,韩颓当绝粮道更是周亚夫一方的举措,梁国未必得知,枚乘又如何能于初期预见三人在平乱中做出的重大贡献呢?

因《上书重谏吴王》中充满了此类不合之处,盖非后人偶然增补,而是创作时就已晚于景帝朝。

传为邹阳作《上书吴王》因词意隐微,不太有明显错乱,但仍能见出些许端倪。其云"然臣所以历数王之朝,背淮千里而自致者,非恶臣国而乐吴民也,窃高下风之行,尤说大王之义"③。邹阳明明是齐人而至吴国,何以能称得上"背淮千里"呢?凡言"背"者,皆为背离家乡或始在地,淮水就在吴国疆域,与齐地相距甚远,一个齐人竟言"背淮千里",实不知其所去何处。倒是假如此句出于枚乘之口,其去吴之梁,约可称为"背淮千里"。

此外,《上书吴王》中主要的劝谏逻辑与西汉初期普遍的思想不甚相符。如:

> 臣闻鸷鸟累百,不如一鹗。夫全赵之时,武力鼎士袨服丛台之下者一旦成市,而不能止幽王之湛患。淮南连山东之侠,死士盈朝,不能还厉王之西也。然则计议不得,虽诸、贲不能安其位,亦明矣。故愿大王审画而已。④

此所举赵幽王与淮南厉王例颇堪玩味。淮南王刘长虽骄恣横行,恐不至谋反。他被囚绝食而死后,百姓作歌曰:"一尺布,尚可缝;一斗粟,尚可舂。兄弟二人不能相容。"⑤可见冤情。历来论者也多不以刘长谋反为实⑥。赵王刘

---

① 《史记》,第2834页。
② 《史记》,第2076页。
③ 《汉书》,第2340页。
④ 《汉书》,第2340—2341页。
⑤ 《史记》,第3080页。
⑥ 如郭嵩焘在《史记札记》中说"两淮南狱之终不免于诬也";徐复观在《两汉思想史》中也认为刘长、刘安是"二世含冤"。钱穆在《秦汉史》中"所谓淮南谋反状,半出影响,半出罗织",所指虽为刘安事,亦可见淮南厉王刘长事略同。

友更是无辜被吕后幽囚饿死。汉初确曾谋反的诸侯王不少,若要论证谋反必然失败,何不用那些现成的例子,而要用两个没有谋反却被汉朝杀害的王呢?显然,其意在说明中央对地方有绝对的掌控权,哪怕是蒙冤之王,有盈朝之侠,也绝不能与中央抗衡。又言文帝大封亲子,翦除济北淮南,"恐周鼎复起于汉",作者必认为诸侯王与中央力量对比悬殊,谋反如以卵击石。但这样的观念恐为诸侯国力量被大大削弱后方有。对比七国乱前群臣之言:

> 胶西群臣或闻王谋,谏曰:"承一帝,至乐也。今大王与吴西乡,弟令事成,两主分争,患乃始结。诸侯之地不足为汉郡什二,而为畔逆以忧太后,非长策也。"①

得知王欲谋反,诸臣的反应居然是假如事情成功后如何。就算这是一种让步的劝说策略,也与邹阳劝谏的逻辑迥然不同。而且他们分析谋反的弊端时,主要关注诸侯地少于中央王朝的客观事实,并非着眼于中央对诸王任囚任杀的绝对掌控力(当时中央实际也不能完全做到这点)。

在应能认定是邹阳作的狱中上书中,他这样劝谏梁孝王:"今人主诚能用齐、秦之义,后宋、鲁之听,则五伯不足称,三王易为也。"虽是沿袭战国策士游说的成词,也见出他认为用"三王五霸"来形容梁孝王毫无不当之处,还期许孝王能够成为这样的"圣王"。武帝后绝不可能出现这样的言论。可知西汉初期游于各国的士人对本国之王的态度和战国时人并无太大差距,一方面义合则留不合则去;另一方面也是"桀之犬可使吠尧,跖之客可使刺由",主要从国君的利益出发考虑事情,不会将中央放在首位。由此可证《上书吴王》中观念并非邹阳所应有。

此外,汉代人提到邹阳时,如《新序》《扬子法言》《论衡》《潜夫论》等,均只涉及狱中上梁王书,约可作为此《上书吴王》不为时人采信之旁证。

结 语

至东汉末年荀悦依《汉书》而成《汉纪》时,邹、枚故事再添新元素:

---

① 《史记》,第2827页。

(三年)吴王濞、胶西王印……皆谋反。初上为太子时,吴王太子入朝,与上博,争道无礼于上,上以博局掷之而死,送丧至吴。吴王怒曰……后称疾不朝,阴怀逆谋。时齐人邹阳、淮阴人枚乘皆游吴。乘谏曰:……阳亦数谏吴王不听。乘、阳皆去游梁。……于是楚赵有罪先削,吴王恐祸及身,己为使者自见胶西王,合谋发使,约诸侯七国同谋,南使南越,北连匈奴。

(六年)先是齐人公孙诡、羊胜多奇邪计,初见梁王,梁王赐千金。官至中尉,号将军,常为王内谋。上使使案梁捕胜、诡,胜、诡等自杀。……枚乘、邹阳数谏梁王,不听。……初阳为胜、诡所谮,王因囚之,将杀之,乃从狱中上疏曰:…… 书奏梁王,梁王立出之,以为上客。①

此时,叙述内部的缝隙终被填满。吴王自从太子死就有所怨望,常怀反心,邹、枚皆谏,不从而去,吴王与七国合谋,且外交胡越,终败而死。邹、枚至梁后,又逢羊胜、公孙之谋,二人劝谏,邹阳因此下狱,上疏得免,枚乘因前谏吴王得官,后又返梁。

与《汉书》相比,其改动有三:第一,枚乘在梁时由"不敢谏"变为"数谏"。则枚乘忠君恳谏的形象得以一以贯之。第二,邹阳狱中上梁王书被系在羊胜、公孙事后,暗示邹阳是因劝谏此事才被谮下狱,为其下狱找到了貌似合理的原因。书奏后的效果也由"孝王立出之,卒为上客"变为"梁王立出之,以为上客",仿佛仅凭这封上书就尊其为上客,劝谏以荣身的意味增强。第三,吴王的谋反准备除联络胶西王外,又新添约七国与胡越,则《上书吴王》中预言的淮南、齐、赵、胡越等变得顺理成章。

作为一个故事,《汉纪》比《汉书》中所言更为圆融连贯(尽管距离史实可能更远),正因《史》《汉》的存在,才令人得窥邹、枚故事流变的脉络。从《史记》中面目模糊的枚乘、上书自辩的邹阳,到《汉书》中二人劝君而不危身;再到《汉纪》中的数谏而得尊,围绕着三封来历不明、辞意隐约的谏书,邹、枚的形象最终被定型。历史人物的面貌往往就是这样:后人将符合对这些人物想象

---

① (汉)荀悦《前汉纪》(一),台湾商务印书馆,1973年,卷九第1—3页,9—11页。

的材料附着其上,这些材料反过来又影响了后人对他们的认知与想象。在这个循环中,事实与叙事间的界限愈发模糊。当真实性不是史书的最高追求时,简单把文本当论据必须慎而又慎,而将其作为观察文本与人物如何互动生成的切口,探讨的空间将更为广阔。

(胡旭,厦门大学中文系教授;刘美惠,北京大学中文系硕士研究生)

试论中古辞赋与奏议的关系

冷卫国

奏议,是中国古代文章的大宗,"按《七略》、《艺文》,谣咏必录;章表奏议,经国之枢机,然阙而不纂者,乃各有故事,布在职司也"[1]。在《七略》和《艺文志》中,奏议没有被采录编纂的原因,乃是因为不在刘向、刘歆和班固的目录学或史学的整理范围之内。

按照西方传来的"文学史"的观念,奏议属于应用性文体而被排斥在中国文学史的范围之外。其实,从先秦至明清,中国古代的文学观,一直属于杂文学,而没有纯粹的文学,因为按照儒家的价值观念,文出于五经,五经才是文之源。所有文章的价值,存在于其"体国经野"的宏大叙事,要求经世济用。除此之外的文章,都是等而下之的。这样的观念,在刘勰的《文心雕龙》和萧统的《文选》中都体现得非常明显。

我们在此处所谓的"奏议",实际上是一种文类,而并非一种文体。历代关于奏议文的范围大小不一,在这里,我们对奏议文范围的界定,主要依据《文心雕龙》的《章表》《奏启》篇,而这两篇涉及的文体主要有章、奏、表、议、启、弹事、封事。即所谓汉之四品的章、奏、表、议,再加上启和弹事、封事。因为封事是秘密上奏给皇帝的,与该专题的关系不大,所以略而不论。

---

[1] 范文澜《文心雕龙注》,人民文学出版社,1958年,第406—407页。

一 "奏议"的发展脉络及其文体特征

根据历史文献,现在能够看到的最早的奏议,是《尚书》中的《商书·伊训》和《周书·无逸》。《伊训》篇是商代的五朝元老伊尹对太甲帝的劝诫之辞。商汤既没,到太甲帝时已是五朝,伊尹辅佐太甲。太甲元年在祭祀先王的仪式上,伊尹告诫太甲和百官:

> 呜呼!古有夏先后,方懋厥德,罔有天灾。山川鬼神,亦莫不宁,暨鸟兽、鱼鳖,咸若。于其子孙弗率,皇天降灾,假手于我有命,造攻自鸣条,朕哉自亳。惟我商王,布昭圣武,代虐以宽,兆民允怀。今王嗣厥德,罔不在初,立爱惟亲,立敬惟长,始于家、邦,终于四海。呜呼!先王肇修人纪,从谏弗咈,先民时若。居上克明,为下克忠,与人不求备,检身若不及,以至于有万邦,兹惟艰哉!敷求哲人,俾辅于尔后嗣,制官刑,儆于有位。曰:"敢有恒舞于宫,酣歌于室,时谓巫风。敢有殉于货色,恒于游畋,时谓淫风。敢有侮圣言、逆忠直、远耆德、比顽童,时谓乱风。惟兹三风十愆,卿士有一于身,家必丧;邦君有一于身,国必亡。臣下不匡,其刑墨,具训于蒙士。"呜呼!嗣王祗厥身,念哉!圣谟洋洋,嘉言孔彰。惟上帝不常,作善,降之百祥;作不善,降之百殃。尔惟德罔小,万邦惟庆;尔惟不德罔大,坠厥宗。①

在这段话中,追述了夏亡商兴的教训,告诫太甲要继承先王的美好品德,伊尹强调了德的重要性,否则就会国破宗灭。《周书·无逸》则是周公辅佐成王对成王的告诫之辞:

> 周公曰:"呜呼!君子所其无逸。先知稼穑之艰难,乃逸,则知小人之依。相小人,厥父母勤劳稼穑,厥子乃不知稼穑之艰难,乃逸乃谚。既诞,否,则侮厥父母,曰:'昔之人,无闻知。'"
>
> 周公曰:"呜呼!我闻曰:昔在殷王中宗,严恭寅,畏天命,自度。

---

① (汉)孔安国传,(唐)孔颖达正义,黄怀信整理《尚书正义》,上海古籍出版社,2007年,第302—307页。

治民祗惧，不敢荒宁。肆中宗之享国，七十有五年。其在高宗，时旧劳于外，爰暨小人。作其即位，乃或亮阴，三年不言。其惟不言，言乃雍。不敢荒宁。嘉靖殷邦，至于小大，无时或怨。肆高宗之享国，五十有九年。其在祖甲，不义惟王，旧为小人。作其即位，爰知小人之依，能保惠于庶民，弗敢侮鳏寡。肆祖甲之享国，三十有三年。自时厥后立王，生则逸。生则逸，不知稼穑之艰难，不闻小人之劳，惟耽乐之从。自时厥后，亦罔或克寿。或十年，或七八年，或五六年，或四三年。"

周公曰："呜呼！厥亦惟我周太王、王季，克自抑畏。文王卑服，即康功、田功。徽柔懿恭，怀保小民，惠鲜鳏寡。自朝至于日中昃，不遑暇食，用咸和万民。文王不敢盘于游田，以庶邦惟正之供。文王受命惟中身，厥享国五十年。"

周公曰："呜呼！继自今嗣王，则其无淫于观、于逸、于游、于田，以万民惟正之供。无皇曰：'今日耽乐'，乃非民攸训，非天攸若，时人丕则有愆。无若殷王受之迷乱，酗于酒德哉！"

周公曰："呜呼！我闻曰：'古之人，犹胥训告、胥保惠、胥教诲，民无或胥譸张为幻。'此厥不听，人乃训之，乃变乱先王之正刑，至于小大。民否则厥心违怨，否则厥口诅祝。"

周公曰："呜呼！自殷王中宗及高宗及祖甲及我周文王，兹四人迪哲。厥或告之曰：'小人怨汝詈汝'，则皇自敬德。厥愆，曰：'朕之愆。'允若时，不啻不敢含怒。此厥不听，人乃或譸张为幻，曰：'小人怨汝詈汝'，则信之，则若时，不永念厥辟，不宽绰厥心，乱罚无罪，杀无辜。怨有同，是丛于厥身。"

周公曰："呜呼！嗣王！其监于兹。"①

这段话开宗明义，强调不能贪图安逸，应知稼穑之难，戒绝荒淫，否则也会亡国破家，等等。尽管这两篇文字的真伪问题有争论，但是就现存文献来说，这毕竟是两篇最早的奏议文字，所以我们将全文录之如上，以便有更直观的

---

① 《尚书正义》，第628—640页。

了解。

按照刘勰的说法,"昔唐虞之臣,敷奏以言"①,根据以上两篇文字,我们对唐虞商周时代的奏议,庶可得其仿佛。

在《文心雕龙》一书中,刘勰梳理了唐虞之世"敷奏以言"的传统以后,又指出了降及七国,"言事于王,皆称上书"(《文心雕龙·章表》)。而到了秦汉时代,"秦汉之辅,上书称奏"(《文心雕龙·奏启》),到了汉定礼仪,"则有四品:一曰章,二曰奏,三曰表,四曰议"(《文心雕龙·章表》)。刘勰的梳理,基本是符合历史实际情况的。

唐虞商周,是"敷奏以言",尽管今天看来,商周时代已有成熟的文字,但是今天传世文献中的奏议文字并不多,基本上也就是《尚书》中的《皋陶谟》《伊训》《召诰》《无逸》等非常有限的篇目。而战国时代,则称为上书。以"书"名篇的奏议中,战国时期最有名的就是李斯的《谏逐客书》。

《谏逐客书》作于秦王嬴政十年(前237),秦王朝至前221年完成统一。"秦初定制,改书曰奏"(《文心雕龙·章表》),也就是说,秦代以后,类似《谏逐客书》之类的奏议,以"书"名篇者,则渐见寥落了。

到西汉初年,叔孙通为刘邦定朝仪礼乐等,"汉定礼仪,则有四品:一曰章,二曰奏,三曰表,四曰议"。四品应该与此有关。根据蔡邕的《独断》,"凡群臣上书于天子者有四名:一曰章,二曰奏,三曰表,四曰驳议"。由此可见,刘勰的说法来自蔡邕的《独断》,而且,"议"本应称为"驳议",只不过因为《文心雕龙》是骈文的形式,所以就把"驳议"省称为"议"了。《文选》卷三七李善注中又有以下一段话:"总有四品:一曰章,谢恩曰章。二曰表,陈事曰表。三曰奏,劾验政事曰奏。四曰驳,推覆平论有异事进之曰驳。"由此可见,在李善这里,"驳议"又被简称为"驳"。综上所述,"驳议""议""驳",虽名异而实同,其实一也。

"自汉以来,奏事或称'上疏',儒雅继踵,殊采可观。"由此可见,四品之一的"奏",又可称为"疏",汉代著名的疏,则有贾谊《论积贮疏》《陈政事疏》,晁错《论贵粟疏》,等等。

---

① 《文心雕龙注》,第421页。

在《文心雕龙》中，刘勰论述了汉之"四品"。其中《章表》论述了章、表二品；《奏启》论述了"奏"，而以"启"附"奏"；《议对》论述了"议"，而以"对"附"议"。

总之，汉定四品之中，章、表的名称比较固定，奏又称作"疏"，"议"称为"驳议""驳"等，其实只不过是名异实同而已。这些名称在后世相对固定下来，并一直沿用至清代。所以，姚鼐《古文辞类纂》云："奏议类者，盖唐虞三代圣贤陈说其君之辞，《尚书》具之矣。周衰，列国臣子为国谋者，谊忠而辞美，皆本《谟》《诰》之谊，学者多诵之。其载《春秋》内外传者不录，录自战国以下。汉以来有表、奏、疏、议、上书、封事之异名，其实一类。惟对策虽亦臣下告君之辞，而其体少别，故置之下编。两苏应制举时，所进时务策，又以附对策之后。"①

以下结合蔡邕《独断》等，论述"四品"各体的行文格式、功能及其基本特征。

《独断》称：

> 凡群臣上书于天子者，有四名：一曰章，二曰奏，三曰表，四曰驳议。
>
> 章者，需头称稽首上书谢恩陈事诣阙，通者也。
>
> 奏者，亦需头其京师官，但言稽首。下言稽首以闻其中者，所请若罪法劾案，公府送御史台，公卿校尉送谒者台也。
>
> 表者，不需头上言臣某言，下言臣某诚惶诚恐稽首顿首死罪死罪，左方下附曰某官臣某甲上。文多用编两行，文少以五行。诣尚书通者也，公卿校尉诸将不言姓，大夫以下有同姓官别者言姓。章口报闻公卿，使谒者将大夫以下至吏民，尚书左丞奏闻报可，表文报已奏如书。凡章表皆启封，其言密事得帛囊盛。
>
> 其有疑事，公卿百官会议。若台阁有所正处而独执异议者曰驳议。驳议曰某官某甲议以为如是，下言臣愚戆议异。其非驳议，不言议异。其合于上意者，文报曰某官某甲议可。

---

① （清）姚鼐纂，宋晶如、章荣注释《古文辞类纂》，中国书店，1986年，第5—6页。

  汉承秦法,群臣上书皆言昧死言。王莽盗位,慕古法,去昧死曰稽首。光武因而不改。朝臣曰稽首顿首,非朝臣曰稽首再拜。公卿侍中尚书衣帛而朝曰朝臣,诸营校尉将大夫以下亦为朝臣。

再看刘勰《文心雕龙·章表》:

  周监二代,文理弥盛,再拜稽首,对扬休命,承文受册,敢当丕显,虽言笔未分,而陈谢可见。降及七国,未变古式,言事于主,皆称上书。秦初定制,改书曰奏。汉定礼仪,则有四品:一曰章,二曰奏,三曰表,四曰议。章以谢恩,奏以按劾,表以陈请,议以执异。章者,明也。《诗》云"为章于天",谓文明也。其在文物,赤白曰章。表者,标也。《礼》有《表记》,谓德见于仪,其在器式,揆景曰表。章表之目,盖取诸此也。按《七略》《艺文》,谣咏必录;章表奏议,经国之枢机,然阙而不纂者,乃各有故事而在职司也。①

李善《文选》卷三七云:

  三王已前,谓之敷奏,故《尚书》云:"敷奏以言",是也。至秦并天下,改为表,总有四品:一曰章,谢恩曰章;二曰表,陈事曰表;三曰奏,劾验政事曰奏;四曰驳,推覆平论,有异事进之曰驳。六国及秦汉兼谓之上书,行此五事。至汉、魏已来,都曰表。进之天子称表,进诸侯称上疏。魏已前天子亦得上疏。②

  对照以上蔡邕、刘勰、李善所论,可以看出,后两者的说法皆以蔡邕的说法为据,其间的渊源关系,昭然若揭。

  除了以上的"四品"之外,奏议文还包括启、弹事等一类的文体。其中,启是比较特殊的一类文体,与"奏""表"皆有关联。

  启者开也。高宗云"启乃心,沃朕心",取其义也。孝景讳启,故两汉无称。至魏国笺记,始云启闻。奏事之末,或云"谨启"。自晋来盛启,用兼表奏。陈政言事,既奏之异条;让爵谢恩,亦表之别干。必

---

① 《文心雕龙注》,第406—407页。
② 李善注《文选》,上海古籍出版社,1986年,第1667页。

敛饬入规,促其音节,辨要轻清,文而不侈,亦启之大略也。①

用来陈政言事的启是奏的旁支,让爵谢恩的启则与表也没有什么大的区别。

弹事是奏议中文体之一,《文选》专设"弹事"一类,且收录了任昉《奏弹曹景宗》《奏弹刘整》以及沈约《奏弹王源》,可见萧统对弹事的重视。按照刘勰的看法,弹事属于"按劾之奏"变化而来,所以在论述了"按劾之奏"以后,刘勰接着说:"后之弹事,迭相斟酌,惟新日用,而旧准弗差。"而结合《文选》收录的弹事三篇,也正好印证了这一特点。

封事,是奏议中篇幅比较短小的一种文体,而且事涉机密。"自汉置八能,密奏阴阳,皂囊封板,故曰封事。晁错受书,还上便宜。后代便宜,多附封事,慎机密也。"(《文心雕龙·奏启》)据《后汉书·礼乐志中》:"各板书,封以皂囊,送西陛跪授尚书。"因为涉及机密,所以在篇幅上一般不会长篇大论。比较著名的有蔡邕《上封事陈政要七事》等。

奏议,作为一类文体,在文体风格上的总体特征是什么?关于这个问题,其实曹丕的《典论·论文》和陆机的《文赋》早已做出了规定。这就是经常提及的所谓曹丕的"四科八体"和陆机《文赋》的文章"十体"。曹丕《典论·论文》提出:"夫文本同而末异,盖奏议宜雅,书论宜理,铭诔尚实,诗赋欲丽。"此即所谓的"四科八体"。陆机《文赋》提出:"诗缘情而绮靡,赋体物而浏亮,碑披文以相质,诔缠绵而凄怆,铭博约而温润,箴顿挫而清壮,颂优游以彬蔚,论精微而朗畅,奏平彻以闲雅,说炜晔而谲狂。"

不过,综合以上所论,需要注意的是,至少有两个问题。第一,曹丕所说的"奏议",陆机所说的"奏",应该指的是一个文类,而绝非单一的文体。即这里曹丕的"奏议"不是指奏和议,而是指章、表、奏议等文体。同样,陆机的"奏",也不是单指奏这种文体,在外延的指涉上,应该正和曹丕同义。第二,"雅"都是奏议的基本特点,陆机的"奏平彻以闲雅",应该是比曹丕"奏议宜雅"更具体的说明与界定。而奏议类的文章之所以要具备"雅"的特点,主要是由其上奏的对象决定的。因为奏议类的文章,是群臣进于天子或群臣奏于诸侯之文。

---

① 《文心雕龙注》,第423—424页。

关于奏议,即关于章、奏、表、议的发展的基本情况,按照刘勰的说法,"章"这一类文体,"前汉表谢,遗篇寡存"(《文心雕龙·章表》),在西汉所存即不多。

"奏",有时亦称"疏"。因为东汉实行察举制,必试章奏,所以,东汉时期,章奏的地位得以凸显出来。西汉的奏,或称疏,著名的有贾谊《论积贮疏》《陈政事疏》、晁错《论贵粟疏》等,东汉则有左雄《上疏陈事》,胡广章奏天下第一,但其作品已不存。

"表",著名的作品有诸葛亮前后《出师表》、曹植《求自试表》《求通亲亲表》等,西晋张华《让公表》,今已不存;以及羊祜《让开府表》、刘琨《劝进表》、东晋庾亮《让中书监表》(《文选》卷三八误作《让中书令表》)等。

"议",又称驳议,著名的作品有东汉刘歆《孝武庙不毁议》,张敏《驳轻侮法议》《复上书议轻侮法》、应劭《驳韩卓募兵鲜卑议》,陆机《晋书限断议》(《初学记》卷二一存残文)等。"对",著名的作品有晁错《贤良文学对策》、董仲舒《举贤良对策》三篇、杜钦《举贤良方正对策》《白虎殿对策》等。

二 "奏议"名篇及其赋体化表现

李斯《谏逐客书》是奏议中的名篇,且看以下两段文字:

> 臣闻吏议逐客,窃以为过矣。昔穆公求士,西取由余于戎,东得百里奚于宛,迎蹇叔于宋,来邳豹、公孙支于晋。此五子者,不产于秦,而穆公用之,并国二十,遂霸西戎。孝公用商鞅之法,移风易俗,民以殷盛,国以富强,百姓乐用,诸侯亲服,获楚、魏之师,举地千里,至今治强。惠王用张仪之计,拔三川之地,西并巴蜀,北收上郡,南取汉中,包九夷,制鄢郢,东据成皋之险,割膏腴之壤,遂散六国之纵,使之西面事秦,功施到今。昭王得范雎,废穰侯,逐华阳,强公室,杜私门,蚕食诸侯,使秦成帝业。此四君者,皆以客之功。由此观之,客何负于秦哉!向使四君却客而弗纳,疏士而弗用,是使国无富利之实,而秦无强大之名也。
>
> 今陛下致昆山之玉,有和随之宝,垂明月之珠,服太阿之剑,乘纤

离之马,建翠凤之旗,树灵鼍之鼓。此数宝者,秦不生一焉,而陛下说之何也?必秦国之所生然后可,则夜光之璧不饰朝廷,犀象之器不为玩好,而赵卫之女不充后宫,骏良駃騠不实外厩,江南金锡不为用,西蜀丹青不为采。所以饰后宫充下陈,娱心意说耳目者,必出于秦然后可,则是宛珠之簪、傅玑之珥、阿缟之衣、锦绣之饰不进于前,而随俗雅化,佳冶窈窕,赵女不立于侧也。①

秦王嬴政十年,即公元前237年,秦下逐客令的起因,乃是由于韩人郑国在秦国做间谍事发,秦国的宗室大臣"请一切逐客",即驱除秦国境内所有的门客,李斯也在被逐之列。正是在此背景下,李斯上《谏逐客书》。李斯为了说明客有功于秦,列举了秦穆公礼五士而霸西戎,孝公任商鞅而举地千里,惠王用张仪而散六国之纵,昭王得范雎而成帝业。历数秦王四世而用客,客之有功于秦遂昭然于纸上。然后转入美玉、宝货、玩好、美女、骏马、金锡、丹青、装饰、锦绣等,虽非秦产,然早已随俗雅化,渗透进了秦人的生活,等等,此文洋洋洒洒,铺张扬厉,陈述了客之于秦的重要性。李斯是荀子的弟子,荀子作有《赋篇》,李斯的文风明显地表现出了赋化的特征。

汉代晁错的《论贵粟疏》,也是奏议名篇。且看以下这段文字:

今农夫五口之家,其服役者不下二人,其能耕者不过百亩,百亩之收不过百石。春耕夏耘,秋获冬藏,伐薪樵,治官府,给徭役;春不得避风尘,夏不得避暑热,秋不得避阴雨,冬不得避寒冻,四时之间亡日休息。又私自送往迎来,吊死问疾,养孤长幼在其中。勤苦如此,尚复被水旱之灾,急政暴虐,赋敛不时,朝令而暮改。当具有者半贾而卖,亡者取倍称之息;于是有卖田宅鬻子孙以偿债者矣。而商贾大者积贮倍息,小者坐列贩卖,操其奇赢,日游都市,乘上之急,所卖必倍。故其男不耕耘,女不蚕织,衣必文采,食必粱肉;亡农夫之苦,有阡陌之得。因其富厚,交通王侯,力过吏势,以利相倾;千里游敖,冠盖相望,乘坚策肥,履丝曳缟。此商人所以兼并农人,农人所以流亡者也。今法律贱商人,商人已富贵矣;尊农夫,农夫已贫贱矣。故俗

---

① 《文选》,第1755—1757页。

之所贵,主之所贱也;吏之所卑,法之所尊也。上下相反,好恶乖迕,而欲国富法立,不可得也。①

该篇的题目系后人所加,班固将其载入《汉书·食货志》。贵粟的目的,是为了"劝农力本",为统治者寻求长治久安之道。文中对五口之家的辛苦劳作,生活的艰难作了具体的描写,对商贾的富足也详细描绘了其中的一些细节。该篇以对比之法,渲染了"农人"与"商人"悬若天壤之别,从而回归到劝农力本的主题。其中有夸张,有铺排,有描写,包括句式、节奏、韵律等,都与赋的写法是一致的,明显带有赋体化的文体语言特征。同样,贾谊的有关奏议,如《陈政事疏》等,也是如此。

南北朝时期的奏议,如傅亮《为宋公至洛阳谒五陵表》:

> 臣裕言:近振旅河湄,扬旌西迈,将届旧京,威怀司、雍。河流遄疾,道阻且长。加以伊洛榛芜,津途久废,伐木通径,淹引时月。始以今月十二日,次故洛水浮桥。山川无改,城阙为墟。宫庙隳顿,钟簴空列。观宇之余,鞠为禾黍。廛里萧条,鸡犬罕音。感旧永怀,痛在心目。
>
> 以其月十五日,奉谒五陵。坟茔幽沦,百年荒翳。天衢开泰,情礼获申。故老掩涕,三军凄感。瞻拜之日,愤慨交集。行河南太守毛脩之等,既开翦荆棘,缮修毁垣。职司既备,蕃卫如旧。伏惟圣怀,远慕兼慰,不胜下情。谨遣传诏殿中中郎臣某,奉表以闻。②

《宋书·武帝纪》记载,东晋义熙十二年十月,刘裕北伐收复洛阳,率军拜谒五陵,时为宋公。傅亮代为向晋安帝奏捷。就一般意义上来讲,"表以陈请"(《文心雕龙·章表》),该表的写法却与之不同。先写行军路程,次写路上所见,再写路途艰险、淹留时日,再写宗庙久荒、市井萧条,再写五陵破败,再写重置蕃卫,最后写奉表以闻。路途的艰险劳顿,内心如焚的黍离之悲,交织在一起,构成了该表的主要内容,从这个意义上说,该表独出机杼,不同于普通意义

---

① 《汉书》,中华书局,1962年,第1132—1133页。
② (清)许梿评选,(清)黎经诰注《六朝文絜笺注》,上海古籍出版社影印复旦大学图书馆藏清光绪十五年枕溢书屋刻本,第182—183页。

上表的写法,反倒与汉魏六朝述行赋的情调颇为相类。

而陈代江总的《为陈六宫谢表》也不同于表的常规写法,颇具宫体赋的意味。且看以下文字:

> 鹤篸晨启,雀钗晓映。恭承盛典,肃荷徽章。步动云袿,香飘雾縠。愧缠艳粉,无情拂镜;愁萦巧黛,息意临窗。妾闻汉水赠珠,人间绝世;洛川拾翠,仙处无双。或有风流行雨,窈窕初日,声高一笑,价起两环。乃可桂殿迎春,兰房侍宠。借班姬之扇,未掩惊羞;假蔡琰之文,宁披悚戴。①

这简直就是一篇美人赋的文字,与宋玉、司马相如、蔡邕、沈约等人的"丽人赋"之类的题材相比,可谓有过之而无不及。因此,清许梿《六朝文絜》评曰:"一意雕绘,语语精绝。恨不能唤起十三行妙手,玉版书之。"确实,该表是"一意雕绘"、充满脂粉气的六朝文章之典型。用典,愈益强化了其雕绘的特点。自"妾闻"以下,几乎句句用典,"汉水赠珠"用的是《列仙传》的典故,"洛川拾翠"用的是《洛神赋》的典故,"风流云雨""窈窕初日"用的是《高唐神女赋》《登徒子好色赋》的典故,以下则依次运用了赵飞燕、班婕妤和蔡琰的典故。该表处处扣住的是丽人形象,这简直不是在写奏表,而是借写奏表而突出丽人的装扮、香艳、等待、羞怯、惶恐、感激、才华等多种复杂交织的外在形貌与内心活动,也就无怪乎许梿有"恨不能唤起十三行妙手"之评了。该表之写法,与同一时期的宫体赋运用的都是一样的手眼。

如前面所论,启是一种介于表和奏之间的文体。汉景帝名启,所以出于避讳的原因,两汉没有"启"这一类的文体。三国时魏国的笺记,在末尾加上"谨启"的字样。"自晋来盛启,用兼表奏。陈政言事,既奏之异条;让爵谢恩,亦表之别干。"晋代以后,启得到了广泛的运用,而且相当一部分的启,用来表达作者或作者代拟他人表达对于王、侯所赐之物的感谢,或者可以径直称作谢启也未尝不可。如下面的文字:

> 南中橙甘,青鸟所食。始霜之旦,采之风味照座,劈之香雾噀人。

---

① 《六朝文絜笺注》,第 187 页。

皮薄而味珍,脉不粘肤,食不留滓。甘逾萍实,冷亚冰壶。可以熏神,可以荐鲜,可以渍蜜。毡乡之果,宁有此邪?(梁刘峻《送橘启》)①

丽兼桃象,周洽昏明。便觉夏室已寒,冬裘可袭。虽九日煎沙,香粉犹弃;三旬沸海,团扇可捐。(梁刘孝仪《谢始兴王赐花纨簟启》)②

阶边细草,犹推绥叶之光;户前桃树,翻讶蓝花之色。遂得裾飞合燕,领斗分鸾。试顾采薪,皆成留客。(梁庾肩吾《谢东宫赉内人春衣启》)③

以上作品,都是紧扣所受之物的特点,加以描绘,而且时用隔句对。尤为明显的,是庾信的作品,如:

臣某启:奉敕垂赐杂色丝布绵绢等三十段、银钱二百文。

某比年以来,殊有缺乏。白社之内,拂草看冰;灵台之中,吹尘视甑。怼妻狠妾,既嗟且憎;瘠子羸孙,虚恭实怨。王人忽降,大赍先临。天帝锡年,无逾此乐;仙童赠药,未均斯喜。

张袖而舞,元鹤欲来;抚节而歌,行云几断。所谓舟楫无岸,海若为之反风;荞麦将枯,山灵为之出雨。况复全抽素茧,云版疑倾;并落青凫,银山或动。是知青牛道士,更延将尽之命;白鹿真人,能生已枯之骨。虽复拔山超海,负德未胜;垂露悬针,书恩不尽。蓬莱谢恩之雀,白玉四环;汉水报德之蛇,明珠一寸。某之观此,宁无愧心!直以物受其生,于天不谢。谨启。(北周庾信《谢明皇帝赐丝布等启》)④

某启:奉教垂赉杂色丝布三十段。

去冬凝闭,今春严劲。霰似琼田,凌如盐浦。张超之壁,未足鄣风;袁安之门,无人开雪。覆鸟毛而不暖,然兽炭而逾寒。远降圣慈,曲垂矜赈。谕其蚕月,殆罄桑车;津实秉杼,几空织室。

遂令新市数钱,忽疑贩彩;平陵月夜,惊闻捣衣。妾遇新缣,自然

---

① 《六朝文絜笺注》,第190页。
② 同上。
③ 同上书,第191页。
④ 同上书,第191—192页。

心伏;妻闻裂帛,方当含笑。庄周车辙,实有涸鱼;信陵鞭前,元非穷鸟。仰蒙经济,伏荷圣慈。(北周庾信《谢赵王赉丝布启》)①

某启:奉教垂赉乌骝马一匹。

柳谷未开,翻逢紫燕;临源犹远,忽见桃花。流电争光,浮云连影。张敞画眉之暇,直走章台;王济饮酒之欢,长驱金埒。(北周庾信《谢滕王赉马启》)②

庾信的这几篇作品,词采高华,对仗工稳,音韵和谐,典实密集,是南北朝时期谢启的典型之作。作者将内心的感激与对所赐之物的赞美,融为一体。该类谢启,其写作模式几乎如出一辙,庶几可以看作一篇简短的咏物赋。

三 奏议的赋化与赋化的奏议:《修竹弹甘蕉文》《鉏表》与沈炯《经通天台奏汉武帝表》

汉魏六朝时期,奏议是文章的大宗。在这些奏议文当中,有三篇比较特殊的文本,一是沈约《修竹弹甘蕉文》,一是王琳《鉏表》,一是陈沈炯《经通天台奏汉武帝表》。为了论述的方便,兹将沈约的弹文录之如下:

渭川长兼淇园贞干臣修竹稽首,臣闻:芟荑蕴崇,农夫之善法;无使滋蔓,翦恶之良图。未有蠹苗害稼,不加穷伐者也。切寻苏台前甘蕉一丛,宿渐云露,荏苒岁月,擢本盈寻,垂阴含丈,阶缘宠渥,铨衡百卉,而予夺乖爽,高下在心。每叨天功以为己力。风闻籍听,非复一途,犹谓爱憎异说,所以挂乎严网。

今月某日,有台西阶泽兰、萱草到园同诉,自称虽惭杞梓,颇异蒿蓬,阳景所临,由来无隔。今月某日,巫岫敛云,秦楼开照,乾光弘普,周幽不瞩。而甘蕉攒茎布影,独见郁蔽。虽处台隅,遂同幽谷。

臣谓偏辞难信,敢察以情。登摄甘蕉,左近杜若、江蓠,依源辨覆,两草各处,异列同款?既有证据,羌非风闻,切寻甘蕉出自药草,

---

① 《六朝文絜笺注》,第193页。
② 同上书,第195页。

本无芬馥之香,柯条之任,非有松柏后凋之心,盖阙葵藿倾阳之识。凭借庆会,稽绝伦等,而得人之誉靡即,称平之声寂寞。遂使言树之草,忘忧之用莫施;无绝之芳,当门之弊斯在。妨贤败政,孰过于此?而不除戮,宪章安用?请以见事徙根翦叶,斥出台外,庶惩彼将来,谢此众屈。①

作者在这篇弹事中虚构了一个植物世界的诉讼事件。在这个植物世界中,修竹、甘蕉、泽兰、萱草、江蓠、杜若皆化而为人,其艺术手法一如庄子的寓言。修竹在文中化为了"渭川长兼淇园贞干臣",以此身份弹劾甘蕉。起因是因为甘蕉凭借上天的优渥,肆意遮蔽了风光日月,使泽兰、萱草处于不见日月的幽闭状态。正因为甘蕉的障蔽导致生存处境的恶化,泽兰、萱草遂前往修竹那里诉讼。修竹认真勘实此事,调查了杜若、江蓠,查明情况属实,遂判令将甘蕉"徙根翦叶,斥出台外",以示惩戒。

在作者虚拟的这个植物世界的诉讼之中,修竹作为贞干臣的义正词严,甘蕉的叨天功以为己力,泽兰、萱草的极力控诉,杜若、江蓠配合调查,等等,都在这篇弹文中得以呈现或补足。以虚拟的方式,使动植物开口说话,化而为人,这样的方式,带有庄子寓言的成分,也是辞赋的传统。

至于在这篇弹事中,到底是单纯的游戏为文,还是另有隐喻,特别是隐喻朝臣的专横跋扈,借此文而以诫示?这是另外的一个问题,而且笔者认为,恐怕以后者的可能性为大。这个问题,且俟以后专文探讨。

《鲌表》,一作《鮔表》,是奏议中另一篇独具特色的作品。鲌、鮔,显然系二字形近而致的异写。关于作者,《酉阳杂俎》《太平广记》《全梁文》《骈体文钞》中的载录颇不一致。一曰为王琳,一曰为韦林,一作韦琳。内容文字也有差异,其中以《太平广记》卷二四七"诙谐"三的载录最为完整,全文如下:

后梁王琳,明帝时为中书舍人。博学有才藻,好臧否人物。众畏其口,常拟孔稚珪。又为《鲌表》,以托刺当时。其词曰:

臣言:伏见除书,以臣为糁蒸将军、油蒸校尉、膗州刺史、脯腊如故者。肃承明命,灰身屏息,凭临鼎镬,俯仰兢惧。臣闻高沙走姬,非

---

① 明张溥《汉魏六朝一百三家集》卷八七梁《沈约集》,清文渊阁四库全书本。

有意于绮罗;白鲭女儿,岂期心于珠翠。臣美愧夏鳣,味惭冬鲤,常恐鲐腹之讥,惧贻鳖岩之诮,是以潄流湖底,枕石泥中,不意高赏殊宏,曲蒙钧拔,遂得起升绮席,忝预玉盘,爱厕玳筵,猥烦象箸,泽覃紫脾,恩加黄腹。方当鸣姜动桂,纤苏佩橙,轻瓢才动则枢粱如云,浓汁暂停则兰膏成列,婉转绿罍之中,逍遥朱唇之内,衔恩噬泽,九殒弗辞,不任屏营之至,谨到铜铠门奉表以闻。

诏答曰:"省表,是公卿池沼缙绅,波渠后又穿蒲入荷,肥滑系彰,正膺兹选,无劳谢也。"

时恶之,或以讥诮闻孝明,亦弗之罪也,其文传于江表。①

以上所录,第一段是对王琳其人的介绍,最后一段则是对该表所产生的影响的说明。严可均《全梁文》略去"诏答曰"一段,就上下文来看,该段显然是全表的有机组成部分,严可均略去是不完整的。

关于王琳其人和该表的创作背景,《太平广记》卷二三四"食"类标目下,也有一段文字说明:"后梁韦林,京兆人,南迁于襄阳。天保中为舍人,涉猎有才藻,善剧谈。尝为《鲴表》以讥刺时人。"②并特意标明有关文字出自《酉阳杂俎》,与上面的文字结合,我们可以对作者和创作背景、主旨有更明确的认识。

作者将鲴鱼拟人化,以奏表的方式称谢。鲴鱼被加官晋爵,"以臣为糁蒸将军、油蒸校尉、曜州刺史、脯腊如故者",显而易见,所谓的"糁蒸""油蒸""曜州""脯腊",都是一些不同的做鱼的烹饪方法。鲴鱼本有自知之明,"臣美愧夏鳣,味惭冬鲤,常恐鲐腹之讥,惧贻鳖岩之诮,是以潄流湖底,枕石泥中",无意被提拔,却突然受到重用,被置于丰盛的华宴之上,"婉转绿罍之中,逍遥朱唇之内,衔恩噬泽,九殒弗辞",被达官贵人反复咀嚼,还要千恩万谢。明明成为别人的口腹之物,还要感谢"恩加黄腹""衔恩噬泽",而且虽万死不辞。上表之后,结果皇帝下诏,认为鲴鱼无需推辞,正膺此选。就文意来看,同沈约的《修竹弹甘蕉文》一样,虽不乏游戏笔墨的成分,但是,总体来看,该表的情调与孔稚珪的《北山移文》一样,很可能其矛头所指,也是意在讽刺当世的某些假

---

① 李昉《太平广记》,中华书局,1961年,第1910页。
② 同上书,第1753页。

隐士。

同样,南朝陈沈炯《经通天台奏汉武帝表》与其说是奏表,不如说是在抒发自己对世事变幻的无限感慨,且在感慨中融入了自己的身世之感:"羁旅缧臣,能不落泪。"兹录之如下:

> 臣闻桥山虽掩,鼎湖之灶可祠;有鲁遂荒,大庭之迹无泯。伏惟陛下降德猗兰,纂灵丰谷。汉道既登,神仙可望。射之罘于海浦,礼日观而称功,横中流于汾河,指柏梁而高宴。何其甚乐,岂不然与?

> 既而运属上仙,道穷晏驾,甲帐珠帘,一朝零落,茂陵玉碗,遂出人间。陵云故基,与原田而臆臆;别风余迹,带陵阜而芒芒。羁旅缧臣,能不落泪!

> 昔承明见厌,严助东归,驷马可乘,长卿西反,恭闻故实,窃有愚心。黍稷非馨,敢望徼福。但雀台之吊,空怆魏君,雍丘之祠,未光夏后,瞻仰烟霞,伏增凄恋。(《南史》卷六九)①

此表的创作背景,《南史》卷六九有明确交代:"魏克荆州,被虏,甚见礼遇,授仪同三司。以母在东,恒思归国。恐以文才被留,闭门却扫,无所交接。时有文章,随即弃毁,不令布流。尝独行经汉武通大台,为表奏之,陈己思乡之意。"②由此可见沈炯在陷魏之后的处境及其心态。"奏讫,其夜梦有宫禁之所,兵卫甚严。炯便以情事陈诉,闻有人言:'甚不惜放卿还,几时可至。'少日,便与王克等并获东归。"此段叙述,颇有小说家言的渲染性成分,但是,由此可见,亦可见出修史者对此表的重视。

至于此表的文体归类,《太平御览》题为《祭汉武帝陵文》(见卷八九皇王部十四,四部丛刊三编景宋本)。根据《南史》的记载及其文体形式,应该为表,而不应以祭文视之。除了《南史》之外,《汉魏六朝一百三家集》《骈体文钞》皆题为表。

该表的特殊之处在于,身处北朝的沈炯,竟然向汉武帝上表,陈请思归南朝之意,这本身就有时空穿越的梦幻之感。通天台,乃汉武帝于元封二年(前

---

① 《南史》,中华书局,1975 年,第 1678 页。
② 同上书,第 1678 页。

109）为求仙而建,通天,言台之高。师古注:"通天台者,言此台高,上通于天也。《汉旧仪》云高三十丈,望见长安城。"表中先言自黄帝以来的求仙有征,遗迹犹存,引出武帝时的神仙可望,欢乐无限;次叙武帝去世之后,通天台的荒落破败,一片草莽;最后抒发羁留北朝,不得南归的悲情。与通常意义上"表以陈请"的实用性不同,沈炯与汉武,相隔异代,就时间而言,相差六七百年之久,竟然能够以一名臣子的身份,向汉武帝上奏,款陈心曲,祈求东归。这足以说明,该表已经完全艺术化了,在创作的模式上也早已跳出"表以陈请"的实用性窠臼,其语言也是赋体化的,而采用隔代人物对话的方式,在屈原的作品以及谢庄《月赋》中早就存在这样的形式,不同之处在于,后者采取的是人物对话问答的方式,而该表则视为作者与汉武的心理对话而已。

余 论

如前所述,奏议是中国古代文章的大宗。而且,中国古代的第一部总集即以《魏名臣奏议》开篇,由此可见奏议的重要性。《魏名臣奏议》又名《魏名臣奏事》《魏名臣奏》,系正始时期陈群受诏所撰,该书已不存,在严可均《全三国文》、《太平御览》尚可见到部分表、议、奏、诏等。曹丕《典论·论文》所谓的"奏议宜雅",此处的奏议,不是文体的概念,非仅指奏、议两种文体,而是文类意义上的概念,指的是奏议这一个大类的文章,包括章、奏、表、议等臣对上的上行文体。

奏议的赋化,在李斯的《谏逐客书》、贾谊《论积贮疏》《陈政事疏》、晁错《论贵粟疏》等中,都表现出了明显的赋体化倾向。不仅如此,在汉代,即使应用于朝廷问答的廷对也是明显的赋体。如东方朔对武帝的一段话:

> 时天下侈靡趋末,百姓多离农亩。上(武帝)从容问朔:"吾欲化民,岂有道乎?"朔对曰:"尧、舜、禹、汤、文、武、成、康上古之事,经历数千载,尚难言也,臣不敢陈。愿近述孝文皇帝之时,当世耆老皆闻见之。贵为天子,富有四海,身衣弋绨,足履革舄,以韦带剑,莞蒲为席,兵木无刃,衣缊无文,集上书囊以为殿帷;以道德为丽,以仁义为准。于是天下望风成俗,昭然化之。今陛下以城中为小,图起建章,

左凤阙,右神明,号称千门万户;木土衣绮绣,狗马被缋罽;宫人簪瑇瑁,垂珠玑;设戏车,教驰逐,饰文采,丛珍怪;撞万石之钟,击雷霆之鼓,作俳优,舞郑女。上为淫侈如此,而欲使民独不奢侈失农,事之难者也。陛下诚能用臣朔之计,推甲乙之帐燔之于四通之衢,却走马示不复用,则尧、舜之隆宜可与比治矣。《易》曰:'正其本,万事理;失之豪厘,差以千里。'愿陛下留意察之。"(《汉书》卷六五《东方朔传》)①

这段话,当然已经是口头语言的书面化,但借此还是可以看出奏议体现出的赋体因素。而在汉魏六朝时期,尤为值得重视的是,奏议的艺术化或曰赋体化,特别是像沈约的《修竹弹甘蕉文》、王琳《鲲表》与沈炯《经通天台奏汉武帝表》等。

刘师培在《中国中古文学史讲义》中指出,自宋齐以来,作者"益为轻薄","梁则世风益薄,士多嘲讽之文,而文体亦因之愈卑矣"②。刘师培的说法,主要是针对宋齐至梁的游戏笔墨,以戏为文。这种现象,确实是比较普遍的。如宋袁淑《鸡九锡文》《驴山公九锡文》、齐孔稚珪《北山移文》等,均不乏游戏为文的成分,并带有赋体化的因素。就文学史的意义而言,至少有以下几个方面值得注意:

一、中国文学,是大文学的观念,而非纯文学的观念,今天的文学史观,是按照西方文学史观进行提纯的结果。在中国古代文章中,应用与非应用性文体之间,没有明显的文体界限。

二、赋在汉代是一代之文学,在魏晋南北朝已成为与诗相颉颃的重要文体。赋的传统已经形成,并渗入其他文体的创作之中。因此,我们看到,汉魏六朝文学在"尊体"的同时,也存在着"破体"的现象。赋体的一些重要特征,如虚构人物、铺排扬厉、对仗整齐、句式严整、词采华美等,也被自觉地移植到了应用性文体的创作之中,这反映了文学的新变,也符合文体史或文学史的发展规律。

三、在文学史的研究中,除了诗赋词曲文等文体,某些应用性文体,也应该

---

① 《汉书》,第2858页。
② 刘师培《中国中古文学史讲义》,人民文学出版社,1957年,第93页。

纳入文学史的研究范围,"文"与"非文"的互动,才构成了真正的中国文章发展史或中国文学发展史的发展轨迹。

(首都师范大学文学院)

《文选》"难"体与先秦"语"体
——兼及"对问""设论"的文体溯源

李 佳

  《文选》卷四四"檄"下有"难",经游志诚先生[①]、傅刚师[②]以及力之先生[③]等学者的考证,应为独立一体,论证清楚、证据确凿,此不赘言。紧随"难"体之后,《文选》卷四五有"对问"和"设论"两体,有不少类似之处,吴讷《文章辨体序说》"问对"条云:"问对体者,载昔人一时问答之辞,或设客难以著其意者也。《文选》所录宋玉之于楚王,相如之于蜀父老,是所谓问对之辞。至若《答客难》、《解嘲》、《宾戏》等作,则皆设辞以自慰者焉。"[④]三种文体关系密切,因此本文将其置于一处讨论,旨在探究这三种文体的各自特征、彼此同异以及文体渊源。

一 《文选》中的"难"体

  《文选》所收司马相如的《难蜀父老》,具存于《史记》和《汉书》本传,其中

[①] 见游志诚《论〈文选〉之难体》,"魏晋南北朝文学学术讨论会"(台湾成功大学)参会论文,1993年;后收入氏著《昭明文选学术论考》,台北学生书局,1996年。
[②] 傅刚《论〈文选〉"难"体》,《浙江学刊》1996年第6期,第86—89页。
[③] 力之《〈文选〉分文体为三十八类说辨正》,《四川师范大学学报(社会科学版)》,2013年第5期,第111—118页。
[④] (明)吴讷《文章辨体序说》,人民文学出版社,1982年,第49页。

《史记》载:"相如使时,蜀长老多言通西南夷不为用,唯大臣亦以为然。相如欲谏,业已建之,不敢,乃著书,籍以蜀父老为辞,而已诘难之,以风天子,且因宣其使指,令百姓知天子之意。"①据此我们可以得知以下信息:其一,作品的背景是蜀地长老及朝中当政大臣都不赞成通西南夷,则其创作的目的一为劝谏天子,二为晓谕百姓,两者的重要性不同,前者为主要目的,后者则是附带达成,此点下文还将论及;其二,该文的创作虚构了蜀中父老为对话中的一方;其三,这是一篇有关汉武帝时期处理与西南少数民族关系的政论文。与蜀父老和一些大臣反对的意见不同,司马相如力主开发西南地区,史载他曾先后出使南夷、西夷,帮助安抚平定了这一地区,功勋卓著,《史记》载:

> 相如还报。唐蒙已略通夜郎,因通西南夷道,发巴、蜀、广汉卒,作者数万人。治道二岁,道不成,士卒多物故,费以巨万计。蜀民及汉用事者多言其不便。是时邛筰之君长闻南夷与汉通,得赏赐多,多欲愿为内臣妾,请吏,比南夷。天子问相如,相如曰:'邛、筰、冉、駹者近蜀,道亦易通,秦时尝通为郡县,至汉兴而罢。今诚复通,为置郡县,愈于南夷。'天子以为然,乃拜相如为中郎将,建节往使。副使王然于、壶充国、吕越人驰四乘之传,因巴蜀吏币物以赂西夷。……司马长卿便略定西夷,邛、筰、冉、駹、斯榆之君皆请为内臣。除边关,关益斥,西至沫、若水,南至牂柯为徼,通零关道,桥孙水,以通邛都。②

在这样的背景之下,对于如何理解《难蜀父老》的文旨,却历来意见不一,我们赞成李孝中、侯柯芳以及王德华、宋雪玲的意见③,即此文意在"驳朝廷重臣的错误认识,坚定武帝开发西南的信心"④,而这也就是为何《史》《汉》俱载司马相如借之"以风天子",其意在委婉劝谏武帝坚定开通西南夷的决心,而"且因宣其使指,令百姓知天子之意"只是相对次要的目的。

再来具体分析一下这篇文章:

---

① 《史记》卷一一七《司马相如列传》,中华书局,1982年,第3048页。
② 同上书,第3046—3047页。
③ 王德华、宋雪玲《司马相如〈难蜀父老〉新论》,《四川师范大学学报(社会科学版)》2012年第4期,第92—98页。
④ 李孝中、侯柯芳《司马相如作品注译》,四川人民出版社,2007年,第49页。

> 汉兴七十有八载,德茂存乎六世,威武纷纭,湛恩汪濊,群生沾濡,洋溢乎方外。于是乃命使西征,随流而攘,风之所被,罔不披靡。因朝冉从駹,定筰存邛,略斯榆,举苞蒲,结轨还辕,东乡将报,至于蜀都。

文章一开始就气势如虹地写出大汉立国七十多年来所开创出来的盛世景象,显示出锐不可当的赫赫声威。

> 耆老大夫搢绅先生之徒二十有七人,俨然造焉。辞毕,因进曰:"盖闻天子之于夷狄也,其义羁縻勿绝而已。今罢三郡之士,通夜郎之途,三年于兹而功不竟,士卒劳倦,万民不赡;今又接之以西夷,百姓力屈,恐不能卒业,此亦使者之累也,窃为左右患之。且夫邛、筰、西僰之与中国并也,历年兹多,不可记已。仁者不以德来,强者不以力并,意者殆不可乎!今割齐民以附夷狄,弊所恃以事无用。鄙人固陋,不识所谓。"

这里假托蜀中父老之口,列举通西南夷的诸种弊端,即不合于历代统治边疆地区的"羁縻"政策;劳民伤财、百姓怨愤等,其质疑具有一定的合理性,而这也正是朝中以公孙弘为代表的大臣们反对该政策的原因。蜀父老的话虽然不是以问句出之,但却是摆在司马相如面前必须回答的问题。以下就是相如对这些质疑的逐一辩驳:

> 使者曰:"乌谓此乎!必若所云,则是蜀不变服而巴不化俗也。仆尚恶闻若说。然斯事体大,固非观者之所觇也。余之行急,其详不可得闻已。请为大夫粗陈其略……

首先就以"非常之人""非常之事""非常之功"立论,并举出大禹治水始则劳民、终于惠民的例子,有理有据地说明常人本来就很难理解伟人的志业。其次,引经据典,以《诗经》"普天之下,莫非王土;率土之滨,莫非王臣",来驳斥"羁縻"的边疆政策。指出身处盛世自当一统天下福泽万民,"拯民于沉溺,奉至尊之休德,反衰世之陵夷,继周氏之绝业",系心所有百姓的福祉,考虑国家的长远利益。文末指出武帝受命于天,所开创的不世之功并非普通人所能了解。蜀人在听完司马相如上述一席话后,心悦诚服,自惭形秽而去。

于是诸大夫茫然丧其所怀来,失厥所以进,喟然并称曰:"允哉汉德,此鄙人之所愿闻也。百姓虽劳,请以身先之。"敞罔靡徙,迁延而辞避。①

司马相如采用对话(驳难)的方式,对国家重大政策发表看法,文章依照背景交代,质疑与驳斥(主体),以及质疑者服气而去,三部分进行布局,结构完整。整篇文章气势如虹、立意高远、议论宏富、说理透辟,诚为论中佳品。

关于《难蜀父老》一篇的文体归类,一般有这样几种意见:刘勰《文心雕龙·檄移》说:"相如之《难蜀老》,文晓而喻博,有移檄之骨焉。"据此有人认为这篇文章属于"檄"体。但细品刘勰的文意,"有移檄之骨"言外之意《难蜀父老》就当不是移檄。傅刚师亦经辨析后指出,"难"既不属于"檄"也不属于"移"。

明吴讷的《文章辨体》和徐师曾的《文体明辨》则将《难蜀父老》归于"问对"之下,傅刚师也认为"它('难')与'答'体似乎比较接近",并指出相如的这篇"难"体文"与其他'难'体文章最初产生的背景是一致的,即都产生于汉初论辩的背景中",但"它与汉魏六朝'论难'并称的'难'并不相同","司马相如《难蜀父老》文本源于辩难的母体,但由于特定处境的需要,他不得不对原有的辩难形式略作变化,变实为虚,拟设出蜀父老为对立面,从而展开驳难,一种新的体裁便诞生了",这些观点对于认识"难"的文体特征具有重要意义。在老师观点的基础上,本文进一步提出"难"这种文体的来源,应该是成熟于先秦时期的"语"体。

二 先秦"语"体的发展及特征

许慎《说文解字·言部》:"语,论也。"段玉裁注曰:"如毛说,一人辩论是非谓之语;如郑说,与人相答问辩难谓之语。"②由此可知,"语"的核心特点在于辩论是非,是说理性质而非叙事或抒情。《诗经·大雅·公刘》:"于时言

---

① (梁)萧统《昭明文选》卷四四,中华书局,1977年,第625—627页。
② (清)段玉裁《说文解字注》,浙江古籍出版社,1998年,第89页。

言,于时语语。"毛传:"直言曰言,论难曰语。"①直接的诉说是"言",相互论辩就是"语",这种理解与许慎"言"字下的说法相同,看来这是汉人的通识。唐孔颖达正义云:"'直言曰言',谓一人自言;'答难曰语',谓二人相对。"指出"语"的特征在于相互问答。另外,《礼记·杂记》云:"三年之丧,言而不语,对而不问。"郑玄注:"言,言己事也。为人说为语。"②居丧之时可以"言"却不能"语",显示出两字在表达上存在着单方主动和双方互动的微殊。又如《左传·庄公十四年》载息妫为楚子所虏,生下两个孩子,却始终"未言",楚子问其原因,她回答说:"吾一妇人,而事二夫,纵弗能死,其又奚言?"③于此亦可见"言"为主动陈说。陆宗达、王宁《训诂与训诂学》就此指出"主动说话叫作'言',与人相对答才是'语'",并以《论语》为例,分析"语"是回答、对答,或为他人说;"言"则强调说话人的主动性,并从而发展出询问的意思④。这种分析是有道理的,言侧重于主动性自我表达,语则是对问,强调的是对问题的回答。

  《国语·楚语上》记载楚庄王任命士亹做太子的老师,于是士亹向大夫申叔时请教如何教导太子,申叔时回答说:"教之《春秋》,而为之耸善而抑恶焉,以戒劝其心;教之《世》,而为之昭明德而废幽昏焉,以休惧其动;教之《诗》,而为之导广显德,以耀明其志;教之《礼》,使知上下之则;教之《乐》,以疏其秽而镇其浮;教之《令》,使访物官;教之《语》,使明其德,而知先王之务用明德于民也;教之《故志》,使知废兴者而戒惧焉;教之《训典》,使知族类,行比义焉。"⑤则《春秋》《世》《诗》《礼》《乐》《令》《语》《故志》《训典》均为当时宫中的教学材料。其中《语》韦昭注曰:"治国之善语。"傅刚师说:"语与世、令、故志、训典相并,可见均是文体。"⑥是有道理的。很显然当时已经存在将与治国相关的嘉言善语集合在一起的书,冠名曰"语"。

  "语"的发展经过了极其漫长的时间,《汉书·艺文志》则载:"左史记言,

---

① (唐)孔颖达正义《毛诗正义》,上海古籍出版社,1990年,第617页。
② (元)陈澔《礼记集说》卷七,上海古籍出版社,1987年,第232页。
③ 杨伯峻《春秋左传注》,中华书局,1990年,第198—199页。
④ 陆宗达、王宁《训诂与训诂学》(第2版),山西教育出版社,2005年,第255—259页。
⑤ 《国语》卷一七,中华再造善本影宋刻宋元递修本,北京图书馆出版社,2006年。
⑥ 傅刚《略说先秦的语体与语书》,《中山大学学报(社会科学版)》2013年第5期,第1页。

右史记事;事为《春秋》,言为《尚书》。"①《尚书》所载的言语大多可以归于训诂的范畴,是王的主动言说,这一特点除了取决于人类的思维方式和社会发展的阶段,也与当时"记录"式的写作方式,以及书写的物质条件限制有密切关系。由《尚书》到《论语》,先秦散文记言逐渐从"独白"发展到"对话",从训诰发展到讨论,从记"言"发展到记"语"。《论语》为典型的语录体,"子曰"或者"孔子曰"乃其标志性的记言方式;此外也少量记录了孔门贤弟子的言论,如"有子曰""曾子曰""子夏曰""子游曰""子张曰",等等。记语目的主要在于传播某种思想,或就某方面给予指导性意见。大多数时候不是对话,而只是一个人自言自语,其意图尚不在交流和沟通,对话、论辩的特征并不显著。

用对问的形式将有关政治与道德(邦国成败与务用明德于民)的内容、强烈的说理目的,以及相对类型化的写作体制,进行有机结合的是《国语》中的大量篇章。《国语》是"语"发展史上的一个重要里程碑,此时"语"已具有不同于诗、世、令、故志、训典等不同的文体特质,故可宣告先秦"语"体的成立②。

下面试举一例,以见出先秦"语"体的重要特征:

> 叔向见韩宣子,宣子忧贫,叔向贺之。
>
> 宣子曰:"吾有卿之名而无其实,无以从二三子,吾是以忧,子贺我,何故?"
>
> 对曰:"昔栾武子无一卒之田,其宫不备其宗器,宣其德行,顺其宪则,使越于诸侯,诸侯亲之,戎、翟怀之,以正晋国,行刑不疚,以免于难。及桓子骄泰奢侈,贪欲无艺,略则行志,假贷居贿,宜及于难,而赖武之德,以没其身。及怀子改桓之行,而修武之德,可以免于难,而离桓之罪,以亡于楚。夫郤昭子,其富半公室,其家半三军,恃其富宠,以泰于国,其身尸于朝,其宗灭于绛。不然,夫八郤,五大夫三卿,其宠大矣,一朝而灭,莫之哀也,唯无德也。今吾子有栾武子之贫,吾以为能其德矣,是以贺。若不忧德之不建,而患货之不足,将吊不暇,

---

① 《汉书》,中华书局,1962年,第1715页。
② 按:陈桐生先生亦认为"对话体散文在《国语》中大体定型",见《先秦对话体散文源流》,《学术研究》2017年第8期,第161页。

何贺之有?"

宣子拜,稽首焉,曰:"起也将亡,赖子存之,非起也敢专承之,其自桓叔以下,嘉吾子之赐。"①

晋国的大夫羊舌肸(字叔向)去拜见正卿韩起(谥宣),韩起正在为自己财富不够多而发愁,羊舌肸听到他的烦恼后反而恭喜他。韩起不解,询问原因,羊舌肸首先以栾氏之书、黡、盈三代为例,对比他们的行为,指出修德虽贫却可免于难,且福延子孙;骄奢贪婪则易及于难,更会殃及后人:可见贫不可忧,富不可喜。既而又举晋国郤氏的例子,其个人财产抵得上公室的一半,最终却横尸于朝;一家出了五个大夫三个公卿,可谓权倾朝野,但因为不修德行多行不义,被灭门却没人同情。羊舌肸所举的例子都是本国不久前发生的真实事件,故而对韩起有很强的震撼力。最后羊舌肸将韩起与栾书之贫进行类比,鼓励其完善德行,并指出当忧者是能否树德,而非财富的多寡。"贺贫"这种行为难以理解,但经过羊舌肸排比史实、正反对比加以论述,其论点变得坚实可信,因而文末韩起起身拜谢,对羊舌肸的观点表示服膺。

诸如此类的例子很多限于篇幅,这里就不再多举,详细内容可以参见拙著《〈国语〉研究》②。在《国语》两百多篇长短不一的文章中,其中大多数都是有问有答,以答为主的对话形式;都针对某一具体论题,发表其批判性、建设性或预言性的意见;文章的性质在于议论说理;并且不少篇章都具有"背景+语+结果"这种相对固定的结构③,这些都成为先秦"语"体的重要文体特征。在其后的一些语书(如帛书《春秋事语》④、竹简书《春秋事语》⑤、《汲冢琐语》等)中

---

① 《国语》卷一四。
② 李佳《〈国语〉研究》,中国社会科学出版社,2015年。
③ "背景"交代引起言语的原因,介绍基本的人物、事件;"语"部分为整个篇章的主体;"结果"则是对整个事件,特别是言语内容的回应,又可分为小结果和大结果两种。具体内容可参考拙文《试论〈国语〉的篇章结构及其笔法特征——以〈左传〉互见记载为参照》,《北京大学学报(哲学社会科学版)》2010年第6期,第71—78页。
④ 1973年年末在长沙马王堆三号汉墓出土了一种帛书,原无书名,整理者将其定名为《春秋事语》,"非常合于此书的体例"。
⑤ 1977年在安徽阜阳双古堆西汉文帝十五年汝阴侯墓中,出土了一批木牍和竹简,其中有一部分所记也是春秋时事,原无书名,整理者亦建议命名为《春秋事语》。

均可找到证明①,亦可见出当时"语"体的存在与大量使用。而《战国策》材料来源之一的《事语》、陆贾的《新语》、《孔子家语》则显示了先秦"语"体在后世的发展和延续。

  写到这里,我们应该已经可以意识到,司马相如的《难蜀父老》无论从对话的形式、文章的内容(政治论题)、说理论辩性的特点,以及"背景+语+结果"的文章结构,都与先秦"语"体特征有着相当大的契合度。而且这篇文章与《国语》中的很多篇类似,实质上是一篇臣子向君王进谏的"语",只不过比较委婉罢了。文中表面上是在驳斥蜀父老的观点,实际上却句句从武帝的角度出之,如"盖世必有非常之人,然后有非常之事;有非常之事,然后有非常之功。非常者,固常人之所异也","且夫贤君之践位也,岂特委琐龌龊,拘文牵俗,循诵习传,当世取说云尔哉。必将崇论闳议,创业垂统,为万世规","夫拯民于沉溺,奉至尊之休德,反衰世之陵夷,继周氏之绝业,天子之急务也","且夫王事固未有不始于忧勤,而终于佚乐者也",等等,无不是在反复劝谏、鼓励武帝不要受习俗约束、不要为常人庸见影响,要胸襟开阔,勇于去开创千秋万世的不朽功业,因此司马相如真正对话的对象为武帝。基于以上原因,我们认为《文选》中"难"体最亲近直接的来源既非先秦诸子,也不是汉代的大赋,"难"与"答"也仅在对话即设辞这个形式上类似而已,"难"真正的文体来源当是先秦的"语"体。

  不过与先秦的"语"体相比较,司马相如的"难"体也有一些新的发展,这主要表现在对话形式的设置上。在以《国语》为代表的"语"体文中,对话一般展开于君王(或执政者)与臣子之间,是历史上真实发生的事件(尽管对话的内容可能经过了史官的润色)。而司马相如由于面对复杂而微妙的政治情景(以公孙弘为代表的朝中重臣的反对,以及蜀中民怨沸腾的现状)②,不敢直接进谏武帝,只能"风之",所以文章中对话的双方呈现出来的是蜀父老和司马相如,实质上这只是"籍以蜀父老为辞"罢了,因此其对话的一方(蜀父老)带有一定的虚构性,这与其大赋的写法也很类似。因此我们认为

---

 ① 《〈国语〉研究》,第174—182页。
 ② 王德华《事昭而理辨 气盛而辞断——司马相如〈喻巴蜀檄〉、〈难蜀父老〉解读》,《古典文学知识》2013年第5期,第110—118页。

《文选》立"难"一体,又仅选《难蜀父老》这篇,当是意识到了司马相如对于先秦"语"体的这一重要突破,它使得"语"体逐渐拉开了与历史的先天紧密关系,为后来创作开启法门,具有垂范的意义。《答客难》《解嘲》《答宾戏》就是有意虚构出了宾主问答的形式以抒发自己的情志,与"难"体同源,却走得更远。

三 《文选》中"对问"与"设论"的文体渊源

《文选》卷四五有"对问"体,仅选了宋玉《对楚王问》一篇文章。在任昉《文章缘起》的84种文体中,也有"对问,宋玉《对楚王问》"①,按照《文选》与《文章缘起》的密切关系,这一分类很可能受到《文章缘起》的影响。《文心雕龙·杂文》说:"宋玉含才,颇亦负俗,始造对问,以申其志。放怀寥廓,气实使之……自《对问》以后,东方朔效而广之,名为《客难》;托古慰志,疏而有辨。扬雄《解嘲》,杂以谐谑,回环自释,颇亦为工。班固《宾戏》……原夫兹文之设,乃发愤以表志。身挫凭乎道胜,时屯寄于情泰,莫不渊岳其心,麟凤其采,此立体之大要也。"②刘勰将"对问"和"设论"置于一处,统归于"杂文"类下,并总结此类文章的特质是"发愤以表志","渊岳其心,麟凤其采",即作者藉此文体发泄愤懑、书写情志,文章深刻而富于文采。

有关《文选》"对问"的文体来源,有人认为是《卜居》《渔父》,如洪迈说:"自屈原词赋假为渔父、日者问答之后,后人作者悉相规仿。"纪昀说:"《卜居》、《渔父》已先是对问,但未标对问之名耳。"③刘永济亦云:"自《卜居》、《渔父》肇对问之端,宋玉因之,设辞客主,所以首引文致也,于是有对问之作。"④也有学者直接溯源为《庄子·寓言》⑤。在讨论这个问题之前,先来看一下《对楚王问》这篇短文:

---

① (齐)任昉撰,陈懋仁注《文章缘起》,《文渊阁四库全书影印本》,册1478,台湾商务印书馆,1983年,第222—223页。
② 范文澜《文心雕龙注》,人民文学出版社,1958年,第254—255页。
③ 转引自范文澜《文心雕龙注》,第257页。
④ 刘永济《十四朝文学要略》,黑龙江人民出版社,1984年,第86页。
⑤ 余嘉锡《目录学发微》(含《古书通例》),中国人民大学出版社,2004年,第223页。

楚王问:"先生其有遗行与?何士民众庶不誉之甚也?"

宋玉对曰:"唯,然,有之。愿大王宽其罪,使得毕其辞。客有歌于郢中者,其始曰下里巴人,国中属而和者数千人;其为阳阿薤露,国中属而和者数百人;其为阳春白雪,国中属而和者不过数十人;引商刻羽,杂以流徵,国中属而和者不过数人而已。是其曲弥高其和弥寡。故鸟有凤而鱼有鲲。凤皇上击九千里,绝云霓,负苍天,翱翔乎杳冥之上。夫蕃篱之鷃,岂能与之料天地之高哉!鲲鱼朝发昆仑之墟,暴鬐于碣石,暮宿于孟诸。夫尺泽之鲵,岂能与之量江海之大哉!故非独鸟有凤而鱼有鲲也,士亦有之。夫圣人瑰意琦行,超然独处;夫世俗之民又安知臣之所为哉!"

楚襄王因士庶不称誉宋玉,质疑其人品、行为是否有不端之处。宋玉则分别以曲高和寡,凤凰、鲲鱼与鷃雀、小鲵的对比,圣人与世俗之民的对比来为自己辩护,暗示自己孤高自赏、不同于流俗,是为难被众人理解的原因。整篇君问臣答,答语是主体部分,作者通过形象的譬喻逐层论说,意在说理。我们同样认为"语"体与之有着亲密的关系。试看以下两例:

叔孙武叔毁仲尼。

子贡曰:"无以为也,仲尼不可毁也。他人之贤者,丘陵也,犹可逾也;仲尼,日月也,无得而逾焉。人虽欲自绝,其何伤于日月乎?多见其不知量也!"(《论语·子张》)

晋人杀厉公,边人以告,成公在朝。公曰:"臣杀其君,谁之过也?"

大夫莫对,里革曰:"君之过也。夫君人者,其威大矣。失威而至于杀,其过多矣。且夫君也者,将牧民而正其邪者也,若君纵私回而弃民事,民旁有慝,无由省之,益邪多矣。若以邪临民,陷而不振,用善不肯专,则不能使,至于殄灭而莫之恤也,将安用之?桀奔南巢,纣踣于京,厉流于彘,幽灭于戏,皆是术也。夫君也者,民之川泽也。行而从之,美恶皆君之由,民何能为焉。"(《国语·鲁语上》)

这两篇都是上与下之间的对话(按:鲁司马叔孙武叔诋毁孔子的话在《论语》

中被隐去了),双方意见不一致,臣下必须通过有理有据的论说才能表明自己的立场,进而说服君上。

《对楚王问》与以上两篇有很多相似之处,最重要的是其具备"语"体的一些重要特质:对问的形式、有关政治与道德的论述内容和意在说理的文章目的,因此我们认为"对问"应该也是源自先秦的"语"体。不过与"语"体相较,《对楚王问》有三点发展:首先,楚王与宋玉两个人物虽于史有之,但是这番对话是否发生过,却在虚实之间。其次,此文已不再追求"语"体文通过结构所保证的情境完整性,全文在一系列比喻论证之后,以"夫圣人瑰意琦行,超然独处;夫世俗之民又安知臣之所为哉"戛然而止,是非曲直昭然若揭,故提问者认同与否对答辩者已不重要,更显示出作者的清高、超逸之致。再次,这篇文章从"语"体所最关心的国家政治,开始转向对高尚个人品德修养的追求颂扬,这对《文选》中的"设论"一体,深具影响。

《文选》中的"设论"体选录了东方朔的《答客难》、扬雄的《解嘲》和班固的《答宾戏》。有些学者认为"设论"当归于赋体,其与赋在"客主以首引"的形式方面相类似,却不同于重记叙、重描写的赋体特征,"这种以论理为主要内容的设论文自然与'体物'为主要特征的赋大异其趣,而与以'宜理'为主要特征的论体文相统一"①。我们认为与《难蜀父老》和《答楚王问》相似,这三篇同样具有一些"语"体的基本特征,如:宾主问答,以答为主的对话形式;争论的焦点也都与现实的政治人生有关,即"皆就'时'字立论"②;通过古今对比的方式来论辩说理等。因此"设论"也可说是渊源自"语"体。不过其文体特征变化有三:其一,宾主问答纯属虚构,仅留对话形式而已,可以说是彻底地摆脱了"史"的约束,开启了更为自由的创作,而成为独立的文学样式;其二,此时士不再通过这种文体来置喙政务,而改为发泄自己怀才不遇的失落和愤懑之情,"以自慰谕",文体的功能发生了彻底的变化;其三,从"语"体的议论说理性质,转变成通过议论说理来"发愤以表志",因此带有很强的抒情性。

综上所述,我们发现《文选》中的"难""对问"和"设论"都与先秦的"语"体有着密切的关系,我们以下表(表一)来显示它们彼此的同异之处:

---

① 杨朝蕾《"设论"文体新论》,《理论月刊》2015年第2期,第61页。
② 骆鸿凯《文选学》,中华书局,1989年,第436页。

表一

篇名	《文选》文体	问答双方 表面	问答双方 深层	内容	文章结构	文章性质
《难蜀父老》	难	蜀父老 司马相如	汉武帝 司马相如	武帝通西南夷的政策	背景+语+结果	议论说理
《对楚王问》	对问	楚襄王 宋玉		士的人品与行为与评价	语	议论说理
《答客难》	设论	客 东方朔	作者内心独白	士人德才与官位不相匹配的问题	语	通过议论说理，抒发怀才不遇的愤懑、以自慰谕
《解嘲》	设论	客 扬子(雄)	作者内心独白	士人德才与官位不相匹配的问题	背景+语	通过议论说理，抒发怀才不遇的愤懑、以自慰谕
《答宾戏》	设论	客 主人(班固)	作者内心独白	士人德才与官位不相匹配的问题	背景+语	通过议论说理，抒发怀才不遇的愤懑、以自慰谕

先秦"语"体一度非常繁盛，但到汉代以后渐趋式微，主要原因可能有这三点：一，"语"体局限于对话的形式，"语"通常都需要依附在带有叙事性的文字之中，较少能够独立成文，这也是"语"体从"言语"向"事语"发展的原因；二，"左史记言，右史记事"，"语"体文从诞生之初就与历史有着密不可分的关系，《左传》当中已经有很多记语的片段，此后《史记》更是大量地将"语"引入其对历史的叙述当中，"语"与史传合流；三，"语"体的一个性质就是议论说理，但从战国诸子的长篇专题论文开始，它的这一文体功能很大程度上被"论"取代了。基于以上原因，"语"体文的衰落不可避免。即便如此，我们认为"语"体在汉魏六朝亦有新的发展，《文选》"难""对问""设论"所收录的五篇文章，都是肇源自先秦"语"体，并展现出作为新生文体的特点，《文选》的编纂者觉察出这种文体的发展以及文体间的差异，标以类名，并选录最具代表性的篇章为后世写作规范，不能不说其文体辨析的意识是非常敏锐的。

（新加坡南洋理工大学亚洲文化学部）

《文选》科举学引论

刘　锋

科举制度是隋唐以来重要的人才选拔体系,它历经1300多年,对中国古代社会、政治、经济、文化、教育等各个方面发生过深远的影响,并对亚洲乃至世界产生过重要的作用。因此,古人重视科举,关于科举的文献留存甚多;今人也重视对历代科举的研究,科举研究长期以来都是学术研究中的热点,形成了一个专门的研究领域——科举学[①]。

由于文章创作在科举考试中往往占有重要地位,故学者对科举与文学的结合研究也颇为注意,这也成为新时期以来古代文学研究领域的一个热点。此类研究或是注重科举与文学的关系研究,或是着力于科举作品的研究,如中国大陆傅璇琮《唐代科举与文学》、程千帆《唐代进士行卷与文学》、王勋成《唐代铨选与文学》、陈飞《唐代试策考述》、祝尚书《宋代科举与文学》等,中国台湾地区罗龙治《进士科与唐代的文学社会》、游适宏《试赋与识赋——从考试的赋到赋的教学》、刘巾英《唐代科举诗研究》等。日、韩以及欧美一些学者亦有所研究。

在关注科举与文学的视野下,《文选》与科举的关系成为不可忽视的一大问题。

众所周知,《文选》与"文选学"的盛行,与科举有密切的关系。隋唐之际,

[①] 参刘海峰《科举学导论》,华中师范大学出版社,2005年。

《文选》的盛行和"文选学"的大兴,与科举考试的兴起时间恰相吻合。唐代科举以进士科最为荣耀,而进士科主考诗赋文章,故素有"诗赋取士"之称,诗文写作在科举中占有十分重要的地位。唐代士子应试率以《文选》为学习写作的楷模,而考试题目也常常直接出自《文选》[1],故唐人与《文选》的关系乃是学生与教科书的关系。敦煌《秋胡变文》中提到秋胡辞家游学,随身携带诸经外,还有一部《文选》[2]。故事虽属虚构,但携带《文选》游学应是当时实情。宋郑文宝《南唐近事》载南唐后主时,张佖知贡举,试《天鸡弄和风》[3]。这个著名的掌故说明,至五代时,《文选》在科举中的角色依然如旧。宋代以来,直至科举终结,科举考试的内容和方式虽多有变迁,但诗文创作在大多时候还是有较重要的地位,《文选》仍是士子应试的重要参考典籍。明清时期盛行《文选》评点著作,很大程度上就是适应学习《文选》的需求产生的。

关于这一问题,"文选学"界与科举学界都给予了不少关注。无论是"文选学"史方面的研究,还是科举文学方面的研究,学者已注意到"文选学"的兴起与发展受到了科举考试的影响。如许逸民先生认为科举是唐代"文选学"兴起的一大因素[4],江庆柏先生也认为清代"文选学"的复兴与清代科举密切相关[5]。还有一些学者也专以《文选》与科举为题撰写论文,如李金坤《唐代科举考试与〈文选〉》[6]、付琼《清代科举与〈文选〉接受》[7]、冯淑静《〈选〉学兴衰与科举沿革》[8]、郭宝军《科举视阈下的宋代〈文选〉传播与接受》[9]等。

由此可见,《文选》与科举的结合研究是一个富有学术价值的选题,且已

---

[1] 参刘青海《试论唐代应试诗的命题及其和〈文选〉的渊源》(《云南大学学报(社会科学版)》2008年第4期)、张鹏飞《唐人试律诗诗题取用〈文选〉诗赋原句或李善注解比勘——〈昭明文选〉在唐代科举诗中的应用发微之一》(《湖北师范学院学报(哲学社会科学版)》2010年第3期)、王士祥《唐代应试诗赋对〈文选〉的接受》(《河南师范大学学报(哲学社会科学版)》2014年第6期)。
[2] 王重民等编《敦煌变文集》,人民文学出版社,1957年,第155页。
[3] "天鸡弄和风"为《文选》所收谢灵运《于南山往北山湖中瞻眺》诗句。见《困学纪闻》卷八翁元圻注引《南唐近事》。相似记载又见《诗话总龟》前集卷三一《正讹门》引《谈苑》。
[4] 许逸民《论隋唐"〈文选〉学"兴起之原因》,《文学遗产》2006年第2期。
[5] 江庆柏《清代的文选学》,《华南师范大学学报(社会科学版)》1987年第3期。
[6] 李金坤《唐代科举考试与〈文选〉》,《人文杂志》2003年第2期。
[7] 付琼《清代科举与〈文选〉接受》,《求是学刊》2009年第6期。
[8] 冯淑静《〈选〉学兴衰与科举沿革》,《东岳论丛》2009年第9期。
[9] 郭宝军《科举视阈下的宋代〈文选〉传播与接受》,《汉语言文学研究》2010年第4期。

取得了不少成果。目前,随着"文选学"研究的不断积累,以往的一些重要课题得到了比较充分的研究,可拓展的空间已经不多,"文选学"研究也需要开拓新的研究领域。因此,笔者以为,《文选》与科举的结合研究是一个可供选择的研究领域。虽然目前此领域已经有了不少研究成果,但考虑到科举历史和"文选学"的长期性、丰富性,这些研究还不足以全面深入地考察、揭示《文选》与历代科举复杂、密切的关系。另外,这些研究成果大多为单篇论文,限于篇幅,所论或局限于一个时期,或局限于一二问题,难以圆观遍照。有鉴于此,笔者不揣谫陋,特提出"《文选》科举学"之名,并略述其大端,以为引玉之论。

一 《文选》在历代科举中的角色及其历史沿革

1.《文选》科举"教科书"性质的形成

唐代科举使《文选》成为教科书,与五经等重,成为奠定《文选》经典地位的重要因素。在众多的总集中,《文选》获得如此地位显然与其自身特征相关。同时,《文选》在与科举密切相关的教育中成为讲学的教材,不但是研究《文选》值得考察的一个重要因素,也是研究唐代教育不可忽视的一个现象。

另外值得一提的是,在古代周边的日本、朝鲜、越南等国,《文选》也长期作为科举应试的"教科书",在传播华夏文化上具有十分重要的影响。

总之,《文选》被选择为"教科书",从而成为经典,延续不断地影响后世,其发展变化的具体历史轨迹,值得全面深入探讨。

2.《文选》科举"教科书"性质的成因

自晋挚虞《文章流别集》已降,总集层出不穷。现存唐前总集虽寥寥,但在隋唐之时,所存甚多。在众多总集中,《文选》脱颖而出,成为士子争相学习文章写作的范本,讲学使用的"教材",必有成因。学者一般认为,《文选》符合科举考试的需要,其收录文章各体皆备,包括当时常用的多种应用文体,不少是朝廷公文,故适于应试。同时,《文选》卷帙适当,所选作品虽不甚多,但都是经过长期考验的名篇,故亦便于研摩学习。这些观点自然合理,但多属学理上的推断,未从历史事实中探究具体成因。

3.《文选》科举"教科书"角色的演变

不同时期,科举考试的内容在不断变迁。这与当时的政治思想、政策导向等历史背景密切相关。因此,《文选》在不同时代的科举中角色有演变,地位有轻重。如陆游在《老学庵笔记》中说:"国初尚《文选》,文人专意此书,故草必称王孙,梅必称驿使,月必称望舒,山水必称清晖。至庆历后,恶其陈腐,诸作始一洗之。"①又如学者多据王应麟《困学纪闻》"熙、丰之后,士以穿凿谈经,而《选》学废矣"②的记载,认为北宋科举改革使《文选》在宋代逐渐没落,"文选学"亦衰弱③。

元明之后,科举考试逐渐以程朱理学、四书经义为准,《文选》的"教科书"角色有所削弱。但即如八股文这样的应试文体,亦多可从《文选》中模拟、学习④。清代文献中仍有不少策问专就《文选》与"文选学"发问⑤。

总体上,从唐代以来科举考试的律赋、试帖诗、策论乃至八股文等,都属于文章创作范畴,故学习《文选》的风气一直未曾中断。一旦考试内容涉及诗赋文章,《文选》就不可避免地成为重要的参考书。如清代乾隆二十二年,明确规定在乡、会试中增五言八韵诗一首,其后遂成定制,于是《文选》复盛。清代张缉宗在《文选后集序》中就指出:"今天子好古右文,崇儒重道,以古今之文不仅科目制艺可以得人,己未之春既设博学宏词之科,擢居词苑,以副史局,而第词臣优绌,时以诗赋考较铁材。于是天下向风艺林,有志之士罔不嗜古学,敦诗文,以成一代之盛,而《文选》一书,复家弦户诵于天下。"⑥因此,《文选》在

---

① (宋)陆游《老学庵笔记》卷八,《唐宋史料笔记丛刊》本,中华书局,1979 年,第 100 页。
② (宋)王应麟撰,(清)翁元圻等注,栾保群等校点《困学纪闻(全校本)》卷一七,上海古籍出版社,2008 年,第 1861 页。
③ 综合史料文献看,宋代的《文选》学总体上还是相当发达的,并没有明显衰弱的迹象。参郭宝军《宋代文选学研究》的相关研究,中国社会科学出版社,2010 年。
④ 参王书才《〈昭明文选〉研究发展史》第三章第一节"明代科举与《文选》",学习出版社,2008 年,第 146—147 页。
⑤ 其著者如(清)彭元瑞《恩余堂经进初稿》卷五《江南乡试策问》中问及《文选》,又《恩余堂策问存课》卷二有一篇专就《文选》策问;(清)刘凤诰《存悔斋集》卷八《经进文》有《丁卯江南乡试策问五道》,其一为有关《文选》的策问;又(清)顾广圻《思适斋集》卷一七《策问》亦存一篇。
⑥ (清)张缉宗编《新刊文选后集》卷首,清康熙刻本。

历代科举背景下的升沉起伏,须综合史料文献以深入考察。通过这些材料和现象,可以具体考察《文选》在科举中的作用与价值。

二 科举对《文选》流传接受以及"文选学"兴衰、演变的影响

1. 科举与《文选》刊刻流布的兴衰

《文选》传抄刊刻的兴衰与其"教科书"的性质密切相关。《文选》在科举中的作用重要,则刊刻多,流布广;《文选》在科举中地位下降,则刊刻少,士子亦不甚研习。就现存文献看,《文选》的各种版本以及"文选学"著作数量都有数百种之多,在中国古典文献的遗产里可谓一方重镇。这些丰富的文献积累,是支撑《文选》与"文选学"成为经典与经典学术的重要基础。

仅以可知的历代《文选》版本来看,有相当部分都与古代的各级教育密切相关。而古代教育很大程度上又是以科举考试为导向的。如现存最早的《文选》刻本是北宋国子监刊刻的,宋代其他的重要版本如秀州本、明州本、赣州本等,皆为各地州学所刊印,而尤刻本以及元代翻刻尤刻本的张伯颜本,亦属地方政府兴文教之产物。明清时期的《文选》版本,也有很多是各级官府以及地方书院所刊印。

2. 科举考试的变迁对士子学习《文选》的影响

科举考试内容、方式等的演变对学子学习应试影响极大,具体到《文选》的学习亦是如此。如冯淑静指出,相较唐朝士子对《文选》的学习,宋代士子就有所逊色,唐人一方面通过学《文选》提高自己的文学涵养,另一方面通过对相关文体的摹写,提高自己的写作水准。宋朝士子对《文选》的学习,则稍显急功近利,他们不是从根本上学习诗文创作,提高自己的文学水准,而是把《文选》当作堆砌词藻、典故的资料库,文学赏习功效大大降低。这与宋代科举制度的完善、士子学习功利性增强有着很大关系,对文学的发展并不是一个好的现象。[①]

明清科举用八股文,此时士子对《文选》的学习侧重于文法,以求有助于制

[①] 冯淑静《〈选〉学兴衰与科举沿革》,《东岳论丛》2009 年第 9 期,第 77 页。

艺,故此时《文选》评点大为盛行①,虽然这些评点之作颇受学者诟病②,但无碍于其广泛流通。张之洞《輶轩语》云:"此间生童试卷喜填《文选》泛话,动辄数十句,并不切合,此于文体既乖,亦于试场有碍。"③可见即便《文选》古雅,一般学子难以融会贯通,仍生搬硬套以作装点,亦可证《文选》在学习中的普及性。

3."文选学"的内容、特征与科举的关系

"文选学"作为中国古代一门专门之学,源远流长,内容宏富,因此,"文选学史"研究也成为当代"文选学"的一个重要领域。而"文选学"的历史发展及其学术内涵,也与科举考试和学校教育紧密相关。

如唐宋和清代的科举大部分时间较重诗文写作,故"文选学"在这些时期就比较兴盛。同时,科举考试也影响到"文选学"的内容和特征。如唐永隆二年(681)唐高宗《条流明经进士诏》颁布,进士科的考试内容,由以前的时务策变为帖经、杂文等,开元天宝间,杂文逐渐专用诗赋,《文选》在科举应试中日趋重要,与此相适应,便出现了较之前李善注简易的五臣注。受科举考试制度导向的影响,宋代一般知识阶层在对《文选》注本的选择中更倾向于五臣注,而知识精英阶层的提倡与评判以及社会文化氛围亦使李善注的地位不断提升,二本的博弈最终导致了合并本的出现。④

而如上所述,明清时以时文评点施加于《文选》的评点著作,不少也是适应科举考试之需,或是在科举考试的影响下产生的。

总之,纵览"文选学"发展史,不管是隋唐时对《文选》的注解,宋时对《文选》华辞丽藻的类辑,还是明清时对《文选》的评点,起起伏伏间无一不与科举制度的沿革有着密切关系。故研究"文选学",特别是研究"文选学"史,无疑要对此细加考察。

---

① 对《文选》评点的研究可参考赵俊玲《〈文选〉评点研究》(上海古籍出版社,2013年)、王书才《文选评点述略》(上海古籍出版社,2012年)等。
② 如《四库提要》称明闵齐华《文选瀹注》"以批点制艺之法施之于古人著作",称清洪若皋《文选越裁》"其圈点评语则全如时文之式",代表了清代学者贬斥《文选》评点的一般观点。
③ (清)张之洞《輶轩语》,《慎始基斋丛书》本。
④ 郭宝军《科举视阈下的宋代〈文选〉传播与接受》,《汉语言文学研究》2010年第4期,第43页。

三 《文选》与科举关系的变迁所反映的科举与文学的关系

1.《文选》、科举、文学三者的关系

前贤今人多指出唐代文学与《文选》的密切关系,如清沈德潜在《文选音义序》中说:

> 诗人之作盛于唐。而其源自《骚》《雅》,而下辄推齐梁《文选》为第一。其书虽不专比兴,然取材于《选》,效法于唐,昔人已有定论。少陵亦曰"续儿诵《文选》",放翁曰"《文选》烂,秀才半",盖自唐永隆进士设科,用诗赋,迄宋熙宁、绍圣以前不改。当时文人简练揣摩,其体则旁罗大小,其事则错综古今,可以博物多识,历试而不惑者,莫近于《文选》。①

唐代文人熟读《文选》、模拟《文选》的记载比比皆是,后人的相关评述、研究也层出不穷。李详特著《杜诗证选》《韩诗证选》以考杜甫、韩愈诗歌创作中对《文选》的应用。当代又有《〈文选〉与唐人诗歌创作》②等一系列论著出现。可以说,科举是文人创作学习《文选》的一个纽带。

2. 科举中《文选》角色的演变反映出文风、学风的演变

历史上文风、学风与科举导向也密切相关,具体到《文选》的学习及评价亦如此。如应澧在《选学胶言序》中所说:"唐人以诗赋取士,《文选》一书犹今之帖括,沿及宋代,精《选》理者不一其人。"③宋神宗以后,科举改革,废诗赋,改以试经义,于是出现了另一种情形:"宋世帖括嗣兴,趋义疏之空疏,失辞赋之奥博,学者每惮其繁富而莫之究。虽有高明才子之士,穷搜博考,又以功令所不及而不能尽昌其业,无惑乎其学之浸微也。"④

---

① (清)余萧客《文选音义》卷首,清乾隆间静胜堂刻本。
② 林英德《〈文选〉与唐人诗歌创作》,知识产权出版社,2013年。
③ (清)张云璈《选学胶言》卷首,《丛书集成续编》本,台北新文丰出版公司,1989年。
④ (清)李保泰《选学胶言序》,《选学胶言》卷首。

同时，《文选》所代表的骈文、用典、辞藻等重要的文学因素，在文学思想领域和科举政策中也一直是长期争议、讨论的焦点。如在《文选》炽盛的唐代，亦不乏批评之声。李德裕称其祖父李栖筠登第后，家不置《文选》，盖恶其祖尚浮华（《旧唐书》卷一八上《本纪》第十八上）。又如清代阮元等奉《文选》为宗的骈文派，与桐城派古文抗衡，亦关系到当时的文学风气①。因此，《文选》与历代文风、学风的关系也颇值得探讨。

3.《文选》等总集编纂与科举的关系

《隋书·经籍志》称总集为"属辞之士以为覃奥而取则"，《四库总目》称其为"文章之衡鉴，著作之渊薮"，都指出了总集在学习创作中的价值，而这种价值的体现莫甚于《文选》。受此影响，唐宋以来的一些总集编纂，无疑模仿了《文选》这一范式。在唐代，产生了不少续拟《文选》的总集，而其时的诗文选本如《河岳英灵集》《中兴间气集》等在选诗的旨意与体例上也都受到了《文选》的影响②。后世影响比较大的总集如《唐文粹》《宋文鉴》《明文衡》等，多少也受《文选》的影响，并与科举相涉。

同时，受文学思想观念变迁的影响，一些总集也试图对《文选》的范式有所反拨，如元陈仁子不满《文选》选文，"以为存《封禅书》，何如存《天人三策》；存《剧秦美新》，何如存更生《封事》；存《魏公九锡文》，何如存蕃、固诸贤论；列《出师表》，不当删去后表"（元赵文《文选补遗序》）③，故撰《文选补遗》以纠偏。更明显的是宋真德秀编《文章正宗》，斥《文选》非"源流之正"④，显示了宋代以来重视文章义理的观念，而这也与宋代科举重视经义相印证。

四 《文选》与科举关系的价值评判

1.《文选》在历代科举中的作用及其价值

《文选》在科举中的实际作用如何，其地位如何，是需要深入探讨的问题，

---

① 参穆克宏《阮元与〈文选〉学研究》，《福建师范大学学报（哲学社会科学版）》2007年第2期。
② 可参考卢燕新《论唐代科举与唐人编选诗人总集之关系》，《人文杂志》2014年第11期。
③ （元）陈仁子《文选补遗》卷首，国家图书馆藏明抄本。
④ （宋）真德秀《文章正宗·纲目》，文渊阁《四库全书》本。

而这也是评判其价值的重要基础。

历史上对科举的议论也往往牵涉到《文选》,如唐刘秩论曰:

> 洎乎晋、宋、齐、梁,递相祖习,其风弥盛。舍学问,尚文章;小仁义,大放诞。谈庄周、老聃之说,诵《楚词》《文选》之言。……撮群钞以为学,总众诗以为资。谓善赋者廊庙之人,雕虫者台鼎之器。下以此自负,上以此选材,上下相蒙,持此为业,虽名重于当时,而不达于从政。①

显然是不满科举过于重视诗文创作的。《韵语阳秋》引《外史梼杌》载郑奕尝以《文选》教其子,其兄曰:"何不教读《论语》,免学沈谢嘲风弄月,污人行止。"②但到了明清,能够熟精《文选》反倒可贵了。如陈弘绪《寒夜录》说:

> 科举之法行之逾久,而应举者荒疏逾甚。因忆昔人有"《文选》烂,秀才半"之语,彼时之为诸生者,较今悬绝乃尔。夫文之不能顿造于烂,虽老佛宿学难之烂矣,而仅得秀才之半,其所谓全者,又属何等耶!③

清代的一些学者也很重视《文选》在取士中的作用,如俞樾《取士议》云:

> 三史之外,益以《文选》之学。……今宜于第三场试史论外,更试诗一首,以《文选》出题,其所限官韵即用本篇题目中字。士子不知出处,不能押韵,则不得不熟读《文选》矣。夫以经史为之根柢,而又以《选》学佐之,科场所得,必多华实并茂之士。数十年之后,经术吏治自将驾唐宋而上之矣。④

又如龙启瑞《留任告示·附取士条规》云:

---

① (唐)杜佑撰,王文锦等点校《通典》卷一七《选举五·杂议论中》,中华书局,1988 年,第 416—417 页。
② (宋)葛立方《韵语阳秋》卷三,(清)何文焕辑《历代诗话》本,中华书局,1981 年,第 505 页。
③ (清)陈弘绪《寒夜录》卷上,《续修四库全书》影印清抄本,上海古籍出版社,2002 年,第 696—697 页。
④ (清)俞樾《宾萌集》卷四,《续修四库全书》影印清光绪二十五年刻《春在堂全书》本,上海古籍出版社,2002 年,第 51 页。

熟《文选》。灵均响微,汉京再振,魏晋以降,虽趋卑靡,而富丽雅洁,古质犹存。昭明兹选,诚纳圭璧于宝山,收珠玑于海藏也。唐宋名手,咸资取材。本院乐与多士追汉、魏之鸿裁,储许、燕之巨制,用备他日馆阁所需。考古场有能填注拟《选》体诗赋、骈体文者,提堂面试,以擢鸿才。①

这些议论都从科举或教育的视角对《文选》的价值作出评判,需要结合历史背景去理解。

2.《文选》通过科举对中国文学的影响和价值

从唐宋的"《文选》烂,秀才半"一直到民国的"选学妖孽",《文选》尽享荣宠,也备受争议。其在科举中举足轻重的地位,无疑是评价科举与文学关系的重要参考。无论是典雅、浮华之辩,还是骈文、古文之争,这些文学史上重要的文学思想论争都绕不开《文选》和科举。

然而,讨论《文选》、科举与文学的关系,往往会有截然相反的价值判断。例如学者研究唐代文学,一方面说诗赋取士造成唐代诗歌全面繁荣,另一方面又无法解释很多伟大的诗人与科举无缘,试帖诗中少有佳作;一方面肯定科举制是历史的一大进步,但另一方面又认为唐代以诗赋取士,造成唐人除写诗外百无一能,德行器识没有,吏干政事亦无。这些彼此矛盾的认识说明,《文选》通过科举对文学的影响仍须全面、客观地探讨、评价。②

结语 "《文选》科举学"的构建

综上所述,"《文选》科举学"是一个内涵丰富、问题复杂的研究领域。这是一个文史结合的研究课题,既要全面厘清"文选学"史的兴衰演变,还要深入把握科举的发展变迁,而两个领域都涉及非常丰富的史料文献和研究成果。需要通过对科举文献、《文选》学文献、历代相关的文学创作、相关历史记载等

---

① (清)龙启瑞《经德堂文集·别集下》,《续修四库全书》影印清光绪四年龙继栋京师刻本,上海古籍出版社,2002年,第654页。
② 参李浩《唐代"诗赋取士"说平议》,《文史哲》2003年第3期。

的爬梳，探讨其深层原因和演变轨迹，并在此基础上作出价值判断；还要熟精《文选》作品，通览历代科举文学，识文体，明典故，谙辞章，通训诂，以此为基础，才能真正探讨其深微问题。

"《文选》科举学"的研究，旨在探明《文选》对历代科举的作用、影响和价值，从而更加深入认识《文选》在中国文学发展史上的意义。同时，通过考察《文选》这一具体典籍，以探讨科举中文学创作的地位及其演变，以此开拓"文选学"研究视野，深化"文选学"与中国文学的关系研究，并为科举学提供具体的实证性研究，丰富科举与文学的关系研究，丰富中国古代文学与制度特别是科举制度关系的研究，明其利弊，评其价值，借古鉴今。

六朝时期今鄂湘地区诗歌创作考论

陆 路

六朝时期今湖北地区主要有江陵、夏口、襄阳三大文化中心,以江陵(今湖北荆州)为中心形成荆州文化区,大致相当于汉之南郡,大体包括今鄂西地区,即今荆州(不包括监利、洪湖)、荆门(不包括钟祥、京山)、宜昌、恩施等地。以夏口(今湖北武汉武昌区)为中心形成郢州文化区。刘宋孝武帝孝建元年(454)分荆、湘、江、豫四州设立郢州,此时郢州的东部大致相当于汉之江夏郡(南朝州郡设置泛滥,故以汉代州郡为纲说明问题更为清晰简便),治所在夏口,这样正式确立了江夏地区与荆州并列的政治文化中心地位。出于"犬牙交错"(邹逸麟语)避免割据之目的,郢州刚设立时,东部是本属江夏文化圈的汉以来的江夏郡属地,西南部是原属湘州的巴陵郡和武陵郡(在今湖南省),而梁陈时巴陵、武陵终究划出郢州,这样郢州政区才与传统习惯及该地区的文化属性相合,本文说的郢州文化区亦只包括郢州初设时的东部地区即江夏文化圈(下文提到郢州皆如是,不再另外说明),大体包括今鄂东地区,即今武汉、鄂州、黄石、黄冈、随州、孝感,荆门市之钟祥、京山、天门、仙桃、潜江,荆州市之监利、洪湖等地。襄阳本属南郡,刘表时期作为荆州治所一度繁荣,刘表之子刘琮投降曹操后,曹操在襄阳一带建立襄阳郡,东晋孝武帝时期为安置雍州等地侨民,以襄阳为治所设立侨置雍州,并为南朝所继承,与侨置雍州西部毗邻的侨置梁州东部地区,亦属于襄阳文化圈,襄阳文化圈主体是今鄂西北地区,即今襄樊、十堰等地。这样正式形成荆楚三大政治文化中心。

汉代荆州南部的长沙、零陵、桂阳(湘东)和武陵(湘西)四郡大体相当于今湖南省以及广东北部、广西东北部紧邻湖南的地区,晋怀帝永嘉元年(307)在此设立湘州,从此今湖南政区成为与荆州等平级的政治文化区。南朝州郡设置泛滥(武陵和洞庭湖沿岸有段时间还被划入郢州),对此本文皆不取,本文所说的湘州文化指东晋初设湘州时的政区范围。

本文拟系统研究六朝时期今湖北、湖南地区的诗歌创作。结合六朝今湖北地区江陵、夏口、襄阳三大文化中心的实际,将湖北分鄂西、鄂东、鄂西北三地考述诗歌创作状况,分别大致相当于荆州、郢州、侨置雍州。今湖南地区在六朝时开发还有限,主要集中在湘东的洞庭湖沿岸和湘江流域(即汉之长沙、零陵、桂阳郡),故不再分区域研究。

一 以江陵为中心的荆州诗歌创作

现可知较早作于荆州的诗歌是西晋曹摅的《赠石崇》:"昂昂我牧,德惟人豪……攻璞荆岷,滋兰江皋……虽欣嘉愿,惧忝班僚。"《文选》卷二九曹摅《思友人诗》李善注引臧荣绪《晋书》:"曹摅,字颜远,谯国人也。笃志好学,参南国中郎将,迁高密王左司马。"[①]陆侃如先生已考证,永熙元年(290)石崇为南国中郎将、荆州刺史,曹摅随至荆州参崇军事,是诗当作于初到官时[②]。该诗是对石崇人品、政绩等的歌颂,不是私人情感的酬赠,所以使用了雅正的四言体。曹摅另有《赠石荆州》,仅存残句"辄轲石行难,窈窕山道深",则是诗为五言,大约是游览写景之类较为私人化的内容,故使用当时视为流调的五言,当亦作于在石崇幕府时。前一首四言诗,当亦题作《赠石荆州》,题中直呼其名约为后人所加。

据曹道衡先生考证,咸康六年(340)至永和元年(345)庾阐在荆州刺史庾翼幕府中,其间作有《观石鼓诗》[③]。《艺文类聚》卷八《山部下》石鼓山:"盛弘

---

① (南朝梁)萧统编,俞绍初等整理《新校订六家注文选》第三册,郑州大学出版社,2013年,第1907页。
② 陆侃如《中古文学系年》,中华书局,1985年,第647页。
③ 曹道衡、沈玉成《中古文学史料丛考》,中华书局,2003年,第318页。

之《荆州记》曰:'建平郡南陵县有石鼓,南有五龙山,山峰嶕峣,凌云济竦,状若龙形,故因为名。'晋庾阐《观石鼓诗》曰:'命驾观奇逸,径骛造灵山。朝济清溪岸,夕憩五龙泉。鸣石含潜响,雷骇震九天。妙化非不有,莫知神自然。翔霄拂翠岭,缘涧漱岩间。手澡春泉洁,目玩阳葩鲜。'"①建平郡南陵县治在今重庆巫山县南,虽今天行政区划不属湖北,但巫山县紧邻湖北,且建平郡在荆州境内,故该诗亦属荆州诗,且是较早的纯山水诗,脱离了玄言诗风,亦无玄言诗的尾巴。

东晋义熙八年(412)谢灵运正为荆州刺史刘毅从事中郎,作《答中书诗》与中书侍郎从兄谢瞻②,该诗赞美谢瞻才德,内容正式,故使用雅正的四言体。

东晋袁山松有《白鹿山诗》,序曰:荆门山临江,皆绝壁峭崿。壁立百余丈,亘带激流,禽兽所不能履。有一白鹿,忽然若飞,超冈而去,谓之白鹿山。《太平寰宇记》卷一四七《山南东道六》:"荆门山,在(宜都)县西北五十里。袁山松《宜都山川记》云:'南崖有山名荆门,北崖有山名虎牙。'"③白鹿山即荆门山,在今湖北宜都市。袁山松有《宜都山川记》和《白鹿山》诗,则袁曾经在荆州居住或为官。《资治通鉴》卷一一一《晋纪三十三》:"袁山松隆安四年(400)十一月,吴国内史袁崧筑沪渎垒以备恩。"④《资治通鉴》卷一一二《晋纪三十四》:"隆安五年五月,孙恩陷沪渎,杀吴国内史袁崧,死者四千人。"⑤沪渎垒在今上海市。则袁山松在荆州时当在早年。是诗所写与白鹿山无涉,主要是咏白鹿之难逃猎人捕杀,似有感慨寄托。

刘宋时期从现存诗歌看,鲍照、江淹是荆州诗最主要的作者。据丁福林先生考证,鲍照两次到荆州,第一次是元嘉十二年(435)至十六年四月任荆州刺史、临川王义庆王国侍郎,此期间与汤惠休相唱和,有《秋日示休上人》《答休上人》(答汤惠休《赠鲍侍郎》而作)⑥。第二次是大明六年(462)初秋随临海王子顼到荆州任子顼参军,直至泰始二年(466)八月在荆州遇害。大明六年秋

---

① (唐)欧阳询撰,汪绍楹校《艺文类聚》,上海古籍出版社,1982年,第143页。
② (南朝宋)谢灵运著,顾绍柏校注《谢灵运集校注》,中州古籍出版社,1987年,第2页。
③ (宋)乐史撰,王文楚等点校《太平寰宇记》,中华书局,2007年,第2863页。
④ (宋)司马光《资治通鉴》,中华书局,1956年,第3514页。
⑤ 《资治通鉴》,第3523页。
⑥ (南朝宋)鲍照撰著,丁福林、丛玲玲校注《鲍照集校注》,中华书局,2012年,第757、761页。

第二次到荆州途经阳岐山(在今湖北石首)遇风停船作《阳岐守风》①,诗云:"洲回风正悲,江寒雾未歇。飞云日东西,别鹤方楚越。"描写江陵一带的长江雾景。此次在荆州时还有《与伍侍郎别》,诗云:"漫漫鄢郢途,渺渺淮海径。"鄢郢指荆楚地区即荆州一带,淮海指扬州一带。钱仲联先生结合诗中多忧危之思,以为是大明七年鲍照在荆州送伍侍郎回扬州而作②,由于伍侍郎生平未详,很难说确切作于哪年,要之作于鲍照第二次在荆州期间。鲍照《在江陵叹年伤老》:"翾翾燕弄风,袅袅柳垂道。池渌乱苹萍,园楦美花草。"诗写春景,第二次在荆州方为探老的年龄,是诗大约是大明七年至泰始元年间某年春作于江陵③。鲍照《在荆州与张使君李居士连句》,未详其作于哪一次在荆州时④。以上鲍照荆州诗,丁福林《鲍照集校注》已有考证,笔者无异议,故仅略叙之。

江淹一生可知一次经过荆州,一次在荆州任职。泰始四年(468)江淹任雍州刺史巴陵王休若右常侍,⑤泰始五年从雍州回到建康,建平王景素已任吴兴太守,江淹旋即前往吴兴入景素幕为其主簿,泰始七年建平王景素拜湘州刺史,江淹随从前往湘州。西塞在今湖北宜都县一带。江淹《渡西塞望江上诸山》诗写冬景,约作于泰始七年冬随景素在荆州时,因为明年秋江淹即随景素任南徐州刺史⑥。诗云:"南国多异山,杂树共冬荣。潺湲夕涧急,嘈嚖晨鹍鸣。石林上参错,流沫下纵横。松气鉴青蔼,霞光铄丹英。"描写了西塞山一带的异山、石林、奇松等景象,表现荆州山水之特色。江淹《感春冰遥和谢中书》二首,谢中书指谢朓。泰豫元年(472)春江淹在荆州作是诗⑦。其一"平原何寂寂,岛暮兰紫茎。芬披好草合,流烂新光生";其二"暮意歌上眷,怅哉望佳人。揽洲之宿莽,命为瑶桂因"。所写景物具有楚地特点,"揽洲"句,化用《离骚》"夕揽洲之宿莽",宿莽为楚地有关草之方言,名楚物、作楚声亦与江淹在

---

① 《鲍照集校注》,第511页。
② 《鲍照集校注》,第601页。
③ 《鲍照集校注》,第605页。
④ 《鲍照集校注》,第649页。
⑤ 具体参见笔者《江淹〈望荆山〉创作时地考》,《文史哲》2016年第6期。
⑥ 丁福林《江淹年谱》,凤凰出版社,2007年,第56页。
⑦ 《江淹年谱》,第60页。

荆州作诗契合。江淹亦曾陪同建平王景素游览纪南城,有《从建平王游纪南城》,诗云:"再逢绿草合,重见翠云生。"泰始七年春随景素自湘州到达荆州,泰豫元年春亦在荆州,故称"再逢",可知该诗为泰豫元年春江淹陪同建平王景素游楚之纪南城时作①。该诗又云:"年积衣剑减,地远宫馆平。锦帐终寂寞,彩瑟秘音英。丹砂信难学,黄金不可成。迁化每如兹,安用贵空名。"感叹楚国都城早已荒芜沉寂,感叹历史的沧桑,世事难料。是三诗创作时地丁福林先生已作详细考辨,笔者无异议,故简述之。

南齐荆州诗作者有袁彖、王秀之、谢朓、萧赜、宗夬等。袁彖永明初为荆州刺史庐陵王萧子卿僚属时曾在荆州,作有《赠庾易》。《南史》卷五四《庾易传》:"庾易字幼简,新野人也,徙居江陵……安西长史袁彖钦其风,赠以鹿角书格、蚌盘、蚌研、白象牙笔。并赠诗曰:'白日清明,青云辽亮,昔闻巢、许,今睹台、尚。'易以连理几、竹翘书格报之。建武三年(496),诏征为司空主簿,不就,卒。"②《南齐书》卷四八《袁彖传》:"袁彖字伟才,陈郡阳夏人也。祖洵,吴郡太守。父觊,武陵太守……寻补安西谘议、南平内史。除黄门,未拜,仍转长史、南郡内史,行荆州事。"③《南齐书》卷四〇《武十七王·庐陵王子卿传》:"世祖即位,为持节、都督郢州司州之义阳军事、冠军将军、郢州刺史。永明元年(483),徙都督荆湘益宁梁南北秦七州、安西将军、荆州刺史,持节如故。始兴王鉴为益州,子卿解督。……五年,入为侍中、抚军将军,未拜,仍为中护军,侍中如故。"④《南齐书》卷三《武帝纪》:"(永明元年)九月己卯,以荆州刺史临川王映为骠骑将军,冠军将军庐陵王子卿为荆州刺史……(永明)五年正月戊子……左将军安陆王子敬为荆州刺史。"⑤则永明元年九月至五年袁彖随庐陵王子卿在江陵。是诗作于此间。

谢朓是南齐时期荆州诗的重要作者之一。永明九年(491)至十一年秋谢朓在荆州,为荆州刺史随王子隆文学⑥。《南齐书》卷一六《百官志》:"凡公督

---

① 《江淹年谱》,第61页。
② 《南史》,中华书局,1975年,第940页。
③ 《南齐书》,中华书局,1972年,第834页。
④ 《南齐书》,第703页。
⑤ 《南齐书》,第53页。
⑥ (南朝宋)谢朓著,曹融南校注《谢宣城集校注》,上海古籍出版社,1991年,第454—456页。

府置佐:长史、司马各一人,谘议参军二人。诸曹有录事,〔功曹〕,记室,户曹,仓曹,中、直兵,外兵,骑兵,长流,贼曹,城局,法曹,田曹,水曹,铠曹,集曹,右户,十八曹。"①随王子隆作为使持节、都督、刺史正可置诸曹。谢朓作有《与江水曹至滨干戏》,江水曹为随王子隆僚属,名与事迹未详。谢朓为随王文学,二人为同僚。诗云:"花枝聚如雪,芜丝散犹网。别后能相思,何嗟异封壤。"可见作于春日,永明九年春至永明十一年秋谢朓在荆州,大约永明十年或十一年春,谢朓为其同僚江水曹在江陵长江边送行而作是诗,郑玄抚本《玉台新咏》卷四录该诗题作《别江水曹》正合理②。建武二年(495)至建武三年谢朓任宣城太守,太守不能置诸曹,所以该诗不作于宣城明矣。谢朓《送江水曹还远馆》诗云:"塘边草杂红,树际花犹白。"亦作于春日,约与《与江水曹至滨干戏》同时作。谢朓亦曾游览三湖作《望三湖》,《(嘉庆)重修一统志》卷三四四:"三湖在江陵县城东,《荆州记》:江陵城东三里余有三湖,广数十里,倚北湖,倚南湖,廖台湖,皆其一隅。"③诗云:"葳蕤向春秀,芸黄共秋色。"已见三湖之春色,今又睹其秋景。谢朓永明九年春前往荆州,则是年春不得见三湖,故是诗作于永明十年秋④。谢朓《冬绪羁怀示萧谘议虞田曹刘江二常侍》,萧衍亦永明九年春随子隆到荆州,萧衍与谢朓此时为同僚,诗云:"夙慕云泽游,共奉荆台绩。一听春莺喧,再视秋虹没。"已在荆州度过两个秋季,则该诗永明十年冬作于荆州⑤。

王秀之为随王镇西长史,与谢朓同僚。作有《卧疾叙意》,诗云:"循躬既已兹,况复岁将暮。层冰日夜多,飞云密如雾。归鸿互断绝,宿鸟莫能去。"写冬景,随王子隆永明九年(491)春前往江陵,则是诗乃永明九年冬作于江陵。谢朓作《和王长史卧病》诗云:"青皋向还色,春润视生波。岩垂变好鸟,松上改陈萝。日与岁眇邈,归恨积蹉跎。愿缉吴山杜,宁袂楚池荷。"写春景,并表示对吴山之思念,不愿留荆楚之地。永明十年春作于江陵⑥。

---

① 《南齐书》,第313页。
② 吴冠文等《玉台新咏汇校》,上海古籍出版社,2011年,第291页。
③ 《(嘉庆)重修一统志》,《四部丛刊续编》第36册,上海书店,1984年。
④ 《谢宣城集校注》,第455页。
⑤ 详见笔者《南朝诗歌中的"萧咨议"考》,《河南大学学报(社会科学版)》2016年第5期。
⑥ 《谢宣城集校注》,第455页。

谢朓在荆州时还作有《夏始和刘孱陵》，荆州南平郡孱陵县治即今湖北公安县西。刘孱陵即孱陵县令，事迹生平未详。此诗约作于永明九年或十年初夏在荆州时。此一时段外，谢朓未到过今湖北境内。

谢朓《奉和随王殿下十六首》非一时一地作，要之至晚一首作于永明十一年秋谢朓准备离开荆州前①。萧子隆原作已佚。

萧赜有《估客乐》，《古今乐录》曰："估客乐者，齐武帝之所制也。帝布衣时，尝游樊、邓。登阼以后，追忆往事而作歌。使乐府令刘瑶管弦被之教习，卒遂无成。有人启释宝月善解音律，帝使奏之，旬日之中，便就谐合。敕歌者常重为感忆之声，犹行于世。"②则是诗回忆荆州之景，约作于永明间。

宗夬有《荆州曲》三首：其一"迢递楼雉悬，参差台观杂。城阙自相望，云霞纷飒沓"；其二"章华游猎去，绝郢从禽归。溶溶紫烟合，郁郁红尘飞"；其三"朝发江津路，暮宿灵溪道。平衢广且直，长杨郁袅袅"。《水经注》卷二八《沔水》："江陵西北有纪南城，楚文王自丹阳徙此，平王城之。班固言：楚之郢都也……又东北出城，西南注于龙陂……陂水又径郢城南，东北流谓之扬水……扬水又东入华容县，有灵溪水……又有子胥渎，盖入郢所开也。水东入离湖，湖在县东七十五里，湖侧有章华台，台高十丈，基广十五丈，左丘明曰：楚筑台于章华之上。"③则是三诗所写章华台、纪南城、灵溪等皆在江陵一带。昔日繁华的楚国都城如今禽兽出没，抒发历史兴亡之感。宗夬为宗炳孙，世居江陵，永明二年司徒竟陵王子良开西邸，宗夬已在其府。该诗约作于宗夬早年在故乡时。

梁代荆州诗作者有刘孝绰、萧纲、萧绎、庾肩吾、刘缓、何思澄、孔翁归、朱超、王褒等。刘孝绰是现可知梁代较早在荆州作诗者。《梁书》卷二《武帝纪》："（天监六年四月）（507）己酉，以江州刺史王茂为尚书右仆射，中书令安成王秀为平南将军、江州刺史。（天监七年五月）癸卯，以平南将军、江州刺史安成王秀为平西将军、荆州刺史……（八月）甲戌，平西将军、荆州刺史安成王秀进号安西将军……（天监九年六月）癸酉，以中抚将军、领护军建安王伟为镇

---

① 《谢宣城集校注》，第 456 页。
② （宋）郭茂倩《乐府诗集》，中华书局，1979 年，第 699 页。
③ （北魏）郦道元著，陈桥驿校证《水经注校证》，中华书局，2007 年，第 669—770 页。

南将军、江州刺史……天监十一年十二月己未，以安西将军、荆州刺史安成王秀为中卫将军，护军将军鄱阳王恢为平西将军、荆州刺史……（天监十二年）九月戊午，以镇南将军、开府仪同三司、江州刺史建安王伟为抚军将军，仪同如故，领中权将军王茂为骠骑将军、开府同三司之仪、江州刺史……（天监十三年）春正月丙寅，以翊右将军安成王秀为安西将军、郢州刺史。夏四月壬辰，以郢州刺史豫章王综为安右将军。"①《梁书》卷三三《刘孝绰传》："出为平南安成王记室，随府之镇。寻补太子洗马，迁尚书金部郎，复为太子洗马，掌东宫管记。出为上虞令，还除秘书丞。高祖谓舍人周舍曰：'第一官当用第一人。'故以孝绰居此职。公事免。寻复除秘书丞，出为镇南安成王谘议，入以事免。起为安西记室，累迁安西骠骑谘议参军。"②《梁书》卷二二《太祖五王·安成王秀传》："（天监）十三年，复出为使持节、散骑常侍、都督郢司霍三州诸军事、安西将军、郢州刺史。"③刘孝绰约天监六年随安成王秀到江州，七年随安成王秀由江州至荆州，大约天监八年回到建康不久即补太子洗马，掌东宫管记。大约天监九年夏出为上虞令④。约该年末或十年初即还除秘书丞，后以公事免，十年秋冬之际复为秘书丞，十一年春夏之际又回到荆州任安成王秀谘议。十一年冬安成王秀被征为中卫将军，十二年春随安成王秀回到建康。天监十三年正月以安成王秀为郢州刺史，而夏四月原郢州刺史豫章王综方调安右将军，则安成王秀正月除郢州刺史时并未立即赴任，故豫章王综直到四月才离任。刘孝绰又随安成王秀到郢州。刘孝绰《三日侍安成王曲水宴》大约是天监八年上巳节作于江陵，是诗为应制之作，主要歌颂安城王秀的才干。之后刘孝绰回到建康，天监十一年再到荆州也已是春夏之际，故该诗作于天监八年上巳节可能性

---

① 《梁书》，中华书局，1973年，第45、47、50、52、54页。
② 《梁书》，第480页。
③ 《梁书》，第3453页。
④ 刘孝绰《侍宴钱庚於陵应诏》，《梁书》卷四九《庾於陵传》："俄迁散骑侍郎，改领荆州大中正。累迁中书黄门侍郎，舍人、中正并如故。出为宣毅晋安王长史、广陵太守，行府州事，以公事免。复起为通直郎，寻除鸿胪卿，复领荆州大中正。卒官，时年四十八。"（第480页），《梁书》卷四《简文帝纪》："天监九年（春正月丙子），迁使持节、都督南北兖青徐冀五州诸军事、宣毅将军、南兖州刺史。"（第46—54页）诗云："是日青春献，林塘多秀色。芳卉粲纶组，嘉树似雕饰。游丝缀莺领，光风送绮翼。"写春景，该诗大约是天监九年春庾於陵前往南兖州（治广陵，今江苏扬州）任晋安王纲长史、广陵太守饯行时应诏而作，是时刘孝绰为太子洗马，掌东宫管记。可知天监九年春刘孝绰已在建康。

较大。刘孝绰《江津寄刘之遴》诗云:"经过一柱观,出入三休台。"《方舆胜览》卷二七《湖北路》:"一柱观,《郡县志》在松滋东丘家湖中。按《渚宫故事》:宋临川王义庆在镇,于罗公洲立观,甚大而惟一柱。"①三休台,章华台的别称,春秋时楚灵王所建,在今湖北监利县。据此可知该诗作于荆州。刘之遴任平南行参军,与刘孝绰同在荆州。天监八年,刘孝绰回建康,刘之遴为之送行,刘孝绰作是诗以赠。刘孝绰在荆州还有《登阳云楼》诗:"吾登阳台上,非梦高唐客。回首望长安,千里怀三益。顾惟惭入楚,殊私等申白。西沮水潦收,昭丘霜露积。龙门不可见,空慕凌寒柏。"阳云楼即阳台,在今湖北江陵。由于前段时间以事免,虽复起用,作者仍较消沉,该诗作于是年秋。作者登阳台不是对楚王与巫山神女欢会的故事感兴趣,而是登楼感怀,远望都城建康(诗中以长安代指建康),怀念千里之外的益友。来到楚地,荆州刺史安成王犹如汉代楚元王礼遇儒者申公、白生般器重我。登台远望见到江陵城西的沮水和楚昭王墓昭丘,屈原《哀郢》有"过夏首而西浮兮,过龙门而不见"(龙门为楚国郢都东城门)。诗人亦如屈原心恋郢都般,如凌寒之柏,坚贞不去,心系建康朝廷。据"西沮水潦收,昭丘霜露积",可知此诗作于秋季。故该诗大约是天监十一年秋作于江陵。是诗以雄健之笔作新体诗,境界开阔、风格沉郁。大约因楚地风物、文化颇有雄豪之气,与江东之柔媚不同,刘孝绰该诗的风格当受此影响。

萧纲天监间为荆州刺史,亦留下了诗篇。萧纲和庾肩吾作有《登城北望》。萧纲诗云:"登楼传昔赋,出蓟表前闻。灞陵忽回首,河堤徒望军。兹焉聊回眺,极目杳难分。一水斜开岸,双城遥共云。"指登上王粲当年所登之江陵城楼,而想起其《登楼赋》。《文选》卷一一王粲《登楼赋》李善注引盛弘之《荆州记》:"当阳县城楼,王仲宣登之而作赋。"②俞绍初先生考证王粲所登为当阳县之麦城城楼③。不知萧纲所登是当阳城楼还是当阳之麦城城楼,要之在当阳一带登城。《梁书》卷四《简文帝纪》:"天监十三年(春正月壬戌),出为使持节、都督荆雍梁南北秦益宁七州诸军事、南蛮校尉、荆州刺史,将军如故。十四年

---

① (宋)祝穆撰,祝洙增订,施和金点校《方舆胜览》,中华书局,2003年,第487页。
② 《新校订六家注文选》第二册,第658页。
③ 俞绍初辑校《建安七子集》,中华书局,1989年,第403页。

(五月丁巳),徙为都督江州诸军事、云麾将军、江州刺史,持节如故。"①则是诗为萧纲任荆州刺史期间作于当阳,故系于天监十三年。《梁书》卷四九《文学传·庾肩吾》:"初为晋安王国常侍,仍迁王宣惠府行参军,自是每王徙镇,肩吾常随府。"②可知庾肩吾常随萧纲左右,庾肩吾《登城北望》:"誓师屠六郡,登城望九嵏。山沉黄雾里,地尽黑云中。霜戈曜垄日,哀笳断塞风。"是陪萧纲登当阳(或麦城)城楼时的同题之作。二诗受到城楼和相关史实的感染,风格雄壮宏阔。

中大通二年(530)萧纲、萧绎曾在江陵会面作诗唱和,即萧绎《咏阳云楼檐柳》和萧纲《和湘东王阳云楼檐柳》。《太平御览》卷一九六:《诸宫故事》云:"湘东王于子城中造湘东苑,穿地构山,长数百丈,植莲蒲中,缘岸杂以奇木,其上有通波阁,跨水为之。南有芙蓉堂,东有禊饮堂,堂后有隐士亭。亭北有正武堂,堂前有射㭒马埒。其西有乡射堂,堂置行㭒可得移动。东南有连理堂。太清初,此连理当时以为湘东践祚之瑞。北有映月亭,修竹堂,临水斋,斋前有高山,山有石洞,潜行宛委二百余步,山上有阳云楼,极高峻,远近皆见。北有临风亭,明月楼,颜之推云屡陪明月宴,并将军扈义熙所造。"③《梁书》卷四《简文帝纪》:"普通四年(523),徙为使持节、都督雍梁南北秦四州郢州之竟陵司州之随郡诸军事、平西将军、宁蛮校尉、雍州刺史。五年(春正月辛卯),进号安北将军。七年,权进都督荆、益、南梁三州诸军事。是岁,丁所生穆贵嫔丧,上表陈解,诏还摄本任。(中大通)二年(据《梁书》卷三《武帝纪下》在正月戊寅),征为都督南扬徐二州诸军事、骠骑将军、扬州刺史。"④《梁书》卷五《元帝纪》:"普通七年(据《梁书》卷三《武帝纪下》在冬十月辛未,从丹阳尹)出为使持节、都督荆湘郢益宁南梁六州诸军事、西中郎将、荆州刺史。中大通四年进号平西将军。"⑤大约中大通二年春萧纲自雍州回建康任扬州刺史,经过江陵与萧绎会晤,萧绎作《咏阳云楼檐柳》:"杨柳非花树,依楼自觉春。枝边通粉色,叶里映红巾。带日交帘影,因吹扫席尘。拂檐应有意,偏宜桃李人。"萧绎诗所

---

① 《梁书》,第103页。
② 《梁书》,第690页。
③ (宋)李昉等《太平御览》,中华书局,1960年,第946页。
④ 《梁书》,第103页。
⑤ 《梁书》,第113页。

咏即其在江陵所造阳云楼檐前之柳。萧纲作诗和之："暧暧阳云台,春柳发新梅。柳枝无极软,春风随意来。潭沱青帷闭,玲珑朱扇开。佳人有所望,车声非是雷。"故萧绎原诗及萧纲和诗皆中大通二年春作于江陵。二诗皆为宫体风格。

萧纲、萧绎会面时,刘之遴随萧绎在荆州,庾肩吾在萧纲幕府,刘、庾二人曾作诗唱和。庾肩吾作《和刘明府观湘东王书》,刘明府正指南郡太守刘之遴。《梁书》卷四〇《刘之遴传》:"刘之遴字思贞,南阳涅阳人也……太宗临荆州,仍迁宣惠记室。之遴笃学明审,博览群籍。时刘显、韦棱并强记,之遴每与讨论,咸不能过也。还除通直散骑侍郎,兼中书通事舍人。迁正员郎,尚书右丞,荆州大中正。累迁中书侍郎,鸿胪卿,复兼中书舍人。出为征西鄱阳王长史、南郡太守,高祖谓曰:'卿母年德并高,故令卿衣锦还乡,尽荣养之理。'后转为西中郎湘东王长史,太守如故。"①上文已言,天监十三年春至十四年五月晋安王纲为荆州刺史,庾肩吾随府,刘之遴亦在萧纲幕府,是时刘之遴与庾肩吾相识。《梁书》卷三《武帝纪》:"普通七年冬十月辛未,以丹阳尹湘东王绎为荆州刺史……中大通二年春正月戊寅,以雍州刺史晋安王纲为骠骑大将军、扬州刺史。"②普通七年冬萧绎为荆州刺史,刘之遴入其幕府,仍任南郡太守(治江陵,今湖北荆州市)。中大通二年春萧纲自雍州入为扬州刺史,庾肩吾随同至建康,经过荆州时与萧绎、刘之遴会晤,庾肩吾见刘之遴所作《刘明府观湘东王书》(已佚)而作此和诗。诗中铺陈描述湘东王藏书之富,可以想见刘之遴原作亦是描写萧绎藏书。

萧绎任荆州刺史期间,刘孝绰曾为其谘议,作有《和湘东王理讼》,萧绎原诗已佚。《梁书》卷三三《刘孝绰传》:"后为太子仆,母忧去职。服阕,除安(平)西湘东王谘议参军,迁黄门侍郎,尚书吏部郎,坐受人绢一束,为饷者所讼,左迁信威临贺王长史。顷之,迁秘书监。大同五年(539),卒官,时年五十九。"③曹道衡先生以为安西湘东王谘议当作平西湘东王谘议,因为刘孝绰中大通三年服阕,萧绎中大通四年在荆州刺史任上进号平西将军,而大同元年进号

---

① 《梁书》,第572页。
② 《梁书》,第70、74页。
③ 《梁书》,第483页。

安西将军,不至于服阕后四年才被征为谘议,故以作平西为是①,则是诗大约中大通四年作于江陵。萧绎原诗已佚。

萧绎、刘之遴、刘缓等曾在荆州作诗唱和,刘缓有《敬酬刘长史咏名士悦倾城》,刘长史指刘之遴,传见前引。《梁书》卷二《武帝纪中》:"(天监十八年)春正月甲申,以领军将军鄱阳王恢为征西将军、开府仪同三司、荆州刺史。"②《梁书》卷三《武帝纪》:"(普通七年)秋九月己酉,骠骑大将军、开府仪同三司、荆州刺史鄱阳王恢薨。冬十月辛未,以丹阳尹湘东王绎为荆州刺史……大同元年十二月辛丑,平西将军、荆州刺史湘东王绎进号安西将军……(三年闰九月)甲子,安西将军、荆州刺史湘东王绎进号镇西将军。"③《梁书》卷五《元帝纪》:"普通七年,出为使持节、都督荆湘郢益宁南梁六州诸军事、西中郎将、荆州刺史。"④则刘之遴天监十八年为鄱阳王长史、南郡太守,普通七年湘东王绎为荆州刺史,刘之遴又为湘东王绎长史,大同元年末萧绎进号安西将军,刘之遴最初继任长史至大同二年某月,此后调至建康任秘书监,其弟刘之亨代其为安西湘东王长史、南郡太守。《梁书》卷四九《文学传·刘昭》:"(昭子绍)绍弟缓,字含度,少知名。历官安西湘东王记室,时西府盛集文学,缓居其首。除通直郎,俄迁镇南湘东王中录事,复随府江州,卒。"⑤则萧绎为安西将军后,刘之遴、刘缓同在其幕府,之遴为长史,缓为记室。《南史》卷五〇《刘虬传》:"(梁武)帝曰:'之遴必以文章显,之亨当以功名著。'"⑥事实上刘之遴也确实能文,《隋书·经籍志》集部别集类著录刘之遴前集十一卷后集二十一卷,因此虽然刘之遴、刘之亨都曾为湘东王长史,能与刘缓唱和的似乎当是刘之遴。刘缓大约萧绎进号安西将军后入其幕府为记室,此时刘之遴为萧绎长史。萧纲有《和湘东王名士悦倾城》,可知萧绎在江陵作《名士悦倾城》(已佚),刘之遴见萧绎之作而同题咏之(已佚),刘缓又和刘之遴诗,所以萧绎、刘之遴、刘缓三人的《名士悦倾城》诗大约作于大同二年初。大同五年萧绎回建康,萧纲见萧纲之作又作

---

① 《中古文学史料丛考》,第538页。
② 《梁书》,第59页。
③ 《梁书》,第70、79、82页。
④ 《梁书》,第113页。
⑤ 《梁书》,第692页。
⑥ 《南史》,第1252页。

和诗。现存的刘缓和萧绎之作皆为宫体诗,据此再结合诗名可推知散佚的萧绎诗和刘之遴同题之作亦为宫体诗。这也证明了诗人风格不是单一的。《梁书·刘之遴传》:"之遴好属文,多学古体,与河东裴子野、沛国刘显常共讨论书籍。"①却作有《名士悦倾城》这样宫体风格的诗,裴子野在传统文学史看来是当时的保守文人,但现存的三首诗中,《答张贞成皋》勉励对方建功立业,内容正式,采用五古,《咏雪》《上朝值雪》为咏物诗且似无寄托,采用永明新体,可见刘缓、裴子野等遇到相关内容时亦自然而然采用新变的诗体。

刘缓《杂咏和湘东王》三首(《秋夜》《寒闺》《冬宵》),三诗实为和萧绎之作,萧绎原诗已佚。大约亦作于大同二年任安西湘东王记室时。

安西将军、荆州刺史湘东王萧绎僚属尚有何思澄、孔翁归参与唱和。何思澄、孔翁归皆作有《奉和湘东王教班婕妤》,《梁书》卷五〇《何思澄》:"除安西湘东王录事参军,兼舍人如故。时徐勉、周舍以才具当朝,并好思澄学,常递日招致之。"②《梁书》卷三《武帝纪下》:"大同元年十二月辛丑,平西将军、荆州刺史湘东王绎进号安西将军。"③《梁书》卷四九《文学传·何逊》:"时有会稽虞骞,工为五言诗,名与逊相埒,官至王国侍郎。其后又有会稽孔翁归、济阳江避,并为南平王大司马府记室。翁归亦工为诗。避博学有思理,更注《论语》、《孝经》。二人并有文集。"④《梁书》卷三《武帝纪》:"(中大通)四年春正月丙寅朔,以镇卫大将军、开府仪同三司南平王伟进位大司马……(中大通五年)三月丙辰,大司马南平王伟薨。"⑤则孔翁归中大通四年至五年春为大司马南平王伟记室,孔翁归与何思澄一同和湘东王诗,则大同二年孔翁归亦在安西将军湘东王绎幕。萧绎进号安西将军已是大同元年十二月末,何思澄前往荆州任萧绎录事参军至早在大同二年春,则萧绎原作(已佚)及何思澄、孔翁归和诗约大同二年作于江陵。

萧绎任荆州刺史时还作有《早发龙巢》。龙巢,位于今湖北荆州市石首。《水经注校证》卷三五:"大江右得龙穴水口,江浦右迆也。北对虎洲。又洲北

---

① 《梁书》,第574页。
② 《梁书》,第714页。
③ 《梁书》,第79页。
④ 《梁书》,第693页。
⑤ 《梁书》,第76页。

有龙巢,地名也。昔禹南济江,黄龙夹舟,舟人五色无主。禹笑曰:吾受命于天,竭力养民,生,性也;死,命也,何忧龙哉?于是二龙弭鳞掉尾而去焉,故水地取名矣。"①《梁书》卷三《武帝纪下》:"(普通七年)冬十月辛未,以丹阳尹湘东王绎为荆州刺史……中大通四年九月乙巳,荆州刺史湘东王绎为平西将军……大同五年秋七月己卯,湘东王绎为护军将军、安右将军……六年十二月壬子,以护军将军湘东王绎为镇南将军、江州刺史……中大同二年(是年四月丙戌改元太清)正月壬寅,骠骑大将军、开府仪同三司、荆州刺史庐陵王续薨;以镇南将军、江州刺史湘东王绎为镇西将军、荆州刺史。"②诗云:"征人喜放溜,晓发晨阳隈。初言前浦合,定觉近洲开。不疑行舫动,唯看远树来。还瞻起涨岸,稍隐阳云台。"征人行船,途中初看江水汇合,定睛一视,原来是近处的沙洲,不觉船前行,唯见岸后移。回望远处江水上涨,已掩了阳云台。这是由视觉造成的心理错觉,审美主体赋予静止的审美物件以动感,可以增强诗词所展现画面的灵动性。萧绎两任荆州刺史,第二次已处于侯景之乱,恐无此诗较为欢快的心情,姑且系于第一次荆州刺史任上即普通八年春至大同五年秋之间。

萧绎第一次离任荆州时作有《别荆州吏民》二首。其一:"寄言谢桀黠,无乃气干云。安知霸陵下,复有李将军。"其二:"莫言不汉远,烟霞隔数千。何必黄丞相,重应临颍川。"将要离开荆州,与下属开玩笑,希望自己这个前荆州刺史,不会像李广那样被霸陵尉这类势利的属下呵斥。并以黄霸两任颍川太守之典,表达对重返荆州任刺史的期待。二诗作于大同五年秋离开荆州将赴建康领石头戍军事时。萧绎回到建康后,萧纲在太子东宫玄圃园之宣猷堂设宴,为他接风洗尘,庾肩吾应萧纲之令作《侍宣猷堂宴湘东王应令》,诗云:"陈王骖驾反,副后西园游。并命登飞阁,列坐对芳洲。桂严逢暮序,菊水值穷秋。竹径箫声发,桐门琴曲愁。徒奉文成诵,空知思若抽。"陈王代指萧绎,副后指太子萧纲。季节亦为秋天,则是诗作于大同五年秋萧绎自荆州回建康,萧纲在宣猷堂设宴,为萧绎接风洗尘,庾肩吾应萧纲之令作是诗。自中大通三年七月萧纲立为太子至大同五年七月期间,萧绎在荆州,无法与萧纲相见。大同六年

---

① 《水经注校证》,第 802 页。
② 《梁书》,第 70、76、83、91 页。

十二月萧绎出为江州刺史,此后任雍州刺史、荆州刺史,最后在荆州称帝,没有离任荆州刺史返回建康的记载。所以该诗不可能作于这些年。

另有一首系于萧绎名下的《别荆州吏民》:"玉节居分陕,金貂总上流。麾军时举扇,作赋且登楼。年光遍原隰,春色满汀洲。日华三翼舸,风转七星斿。向解青丝缆,将移丹桂舟。"显然该诗作于春季,即便认为大同五年秋萧绎没有离开荆州,直到大同六年春才离开荆州前往建康,结合上文所讨论《侍宣猷堂宴湘东王应令》萧纲为萧绎接风是在秋季,诗中"陈王骖驾反"明显是指萧绎刚返回建康,从荆州到建康即便以当时的交通条件,也不需要从春季走到秋季。中大同二年春萧绎第二次任荆州刺史后,没有去职荆州刺史前往建康的记载,所以该诗并非萧绎离开荆州时作。刘跃进先生以为《别荆州吏民》(玉节居分陕)为天监十四年五月萧绎离任荆州刺史准备前往江州任刺史时作[①],虽暂无明确的史料证明,但不失为合理的推测,五月间诗中描写春色还是说得过去的。诗中云"作赋且登楼",亦与萧纲《登城北望》"登楼传昔赋"相合,皆以王粲典故指自己任荆州刺史时曾登当阳(或麦城)城楼。

果然萧绎再次任荆州刺史,中大同二年正月萧绎第二次任荆州刺史。《示吏民》"阙里尚执谦,厉乡裁知足。咨余再分陕,少思宜寡欲。霞出浦流红,苔生岸泉绿。方令江汉士,变为邹鲁俗。"当为太清元年(547)第二次任荆州刺史时所作。萧绎《后临荆州》:"拥旄去京县,褰帷辞未央。弱冠复王役,从容游岂张。不学胡威绢,宁挂裴潜床。所冀方留犊,行当息饮羊。戏蝶时飘粉,风花乍落香。高栏来蕙气,疏帘度晚光。绮钱临仄宇,阿阁绕长廊。"据题当作于中大同二年春第二次任荆州刺史时。诗云"戏蝶时飘粉,风花乍落香"时节正合。

萧绎大宝元年(550)送子方略入关。《梁书》卷五四《元帝诸子·始安王方略传》:"始安王方略,元帝第十子,贞惠世子母弟也。母王氏,王琳之次姊,元帝即位,拜贵嫔,次妹又为良人,并蒙宠幸,方略益钟爱。侯景乱,元帝结好于魏,方略年数岁便遣入关。元帝亲送近畿,执手歔欷,既而旋驾忆之,赋诗曰:'如何吾幼子,胜衣已别离。十日无由宴,千里送远垂。'至长安即得还,赠

---

① 曹道衡、刘跃进《南北朝文学编年史》,人民文学出版社,2000年,第497页。

遗甚厚。江陵丧亡,遇害。贵嫔、良人并更诞子,未出阁,无封失名。"①《资治通鉴》卷一六三《梁纪》:"(大宝元年)二月魏杨忠乘胜至石城,欲进逼江陵,湘东王绎遣舍人庾恪说忠曰:'察来伐叔而魏助之,何以使天下归心!'忠遂停溠北。绎遣舍人王孝祀等送子方略为质以求和,魏人许之。"②是诗即作于大宝元年二月在江陵送方略至魏时。

大宝三年萧纪僭位于蜀,萧绎作有《藩难未静述怀》:"玉节威云梦,金钲韵渚宫。霜戈临堑白,日羽映流红。单醪结猛将,芳饵引群雄。箭拥淇园竹,剑聚若溪铜。岖睹周王骏,多逢鲍氏骢。谋出河南贾,威寄陇西冯。溪云连阵合,却月半山空。楼前飘密柳,井上落疏桐。羞营逢霎雨,立垒挂长虹。"从诗中"云梦""渚宫"等可判断该诗写于江陵。该诗约作于承圣元年(552),是年三月,平侯景之乱,四月,武陵王纪僭位于蜀。《梁书》卷五《元帝纪》:"(大宝三年)三月,王僧辩等平侯景,传其首于江陵……四月乙巳,益州刺史、新除假黄钺、太尉武陵王纪窃位于蜀,改号天正元年。"③诗题云"藩难",盖指武陵王僭位之事。诗中写平定萧纪的战争中旌旗蔽日、金钲齐鸣的气势以及集天下谋臣猛将良马利箭以破贼平乱的期望。

萧纪僭位,萧绎还作诗警告之。《南史》卷五三《梁武帝诸子传·武陵王纪》:"元帝书遗纪,遣光州刺史郑安中往喻意于纪,许其还蜀,专制崤方。纪不从命,报书如家人礼。既而侯叡为任约、谢答仁所破,又陆纳平,诸军并西赴,元帝乃与纪书曰:'甚苦大智!季月烦暑,流金铄石,聚蚊成雷,封狐千里。以兹玉体,辛苦行阵,乃眷西顾,我劳如何。自獯丑凭陵,羯胡叛换,吾年为一日之长,属有平乱之功,膺此乐推,事归当璧。倪遣使乎,良所希也。如曰不然,于此投笔。友于兄弟,分形共气,兄肥弟瘦,无复相代之期;让枣推梨,长罢欢愉之日。上林静拱,闻四鸟之哀鸣,宣室披图,嗟万始之长逝。心乎爱矣,书不尽言。'大智,纪别字也。帝又为诗曰:'回首望荆门,惊浪且雷奔,四鸟嗟长别,三声悲夜猿。'圆正在狱中连句曰:'水长二江急,云生三峡昏,愿贯淮南罪,思

---

① 《梁书》,第1347页。
② 《资治通鉴》,第5036页。
③ 《梁书》,第125、127页。

报阜陵恩。'帝看诗而泣。"①《梁书》卷五《元帝纪》:"(承圣二年)五月己丑,萧纪军至西陵。六月乙卯,湘州平。秋七月辛未,巴人苻升、徐子初斩贼城主公孙晃,举城来降。纪众大溃,遇兵死。"②则承圣二年五月己丑萧纪抵达西陵(今湖北宜昌市西北),是年六月乙卯平定湘州的陆纳叛乱,据《南史》所述,元帝与萧纪书及诗当在平定陆纳后,故萧绎遗武陵王诗约作于承圣二年六月乙卯之后,秋七月辛未萧纪死之前。萧绎与萧纪书:"上林静拱,闻四鸟之哀鸣,宣室披图,嗟万始之长逝。心乎爱矣,书不尽言。"已包含"四鸟嗟长别"之意。是诗以三峡之险、猿啼之哀,渲染悲戚的气氛,而"惊浪"句似写浪而暗含杀气。此诗隐含对萧纪的警告,自萧纪称帝,萧绎已下定决心除之而后快。是诗写景壮阔,以景衬情,颇为精紧,体现了萧绎诗歌创作的另一面。萧圆正为萧纪世子,萧纪在狱中之作,"水长"二句是对萧绎诗中描写三峡的回应,"愿贲"二句以汉文帝赦弟淮南王刘长之罪,日后还封刘长子刘安为阜陵侯之典,期望萧绎能赦其罪。

梁元帝《宴清言殿作柏梁体》则为与王褒(官职署为尚书仆射)、刘毅(吏部尚书)联句。《梁书》卷四一《王褒传》:"承圣二年,迁尚书右仆射,仍参掌选事,又加侍中。其年,迁左仆射,参掌如故。三年,江陵陷,入于周。"③联句中已称萧绎为帝,王褒在萧绎即位后第二年即承圣二年为尚书右仆射,该诗约作于承圣二年,称王褒为尚书仆射,而是年王褒先为右仆射后为左仆射,故作是诗时王褒为尚书右仆射或左仆射。

王褒在承圣间任尚书仆射曾应诏奉和萧绎诗。《梁书》卷四一《王褒传》:"大宝二年,世祖命征褒赴江陵,既至,以为忠武将军、南平内史,俄迁吏部尚书、侍中。承圣二年,迁尚书右仆射,仍参掌选事,又加侍中。其年,迁左仆射,参掌如故。三年,江陵陷,入于周。"④萧绎有《咏雾诗》二首,王褒有《咏雾应诏》,可知作于萧绎称帝后。大约承圣二、三年梁元帝先作《咏雾》二首,王褒应诏奉和之。

---

① 《南史》,第1330页。
② 《梁书》,第133页。
③ 《梁书》,第583页。
④ 《梁书》,第583页。

梁元帝幕僚朱超亦是荆州诗的重要作者，《隋志》著录《朱超集》一卷。朱超有《赠王僧辩诗》，《梁书》卷四五《王僧辩传》："(湘东)王除荆州，为贞毅将军府谘议参军事，赐食千人，代柳仲礼为竟陵太守，改号雄信将军。属侯景反，王命僧辩假节，总督舟师一万，兼粮馈赴援。才至京都，宫城陷没，天子蒙尘。僧辩与柳仲礼兄弟及赵伯超等，先屈膝于景，然后入朝。景悉收其军实，而厚加绥抚。未几，遣僧辩归于竟陵，于是倍道兼行，西就世祖。"①《资治通鉴》卷一六一《梁纪十七》："(太清二年十二月)湘东王绎遣世子方等将步骑一万入援建康，庚子，发公安。绎又遣竟陵太守王僧辩将舟师万人，出自汉川，载粮东下。方等有俊才，善骑射，每战，亲犯矢石，以死节自任。"②诗云："故人总连率，方舟下汉池。玉节交横映，金铙前后吹。聚图匡汉业，倾产救韩危。昔时明月夜，荫羽切高枝。冲天势已远，控地力先疲。各言献捷后，几处泣生离。"即指王僧辩率军入援事。大约太清二年十二月王僧辩离开荆州前往建康，朱超作是诗赠别。朱超为荆州刺史湘东王绎僚属。诗中有对王僧辩建功立业、匡扶梁室的期望，也有战乱时期朝不保夕的哀伤，风格悲壮。

朱超《别刘孝先》："疲疴积未瘳，伏枕倦长愁。复念夜分手，江上值徂秋。阴凝变远色，落叶泛寒流。繁霜积晓缆，轻水绕夜舟。曳裾出兔苑，引领望龙楼。勿念荆台侧，无为戚情游。"《梁书》卷四一《刘孝先传》："第七弟孝先，武陵王法曹、主簿，王迁益州，随府转安西记室。承圣中，与兄孝胜俱随纪军出峡口，兵败，至江陵，世祖以为黄门侍郎，迁侍中。兄弟并善五言诗，见重于世。文集值乱，今不具存。"③萧纪军出峡口在承圣二年，刘孝先为萧绎属下后，与朱超为同僚，是诗大约作于承圣二年或三年秋冬之际与刘孝先别时。朱超有《岁晚沉疴》："风将夜共静，空与月俱明。烛滴龙犹伏，垆开凤欲惊。叶飞林失影，冰合涧无声。太息兴床念，宁敢离衣行。唯畏残藤尽，不闻桴鼓鸣。"与《别刘孝先》皆言其秋冬之际患病，二诗似同时期作。朱超《别席中兵》："数年共栖息，一旦各联翩。莫论行近远，终是隔山川。长波漫不极，高岫郁相连。急风乱还鸟，轻寒静暮蝉。扁舟已入浪，孤帆渐逼天。停车对空渚，怅望转依然。"

---

① 《梁书》，第 623 页。
② 《资治通鉴》，第 4996 页。
③ 《梁书》，第 595 页。

所述季节、心情等与《别刘孝先》类似,大约席中兵与刘孝先一同远行,朱超亦作诗赠别。《别刘孝先》"阴凝"四句,《别席中兵》"急风"二句,既是实景,又是承圣间内忧外患带来的忧郁凄凉心情的投影。"扁舟"四句似乎启发了李白《送孟浩然之广陵》"孤帆远影碧空尽,唯见长江天际流",周邦彦《兰陵王·柳》"愁一箭风快,半篙波暖,回头迢递便数驿,望人在天北"。

承圣二年春,王僧辩率军平定陆纳叛乱临行前作《从军行》诗,萧绎作《和王僧辩从军诗》,王僧辩原诗已佚。《梁书》卷五《元帝纪》:"承圣元年冬十一月,陆纳遣将潘乌累等攻破衡州刺史丁道贵于渌口,道贵走零陵……二年春正月乙丑,诏王僧辩率众军士讨陆纳。"①《和王僧辩从军诗》诗云:"洞庭晚风急,潇湘夜月圆。"正是写湘楚之地,此地正是陆纳叛乱之处。故将此诗系于承圣二年,王僧辩率军平定陆纳叛乱临行前所作。诗中"临戎赋雅篇"正指王僧辩临行前赋《从军行》诗。

《梁书》卷五《元帝纪》:"(承圣三年十一月)辛亥,魏军大攻,世祖出枇杷门,亲临阵督战。胡僧祐中流矢薨。六军败绩。反者斩西门关以纳魏师,城陷于西魏。世祖见执,如萧察营,又迁还城内。十二月丙辰,徐世谱、任约退戍巴陵。辛未,西魏害世祖,遂崩焉,时年四十七。太子元良、始安王方略皆见害。"②《南史》卷八《梁本纪下·元帝》:"在幽逼,求酒饮之,制诗四绝。其一曰:'南风且绝唱,西陵最可悲,今日还蒿里,终非封禅时。'其二曰:'人世逢百六,天道异贞恒,何言异蝼蚁,一旦损鹍鹏。'其三曰:'松风侵晓哀,霜雾当夜来,寂寥千载后,谁畏轩辕台。'其四曰:'夜长无岁月,安知秋与春?原陵五树杏,空得动耕人。'梁王察遣尚书傅准监行刑,帝谓之曰:'卿幸为我宣行。'准捧诗,流泪不能禁,进土囊而殒之。梁王察使以布帊缠尸,敛以蒲席,束以白茅,以车一乘,葬于津阳门外。愍怀太子元良及始安王方略等,皆见害。"③可见四诗当作于承圣三年十一月末至十二月间,是梁元帝的绝笔。第一首"南风"两句,梁元帝以仁德圣君舜和雄才大略魏武帝曹操自比,可见其抱负,然而身逢乱世,一匡天下之任难成,最终成阶下囚走向黄泉,已非昔日封禅之君。第

---

① 《梁书》,第132页。
② 《梁书》,第135页。
③ 《南史》,第245页。

二首写人生遭逢厄运,天道多变,一旦失势,虽如鲲鹏亦成蝼蚁。第三首"松风"两句,以悲凉氛围渲染内心之凄厉。"寂寥"两句,叹历史无常,即便轩辕之台,千年之后世人照样敢于用箭射它。暗含萧绎认识到他的历史荣与辱也终究为世人所淡忘。第四首感慨汉光武帝陵,如今已成耕种之地,叹息人世无常。梁简文帝萧纲在被侯景拘禁时写过《被幽述志》:"恍惚烟霞散,飂飗松柏阴。幽山白杨古,野路黄尘深。终无千月命,安用九丹金。阙里长芜没,苍天空照心。"与萧绎《幽逼诗》同为帝王见囚感怀,皆叹息接近死亡,人世无常,而萧绎诗还慨叹功业未成。同为文人帝王,简文帝更似才子,元帝更似枭雄。简文帝诗伤而忧,元帝诗伤而壮。

以下萧绎荆州诗难以认定是哪次任荆州刺史时作。

萧绎《夕出通波阁下观妓》(又名《春夜看妓》):"蛾眉渐成光,燕姬戏小堂。胡舞开春阁,铃盘出步廊。起龙调节奏,却凤点笙簧。树交临舞席,荷生夹妓航。竹密无分影,花疏有异香。举杯聊转笑,欢兹乐未央。"是宫体诗。上文已引《太平御览》,萧绎在荆州造湘东苑,中有通波阁,则是诗作于湘东王在荆州时,具体时间不可考。

萧绎《出江陵具还诗》二首作于江陵。其一:"游鱼迎浪上,雏雉向林飞。远村云里出,遥船天际归。"其二:"朝出屠羊县,夕返仲宣楼。水满还侵岸,沙尽稍开流。"此二诗写朝出江陵暮归来。第一首描绘游鱼、雏雉、远村、遥船四景。"远村"一联,描写远景,淡远朦胧,烟水迷离之至,或许受到谢朓诗句"天际识归舟,云中辨江树"(《之宣城郡出新林浦向板桥》)的影响。是诗纯用白描,空灵高远,浅而不俗,如水墨画。第二首"朝出"一联巧用地名对,且二地名皆有文化内涵,王粲欲展宏图(《登楼赋》"冀王道之一平兮,假高衢而骋力"),屠羊说不贪名利,这也隐含了萧绎的抱负和操守。大约屠羊说是江陵人,故以屠羊县代指江陵。仲宣楼在当阳亦属荆州。二诗作于任荆州刺史时,哪一次荆州刺史任上则不可考。

隋代荆州诗现可知者有崔仲方,作有《夜作巫山》,诗云:"荆门秋水急,巫峡断云轻。若为教月夜,长短听猿声。"《隋书》卷六〇《崔仲方传》:"丁父艰去职。未期,起为虢州刺史。上书论取陈之策……上览而大悦,转基州刺史,征入朝。仲方因面陈经略,上善之,赐以御袍袴,并杂彩五百段,进位开府而遣之。及大举伐陈,以仲方为行军总管,率兵与秦王会。及陈平,坐事免。未几,复位。后数载,转会州总管。"①崔仲方父崔猷卒于开皇四年(584),"未期,起为虢州刺史",据《崔仲方墓志》,开皇六年崔任虢州刺史。《资治通鉴》卷一七六《陈纪十》:"杨素、贺若弼及光州刺史高劢、虢州刺史崔仲方等争献平江南之策。仲方上书曰……隋主以仲方为基州刺史。"②《隋书》卷五五《高劢传》:"(开皇)七年,转光州刺史,上取陈五策。"③可知崔仲方是与光州刺史高劢一同上平陈之策的,上书时间是开皇七年,转基州刺史亦在是年。伐陈始于开皇八年冬十月至开皇九年春正月,崔仲方为行军总管,则仲方第一次任基州刺史是在开皇七年至开皇八年。《崔仲方墓志》载"七年迁基州刺史"亦与此合。开皇九年春平陈后,崔仲方被免官,不久复任基州刺史,《隋书》卷二《高祖纪下》:"(开皇十四年)九月丁巳,以基州刺史崔仲方为会州总管。"④《崔仲方墓志》载:"十六年,除会翼二州总管。"⑤二者不知孰是,暂存疑,则崔仲方复任基州刺史在开皇九年至十六年(或十四年)间。诗云:"荆门秋水急,巫峡断云轻。若为教月夜,长短听猿声。"基州治今湖北钟祥南。此地距荆门、巫峡皆不远,《隋书》卷六〇《崔仲方传》:"(崔仲方)上书论取陈之策曰:……蜀、汉二江,是其上流,水路冲要,必争之所。贼虽于流头、荆门、延州、公安、巴陵、隐矶、夏首、蕲口、盆城置船,然终聚汉口、峡口,以水战大决。"⑥可见崔仲方很清楚荆门、巫峡一带的地理位置在平陈之役中非常重要,他很有可能在第一次任基州刺史时到不远处的巫峡考察过,为平陈之役作准备。该诗大约开皇七年至八年的某个秋季作于巫峡。

二 以夏口为中心的郢州诗歌创作

陶渊明《辛丑岁七月赴假还江陵夜行涂口》是现可知较早的作于江夏郡的

---

① 《隋书》,中华书局,1973年,第1449页。
② 《资治通鉴》,第5493页。
③ 《隋书》,第73页。
④ 《隋书》,第39页。
⑤ 吴钢《全唐文补遗》第八辑,三秦出版社,2005年,第257页。
⑥ 《隋书》,第1449页。

诗歌。辛丑为东晋隆安五年(401),秋,陶渊明休假后自寻阳(今湖北黄梅)回江陵桓玄幕府途经涂口作是诗①。涂口在今湖北武汉市江夏区金口街。正是自寻阳沿江至江陵的必经之地。《舆地纪胜》卷六六:"涂口,在江夏南水路九十里,一名金水,一名金口,陶潜有涂口诗。"②可见宋时涂水已名金水,因河名已改,故入江口亦改称金口,延续至今。陶诗云"昭昭天宇阔,晶晶川上平",描写了涂口的江面之开阔。

刘义庆《游罩湖》是现可知刘宋时期江夏地区较早的诗歌。《初学记》卷八引《荆州记》:"沔阳县东二十里有罩湖。"③罩湖,在今湖北仙桃。《宋书》卷五《文帝纪》:"元嘉九年六月壬寅前将军临川王义庆为平西将军、荆州刺史……十六年二月己亥,以南徐州刺史衡阳王义季为安西将军、荆州刺史。……夏四月丁巳,以镇南将军、江州刺史南谯王义宣为征北将军、南徐州刺史。平西将军临川王义庆为卫将军、江州刺史。"④诗云:"暄景转谐淑,草木日滋长。梅花覆树白,桃杏发荣光。"(是诗仅剩此四句)写初春之景,则是诗约元嘉十年至十六年刘义庆任荆州刺史期间的某个春季在荆州沔阳县游罩湖时作。《宋书》卷三七《州郡三》:"孝武孝建元年,分荆州之江夏、竟陵、随、武陵、天门、湘州之巴陵、江州之武昌、豫州之西阳,又以南郡之州陵、监利二县度属巴陵,立郢州。"⑤郢州设立后,沔阳属焉。但刘义庆任荆州刺史时,尚未设郢州,故是时沔阳正在荆州管辖范围内。

大明六年(462)初秋,鲍照随荆州刺史临海王子顼到荆州,任子顼参军,途中在江夏登黄鹤矶时作《登黄鹤矶》⑥。诗云:"木落江渡寒,雁还风送秋。临流断商弦,瞰川悲棹讴。适郢无东辕,还夏有西浮。三崖隐丹磴,九派引沧流。泪竹感湘别,弄珠怀汉游。岂伊药饵泰,得夺旅人忧。""适郢"二句写在黄鹤楼上西望长江,想象将要前往的江陵一带,"三崖"两句则述在黄鹤楼东望长江思念建康。写景苍凉壮阔。

---

① (晋)陶渊明著,龚斌校笺《陶渊明集校笺》,上海古籍出版社,1996年,第172页。
② (宋)王象之撰,李勇先校点《舆地纪胜》,四川大学出版社,2005年,第2383页。
③ (唐)徐坚《初学记》,中华书局,1962年,第182页。
④ (南朝梁)沈约《宋书》,中华书局,1974年,第81、85页。
⑤ 《宋书》,第1124页。
⑥ 《鲍照集校注》,第594页。

南齐郢州诗作者有谢朓、刘绘、刘瑱。谢朓是现可知南齐较早在郢州作诗者。谢朓永明九年至十一年秋在荆州期间曾与武昌太守伏曼容交游。武昌郡治在今湖北鄂州市。《梁书》卷四八《伏曼容传》:"会(王)俭薨,迁中书侍郎、大司马谘议参军,出为武昌太守。建武中,入拜中散大夫。"①《南齐书》卷三《武帝纪》:"(永明七年)五月乙巳,尚书令、卫将军、开府仪同三司王俭薨。"②伏曼容作中书侍郎、大司马谘议参军后才出为武昌太守,则最早也要是永明八年之后。谢朓永明九年春随萧子隆前往荆州,有《和伏武昌登孙权故城》,诗云:"故林衰木平,荒池秋草遍。雄图怅若兹,茂宰深遐眷。幽客滞江皋,从赏乖缨弁。清厄阻献酬,良书限闻见。幸藉芳音多,承风采余绚。于役倘有期,鄂渚同游衍。"如果伏曼容永明九年秋到武昌,太守任期三年,到建武元年(494)入拜中散大夫,当言建武初,不得言建武中,故是诗大约是永明十年伏曼容初到武昌,谢朓与之同登孙权故城时作,咏孙权之史,抒兴亡之慨,并表示如果有时间要同伏曼容一起游玩荆鄂一带。

位于今湖北武穴的积布矶也是前往江陵的必经之地,刘绘、刘瑱兄弟在此留有诗歌,是现可知南齐时期较早的江夏地区诗歌。《水经注》卷三五:"江水又东径积布山南,俗谓之积布矶。又曰积布圻,庾仲雍所谓高山也。此即西阳、寻阳二郡界也。右岸有土复口,江浦也。夹浦有江山,山东有护口,江浦也,庾仲雍谓之朝二浦也。江水东径琵琶山南,山下有琵琶湾。"③琵琶峡、积布矶在今湖北武穴市西南。建武二年春刘绘随齐安陆王萧宝晊至湘州经过积布矶作有《入琵琶峡望积布矶呈玄晖》:"江山信多美,此地最为神。以兹峰石丽,重在芳树春。照烂虹蜺杂,交错锦绣陈。差池若燕羽,崱屴似龙鳞。却瞻了非向,前观复已新。翠微上亏景,清莎下拂津。巉岩如刻削,可望不可亲。昔途首遐路,未获究清尘。誓将返初服,岁暮请为邻。""照烂"六句写琵琶峡,阳光照耀下的琵琶峡千岩竞秀,或如燕羽轻盈,或似龙鳞森然。"翠微"四句绘积布矶,或有秀峰,或有巉岩,亦姿态万千。《南齐书》卷四八《刘绘传》:"豫章王嶷为江州,以绘为左军主簿。随镇江陵,转镇西外兵曹参军,骠骑主簿……

---

① 《梁书》,第663页。
② 《南齐书》,第59页。
③ 《水经注校证》,第809页。

高宗(即齐明帝)即位,迁太子中庶子,出为宁朔将军、抚军长史。安陆王宝晊为湘州,以绘为冠军长史、长沙内史,行湘州事,将军如故。"①《南齐书》卷二《高帝纪》:"(建元元年)九月乙巳,以新除尚书令、骠骑将军豫章王嶷为荆、湘二州刺史。"②《南齐书》卷六《明帝纪》:"建武元年十月己巳,以安陆侯子宝晊为湘州刺史。"③诗中"昔途首遐路"指宋末齐初萧嶷为荆州刺史时刘绘随镇江陵为镇西外兵曹参军,至江陵途中经过琵琶峡。则该诗不作于此时明矣。结合诗中描写春景,可知是诗为建武二年春随宝晊赴湘州经过琵琶峡时作。刘绘一生除了此次和宋末齐初随萧嶷镇江陵外,没有第三次到过这一带。

刘绘弟刘瑱大约建武二年与绘一起到湘州,刘瑱《上湘度琵琶矶》与《入琵琶峡望积布矶呈玄晖》同时作。诗云:"兹山挺异萼,孤起秀云中。陂池激楚浪,纷红绝宛风。烟峰晦如昼,寒水清若空。颉颃鸥舞白,流乱叶飞红。"在猛浪、寒水中有白鸥、红叶点缀,亦如刘绘所述之琵琶峡雄健中有清秀。现存刘瑱此诗是否完整,姑存疑。

谢朓建武三年在宣城见刘绘是诗,勾起其永明九年随随王子隆到荆州经过琵琶峡的记忆,作《和刘中书绘入琵琶峡望积布矶》:"昔余侍君子,历此游荆汉。山川隔旧赏,朋僚多雨散。图南矫风翮,曾非息短翰。移疾觏新篇,披衣起渊玩。惆怅怀昔践,仿佛得殊观。赪紫共彬驳,云锦相凌乱。奔星上未穷,惊雷下将半。回潮渍崩树,轮囷轧倾岸。岩筱或傍翻,石篁芜修干。澄澄明浦媚,衍衍清风烂。江潭良在目,怀贤兴累叹。岁暮不我期,淹留绝岩畔。"诗中君子指随王子隆。"赪紫"十句,回忆当初经过此地所见朝霞之下奇丽的琵琶峡、积布矶。刘绘和谢朓皆是永明体诗歌的著名代表人物,二位诗人为琵琶峡、积布矶的雄起峭拔所震撼,且此时永明新体还属草创阶段,故自然而然在此舍弃永明新体而采用晋宋古体,以赋的铺排手法描绘这些景致。

梁代郢州诗作者有萧纲、何逊、刘孝绰、阴铿、沈炯。萧纲亦曾描写琵琶峡,作有《经琵琶峡》,是现可知梁代今鄂东地区较早的诗歌。诗云:"由来历山川,此地独回邅。百岭相纡蔽,千崖共隐天。横峰时碍水,断岸或通川。还

---

① 《南齐书》,第842页。
② 《南齐书》,第35页。
③ 《南齐书》,第85页。

瞻已迷向,直来复疑前。夕波照孤月,山枝敛夜烟。此时愁绪密,□□魂九迁。"《梁书》卷四《简文帝纪》:"天监十三年(春正月壬戌),出为使持节、都督荆雍梁南北秦益宁七州诸军事、南蛮校尉、荆州刺史,将军如故。十四年(五月丁巳),徙为都督江州诸军事、云麾将军、江州刺史,持节如故。"①该诗作于天监十三年春前往荆州途中经过琵琶峡时。刘绘云"江山信多美,此地最为神",萧纲曰"由来历山川,此地独回邅"。二人皆饱览山川,而先后为琵琶峡之景所折服。萧纲之时永明新体已成熟,萧纲自然用之,但永明新体不适合对景象作具体的铺陈描述,故萧纲抓住琵琶峡层峦叠嶂、变化万千的特点作重点描述。

何逊曾到过赤壁,作有《宿南洲浦》。《水经注校证》卷三五:"陆水又径蒲矶山,北入大江,谓之刀环口。又东径蒲矶山北,北对蒲圻洲,亦曰擎洲,又曰南洲。洲头,即蒲圻县治也。"②南洲浦在蒲圻县(今湖北赤壁市)。《梁书》卷四九《何逊传》:"天监中,起家奉朝请,迁中卫建安王水曹行参军,兼记室。王爱文学之士,日与游宴,及迁江州,逊犹掌书记。还为安西安成王参军事,兼尚书水部郎,母忧去职。服阕,除仁威庐陵王记室,复随府江州,未几卒。"③《梁书》卷二《武帝纪中》:"天监九年六月癸酉,以中抚将军、领护军建安王伟为镇南将军、江州刺史……天监十二年秋九月戊午,以镇南将军、开府仪同三司、江州刺史建安王伟为抚军将军,仪同如故……领中权将军王茂为骠骑将军、开府同三司之仪、江州刺史。……天监十三年正月丙寅,以翊右将军安成王秀为安西将军、郢州刺史……天监十六年六月戊申,以庐陵王续为江州刺史。"④何逊一生天监九年、十六年两次到江州,这两次都不会到南洲浦。天监十二年秋何逊随萧伟回建康,十三年春又随安成王秀到郢州,郢州治今湖北武汉武昌区,天监十六年服阕为江州刺史庐陵王续记室,服丧期为二十七个月,则何逊遭母忧离开郢州是在天监十四年春。可知天监十三年至十四年时何逊与孝绰皆在郢州刺史安成王秀幕府。诗云:"霜洲渡旅雁,朔飙吹宿莽。"写深秋之景,则是诗为天监十三年深秋在郢州时作。李伯齐以为作于天监十三年赴郢州途中⑤,

---

① 《梁书》,第103页。
② 《水经注校证》,第803页。
③ 《梁书》,第690页。
④ 《梁书》,第50、53、54、57页。
⑤ (南朝梁)何逊著,李伯齐校注《何逊集校注》,中华书局,2010年,第149页。

蒲圻在今武汉西,由建康到武昌不会经过蒲圻,且该诗写深秋之景,而何逊是春季随萧秀前往郢州,怎么走也不需要深秋到郢州,此诗非作于前往郢州途中明矣。

积布矶以东的太子洑也是建康沿江到荆湘一带的必经之地,在今湖北黄梅县小池镇长江边。《元和郡县图志》卷二七《江南道三》:"黄梅县:太子洑,在江之岸,梁武帝初下建业,留丁贵嫔于此,生太子,因以为名。"①刘孝绰经过此地作有《太子洑落日望水诗》。诗云:"川平落日迥,落照满川张。复在沦波地,派别引沮漳。耿耿流长脉,熠熠动轻光。寒鸟逐槎泛,惊鹤沸浪翔。临流自多美,况此还故乡。榜人夜理楫,棹女暗成装。欲待春江曙,争涂向洛阳。"据上文对刘孝绰天监六年至十三年生平的考证(见对刘孝绰荆州诗的分析),天监十二年春安成王秀在天监十一年十二月征入建康为中卫将军,刘孝绰随之回建康。该诗写春景,可知安成王秀一行天监十二年初春离开荆州前往建康,经过太子洑时刘孝绰作是诗。诗中提到的沮漳指沮漳河,河水在江陵(今湖北荆州市)注入长江,亦是此行从荆州出发的明证。该诗描写了太子洑一带的长江夜景。"耿耿"两句写远景,"寒鸟"两句绘近景,以"榜人"二句述江上船家的生活,兼及自然与人事。因回建康心情愉悦,故写景亦颇为明快。刘孝绰途经江州时何逊作有《春夕早泊和刘谘议落日望水》,当然此已非江夏诗了。

天监十三年春刘孝绰又随安成王萧秀到郢州,任其参军。天监十三年至十四年春,何逊与孝绰皆在郢州刺史安成王秀幕府。天监十四年春何逊遭母忧回建康,离开郢州时作《南还道中送赠刘谘议别》,诗云:"一官从府役,五稔去京华。遽逐春流返,归帆得望家。天末静波浪,日际敛烟霞。岸荠生寒叶,村梅落早花。游鱼上急水,独鸟赴行楂。"从天监九年随建安王伟前往江州至天监十四年回到建康共五年,故云"五稔去京华"。刘孝绰作《答何记室》以答,诗云:"游子倦飘蓬,瞻途杳未穷。晨征凌进水,暮宿犯颓风。出洲分去燕,向浦逐归鸿。兰芽隐陈叶,荻苗抽故丛。忽忆园间柳,犹伤江际枫。"二诗皆描绘郢州城(治今湖北武汉武昌区)一带的春江恬静之景。

五洲也是自建康至江陵的必经地。五洲在今湖北浠水县西南巴水口与浠

---

① (唐)李吉甫撰,贺次君点校《元和郡县图志》,中华书局,1983 年,第 655 页。

水口之间的长江中。何逊、阴铿在此有作诗。何逊经过五洲时作《还渡五洲》："我行朔已晦,溯水复沿流。戎伤初不辨,动默自相求。眷言还九派,回舻出五洲。萧散烟雾晚,凄清江汉秋。沙汀暮寂寂,芦岸晚修修。以此南浦夜,重此北门愁。方圆既龃龉,贫贱岂怨尤。"据"眷言还九派,回舻出五洲",可知是回到江州治所寻阳(九派即九江之义),经过五洲时作是诗。"溯水复沿流",出发时从寻阳西上,正是溯江而上,沿流正是指经五洲沿江东下回寻阳。则是时何逊正在江州刺史幕府,李伯齐先生以为作于任江州刺史庐陵王萧续记室时①。天监十六年六月萧续为江州刺史,则是诗至早作于是年秋。

侯景之乱中,大宝元年(550)阴铿携家人自建康逃至江陵途中经过五洲留有诗篇。是时侯景叛军已至郢州,阴铿不敢上岸,只好停泊于五洲,作《晚泊五洲诗》,又因连夜出发作《五洲夜发诗》②,五洲在今湖北浠水县西南长江中。《晚泊五洲诗》云:"客行逢日暮,结缆晚洲中。戍楼因砧险,村路入江穷。水随云度黑,山带日归红。遥然一柱观,欲轻千里风。""水随"二句,是写夕阳西下,夜色笼罩江面,可知阴铿傍晚停泊五洲。一柱观在今湖北松滋市,在江陵西南。可见阴铿确实要到江陵。阴铿在五洲亦不敢久留,天一黑即出发,《五洲夜发诗》:"夜江雾里阔,新月迥中明。溜船惟识火,惊凫但听声。劳者时歌榜,愁人数问更。"江面已少有船只,水鸟的惊叫似乎也是诗人内心恐惧害怕被侯景叛军发现的写照。

赵以武以为阴铿在梁敬帝绍泰元年(555)春由故乡南平(湖北公安县西北)南下投广州刺史萧勃,萧勃反陈霸先失败见杀,陈以欧阳頠为镇南将军、广州刺史,阴铿约在此时成为欧阳頠镇南司马。永定三年(559)六月,陈文帝即位,阴铿离开欧阳頠镇南将军府北上回建康。经过丰城再向西北至巴陵,折入故乡南平作唐县,接家人一同至建康,从南平至建康途中经过武昌(今湖北鄂州)曾登岸作《登武昌岸望》③。诗云:"游人试历览,旧迹已丘墟。巴水萦非字,楚山断类书。荒城高仞落,古柳细条疏。烟芜遂若此,当不为能居。"如此荒芜之景,当是经历了梁末战乱之后的景象,赵说可从。

---

① 《何逊集校注》,第180页。
② 参见赵以武《阴铿与近体诗》,黑龙江教育出版社,1998年,第59页。
③ 参见《阴铿与近体诗》,第82页。

沈炯作有《望郢州城》,《陈书》卷一九《沈炯传》:"荆州陷,为西魏所虏,魏人甚礼之,授炯仪同三司……少日,便与王克等并获东归。绍泰二年至都,除司农卿,迁御史中丞。"①诗云:"魂兮何处返,非死复非仙。坐柯如昨日,石合未淹年。历阳顿成浦,东海果为田。空忆扶风咏,谁见岘山传。世变才良改,时移民物迁。悲哉孙骠骑,悠悠哭彼天。""魂兮何处返"云云与沈炯从长安归建康所作《归魂赋》情感类似。该诗大约是绍泰二年沈炯从长安归建康途中经过郢州城而作。

三 以襄阳为中心的侨置雍州诗歌创作

从汉献帝初平三年(192)投刘表至建安十三年(208)曹操取荆州②,王粲此期间在荆州。是时荆州治襄阳(今湖北襄阳),王粲是现可知较早的襄阳诗作者,作有《赠文叔良》(兴平元年)③、《赠士孙文始》(建安二年)④、《赠蔡子笃》(具体创作时间未详)三诗,表达对友人的赞颂与希冀,内容较为正式,故使用雅正的四言体。王粲在襄阳期间还作有《七哀诗》,云"荆蛮非我乡,何为久滞淫",大约作于在襄阳期间的后期。

东晋现可知在襄阳文化区作诗者有卞裕、习凿齿、桓玄。建元二年(344)卞裕作《送桓竟陵诗》。桓竟陵指竟陵县男桓宣。《晋书》卷八一《桓宣传》:"庾翼代亮,欲倾国北讨,更以(桓)宣为都督司梁雍三州荆州之南阳襄阳新野南乡四郡军事、梁州刺史、持节,将军如故。以前后功,封竟陵县男。宣久在襄阳,绥抚侨旧,甚有称绩。庾翼迁镇襄阳,令宣进伐石季龙将李罴,军次丹水,

---

① 《陈书》,中华书局,1972年,第255页。
② 俞绍初先生指出王粲投刘表不是年十七时的初平四年而是十六岁时的初平三年,见俞绍初辑校《建安七子集》,第378页。《后汉书》卷九《献帝纪》:"建安十三年八月,刘表卒,少子琮立,琮以荆州降操。"(《后汉书》,中华书局,1965年,第385页)王粲初平三年投刘表直至建安十三年。
③ 《建安七子集》,第381页。
④ 王金龙《王粲行年系地考》据诗中"郁彼唐林"且建安二年才彻底平定李傕、郭汜之乱,以为作于建安二年春夏之际(《汉语言文学研究》2017年第4期),《后汉书》卷九《献帝纪》:建安元年八月庚申,迁都许。己巳,幸曹操营。九月,太尉杨彪、司空张喜罢。(第380页)此有误,建安元年八月无己巳,九月初一为癸亥,己巳为九月七日。可知此处为错简,当作九月己巳,幸曹操营。八月底迁都,完成相关事务至早已是九月,之后才有可能追论诛董卓功者加以封赏,封赏消息传到襄阳亦需一定时间,所以士孙文始离开襄阳至早约在建安二年。

为贼所败。翼怒,贬宣为建威将军,使移戍岘山。宣望实俱衰,兼以老疾,时南蛮校尉王愆期守江陵,以疾求代,翼以宣为镇南将军、南郡太守,代愆期。宣不得志,未之官,发愤卒。"①《资治通鉴》卷九六《晋纪十八》:"咸康六年春正月庚子朔,都亭文康侯庾亮薨。庚戌,以南郡太守庾翼为都督江荆司雍梁益六州诸军事、安西将军、荆州刺史,假节,代亮镇武昌。时人疑翼年少,不能继其兄。翼悉心为治,戎政严明,数年之间,公私充实,人皆称其才。"②《晋书》卷七《康帝纪》:"建元元年秋七月丁巳,安西将军庾翼为征讨大都督,迁镇襄阳……建元二年秋八月丙子,进安西将军庾翼为征西将军。庚辰,持节、都督司雍梁三州诸军事、梁州刺史、平北将军、竟陵公桓宣卒。"③《资治通鉴》卷九七《晋纪十九》:"建元二年夏四月凉州将张瓘败赵将王擢于三交城……征西将军庾翼使梁州刺史桓宣击赵将李罴于丹水,为罴所败,翼贬宣为建威将军。宣惭愤成疾,秋,八月,庚辰,卒。翼以长子方之为义城太守,代领宣众;又以司马应诞为襄阳太守,参军司马勋为梁州刺史,戍西城。"④据《晋书·桓宣传》叙述顺序,结合以上史料,可知咸康六年(340)春正月庾翼为荆州刺史后封桓宣为竟陵县男,建元元年秋庾翼自武昌迁镇襄阳,建元二年夏秋之际庾翼派桓宣征讨石季龙将李罴。是诗大约是建元二年桓宣离开襄阳征讨石季龙将李罴,卞裕为之饯行赠别而作。诗云:"翰城将孰寄,怀人应斯莅。饯行临高皋,怡衿睦景气。"约为残句。

晋习凿齿为襄阳本土著名文人,他曾在襄阳与释道安有往来。《金楼子》卷五《捷对篇》:"习凿齿诣释道安,值持钵趋堂,凿齿乃翔往众僧之斋也,众皆舍钵敛衽,唯道安食不辍,不之礼也。习甚恚之,乃厉声曰:'四海习凿齿,故故来看尔。'道安应曰:'弥天释道安,无暇得相看。'习愈忿曰:'头有钵上色,钵无头上毛。'道安曰:'面有匙上色,匙无面上坳。'习又曰:'大鹏从南来,众鸟皆戢翼。何物冻老鸱,腩腩低头食。'道安曰:'微风入幽谷,安能动大才。猛虎当道食,不觉蚤虻来。'于是习无以对。"⑤兴宁三年(365)释道安到襄阳,太元

---

① 《晋书》,中华书局,1974年,第2117页。
② 《资治通鉴》,第3036页。
③ 《晋书》,第186页。
④ 《资治通鉴》,第3060页。
⑤ (南朝梁)萧绎撰,许逸民校笺《金楼子校笺》,中华书局,2011年,第1128页。

四年(379)襄阳没于前秦,遂与习凿齿一同被劫至长安,后习凿齿回到襄阳,前秦建元二十一年(385)二月八日道安在长安去世。习凿齿为襄阳宗族,是诗约兴宁三年至太元四年间作于襄阳。

桓玄在荆州时曾登荆山(是时还未设侨置雍州),作有《登荆山诗》。荆山在临沮县,今湖北南漳县一带。《水经注校证》卷四〇:"荆山在南郡临沮县东北(东条山也。卞和得玉璞于是山,楚王不理,怀璧哭于其下,王后使玉人理之,所谓和氏之玉焉)。"①《晋书》卷九《孝武帝纪》:"太元十七年十一月癸酉,以黄门郎殷仲堪为都督荆益梁三州诸军事、荆州刺史。庚寅,徙封琅邪王道子为会稽王,封皇子德文为琅邪王。"②《晋书》卷九九《桓玄传》:"玄在荆楚积年,优游无事,荆州刺史殷仲堪甚敬惮之。及中书令王国宝用事,谋削弱方镇,内外骚动,知王恭有忧国之言,玄潜有意于功业。"③殷仲堪任荆州刺史,桓玄二十四岁,正是渴望建功立业的年龄,认为自己有才而不被重视。《登荆山诗》云:"理不孤湛,影比有津。曾是名岳,明秀超邻。器栖荒外,命契飨神。我之怀矣,巾驾悄轮。"感叹荆山"器栖荒外",仿佛是自比有才华而不得志,是诗约作于早年时在荆州时。姑系于太元十八年。

刘宋时现可知较早在侨置雍州(治襄阳,今湖北襄阳)作诗者是刘骏。《宋书》卷五《文帝纪》:"(元嘉二十二年)春正月壬辰,抚军将军、南豫州刺史武陵王骏改为雍州刺史。(元嘉二十五年)夏四月乙卯,以抚军将军、雍州刺史武陵王骏为安北将军、徐州刺史。六月庚申,安北将军、徐州刺史武陵王骏加兖州刺史。"④元嘉二十二年春至元嘉二十五年夏刘骏在襄阳任雍州刺史,此期间作有《登作乐山》。《舆地纪胜》卷八二《襄阳府》:"作乐山在襄阳县西北二十里。《荆州记》云:'诸葛亮尝登所居山作乐,又云习凿齿隐遁之所。'"⑤诗云:"修路轸孤辔,辣石顿飞辕。遂登千寻首,表里望丘原。屯烟扰风穴,积水溺云根。汉潦吐新波,楚山带旧苑。壤草凌故国,拱木秀颓垣。目极情无留,客思空已繁。"登上作乐山而远眺汉水荆山之景,抒发沧桑之感、客中之思。

---

① 《水经注校证》,第 955 页。
② 《晋书》,第 239 页。
③ 《晋书》,第 3587 页。
④ 《宋书》,第 93 页。
⑤ 《舆地纪胜》,第 2832 页。

刘宋随王诞元嘉间任雍州刺史时作有《襄阳乐》九首。《乐府诗集》卷四八:"《古今乐录》曰:'《襄阳乐》者,宋随王诞之所作也。诞始为襄阳郡。元嘉二十六年仍为雍州刺史,夜闻诸女歌谣,因而作之。所以歌和中有"襄阳来夜乐"之语也。'旧舞十六人,梁八人。又有《大堤曲》,亦出于此。简文帝雍州十曲,有《大堤》《南湖》《北渚》等曲。"①是九首绝句,其一云:"朝发襄阳城,暮至大堤宿。大堤诸女儿,花艳惊郎目。"《宋书》卷五《文帝纪》:"(元嘉二十六年)秋七月辛未,广陵王诞为雍州刺史。冬十月,广陵王诞改封随郡王。(元嘉二十八年三月)庚子,以辅国将军臧质为雍州刺史。"②则刘诞元嘉二十六年秋至元嘉二十八年春为雍州刺史。《宋书》卷三七《州郡志三·雍州》:"华山太守,胡人流寓,孝武大明元年立。今治大堤。""华山令,与郡俱立。"③《旧唐书》卷三九《地理志二》:"宜城,汉邔县,属南郡。宋立华山郡于大堤村,即今县。"④则刘宋在宜城设侨置华山郡,治所在宜城大堤村,称华山县。据魏平柱考证大堤村在今宜城县北小河镇,临汉水,为繁华之地,距襄阳城六十里,按当时的交通水平,一天可到,正与"朝发襄阳城,暮至大堤宿"契合⑤。《襄阳乐》深受民歌影响,约作于刘诞在襄阳期间,即便非同时作,至少其一作于大堤村。

元嘉末谢庄曾在襄阳。《宋书》卷八五《谢庄传》:"初为始兴王濬后军法曹行参军,转太子舍人,庐陵王文学,太子洗马,中舍人,庐陵王绍南中郎谘议参军。又转随王诞后军谘议,并领记室。分左氏经传,随国立篇,制木方丈,图山川土地,各有分理,离之则州别郡殊,合之则宇内为一。元嘉二十七年,索虏寇彭城,虏遣尚书李孝伯来使,与镇军长史张畅共语,孝伯访问庄及王微,其名声远布如此。二十九年,除太子中庶子。"⑥谢庄元嘉二十六年秋至元嘉二十八年春随雍州刺史刘诞在襄阳,为其谘议,大约元嘉二十八年与刘诞一起回建康。谢庄《怀园引》云:"登楚都,入楚关。楚地萧瑟楚山寒。岁去冰未已,春来雁不还。"楚都、汉水等为荆、雍一带景象,所以该诗约作于在雍州期间。

---

① 《乐府诗集》,第703页。
② 《宋书》,第98、100页。
③ 《宋书》,第1143页。
④ 《旧唐书》,中华书局,1975年,第1551页。
⑤ 魏平柱《南朝乐府〈大堤〉之"大堤"非襄阳城之大堤》,《襄樊学院学报》2003年第3期。
⑥ 《宋书》,第2167页。

泰始四年(468)江淹任巴陵王休若右常侍,途经荆山时作《望荆山》,云"南关绕桐柏,西岳出鲁阳"。荆山所在之临沮县属于侨置雍州。桐柏山在雍州南阳郡平氏县(治今河南省桐柏县西北平氏镇)东南,处于淮河的源头,今鄂、豫二省交界处。鲁阳就是鲁阳关,属于雍州南阳郡,在今河南省鲁山县西南。可见江淹在途经荆山时就计划到巴陵王幕府后要游览雍州北的桐柏山等地;在雍州时游历桐柏山,作《步桐台》:"思君出汉北,鞍马登楚台。"汉北属于雍州襄阳地区。楚台即桐台,指桐柏山。① 江淹《秋至怀归》诗云:"怅然集汉北,还望岨山田。沄沄百重壑,参差万里山。楚关带秦陇,荆云冠吴烟。"当作于汉北,约与《步桐台》同时作。

鲍照《代阳春登荆山行》,据题似乎作于登荆山时。鲍照两次到荆州,元嘉十二年至十六年春为使持节、都督荆雍益宁梁南北秦七州诸军事、平西将军、荆州刺史临川王义庆参军,大明六年秋至泰始二年八月为荆州刺史临海王子顼参军。临川王义庆、临海王子顼皆曾为都督雍州等诸军事,鲍照作为他们的僚属,应会陪他们到雍州视察。但诗中描写的登山所见似乎与荆山的地理位置不合。诗云:"极眺入云表,穷目尽帝州。方都列万室,层城带高楼。"帝州指都城,荆山在临沮县,今湖北南漳县一带,在侨置雍州境内(治襄阳,今湖北襄阳),此地怎么能看到都城建康? 相对地处偏僻的荆山又怎么能看到万室、高楼的繁华都市呢? 宋本鲍照集题下注"荆"一作"京"。京口有京岘山,即京山。在京山上看到建康及万室、层城正合理。宋人卢宪亦如是解,其所著《(嘉定)镇江志》卷六:"丹徒县,京岘山在府治东五里,《润州类集》云:州谓之京镇、京口者,因此山。鲍照《阳春登京山行》注京,一作荆,非。"② 故该诗并非作于荆州。

南齐在襄阳一带作诗者有谢朓、虞羲等。谢朓永明九年春至十一年秋在荆州时,曾随荆州刺史、都督荆雍梁宁南北秦六州诸军事随王萧子隆到雍州边的梁州视察,作有《答张齐兴》。张齐兴指齐兴太守张氏,事迹未详。齐兴郡属梁州,永明七年设,治郧乡(今湖北郧县),正属随王子隆都督之地。诗云:"荆山崟百里,汉广流无极。"与齐兴郡地理位置正合。荆山在今湖北南漳县,到郧

---

① 具体参见笔者《江淹〈望荆山〉创作时地考》。
② (宋)卢宪《(嘉定)镇江志》,中华书局编辑部《宋元方志丛刊》,中华书局,1990年,第2353页。

县途经荆山。郧乡在汉水边。《南齐书》卷四〇《随郡王子隆传》:"(永明)八年,代鱼复侯子响为使持节、都督荆雍梁宁南北秦六州、镇西将军、荆州刺史,给鼓吹一部。"①该诗大约作于永明九年春至十一年秋,在荆州时,谢朓曾随子隆到梁州视察,而与张氏相识唱和赠答。张诗已佚。具体创作时间未详。此地毗邻雍州,故亦算作襄阳文化区的诗歌。

《文选》卷二一虞羲《咏霍将军北伐》李善注:"《虞羲集序》曰:羲字子阳,会稽人也。七岁能属文,后始安王引为侍郎,寻兼建安(晋安)征虏府主簿功曹,又兼记室参军事,天监中卒。"②《南齐书》卷四〇《武十七王·晋安王子懋传》:"永明四年进号征虏将军……六年,徙监湘州、平南将军、湘州刺史……九年,亲府州事。十年,入为侍中,领右卫将军。十一年,迁散骑常侍,中书监。未拜,仍为使持节、都督雍梁南北秦四州郢州之竟陵司州之随郡军事、征北将军、雍州刺史,给鼓吹一部。豫章王丧服未毕,上以边州须威望,许得奏之……隆昌元年,迁子懋为都督江州刺史,留西楚部曲助镇襄阳,单将白直侠毂自随。"③《南齐书》卷三《武帝纪》:"永明十一年二月癸卯,以新除中书监晋安王子懋为雍州刺史。"④《南齐书》卷四《郁林王纪》:"隆昌元年春正月丁未,征北大将军晋安王子懋为江州刺史。"⑤则虞羲永明四年为始安王遥光侍郎,不久又兼晋安王子懋主簿功曹,之后基本在晋安王子懋身边,永明九年随子懋到湘州,十年随其回建康,十一年春又随子懋到雍州,隆昌元年子懋调任江州刺史,虞羲亦离开雍州。虞羲在雍州期间作有《送友人上湘》,诗云:"汉广虽容舠,风悲未可渡。"将《诗经·卫风·河广》中"谁谓河广,曾不容刀"中的河广改为汉广,且翻进一层,不容刀(舠)不可渡,如今汉水之广足以容舠,却风悲不可渡。如果不是在汉水一带不需要用汉广,用江广之类皆可。虞羲一生在汉水一带就是在雍州时。该诗大约是永明十一年虞羲在雍州为去湘州之友人送别而作。

萧纲曾任雍州刺史,庾肩吾在其幕府。二人也是梁代雍州诗的重要作者。

---

① 《南齐书》,第 710 页。
② 《新校订六家注文选》,第 1332 页。
③ 《南齐书》,第 708 页。
④ 《南齐书》,第 60 页。
⑤ 《南齐书》,第 70 页。

《梁书》卷四《简文帝纪》:"(普通)四年(523),迁徙为使持节、都督雍梁南北秦四州郢州之竟陵司州之随郡诸军事、平西将军、宁蛮校尉、雍州刺史。五年,进号安北将军。七年,权进都督荆益南梁三州诸军事。是岁,丁所生穆贵嫔丧,上表陈解,诏还摄本任。中大通元年,诏依先给鼓吹一部。二年,征为都督南扬徐二州诸军事、骠骑将军、扬州刺史。"①《梁书》卷三《武帝纪》:"(中大通二年)春正月戊寅,以雍州刺史晋安王纲为骠骑大将军、扬州刺史,南徐州刺史庐陵王续为平北将军、雍州刺史。"②《梁书》卷四九《庾肩吾传》:"初为晋安王国常侍,仍迁王宣惠府行参军,自是每王徙镇,肩吾常随府。历王府中郎、云麾参军,并兼记室参军。"③则普通四年至中大通二年春庾肩吾随萧纲在雍州。萧纲和庾肩吾雍州诗主要作于此期间。萧纲作《玩汉水》:"杂色昆仑水,泓澄龙首渠。岂若兹川丽,清流疾且徐。离离细碛净,蔼蔼树阴疏。石衣随溜卷,水芝扶浪舒。连翩泻去楫,镜澈倒遥墟。聊持点缨上,于是察川鱼。"庾肩吾作《奉和泛舟汉水往万山应教》:"桂棹梁棠船,飘扬横大川。映严沉水底,激浪起云边。迥岸高花发,春塘细柳悬。陪歌承睿赏,接醴侍恩筵。谁云李与郭,独得似神仙。"《水经注校证》卷二八沔水:"沔水又东径万山北,山上有《邹恢碑》,鲁宗之所立也。山下潭中有《杜元凯碑》,元凯好尚后名,作两碑并述己功,一碑沉之岘山水中,一碑下之于此潭,曰:百年之后,何知不深谷为陵也。山下水曲之隈,云汉女昔游处也。故张衡《南都赋》曰:游女弄珠于汉皋之曲。汉皋,即万山之异名也。"万山在今湖北襄阳汉水南岸。萧纲原诗及庾肩吾和诗皆写春日汉水之景,大约普通五年至中大通元年间某年春作于襄阳。

刘孝威亦曾在萧纲雍州刺史幕府,并与萧纲唱和。《梁书》卷四一《刘潜传》:"晋安王纲出镇襄阳,引为安北功曹史,以母忧去职。王立为皇太子,孝仪服阕,仍补洗马,迁中舍人……孝威,初为安北晋安王法曹,转主簿,以母忧去职。服阕,除太子洗马,累迁中舍人,庶子,率更令,并掌管记。"④《梁书》卷三《武帝纪下》:"(普通)五年春正月辛卯,平西将军、雍州刺史晋安王纲进号安

---

① 《梁书》,第103页。
② 《梁书》,第74页。
③ 《梁书》,第690页。
④ 《梁书》,第594、595页。

北将军……中大通三年秋七月乙亥,立晋安王纲为皇太子。"①中大通三年七月萧纲为太子,是年刘孝仪、刘孝威兄弟服丧二十七个月满,任太子洗马,则刘孝仪、刘孝威兄弟丁忧去职在中大通元年,孝仪、孝威兄弟普通五年至中大通元年在雍州刺史萧纲幕府。萧纲作有《拟古》,刘孝威作《拟古应教》,二诗皆为宫体风格。据刘孝威诗题中的"应教",可见是时萧纲为王,结合刘孝威生平,他是萧纲为雍州刺史、安北将军时在其幕府。故萧纲之作及刘孝威和诗大约作于二人在雍州时。

刘孝威在雍州时还作有《郯县遇见人织率尔寄妇》,郯县,治今湖北宜城东南。雍州刺史镇襄阳,宜城在襄阳南,则是诗约作于普通五年至中大通元年在雍州刺史萧纲幕府期间。是诗亦为宫体。

萧纲在雍州期间作有《雍州曲》,《乐府诗集》卷四八:"又有《大堤曲》亦出于此(指《襄阳乐》)。简文帝雍州十曲,有《大堤》《南湖》《北渚》等曲。"②则《雍州曲》出自《襄阳乐》,简文帝所作本十曲,今仅存《南湖》《北渚》《大堤》三首。《南湖》云:"南湖荇叶浮,复有佳期游。银纶翡翠钩,玉舳芙蓉舟。荷香乱衣麝,桡声送急流。"《大堤》云:"宜城断中道,行旅极留连。出妻工织素,妖姬惯数钱。炊雕留上客,贳酒逐神仙。"《宋书》卷三七《州郡志三·雍州》:"冯翊太守,三辅流民出襄阳,文帝元嘉六年立,治襄阳。今治郯……华山太守,胡人流寓,孝武大明元年立。今治大堤。"③则刘宋在郯县设侨置冯翊郡。上文考述刘诞《襄阳乐》时已言,刘宋时以宜城县北大堤村为侨置华山郡治所,称华山县,则萧纲诗中的宜城用的是旧地名,当时实际称华山。郯县在宜城东南(约在今宜城郑集镇,此地有楚皇城遗址),宜城、郯县相邻,皆在汉水边。萧纲《大堤曲》,与刘孝威《郯县遇见人织率尔寄妇》"妖姬含怨情,织素起秋声",皆提及妖姬、织素之类,此二诗或同时期作。

隋仁寿间薛道衡曾任襄州总管,作有《展敬上凤林寺》。《舆地纪胜》卷八二《襄阳府·碑记》:"隋凤林寺兴国寺碑。《集古录》:《凤林寺碑》,庾信撰。

---

① 《梁书》,第67、74页。
② 《乐府诗集》,第703页。
③ 《宋书》,第1142页。

又李德林制《兴国寺碑》，隋开皇中立，今在襄阳县延庆寺。"①宋之问有《时地襄阳登凤林寺阁》，可见凤林寺在襄阳。《隋书》卷五七《薛道衡传》："仁寿中，杨素专掌朝政，道衡既与素善，上不欲道衡久知机密，因出检校襄州总管。道衡久蒙驱策，一旦违离，不胜悲恋，言之哽咽。高祖怆然改容曰：'尔光阴晚暮，侍奉诚劳。朕欲令尔将摄，兼抚萌俗。今尔之去，朕如断一臂。'于是赉物三百段，九环金带，并时服一袭，马十匹，慰勉遣之。在任清简，吏民怀其惠。炀帝嗣位，转番州刺史。"②《隋书》卷二《高祖纪下》："仁寿二年九月乙未，上柱国、襄州总管、金水郡公周摇卒。"③则薛道衡即是年九月接替金水郡公周摇为襄州总管。《隋书》卷二《高祖纪下》："（开皇二十年）十一月戊子，以晋王广为皇太子……仁寿四年（604）七月丁未崩于大宝殿。"④隋炀帝是月即位。薛道衡在炀帝即位后转番州刺史。《隋书》卷三〇《地理志下》："南海郡。旧置广州，梁、陈并置都督府。平陈，置总管府。仁寿元年置番州，大业初府废。"⑤可见番州即广州，因避皇太子讳而于仁寿元年改州名。薛道衡约仁寿二年九月至仁寿四年七月任襄州总管。襄州治襄阳（今湖北襄阳），则是诗大约此期间作于襄阳。

四　湘州诗歌创作

东汉马援的《武溪深》是较早作于今湖南的诗歌。《乐府诗集》卷七四引崔豹《古今注》："《武溪深》，马援南征之所作也。援门生爱寄生善吹笛，援作歌，令寄生吹笛以和之。名曰《武溪深》。"⑥《后汉书》卷一下《光武帝纪下》："建武十八年春二月甲戌，遣伏波将军马援率楼船将军段志等击交址贼征侧等……十九年春，伏波将军马援破交址，斩征侧等。因击破九真贼都阳等，降

---

① 《舆地纪胜》，第 2846 页。
② 《隋书》，第 1408 页。
③ 《隋书》，第 47 页。
④ 《隋书》，第 45、52 页。
⑤ 《隋书》，第 880 页。
⑥ 《乐府诗集》，第 1048 页。

之。"①则是诗大约建武十八年(42)南征经过武溪(今湖南泸溪南)时作。

东晋庾阐在长沙作有《吊贾谊》。《晋书》卷九二《庾阐传》:"顷之,出补零陵太守,入湘川,吊贾谊。其辞曰:中兴二十三载,余忝守衡南,鼓枻三江,路次巴陵,望君山而过洞庭,涉湘川而观汨水,临贾生投书之川,慨以永怀矣。及造长沙,观其遗象,喟然有感,乃吊之云。"②中兴二十三载,指东晋建立二十三载即咸康五年(339),庾阐是年出为零陵太守(治今湖南永州),是诗大约庾阐出为零陵太守时,经过长沙吊贾谊而作。又庾阐经过衡山时作有《衡山诗》。衡山在衡阳郡衡山县(治今湖南衡山县南),是前往零陵的必经之地。诗云:"北眺衡山首,南睨五岭末。"则是眺望衡山,是诗大约即咸康五年前往零陵途中经衡山而作。庾阐《三月三日诗》:"心结湘川渚,目散冲霄外。清泉吐翠流,渌醽漂素濑。悠想眇长川,轻澜渺如带。"约作于咸康间在湘州时的某个上巳日。

刘宋时颜延之在巴陵作有《始安郡还都与张湘州登巴陵城楼作》,《宋书》卷七三《颜延之传》:"少帝即位(景平元年,423),以为正员郎,兼中书,寻徙员外常侍,出为始安太守。元嘉三年,(徐)羡之等诛,征为中书侍郎,寻转太子中庶子,顷之,领步兵校尉,赏遇甚厚。"③始安郡治始安县,今广西桂林。张湘州即湘州刺史张劭。巴陵,今湖南岳阳市。颜延之在元嘉三年从始安还都经过巴陵时作该诗,是较早写洞庭湖之作。诗云:"江汉分楚望,衡巫奠南服。三湘沦洞庭,七泽蔼荆牧。"描述湘州的地理位置和洞庭湖的浩渺。

江淹亦是刘宋时湘州诗的重要作者。江淹曾随建平王刘景素在湘州,作有《贻袁常侍》。袁常侍即袁炳,《南齐书》卷五二《文学传》:"陈郡袁炳,字叔明,有文学,亦为袁粲所知。著晋书未成,卒。"④诗云:"昔我别楚水,秋月丽秋天。今君客吴阪,春色缥春泉。"可见此诗是江淹第二次在荆雍一带时所作。泰始四年秋江淹到襄阳为巴陵王常侍,泰始五年春离开了巴陵王休若幕,回到京城。泰始五年夏从雍州到达建康,大约景素已为吴兴太守,江淹旋即前往吴兴入建平王景素幕,又在泰始六年春随建平王景素到湘州⑤。《宋书》卷八《明

---

① 《后汉书》,第69、71页。
② 《晋书》,第2385页。
③ 《宋书》,第1892页。
④ 《南齐书》,第897页。
⑤ 详见笔者《江淹〈望荆山〉创作时地考》。

帝纪》:"泰始七年二月戊午,以湘州刺史建平王景素为荆州刺史。"则泰始七年春,江淹已在荆州。据江淹《袁友人传》:"历国常侍员外郎,府功曹,临湘令。"大约江淹随景素到江陵,袁炳准备前往吴地,江淹作该诗赠别。俞绍初先生以为袁炳前往吴地是任吴郡太守王僧虔功曹,并认为袁炳曾任巴陵王休若常侍①。但诗中云"昔我别楚水,秋月丽秋天",可见作是诗时,江淹已是第二次前往荆楚地区,江淹第一次途经荆州前往襄阳入巴陵王休若幕府正是在泰始四年的秋季。可见此诗并非作于在巴陵王休若幕府中,袁炳亦非休若常侍。袁炳大约为建平王景素常侍,泰始七年季春景素离开湘州前往荆州治所江陵任刺史,袁炳离常侍之职前往吴地任吴郡太守王僧虔功曹,江淹随景素西上前往江陵,袁炳前往吴郡,江淹与袁炳在湘州治所临湘(今湖南长沙)分别而作是诗。长沙正属于楚地。诗中所写正是春景,故该诗当是泰始七年春作于湘州。诗中"幽冀生碧草,沅湘含翠烟。铄铄霞上景,懵懵云外山。涉江竟何望,留滞空采莲",述及吴楚两地之景。沅湘正好代指湘州。

南齐时湘州诗的重要作者有谢朓和吴均。建武四年春谢朓曾到过湘州。《南齐书》卷四七《谢朓传》:"出为宣城太守,以选复为中书郎。建武四年,出为晋安王镇北谘议、南东海太守,行南徐州事。"②曹融南以为谢朓大约建武二年夏出为宣城太守。据谢朓《将游湘水寻句溪》(句溪在宣城)、《忝役湘州与宣城吏民别》,可知谢朓曾到过湘州。《将游湘水寻句溪》云"方寻桂水源,谒帝苍山垂",《忝役湘州与宣城吏民别》"汨徂奉南岳,兼秩典邦号",可知谢朓到湘州是参与奉祀南岳③。《将游湘水寻句溪》"兴以暮秋月,清霜落素枝",则谢朓离开宣城前往湘州约在建武三年秋冬之季。谢朓《春思诗》云:"茹溪发春水,阯山起朝日。兰色望已同,萍际转如一。"《水经注校证》卷三七:"澧水又东,茹水注之,水出龙茹山,水色清澈,漏石分沙。庄辛说楚襄王,所谓饮茹溪之流者也。"④茹水在今湖南临澧县西。《楚辞·离骚》:"朝搴阯之木兰兮,夕揽洲之宿莽。"王逸注:"阯,山名。"洪兴祖补注:"山在楚南。"诗约建武四年

---

① 《江淹集校注》,第10页。
② 《南齐书》,第826页。
③ 《谢宣城集校注》,第458、460页。
④ 《水经注校证》,第866页。

春谢朓在前往湘州途中作于茹水一带。

永泰元年(498)吴均曾到过湘州①。吴均《登二妃庙》云:"折菡巫山下,采荇洞庭腹。故以轻薄好,千里命舻舳。何事非相思,江上葳蕤竹。"《方舆胜览》:"黄陵庙在湘阴北八十里。韩愈作《庙碑》云:'湘旁有庙曰黄陵,自前古立以祀尧之二女舜二妃者。庭有古碑,乃晋太康九年。其额曰虞帝二妃之碑。'"②则此诗约作于永泰元年夏秋之际吴均游历湘州时,二妃庙在洞庭湖中的君山上。大约游历湘州以参加二妃庙为始。

吴均于湘江作有《至湘洲望南岳》,南岳衡山位于今湖南衡山县。永泰元年,吴均到湘南一带时作。诗云:"重波沦且直,连山纠纷纷。鸟飞不复见,风声犹可闻。胧胧树里月,飘飘水上云。长安远如此,无缘得报君。"大约永泰元年秋吴均参观二妃庙后沿湘江南下,至衡阳时在湘江上眺望衡山作该诗。

吴均在湘州作有《赠王桂阳别》三首,王桂阳指桂阳内史(即太守)王峻。《梁书》卷二一《王峻传》:"除太子洗马,建安王友。出为宁远将军、桂阳内史。会义师起,上流诸郡多相惊扰,峻闭门静坐,一郡帖然,百姓赖之。"③《南齐书》卷四〇《武十七王·建安王子真传》:"延兴元年,转镇军将军,领兵置佐,常侍如故。其年见杀,年十九。"④大约延兴元年(494)建安王子真被杀后,王峻出为桂阳内史(治今湖南郴州)。《赠王桂阳别》三首其一云:"愿持鸐鸊羽,岁暮依梧桐。"其二云:"行衣侵晓露,征舠犯夜湍。"其三云:"树响浃山来,猿声绕岫急。旅帆风飘扬,行巾露沾湿。深浪暗兼葭,浓云没城邑。"则三诗亦作于永泰元年秋吴均在湘南一带时。大约吴均过衡阳沿耒水南下到桂阳(今湖南郴州),与王峻相会,离别时作是诗,《梁书》本传未言吴均到湘南,吴均湖南诗可补史书之缺。

吴均曾在湘州与周兴嗣相识并相互作诗赠答。《梁书》卷四三《周兴嗣传》:"周兴嗣字思纂,陈郡项人,汉太子太傅堪后也……除桂阳郡丞,太守王嵘('嵘',《册府元龟》卷六八七作'峻'。疑作'峻'是。《南史·王峻传》,峻仕

---

① (南朝梁)吴均著,林家骊校注《吴均集校注》,浙江古籍出版社,2005年,第262页。
② 《方舆胜览》,第420页。
③ 《梁书》,第320页。
④ 《南齐书》,第711页。

齐为桂阳内史,天监初还,时正相接。)素相赏好,礼之甚厚。高祖革命,兴嗣奏《休平赋》,其文甚美,高祖嘉之。"①大约即吴均永泰元年拜会桂阳太守王峻时与郡丞周兴嗣相识。吴均作《赠周兴嗣》四首,其一云:"孺子贱而贫,且非席上珍。唯安莱芜甑,兼慕林宗巾。"自比徐稚,以郭泰比周兴嗣。其二云:"千里无关梁,安得王乔屦。"希望得到周兴嗣推举。其三云:"与君初相识,不言异一宿。"可见双方相识不久。是四诗约作于永泰元年秋在桂阳时。周兴嗣作《答吴均》三首,其三云:"谁学莱芜甑,本得王乔履。阶前养素鹤,池中饴赤鲤。一往玉壶上,兼复见箫史。"莱芜甑正与吴均《赠周兴嗣》其一呼应。王乔履正与吴均诗其二呼应。可见该诗确为答吴均《赠周兴嗣》之作,故是三诗亦永泰元年秋作于桂阳。在桂阳,吴均与周兴嗣多有往来,某次拜访周兴嗣未遇,作《诣周承(丞)不值因赠此诗》(《诗纪》题下注云:"'承'一作'丞',后仿此。"林家骊以为作"周丞"是,即桂阳郡丞周兴嗣)②,该诗云:"青云叶上团,白露花中泫。"后来又拜访周兴嗣,仍然不值,作《周丞(丞)未还重赠》,诗云:"散雪逐吹寒,蓬姿浮霜采。"皆与吴均在桂阳的时节相合。

永泰元年秋离开桂阳后,吴均向西行到舂陵(今湖南宁远),与舂陵令鲍几会面,舂陵属营阳郡(治今湖南宁远西)。《南史》卷六二《鲍泉传》:"鲍泉字润岳,东海人也。父几字景玄,家贫,以母老诣吏部尚书王亮干禄,亮一见嗟赏,举为舂陵令。"③《梁书》卷一六《王亮传》:"建武末,为吏部尚书。"④则王亮荐鲍几为舂陵令当在永泰元年。吴均作有《赠鲍舂陵别》:"落叶思纷纷,蝉声犹可闻。水中千丈月,山上万重云。海鸿来倏去,林花合复分。所忧别离意,白露下沾裙。"及《江上酬鲍几》:"振棹出江湄,依依望九嶷。欲谒苍梧帝,过问沅湘姬。"则永泰元年秋吴均在营阳郡期间还曾至九嶷山拜谒舜帝陵。大约此后回到营阳县治所营浦(今湖南道县)沿潇水而上再至湘江北上,途中作有《遥赠周承(丞)》:"巨石乱天崖,杂树郁参差。伯鱼留蜀郡,长房还葛陂。练练波中月,亭亭云上枝。高岑蔽人者,无处得相知。"以西汉第五伦(字伯鱼)

---

① 《梁书》,第698页。
② 《吴均集校注》,第159页。
③ 《南史》,第1528页。
④ 《梁书》,第267页。

留在蜀郡任太守比周兴嗣留在桂阳郡,以东汉费长房扶杖回葛陂喻自己离开桂阳郡。沿湘江北上回到临湘(今湖南长沙)与故人分别时,又作《发湘州赠亲故别诗》三首。

梁代的湘州诗作者主要有萧绎、朱超、阴铿等。萧绎第二次任荆州刺史途经巴陵时作《赴荆州泊三江口》,《艺文类聚》该诗题作《行经过巴陵部伍》,则该诗作于巴陵(治今湖南岳阳)。《梁书》卷三《武帝纪》:"(普通七年)冬十月辛未丹阳尹湘东王绎为荆州刺史……(中大通四年)九月乙巳,荆州刺史湘东王绎为平西将军。……(大同五年)秋七月己卯,湘东王绎为护军将军、安右将军……(六年)十二月壬子,以护军将军湘东王绎为镇南将军、江州刺史……(中大同二年)(是年四月丙戌改元太清)正月壬寅,骠骑大将军、开府仪同三司、荆州刺史庐陵王续薨;以镇南将军、江州刺史湘东王绎为镇西将军、荆州刺史。"①萧绎第一次任荆州刺史在普通七年十月下旬,自建康出发,到荆州还是冬季,而诗云:"柳条恒拂岸,花气尽薰舟。"是写春景,显然该诗非作于此时。萧绎第二次任荆州刺史在中大同二年二月,从江州出发,到荆州仍是春季,所以该诗作于大同二年春从江州到荆州途中经过巴陵时。此诗写景较为明丽欢快,当时梁处于安定时期,诗中的景象与之相符,故系于第二次赴任荆州刺史之时。

荆州刺史萧绎的僚属朱超作有《夜泊巴陵》,巴陵郡治巴陵县,今湖南岳阳市。诗云:"回风折长草,轻冰断细流。古村空列树,荒戍久无楼。"写冬景,景象荒芜。与萧绎《赴荆州泊三江口》显非同一时期作。大约作于太清三年(549)侯景之乱时。

梁敬帝绍泰元年(555)春,阴铿由南平作唐出发南下投广州刺史萧勃,经过青草湖,作《渡青草湖》,青草湖在洞庭湖南②。诗云:"洞庭春溜满,平湖锦帆张。沅水桃花色,湘流杜若香。穴去茅山近,江连巫峡长。带天澄迥碧,映日动浮光。行舟逗远树,度鸟息危樯。滔滔不可测,一苇讵能航。""洞庭"二句写张帆起航,见洞庭湖春水浩渺。"沅水"二句,写青草湖之地理位置,湘水、沅水分别在东西两头注入青草湖。"穴去"二句,由洞庭、青草湖在长江中部,

---

① 《梁书》,第70、76、83、85、92页。
② 参见《阴铿与近体诗》,第64页。

而想到长江东的茅山(在今江苏句容)和长江西的巫山(在今重庆),有尺幅千里之势。"带天"二句,写青草湖水天相接的远景,"行舟"则写近景。"滔滔"二句,以一苇难渡反衬青草湖之浩大。

赵以武以为阴铿在梁敬帝绍泰元年春由故乡南平(湖北公安县西北)南下投广州刺史萧勃,萧勃反陈霸先失败见杀后,陈以欧阳頠为镇南将军、广州刺史,阴铿约在此时成为欧阳頠镇南司马。永定三年(559)六月,陈文帝即位,阴铿离开欧阳頠镇南将军府北上回建康经过巴陵时,作有《游巴陵空寺》①。诗云:"日宫朝绝磬,月殿夕无扉。网交双树叶,轮断七灯辉。"写寺之残破,确为梁末战乱后之景象。

陈代初江总途经衡阳留有诗篇。《陈书》卷二七《江总传》:"台城陷,总避难崎岖,累年至会稽郡……总第九舅萧勃先据广州,总又自会稽往依焉。梁元帝平侯景,征总为明威将军、始兴内史,以郡秩米八百斛给总行装。会江陵陷,遂不行,总自此流寓岭南积岁。天嘉四年,以中书侍郎征还朝,直侍中省。"②则江总天嘉四年(563)自岭南回建康。江总《衡阳春日》云:"春心久徂谢,春物自芳菲。碣石风烟动,睢阳文雉飞。谁怜茂陵病,犹带女萝衣。"该诗出自皎然《诗式》卷三③。江总逃难至广州,即便经衡阳已非春日。而是诗写景明快,与下下复归太平,可重回建康时的心情相合,故是诗大约作于天嘉四年自岭南回建康途经衡阳时。

何处士《别才法师于湘还鄂北》,何处士,事迹未详。诗云:"南楚长沙狭,西浮鄂路遥。"结合诗题,约在湘州(治临湘今湖南长沙)送别才法师还鄂州北部时而作是诗,约作于陈代,具体时期未详。

隋代在今湖南作诗者现可知有薛道衡等。上文考析薛道衡《展敬上凤林寺》时已证,薛道衡约仁寿四年(604)七月由襄州总管转为番州刺史。薛道衡作有《入郴江》,诗云:"伏节遵严会,扬舲溯急流。征途非白马,水势类黄牛。跳波鸣石碛,溅沫拥沙洲。岸回槎倒转,滩长船却浮。缘崖频断挽,挂壁屡移钩。还忆青丝骑,东方来上头。"是较早写郴江的诗歌,郴江在今湖南郴州一

---

① 参见《阴铿与近体诗》,第65页。
② 《陈书》,第345页。
③ (唐)皎然撰,李壮鹰校注《诗式校注》,人民文学出版社,2003年,第254页。

带,此地是入岭南的必经之地,郴江发源于今湖南郴州市南宜章县骑田岭,流经今郴州市区向北注入耒水。诗中提到"溯急流",可见是自北往南逆郴江而行,是由北至番州的方向,郴江自然落差近300米,对于当时来说已是较大落差,故诗中描写逆水行舟之艰难,可知是诗约仁寿四年秋薛道衡前往番州途中渡郴州时作。

以下三诗并非作于湘州,但描写湘州之景。

谢朓《新亭渚别范零陵》,新亭在建康。范云前往零陵任太守,零陵郡治今湖南永州市。诗云:"洞庭张乐地,潇湘帝子游。云去苍梧野,水还江汉流。"描写湖南之景。《梁书》卷一三《范云传》:"子良为司徒,又补记室参军事,寻授通直散骑侍郎、领本州大中正。出为零陵内史,在任洁己,省烦苛,去游费,百姓安之。明帝召还都,及至,拜散骑侍郎。"①曹道衡先生指出沈约、谢朓因曾与竟陵王子良游而被外放②。沈约隆昌元年春出为东阳太守,范云亦是时出为零陵内史,范云《之零陵郡次新亭》诗中所写亦初春寂寥之景:"江干远树浮,天末孤烟起。江天自如合,烟树还相似。"永明九年春至十一年末,谢朓在荆州不可能在新亭送别范云。大约该诗作于隆昌元年(494)春在新亭送别范云时,此时谢朓还未到过湘州,所述为想象之词。太守任期三年,至建武三年正好三年,大约此时明帝将范云召回。

萧纲《赠张缵》、庾肩吾《侍宴饯湘州刺史张缵》。《梁书》卷三四《张缵传》:"大同九年,迁宣惠将军、丹阳尹,未拜,改为使持节、都督湘桂东宁三州诸军事、湘州刺史,述职经途,乃作南征赋。其词曰:'岁次娵訾,月惟中吕,余谒帝于承明,将述职于南楚。'……缵在政四年,流人自归,户口增益十余万,州境大安。"③娵訾为亥年,大同九年为癸亥年,正合。中吕,为四月,而萧纲诗云:"九疑势参差,江天相蔽亏。三春澧浦叶,九月洞庭枝。洞庭枝袅娜,澧浦叶参差。芬芳与摇落,俱应伤别离。"正写今湖南之景,最后句点出送别。萧纲与庾肩吾之诗作于大同九年四月梁武帝及太子萧纲为新任湘州刺史张缵饯行时。庾肩吾诗云:"洞庭资善政,层城送远离。九歌扬妙曲,八桂动芳枝。雨足飞春

---

① 《梁书》,第230页。
② 《中古文学史料丛考》,第399页。
③ 《梁书》,第495、502页。

殿,云峰入夏池。郢路方辽远,湘山转蔽亏。何当好风日,极望长沙垂。"亦写今湖南之景。萧纲天监十三年(514)春至十四年五月任荆州刺史期间,曾经自江陵东下至巴陵过洞庭湖,庾肩吾随行,所以萧纲与庾肩吾之诗虽然是在建康描写洞庭之景,诗人实亲见过洞庭之景。

萧绎承圣二年(553)春《和王僧辩从军诗》:"洞庭晚风急,潇湘夜月圆。"该诗作于荆州,描写湘州之景,是诗考证详见上文。

阴铿《和傅郎岁暮还湘州》虽作于建康,但描写湘州之景。傅郎即傅縡。《陈书》卷三〇《傅縡传》:"梁太清末,携母南奔避难。俄丁母忧,在兵乱之中居丧尽礼,哀毁骨立,士友以此称之。后依湘州刺史萧循,循颇好士,广集坟籍,縡肆志寻阅,因博通群书。"①大约太清三年五月台城陷落前,傅縡携母逃离建康奔湘州避难。九月阴铿由故郢返建康,年底傅縡亦由湘州回建康,傅縡在回湘州前作《岁暮还湘州》(该诗已佚),阴铿作了这首和诗。诗云:"大江静犹浪,扁舟独且征。棠枯绛叶尽,芦冻白花轻。戍人寒不望,沙禽迥未惊。"描绘湘州之景,代傅縡想象还湘州的感受②。是时阴铿还未到湘州,故所述约为想象之词。

结　语

六朝时期荆州诗现存约60题,81首。东晋时有曹摅、庾阐、袁山松、谢灵运,刘宋时有汤惠休、鲍照、江淹、宗炳,南齐时有袁彖、王秀之、谢朓、萧赜、宗夬,梁代有刘孝绰、萧纲、萧绎、庾肩吾、刘缓、何思澄、孔翁归、朱超、王褒,隋代有崔仲方。除了宗炳、宗夬,皆非本土诗人。荆州诗歌的繁荣,与著名文士在此为官有直接关系。在21位非本土诗人之外,汤惠休流寓荆州,萧纲、萧绎曾在荆州任刺史,余者主要是进入刺史的幕府任职。创作诗歌较多的有:鲍照(7首),江淹(4题5首),谢朓(6题21首),刘孝绰(4首),萧纲(3首),萧绎(13题14首),刘缓(2题4首),朱超(3首)。谢朓虽然总数最多但其实只有6题,所以萧绎是在荆州作诗最多者。六朝荆州诗的创作地主要在江陵。该时期荆

---

① 《陈书》,第400页。
② 参见赵以武《阴铿与近体诗》,第92页。

州诗有感怀、山水游览、赠答、送别、公宴、怀古、咏物等多种题材。鲍照的荆州诗多作于秋季,有萧瑟凄凉之感。江淹荆州诗多描写荆州之景,具有地方特色,还感怀楚国历史遗迹,上文皆已言之,兹不赘述。谢朓《奉和随王殿下十六首》杂咏荆州四时之景。萧绎先后两任荆州刺史又在江陵称帝,对南朝梁代荆州文学影响很大,其荆州诗也有一些宫体风格之作,如《名士悦倾城》(已佚,从萧纲等和诗中可知)、《杂咏三首》(《秋夜》《寒闺》《冬宵》,原诗已佚,从刘缓和诗中可知)等,但更多的是言之有物的感情真挚之作,《早发龙巢》明快清新;《示吏民》表达励精图治的决心;《出江陵县还诗》表达了萧绎的操守和抱负;《藩难未静述怀》描写战争颇有气势,表达破贼平乱的决心,悲壮豪迈;《幽逼诗》感慨世事无常、壮志未酬。后二诗可说达到了萧绎荆州诗的顶峰。萧绎僚属朱超的诗歌亦有特色,《赠王僧辩》风格豪迈悲壮,表达了对王僧辩平定侯景之乱的期许。《别席中兵》意味有余不尽、韵胜能留;庾信到北朝以后形成的凌云健笔在萧绎、朱超等的荆州诗中已有体现,是梁代后期宫体诗风转变的先声。

六朝时期现存郢州诗 16 首,另有 1 首虽非作于郢州,但描写此处之景。东晋时有陶渊明,刘宋时有刘义庆、鲍照,南齐时有谢朓、刘绘、刘瑱,梁代有萧纲、何逊、刘孝绰、阴铿、沈炯。六朝时期江夏诗歌基本为途经该地而作,所以主要以山水游览、怀古、感怀等题材为主。途经某地作诗一般是有感而发,因为是在赶路,故不大有时间为娱乐、骋才而作诗,所以该时期江夏地区诗歌中基本无宫体风格之作。从建康至江陵的必经之地太子洑、琵琶峡、五洲等成为重要描写对象,太子洑至夏口的长江沿线是六朝郢州诗的主要创作地。如上文对相关诗歌的考析,雄健中有清秀是这些诗歌描绘景象的特点。

六朝时期以襄阳为中心的侨置雍州诗歌现存 24 题 32 首。汉末有王粲,东晋有卞裕、习凿齿、桓玄,南朝宋有刘骏、刘诞、谢庄、江淹,南齐有谢朓、虞羲,梁代有萧纲、庾肩吾、刘孝威,隋代有薛道衡。除习凿齿外皆非本土诗人,刘骏、刘诞在此任刺史,其余为在刺史幕府中任职的文士。主要题材为赠答、山水游览、感怀等。刘诞《襄阳乐》、萧纲《雍州曲》深受南朝民歌影响,抒写襄阳风土人情。萧纲《玩汉水》是现可知较早写汉水的诗歌,突出了汉水清丽的一面,或许与萧纲本人文弱才子的性情相关。萧纲《拟古》、刘孝威《拟古应教》《郡县遇见人织率尔寄妇》具宫体风格,襄阳一带也是萧纲宫体诗创作的重要发端地之一,或许与受此地民歌影响有一定关系,但总体上仅占襄阳诗的极小部分。

六朝时期湘州诗现存26题35首,另有4首虽非作于湘州,但描写此处之景(其中1首作于江陵)。东汉马援,东晋庾阐,刘宋有颜延之、江淹,南齐有谢朓、吴均、周兴嗣,梁代有萧绎、朱超、阴铿(此外萧纲和庾肩吾虽无可知的作于湘州的诗,但有描写湘州之作),陈代有江总、何处士,隋代有薛道衡,皆非湘州本土诗人。作湘州诗较多者有庾阐(3首)、吴均(10题17首)、周兴嗣(1题3首)。除了庾阐、周兴嗣曾在湘州任职,吴均曾游览湘州,谢朓曾到湘州有公务,其余诗人只是途经湘州。湘州诗写作地点主要集中在洞庭湖沿岸,湘江流域如衡阳、桂阳等地,所写景物亦以这些地区为主。湘州诗主要有山水游览、赠答等题材。

据本文所考,六朝时期现可知有45位诗人曾在今鄂湘地区创作诗歌,现存诗歌126题164首,其中本土诗人只有3位。著名诗人在此任职或经过此地,是六朝该地区诗歌创作的主体。陈代版图大为缩小,荆州、郢州的长江以北地区已不在其境内,遑论襄阳一带,长江以南的荆州地区没有可知的诗人在此为官或经过此地,长江以南的郢州地区和湘州一带也只因陈初阴铿、江总从岭南回建康途经该地而作诗,此后即归于沉寂。可见六朝今鄂湘地区的诗歌创作依赖于著名诗人在此为官或经过此地时的创作活动。该地区本土诗人创作的繁荣还有待于唐代。但并不是说六朝今鄂湘地区的诗歌就没有特色。通过上文对相关诗歌的考索,可知诗人经过该地区时往往描写湖湘之景,与江东的清丽山水不同,雄奇浩渺而不乏清秀是此地景色的特点,这种特点也体现在了荆湘诗歌中。更重要的是,在梁代宫体诗盛行的时候(尤其是都城建康),此地诗歌却较少宫体风格,不少诗歌写景清新自然。此外值得注意的是,由于时局和地理环境的影响,产生了不少风格豪迈悲壮的诗作,鲍照风格凄楚的荆州悲秋诗,江淹荆州诗的楚骚风格,刘孝绰的以雄健之笔为新体诗,直至萧绎及其僚属朱超的悲壮之作成为荆州诗的集大成,形成南朝华美的建康诗歌之外的另一种风格,这既是南朝诗风转变的先声,也为南北诗风的融合道夫先路。

(上海师范大学古籍研究所)

由《古风》组诗看李白创作、编集对《文选》的因与革

任雅芳

《古风》被视作体现李白复古思想的重要组诗,第一首"大雅久不作"即开宗明义地阐发了李白上继风雅的创作主张。唐孟启《本事诗·高逸》所载李白诗论与此首主旨相和,其文曰:"白才逸气高,与陈拾遗子昂齐名,先后合德。其论诗云:'梁陈已来,艳薄斯极。沈休文又尚以声律,将复古道,非我而谁欤!'玄宗闻之,召入翰林。以其才藻绝人,器识兼茂,便以上位处之,故未命以官。"①这说明李白在入为翰林供奉前,可能已有部分《古风》作品创作完成并在流传中产生了影响。

李阳冰《草堂集序》记载玄宗步迎李白,谓曰:"卿是布衣,名为朕知。非素畜道义,何以及此?"②"素畜道义"之评亦与李白宏肆古体、标举风雅为己任的复古追求相符。虽任翰林供奉不足三年,但以此为契机,李白将政治理想、人生抱负及兴发感怀大量融入古诗的创作,直至暮年笔耕不辍。从内容来看,《古风》相当一部分作品应作于李白被赐金放还之后,甚至是作于安史乱后,可知《古风》组诗创作时间跨度之大。正因如此,《古风》组诗当客观呈现了李白拟古倾向及创作方式的发展与变化,值得深入探究。结合唐宋选本中的录名、

---

① (唐)孟启《本事诗》卷三,明顾氏文房小说本。
② (唐)李白《李太白文集》,《宋蜀刻本唐人集丛刊》,上海古籍出版社,2013年,第54页。

排列情况,亦可对《古风》的编纂过程作一推断,并对现存宋蜀刻本、咸淳本①李白集的不同编纂特点有所说明。

一 李白拟古方式的独特性

唐段成式《酉阳杂俎》载李白模拟《文选》之事:"白前后三拟词选,不如意,悉焚之。唯留《恨》《别》赋。"②元方回《桐江集》亦载:"李白初学'选体',第一卷《古风》是也。"③初学之说未必确切,但此言点明了《古风》与《文选》之间的联系。

唐人科举以诗赋为主,《文选》不啻为唐人习业所赖之渊薮,勤于模拟自不待言。而李白《古风》中有不少化用《文选》作品的诗篇,考其内容当作于其任职翰林供奉以后,可见李白既已成名,仍从《文选》作品中汲取营养。细究其诗,似对《文选》李善注的化用颇为熟稔。如《古风》其三云:

>……
>连弩射海鱼,长鲸正崔嵬。
>额鼻象五岳,扬波喷云雷。
>鬐鬣蔽青天,何由睹蓬莱?
>……④

长鲸的基本形象化自《文选》卷一二《海赋》,其文曰:"巨鳞插云,鬐鬣刺天,颅骨成岳,流膏为渊。"⑤然"扬波喷云雷"句则与《海赋》原文"噏波则洪涟踧蹜,吹涝则百川倒流"差异稍大,反与句下李善注更为近似。李善注引刘劭《赵都赋》曰:"吸潦吐波,气成云雾","扬波"句疑化自此处。

又如《古风》其十二云:"君平既弃世,世亦弃君平。"⑥《文选》卷二一鲍照

---

① 据贵池刘世珩玉海堂《景宋丛书》之六《景宋咸淳本〈李翰林集〉三十卷》影印。参见《李翰林集》(当涂本),黄山书社,2004年,第1页(郁贤皓序)。
② (唐)段成式《酉阳杂俎》前集卷十二,《四部丛刊》景明本。
③ (元)方回《桐江集》卷五,清嘉庆宛委别藏本。
④ 《李太白文集》,第78页。
⑤ (六臣注)《文选》卷一二,《四部丛刊》景宋本。
⑥ 《李太白文集》,第81页。

《咏史》有"身世两相弃"句,李善注云:"言身弃世而不仕,世弃身而不任。""君平既弃世"即"身弃世","世亦弃君平"即"世弃身",李白诗句与李善注颇为对应,或受之启发。

(一) 李白对古诗发展脉络的把握

李白既能将《文选》李善注作为原典化用,足见其体味之细、用功之勤。学界历来对李白拟作《文选》名人名篇的情况多有关注,如其对《古诗十九首》、张协《杂诗》、阮籍《咏怀》、左思《咏史》、郭璞《游仙诗》等诗作的学习。今人詹锳《李白全集校注汇释集评》,瞿蜕园、朱金城《李白集校注》,郁贤皓《李太白全集校注》等均在校注中注意到了《古风》在语词、句式、章法上对《文选》作品的借鉴。

然而,李白并非单纯地仿效《文选》名篇,其拟古之作中还包含了对诗歌创作发展脉络的把握。如,《古风》中不乏能够体现李白注重对原作者及后世拟作者连贯性学习的作品。陈尚君《李白诗歌文本多歧状态之分析》认为《古风》作品的大量异文,应是保留了李白反复修改的痕迹①。而细查其中某些文本差异,正能说明李白拟古取径的变化。如《古风》其五十五:

> ······
> 凤皇鸣西海,欲集无珍木。
> 鸒斯得匹居,蒿下盈万族。
> 晋风日已颓,穷途方恸哭。②

"鸒斯"两句化自江淹《杂体诗·阮步兵〈咏怀〉》"鸒斯蒿下飞"句(江淹此句拟阮籍《咏怀》其四十六"鸒鸠飞桑榆"),"晋风"两句则用《晋书》所载阮籍典故。而据蜀刻本校记此诗一本作:

> ······
> 翩翩众鸟飞,翱翔在珍木。
> 群花亦便娟,荣耀非一族。

---

① 陈尚君《李白诗歌文本多歧状态之分析》,《学术月刊》2016 年第 5 期。
② 《李太白文集》,第 95 页。

>　　归来怆途穷，日暮还恸哭。①

"翩翩"句化自阮籍《咏怀》其二十六"群鸟飞翩翩"，"归来"句亦用阮籍典故。对比以上两首，不难发现后者化用阮籍诗与阮籍事，拟古较为单一，前者则化用阮籍事及江淹拟阮籍之作，既关注到阮籍，又借鉴了其后的拟作者。以上两首的差异正表现出李白对《咏怀》原作与拟作文本细节的辨别以及在语言模拟上的选择。而前者为正集所录，应是定稿，由此亦可窥见李白拟古方式的细微变化，即逐渐体现出脉络性的学习趋势。

又如《古风》其八：

>　　庄周梦胡蝶，胡蝶为庄周。
>　　一体更变易，万事良悠悠。
>　　乃知蓬莱水，复作清浅流。
>　　青门种瓜人，旧日东陵侯。
>　　富贵故如此，营营何所求？②

"青门"句与阮籍《咏怀》其六"昔闻东陵瓜，近在青门外"语词殊似。詹锳《李白诗文系年》又指明此首效仿庾信《拟咏怀》其十八"虽言梦蝴蝶，定自非庄周"及《拟咏怀》其二十四"昔日东陵侯，惟有瓜园在"③。从《古风》其八可以看出李白对阮籍《咏怀》及其后庾信拟作的贯联性借鉴。

当然，李白学习古诗绝非刻板模拟，语词、风格的对应亦难一一坐实，但从以上化用诗句的基本线索还是能够见出李白有意识地关注过《咏怀》系列前后创作的承续性，在拟古的过程中对此类作品的发展变化有过细心体味。

在仿效《咏怀》系列作品时，李白已不囿于《文选》范围。查《文选》选录阮籍《咏怀》十七首，而唐初《艺文类聚》选录阮籍《咏怀》十九首。李白《古风》化用阮籍《咏怀》作品则远超总集、类书选录范围，当是认真阅读过《阮籍集》等别集类书籍的。《古风》中对庾信《拟咏怀》等作品的效仿更将拟作古诗的脉络延伸至《文选》时代之后。这也说明李白虽以复古为己任，但并非对汉魏古

---

① 《李太白文集》，第95页。
② 《李太白文集》，第80页。
③ 詹锳《李白全集校注汇释集评》第一册，第65页。

诗的盲目崇尚,而秉持的是"不薄今人爱古人"的通达诗学观。

纵观《古风》五十九首,可看出李白对古诗发展脉络的整体性把握。宋以后的论诗者多言《古诗十九首》为古诗之源,陈子昂《感遇》、郭璞《游仙诗》、左思《咏史》实出阮籍《咏怀》等,李白虽未直接言说类似的诗论观点,却早在盛唐时期就以拟古的创作方式表达了自己对古诗系统的认知。

值得注意的是,李白对陈子昂《感遇》的借鉴稍异于其他古诗。王运熙《李白研究》早已指出虽阮籍《咏怀》、陈子昂《感遇》到李白《古风》一脉相承,但《感遇》《古风》中有部分相近内容是《咏怀》所不具备的①。如《古风》直刺时事的作品(表一):

表一

李白《古风》	陈子昂《感遇》
其二"圆光亏中天,金魄遂沦没"	其一"圆光正东满,阴魄已朝凝"
其六"谁怜李飞将,白首没三边"	其三十四"何知七十战,白首未封侯"
其十三"李牧今不在,边人饲豺虎"	其三"塞垣无名将……边人涂蒿莱"
其三十四"羽檄如流星……喧呼救边急"	其二十九"昏曀无昼夜,羽檄复相惊"

本文表格中所列诗句的化用,参考詹锳《李白全集校注汇释集评》,瞿蜕园、朱金城《李白集校注》,郁贤皓《李太白全集校注》。下同。

李白拟《感遇》之作中以愤世刺时、指陈边事者居多,略有别于拟《咏怀》以抒志言怀、忧生嗟叹为主。现存李白集中以《感遇》《感兴》为题的作品,拟作对象较为驳杂,不乏对曹植、阮籍、鲍照、江淹诗句的化用,但总体而言以史发兴、感慨具体遭际的创作理路比较明显。这说明李白可能早期以《咏怀》《感遇》为题,分别进行过组诗拟作,现存文献中留存《咏怀》《古风》与《感遇》《古风》互题的痕迹可为一证,后来随着李白创作的日渐成熟,拟古取径反而浑融难辨了。陈子昂《感遇》三十八首代表着唐人在古诗演变系统中的新发展,而从拟作线索中亦能见出李白对自己在古诗发展史中的定位与期待,这与唐人对其"与陈子昂前后合德"的评价是一致的。

---

① 王运熙《李白研究》,作家出版社,1962 年,第 216—217 页。李白以《感遇》为题说明对陈子昂作品尤为重视。

(二)李白的"拟古化新"

《古风》组诗除了体现出对古诗系统的把握之外,也在一定程度上展示了李白的阅读面,特别是其文史知识的构成等。《古风》创作所涉及的文人别集、文史典籍固然与李白平素的积累关系密切。同时,也不可忽略李白任翰林供奉时广览秘府藏书对其创作的影响。李白《翰林读书言怀赠集贤诸学士》云:

> 晨趋紫禁中,夕待金门诏。
> 观书散遗帙,探古穷至妙。
> 片言苟会心,掩卷忽而笑。
> 青蝇易相点,白雪难同调。
> 本是疏散人,屡贻褊促诮。
> ……①

可见李白在翰林读书颇有心得,阅读了不少契合内心追求的作品,这与其"吾亦淡荡人,拂衣可同调"的拟古情怀是一致的。此时期李白知识构成的改变、复古思想的升华亦当体现于《古风》的创作之中。

此外,李白终能"拟古化新"还有赖于其不断尝试性的创作。《古风》异文所保存的修改痕迹固能说明李白遣词造句之精心,但不应忽略其题旨近似而以不同方式反复书写的创作特征,此亦见出李白探索个性表达的追求②。详见下表(表二):

表二

《古风》作品	题旨近似的作品	主题意旨
其二"蟾蜍薄太清"	《古朗月行》	以蟾蜍蚀月意象,刺干政
其三"秦王扫六合"	《登高丘而望远海》	以秦王求药典,刺玄宗修仙
其十四"燕昭延郭隗"	《行路难》其二	以燕王筑台典,伤贤人不用

---

① 《李太白文集》,第507页。
② 陈翀《李白〈静夜思〉本文变迁史新考——与〈文选〉所收魏文帝〈杂诗二首〉的关联性》(原文日文),《中国中世文学研究》,2018年。通过语词分析,揭示《静夜思》的创作原型是《文选》所收魏文帝《杂诗二首》。而《静夜思》现存不同版本可对应齐梁格、非齐梁格的体式,应是为适应不同的传唱场合而做出的调整。此例亦可证李白"拟古化新"之手法。

续 表

《古风》作品	题旨近似的作品	主题意旨
其二十四"大车扬飞尘"	《答王十二寒夜独酌有怀》	写跛扈之姿,刺时贵
其二十七"燕赵有秀色"	《古风》其二十六、《赠裴司马》	以怨女为喻,伤贤人不遇
其三十四"羽檄如流星"	《书怀赠南陵常赞府》	写征兵时事,刺征南诏
其三十五"丑女来效颦"	《效古》其二	以丑女效颦典,刺妒才

由上可见,李白惯于围绕相近题旨、采用近似意象多次创作。其中以不同体式出之的作品尤为重要。如《古风》其二、三、十四,其对应的诗歌均为乐府、歌行,显然有别于五言古诗体式,且两者还当存在入乐与不入乐的差异。

同时,李白注重在同一体式下以不同的表现手法创作。如《古风》其一"大雅久不作"、《古风》其三十五"丑女来效颦"均以五言古体阐明李白的诗歌创作主张。二者观点基本一致,而表现手法不同,即一为赋体、一为比体。

明杨慎评李、杜云:"李白始终学《选》诗。杜子美好者亦多是效《选》诗,后渐放手,初年甚精细,晚年横逸不可挡。"此言说明杨慎注意到了李白大量的模拟学习之作,如《古风》中即不乏此例。然而,李白循着诗歌演化的脉络细心揣摩,又以不同方式反复创作,体会诗体差异、手法变化对作品呈现的影响,最终形成其独特诗风。只是这些个性彰显之篇与仿效痕迹清晰之作杂处其间,恐使人不免对此有所忽略。《古风》创作时间跨度较大,细查李白的拟古方式呈现出由刻板到浑融的趋势。例如,《河岳英灵集》所录《咏怀》(即《古风》其八"庄周梦蝴蝶"),为天宝十二载前所作。其模拟线索清晰,体式尚未突破阮籍、庾信之作。而《古风》中一些涉及安史之乱的叙述当写于李白暮年时期。如《古风》其十七云:

西上莲花山,迢迢见明星。
素手把芙蓉,虚步蹑太清。
霓裳曳广带,飘拂升天行。
邀我登云台,高揖卫叔卿。
恍恍与之去,驾鸿凌紫冥。
俯视洛阳川,茫茫走胡兵。

> 流血涂野草,豺狼尽冠缨。①

同一首作品中实现了游仙、写实之间的自如切换,说明李白在拟古的过程中打通了游仙、感遇等体调之间的隔膜,这与其对古诗发展脉络的掌握,对各体式特点的熟稔以及反复的技法练习不无关系,故而能融合前人优长,作品思致深沉又不乏李白式的跳跃与飘逸。可见,国家的兴衰、命运的浮沉固然深刻地影响着李白的诗歌世界,而通过文史知识的积累、系统的拟古学习、反复的诗法尝试,李白的创作方逐臻自然且独具特色。

二 李白"古风"卷的文本接续与类目的诗体意义

从把握诗歌发展脉络的角度看,李白的拟古之学虽始于《文选》,但其创作远远超出了《文选》篇目局限;从模拟《文选》的范围来看,除了精心研读名作,也有针对《文选》卷类进行效仿的痕迹。

(一)"杂拟""古风"卷的逐次增补痕迹

李白集中《拟古十二首》《感兴》《寓言》等作品与《古风》类型近似,以此类作品与《文选》"杂拟"卷的关系为例(表三):

表三

《古风》作品	《文选》"杂拟"卷
其十五"昆山采琼蕊,可以炼精魄"	江淹《杂体诗·郭弘农游仙》"偃蹇寻青云,隐沦驻精魄"
其二十一"遗响飞青天"	陆机《拟古诗·拟〈今日良宴会〉》"遗响入云汉"
其二十三"秋露白如玉,团圆下庭绿"	江淹《杂体诗·刘文学感遇》"团团霜露色"
其三十四"天地皆得一,淡然四海清"	江淹《杂体诗·嵇中散言志》"天下皆得一,名实久相宾"
其四十四"玉颜艳红彩"	江淹《杂体诗·张司空离情》"庭树发红彩"

---

① 《李太白文集》,第84页。

续　表

《古风》作品	《文选》"杂拟"卷
其四十七"桃花开东园……生此艳阳质"	鲍明远《学刘公干体》"艳阳桃李节"
其五十四"倚剑登高台"	江淹《杂体诗·鲍参军戎行》"倚剑临八荒"
其五十八"我行巫山渚,寻古登阳台"	江淹《杂体诗·休上人怨别》"相思巫山渚,怅望云阳台"
《拟古十二首》	《文选》"杂拟"卷
其七"幽魂共销铄"	江淹《杂体诗·谢法曹赠别》"人事亦销铄"
"春华宜照灼"	谢灵运《拟魏太子邺中集·魏太子》"照灼烂霄汉"
其十一"相思无由见,怅望凉风前"	江淹《杂体诗·休上人〈怨别〉》"相思巫山渚,怅望云阳台"
《感兴八首》	《文选》"杂拟"卷
其一"绮席空兰芬"	江淹《杂体诗·休上人怨别》"绮席生浮埃"
其五"泛瑟窥海月"	江淹《杂体诗·王征君养疾》"泛瑟卧遥帷"
其六"结楼青云端"	陆机《拟古诗·拟〈西北有高楼〉》"高楼一何峻……飞陛蹑云端"
"常恐彩色晚"	江淹《杂体诗·班婕妤〈咏扇〉》"彩色世所重"
《寓言三首》	《文选》"杂拟"卷
其二"区区精卫鸟,衔木空哀吟"	江淹《杂体诗·阮步兵咏怀》"精卫衔木石,谁能测其微"
其三"相思不可见,托梦辽城东"	江淹《杂体诗·李都尉从军》"而我在万里,结发不相见"

由于时间所限,笔者尚未统计完李白所有作品。查《文选》"杂拟"上、下两卷共收诗六十六首,由上表可见,李白仅《古风》《拟古》等在语词方面就借鉴《文选》"杂拟"卷中作品十五首,约占四分之一。可见,李白非常重视《文选》"杂拟"两卷,对卷中作品的遣词造句有过细心揣摩。六朝诗人各类拟作代表着当时人对古诗传统的一种理解与继承,李白的复古追求亦是循着清晰的古诗发展脉络而来的。

唐人编集多依《文选》设目,咸淳本《李翰林集》即有"杂拟"卷。从题名来看,《拟古》《效古》《学古思边》等与《文选》"杂拟"卷篇目近似;从体式来看,卷内《拟古十三首》至《学古思边》三十四首亦多拟汉魏六朝古诗,可见此卷编纂设定当依《文选》。然卷中《学古思边》之后的作品,或为览古、或为行旅,不一而足。显然,此处存文本接续痕迹,《学古思边》之前应为"杂拟"原卷面貌,其后则可能为增补内容①。

类似的文本接续面貌亦存《古风》卷中。今《古风》组诗五十九首,以总论诗史发展及阐明文学主张起首,后以刺荒淫废政、帝王修仙等作品为续。初看似依内容排列,首倡《关雎》之义,然细查前后编排标准又不同,特别是《古风》组诗后半部存在几组根据拟作对象归类的小结构。如,以化用《庄子》的作品为例(表四):

表四

《古风》作品	《庄子》
其二十九"至人洞玄象"	《逍遥游》"至人无己"
其三十"大儒挥金槌,发冢诗礼间"(据校记别本)	《外物》"儒以诗礼发冢"
其三十三"北溟有巨鱼"	《逍遥游》"北冥有鱼,其名为鲲"
其三十四"群鸟皆夜鸣"	《在宥》"解兽之群,而鸟皆夜鸣"
其三十五"寿陵失本步,笑杀邯郸人"	《秋水》"未得国能,又失其故行"

除了《古风》其三十一、三十二以外,其二十九至三十五均借鉴《庄子》的语词。再如,化用阮籍《咏怀》诗句的作品(表五):

表五

《古风》作品	阮籍《咏怀》
其五十四"翩翩众鸟飞"(据校记别本)	其二十六"群鸟飞翩翩"
其五十五"彼女宁邪子,婉娈来相寻"	其五十六"婉娈宁邪子,随利来相欺"
其五十七"啁啁亦何辜,六翮掩不挥"	其十四"周周尚衔羽,蛩蛩亦念饥" 其四十一"天网弥四野,六翮掩不舒"

---

① 任雅芳、查屏球《纸抄时代文集编纂、流传方式与文学的传播——以李白诸小集到正集衍变过程考察为中心》,《华南师范大学学报(社会科学版)》2016 年第 6 期。

续　表

《古风》作品	阮籍《咏怀》
其五十八"荒淫竟沦没"	其十二"三楚多秀士,朝云进荒淫"
其五十七"恻恻泣路歧"	其二十"杨朱泣歧路"

除《古风》其五十六外,其五十四至五十七均化用了阮籍《咏怀》诗句。这类型的小结构近似小型组诗,此或呈现的是诗人创作的原始文本面貌,抑或是出自某位编集者的整理。因《古风》存在不少异题现象,学界一般认为《古风》非一时一地之作,而是逐步增添而来①。那么,在《古风》组诗规模增大的过程中,可能因小型组诗的补入使得文本中留下了这样的接续痕迹。

李白集的"古风"与"杂拟"卷均包含不少拟古作品,又同样对《文选》"杂拟"卷多有借鉴。两者存在一些文辞相类之作,如《感兴八首》其六与《古风》其二十七,王琦认为二者当为初稿与修改稿的关系,因编诗者不审,故而重列于此。《感兴八首》其七与《古风》其三十六亦仅数语有别,萧士赟以为这是编诗者不忍弃,故存于此。类此者还有《感兴八首》其四与《古风》其四十七等。由此看来,"古风"与"杂拟"卷,至少《古风》其二十七之后的作品与"杂拟"卷,最初应不完全出自同一文集底本,后世编者并未筛汰过苛,故而现存李白集中保留了这些近乎一致的诗稿。

(二)"古风"蕴含的诗体新变之义

《古风》的题名较早见于唐韦縠《才调集》,仅三首。韦縠在序言中明确讲到曾阅读过李、杜集,那么,以《古风》为题的作品应出自晚唐流行的一部李白集中。中唐士人多言古风,如韩愈有《古风》为题之诗,其《举荐张籍状》又称赏友人"学有师法,文多古风"②。姚合《赠张籍太祝》云:"古风无敌手,新语是人知。"③元稹《进诗状》云:"故自古风诗至古今乐府,稍存寄兴。"④显然,中唐时古风作为一种古诗类型已颇为流行。

盛唐诗人一般将效仿汉魏六朝古诗之作径称"拟古""效古"之类,如李

---

① 郁贤皓《李太白全集校注》,凤凰出版社,2015年,第2页。
② (唐)韩愈《昌黎先生文集》,《宋蜀刻本唐人集丛刊》,上海古籍出版社,2013年。
③ (唐)姚合《姚少监诗集》卷四,《四部丛刊》景明钞本。
④ (唐)元稹《元氏长庆集》卷三五,《四部丛刊》景明嘉靖本。

白、韦应物均有《拟古》组诗，应是表明承《古诗十九首》之意。李白《效古二首》之一"朝入天苑中"，敦煌抄卷中又题为《古意》。可知，唐人拟作题名与《文选》"杂拟"卷题名方式近似。可据所拟对象定名，如《河岳英灵集》所录李白《咏怀》，更多则根据创作取向，或强调作品内涵而拟题。"古风"亦当从中演化而来，初为拟古题名之一，而后成为类目，统摄众题。

中唐诗人所言"古风"表现出的诗体意识或受到李白《古风》之作的启迪，但古体意识的明确实与唐代律体勃兴的关系更为紧密。经过初、盛唐的创作积累，律体诗规范已趋于完备，逐渐成为诗歌创作的大宗。从文集编纂上来看，律诗作为卷目频繁出现。《张燕公集》《储光羲诗集》《常建集》《华阳集》《权载之文集》《元微之文集》《白氏文集》《樊川文集》等均有"律诗"之目[①]。可见，由盛唐入中唐，文人文集中古、律分体的编纂方式逐渐流行。而古体、往体之名，正是在与律体对举中形成的。一方面，由于律体创作的风行，多数士人的古体创作体量减少了，文学表现范围缩小了，故而分类细化程度实不及《文选》诗歌编目，于是便以"古诗"笼统代之。另一方面，在律体不断规范的过程中，文人的辨体意识随之增强，因而较之此前对拟作传统的重视，中唐文人更注重古诗在诗体特点上的呈现。元稹《唐检校工部员外郎杜君墓系铭并序》云："余因欲条柝其文，体别相附，与来者为之准，特病懒未就。"[②]可知元稹论文重体，曾有依体再编杜集的愿望。其《进诗状》将古风与乐府并提，赋予了古风诗体意义。《白氏文集》又以"古调诗"作为古诗卷目。"古调""古风"之别在于崇道复古的倾向各有不同。"古调"重在调，多就体调而言；"古风"则重在风，主要与词旨高古、诗之讽喻作用相关。

元稹《叙诗寄乐天书》云："仆因撰成卷轴，其中有旨意可观而词近古、往者为古讽。"[③]显然，元稹对古风之名的推重与元白重视古诗之讽喻精神相呼应，亦可看作其对古诗创作精神的一种提炼。晚唐于濆有《拟古讽》之作，说明古风类作品至晚唐已成为拟作对象，不啻为唐人自塑的经典。后世亦将李白

---

① 一些由明人辑佚编次的唐集如《王子安集》《盈川集》等，成书较晚且编次不为早期面貌。虽有"律诗"卷目，不足为证。
② 《元氏长庆集》卷五六。
③ 《元氏长庆集》卷三〇。

《古风》释为"古讽",当是借鉴元稹之说。可见,唐人在古诗创作方面不仅关注拟作对象、内容范围,更关注体式、格调、题旨等。

如果说《古风》之名肇始于李白,那么,咏怀、感遇等众多拟古作品不断纳入其中,组诗规模迅速扩大则很可能是受到了中唐古体诗题名倾向的影响。今《古风》组诗中的接续痕迹应是形制扩张留下的文本面貌。按照《文选》的编纂体例,《古风》作品当归入"杂拟"类。而"古风"类目的拟定,打破了《文选》的编目惯例。编目名称变化的背后实则体现的是唐人的诗体新变意识。唐人赋予古诗创作的精神追求、格调审美等逐次呈现于篇名、卷目,终不能囿于《文选》。"古风"类目的出现,恐怕不是从众多古诗题名中偶然拈出,其中包含了唐人在诗歌发展进程中对古诗题旨、体调的一种共识。

三 由《古风》看李白集的编纂过程

写本时代的文集面貌不易定型,编定的文本在传抄中不免会失去一些原有编次。而文集再编又为流传中的文本增添了更多的体例与排序,使得传本面貌更加复杂。李白生前有魏颢为之编纂《李翰林集》;临终前枕上授简于李阳冰,编为《草堂集》十卷;其后元和年间又有范传正搜集残编,重编为二十卷。直到宋初经由乐史、宋敏求、曾巩递次整理,李白集方以现存蜀刻本的面貌定型。从李白集首次编纂到宋代刊刻印刷,时间跨越几百年,故而今本面貌极为驳杂,其中包含着诗人的创作理路、不同编者对李白作品的理解与整理,以及累次编纂过程的叠加与交错。比较唐人与宋人对李白集的编集方法,可见出唐、宋编者对《文选》编撰体例的不同继承特点以及编集意识的发展。

(一)李阳冰、范传正的编集与"古风"形制的扩展

李阳冰《草堂集序》对编集过程有所叙述,其文曰:"论《关雎》之义,始愧卜商。明《春秋》之辞,终惭杜预。自中原有事,公避地八年。当时著述,十丧其九。今所存者,皆得之他人焉。"[1]"《关雎》之义""《春秋》之辞"说明李阳冰编集非常看重李白寄托怀抱的微言大义之作,李白《古朗月行》之类的古乐府

---

[1] 《李太白文集》,第55页。

及《古风》作品比较具有代表性,可惜李阳冰并未叙述编次,很难确定《草堂集》中《古风》的文本面貌。但李序言"当时著述,十丧其九",想《古风》组诗当未有全貌。此外,自李阳冰编集之后,至范传正编集之前,虽不乏文士屡屡提及"古风",却鲜有人言及李白之作。甚至在叙及陈子昂《感遇》传统时,仍只字未提《古风》,如白居易《与元九书》云:"唐兴二百年,其间诗人不可胜数,所可举者陈子昂有《感遇》诗二十首,鲍防有《感兴》诗十五首。"①这与宋代以后对李白《古风》的关注形成很大的反差。此或说明李阳冰所编《草堂集》中即便收录《古风》,其组诗形制也不大,故而不如李白乐府、歌行之作广为人道。

元和十二年,时任宣歙池等州观察史的范传正为李白再编文集。《旧唐书·良吏传》载:"范传正,字西老,……父伦户部员外郎,与郡人李华敦交友之契。传正举进士,又以博学宏辞及书判皆登甲科。……传正精悍有立,好古自饬。"②又柳宗元《祭李中丞文》载:"维贞元二十年,岁次甲申,五月某朔二十二日,故吏儒林郎守侍御史王播、将仕郎守殿中侍御史穆赟、奉议郎行殿中侍御史冯邈、承奉郎守监察御史韩泰、宣德郎行监察御史范传正、文林郎守监察御史刘禹锡、承务郎监察御史里行柳宗元、承务郎监察御史里行李程等谨以清酌之奠,敬祭于故中丞赠刑部侍郎李公之灵。"③可见范传正与柳宗元、刘禹锡等一批永贞党人曾为同僚,关系较密。此外,元、白文集中均有文献言及范传正。如元稹《论浙西观察史封杖决杀县令事》载范传正任湖州刺史前,韩皋封杖决杀湖州县令事④。白居易《除范传正宣歙观察史制》称"苏州刺史范传正文学、政事二美具焉"⑤。由上可知,范传正为当时政坛、文坛中的活跃人物,尤与主张复古的士人交往颇多。

中唐复古思潮兴盛,尤其是元和年间韩、张、元、白等人对古风创作的倡导,都对编集风尚产生了影响。长庆年间元稹所献文集的类目设置即为一例。当时的编集惯例自然也当反映在范传正所编的李白集中,《古风》组诗形制的迅速增大应与之有关。

---

① (唐)白居易《白氏长庆集》,《四部丛刊》影日本翻宋大字本,卷二八。
② 《旧唐书》,清乾隆武英殿刻本,卷一八五下。
③ (唐)柳宗元《河东先生集》,宋刻本,卷四〇。
④ 《元氏长庆集》,卷三八。
⑤ 《白氏长庆集》,卷三七。

首先，范传正的好古倾向及搜访求全李白作品的努力，使得大量汇辑古风类作品成为可能。其撰《唐左拾遗翰林学士李公新墓碑并序》云："常于先大夫文字中见与公有浔阳夜宴诗，则知与公有通家之旧。早于人间得公遗篇逸句，吟咏在口。无何，叨蒙恩奖，廉问宣、池。按图得公之坟墓在当涂属邑，因令禁樵采，备洒扫。访公之子孙，欲申慰荐。凡三四年，乃获孙女二人，一为陈云之室，一为刘劝之妻，皆编户甿也。""文集二十卷，或得之于时之文士，或得之于宗族，编辑断简，以行于代。"①身为宣歙池等州观察史的范传正，其搜访条件较之安史乱后编集的李阳冰要优越很多。彼时去李阳冰编集不足六十年，存世文献尚丰。范传正所搜范围亦较广，既包括李白宗族家藏本，亦包括当时文士手中的传本。因此，范本应是唐代所编李白集中收录作品较为全面的。加之范传正有复古思想的背景，当颇注重李白古风类作品的搜集。故而，《古风》组诗最有可能在此时范围迅速扩大，甚至汇辑成卷。

其次，《古风》卷目题名、诗编集首的体例与中唐元白等人的创作风尚、编集惯例一致，极有可能是范本编集的文本面貌。在韩、张、元、白等人对古风的推重之下，以"古风"题名应是时代风气。中唐时，"古风"作为一种古诗体类，可以作诗歌篇名，亦可以仅表作品的归类。如元集中的古风作品主要是具有讽喻意味的古诗，并非诗名。那么，范传正将搜集到的兴寄深沉而又题名各异的古诗汇于"古风"类下，实有可能。

考初、盛唐人编集亦多循《文选》以赋为首的体例，如《王无功文集》。魏颢编李白集亦以《大鹏赋》为首。现李阳冰所拟编次未知，若参考同一时代的魏颢编集体例，可能也是以赋居首。而考中唐元、白文集，体例均是以诗为首，显然此时编集惯例已有变化，打破了《文选》以来赋居诗前的编纂传统，而与作者对古体的推崇之义相符。

唐人编集首篇多表明心志。元范德机批选《李翰林诗》云："此《古风》为集首，杜用《龙门寺》《望岳》等篇，编唐诗者之识趣，与编宋风者，已大有径庭矣。"魏颢以《大鹏赋》为首，而后世以《古风》为集首，且将言大雅之志的作品冠于卷首，这说明不同时代对李白诗歌精神的理解有别。《古风》编于集首符

---

① 《李太白文集》，第69、71页。

合中唐时期流行的编集体例和对诗歌讽喻精神的倡导。

此外,范传正所编集中《古风》形制初具规模,还有一事可证。鲍溶《人日陪宣州范中丞传正与范侍御宴》云:"人日春风绽早梅,谢家兄弟看花来。"①此诗一作鲍防诗,题名为《人日陪宣州范中丞传正与范侍御传真宴》。考鲍防所处时代较早,不应与范传正相接,此诗当为鲍溶诗。又鲍溶有《范传真侍御累有寄因奉酬十首》,可知范传正、传真为兄弟,且鲍溶与二人交往甚密。

今《全唐诗》存鲍溶诗三卷,以乐府、歌行、古诗居多,其间模仿李白之作较多。因时间所限,仅将目前发现的其作中与李白《古风》语词相类者摘录如下(表六):

表六

李白《古风》	鲍溶作品
其九"意轻千金赠,顾向平原笑"	《秋晚铜山道中宿隐者》"笑谢万户侯"
其二十七"燕赵有秀色"(《感兴》"西国有美女")	《秋思三首》其一"燕国有佳丽"
其二"蚀此瑶台月"	其二"顾兔蚀残月"
其五十五"穷途方恸哭"	《寓言》"那言阮家子,更作穷途恸"
其五十九"恻恻泣路歧"	《歧路》"飘飘歧路间"

李白古风类诗歌创作之后,并没有如其乐府、歌行那样迅速产生影响,鲍溶作品是目前文献中较早模拟其《古风》的例证,此当说明《古风》组诗在中唐时方具规模,受到时人的重视,成为创作古诗的榜样。

鲍溶与当时的韩孟诗派颇有交集,现有《将归旧山留别孟郊》《夏日华山别韩博士愈》等篇存世,于此亦可略知其复古的文学倾向。元和年间,范传正为李白再编文集二十卷。而鲍溶与范氏兄弟交往密切,应是中唐此集尚未大行于世之前,较早阅读到其中内容的文士,故其古诗创作存其学习、借鉴之痕迹。鲍溶一例可以窥见范传正编集应是直接影响到了时人对李白《古风》的阅读与模拟。此次编集使得李白集传本更为多样,尤其将拟古之作归于"古风"

---

① (清)彭定求《全唐诗》,清文渊阁四库全书本,卷四八六。

类目,应是造成后世李白古诗中异题同作现象增多的重要原因之一。

(二)宋人编李白集的体例变迁

宋初,乐史首先对李白集进行了较为全面的汇辑与整理,以《草堂集》十卷本为基础,又别收歌诗十卷,合为二十卷。从《古风》排序来看,姚铉《唐文粹》所选十一首与咸淳本同,说明咸淳本的《古风》组诗的排列方式早在宋敏求之前已经存在,一种可能是乐史在唐写本文集的基础上整理确定,卷中因前后排序标准不同而呈现的接续痕迹形成于此时;一种可能是"古风"在唐人手中已累积为两卷,并作为单行本流行于世。宋人记录中《古风》还有五十首、七十首等多种形制,说明单行本在传抄中发生了文本变迁,乐史编集对此类小集有所利用。但不论如何,查咸淳本"古风"上下卷,每卷体量与"杂拟"卷前三十四首拟古之作体量近似,这三部分或许留存了乐史所编二十卷的文本面貌。

目前李白集较早的版本为宋蜀刻本与咸淳本。相比而言,宋蜀刻本篇目取舍的准确性说明其整理更为精微。此外,二者在编目体例上的差异亦值得注意(表七):

表七

蜀刻本歌诗 21 目	咸淳本歌诗 20 目	蜀刻本歌诗 21 目	咸淳本歌诗 20 目
1 古风	1 古风上	12 怀古	12 酬答
2 乐府	2 古风下	13 闲适	13 留别
3 歌吟	3 乐府上	14 怀思	14 杂拟
4 赠	4 乐府中	15 感遇	15 怀
5 寄	5 乐府下	16 写怀	16 登览
6 别	6 赠上	17 咏物	17 歌吟
7 送	7 赠下	18 题咏	18 游宴
8 酬答	8 赠下	19 杂咏	19 杂咏
9 游宴	9 寄赠	20 闺情	20 闺情
10 登览	10 饯送上	21 哀伤	
11 行役	11 饯送下		

宋蜀刻本与咸淳本所收作品数量亦相差无几,都远远超过乐史整理的 776

首,其中篇目有出入者仅十几篇①,说明二者均反映了宋敏求增补之后的文本面貌。宋敏求后序云:"沿旧目而厘正其汇次,使各相从。"②可见,宋敏求起先并未改变类目,只是在原有卷目中扩充。咸淳本"杂拟"循《文选》立目,当是保留唐集面貌。此卷中的文本接续痕迹应是宋敏求在原类目下增补作品所致。又曾巩后序云:"李白集三十卷,旧歌诗七百七十六篇,今千有一篇,杂著六十五篇者,知制诰常山宋敏求字次道之所广也。次道既以类广白诗,自为序,而未考次其作之先后。余得其书考其先后而次第之。"③据詹锳所考,蜀刻本"歌吟"至"哀伤"类大致以时序排列,且多标注诗人行踪,其中包括"陕西"字样。而陕西路为宋初始置,故其认为此即曾巩重排集中作品的痕迹④。"古风"题为"五十九首"应出自宋敏求或曾巩之手,这一定名进一步揭示出《古风》拟作源头与《古诗十九首》有关⑤,此亦呈现出宋代编者对李白《古风》作品的内在理解。

查咸淳本"杂拟"卷作品分录于蜀刻本"感遇""怀思"等类目之中,这样的调整改变了"杂拟"卷中拟古之作与他类诗歌混杂的情况,文本接续的痕迹亦在类目重编中消失了。对比蜀刻本与咸淳本的类目与内容,显然蜀刻本依文设目,说明宋人编目意识随着对唐人文集整理的深入而有所发展,从基本尊重唐人原貌,到通过精心整理而设立更多贴合内容的类目。蜀刻本增加的新类目亦当是宋敏求或曾巩所设,其中"闲适""感遇""哀伤"等体现了宋人编目的新特点。

"闲适""感遇"均明显受到唐人影响,"闲适"当受白居易闲适诗的启发,"感遇"则有陈子昂的遗风余响。选择此二者作为新立之目,说明宋人对唐人诗歌传统的熟悉与认同。"哀伤"一目,见出宋人编目亦参考《文选》,但这种效仿程度已远不及唐人编集对《文选》体例的遵循。从李白集唐人编目到宋人编目,能够看出其间编目意识的发展动态,较之《文选》,唐人独特的诗歌拟目显然得到了宋人更为主动地选择与继承。

(西北大学中国文化研究中心)

---

① 《李翰林集》(当涂本),第4页(郁贤皓序)。
② (清)王琦《李太白诗集注》,后序。
③ 同上。
④ 詹锳《宋蜀本〈李太白文集〉的特点及其优越性》,《文学遗产》1988年第2期。
⑤ 陈尚君《李白诗歌文本多歧状态之分析》认为《古风五十九首》之题仿效《古诗十九首》。

梁陈之际的文学典籍流传
——以建康、江陵及襄阳三地为中心

童 岭

一 先行研究及主要参考

1. 清·洪齮孙《补梁疆域志》。
2. 民国·臧励龢《补陈疆域志》。
3. 吉川忠夫《侯景之乱始末记:南朝贵族社会の命运》,中央公论社,1974。同氏《岛夷と索虏のあいだ——典籍の流传を中心とした南北朝文化交流史》,《东方学报》第72册。
4. 周春元《南北朝交聘考》,贵州大学学报编辑部,1989。
5. 傅刚《昭明〈文选〉研究》,中国社会科学出版社,2000。
6. 曹道衡、刘跃进《南北朝文学编年史》,人民文学出版社,2000。
7. 曹道衡《兰陵萧氏与南朝文学》,中华书局,2004。
8. 李焘著,胡阿祥、童岭点校《六朝通鉴博议》,南京出版社,2007。
9. 蔡宗宪《中古前期的交聘与南北互动》,稻乡出版社,2008。
10. Andrew Chittick(戚安道), *Patronage and Community in Medieval China The Xiangyang Garrison*:400·600(2010)参孙英刚书评 *Frontier of Chinese*, vol.7,2012.

11. 赵立新《〈金楼子·聚书篇〉所见南朝士人的聚书文化和社群活动》，载甘怀真编《身分、文化与权力：士族研究新探》，台湾大学出版中心，2012。
12. 前岛佳孝《西魏·北周政权史の研究》（汲古书院，2013），第三章《梁武帝死后の西魏·梁关系の展开》。
13. 拙作《南齐时代的文学与思想》，中华书局，2013；拙文《侯景之乱至隋唐之际〈文选〉学传承推论》，《国学研究》，2014。
14. 妹尾达彦《帝都的风景、风景的帝都》，载陈金华、孙英刚编《神圣空间：中古宗教中的空间因素》，复旦大学出版社，2014。

梁武帝诸子表

萧衍（梁武帝，陵墓在丹阳）
- 1. 萧统（昭明太子，陵墓或在南京狮子冲）◎
- 2. 萧综（投魏）
- 3. 萧纲（梁简文帝，陵墓在丹阳）※
- 4. 萧绩（梁南康简王，陵墓在句容）◎
- 5. 萧续（梁庐陵王）◎
- 6. 萧纶（梁邵陵王）※
- 7. 萧绎（梁元帝，颖陵）——萧方智（梁敬帝）
- 8. 萧纪（梁武陵王）※

上表，标"◎"号者，代表侯景之乱前即已去世；其余诸子姓名后标有"※"号者，皆直接或间接死于侯景之乱。

二 "后三国"时代文学典籍流传的大三角与小三角关系

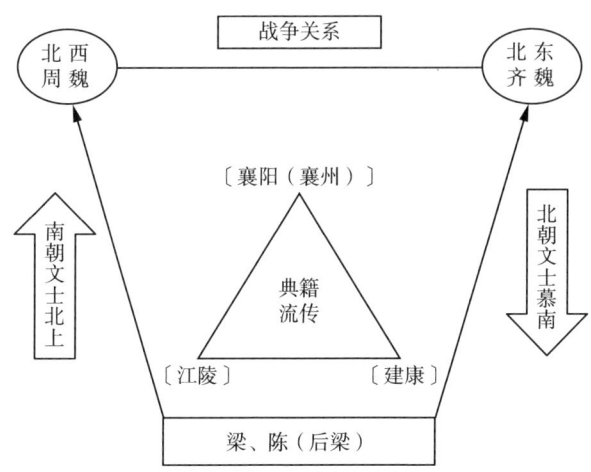

图一 "后三国"时代文学典籍流传关系图

上图(图一),公元537—549 的十三年间,梁与东魏各遣使13 次,平均每年约1.23 次;梁遣使北齐9 次。陈朝对北齐遣使14 次,对北周遣使17 次,对隋遣使9 次,合计40 次,平均每年约1.21 次。

参考文献

1. 尾崎康《北齐の文林馆と修文殿御览》,文载《松本信广先生古稀记念文集》,1967。
2. 兴膳宏《北周の麟趾殿と北齐の文林馆》,文载《铃木博士古稀记念东洋学论集》,1972。

三 建康·江陵·襄阳
——侯景之乱后"国祚"与"学统"传承的双重危机再考

1. 庾信《哀江南赋》云:"五十年中,江表无事。"然而这一切的繁华盛世,都因"侯景之乱"而灰飞烟灭。侯景,他虽然取着汉式姓名,但据姚薇元《北朝胡姓考》考证,是本姓"胡引氏"的羯族人。

2. 梁武帝太清二年(548)八月,侯景接受谋士王伟"兵闻拙速,不闻工迟"之建议,率领"铁面骑兵"快速由寿阳举兵反,攻入建康。

3. 颜之推《观我生赋》:"武皇忽以厌世,白日黯而无光,既飨国而五十,何克终之弗康。"

4. 侯景之乱经纬:

a 太清元年(547),侯景自东魏投奔梁朝。

(侯景管辖河南十三州,此事件打破了南北朝公元4世纪以来的平衡关系)

b 太清二年(548)八月,反于寿阳。

c 同年十月,攻入建康。

d 太清三年(549)三月,建康宫城被攻陷。

e 同年五月,梁武帝崩。

原因:通常所谓承平日久与笃信佛教之外还有什么?——眼光拉出梁朝,侯景之乱后的大乱局,是南朝贵族社会一个总清算期(川胜义雄说),也是社会秩序的重新组合期。

A. 襄阳

1.《襄阳耆旧记》卷四云:襄阳城,本楚之下邑,檀溪带其西,岘山亘其南,为楚国之北津也。

2.《南齐书·州郡志下》:**雍州,镇襄阳,晋中朝荆州都督所治也。**元帝以魏该为雍州,镇酂城,襄阳别有重戍。庾翼为荆州,谋北伐,镇襄阳。自永嘉乱,襄阳民户流荒。咸康八年,尚书殷融言:"襄阳、石城、疆场之地,对接荒寇。诸荒残寄治郡县,民户寡少,可并合之。"朱序为雍州,于襄阳立侨郡县,没苻氏。氐败,复还南,复用朱序。襄阳左右,田土肥良,桑梓野泽,处处而有。郗恢为雍州,于时旧民甚少,新户稍多。**宋元嘉中,割荆州五郡属,遂为大镇。**疆蛮带沔,阻以重山,北接宛、洛,平涂直至,跨对樊、沔,为鄢郢北门。

3. 两种《南雍州记》(晋宋郭仲产,齐梁鲍至)[①]。宋孝武帝"大明土断",南雍州领土郡五、侨郡十一,更为大镇强藩。梁武帝太清二年(548),萧詧北降,**西魏改南雍州为襄州。**

---

① 黄惠贤《辑校〈南雍州记〉》,载氏著《魏晋南北朝隋唐史研究与资料》,湖北人民出版社,2010年。

4.《金楼子·聚书篇》云：前在荆州时（萧绎），晋安王子（即萧纲）时镇雍州，启请书写……**并是元嘉书，纸墨极精奇。**

5.《金楼子·聚书篇》云：又值衡山侯（案：衡山侯为萧伟之子萧恭）**雍州下，又写得书**。又兰左卫钦（案：兰钦）从南郑还，又写得兰书，**往往未渡江时书，或是此间制作，甚新奇。**张湘州缵经饷书，如樊光注《尔雅》之例是也。张豫章绾经饷书，如《高僧传》之例是也。范鄱阳胥经饷书，如高诱注《战国策》之例是也。

公元549年5月，梁武帝去世。这一年，即西魏文帝大统十五年，萧詧向西魏遣使称藩。也就在同一年，梁元帝令柳仲礼围攻萧詧治所襄阳。西魏政权派出杨忠救之。550年，西魏授意萧詧在襄阳称"梁王"。公元554年，西魏权臣宇文泰又令于谨（493—568）率铁骑精锐五万攻打江陵。

B. 江陵

1. 蔡大宝，济阳考城人。大为徐勉所赏异。博览群书，学无不综。詧之章表书记教令诏册，大宝专掌之。

2. 蔡大宝次子（蔡）延寿，有器识，博涉经籍，尤善当世之务。从（萧）琮入隋，授开府仪同三司，秘书丞。

3. 蔡大宝弟（蔡）大业，有五子，（蔡）允恭最知名。入隋，授起居舍人。

4. 甄玄成字敬平，中山人。博达经史，善属文。从（萧）琮入隋，授开府仪同三司，终于太府少卿。

5. 岑善方字思义，有器局，博综经史，善于辞令。

6. 岑善方有七子。之元、之利、之象最知名。高祖（宇文泰）录善方充使之功，追之利、之象入朝。（之利）后仕隋，历安固令、郴义江三州司马、零陵郡丞。之象掌式中士，隋文帝相府参军事。后仕隋，历尚书虞部员外郎、邵陵上宜渭南邯郸四县令。

7. 傅淮，北地人。有二子，曰秉曰执，并才兼文史。

8. 宗如周，南阳人。有才学，容止详雅。有七子。希颜、希华知名。希华博通经术，为荆楚儒宗。

9. 萧欣，梁武帝安成康王秀之孙，炀王机之子也。幼聪警，博综坟籍，善属文。欣与柳信言，当岿之世，俱为一时文宗。

10. 柳洋,河东解人。洋少有文学,以礼度自拘。梁国废,以郡归隋,授开府仪同三司。

11. 徐岳,东海人,简肃公(徐)勉之少子也。少方正,博通经史。从(萧)琮入隋,授上开府仪同三司,终于陈州刺史。岳兄矩,有文学,善吏事。

12. 王淀,琅邪临沂人。子瓘,有文词。子怀,秘书郎,隋沔阳令。

13. 范迪,顺阳人。迪少机辩,善属文。

14. 沈君游,吴兴人。君游博学有词采,位至散骑侍郎。弟君公,有干局,美风仪,文章典正,特为岂所重。

江陵(荆州),于东晋南朝时代,在文化的重要性上仅次于建康。因为江陵位于建康西部,时人常借周公、召公"分陕"典故,称江陵(荆州)为"陕西"。参考:赵立新《西晋末年至东晋时期的"分陕"政治——分权化现象下的朝廷与州镇》,花木兰出版社,2009年。

谷川道雄《地域社会在六朝政治文化上所起的作用》一文有云:

> 到了六朝,国家的统一能力弱化,出现了各地都市负担起学术、文化任务的趋势。甚至有时候学术、文化的普及,也是靠着由一个城市传播到另一个城市才能普及到,跨越了政治境界的,更广大的范围去。六朝时代的都市,就是如此的,对学术文化的保存与发达,也做出了贡献。①

四 离乱之际的典籍

1.《梁典》 三十卷 刘璠撰

2.《梁典》 三十卷 陈始兴王咨议何之元撰

3.《梁太清记》 十卷 梁长沙藩王萧韶撰

4.《淮海乱离志》 四卷 萧世怡撰 叙梁末侯景之乱

5.《梁史》 一百卷 后周兰陵萧欣

---

① 谷川道雄编《日中国际共同研究:地域社会在六朝政治文化上所起的作用》(日本玄文社,1989年),第18页。具体到建康城的研究,又可参刘淑芬《六朝的城市与社会》(台北学生书局,1992年),上篇《建康城》,第3—194页。

除了第二位作者何之元的政治倾向不同外,其余皆是梁之旧臣。如刘璠(510—568),字宝义,初仕梁,后入北周,《周书》本传称其在侯景之乱时"喟然赋诗见志",即使降北后,亦敢在宇文泰面前,为萧梁皇室力争①。又如第三、第四位作者,则皆是萧梁皇室成员,萧世怡(？—567)即梁武帝弟萧恢之子,梁亡后奔北齐。

五　与本文涉及三城相关的南北形势要图(图二)

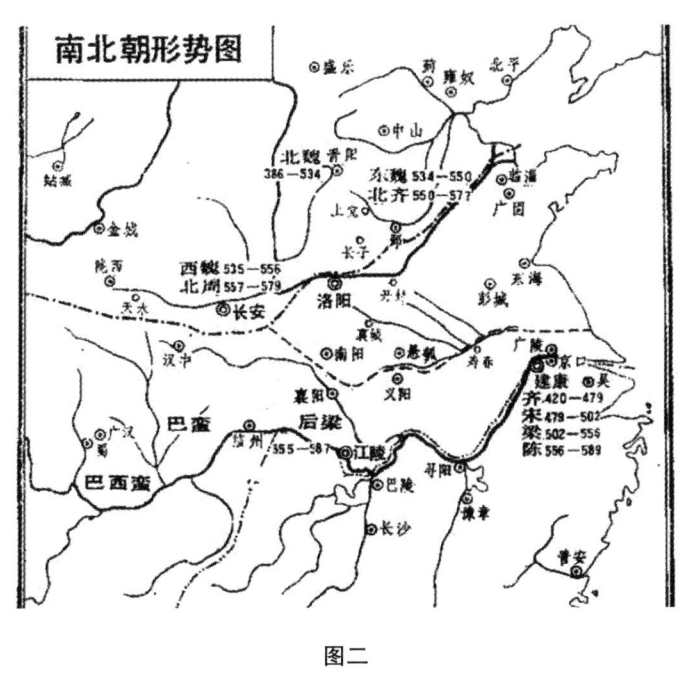

图二

说明：1. "—·—·—"刘宋北界

2. "——— -"薛安都降魏后,齐梁北界

3. "—··—··"陈北界(彼时襄阳已入西魏/北周,其中江陵一地,属于后梁。建康、江陵、襄阳三地已经正式分属三国)

(南京大学)

---

① 《周书》卷四二《刘璠传》,中华书局,1971年,第761—763页。

江淹创作所体现的文体分类意识

王大恒

魏晋南北朝是文学自觉的时代,在文学理论和文学批评方面,均取得了相当高的成就,比如出现了陆机的《文赋》、曹丕的《典论·论文》、刘勰的《文心雕龙》等具有代表性的专著。这些专著在阐发文学理论和文学批评观点的同时,都涉及了文体分类学方面的内容。江淹作为南朝创作颇丰的文士,其创作所运用的文体种类繁多,有赋、诗、骚、颂、赞、书、传、论等。可以说,南朝时期流行的主要文学样式,他几乎都尝试过。因此,虽然他没有专著来论述其文体分类,但从其众多的创作之中,仍可以清晰地看出其文体分类意识所具有的特点。

透过江淹现存的作品可以看出,清晰与模糊在其文体分类意识之中同时存在,而在五言诗的创作方面,江淹的文体分类意识又表现出进步的方面,这些在其不同的文体创作之中都有着鲜明的体现。

一 清晰的文体分类意识

江淹的文体分类意识是清晰的,这集中体现在他对骚与赋的严格区分上面。骚与赋的关系是一个极为复杂的问题,历代学者多有论述。骚的产生,来自屈原的《离骚》,因为《离骚》是最能代表屈原精神和其创作风格的作品,所以人们以"骚"来指代屈原诸作,甚至来指代整个楚辞也是名正言顺的,因此屈作也称为楚辞。后来人们还以"骚"来代表与"诗"不同的另一种诗歌传统,以风、骚并举,所以人们也称屈作为"骚体诗"。这是因为屈作均为韵文,属于诗歌的范畴,而其代表作《离骚》又是自创新体,即以骚体作"诗",因此称屈作为骚体诗也是情理之中的事。秦汉以后,人们沿用对屈作的称呼,将带有浓重骚体色彩的诗歌也称为骚体诗,比如项羽的《虞姬歌》、刘邦的《大风歌》、李白的《鸣皋歌》等。至于称屈作为楚辞,是因为屈原以其作品开创了"楚辞"这一新的诗体,而其作品又最能体现楚辞的鲜明特色。"楚辞"之名,始见于西汉,司马迁在《史记·酷吏列传》中就提到朱买臣"以'楚辞'与助俱幸"①。刘向整理古籍,编定《楚辞》十六卷,从此便正式有了"楚辞"这一特殊文体的总集名称。对于何以"楚辞"为名,东汉王逸在《楚辞章句》卷八中解释说:"至于汉兴,刘向、王褒之徒,咸悲其文,依而作词,故号为'楚辞'。"南朝梁刘勰认为"《楚辞》辞楚"②。宋明时人则认为这一文体为屈子所开创。既然屈原开创了这一新文体,而其作又无疑是这一新文体中最具代表性的作品,因而以楚辞来称屈原之作,也就不足为怪了。可见楚辞与骚、骚体诗只不过是实同而名异而已,只不过楚辞与骚多用来指称文体或总集,而骚体诗则多用以指称单篇作品。

但是,从西汉开始,人们又将屈原的作品称为赋。如司马迁在《史记·屈原贾生列传》中云:"(屈原)乃作《怀沙》之赋。"③班固在《汉书·扬雄传赞》中引扬雄的论述为:"赋莫深于《离骚》。"④挚虞《文章流别论》云:"前世为赋者,有孙卿、屈原……《楚辞》之赋,赋之善者也。"⑤由此可见,赋与骚已经混为一谈了。从赋与骚的产生来看,前已论述骚的产生来自屈原的《离骚》,而赋作为一种文体,产生则比较复杂。对于赋的得名,传统观点一般是用汉代流传下来的《毛诗序》提出"诗六义"说加以比附,即一曰风、二曰赋、三曰比、四曰兴、五曰雅、六曰颂。这里所说的赋,指的是铺陈、铺叙,是一种直书其事、体物写志的表现手法,也就是说它是《诗经》的一种表现手法,乃《诗经》之用,还没有成为一种文体的代称。到了战国时代,赋才作为一种文体被正式提出。荀子的

---

① 《史记》,中华书局,1972年,第3143页。
② 周振甫《文心雕龙今译》,中华书局,1986年,第302页。
③ 《史记》,第2486页。
④ 《汉书》,中华书局,1962年,第3579页。
⑤ (清)严可均《全上古三代秦汉三国六朝文》卷七七,中华书局,1958年,第1905页。

《赋篇》以赋命名,分"礼、智、云、蚕、箴"五节,采用君臣问答的形式,开了汉赋主客问答体制的先河,但从文体来看,荀子的赋还仅仅是开端,尚处于不成熟的阶段。真正为汉赋体制奠定基础的应是宋玉,其《高唐赋》《神女赋》《风赋》等作,集中体现了赋的创作特点。到了汉代,经陆贾、枚乘、刘安、司马相如等诸多作家扬其鸿藻,赋体之作遂蔚为大观,而汉赋也成为一代之文学。

  由此可以看出,骚与赋的来源不同,它们应该属于不同的文体,不可混淆。关于这一点,刘勰与昭明太子萧统都有着清晰的认识。如刘勰在《文心雕龙》一书中,除《诠赋》篇外,另立有《辨骚》一篇。虽然刘勰将《辨骚》一篇归之于"为文之枢纽"①,但是从内容上看它还是讨论楚骚的。而将骚与赋分开来论,实际上已经说明二者不是同一文体。且在论赋的产生时,刘勰也说是"受命于诗人,拓宇于楚辞"②,《诠赋》篇中所提及的赋家及其赋作,既没有屈原,也没有屈作。而在《辨骚》篇中,主要辨析的则是屈原之作与经典之异同。同时,从《文心雕龙·通变》篇中刘勰所说的"楚之骚文,矩式周人;汉之赋颂,影写楚世"③,也可看到在刘勰心中骚、赋二体不同。南朝梁昭明太子萧统编《文选》,在诗选后又编有二卷骚体之作,收屈原之《离骚》《九歌》《九章》(一篇)《卜居》《渔父》,宋玉的《九辩》《招魂》,以及淮南小山的《招隐士》,这样便清楚地把骚体与前面的赋体文学区别开来。其在《文选序》论赋时亦说:"古诗之体,今则全取赋名。荀、宋表之于前,贾、马继之于末。"④这里没有提及屈原。而在后文则有对屈原的专论:"楚人屈原,含忠履洁……耿介之意既伤,壹郁之怀靡诉;临渊有怀沙之志,吟泽有憔悴之容。骚人之文,自兹而作。"⑤萧统对赋与骚的分别论述显然是有意将骚从赋体中独立出来,这说明在萧统的文体分类意识中,骚与赋是不同的文体。

  今人金开诚总结刘勰与萧统的这种文体分类意识时说:

> 最早意识到辞赋之别的,应该说是六朝人。如萧统《文选》选了

---

① 《文心雕龙今译》,第448页。
② 同上书,第76页。
③ 同上书,第270页。
④ (梁)萧统编,(唐)李善注《文选》,上海古籍出版社,1986年,第1页。
⑤ 同上书,第1页。

一些楚辞,却不归入"赋"类,而另列一类称为"骚",置于"诗"类之后;刘勰《文心雕龙》在《诠赋》之外别有《辨骚》。这都说明他们在严于文体之分的时代气氛中意识到了辞赋之别。①

刘勰与萧统的这种骚、赋分离的文体分类意识,在江淹的创作当中也有着清晰的体现。如其以"赋"命名的作品有二十八篇,以"骚体""楚辞"命名的有《刘仆射东山集学骚》《应谢主簿骚体》《山中楚辞五首》。从题目的命名就可以看出来,"骚""赋"是分列的,这说明江淹的文体分类意识是清晰的。

再从创作手法上来看,在以"赋"命名的二十八篇作品中,基本上不出现骚体句式,或即使出现骚体句,"兮"字句也已经不再是其基本的句型。今人郭建勋先生将《去故乡赋》《待罪江南思北归赋》《扇上采画赋》《江上之山赋》等定为骚体赋不太恰当,因为郭先生在自己的文章中给骚体赋下的定义是:"骚体赋必须具备两个基本条件:其一是采用楚骚的文体形式,也就是以'兮'字句作为其基本的句型;其二是明确地用'赋'作为作品的称名。"②明确地以"赋"作为作品的称名这一点应该是没有疑义的,但以"兮"字句作为其基本的句型却并不符合江淹上述各赋的创作实际。如《江上之山赋》:

潺湲颎溶兮,楚水而吴江。刻划嶃崒兮,云山而碧峰。挂青萝兮万仞,竖丹石兮百重。嵯峨兮岩崿,如研兮如削。峣巍兮尖出,岩岈兮空凿。波潮兮吐纳,嵁崖兮积沓。鲴鱮兮赤尾,鼋鼍兮匼匝。见红草之交生,眺碧树之四合。草自然而千花,树无情而百色。

嗟世道之异兹,牵忧恚而来逼。惟炉炭于片景,抱丝绪于一息。每意远而生短,恒轮平而路仄。信悬天兮窈昧,岂系命于才力?既群龙之咸疑,焉众状之所极!俗逐事而变化,心应物而回旋。既欻翕其未悟,亦纬繣而已迁。伊人寿兮几何?譬流星之殒天。怅日暮兮吾有念,临江上之断山。虽不敏而无操,愿从兰芬与玉坚。

乱曰:折芙蓉兮蔽日,冀以荡夫忧心。不共爱此气质,何独嗟乎景沉!

---

① 金开诚《屈原辞研究》,江苏古籍出版社,1992年,第5页。
② 详见郭建勋《骚体赋的界定及其在赋体文学中的地位》,《求索》2000年第5期。

这篇赋共22句,其中运用"兮"字的有11句,占总句数的百分之五十二强。单从这个简单的数字我们就可以看出,"兮"字句已经构不成其基本句型,也就不能称其为骚体赋。而且,在江淹现存的赋作当中,这篇赋作中出现的"兮"字频率是最大的,其他赋作中"兮"字出现频率大多很小,有些已经基本上不出现"兮"字句式了。如咏物小赋《石劫赋》《空青赋》《灵丘竹赋》中已无一"兮"字句式出现。现举《空青赋》为例说明之。赋的全文共29句,在江淹的赋作中句数可以说不算少了,但是却一句"兮"字句式也没出现。为了更加明晰地说明这一问题,可将江淹的赋作做一统计,来看一下在其所有的赋作中"兮"字句式出现的频率,现列表如下(表一):

表一

赋名	总句数	"兮"字句	"兮"字句所占比例
《哀千里赋》	20	3	15%
《江上之山赋》	22	11	50%
《伤友人赋》	37	10	27%
《丹砂可学赋》	53	3	5.7%
《伤爱子赋》	36	8	22.2%
《灯赋》	28	1	3.6%
《扇上彩画赋》	19	7	36.8%
《石劫赋》	11	0	0%
《恨赋》	45	3	6.7%
《别赋》	65	14	21.5%
《去故乡赋》	23	7	30.4%
《倡妇自悲赋》	25	1	4%
《水上神女赋》	50	2	4%
《丽色赋》	63	2	3.2%
《学梁王兔园赋》	38	5	13.2%
《赤虹赋》	32	4	12.5%
《泣赋》	18	4	22.2%
《待罪江南思北归赋》	44	11	25%

续表

赋名	总句数	"兮"字句	"兮"字句所占比例
《四时赋》	24	1	4.2%
《青苔赋》	35	9	25.7%
《莲华赋》	35	7	20%
《金灯草赋》	15	1	6.7%
《翡翠赋》	19	1	5.3%
《空青赋》	29	0	0%
《知己赋》	40	6	15%
《横吹赋》	48	6	12.5%
《灵丘竹赋》	19	0	0%
《井赋》	2	1	50%

由上表可以清晰地看出，在江淹的诸多赋作中，"兮"字句已经不是其中的基本句式，且骚体赋应该是一种具有鲜明骚体文学特色的赋，如宋玉的《高唐赋》《神女赋》诸赋堪称最早的骚体赋的代表作。汉初贾谊的《吊屈原赋》《鵩鸟赋》，淮南小山的《招隐士》，均是骚体赋中的名篇。这些作品体现了从楚辞体文学到赋体文学的过渡。更重要的是骚体赋其本体还是赋，应与具有赋的手法的楚辞体区分开来。

以上论述的是江淹以"赋"命名的作品，下面我们再来看一下其以"骚体""楚辞"命名的作品，如《刘仆射东山集学骚》：

> 含秋一顾，眇然山中。檀栾循石，便娟来风。木瑟瑟兮气芬葐，石戋戋兮水成文。擷江崖之素草，窥海岫之青云。愿芙蓉兮未晞，遵江波兮待君。

此作中句式既有四言，也有六言、七言，属于骚体的杂言体的特点，且"兮"字间出，是典型的骚体句式。再看其《山中楚辞五首》其三：

> 入橘浦兮容与，心惆惘兮迷所识，视烟霞而一色。深秋窈以亏天，上列星之所极。桂之生兮山之峦，纷可爱兮柯团团。溪崎嶬兮石架阻，飕飕飗兮木道寒。烟色闭兮乔木挠，岚气暗兮幽篁难。忌蟪蛄

之蛩吟,惜王孙之晚还。信于邑兮白露,方夭病兮秋兰。

此为江淹模拟楚辞而作,其中骚体句式的运用显而易见,且无赋中常用的散体句式。诗中描写了一幅幽郁、迷茫的橘浦之景与阴暗、岑寂的空山之境,渲染秋意萧瑟气氛以衬托作者耿忧之心,颇有屈原《涉江》遗意。

再者,明代胡之骥在注江淹作品时将《刘仆射东山集学骚》《应谢主簿骚体》《山中楚辞五首》单列于"骚体"之下,对赋与骚的区分之意十分明显。今人俞绍初、张亚新在注释江淹作品时将上述作品列于诗歌之中,应是从"楚辞"乃为一种新诗体考虑的。这两例也可作为江淹在骚与赋的文体区分上清晰意识的佐证。

二 模糊的文体分类意识

江淹虽然对骚与赋的分类十分清晰,但在颂与赞两种文体的分类上,他的意识又是模糊的。

颂作为一种文体兴起于汉代,其起源则来自《诗经》。关于这一点,刘勰在《文心雕龙·颂赞》篇云:"四始之至,颂居其极。颂者,容也,所以美盛德而述形容也。"①刘勰不仅将颂体溯源到《诗经》中的"三颂",而且采毛诗之说,认为颂体的特征即着重于颂扬。事实上也是如此。从训诂上讲,许慎《说文解字》认为:"颂,貌也,从页公声。"②段玉裁《说文解字注》注:"貌下曰颂仪也。与此为转注。……古作颂貌。今作容貌。古今字之异也。容者,盛也,与颂义别。六诗,一曰颂。周礼注云'颂之言诵也,容也。'诵今之德广以美之。……则知假容为颂其来已久,以颂字专系之六诗,而颂之本义废也。《汉书》曰徐生善为颂,曰颂礼甚严,其本义也。曰有罪当盗械者皆颂系,此假颂为宽容字也。"③可见,颂的本义是"貌也","颂仪也"。但由于"假容为颂其来已久",故而"以颂字专系之六诗"。因此,就渊源而言,颂之一体实出于"诗颂"。对于这一看法,南朝梁昭明太子萧统也是认同的。他在《文选序》中指出:"颂者,所以游

---

① 《文心雕龙今译》,第 83 页。
② (汉)许慎《说文解字》,中华书局,1963 年,第 181 页。
③ (清)段玉裁《说文解字注》,上海古籍出版社,1981 年,第 416 页。

扬德业,褒赞成功。吉甫有'穆若'之谈,季子有'至矣'之叹。舒布为诗,既言如彼;总成为颂,又亦若此。"①也就是说,萧统也认为颂体旨在歌功颂德,其源出于"诗颂"。

汉代的强盛,使颂扬成了其文学的主旋律,而其主要文学样式除了众所周知的汉赋之外,还有汉颂。"汉代的颂体文学,都是'美盛德之形容',即歌功颂德,褒扬圣君贤臣,颂的作者以这种积极的方式参与现实政治。"②从目前存留下来的汉颂作品可以看出,汉颂明显受到了《诗经》中"颂"的影响,在写作手法上继承了《诗经》中"颂"的庄重典雅,同时又汲取了当代汉赋的铺排渲染,具有明显的赋法特征;在内容上则反映出汉代大一统封建专制社会中以颂扬为宗的精神导向,所以汉颂实际上是汉代颂扬主题的另一种再现。

汉颂在形式上一般均有序文,序文是以散文的句法叙述作颂的背景及目的;正文虽用杂言却韵散相间,而且还有整齐的句式镶嵌其中,三言、四言、六言等句式不一。这既使正文形成一种自然的节奏,又使其具有铺排的气势。如崔骃《四巡颂》之一《东巡颂》描写章帝东巡起始时曰:

> 乃命太仆,驯六驳,闲路马,戒师徒。于是乘舆登天灵之威路,驾太一之象车。升九龙之华旗,建翠霓之旌旄。三军霆激,羽骑火烈。天动雷震,隐隐辚辚。躬东作之上务,始八正于南行。袁胡耇之元老,赏孝行之畯农。③

此段描写运用三、四、六言句式,通过车马、乘舆、旌旗、随从的铺写,突出了章帝东巡的盛大声势。那万马杂沓的声音仿佛使天庭都在鸣响,那旌旗绵延的场景仿佛使大地都在燃烧,极富想象力与感染力。

在江淹现存作品中,有一篇名为《草木颂十五首》的作品,其序云:

> 仆一命之微,遭万代之幸。不能镂心砺骨,以报所事。攉翼骧首,自至丹梯。爰乃恭承嘉惠,守职闽中。且仆生人之乐,久已尽矣。

---

① 《文选》,第2页。
② 李炳海《严肃的面孔和调侃的笑容——汉代颂箴及戏谑文杂议》,《辽宁大学学报(哲学社会科学版)》1999年第5期,第77页。
③ 《全上古三代秦汉三国六朝文》卷四四,第711页。

所爱，两株树、十茎草之间耳。今所凿处，前峻山以蔽日，后幽晦以多阻。饥猿搜索，石濑戋戋。庭中有故池，水常决，虽无鱼梁钓台，处处可坐，而叶饶冬荣，花有夏色，兹赤县之东南乎？何其奇异也！结茎吐秀，数千余类。心所怜者，十有五族焉。各为一颂，以写劳魂。

此为江淹被贬吴兴时所作，其在闽中碧水丹山的上千种花草树木中选出十五种来咏物抒情，以泄忧思，借对十五种草木的歌颂，表达自己的人生追求和精神寄托，同时这也符合颂体以颂扬为宗的精神导向。但是，同样是以"颂"命名的作品，这篇作品与汉颂的创作方式却是不同的，它采用的是诗体的创作方式。兹举第一首《金荆》为例：

江南之山，连障连天。既抱紫霞，亦漱绛烟。金荆嘉树，涵露宅仙。婷节讵及，幽意谁传？

"金棘"，是生于岭南的一种乔木，大者十围，文如美锦，色艳于真金。作者名为赞美金棘，实为抒写自己的美好品质。除其总序以杂言体出之外，其余的十四首皆与此首相同，为每首八句的四言句式，且不是以"颂"命名，所以视为四言诗更为恰当。在俞绍初、张亚新的《江淹集校注》中，《草木颂十五首》即被列于诗中，可见也是视为诗歌一类。由此也可以看出江淹在此种文体分类意识上的模糊。

同样，在赞这种文体中，江淹的文体分类意识也是模糊的。赞和颂相近，因此在《文心雕龙》中刘勰将其放在同一篇，云："赞者，明也，助也。……然本其为义，事生奖叹，所以古来篇体，促而不广，必结言于四字之句，盘桓乎数韵之辞，约举以尽情，昭灼以送文，此其体也。"[①]刘勰认为，赞是说明，是辅助，且自古以来，赞的篇幅都短而不长，并一定用四字组成句子，回绕在几个韵脚里，简约地叙尽情事，明白显著地结束文辞。刘勰对赞这种文体体制特点的总结，在现存的赞类作品中得到了证实。如陆士龙的《荣启期赞》、夏侯孝若的《东方朔赞》、郭璞的《山海经图赞》、袁彦伯的《三国名臣序赞》、庾仲初的《虞舜像赞》、戴安道的《闲游赞》等，运用的都是四言句式。

---

① 《文心雕龙今译》，第87—88页。

江淹以"赞"命名的作品为《云山赞四首》与《铜剑赞》。《云山赞四首》分别描写了传说当中的仙人与仙境。如第一首《王子乔》云：

> 子乔好轻举，不待炼银丹。控鹤去窈窕，学凤对巉岏。山无一春草，谷有千年兰。云衣不踯躅，龙驾何时还？

作者对仙人王子乔的赞美全用整齐的五言句式出之，其他三首也都与此篇相同，全篇采用的都是五言句式，而不是赞体常用的四言句式，所以将其视为五言诗更为合适。另一篇《铜剑赞》则全篇都是散文句式，也不符合赞体体制，而应视为一篇散文。同是以"赞"命名，《云山赞四首》与《铜剑赞》却一是诗体、一是文体，可见作者对此种文体的分类意识是模糊的。

三 进步的文体分类意识

江淹诗歌现存142首①，其中除少部分为四言和六言体之外，其他绝大多数为五言体，而其拟古诗全部都是五言诗。五言诗是南朝主要的文体样式，这说明江淹的诗歌创作符合时代的潮流，可以说是与时俱进的。

五言诗是我国古典诗歌的主要形式之一。据现存的两汉民间歌谣和乐府民歌来看，西汉已有五言体的民间歌谣，后来出现了乐府五言诗。而到东汉则已出现了较多的成熟的五言诗，东汉中后期《古诗十九首》的出现，表明五言诗不仅题材多样，且艺术上达到了成熟。建安时期五言诗出现了繁盛的局面，正如刘勰《文心雕龙·明诗》所说："暨建安之初，五言腾踊，文帝、陈思，纵辔以骋节；王、徐、应、刘，望路而争驱；并怜风月，狎池苑，述恩荣，叙酣宴；慷慨以任气，磊落以使才。"②钟嵘在《诗品·总论》中回顾那段历史时，同样指出了五言诗创作队伍盛况空前的场面："降及建安，曹公父子，笃好斯文；平原兄弟，郁为文栋；刘桢、王粲，为其羽翼。次有攀龙托凤，自致于属车者，盖将百计。彬彬之盛，大备于时矣。"③五言诗成为这一时期最普遍的诗歌形式。此后，经过两

---

① 此数字是据俞绍初、张亚新《江淹集校注》所得。
② 《文心雕龙今译》，第60页。
③ （梁）钟嵘著，陈延杰注《诗品注》，人民文学出版社，1961年，第1页。

晋、刘宋,到江淹时五言诗已在诗坛上居于主要地位,所以说江淹诗歌当中五言诗居多是符合时代潮流的,但江淹在文体意识上的进步并不单单表现在五言诗的创作,更重要的是其以创作实践肯定了五言诗体。

魏晋南北朝是五言诗的发展时期,众多的优秀作家和作品不断涌现。在江淹之前,虽然五言诗曾经出现过建安时期的"腾踊"之势,但并没有被理论界充分肯定。四言诗因为在"诗三百"中居主导地位,因而在先秦时期曾辉煌一时,汉初"诗三百"被尊为"诗经"之后,四言诗也被尊为一种正统的诗体。因此魏晋南北朝时期的一些文论家拘泥于《诗经》是四言体的成见,仍重四言而轻五言。如挚虞在《文章流别论》中云:"夫诗虽以情志为本,而以成声为节,然则雅音之韵,四言为正,其余虽备曲折之体,而非音之正也。"①体现了保守的正统观点。刘勰在《文心雕龙·明诗》中也说:"若夫四言正体,则雅润为本;五言流调,则清丽居宗。"②两人都认为四言诗是"正体",五言诗则是"流调",仍不免有雅、俗之分。而此时的江淹能够大规模地拟作文人五言诗,则显示了他对五言诗的重视,以及独到的眼光和进步的文体分类意识。其拟作之中的《杂体三十首》虽然并非论诗之作,但通过模拟显示出三十家不同的艺术特色,这本身就是一种评价和肯定。在《杂体三十首》前的序文中,江淹谈到组诗的创作目的时云:

> 夫楚谣汉风,既非一骨;魏制晋造,固亦二体。譬犹蓝朱成彩,杂错之变无穷;宫商为音,靡曼之态不极。故蛾眉讵同貌,而俱动于魄;芳草宁共气,而皆悦于魂,不其然欤? 至于世之诸贤,各滞所迷,莫不论甘而忌辛,好丹而非素。岂所谓通方广恕、好远兼爱者哉? 及公干仲宣之论,家有曲直;安仁士衡之评,人立矫抗,况复殊于此者乎? 又贵远贱近,人之常情;重耳轻目,俗之恒弊。是以邯郸托曲于李奇,士季假论于嗣宗,此其效也。然五言之兴,谅非复古。但关西、邺下,既已罕同;河外、江南,颇为异法。故玄黄经纬之辨,金碧沉浮之殊,仆以为亦合其美并善而已。今作三十首诗,效其文体,虽不足品藻渊

---

① 《全上古三代秦汉三国六朝文》卷七七,第1905页。
② 《文心雕龙今译》,第62页。

流,庶亦无乖商榷云尔。

序文清楚地说明了其写作目的,即在于通过模拟各家的代表作品,以显示各自的特色。因为五言诗的面貌是各种各样的,即所谓"既已罕同""颇为异法",但又都是可以"俱动于魄""皆悦于魂"的。而当时的"诸贤"却"各滞所迷,莫不论甘而忌辛,好丹而非素",即只写自己熟悉的题材,自己喜好的风格,而且各执一偏,互相排斥。这不仅违背了"通方广恕、好远兼爱",也违背了文学艺术要兼收并蓄,要提倡题材和风格多样化的原则。接着,作者批评了当时"诸贤"的"贵远贱近"和"重耳轻目",明言自己创作这三十首诗的目的是"效其文体",即要把前辈诗人诗作的面貌再现出来,这就是其所谓的"品藻渊流",并希望自己的拟作能够基本符合前辈诗作的实际而得到世人的认同,即"庶亦无乖商榷"。这体现出江淹即不迷信古人,又敢于以自己的作品与古人一争高低的信心。而《杂体三十首》本身也体现了江淹逐渐进步的文体分类意识。表现为以下几点:

(一)对自汉至齐初的五言诗发展有着深刻的理解和把握

从《杂体三十首》组诗本身来看,江淹选自汉代至齐初的五言诗三十家进行模拟。这三十家都是经过江淹精心挑选的,因为此时期的五言诗作家,据逯钦立《先秦汉魏晋南北朝诗》统计,从汉时的李陵到南朝汤惠休,共有诗人341人,还不包括乐府民歌和古诗的作者。而江淹所选取的是这个时期最具代表性,最富创作个性的作家,说明江淹对这段时间内五言诗发展有着深刻的理解和把握。如江淹将五言诗各个时期代表作家的代表作品分为四个阶段——模拟,即关西(汉)、邺下(魏)、河外(西晋)、江南(东晋及刘宋)四个阶段:

汉诗他选取了古诗、李陵、班婕妤三家,拟作《古离别》《李都尉从军》《班婕妤咏扇》;魏诗他选取了曹丕、曹植、刘桢、王粲、嵇康、阮籍六家,拟作《魏文帝游宴》《陈思王赠友》《刘文学感遇》《王侍中怀德》《嵇中散言志》《阮步兵咏怀》;西晋诗他选取了张华、潘岳、陆机、左思、张协、刘琨、卢谌、郭璞八家,拟作《张司空离情》《潘黄门述哀》《陆平原羁宦》《左记室咏史》《张黄门苦雨》《刘太尉伤乱》《卢郎中感交》《郭弘农游仙》;东晋诗他选取了孙绰、许询、殷仲文、谢混、陶潜五家,拟作《孙廷尉杂述》《许征君自序》《殷东阳兴瞩》《谢仆射游览》《陶征君田居》;刘宋诗他选取了谢灵运、颜延之、谢惠连、王微、袁淑、谢庄、鲍照、汤惠休八家,拟作《谢临川游山》《颜特进侍宴》《谢法曹赠别》《王征君养疾》《袁太尉从驾》《谢光禄郊游》《鲍参军戎行》《休上人怨别》。每家各拟一首,绝不混杂,不像史书还有合传、《诗品》也有合评的情况①。

由此可以看出,《杂体三十首》对自汉《古诗》、李陵、班婕妤至宋齐鲍照、汤惠休等三十家五言体进行的系统模拟,其中除《古离别》为无名氏所作外,其余都是各个时期最有代表性的作家。这种方法有助于找出诗人与诗人、诗风与诗风、诗派与诗派之间的传承关系,从而揭示出五言诗歌的嗣承及发展渊源。如其在每首拟作题目中用两个字概括了所拟对象的题材与风格特色。如"魏文帝游宴""陈思王赠友""嵇中散言志""阮步兵咏怀""潘黄门述哀""左记室咏史""郭弘农游仙""陶征君田居""谢临川游山"等,如果将这些题目中的最后两个字连缀起来的话,就像对五言诗作者创作特色的一次系统评论一样,将他们的创作中最具有特色的方面一言道出。拟作也体现了江淹对五言诗风格流派特征较为准确的界定,而这些风格流派又并非其原作家有意开创,只是其作品不自觉地呈现出某一种风格,经江淹以其风格为题并加以精心模拟,分别成为各种风格的开山始祖,其风格流派也成为后人自觉创作的范式。更让人惊叹的是,从总体来看,拟诗所选的题材也都是各位作家最为擅长的部分。如陆机今存诗104首,虽然有60首为拟乐府、拟古诗,但拟作并不能代表陆机创作的特色,而其他诗作又过于繁缛,于是江淹选取陆机《赴洛二首》《赴洛道中二首》来进行模仿,作《陆平原羁宦》。因为这四首诗较少雕琢气息,抒写的是生活的寂寞和恋家思亲的感情,确是陆诗中最见功力的作品。再如颜延之,代表其主要创作倾向的是那些朝庙应制唱和之作,于是江淹就拟作《颜特进侍宴》来进行模仿。而其《北使洛》《还至梁城作》等诗,抒写故国之思与行役之苦,感情真挚,语言也较朴质;《五君咏》也写得简劲有力,显示了颜延之刚正不阿的性格,是颜诗中写得较好的。但因这些诗不能代表颜诗的主导创作倾向,所以江淹没有选其进行拟作。此外,他对左思取《咏史》,潘岳取《悼亡》,陶渊明取《归园田居》等,都说明江淹对这些作家的作品有深入细致的研究,有自己的见解和把握。他成功地勾勒出自汉至南齐五百年间五言体诗歌

---

① 钟嵘在《诗品》中品中将谢混、袁淑、王微与王僧达、谢瞻合评,下品论殷仲文时,又将谢混作为参照,下品还将惠休与道猷上人、释宝月合。

发展的轮廓,这也就是江淹所说的通过"效其文体"而"品藻渊流"。由此我们也可以肯定地说,江淹是概括出这段时期五言诗发展历史的第一人,对五言诗的肯定和评价体现出其文体分类意识的进步。

(二)对其后的文学理论批评家产生了深远的影响

江淹在《杂体三十首》中所拟的三十家代表作不仅体现了当时诗坛的最高成就,也从整体上体现了五言诗发展的轨迹。而其对此时期五言诗发展概括得如此精准,连后来的刘勰、钟嵘,甚至萧统也都遵循这一标准。如其《文选》"拟作"排序从汉代的无名氏抒情诗开始,说明他认为比较成熟的五言诗应该是《古诗十九首》那样的诗作,也就是他肯定了《古诗十九首》的艺术价值。这一点与其后的文论家的观点有着惊人的相似。刘勰在《文心雕龙·明诗》篇中评论这些作品时说:"观其结体散文,直而不野,婉转附物,怊怅切情,实五言之冠冕也。"[①]钟嵘在《诗品》中评其为"惊心动魄,可谓几乎一字千金!"而钟嵘《诗品》中评述的由汉至齐的122位作家的序列与江淹也有很多相合之处。江淹所拟三十家,钟嵘皆纳入《诗品》,并毫无遗漏地予以评论,就其源流风格和特征倍加赞赏。如其上品十二位作家序列有古诗、汉都尉李陵诗、汉婕妤班姬诗、魏陈思王植诗、魏文学刘桢诗、魏侍中王粲诗、晋步兵阮籍诗、晋平原陆机诗、晋黄门潘岳诗、晋黄门郎张协诗、晋记室左思诗、宋临川太守谢灵运诗。由此可以看出,《诗品》中所有列入上品的诗人,江淹都对其诗进行了拟作。而《诗品》中上品的作家序列与江淹《杂体三十首》作家序列非常相似,除谢灵运在《杂体三十首》中居第二十三位外,另十一位作家与《杂体三十首》前十四位类似,只不过其中少了曹丕、嵇康和张华,其他排列顺序都没有改变。而江淹其他拟作诗人中品中占了十三人,分别是曹丕、嵇康、张华、刘琨、卢谌、郭璞、陶潜、颜延之、谢混、袁淑、王微、谢惠连、鲍照,仅有五人屈居下品,分别是孙绰、许询、殷仲文、谢庄、汤惠休。由此可见《诗品》的评论对象与江淹的模拟对象基本一致。

萧统《文选》选文标准极严,但江淹的《杂体三十首》则全部入选。此后的许多选家,从浩如烟海的诗歌宝库中披沙拣金,也没有忽视江淹的这组诗。如

[①] 《文心雕龙今译》,第58页。

陆时雍《古诗镜》选其二首,钟惺、谭元春《古诗归》选其一首,王士禛《古诗选》选其十六首,沈德潜《古诗源》选其五首,王闿运《八代诗选》三十首全部选入。这说明江淹的这组诗是经得住推敲和时间检验的。以上这些都说明,江淹的《杂体三十首》并不是尝试性的习作,而是非常成熟的艺术珍品,是江淹理论上艺术上都最为成熟时期写作的。

  由上述论述可以看出,江淹在五言诗方面虽然没有留存下专门的评论专著,但其通过《杂体诗三十首》及序言体现了其在五言诗方面的进步的文体分类意识。

(长春师范大学《昭明文选》研究所)

阮籍《咏怀》诗旨趣探微

王京州

作为组诗的《咏怀》五言八十二首,通常被当作一组政治隐喻诗,易代之际的阮籍发咏于诗歌,其中必然隐藏着他满怀的政治感慨。照此既定思路,从颜延之开始,经由何焯、陈沆、蒋师爚等人的推动,以史解诗渐成为《咏怀》诗阐释史上最重要的路径和方法[①]。随着新视野和新方法的引入,《咏怀》诗的诗旨研究日趋丰富:或探求其生命意识,或描述其艺术结构,或分析其意象特征[②]。而从地理空间的角度研究《咏怀》诗的论著实尚鲜见[③]。本文尝试在文学地理学的视阈下对《咏怀》诗进行观照,通过分析青年阮籍对游历的崇尚,揭示《咏

---

① 代表著作有古直《阮嗣宗诗笺定本》(《层冰堂五种》其二,中华书局,1935年)、郭光《阮籍集校注》(中州古籍出版社,1991年)、靳极苍《阮籍咏怀诗详解》(山西古籍出版社,1999年)等,论文有周勋初《阮籍〈咏怀(二十)〉诗新解》(《文史知识》1983年第1期)、景蜀慧《〈咏怀诗〉所见阮籍政治情感及思想历程》(《社会科学研究》2001年第1期)、孙明君《阮籍与司马氏集团之关系辨析》(《北京大学学报(哲学社会科学版)》2002年第1期)、张建伟《阮籍〈咏怀〉诗其五十六、其七十九探微》(《晋阳学刊》2005年第2期)、顾农《〈文选〉所录阮籍〈咏怀诗〉五题》(《文学遗产》2010年第4期)等。

② 如尚学锋《阮籍〈咏怀诗〉的生命关怀和抒情模式》(《首都师范大学学报(社会科学版)》2000年第6期)、钱志熙《论阮籍〈咏怀诗〉——组诗创作性质及其主题的逻辑展开》(《东方丛刊》2008年第1辑)、渠晓云《阮籍〈咏怀〉诗的意象魅力》(《山西大学学报(哲学社会科学版)》2003年第2期)、刘慧珠《阮籍〈咏怀诗〉的隐喻世界——以"鸟"的意象映射为例》(《东海中文学报》2004年第16期)等。

③ 林田慎之助《阮籍咏怀诗考》(《中国中世文学评论史》,东京创文社,1979年,第130—132页)、戴燕《远游越山川——论陆机对阮籍的继承》(《文史》2013年第1辑)已注意到了阮籍《咏怀》诗的行吟特质,但未作深论;王尧美《大梁与首阳——阮籍五言〈咏怀诗〉的两个政治密码》(《阜阳师范学院学报(社会科学版)》2005年第6期)及《阮籍〈咏怀诗〉中的"路"》(《贵州社会科学》2003年第6期)看似是地理空间视阈下的研究,其实仍是以史解诗和意象研究的思路。

怀》组诗蕴含的自然意象和地理空间,进而呈现其因忧而游的行吟特质。

一

作为魏晋文学与文化的一位巨子,阮籍成名并流芳不仅由于自身的天才,并拜时代精神之所赐,同时也必然受到了自然地理环境的深刻影响,而"文学的地理性是与作家的自然观察、成长阅历相伴而与生俱来的,一个作家自小开始的生活中看到了什么样的地形地相,读的是什么样的文学经典,其作品中的地理性就会呈现出什么样的形态"[1]。具体到阮籍来说,他的成长与《咏怀》诗的产生,应该与特定的自然山水环境也存在联系。

然而关于阮籍的青年时代,我们又所知太少,甚至连他生活在邺下、洛阳还是故乡陈留都说不清楚。建安十七年(212),阮瑀病逝时,阮籍才三岁,这时他应该是随母在邺,曹丕、王粲等人的《寡妇赋》应该也是在邺城面对孤儿寡母而写就。曹丕《寡妇赋序》称"每感存其遗孤,未尝不怆然伤心"[2],王粲《寡妇赋》称"提孤孩兮出户","顾弱子而复停"[3],其中应该都有幼年阮籍的影子。但在阮瑀逝世之后,阮籍和他的母亲是继续留在了邺下,还是转而移徙他所,与阮氏家族比邻而居呢?

据《世说新语·任诞》记载:"阮仲容、步兵居道南,诸阮居道北。北阮皆富,南阮贫。"这里透露出阮籍与阮咸等阮氏家族并居一处的信息,《晋书·阮咸传》还据此记为"咸与籍居道南"。然而根据李慈铭的考证,"步兵"二字可能是衍文。余嘉锡引及此而不加反驳,显然是赞同李慈铭的观点[4]。我们虽然对此没有版本依据的理校表示怀疑,却也提不出有力的反驳证据。若李氏所论为然,则关于阮籍入仕前的居住地,仍是一团迷雾。

但有一点是可以肯定的,那就是阮籍是一个崇尚游历的诗人。他在正始三年(242)进入仕途之前,有过长时间的出游经历。《晋书·阮籍传》称其"或

---

[1] 邹建军、周亚芬《文学地理学批评的十个关键词》,《安徽大学学报(哲学社会科学版)》2010年第2期。
[2] 魏宏灿校注《曹丕集校注》,安徽大学出版社,2009年,第110页。
[3] 俞绍初辑校《建安七子集》,中华书局,2005年,第102页。
[4] 余嘉锡《世说新语笺疏》,上海古籍出版社,1993年,第731—732页。

闭户视书,累月不出;或登临山水,经日忘归"①,应当是实录,其史料来源为沈约的《七贤传》:"阮籍有奇才异质,或闭户读书,连月不出;或游行丘林,经日不返。"②"连月"与"经日"并非强调读书悠长而游历短暂,而是采用对举的手法,表现阮籍沉溺于"闭户读书"和"游行丘林",而对世人热衷的宦场交游不感兴趣。这种读书和游历并重的行为方式,在汉代并不经见,至唐代才成为社会风尚,而魏晋之际的阮籍实为重要的转捩点。"竹林之游""广武之叹""途穷之哭",这些沉淀在历史中的阮籍形象的突出印记,大都可与他崇尚游历的性格和经历相互印证,也都可以视为《七贤传》"游行丘林,经日不返"的注脚。此外,"尝游亢父"(《亢父赋序》)、"登武牢山"(《晋书》本传)、"平生曾游东平"(阮籍语,《晋书》本传),都是阮籍崇尚游历并付诸实践的印迹。

阮籍对游历的崇尚和实践,自可追溯到屈原,其实质是"一种自我流放,在山泽中、行旅中放逐"③。阮籍效仿屈原这一放逐式的行游经验,同时又赋予了这一行为方式在魏晋易代之际的特殊形式和意义。需要指出的是,阮籍这种四处行游的经历,应主要是他入仕之前的行为方式。入仕以后的诗人,开始介入波诡的政权纷争,与司马氏虚与委蛇以求自全,沉陷于政局之忧与生命之悲,他解忧的方式一变为饮酒,而不再是游历。

阮籍是个嗜酒的人,酒在有关阮籍的轶事中占据核心的位置,仿佛他的生活全部围绕着饮酒而展开:

> 钟会数以时事问之,欲因其可否而致之罪,皆以酣醉获免。(《晋书·阮籍传》)④

> 王孝伯问王大:阮籍何如司马相如?王大曰:阮籍胸中垒块,故须酒浇之。(《世说新语·任诞》)⑤

此外,醉酒避亲、竹林之游、求为步兵、沉醉忘作、醉眠妇侧、葬母临决等轶事都无不与酒有关。然而细考之可以发现,有关阮籍沉湎于酒的记载,似乎都是在

---

① 《晋书》,中华书局,1974 年,第 1359 页。
② 《太平御览》卷六一一,《四部丛刊三编》景宋本。
③ 李丰楙《忧与游:六朝隋唐仙道文学》,中华书局,2010 年,第 380 页。
④ 《晋书》,第 1360 页。
⑤ 余嘉锡《世说新语笺疏》,第 762 页。

他进入仕途之后。

对于阮籍《咏怀》诗的分析,有一个让学界困惑不已的谜题,即阮籍如此饮酒爱酒,为何在《咏怀》中却一无酒的影踪？蒋寅先生说:"我初读《咏怀》诗,有一点我深感不解,其中竟绝口不提他日常借以遁世的酒！"并就此分析说:

> 在饮酒中忘却痛苦,也就意味着忧生之嗟的消解;只有从酒精的麻醉中清醒过来,忧生之嗟重又占据胸臆,才一度一度泛滥为诗。而此刻,镇痛作用既已失效,作为麻醉剂的酒精便不再有意义,诗人也就懒得提它了。①

虽然是深知酒味之言,然而实未得其解。联系阮籍前期行游、后期嗜酒的经历,我推测阮籍《咏怀》诗不写酒的原因,在于他的《咏怀》诗主要是写对行游或羁旅的体验,并借由实际之游幻想世外之游,其本质是一种行吟式的诗歌。而行吟与饮酒是相抵牾的,游历和行吟是向外,而饮酒浇愁是向内,两种意绪实难出现在同一首诗歌中②。行吟与饮酒难以并存于同一首,那么构成组诗的不同诗歌呢？

在当下关于阮籍《咏怀》的研究中,"非一时一地之作"的传统说法开始受到挑战。如果《咏怀》八十二首只是结集生平吟诵感怀之作,总题为"咏怀"的话,实际上便是对《咏怀》作为组诗的否定。组诗具有主题相对集中、风格与意象统一、思想高度一致的特征,而集平生感怀之作的作品散集则不可能没有阶段性的相异特征。

钱志熙先生据此认为《咏怀》诗"是在一个相对集中的时间内写成的",后来又根据《东平赋》"发新诗以慰情"一句,补充旧说为"极有可能是在任东平太守前后开始创作的"③。此后顾农先生虽与钱说不同,认为《咏怀》系正始十

---

① 蒋寅《忧生与逃世:作为心态典型的阮籍》,《井冈山大学学报(社会科学版)》2010年第1期。
② 韩传达在《阮籍评传》中附有一文,题为《阮诗无酒说》,将之上升为一个命题,解释其原因为:"他虽然企图获酒名于当时,却不希望留酒名于后世。他不愿后世的读者目他为一肆酒的狂徒,倒愿意人们看他是一位严肃的诗人,他唯恐多写饮酒而被后世读者认为他的诗是酒徒的罪语！"恐未得其解。见氏著《阮籍评传》,北京大学出版社,1997年,第164页。
③ 参见钱志熙《魏晋诗歌艺术原论》,北京大学出版社,2005年,第140页;《论阮籍〈咏怀诗〉——组诗创作性质及其主题的逻辑展开》,《东方丛刊》2008年第1期。

年春高平陵之变前不久阮籍隐居于故乡陈留时的作品①,但也否认了此前坚定的旧说。虽然二家说法都还不够坚确,没有提出充分的证据,但"非一时一地之作"的传统说法开始发生动摇,而《咏怀》作为组诗的特征因之得以彰显,少酒而多游的内蕴或可得以根本纾解。

二

阮籍《咏怀》五言八十二首,每篇的次序并不固定,据说只有第一篇的位置不可更易。方东树称《咏怀》其一:"此是八十一首发端,不过总言所以咏怀不能已于言之故。"②后来逐渐被目为全部《咏怀》诗的总纲,在八十二首中别具典型意义。这首被王闿运誉为"八句而有长篇之气"的短诗,塑造了不寐抚琴、明月照帷、清风吹襟、翔鸟飞鸣等一系列场景,这些场景的描绘都是从此前的古诗中袭取而来的,并不具有典型意义。阮籍此诗的价值只不过是将这些传统的资源集萃于一身而已③。具有典型意义、被认为具有总纲性质的,是突兀而来的最后一句:"徘徊将何见,忧思独伤心。"④

徘徊和忧思,可以涵盖整个组诗的旨趣。忧思暂且不论,在《咏怀》诗中,实际上"徘徊"并非仅见,而是反复出现在了其七、其十六、其六十四等诗篇中:

徘徊空堂上,忉怛莫我知。(其七)
徘徊蓬池上,还顾望大梁。(其十六)
逍遥九曲间,徘徊欲何之。(其六十四)

徘徊于空堂之上,似是栖止于家园之内,而徘徊于蓬池之上,则显然已走出门外,游历于山水之中。因此"出门"是阮籍行吟的又一关键词,它在《咏怀》诗中凡五见:

步出上东门,北望首阳岑。(其九)

---

① 顾农《〈文选〉所录阮籍〈咏怀诗〉五题》,《文学遗产》2010年第4期。
② 陈伯君《阮籍集校注》,中华书局,1987年,第211页。
③ 参见于溯、程章灿《阮籍为什么失眠?》,《古典文学知识》2014年第1期。
④ 本文所引阮籍《咏怀》诗,如无特别说明,皆出自黄节《阮步兵咏怀诗注》,与《曹子建诗注》合刊本,中华书局,2008年。

> 出门临永路,不见行车马。(其十七)
> 驱车出门去,意欲远征行。(其三十)
> 塞门不可出,海水焉可浮。(其六十六)
> 出门望佳人,佳人岂在兹。(其八十)

"步出上东门""塞门不可出"虽然不是"出门"连文,但实际上也是指出门,只不过一是具体指明了"上东门",一是反说不可出门而已。如何才能出门?诗人在诗中有时直接交代出游的工具是车马。除其三十"驱车出门去"外,还有多处使用了"驱车"的关键词。如:

> 驱车远行役,受命念自忘。(其三十九)
> 乘轩驱良马,凭几向膏粱。(其五十三)
> 修途驰轩车,长川载轻舟。(其七十二)

另外,"晨鸡鸣高树,命驾起旋归"(其十四)虽未明言驱车,实际上也是驾车出游。与"驱车"相辅助的还有"驱马":

> 驱马舍之去,去上西山趾。(其三)
> 驱马复来归,反顾望三河。(其五)
> 挥剑临沙漠,饮马九野垌。(其六十一)

以及步行和乘舟:

> 步出上东门,北望首阳岑。(其九)
> 步游三衢旁,惆怅念所思。(其四十九)
> 翱翔观彼泽,抚剑登轻舟。(其六十三)
> 修途驰轩车,长川载轻舟。(其七十二)
> 泛泛乘轻舟,演漾靡所望。(其七十六)

前揭《晋书·阮籍传》"或登临山水,经日忘归",系根据沈约《七贤传》"或游行丘林,经日不返"一句改写而来。唐人将"游行丘林"改为"登临山水",表面看来并无二致,实际上将"丘林"改为"山水",并不贴合原意。从《咏怀》诗的描写以及其他传记资料来看,水并不怎么受阮籍的青睐,而山在他笔下却是纷至沓来,集中表现为"登高"意象的使用:

登高临四野,北望青山阿。(其十三)
开轩临四野,登高望所思。(其十五)
登高望九州,悠悠分旷野。(其十七)
登高眺所思,举袂当朝阳。(其十九)
朝登洪波颠,日夕望西山。(其二十六)
昔余游大梁,登于黄华颠。(其二十九)
愿登太华山,上与松子游。(其三十二)
登彼列仙岨,采此秋兰芳。(其三十五)
西北登不周,东南望邓林。(其五十四)

以上登高意象共九例,前四例泛言登高,后五例具言登于何山。后五例又分两种情况,前二例是实际之游或肉体之游,后三例则是虚幻之游或精神之游。在《咏怀》诗中,先后出现的山名有西山(三见)、首阳(二见)、黄华(一见)、泰山(一见)、昆岳(二见)、玉山(一见)、射山(二见)、丹山(一见)等。无论是出于现实还是传说,现实游历还是仙界想象,其中所透露的对于登高的热情,都远高于临水,足见阮籍对山情有独钟。与山意象的触目皆是相比,水的意象在《咏怀》中仅四见,"湛湛长江水,上有枫树林"(其十一),"绿水扬洪波,旷野莽茫茫"(其十六),"东南有射山,汾水出其阳"(其二十三),"飞泉流玉山,悬车栖扶桑"(其二十五)。

至于阮籍钟情于山而漠然于水的原因,除了"仁者乐山,智者乐水"的传统解释,我猜想可能与曹魏时期中原地区的连年水患有关。在阮籍的青年时期,比较严重的水灾就有两次,一次是在太和四年九月,"大雨,伊、洛、河、汉水溢",一次是在景初元年九月,"冀、兖、徐、豫四州民遇水"①,而阮籍的故乡陈留是首当其冲的受灾地。第十六首"绿水扬洪波,旷野莽茫茫"可能即描写大水泛滥的场景。试想,一再目睹洪波滔天,以及洪灾中百姓流离失所的场景,水或很难成为阮籍笔下的审美意象,这恐怕是阮籍在山水中离情于水的原因。

同是行吟,陈留阮籍与楚国屈原在地理空间的选择上截然不同:屈原是行吟于泽畔,阮籍则是行吟于山峦之间。同是因忧而游,同是不满足于实际之

---

① 《三国志》,中华书局,1971年,第97、109页。

游,进而想象奇幻的仙界,与屈原主要取材于楚地的原始神话不同,阮籍开始以《山海经》为取材对象,率先于郭璞、陶潜等人在诗中使用昆仑神话的意象群,这或许是阮籍游仙题材的《咏怀》诗在风格上区别于《离骚》《九歌》等作品的原因。关于游仙诗的问题,从曹植到阮籍发生了质的变化,此一问题需另文探讨,此不赘述。

综而言之,阮籍《咏怀》是一组行吟诗,行吟应视为这组诗的首要本质。其中包含有大量的行吟关键词,如"徘徊""出门""驱车""登高""驱马""步游"等,反映行吟的诗句几乎覆盖了整组诗歌,此外还出现了大量的山名,显示阮籍对登山的情有独钟。而包括陈留在内的兖、豫地区的水灾,可能是阮籍对水表现漠然的原因。

三

阮籍《咏怀》行吟特质的表现之一,是诗中对地名的集中使用,仅前文列举的山名就有八种十三处之多,此外诗中用到的现实地名还有大梁、魏都、蓬池、黄华、吹台、西山、首阳、东园、上东门、咸阳、三河、长江、三楚等。《咏怀》地理空间的展现,固然需要各种地名的标识,但也并不是必需的。在超过三分之一的诗篇中,阮籍并不使用地名,而是有意或无意地掩藏地理空间展开的具体背景,从而使《咏怀》诗具有了更为广泛的空间共性。如第一首:

夜中不能寐,起坐弹鸣琴。薄帷鉴明月,清风吹我襟。孤鸿号外野,翔鸟鸣北林。徘徊将何见,忧思独伤心。

我们不知道诗人缘何深夜不寐,鸣琴为谁而弹? 更不知道明月鉴帷、清风吹襟发生在何处? 接下来的外野和北林也都不是专指性的地名。一方面,诗人徘徊于室内,并由室内一步步踱向室外,与空间的转移相伴的,是时间不自觉地流逝,这种时空的转换具体可感,然而诗歌的发生地却是模糊的,却也无须明白揭示。阮籍特别善于地理空间之间的切换,这种切换有时是缓慢的,有时是急骤的,如第十七首:

独坐空堂上,谁可与亲者? 出门临永路,不见行车马。登高望九州,悠悠分旷野。孤鸟西北飞,离兽东南下。日暮思亲友,晤言用自写。

吴淇评此首说:"独坐空堂上,无人焉;出门临永路,无人焉;登高望九州,无人焉;所见惟鸟飞兽下耳。其写无人处可谓尽情。"①诚如吴淇所说,这首诗写尽了诗人的孤独感,而这种孤独感的表达主要是通过空间转换来实现的。诗歌的前六句,在空堂、永路、登高、旷野中快速切换,具有移步换景之效,充分展现了诗人对地理空间的描绘和驾驭能力。

此诗中的"登高望九州"在整组《咏怀》诗中别具典型意义。此外如"登高临四野"(其十三)、"东南望邓林"(其五十四)、"遥顾望天津"(其六十八)、"延颈望八荒"(其七十九)等,都是诗人每登高必游目骋怀的表现。"游"与"望"往往对举,显示在诗人行吟的世界里,远游和遥望是相辅相成、不可或缺的,但毕竟又是两种不同的行为:游是投身其中,而望则置身事外,可能满怀热望,也可能是冷眼旁观,隔阂和反思的产生,往往正是因为距离和空间的存在。如第十六首:

> 徘徊蓬池上,还顾望大梁。绿水扬洪波,旷野莽茫茫。走兽交横驰,飞鸟相随翔。是时鹑火中,日月正相望。朔风厉严寒,阴气下微霜。羁旅无俦匹,俯仰怀哀伤。小人计其功,君子道其常。岂惜终憔悴,咏言著斯章。

据诸家注,蓬池正在陈留境内,与阮籍的故乡尉氏紧相毗邻;而大梁是战国时魏国国都,在阮籍的笔下常常用于隐喻曹魏王室。王闿运说:"'绿水扬洪波,旷野莽茫茫'写平原积水,凭眺苍茫,非秀美山川之景。"②的确,诗人凭目极眺,所睹所思,并非心中向往的情景。吴淇的评价更能切中其脉:

> 鹑火中云云,则是八月也。日月相望,是十五日也。八月十五是人世所谓中秋佳节,在他人方且呼朋携友,多少观赏;而蓬池之上,但见朔风云云,羁旅之人又无同伴相慰,安得不俯仰伤怀哉!③

---

① 黄节《阮步兵咏怀诗注》,第343页。
② 陈伯君《阮籍集校注》,第274页。
③ 同上书,第273页。

吴淇在此特别点出"羁旅"的诗眼,确实是知味之言。由此分析,诗人在一开篇对举两个地名,一蓬池,一大梁,一是徘徊其上,一是引目望远。而下文地理空间的描绘和铺设,"绿水""旷野""走兽""飞鸟""朔风""阴气"等意象和场景,都是通过"望",而不是"游"来一一展示的。

寓指"精神避难所"的首阳山,是阮籍最常使用的意象之一,如果加上与首阳同指的西山,一共在《咏怀》诗中出现了四次。值得关注的是,除了其三的"驱马舍之去,去上西山趾"之外,另外三处都是以望的姿态。"北望首阳岑"(其九)、"日夕望西山"(其二十六)、"遥望首阳基"(其六十四)。其中第九首在地理空间的表现上最为典型:

> 步出上东门,北望首阳岑。下有采薇士,上有嘉树林。良辰在何许?凝霜沾衣襟。寒风振山冈,玄云起重阴。鸣雁飞南征,鵾鸡发哀音。素质游商声,凄怆伤我心。

横亘在理想与现实之间,"良辰在何许"是一句冷峻的发问。"采薇士"和"嘉树林"的自况与向往都无法回避眼前惨淡的现实:沾惹衣襟的寒霜、飘越山冈的寒风、黑云投下的阴霾,还有耳畔传来杜鹃发出的哀音。有学者指出"无论是在诗化世界中,还是在现实生活中,阮籍都没有真正进入首阳山,只能算是首阳山痴情的遥望者"[①],这固然不错,但实际上阮籍是无法进入,也不可能进入了,他遥望的姿态透露着深深的绝望。

魏晋易代之际的阮籍,面对"名士少有全者"的残酷现实,表面上与政权拥有者虚与委蛇以求自全,内心里却充满了孤独感和忧世的精神。时间的短暂、生存的焦虑,进一步激发诗人因忧而游,同时又痛感现实世界空间的迫厄,于是向往和想象奇幻的仙界。通过仙界之游以排遣生命之忧,接续上了从屈原开始、经由曹植奠立的游仙诗传统。细绎《咏怀》不难发现,阮籍使用的现实地名远不如虚幻地名为多,而且从现实地名到虚幻地名,其间的转换往往是迅捷而不经意的。如第五十七首:

> 惊风振四野,迴云荫堂隅。床帷为谁设,几杖为谁扶?虽非明君

---

① 王尧美《大梁与首阳——阮籍五言〈咏怀诗〉的两个政治密码》,《阜阳师范学院学报》2005年第6期。

子,岂暗桑与榆。世有此聋聩,芒芒将焉如? 翩翩从风飞,悠悠去故居。离麾玉山下,遗弃毁与誉。

诗开篇就塑造了一幕惊风四起、阴云密布的惨淡场景,紧接着诗人发出了凄绝的质问,"床帷为谁设,几杖为谁扶?"这是一种深责,很可能便是针对当时昏聩无能的权臣而发。诗歌的结尾笔锋一转,点出了诗人面对这世界的失序,转而效仿屈原远游,而玉山便是诗人的理想归宿。曾国藩对该诗评论说:"我亦遗世远举,不效世之聋聩贪恋禄位,茫然不知玉步之已改也。"[①]实际上是针对后四句而发的。地理空间从现实转向了虚幻,诗人的高蹈远游,既轻盈迅捷,却也充满了深深的无力感。

综上所论,地理空间不仅可能通过罗列地名来展现,有时掩藏真实地名更能凸显其普适性。贯穿于整组《咏怀》诗的地理空间,其具体展开有切换、对举、弱化、虚幻等多重手段。"望"是阮籍铺设地理空间的关键词,也是诗人集中展现忧世情怀的方式。因为痛感现实空间的迫厄,诗人又幻想游于仙界,进一步扩充了《咏怀》诗的地理和抒情空间。

《晋书·阮籍传》:"时率意独驾,不由径路,车迹所穷,辄恸哭而返。"[②]这则"途穷而哭"的故事流传广远,可谓尽人皆知;轶事与诗歌的含义可以相互生发,因此又常用于评论《咏怀》诗。如蒋师爚评《咏怀》其五:"此少年蹉跎,终竟失路,为寓言也。驾反穷途,歌哭一致。"[③]又如何焯评《咏怀》其十七:"天地愈旷,而我心愈悲,广武之叹,穷途之哭,都是此意。"[④]然而这则轶事,其实正可视为《咏怀》组诗的总纲,可以说,几乎每首《咏怀》诗都在诉说着一个不同的"途穷而哭"的心事。这些纷繁而独特的心事,虽然无法借政治一一还原,但其中因忧而游的主线却是清晰的。行吟于山泽与四野,移步于现实与虚幻,在行吟和羁旅主题的诗歌史上,阮籍的《咏怀》诗理应占据一席重要之地。

(暨南大学文学院)

---

① 陈伯君《阮籍集校注》,第 359 页。
② 《晋书》,第 1361 页。
③ 黄节《阮步兵咏怀诗注》,第 322 页。
④ 陈伯君《阮籍集校注》,第 275 页。

《文选颜鲍谢诗评》与方回的六朝诗学观

赵厚均

方回(1227—1307),字万里,号虚谷,晚号紫阳居士。徽州歙县(今属安徽)人。宋末历官至严州知州,降元后曾任建德路总管。一生创作宏富,著有诗文集《桐江集》八卷、《桐江续集》三十八卷,另编有《瀛奎律髓》四十九卷、《文选颜鲍谢诗评》四卷、《续古今考》三十七卷传世。《瀛奎律髓》选取的是唐宋人的律诗,主要体现方回的唐宋诗学观;《文选颜鲍谢诗评》乃选取《文选》收录的颜、鲍、谢诸人之作品,并进行较为详细的评点,体现了方回对六朝诗的看法,再结合其《桐江集》《桐江续集》中的有关论述,可以清晰地考察出方回的六朝诗学观。

《文选颜鲍谢诗评》原刻并未传世,是四库馆臣据《永乐大典》辑出。《提要》云:"是编取《文选》所录颜延之、鲍照、谢灵运、谢惠连、谢朓之诗,各为论次。诸家书目皆不著录,惟《永乐大典》载之。……统观全集,究较《瀛奎律髓》为胜,殆作于晚年,所见又进欤?"①按,谢灵运《七里濑》篇,方回评云:"《文选》注:'桐庐有七里濑,下数里至严陵濑。'予作郡七年,往来屡矣。今人皆混而言之。"按,方回于宋德祐元年(1275)知建德军府事兼节制往来驻戍军马,德祐二年二月举郡降元后仍知建德府事,元至元十八年(1281)解任建德路总管兼府尹,时年五十五岁。② 方回在该任上正好七年,则此评语应作于其解官后。

---

① (清)永瑢等撰《四库全书总目》卷一八六,中华书局,1965年,第1686页。
② 参见毛飞明《方回年谱与诗选》,杭州大学出版社,1993年,第28、35、40页。

又谢灵运《登江中孤屿》评语云:"此今永嘉郡江心寺无疑。予三十年前甲寅乙卯寓郡斋往游,见徐灵晖'流来天际水,截断世间尘'诗牌,不见此诗。"甲寅为1254年,乙卯为1255年,则作此评语时为1285年,方回时年五十九岁。诚如四库馆臣所言,其成书比《瀛奎律髓》稍晚①,体现了其诗学的进境。

一 推崇"建安体法"与"建安风味"

建安文学作为六朝文学的开端,一直被视为此期文学的高峰,历来受到很高的评价。方回也是把建安文学当做典范来看待的。在《文选颜鲍谢诗评》的诸家评语中,方回经常将其与建安文学作比较,推举"建安体法"与"建安风味"。

先看"建安体法"。鲍照《咏史诗》方回评云:"此诗八韵,以七韵言繁盛之如彼,以一韵言寂寞之如此。左太冲《咏史》第四首亦八韵,前四韵言京城之豪侈,后四韵言子云之贫乐,盖一意也。明远多为不得志之辞,悯夫寒士下僚之不达,而恶夫逐物奔利者之苟贱无耻,每篇必致意于斯。唐以来诗人多有此体,李白、陈子昂集中可考,而近代刘屏山为五言古诗亦出于此,参以建安体法。"刘子翚,字彦冲,号屏山,又号病翁。宋代理学家、诗人。著有《屏山集》。朱熹《跋病翁先生诗》曰:"此病翁先生少时所作《闻筝》诗也。规模意态,全是学《文选》乐府诸篇,不杂近世俗体,故其气韵高古,而音节华畅,一时辈流少能及之。"可知其对六朝诗多有取法。洪迈《容斋三笔》卷二"题咏绝唱"条云:"吴传朋游丝书,赋诗者以百数,……刘子翚彦冲古风一篇盖为绝唱。……此章(指《吴传朋游丝帖歌》,见《屏山集》卷一四)尤为驰骋痛快,且卒章含讥讽,正中传朋之癖。"②《吴传朋游丝帖歌》卒章奏雅,与鲍照《咏史诗》章法相似,即方回所云"唐以来诗人多有此体"之体。刘屏山诗取法建安诗所体现出的"气韵高古,而音节华畅""驰骋痛快"的诗歌风貌,应是方回所云"建安体法"的内涵。胡仔曾引范温《潜溪诗眼》云:"建安诗辩而不华,质而不俚,风调高雅,格力遒壮,其言直致而少对偶,指事情而绮丽,得风雅骚人之气骨,最为近古者。"

---

① 按,据《瀛奎律髓》卷前方回自序,知其成书于元至元二十年(1283),方回时年五十七。
② (宋)洪迈《容斋随笔》,上海古籍出版社,1978年,第440-441页。

在这里,"辩而不华,质而不俚,风调高雅,格力遒壮"即是指"体",乃诗歌的风格体貌[①];"其言直致而少对偶,指事情而绮丽"即是指"法"。方回在《文选颜鲍谢诗评》中也多次言及。评谢惠连《泛湖归出楼中玩月》云:"惠连少年工诗文,此篇十六句之内十二句对偶亲的,绮靡细润,然言景不可以无情,必有'近瞩窥幽蕴,远视荡喧嚣'及末句乃成好。诗若灵运,则尤情多于景,而为谢氏诗之冠。散义胜偶句,叙情胜述景,能如是者,建安可近矣。"(卷一)"散义胜偶句,叙情胜述景",正是建安体法的主要特征。建安诗歌句法上的主要特点即是多散句,少对偶;内容上则"怜风月,狎池苑,述恩容,叙酣宴",情多于景。方回在这里肯定谢灵运的情多于景虽非康乐诗的真正成就所在[②],属于比较保守的观念,但对建安诗歌的特质的把握还是非常精准的。

建安体法之外,方回还提出了建安风味的概念。在评颜延之《秋胡诗》时,方回云:"此诗九章,章十句,颇伤于多。陶渊明赋桃源、三良、荆轲,何其简而明也。然此亦善铺叙。……'原隰多悲凉'以下四句、'岁暮临空房'以下四句,颇有建安风味。"(卷一)"原隰多悲凉"以下四句为"原隰多悲凉,回飙卷高树。离兽起荒蹊,惊鸟纵横去",写秋胡行役途中之景;"岁暮临空房"以下四句为"岁暮临空房,凉风起坐隅。寝兴日已寒,白露生庭芜",写秋胡妻独居空房凄冷之景。这几句诗以景写情,并有一股凄清之气。将其与曹植《赠白马王彪》中的"秋风发微凉,寒蝉鸣我侧。原野何萧条,白日忽西匿。归鸟赴乔林,翩翩厉羽翼。孤兽走索群,衔草不遑食"诸句相比较,即可见两者风味的接近。方回于谢灵运《拟魏太子邺中集诗八首》,摘拟曹丕、王粲句云"此全是晋宋诗,建安无此";摘拟陈琳、徐干句云"皆不似建安";摘拟刘桢、应玚、阮瑀、曹植句云"皆规行矩步,甃砌妆点而成,无可圈点,全无所谓建安风调"。风调亦即风味。康乐诗中"规行矩步,甃砌妆点而成"的作品,是没有建安风调的。在

---

① 王运熙先生《中国古代文论中的"体"》一文,对"体"这一术语有详细的讨论,可参看。收入《中国古代文论管窥(增补本)》,上海古籍出版社,2006 年。
② 方回评谢灵运《石壁精舍还湖中作》亦云:"灵运所以可观者不在于言景,而在于言情。"实际上,谢灵运山水诗的优点不在情胜于景,而是情与景的结合。王夫之对其高度评价皆寓目于此,《古诗评选》卷五谢灵运《登上戍石鼓诗》评语云:"言情则于往来动止、缥缈有无之中,得灵蠁而执之有象;取景则于击目经心、丝分缕合之际,貌固有而言之不欺。而且情不虚情,情皆可景;景非滞景,景总含情。"(《船山全书》第 14 册,岳麓书社,2011 年,第 736 页)《邻里相送至方山》评语云:"情景相入,涯际不分,振往古,尽来今,唯康乐能之。"(同上书,第 731 页)

方回这里,建安风味是比建安风骨内涵更为丰富的概念,指建安文学所体现出的独特艺术个性和风貌,一言以蔽之:天然混成。方回在《文选颜鲍谢诗评》中曾两度提及,评谢灵运《登池上楼》:"此句(指'池塘生春草,园柳变鸣禽')之工,不以字眼,不以句律,亦无甚深意奥旨,如古诗及建安诸子'明月照高楼''高台多悲风',及灵运之'晓霜枫叶丹',皆天然混成,学者当以是求之。"评《永初三年七月十六日之郡初发都》:"此诗排比整密,建安诸子混然天成不如此,陶渊明剥落枝叶不如此。"虽然两处评语一是肯定康乐诗,一是批评康乐诗,所持的标准皆是建安诗的"天然混成"或"混然天成"。

方回论诗,主张"格高为第一,意到自无双"(《诗思十首》其五)①,建安诗之体法与风味无疑符合其标准的。在评论颜鲍谢诸家诗作时,方回乃悬置为高标,时常予以批评。如评谢灵运《从游京口北固应诏》:"'原隰荑绿柳'一联,艳而过于工,建安诗岂有是哉?""原隰荑绿柳,墟囿散红桃"一联,色彩艳丽,对仗工整,与建安诗的天然混成有一定的距离;评谢灵运《于南山往北山经湖中瞻眺》云:"'解作'谓雷雨,'升长'谓草木,用两卦名为偶,建安诗无是也。"以卦名对偶,过于尖巧,亦与建安诗"直致而少对偶"的诗法追求不符。评谢灵运《九日从宋公戏马台集送孔令》云:"《易》曰:'有孚,饮酒,无咎。'《诗序》曰:'鹿鸣废则和乐缺矣。'此诗云:'饯宴光有孚,和乐隆所缺。'善用事,又善用韵,建安诗则不如此细而必偶也。"虽肯定该诗"善用事,又善用韵",但对其"细而必偶"仍致不满,认为与建安诗不类。评谢灵运《拟魏太子邺中集诗八首》云:"建安诗有古诗十九首规格,晋人至高莫如阮籍《咏怀》,尚有径庭,灵运山水之作细润幽怨、纡余开爽则有之矣,非建安手也。"②方回于"细润"之作颇不以为然,评谢惠连《泛湖归出楼中玩月》云:"此篇十六句之内十二句对偶亲的,绮靡细润,然言景不可以无情,必有'近瞩窥幽蕴,远视荡喧嚣'及末句乃成好。"《瀛奎律髓》卷一评张祜《金山寺》云:"大历十才子以前,诗格壮丽悲感。元和以后,渐尚细润,愈出愈新。而至晚唐,以老杜为祖,而又参此

---

① 方回曾多次强调格高,《唐长孺艺圃小集序》:"诗以格高为第一。"《瀛奎律髓》卷二一:"诗先看格高而语又到,意又工为上;意到语工而不高,次之;无格无意又无语,下矣。"据顾易生等先生的意见,"格高"的内涵包括:诗体浑大、剥落浮华、瘦硬枯劲、恢张悲壮、自然朴素、豪放深蕴等,见顾易生、蒋凡、刘明今《宋金元文学批评史》,上海古籍出版社,1996年,第934—935页。
② 李庆甲《瀛奎律髓汇评》附录《文选颜鲍谢诗评》卷四,上海古籍出版社,2005年,第1906页。

细润者,时出用之,则诗之法尽矣。"无论康乐、宣远诗,还是晚唐诗,一涉细润,即与建安诗的格力遒壮存在较大差距,便为方回所批评。评谢朓《和王主簿艳情》:"'花丛乱数蝶,风帘入双燕',灵运、惠连、颜延年、鲍明远在宋元嘉中未有此等绮丽之作也。齐永明体自沈约立为声韵之说,诗渐以卑,而玄晖诗徇俗太甚,太工太巧,阴何徐庾继作,遂成唐人律诗,而晚唐尤纤琐,盖本原于斯。"对谢朓诗的批评主要在气格卑俗与过于工巧,这与其在《瀛奎律髓》卷一四中对许浑的批评如出一辙,"许用晦……其诗出于元、白之后,体格太卑,对偶太切。陈后山《次韵东坡》有云:'后世无高学,举俗爱许浑。'以此之故,予心甚不喜丁卯诗。……而近世晚近,争由此入,所以卑之又卑也。"①在《瀛奎律髓》对姚合以及永嘉四灵,他持同样的态度,"予谓诗家有大判断,有小结裹。姚之诗专在小结裹,故四灵学之。"(卷一〇)"盛唐律,诗体浑大,格高语壮。晚唐下细工夫,作小结裹,所以异也。"(卷一五)"所谓'小结裹'即是过求工巧,对偶细密,所见又窄,不过写些花竹茶酒等身边琐物,故格调不高,气象不宏。"②格卑与工巧的晚唐诗及永嘉四灵诗同样为方回所不喜。

由此可见,方回虽然没有直接评述建安诗歌,但是在品评元嘉、永明诗时却时常以建安诗为参照,对建安体法和建安风味予以推重,展现了他的诗学追求。

二 肯定元嘉、永明文学的成就

既然方回时常批评颜鲍谢诸家诗作,是否对元嘉、永明文学就全盘予以否定了呢? 当然不是,否则他何苦在晚年来选评颜鲍谢诗呢! 明陆时雍《诗境总论》云:"诗至于宋,古之终而律之始也。体制一变,便觉声色俱开。"③清沈德潜《说诗晬语》卷上亦云:"诗至于宋,性情渐隐,声色大开,诗运一转关也。"④两人所论皆立足于刘宋诗坛的新变意义,并成为讨论元嘉文学的经典论断。

---

① 李庆甲《瀛奎律髓汇评》卷一四,第 509 – 510 页。
② 顾易生、蒋凡、刘明今《宋金元文学批评史》,第 932 页。
③ 丁福保《历代诗话续编》,中华书局,1983 年,第 1406 页。
④ (清)沈德潜《说诗晬语》,人民文学出版社,1979 年,第 203 页。

其实远早于他们的方回,也是敏锐地把握了元嘉以来诗风的转变,故从《文选》中单独拈出元嘉、永明文学的大家来予以品评。

上文言及,方回常以建安体法和建安风味为准绳,对颜鲍谢诸家诗多有批评,主要是因诸家诗多追求对偶与组丽。不过,诸家中出于自然的作品也会得到方回的肯定。诸人中,方回最为欣赏的是谢灵运,对其正面的评价有很多。如评谢灵运《登池上楼》:"此句(指'池塘生春草,园柳变鸣禽')之工,不以字眼,不以句律,亦无甚深意奥旨,如古诗及建安诸子'明月照高楼''高台多悲风',及灵运之'晓霜枫叶丹',皆天然混成,学者当以是求之。"又评谢灵运《石壁精舍还湖中作》:"灵运所以可观者不在于言景,而在于言情。'虑澹物自清,意惬理无违',如此用工,同时诸人皆不能逮也。至其所言之景,如'山水含清晖''林壑敛暝色'及他日'天高秋月明''春晚绿野秀',于细密之中时出自然,不皆出于织组。颜延年、鲍明远、沈休文虽各有所长,不到此地。"谢灵运天然混成、细密自然的作品为方回所激赏,其地位亦被置于颜鲍诸人之上。评颜延之《和谢监灵运》:"此诗凡七八折,铺叙非不整矣,用事用字非不密矣,以鲍照之说裁之,则谓之雕缋满眼可也。如灵运诗'昏旦变气候,山水含清晖。清晖能娱人,游子憺忘归',天趣流动,言有尽而意无穷。似此之类,恐延之未敢到也。"方回不喜颜延之诗的整密雕缋,推重谢灵运的天趣流动。"天趣者,自然之趣耳。"[1]谢灵运之诗,素有"如初发芙蓉,自然可爱"[2]之评,沈德潜亦云:"陶诗合下自然,不可及处在真、在厚;谢诗经营而返于自然,不可及处在新、在俊。""(谢诗)大约匠心独造,少规往则,钩深极微,而渐近自然。"[3]谢灵运诗经雕琢而返于自然,方回对其肯定,是与欣赏建安风味一脉相承的。

方回论诗亦重意趣。前文曾引述方回评谢灵运诗"叙情胜述景",虽然这"情"可能包含玄言说理的内容,对谢诗之意趣,方回还是十分嘉许的。评谢朓《始出尚书省》云:"诗排比多而兴趣浅。三谢惟灵运诗喜以老庄说道理,写情愫,述景则不冗,寄意则极怨,为特高云。"方回不满谢朓诗的"兴趣浅",而肯定谢灵运诗"以老庄说道理,写情愫"。评谢灵运《永初三年七月十六日之郡

---

[1] (宋)何汶《竹庄诗话》卷二〇引《禁脔》,中华书局,1984年,第396页。
[2] (唐)李延寿《南史·颜延之传》,中华书局,1975年,第881页。
[3] (清)沈德潜《说诗晬语》,第203页。

初发都》云:"此诗排比整密,建安诸子混然天成不如此,陶渊明剥落枝叶不如此,但当以三谢诗观之,则灵运才高词富,意怆心怛,亦未易涯涘也。"方回虽不喜谢诗之"排比整密",但亦肯定其"才高词富,意怆心怛",所重者仍是灵运诗之意趣。

元嘉与永明文学处于古体向近体过渡的关键时期,其创作技巧、风貌等常为后世名家所取法,颜鲍谢诸人作为凌绝一代的大家,也必然给其后的文学创作带来较大的影响。方回在选评时亦会寓目于此,或对其正面影响予以肯定,或对其负面影响提出批评。评颜延之《和谢监灵运》云:

> 此诗凡七八折,铺叙非不整矣,用事用字非不密矣,以鲍照之说裁之,则谓之雕缋满眼可也。如灵运诗"昏旦变气候,山水含清晖。清晖能娱人,游子澹忘归",天趣流动,言有尽而意无穷。似此之类,恐延之未敢到也。如:"桃李春风一杯酒,江湖夜雨十年灯。"未是山谷奇处。"石吾甚爱之,勿遣牛砺角。牛砺角尚可,牛斗残我竹。"乃山谷奇处也。学者学选诗,近世无其人。唯赵汝谠近三谢,犹有瞥砌之迹,而失于舒缓,步步规随,无变化之妙云。

上文曾引述该段文字前半,谓方回欣赏康乐诗的天趣流动。在后半,方回忽荡开一笔,先说黄庭坚的名句"桃李春风一杯酒,江湖夜雨十年灯"尚不足为奇,因为此联看似平常,实则是经过精心锤炼的,与方回推举的"混然天成"或"天趣流动"不符;而"石吾甚爱之"诸句却是质朴自然,涉笔成趣。吕本中云:"或称鲁直'桃李春风一杯酒,江湖夜雨十年灯',以为极至。鲁直自以此犹砌合,须'石吾甚爱之,勿遣牛砺角。牛砺角尚可,牛斗残我竹',此乃可言至也。"①方回或许曾见过吕本中的记载,不过在此拈出,用以呼应他对"天趣流动"的偏爱,也是非常恰当的。随后,方回又举出赵汝谠学三谢,"有瞥砌之迹","无变化之妙",亦是从元嘉诗人对后世的影响着眼。

谢朓作为永明新体诗的代表,往往被视为唐诗的先声,对后世诗风有较大的影响,前文曾举方回对谢朓《和王主簿艳情》的评语,针对太工太巧、过于卑俗的诗风,尤其是晚唐诗进行批评,其导源即在于谢朓诗。又评谢朓《游东田》

---

① (宋)胡仔《苕溪渔隐丛话》前集卷四七引《吕氏童蒙训》,人民文学出版社,1962年,第321页。

云:"起句佳,'远树生烟'之联尤佳,'鱼戏新荷动,鸟散余花落',佳之尤佳,然磔元气甚矣。阴铿、何逊、庾信、徐陵、王褒、张正见、梁简文、薛道衡诸人诗皆务出此,而唐人诗无不袭此等语句。灵运、惠连在宋永初、元嘉间犹未甚也。宋六十岁至于齐,而玄晖出焉,唐子西之论有旨哉。""鱼戏"二句,陈祚明以为:"生动飞舞,写景物之最胜者,调亦未坠。"①方回也称其为"佳之尤佳",对谢朓诗的佳句予以充分肯定,随即笔锋一转,谓诸句"磔元气甚矣",则语含批评。所谓"磔元气",即是指其过于工巧,缺乏混然天成的意趣,已远离古体诗的风貌。故接下即云自阴铿以下,乃至唐人诗,皆承袭此风。子西之论,即宋人唐庚《语录》所云:"(诗)至玄晖,语益工,然萧散自得之趣亦复少减,渐有唐风矣,于此可以观世变也。"②"萧散自得之趣"即禀之"元气"而达成的"天趣"。两人对谢朓诗的工巧皆击节称赏而又略致批评。

其他如评鲍照《东武吟》云:"诗有笔力,如转石下千仞山,衮衮轰轰不可御,李太白诗甚似之。"评鲍照《出自蓟北门行》云:"少陵诗:'汉时长安雪一丈,牛马寒毛缩如猬。'鲍用又在先也。"评谢朓《郡内高斋闲坐答吕法曹》云:"柳子厚'遥怜郡斋好,谢守但临窗',用'窗中列远岫'是也。"评谢朓《和王主簿怨情》:"'一顾重'而'千金贱',此联乃绝佳。……杜荀鹤'风暖鸟声碎,日高花影重'之作,全得此格。"皆是从诗歌技巧的角度出发来观照元嘉永明诗人对后世的影响。评谢灵运《于南山往北山经湖中瞻眺一首》:"'孤游非情叹,赏废理谁通。'谓己之独游于此,不以真情形之叹咏,则赏心之事之人既废,此理谁与通乎?意极哀惋。柳子厚永州诸诗多近此。"以为柳宗元遭贬后作品的意蕴与谢灵运相近,又从思想情感着眼来分析谢灵运的影响。凡此,皆可见方回在评价颜鲍谢诸人诗时,是有较为敏锐的诗学发展眼光的。

三 江西诗法的批评实践

方回在《瀛奎律髓》一书中选评唐宋律诗,常从章法、句法、字法等角度着眼,对这些作品进行评价,体现了他对江西诗派诗法的承继和对宋末江湖、四

---

① (清)陈祚明《采菽堂古诗选》卷二〇,上海古籍出版社,2008年,第646页。
② (宋)胡仔《苕溪渔隐丛话》前集卷二引,第8页。

灵诗风的反拨。《文选颜鲍谢诗评》也同样从章法等入手来评价诸人诗歌。

方回论诗重意脉,尝谓"律为骨,意为脉,字为眼,此诗家大概也"①,被视为"方回论创作方法的总纲"②。其评谢灵运《过始宁墅》:"诗有形有脉,以偶句叙事叙景,形也;不必偶而必立论尽意,脉也。古诗不必与后世律诗不同,要当以脉为主。如此诗'剖竹守沧海'以下五联十句皆偶,未为奇也,前八句不偶,则有味矣。"(卷三)在方回看来,用工整的对偶句叙事写景,只是外在的形式;在不必对偶之处,立论尽意,才是全诗的气脉,从而贯穿全诗,品之有味。评谢惠连《泛湖归出楼中玩月》云:"惠连少年工诗文,此篇十六句之内十二句对偶亲的,绮靡细润,然言景不可以无情,必有'近瞩窥幽蕴,远视荡喧嚣'及末句乃成好。"此评虽未提及形脉,但其认为"日落泛澄瀛"以下十二句"对偶亲的,绮靡细润",乃偶句叙景,是其所说的"形";"近瞩窥幽蕴"以下四句言情,乃立论尽意,亦即是脉。评谢灵运《于南山往北山经湖中瞻眺》云:"此诗述事写景自'天鸡弄和风'以上十六句有人,佳句可脍炙,然非用'抚化''览物'一联以缴之,则无议论无归宿矣。此灵运诗高妙处。"亦是注重以议论立意,贯穿上下文的脉络。因其对意脉的重视,故而常立足于诗歌的章法予以品评。如评颜延之《始安郡还都与张湘州登巴陵城楼作》云:

> 此诗十韵。"江汉分楚望,衡巫奠南服。三湘沦洞庭,七泽蔼荆牧。"起句二韵,大概言地势。郊外曰"牧","荆牧"言七泽之野也。末韵"请从上世人,归来艺桑竹",有感于"存没竟何人,炯介在明淑"而云。初不明言"炯介""明淑"为进为退,而为"松竹"之句,则意在退也。

于该诗之起结相承剖析得颇为细致。又如评谢瞻《张子房诗》《于安城答灵运》,几乎逐句分析诗意,于全诗之意脉也就了然;评鲍照《苦热行》亦立足于章法与立意。

方回《跋俞则大诗》云:"一首中必当有一联佳,一联中必当有一句胜,一

---

① 《汪斗山识悔吟稿序》,《桐江集》卷一,宛委别藏本。
② 《宋金元文学批评史》,第936页。

句中必当有一字为眼。"①故而方回对颜鲍谢诸人的佳句每多称赏。评颜延之《夏夜呈从兄散骑车长沙》:"'夜蝉当夏急,阴虫先秋闻。岁候初过半,荃蕙岂久芳',四句可书,'阴虫'一句尤佳。"评鲍照《白头吟》:"'心赏''貌恭'一联,至佳,至佳!"评谢混《游西池》:"起句十字佳。……'高台眺飞霞''水木湛清华'两句俱佳。"均立足于佳句而言。谢朓是永明新体诗的代表,"撰造精丽,风华映人"②,"奇章秀句,往往警遒"③,故方回对其佳句的评赏尤多。评《晚登三山还望京邑》:"起句……极佳,李白云:'解道澄江净如练,令人却忆谢玄晖。'此一联尤佳也。"评《休沐重还道中》:"此二句(指'还邛歌赋似,休汝车骑非')极佳。……'楚山''吴岫'二句亦佳。……最后句终期退闲,其思缓而不迫,尤有味也。"评《游东田》云:"起句佳,'远树生烟'之联尤佳,'鱼戏新荷动,鸟散余花落',佳之尤佳。"评《之宣城出新林浦向板桥》:"'天际识归舟,云中辨江树',古今绝唱。"评《和王主簿怨情》"生平一顾重,宿昔千金贱"句:"此联乃绝佳。"方东树《昭昧詹言》卷七云:"玄晖之诗如花之初放,月之初盈,骀荡之情,圆满之辉,令人魂醉。"④尽管方回曾批评谢朓诗过于工巧,当面对谢朓的佳句时,方回还是由衷地喜欢。

方回论诗极重诗眼,尝云:"未有名为好诗而句中无眼者。"⑤在《瀛奎律髓》中时有"诗眼""字眼"和"句眼"等术语的运用⑥,品评颜鲍谢诸人诗,亦常立足于此。评谢灵运《登江中孤屿》:"'孤屿媚中川','媚'字句中眼也。'怀新道转迥',此句尤佳。"评《初发石首城》:"'微命察如丝','察'字尤佳。"评谢惠连《西陵遇风献康乐》:"五章,章八句,仅有四句佳。'积素惑原畴','惑'字佳。"评谢朓《京路夜发》:"'徂两'二字甚佳。"诸评语或直接指出何字为句眼,或只称某字佳,无疑皆立足于诗眼而言。由此可见方回对江西诗法的服膺,这也是刘宋元嘉以来诗歌"俪采百字之偶,争价一句之奇。情必极貌以写

---

① 《桐江集》卷四。
② (明)王世贞《艺苑卮言》卷三,丁福保《历代诗话续编》,第996页。
③ (南朝)钟嵘《诗品》"谢朓"条,曹旭《诗品集注》,上海古籍出版社,2011年,第392页。
④ 《昭昧詹言》卷七,人民文学出版社,1961年,第186页。
⑤ 《瀛奎律髓汇评》卷一〇,第348页。
⑥ 参见詹杭伦《方回的唐宋律诗学》,中华书局,2002年,第140-143页;田金霞《方回〈瀛奎律髓〉研究》,中国社会科学出版社,2015年,第175-180页。

物,辞必穷力而追新"①的诗学追求的结果。

尽管元嘉永明诗歌已渐趋雕琢,但对句法尚不是很在意。因此方回在《文选颜鲍谢诗评》中很少论及句法,仅见一例。评鲍照《结客少年场行》:"'九途平若水,双阙似云浮',此亦古诗蹉对句法。"则点出其特殊的蹉对句法。"九途"两句按正常的对偶应为"九途平若水,双阙浮似云",但鲍照打破了正常的语序,形成了陌生化的对偶效果。蹉对的概念,最早由沈括提出,《梦溪笔谈》卷十五云:"如《九歌》:'蕙肴蒸兮兰藉,奠桂酒兮椒浆。'当曰'蒸蕙肴',对'奠桂酒',今倒用之,谓之蹉对。"②唐宋人已习用该句法,唐前只是偶尔用之,方回将之抉发出来,亦可以见其诗学追求。

余 论

方回在《文选颜鲍谢诗评》一书中,通过多角度、多层面的品评,展示了他对六朝文学的认识:既标举天然混成的建安风味,又不废元嘉永明新声。同时还时刻不忘其所禀承的江西诗法,对名章迥句进行品评。当然,由于选诗的限制,这并不能完全代表他的六朝诗学观。六朝诗人中,方回其实最看重的还是陶渊明。《文选颜鲍谢诗评》中曾两次以陶渊明诗与诸人比较,卷一评颜延之《秋胡行》云:"此诗九章,章十句,颇伤于多,陶渊明赋桃源、三良、荆轲,何其简而明也。"卷三评谢灵运《永初三年七月十六日之郡初发都》云:"此诗排比整密,建安诸子混然天成不如此,陶渊明剥落枝叶不如此。"一以"简而明"批评"伤于多",一以"剥落枝叶"批评"排比整密",皆赞赏陶诗摒弃浮华、剥落枝叶的简劲和平淡。在其他文章中,方回也表达了对陶渊明的偏爱,《送喻唯道序》云:"五言古陶渊明为根柢,三谢尚不满人意。"③以陶渊明为五言古诗之代表,三谢尚不能尽如人意。《跋冯庸居诗》云:"诗有韵之文也……汉有建安四子,晋有陶渊明,唐有李、杜、陈、韦、韩、柳,此后世之所谓诗也。予独悲夫近日

---

① 詹锳《文心雕龙义证》,上海古籍出版社,1989年,第208页。

② 胡道静《新校正梦溪笔谈》卷一五,中华书局,1957年,第161页。沈括之后,常有论及该句法者,侯体健对此问题有细致梳理,可参见《试谈唐宋诗文中的"交蹉语次"与"感官优先"——"石五六鹢"句修辞性诗艺的两种解读》,《中国韵文学刊》2010年第3期。

③ 《桐江集》卷一。

之诗,组丽浮华,祖李玉溪。偶比浅近,尚许鄞州。诗果如是而已乎?"① 在标举六朝诗人时也仅举出建安四子和陶渊明,忽略颜鲍谢诸人。个中原因,一方面是与宋代陶渊明得到普遍的重视有关,另一方面则是由于方回欲以陶渊明之格高与淡而有味来扫除永嘉四灵和江湖诗派的卑弱,且力矫江西诗派末流之弊。② 综合考察方回对六朝诗人的评价,大抵是以陶渊明居首,建安诸子次之,颜鲍谢诸人又次之。只是颜鲍谢诸人处于古体向近体过渡的关键时期,创作上有不少优秀的作品,且对后世产生较大的影响,故方回不惮辞费,在晚年选评诸人诗歌,开启"选诗"专题研究的先河,且充分展示其诗学见解,与其他著述一道构建其六朝诗学观。

(华东师范大学中文系)

---

① 《桐江集》卷四。
② 参见刘飞、赵厚均《方回崇陶与南宋后期江西诗派的自赎》,《文艺理论研究》2014 年第 1 期。

早期总集的生成与演进:从《邺中集》到《文章流别集》

徐昌盛

自建安末期曹丕首次编纂总集《邺中集》,至西晋末期挚虞编竣第一部汇聚众体的总集《文章流别集》,其间经历了大约一百年的时间。近百年来,总集经历了产生、发展和成熟的复杂演进历程,这是魏晋时期文体辨析理论的深入发展、模拟写作的现实需要和纸简替代的载体革命等理论、实践和物质诸因素共同作用的结果。

一 文史之间:早期总集的生成与演进

总集肇始于建安末期。曹丕《与吴质书》说"徐、陈、应、刘,一时俱逝……顷撰其遗文,都为一集"[①],章学诚指出"魏文撰徐、陈、应、刘文为一集,此文集之始,挚虞《流别集》,犹其后也"[②],学者据谢灵运《拟魏太子邺中集》认为是《邺中集》,书名未必如此,但因邺下集会而成就第一部总集却是事实。现在被追认为总集的《诗经》,属于儒家经典,而《楚辞》不过是刘向整理中秘藏书的产物,和刘歆《七略》的"诗赋略"本质上都属于文献整理。类似偶发的、孤立的、效仿经子成书的结集行为,既不宜当作总集的起点,又不能简单地视为别

---

① (梁)萧统编,(唐)李善注《文选》卷四一,中华书局,1977年影印胡刻本,第591页。
② (清)章学诚撰,叶瑛校注《文史通义校注》,中华书局,1985年,第80—81页。

集的生成。章学诚着重提及的挚虞《文章流别集》,《隋书·经籍志》列为总集之首,《隋书·经籍志》总集小序说:"总集者,以建安之后,辞赋转繁,众家之集,日以滋广,晋代挚虞,苦览者之劳倦,于是采摘孔翠,芟剪繁芜,自诗赋下,各为条贯,合而编之,谓为《流别》。是后文集总钞,作者继轨,属辞之士,以为覃奥,而取则焉。"①初唐史臣强调《文章流别集》是后世总集编纂的权舆和典范,指出总集编纂的别集基础与动机、功能,却未关注从《邺中集》到《文章流别集》的总集发展过程。章学诚强调的《邺中集》和《文章流别集》,实际上代表了魏晋时期两种不同的总集发生方式和功能特点,一种是文学集会的促成,功能是"网罗放佚",一种是史官编纂的产物,功能是"采摘孔翠",它们是交替演进、彼此共存的。

(一) 文学集会与总集的"网罗放佚"

文学总集的编纂最初与文学集会的风气息息相关。建安时期的邺下集会,刺激了总集的产生;而晋初的华林园集会和金谷园集会,也促成了总集的再兴。建安文学与太康文学是魏晋时期的两个文学高峰,刘勰《文心雕龙·才略》说:"晋世文苑,足俪邺都。"②钟嵘《诗品序》说:"降及建安,曹公父子,笃好斯文;平原兄弟,郁为文栋;刘桢、王粲,为其羽翼。次有攀龙托凤,自致于属车者,盖将百计。彬彬之盛,大备于时矣。尔后陵迟衰微,迄于有晋。太康中,三张、二陆、两潘、一左,勃尔复兴,踵武前王,风流未沫,亦文章之中兴也。"③建安和太康文学的繁荣促成了总集的产生与复兴。

建安时期的同题创作之风炽盛,说明当时的文学活动丰富多彩。现在尚可钩稽的有建安十一年(206)曹丕、丁廙(丁廣)的《蔡伯喈女赋》;建安十三年陈琳、应玚、杨修、王粲的《神女赋》;建安十四年曹丕、王粲的《浮淮赋》;建安十六年曹丕《感离赋》和曹植《离思赋》,曹植、应玚、刘桢的《斗鸡诗》,曹丕、陈琳、王粲的《玛瑙勒赋》;建安十七年曹操、曹丕、曹植的《登台赋》,曹植、王粲、刘桢、应玚、陈琳、阮瑀的《公宴诗》,曹丕、王粲、丁廙妻为阮瑀妻所作的《寡妇赋》;建安二十年刘勋出妻事件发生后,曹丕、曹植、王粲有《出妇赋》,曹丕、曹

---

① 《隋书·经籍志》卷三五,中华书局,1973年,第1089—1990页。
② 范文澜《文心雕龙注》,人民文学出版社,1978年,第702页。
③ 曹旭《诗品笺注》,人民文学出版社,2009年,第12页。

植另有《代刘勋出妻王氏诗》；建安二十一年曹丕、刘桢、王粲、陈琳、繁钦、杨修因感暑热而创作的《大暑赋》，同年有曹植、王粲的《鹖赋》，曹丕、曹植、王粲、应玚、徐幹的《车渠椀赋》，曹丕、曹植、王粲、陈琳、应玚的《迷迭香赋》；建安二十二年曹植、杨修的《孔雀赋》，曹植、杨修游北园的《节游赋》；建安二十三年曹丕、曹植的《喜霁赋》等。① 建安时期的创作题材丰富，既有战争、情感、节候、观赏、游宴，又有社会时政、殊方异物，而创作时间主要集中在邺下时期。

邺下时期始于建安十六年(211)，此年王粲入邺、曹丕封五官中郎将、曹植封平原侯，到建安二十二年王粲、陈琳去世为止②。邺下时期形成了以曹氏兄弟为核心的文人集团，曹丕是五官中郎将，属于太子的当然人选，是主要的倡导者。邺下时期的文学集会，地点有南皮之游、西园（后园）之会、北园及东阁讲堂等，形式有公宴、弹棋、斗鸡等，文体主要是诗赋。《公宴诗》是诗歌同题创作的代表。《魏文帝集》曰："为太子时，北园及东阁讲堂，并赋诗，命王粲、刘桢、阮瑀、应玚等同作。"③刘桢诗称"众宾会广坐"，"赋诗连篇章，极夜不知归"④，应玚诗说"开馆延群士，置酒于斯堂。辩论释郁结，援笔兴文章"，"公子敬爱客，乐饮不知疲……赠诗见存慰"⑤。曹丕在北园和东阁讲堂赋诗，并要求王粲等人共同创作。《弹棋赋》是小赋同题创作的代表。弹棋是邺下风行的游戏形式。曹丕擅长弹棋，为人所津津乐道。《博物志》说："帝善弹棋，能用手巾角。时有一书生，又能低头以所冠着葛巾角撇棋。"⑥《世说新语·巧艺》说："弹棋始自魏宫内，用妆奁戏。文帝于此戏特妙，用手巾角拂之，无不中。有客自云能，帝使为之。客着葛巾角，低头拂棋，妙逾于帝。"⑦曹丕也多次回忆弹棋游戏的乐趣，《典论·自叙》说："余于他戏弄之事少所喜，唯弹棋略尽其巧，少为之赋。昔京师先工有马合乡侯、东方安世、张公子，常恨不得与彼数子者

---

① 参见徐公持《曹植年谱考证》，中国社会科学出版社，2016年。
② 参见傅刚《魏晋南北朝诗歌史论》，商务印书馆，2017年，第10页。
③ 《初学记》卷一〇，中华书局，1985年，第230页。
④ 逯钦立《先秦汉魏晋南北朝诗》，中华书局，1983年，第369—370页。
⑤ 逯钦立《先秦汉魏晋南北朝诗》，第383页。
⑥ 《三国志·魏书·文帝纪》卷二裴松之注，中华书局，1982年，第90页。
⑦ 余嘉锡《世说新语笺疏》，中华书局，2007年，第837页。

对。"①曹植《王仲宣诔》说:"何道不洽?何艺不闲?棋局逞巧,博弈惟贤。"②曹植以巧妙的弹棋作为王粲一生的重要才能,说明弹棋在当时普遍为文人所喜爱。目前明确记载且有残存的《弹棋赋》,保存了曹丕、王粲、丁翼等的篇章。因此,就弹棋一艺,建安年间已有多名文人作赋。邺下文人之间的诗歌酬唱风气炽盛,现存有刘桢赠曹丕、徐幹的诗,徐幹赠曹丕、答刘桢的诗,曹植赠徐幹、丁仪、王粲、丁翼、应玚、曹彪的诗,可见文雅交流是经常的事情。文学集会促进了同一文体同一题材的共同创作,如果有人将众人的作品汇聚一起,就成了名副其实的文学总集。建安二十二年的大瘟疫之后,曹丕有感于:"昔年疾疫,亲故多离其灾,徐、陈、应、刘,一时俱逝,痛可言邪?昔日游处,行则连舆,止则接席,何曾须臾相失!每至觞酌流行,丝竹并奏,酒酣耳热,仰而赋诗,当此之时,忽然不自知乐也。谓百年已分,可长共相保,何图数年之间,零落略尽,言之伤心。顷撰其遗文,都为一集,观其姓名,已为鬼录。追思昔游,犹在心目,而此诸子,化为粪壤,可复道哉!"③曹丕因感念文友的遽逝,追思昔日的游宴生活,将他们的文章汇成一集,便是后世所谓的《邺中集》,体现的是"网罗放佚"的功能。

西晋初年文学集会的繁荣促进了总集的复兴。西晋的文学活动颇为活跃④,比较著名的有以帝王为中心的华林园集会和以石崇为中心的金谷园集会。西晋文学集会的主要形式是诗歌吟咏,钱志熙教授说西晋是诗歌发展的重要时期,"其重要的表现就是重新恢复了邺下时期的群体创作风气,并且在诗人的数量与专诣的程度方面远远超过了邺下时期,在文人诗歌史上第一次出现真正具有一代诗人、一代诗风规模的局面"⑤。西晋文学集会促成的总集,明确存在的是金谷园诗会的《金谷集》,至于华林园集会有没有编集,现已不可得知了⑥。

西晋的华林园集会可考的有三次。一是泰始四年(268)二月的华林园宴

---

① 《三国志·魏书·文帝纪》卷二裴松之注,第89页。
② 《文选》卷五六,第779页。
③ 《文选》卷四二,第591页。
④ 参见傅刚《魏晋南北朝诗歌史论》,第94—101页。
⑤ 钱志熙《中国诗歌通史·魏晋南北朝卷》,人民文学出版社,2012年,第179页。
⑥ 《文选》卷二○有应贞《晋武帝华林园集诗一首》,标题显系后人所改。

集赋诗。干宝《晋纪》说:"泰始四年二月,上幸芳林园与群臣宴,赋诗观志,散骑常侍应贞诗最美。"①晋武帝亲自与群臣"赋诗观志",则属于一次诗歌的唱和,而应贞诗歌最美,得以传之不朽。二是太康二年(281)三月上巳祓禊作诗。三月三日是上巳节,正是一年一度的祓禊之日,古人临水洗濯,祓除不祥。时值初春,万物复苏,人们心情舒畅,修禊之余,往往游春作诗。据程咸诗"序"称"平吴后三月三日从华林园作坛宣宫,张朱幕,有诏乃延群臣云云"②,则这次华林园集会当在太康二年③。程咸诗说"皇帝升龙舟,侍幄十二人。天吴奏安流,水伯卫帝津",随侍的大臣至少有十二人。三是太康六年三月上巳华林园诗会。张华有《太康六年三月三日后园会》四章,因华林园在洛阳城的北面,故称后园。这首诗是典型的祓禊集会诗,有宴饮"顺时省物,言观中园。宴及群辟,乃命乃延",有洗濯"合乐华池,祓濯清川。泛彼龙舟,溯游洪源",彼时菜肴丰富"品物备珍",音乐迭奏"管弦繁会"。张华又说"咨予微臣,荷宠明时。忝恩于外,攸攸三期。犬马惟慕,天实为之。灵启其愿,遐愿在兹。于以表情,爰著斯诗"④,则参加的群臣是要作诗来颂扬皇恩。晋武帝年间华林宴集赋诗应该不止这三次⑤,但已经能够说明晋武帝统治时期游宴赋诗的集会确实比较普遍了。

金谷园,是石崇的别业。金谷园诗会不止一次,但以元康六年(296)"假节、监徐州诸军事,镇下邳"⑥最为著名。当时"送者倾都,帐饮于此"⑦,石崇《金谷诗序》说:"凡三十人,吴王师、议郎、关中侯、始平武功苏绍字世嗣,年五

---

① 《文选》卷二〇应贞《晋武帝华林园集诗一首》李善注引,第286页。
② 逯钦立《先秦汉魏晋南北朝诗》,第552页。
③ 程咸诗"序"称是在平吴后,但不是太康元年,尽管太康元年初,伐吴之势犹如破竹,到了三月,已经大势已定,月底孙皓投降。但史书明载太康元年正月,王濬辗转战场,连克丹阳、西陵、荆门、夷道等,杀盛纪、留宪、陆景等将领,三月从武昌挥兵建业受降。王濬有《从幸洛水饯王公归国诗》,若是太康元年的华林园集会,应不能拨冗参加。因此最有可能是太康二年。荀勖四言诗称"外纳要荒",王济四言诗称"蠢尔长蛇,荐食江汜。我皇神武,泛舟万里。迅雷电迈,弗及掩耳",应是作于此时。
④ 逯钦立《先秦汉魏晋南北朝诗》,第552页、第616—617页。
⑤ 比如潘尼有《上巳日帝会天渊池》诗,"天渊池"在华林园内,潘尼自292年后一直在京任职,参加华林园集会更在上述三次之后。
⑥ 《晋书·石崇传》卷三三,中华书局,1974年,第1006页。
⑦ 《晋书·石崇传》卷三三,第1006页。

十为首。"①可知参与者众多,属于规模较大的文学集会。又说:"遂各赋诗,以叙中怀。或不能者,罚酒三斗。"②那么主要是诗歌唱和,但并不是所有人都有赋诗的才能,不能诗者以三斗酒处罚。石崇将这些诗歌汇聚在一起,便是著名的《金谷集》③,具有"网罗放佚"的功能。《序》又说:"感性命之不永,惧凋落之远期。故具列时人官号、姓名、年纪,又写诗著后,后之好事者,其览之哉。"④则《金谷集》的编纂不仅有名传后世的动机⑤,而且形成了一定的体例,比如列入参与者的官号,应该是按照官爵高低排列人员,无疑是《玉台新咏》(赵氏覆宋本)七八卷存世作家按官爵高低排列的先声。因此说,西晋的总集编纂已经普遍,并且有了自觉的意识。

根据现有的材料来看,明确有总集的是邺下集会形成的《邺中集》和金谷园集会的《金谷集》,说明文学集会是总集产生的最初途径,也是总集发生的重要动力,体现的是总集"网罗放佚"的功能。

(二)史官编纂与总集的"采摘孔翠"

魏晋之际,总集在文学集会之外呈现出新的面貌,史学家开始从事总集的编撰⑥,注重文体源流的辨析和代表作品的梳理,从而开启了总集"采摘孔翠"的功能。

傅玄的《七林》是史学家编撰总集的代表。傅玄曾参与曹魏的国史编纂,《晋书·傅玄传》载"州举秀才,除郎中,与东海缪施俱以时誉选入著作,撰集《魏书》"⑦,他对史书也有讨论评判,"撰论经国九流及三史故事,评断得失,各

---

① 严可均《全晋文》卷三三,中华书局,1958 年,第 1651 页。
② 严可均《全晋文》卷三三,第 1651 页。
③ 《金谷集》是确凿存在的,非后人所编,《三国志》裴松之注称"(苏)绍有诗在《金谷集》",《水经注·谷水》载有石季伦《金谷诗集序》均是证据。参加元康六年金谷园集会的作品,除潘岳的《金谷集作诗》堪称完璧外,现在尚能够钩稽的还有潘岳《金谷诗会》、杜育《金谷诗》等。
④ 严可均《全晋文》卷三三,第 1651 页。
⑤ 傅刚《〈昭明文选〉研究》,中国社会科学出版社,2000 年,第 23 页。
⑥ 东汉以来经史分离的趋势加强,史官取得了独立的地位,史官负责图书的典藏和国史的编撰,既能广泛阅读秘阁藏书,又擅长文章的写作。魏晋时期的文学家多数是史学家。史学著作中的目录学影响到文体的源流分类,而别传的骤盛又促进了别集的发展,为总集编撰提供了资源。参见拙文《论文章总集的史学渊源——以〈文章流别集〉为中心》(《中国文化研究》2017 年第 1 期)。
⑦ 《晋书·傅玄传》卷四七,第 1317 页。

为区例,名为《傅子》》①。傅玄《七林》对"七"体名作进行了批评。挚虞《文章流别论》说:"傅子集古今七而论品之,署曰《七林》。"②傅玄《七谟序》载:

> 昔枚乘作《七发》,而属文之士若傅毅、刘广世、崔骃、李尤、桓麟、崔琦、刘梁、桓彬之徒,承其流而作之者纷焉,《七激》《七依》《七说》《七触》《七举》《七误》之篇。于是通儒大才马季长、张平子亦引其源而广之,马作《七广》,张造《七辨》。或以恢大道而导幽滞,或以点瑰玮而托调咏,扬辉播烈,垂于后世者,几十有余篇。自大魏英贤迭作,有陈王《七启》、王氏《七释》、杨氏《七训》、刘氏《七华》,从父侍中《七诲》,并陵前而邈后,扬清风于儒林,亦数篇焉。世之贤明,多称《七激》工,余以为未尽善也。《七辨》似也,非张氏至思,比之《七激》,未为劣也。《七释》佥曰妙哉,余无间矣。若《七依》之卓轹一致,《七辨》之缠绵精巧,《七启》之奔逸壮丽,《七释》之精密闲理,亦近代之所希也。③

文中称"大魏",则本序作于曹魏期间。《七谟序》说枚乘作《七发》,汉代作家"承其流而作之",模拟产生了傅毅《七激》、刘广世《七兴》、崔骃《七依》、李尤《七款》、桓麟《七说》、崔琦《七蠲》、刘梁《七举》、桓彬《七设》、马融《七广》、张衡《七辨》等代表作家作品。曹魏有曹植《七启》、王粲《七释》、杨氏《七训》、刘劭《七华》、傅巽《七诲》等代表作家作品,"陵前而邈后,扬清风于儒林",属于当时的典范。傅玄还对公认的傅毅《七激》进行了批评,对崔骃《七依》、张衡《七辨》、曹植《七启》、王粲《七释》进行了赞赏性评价。《七谟序》有两点值得重视:一是收集了古今的"七"体代表性的名家名作,这是文论中"选文以定篇"(《文心雕龙·序志》)的来源;二是注重对具体作品的点评,并区分了模拟形成的不同风格特点,既是为自己模拟创作《七谟》服务,又为其他的创作者提供了指导。《玉海》载"傅玄作《七谟》,又集《七林》"④,傅玄《七谟序》是理论的宣示,总集《七林》"集古今七而论品之",则汇集和评点了"七"体名作,第一

---

① 《晋书·傅玄传》卷四七,第1323页。
② 《艺文类聚》卷五七,上海古籍出版社,1999年,第1020页。
③ 《太平御览》卷五九○,中华书局,1960年影印版,第2657页。
④ 《玉海》卷四四,广陵书社,2007年,第1016页。

次确立了总集的"采摘孔翠"的功能,是在曹丕"网罗放佚"基础上的重大进步,背后隐藏着文学家和史学家不同身份编集的目的差别。但傅玄并未指出文体在发展过程中的变化,即没有涉及"七"体的源流演变问题,这一点最后为挚虞所完成。

挚虞曾在太安元年(302)担任秘书监,撰有目录学著作《文章志》、地理学著作《畿服经》和谱牒类著作《族姓昭穆记》,是当时重要的史学家。《文章流别集》作为第一部汇次众体的总集,需要参考大量作品,只能完成于秘书监任内。萧子显《南齐书·文学传论》:"若子桓之品藻人才,仲治之区判文体,陆机辨于《文赋》,李充论于《翰林》,张眎摘句褒贬,颜延图写情兴:各任怀抱,共为权衡。"①萧子显着重强调了挚虞的辨析文体的功业。罗宗强说《文章流别论》"实为其时文体论之集大成之作"②,但《文章流别论》具体的文体分类和面貌现已不甚清楚,根据学者的研究,已知的文体有颂、赋、诗、七、箴、铭、诔、哀辞、设论、碑、图谶、史述、符命等十三种③。因此,挚虞《文章流别集》是第一部以文体"类聚区分"的总集。《文章流别集》久佚不存,结构和体例无从知晓,《文章流别论》是《文章流别集》的组成部分,《文章流别论》讨论的作品当然是《文章流别集》的收录依据④。《文章流别论》所涉及的文体,比较详细的有诗、赋、颂、七、铭等。

挚虞与傅玄、傅咸父子关系密切,挚虞的文体理论受到了傅玄的影响,现存文献以"七"体最为显明。《文章流别论》特意提及的傅玄《七林》正是挚虞"七"体理论和选篇的依据,但挚虞更加注重文体的源流演变,《文章流别论》说:

> 《七发》造于枚乘,借吴楚以为客主。先言:"出舆入辇,蹷痿之损;深宫洞房,寒暑之疾;靡漫美色,宴安之毒;厚味暖服,淫跃之害。宜听世之君子要言妙道,以疏神导体,蹋淹滞之累。"既设此辞,以显

---

① 《南齐书·文学传》卷五二,中华书局,2017年,第1000页。
② 罗宗强《魏晋南北朝文学思想史》,中华书局,2006年,第104页。
③ 陈君《〈文章流别集〉与挚虞的文体观念》,《广西师范大学学报(哲学社会科学版)》2015年第5期。
④ 《文章流别集》的选文定篇,参见陈君《〈文章流别集〉与挚虞的文体观念》。

明去就之路,而后说以声色逸游之乐,其说不入,乃陈圣人辩士讲论之娱,而霍然疾瘳。此因膏粱之常疾以为匡劝,虽有甚泰之辞,而不没其讽谕之义也。其流遂广,其义遂变,率有辞人淫丽之尤矣。崔骃既作《七依》,而假非有先生之言。呜呼!扬雄有言,童子雕虫篆刻,俄而曰:壮夫不为也。孔子疾小言破道,斯文之族,岂不谓义不足而辩有余者乎?赋者将以讽,吾恐其不免于劝也。①

枚乘《七发》是"七"体的奠基之作,着重铺陈了七事,枚乘本意在匡劝,尽管有夸大铺饰的"甚泰之辞",但并不影响文章的"讽谕之义"。"其流遂广,其义遂变",随着"七体"的演进,而近于楚辞体的淫丽。赋体本意是讽谏,但铺饰的一面得到了发展,而讽喻的一面蜕变成勉励。早在司马相如献《大人赋》,武帝已经飘飘然有凌云之志。西汉后期的扬雄深切地感受到赋体的缺陷,因此深感自责,讥为小道。因此挚虞借助崔骃作完《七依》后的感慨,对"七"体发展过程中风格接近楚辞、目的趋于劝勉的情况表达了不满。

《文章流别论》的"颂"体更能反映挚虞注重文体源流辨析的特点。《文章流别论》说:

> 颂,诗之美者也。古者圣帝明王,成功治定而颂声兴。于是史录其篇,工歌其章,以奏于宗庙,告于神明,故颂之所美,则以为名。或以颂形,或以颂声,其细已甚,非古颂之意。昔班固为《安丰戴侯颂》,史岑为《出师颂》《和熹邓后颂》,与《鲁颂》体意相类,而文辞之异,古今之变也。扬雄《赵充国颂》,颂而似雅。傅毅《显宗颂》,文与《周颂》相似,而杂以风雅之意。若马融《广成》《上林》之属,纯为今赋之体,而谓之颂,失之远矣。②

挚虞认为,颂本是赞美圣王的功德,属于诗的六义之一,文体的源头和标准是《诗经》中《鲁颂》《周颂》《商颂》等古颂,而后世的颂在发展过程中专注于形容和声音等琐细之物,违背了古颂的本意。挚虞又举班固和史岑的颂作,将它们与古颂进行对比辨别,说它们尽管与《鲁颂》的文体和意旨相似,但文辞已

---

① 《艺文类聚》卷五七,第1020页。
② 《艺文类聚》卷五六,第1018页。

经发生变化了;而扬雄、傅毅的颂作,或者像"言天下之事,形四方之风"的"雅"作,或者文辞与古颂相似,却混入了风雅的功能;至于马融的颂作,完全是当时的赋体,以颂体命名显然混淆了不同文体的界限。总之,挚虞以《诗经》古颂为"颂"体源头,并以此为标准对汉代的代表性作品进行了辨析,既注意到古今文辞不断变化的现象,又指出文体功能混乱和文体形式杂糅的弊病。

根据《隋书·经籍志》的记载,西晋的总集明确的还有荀勖《晋歌诗》十八卷、《晋燕乐歌辞》十卷,荀绰《古今五言诗美文》,陈勰《杂碑》二十二卷、《碑文》十五卷等,其他尚有争议的不胜枚举。这些单一文体的总集今已不存,但一方面昭示了当时总集编纂的繁荣,另一方面给挚虞《文章流别集》的编纂提供了取法对象和资料渊薮。①

二 从类别、风格到源流:魏晋文体辨析的深入发展

总集的编纂与文体的自觉密切相关。文体辨析是魏晋文学家与史学家共同关注的重点。文学集会促成了单一文体的总集,而史家编纂兼具单一文体和汇次众体的总集,甚至总集编纂的一大任务就是服务于文体辨析的需要。魏晋时期文体快速发展,文体辨析观念加强,主要有三个有机的组成部分,一是文体类别,二是文体风格,三是文体源流。② 文体类别与风格的辨析,以曹丕《典论·论文》、陆机《文赋》为代表,而文体源流的辨析,以傅玄《连珠序》《七谟序》、挚虞《文章流别论》为代表,体现了文学家与史学家文论的不同特点。

文体类别的区分,最早可追溯至《七略》。《七略》今已不存,保存在班固

---

① 由于总集认定复杂,颇有争议,比如有学者认为《魏名臣奏议》是第一部按"采撷孔翠,芟剪繁芜"方式编撰的中国文学总集(任子田、王小盾《从〈魏名臣奏议〉看魏晋文学的新变》,《南京大学学报(哲学·人文社科·社会科学版)》2014年第1期),《魏名臣奏议》收在《隋书·经籍志》刑法类,并非一种奏事,实际上是此前一切应用文章集结的延续;又如《隋书·经籍志》有无名氏的《魏宴乐歌辞》七卷、《晋歌章》十卷,或为后人辑抄,暂不列入晋朝文囿;再如杜预的《善文》,章太炎、骆鸿凯、王瑶等认为杜预《善文》是最早的总集,但《善文》属于"集经书要事",正如屈守元指出的"《善文》收录的,并不是集部之文,而是谠言、史料","盖杂抄经史诸家,无以别于类书,安得推为总集权舆?"(参见拙文《史学呈现与著述转移:魏晋集解的学术新变》,《求索》2017年第5期)《隋书·经籍志》的总集观念与今不同,不可尽从,本文只撷取明确的文学总集开展论证。

② 参见傅刚《汉魏六朝文体辨析的学术渊源》,《中国社会科学》2002年第2期。

《汉书·艺文志》当中。"诗赋略"分诗赋为五种,其中赋为一家,歌诗为一家,而赋又区分为四种,即"屈原赋类""陆贾赋类""孙卿赋类"和"客主赋类"。至于分类的原因,姚振宗认为是以体裁分,对应为"楚骚之体""不尽为骚体""赋之纤小者""尤其纤小者",顾实认为是以内容分,即"主抒情""主说辞""主效物""杂诙谐"①,两说均有道理,宜有异同,但分类的观念是不言而喻的。因此罗宗强指出:"目录分类直接影响了文体分类,而有了文体分类,对不同文体之间差别的逐渐明晰的认识才成为可能……'诗赋略'却已论及文体,谓诗赋之区别,赋之起始,因贤人失志而抒怀;诗歌则源于歌谣,感于哀乐,缘事而发。"②

东汉蔡邕的《独断》③是现存最早的提及文体分类的著作,共论及策书、制书、诏书、戒书、章、奏、表、驳议、上书等文体。兹以下行文书四体为例,《独断》说"其(汉天子)命令,一曰策书,二曰制书,三曰诏书,四曰戒书"④,则分天子命令为四体,主要明确了格式、规制和功能,间有辨体如"戒书"称"世皆名此为策书,失之远矣"⑤。《汉制度》称"帝之下书有四:一曰策书,二曰制书,三曰诏书,四曰诫敕"⑥,说法相类。经学者的考察,《汉制度》应是胡广所作⑦,《后汉书·蔡邕传》说蔡邕"少博学,师事太傅胡广"⑧,熹平六年曾受灵帝委托为胡广作颂,晋谢沈《后汉书》说"太傅胡广博综旧仪,立汉制度,蔡邕依以为志,谯周后改定以为《礼仪志》"⑨,则蔡邕的文体分类是沿袭乃师的意见,但戒书和策书的区别,属于蔡邕的发展。这四种文体的起源,刘勰认为是汉初所定的仪则,《文心雕龙·诏策》篇说:"汉初定仪则,则命有四品:一曰策书,二曰制书,三曰诏书,四曰戒敕。敕戒州郡,诏诰百官,制施赦命,策封王侯。策者,简

---

① 参见傅刚《汉魏六朝文体辨析的学术渊源》。
② 罗宗强《魏晋南北朝文学思想史》,第101页。
③ 傅刚教授据《玉海》卷五一说《独断》"采前古及汉以来典章制度、品式称谓,考证辨释,凡数百事",认为《独断》只是考释事物名称的书,并非以辨析文体为主要目的,参见傅刚《论汉魏六朝文体辨析观念的产生与发展》(《文学遗产》1996年第6期)。
④ 蔡邕《独断》,《丛书集成初编》本。
⑤ 蔡邕《独断》,《丛书集成初编》本。
⑥ 《后汉书·光武纪》卷一李贤注引,中华书局,1965年,第24页。
⑦ 参见刘跃进《〈独断〉与秦汉文体研究》,《文学遗产》2002年第5期。
⑧ 《后汉书·蔡邕传》卷六〇,第1980页。
⑨ 《后汉书·礼仪志》卷九四李贤注引,第3101页。

也。制者,裁也。诏者,告也。敕者,正也。"①学者据此坐实为汉高祖五年叔孙通开始制定礼乐制度②,但搜查史书上叔孙通制定礼仪的事迹,并未见到分别四体之说,刘勰所引,或是概括自《独断》。这些文体早已付诸使用,略翻一下史书即可了然。但将四种文体合在一起详加辨别的,应该是东汉末年的事情了。与策、制、诏、诫等体裁情况相类似的还有《独断》中的章、奏、表、驳议四体,属于上行文书的文体,来源于《汉杂事》,作者不明,或以为是胡广,除文体分类外无所创造。总之,东汉时期,文体已经非常丰富,文体分类大有发展,并且具备了初步的辨体意识,不过还局限于应用型文体。

魏晋时期的文体辨析日益深入,从曹丕到挚虞,经过近百年的探索,文体理论在不断发展中逐渐完善成熟。

首先是文体的类别。《独断》的文体分类侧重于应用性文体,《典论·论文》的"四科八体"则偏重文学性文体。文体分类必然伴随着文体辨析,蔡邕的"戒书""策书"之辩正是文体分类的产物。《典论·论文》主要是针砭当时文人相轻的现状,提出人有偏才的主张,所撷取的奏议、书论、铭诔、诗赋八种文体,主要是以举例的形式为这样的目的张本,但客观上进行了文体类别的辨析,因此学者指出"作者无论是论批评态度、作家个性,还是文章风格,都与文体辨析有关"③。曹丕的文体辨析主要体现于与卞兰的文学互动,并得到邯郸淳的理论支持。赋、颂两体地位尊崇,却是文体淆乱的重灾区。赋是铺陈写物,颂是赞美盛德,本是两体,《毛诗大序》述之分明,但汉代已出现赋颂不分的情况。《文选》王褒《洞箫赋》李善注引《汉书》载:"帝太子体不安,苦忽忽不乐,诏使褒等皆之太子宫,娱侍太子,朝夕诵读奇文,及自所造作,疾平复乃归。太子嘉褒所为甘泉及洞箫颂,令后宫贵人左右皆诵读之。"④《洞箫颂》本文具存,属于赋体,结以"乱曰",故萧统归入赋体音乐类。又《东观汉记》载:"上以所自作《光武皇帝本纪》示东平宪王苍,苍因上《世祖受命中兴颂》。上甚善之,以问校书郎,此与谁等,皆言类相如、扬雄,前代史岑比之。"⑤刘苍以《世祖

---

① 范文澜《文心雕龙注》,第358页。
② 参见刘跃进《〈独断〉与秦汉文体研究》。
③ 傅刚《〈昭明文选〉研究》,第83—84页。
④ 《文选》卷一七,第244页。
⑤ 吴树平《东观汉记校注》,中华书局,2008年,第242页。

受命中兴颂》媲美相如和扬雄的赋作,将两种不同的文体进行类比。最早对赋、颂进行讨论的是曹丕,他在《答卞兰教》中说:"赋者,言事类之所附也;颂者,美盛德之形容也。故作者不虚其辞,受者必当其实。兰此赋岂吾实哉?"①卞兰《赞述太子赋》②尚存,共有三个部分:首先是表文一则,其次是赋一篇,最后是颂一首。这种结构与《两都赋》类似,表文颇似班固的赋序,而颂则很像《两都赋》结尾的诗,主于赞美。卞兰对赋、颂的区别是很明显的:一主铺陈,一主赞美。邯郸倡是曹丕的近臣,撰《上受命述表》说:"臣抱疾伏蓐,作书一篇,欲谓之颂,则不能雍容盛懿,列伸玄妙;欲谓之赋,又不能敷演洪烈,光扬缉熙。故思竭愚,称受命述。"③则邯郸倡的文体意识非常清晰,对赋、颂的辨别也很明确,体现了以曹丕为核心的邺下文体辨析的成就。

其次是文体的风格。魏晋文体的风格论,一般以曹丕《典论·论文》和陆机《文赋》为典范。《典论·论文》说"奏议宜雅,书论宜理,铭诔尚实,诗赋欲丽"④,其中的"雅""理""实""丽"指文体应具有的写作特点,即文体的风格。曹丕《典论·论文》并不以讨论风格为务,陆机的《文赋》"诗缘情而绮靡,赋体物而浏亮,碑披文以相质,诔缠绵而凄怆,铭博约而温润,箴顿挫而清壮,颂优游以彬蔚,论精微而朗畅,奏平彻以闲雅,说炜烨而谲诳"⑤,才是认真讨论了文体的风格。陆机《文赋》撰成时间尚有争议,即以太康末入洛后创作论,已距曹丕之死有六十余年,这六十多年正是风格从萌芽到成熟的过程。曹丕《典论·论文》对文体风格的强调却属于有为而发,也与当时文体淆乱的事实息息相关。兹以"铭诔尚实"为例,曹丕提出的初衷今人已不清楚,幸赖桓范的《世要论》尚能窥见一二。《铭诔》篇说:"夫谕世富贵,乘时要世,爵以赂至,政以贿成,视常侍黄门宾客,假其气势,以致公卿牧守;所在宰莅,无清惠之政,而有饕餮之害;为臣无忠诚之行,而有奸欺之罪;背正向邪,附下罔上:此乃绳墨之所加,流放之所弃。而门生故吏合集财货,刊石纪功,称述勋德,高邈伊周,下凌管晏,远追豹产,近逾黄邵。势重者称美,财富者文丽。后人相踵,称以为义,

---

① 《三国志·魏书·后妃传》卷五裴松之注,第158页。
② 参见《艺文类聚》卷一六,第294—295页。
③ 《艺文类聚》卷一〇,第196—197页。
④ 《文选》卷五二,第720页。
⑤ 张少康《文赋校释》,人民文学出版社,2002年,第99页。

外若赞善，内为己发，上下相效，竞以为荣，其流之弊，乃至于此！欺曜当时，疑误后世，罪莫大焉！且夫赏生以爵禄，荣死以诔谥，是人主权柄。而汉世不禁，使私称与王命争流，臣子与君上俱用，善恶无章，得失无效，岂不误哉！"①"铭诔"原是表彰死者功德的文体，却在"势重者称美，财富者文丽"的阿谀奉迎社会风气下，被严重歪曲。《三国志·魏书·桓范传》载："桓范字元则，世为冠族。建安末，入丞相府。延康中，为羽林左监。以有文学，与王象等典集《皇览》。"②桓范建安末已入曹操幕，又以文学知名，黄初初应曹丕命与王象共撰《皇览》，则与曹丕关系密切，文学理论应当一致。因此，建安时期的文体风格论已经萌芽，却是植根于文体辨析的基础上，属于辨体的附属品，直到陆机《文赋》才有了明确的自觉。

最后是文体的源流。如果说曹丕和陆机的贡献主要是辨析文体分类和风格，那么辨析文体源流则是傅玄、挚虞等人的创造，这是文学家和史学家文体理论的分野。傅玄《连珠序》说："所谓连珠者，兴于汉章帝之世，班固、贾逵、傅毅三子受诏作之，而蔡邕、张华之徒又广焉。其文体辞丽而言约，不指说事情，必假喻以达其旨，而贤者微悟，合于古诗劝兴之义。欲使历历如贯珠，易睹而可悦，故谓之连珠也。班固喻美辞壮，文章弘丽，最得其体。蔡邕似论，言质而辞碎，然旨笃焉。贾逵儒而不艳。傅毅文而不典。"③傅玄说班固行文"历历如贯珠"，是体现连珠体的典型作者。而蔡邕创作连珠颇似"论"体，流于"言质而辞碎"，贾逵儒雅典正而辞藻乏艳，傅毅辞藻华艳却不典正。《文章流别论》述"赋"体云："赋者，敷陈之称，古诗之流也。前世为赋者，有孙卿、屈原，尚颇有古之诗义，至宋玉则多淫浮之病矣。《楚词》之赋，赋之善者也。故扬子称赋莫深于《离骚》；贾谊之作，则屈原俦也。"④指出赋渊源于古诗，以荀子、屈原的作品为正宗；又如"颂"体，典型地体现了文体流传中的变迁，"昔班固为《安丰戴侯颂》，史岑为《出师颂》《和熹邓后颂》，与《鲁颂》体意相类，而文辞之异，古今之变也。扬雄《赵充国颂》，颂而似雅，傅毅《显宗颂》，文与《周颂》相

---

① 《群书治要》卷四七，《丛书集成初编》本，第837页。
② 《三国志·魏书·桓范传》卷九，90页。
③ 《艺文类聚》卷五七，第1035页。
④ 《艺文类聚》卷五六，第1002页。

似,而杂以风雅之意。若马融《广成》《上林》之属,纯为今赋之体,而谓之颂,失之远矣"①。

总之,文体类别的辨析在东汉已经萌芽,积累了一定的实践经验,但魏晋是文体自觉的时期,经过近百年的发展,文体类别、文体风格和文体源流都趋于成熟。就魏晋总集的形成而言,文学集会的总集注重文体类别和风格,史学家编纂的总集更注重文体类别和源流。

三 从"网罗放佚"到"采摘孔翠":模拟写作的现实需要

《四库全书总目》归纳总集的两个功能是:"一则网罗放佚,使零章残什,并有所归;一则删汰繁芜,使莠稗咸除,菁华毕出。"②《隋书·经籍志》总集小序说:"晋代挚虞,苦览者之劳倦,于是采摘孔翠,芟剪繁芜,自诗赋下,各为条贯,合而编之,谓为《流别》。"我们以"网罗放佚"和"采摘孔翠"来总结总集的两种功能。最早的总集是曹丕的《邺中集》,曹丕为了表达对文友遽逝的怀念,收集了他们的作品,因此体现了"网罗放佚"的功能。石崇的《金谷集》也是收集了金谷园吟咏的诗歌,但区别于曹丕的纪念亡友的性质,带有斯文荟萃、名传后世的动机。"网罗放佚"不免有精粗并存的弊病,当时人没有抄写保存揣摩的必要,流传未必广泛,因此总集最重要且最具影响力的功能是"采摘孔翠"。总集"采摘孔翠"功能的形成,最早由曹植的"七"体等模拟写作开辟了路径,再由傅玄《七林》的编纂纳入总集的实践,最终由挚虞的《文章流别集》以汇次众体的集大成方式正式确立。"采摘孔翠"点明《文章流别集》的本质是选本,目的是提供写作的遵循,从模拟进入写作,这是古往今来学习写作的基本路径。《文选》的编纂,也是提供学习的榜样,使学者取法代表作家作品,而辨体的目的,也是使学者掌握文体的特点和规格,不致淆乱文体、步入歧途③。唐宋时期盛行的类书,最初的目的也是作为写作的资料汇编。

---

① 《艺文类聚》卷五六,第1018页。
② 《四库全书总目》卷一八六,中华书局,1965年,第1685页。
③ 参见傅刚《〈昭明文选〉研究》,第178页。

模拟创作在汉代已经盛行①。楚辞的"九体"模拟《九歌》,大赋的"七体"模拟《七发》。扬雄是西汉的模拟名家,《汉书》本传说:"往往摭《离骚》之文而反之,自岷山投诸江流以吊屈原,名曰《反离骚》,又旁《离骚》作重一篇,名曰《广骚》,又旁《惜诵》以下至《怀沙》一卷,名曰《畔牢愁》。""其意欲求文章成名于后世,以为经莫大于《易》,作《太玄》;传莫大于《论语》,作《法言》;史篇莫善于《仓颉》,作《训纂》;箴莫善于《虞箴》,作《州箴》;赋莫深于《离骚》,反而广之;辞赋莫丽于相如,作四曲。皆斟酌其本,相与放依而驰骋云。"②扬雄想以文章闻名后世,他的模拟有与古人争衡的意味。东汉末年的模拟已渐至文体。挚虞《三辅决录注》曰:"是时纲维不摄,阉竖专权。岐拟前代连珠之书四十章上之,留中不出。"③赵岐卒于建安六年(201),察其拟作本意是要讽谏皇帝,当时政治腐败,阉宦执政,最终未能如愿,则连珠体的创作在黄巾起义(184)之前,同时表明模拟有强烈的目的性。赵岐所模拟前代的作家,史书有阙,但通过傅玄的《连珠序》可略窥一二。傅玄《连珠序》说:"所谓连珠者,兴于汉章帝之世,班固、贾逵、傅毅三子受诏作之,而蔡邕、张华之徒又广焉。其文体辞丽而言约,不指说事情,必假喻以达其旨,而贤者微悟,合于古诗劝兴之义。欲使历历如贯珠,易睹而可悦,故谓之连珠也。班固喻美辞壮,文章弘丽,最得其体。蔡邕似论,言质而辞碎,然旨笃焉。贾逵儒而不艳。傅毅文而不典。"④傅玄交代了连珠体的兴起时间和代表作家及风格,早于赵岐的就有班固、贾逵、傅毅、蔡邕等人,赵岐卒后十余年,傅玄才出生,傅玄所见,赵岐自然是可以见到的。儒家经典是创作的基础,模拟经典作文是正常的现象,但模拟连珠和七体等文学性体裁,却是建安前后的新气象。

建安时期模拟之风已经炽盛,曹植称为"建安之杰",善于模拟汉代诗赋,成就了大量的传世名篇。在乐府模拟上,如《野田黄雀行》("置酒高殿上")是模拟汉乐府古歌《上金殿》,汉乐府只是描写了宴饮的过程,而曹植模拟宴饮过程的结尾却以时光的流逝来强调建功立业的紧迫;《美女篇》模仿《陌上桑》,

---

① 关于模拟之风的原因和动机,参见张伯伟《中国古代文学批评方法研究》,中华书局,2002年,第127—136页。
② 《汉书·扬雄传》卷八七,中华书局,1962年,第3515页。
③ 《三国志·吴书·吴主传》卷四七,第1125页。
④ 《艺文类聚》卷五七,第1035页。

将罗敷嘲弄使君改成了美女中夜长叹,改变了原诗的叙事体裁和讽刺主题;再如汉乐府《薤露行》,曹操改为"惟汉廿二世,所任诚不良。沐猴而冠带,知小而谋强",曹植即以《惟汉行》为题,属于自创乐府新题。在古诗模拟上,如曹植《七哀诗》代思妇怨叹称"明月照高楼,流光正徘徊","君若清路尘,妾若浊水泥。浮沉各异势,会合何时谐? 愿为西南风,长逝入君怀。君怀良不开,贱妾当何依?"等,分明受到《古诗十九首》的影响。在赋作模拟中,曹植曾模拟扬雄的《酒赋》,他说:"余览扬雄《酒赋》,辞甚瑰玮,颇戏而不雅,聊作《酒赋》,粗究其终始。"①"究其终始"便有深入学习的意思。王粲亦有同题之作,王粲卒于建安二十二年(217),则模拟《酒赋》在建安年间。《七启》是曹植现存最长的一篇作品。《七启序》说:"昔枚乘作《七发》、傅毅作《七激》、张衡作《七辩》、崔骃作《七依》,辞各美丽,余有慕之焉! 遂作《七启》,并命王粲作焉。"②曹植的模拟,是因为"七"体的"辞各美丽,余有慕之",已经没有了扬雄的传名后世和赵岐的针砭时政,而是出于审美目的的纯粹文学活动,属于邺下文学趋于自觉的佐证。曹植的模拟写作是建安诗赋创作的新途径。邺下时期文学创作的繁荣,得益于文学集会和同题创作的刺激,已见前述;但是对同一文体进行收集并进行揣摩模拟创作,唯见曹植和王粲的"七"体,这是在文学集会之外,推动文学创作的又一途径。曹植《七启序》提及的作品有枚乘《七发》,是"七"体的开创性代表作,而傅毅《七激》、张衡《七辩》、崔骃《七依》,也都是"七"体史上的名作。如果曹植将这些作品集合在一起,那么就是最早的单一文体总集,可惜我们没有看到这样的记载,但也揭示了总集的"采摘孔翠"功能最早来自模拟写作的事实。

魏末傅玄的总集《七林》弥补了曹植的遗憾,而文论《七谟序》是在曹植"七"论基础上的重大发展。傅玄擅长模拟,他的乐府诗也模拟汉乐府,如《艳歌行》全袭《陌上桑》,甚至只作个别字的改动,比如改"自名为罗敷"为"自字为罗敷",描写上也毫无新意,甚至不如原诗,比如"首戴金翠饰,耳缀明月珠。白素为下裙,丹霞为上襦"不如"头上倭堕髻,耳中明月珠。缃绮为下裙,紫绮为上襦",诗末说"天地正厥位,愿君改其图",表达了儒家正统思想。他的《七

---

① 赵幼文《曹植集校注》,中华书局,2016 年,第 184 页。
② 《文选》卷三四,第 484 页。

谟序》正是为模拟"七"体而作。《七谟序》说:"世之贤明,多称《七激》工,余以为未尽善也。《七辩》似也,非张氏至思,比之《七激》,未为劣也。《七释》金曰妙哉,余无间矣。若《七依》之卓轹一致,《七辩》之缠绵精巧,《七启》之奔逸壮丽,《七释》之精密闲理,亦近代之所希也。"①傅玄为创作《七谟》曾收集古今的"七"体作为模拟的范本,因此选择的作家作品在"七"体史上具有代表性,曹植所欣赏的傅毅《七激》、张衡《七辩》、崔骃《七依》,也得到了傅玄的认可,专门进行了品评,认为《七辩》不输《七激》,赞扬了《七依》,对于曹植的《七启》和王粲的《七释》也推崇备至。傅玄的总集《七林》和理论《七谟序》开创了通过编纂总集来辨析文体的形式。

陆机与陆云并称"二俊",是西晋的代表作家,他们关于模拟写作的往复讨论,不仅说明了文体辨析在西晋已经成为普遍的要求,而且揭示了文体辨析的目的是模拟写作。陆云《与兄平原书》说:"蔡氏所长,唯铭颂耳。铭之善者,亦复数篇,其余平平耳。兄诗赋自与绝域,不当稍与比校。张公昔亦云:兄新声多之不同也,典当,故为未及。彦藏亦云尔。又古今兄文所未得与校者,亦惟兄所道数都赋耳。其余虽有小胜负,大都自皆为雄耳。张公父子亦语云:兄文过子安。子安诸赋,复不皆过,其便可,可不与供论。云谓兄作《二京》,必传无疑,久劝兄为耳。又思《三都》,世人已作,是语触类长之,能事可见。《幽通》《宾戏》之徒自难作,《宾戏》《客难》可为耳,答之甚未易。东方氏所不得全其高名,颇有答极。"②当时人颇有将陆机与蔡邕相比较者,陆云认为蔡邕善于铭颂,而陆机长于诗赋,诗赋与铭颂"自与绝域",是不能够比较的,这里也是有意识地进行辨体。因此说模拟前人的作品,也有与原作一较短长的意味。葛晓音教授也指出当时文人模拟的目的是"借以逞才炫博,与古人比美争胜"③。但是模拟旧作应遵守原作的形式规范与风格特征,陆云说:"一日视伯喈《祖德颂》,亦以述作宜褒扬祖考为先。聊复作此颂,今送之,愿兄为损益之,欲令省而正自辄多,欲无可如省。碑文通大悦愉,有似赋。"④又说自己在拟作过程中

---

① 《太平御览》卷五九〇,第 2657 页。
② 陆云《与兄平原书》其一六,刘运好《陆士龙文集校注》,凤凰出版社,2010 年,第 1082—1083 页。
③ 葛晓音《八代诗史(修订本)》,中华书局,2007 年,第 87 页。
④ 陆云《与兄平原书》其三〇,《陆士龙文集校注》,第 1131—1132 页。

遭遇的困难说："闲视《大荒传》，欲作《大荒赋》，既自难工，又是大赋，恐交自困绝异。"①陆云模仿蔡邕的《祖德颂》创作同名之作，仍然以褒扬祖考为目的，体裁和内容应无变化，但他感觉有赋体化的倾向。当他看到《大荒传》，有意创作同样题材的《大荒赋》，又担心自己的才力不足以驾驭大赋。总之，通过陆云的一席话，知其是重视文体规范的。但是后来的作者不顾文体特征，热衷于自逞己意。如陆云批评模仿《楚辞》的"九"体作品说："又见作《九》者，多不祖宗原意，而自作一家说。"②陆云指出一些模仿《九章》的作品，大多数违背原作的意思而自成一说，这显然是不符合拟作的标准。陆云指出模拟中淆乱文体的问题在西晋普遍存在，因此呼吁要遵循文体的特征，说明辨体已经成为时代的需求，辨体的目的是模拟写作，因此挚虞的《文章流别论》注重文体辨析，正是响应了时代的需要。

挚虞也认同当时的模仿风气，《文章流别论》说："诗颂箴铭之篇，皆有往古成文，可放依而作。惟诔无定制，故作者多异焉。见于典籍者，《左传》有鲁哀公为孔子诔。"③他认为诗、颂、箴、铭等有经典的依据，直接模仿学习写作就可以了。但"诔"最早是《左传》所载的鲁哀公的作品，不是出于圣人之手，故不能作为经典依据。《文章流别论》又说："扬雄《赵充国颂》，颂而似雅。傅毅《显宗颂》，文与《周颂》相似，而杂以风雅之意。若马融《广成》《上林》之属，纯为今赋之体，而谓之颂，失之远矣。"④指出扬雄、傅毅、马融等颂体作品的问题，即出于纠正偏失的目的。模拟之风的盛行，需要向前人的作品进行借鉴，这也客观上需要有一部汇集各体优秀文章的总集；而当时文士的模拟之作，有时并不追溯最初的形式规范，而以后来变乱的文体为标准，因此需要对文体的流别进行梳理甄别，才能弄清文体的规范。《文章流别集》的出现正是符合时代的需要，而《文章流别论》的写作也正是回应时代的关切。《文章流别集》撷取精华以为垂范，《文章流别论》辨别文体标举正宗，两者合而为一，共同为模拟写作指明方向，正所谓"同归而殊途，一致而百虑"（《易·系辞》）。

---

① 陆云《与兄平原书》其一八，《陆士龙文集校注》，第1090页。
② 陆云《与兄平原书》其一七，《陆士龙文集校注》，第1086页。
③ 《太平御览》卷五九六，第2684页。
④ 《艺文类聚》卷五六，第1018页。

《文章流别集》位列《隋书·经籍志》总集之首,具有重要的地位,"是后文集总抄,作者继轨,属辞之士,以为覃奥,而取则焉",究其原因正是《文章流别集》的汇次众体给模拟写作提供了典范。许云和教授指出《隋志》总集概念的中心内涵乃是"选"而非"总","选"是总集的根本特征,是总集的灵魂,是总集的主流,因此奉《文章流别集》为圭臬;并认为晋南北朝的总集编撰承担了文学教育的责任和义务,目的是培养文学创作人才,繁荣文学创作服务①。这一说法是相当准确的。

四　书写载体革命的促进:纸简替代与文集编纂的繁荣

　　建安末期编集的观念已经趋于成熟,但是编集的实践却寥寥无几,而且仅限于王公贵族,到了魏末晋初,文集突然大量涌现,这就不得不从纸简代替的书写载体变革入手来观察总集盛行和《文章流别集》成功的原因。

　　总集的产生与发展与汉末建安以来纸简代替的载体革命相关②。东汉时期,纸张已经出现,却未能成为典籍的载体。一是纸中善品,产量稀少,属于贡物。安帝永初年间(107—113),和熹邓后临朝,所受贡物即有纸张,《东观汉记》说"和熹邓后即位,万国贡献悉禁绝,惟岁时供纸墨而已"③,又《后汉纪》说"初,阴后时诸家四时贡献,以奢侈相高,器物皆饰以金银。后不好玩弄,珠玉之物,不过于目。诸家岁时裁供纸墨,通殷勤而已"④。二是纸中恶品,产量颇丰,用于书信。如崔瑗与葛元甫书说"今遣奉书,钱千为贽,并送许子十卷,贫不及素,但以纸耳"⑤,又马融与窦伯向书说"孟陵奴来,赐书,见手迹,欢喜何量,次于面也。书虽两纸,纸八行,行七字,七八五十六字,百一十二言耳"⑥,又延笃答张奂书说"惟别三年,梦想言念,何日有违?伯英来,惠书盈四纸,读之

---

① 许云和《经典建构:〈隋书·经籍志〉总集的范式意义》,《文学遗产》2015 年第 4 期。
② 查屏球指出纸简替代对于当时的文学新变颇有影响,但未注意到与文集演变的关系,参见氏著《纸简替代与汉魏晋初文学新变》(《中国社会科学》2005 年第 5 期)。
③ 《初学记》卷二一,第 520 页。
④ (晋)袁宏《后汉纪》,中华书局,2002 年,第 285 页。
⑤ 《艺文类聚》卷三一,第 560 页。
⑥ 《艺文类聚》卷三一,第 560 页。

三复,喜不可言"①,又张奂与阴氏书说"笃念既密,文章灿烂,名实相副。奉读周旋,纸弊墨渝,不离于手"②。崔瑗(77—142)、马融(79—166)、延笃(?—167)、张奂(104—191)俱是东汉中后期人,用纸的领域只在书信,取其方便携带、无须保存。建安年间,纸已经在公文上普遍使用。孙权寄书与曹操说"春水方生,公宜速去",又别纸曰"足下不死,孤不得安"③,已是通过纸传递信息了。曹操令称"自今诸掾属侍中、别驾,常以月朔各进得失,纸书函封,主者朝常给纸函各一"④。《文士传》说:"杨修为魏武主簿,尝白事,知必有反覆教,豫为答数纸,以次牒之而行,告其守者曰:'向白事,每有教出,相反覆,若案此弟连答之。'已而有风,吹纸乱,遂错误,公怒推问,修惭惧,以实答。"⑤总之,东汉时期的纸张使用,仅仅局限于讲究便携和快捷的公文和书信,当时重要的经、史、子书,均未发现书写于纸张的记载。初平元年(190),董卓移都长安,秘府藏书散乱,《后汉书·儒林传》说"自辟雍、东观、兰台、石室、宣明、鸿都诸藏典策文章,竞共剖散,其缣帛图书,大则连为帷盖,小乃制为縢囊"⑥,可知东汉末年朝廷的藏书多是简册和帛书,而未提及以纸张。直到建安初期,木片仍然是重要场合的书写载体。如《后汉书·祢衡传》载:"(刘)表尝与诸文人共草章奏,并极其才思。时衡出,还见之,开省未周,因毁以抵地。表怅然为骇。衡乃从求笔札,须臾立成,辞义可观。表大悦,益重之。"⑦祢衡于建安三年(198)为黄祖所杀,则此事早于建安三年。又如《后汉书·荀悦传》说"帝好典籍,常以班固《汉书》文繁难省,乃令悦依《左氏传》体以为《汉纪》三十篇,诏尚书给笔札"⑧,刘跃进《秦汉文学编年史》系此事于建安三年⑨。曹魏黄初年间的纸张使用比较普遍。曹魏官府设有专门管理纸张的机构,名曰"诸纸署监",职列九品,则纸张已纳入专门管理。黄初三年(222),曹丕赠著作与孙权、张昭,胡冲

---

① 《艺文类聚》卷三一,第560页。
② 《艺文类聚》卷三一,第560页。
③ (唐)许嵩《建康实录》,中华书局,1986年,第14页。
④ 《初学记》卷二一,第517页。
⑤ 《艺文类聚》卷五八,第1053页。
⑥ 《后汉书·儒林列传》卷一九,第2548页。
⑦ 《后汉书·祢衡传》卷八〇,第2656页。
⑧ (宋)王应麟《玉海》卷四七,广陵书社,2007年,第888页。
⑨ 刘跃进《秦汉文学编年史》,商务印书馆,2006年,第629页。

《吴历》说:"帝以素书所著《典论》及诗赋饷孙权,又以纸写一通与张昭。"①孙权是吴王,曹丕给予的是"素书",张昭地位显赫②,曹丕赠予的是"纸",则纸在魏初已经是文史作品的誊写载体。曹丕《与吴质书》说"顷撰其遗文,都为一集,观其姓名,已为鬼录"③,刘跃进先生认为作于建安二十三年④,此时距黄初三年,不过四五年间,纸张也应当成为文学作品的书写载体。曹丕编撰总集《邺中集》和别集《王粲集》《繁钦集》,《典论·论文》提高了文学地位和邺下时期频繁的文学集会推动固然起了重要的作用,但书写载体的进步同样功不可没。

魏晋之际是纸张革命的关键时期,而纸张工艺技术发生巨大变化却是在晋代。潘吉星《中国造纸史》说:"如果说汉魏时书写记事材料是帛简与纸并用,而纸只作为新型材料异军突起,还不足以完全取代帛简,那么这种情况在晋以后则发生了变化。由于晋代已造出大量洁白平滑而方正耐折的纸,人们就不必再用昂贵的缣帛和笨重的简牍去书写了,而是逐步习惯用纸,以至最后使纸成为占支配地位的书写记事材料,彻底淘汰了过去使用近千年的简牍。西晋初虽然时而用简,但到东晋以来便都以纸代简。有的统治者甚至明文规定以纸为正式书写材料,凡朝廷奏议不得用简牍,而一律以纸代之。"⑤作者又用了大量的出土实物证明西晋初年纸张已经得到广泛的应用,到了怀帝永嘉年间,纸张在日常书写中占据压倒性优势。我们尚可根据传世文献来重温纸张流行的盛况。

西晋初期,纸张已经被文士普遍使用。如左思作《三都赋》"门庭藩溷皆著笔纸,遇得一句,即便疏之"⑥,撰竣后"于是豪贵之家竞相传写,洛阳为之纸贵"⑦。西晋年间的纸张工艺发展,以及纸张的大量使用,使文士作品易于创作

---

① 《三国志·魏书·文帝纪》卷二裴注引,第89页。
② 《三国志·吴书·张昭传》卷五二载"孙策创业,命昭为长史、抚军中郎将,升堂拜母,如比肩之旧,文武之事,一以委昭",第1219页。张昭也屡得北方士大夫赞美他的书疏,这与他的学者身份有关,本传说他著有《春秋左氏集解》及《论语注》传世。
③ 《文选》卷四二,第591页。
④ 刘跃进《曹丕与吴质的书信往还(二)》,《文史知识》2016年第4期。
⑤ 潘吉星《中国造纸史》,上海人民出版社,2009年,第133页。
⑥ 《晋书·左思传》卷九二,第2376页。
⑦ 《晋书·左思传》卷九二,第2377页。

和传播,从而推动了总集编纂的兴盛。现存最早呈现这场变革成果的文章是傅咸的《纸赋》,说:

> 盖世有质文,则治有损益;故礼随时变,而器与事易。既作契以代绳兮,又造纸以当策。犹纯俭之从宜,亦惟变而是适。夫其为物,厥美可珍。廉方有则,体洁性真。含章蕴藻,实好斯文。取彼之弊,以为此新。揽之则舒,舍之则卷。可屈可伸,能幽能显。若乃六案乖方,离群索居,鳞鸿附便,援笔飞书,写情于万里,精思于一隅。①

傅咸敏锐地察觉到以纸代简的重要性,变革的力度堪比书契代结绳;又对纸的质量进行了描述,说"廉方有则,体洁性真","揽之则舒,舍之则卷。可屈可伸,能幽能显",赞美了纸的形状、柔韧和便携性。傅咸为纸作赋,自然是欣喜于纸张的质量较高、成本较低,又易于携带,便捷了人们的交往,说明傅咸时代的造纸技术有了很大的发展,纸张的价廉物美进一步凸显出来,因此傅咸才觉得新奇,继而作赋予以赞扬。文人的日常用品,傅玄也有吟咏,现存有《笔赋》和《砚赋》等作品,却没有《纸赋》,说明傅玄尚没有看到造纸工艺的进步,尤其《笔赋》说"尔乃染芳松之淳烟兮,写文象于纨素"②,涉及的书写载体仍然是绢素,当然也可能是取班婕妤"新裂齐纨素"的典故,总之没有表露出对纸张的重视。傅玄卒于278年,傅咸卒于294年,相距的这十七年,很可能是造纸工艺取得巨大进步的时期。随着造纸工艺的进步,纸张在正式场合中渐渐为人接受,并且从宫廷走向民间、从书信扩至典籍,开始取代通行千年的简牍成为最主要的载体。傅咸《吊秦始皇赋》说"搦纸申辞,以吊始皇"③,左思作《三都赋》说"门庭藩溷皆著笔纸,遇得一句,即便疏之"④,撰竣后"于是豪贵之家,竞相传写,洛阳为之纸贵"⑤,说明纸张已很普遍。陈寿死时,惠帝"诏下河南,遣吏赍纸笔就寿门下,写取《国志》"⑥,已经用纸张来记录史籍了。东晋安帝元兴

---

① 严可均根据《艺文类聚》《初学记》和《太平御览》整理,见《全晋文》卷五一,第1752页。
② 《艺文类聚》卷五八,第1055页。
③ 《艺文类聚》卷四〇,第728—729页。
④ 《晋书·左思传》卷九二,第2376页。
⑤ 《晋书·左思传》卷九二,第2377页。
⑥ 《艺文类聚》卷五八《杂文部·纸》引王隐《晋书》,第1053页。

三年(404),桓玄颁布以纸代简令,标志着纸简代替的完成。

　　纸简代替促进了别集和总集编纂的繁荣,为《文章流别集》的编纂提供了资料的准备。曹魏时期的别集可知者甚少,明确的有建安末期曹丕编纂的《王粲集》《孔融集》和《繁钦集》;曹植的别集有三种,分别是自编的《前录》、曹志提及的有目录的家集、魏明帝编纂的《陈思王集》①;另外还有孙吴薛综的《私载》,俱属于上层人士。钱志熙教授说"东汉以来,整理个人的诗文著述录上,是朝廷的行为,但只有具有特殊身份之人,其著作文章才被结集"②。在简帛载体为主的时代,结集成本较高,既非衣食所在的儒家经典,又非不惜成本的传世子书,普通人没有结集的必要。随着纸张的流行,西晋时期的文学创作越发风行,荀勖根据秘阁藏书编《中经新簿》,将诗赋、图赞等列入丁部,说明文学性著作繁多,在规模上与经书、诸子和史书并驾齐驱。丁部规模的增长最突出的是别集编纂的盛行。陈寿曾奉命整理诸葛亮的作品,说"亮言教书奏多可观,别为一集"③,成为《诸葛氏集》。陈寿上表明言在泰始十年(274),则此集作成于泰始年间。根据荀勖的《文章叙录》的佚文来看,涉及夏侯惠、荀纬、应璩、应贞、韦诞、孙该、杜挚、裴秀、嵇康、缪袭、何晏等十一人,至少有十人有文集可考④,活跃在曹魏后期和晋武帝时期。因此学者推测"《文章叙录》收录作品的范围偏重于当时的'近代',作者主要是魏朝后期至西晋初的人物"⑤,并认为《文章叙录》即《新撰文章家集》。如果加上《诸葛氏集》,曹魏后期至晋初的别集,当时至少已有十二家。诸如此类,足以说明西晋别集的繁荣。而西晋总集的繁荣,已见前述,明确的有傅玄《七林》、荀勖《晋歌诗》《晋燕乐歌辞》、陈勰《杂碑》《碑文》、荀绰《古今五言诗美文》、石崇《金谷集》等。挚虞曾在太安年间(302—304)任秘书监,《隋书·经籍志》总集小序说"总集者,以建安之后,辞赋转繁,众家之集,日以滋广,晋代挚虞,苦览者之劳倦,于是采摘孔翠,芟剪

---

① 参见吴光兴《以"集"名书与汉晋时期文集体制之建构》,《文学遗产》2016年第1期。
② 钱志熙《早期诗文集形成问题新探——兼论其与公宴集、清谈集之关系》,《齐鲁学刊》2008年第1期。
③ 《三国志·蜀书·诸葛亮传》卷三五,第927页。
④ 参见吴光兴《以"集"名书与汉晋时期文集体制之建构》。
⑤ 吴光兴《荀勖文章叙录、诸家"文章志"考》,《周勋初先生八十寿辰纪念文集》,中华书局,2008年,第183页。

繁芜,自诗赋下,各为条贯","众家之集,日以滋广"正是当时文集繁荣状态的真实记录,秘书监负责中秘图书的典藏工作,最有条件披览大量的书籍。挚虞《文章流别集》能够有条件采撷精华、删减繁芜,正是诸如傅玄《七林》等总集和陈寿《诸葛氏集》等别集涌现的结果。

结　论

魏晋之际,总集从曹丕《邺中集》的肇始,到挚虞《文章流别集》的成熟状态,其间经历了近百年的时间。总集的基本因素俱已完备:形成动力是文学集会和史官编纂,基本功能是"网罗放佚"和"采摘孔翠",编集宗旨是风雅纪念和指导写作。《邺中集》和《金谷集》的产生,是文学集会刺激的结果,这与建安末期和西晋初期文学兴盛的情况相呼应。《七林》和《文章流别集》的产生,分别是曹魏末年和西晋末年,彼时文学创作趋于消歇,它们的出现与文学创作的情况无关,更多的是受到史学兴起的影响。傅玄和挚虞都是史学家,却不是有成就的文学家,他们以史学的眼光来选择代表作家作品,本意在于为创作提供典范,因此在选择过程中自然而然地进行文体辨析,也在客观上描述了各体文学发展的源流演变,具有了文学史的意义。文体辨析是魏晋总集的理论基础,曹丕《典论·论文》提出"四科八体",并辨析赋、颂的区别,已注重文体的分类和风格,陆机《文赋》总述十类文体,在文体细分和风格提炼上有了进一步的发展,反映了文学家的辨体特点,但辨析文体的源流却是由傅玄《连珠序》《七谟序》和挚虞《文章流别论》完成的。模拟写作是魏晋总集编纂的重要任务。模拟经典是古人创作的出发点,随着魏晋文学的自觉,文人的模拟需求日益迫切。曹植是"建安之杰",尚有与王粲模拟扬雄《酒赋》和"七"体的记载;傅玄《七谟序》对前代优秀"七"体作品进行了品评并撰总集《七林》,显然有指导写作的意味;挚虞《文章流别论》对诗、赋、颂、铭、七等多种文体进行了辨析,说明《文章流别集》是为模拟写作提供经典遵循,故而取得了"属辞之士,以为覃奥,而取则焉"的结果。魏晋正值纸简替代的关键时期,这是书写载体发展史上的重大革命,纸张传播的价廉物美、轻巧便捷,促进了当时的文学创作。纸简替代促成了学术的新变,也推动了文集的编纂。曹魏时期的文集数量有限,编纂者属于上层社会,而西晋的文集编纂风行,数量空前增多,无论别集和总集都明显增多。挚虞在秘书监任内完成汇次众体的《文章流别集》,正是别集和总集繁荣的结果。

(山东大学文学院)

诗与杂传:陶渊明与魏晋《高士传》

卞东波

一 问题的提出

晚近以来,北美的中国古典文学研究在文学文化史的研究范式下呈现出一个有趣的趋向,即重视文本阅读与写作之间的关系,探讨阅读对写作的介入。宇文所安教授及其弟子出版了一系列著作来探讨这一问题,如宇文教授本人的《中国早期古典诗歌的生成》、田晓菲教授的《尘几录:陶渊明与手抄本文化》、倪健(Christopher M. B. Nugent)教授的《发于言、载于纸:唐代诗歌的制作与流传》,以及王宇根教授的《万卷:黄庭坚和北宋晚期诗学中的阅读与写作》①讨论到手抄本文化、印刷术对文本生成的影响,令人耳目一新。

2010年,加州大学柏克利分校罗秉恕(Robert Ashmore)教授出版的《阅读

---

① 宇文所安《中国早期古典诗歌的生成》(*The Making of Early Chinese Classical Poetry*, Cambridge: Harvard University Asia Center,2006;中译本,生活·读书·新知三联书店,2012年)、田晓菲教授的《尘几录:陶渊明与手抄本文化》(*Tao Yuanming and Manuscript Culture: The Record of A Dusty Table*, Seattle: University of Washington Press,2005;中文版,中华书局,2007年)、倪健(Christopher M. B. Nugent)教授的《发于言、载于纸:唐代诗歌的制作与流传》(*Manifest in Words, Written on Paper: Producing and Circulating Poetry in Tang Dynasty China*, Cambridge: Harvard University Asia Center,2010)以及王宇根教授的《万卷:黄庭坚和北宋晚期诗学中的阅读与写作》(*Ten Thousand Scrolls: Reading and Writing in the Poetics of Huang Tingjian and the Late Northern Song*, Cambridge: Harvard University Asia Center,2011;中文版,生活·读书·新知三联书店,2015年)。

之神"移":陶潜所处时代的文本和诠释》①,也是从这个视角来讨论陶渊明的新著。该书讨论了陶渊明研究中的一个新问题,即陶渊明所处的魏晋时代的人们如何阅读,并如何将阅读的文本神"移"到他们的文学创作中。罗秉恕认为,陶渊明是六朝时期最有"读者性"的诗人,最有代表性的阅读是对儒家经典的阅读,而《论语》是"唯一一部最重要的文本"②,故《阅读之神"移"》重点讨论了六朝人以及陶渊明对《论语》的阅读,以及六朝人阅读《论语》的方式对陶渊明的影响。

《阅读之神"移"》研究的不是传统意义上中国文学传统或古典传统对陶渊明影响的问题,而是陶渊明所处的时代对经典文本的理解或阅读怎么对陶渊明产生影响,并如何反映到陶渊明写作中的。田晓菲教授对该书予以充分的肯定,同时又指出罗秉恕研究的局限性,即陶渊明作为魏晋人,可能道家的著作,如《庄子》对他也有很大的影响,光谈《论语》阅读,而不谈当时影响更大的《庄子》阅读对陶渊明的影响,似乎失之偏颇。在书评的结尾,田晓菲教授说:"如果我们意欲本着历史主义精神来丰满东晋阅读文化的语境,我们首先应该提出的问题是,在东晋时代的物质文化和社会条件下,人们都有机会接触到哪些书籍?"③所以,她提出通过"陶渊明的书架"来"窥测当时的思想文化、阅读文化以及物质文化"。在后来发表的论文《陶渊明的书架和萧纲的医学眼光:中古的阅读与阅读中古》中④,她对上述问题又进行了深入探讨。田晓菲教授的书评也提出本文关注的问题,即"《高士传》收录了九十余人,陶诗却只关注其中的极少数,其选择去取值得玩味"⑤。笔者拟在田晓菲教授提出的问题基础上,再作进一步的研究。

---

① Robert Ashmore, *The Transport of Reading: Text and Understanding in the World of Tao Qian* (365—427), Cambridge: Harvard University Asia Center, 2010. 本处中文译名参考了张月博士的翻译。
② 参见田晓菲教授关于该书的书评,载香港中文大学《中国文化研究所学报》2012年第54期。
③ 田晓菲评罗秉恕《阅读之神"移"》,《中国文化研究所学报》2012年第54期,第364页。
④ 田晓菲《陶渊明的书架和萧纲的医学眼光:中古的阅读与阅读中古》,载傅刚主编《中国古典文献的阅读与理解——中美学者"黉门对话"集》,北京大学出版社,2017年,第144—172页。
⑤ 田晓菲评罗秉恕《阅读之神"移"》,《中国文化研究所学报》第54期,第365页。

二　以隐为高：六朝高士类杂传之撰作与影响

在积极入世的儒家观念中，隐逸并不具有正面的价值，孔子曾多次与先秦的隐士相遇，但他明确表明了自己的观点，即他不会放弃自己作为士对社会与国家的责任而栖隐山林，默默无为。最具代表性的是《论语·微子》中的一段话："鸟兽不可与同群。吾非斯人之徒与而谁与？天下有道，丘不与易也。"他也不会为个人的独善其身，而破坏了社会的伦理秩序："不仕无义。长幼之节，不可废也；君臣之义，如之何其废之？欲洁其身，而乱大伦。君子之仕也，行其义也。道之不行，已知之矣。"（《论语·微子》）总之，儒家并不以隐为高，在政治失意时才会想到隐逸，如孔子说："道不行，乘桴浮于海。"（《论语·公冶长》）孟子则说："穷则独善其身，达则兼善天下。"（《孟子·尽心下》）

不过另外一些儒家经典却对隐持高扬的态度，《易·蛊》中就说："不事王侯，高尚其事。"又说："幽人，贞吉。"（《易·履》）又曰："君子之道，或出或处，或默或语。"（《易·系辞上》）《礼记·月令》中也说：季春之月"聘名士，礼贤者"，郑玄注曰："名士，不仕者。"孔颖达疏曰："名士者，谓其德行贞绝，道术通明，王者不得臣，而隐居不在位者也。"（《礼记正义》，《十三经注疏》本）这种对隐及隐士的崇重，主要是基于道德伦理上的考量，即隐逸有助于道德的厉清。道家将隐看作明哲保身的人生方法，《庄子·缮性》篇言："古之所谓隐士，非伏其身而弗见也，非闭其言而不出也，非藏其知而不发也，时命大谬也。当时命而大行乎天下，则反一无迹；不当时命而大穷乎天下，则深根宁极而待：此存身之道也。"隐只是道家的一种生存方式，道家并没有将隐逸作为一种真正的价值观。

只有到了魏晋时代，由于当时特定的时代氛围，东汉隐逸之风的铺垫，以及儒道两家思想的交互作用，士人才开始真正将隐逸作为一种价值观，一种美学追求，并以之为高[①]，这时"高士"观念开始兴起及流行。这种价值观的确立

[①] 参见许尤娜《魏晋隐逸思想及其美学涵义》，台北文津出版社，2001年。

及"高士"观念的流行都与此时的"高士"类杂传流行有关①,同时"高士"类杂传也促进了隐逸之风的进一步盛炽。

隐士在中国古代有多种称法,如"征士""征君""居士""幽人""逸士"等②。"高士"似得名于《易·蛊》中"不事王侯,高尚其事"的说法。"高士"一词可能最早见于《史记·鲁仲连邹阳列传》:"新垣衍曰:吾闻鲁仲连先生,齐国之高士也。"这里的"高士"可能是"高尚之士"之意。汉魏时"高士"渐用来指隐士③。但并不是所有不出仕的人都可以称为高士,《太平御览》卷五〇四引《晋中兴书》载孟陋语曰:"亿兆之人,无官者十居八九,岂皆高士哉?"能称上高士的,不但不为官,即"不事王侯";而且也要"高尚其事",在人格和道德上绝对不能有瑕疵。到了南朝后,作为高士还必须有良好的文化修养。《南史·隐逸·周续之传》:宋武帝"迎续之馆于安乐寺,延入讲礼,月余复还山。……武帝北伐,还镇彭城,遣使迎之,礼赐甚厚,每曰:'真高士也!'"在当时人看来,高士已成为道德、文章兼善的隐士的名称,不恰当地乱用或错用,也会引来讥议。《晋书·桓玄传》:"玄以历代咸有肥遁之士,而己世独无,乃征皇甫谧六世孙希之为著作,并给其资用,皆令让而不受,号曰高士,时人名为'充隐'。""充隐"正是"高士"的反面典型。即使是游心方外的沙门也不能称

---

① 关于《高士传》,参见魏明安《皇甫谧〈高士传〉初探》,载《兰州大学学报》1982年第4期(后收入《中国古代文学论丛》一书,黄山书社,1992年);蔡信发《析论皇甫谧之高士传》,载台湾《"中央大学"文学院院刊》第一期,1983年;丹羽兑子《皇甫谧と高士伝—隐逸者の生涯—》,载《名古屋大学文学部研究论集》第50卷,1970年;松浦崇《逸民伝·高士伝を通して見た隐逸思想の展开(上)》,《福冈大学人文论丛》第20卷第2号,1989年。松浦崇《逸民伝·高士伝を通して見た隐逸思想の展开(中)》,《福冈大学人文论丛》第21卷第4号,1990年。朱子仪《魏晋〈高士传〉与中国隐逸文化》,载《中国文化研究》1996年秋之卷;纪志昌《魏晋隐逸思想研究——以高士类传记为主所作的考察》,台湾辅仁大学中国文学研究所硕士论文,1999年2月。卞东波《六朝"高士"类杂传考论》,南京大学古典文献研究所编《古典文献研究(第7辑)》,凤凰出版社,2004年。又熊明《汉魏六朝杂传集》(中华书局,2017年)辑录了六朝时代所有的"高士"类杂传,可以参看。

② 蒋星煜《中国隐士与中国文化》第一章《中国隐士名称的研究》对此讨论颇详,上海:中华书局,1947年。又张仁青《六朝隐士导论》对此亦有讨论,见《魏晋南北朝文学与思想学术研讨会论文集(第一辑)》,台北文津出版社,1991年。

③ 纪志昌《魏晋隐逸思想研究——以高士类传记为主所作的考察》第二章第二节《"高士"观念的由来》就讨论这一点。"高士"最早不一定就指隐士,而是指德行高尚之士。蒋星煜先生《中国隐士与中国文化》第一章《中国隐士名称的研究》说:"惟高士惯用隐士之称谓已非一日,久而久之,成了隐士的专称。"(第2页)纪氏具体指出:"自苏顺科录高士以后,'高士'概念每每在其高贤高行的原义之外,涵摄了'隐逸'不仕之义。"见其论文第54页。

为高士,《世说新语·轻诋》篇第 25 条载:"王中郎不为林公所知,乃著《论沙门不得为高士论》。大略云:'高士必在于纵心调畅,沙门虽云俗外,反更束于教,非情性自得之谓也。'"其中不无"轻诋"的成分,但也说明了"高士"之"高"在于"纵心调畅",即思想自由,人格独立,不受各种规范(包括宗教戒律)的拘束。这与当时流行的《高士传》中人物的言行及思想倾向是一致的。

在六朝时代,与隐逸有关的人和事都可以用"高"来形容。隐居不仕被称为**"高蹈"**,张协《七命》:"冲漠公子,含华隐曜,嘉遁龙蟠,超世高蹈。"(《晋书》本传)《抱朴子》外篇卷二《逸民》:"嘉遁高蹈,先圣所许;或出或处,各从攸好。"卷二七《刺骄》:"若夫伟人巨器,量逸韵远,高蹈独往,萧然自得,身寄波流之间,神跻九玄之表。"怀有栖隐之情称为**"高情"**,《世说新语·栖逸》:"何骠骑弟以高情避世,而骠骑劝之令仕,答曰:'予第五之名,何必减骠骑。'"隐士也或称作**"高逸"**,《宋书》卷二六《王敬弘传》云:"今内外英秀,应选者多,且版筑之下,岂无高逸?"萧子显《南齐书》的隐逸传,就叫作《高逸传》。或称作**"高隐"**,如梁代隐士阮孝绪就著有《高隐传》。总之,六朝时代是真正以隐为"高"的时代。

正史中设"隐逸传"始于范晔《后汉书·逸民传》,其中十传同于皇甫谧《高士传》。可以说,正史之有"隐逸传"始于范书,而范书之设《逸民传》明显受到魏晋时期所撰《高士传》的影响。汉魏六朝时出现了大量的《高士传》,可考的如下表(表一)所示:

表一

作者	书名	存佚	备注
梁鸿	高士颂	佚	《后汉书·逸民传·梁鸿传》:"(鸿)仰慕前世高士,而为四皓以来二十四人作颂。"
嵇康	圣贤高士传赞	残	《三国志·魏书·嵇康传》注引嵇喜《嵇康别传》:"撰录上古以来圣贤、隐逸、遁心、遗名者,集为传赞,自混沌至于管宁,凡百一十有九人。"
皇甫谧	高士传	存	皇甫谧《高士传序》:"采古今八代之士,身不屈于王公,名不耗于终始,自尧至魏,凡九十余人。"常见本有明吴琯《古今逸史》本、《四库全书》本及《丛书集成初编》本。

续　表

作者	书名	存佚	备注
皇甫谧	逸士传	佚	《隋志》《新唐志》著录为一卷。
葛洪	隐逸传	佚	《抱朴子·外篇》自序曰："又撰高尚不仕者为《隐逸传》十卷。"《晋书·葛洪传》载：洪撰"神仙、良吏、隐逸、集异等传各十卷"。
孙绰	至人高士传赞	佚	《隋志》著录为二卷。
孙盛	逸人传	佚	《太平御览》卷四一四引一传。
张显	逸民传	佚	《隋志》著录为七卷，新旧《唐志》著录为三卷。《太平御览》卷五一〇"逸民部"引有两传。
虞槃佐	高士传	佚	《隋志》著录为二卷，新旧《唐志》亦为二卷。《太平御览》卷五一〇"逸民部"引有五传。虞槃佐，《太平御览》卷五一〇作"虞般佑"。
虞老叔	高士传	佚	《太平御览》卷四七四引有一传。
袁淑	真隐传	佚	《隋志》不著录，旧《唐志》著录为二卷。《太平御览》卷五一〇"逸民部"引有十传。《宋书·隐逸传论》曰："陈郡袁淑集古来无名高士，以为《真隐传》。"
习凿齿	逸民高士传	佚	新旧《唐志》并著录为八卷。《太平御览》卷五三二引有一传。
宗测	续高士传	佚	《南齐书·高逸传·宗测传》："续皇甫谧《高士传》三卷。"
刘杳	高士传	佚	《梁书·刘杳传》曰：杳撰"《高士传》二卷"。
阮孝绪	高隐传	佚	《隋志》著录为十卷，《旧唐志》为二卷，《新唐志》为十卷。《南史·隐逸传·阮孝绪传》曰："乃著《高隐传》，上自炎皇，终于天监末，斟酌分为三品：言行超逸，名氏弗传，为上篇；始终不耗，姓名可录，为中篇；挂冠人世，栖心尘表，为下篇。"

续 表

作者	书名	存佚	备注
沈约	高士传	佚	《艺文类聚》卷三七引有沈约《谢齐竟陵王教撰〈高士传〉启》。《艺文类聚》卷三六引其《高士赞(并序)》。
周弘让	续高士传	佚	《隋志》著录为七卷,新旧《唐志》并著录为八卷。
钟离儒	逸人传	佚	《新唐志》著录为七卷。
竺法济	高逸沙门传	佚	《高僧传》卷四《晋剡东仰山竺法潜》附《竺法济传》曰:"竺法济幼有才藻,作《高逸沙门传》。"《法苑珠林》卷一一九载:"《高逸沙门传》一卷。右晋孝武帝时,剡东仰山沙门释法济撰。"《宋高僧传》序亦载:"释法济撰《高逸沙门传》。"

以上诸书,除皇甫谧《高士传》比较完整外,绝大部分已经散佚,个别传记仅有残文存世。皇甫谧《高士传》比较完整且是魏晋时期最有代表性、影响最大的"高士"类杂传,今以皇甫谧《高士传》为例来讨论其中反映的隐逸思想。关于《高士传》的隐逸思想,今人李祥年有以下论述:"我们纵览《高士传》中作者所选择的这些传记主人公,可以发现他们不论是属于道家著作中所勾稽出的人物,还是历史真实中的人物,都集中体现着一个共同特点:其思想基础是老庄一派的崇尚天真自然,标榜清虚无为,齐生死、等贵贱;在具体的言行举止上则表现出不预政务,不应征命,与统治集团绝不合作。"①这指出了《高士传》的隐逸思想资源来自道家,确实如此,《高士传》中的很多人物就直接来自《庄子》等道家文献。笔者认为,皇甫谧《高士传》透露出的隐逸思想主要有以下几个方面:

首先,不事王侯,高尚其事。孔颖达对这句话的解释是:"最处事上,不复以世事为心,不系累于职位,故不承事王侯。但自尊高慕,尚其清虚之事,故云高尚其事也。"这一点正是高士的本质所在,正如皇甫谧《高士传序》所言的:"身不屈于王公,名不耗于终始。""不事王侯",不与统治者合作是其外在行为,其内在的意蕴则在于"高尚其事",即对隐逸有一种自觉的追求。通览《高士传》,不论传说中的或现实中的隐士都拒绝出仕,不应统治者征召。如许由、

---

① 李祥年《汉魏六朝传记文学史稿》,复旦大学出版社,1995年,第157页。

善卷、石户之农、列御寇出于《庄子·让王》,他们都曾拒绝上古一些帝王如尧、舜出让的王位而甘心隐沦。东汉时的高士如王霸"连征不至";高恢"亦高抗,终身不仕";挚恂"大将军窦武举贤良,不就";徐孺子"公车三征,不就";申屠蟠"前后凡蒲车特征,皆不就";姜肱"即拜太中大夫,又逃不受诏",等等。这一点与皇甫谧本人的行为与思想是息息相通的,皇甫谧(215—282)本人就是魏晋时期的著名隐士。《晋书》本传载,晋武帝举谧为贤良方正、太子中庶子、议郎、补著作郎;司隶校尉刘毅请为功曹,并不应。高士不仕深受道家思想影响,道家认为入仕是外在的价值,他们努力追求个体的自由,出仕不但妨碍个体自由而且可能伤及生命。这就是庄子宁作曳尾于涂中的乌龟而不愿作"中笥而藏之于庙堂之上"的神龟的原因(庄子亦见于皇甫谧《高士传》)。

《高士传》中的高士都具有独立的人格,认为自己是道的承担者,不应屈服于"势"。如《颜斶传》中,颜氏说:"士贵耳,王者不贵。"割据一方的军阀隗嚣以韩顺"道术深远,使人赍璧帛,卑辞厚礼聘顺,欲以为师。顺因使谢嚣曰:'礼有来学,义无往教。即欲相师,但入深山来。'"这里韩顺保持了战国时士的贵士贱王的气概。高士认为自己在人格上与帝王是平等的,王霸"建武中,征到尚书,拜称名不称臣"。这一点对六朝隐士产生了一定的影响,如《宋书·隐逸传·刘凝之传》称其"慕老莱、严子陵为人",老莱子、严光俱见皇甫谧《高士传》。特别是严光那种孤傲的独立人格深深地影响了六朝隐士。如《宋书·隐逸传·戴颙传》载,宋衡阳王"义季亟从之游,颙服其野服,不改常度"。又《孔淳之传》载,"司徒王弘要淳之集冶城,即日命驾东归,遂不顾也"。《南齐书·高逸传·宗测传》载,鱼复侯"子响不告而来,奄至所住,测不得已,巾褐对之,竟不交言,子响不悦而退"。再如《宋书·隐逸传·刘凝之传》载,"临川王义庆、衡阳王义季镇江陵,并遣使存问,凝之答书顿首称仆,不修民礼",颇有《高士传》中王霸"拜称名不称臣"的风范。

其次,知足常乐,安贫乐道。《老子》四十四章曰:"知足不辱,知止不殆,可以长久。"四十六章:"祸莫大于不知足。"贪欲是人性的最大敌人,高士多守知足之道。如许由对让位于己的尧说:"鹪鹩巢于深林,不过一枝。"也就是说过多的索求并无益处。又如荣启期虽"鹿裘带索",生活贫困,却对孔子称他有三乐:"天生万物,唯人为贵,吾得为人矣,是一乐也。男女之别,男尊女卑,故以男为贵,吾既得为男矣,是二乐也。人生有不见日月,不免襁褓者,吾既已行年九十矣,是三乐也。"①虽然又老又穷,却能从自身价值中发现人生的快乐,他的话是典型的知足思想。再如陈仲子,面对楚王以相位相许,其妻曰:"夫子左琴右书,乐在其中矣。结驷连骑,所安不过容膝;食方丈于前,所甘不过一肉。今以容膝之安、一肉之味而怀楚国之忧,乱世多害,恐先生不保命也。"她的话与许由的话意思相同。过多的欲望不但有损精神的愉悦,而且还会危及生命。知足之道支配了高士们的思想和行为,不但使他们拒绝外界的功名利禄之诱;也使他们保持内心的平静,甘心于草泽岩穴之中,从而安贫若素。如原宪"居鲁,环堵之室,茨以生草,蓬户不完,桑以为枢,而瓮牖二室,褐以为塞,上漏下湿"。生活困顿至此,仍然"匡坐而弹琴"。

再次,遁世遗名。六朝《高士传》的作者都认为,只有不留名于世才是真正的隐者。如梁袁淑所作的高士传名为《真隐传》,《宋书·隐逸传论》曰:"陈郡袁淑集古来无名高士,以为《真隐传》。"《南史·何尚之传》载:"尚之既任事,上待之愈隆。于是袁淑乃录古来隐士有迹无名者,为《真隐传》以嗤焉。"《资治通鉴》卷一二六胡三省注曰:"'有迹无名',如晨门、荷蒉、荷莜、野王二老、汉阴丈人之类。"后四者皆见于皇甫谧《高士传》中。在袁淑看来,只有连名字都佚失的隐士才是不为虚名的真隐。这种看法与阮孝绪的《高隐传》相同,据《南史·隐逸传·阮孝绪传》,他将"言行超逸,名氏弗传"的高士定为"上篇"。南朝时受门第观念影响,人们往往以"品"评人并区分高下,《高隐传》虽未以"品"命名,但其实也受到这股风习的影响,通过区分三品来划分隐逸的境界。所谓"名氏弗传"之隐应是阮氏心中隐逸的最高境界。

最后,文以艺业。六朝时出现一种新的隐逸思潮,即隐而不忘士之身份,隐而不忘文化之传承,用《南齐书·高逸传序》话说就是,高士应"含贞养素,文以艺业。不然,与樵者之在山,何殊别哉?"所谓"文以艺业"就是指将文化传承作为自己的事业,这种思潮也可以从魏晋时的《高士传》那里寻到源头。皇甫谧《高士传》记载的高士,一类是沈约所谓的"贤者之隐"(《宋书·隐逸传

---

① 荣启期也是陶渊明诗歌中多次出现的《高士传》人物,《高士传》对荣启期的描写也化为陶诗中的内容,如"荣叟老带索,欣然方弹琴"(《咏贫士》其三),"九十行带索,饥寒况当年"(《饮酒》其二),"颜生称为仁,荣公言有道"(《饮酒》其十一)。

序》),也就是一些无名的真隐之士。另一类高士则隐而不忘传承文化,这主要指东汉以来的高士,如梁鸿隐而"潜闭著书十余篇";挚恂"明《礼》《易》,遂治五经,博通百家之言";法真"学无常家,博通内外图典,关西号为大儒。弟子自远而负笈尝数百人";申屠蟠"隐居学,治《京氏易》《严氏春秋》《小戴礼》。三业先通,因博贯五经,兼明图纬,学无常师";姜岐"治《书》《易》《春秋》","隐居以畜蜂豕为事,教授者满于天下,营业者三百余人"。这一点也是皇甫氏本人思想和行为的体现,《晋书》本传载其"居贫,躬自稼穑。带经而农,遂博综典籍百家之言。沉静寡欲,始有高尚之志,以著述为务"。

综上所言,以皇甫谧《高士传》为代表的六朝高士传反映的隐逸思想有明显的道家元素,也杂有一些儒家思想,并融入了皇甫谧本人的思想观念和情感色彩。《高士传》的出现与流行也奠定了魏晋以降的隐逸新风,陶渊明阅读过《高士传》,并形诸写作,也班班可考①。中国文学史上,在诗歌中密集地连用"琴书"之意象始于陶渊明。如《劝农》:"董乐琴书,田园弗履。"《答庞参军》:"衡门之下,有琴有书。"《和郭主簿二首》其一:"息交游闲业,卧起弄书琴。"《扇上画赞》:"曰琴曰书。"《与子俨等疏》:"少学琴书。"《归去来兮辞》:"乐琴书以消忧。""琴书"之意象正来源于《高士传·陈仲子传》(见上文),而《归去来兮辞》中的"审容膝之易安"亦完全来自《陈仲子传》("所安不过容膝""容膝之安")。陶诗中用此传的典故还不止于此,《扇上画赞》:"蔑彼结驷,甘此灌园。"《答庞参军》:"朝为灌园,夕偃蓬庐。"其中的"灌园"意象也来自《陈仲子传》:"于是出谢使者,遂相与逃去,为人灌园。"

同时,陶渊明的人格也受到《高士传》隐逸思想的影响,"不事王侯,高尚其事"是陶渊明的底线,《晋书·隐逸传》载渊明"既绝州郡觐谒……未尝有所造诣,所之唯至田舍及庐山游观而已"。后来江州刺史王弘要与他结交,陶也"称疾不见";即使后来与王弘交往,也保持着平等的态度。陶渊明身上又体现出魏晋隐风的一个重大变化,即由"隐者"向"隐士"转变。从前的隐者栖隐于岩穴山林之中,在文化传承上无所表现,《高士传》中的不少东汉隐者在隐居的

---

① 今本《陶渊明集》中有《四八目》一篇,其"商山四皓"条小注云:"见《汉书》及皇甫谧《高士传》。"这是《陶渊明集》唯一直接提到《高士传》的地方。但《四八目》一文是否为陶渊明所作,尚有疑问,这里姑录其语以俟考。

同时,也"文以艺业",以文化的创造为己任。到陶渊明之后,诗与隐合一,隐而努力创造文化,开启一股新隐风。陶渊明是中国真正的"隐士"文化的开创者,钟嵘《诗品》称陶渊明为"古今隐逸诗人之宗"也可以从这角度来理解,这种思想的源头就可以追溯到《高士传》。

三 阅读与写作:《五柳先生传》对魏晋《高士传》的创新

魏晋时期撰作的数部《高士传》在当时就产生了一定的影响,当时就在士人间流传,甚至可以说,《高士传》是当时士人中比较流行的读物,在名士中有比较广的阅读面。《世说新语》非常宝贵地保存了当时名士阅读《高士传》的记录:

《品藻》第80则:王子猷、子敬兄弟共赏《高士传》人及赞,子敬赏"井丹高洁"。子猷云:"未若长卿慢世。"

《豪爽》第9则:桓公读《高士传》,至於陵仲子,便掷去,曰:"谁能作此溪刻自处!"

井丹见于嵇康《高士传》,於陵仲子则见于皇甫谧《高士传》,刘孝标的注中也全引了《井丹传》《於陵仲子传》的全文。王徽之、王敬之、桓温阅读《高士传》的举动,应该放到魏晋时期人物品评的文化语境中来看,他们的《高士传》阅读经验实际上也是一种人物品评,渗透了自己的价值判断,也反映了对他者欣赏后的一种自我体认。《高士传》也成为很好的魏晋名士领悟历史人物人格典范的模板。

以上三位名士只是阅读《高士传》,魏晋时期亦有由阅读转为创作者,陆云曾依"皇甫士安《高士传》复作《逸民赋》"①。六朝时代不少文人创作了以《高士传》中人物为表现对象的"赞""颂"文学,如潘岳有《许由颂》,孙绰有《聘士徐君(徐孺子)墓颂》,孙楚有《荣启期赞》,戴逵有《向长赞》,庾信有《五月披裘负薪画赞》《荣启期三乐画赞》。陶渊明的《扇上画赞》所赞的人物荷蓧丈人、长沮、桀溺、於陵仲子、张长公皆见于皇甫谧《高士传》。

---

① 《陆士龙文集》卷八《与平原书》其三,《四部丛刊初编》本。

魏晋时期撰作的《高士传》主要有嵇康的《圣贤高士传赞》，皇甫谧的《高士传》《逸士传》、葛洪的《隐逸传》、孙盛的《逸人传》等。后两者已经完全散佚，无从查考，陶渊明没有直接在他的诗文中说到他阅读过何种《高士传》，但通过考查发现，嵇康与皇甫谧的《高士传》确实对陶渊明的写作产生了一定的影响，特别是皇甫谧的《高士传》影响最明显。

陶渊明受到魏晋《高士传》影响最显著的表现就是他自己也创作了一篇"类《高士传》"式的作品——《五柳先生传》。《宋书》《晋书》《南史》等正史陶渊明本传在引用此传后，都说"其自序如此，时人谓之实录"，萧统《陶渊明传》也说："尝著《五柳先生传》以自况，时人谓之实录。"所谓"实录"，当然是指《五柳先生传》反映的是陶渊明自身生活的实际，不过一海知义先生通过研究发现，《五柳先生传》与陶渊明的其他诗文存在着诸多矛盾，其实是一篇"情寓虚构"的作品：

> 阅读渊明的全部作品就可得知，《五柳先生传》既不是只描写诗人的虚像，也不是只描写诗人的实像。这里的"传"，实质上更接近于虚构。①

不但五柳先生这个人物是虚构，而且传中所用很多语言也并非原创，与前代和当时的文献存在着一种互文性关系②。《五柳先生传》与前代文献最有互文性的当属嵇康与皇甫谧的《高士传》，稍晚于陶渊明的刘宋时代的袁粲"尝著《妙德先生传》以续嵇康《高士传》以自况"。这篇《妙德先生传》与《五柳先生传》在形制上几乎相同，"续嵇康《高士传》"一语道出其文本的渊源所自。《五柳先生传》同样受到嵇康《圣贤高士传赞》、皇甫谧《高士传》的影响，如《五柳先生传》开头著名的句子"先生不知何许人也"，就见于嵇康《圣贤高士传赞》中的石户之农、商容、荣启期、长沮、桀溺、荷蓧丈人传，上述诸人亦见于皇甫谧《高士传》，皇甫《传》中的老商氏、河上丈人、东海隐者、汉滨老父传亦有同样

---

① 一海知义《陶渊明——情寓虚构的诗人》，载一海知义《陶渊明·陆放翁·河上肇》，彭佳红译，中华书局，2008年，第32页。
② 同事于溯博士对这个问题已经有很好的研究，参见于溯《互文的历史——重读〈五柳先生传〉》，载《古典文献研究（第十五辑）》，凤凰出版社，2012年。

的表达方式①。《五柳先生传》对魏晋《高士传》的袭引非常明显。

除了一海知义先生、于溯博士指出的陶《传》与其他文献的"互文性"之外，《五柳先生传》中为他人称道的另一点，即"文章自娱"说（"常著文章自娱"）其实也是来自皇甫谧《高士传》，如：

> 卷下《梁鸿传》：咏《诗》《书》，**弹琴以自娱**。
> 卷下《胡昭传》：昭乃隐陆浑山中，躬耕乐道，**以经籍自娱**。

在魏晋之前，文学、音乐、经典学习都有很强的功利性，或是与道德联系在一起，有很强的外在性，缺乏对其内在美学价值的体认。但在隐逸的话语体系内，"自娱"说就将文学、音乐与经籍从外在的功利性设限中超脱出来，"弹琴以自娱""以经籍自娱"与陶渊明的"文章自娱"一样，使文学、音乐与经籍成为自我审美的伴侣。一个"娱"字更强调的是一种脱功利性的精神上的娱情、娱悦。能够提出"自娱"之说，与隐士脱离世俗社会的价值体系的身份认同有关，而陶渊明之所以能够写出"常著文章自娱"，应该是受到了《高士传》的影响。

此外，《五柳先生传》中的"环堵萧然，不蔽风日；短褐穿结，箪瓢屡空，晏如也"，也颇类似皇甫谧《高士传》卷上《原宪传》中"居鲁，环堵之室，茨以生草，蓬户不完，桑以为枢，而瓮牖二室，褐以为塞，上漏下湿"之语。《五柳先生传》末引用的黔娄之妻之言"不戚戚于贫贱，不汲汲于富贵"亦完全见于皇甫谧《高士传·黔娄先生传》中。

笔者认为，《五柳先生传》不仅是一篇"情寓虚构"的作品，也不仅仅与前代或当代的文献有"互文性"关系，其实质应该就是陶渊明撰写的一篇"高士传"。换言之，《五柳先生传》就是一篇虚构的作品，不能视为陶渊明的"自况"或"实录"。《五柳先生传》写作的模式（有传有赞）、使用的语言（使用大量《高士传》中的"套语"）、传记的长度以及思想内涵都与《高士传》相同。这样说，不是要抹杀《五柳先生传》在艺术上的独创性，而是提醒我们研究陶渊明，应该将陶渊明放到魏晋文学的历史现场中去观看，这样才能看到陶渊明的文学渊

---

① 一海知义先生已经指出："可以说《五柳先生传》的开头也不过是承袭了列传、高士、隐士之传记的传统性叙述方法的一例。"《陶渊明·陆放翁·河上肇》，第23页。

源,以及陶渊明与时代文学的关系,也更能看到陶渊明在魏晋文学中的独特性与独创性。

那么,《五柳先生传》与陶渊明本人是一种什么关系? 其独创性又何在?《五柳先生传》不能称为陶渊明的"自传"①,可以称为"类自传"。"五柳先生"与陶渊明本人之间还是有一定距离的,五柳先生可以认为是陶渊明本人理想的投射,但五柳先生并不是陶渊明,而是陶渊明用魏晋《高士传》的笔法塑造的一个"高士"类人物。《五柳先生传》也是陶渊明对魏晋《高士传》的创新,质言之,陶渊明让"五柳先生传"从一种类型化的高士人物成为一个富有个性的隐士形象。魏晋的《高士传》,如皇甫谧《高士传》中的传记有一些并非作者原创,而是来自先秦两汉的一些典籍②,如《庄子》《论语》《列子》《楚辞》《说苑》《神仙传》等,就整个《高士传》的写作而言,人物存在类型化的一面,人物形象扁平,叙事也存在模式化的一面。《五柳先生传》虽然也借用了《高士传》中的语言,但塑造的五柳先生形象明显具有"人间性"与"魏晋风"。所谓"人间性",即五柳先生不是生活在历史中或尘世外的人物,也不是行事乖戾、没有人间烟火气的人物,譬如桓温所不喜的於陵仲子③。所谓"魏晋风",即五柳先生身上有浓厚的魏晋名士风度,他不但与魏晋名士一样"性嗜酒",而且饮酒极有风度,又有酒德,"期在必醉。既醉而退,曾不吝情去留",这就是魏晋人追求的率性通脱的风度。另外,五柳先生身上亦体现了魏晋时代的新风,即对得意忘言的领会:"好读书,不求甚解;每有会意,便欣然忘食。"这种风范其实是对两汉以降烦琐的章句之学的反拨,亦是对王弼等人开创的魏晋经学新风的承继。

---

① 参见川合康三先生《中国の自伝文学》,东京:创文社,1996年。中译本,见川合康三《中国的自传文学》第三章《希望那样的"我"——〈五柳先生传〉型自传》,蔡毅译,中央编译出版社,1999年。
② 参见卞东波《皇甫谧〈高士传〉考》,《南京大学文学院百年院庆论文选集》(下),南京大学出版社,2014年。
③ 《世说新语·豪爽》第9则刘孝标注引《高士传》云,陈仲子"尝归省母,有馈其兄生鹅者,仲子嚬顣曰:'恶且此鶃鶃为哉!'后母杀鹅,仲子不知而食之,兄自外入,曰:'鶃鶃肉邪!'仲子出门,哇而吐之。"此部分内容不见于吴琯《古今逸史》本《高士传》中。宗白华先生对桓温这一点很欣赏,在《论〈世说新语〉和晋人的美》一文中说:"这不是善恶之彼岸的超然的美和超然的道德吗?"见宗白华《美学散步》,上海人民出版社,1981年,第226页。陶渊明多次使用《陈仲子传》的内容,但不取陈仲子此事。

四　诗史之间：陶渊明笔下的《高士传》人物

颜延之《陶征士诔》称陶渊明"心好异书"，据田晓菲教授研究，六朝时期的"异书"并非指异端之书或标新立异之书，而意为"珍贵或罕见的典籍"①。那么，从这个角度来说，作为比较普及的读物，《高士传》在当时也称不上"异书"。作为魏晋人的陶渊明，受到魏晋人阅读《高士传》的影响，阅读过《高士传》应该是可以确定的事实，而且也可以说，《高士传》是陶渊明"心好"的"非异书"。下文我们讨论一下陶渊明笔下的皇甫谧《高士传》中的人物。

皇甫谧《高士传》收录上古至后汉约九十位隐士的传记，在《高士传序》中界定了他心目中的高士标准："身不屈于王公，名不耗于终始。"陶渊明受到皇甫谧《高士传》很大的影响，他的诗文中出现大量《高士传》中的人物，包括巢父、许由、荷蓧丈人、长沮、桀溺、荣启期、老莱子夫妻、原宪、黔娄先生夫妻、於陵仲子夫妻、南山四皓、鲁二儒、张仲蔚。《高士传》中这么多人物，陶渊明选择这些人物，无疑是有所考虑的，某种程度上都是他个人情志的投射。

笔者曾经指出，陶渊明生活的晋宋之际，隐逸之风发生了一些变化，隐士也分化为三种，正好可以所谓的"浔阳三隐"为例：一种是以周续之为代表的"通隐"，隐而与官场之人交游，甚至直接与官场合作；一种是以刘遗民为代表的"岩穴之隐"，这种隐追求与世俗社会的隔离，隐居到山林岩穴之中；还有一种是以陶渊明为代表的高士之隐，既坚持"不事王侯，高尚其事"的隐士底线，又不走极端，完全与人世脱离②。《高士传》中的人物基本都是拒绝征召，不与官府合作，但像汉代高士台佟"不仕，隐武安山中峰，凿穴而居，采药自业"，这种离群索居，脱离正常人类生活的隐士，也是陶渊明不取的。在给刘遗民的诗《和刘柴桑》中，他说得很清楚："山泽久见招，胡事乃踌躇？直为亲旧故，未忍言索居。"

陶渊明写到的《高士传》中的隐士明显受到《高士传》情感导向的影响，最

---

① 田晓菲《陶渊明的书架和萧纲的医学眼光：中古的阅读与阅读中古》，《中国古典文献的阅读与理解——中美学者"黌门对话"集》，第149—153页。
② 参见卞东波《大隐的缺席——陶渊明不入〈世说新语〉新释》，《古典文学知识》2006年第4期。

明显的是《读史述九章·鲁二儒》一诗：

> 易代随时，迷变则愚。介介若人，特为贞夫。德不百年，污我诗书。逝然不顾，被褐幽居。

鲁二儒之事迹原见于《史记·叔孙通传》：

> 汉五年，已并天下，诸侯共尊汉王为皇帝于定陶，叔孙通就其仪号。高帝悉去秦苛仪法，为简易。群臣饮酒争功，醉或妄呼，拔剑击柱，高帝患之。叔孙通知上益厌之也，说上曰："夫儒者难与进取，可与守成。臣愿征鲁诸生，与臣弟子共起朝仪。"高帝曰："得无难乎？"叔孙通曰："……臣愿颇采古礼与秦仪杂就之。"上曰："可试为之，令易知，度吾所能行为之。"于是叔孙通使征鲁诸生三十余人。鲁有两生不肯行，曰："公所事者且十主，皆面谀以得亲贵。……吾不忍为公所为。公所为不合古，吾不行。公往矣，无污我！"叔孙通笑曰："若真鄙儒也，不知时变。"

这是正史中对鲁二儒的叙述，司马迁的叙述接近于"中立"，既记载了鲁二儒对叔孙通的斥责，又载录了叔孙通的反驳，司马迁个人也没有表现出对鲁二儒赞美还是否定的态度。我们再看皇甫谧《高士传》卷中的记载，有明显的倾向性：

> 鲁二征士者，皆鲁人也。高祖定天下，即皇帝位，博士叔孙通白征鲁诸儒三十余人，欲定汉仪礼。二士独不肯行，骂通曰："天下初定，死者未葬，伤者未起，而欲起礼乐！礼乐所由起，百年之德而后可举。吾不忍为公所为。公所为不合古，吾不行。公往矣，无污我！"通不敢致而去。

虽然《史记》与《高士传》都属于讲究"客观"的史部典籍，但我们可以发现，《高士传》的记载与其史源《史记》的记述有较大的差异，我们可以比较一下《史记》与《高士传》的用词：

> 《史记》：鲁有两生不肯行，曰：……
>
> 《高士传》：二士**独**不肯行，**骂**通曰：……
>
> 《史记》：叔孙通笑曰："若真鄙儒也，不知时变。"

《高士传》:通不敢致而去。

如果说司马迁的感情色彩还比较隐晦的话,皇甫谧的态度则非常明显,鲁二儒与叔孙通的对话,《史记》只是简单用了"曰",而《高士传》则是更具否定性的"骂"。《高士传》甚至改动了《史记》原文,在传记的末尾加上了"通不敢致而去"一句。如果说《史记》用"叔孙通笑曰"化解了叔孙通遭"骂"后的尴尬,那么《高士传》"通不敢致而去"一语则加入了书写者对叔孙通的不齿。皇甫谧的情感态度也影响到陶渊明,在《鲁二儒》一诗中,陶渊明全盘接受了《高士传》的历史书写,而没有采纳最早的史源《史记》中的典据。"介介若人,特为贞夫"是陶渊明对鲁二儒的公开颂扬。"德不百年,污我诗书"明显是用《高士传》中"百年之德而后可举"之语,而《史记》中并未出现"百年"之语。"逝然不顾,被褐幽居"是陶渊明对鲁二儒拒绝叔孙通后的想象,"不顾"一语正与前文中的"介介"相呼应,"被褐幽居"则是"贞夫"的装扮。颜延之《陶征士诔》称陶渊明为"南岳之幽居者",这两处的"幽居"都是隐居的意思。值得注意的是首二句"易代随时,迷变则愚",表面上借叔孙通之口批评鲁二儒不通世变,不随时而变的"愚",但这种"愚"恰是陶渊明欣赏的。"易代"不仅仅是政权的更迭,更牵涉到价值观的变动,以及身份认同的转移。有的人像叔孙通那样采取投机主义的态度,立场随权势而转移(叔孙通在秦汉之际,多次改变自己的立场,为统治者服务);而有的人则坚守自己的价值,尽管看似不合时宜,但这种不与时移的坚守有一种道德的光辉。陶渊明也生活在"易代"之际,也面临着人生的抉择。他的选择已经不需要回答了,他的诗已经表明了一切。我们在陶诗与《史记》《高士传》之间看到一种张力关系,阅读与写作是具有力量的,诗歌甚至可以"改变/编"历史(《史记》)。

　　陶渊明心仪的《高士传》中的另一个人物是张仲蔚,其《咏贫士》其六专门吟咏了他:

　　仲蔚爱穷居,绕宅生蒿蓬。翳然绝交游,赋诗颇能工。举世无知者,止有一刘龚。此士胡独然?实由罕所同。介焉安其业,所乐非穷通。人事固以拙,聊得长相从。

张仲蔚事迹最早见于汉赵岐《三辅决录》卷一:

> 张仲蔚,平陵人也,与同郡魏景卿俱隐身不仕。所居蓬蒿没人。

除了"蒿蓬"一词,陶诗中的很多意象不见于《三辅决录》,而见于皇甫谧《高士传》卷中《张仲蔚传》:

> 张仲蔚者,平陵人也。与同郡魏景卿俱修道德,隐身不仕。明天官博物,善属文,好诗赋。常居穷素,所处蓬蒿没人,闭门养性,不治荣名。时人莫识,唯刘龚知之。

可以发现,陶渊明之诗所用的"粉本"是《高士传》,而非《三辅决录》。"仲蔚爱穷居,绕宅生蒿蓬"即"常居穷素,所处蓬蒿没人";"翳然绝交游,赋诗颇能工",即"闭门养性","明天官博物,善属文,好诗赋";"举世无知者,止有一刘龚"则是"时人莫识,唯刘龚知之"的演绎。

陶渊明是中国文学史上第一个将张仲蔚写进诗歌中的诗人,他之所以在《高士传》九十多个人物中写到张仲蔚,完全是因为张仲蔚与他自己之间有一种情感的共振。对读《高士传》与陶渊明《咏贫士》,读者依旧可以发现陶渊明对《高士传》的"改变/编"。陶诗首句"仲蔚爱穷居",对读《高士传》原文是"常居穷素",陶渊明加了一个"爱"字,意态全出,让读者想到陶渊明写的"性本爱丘山"(《归园田居》其一)之"爱"。用"爱"字即是强调主体的自觉性,选择穷居也是自我抉择的结果。《高士传》中的"常居穷素"变为陶渊明的"爱穷居",正是陶渊明的自我投射。颜延年《陶征士诔》说陶"居备勤俭,躬兼贫病",陶渊明《饮酒》其十六也说:"竟抱固穷节,饥寒饱所更。弊庐交悲风,荒草没前庭。披褐守长夜,晨鸡不肯鸣。"陶渊明的"固穷"与张仲蔚的"穷居"如出一辙,陶的"荒草没前庭"也几乎是张"绕宅生蒿蓬"的翻版。

自从陶渊明在诗中写到张仲蔚"绕宅生蒿蓬"后,"蒿蓬"立即和张仲蔚组成固定的搭配,六朝与唐宋时代的诗歌中经常写到两者:江淹:"顾念张仲蔚,蓬蒿满中园。"(《江文通集》卷四《杂体三十首·左记室咏史》)骆宾王:"聊安张蔚庐,拒扫陈蕃室。"(《骆丞集》卷一《夏日游德州赠高四诗》)岑参:"若访张仲蔚,衡门满蒿莱。"(《岑嘉州诗》卷一《终南云际精舍寻法澄上人不遇归高冠东潭石淙望秦岭微雨贻友人》)李白:"谁念张仲蔚,还依蒿与蓬。"(《鲁城北郭曲腰桑下送张子还嵩阳》)杜甫:"车马入邻家,蓬蒿翳环堵。"(《杜诗详注》卷七《贻阮隐居》)韦庄:"谁念闭关张仲蔚,满庭春雨长蒿莱。"(《浣花集》卷六《铜仪》)黄庭坚:"惟有张仲蔚,门前蓬藋深。"(《山谷内集诗注》卷七《次韵文潜休沐不出二首》)无一例外,这些诗人对张仲蔚的关注都仅仅是他"所处蓬蒿没人,闭门养性,不治荣名"一面,而对《高士传》中张仲蔚的其他记载则没有涉及。反观陶渊明的诗,虽然也写到"绕宅生蒿蓬",但描写的重点显然不在于此,而在于称赞张仲蔚虽闭门隐居,但"诗赋颇能工",这也是上文总结出的《高士传》反映的魏晋隐逸思想的新变,即萧子显《南齐书·高逸传序》所说的"含贞养素,文以艺业",这是魏晋隐逸的美学新风尚,也与萧统《陶渊明传》所说的"渊明少有高趣,博学善属文"的人生意趣颇为相似。"翳然绝交游"亦是对《高士传》中"闭门养性"的改动与演绎,更是陶渊明诗人主体性对吟咏对象的渗透,我们在陶渊明《归去来兮辞》中发现几乎相同的话,"请息交以绝游"。

顺着语脉而下,因为张仲蔚"爱穷居",所谓"穷居"即荒僻之居,所以才"举世无知者",但张仲蔚的人生知己还有一个刘龚,刘龚也是当时的人中龙凤,班彪尝称:"刘孟公(龚字孟公)藏器于身,用心笃固,实瑚琏之器,宗庙之宝。"(《后汉书·苏竟传》李贤注引《三辅决录》)有这样的人赏识,张仲蔚的人格人品亦可见一斑。陶渊明强调张仲蔚得到刘龚的欣赏,也暗示自己的落寞,陶渊明曾说自己"但恨邻靡二仲,室无莱妇"(《与子俨等疏》)。"二仲"即求仲、羊仲,皆"挫廉逃名"(《海录碎事》卷九下《时号数称门》引嵇康《高士传》)者。"莱妇",即老莱子之妻,亦见于《高士传》。皇甫谧《高士传》载,老莱子本欲出仕,其妻听闻后云:"可食以酒肉者,可随而鞭捶;可拟以官禄者,可随而铁钺。妾不能为人所制者!"遂"投其畚而去",不仕之态度比老莱子还要坚决。陶渊明用这两个典故也想表达自己缺乏人生知己。

上面六句是陶渊明对《高士传》的承继与发挥,下面六句则是陶渊明在此基础上的感发与升华。"此士胡独然?实由罕所同。"陶渊明在叩问,张仲蔚何以穷居绝游,赏识者少?原因即在于能够共享价值观的人少之又少。"介焉安其业,所乐非穷通","介"字再次出现,上文引用《鲁二儒》诗中也出现了"介介若人"之语,强调的是对"其业"的坚守。从叔孙通到陶渊明生活的时代,见异思迁、跟风改变的人太多,特别是在乱世衰世,很少人能坚守自己的价值观,大部分人都和光同尘或同流合污了,陶渊明也曾面临这样的选择,但他在诗中表明自己的心志:"一世皆尚同,愿君汩其泥。深感父老言,禀气寡所谐。纡辔诚可学,违己讵非迷!且共欢此饮,吾驾不可回"(《饮酒》二十其九)"寡所谐"就是"罕所同"之意。"所乐非穷通"是《庄子·让王》中的原话,无非表达的是前一句的"介焉"之意。文青云(Aat Vervoorn)说得好:"在心理上,隐逸意味着对那些人类行为的通常目标,诸如财富、权力和名声等表示忽视;同时相应地更重视那些在哲学或道德意义上被认为是'更高'的目标。"①此诗最后临终奏雅,"人事固以拙,聊得长相从",道出自己愿意追随张仲蔚的决心。"人事"与陶诗中的"尘网"一样,都是让陶渊明身不由己的异化世界,无法让只有"拙"的自己适应。陶诗中经常用"拙"来形容自己,《归园田居》其一:"守拙归园田。"《乞食》:"叩门拙言辞。"《与子俨等疏》:"性刚才拙,与物多忤。"拙的反意词是"巧"②,在庄子看来,巧必然意味着有机心,机心则是对纯朴的自然之境的破坏,所以陶渊明经常要强调"守拙",也就是坚守人性中最纯朴自然的一面。无疑,张仲蔚和陶渊明都是"拙"的世界的成员,所以陶渊明才会公开地说要和张仲蔚"长相从",不如说相从的是他们共享的"拙"的价值观。

历代写张仲蔚的诗颇多,其中不乏大家名家,但所写之诗皆不如陶渊明此首深刻,即因为陶渊明有高度的主体性投入。陶渊明是张仲蔚的异代知己,张仲蔚身上也映射了陶渊明的自我想象与期待,同时张仲蔚的价值是陶渊明第一个"发明"③的。

结　语

魏晋时期是中国隐逸文化史上的转折时期,开始由"隐者"向"隐士"转变,隐逸不再是单纯的逃避社会,更多的还有美学的意义。魏晋时期,隐逸具有深度的文化内涵,其标志之一,就是这一时期出现了大量"高士"类杂传,尤

---

① 文青云《岩穴之士:中国早期隐逸传统》(Men of the Cliffs and Caves: The Development of the Chinese Eremitic Tradition to the End of the Han Dynasty)"引论",徐克谦译,山东画报出版社,2009年,第3页。
② 实际上儒家也反对"巧",孔子曾说过:"巧言令色,鲜矣仁。"(《论语·学而》)
③ 这里用"发明"而不是"发现",借用的是张戒《岁寒堂诗话》"陆宣公之议论,陶渊明、柳子厚之诗,得东坡而后发明"之语。

以嵇康《圣贤高士传赞》、皇甫谧《高士传》影响最大。作为魏晋时期"隐士"之"冠冕"的陶渊明，阅读过当时颇为流行的《高士传》，其写作也受到《高士传》之影响。他所作的《五柳先生传》其实就是一篇虚构的"高士"类杂传，但《五柳先生传》在承继魏晋《高士传》的基础上，实现了对《高士传》的超越，突破了《高士传》的类型化描写，赋予五柳先生更多的"人间性"与"魏晋风"。他的诗文中出现了大量《高士传》中的人物，其中长沮、桀溺在陶诗中四次出现，荣启期被写到三次，但陶渊明在写到这些人物时，延续的仍是传统的表现模式，只有在写鲁二儒与张仲蔚的诗中，显示出比较多的主体性投入。同时，我们可以看到，在陶诗（"诗"）与《高士传》（"史"）的指涉中，"诗"具有强大的"改写/编"功能，"史"在"诗"的介入下，丧失了"客观"的向度，"史"经过诗人的熨烫，反而具有了人性的温度。

（南京大学文学院）

谶纬思想与东汉明、章之际的礼乐改革

蔡丹君

传世诸版本的《文选·两都赋·东都赋》中有一处异文,以尤袤本为例:"至于永平之际,重熙而累洽,盛三雍之上仪,修衮龙之法服,敷鸿藻,信景铄,扬世庙,正雅乐。人神之和允洽,群臣之序既肃。"①这里的"正雅乐",根据《后汉书》应是作"正予乐"。"予"字是依图谶而从"大"字所改。对此,李善注对此讲述最为详细:"《东观汉记》孝明诏曰:'《琁玑钤》曰:有帝汉出,德洽作乐,名《雅》,会明帝改其名,《郊庙乐》曰《太予乐》,'正乐官'曰'太予乐官',以应图谶。'"②永平二年至三年(59—60),明帝作明堂、辟雍和灵台并行礼,改革衮冕之服。同时,他依据纬书《尚书琁玑钤》来改《郊庙乐》为《太予乐》,改"正乐官"曰"太予乐官"③。"予"字来自《尚书琁玑钤》,体现的是明帝礼乐改革中对图谶之说的依从。那么,在《文选》的流传过程中,这个与谶纬相关的信息是谁改动的呢?清代学者李详《文选萃精说义》指出,这是五臣所改:"赋善注引《璇玑钤》作乐名《雅》,系涉正文而误。《困学纪闻》云五臣本改作'雅',则善注本宜作'予',明矣。"④五臣注的改动,会使后世读者有可能在读《东都赋》时略过谶纬相关的信息,从而忽视谶纬思想与永平之际礼乐改革产生的

---

① 刘跃进著,徐华校《文选旧注辑存》,凤凰出版社,2017年,第140页。
② 《文选旧注辑存》,第140页。
③ 《后汉书》卷二《明帝纪》,中华书局,1965年,第100—106页。
④ 李详《文选萃精说义》,《李审言文集》,江苏古籍出版社,1989年,第148页。

关联。

明帝因图谶而改乐名,反映了谶纬思想对东汉礼乐改革的深刻介入。这次礼乐改革的根本目的是重建礼统,建立"三纲六纪"①的尊卑礼法秩序,也即上文《东都赋》所说的:"人神之和允洽,群臣之序既肃。"了解东汉礼乐改革的实质,也有助于进一步理解以班固《汉书·礼乐志》为代表的东汉儒者对西汉礼乐的反思与批判。而且,这场以谶纬思想指导的礼乐改革深刻影响了当时赋、颂文学作品的精神内核和写作方式。以下试详细分析之。

一 东汉礼乐改革的政治诉求与谶纬实质

关于明、章之际礼乐改革的发源、内容和影响,有必要加以追溯和梳理。

从西汉中后期以来,儒学复古的试验场,主要发生在礼乐领域。哀帝罢黜乐府,就是从反思乐府并非"先王之乐"开始的。哀帝即位不久死去,平帝继位,外戚王莽以大司马辅政,汉室衰落,导致当时政治形势发生了巨大的变化。王莽借儒学复古运动之力,以复兴西周古制为名,多仿周礼,策动了对汉代礼乐制度的全面改革。王莽大力表彰古文经学,"起明堂、辟雍、灵台,为学者筑舍万区……立《乐经》,益博士员,经各五人。征天下通一艺教授十一人以上,及有逸《礼》、古《书》、《毛诗》、《周官》、《尔雅》、天文、图谶、钟律、月令、兵法、史篇文字,通知其意者,皆诣公车"。② 然而,"元始改制"的政治诉求,已经不像汉家皇帝那样相对单纯,王莽的首要目的是要证明自身取代汉室政权的合法性,当然是将古文经学作为改制复古的理论依据,从而也使其代汉的政治目的"名正言顺",符合正统。王莽篡汉,又借符命之说加以粉饰,即位之后,便遣五威将王奇等人"班《符命》四十二篇于天下。德祥五事,符命二十五,福应十二,凡四十二篇……其文尔雅依托,皆为作说,大归言莽当代汉有天下云"③。所以,谶纬真正进入礼乐改革中,与"旧典"同时并行,用于说明王命正统,是自"元始改制"始。最重要的即是制礼作乐:"非天子,不议礼,不制度,不考文。

---

① (东汉)班固撰,(清)陈立疏证,吴则虞点校《白虎通疏证》,中华书局,1994年,第373页。
② 《汉书》卷九九上《王莽传》,中华书局,1959年,第4069页。
③ 同上书,第4112页。

今天下车同轨,书同文,行同伦。虽有其位,苟无其德,不敢作礼乐焉;虽有其德,苟无其位,亦不敢作礼乐焉。"①

光武帝获得政权以后,其实有着和王莽类似的政治诉求,同样是希望通过礼乐改革来定名分,确立自己的汉室正统地位。建武以后,光武帝频繁更定礼乐。特别是从建武三十年(54)到中元二年(57)间,他完成了泰山封禅,以及明堂、灵台和辟雍的兴建,并确定了北郊之祀,可视为东汉礼乐制度改革的重要开端。"元始中故事"此时被反复遵照和利用。② 但同时他又具有发展性:中元元年,光武帝宣布图谶于天下。这场关于图谶的官方校订,从光武帝登基之初至此,已经过了三十多年,使得东汉礼乐改革进一步与谶纬思想相结合。光武帝对经、谶结合的推动,是为了正名、强化、渲染"孔为赤制"说与《赤伏符》的分量以便巩固其复兴政权,而这意味着"以图谶体系与经书本文参照印证"之风由此大开,以河洛为说阐解经文互为资证,此所以河洛与经谶间颇有内容文句雷同之处。③ 故而,崇尚谶纬,是东汉经学相比西汉而言的重要不同。皮锡瑞《经学历史》:"明帝时,贾逵上疏云:'五经皆无证图谶明刘氏为尧后者,而《左氏》独有明文。'窃谓前世借此欲求道通,故后引之以为说耳。据疏,是后汉尚谶记;不引谶记,人不尊经。"④故在东汉礼乐改革中,总的指导思想其实是谶纬而非经学。

从建武初年开始,张纯在礼乐改革中发挥了重要作用。"(张)纯在朝历世,明习故事。建武初,旧章多阙,每有疑议,辄以访纯,自郊庙婚冠丧纪礼仪,多所正定。"⑤建武三十年(54),张纯引据乐纬、建议封禅:"《乐动声仪》曰:'以《雅》治人,《风》成于《颂》。'"⑥于是,中元元年(56),光武帝东巡泰山,并

---

① 阮刻《礼记正义》卷五三《中庸》。
② 谢谦《汉代儒学复古运动与郊庙礼乐的正统化》,《四川大学学报(社会科学版)》1996年第2期,第49—55页。
③ 黄复山《东汉谶纬学新探》就"《河图》《洛书》与'经谶'相同"整理出的一系列条文。《东汉谶纬学新探》,台北学生书局,2000年,第92—146页。
④ (清)皮锡瑞《经学历史》,中华书局,1959年,第122页。
⑤ 《后汉书》卷三五《张曹郑列传》,第1193—1194页。
⑥ 同上书,第1198页。

以张纯为视御史大夫。张纯于是上元封旧仪及刻石文,这篇刻石之文,盛说符命。① 而兴建辟雍、明堂,亦是张纯的建议:"(张)纯以圣王之建辟雍,所以崇尊礼义,既富而教者也。乃案七经谶、明堂图、河间《古辟雍记》、孝武太山明堂制度,及平帝时议,欲具奏之。"②这里张纯提到了他所参考的材料,排在第一位的,就是"七经谶"。而且他同样兼顾了"平帝时议",这其实也是指王莽主导的元始改制。光武帝时期礼乐改革的两个核心指导思想在这一建议中皆有体现。当时,还有博士桓荣提交了类似的建议,其中同样是寄意于根据图谶之记来推动礼乐改革③。然而,中元二年(57),光武帝去世,"三雍"的建设与使用,实际上转入了明帝永平时期。

永平二年(59)是落实光武帝末年所定礼仪的关键之年。春正月辛未,明帝率群臣始服冠冕,祀光武皇帝于明堂,礼毕登灵台。明堂的主要功能是:"礼备法物,乐和八音,咏祉福,舞功德,班时令,来群后。"④而灵台的主要功能是:"事毕,升灵台,望元气,吹时律,观物变。"⑤同年三月,临辟雍,初行大射礼。⑥这次仪式中,也配有礼乐:"升歌《鹿鸣》,下管《新宫》,八佾具修,万舞于庭。"⑦皇帝亲自行礼的对象,是曾任太子少傅的桓荣。⑧ 同年,"始迎气于五郊"。⑨这个五郊迎气的礼仪中,同样有乐舞。李贤注引《续汉书》皆有罗列。至永平三年春正月,明帝诏中总结了上年的工作,即是"朕奉郊祀,登灵台,见史官,正仪度"⑩,四句之中,三句有关礼乐,可见他对落实光武帝以来礼乐改革思想的重视。《后汉书·礼仪志》称永平二年"七郊礼乐三雍之义备矣"⑪,对这一年进行了高度评价。

---

① 郭思韵《谶纬、符应思潮下"封禅"体的与时因变——以〈文选〉"符命"类为主线》,《文学遗产》2016年第2期,第30页。
② 《后汉书》卷三五《张曹郑列传》,第1196页。
③ 同上。
④ 《后汉书》卷二《明帝纪》,第100页。
⑤ 同上。
⑥ 《后汉书》卷二《明帝纪》,第102页。
⑦ 同上。
⑧ 同上。
⑨ 同上。
⑩ 《后汉书》卷二《明帝纪》,第105页。
⑪ 《后汉书》志第四《礼仪上》,第3108页。

永平三年(60),东汉礼乐的改革更为深化。促进这次深化的,首先是曹褒的父亲曹充。曹充,曾经在中元时期参加过关于修三雍等行事的讨论。到了明帝时期,他继续上言,希望大汉能够制礼乐,这番意见同样是与谶纬之言紧密结合的。"显宗即位,(曹)充上言:'汉再受命,仍有封禅之事,而礼乐崩阙,不可为后嗣法。五帝不相沿乐,三王不相袭礼,大汉当自制礼,以示百世。'帝问:'制礼乐云何?'充对曰:'《河图括地象》曰:"有汉世礼乐文雅出。"《尚书琁机钤》曰:"有帝汉出,德洽作乐,名予。"'帝善之,下诏曰:'今且改太乐官曰太予乐,歌诗曲操,以俟君子。'"①

除了对"太乐官"进行改名,《后汉书·礼仪志》注引蔡邕《礼乐志》中记载,明帝还将音乐划分四品,并分别规定其功用,这是他在礼乐改革方面的主要功绩。这四品音乐分别为:一曰《太予乐》,郊庙上陵之所用焉;二曰《周颂雅乐》,辟雍飨射之所用焉;三曰《黄门鼓吹乐》,天子宴群臣之所用焉;四曰《短箫铙歌乐》,军中之所用焉。这番分类与定名,对汉代的音乐体系进行了细化和完善。② 明帝为这些音乐定名,是出于对名号的重视。

"太予乐"这类音乐用于郊庙、上陵等祭祀礼仪,那么具体是哪些曲目呢?永平三年(60)冬十月,"烝祭光武庙,初奏《文始》、《五行》、《武德》之舞"。此处何以云"初奏"?因为这几种乐舞,是光武帝时所未准备的。"《前书》曰,《文始舞》者,本舜《韶舞》也,高祖六年更名曰《文始》,其舞人执羽龠。《五行》者,本周舞也,秦始皇二十六年更名曰《五行》,其舞人冠冕衣服法五行色。《武德》者,高祖四年作,言行武以除乱也,其舞人执干戚。光武草创,礼乐未备,今始奏之,故云初也。"③因此,东汉尝试制作礼乐之事,应视为从永平三年开始。

但是,这些礼乐改革在永平之际并没有形成明文。永平九年(66),张纯之子张奋上书再言"以为汉当制作礼乐"④。他在上书中,引据了礼纬《礼稽命征》:"先王之道,礼乐可谓盛矣。孔子谓子夏曰:'礼以修外,乐以制内,丘已

---

① 《后汉书》卷三五《张曹郑列传》,第1201页。
② 《后汉书》志第四《礼仪中》,第3131页。
③ 《后汉书》卷二《明帝纪》,第107页。
④ 《后汉书》卷三五《张曹郑列传》,第1199页。

矣夫！'"①永平十三年，复上书，希望"汉当改作礼乐，图书著明"②。明帝虽然认为此论甚善，但没有施行。永平十四年，张奋去世。永平十八年，明帝去世。因此，制作礼乐并图书著名的使命，转移到了章帝时代。

　　章帝元和二年(85)下诏，曰："《河图》称'赤九会昌，十世以光，十一以兴'。《尚书璇机钤》曰：'述尧理世，平制礼乐，放唐之文。'予末小子，托于数终，曷以缵兴，崇弘祖宗，仁济元元？《帝命验》曰：'顺尧考德，题期立象。'且三五步骤，优劣殊轨，况予顽陋，无以克堪，虽欲从之，末由也已。每见图书，中心恧焉。"③这篇诏书中，"有帝汉出"之说此时被章帝发挥到了极致。所引《河图》，李贤注曰："九谓光武，十谓明帝，十一谓章帝也。"④也就是说，"十一以兴"是章帝利用图谶来证明本朝历史走向兴旺。《尚书璇玑钤》这一句，是章帝从一个长句中截取的分句，李贤注给出原句是："使帝王受命，用吾道述尧理代，平制礼放唐之文，化洽作乐名斯在。"这里明确的是制礼作乐、承顺尧德的思想，也就是强调"先王之乐"的重要性。《帝命验》这一句引文，还暗含其他谶纬文献来源。李贤注引宋均注曰："尧巡省于河、洛，得龟龙之图书。舜受禅后习尧礼，得之演以为《考河命》，题五德之期，立将起之象，凡三篇，在《中候》也。"另外，"三五步骤"是来自于《孝经钩命决》："三皇步，五帝骤，三王驰。"李贤注引宋均注云："'步谓德隆道用，日月为步。时事弥顺，日月亦骤。勤思不已，日月乃驰'，是优劣也。"意指皇、帝、王、伯，世愈降，德愈卑。这条诏书，充分说明了章帝在借图谶纬书来宣扬政治抱负，这种抱负也必然将被酝酿到他主导的礼乐改革之中去。⑤

　　章帝下诏后，曹褒遂积极响应。章帝也有意委任曹褒进行改革。但很多大臣对此却表示了反对，如"太常巢堪以为一世大典，非褒所定，不可许"。⑥此事延宕至元和三年(86)，章帝再下诏，曹褒再上疏响应。此年，拜褒侍中。章帝南巡归来后，召玄武司马班固，问改定礼制之宜。班固主张召集京师之儒

---

① 《后汉书》卷三五《张曹郑列传》，第1199页。
② 同上书，第1202页。
③ 同上书，第1202—1203页。
④ 同上书，第1203页。
⑤ 同上书，第1204页。
⑥ 同上书，第1202页。

者,共同商议,但章帝反对,他说:"会礼之家,名为聚讼,互生疑异,笔不得下。昔尧作《大章》,一夔足矣。"①至章和元年(87)正月,章帝向曹褒提供了"班固所上叔孙通《汉仪》十二篇",并说道:"此制散略,多不合经,今宜依礼条正,使可施行。于南宫、东观尽心集作。"曹褒以此为旧典之基础,制作礼乐。"(曹)褒既受命,乃次序礼事,依准旧典,杂以《五经》谶记之文,撰次天子至于庶人冠婚吉凶终始制度,以为百五十篇,写以二尺四寸简。其年十二月奏上。"②曹褒所制者,当是充分迎合了东汉图谶与礼乐并行之局面。而"依准旧典,杂以《五经》谶记之文"的做法,与之前张纯所提出的制作礼乐之构想,也是相符的。章帝有意直接采纳曹褒之作,为免争议不定,并不令有司讨论。然而,同年,章帝崩,曹褒的这一百五十篇制作,马上失去了政治支持。至和帝永元四年(92),"后太尉张酺、尚书张敏等奏褒擅制《汉礼》,破乱圣术,宜加刑诛。帝虽寝其奏,而《汉礼》遂不行"。③班固这里所获得的叔孙通《汉仪》,在汉失传已久。《汉书·礼乐志》对此十分遗憾,曰:"今叔孙通所撰礼仪,与律令同录,臧于理官,法家又复不传。汉典寝而不著,民臣莫有言者。又通没之后,河间献王采礼乐古事,稍稍增辑,至五百余篇。今学者不能昭见,但推士礼以及天子,说义又颇谬异,故君臣长幼交接之道寖以不章。"④因此,曹褒制礼,意图恢复,却因于政治多变的掣肘,东汉礼乐始终未成为明文制度。

总之,从光武帝末年到明、章二帝,东汉礼乐改革持续进行。诸儒改造汉代礼乐,其实是以"有帝汉出"来作为总的指导思想,故而对谶纬之言颇有化用、引征。明、章之际礼乐改革的实质就是要将礼学与谶纬之学结合起来。虽然史料中对礼乐改革者如张纯、曹褒等人所依赖的谶纬之书,仅列了书名而已,在正文中表达得也很隐晦,直到李贤注中才具体指明所引谶纬之书。

二 "先王"与"天子":谶纬思想与东汉礼乐改革的核心

要了解明、章礼乐改革与谶纬思想之间的深层关系,光靠梳理这场改革的

---

① 《后汉书》卷三五《张曹郑列传》,第 1203 页。
② 同上。
③ 同上。
④ 《汉书》卷二二《礼乐志》,第 1935 页。

时间线索、标记其谶纬特征当然是远远不够的。而这个话题又颇有展开难度。因为，曹褒所制的礼乐已经失传，他具体是如何结合"五经"来杂以"谶记"，因现存材料缺失，已经难以确知。如今要剖析并总结明、章礼乐改革与谶纬思想的关系，主要能够依靠的材料是谶纬文献本身，以及《白虎通》。图谶纬书中包含了大量有关礼乐的思想，早在东汉礼乐改革之前，就已经对人们的礼乐认知产生了深刻影响。而《白虎通》是同样产生于章帝时期、时间略早于曹褒制礼的重要文献，且与曹褒制礼的基本方法有很多相似之处，是建立在以"五经"杂谶记的基础上的。即如陈立所云，《白虎通》是"皆以谶断礼，以纬俪经"①。除了以"五经"为基础②，其中还对谶纬文献有着大量的明引、暗引乃至檃栝，其中包含了丰富的礼乐内容。侯外庐先生曾断言其中百分之九十的内容出于谶纬。经研究者仔细摸排，虽然"百分之九十"的说法略有夸张，但其中谶纬内容繁杂，是确实的。③ 王四达先生认为，《白虎通》是一部礼典，是为了兴汉礼而制作的典则，"其内容旨在甄别厘定各种礼的内涵及其官方定义，有歧义者则由汉章帝'称制临决'"。这种方式，和章帝令曹褒一人制礼，本质上是差不多的。从实际的内容看，《白虎通义》是为制作汉礼而预先对诸礼义理和礼制框架进行甄别与审定的产物，它直接派生了章帝命曹褒撰定的《汉礼》。④ 它并不是班固个人的思想，而是当时经过君主认可的国家意识形态的理论表述。⑤ 因此，从《白虎通》来看谶纬思想对此际礼乐改革的影响，是可资依据的。

谶纬思想与礼乐改革思想的交汇点，是在于明确"先王"与"天子"在政治秩序中的核心地位。汉代纬书思想的核心，即是为"受命改制"服务。⑥ 从当时的图谶纬书及《白虎通》的内容来看，在乐的方面，东汉礼乐改革的重要贡献是突出了"先王之乐"和"受命制乐"这两个概念。这两个概念是彼此联系的，即"先王之乐"是当世制乐之本，而"受命制乐"是为奉先王。《乐纬》云："受命

---

① 《白虎通疏证》，第1页。
② 程苏东《〈白虎通〉所见"五经"说考论》，《史学月刊》2012年第12期，第29—38页。
③ 何大海《〈白虎通〉谶纬类文献研究》，中国政法大学硕士学位论文，2014年。
④ 王四达《是"经学"、"法典"还是"礼典"？——关于〈白虎通义〉性质的辨析》，《孔子研究》2001年第6期，第54—60页。
⑤ 葛兆光《中国思想史》，复旦大学出版社，1998年，第273页。
⑥ 安居香山《后汉における受命改制と纬书思想》，《大正大学研究纪要》1966年第3期，第51页。

而王,为之制乐,乐其先祖也。"①《乐协图征》中同样说:"先王之乐,所以节百事。"②"受命而王,为之制乐,乐其先祖也。"③汉明帝"通过儒家所尊奉的意识与象征,来取得嗣立的合法性与权威性,并且自己登场,召集儒生来讨论儒家经典的意蕴,甚至以"通《孝经》章句"④作为入仕者最起码的教育水平与文化标准。⑤《孝经》地位的提高,和此时谶纬思想的主流彼此呼应。

首先,关于禘祫、郊庙之礼,从光武以来的礼乐改革中也同样多遵循谶纬思想。此二礼,主要是为了明确"先王"的地位。《礼纬》:"祭者,所以追养继孝也。"⑥故而,《礼稽命征》强调了人们所接受的"三年一祫,五年一禘"的祭祀时间周期,补充说:"以衣服想见其容色。三日斋,思亲志意,想见所好喜,然后入庙。"⑦具体的祭祀月份,同样是考虑到天地四时之应的:"三年一闰,天气小备,五年再闰,天气大备。故三年一祫,五年一禘。禘之为言谛,谛定昭穆尊卑之义也。禘祭以夏四月,夏者阳气在上,阴气在下,故正尊卑之义也。祫祭以冬十月,冬者五谷成熟,物备礼成,故合聚饮食也。"⑧祭祀先王,被认为是礼法中首要的因素。《礼含文嘉》:"天子祫禘,巡狩有度,考功责实,内外之制,各得其宜,四方之事无蓄滞,上下交通,则山泽出灵龟宝石,麒麟至苑囿,六畜繁多,天苑有德星应。"⑨明帝永平十七年(74),曾进行上陵之礼改革,实际上是合并西汉上陵故事、元会仪、饮酎礼及部分宗庙祭祀。改革之后的上陵礼,在祭祖敬孝之外,由于郡国计吏的加入产生了更多社会民生的意义,成为明帝以后帝陵祭祀最为宏大的典礼活动。从此,陵寝的祭祀地位超越了宗庙的祭祀地位,宗庙地位不断削弱,帝陵地位逐渐上升。⑩章帝建初七年,禘祭光武皇帝、孝明皇帝,下诏曰:"予末小子,质又菲薄,仰惟先帝烝烝之情,前修禘祭,以

---

① 《乐纬》,董治安主编《两汉全书》第三十三册,山东大学出版社,2009年,第19102页。
② 《乐协图征》,董治安主编《两汉全书》第三十三册,第19132页。
③ 同上。
④ 《资治通鉴》卷四十四,中华书局排印本,1434页、1435页。
⑤ 葛兆光《中国思想史》,第273页。
⑥ 《礼纬》,董治安主编《两汉全书》第三十三册,第19060页。
⑦ 《礼稽命征》,董治安主编《两汉全书》第三十三册,第19078页。
⑧ 同上书,第19077—19078页。
⑨ 《礼含文嘉》,董治安主编《两汉全书》第三十三册,第19066页。
⑩ 李欣《东汉"上陵之礼"考述》,《咸阳师范学院学报》2012年第5期,第15—19页。

尽孝敬。朕得识昭穆之序,寄远祖之思。"①同样是以"大礼复举"来明确先王之地位。

其次,"三雍"之礼作为明、章之际礼乐改革的重点建设对象,包含了以"三台齐明"来实现帝王德化与天地四时和谐共存的谶纬思想。如关于"明台",《礼含文嘉》云:"明堂所以通神灵、感天地、正四时。"②《白虎通》中明堂之礼,于春正月举行。关于灵台,《礼纬》云:"天子有灵台,以候天地。诸侯有时台,以候四时。"③《礼含文嘉》中的阐释更为深入,云:"礼:天子灵台,所以观天人之际、阴阳之会也,揆星度之验,征六气之瑞应,原神明之变化,睹日气之所验,为万物获福于无方之原。招太极之清泉,以兴稼穑之根。仓廪实,知礼节。衣食足,知荣辱。天子得灵台之礼,则五车三柱明,制可行,不失其常。水泉川流,无滞寒暴暑之灾,陆泽山陵,禾尽丰穰。"④《白虎通》明显对纬书中的这一段表述进行了浓缩,云:"天子所以有灵台者何?所以考天人之心,察阴阳之会,揆星辰之证验,为万物获福无方之元。《诗》云:经始灵台。"⑤关于辟雍,《礼纬》:"天子辟雍,所以崇有德,褒有行。"⑥《礼含文嘉》云:"辟雍之礼得,穆穆皇皇,和服,则太微诸侯明也。"⑦《白虎通》中对"辟雍"更有专论:"天子立辟雍何?辟雍所以行礼乐、宣德化也。"⑧三雍之礼,都是为了证明天子的地位,以及天子与天地、四时、德化、神明之关系。也就是说,此时君权的神圣性,不再像汉武帝时期那样,通过"太一"的拟神化来确定,而是通过礼乐的实施来确定。葛兆光先生认为,"《白虎通》……凭借宇宙法则的象征性,确立一个以君主为中心的社会秩序,也确认一个以天子为中心的封建诸侯联邦制的国家形式,同时又在《三纲六纪》篇中,进一步论证'人'与天地、日月、四时的秩序的关系,也确认等级秩序在人的层面的不容置疑的合理性和必要性,再论证天子

---

① 《后汉书》卷三《章帝纪》,第142页。
② 《礼含文嘉》,董治安主编《两汉全书》第三十三册,第19065页。
③ 《礼纬》,董治安主编《两汉全书》第三十三册,第19060页。
④ 《礼含文嘉》,董治安主编《两汉全书》第三十三册,第19065—19066页。
⑤ 《白虎通疏证》卷六《辟雍》,第263—264页。
⑥ 《礼纬》,董治安主编《两汉全书》第三十三册,第19063页。
⑦ 《礼含文嘉》,董治安主编《两汉全书》第三十三册,第19072页。
⑧ 《白虎通疏证》卷六《辟雍》,第259页。

的权威通过'封禅''巡狩'等外在的仪式性活动,取得'天'的认可",等等。①汉代的礼统,曾是在方术之士的建议下逐渐确立的,而此时则开始重建新的基于儒家礼乐认知的礼统。

"先王之乐"在制乐之事中拥有绝对崇高地位。如《乐稽耀嘉》曰:"故先王慎其动而节之以感,所以用礼以导其志,政以一其行,乐以和其神,刑以杜其伪。"②在谶纬思想中,"先王之乐"主要是指三代礼乐。在《乐动声仪》中,"先王之乐"包括了:"黄帝之乐曰《咸池》,颛顼之乐曰《五茎》,帝喾之乐曰《六英》,尧乐曰《大章》,舜乐曰《箫韶》,禹乐曰《大夏》,殷曰《大濩》,周曰《酌》,周乐伐时曰《武》《象》。周曰《大武》《象》,又曰《大武》。"③《乐协图征》所载,与此略有出入:"黄帝乐曰《咸池》,帝颛顼乐曰《五一生》,帝喾曰《六英》,尧曰《大章》,舜曰《大招》,禹曰《大夏》,殷曰《大濩》,周曰《勺》,又曰《大武》。"④其中增入了帝颛顼乐曰《五一生》、帝喾曰《六英》,而舜乐与之前的记载不同。其实不止《乐动声仪》,在诸多与乐相关的纬书中可以看到,它们实质上重新梳理了上古三代的礼乐传统。《乐稽耀嘉》云:"禹将受位,天意大变,迅风雷雨,以明将去虞而适夏也,是以舜、禹虽继平受禅,犹别礼乐,改正朔,以应天从民。夏以十三月为正,法物之始,其色尚黑。殷以十二月为正,法物之牙,其色尚白。周以十一月为正,法物之萌,其色尚赤。能察其类,能正其本,则岳渎致云雨,四时和,五稼成,麟皇翔集。"⑤《乐稽耀嘉》中甚至对上古之乐做了十分明晰的分类:"用鼓和乐于东郊,为太暤之气,勾芒之音。歌《随行》,出《云门》,致魂灵,下太一之神。用声和乐于中郊,为黄帝之气,后土之音。歌《黄裳》《从容》,致和散灵。用动和乐于郊,为颛顼之气,玄冥之音。歌《北奏》《大闻》,致幽明灵。"⑥等等。而《白虎通》则结合"五经"及谶纬所记,将以上内容作了总结。

在谶纬文献中,"先王"与"天子"在礼乐方面有着毋庸置疑的崇高地位。

---

① 葛兆光《中国思想史》第一卷,第 275 页。
② 《乐稽耀嘉》,董治安主编《两汉全书》第三十三册,第 19119 页。
③ 《乐动声仪》,董治安主编《两汉全书》第三十三册,第 19109 到 19110 页。
④ 同上书,第 19131 页。
⑤ 《乐稽耀嘉》,董治安主编《两汉全书》第三十三册,第 19118 页。
⑥ 同上书,第 19122 页。

这一思想同样渗入了当时人们以礼乐来整理人伦秩序的观念。《白虎通》的诸多内容都彰显了遵"先王之乐",是建立正常的纲常秩序的基础:"故乐者,所以崇和顺,比物饰节,节奏合以成文,所以合和父子君臣,附亲万民也。是先王立乐之意也。故听其雅颂之声,志意得广焉。执干戚,习俯仰屈信,容貌得齐焉。行其缀兆,要其节奏,行列得正焉,进退得齐焉。"①《白虎通》旁征博引,皆因为要证明先王之乐的崇高,以及"受命"而作乐的重要性:"《易》曰:'先王以作乐崇德,殷荐之上帝,以配祖考。'《诗》云:'奏鼓简简,衎我烈祖。'《乐元语》曰:'受命而六乐。乐先王之乐,明有法也。兴其所自作,明有制;兴四夷之乐,明德广及之也。'"②"先王之乐"能对人们的行为产生约束,即"节喜盛",是先王之乐所能给予后世的重要启示。《白虎通》多次提到:"王者所以盛礼乐何?节文之喜怒。"③"武王起兵,前歌后舞。克殷之后,民人大喜,故中作所以节喜盛。"④"夫礼乐,所以防奢淫。"⑤这种"节喜盛"的思想,同样来自于谶纬。⑥

在"先王之乐"无比崇高的大前提下,"乐"的功能性也在谶纬文献中获得了极为充分的阐释,并为明、章之际的礼乐改革所吸收。此时对"乐"之功能的认识,同样是与天地秩序、人伦秩序至为相关,主要被视为具有反映天子与天地阴阳之关系、天子与诸侯四夷之间的等列关系和天子与百姓之间的教化关系等功能。这些复杂的关系,被简化为一套符号化、数字化和规律化的语词系统。乐的和谐性,是来自"圣人"即作乐之天子和他的臣子"八能之士"之间的和谐关系:"夫圣人之作乐,不可以自娱也,所以观得失之效者也。故圣人不取备于一人,必从八能之士。故撞钟者当知钟,击鼓者当知鼓,吹管者当知管,吹竽者当知竽,击磬者当知磬,鼓琴者当知琴。故八士或调阴阳,或调律历,或调五音。故撞钟者以知法度,鼓琴者以知四海,击磬者以知民事。"⑦但是,基于宇

---

① 《白虎通疏证》卷三《礼乐》,第94页。
② 同上书,第107—108页。
③ 同上书,第93页。
④ 同上书,第104页。
⑤ 同上书,第98页。
⑥ 《乐协图征》,董治安主编《两汉全书》第三十三册,第19132页。
⑦ 同上书,第19124页。

宙阴阳法则的制乐，其核心是为了明尊卑。《后汉书·礼仪志》中记录了这一思想的具体实施："先气至五刻，太史令与八能之士坐于端门左塾。(大予)具乐器，夏赤冬黑。"①《白虎通》尤其发挥了这一点，曰："天子八佾，诸侯四佾，所以别尊卑。"②《乐动声仪》提到了所用"先王之乐"的规制："舜乐曰《大韶》，禹曰《大夏》，武曰《大武》。宫为君，商为臣，君臣皆尊，各置一副，故加十四而悬十六。有周之盛，成、康之间，郊配封禅，皆可见也。"③《乐协图征》："天元以甲子朔旦冬至，日月起于牵牛之初，右行二十八宿，以考王者终始。或尽一，其历数，或不能尽一，以四千五百六十为纪，甲寅穷。天元十一月朔旦冬至，圣王受享祚。鼓和乐于东郊，致魂灵，下太一之神。"④在礼乐所考虑的神秘宇宙的相关事物中，"一套由数字所概括的人间道理也仿佛是圣人的精心安排"。⑤《乐动声仪》中甚至将五音与人伦物事相配，解释为宫为君、商为臣、角为民、徵为事、羽为物。⑥ 这些思想也都反映在《白虎通》中。如《白虎通》讨论天子与诸侯之关系云："天子八佾，诸侯四佾，所以别尊卑。乐者，阳也。故以阴数，法八风、六律、四时也。八风、六律者，天气也。助天地成万物者也。亦犹乐所以顺气，变化万民，成其性命也。故《春秋公羊传》曰：'天子八佾，诸公六佾，诸侯四佾。'《诗》曰：'大夫士，琴瑟御。'"⑦而且，即便是四夷之乐，同样是"先王"所定，以此来规定天子与四夷之关系。《白虎通》曰："谁制夷狄之乐？以为先圣王也。先王惟行道德，调和阴阳，覆被夷狄，故夷狄安乐，来朝中国，于是作乐乐之。"⑧《白虎通》的理想便在于要明确"三纲六纪"的社会秩序，这个秩序能够得以确立的根基在于明确先王、天子的至高无上的地位。虽然儒者在建立这套学说时，对黄老学说、阴阳五行学说、数术方技学说都有不同程度的妥协以应对现实需求，但是君主制度的基石是他们不曾动摇的。值得注意的是，"先王之乐"与"受命制乐"中的"先王""命"，其实并不根据血缘来确定其合法

---

① 《后汉书》志第四《礼仪中》，第 3125 页。
② 《白虎通疏证》卷三《礼乐》，第 104—106 页。
③ 《乐动声仪》，董治安主编《两汉全书》第三十三册，第 19106 页。
④ 同上书，第 19123 页。
⑤ 葛兆光《中国思想史》第一卷，第 276 页。
⑥ 《乐动声仪》，董治安主编《两汉全书》第三十三册，第 19108 页。
⑦ 《白虎通疏证》卷三《礼乐》，第 104—105 页。
⑧ 同上书，第 110 页。

性,而完全是根据五德终始理论来确定。正如徐兴无先生说,"谶纬中的圣统完全是用天道排列的,几乎完全抛弃了宗法思想","过分地把人间的政治依据放在外在的宇宙中,用数术的方式任意推演人间的历史,使之符合宇宙的运行"。①

"先王之乐""受命制乐"是明、章之际礼乐改革的根本基础。《汉书·礼乐志》中批判得最为深刻的内容,即是关于先王之乐的缺失。班固身在明、章之际,他对从西汉至东汉的礼乐改革有着深刻的反思。他对西汉礼乐的评价是很消极的,"今汉郊庙诗歌,未有祖宗之事,八音调均,又不协于钟律,而内有掖庭材人,外有上林乐府,皆以郑声施于朝廷。"②在这里,他说的"汉郊庙诗歌,未有祖宗之事"即是指"先王之乐"。所谓"八音",《白虎通》中也做了解释:"八音者,何谓也?《乐记》曰:'土曰埙,竹曰管,皮曰鼓,匏曰笙,丝曰弦,石曰磬,金曰钟,木曰柷敔。'此谓八音也。法《易》八卦也,万物之数也。八音,万物之声也。天子所以用八音何?天子承继万物,当知其数。既得其数,当知其声,即思其形。如此,蜎飞蠕动无不乐其音者,至德之道也。天子乐之,故乐用八音。"③因此,"八音"实际上是指天子作乐。两汉礼乐,非天子作,而是掖庭材人、上林乐府所作,乃是"郑声"。在汉武帝时期,这类"郑声"其实主要是指那些不合于儒家经典的歌诗。如武帝得神马渥洼水中,后又伐大宛得千里马,于是作《天马》歌二首,用于宗庙,马上遭到大臣诘难:"凡王者作乐,上以承祖宗,下以化兆民。今陛下得马,诗以为歌,协于宗庙,先帝百姓岂能知其音邪?"④至班固时,他的判断更为明确,因为明、章之际礼乐改革中清晰确立了"先王之乐"和"受命制乐"的礼乐思想之地位。除此以外,班固对于成帝时没有实现的刘向关于"三雍"的建议,导致"郑声尤甚"的局面,也深表遗憾。⑤ 在他的陈述中,大汉礼乐的缺憾是一个历史遗留问题,他叹息道:"今大汉继周,久旷大仪,未有立礼成乐,此贾谊、仲舒、王吉、刘向之徒所为发愤而增叹也。"⑥但是,他在《东都赋》中对永平之际的礼乐改革,

---

① 徐兴无《论谶纬文献中的天道圣统》,南京大学博士论文,1993 年。
② 《汉书》卷二二《礼乐志》,第 1071 页。
③ 《白虎通疏证》卷三《礼乐》,第 119—120 页。
④ 《史记》卷二四《乐书》,中华书局,1959 年,第 1178 页。
⑤ 《汉书》卷二二《礼乐志》,第 1072 页。
⑥ 《汉书》卷二二《礼乐志》,第 1075 页。

却是极力赞颂,认为是礼乐之典范。在礼的方面:"于是荐三牺,效五牲,礼神祇,怀百灵,觐明堂,临辟雍,扬缉熙,宣皇风,登灵台,考休征。"①在乐的方面:"尔乃食举《雍》彻,太师奏乐,陈金石,布丝竹,钟鼓铿锵,管弦烨煜。抗五声,极六律,歌九功,舞八佾,《韶》《武》备,太古毕。四夷间奏,德广所及,僸佅兜离,罔不具集。万乐备,百礼暨,皇欢浃,群臣醉,降烟熅,调元气,然后撞钟告罢,百寮遂退。"②这些夸耀之辞,能够体现班固对两代礼乐截然两极的态度。

大汉礼乐始终未成明文制度,实现"垂范后世"之功,原因十分复杂。即便人们在思想上能认识到礼乐的重要性,但也并非所有的礼乐理论都能施行于现实之中。章帝时,太常乐丞鲍邺等上乐事,奏书中引经据典,提出要作"应月律"之乐,实现《乐经》中"十二月行之,所以宣气丰物也。月开斗建之门,而奏歌其律"的构想,理由是"皆言圣人作乐,所以宣气致和,顺阴阳也"。诏下太常,得到的回复是"作乐器直钱百四十六万,请太仆作成上"。奏遂寝。可见礼乐改革需要雄厚的经济实力支撑,而当时的东汉在礼乐方面:"今官雅乐独有黄钟,而食举乐但有太蔟。"于是章帝又将奏书下车骑将军马防,马防遂说,不用再另外制乐,可以使用已有的"太蔟"之律:"臣愚以为可顺上天之明时,因岁令王正,发太蔟之律,奏《雅》《颂》之音,以立太平,以迎和气。其条贯甚备。"③这是对臣子改革迎气乐的折中处理,完全是基于当时东汉现有的礼乐条件。

三 谶纬引导的礼乐改革与明、章时代的文学风貌

东汉的这场礼乐改革持续时间很长,它接续西汉元始改制,继续努力从制度上将上古理想社会变为现实。这场改革迎合了儒者的社会理想,对士人阶层来说是激动人心的。而当时的文学创作也完全浸润在这个以谶纬为主导力量的思想环境之中,方方面面都受到了深刻的影响。过去很多研究者都注意

---

① 《文选旧注辑存》,第 155—156 页。
② 同上书,第 163—167 页。
③ (清)严可均《全上古三代秦汉三国六朝文》之《全后汉文》,中华书局,1977 年,第 563—564 页。

到了从光武到明章之际所盛行的颂美之文、符命之说。在前人之论中,以陈君先生《东汉社会变迁与文学演进》讨论最详,其中"光武明章之治与文学颂美主题"的专节谈到了相关的问题,对此际《王命论》《典引》等篇目中浓厚神学色彩和以巡狩为主的文学篇章,进行过充分的阐释。① 东汉光武至明章时代的颂美文学,建立在明、章二帝主导的礼乐改革基础上,并非一味对政治与帝王的粉饰与吹捧。通过礼乐改革,东汉恢复了社会、人伦、礼法等方面的秩序,即儒生心目中的"法度",这是人们获得颂美时代之自信的基础。如康达维先生说,"这些颂诗尤其是《京都赋》表达了对社会及政治秩序的自信,这种自信在后汉中晚期便不复存在了。他们有一个共同的愿望即颂汉"②。

谶纬引导的东汉礼乐改革,为明章之际的文学创造了一定的"当代性"。这种"当代性",和取材于传统、致力于复古的思想是反向的,它注重的是发展当下之文学,为当下时代塑造经典;它认为文学的功能,是记录当代的重要事件,从而"施于后嗣";由此,作为"当代性"的文学,主观贴合东汉时代新的意识形态体系,有意发展赋、颂、箴、铭等主流文体的篇体功能。

东汉明章礼乐改革,为东汉文学带来一个经典书写对象,那就是存在于此时的诗、赋、铭、诔等多种文体中的"永平之际"。人们如此频繁和突出地描写永平时代,不仅仅是为了给后世留下一个经典的时代形象作为万世之法则,更是为了代入个人的时代理想,抒发时代情怀。"永平之际"处于中兴之际的人们,对历史的走向也颇有主动认识的思想倾向。此时的文学作品中,无论是对东西二京的对比,还是对汉德的重新体认等,都反映了这个时代的历史独特性。如本文开头所引,《两都赋》的重心实际是歌颂"永平之际"。康达维先生说,"班固毫不含糊地认为东汉的建立是一次复兴。他将光武从长安迁都洛阳与盘庚将商都从奄迁到殷相提并论"③。人们常能在东汉文学中体会到抱负与自信,班固《典引》就立意要"垂范后世",引经续典,明确将这样的篇章制作置于历史的参照之中。④

① 陈君《东汉社会变迁与文学演进》,中国社会科学出版社,2012 年,第 26—59 页。
② 康达维撰,彭行译《汉颂——论班固〈东都赋〉和同时代的京都赋》,《文史哲》1990 年第 5 期,第 15 页。
③ 同上书,第 11 页。
④ 蔡丹君《班固〈典引〉的文体与文章学思想》,《中山大学学报(社会科学版)》2018 年第 2 期。

京洛之贵,贵在法度,因此班固在《东都赋》中赞颂的是永平以后所确立的礼乐制度:"建章、甘泉,馆御列仙,孰与灵台、明堂,统和天人?太液、昆明,鸟兽之囿,曷若辟雍海流,道德之富?游侠逾侈,犯义侵礼,孰与同履法度,翼翼济济也?子徒习秦阿房之造天,而不知京洛之有制也。"①可以说,"永平之际"的盛德,即是"精古今之清浊,究汉德之所由"②的答案。在班固之外,东汉与他地位相差不多的一些文人也有歌颂"永平之际"的作品。如傅毅的《洛都赋》:"近则明堂、辟雍、灵台之列,宗祀扬化,云物是察"③。傅毅的《明帝诔》中,肯定了明帝的中兴之功,认为"三雍"等礼乐方面,是延续了祖宗之事,"丰美中世,垂华亿载,冠尧佩舜,践履五代。三雍既治,帝道继备,七经宣畅,孔业淑著……发号施令,万国震惧,庠序设陈,礼乐宣布"。④

傅毅《七激》通过玄通子之口,赞颂永平以后的东汉政治:"玄通子曰:'汉之盛世,存乎永平,太和协畅,万机穆清。于是群俊学士,云集辟雍。含咏圣术,文质发矇。达羲、农之妙旨,照虞、夏之典坟。遵孔氏之宪则,投颜、闵之高迹。推义穷类,靡不博观。光润嘉美,世宗其言。'公子瞿然而兴曰:'至乎,主得圣道,天基允臧。明哲用思,君子所常。自知沉溺,久蔽不悟,请诵斯语,仰子法度。'"⑤《七激》这篇作品,颇有争议。《后汉书》称"毅以显宗求贤不笃,士多隐处,故作《七激》以为讽"⑥。康达维先生分析,"如果这一解释是正确的,则这篇文章与其说是要赞美那些复出的隐士,不如说是委婉地建议皇帝为他们提供合适的条件。因此如同司马相如、扬雄宫廷赋结尾的颂词一样,傅毅文章最后的颂词,也是理想的宣言"⑦。事实上,《七激》写在章帝时代,如此怀念明帝永平之际,确实已经是暗含对章帝时代的某些不满,而"永平之际"此时已经成功地被塑造为东汉人心目中的王朝盛世。关于谶纬对汉赋的影响,冯维林先生曾有《论谶纬与汉赋创作的关系》一文,将汉赋创作与谶纬

---

① 《文选旧注辑存》,第179—180页。
② 同上书,第175页。
③ 《全上古三代秦汉三国六朝文》之《全后汉文》,第705页。
④ 同上书,第707页。
⑤ 同上书,第706页。
⑥ 《后汉书》卷五九《文苑传·傅毅传》,第2613页。
⑦ 《汉颂——论班固〈东都赋〉和同时代的京都赋》,第14页。

的关系划分为三个发展阶段：西汉初期至扬雄、扬雄至班固前后、自张衡以降，分别归属于谶纬影响汉赋的萌芽期、全盛期和衰落期。他指出"谶纬在汉赋中的出现，既强化了赋的政教功能，同时亦增添了赋的美学趣味"①。他认为这种美学趣味主要是在增强文学的想象能力方面。而谶纬之所以能发挥出这些作用，主要还是因为它成为东汉礼乐改革的核心思想之一。归根结底，东汉文学相较于西汉文学的更大变化，是它的思想内容与整体气质都趋向于典雅。

与班、傅同时的史官李尤撰写过《辟雍赋》，这篇赋实际上写了整个"三雍"建筑群，包括太学、三宫、灵台、太室、辟雍等，全面而完整地歌颂了三雍相关的所有活动。②《辟雍赋》中的内容没有仅仅包括辟雍，而是描写了整个三雍的形态和活动，这一点与《白虎通》是完全一致的。③ 李尤《辟雍赋》更像是关于有关三雍的政治话语已成体系后的规定式创作，而非仅仅来自作者本人的直观观察。稍后贾逵撰有《永平颂》，但只剩一残句，云："威震赤谷。"④所以，如果细致地观察则可以发现，东汉时期的颂美之作有一个十分集中的主题，那就是歌颂永平时代成就规模的礼乐改革，尤其他们对"三雍"及其相关仪式的热忱赞美，是西汉时代颂美之作中所没有的。"永平之际"被凝结为一个书写对象，它所代表的内涵就是东汉人对自己在礼制发展方面的自信与骄傲。《后汉书·儒林传》对明帝永平之际的改革赋予了肯定和称颂："光武中兴，爱好经术……建武五年，乃修起太学……中元元年，初建三雍。明帝即位，亲行其礼。天子始冠通天，衣日月，备法物之驾，盛清道之仪，坐明堂而朝群后，登灵台以望云物，袒割辟雍之上，尊事三老五更。飨射礼毕，帝正坐自讲，诸儒执经问难于前，冠带缙绅之人，圜桥门而观听者盖亿万计。其后复为功臣子孙、四姓末属别立校舍，搜选高能以受其业，自期门羽林之士，悉令通《孝经》章句，匈奴亦遣子入学。济济乎，洋洋乎，盛于永平矣！"⑤故皮锡瑞《经学历史》评价

---

① 冯维林《论谶纬与汉赋创作的关系》，载《兰州学刊》2008年第6期，第153—156页。
② 《全上古三代秦汉三国六朝文》之《全后汉文》，第746页。
③ 《白虎通疏证》卷六《辟雍》，第253—266页。
④ 《全上古三代秦汉三国六朝文》之《全后汉文》，第644页。
⑤ 《后汉书》卷七九上《儒林传》，第2545—2546页。

说:"案永平之际,重熙累洽,千载一时,后世莫逮。"①皮锡瑞所引用的"永平之际,重熙累洽"即出自班固《两都赋》。

在关于"永平之际"的文学书写中,明帝被塑造为形象光辉的"圣皇"。《东都赋》的结尾有五首颂诗,分别为:《明堂诗》《辟雍诗》《灵台诗》《宝鼎诗》和《白雉诗》,集中描写的是明帝所立之"三雍"和永平年间出现的重要祥瑞,代表了"永平之际"之盛德,可以视为他对东汉礼乐改革尤其是永平之际礼法建设成就的总结。这几首诗,尚学峰先生据《隋书·音乐志》"汉明帝时,乐有四品……又采百官诗颂,以为登歌……登歌者,颂祖宗功业",认为是明帝时期的"登歌"。② 事实上,班固的这些颂诗主要是在章帝时代完成的,并非汉明帝时即作为登歌。明帝时期的登歌,应该是东平王苍为光武帝所作的颂诗——《武德舞歌诗》等。这首诗是以《周颂·清庙》为蓝本的。③ 班固所描写的是永平之际的明帝。明确这一点是很重要的,因为班固并不是泛泛歌颂,而是要将永平之际和明帝作为汉世景仰的典则。在前面三首颂诗中,皆有天子的出场。《明堂诗》谓"圣皇宗祀,穆穆煌煌"④,《辟雍诗》谓"圣皇莅止,造舟为梁"⑤,《灵台诗》谓"帝勤时登,爰考休征"⑥。傅毅创作了十篇《显宗颂》,称赞的同样是明帝所取得的功绩。虽然现只存留其中几行,但从题目中仍可看出它与班固《两都赋》结尾处的颂歌相似。⑦ 歌颂明帝,即是为了歌颂"有帝汉出"和"汉十一世兴"的谶言。《东观汉记》中对明帝的美化也是贴合于谶纬的。《后汉书·明帝纪》曰"帝生而丰下",李贤注引《东观记》云:"帝丰下兑上,项赤色,有似于尧。"⑧这些对时代、对明主的歌颂,被此时的文人认定为文学的责任。正如《礼纬》中所说:"刑法格藏,世作颂声,封于太山,考绩柴燎,禅于梁甫,克石纪号,英炳巍巍,功平世教。"⑨

---

① 《经学历史》,第114页。
② 尚学峰《东汉颂文的文化特征》,《杭州师范大学学报(社会科学版)》2014年第5期,第54页。
③ 同上。
④ 《文选旧注辑存》,第184页。
⑤ 同上书,第187页。
⑥ 同上书,第191页。
⑦ 《后汉书》卷五九上《文苑传·傅毅传》,第2613页。
⑧ 《后汉书》卷二《明帝纪》,第95页。
⑨ 《礼纬》,董治安主编《两汉全书》第三十三册,第19061页。

谶纬引导的东汉礼乐改革之思想精髓,也浓缩在了文学创作之中。当时主流文学作品本质上的特点,和曹褒制作礼乐的方式有异曲同工之妙,即以"依准旧典,杂以《五经》谶记之文",字里行间多含谶纬之言,且有"拟经为文"的倾向。班氏父子以叙述汉德为己任。《王命论》的观点是"以为汉德承尧,有灵命之符,王者兴祚,非诈力所致"①。班固作《汉书》,同样是基于这样的理论:"汉绍尧运,以建帝业,至于六世,史臣乃追述功德,私作本纪。"②《后汉书》:"固又作《典引篇》,述叙汉德。"③《两都赋》的任务也是为了"究汉德之始终"。"汉为尧后""十一世兴"等,成为当时人们对君权的常识性理解。章帝时期,班固创作过一批巡狩之颂:"及肃宗雅好文章,固愈得幸,数入读书禁中,或连日继夜。每行巡狩,辄献上赋颂。"④其中内容,多言汉承尧后。如《高祖颂》称"汉帝本系,出自唐帝",《东巡颂》前有小序叙说泰山,云"柴望山虞,宗祀明堂,上稽帝尧,中述世宗,遵奉世祖,礼仪备具,动自圣心,是以明神屡应,休征仍降。"而且颇有意思的是,他表示了自己作此颂的激动心情:"不胜狂简之情。"而《南巡颂》则更是对图谶之说和此际礼乐改革的坚决肯定:"惟汉再受命,系叶十一,□帝典,协景和,则天经,郊高宗,光六幽,通神明。既禘祖于西都,又将祫于南庭。是时圣上运天官之法驾,建日月之旖旌,凭列宿而赞元。"⑤除了班固,崔骃也撰写了巡狩之颂。《后汉书·崔骃传》载:"元和中,肃宗始修古礼,巡狩方岳。骃上《四巡颂》以称汉德,辞甚典美,文多故不载。"⑥崔骃的作品,现存于《文馆词林》,其中"挈滕籍之休符,兼十一之嘉征"两句即是其"称汉德"之明证了。⑦

在班固《东都赋》的五首颂诗中,颇有一些句子具有櫽栝谶纬的书写方式,尤其是对"永平之际"与明帝的歌颂之言中,都有明引、暗引或者櫽栝谶纬之语的影子。《明堂诗》之"上帝宴飨,五位时序"句,本是直接承自扬雄之言,但也

---

① 《后汉书》卷四〇上《班彪传》,第 1324 页。
② 《后汉书》卷四〇上《班彪传附子固传》,第 1334 页。
③ 《后汉书》卷四〇下《班彪传附子固传》,第 1375 页。
④ 同上书,第 1373 页。
⑤ 《全上古三代秦汉三国六朝文》之《全后汉文》,第 612 页。
⑥ 《后汉书》卷五二《崔骃传》,第 1718—1715 页。
⑦ (唐)许敬宗编,罗国威整理《日藏弘仁本文馆词林校证》,中华书局,2001 年,第 99 页。

是对谶纬的檃栝。李善注中有引《河图》曰:"苍帝神名灵威仰,赤帝神名赤熛怒,黄帝神名含枢纽,白帝名曰白招拒,黑帝名曰汁光纪。"①李善注引《东观汉记》曰:"明帝宗祀五帝于明堂,光武皇帝配之。"②《辟雍诗》之"皤皤国老,乃父乃兄",李善注引《孝经援神契》曰:"天子尊事三老,兄事五更。"③《灵台诗》之"帝勤时登",李善注引《东观汉记》,系于永平二年。其中的"祥风""甘雨"二句,李善注引《礼斗威仪》曰:"君乘火而王,其政颂平,则祥风至。宋均曰:即景风也,其来长养于万物。"又引《尚书考灵耀》曰:"荧惑顺行,甘雨时也。"④《后汉书》李贤注与此完全一致。《宝鼎诗》李善注引《东观汉记》曰:"永平六年,庐江太守献宝鼎,出王雒山。"⑤而此诗第二句"宝鼎见兮色纷缊,焕其炳兮被龙文",是直接化用明帝诏书之语,"《东观汉记》明帝曰:太常其以礿祭之日,陈鼎于庙,以备器用"。《后汉书·李贤注》亦曰:"时明帝诏曰:其以礿祭之日,陈鼎于庙,以备器用。"⑥《白雉诗》是记录永明十年之事。李善注引《后汉书》曰:"永平十年,白雉所在出焉。《东观汉记》章帝诏曰:乃者白乌神雀屡臻,降自京师也。"⑦其中"灵篇"一句,李贤注曰:"谓河洛之书也。《固集》此篇云:白雉素乌歌。故兼言效素乌。""启灵篇兮披瑞图"一句,李善注引《河图》曰:"谋道吉,谋德吉,能行此大吉,受天之庆也。""获白雉兮效素乌"一句,李贤注引《孝经援神契》曰:"周成王时,越裳献白雉。"⑧五臣注疏通以上注释,曰:"周成王时越尝献白雉,言今献白雉,明我皇等成王志德。"⑨

　　东汉文人在赞颂"永平之际"与明帝的过程中,同时收获了有别于西汉的文学功能认识。班固希望文学能够实现影响当代与后世的可能性,在一定程度上接近史述的功能。如《两都赋》序中所言:"或以抒下情而通讽谕,或以宣上德而

---

① 《文选旧注辑存》,第185页。
② 同上。
③ 《文选旧注辑存》,第188页。
④ 同上书,第192页。
⑤ 同上书,第194页。
⑥ 同上书,第195页。
⑦ 同上书,第196页。
⑧ 同上书,第197页。
⑨ 同上书,第198页。

尽忠孝,雍容揄扬,著于后嗣,抑亦《雅》《颂》之亚也。"①这种对"后嗣"的在意,也曾反映在班固对西汉乐府的批判中。为了让文学能够具有存续时代精华、塑造时代经典的能力,他提出要效仿"皋陶歌虞,奚斯颂鲁",提出作者要具有充分的历史感,能够将有汉一代放在整体的历史中去感知和描述:"忞之上古则如彼,考之汉室又如此。斯事虽细,然先臣之旧式,国家之遗美,不可阙也。"②过去一般认为,此时的人们对文学功能的认识,导致出现了大量的颂美篇章,但是也可以说,是因为这些颂文的增加,而强化了对文学颂美功能的认识。常森先生《两都赋新论》里,也看到了班固用这种方式来改变汉赋功能的贡献。③ 汉赋功能的改变,首先源于内容的改变。如果没有对西汉和东汉两个时代法度礼仪的了解,那么很难支撑这样的功能转变。

　　此时以颂美永平之际为主要内容的文学,也反过来刺激文体和文学思想的发展。这种发展主要表现在对赋、颂、箴、铭的改造上。在《东都赋》的五首颂诗中,读者能够感受到作者充沛的时代热情与盛世荣光,它的写法是具有创新意义的,即如《诗源辨体》卷三所曰:"班固四言《明堂》《辟雍》《灵台》诸诗,非雅非颂,其体为变。"④为什么许学夷会认为这几首诗"非雅非颂"呢?《义门读书记》卷四十五的解释可以参考:"五诗仿封禅文。赋本古诗之流,故以颂系之。明堂即以光武配,故不更乃建武之治。"⑤这五首诗,何焯认为是仿"封禅文",其中的原因即在于它力主对皇帝功绩的歌颂。很有意思的是,前面三首是四言诗,后面两首则是兮字句,四言与兮体,分别来自《诗经》与《楚辞》,这些是十分官方的文学形式,具有更为严肃的创作态度和更为深思熟虑的创作方法。

　　崔骃继承了扬雄后期的文体思想,这一点和班固从拟经为文角度继承扬雄有所类似。崔骃曾拟扬雄《解嘲》而作《达旨》⑥。崔骃还分析过扬雄对赋的讨论,"(崔)骃既作《七依》,而假非有先生之言曰:呜呼!扬雄有言:'童子雕

---

① 《文选旧注辑存》,第27—31页。
② 同上书,第33页。
③ 常森《两都赋新论》,《北京大学学报(哲学社会科学版)》2007年第1期,第68—79页。
④ 许学夷《诗源辨体》卷三,民国壬戌上海襞庐重印本。
⑤ (清)何焯著,崔高维点校《义门读书记》卷四五,中华书局,1987年,第860页。
⑥ 《后汉书》卷五二《崔骃传》,第1709页。

虫篆刻。'俄而曰：'壮夫不为也。'孔子疾小言道破。斯文之族，岂不谓义不足而辩有余者乎。赋者将以讽，吾恐其不免于劝也。"①崔骃与扬雄之间的心态相通，认为文学应该描述有意义之事，而非徒有文辞之美，而且赋不应该作为"讽"的用途，这样的"讽"最后会沦为"劝"。崔骃与班固、傅毅齐名，曾获章帝高评，与班固并举②；后世对此亦是肯定，如《文心雕龙·才略》曰："傅毅崔骃，光采比肩。"③这种"齐名"，应该也和他们创作风格十分接近有关。联系《七依》，可见崔骃和班固一样，对赋的文体功能和篇章表现，有着鲜明、独到的认识。虽然此文全文不存，但从刘勰的讨论中可以看出它的一些特点，他说，"崔骃《七依》，入博雅之巧"④，这里应该也是指崔骃的篇体风格十分博雅。这也是他为文的基本特征，如《文心雕龙·杂文》谓："崔骃《达旨》，吐典言之裁。"这种"典"，其实就是来自对经典的引据。⑤

与此同时，另一个值得注意的文体现象是箴、铭在此时的发展。这也应该视为明、章之际清明政治的遗产。在《艺文类聚》和《初学记》中，一部分"箴""铭"类作品的作者署名，在崔骃与扬雄的名字之间徘徊不定。因为扬雄也创作了大量的"箴"，他与崔骃之间的前后继承关系太过紧密而导致唐代人认为他们的作品难于区分彼此。根据严可均的记载，《初学记》十一所收录的《司空箴》《太常箴》，《艺文类聚》卷四十七亦有收录，以为扬雄作；崔骃《河南尹箴》见收于《艺文类聚》六，《太平御览》卷二百五十二作扬雄，此处明显错误，因西汉无河南尹。⑥ 另外，李尤也创作了大量的箴、铭，所涉范围和数量，都到了惊人的地步，人称"好为铭赞，门阶户席，莫不有述"⑦。从崔、李之时代，回溯至永平三年八月，明帝因有日食，在诏书中说，"今之动变，傥尚可救。有司勉思厥职，以匡无德。古者卿士献诗，百工箴谏"。⑧ 这种"献诗"与"箴谏"皆是积极参与政治的文学类型。这些箴、铭的内容，其实都是对日常之事、物、职

---

① 《全上古三代秦汉三国六朝文》之《全后汉文》，第714页。
② 《后汉书》卷五二《崔骃传》，第1718—1719页。
③ （南朝梁）刘勰撰，范文澜注《文心雕龙》卷四七《才略》，人民文学出版社，1958年，第699页。
④ 《文心雕龙》卷一四《杂文》，第255页。
⑤ 同上。
⑥ 《全上古三代秦汉三国六朝文》之《全后汉文》，第714—715页。
⑦ 《文选旧注辑存》，任昉《齐竟陵文宣王行状》李善注引。
⑧ 《后汉书》卷二《明帝纪》，第106页。

名作出思想或原则上的规定。人们写作这样的内容,同样是在强调思想秩序、政治秩序的一致性。例如崔骃的《六安枕铭》,只是谈枕头,但是强调枕头都具有它的"规矩"与"德":"枕有规矩,恭壹其德。永元宁躬,终始不忒。六安在床,匪邪匪仄。"①其《车左铭》以谶纬之言开头:"虞、夏作车,取象机衡。君子建左,法天之阳。"②其《车右铭》则是强调尊老、尊师之礼法与国家的关系:"择御卜右,采德用良。询纳耆老,于我是匡。惟贤是师,惟道是式。箴阙旅贲,内顾自敕。匪望其度,匪愆其则。越戒敦俭,礼以华国。"③这些渗透到文体中的点滴变化,都应该视为是明、章之际礼乐改革的影响。

总之,东汉礼乐改革影响了东汉时代的文学风貌,主要表现在这样几个方面:为东汉文学塑造经典的文学主题——永平之际,明帝的形象得到全方位的塑造;曹褒制礼的基本方法——杂《五经》、谶记以为文,也反映在了当时的文学创作中。以班固、傅毅和崔骃为代表的东汉明、章之际的文学家,皆对扬雄有一定继承,善于拟经并櫽栝谶纬之言;东汉礼乐改革的最终目的是建立新的"法度"即政治秩序、思想秩序等,因此人们对文学的认识,也开始思考如何让它更为符合这样的秩序,如何在加强文体功能方面,体现对国家政治的责任感与历史感。而且,此时大量发展起来的箴、铭之作,也在体现这样的礼乐改革思想,即希望将日常事务等都纳入被规定的原则与秩序之中。

结　论

《文选·两都赋》中"雅""予"这一处不太惹人注意的异文问题,本是属于《文选》注研究的范畴。但是,回到这篇赋作及其背后的历史,却可以发现这处异文的本字"予"来源于谶纬,反映着东汉时期的文学、文艺思想发展进程,可谓是小细节中藏着大历史。全文梳理整个明、章时代的礼乐改革过程,分析当时改革的政治诉求与谶纬实质;又从东汉史实出发,联系《白虎通》以及礼纬、乐纬等为主的谶纬文献,总结了东汉礼乐改革皆是以树立"先王"与"天子"之

---

① 《全上古三代秦汉三国六朝文》之《全后汉文》,第716页。
② 同上书,第714页。
③ 同上。

无上权威为核心,来建立符合宇宙秩序和等级秩序的意识形态。这方面的行为除了建立三雍之礼、恢复禘祫之礼等,还有对"先王之乐"的尊奉和对"受命制乐"的强调。东汉通过礼乐改革所重建起来的社会秩序感不但给东汉士人强烈的自信,而且引导他们对西汉礼乐进行了深刻反思。这种反思也渗透在文学中,东汉文人歌颂秩序、强调秩序,他们所认可的文学主题、文体、篇体等,皆与西汉不同。总之,从谶纬的角度,能更好地体认明章之际的礼乐改革。如果脱离了这一点,那么很难理解当时文学作品起笔之初衷,也很难理解当时文体功能的发展。

(中国人民大学文学院)

文体侧重与文学史观
——从文体角度论《文心雕龙》《诗品》《文选》文学史判断之不同

陈 特

  南朝文学批评在中国文学批评史上占有重要地位。这一时期文学批评中最重要的两部著作是刘勰的《文心雕龙》和钟嵘的《诗品》，此二书是"文学批评中最早的专书"，因而刘勰、钟嵘相比他们的前辈曹丕、陆机，可说是"纯粹的批评家"①。《文心雕龙》和《诗品》在论述对象上呈鲜明对比：前者泛论各种文体，后者则集中于五言诗。这两部文论巨著之外，南朝最重要的总集首推《文选》，其书亦涵盖各种文体，不过以美文学为选文旨归，故文体范围上不若《文心雕龙》广。总集虽非"文学批评专书"，但选家之选文与排列处处包孕着批评的意味，而《文选序》更是南朝至关重要的一篇文学批评文献。这三部巨著在论文、选文的过程中，往往自觉或不自觉地流露出对过往文学史的概括与判断，三书各不相同的文学史判断，恰与刘勰、钟嵘、萧统对于"文"的不同理解，以及在论文选文时的文体侧重大有关系。而他们的文体侧重与文学史判断，又影响了各自的文学观念。

---

  ① 引文为郭绍虞语，郭认为"此期（案：即南朝）的批评家才真是纯粹的批评家"，他对"纯粹的批评家"的界定是："不同曹丕、曹植一样以创作家兼之，所以所论的不仅润饰改定的问题，而重在建立文学上的原理和原则。又不同王充、葛洪一样以学者兼之，所以所论的不仅偏重在杂文学的方面，而很能认识文学的性质。更不同挚虞、李充一样以选家的态度为之，所以更是纯粹的批评而不必附丽于总集。"见郭绍虞《中国文学批评史》，商务印书馆，2015 年，第 121—122，127 页。

一般认为,《文心雕龙》成书于南齐末年;[①]《诗品》成书于沈约卒后的梁天监十四年(515)前后[②];《文选》之成书则在普通七年(526)至中大通三年(531)之间[③]。此外,刘勰与萧统有所接触,《文心雕龙》和《文选》在文体分类、文章观念上亦多相似之处,《文选》之编纂多少受到刘勰影响;钟嵘则可能不曾与昭明太子往来[④]。故以下依照三书成书之先后论其文学史观与观念背后的文体侧重。

一 刘勰:不同的层次与波动的文学史

《文心雕龙》宗旨明确、结构谨严,刘勰明确标举"原道""征圣""宗经",认为"道"通过"圣"而写就的"经"(具体来说就是儒家经典)是后世一切文章的源头和典范[⑤]。那么经典是否可以在刘勰的时代复现?答案无疑是否定的。依照《原道》篇所云"道—圣—文"关系(故知道沿圣以垂文,圣因文以明道),唯有圣人方可制作经典。而刘勰虽然没有在《文心雕龙》中明确讨论圣人是否可后天达成,但从《序志》篇中他因为"马郑诸儒,弘之已精"就转而言"为文之用心"来看,至少"深得文理"的刘勰是无法制作经典的(甚至于无法在解释经典上作出贡献)。结合魏晋南北朝时对于圣人是否可学的争论,我认为刘勰站在"圣人不可学"一边,故而最高的经典也无法通过对"为文之用心"的掌握而

---

① 王运熙引用清人刘毓崧的考证并认同其说:"关于《文心雕龙》的成书年代,清代刘毓崧有《书文心雕龙后》一文,谓当在南齐末年……刘氏的论证,比较翔实缜密,现代《文心雕龙》研究者多信从之。"见王运熙、杨明《中国文学批评通史(贰)·魏晋南北朝卷》,上海古籍出版社,2011年,第324—325页。
② 《南史》卷七二《文学·钟嵘传》云:"嵘尝求誉于沈约,约拒之。及约卒,嵘品古今诗为评,言其优劣……"(《南史》,中华书局,1975年,第1779页。)如此则《诗品》之成书上限在沈约之卒年,故张伯伟定《诗品》之成书在天监十三年,曹旭则定在天监十四年。参看:张伯伟《钟嵘〈诗品〉研究》,南京大学出版社,1993年,第19页;曹旭《诗品研究》,上海古籍出版社,1998年,第363页。
③ 说详傅刚《〈昭明文选〉研究》,中国社会科学出版社,2000年,第163页。
④ 傅刚《〈昭明文选〉研究》,第202—221页。
⑤ 《序志》篇云:"唯文章之用,实经典枝条,五礼资之以成,六典因之致用。君臣所以炳焕,军国所以昭明,详其本源,莫非经典。"此言经典为文章之本源。《宗经》篇云:"义既极乎性情,辞亦匠于文理;故能开学养正,昭明有融。"此言经典不论内容还是形式都是一切文章的至高典范。案:本文所引《文心雕龙》文字,悉据詹锳《文心雕龙义证》(上海古籍出版社,1989年),不再一一标注页码。

复现①。结合"经典为最高之文学"以及"圣人不可学、经典无法复现"这两点，我们很容易推导出刘勰的文学史观是"倒退的"。②

不过，"宗经"是刘勰高悬的理想，实质上有些近乎口号。③ 经学笼罩一切的时代毕竟已经过去了，南朝的集部又极度发达，早已超出"经"之藩篱。④ 因此，讨论刘勰的文学史观，在整体的、理想的、口号的层面外，还可以对他的"倒退"文学史图景作更细微的辨析和描画。

刘勰是他所在时代知识最广博的人之一，除了在经学上造诣不浅，他在史学上也有相当的水准。⑤ 故而他有极好的历史感和清晰的文学史意识，《文心雕龙》中既蕴藏了"分体文学史"，也囊括有"简要文学史"："自《明诗》以下二十篇中的原始以表末、选文以定篇部分，系统介绍了各体文章的源流和作家作品，带有分体文学史的性质。《时序》《才略》两篇，更是概括评述了历代文学的发展和著名作家，是简要的文学史和作家论。"⑥要从整体上把握刘勰的文学史观，当从《时序》《才略》两篇入手。

先看《时序》篇。这是一篇通贯的大文学史，刘勰于此综论"十代"文风，此将其中涉及作者、作品和时代的文字摘录整理，制成表一。⑦

---

① 此一问题甚大，拙撰《〈文心雕龙〉的工夫论》（未刊稿）对此有专门讨论，这里仅交代结论，不再展开。

② 傅刚综合讨论刘勰"宗经"的主张和"通变"的文学史观，认为二者存在一定矛盾，但其"通变"观也是倒退的。见傅刚《〈昭明文选〉研究》，第118页。

③ 与之类似的是，刘勰在讨论他所在的南齐的文学时，往往满口赞语却又多泛泛之词，如《时序》篇纵论各代文学，最后云："暨皇齐驭宝，运集休明：太祖以圣武膺箓，高祖以睿文纂业，文帝以贰离含章，中宗以上哲兴运，并文明自天，缉遐景祚。"这不能不说是一种含有自我保护目的的"口号"（但不可谓之"理想"），实际上，对于当时的文风，刘勰是有所针砭的。下文还会对此加以展开。

④ 就目录学史而言，南朝乃"七略与四部互竞"之时期，最终"经史子集"四分的四部分类法成为目录学之主流。参看汪辟疆《目录学研究》，商务印书馆，1955年，第20—32页。南朝集部之发达，则可于《隋书·经籍志》中窥见。

⑤ 南朝有"知识至上"的风气，具体到刘勰，仅从《文心雕龙》就能发现他阅读过浩瀚的典籍且多有深入体会。参看：胡宝国《知识至上的南朝学风》，《文史》2009年第4辑，第151—170页；胡宝国《"知识至上"以外的》，《文汇报·笔会》（2015年5月24日）；罗宗强《从〈文心雕龙〉看刘勰的知识积累》，氏著《当代名家学术思想文库·罗宗强卷》，万卷出版公司，2010年，第38—57页。有关刘勰的经学储备和在今古文经学间的倾向，参看杨明照《从文心雕龙原道序志两篇看刘勰的思想》，氏著《学不已斋杂著》，上海古籍出版社，1985年，第473—483页。

⑥ 见王运熙、杨明《中国文学批评通史（贰）·魏晋南北朝卷》，第378页。

⑦ 王运熙在此篇的"题解"中将此篇分为七段，其说可从，见王运熙《文心雕龙探索》，上海古籍出版社，2012年，第323—324页。

表一 《时序》篇中的时代、作者、作品与评价

时代	作者	作品	评价
陶唐	野老	"何力"之谈	
	郊童	"不识"之歌	
虞舜	元后	"薰风"	
	列臣	"烂云"	
禹		"九序"	至大禹敷土,"九序"咏功。
汤		"猗欤"	成汤圣敬,"猗欤"作颂。
周文王		《周南》	《周南》勤而不怨。
太王		《邠风》	《邠风》乐而不淫。
幽厉		《板》《荡》	幽厉昏而《板》《荡》怒。
平王		《黍离》	平王微而《黍离》哀。
春秋以后			齐、楚两国,颇有文学。
	孟轲、荀卿		稷下扇其清风,兰陵郁其茂俗。
	邹子		邹子以谈天飞誉。
	驺奭		驺奭以雕龙驰响。
	屈平		屈平联藻于日月。
	宋玉		宋玉交彩于风云。
汉高祖	高祖	《大风》《鸿鹄》之歌	亦天纵之英作也。
惠帝、文、景	贾谊、邹阳、枚乘		经术颇兴,而辞人勿用;贾谊抑而邹枚沉,亦可知已。
武帝	武帝	柏梁、金堤	柏梁展朝燕之诗,金堤制恤民之咏。
	枚乘、主父偃、公孙弘、儿宽、朱买臣、司马相如		征枚乘以蒲轮,申主父以鼎食,擢公孙之对策,叹倪宽之疑奏,买臣负薪而衣锦,相如涤器而被绣。
	司马迁、吾丘寿王、严助、终军、枚皋		于是史迁寿王之徒,严终枚皋之属,应对固无方,篇章亦不匮,遗风余采,莫与比盛。

续 表

时代	作者	作品	评价
昭帝、宣帝	王褒		越昭及宣,实继武绩,驰骋石渠,暇豫文会,集雕篆之轶材,发绮縠之高喻;于是王褒之伦,底禄待诏。
元帝、成帝	扬雄、刘向		自元暨成,降意图籍,美玉屑之谭,清金马之路,子云锐思于千首,子政雠校于六艺,亦已美矣。
爰自汉室,迄至成哀,虽世渐百龄,辞人九变,而大抵所归,祖述《楚辞》,灵均余影,于是乎在。			
哀平陵替,光武中兴	杜笃、班彪	诔、奏	深怀图谶,颇略文华,然杜笃献诔以免刑,班彪参奏以补令,虽非旁求,亦不遐弃。
明帝、章帝	班固、贾逵、刘苍、刘辅	国史、瑞颂、懿文、通论	及明章迭耀,崇爱儒术,肄礼璧堂,讲文虎观,孟坚珥笔于国史,贾逵给札于瑞颂,东平擅其懿文,沛王振其通论,帝则藩仪,辉光相照矣。
自和、安已下,迄至顺、桓	班固、傅毅、崔骃、崔瑗、崔寔、王延寿、马融、张衡、蔡邕		磊落鸿儒,才不时乏,而文章之选,存而不论。然中兴之后,群才稍改前辙,华实所附,斟酌经辞,盖历政讲聚,故渐靡儒风者也。
灵帝	灵帝	《皇羲篇》	降及灵帝,时好辞制,造羲皇之书,开鸿都之赋。
	乐松之徒		招集浅陋,故杨赐号为驩兜,蔡邕比之俳优,其余风遗文,盖蔑如也。
建安之末	三曹父子		魏武以相王之尊,雅爱诗章;文帝以副君之重,妙善辞赋;陈思以公子之豪,下笔琳琅;并体貌英逸,故俊才云蒸。

续　表

时代	作者	作品	评价
建安之末	王粲		仲宣委质于汉南。
	陈琳		孔璋归命于河北。
	徐干		伟长从宦于青土。
	刘桢		公干徇质于海隅。
	应玚		德琏综其斐然之思。
	阮瑀		元瑜展其翩翩之乐。
	路粹、繁钦、邯郸淳、杨修		傲雅觞豆之前，雍容衽席之上，洒笔以成酣歌，和墨以藉谈笑。
观其时文，雅好慷慨，良由世积乱离，风衰俗怨，并志深而笔长，故梗概而多气也。			
明帝	何晏、刘劭		至明帝纂戎，制诗度曲，征篇章之士，置崇文之观，何刘群才，迭相照耀。
少主相仍	高贵乡公		唯高贵英雅，顾盼合章，动言成论。
	嵇康、阮籍、应璩、缪袭		于时正始余风，篇体轻澹，而嵇阮应缪，并驰文路矣。
西晋	张华		茂先摇笔而散珠。
	左思		太冲动墨而横锦。
	潘岳、夏侯湛		岳、湛曜联璧之华。
	陆机、陆云		机、云摽二俊之采。
	应贞、傅玄、张载、张协、张亢、孙楚、挚虞、成公绥		应、傅三张之徒，孙、挚、成公之属，并结藻清英，流韵绮靡。
前史以为运涉季世，人未尽才，诚哉斯谈，可为叹息！			
晋元帝	刘隗、刁协		刘、刁礼吏而宠荣。
	郭璞		景纯文敏而优擢。

续 表

时代	作者	作品	评价
晋明帝	明帝		逮明帝秉哲,雅好文会,升储御极,孳孳讲艺,练情于诰策,振采于辞赋……摛扬风流,亦彼时之汉武也。
	庾亮		庾以笔才逾亲。
	温峤		温以文思益厚。
成、康、穆、哀、简文	简文帝		简文勃兴,渊乎清峻,微言精理,函满玄席,澹思酿采,时洒文囿。
孝武、安、恭	袁宏、殷仲文、孙盛、干宝		其文史则有袁、殷之曹,孙、干之辈,虽才或浅深,珪璋足用。

自中朝贵玄,江左称盛,因谈余气,流成文体。是以世极迍邅而辞意夷泰,诗必柱下之旨归,赋乃漆园之义疏。故知文变染乎世情,兴废系乎时序,原始以要终,虽百世可知也。

时代	作者	作品	评价
刘宋	武帝、文帝、孝武帝		宋武爱文,文帝彬雅,秉文之德,孝武多才,英采云构。
	王、袁、颜、谢家族		尔其缙绅之林,霞蔚而飙起;王、袁联宗以龙章,颜、谢重叶以凤采。
	何长瑜、何承天、范泰、范晔、张敷、张永、沈达文、沈达远等		何、范、张、沈之徒,亦不可胜也。(盖闻之于世,故略举大较。)
南齐	太祖、高祖、文帝、中宗		暨皇齐驭宝,运集休明:太祖以圣武膺箓,高祖以睿文纂业,文帝以贰离含章,中宗以上哲兴运,并文明自天,缉遐景祚。
	今		今圣历方兴,文思充被,海岳降神,才英秀发,驭飞龙于天衢,驾骐骥于万里,经典礼章,跨周轹汉,唐虞之文,其鼎盛乎!鸿风懿采,短笔敢陈;扬言赞时,请寄明哲。

观上表可知,这真是一幅"人文"的壮阔图景,《时序》篇所涉之"文",包括各种著述,不仅有经("《周南》勤而不怨"),而且有史("孟坚珥笔于国史"),甚至有子("邹子以谈天飞誉"),至于集部的各类文章,更是不胜枚举。在这一篇里,刘勰以"论人"为主,通过论述不同的作家来展开各个时代的风貌。因为以时代为中心,所以刘勰在《时序》篇中特别重视对相应帝王的论述,这一做法可谓探骊得珠,因为在古代中国,政治对文学的影响总是不能被低估的。

值得注意的是,刘勰对不同时期的论述并非平均使力,对于过于遥远的夏商周以及过于切近的宋齐,他着墨不多,《时序》的主要篇幅围绕着战国汉魏晋展开,其中汉魏晋时期用笔尤多。这与《文心雕龙》全书其他篇章,尤其是"上篇"各"分体文学史"的情况也是一致的。也就是说,刘勰的文学史叙述,主要围绕着先秦汉魏晋展开,而汉魏晋尤为重要。刘勰在整体和分体文学史中的这一叙述重心有不同的理据。对于夏商周时期比较疏略,自是由于书阙有间。对于宋齐较少展开,则与《文心雕龙》的著作体例以及刘勰本人的顾忌有关,这涉及《文心雕龙》一书论述范围的下限问题。《文心雕龙》的成书时间(即南齐末年)当然是其论述范围的绝对下限,因此刘勰不会讨论在梁代文坛才开始活跃的作家。刘勰读书极多,见闻广博,对于时代上距离最近的宋齐作家自然不乏了解。但《文心雕龙》中对宋齐作家甚少着墨,往往只是含混言之。前人对这一现象一般有两方面的解释:或从刘勰的思想和当时的风尚入手,解释刘勰为何不言陶渊明、鲍照等人;[1]或从刘勰做人的谨慎和受《公羊》笔法之影响入手解释他对宋齐作家的"沉默寡言"。[2] 这两个因素应当是同时存在的。就《时序》篇而言,我以为对当时人物和局势的顾忌,是刘勰不作具体批评的主要

---

[1] 如胡国瑞解释刘勰为何不谈陶渊明和鲍照,就从当时文风和刘勰的"宗经"思想入手:"陶的作品,刘勰不会见不到,然而在刘勰的心目中,似乎并无陶渊明其人的。这主要的当因陶渊明的诗风朴质无华,与这一时期文风迥然异向,非如后来萧统所主张的'综缉辞采,错比文华'之比,故不入刘勰的评论之列。鲍照的诗、赋、文在宋代是崭然卓立的名家,而刘勰倾注颜、谢的目光,竟未瞥及这位'才秀人微'的作者,这可能是因被目为'操调险急,雕藻淫艳'的诗风,与刘勰宗经的正统思想不相容之故。他在《乐府》中不提从晋代发展起来的民歌,也正因为它们不是正声。"见胡国瑞《魏晋南北朝文学史》,上海古籍出版社,1980年,第271—272页。

[2] 如兴膳宏认为:"刘勰举出东晋以前的作家和作品进行了具体批评,对宋代作家只是简略地记其姓氏,到了齐代则是连一句批评的话也没有,从常识上说来当然是对当代有所忌惮,但得力于《公羊传》原则之处大概也不少。"见兴膳宏著,彭恩华编译《兴膳宏〈文心雕龙〉论文集》,齐鲁书社,1984年,第124页。

原因。宋齐文坛的主要人物，许多身居要职（如沈约），对刘勰的命运大有影响。此外，刘勰既然主张"文变染乎世情，兴废系乎时序"，那对当下文学的否定性意见，不就意味着对当下时局的否定？因此，《时序》篇结束了对东晋的论述后，谈及南齐，便满口赞词，也就十分自然。由此我们也就可以理解，为何刘勰在叙述完东晋文学史后就作出了总结性质的如下陈述：

> 自中朝贵玄，江左称盛，因谈余气，流成文体。是以世极迍邅而辞意夷泰，诗必柱下之旨归，赋乃漆园之义疏。故知文变染乎世情，兴废系乎时序，原始以要终，虽百世可知也。

"故知文变染乎世情，兴废系乎时序，原始以要终，虽百世可知也"一句，带有极强的理论总结性，可说是《时序》全篇高度凝练的概括，也是刘勰的文学史大判断。如果说"自中朝贵玄"开始的几句话还是在概括两晋文学的话，那么这句话却适用于一切时代，所以刘勰紧接着就作出"原始以要终，虽百世可知也"这样一个大结论。刘勰在论述完东晋文学后，就作此总结，正是因为再往后有关宋齐文学的论述多是门面话，并无太多实质意义，甚至不能代表刘勰的真实想法（详下）。质言之，刘勰有关先秦至东晋的文学史叙述，已经足够得出这么一个重要结论了。

实际上，刘勰对宋齐文学，尤其是刘宋一朝的文风，多有不满和批评，《通变》云："宋初讹而新。"[①]在《明诗》篇中，刘勰对刘宋兴起的山水诗的特点有所贬斥[②]；在《指瑕》篇中，刘勰对某些"晋末篇章"的做法（"每单举一字，指以为情"）作出批评，而他批评的重要理据正是类似做法"汉魏莫用"，但这一做法却被"宋来才英"继承发展了。[③] 总体而言，刘勰对他所面对的"当代文学"实多不满，这也是他写作《文心雕龙》的一大动力。[④]

那么宋齐之前的汉魏晋文学，又是怎样的状况呢？就《时序》篇而言，刘勰

[①] 王运熙认为这是对"刘宋初期以谢、颜、鲍三家为代表的文风"的概括，见王运熙、杨明《中国文学批评通史（贰）·魏晋南北朝卷》，第412页。
[②] 王运熙云："在指陈山水诗的特点后，用'此近世之所竞也'一句作小结，这句话表面是客观叙述，实际内含贬意。"见王运熙、杨明《中国文学批评通史（贰）·魏晋南北朝卷》，第410页。
[③] 参看王运熙、杨明《中国文学批评通史（贰）·魏晋南北朝卷》，第413页。
[④] 《序志》篇云："而去圣久远，文体解散，辞人爱奇，言贵浮诡，饰羽尚画，文绣鞶帨，离本弥甚，将遂讹滥。"这段话我认为主要针对的就是刘勰所处的"当代"，而不是泛指汉魏晋南朝的总体状况。

描述的图景可说是各代有各代之美；若具体到各"分体文学史"，汉魏晋的各体文章亦是各有优劣。刘勰在《通变》篇中有另一绝大判断："榷而论之，则黄、唐淳而质，虞、夏质而辨，商、周丽而雅，楚、汉侈而艳，魏、晋浅而绮，宋初讹而新。""侈而艳"，詹锳引《风骨》篇"楚艳汉侈"语释曰："汉赋文辞侈靡，比《楚辞》有所发展。""浅而绮"，詹锳引《明诗》篇"晋世群才，稍入轻绮"语，又引刘师培说，谓"浅"乃"用字平易，不事艰深"①。因此，如果说宋齐文学有明显的不足（"讹"字的负面意义远超"侈"与"浅"），那么此前的汉魏晋文学则是各有优劣，虽然整体而言比起经典都有不足，但倒退的幅度有限，甚至可以说有进有退，是一个波浪形的图景，而南朝文学有了比较明显的退步。

概言之，如果拨开刘勰出于谨慎而设置的门面话语，不难发现：在刘勰的文学史图景里，经典以后的文学史在整体上是退步的，然而汉魏晋时期尚是有进有退，很多时候甚至进步多于退步，只是到了宋齐时代，整体上退步比较明显，然而刘勰却只能迂曲地呈现这一明显的退步。

如果说《时序》篇以人为中心而展开通贯的文学史论述，很少提到具体的作品，那么同样是大文学史的《才略》篇则涉及更多的作品。

《才略》篇的文学史叙述可分五部分②，每部分叙述一个或几个时代，重点讨论的也是两汉、曹魏和两晋这三个时期。《才略》篇谈的是作家的才能和才华，理论上，一个作家的才能蕴藏在他的所有作品里，但实际上，作家在文体上总是有偏向的，故而刘勰论作家才能，并不列举某作家之所有作品，而是抓住最能体现作家才能的那部分作品。刘勰在《才略》中以作品展现文学才能，有四种办法：一，举作家的几类作品，如论王粲时，刘勰就兼提诗赋③；二，举作家的一类作品，如论嵇康和阮籍时，刘勰就突出嵇康的"论"和阮籍的"诗"④；三，既举作家的一类作品，也举作家的具体作品，如论曹丕时，就分别评价了他的乐府和《典论》；四，举作家一种或几种具体作品来呈现其才能。

因为此篇涉及作家、文体和作品太多，若将所有情况一一罗列，将会相

---

① 《文心雕龙义证》，第1090—1091页。
② 亦据王运熙说，见《文心雕龙探索》，第325—327页。
③ "仲宣溢才，捷而能密，文多兼善，辞少瑕累，摘其诗赋，则七子之冠冕乎。"
④ "嵇康师心以遣论，阮籍使气以命诗，殊声而合响，异翮而同飞。"

当繁冗,所以下面我集中描述刘勰的第三、第四种办法,且只探究刘勰列举了哪些具体作品。为什么只讨论具体作品?一方面是因为易于操作;另一方面则是因为这些被列出书名或篇名的具体作品,肯定是刘勰眼中能够代表该作家才能的作品,考察"代表作"的流变,能够帮助我们理解文体重心的变动。

第一部分评述虞、夏、商、周时代的作家,具体提到题目的只有《楚辞》①。

第二部分评述两汉作家,提到具体题目的有:陆贾《孟春赋》及《新语》②、枚乘《七发》和邹阳《上吴王书》及《狱中上梁王书》③、桓谭《集灵宫赋》等赋④、冯衍《显志赋》和《自序》⑤、班彪《王命论》和刘向《新序》⑥。

第三部分评述曹魏作家,提到具体题目的有:曹丕《典论》⑦、刘劭《赵都赋》、何晏《景福殿赋》、应璩《百一诗》、应贞《临丹赋》⑧。

第四部分评述两晋作家,提到具体题目的有:张华《鹪鹩赋》、左思《三都赋》及《咏史诗》、潘岳《西征赋》⑨、郭璞《南郊赋》及《游仙诗》⑩。

第五部分评述刘宋作家,因为"世近易明,无劳甄序",刘勰在这一段没有涉及具体人物和作品。

由上可知,《才略》篇整体文学史论述亦以汉魏晋为中心。两汉作家的

---

① "战代任武,而文士不绝;诸子以道术取资,屈、宋以《楚辞》发采,乐毅报书辩以义,范雎上疏密而至,苏秦历说壮而中,李斯自奏丽而动,若在文世,则杨、班俦矣。荀况学宗而象物名赋,文质相称,固巨儒之情也。"

② "赋《孟春》而选《新语》。"今存陆贾作品中并无《孟春赋》,但一般认为《汉书·艺文志》著录的《陆贾赋》三篇"中有篇名《孟春》者,见前揭《文心雕龙义证》,第 1773 页。

③ "枚乘之《七发》,邹阳之《上书》,膏润于笔,气形于言矣。"

④ "桓谭著论,富号猗顿,宋弘称荐,爰比相如,而《集灵》诸赋,偏浅无才,故知长于讽谕,不及丽文也。"

⑤ "敬通雅好辞说,而坎壈盛世,《显志》《自序》,亦蚌病成珠矣。"

⑥ "二班、两刘,奕叶继采,旧说以为固文优彪,歆学精向,然《王命》清辩,《新序》该练,璇璧产于昆冈,亦难得而逾本矣。"

⑦ "魏文之才,洋洋清绮,旧谈抑之,谓去植千里,然子建思捷而才俊,诗丽而表逸;子桓虑详而力缓,故不竞于先鸣;而乐府清越,《典论》辩要,迭用短长,亦无懵焉。"

⑧ "刘劭《赵都》,能攀于前修;何晏《景福》,克光于后进;休琏风情,则《百一》标其志;吉甫文理,则《临丹》成其采。"

⑨ "张华短章,奕奕清畅,其《鹪鹩》寓意,即韩非之《说难》也。左思奇才,业深覃思,尽锐于《三都》,拔萃于《咏史》,无遗力矣。潘岳敏给,辞自和畅,钟美于《西征》,贾余于哀诔,非自外也。"

⑩ "景纯艳逸,足冠中兴,《郊赋》既穆穆以大观,《仙诗》亦飘飘而凌云矣。"

"代表作"包括具体的赋、书、论以及子书①,到了曹魏,"代表作"的范围变窄,尚有子书、赋和诗,至两晋时期,则只有诗和赋可以成为作家的"代表作",而且是共同构成作家的"代表作"。这一变化,颇能说明在刘勰的文学史图景中,赋和诗越来越重要,越来越能够反映作家才能。

就数量而言,赋始终是汉魏晋"代表作"中最多的。至于诗,论曹魏作家的代表作时,刘勰只列举了应璩《百一诗》;论两晋作家的代表作时,左思的《咏史诗》和郭璞的《游仙诗》都被列出,诗歌"代表作"在数量上的增长,或许并不仅仅是偶然。不妨想象,假如刘勰能看到他身后的南朝文学发展,那么他在评述南朝作家时,应该会列举更多的诗歌作为"代表作"。此外,能够成为"代表作"的诗皆是组诗,这已经隐约透露出,诗赋在容量上的差别使得单首的诗歌很难"代表"一位诗人。

如果我们不限于"代表作",同时考察刘勰在五部分中先后用哪些文体来展示作家们的才华,不难发现,魏晋时期赋、诗二体越来越频繁地被用以呈现作家之"才"。

结合《时序》和《才略》两篇,我们可以看到,刘勰的整体文学史始终是不分"文、笔"的杂文学史。但是,在各种文体中,随着时间的推进,赋和诗变得愈来愈重要,在文学史叙述中也越来越突出。而在诗、赋之间,赋的文学史地位显然更加重要。

而刘勰的这一文体侧重,正能解释为何他的文学史图景呈现出时进时退的"波浪形"。

众所周知,《文心雕龙》之"文"涵盖甚广,且所指不一。但刘勰对"文"的运用并不含混,根据不同的上下文,我们不难辨析出所谓"文"的具体所指。约略而言,《文心雕龙》之"文"有三层意涵:在最宽泛的意义上,凡有文饰(修饰)者皆"文",所谓"与天地并生"的"文"就是此意义上的"文",开篇之《原道》对于这一最宽泛意义上的"文"阐发最多;在稍具体层面,人类用文字符号写成的著作皆可谓"文",此即与"天文""地文"并列的"人文",这一层面的"文"同时囊括单篇之作与成部之书,独创之"著"与承袭之"述";在更具体的层面,"文"

---

① 《新语》和《新序》在《隋书·经籍志》中都被著录在"子部"。

与"笔"相对,也即有韵之文,《文心雕龙》"论文叙笔"部分论述了下列有韵之文:诗(乐府)、赋、颂、赞、祝、盟、铭、箴、诔、碑、哀、吊、杂文(对问、七、连珠)、谐(辞)、谶(语)①。不过,刘勰虽然有区分"文、笔"的意识,但《文心雕龙》之"文、笔"间并无壁垒,"盖散言有别,通言则文可兼笔,笔亦可兼文",而且"二者并重"②。刘勰的文学史叙述,是在第二层面,即"人文"层面展开的,故而他不论是在《时序》还是在《才略》篇,都既兼摄有韵无韵的文与笔,亦稍及成部的史书和子书。不过,在这一层面,刘勰不能不有所侧重,否则他的文学史将会太过汗漫而无归依。从《才略》篇中,我们不难发现,刘勰文学史的核心还是诗、赋二体③。辞赋是在汉代就高度发达,至魏晋仍然创作最多的文体;诗歌(尤其是五言诗)则是在汉代有所成长,至魏晋进一步成熟的仅次于辞赋的重要文体④。刘勰以这两种文体作为他那含摄各种文体的文学史中心,也是理所当然的。

正因为刘勰的文学史叙述以诗赋为中心,而两汉与魏晋又恰是辞赋和诗歌高度繁荣发展的时期,优秀的作家作品不断呈现,故而刘勰不仅在文学史论述中用最多的笔墨来叙述汉魏晋时期,而且在作出价值判断时也多正面意见⑤。至南朝,辞赋创作进入平稳期,诗歌创作则有了大量的新变,然而许多当时的新变因素恰是刘勰不满的,于是刘勰出于多方面的考虑,不对宋齐文学作具体评述,同时又迂曲地在整体上持否定性意见。

至此,我们可以对刘勰的文学史判断作一总结。

---

① 《杂文》和《谐谶》两篇中包含少量无韵之文。
② 见黄侃著《文心雕龙札记》,中华书局,2006年,第256页。此外,刘勰有着清晰的历史感,他明确指出"文章区分文笔,始于近代(指晋宋)",所以在面对颜延之"经典则言而非笔,传记则笔而非言"的说法时,刘勰表示了不同意见,并且坚持经书不乏文采的意见。参看王运熙对《总术》篇的"题解",前揭《文心雕龙探索》,第322页。
③ 实际上,在《文心雕龙》"泛论写作方法与技巧"(此王运熙之概括,指的是从《神思》到《总术》的十九篇)的篇章中,虽然刘勰广泛涉及了各种文体,但他主要还是依据过往诗赋创作的经验来提炼具有一般性意义的"写作方法与技巧",这一问题我有专文论述,此处不再展开,参看陈特、陈引驰《不平衡的文体与备众体的文论》(未刊稿)。
④ 我曾通过比较详备的数据比例描述魏晋南北朝诗赋间的兴替消长并指出:在魏晋时期,不论是创作层面还是观念层面,辞赋都是最重要的文体。说详拙撰《诗赋关系与六朝文学的演变》(香港中文大学博士学位论文,2016年)。
⑤ 具体来说,刘勰认为汉魏晋辞赋拥有一个传统,汉赋已然达到高峰;而汉魏晋诗歌则有两个传统,汉时与魏晋诗各有所长。说详前揭《不平衡的文体与备众体的文论》。

从"宗经"的文学观出发,结合刘勰倾向的"圣人不可学"观念,《文心雕龙》的文学史观只能是"倒退的"。这是刘勰文学史观的抽象层次①。

在"倒退的"这一大框架下,刘勰的文学史其实是波动起伏的,两汉魏晋是他文学史论述的重心,这一时期的文学并非一味地倒退,倒是有很多可圈可点之处,只是从汉魏晋到宋齐,文学史经历了明显的倒退。这是刘勰文学史观的具体层次。

而《文心雕龙》之所以会在抽象层次之外还有波动的具体层次,主要原因就在于刘勰终究是在论"文"而非论"经",《文心雕龙》的主体是文与笔,其中有韵之文,尤其是诗赋更是重心所在。当刘勰的文学史论述脱离抽象层面,落实到具体的作家作品和具体的文体时,就不能不对波澜壮阔的文学史作出相应的描述和评判,那也就自然有波动起伏。

刘勰"宗经"的立场、"论文叙笔"的文体范围和偏向诗赋的文体侧重,决定了他文学史观的多层次,在抽象的"倒退"之下,实有具体而复杂的"波动"。

二 钟嵘与萧统:跌宕和平稳

《文心雕龙》在"文"上近乎无所不包,《诗品》则只论五言诗。但钟嵘在《诗品序》中并不只谈五言诗,还旁涉了四言诗、楚辞与辞赋等其他文体②。同时,考虑到钟嵘认为五言诗是"文词之要",乃"众作之有滋味者"③,那么五言诗的变化无疑也能反映文词的变化。因此,《诗品序》实际上包含了钟嵘的文学史判断。

《诗品序》历来有两种文本形态,或分三部分,分别出现在《诗品》上中下

---

① 如果从"政治正确"和保全自身的角度出发,我们可以认为刘勰的文学史论述还有一个抽象层次,那就是他写作时的南齐文学成就很高(因为南齐政治很伟大)。但这一层次只是刘勰的门面话,他自己也不信从,故而这里我还是将刘勰的文学史观归纳为两个层次。
② 实际上,钟嵘评诗颇受辞赋影响,参看拙撰《论辞赋对〈诗品〉的影响》(未刊稿)。
③ 见曹旭《诗品集注》,上海古籍出版社,1994年,第36页。本文所引《诗品》文字,悉据此书,不再一一标注页码。

三品的开头；或并为一篇。并为一篇的做法乃后人所为，不可从。① 钟嵘的文学史叙述，见于《诗品序》的第一部分，即从"昔《南风》之辞，《卿云》之颂"至"斯皆五言之冠冕，文词之命世也"的一段文字。这段文字述论了钟嵘之前五言诗的发展历程，从尚无五言的时代说起，通贯到南朝的元嘉时代。

钟嵘为五言诗的出现划定了明确的时间界限，他认为汉代才是五言诗诞生的时期（"固是炎汉之制，非衰周之倡也"），此前只能是滥觞期。然而，汉代文学虽然孕育了伟大的五言诗，却因为辞赋的太过繁荣，反而成就不高，甚至可以说，因为辞赋的繁荣压制了五言诗的发展，两汉文学可说是乏善可陈②。幸运的是东汉之后的曹魏马上迎来了转机，这一时期贡献了钟嵘文学史图景中最伟大的人物——曹植，钟嵘可能将自己能够想到的美好词汇都堆砌到曹植身上，而曹植的时代还有一群卓越的诗人，故而此期可说是"彬彬之盛，大备于时矣"。建安文学达到了前所未有的顶峰，后来也未能超越。不过，建安之后的文学史，虽然与这一顶峰有距离，且有"陵迟衰微""稍尚虚谈"的时期，却也不乏新的成就，钟嵘用"文章之中兴"定位太康文学，又特别表彰郭璞、刘琨、谢混、谢灵运诸人。在这个意义上，钟嵘的两晋南朝文学史图景，可说是既有一些低谷，又有不少高峰。

综上所述，钟嵘的文学史图景可说是跌宕起伏：对于五言诗以前的时代，钟嵘一语带过，少作评价；对于孕育了五言诗的汉代，他持严厉的否定态度；对于魏晋南朝，他则高度肯定建安文学这一顶峰，同时对于其后不同阶段有褒有贬，即述永嘉等时期的不足，又赞郭璞等人的高度，态度非常明确直接。

与刘勰文学史图景的多层面与波动不同，钟嵘文学史图景简单明晰，是一个先跌落（两汉）后兴起（魏晋南朝）的过程，建安是这一文学史进程的顶峰。

而钟嵘的文学史判断之所以如此明快，最主要的原因就在于他独尊五言诗。钟嵘不像刘勰那样以"宗经"为宗旨，虽然他有深厚的经学素养（其易学

---

① 参看：张伯伟《钟嵘〈诗品〉研究》，第24—30页；曹旭《诗品研究》，第81—94页。我颇怀疑《诗品序》分三部分的面貌，正是钟嵘分阶段撰作《诗品》的遗存。也就是说，《诗品序》的第一部分，其实主要是钟嵘处理完"上品"以后想到的内容；第二、三部分，则主要是钟嵘处理完"中品""下品"后再作的总结归纳。我将另文探讨这一猜想，此处不赘述。

② "自王、杨、枚、马之徒，词赋竞爽，而吟咏靡闻。从李都尉迄班婕妤，将百年间，有妇人焉，一人而已。诗人之风，顿已缺丧。东京二百载中，惟有班固《咏史》，质木无文。"

背景甚至直接影响了《诗品》的结构),但钟嵘在论五言诗时,基本不涉及"经"(甚至有时有意回避),而只在诗歌传统以及辞赋传统这一"文"的脉络中品评诗歌①。这样的文体侧重,也就导致了他迥异于刘勰的文学史判断。

与钟嵘在《诗品序》中表达文学史观类似,萧统的文学史观可从《文选序》中窥见②。

不同于刘勰、钟嵘之通贯叙述过往文学史,《文选序》并未作一历时的回顾,但文中仍有许多隐而不显的文学史判断。具体而言,《文选序》的文学史叙述亦有整体和分体两层面。

所谓整体层面的文学史叙述,即《文选序》开头"式观元始"至"难可详悉"的文字③。这一部分先谈文章之兴起,再谈文章之发展。

在兴起方面("式观元始"至"文之时义远矣哉"),《文选序》同样赋予"文"极大的意义,认为"文籍"诞生于伏羲氏之"画八卦",更引《易》中"观乎天文以察时变,观乎人文以化成天下"④一语来强调"文之时义远矣哉"。在兴起方面,《文选序》与《文心雕龙·原道》颇多类似处,都将"文"与传说中的上古圣人联系,并赋予"文"极大的意义。

但到了文章发展方面("若夫椎轮为大辂之始"至"难可详悉"),萧统的看法与他的前辈刘勰、钟嵘大不相同。萧统于此以物喻文,先以"椎轮"与"大辂"、"增冰"与"积水"的关系作类比,进而引出"序文的中心思想"⑤:"盖踵其

---

① 钟嵘虽然独尊五言诗,但评诗时绝不只在诗歌传统中。在我看来,辞赋传统对钟嵘有极大影响,他论诗的核心标准("风力")就是以辞赋为对立面而得的。说详拙撰《论辞赋对〈诗品〉的影响》。
② 古人多认为《文选》之编纂主要出自萧统之手,现代学者则对萧统是否真的编纂《文选》有近乎对立的两种意见,如清水凯夫等学者认为萧统只是挂名,真正编纂《文选》的是刘孝绰;屈守元等学者则对此持激烈的反驳意见。类似地,屈守元等学者甚至认为《文选序》乃刘孝绰代作。但即使《文选》和《文选序》主要不出自萧统之手,但其书其序的思想萧统是认同的,则无疑问。故而我这里还是把《文选》的思想归之于萧统。参看:傅刚《〈昭明文选〉研究》,第153—163页;屈守元《文选导读》,巴蜀书社,1993年,第21—32页、第151—152页。
③ 本文所引《文选》文字,悉据中华书局1977年影印出版之胡克家刻本李善注《文选》,不再一一标注页码。《文选序》李善无注,阮元曾组织学海堂诸生十人合作《梁昭明太子文选序注》,高步瀛《文选李注义疏》对此序有注疏,屈守元据学海堂诸生、高步瀛及向宗鲁批校,对此序作有章句(见其《文选导读》),我在讨论《文选序》时也对以上各家有所参考。
④ 《文心雕龙·原道》亦云:"观天文以极变,察人文以成化。"
⑤ 屈守元语,见《文选导读》,第153页。

事而增华,变其本而加厉。物既有之,文亦宜然。随时改变,难可详悉。"也就是说,在萧统看来,文章和其他事物一样,随着时间的推移必有改变,而这种改变是有明确的方向的,那就是"踵事增华""变本加厉"。而对于这一个过程,萧统虽未明言,但应该是持肯定态度的。

在从整体上概括了文章的兴起和发展后,萧统进而分体叙述各体文章的变化过程,在叙述中都贯穿了文章"随时改变""踵事增华""变本加厉"的中心思想。在叙述各体文章的演变历程时,萧统重"头"而轻"尾",对"源"的辨析详于对"流"的梳理。

萧统之分体文学史叙述顺序与《文选》各文体的排序大致相应。他的论述顺序是:赋、骚、诗、颂、各类杂文①。其中最值得注意的是对赋的定位。

如前所述,不论是在创作还是观念层面,辞赋都是汉魏晋文学的第一文体,《文选》选文,首列辞赋,亦是对这一历史事实的承认。但诗因为有《诗经》这一源头,天然地在价值上居于优先地位②。为了进一步解释《文选》为何首列辞赋,萧统巧妙地借用了"六义"中的"赋",从源头上为辞赋"攀附"了一个伟大的"先祖",《文选序》曰:"《诗序》有云:'诗有六义焉,一曰风,二曰赋,三曰比,四曰兴,五曰雅,六曰颂。'至于今之作者,异乎古昔。古诗之体,今则全取赋名。"既然后来之"赋"就是"古诗之体",那么辞赋与《诗经》之后的诗歌都源出作为经典的"诗",拥有同样崇高的地位,是故《文选序》论文和《文选》选文,先赋后诗,也就理所当然。

在结束了分体文学史的叙述(也即分别论说了赋、骚、诗、颂、杂文的"源"与"流")后,萧统又作一总结云:"众制锋起,源流间出。譬陶匏异器,并为入耳之娱;黼黻不同,俱为悦目之玩。作者之致,盖云备矣。"可以发现,萧统对各体文章都尽可能地追溯一个光鲜的"源"并稍及各种变化,其分体论述基本上是对"随时改变""踵事增华""变本加厉"的具体展开和印证。

---

① 杂文具体包括:箴、戒、论、诔、赞、诏、令、表、记、书、檄、哀祭、答客、篇、辞、序、引、碑、碣、志、状。

② 正因为"诗"有着这一两重性:一方面,在六朝时诗无疑属于集部,是"文"之一种;另一方面,从源头来说,"诗"又不能不追溯到《诗经》这一伟大经典。因此,《文心雕龙》之"论文叙笔",先《明诗》《乐府》而后《诠赋》,钟嵘亦直接贬斥汉代辞赋至兴盛,这都是因为赋不像诗那样可以直接与"经"勾连。而萧统选文,先赋后诗,也就一定要在历史事实之外寻找价值方面的解释。

如果和《文心雕龙》《诗品序》的文学史观比较，《文选序》的文学史叙述，可以用"平稳上升"形容之，也即"文"从诞生之后，就随着时间的推移踵事增华、变本加厉，变化越来越多。

萧统之所以会有不同于刘勰之"倒退"与"波动"和钟嵘之"跌宕"的文学史观，原因就在于《文选》之"文"乃是单篇著成的美文学，既不同于《文心雕龙》兼包著述的杂文学，亦不同于《诗品》之以五言诗为"文"的精华和代表。

《文选》之"文"乃单篇著成的美文学，这一点在《文选序》和具体的文章选目中都有充分的体现，不必多言①。《文选序》针对史传之"赞论"和"序述"的入选标准"事出于沉思，义归乎翰藻"，实际上也是普遍适用于《文选》各类文体的②：前一句规定了入选之"文"需出于著作而非编述③，后一句则规定了入选之"文"需以词藻华美为旨归。

既然《文选》之文限定在单篇著成的美文学，那么地位最高的"经"自然就不属于"文"，其文学史叙述也就不必涉及经典。因而萧统也就由此回避了"经"与"文"的高下问题，故其文学史观不像刘勰那样在整体层面是"倒退的"④。此外，萧统在单篇著成的美文学间并无特别强烈的偏重与好恶，也不认为哪一种文

---

① 杨明论此甚清晰，见王运熙、杨明《中国文学批评通史（贰）·魏晋南北朝卷》，第275—278页。

② 至于萧统为何唯独在论及"记事之史"的"赞论"与"序述"时强调这两点，我以为其原因在于集部的文章在萧统看来天然具备这两点特征，不需要再专门点出；经部和子部的著述则天然不具备这两点，亦不需强调，只有史部中既有符合这两点的篇什，又有不符合这两点的文章，故需要专门强调。

③ 古人著述作文，有"著""述"之别，前者从无到有，后者有所依凭，秦汉魏晋时人区分此二种方式甚明晰。张舜徽云："综合我国古代文献，从其内容的来源方面进行分析，不外三大类：第一是'著作'，将一切从感性认识所取得的经验教训，提高到理性认识以后，抽出最基本最精要的结论，而成为一种富于创造性的理论，这才是'著作'。第二是'编述'，将过去已有的书籍，重新用新的体例，加以改造、组织的工夫，编为适应于客观需要的本子，这叫做'编述'。第三是'钞纂'，将过去繁多复杂的材料，加以排比、摘录，分门别类地用一种新的体式出现，这成为'钞纂'。三者虽同是书籍，但从内容实质来看，却有高下浅深的不同。"其中"钞"（"钞纂"）实从"述"（"编述"）中析出。见张舜徽《中国文献学》，华中师范大学出版社，2004年，第24页。

④ 当然，作为一个古代文士，萧统不可能不尊经，不可能不认为经高于诗赋等美文学，因此《文选序》对"经"的处理其实和《诗品序》一样，只是不像刘勰那样正面去触碰这一问题。《文选序》中其实还是稍稍谈到了"经"："若夫姬公之籍，孔父之书，与日月俱悬，鬼神争奥，孝敬之准式，人伦之师友，岂可重以芟夷，加之剪截？"这段话一般认为是萧统借着"尊经"将经典移出了"文"的领域，但我们也不能忽视，萧统仍然认为经典是为人（自然也包括为文）的准则，在这个意义上，周勋初认为萧统和刘勰都属于梁代文论的"折衷派"。参看周勋初《梁代文论三派述要》，氏著《魏晋南北朝文学论丛》，江苏古籍出版社，1999年，第239页。

体明显优于其他文体,因此他的文学史叙述也就不像钟嵘那样因为过度聚焦于五言诗而跌宕起伏,不同的美文学文体在不同阶段有各自的变化,于是萧统的文学史也就是一部平稳地前进与上升的文学史。

余论:多重的"文"与多面的"文论"

经由以上的讨论,至此可对刘勰、钟嵘和萧统的文学史观再作一总结。

《文心雕龙》体大思精、弥纶群言,故其文学史观亦最为复杂。如果抛去刘勰出于谨慎而赞颂当代的场面话,那么其文学史观又可分两个层面。在抽象层面,刘勰的"宗经"立场决定了他的文学史观是"倒退的",经典之后的各类"文"皆不若经典;在具体层面,回到"文"本身而言,刘勰最看重的是汉魏晋文学与诗赋二体,《文心雕龙》中不论是整体的还是分体的文学史,亦就这一时期和这两种文体着墨最多,其间并无明显的倒退,只是到了刘勰所处的"当代"才有了较大的退步,因此其具体文学史观可说是"波动"的。

钟嵘和萧统的文学史观较刘勰要明确很多。《诗品序》以五言诗为"文词之要",透过五言诗在不同时期的衍生,钟嵘描述了文学从汉代的跌落到建安的顶峰再到后来的有起有落的过程,其文学史观可说是"跌宕"的。萧统的文学史论述不若刘勰和钟嵘具体,他只在整体层面描述了"文"的兴起和发展,又在分体层面叙说了赋、骚、诗等文体的源流,但他的文学史观是非常明确的,那就是文章"随时改变""踵事增华""变本加厉",其文学史观可说是"平稳"的。

刘、钟、萧之所以会有这三种差异颇大的文学史观,一大重要原因就在于他们论"文"时有各自的文体侧重。

《文心雕龙》的"文"涵盖最广,一方面,人类的一切文字著述皆可谓文;另一方面,刘勰真正关切的还是诗赋为主的集部之文,因此刘勰的文学史观有不同的层次,抽象层面是"倒退"的,具体层面则是"波动"的。

《诗品》只论五言诗,而且钟嵘明确以五言诗为"文"之精华,其余文体(尤其是辞赋)皆不足观。在这样一种文体聚焦下,汉魏晋南朝的文学史也就跌宕起伏。

《文选》的"文"范围上不若《文心雕龙》那么广,只涵盖单篇著成的美文学,其中赋和诗又是重点所在。萧统巧妙地为辞赋追溯了一个伟大的源头,于是不同阶段各有出彩的文体,他笔下的文学史也就平稳地"随时改变"了。

综观《文心雕龙》《诗品》和《文选》的文学史论述和背后的文体侧重,我们不难发现,当论者和选家心目中的"文"有所差异时,他们的"文论"也就会有十分不同的面貌。在讨论齐梁之际的文论时,如果我们能对各家所论之"文"在文体上有更清晰的辨析,那么也就能对当时的"文论"有更为准确的体认。

附识:

一,因时间紧张,本文尚属初稿,故结构颇不匀称,部分问题也没有得到充分的展开,谨此致歉。

二,本文征引前贤时彦论著,率不加敬称,敢祈勿作訾求。

(复旦大学中华文明国际研究中心、中文系)